D1751073

Rizzoli | ARGENTO**VIVO**

LA TRILOGIA

Traduzione di Paolo Maria Bonora

Come uccidono le brave ragazze

HOLLY JACKSON

Rizzoli

Pubblicato per

Rizzoli

da Mondadori Libri S.p.A.
Proprietà letteraria riservata
© 2019, 2020, 2021 Holly Jackson
Come uccidono le brave ragazze © 2021 Mondadori Libri S.p.A., Milano
Brave ragazze, cattivo sangue © 2022 Mondadori Libri S.p.A., Milano
Una brava ragazza è un ragazza morta © 2023 Mondadori Libri S.p.A., Milano
Per la presente edizione © 2023 Mondadori Libri S.p.A., Milano

Pubblicato su licenza di HarperCollins*Publishers* Ltd.

Holly Jackson ha asserito il diritto morale di essere riconosciuta
come l'autrice dell'opera.

Illustrazione alle pagine 494 e 1023 © Priscilla Coleman

Pubblicato per la prima volta da Farshore,
un marchio di HarperCollins*Publishers* Ltd,
The News Building, 1 London Bridge St, London, SE1 9GF
con i titoli:
A Good Girl's Guide to Murder
Good Girl, Bad Blood
As Good As Dead

Tutti i diritti riservati, incluso il diritto di riproduzione parziale
o totale e in qualsiasi forma.

ISBN 978-88-17-18670-4

Prima edizione Omnibus ARGENTOVIVO: novembre 2023

Come uccidono
le brave ragazze

A mamma e papà,
questo primo libro è per voi

PARTE I

QAG CERTIFICAZIONE PROGETTO ESTESO A.S. 2017/2018

Riconoscimento
dei risultati
accademici

Candidato numero
4169

Nome e cognome
Pippa Fitz-Amobi

Parte A: Proposta del candidato
Da completare

• I corsi di studio o la/le area/aree di interesse relativi all'argomento:
Inglese, giornalismo, giornalismo investigativo, diritto penale

• Titolo del progetto esteso.
Presentare l'argomento di ricerca in forma di affermazione/domanda/ipotesi.
Ricerca sul caso della scomparsa di Andie Bell a Little Kilton nel 2012.
Report dettagliato, a partire dal caso studio Andie Bell, su come sia stampa e televisione sia i social media siano ormai diventati attori pre-invaziosissimi nelle indagini di polizia. E sulle responsabilità della stampa nella rappresentazione di Sal Singh e della sua presunta colpevolezza.

• Le mie risorse di partenza:
Un'intervista con un esperto di persone scomparse, un'intervista con un giornalista locale che lavorava sul caso, articoli di giornale, interviste ai membri della comunità. Libri di testo e articoli di procedura giudiziaria, psicologia e sul ruolo dei media.

Commenti del relatore:

Pippa, ne abbiamo già discusso, questo è un argomento estremamente delicato: un crimine terribile accaduto nella nostra città. So che non potrò mai persuaderti a cambiarlo, ma il progetto è stato accettato solo a condizione che <u>non venga oltrepassato alcun limite etico.</u> Credo che dovrai trovare una prospettiva migliore per il tuo report, mentre lavori alla ricerca, senza concentrarti troppo sui punti sensibili.

E sia chiaro: non ci dovrà essere **ALCUN CONTATTO** con nessuna delle famiglie coinvolte nel caso. Qualora accadesse verrebbe considerata una violazione etica e il tuo progetto sarebbe squalificato.
E non lavorare troppo. Passa una bella estate.

Dichiarazione del candidato

Dichiaro di avere letto e compreso il regolamento in merito ai comportamenti scorretti come esposto nell'avviso ai candidati.

Firma: *Pippa Fitz-Amobi*

Data: 18/07/2017

Uno

Pip sapeva dove vivevano.

Tutti, a Little Kilton, sapevano dove vivevano.

La loro era la casa stregata della città; quando le passavano davanti, le persone acceleravano il passo e la parola si strozzava e moriva in gola. Bambini urlanti si radunavano lì, tornando a casa da scuola, sfidandosi l'un l'altro ad andare di corsa a toccare il cancello.

Ma non era infestata da fantasmi, soltanto da tre persone tristi che cercavano di vivere le proprie vite come prima. Una casa infestata non da luci sfarfallanti o spettrali sedie che cadevano, ma dalla scritta *Famiglia feccia* in vernice spray scura e dalle finestre infrante a sassate.

Pip si era sempre chiesta perché non si trasferissero. Non che dovessero; non avevano fatto niente di male. Ma non sapeva come facessero a vivere così.

Pip sapeva moltissime cose; sapeva che hippopotomonstrosesquipedaliofobia era il termine tecnico per indicare la paura delle parole lunghe, sapeva che i neonati non avevano le rotule, sapeva parola per parola le migliori frasi di Platone e Catone, e che c'erano più di quattromila tipi di patate diversi. Ma non sapeva come facessero i Singh a trovare la forza per rimanere lì. Lì, a Kilton, sotto il peso di tutti quegli occhi sgranati, dei convenevoli dei vicini che non diventavano più dialoghi veri e propri.

Era inoltre particolarmente crudele che la loro casa fosse così vicina al liceo di Little Kilton, che avevano frequentato sia Andie Bell sia Sal Singh, dove Pip sarebbe tornata per l'ultimo anno nel giro di poche settimane, una volta che il sole intriso d'agosto fosse affondato in settembre.

Pip si fermò e appoggiò la mano sul cancello, di colpo più coraggiosa della metà dei ragazzini della città. Il suo sguardo seguì il vialetto fino alla porta d'ingresso. Potevano sembrare solo pochi metri ma c'era un abisso roboante tra lì e il punto dov'era lei. Era possibile che quella fosse una pessima idea; lo aveva considerato. Il sole del mattino bruciava e lei riusciva già a sentire il retro delle ginocchia appiccicarsi ai jeans. Una pessima idea o quantomeno un'idea azzardata. E comunque, le grandi menti della storia consigliavano sempre di prendere la decisione azzardata e non quella sicura; le loro parole erano ottimi cuscinetti perfino per le idee peggiori.

Attraversando l'abisso con le suole delle scarpe, arrivò alla porta e, fermandosi giusto un secondo per accertarsi di esserne sicura, bussò tre volte. Il suo riflesso teso le restituiva lo sguardo: i lunghi capelli scuri, le punte schiarite dal sole, il viso pallido, nonostante una settimana trascorsa nel sud della Francia, gli occhi affilati, verde opaco, pronti all'impatto.

Il portone si aprì e si udì il clangore di una catena che cadeva e lo scatto di una doppia mandata.

«Sì?» Era un ragazzo, teneva la porta mezza aperta, la mano a cavallo dello spigolo. Pip batté gli occhi per smettere di fissarlo, ma non poteva farci niente. Somigliava così tanto a Sal: il Sal che conosceva per via di tutti quei servizi televisivi e quelle foto sui giornali. Il Sal che andava sbiadendo dalla sua memoria di adolescente. Lui, Ravi, aveva la stessa zazzera di capelli scuri pettinati di lato del fratello, le stesse sopracciglia fitte e arcuate e la stessa pelle color legno di quercia.

«Sì?» disse di nuovo.

«Ehm...» Il riflesso automatico da ammaliatrice in difficoltà di Pip si attivò troppo tardi. Il suo cervello era impegnato a metabolizzare che, diversamente da Sal, lui aveva un fossetta sulla guancia, proprio come lei. Ed era diventato anche più alto dall'ultima volta che l'aveva visto. «Ehm... scusa, ciao.» Fece un goffo saluto a metà di cui si pentì immediatamente.

«Chi sei?»

«Ciao Ravi» disse lei. «Io... tu non mi conosci... Sono Pippa Fitz-Amobi. A scuola ero un paio di anni dietro di te, prima che te ne andassi.»

«Ok...»

«Mi stavo solo chiedendo se non potessi rubare un nanosecondo del tuo tempo. Be', non un nanosecondo... Sapevi che un nanosecondo è una vera unità di misura del tempo? È un miliardesimo di secondo, perciò... puoi magari concedermi una serie di nanosecondi?»

Oddio, ecco cosa succedeva quando era nervosa o si sentiva messa all'angolo; iniziava a vomitare fatti inutili travestiti da pessime battute. E non solo: la nervosa Pip diventava quattro volte più snob, abbandonando la classe media per passare a fatica a una povera imitazione di aristocrazia. Quando mai aveva detto seriamente "nanosecondo" prima d'ora?

«Come?» chiese Ravi, con aria confusa.

«Scusa, lascia perdere» disse Pip, riprendendosi. «Allora, sto facendo la mia CPE a scuola e...»

«Cos'è la CPE?»

«Certificazione progetto esteso. È un progetto sul quale lavorare da soli, contemporaneamente alla maturità. Si può scegliere qualsiasi argomento si voglia.»

«Oh, non sono mai arrivato così avanti, a scuola» disse lui. «Me ne sono andato appena ho potuto.»

«Ehm…. Be'… mi chiedevo se fossi disponibile a un'intervista per il mio progetto.»

«Su cosa?» Aggrottò ancora di più le sopracciglia scure sugli occhi.

«Ehm… su quello che successe cinque anni fa.»

Ravi fece un sospiro profondo e curvò le labbra all'insù in quella che sembrava ira già scaturita.

«Perché?» chiese.

«Perché non penso che sia stato tuo fratello… e ho intenzione di dimostrarlo.»

Pippa Fitz-Amobi
CPE 01/08/2017

Diario di lavoro – Voce 1

Intervista a Ravi Singh fissata per venerdì pomeriggio (portare le domande preparate).

Ribattere al computer la trascrizione dell'intervista ad Angela Johnson.

Il diario di lavoro è pensato per tenere traccia di qualsiasi ostacolo si affronti nella ricerca, i propri progressi e le finalità del report finale. Il mio diario di lavoro dovrà essere un po' diverso: riporterò qui tutte le ricerche che faccio, sia quelle rilevanti sia quelle irrilevanti, perché, per ora, non so ancora esattamente quale sarà il mio report finale né cosa finirà per essere rilevante. Non so a cosa punto. Dovrò solo aspettare e vedere in che posizione mi troverò alla fine della ricerca e che saggio potrò di conseguenza imbastire. [Tutto questo inizia già un po' a sembrare una specie di diario???]

Confido che *non* sarà il saggio che ho proposto alla signora Morgan. Confido che sarà la verità. Cosa successe davvero a Andie Bell il 20 aprile 2012? E se – come mi dice il mio istinto – Salil "Sal" Singh non è colpevole, allora chi la uccise?

Non credo che risolverò davvero il caso e scoprirò chi assassinò Andie. Non sono un poliziotto, non ho accesso a un laboratorio per indagini scientifiche (ovviamente) e non mi faccio illusioni. Ma confido che la mia ricerca porterà alla luce fatti e resoconti che condurranno a un ragionevole dubbio in merito alla colpevolezza di Sal, e insinueranno che la polizia ha sbagliato nel chiudere il caso senza scavare più a fondo.

Perciò i miei metodi d'indagine saranno, in sostanza: intervistare le persone vicine al caso, uno stalking ossessivo sui social media e speculazioni a ruota libera, LIBERA.

[Che la signora Morgan non legga nulla di tutto questo!!!]

La prima fase di questo progetto è dunque fare ricerche su ciò che accadde ad Andrea Bell – da tutti conosciuta come Andie – e sulle circostanze della sua scomparsa. Queste informazioni verranno tratte da articoli di cronaca e conferenze stampa della polizia all'epoca dei fatti.

[Riportare le fonti ora, così da non doverlo fare dopo!!!]

Copiato e incollato da quella che fu la prima nota stampa a riportare la sua scomparsa a livello nazionale:

"Andrea Bell, 17 anni, è scomparsa dalla sua casa di Little Kilton, Buckinghamshire, lo scorso venerdì.

Ha lasciato casa sua a bordo della propria auto – una Peugeot 206 nera – aveva con sé il cellulare ma nessun vestito. La polizia afferma che la sua scomparsa è del tutto 'inaspettata e inusuale'.

La polizia ha cercato nei boschi attorno alla casa di famiglia per tutto il fine settimana.

Andrea, conosciuta come Andie, viene descritta come una ragazza bianca, alta un metro e sessanta, capelli biondi e lunghi. Si pensa che la notte in cui è scomparsa indossasse jeans scuri e un maglione blu corto".[1]

Una volta che tutto era ormai successo, gli articoli più recenti riportavano maggiori dettagli su quando Andie era stata vista viva per l'ultima volta e sulla finestra temporale nella quale si crede fosse stata rapita.

Andie Bell era stata "vista viva per l'ultima volta dalla sorella minore, Becca, intorno alle 22.30, il 20 aprile 2012".[2]

Questo fatto venne confermato dalla polizia in una conferenza stampa martedì 24 aprile: "Le registrazioni di sorveglianza di una telecamera a circuito chiuso fuori dalla STN Bank sulla Little Kilton High Street confermano che la macchina di Andie è stata vista passare, proveniente da casa della ragazza, all'incirca alle 22.40".[3]

Secondo i genitori, Jason e Dawn Bell, Andie "sarebbe dovuta passare a prender[li] a una cena intorno alle 00.45". Quando Andie non si era fatta vedere e non rispondeva a nessuna delle loro telefonate, avevano iniziato a chiamare gli amici della figlia per vedere se qualcuno sapesse dov'era. Jason Bell "ha chiamato la polizia per denunciare la scomparsa della figlia alle tre di notte di sabato".[4]

---

[1] www.gbtn.co.uk/news/uk-england-bucks-54774390, 23/04/2012.
[2] www.thebuckinghamshiremail.co.uk/news/crime-4839, 26/04/2012.
[3] www.gbtn.co.uk/news/uk-england-bucks-69388473, 24/04/2012.
[4] Forbes, Stanley, *The Real Story of Andie Bell's Killer*, "Kilton Mail", 1/05/2012, pp. 1-4.

Perciò qualunque cosa fosse successa a Andie Bell quella notte era successa tra le 22.40 e le 00.45.

Questo sembra un buon punto per ribattere al computer la trascrizione della mia intervista telefonica di ieri ad Angela Johnson.

Trascrizione dell'intervista ad Angela Johnson dell'Ufficio persone scomparse

Angela: Pronto?

Pip: Pronto, parlo con Angela Johnson?

Angela: Sono io, sì. Tu sei Pippa?

Pip: Sì, grazie infinite per aver risposto alla mia e-mail.

Angela: Figurati.

Pip: Le dispiace se registro questa intervista così da poterla poi trascrivere e utilizzare per il mio progetto?

Angela: Certo, va bene. Mi dispiace che ho solo dieci minuti da concederti. Allora, cosa vuoi sapere sulle persone scomparse?

Pip: Be', mi stavo chiedendo se non potesse raccontarmi cosa succede quando si denuncia la scomparsa di qualcuno. Qual è la procedura e quali sono i primi passi della polizia?

Angela: Allora, quando qualcuno chiama il 999 o il 101 per denunciare la scomparsa di una persona, la polizia cerca di raccogliere più dettagli possibili per poter individuare eventuali rischi che corre la persona scomparsa e preparare un'adeguata azione di risposta. Il genere di dettagli che vengono chiesti durante questa prima chiamata sono nome, età, descrizione fisica della persona, che vestiti indossava l'ultima volta che è stata vista, le circostanze della scomparsa, se sparire è inusuale per questa persona, dettagli su eventuali veicoli coinvolti. Utilizzando queste informazioni, la polizia determinerà se è un caso a rischio alto, basso o medio.

Pip: E in quali circostanze si tratta di un caso ad alto rischio?

Angela: Se si tratta di una persona vulnerabile per età o disabilità: in questo caso sarebbe ad alto rischio. Se il comportamento è inusuale, allora è probabilmente indizio del fatto che la persona ha subito una violenza: in questo caso sarebbe ad alto rischio.

Pip: Mmmh, quindi, se la persona scomparsa ha diciassette anni e scomparire viene considerato un comportamento inusuale, questo sarebbe un caso ad alto rischio?

Angela: Oh, assolutamente, se è coinvolto un minore.

Pip: Perciò la polizia come risponderebbe a un caso ad alto rischio?

Angela: Be', ci sarebbe un immediato dispiegamento di agenti sul luogo dal quale la persona è scomparsa. Gli agenti dovrebbero acquisire ulteriori dettagli sulla persona scomparsa, per esempio sugli amici o sul partner, condizioni di salute, informazioni finanziarie in caso si potesse rintracciarla qualora cercasse di ritirare del denaro. Avrebbero inoltre bisogno di un certo numero di fotografie recenti e, in un caso ad alto rischio, potrebbero anche prendere dei campioni di DNA, casomai fossero necessari in successivi esami della scientifica. E, con il consenso dei proprietari di casa, il luogo verrebbe perquisito a fondo per capire se la persona scomparsa sia stata nascosta o si stia nascondendo lì e per stabilire se ci siano ulteriori indizi da seguire. Questa è la normale procedura.

Pip: Quindi la polizia cerca da subito indizi o tracce che la persona scomparsa sia stata vittima di un crimine?

Angela: Assolutamente. Se le circostanze della sparizione sono sospette, gli agenti si attengono a questo principio: "nel dubbio, pensare all'omicidio". Ovviamente solo una piccolissima percentuale dei casi di persona scomparsa si trasforma in un caso di omicidio, ma gli agenti hanno indicazione di documentare ogni prova fin da subito come se stessero indagando su un omicidio.

Pip: E dopo la prima perquisizione all'indirizzo di casa, cosa succede se non emerge nulla di significativo?

Angela: Si allarga la ricerca all'area circostante. Si possono richiedere informazioni telefoniche. Si interrogherebbero gli amici, i vicini, chiunque possa avere informazioni rilevanti. Se si tratta di un minore, un adolescente, che è scomparso, il genitore che ha sporto denuncia non si può presumere conosca tutti gli amici e i conoscenti dei propri figli. I compagni di questi ultimi possono essere preziosi per stabilire altri contatti importanti, sai, un ragazzo segreto, questo genere di cose. E viene di solito discussa una strategia di copertura stampa perché gli appelli alle informazioni nei media possono rivelarsi molto utili in queste situazioni.

Pip: Perciò se fosse scomparsa una ragazza di diciassette anni la polizia avrebbe contattato i suoi amici e il suo ragazzo abbastanza presto?

Angela: Sì, certo. Verrebbero fatte delle indagini perché se la persona scomparsa è scappata è probabile si nasconda da una persona a lei vicina.

Pip: E a che punto di un caso di persona scomparsa la polizia considera di star cercando un cadavere?

Angela: Be', parlando di tempistiche, non è... Oh, Pippa, devo andare. Scusami, mi hanno chiamato per la riunione.

Pip: Oh, ok, grazie mille per aver trovato il tempo di parlare con me.

Angela: E se hai altre domande, basta che mi mandi una e-mail e io risponderò appena posso.

Pip: Lo farò, grazie ancora.

Angela: Ciao.

Ho trovato queste statistiche online:

> L'80% delle persone scomparse vengono ritrovate entro 24 ore. Il 97% entro la prima settimana. Il 99% dei casi viene risolto entro l'anno. Resta un 1%.
>
> L'1% delle persone che scompaiono non vengono mai ritrovate. Ma c'è un'altra percentuale da tenere in considerazione: solo lo 0,25% di tutti i casi di persona scomparsa ha un esito fatale.[5]

E in tutto questo dove si posiziona Andie Bell? Sospesa incessantemente da qualche parte tra l'1% e lo 0,25%, aumentando e diminuendo al ritmo infinitesimale di piccoli respiri decimali.

Ma ormai la maggior parte delle persone la considerano morta, anche se il suo corpo non è mai stato ritrovato. E qual è il motivo?

Sal Singh è il motivo.

---

[5] www.findmissingperson.co.uk/stats.

Due

Pip allontanò le mani dalla tastiera, gli indici sospesi sulla *m* e la *o*, mentre cercava di prestare attenzione al trambusto al piano di sotto. Un fragore, passi pesanti, unghie che scivolavano sul pavimento e incontrollate risatine infantili. Passò un secondo e tutto fu chiaro.

«Joshua! Perché il cane ha addosso una delle mie camicie?!» tuonò Victor, e il suono si propagò verso l'alto, attraverso la moquette della camera di Pip.

Pip fece una risata strozzata, salvando con un click il diario di lavoro e chiudendo il portatile. Dal momento in cui suo padre rientrava dal lavoro era un crescendo quotidiano di antica tradizione. Non era mai silenzioso: i suoi sussurri si sentivano attraverso la stanza, le sue risate convulse con tanto di schiaffo sul ginocchio erano talmente forti da far trasalire la gente, e ogni anno, senza fallo, Pip si svegliava al suono dei suoi *passi felpati* che percorrevano il corridoio del piano superiore per andare a lasciare la calza di Babbo Natale la sera della vigilia.

Il suo patrigno era l'antitesi vivente della delicatezza.

Al piano di sotto, Pip trovò la scena in pieno svolgimento. Joshua correva da una stanza all'altra – dalla cucina all'ingresso e dentro al salotto – a ripetizione, ridendo fragorosamente.

Lo seguiva Barney, il golden retriever, con indosso la camicia più sgargiante del padre: quella dalla fantasia verde brillante che aveva comprato durante il loro ultimo viaggio in Nigeria. Il cane scivolava euforico sul lucido parquet di quercia dell'ingresso, fischiando tra i denti la propria eccitazione.

E a chiudere la processione c'era Victor, nel completo grigio di Hugo Boss a tre pezzi, che andava alla carica del cane e del ragazzino con tutto il proprio metro e novanta di altezza e la risata che esplodeva in folli scale ascendenti. Il loro personale montaggio di Scooby-Doo fatto in casa alla Amobi.

«Oh santo cielo, stavo cercando di fare i compiti» disse Pip, sorridendo e facendo un salto indietro per evitare di venir travolta dal convoglio. Barney si fermò un momento per strofinarle la testa sullo stinco e poi corse a saltare su papà e Josh che stavano collassando insieme sul divano.

«Ciao, cetriolino» disse Victor, battendo con la mano accanto a sé sul divano.

«Ciao papà. Hai fatto talmente piano che non mi ero neanche accorta fossi a casa.»

«Mia Pipita, sei troppo furba per riciclare una battuta.»

Pip si sedette accanto a loro. I respiri esausti di suo papà e di Josh le facevano gonfiare e affondare i cuscini contro le gambe.

Josh iniziò a frugarsi nella narice destra e papà gli spostò la mano con uno schiaffetto.

«Com'è andata la vostra giornata?» chiese poi, mettendo in moto un racconto grafico di Josh sulle partite di calcio che aveva giocato prima.

Pip smise di ascoltare; aveva già sentito tutto in macchina quando era andata a prendere Josh al club. Aveva prestato attenzione solo a metà, distratta da come l'allenatore supplente aveva fissato sbalordito la sua pelle bianca come un giglio quando gli aveva indicato quale dei bambini di nove anni fosse il suo, dicendogli: «Sono la sorella di Joshua».

Avrebbe dovuto essersi abituata ormai, agli sguardi insistenti della gente che cercava di capire la logistica della sua famiglia, i numeri e le parole floreali scarabocchiati lungo il suo albero genealogico. Il gigantesco uomo nigeriano era, in modo abbastanza evidente, il suo patrigno e Joshua il suo fratellastro. Ma a Pip non piaceva usare quelle parole, quei freddi termini tecnici. Le persone che si amano non sono algebra: da calcolare, sottrarre o tenere a un braccio di distanza oltre una virgola decimale. Victor e Josh non erano soltanto suoi per tre ottavi, né solo quaranta per cento famiglia, erano interamente suoi. Suo papà e il suo fastidioso fratellino.

Il suo *vero* padre, l'uomo che le aveva fornito il Fitz del cognome, era morto in un incidente d'auto quando lei aveva solo dieci mesi. E anche se Pip a volte annuiva e sorrideva quando la mamma le chiedeva se si ricordava il modo in cui suo padre canticchiava mentre si lavava i denti o come aveva riso quando la seconda parola detta da Pip era stata "popò", lei non se lo ricordava. Ma a volte ricordare non è così importante per noi, a volte lo si fa solo perché qualcun altro sorrida. Quel genere di bugie era permesso.

«E come sta andando il progetto, Pip?» Victor si girò verso di lei mentre sbottonava la camicia al cane.

«Bene» disse lei. «Sto facendo ricerche sul background e ribattendo le cose al computer, al momento. Sono andata a trovare Ravi Singh stamattina.»

«Oh. E?»

«Era occupato ma ha detto che posso tornare venerdì.»

«Io *non lo farei*» disse Josh con tono di avvertimento.

«È perché tu sei un bambino prepubescente pieno di pregiudizi che pensa ancora che dentro ai semafori vivano degli omini.» Pip lo guardò. «I Singh non hanno fatto niente di male.»

Suo papà s'intromise. «Joshua, prova a immaginare se tutti quanti ti giudicassero per qualcosa che ha fatto tua sorella.»

«Ma l'unica cosa che fa Pip sono i compiti.»

Pip eseguì un perfetto lancio del cuscino in faccia a Joshua. Victor imprigionò le braccia del bambino, che si divincolava per cercare di vendicarsi, e gli fece il solletico ai fianchi.

«Perché la mamma non è ancora tornata?» chiese Pip, stuzzicando il fratello prigioniero agitandogli davanti al viso il piede fasciato in un calzino peloso.

«Andava dritta dal lavoro al circolo di lettura delle mamme ubriacone» disse papà.

«Questo significa... che possiamo mangiare la pizza per cena?» chiese Pip. E di colpo il fuoco amico venne dimenticato e lei e Josh facevano di nuovo parte della stessa batteria. Lui saltò in piedi e allacciò il braccio a quello di lei, guardando implorante papà.

«Ovvio» disse Victor, dandosi dei colpetti al fondoschiena con un gran sorriso. «Altrimenti come faccio a continuare ad aumentare la mia portaerei?»

«Papà» gemette Pip, rimproverando la propria sé del passato per avergli insegnato quell'espressione.

Pippa Fitz-Amobi
CPE 02/08/2017

Diario di lavoro – Voce 2

Cosa successe dopo, nel caso Andie Bell, è piuttosto difficile da ricostruire in base agli articoli dei giornali. Ci sono dei buchi che dovrò colmare tramite congetture e voci di corridoio fino a che il quadro non diventerà più chiaro grazie a interviste future; spero che Ravi e Naomi – che era una delle migliori amiche di Sal – possano darmi una mano in questo.

Partendo da quello che ha detto Angela, presumibilmente, dopo aver raccolto le deposizioni della famiglia Bell e aver perquisito a fondo casa loro, la polizia chiese informazioni sugli amici di Andie.

Da un po' di stalking approfondito su Facebook sembra che le migliori amiche di Andie fossero due ragazze di nome Chloe Burch ed Emma Hutton. Quantomeno, ecco la prova:

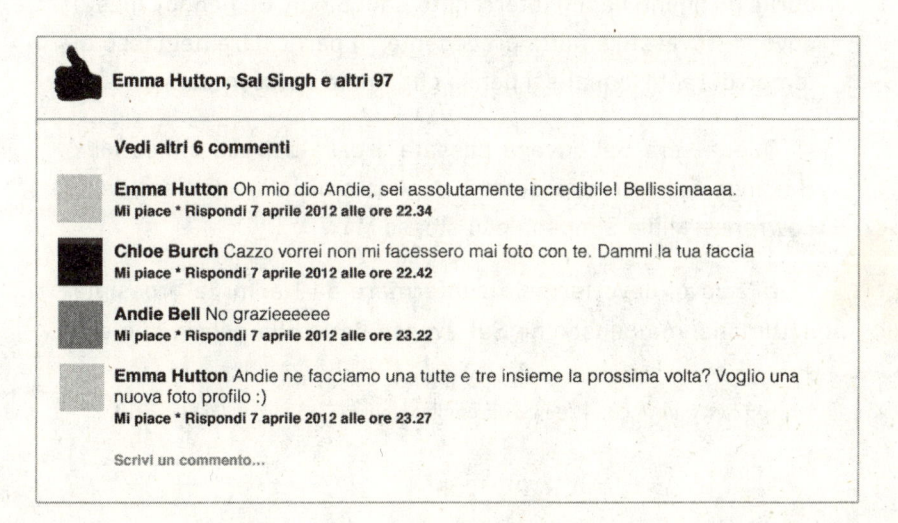

👍 **Emma Hutton, Sal Singh e altri 97**

Vedi altri 6 commenti

Emma Hutton Oh mio dio Andie, sei assolutamente incredibile! Bellissimaaaa.
Mi piace * Rispondi 7 aprile 2012 alle ore 22.34

Chloe Burch Cazzo vorrei non mi facessero mai foto con te. Dammi la tua faccia
Mi piace * Rispondi 7 aprile 2012 alle ore 22.42

Andie Bell No grazieeeeee
Mi piace * Rispondi 7 aprile 2012 alle ore 23.22

Emma Hutton Andie ne facciamo una tutte e tre insieme la prossima volta? Voglio una nuova foto profilo :)
Mi piace * Rispondi 7 aprile 2012 alle ore 23.27

Scrivi un commento...

Questo post risale a due settimane prima della scomparsa di Andie. Sembra che né Chloe né Emma vivano più a Little Kilton. [Provare a mandare un messaggio e vedere se sono disposte a farsi intervistare per telefono?]

Chloe ed Emma fecero tanto quel primo fine settimana (il 21 e il 22) per dare una mano a diffondere la campagna Twitter del dipartimento di polizia locale: #TroviamoAndie.

Non credo sia azzardato presumere che la polizia avesse contattato Chloe ed Emma già venerdì notte o sabato mattina. Cosa dissero loro alla polizia, non lo so. Spero di poterlo scoprire.

Sappiamo che la polizia parlò con il ragazzo di Andie dell'epoca. Il suo nome era Sal Singh e frequentava l'ultimo anno alla Kilton Grammar insieme a Andie.

A un certo punto, sabato, la polizia contattò Sal.

"L'ispettore Richard Hawkins ha confermato che sabato 21 aprile gli agenti hanno interrogato Salil Singh. Gli hanno chiesto dove si trovasse la notte precedente, in particolare nel lasso di tempo durante il quale si pensa che Andie sia scomparsa."[6]

Quella sera Sal l'aveva passata a casa del suo amico Max Hastings. Era con i suoi quattro migliori amici: Naomi Ward, Jake Lawrence, Millie Simpson e lo stesso Max.

Di nuovo, devo farmelo confermare da Naomi la prossima settimana, ma penso che Sal avesse detto alla polizia che era

---

[6] http://www.gbtn.co.uk/news/uk-england-bucks-78355334, 05/05/2012.

uscito da casa di Max intorno alle 00.15. Era tornato a casa a piedi e suo padre (Mohan Singh) confermò che "Sal è tornato a casa all'incirca alle 00.50".[7] *Nota: la distanza tra la casa di Max (in Tudor Lane) e quella di Sal (in Grove Place) si copre in circa trenta minuti a piedi – così dice Google.*

La polizia confermò l'alibi di Sal, cioè che era con i suoi quattro migliori amici durante il fine settimana.

Vennero affissi i volantini di scomparsa. Le indagini casa per casa iniziarono la domenica.[8]

Lunedì cento volontari aiutarono la polizia a compiere le ricerche nei boschi della zona. Ho visto le riprese dei telegiornali; una fila di gente nel bosco, allineata come formiche, che chiamava il suo nome. Più tardi, quel giorno, la scientifica fu vista entrare a casa dei Bell.[9]

E martedì cambiò tutto.

Credo che considerare gli eventi di quel giorno e dei successivi da un punto di vista cronologico sia la cosa migliore, anche se noi, come città, abbiamo scoperto i dettagli in maniera disordinata e confusa.

A metà mattina: Naomi Ward, Max Hastings, Jake Lawrence e Millie Simpson contattarono la polizia dalla scuola e confessarono di aver fornito informazioni false. Dissero che Sal aveva chiesto loro di mentire e che in realtà se n'era andato

---

[7] www.gbtn.co.uk/news/uk-england-bucks-78355334, 05/05/2012.
[8] Forbes, Stanley, *Local Girl Still Missing*, "Kilton Mail", 23/04/2012, pp. 1-2.
[9] www.gbtn.co.uk/news/uk-england-bucks-56479322, 23/04/2012.

da casa di Max attorno alle 22.30, la notte che Andie era scomparsa.

Non so con certezza quale sarebbe stata la corretta procedura da parte della polizia, ma suppongo che a quel punto Sal fosse diventato il sospettato numero uno.

Ma non riuscirono a trovarlo: Sal non era a scuola e non era a casa. Non rispondeva al telefono.

Più tardi venne fuori che Sal aveva mandato un messaggio a suo padre quella mattina, anche se ignorava le altre chiamate. La stampa si sarebbe riferita a quel messaggio come a "una confessione".[10]

Quel martedì sera una delle squadre di polizia che cercava Andie trovò un cadavere nel bosco.

Era Sal.

Si era ucciso.

La stampa non riferì mai il metodo che Sal aveva usato per suicidarsi ma grazie al potere delle chiacchiere da corridoio della scuola io lo so (come all'epoca lo sapeva qualsiasi altro studente della Kilton).

Sal era andato nel bosco vicino casa, aveva preso un sacco di sonniferi e si era messo una borsa di plastica in testa, chiusa da un elastico all'altezza del collo. Era morto soffocato dopo aver perso i sensi.

[10] www.gbtn.co.uk/news/uk-england-bucks-78355334, 05/05/2012.

Come uccidono le brave ragazze

Alla conferenza stampa della polizia, più tardi, quella notte, non si accennò minimamente a Sal. La polizia rivelò soltanto quell'informazione in merito alle telecamere a circuito chiuso che mostravano Andie allontanarsi da casa a bordo della propria auto alle 10.40.[11]

Il mercoledì la macchina di Andie venne ritrovata parcheggiata in una stradina residenziale (Romer Close).

Fu solo il lunedì successivo che un portavoce della polizia rivelò quanto segue: "Ho un aggiornamento sul caso Andie Bell. A seguito di recenti informazioni dell'intelligence e della scientifica, abbiamo forti motivi di sospettare che un giovane di nome Salil Singh, di diciotto anni, sia stato coinvolto nel rapimento e nell'omicidio di Andie. Le prove sarebbero state sufficienti per arrestare e accusare il sospettato se questi non fosse morto prima che il procedimento potesse venire avviato. La polizia non cerca nessun altro in relazione alla scomparsa di Andie, al momento, ma le nostre ricerche continueranno senza tregua. Alla famiglia Bell vanno i nostri pensieri e il nostro più profondo sostegno per il dolore che questo aggiornamento ha causato loro".

Le prove sufficienti erano le seguenti:

Avevano trovato il cellulare di Andie sul cadavere di Sal.

Le indagini della scientifica avevano rilevato tracce del sangue di Andie sotto le unghie del medio e dell'indice di Sal.

Il sangue di Andie era stato scoperto anche nel bagagliaio

---

[11] www.gbtn.co.uk/news/uk-england-bucks-69388473, 24/03/2012.

della macchina abbandonata. Le impronte digitali di Sal erano state trovate sul cruscotto e sul volante accanto a quelle di Andie e del resto della famiglia Bell.[12]

Le prove, dissero, sarebbero state sufficienti per accusare Sal e – aveva sperato la polizia – assicurargli una condanna in tribunale. Ma Sal era morto, così non ci fu né processo né condanna. E neanche difesa.

Nelle settimane seguenti vennero fatte ulteriori ricerche nelle aree boschive attorno a Little Kilton. Ricerche con cani da cadavere. Sommozzatori nel fiume Kilbourne. Ma il corpo di Andie non venne mai ritrovato.

Il caso della scomparsa di Andie Bell fu chiuso amministrativamente a metà di giugno 2012.[13] Un caso può venire "amministrativamente chiuso" solo se "la documentazione a sostegno contiene prove sufficienti per formulare l'accusa, non fosse il criminale morto prima che l'indagine potesse essere completata". Il caso "può essere riaperto qualora emergessero nuove prove o piste".[14]

Tra un quarto d'ora vado al cinema: un altro film dei supereroi che Josh ci ha convinto a vedere con i suoi ricatti morali. Ma c'è giusto un'ultima cosa nel retroscena del caso Andie Bell/Sal Singh e io sono fortunata.

---

[12] www.gbtn.co.uk/news/uk-england-bucks-78355334, 09/05/2012.
[13] www.gbtn.co.uk/news/uk-england-bucks-87366455, 16/06/2012.
[14] The National Crime Recording Standards (NCRS) https://www.gov.co.uk/government/uploads/system/uploads/attachment_data/file/99584773/ncrs.pdf.

Diciotto mesi dopo che il caso Andie Bell fu amministrativamente chiuso, la polizia presentò un rapporto al medico legale locale. In casi come questi spetta al coroner decidere se sono necessarie ulteriori indagini sulla morte, in base alla convinzione che la persona sia presumibilmente morta e che sia trascorso un tempo sufficiente.

Il medico legale allora fa domanda al Segretario di Stato per la Giustizia, in base al Coroners Act del 1988, articolo 15, per aprire un'inchiesta senza alcun corpo. Quando manca il corpo l'inchiesta si basa principalmente sulle prove fornite dalla polizia e sul fatto che i superiori credano o meno che la persona scomparsa sia morta.

Un'inchiesta è un'indagine legale sulla causa e sulle circostanze della morte. Non può "ritenere una persona colpevole della morte o stabilire la responsabilità penale da parte di una persona specifica".[15]

Alla fine dell'inchiesta, nel gennaio 2014, il coroner fornì un verdetto di "uccisione illegale" e venne rilasciato il certificato di morte di Andie Bell.[16] Per la legge inglese un verdetto di uccisione illegale significa, alla lettera, che "la persona è stata uccisa da un 'atto illegittimo' per mano di qualcuno" o, più specificamente, morte per "omicidio doloso, colposo, infanticidio o per guida pericolosa".[17]

E qui tutto finisce.

[15] http://www.inquest.uk/help/handbook/7728339.
[16] http:// www.dailynewsroom.co.uk/AndieBellInquest/report57743, 12/01/2014.
[17] http://www.inquest.uk/help/handbook/verdicts/unlawfulkilling.

Andie Bell è stata dichiarata legalmente morta, nonostante il suo corpo non sia mai stato trovato. Date le circostanze, possiamo presumere che il verdetto di "uccisione illegale" valga per omicidio. Dopo l'inchiesta su Andie, una dichiarazione del Crown Prosecution Service affermava: "Il caso contro Salil Singh si sarebbe basato su prove circostanziali e forensi. Non spetta al CPS dichiarare se Salil Singh abbia ucciso o meno Andie Bell. Questo sarebbe stato compito di una giuria".[18]

Così, anche se non c'è mai stato un processo, anche se nessun presidente di giuria si è mai alzato in piedi, con le mani sudate e carico di adrenalina, a dichiarare: "La giuria giudica l'imputato colpevole", anche se Sal non ha mai avuto la possibilità di difendersi, è colpevole. Non nel senso legale, ma in tutti gli altri che importano davvero.

Se chiedete alle persone in città cos'è successo a Andie Bell, loro vi risponderanno senza esitazione: "È stata uccisa da Salil Singh". Niente *presumibilmente*, niente *potrebbe essere stata*, niente *probabilmente*, niente *è estremamente probabile che*.

È stato lui, dicono. Sal Singh uccise Andie.

Ma io non ne sono così sicura...

[Per il prossimo registro: cercare di dare un'occhiata a come si sarebbe potuta svolgere l'azione penale contro Sal, se fosse andato a processo. Poi iniziare a perforarla e ad aprirci dei buchi.]

---

[18] www.gbtn.co.uk/news/uk-england-bucks-95322345, 14/01/2014.

Tre

Era un'emergenza, diceva il messaggio. Un'emergenza da sos. Pip capì immediatamente che poteva significare una cosa sola.

Prese le chiavi di casa, urlò un saluto sbrigativo alla mamma e a Josh e si precipitò fuori dalla porta.

Si fermò al supermercato, sulla strada, a comprare una barretta di cioccolato formato gigante perché l'aiutasse a curare il cuore infranto formato gigante di Lauren.

Quando fermò l'auto fuori da casa dell'amica, vide che Cara aveva avuto la stessa identica idea. Eppure il kit di primo soccorso post-rottura di Cara era molto più fornito di quello di Pip: aveva portato anche una scatola di fazzoletti, patatine e salse, e una gamma arcobaleno di maschere per il viso.

«Pronta?» chiese Pip a Cara, salutandola con un colpetto di bacino.

«Sì, alle lacrime preparatissima.» Brandì i fazzoletti, e l'angolo della scatola le si impigliò nei riccioli biondo cenere.

Pip glieli districò e poi suonò il campanello, ed entrambe trasalirono nel sentire la gracchiante melodia metallica.

Venne ad aprire la mamma di Lauren.

«Oh, è arrivata la cavalleria.» Sorrise. «È di sopra in camera sua.»

Trovarono Lauren a letto, completamente sommersa in una fortezza di piumino. Il solo segno della sua esistenza era un ciuffo di capelli rossi che spuntava da lì sotto. Ci volle un minuto buono di moine ed esche al cioccolato perché riemergesse.

«Innanzitutto» disse Cara, staccandole il cellulare dalle dita, «ti proibiamo di guardare il telefono per le prossime ventiquattr'ore.»

«Lo ha fatto per messaggio!» piagnucolò Lauren, soffiandosi il naso, e un'intera palude di moccio venne esplosa come una palla di cannone nel fazzoletto miseramente sottile.

«I ragazzi sono delle merde, grazie al cielo non devo averci niente a che fare» disse Cara, mettendo il braccio attorno alle spalle di Lauren e posando lo zigomo affilato sulla sua spalla. «Loz, puoi avere decisamente di meglio.»

«Già.» Pip spezzò a Lauren un altro quadratino di cioccolato. «Inoltre Tom diceva sempre "pacificamente" quando voleva dire "specificamente".»

Cara concordò subito e indicò Pip con intesa.

«Quello sì che era un segno.»

«*Pacificamente* io credo che tu stia meglio senza di lui» disse Pip.

«*Atlanticamente* lo credo anche io» aggiunse Cara.

Lauren fece un'umida risata strozzata e Cara fece l'occhiolino a Pip; una tacita vittoria. Sapevano che, collaborando, non ci sarebbe voluto molto per far tornare Lauren a ridere.

«Grazie per essere venute, ragazze» disse Lauren tra le lacrime. «Non sapevo se l'avreste fatto. Probabilmente per uscire con Tom vi trascuro da sei mesi. E ora sarò la terza incomoda tra due migliori amiche.»

«Non dire sciocchezze» rispose Cara. «Siamo tutte migliori amiche. Vero?»

«Sì» annuì Pip. «Noi e quei tre ragazzi cui concediamo il privilegio della nostra splendida compagnia.»

Le altre risero. I ragazzi – Ant, Zach e Connor – in quel momento erano tutti via per le vacanze estive.

Ma dei suoi amici, Pip conosceva Cara da più tempo e sì, erano più unite. Tacitamente. Erano inseparabili da quando una Cara di sei anni aveva abbracciato una piccola Pip senz'amici e le aveva chiesto: «Anche a te piacciono i conigli?». Erano l'una per l'altra la stampella sulla quale sorreggersi quando la vita era troppo pesante per potercela fare da sole. Pip, nonostante all'epoca avesse solo dieci anni, era stata accanto a Cara e l'aveva aiutata durante la malattia di sua madre e dopo la sua morte. Ed era stata la sua certezza, due anni prima, sotto forma di sorriso fermo e telefonate fino alle ore piccole, quando Cara aveva fatto coming out. Il viso di Cara non era quello di una migliore amica; era il viso di una sorella. Era casa.

Quella di Cara era per Pip una seconda famiglia. Elliot – o signor Ward, come doveva chiamarlo a scuola – era il suo insegnante di storia oltre che una terza figura paterna dopo Victor e il fantasma del suo primo padre. Pip era così spesso dagli Ward che aveva una tazza col proprio nome sopra e un paio di pantofole abbinate a quelle di Cara e della sorella maggiore Naomi.

«Giusto.» Cara si lanciò sul telecomando della tivù. «Commedie romantiche o un film dove i ragazzi vengono assassinati in modo violento?»

Ci volle circa un film sdolcinato e mezzo pescato dalle proposte di Netflix perché Lauren attraversasse la fase di negazione e facesse un cauto passo verso lo stadio di accettazione.

«Dovrei tagliarmi i capelli» disse. «A quanto pare è così che bisogna fare.»

«Ho sempre detto che stai benissimo con i capelli corti» disse Cara.

«E pensi che dovrei farmi il piercing al naso?»

«Ooh, sì» annuì Cara.

«Non vedo quale sia la logica di fare un buco nel naso a un buco nel naso» disse Pip.

«Un'altra favolosa frase di Pip da mettere nei libri.» Cara fece finta di trascriverla a mezz'aria. «Com'era quella che mi ha fatto morire dal ridere l'altro giorno?»

«Quella della salsiccia» sospirò Pip.

«Oh sì» rise Cara. «Insomma, Loz, ho chiesto a Pip che pigiama voleva mettersi e lei, così, come niente fosse, fa: "Per me è salsiccia". E poi non capiva perché mai fosse una risposta strana alla mia domanda.»

«Non è così strano» disse Pip. «I miei nonni da parte del primo papà sono tedeschi. "Per me è salsiccia" è un normalissimo modo di dire tedesco. Significa "Fa lo stesso".»

«Oppure sei fissata con le salsicce» rise Lauren.

«Disse la figlia di una porno star» ribatté Pip.

«Oddio, ancora? Ha solo fatto un servizio nudo negli anni Ottanta, nient'altro.»

«Allora, torniamo ai ragazzi di questa decade» disse Cara, punzecchiando Pip sulla spalla. «Sei già andata a trovare Ravi Singh?»

«Gancio discutibile. Ma sì, e torno a intervistarlo domani.»

«Non posso credere che tu abbia già iniziato la CPE» fece Lauren tornando a sdraiarsi sul letto con un finto tuffo da morte del cigno. «Io voglio già cambiare l'argomento; le carestie sono troppo deprimenti.»

«Suppongo che presto vorrai anche intervistare Naomi.» Cara squadrò Pip.

«Certo. Puoi avvisarla tu che potrei passare la prossima settimana con il registratore e una matita?»

«Sì» disse Cara, poi esitò. «Ti dirà di sì e tutto il resto, ma puoi andarci piano? La scombussola ancora molto, a volte. Cioè, era uno dei suoi migliori amici. In realtà, il suo *migliore* amico, probabilmente.»

«Sì, certo» sorrise Pip. «Cosa pensi che voglia fare? Che la inchiodi al pavimento e le strappi le risposte a suon di botte?»

«È questo che hai in mente di fare con Ravi domani?»

«Direi di no.»

Lauren si mise a sedere, con un suono di risucchio di moccio talmente forte che fece visibilmente trasalire Cara.

«Vai a casa sua quindi?» chiese.

«Già.»

«Oh, ma... cosa penserà la gente se ti vede entrare in casa di Ravi Singh?»

«Per me è salsiccia.»

Pippa Fitz-Amobi
CPE 03/08/2017

Diario di lavoro – Voce 3

Non sono obiettiva. Ovvio che non lo sono. Ogni volta che rileggo quello che ho scritto nelle ultime due voci, non riesco a non figurarmi nella mente un immaginario *legal drama*: io sono un arrogante avvocato difensore che si alza per fare un'obiezione, riordino gli appunti e faccio l'occhiolino a Sal quando l'accusa cade nella mia trappola, allora corro a sbattere la mano sul banco del giudice, gridando: "Vostro onore, non è stato lui!".

Perché, per ragioni che non sono proprio sicura di sapermi spiegare, voglio che Sal Singh sia innocente. Ragioni che mi trascino dietro da quando avevo dodici anni, incongruenze che mi tormentano da cinque anni.

Ma devo essere consapevole del pregiudizio di conferma. Perciò ho pensato che sarebbe stata una buona idea intervistare qualcuno che è assolutamente convinto della colpevolezza di Sal. Stanley Forbes, un giornalista del "Kilton Mail" ha appena risposto a una e-mail dicendomi che posso chiamarlo oggi quando voglio. Si è occupato molto del caso Andie Bell sulla stampa locale ed era anche presente all'inchiesta del medico legale. A essere onesta, penso sia un pessimo giornalista e sono abbastanza sicura che i Singh potrebbero denunciarlo per diffamazione e calunnia a mezzo stampa circa una dozzina di volte. Appena finiamo ribatterò qui la trascrizione.

Oh santo cieloooooooooo...

Come uccidono le brave ragazze

Trascrizione dell'intervista a Stanley Forbes della testata "Kilton Mail"

Stanley: Sì?

Pip: Salve, Stanley, sono Pippa, ci siamo scritti poco fa.

Stanley: Sì, già, certo. Volevi consultarmi in merito al caso Andie Bell/Salil Singh, giusto?

Pip: Sì esatto.

Stanley: Bene, spara.

Pip: Ok, grazie. Ehm, allora, per cominciare, lei era presente all'inchiesta del medico legale di Andie, vero?

Stanley: Proprio così, ragazza.

Pip: Visto che la stampa nazionale non aveva detto molto di più oltre a riportare il verdetto e la dichiarazione finale del CPS, mi chiedevo se non potesse raccontarmi che tipo di prove furono fornite al medico legale dalla polizia.

Stanley: Un sacco di roba.

Pip: Certo. Potrebbe dirmi alcuni dei punti specifici su cui insistettero?

Stanley: Ehm... Allora... Il principale inquirente del caso di Andie delineò i dettagli della sua scomparsa, le tempistiche e così via. E poi passò alla prova che legava Salil al suo omicidio. Sottolinearono molto l'importanza del sangue nel bagagliaio della macchina della ragazza; dissero che indicava che fosse stata uccisa da qualche altra parte e che il suo cadavere fosse stato chiuso nel bagagliaio per essere trasportato nel luogo, qualunque fosse, nel quale era stato poi abbandonato. Nei commenti finali il coroner disse una cosa del tipo: "Sembra chiaro che Andie è stata vittima di un omicidio a sfondo sessuale e che sono stati messi in atto sforzi considerevoli per sbarazzarsi del suo cadavere".

Pip: E l'ispettore Richard Hawkins o uno degli altri agenti fornì una cronologia di quelli che pensava fossero stati gli eventi di quella notte e di come Sal l'avesse presumibilmente uccisa?

Stanley: Sì, e più o meno me la ricordo. Andie si era allontanata da casa in macchina e a un certo punto, mentre rientrava a piedi, Salil l'aveva intercettata. Chiunque dei due fosse alla guida, lui l'aveva portata in un luogo isolato e l'aveva assassinata. Aveva nascosto il corpo nel bagagliaio e poi aveva guidato chissà dove per nascondere il cadavere e sbarazzarsene. Figurati, talmente bene che dopo cinque anni non è stato ancora ritrovato, dev'essere stata una buca bella grossa. E poi aveva mollato la macchina in quella strada dove sarebbe stata ritrovata, Romer Close mi pare fosse, e se n'era tornato a casa a piedi.

Pip: Perciò a causa del sangue nel bagagliaio la polizia credette che Andie fosse stata uccisa da qualche parte e poi nascosta in un luogo diverso?

Stanley: Già.

Pip: Ok. In un sacco di suoi articoli sul caso lei si riferisce a Sal come a un "assassino", un "omicida" e perfino un "mostro". È consapevole che senza una condanna bisognerebbe in teoria utilizzare la parola "presunto" quando si scrive il resoconto di un crimine?

Stanley: Trovo ridicolo che una bambina mi dica come fare il mio lavoro. E comunque è ovvio che è stato lui e lo sanno tutti. La uccise e il senso di colpa lo spinse al suicidio.

Pip: Ok. Quindi per quali ragioni lei è convinto della colpevolezza di Sal?

Stanley: Anche troppe per poter essere elencate. A parte le prove, era il suo ragazzo, giusto? È sempre il ragazzo o l'ex-ragazzo. E non solo, Sal era indiano.

Pip: Ehm... Sal in realtà era nato e cresciuto in Gran Bretagna, anche se è degno di nota che lei si riferisca a lui come indiano in tutti i suoi articoli.

Stanley: Be', è uguale. Era di origini indiane.

Pip: E questo perché è rilevante?

Stanley: Io non sono tipo un esperto né niente, ma hanno stili di vita diversi dai nostri, no? Non trattano le donne proprio come noi, le loro donne sono come una loro proprietà. Perciò presumo che forse Andie avesse deciso che non voleva più stare con lui o qualcosa del genere e lui l'abbia uccisa in preda all'ira perché ai suoi occhi lei gli apparteneva.

Pip: Wow... Io... Ehm... lei... In tutta onestà, Stanley, sono piuttosto sorpresa che non sia stato denunciato per diffamazione.

Stanley: È perché tutti sanno che quel che dico è vero.

Pip: In verità io no. Penso che sia del tutto irresponsabile etichettare qualcuno come assassino senza usare le parole "presunto" o "presumibilmente" se non c'è stato alcun processo o condanna. O chiamare Sal un mostro. E a proposito di uso dei termini, è interessante confrontare il suo recente lavoro sullo Strangolatore della Palude. Ha ucciso cinque persone e si è dichiarato colpevole in aula, eppure nel titolo si riferisce a lui come a un "giovanotto malato d'amore". È perché *lui* è bianco?

Stanley: Questo non ha nulla a che fare col caso di Salil. Dico solo le cose come stanno. Devi darti una calmata. È morto, cosa importa se la gente lo chiama assassino? Non gli può far male.

Pip: Ma la sua famiglia non è morta.

Stanley: Inizia a suonare come se in realtà fossi convinta che è innocente. Nonostante tutta la competenza di agenti di polizia con anni di esperienza.

Pip: Penso solo che ci siano certe lacune e certe incongruenze nel presunto caso contro Sal.

Stanley: Sì, se il ragazzo non si fosse fatto fuori da solo prima di venire arrestato saremmo stati in grado di colmare quelle lacune.

Pip: Be', questo è molto indelicato da parte sua.

Stanley: Be', è stato indelicato da parte sua uccidere la sua bella ragazza bionda e nasconderne i resti.

Pip: Presumibilmente!

Stanley: Vuoi delle altre prove che quel ragazzo era un assassino, fangirl? Non ci fu permesso di pubblicarlo, ma la mia fonte alla polizia disse che avevano trovato un biglietto con una minaccia di morte nell'armadietto di Andie a scuola. Lui la minacciò e poi la uccise. Davvero pensi ancora che sia innocente?

Pip: Sì, lo penso. E penso che lei sia un razzista, intollerante, testa di cazzo, ignorante opportunista...

(Stanley riaggancia)

Be', insomma, non credo che io e Stanley diventeremo migliori amici.

Comunque questa intervista mi ha fornito due informazioni che prima non avevo. La prima è che la polizia è convinta che Andie sia stata uccisa da qualche parte prima di venir chiusa nel bagagliaio della sua auto e portata in un altro luogo per sbarazzarsi del cadavere.

La seconda informazione che Stanley mi ha fornito è questa "minaccia di morte". Non l'ho vista menzionata in nessuno degli articoli o in nessuna delle dichiarazioni della polizia. Deve esserci una ragione: forse la polizia non pensò fosse rilevante. O magari non potevano provare che era collegata a Sal. O forse Stanley se l'è inventata. In ogni caso vale la pena ricordarsene quando più avanti intervisterò gli amici di Andie.

Perciò ora che so (all'incirca) qual era la versione della polizia degli eventi di quella notte e come sarebbe potuta svolgersi l'azione penale contro Sal, è tempo di fare una MAPPA DELL'OMICIDIO.

Dopo cena perché mamma mi sta per chiamare tra circa tre... due... sì...

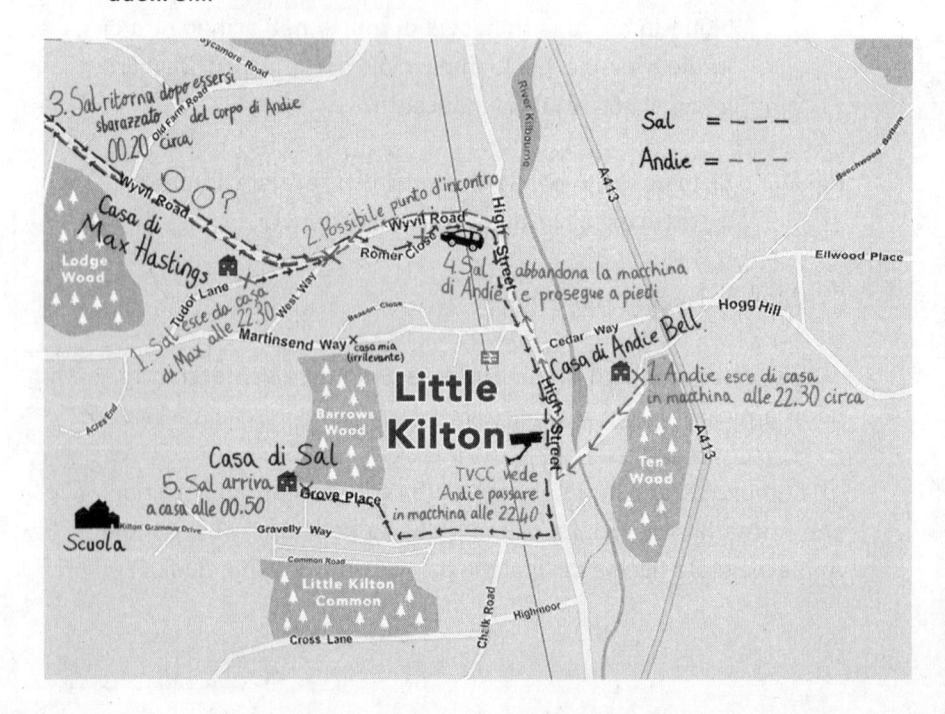

Non ha un aspetto molto professionale. Ma aiuta a visualizzare la versione degli eventi della polizia. Ho dovuto fare un paio di supposizioni nello stenderla. La prima è che ci sono diversi percorsi che si possono fare a piedi da casa di Max a casa di Sal; ho scelto quello che torna indietro passando per High Street perché Google ha detto che è il più rapido e do per scontato che la maggior parte delle persone di notte preferisca camminare per strade ben illuminate.

Fornisce anche un buon punto di incontro da qualche parte lungo Wyvil Road dove Andie potrebbe aver accostato per far salire Sal in macchina. Pensando da detective, su Wyvil Road ci sono in effetti delle tranquille stradine laterali residenziali e una fattoria. Questi posti isolati e tranquilli – cerchiati nella mappa – potrebbero essere la scena del crimine (secondo la versione della polizia).

Non mi sono preoccupata di ipotizzare dove sia stato eliminato il corpo di Andie perché, come il resto del mondo, non ho alcun indizio su dove possa essere successo. Ma dato che ci vogliono circa diciotto minuti a piedi da dove fu abbandonata la macchina in Romer Close per tornare a casa di Sal in Grove Place, devo presumere che debba essersi trovato di nuovo nelle vicinanze di Wyvil Road attorno alle 00.20. Perciò se l'incontro tra Andie e Sal è avvenuto attorno alle 22.45, questo avrebbe dato a Sal un'ora e trentacinque minuti per ucciderla e nascondere il cadavere. Voglio dire, da un punto di vista temporale mi sembra perfettamente plausibile. È possibile. Ma ci sono ancora una dozzina di "perché?" e "come?" che si fanno strada a forza.

Holly Jackson

Sia Andie sia Sal sono andati via da dov'erano attorno alle 22.30, quindi dovevano essersi messi d'accordo per incontrarsi, no? Sembra troppo una coincidenza perché non si fossero sentiti e messi d'accordo prima. Il fatto è che la polizia non ha accennato neanche una volta a una telefonata o un messaggio tra Andie e Sal che potesse valere come un accordo di incontro. E se lo avessero deciso insieme, per esempio a scuola, dove non ci sarebbe nessuna traccia della conversazione, come mai non si sono semplicemente messi d'accordo perché Andie passasse a prendere Sal a casa di Max? Mi sembra strano.

Sto sproloquiando. Sono le due del mattino e ho mangiato mezzo Toblerone, ecco perché.

Quattro

Aveva una canzone dentro di sé. Un battito malaticcio che le agitava la pelle sui polsi e sul collo, un accordo crepitante quando si schiariva la gola e il trillo frastagliato del proprio respiro. Poi, la terribile consapevolezza che una volta che aveva fatto caso al proprio respiro non avrebbe potuto, per nulla al mondo, smettere di farci caso.

Era in piedi davanti alla porta a desiderare che si aprisse. Ogni secondo diventava più denso e sciropposo mentre la porta la fissava dall'alto, e i minuti si dispiegavano fino a farsi eternità. Quanto tempo era passato da quando aveva bussato? Quando Pip non ce la fece più sfilò il Tupperware sudato pieno di muffin appena fatti da sotto il braccio e si voltò per andarsene. La casa fantasma oggi era chiusa ai visitatori e la delusione bruciava.

Aveva fatto solo pochi passi quando sentì il rumore di qualcosa che grattava e scattava e si voltò trovandosi a guardare Ravi Singh sulla porta, i capelli arruffati e il viso teso per la confusione.

«Oh» disse Pip con un tono acuto che non le apparteneva. «Scusa, pensavo mi avessi detto di tornare venerdì. E oggi è venerdì.»

«Ehm, sì, l'ho detto» confermò Ravi grattandosi la testa e fissando un qualche punto vicino alle caviglie di Pip. «Ma… a essere onesto, però… pensavo mi stessi solo prendendo in giro. Uno scherzo. Non mi aspettavo che saresti tornata per davvero.»

«Questo è, ehm, spiacevole.» Pip fece del suo meglio per non avere l'aria ferita. «Nessuno scherzo, giuro. Sono seria.»

«Già, sembri un tipo serio.» Doveva prudergli la nuca in modo eccezionale. O forse il prurito alla nuca di Ravi Singh era l'equivalente dei fatti inutili di Pip: scudo e armatura per quando il cavaliere che vi stava dietro era sulle spine.

«Sono seria in modo irragionevole» sorrise Pip, porgendogli il Tupperware. «E ho fatto dei muffin.»

«Tipo per corrompermi?»

«È quel che dice la ricetta, sì.»

La bocca di Ravi fece una smorfia, non esattamente un sorriso. Solo in quel momento Pip si rese conto di quanto doveva essere dura la sua vita in quella città, col fantasma del fratello riflesso in volto. Non c'era da stupirsi se sorridere gli risultava difficile.

«Quindi posso entrare?» disse Pip, piegando il labbro inferiore e stirando tantissimo gli occhi nella sua migliore espressione di supplica, quella che suo papà diceva che la faceva sembrare stitica.

«Sì, va bene» disse lui dopo una pausa quasi devastante. «Solo se smetti di fare quella faccia.» Fece un passo indietro per farla entrare in casa.

«Grazie, grazie, grazie» disse velocemente Pip e per l'entusiasmo inciampò sul gradino d'ingresso.

Alzando un sopracciglio, Ravi chiuse la porta e le chiese se volesse una tazza di tè.

«Sì, volentieri.» Pip rimase ferma nell'ingresso, a disagio, cercando di occupare il minor spazio possibile. «Nero, per favore.»

«Non mi sono mai fidato di chi beve il tè nero.» Le fece cenno di seguirlo in cucina.

La stanza era ampia e incredibilmente luminosa; la parete esterna era un unico gigantesco pannello di vetro scorrevole che si apriva su un lungo giardino che esplodeva del rossore dell'estate e di sinuose viti da fiaba.

«Come lo bevi tu, allora?» chiese Pip, appoggiando lo zaino su una delle sedie.

«Latte finché non diventa bianco e tre zollette di zucchero» rispose lui sovrastando il suono d'inferno sputacchiante del bollitore.

«Tre zollette? *Tre*?»

«Lo so, lo so. È evidente che non sono abbastanza dolce di mio.»

Pip guardò Ravi armeggiare per la cucina, il bollitore fumante un'ottima scusa per il silenzio che era sceso tra di loro. Frugò in un barattolo di bustine da tè semivuoto, tamburellando con le dita sul lato mentre si dava da fare a versare e zuccherare e aggiungere il latte. L'energia nervosa era contagiosa, e il cuore di Pip accelerò fino ad accordarsi al ritmo delle sue dita tamburellanti.

Ravi si avvicinò con le due tazze, tenendo quella di Pip per la base rovente così che lei potesse prenderla per il manico. Era decorata da una faccia sorridente e dalla frase: *Quand'è ora di andare dal dentista? Quando dici "Acci... denti!"*.

«I tuoi non ci sono?» chiese, appoggiando la tazza sul tavolo.

«No.» Bevve un sorso e Pip si accorse, con sollievo, che non faceva rumore. «E se ci fossero loro non ci saresti tu. Cerchiamo di non parlare troppo di Sal; turba la mamma. Turba tutti, in realtà.»

«Non posso neanche immaginare» disse piano Pip. Non importava che fossero passati cinque anni; per Ravi era un dolore ancora fresco: lo portava scritto sul viso.

«Non è solo che non c'è più. È che... be', non ci è permesso essere in lutto per lui, a causa di quel che è successo. E se dicessi "mi manca mio fratello" passerei per una specie di mostro.»

«Io non lo penso.»

«Neanche io, ma mi sa che tu e io siamo in minoranza, qui.»

Pip bevve un sorso di tè per riempire il silenzio ma era decisamente troppo caldo e gli occhi le si irritarono e riempirono di lacrime.

«Piangi già? Non siamo neanche arrivati alle parti tristi.» Il sopracciglio di Ravi si sollevò altissimo sulla fronte.

«Tè bollente» sussultò Pip, la lingua gonfia e bruciata.

«Lascialo raffreddare un *nanosecondo* o, sai, *un miliardesimo di secondo.*»

«Ehi, te lo ricordi.»

«Come faccio a dimenticarmi una presentazione così? Allora, che domande volevi farmi?»

Pip abbassò lo sguardo sul telefono che aveva in grembo e disse: «Per prima cosa ti dispiace se ti registro, così posso trascrivere poi tutto accuratamente?».

«Si prospetta un venerdì sera divertente.»

«Lo prenderò come un "Fa' pure".» Pip aprì la cerniera dello zaino ed estrasse il suo fascio di appunti.

«Cosa sono?» indicò lui.

«Domande preparate in anticipo.» Riordinò i fogli per sistemare la pila.

«Oh, wow, sei lanciatissima, eh?» La guardò con un'espressione che ondeggiava tra il confuso e lo scettico.
«Già.»
«Dovrei essere nervoso?»
«Non ancora» disse Pip, lanciandogli un ultimo sguardo prima di premere il bottone rosso del registratore.

Pippa Fitz-Amobi
CPE 04/08/2017

Diario di lavoro – Voce 4

Trascrizione dell'intervista a Ravi Singh

Pip: Allora, quanti anni hai?

Ravi: Perché?

Pip: Cerco solo di fare il punto sui fatti.

Ravi: Ok, sergente, ho appena compiuto vent'anni.

Pip: (Ride) [Nota a latere: OH MIO DIO LA MIA RISATA È ATROCE DA SENTIRE. NON RIDERÒ MAI PIÙ!] E Sal aveva tre anni più di te?

Ravi: Sì.

Pip: Ti ricordi dei comportamenti strani da parte di tuo fratello venerdì 20 aprile 2012?

Ravi: Wow, bella diretta. Ehm, no, proprio no. Cenammo presto, tipo alle sette, e poi mio padre lo accompagnò da Max e lui chiacchierava normalmente, come sempre. Se stava segretamente progettando un omicidio, a noi non fu per niente evidente. Era... gioioso, direi che è una buona descrizione.

Pip: E quando tornò da casa di Max?

Ravi: Ero già andato a letto. Ma il mattino dopo mi ricordo che era di ottimo umore. Sal era mattiniero. Si alzò e preparò la colazione per tutti e fu solo subito dopo che ricevette una telefonata da uno degli amici di Andie. Fu allora che scoprimmo che era sparita. Da quel momento, ovviamente, non fu più gioioso, era preoccupato.

Pip: Perciò né i genitori di Andie né la polizia gli telefonarono venerdì sera?

Ravi: Non che io sappia. I genitori di Andie non conoscevano davvero Sal. Lui non li aveva mai incontrati e non era mai stato a casa loro. Di solito era Andie a venire qui oppure si vedevano a scuola e alle feste.

Pip: Da quanto tempo stavano insieme?

Ravi: Dal Natale precedente, quindi circa quattro mesi. Sal aveva in effetti un paio di chiamate perse da parte di una delle migliori amiche di Andie tipo delle due del mattino. Aveva il telefono silenzioso, però, quindi non le sentì perché dormiva.

Pip: Quindi cos'altro successe quel sabato?

Ravi: Be', dopo aver scoperto che Andie era sparita Sal rimase letteralmente incollato al cellulare, la chiamava ogni cinque minuti. Ogni volta scattava la segreteria ma lui credeva che se avesse risposto a qualcuno sarebbe stato a lui.

Pip: Aspetta, quindi Sal chiamava il cellulare di Andie?

Ravi: Sì, tipo un milione di volte durante tutto il weekend e anche il lunedì dopo.

Pip: Non sembra il genere di cosa che uno farebbe se sapesse che ha ucciso la persona scomparsa e che quella quindi non potrebbe rispondere.

Ravi: Specie se si fosse nascosto il cellulare di lei addosso o in camera.

Pip: Un'obiezione migliore ancora. Cos'altro accadde quel giorno?

Ravi: I miei gli dissero di non andare a casa di Andie perché la polizia la stava probabilmente perquisendo. Così rimase a casa, a cercare di chiamarla. Gli chiesi se avesse qualche idea di dove potesse essere ma lui era senza parole. Disse un'altra cosa, che mi è rimasta impressa. Disse che tutto quello che Andie faceva era intenzionale, e forse era scappata apposta per punire qualcuno. Ovviamente entro la fine del weekend aveva capito che non era così.

Pip: Andie chi avrebbe potuto voler punire? Lui?

Ravi: Non lo so, non chiesi altro. Non la conoscevo bene; era stata qui solo poche volte. Cioè, immaginai che il "qualcuno" di cui parlava Sal fosse il padre di Andie.

Pip: Jason Bell? Perché?

Ravi: Le avevo solo sentito dire delle cose quando era stata qui. Avevo pensato che non avesse un gran rapporto col padre. Ma non ricordo niente nello specifico.

[Fiuuu, dice "specifico" e non "pacifico".]

Pip: Lo specifico è quello che ci serve. Quindi quand'è che la polizia contattò Sal?

Ravi: Fu la domenica pomeriggio. Lo chiamarono e gli chiesero se potevano passare per fare una chiacchierata. Arrivarono circa alle tre, o forse erano le quattro. Io e i miei ci spostammo in cucina per lasciare loro un po' di spazio, quindi in realtà non sentimmo nulla.

Pip: E Sal vi disse cosa gli avevano chiesto?

Ravi: In parte. Era un po' spaventato per il fatto che lo avessero registrato e st...

Pip: La polizia lo registrò? È normale?

Ravi: Non lo so, sei tu il sergente. Dissero che era la procedura e gli chiesero solo dove fosse quella notte, con chi. E della sua relazione con Andie.

Pip: E com'era la loro relazione?

Ravi: Sono suo fratello; non ci vedevo granché. Ma sì, a Sal lei piaceva molto. Cioè, sembrava piuttosto felice di stare con la ragazza più carina e più popolare del suo anno. Però Andie sembrava sempre portarsi dietro del melodramma.

Pip: Che tipo di melodramma?

Ravi: Non lo so, penso che fosse soltanto una di quelle persone che ci sguazzano.

Pip: Ai tuoi piaceva?

Ravi: Sì, ai miei la cosa andava bene. Lei non diede mai loro un motivo per cui non dovesse essere così.

Pip: E quindi cos'altro accadde dopo che la polizia lo ebbe interrogato?

Ravi: Ehm, la sera vennero i suoi amici, sai, per vedere se stava bene.

Pip: E fu in quel momento che chiese loro di mentire alla polizia per fornirgli un alibi?

Ravi: Immagino di sì.

Pip: Perché pensi lo avesse fatto?

Ravi: Io, cioè, non lo so. Forse era solo scosso dopo l'interrogatorio della polizia. Forse aveva paura di diventare un sospettato così cercò di coprirsi. Non lo so.

Pip: Presumendo che Sal fosse innocente, hai idea di dove potesse essere da quando uscì da casa di Max alle 22.30 a quando tornò a casa alle 00.50?

Ravi: No, perché ci disse anche che si era incamminato da casa di Max circa alle 00.15. Immagino fosse stato da solo da qualche parte, perciò sapeva che se avesse detto la verità non avrebbe avuto nessun alibi. Lo mette in cattiva luce, vero?

Pip: Cioè, mentire alla polizia e chiedere di farlo pure ai propri amici sì, mette Sal in cattiva luce. Ma non è la prova definitiva che avesse qualcosa a che fare con la morte di Andie. Quindi, cosa successe poi la domenica?

Ravi: Domenica pomeriggio io, Sal e i suoi amici ci offrimmo volontari per diffondere i volantini di scomparsa, distribuendoli alla gente in città. Lunedì non lo vidi molto a scuola, ma deve essere stata particolarmente dura per lui perché tutti non parlavano d'altro che della scomparsa di Andie.

Pip: Mi ricordo.

Ravi: C'era anche la polizia; li vidi perquisire l'armadietto di Andie. Già, quindi quella sera era un po' giù. Era silenzioso, preoccupato, ma come ci si aspetterebbe. La sua ragazza era scomparsa. E il giorno dopo...

Pip: Non devi parlare del giorno dopo se non vuoi.

Ravi: (Breve pausa) No, va bene. Andammo a scuola a piedi insieme e io entrai per l'appello, lasciandolo nel parcheggio. Voleva sedersi un minuto all'aperto. È stata l'ultima volta che l'ho visto. E non gli dissi altro che: "Ci vediamo dopo". Io... Io sapevo che a scuola c'era la polizia; si diceva che stessero parlando con gli amici di Sal. Ma fu solo verso le due che vidi che mia mamma aveva cercato di telefonarmi, così tornai a casa e i miei mi dissero che la polizia aveva urgente bisogno di parlare con Sal e mi chiesero se l'avessi visto. Credo che gli agenti stessero perquisendo camera sua. Cercai anche io di chiamarlo, ma il telefono suonava a vuoto. Mio papà mi fece vedere il messaggio che aveva ricevuto, l'ultima volta che aveva sentito Sal.

Pip: Ti ricordi cosa diceva?

Ravi: Sì, diceva: *Sono stato io. L'ho fatto io. Mi dispiace.* E... (piccola pausa) la polizia tornò più tardi, quella sera. I miei andarono ad aprire la porta e io rimasi qui ad ascoltare. Quando dissero che avevano trovato un cadavere nel bosco per un secondo fui sicurissimo che stavano parlando di Andie.

Pip: E... non voglio sembrarti indelicata, ma i sonniferi...

Come uccidono le brave ragazze

Ravi: Sì, erano di papà. Stava prendendo il fenobarbital per l'insonnia. In seguito diede la colpa a se stesso. Non prende più niente. Anche se non dorme granché.

Pip: E avevi mai pensato prima che Sal potesse avere tendenze suicide?

Ravi: Mai, neanche una volta. Sal era letteralmente la persona più felice che ci fosse. Rideva e scherzava di continuo. È sdolcinato da dire ma era il tipo di persona che accendeva una stanza appena ci entrava. Era il migliore in tutto quello che faceva. Era il bambino prodigio dei miei, il loro studente modello. Ora gli resto solo io.

Pip: E, scusa, ma la domanda più grossa è: pensi che Sal abbia ucciso Andie?

Ravi: Io... No, no, non lo penso. Non posso pensarlo. Non ha alcun senso, per me. Sal era una delle persone più buone del pianeta, sai. Non si arrabbiava mai, per quanto lo potessi far innervosire. Non era mai stato uno di quei ragazzi che si facevano coinvolgere nelle liti. Era il miglior fratello maggiore che uno possa avere e mi è sempre venuto in soccorso quando ho avuto bisogno di lui. Era la persona migliore che abbia mai conosciuto. Quindi, devo dire di no. Ma poi, non lo so, la polizia sembra così sicura e le prove... già, so che gettano Sal in cattiva luce. Ma comunque non posso credere che fosse capace di farlo.

Pip: Capisco. Direi che per ora queste sono le domande che volevo farti.

Ravi: (Si raddrizza sulla sedia e fa un lungo sospiro) Allora, Pippa...

Pip: Puoi chiamarmi Pip.

Ravi: Pip, va bene. Hai detto che è un progetto per la scuola?

Pip: Sì.

Ravi: Ma perché? Perché hai scelto questo? Ok, magari non credi che sia stato Sal, ma perché vuoi dimostrarlo? Cos'è per te? Nessun altro in questa città ha difficoltà a credere che mio fratello fosse un mostro. L'hanno superata tutti.

Pip: La mia migliore amica, Cara, è la sorella di Naomi Ward.

Ravi: Oh, Naomi, era sempre carina con me. Sempre qui da noi, a seguire Sal come un cagnolino. Era totalmente innamorata di lui.

Pip: Oh, davvero?

Ravi: L'ho sempre pensato. Il modo in cui rideva a tutto quello che lui diceva, anche per le cose meno divertenti. Non penso lui la ricambiasse, però.

Pip: Mh.

Ravi: Quindi lo fai per Naomi? Ancora non capisco.

Pip: No, non è quello. Quel che volevo dire era che... conoscevo Sal.

Ravi: Ah sì?

Pip: Sì. Era spesso dagli Ward quando c'ero anch'io. Una volta permise a me e Cara di guardare un film vietato ai minori di quattordici anni anche se ne avevamo solo dodici. Era una commedia e ricordo ancora quanto risi. Risi fino a star male, anche se non capivo bene tutto, perché la risata di Sal era talmente contagiosa...

Ravi: Acuta e irrefrenabile?

Pip: Già. E quando avevo dieci anni mi insegnò per errore la mia prima parolaccia. *Merda*, per inciso. E un'altra volta mi insegnò a girare i pancake perché io ero del tutto incapace ma troppo cocciuta per lasciare che qualcun altro lo facesse al mio posto.

Ravi: Era un bravo insegnante.

Pip: E quando ero in prima c'erano due ragazzi che mi avevano presa di mira perché mio papà è nigeriano. E Sal vide tutto. Si avvicinò e disse soltanto, perfettamente calmo: "Quando voi due verrete espulsi per bullismo, sappiate che il liceo più vicino è a mezz'ora da qui, sempre che ci entriate. Iniziare da zero in una scuola completamente nuova, pensateci". Mi lasciarono in pace. E subito dopo Sal si sedette con me e mi diede il suo KitKat per tirarmi su. Da quel momento ho... be', non importa.

Ravi: Ehi, dài, dimmelo. Io ti ho concesso l'intervista... Anche se i tuoi muffin corruttori sanno di formaggio.

Pip: Da quel momento per me è sempre stato un eroe. Non riesco a credere che sia stato lui, tutto qui.

Pippa Fitz-Amobi
CPE 08/08/2017

Diario di lavoro – Voce 5

Ho appena passato due ore a fare ricerca su questo: credo di poter fare richiesta alla polizia locale per avere una copia dell'interrogatorio fatto a Sal avvalendomi della legge sulla libertà d'informazione.

Ci sono alcune esenzioni alla divulgazione delle informazioni secondo questa legge, per esempio se il materiale richiesto si riferisce a un'indagine in corso o se infrangesse la legge sulla protezione dei dati qualora si divulgassero informazioni personali su persone viventi. Ma Sal è morto, quindi di certo non avrebbero motivo di rifiutarmi il suo interrogatorio. Magari posso vedere se riesco ad avere accesso anche ad altri documenti del caso Andie Bell.

Cambiando discorso, non riesco a togliermi dalla mente le cose che Ravi ha detto di Jason Bell. Che Sal sulle prime avesse pensato che Andie era scappata per punire qualcuno e che il suo rapporto col padre fosse teso.

Jason e Dawn Bell divorziarono poco dopo che fu stilato il certificato di morte di Andie (questo a Little Kilton lo sanno tutti, ma ne ho avuto conferma con una rapida indagine su Facebook). Jason si è trasferito e ora vive in una cittadina a quindici minuti da qui. Non molto tempo dopo il divorzio inizia a comparire nelle foto insieme a una bella signora bionda che sembra un po' troppo giovane per lui. Pare che ora siano sposati.

Sono stata su YouTube a guardare ore e ore di filmati della prima conferenza stampa dopo la scomparsa di Andie. Non posso credere di non averlo mai notato prima, ma c'è qualcosa di un po' strano in Jason. Il modo in cui stringe giusto un po' troppo forte il braccio della moglie quando lei scoppia a piangere per Andie, il modo in cui le fa scivolare la spalla davanti per poterla spingere via dal microfono quando decide che ha detto abbastanza. La voce rotta che suona un po' troppo forzata quando dice: "Andie, ti amiamo così tanto" e "Ti prego, torna a casa, non succederà niente". Il modo in cui Becca, la sorella di Andie, si fa piccola sotto al suo sguardo. Lo so, non sto facendo esattamente la *detective obiettiva*, ma c'è qualcosa nei suoi occhi – un gelo – che mi preoccupa.

E poi ho notato IL GRANDE DETTAGLIO. Alla conferenza stampa di lunedì 23 aprile Jason Bell dice: "Rivogliamo solo la nostra bambina. Siamo completamente devastati e non sappiamo cosa fare. Se sapete dov'è, vi prego, ditele di chiamare casa per farci sapere che sta bene. Andie *era* una presenza così viva a casa nostra, c'è troppo silenzio senza di lei".

Già. Dice: "era". ERA. AL PASSATO. E prima che succedesse tutta la storia di Sal. In quel momento pensavano tutti che Andie fosse ancora viva. Ma Jason Bell disse ERA.

Fu solo un errore innocente o stava usando il passato perché sapeva già che sua figlia era morta? Jason Bell si tradì?

Da quel che vedo Jason e Dawn erano a una cena quella sera e Andie doveva passare a prenderli. Jason potrebbe aver lasciato la festa a un certo punto? E se non è così, anche se avesse un alibi solido, ciò non significa che non possa essere in qualche modo coinvolto nella scomparsa di Andie.

Come uccidono le brave ragazze

Se stilassi una lista di sospettati, credo che Jason Bell finirebbe in cima.

Sospettati

Jason Bell

Cinque

C'era qualcosa di strano, come se l'aria nella stanza fosse stantia e andasse lentamente addensandosi, addensandosi finché Pip non si ritrovò a respirarla in enormi coaguli gelatinosi. In tutti gli anni che conosceva Naomi non si era mai sentita così.

Pip le fece un sorriso rassicurante e una battuta volante sulla quantità di peli lanuginosi di Barney che aveva attaccati ai leggings. Naomi sorrise debolmente, passandosi le mani tra i capelli biondi e sfumati.

Sedevano nello studio di Elliot Ward, Pip sulla sedia girevole alla scrivania e Naomi davanti a lei nella poltrona di pelle color sangue di bue. Naomi non guardava Pip; fissava invece i tre dipinti sulla parete più lontana. Tre gigantesche tele della famiglia, immortalata per sempre con pennellate dalle tinte sgargianti. I suoi genitori che passeggiavano nel bosco d'autunno, Elliot che beveva da una tazza fumante e due piccole Naomi e Cara su un'altalena. La loro mamma li aveva dipinti mentre stava morendo, la sua ultima impronta sul mondo. Pip sapeva quanto fossero importanti quei quadri per gli Ward, come guardassero a loro nei momenti più tristi e in quelli più felici. Anche se si ricordava che ce n'era appeso anche un altro paio, una volta; forse Elliot li teneva da parte per regalarli alle ragazze quando fossero diventate grandi e se ne fossero andate di casa.

Pip sapeva che Naomi era in terapia da quando la mamma era morta sette anni prima. E che era riuscita a guadare la propria ansia, il collo a un pelo dall'acqua, e a laurearsi.

Ma qualche mese prima aveva avuto un attacco di panico al suo nuovo lavoro a Londra e lo aveva lasciato per tornare a casa col papà e la sorella.

Naomi era fragile e Pip cercava di fare del suo meglio per non calpestare nessuna crepa. Con la coda dell'occhio vedeva il timer della sua app di registrazione vocale che scorreva senza fermarsi.

«Allora, puoi dirmi cosa ci facevate tutti da Max quella sera?» chiese con gentilezza.

Naomi si mosse leggermente, abbassando lo sguardo ad abbracciarsi le ginocchia.

«Ehm, noi stavamo solo, cioè, bevendo, chiacchierando, giocando un po' all'Xbox, niente di troppo eccitante.»

«E facendo foto? Ce n'è un paio su Facebook di quella sera.»

«Già, facendo foto stupide. Cazzeggiavamo e basta, davvero» disse Naomi.

«Non ci sono foto di Sal quella sera, però.»

«No, be', si vede che se n'era andato prima che iniziassimo a farle.»

«E Sal si era comportato in modo strano prima di andarsene?» chiese Pip.

«Ehm, io... no, direi di no.»

«Aveva parlato di Andie?»

«Io, ehm... sì, forse un po'.» Naomi si risistemò sulla poltrona e la pelle fece un sonoro brontolio quando lei vi si staccò. Una cosa che il fratellino di Pip avrebbe trovato molto divertente e, in altre circostanze, forse anche lei.

«Cosa disse di lei?» chiese Pip.

«Ehm...» Naomi si interruppe per un momento, mordendosi una pellicina del pollice. «Lui, ehm... penso che forse stessero discutendo per qualcosa. Sal disse che aveva intenzione di non parlarle per un po'.»

«Perché?»

«Non mi ricordo nello specifico. Ma Andie era... era un po' un incubo. Cercava sempre di litigare con Sal per i motivi più futili. Sal preferiva reagire col silenzio piuttosto che discutere.»

«Questi litigi che genere di cose riguardavano?»

«Le cose più stupide. Tipo lui che non le rispondeva ai messaggi abbastanza in fretta. Cose così. Io... io non gliel'ho mai detto ma ho sempre pensato che Andie portasse guai. Se avessi detto qualcosa, non lo so, forse tutto sarebbe andato in modo diverso.»

Davanti al viso abbattuto di Naomi, al tremore rivelatore del suo labbro superiore, Pip capì che doveva tirarla fuori da quel buco nero prima che si chiudesse a riccio del tutto.

«C'è stato un momento, quella sera, in cui Sal aveva detto che sarebbe andato via presto?»

«No, non lo aveva detto.»

«E a che ora se ne andò da casa di Max?»

«Siamo abbastanza sicuri che fosse verso le dieci e mezza.»

«E non disse niente prima di uscire?»

Naomi si risistemò sulla poltrona e chiuse gli occhi un istante, le palpebre talmente serrate che Pip riusciva a vederle vibrare anche dall'altra parte della stanza. «Sì» confermò. «Disse solo che non era molto dell'umore e che tornava a casa per andare a dormire presto.»

«E voi a che ora ve ne andaste da casa di Max?»

«Io non me ne andai, io... io e Millie rimanemmo a dormire nella camera degli ospiti. Papà venne a prendermi la mattina dopo.»

«A che ora andaste a letto?»

«Uhm, penso fosse poco prima di mezzanotte e mezza. Ma non sono sicurissima.»

Ci fu un improvviso triplice bussare alla porta dello studio e Cara fece capolino, squittendo quando lo chignon arruffato le rimase impigliato nello stipite.

«Togliti dai piedi, sto registrando» disse Pip.

«Scusa, emergenza, due secondi» rispose Cara, rimanendo ferma, una testa decapitata sospesa a mezz'aria. «Nai, dove accidenti sono finiti tutti quei biscotti Jammie Dodger?»

«Non lo so.»

«Ho letteralmente visto papà tirarne fuori un pacco intero dalla borsa ieri. Dove sono finiti?»

«Non lo so, chiedi a lui.»

«Non è ancora tornato.»

«Cara» disse Pip, alzando un sopracciglio.

«Già, scusa, mi tolgo dai piedi» rispose lei, sganciando la testa e chiudendosi la porta alle spalle.

«Ehm, ok» disse Pip, cercando di riprendere il filo interrotto. «Allora, quando hai saputo che Andie era sparita?»

«Credo che Sal mi mandò un messaggio sabato, forse in tarda mattinata.»

«E quali furono i tuoi primi pensieri su dove potesse essere?»

«Non lo so.» Naomi si strinse nelle spalle; Pip non era sicura di averglielo mai visto fare. «Andie era il tipo di persona che conosceva un sacco di gente. Credo di aver pensato che era con qualche altro amico che noi non conoscevamo, e che non voleva farsi trovare.»

Pip fece un profondo sospiro per prepararsi, lanciando uno sguardo agli appunti; doveva maneggiare con attenzione la domanda successiva. «Puoi parlarmi di quando Sal ti chiese di mentire alla polizia a proposito dell'orario in cui se n'era andato da casa di Max?»

Naomi cercò di parlare, ma sembrava non riuscisse a trovare le parole. Uno strano silenzio subacqueo si diffuse rapidamente in quel piccolo spazio. A Pip fischiavano le orecchie per il peso.

«Ehm» disse infine Naomi, con la voce lievemente rotta. «Siamo passati da lui la domenica sera a vedere come stava. E stavamo parlando di quel che era successo e Sal disse che era nervoso perché la polizia gli stava già facendo delle domande. E visto che era il ragazzo di Andie pensava che lo avrebbero preso di mira. Così chiese solo se non ci andasse di dire che era uscito da casa di Max un po' più tardi di quando in effetti se n'era andato, tipo a mezzanotte e un quarto, così la polizia avrebbe smesso di sorvegliarlo e si sarebbe concentrata sul serio sul ritrovamento di Andie. Non era, cioè, non mi sembrò sbagliato in quel momento. Pensai solo che stava cercando di essere ragionevole e di aiutare a ritrovare Andie in fretta.»

«E ti disse dov'era stato tra le dieci e mezza e mezzanotte e cinquanta?»

«Ehm. Non mi ricordo. No, forse non me lo disse.»

«Non glielo chiedesti? Non volevi saperlo?»

«Davvero, non mi ricordo, Pip. Scusa.» Tirò su col naso.

«Non c'è problema.» Pip si rese conto che si era sporta in avanti nel fare l'ultima domanda; riordinò gli appunti e tornò a sedersi dritta. «Quindi la polizia ti chiamò la domenica, vero? E tu dicesti loro che Sal era uscito da casa di Max a mezzanotte e un quarto?»

«Sì.»

«Allora come mai il martedì voi quattro cambiaste idea e decideste di rivelare alla polizia dell'alibi falso di Sal?»

«Io... io credo perché avevamo avuto un po' di tempo per pensarci e sapevamo che saremmo potuti finire nei guai per aver mentito. Nessuno di noi pensava che Sal fosse coinvolto in quello che era successo a Andie, per cui non vedemmo alcun problema nel dire alla polizia la verità.»

«Avevi discusso con gli altri tre per decidere che era quello che avreste fatto?»

«Sì, ci telefonammo il lunedì sera e ci mettemmo d'accordo.»

«Ma non diceste a Sal che avevate intenzione di parlare con la polizia?»

«Ehm» disse lei, tornando a passarsi le dita tra i capelli. «No, non volevamo si arrabbiasse con noi.»

«Ok, ultima domanda.» Pip guardò il viso di Naomi distendersi con visibile sollievo. «Pensi che Sal abbia ucciso Andie quella notte?»

«Non il Sal che conoscevo io» disse lei. «Era la migliore e più dolce persona del mondo. Sempre allegro, sempre pronto a far ridere le persone. Ed era anche così carino con Andie, benché forse lei non se lo meritasse. Perciò non so cosa sia successo o se sia stato lui, ma non voglio credere che lo abbia fatto.»

«Ok, finito» sorrise Pip, stoppando il registratore sul suo telefono. «Grazie davvero per la tua disponibilità, Naomi. So che non è facile.»

«Non c'è problema.» Annuì e si alzò dalla poltrona, e la pelle scricchiolò contro le sue gambe.

«Aspetta, ancora una cosa» aggiunse Pip. «Max, Jake e Millie sono qui, posso intervistarli?»

«Oh, Millie è chissà dove in giro per l'Australia e Jake vive con la sua ragazza giù nel Devon... hanno appena avuto un bambino. Max è a Kilton, però; ha appena finito il master e sta cercando lavoro, come me.»

«Pensi che gli dispiacerebbe se gli facessi una breve intervista?» chiese Pip.

«Ti do il suo numero così glielo puoi chiedere direttamente.» Naomi le tenne aperta la porta.

In cucina trovarono Cara che tentava di infilarsi in bocca due fette di toast contemporaneamente e un Elliot appena rientrato con una camicia giallo paglierino da pugno in un occhio che asciugava i pensili. Si voltò quando le sentì entrare, e le luci del soffitto rivelarono piccole ciocche grigie tra i suoi capelli bruni e si rifletterono sugli occhiali dalla montatura spessa.

«Fatto, ragazze?» sorrise con dolcezza. «Tempistica perfetta, ho appena messo su il tè.»

Pippa Fitz-Amobi
CPE 12/08/2017

Diario di lavoro – Voce 7

Appena rientrata da casa di Max Hastings. È stato strano essere lì, come entrare in una specie di ricostruzione di una scena del crimine; è uguale a come appare in quelle foto di Facebook di Naomi & company fatte quella fatidica notte di cinque anni fa. La notte che cambiò per sempre questa città. Anche Max è uguale: alto, capelli biondi e flosci, bocca leggermente troppo grande per la sua faccia spigolosa, in un certo modo presuntuosa. Ha detto che si ricordava di me, però, il che è stato carino.

Dopo aver parlato con lui... non so, non posso non pensare che qui stia succedendo qualcosa. O uno degli amici di Sal si ricorda male cosa accadde quella notte o uno di loro mente. Ma perché?

Trascrizione dell'intervista a Max Hastings

Pip: Perfetto, sto registrando. Allora, Max, tu hai ventitré anni, giusto?

Max: Sbagliato, in realtà. Tra circa un mese ne compio venticinque.

Pip: Oh.

Max: Già, quando avevo sette anni ho avuto la leucemia e sono stato assente da scuola a lungo, così ho perso un anno. Lo so, sono un miracolato.

Pip: Non ne avevo idea.

Max: Poi puoi chiedermi un autografo.

Pip: Ok, arriviamo subito al punto, puoi descrivermi com'era la relazione tra Sal e Andie?

Max: Normale. Non era la storia d'amore del secolo o roba simile. Ma entrambi pensavano che l'altro fosse bello, quindi credo funzionasse.

Pip: Non c'era qualcosa di più profondo?

Max: Non so, non ho mai prestato molta attenzione agli amori delle superiori.

Pip: Quindi com'era iniziata?

Max: Si erano ubriacati ed erano finiti insieme a una festa di Natale. Andò avanti da lì.

Pip: Era un... com'è che li chiamano... un calamity party?

Max: Santo cielo, mi ero dimenticato che chiamavamo così le feste in casa. Come fai a saperlo?

Pip: Be', la gente a scuola continua a farli, a quanto pare

è una tradizione. La leggenda vuole che sia stato tu a inventarli.

Max: Cioè, i ragazzini continuano a fare disastrose feste in casa e a chiamarle "calamity party"? Che figata. Mi sento un dio. Fanno ancora il triathlon per decidere chi dovrà dare la prossima?

Pip: Non ci sono mai stata. Comunque, conoscevi Andie prima che iniziasse ad avere una storia con Sal?

Max: Sì, un po', da scuola e dai calamity. A volte parlavamo, sì. Ma non eravamo, tipo, amici amici, non la conoscevo davvero. La conoscevo, punto.

Pip: Ok, perciò venerdì 20 aprile, quando erano tutti da te, ti ricordi se Sal si era comportato in modo strano?

Max: Non proprio. Forse un po' silenzioso, al massimo.

Pip: All'epoca ti chiedesti come mai?

Max: No, ero piuttosto ubriaco.

Pip: E quella sera Sal parlò di Andie?

Max: No, non la nominò neanche una volta.

Pip: Non disse che stavano discutendo in quel momento o...

Max: No, non ne parlò e basta.

Pip: Quanto bene ti ricordi quella serata?

Max: Me la ricordo tutta. Passai la maggior parte del tempo a giocare a *Call of Duty* con Jake e Millie. Me lo ricordo perché Millie blaterava di uguaglianza e roba del genere, e non vinse neanche una volta.

Pip: E questo era dopo che Sal se ne fu andato?

Max: Già, se ne andò prestissimo.

Pip: Dov'era Naomi mentre voi giocavate ai videogame?

Max: Dispersa.

Pip: Cioè? Non era lì?

Max: Uhm, no... ehm... era andata di sopra per un po'.

Pip: Da sola? A fare cosa?

Max: Non lo so. A fare un pisolino. A fare la cacca. Cazzo ne so.

Pip: Per quanto?

Max: Non mi ricordo.

Pip: Ok, e quando Sal se ne andò cosa disse?

Max: Niente, in realtà. Se ne andò zitto zitto e basta. In effetti non lo vidi andarsene.

Pip: Perciò la sera seguente, dopo che avevate tutti saputo che Andie era scomparsa, siete passati a trovare Sal?

Max: Già, perché credevamo fosse piuttosto a pezzi.

Pip: E come fu che vi chiese di mentire e di fornirgli un alibi?

Max: Lo disse e basta. Disse che si faceva brutta per lui e chiese se potevamo dargli una mano e cambiare leggermente l'orario. Niente di che. Non la formulò così, "datemi un alibi". Non fu così che andò. Era solo un favore a un amico.

Pip: Pensi che Sal abbia ucciso Andie?

Max: Deve essere stato lui, no? Cioè, se mi stai chiedendo se credo che il mio amico fosse capace di commettere un omicidio, la risposta sarebbe assolutamente no. Era una specie di piccola e dolce posta del cuore. Ma è stato lui perché, sai, il sangue eccetera. E l'unica ragione per la quale Sal si sarebbe mai ammazzato, credo, è se avesse fatto qualcosa di terribile. Quindi sfortunatamente quadra tutto.

Pip: Ok, grazie, ho finito con le domande.

Ci sono delle incongruenze tra le due versioni degli eventi.

Naomi ha dichiarato che Sal parlò di Andie e raccontò ai suoi amici che stavano discutendo. Max ha detto che non la nominò neanche una volta. Naomi afferma che Sal disse a tutti quanti che andava a casa presto perché "non era dell'umore". Max ha detto che se ne andò zitto zitto.

Ovviamente sto chiedendo loro di ricordare una serata di più di cinque anni fa. Ci si deve aspettare certi vuoti di memoria.

Ma poi c'è questa cosa che ha detto Max, che Naomi era dispersa. Anche se non si ricorda per quanto tempo Naomi sia sparita, subito prima ha affermato di aver passato "la maggior parte" della serata con Millie e Jake e che in quel particolare contesto Naomi non c'era. Diciamo solo che posso desumere che sia stata "di sopra" per almeno un'ora. Ma perché? Perché doveva rimanere da sola al piano di sopra della casa di Max invece che coi suoi amici? A meno che Max non mi abbia appena detto, per errore, che Naomi uscì di casa per un certo periodo di tempo quella notte e stia cercando di coprirla.

Non riesco a credere a quanto sto per scrivere, ma inizio a sospettare che Naomi possa aver avuto qualcosa a che fare con Andie. La conosco da undici anni. Ho passato quasi tutta la mia vita ad ammirarla come fosse una sorella maggiore, così da poter imparare come esserlo anche io. Del tipo di Naomi, il genere di persona che ti fa un sorriso di incoraggiamento quando sei a metà di una storia e tutti gli altri hanno smesso di ascoltarti. È mite, è delicata, calma. Ma potrebbe essere instabile? Sarebbe capace di violenza?

Non so, sto accelerando le cose. Ma c'è anche quello che ha detto Ravi, che pensava che Naomi fosse innamorata di suo fratello. È piuttosto chiaro anche dalle risposte che mi ha dato lei che Andie non le piaceva particolarmente. E l'intervista con lei è stata così difficile, così tesa. So che le sto chiedendo di rivivere dei brutti ricordi ma lo stesso vale per Max e per lui è stato un gioco da ragazzi. Ma ancora... l'intervista con Max è stata troppo facile? Era giusto un filo troppo distaccato?

Non so cosa pensare ma non posso impedirlo, la mia immaginazione è partita a ruota libera e mi mostra il dito medio. Ora mi figuro questa scena: Naomi che uccide Andie in un impeto di gelosia. Passa Sal, incespicando, confuso e sconvolto. La sua migliore amica ha appena ucciso la sua ragazza.

Ma ha comunque a cuore Naomi così la aiuta a sbarazzarsi del corpo di Andie e si mettono d'accordo per non parlarne mai. Ma lui non riesce a celare il terribile senso di colpa per quello che ha contribuito a nascondere. L'unica via di fuga alla quale riesce a pensare è la morte.

O forse sto ingigantendo il nulla?

Molto probabile. In un modo o nell'altro, penso che vada aggiunta alla lista.

Mi serve una pausa.

<u>Sospettati</u>

Jason Bell

Naomi Ward

Sei

«Ok, quindi adesso ci servono solo piselli surgelati, pomodori e rane» disse la mamma di Pip, tenendo la lista della spesa a distanza di braccio così da poter decifrare gli scarabocchi di Victor.

«C'è scritto pane» disse Pip.

«Oh, sì, hai ragione» ridacchiò Leanne, «avremmo avuto dei panini molto interessanti questa settimana, però.»

«Occhiali?» Pip prese una pagnotta incartata dallo scaffale e la infilò nel cestino.

«No, non ammetto ancora la sconfitta. Gli occhiali mi danno un'aria da vecchia» rispose Leanne, aprendo il congelatore.

«E dov'è il problema, tu sei vecchia» disse Pip, e si beccò sul braccio una sberla gelida assestata con una confezione di piselli surgelati. Mentre fingeva melodrammaticamente il proprio decesso a causa della fatale ferita ricevuta, con la coda dell'occhio lo vide che la fissava. Vestito con una maglietta bianca e un paio di jeans. Che rideva in silenzio nascondendosi con la mano.

«Ravi» disse, attraversando la corsia per raggiungerlo. «Ciao.»

«Ciao» sorrise lui grattandosi la nuca, proprio come lei pensava avrebbe fatto.

«Non ti ho mai visto prima qui.» *Qui* era l'unico supermercato di Little Kilton, formato miniatura e incassato dietro la stazione ferroviaria.

«Già, di solito facciamo la spesa fuori città» rispose lui.

«Ma emergenza latte.» Sollevò un bottiglione da veterinario di parzialmente scremato.

«Be', se solo il tè lo bevessi nero...»

«Non passerò mai al lato oscuro» disse lui, alzando lo sguardo verso la mamma di Pip che li stava raggiungendo col cestino pieno. Le sorrise.

«Oh, mamma, questo è Ravi» fece Pip. «Ravi, mia mamma, Leanne.»

«Piacere di conoscerla» disse lui, abbracciando il latte e allungando la mano destra.

«Piacere mio» rispose Leanne stringendogliela. «In realtà ci siamo già conosciuti. Io ero l'agente immobiliare che vendette ai tuoi la loro casa, cielo, dev'esser stato quindici anni fa. Mi ricordo che avevi circa cinque anni all'epoca e indossavi sempre una tutina di Pikachu e un tutù.»

Le guance di Ravi andarono a fuoco. Pip trattenne la propria risata nasale finché non si accorse che lui stava sorridendo.

«Ci credereste che non è mai diventato di moda?» ridacchiò.

«Già, be', neanche le opere di Van Gogh erano apprezzate ai suoi tempi» disse Pip mentre si spostavano verso la cassa.

«Va' pure avanti tu» disse Leanne facendo cenno a Ravi. «Noi ci mettiamo di più.»

«Oh, davvero? Grazie.»

Ravi andò a grandi passi fino alla cassa e fece alla donna che lavorava lì uno dei suoi sorrisi perfetti. Appoggiò il latte e disse: «Solo questo, grazie».

Pip osservò la donna e vide la sua pelle ricoprirsi di rughe mentre il suo viso faceva una smorfia di disgusto.

Passò il latte sul lettore, fissando Ravi con occhi freddi e cattivi. Fortuna che gli sguardi non possono uccidere sul serio. Ravi teneva lo sguardo basso e si fissava i piedi come se non avesse notato nulla ma Pip sapeva che non era così.

Qualcosa di bollente e primordiale le si agitò nelle viscere. Qualcosa che, nelle fasi iniziali, somigliava alla nausea ma che continuò a montare e ribollire finché non le raggiunse le orecchie.

«Una sterlina e quarantotto» sbottò la signora.

Ravi estrasse una banconota da cinque sterline ma quando tentò di darle il denaro, lei rabbrividì e ritirò bruscamente la mano. La banconota planò come una foglia d'autunno sul pavimento e Pip esplose.

«Ehi» disse a voce alta, avvicinandosi a passo di marcia fino a trovarsi accanto a Ravi. «Ha un problema?»

«Pip, per favore» disse Ravi piano.

«Mi scusi, Leslie» Pip lesse con malizia sulla targhetta. «Le ho chiesto se ha un problema.»

«Sì» rispose la donna. «Non voglio che mi tocchi.»

«Credo che si possa dire che neanche lui vuole che lei lo tocchi, Leslie; la stupidità potrebbe essere contagiosa.»

«Chiamo il mio responsabile.»

«Sì, lo chiami. Gli farò un'anteprima delle e-mail di lamentele con cui sommergerò l'ufficio del suo capo.»

Ravi poggiò la banconota da cinque sterline sulla cassa, prese il latte e si avviò in silenzio verso l'uscita.

«Ravi?» chiamò Pip, ma lui la ignorò.

«Wow.» La mamma di Pip si avvicinò, con le mani alzate in segno di resa, e si fermò tra Pip e Leslie che arrossiva sempre più.

Pip girò sui tacchi, e le scarpe da ginnastica stridettero contro il pavimento tirato a lucido. Un attimo prima di arrivare alla porta si voltò: «Oh, e, Leslie, dovrebbe veramente farsi vedere da qualcuno per rimuovere quella faccia da culo».

Fuori vide Ravi una decina di metri più avanti che discendeva rapido la collina. Pip, che non correva mai per nulla, fece una corsa per raggiungerlo.

«Stai bene?» disse, fermandoglisi davanti.

«No.» Lui proseguì aggirandola, l'enorme bottiglione di latte che lo colpiva al fianco.

«Ho fatto qualcosa di sbagliato?»

Ravi si voltò con gli occhi che mandavano saette. Disse: «Senti, non ho bisogno che una ragazzina qualsiasi che conosco a malapena combatta le mie battaglie al posto mio. Io non sono un tuo problema, Pippa: non cercare di farmi diventare un tuo problema. Peggiorerai solo le cose».

Continuò a camminare e Pip rimase a guardarlo finché l'ombra del tendone di un bar lo oscurò e lo fece sparire alla vista. Lì in piedi, col respiro corto, sentì l'ira ritirarsi nella pancia dove lentamente si spense. E quando l'abbandonò, lei rimase vuota.

Pippa Fitz-Amobi
CPE 18/08/2017

Diario di lavoro – Voce 8

Che non si dica che Pippa Fitz-Amobi non è un'intervistatrice opportunista. Ero di nuovo da Cara oggi, con Lauren. Più tardi ci hanno raggiunto pure i ragazzi, anche se hanno insistito a tenere accesa la partita in sottofondo. Il papà di Cara, Elliot, stava chiacchierando di non so cosa quando mi sono ricordata: lui conosceva Sal piuttosto bene, non solo in quanto amico di sua figlia, ma perché era stato il suo insegnante. Ho già raccolto giudizi sul carattere di Sal dai suoi amici e da suo fratello (dai suoi coetanei, potrei dire) ma ho pensato che il papà di Cara potesse avere, da adulto, una visione ulteriore. Elliot si è detto d'accordo; non gli ho dato molta scelta.

Trascrizione dell'intervista a Elliot Ward

Pip: Allora, per quanti anni hai insegnato a Sal?

Elliot: Ehm, vediamo. Ho iniziato a insegnare alla Kilton nel 2009. Salil era in una delle prime terze liceo che ho avuto... quindi tre anni pieni, credo. Sì.

Pip: Quindi Sal scelse storia come materia per la maturità?

Elliot: Oh, non solo, Sal sperava di studiare storia a Oxford. Non so se ti ricordi, Pip, ma prima di iniziare a insegnare a scuola sono stato professore associato a Oxford.

	Insegnavo storia. Ho cambiato lavoro per poter essere qui e prendermi cura di Isobel durante la sua malattia.

Pip: Oh, già.

Elliot: Quindi in realtà il trimestre autunnale di quell'anno, prima che accadesse tutto, trascorsi molto tempo con Sal. Lo aiutai con la presentazione personale prima che facesse domanda per entrare all'università. Quando ottenne il colloquio a Oxford lo aiutai a prepararsi, sia a scuola sia fuori. Era un ragazzo così brillante. Geniale. Lo accettarono. Quando Naomi me lo disse gli comprai un biglietto e del cioccolato.

Pip: Quindi Sal era molto intelligente?

Elliot: Oh, sì, assolutamente. Un giovanotto molto, molto intelligente. È una tale tragedia quello che successe alla fine. Un tale spreco di due giovani vite. Sal sarebbe stato promosso con lode, senza dubbio.

Pip: Avesti lezione con Sal quel lunedì dopo che Andie era scomparsa?

Elliot: Oh cielo. Mi sembra di sì in effetti. Sì, perché mi ricordo che gli parlai, dopo, e gli chiesi se stava bene riguardo a tutta la situazione. Quindi sì, devo aver avuto lezione con lui.

Pip: E notasti qualche comportamento strano?

Elliot: Be', dipende da cosa definisci strano. Tutta la scuola era strana quel giorno; uno dei nostri studenti era scomparso ed era su tutti i giornali. Mi pare di ricordare che mi sembrò silenzioso, forse un po' triste per l'intera faccenda. Di sicuro sembrava preoccupato.

Pip: Preoccupato per Andie?

Elliot: Sì, può essere.

Pip: E martedì, il giorno che si uccise? Ricordi di averlo visto a scuola quella mattina, a un certo punto?

Elliot: Io... no, no perché quel giorno mi ero preso un permesso per malattia. Avevo un virus perciò al mattino accompagnai le ragazze e poi passai la giornata a casa. Finché la scuola non mi telefonò nel pomeriggio non seppi niente di tutta la questione dell'alibi tra Naomi e Sal e che la polizia li aveva interrogati a scuola. Quindi l'ultima volta che vidi Sal deve essere stato a quella lezione lunedì.

Pip: E pensi che Sal abbia ucciso Andie?

Elliot: (sospiro) Cioè, posso capire quanto sia facile convincersi che non è andata così; era un ragazzo meraviglioso. Ma considerando le prove non vedo come possa non essere stato lui. Quindi, per quanto sembri sbagliato, mi sa che credo di sì. Non c'è altra spiegazione.

Pip: E Andie Bell? Eri anche suo insegnante?

Elliot: No, be', sì, era nello stesso corso di storia di Sal in terza, perciò avevo anche lei quell'anno. Ma non proseguì perciò temo di non averla conosciuta così bene, in realtà.

Pip: Ok, grazie. Puoi tornare a pelare patate ora.

Elliot: Grazie dell'autorizzazione.

Ravi non aveva accennato al fatto che Sal avesse ricevuto un'offerta dall'università di Oxford. Potrebbe esserci altro che non mi ha detto a proposito di Sal, ma non sono sicura che Ravi mi rivolgerà più la parola. Non dopo quello che è successo un paio di giorni fa. Non avevo intenzione di ferirlo; stavo cercando di dare una mano. Forse dovrei passare a scusarmi? Probabilmente mi sbatterà la porta in faccia e basta. [Ma comunque non posso permettere che questo mi distragga, non di nuovo.]

Se Sal era così intelligente e destinato a Oxford, allora perché la prova che lo collegava all'omicidio di Andie era così ovvia? E se anche non aveva un alibi per la finestra temporale nella quale Andie era scomparsa? Era abbastanza sveglio da poterla fare franca, questo ormai è chiaro.

P.S. – Stavamo giocando a monopoli con Naomi e... forse ho avuto una reazione esagerata prima. È sempre nella lista dei sospettati, ma un'assassina? Non esiste. Si rifiuta di abbattere le case sul tabellone anche quando ha le due blu perché pensa sia troppo crudele. Io costruisco hotel appena posso e rido quando gli altri cadono nella mia trappola mortale. Perfino io ho più istinto omicida di Naomi.

Sette

Il giorno dopo Pip stava leggendo un'ultima volta la richiesta di informazioni da spedire alla polizia locale. La sua camera era soffocante e afosa, il sole vi era intrappolato insieme a lei, di malumore, anche se Pip aveva aperto la finestra per farlo uscire.

Udì un distante bussare al piano di sotto proprio mentre stava approvando ad alta voce la propria e-mail, «Sì, perfetto», e premendo il pulsante d'invio; il piccolo click che dava il via alla sua attesa di una ventina di giorni. Pip odiava aspettare. Ed era domenica, perciò doveva pure aspettare che l'attesa iniziasse.

«Pip» le arrivò il richiamo di Victor dal piano di sotto. «C'è qualcuno per te.»

A ogni passo che faceva lungo le scale l'aria diventava un po' più fresca; dal caldo da primo cerchio dell'inferno di camera sua fino a un calore tutto sommato respirabile. Girò l'angolo ai piedi delle scale scivolando con le calze sul parquet ma si fermò di botto quando vide Ravi Singh fuori dalla porta. Suo papà gli stava parlando entusiasta. Il viso le tornò ad avvampare.

«Ehm, ciao» disse Pip, avvicinandosi. Ma dietro di sé sentì crescere il rapido battere sul legno delle zampe di Barney che, intromettendosi e superandola, si lanciò col muso nell'inguine di Ravi.

«No, Barney, giù» urlò Pip, precipitandosi da loro. «Scusa, è un po' troppo socievole.»

«Non si parla così del proprio padre» disse Victor.

Pip alzò un sopracciglio nella sua direzione.

«Capito, capito» disse lui, allontanandosi ed entrando in cucina.

Ravi si chinò ad accarezzare Barney e l'aria mossa dallo scodinzolare del cane investì le caviglie di Pip.

«Come fai a sapere dove abito?» chiese Pip.

«Ho chiesto all'agenzia immobiliare per cui lavora tua mamma» si raddrizzò. «Davvero, casa tua è un palazzo.»

«Be', lo strano uomo che ti ha aperto è un avvocato d'impresa di successo.»

«Non un re?»

«Solo in certi giorni» disse lei.

Pip notò che Ravi abbassava lo sguardo e, nonostante le sue labbra tremassero per trattenerlo, si apriva in un grande sorriso. E fu in quel momento che si ricordò cosa stava indossando: una larga salopette di jeans sopra a una maglietta bianca con le parole TALK NERDY TO ME scritte sul petto.

«Allora, ehm, cosa ti porta qui?» chiese. Lo stomaco le fece una capriola e solo allora si rese conto che era nervosa.

«Io... sono qui perché... volevo chiederti scusa.» La guardò con i suoi grandi occhi rivolti verso il basso e le sopracciglia che vi si aggrottavano sopra. «Mi sono arrabbiato e ho detto cose che non avrei dovuto. Non penso davvero che tu sia una ragazzina qualsiasi. Scusa.»

«Non ti preoccupare» disse Pip. «Ti chiedo scusa anche io. Non volevo intromettermi e combattere le tue battaglie al posto tuo. Volevo solo essere d'aiuto, volevo solo che quella capisse di aver sbagliato. Ma a volte la mia bocca inizia a dire parole prima che il mio cervello le analizzi.»

«Oh, non l'avrei detto» rispose lui. «Quel commento sulla faccia da culo era piuttosto ispirato.»

«Lo hai sentito?»

«La Pip risoluta parla a voce molto alta.»

«Mi dicono che anche altre Pip parlano a voce molto alta, la Pip delle domande in classe e la nazi-Pip della grammatica, per esempio. Allora... pace?»

«Pace.» Lui sorrise e tornò ad abbassare lo sguardo sul cane. «Io e la tua umana abbiamo fatto pace.»

«In effetti stavo proprio per portarlo fuori, vuoi venire anche tu?»

«Sì, certo» disse lui, arruffando le orecchie di Barney. «Come faccio a dire di no a un musino così bello?»

Pip stava per rispondere: *Oh, ti prego, mi farai arrossire*, ma si trattenne.

«Ok, vado a mettermi le scarpe. Barney, sta' qui.»

Pip filò in cucina. La porta sul retro era aperta e si vedevano i suoi che lavoricchiavano ai fiori e Josh, ovviamente, che giocava a palla.

«Porto fuori Barns, ci vediamo tra poco» gridò e sua mamma le fece un cenno con la mano foderata da un guanto da giardinaggio per farle capire che aveva sentito.

Tornando verso l'ingresso, Pip si infilò le scarpe da ginnastica che-non-le-era-permesso-lasciare-in-cucina che aveva lasciato in cucina e prese il guinzaglio.

«Ok, andiamo» disse, agganciandolo al collare di Barney e chiudendo la porta dietro di loro.

Alla fine del vialetto attraversarono la strada e s'inoltrarono nel bosco lì di fronte. Era piacevole la sensazione che dava l'ombra punteggiata sul volto accaldato di Pip. Sganciò Barney e lui partì a razzo in un lampo dorato.

«Ho sempre voluto un cane.» Ravi sorrise mentre Barney si girava a esortarli perché lo raggiungessero. Si fermò, con la mandibola che si muoveva mentre rimuginava su qualche pensiero non detto. «Sal era allergico, però, è per questo che non abbiamo mai...»

«Oh.» Non sapeva bene cos'altro dire.

«C'è un cane al pub dove lavoro, è del proprietario. È un alano bavoso di nome Nocciolina. A volte lascio *accidentalmente* cadere degli avanzi per lei. Non dirlo a nessuno.»

«Incoraggio le sviste *accidentali*» disse lei. «In che pub lavori?»

«Al San Giorgio e il drago, ad Amersham. Non è quello che voglio fare per sempre. Sto solo mettendo da parte i soldi per potermene andare il più lontano possibile da Little Kilton.»

Pip provò per lui una tristezza inesprimibile che le si gonfiava nella gola serrata.

«E cosa vuoi fare per sempre?»

Lui si strinse nelle spalle. «Un tempo volevo fare l'avvocato.»

«Un tempo?» Gli diede una spintarella. «Penso che saresti bravissimo.»

«Mh, non quando gli unici esami che ho dato hanno come voto RITENTA SARAI PIÙ FORTUNATO.»

Lo aveva detto come fosse una battuta ma lei sapeva che non era così. Sapevano entrambi quanto fosse stata terribile la scuola per Ravi dopo che Andie e Sal erano morti. Pip era stata testimone di alcuni dei peggiori episodi di bullismo. Il suo armadietto imbrattato dalla frase scritta in gocciolanti lettere rosse: *Cattivo sangue non mente*. E quel mattino di neve, Ravi aveva diciassette anni, quando otto ragazzi più grandi lo avevano inchiodato al suolo e gli avevano svuotato in testa quattro bidoni dell'immondizia pieni. Non avrebbe mai dimenticato l'espressione sul suo volto. Mai.

Fu in quel momento, con la chiarezza di una pozza di fanghiglia gelida nello stomaco, che Pip si rese conto di dov'erano.

«Oh mio dio» trasalì, coprendosi il viso con le mani. «Mi dispiace tantissimo, non ci ho neanche pensato. Mi sono completamente scordata che questo è il bosco in cui trovarono Sal...»

«Non c'è problema» tagliò corto lui. «Davvero. Non puoi farci niente se questo è il bosco fuori casa tua. Inoltre, non c'è nessun posto a Kilton che non me lo ricordi.»

Pip osservò per un po' Barney depositare un ramo ai piedi di Ravi e il ragazzo alzare il braccio fingendo di lanciare, facendo andare il cane avanti e indietro, finché non glielo lanciò per davvero.

Non parlarono per un po'. Ma il silenzio non era sgradevole; era carico dei residui di tutti i pensieri sui quali stavano rimuginando ognuno per conto proprio. E, a quanto pareva, entrambe le loro menti erano arrivate allo stesso punto.

«Ero diffidente nei tuoi confronti quando sei venuta la prima volta a bussare a casa mia» disse Ravi. «Ma tu davvero non pensi che sia stato Sal?»

«Non riesco a crederci, tutto qui» rispose lei, scavalcando un vecchio albero caduto. «La mia mente non riesce a smettere di pensarci. Perciò quando a scuola è venuta fuori questa cosa del progetto ho preso al volo la scusa per riesaminare il caso.»

«È la scusa perfetta dietro la quale nascondersi» concordò lui. «Io non ho avuto nulla del genere.»

«Cosa intendi?» Si girò a guardarlo, giocherellando col guinzaglio sulle spalle.

«Ho cercato di fare quello che stai facendo tu, tre anni fa. I miei mi hanno detto di lasciar perdere, che mi stavo solo facendo del male, ma io non riuscivo ad accettarlo, ecco.»

«Hai provato a investigare?»

Lui le rispose con un finto saluto militare, latrando: «Sì, Sergente». Come se non potesse concedersi un po' di vulnerabilità, di rimanere serio abbastanza a lungo da mostrare una crepa nella sua armatura.

«Ma non sono approdato a nulla» proseguì. «Non sono stato in grado. Ho chiamato Naomi, quand'era all'università, ma lei si è messa a piangere e mi ha detto solo che non riusciva a parlarne con me. Max Hastings e Jake Lawrence non hanno mai risposto ai miei messaggi. Ho cercato di contattare le migliori amiche di Andie, ma hanno riattaccato appena ho detto loro chi fossi. "Fratello dell'assassino" non è la migliore delle presentazioni. E, ovviamente, la famiglia di Andie era fuori questione. Ero troppo coinvolto nel caso, lo sapevo. E non avevo la scusa di un progetto scolastico su cui contare.»

«Mi dispiace» disse Pip, imbarazzata e senza parole per l'ingiustizia di quella situazione.

«Non devi dispiacerti.» Lui le diede una spintarella. «È bello non essere da solo, per una volta. Vai avanti, voglio sentire le tue teorie.» Raccolse il ramo di Barney, ormai ricoperto di bava, e lo gettò tra gli alberi.

Pip esitò.

«Vai avanti.» Lui sorrise fino agli occhi, un sopracciglio sollevato. La stava mettendo alla prova?

«Ok, ho quattro teorie in ballo» disse lei, dandovi voce per la prima volta. «Ovviamente il percorso che offre meno resistenza è la versione accettata da tutti di quello che successe: che Sal la uccise e il senso di colpa o la paura di venire catturato lo spinsero a togliersi la vita. La polizia direbbe che gli unici motivi per cui ci sono delle lacune nel caso è perché il cadavere di Andie non è mai stato ritrovato e Sal non è qui a dirci come andò. Ma la mia prima teoria» proseguì, alzando un dito, e assicurandosi che non fosse il medio, «è che Andie Bell sia stata uccisa da una terza persona, ma che Sal fosse in qualche modo coinvolto o implicato come complice dopo il fatto. Anche in questo caso il senso di colpa lo spinse al suicidio e le prove a suo carico lo indicano come esecutore dell'omicidio, anche se non fu lui a ucciderla. Il vero assassino è ancora a piede libero.»

«Sì, ci ho pensato anch'io. Ma ancora non mi convince. La seconda?»

«Teoria numero due» disse lei, «una terza persona uccise Andie senza che Sal ne sapesse nulla o vi fosse coinvolto. Il suo suicidio giorni dopo non fu causato dal senso di colpa dell'assassino, ma forse da una moltitudine di fattori, tra i quali la tensione dovuta alla sparizione della sua ragazza. Le prove a suo carico – il sangue e il telefono – hanno una spiegazione del tutto innocente e non sono legate all'omicidio.»

Ravi annuì pensoso. «Non riesco comunque a pensare che Sal si sarebbe ucciso, ma va bene. Teoria numero tre?»

«Teoria numero tre» Pip deglutì, si sentiva la gola secca e appiccicosa. «Andie viene uccisa da una terza persona venerdì sera. L'assassino sa che Sal, in quanto ragazzo di Andie, sarebbe il sospettato perfetto. Specie perché Sal non sembra avere alcun alibi per due ore e più quella notte. L'assassino uccide Sal e lo fa sembrare un suicidio. Gli mette addosso il telefono e il sangue per farlo sembrare colpevole. E tutto va come aveva pianificato.»

Ravi si fermò per un momento. «Pensi che sia possibile che in realtà Sal sia stato assassinato?»

Lei capì, guardandolo negli occhi affilati, che questa era la risposta che stava cercando.

«Penso che in teoria sia possibile» annuì Pip. «La teoria numero quattro è la più tirata per i capelli.» Fece un respiro profondo e parlò tutto d'un fiato. «Nessuno ha ucciso Andie Bell, perché non è morta. Ha finto di sparire e poi ha attirato Sal nel bosco, lo ha ucciso e lo ha camuffato da suicidio. Gli ha messo addosso sangue e telefono così che tutti pensassero che fosse morta. Ma perché fare una cosa del genere? Forse doveva scomparire per qualche motivo. Forse temeva per la propria vita e doveva far credere di essere già morta. Forse aveva un complice.»

Ripiombarono nel silenzio, mentre Pip riprendeva fiato e Ravi soppesava queste teorie, il labbro superiore imbronciato per la concentrazione.

Erano arrivati alla fine del loro giro circolare del bosco; davanti a loro, tra gli alberi, si vedeva la strada illuminata dal sole. Pip chiamò Barney e gli rimise il guinzaglio. Attraversarono la strada e tornarono alla porta d'ingresso di casa di Pip.

Ci fu un imbarazzante momento di silenzio e Pip non era sicura se dovesse invitarlo a entrare o meno. Lui sembrava in attesa di qualcosa.

«Allora» disse, grattando con una mano la propria nuca e con l'altra quella del cane. «Il motivo per cui sono passato è... voglio fare un patto con te.»

«Un patto?»

«Sì, voglio partecipare a quello che stai facendo» disse con un lieve tremito della voce. «Io non ho mai avuto una possibilità, ma tu potresti farcela. Sei esterna al caso, hai questa scusa del progetto scolastico che ti apre ogni porta. La gente potrebbe davvero parlarti. Potresti essere la mia occasione per scoprire cos'è realmente successo. Ho aspettato così a lungo di poterne avere una.»

Pip si sentì di nuovo il viso gonfio e rovente, i contorni tremanti della voce di Ravi le strattonavano qualcosa nel petto. Si stava davvero affidando a lei perché lo aiutasse; non aveva mai pensato che potesse accadere una cosa del genere quando aveva iniziato il progetto. Partner di Ravi Singh.

«Mi può andare bene» sorrise, tendendogli la mano.

«Andata» disse lui, prendendogliela con la sua, calda e sudata, anche se si dimenticò di stringerla. «Ok, ho qualcosa per te.» Affondò una mano nella tasca posteriore e ne estrasse un vecchio iPhone, tenendolo nel palmo.

«Ehm, in realtà ne ho già uno, grazie» disse Pip.

«È il telefono di Sal.»

Otto

«Cosa vuoi dire?» Pip lo fissò a bocca aperta.
Ravi rispose sollevando il telefono e scuotendolo piano.
«È di Sal?» disse Pip. «Come fai ad averlo tu?»
«La polizia ce lo restituì un paio di mesi dopo la chiusura del caso di Andie.»
Una scintilla di cauta elettricità attraversò la nuca di Pip. «Posso…» chiese «posso dargli un'occhiata?»
«Ovvio» rise lui «è per questo che l'ho portato, non credi?»
Senza più controllo l'eccitazione la invase, fulminea e vertiginosa.
«Porca vacca» disse agitata correndo ad aprire la porta. «Andiamo a dargli un'occhiata nel mio ufficio.»
Lei e Barney si fiondarono oltre la soglia, ma non li seguì un terzo paio di piedi. Lei piroettò su se stessa.
«Cosa c'è di tanto divertente?» disse. «Forza.»
«Scusa, è solo che sei molto divertente quando sei super seria.»
«Sbrigati» ribatté lei, invitandolo ad attraversare l'ingresso e a salire le scale. «Non farlo cadere.»
«No che non lo faccio cadere.»
Pip corse su per le scale, con Ravi che la seguiva anche troppo lentamente. Prima di arrivare in camera sua fece un rapido controllo della stanza per evitare potenziali imbarazzi. Si lanciò su una pila di reggiseni appena usciti dalla lavatrice che giaceva accanto alla sua sedia, li raccolse e li stipò in un cassetto, chiudendolo nel momento esatto in

cui entrò Ravi. Gli indicò la sedia della scrivania, troppo agitata per sedercisi lei.

«Ufficio?»

«Già» disse lei. «Come c'è gente che magari lavora in camera da letto, io dormo nel mio ufficio. È molto diverso.»

«Ecco qui, allora. L'ho ricaricato ieri sera.»

Le passò il telefono e lei lo prese nelle mani a coppa con la stessa deliberata destrezza e attenzione che usava ogni anno quando scartava le prime palle di Natale comprate da suo padre ai mercatini tedeschi.

«Ci hai già guardato?» chiese, sbloccandolo con più attenzione di quanta avesse mai usato per sbloccare i propri telefoni, anche quand'erano nuovi di zecca.

«Sì, certo. Come un ossesso. Ma va' avanti, Sergente. *Tu* dove guarderesti per prima cosa?»

«Registro chiamate» rispose lei, premendo il pulsante verde con la cornetta.

Passò in rassegna prima le chiamate perse. Ce n'erano dozzine del 24 aprile, il martedì in cui era morto. Lo avevano chiamato *Papà*, *Mamma*, *Ravi*, *Naomi*, *Jake* e alcuni numeri non salvati che dovevano essere quelli dei poliziotti che cercavano di localizzarlo.

Pip tornò indietro, al giorno della scomparsa di Andie. Sal aveva due chiamate perse quel giorno. Una era di *Max-y Boy* alle 19.19, probabilmente Max che voleva sapere quando sarebbe arrivato. L'altra, lesse con il battito cardiaco accelerato, era di *Andie<3* alle 20.54.

«Andie lo chiamò quella sera» disse Pip un po' tra sé e un po' a Ravi. «Subito prima delle nove.»

Ravi annuì. «Sal non rispose, però.»

«Pippa!» La voce scherzosa-ma-seria di Victor veleggiò su per le scale. «Niente ragazzi in camera!»

Pip sentì le guance andarle a fuoco. Si voltò così che Ravi non potesse vederla e urlò: «Stiamo lavorando al mio CPE! La porta è aperta».

«Ok, allora va bene!» fu la risposta.

Lanciò un'occhiata a Ravi e vide che stava ridacchiando di nuovo di lei.

«Smettila di trovare divertente la mia vita» disse lei, tornando a guardare il cellulare.

Passò quindi in rassegna le chiamate in uscita. Il nome di Andie si ripeteva all'infinito in lunghe colonne. Era a volte intervallato da occasionali telefonate a casa, o a *Papà* e una a Naomi, sabato. Pip si mise a contare tutte quelle a Andie: dalle 10.30 di sabato alle 7.20 di martedì, Sal l'aveva chiamata centododici volte. Ognuna durava due o tre secondi; dritte in segreteria.

«La chiamò un centinaio di volte» disse Ravi, leggendole in viso.

«Perché chiamarla tutte queste volte se l'aveva uccisa e aveva nascosto il suo telefono?» fece Pip.

«Ho contattato la polizia qualche anno fa e ho fatto loro la stessa identica domanda» disse Ravi. «L'agente mi ha risposto che era evidente che Sal stava consapevolmente cercando di sembrare innocente, chiamando il telefono della vittima così tante volte.»

«Ma» ribatté Pip «se pensavano che stesse cercando di apparire innocente ed evitare la cattura, perché non si liberò del telefono di Andie? Avrebbe potuto metterlo nello stesso posto in cui aveva nascosto il cadavere e non avrebbero mai collegato lui alla sua morte. Se stava cercando di farla franca, perché tenere con sé la prova più grossa? E poi sentirsi talmente disperato da porre fine alla propria vita tenendosi questa prova fondamentale addosso?»

Ravi le sparò contro per finta con le mani. «L'agente non mi ha saputo rispondere neanche a questo.»

«Hai controllato gli ultimi messaggi che Andie e Sal si mandarono?» chiese lei.

«Certo che sì. Non preoccuparti, niente sesso o roba simile.»

Pip tornò alla schermata home e aprì i messaggi. Selezionò la chat con Andie, sentendosi un'intrusa che viaggiava nel tempo.

Sal aveva mandato due messaggi a Andie dopo che lei era scomparsa. Il primo domenica mattina: *andie torna a casa sn ttt preoccupati*. E lunedì pomeriggio: *t prego kiama qlcn x farci sapere k stai bn*.

Il messaggio precedente a questi era stato mandato il venerdì della scomparsa. Alle 21.01 Sal le aveva scritto: *nn t parlo finke nn la smetti*.

Pip lo mostrò a Ravi. «Glielo scrisse subito dopo non aver risposto alla sua chiamata, quella sera. Sai per cosa potessero aver litigato? Cos'è che Sal voleva che Andie smettesse di fare?»

«Non ne ho idea.»

«Posso riportarlo nella mia ricerca?» disse lei, allungandosi per prendere il laptop. Si appollaiò sul letto e ricopiò il messaggio, errori grammaticali compresi.

«Ora devi leggere l'ultimo messaggio che mandò a mio papà» fece Ravi. «Quello che dicono essere la sua confessione.»

Pip lo aprì. Alle 10.17 del suo ultimo martedì mattina

Sal scrisse a suo padre: *sono stato io. l'ho fatto io. mi dispiace*. Lo sguardo di Pip ci passò sopra diverse volte, notando sempre più cose a ogni rilettura. I mattoncini pixelati che formavano ogni lettera erano un enigma, del genere che si riesce a risolvere solo se si smette di guardare e si comincia a vedere.

«Lo vedi anche tu, vero?» Ravi la stava osservando.

«La grammatica?» disse Pip, cercando il consenso negli occhi di Ravi.

«Sal era la persona più intelligente che conoscessi» fece lui «ma scriveva messaggi come un analfabeta. Sempre di fretta, niente punteggiatura, niente maiuscole.»

«Doveva aver spento il correttore automatico» disse Pip. «Eppure nell'ultimo messaggio ci sono tre punti fermi, un apostrofo e nessuna abbreviazione. Anche se è tutto minuscolo.»

«E questo cosa ti fa pensare?» chiese Ravi.

«La mia mente non procede per piccoli salti, Ravi» disse lei. «La mia mente procede per balzi della dimensione dell'Everest. Mi fa pensare che qualcun altro abbia scritto questo messaggio. Qualcuno che aggiunse la punteggiatura perché era abituato a scrivere così nei messaggi. Forse fece un controllo rapido e pensò che sembrava abbastanza lo stile di Sal perché era tutto minuscolo.»

«È quello che ho pensato anche io, appena ce lo restituirono. La polizia però mi mandò via e basta. Neanche i miei hanno voluto ascoltarmi» sospirò. «Penso siano terrorizzati dalle false speranze. Anche io lo sono, se devo essere onesto.»

Pip passò al setaccio il resto del telefono. Sal non aveva fatto foto la notte in questione e nessuna da quando

Andie era scomparsa. Controllò anche tra i file eliminati per esserne certa. I promemoria erano tutti su ricerche che doveva consegnare e uno sul regalo di compleanno per sua mamma da comprare.

«C'è qualcosa di interessante nelle note» disse Ravi, facendo scorrere la sedia verso di lei e aprendole l'app.

Le note erano tutte piuttosto vecchie: la password del Wi-Fi di casa, un elenco di esercizi per gli addominali, una pagina di placement per i quali fare domanda. Ma c'era anche un'ultima nota più recente, scritta mercoledì 18 aprile 2012. Pip la aprì. Sulla pagina c'era una sola cosa: *R009 KKJ*.

«Un numero di targa, giusto?» chiese Ravi.

«Sembra. Lo appuntò nelle note due giorni prima che Andie sparisse. Lo riconosci?»

Ravi scosse la testa. «Ho provato a cercarlo su Google, per vedere se riuscivo a trovare il proprietario, ma niente.»

Pip lo trascrisse comunque nel proprio diario di lavoro insieme all'ora esatta in cui la nota era stata modificata l'ultima volta.

«Questo è tutto» disse Ravi, «tutto quello che sono riuscito a trovare.»

Pip, nel restituirglielo, lanciò al cellulare un'ultima occhiata pensierosa.

«Sembri delusa» disse lui.

«Speravo solo ci fosse qualcosa di più significativo da poter usare come traccia. Una grammatica priva di logica e un sacco di telefonate a Andie lo fanno certo apparire innocente ma poi in concreto non ci aprono alcuna pista da seguire.»

«Non ancora» disse lui «ma dovevi vederlo. Tu non hai niente da mostrarmi?»

Pip si fermò. Sì, lo aveva, ma una di quelle cose era il possibile coinvolgimento di Naomi. Il suo istinto protettivo s'incendiò, bloccandole la lingua. Ma se dovevano collaborare dovevano farlo in tutto. Lo sapeva. Aprì il suo diario di lavoro, lo fece scorrere fino all'inizio e passò il portatile a Ravi. «Ecco quello che ho al momento» disse.

Lui lesse tutto in silenzio e poi le restituì il computer con un'espressione pensosa sul viso.

«Ok, dunque, cercare un alibi a Sal sul suo tragitto verso casa è un vicolo cieco» disse. «Dopo che ebbe lasciato casa di Max alle dieci e mezza credo fosse solo, perché ciò spiegherebbe come mai si fece prendere dal panico e chiese ai suoi amici di coprirlo. Potrebbe anche essersi semplicemente fermato su una panchina mentre tornava a casa a giocare a *Angry Birds*.»

«Sono d'accordo» rispose Pip. «Era molto probabilmente da solo e quindi non ha un alibi; è l'unica cosa che abbia senso. Quindi questa linea di indagine è chiusa. Credo che i prossimi passi dovrebbero essere scoprire quanto più possiamo sulla vita di Andie e, nel mentre, individuare chiunque potesse avere un motivo per ucciderla.»

«Mi leggi nella mente, Sergente» disse lui. «Forse dovresti iniziare dalle migliori amiche di Andie, Emma Hutton e Chloe Burch. Con te potrebbero anche parlare.»

«Ho già scritto a entrambe. Non mi hanno ancora risposto però.»

«Ok, bene» disse lui, annuendo tra sé e poi accennando al portatile. «In quell'intervista al giornalista hai parlato di incongruenze nel caso. Quali altre vedi?»

«Be', se uccidessi qualcuno» rispose lei, «ti laveresti come un ossesso mille volte, unghie incluse. Specialmente se stessi mentendo sul tuo alibi e facendo finta di chiamare la tua vittima per mostrarti innocente, penseresti a, oh, non lo so, cancellarti quel cavolo di sangue dalle dita così da non farti prendere con le mani letteralmente nel sacco.»

«Già, e Sal di sicuro non era così stupido. E le sue impronte digitali nell'auto?»

«È ovvio che ci fossero le sue impronte nell'auto di Andie, era il suo ragazzo» disse Pip. «Le impronte digitali non possono essere datate con accuratezza.»

«E l'aver nascosto il cadavere?» Ravi si protese in avanti. «Penso che possiamo dire, vivendo dove viviamo, che è sepolta da qualche parte nel bosco o subito fuori città.»

«Esattamente» annuì Pip. «In una buca abbastanza profonda da fare in modo che il corpo non sia mai stato trovato. Come poté Sal avere tempo a sufficienza per scavare una fossa del genere a mani nude? Sarebbe stata un'impresa anche con una vanga.»

«Sempre che sia stata sepolta.»

«Già, be', penso ci vogliano un po' più tempo e un po' più di attrezzi per sbarazzarsi di un corpo in altri modi» rispose Pip.

«E questa è la pista che offre meno resistenza, hai detto.»

«Sì, in teoria» fece lei. «Fino a che non inizi a chiederti *dove*, *cosa* e *come*.»

Nove

Forse pensavano che non potesse sentirli. I suoi, cioè, che litigavano in salotto, al piano di sotto. Aveva imparato tempo prima che la parola "Pip" viaggiava eccezionalmente bene attraverso pareti e pavimenti.

Mettendosi ad ascoltare dietro la porta socchiusa della camera, non era difficile afferrare stralci di conversazione e metterli insieme a formare concetti compiuti. Sua mamma non era felice che Pip passasse così tanto tempo della propria estate sui compiti. Suo papà non era felice che sua mamma dicesse così. Poi sua mamma non era felice perché suo papà aveva frainteso quello che intendeva dire. Pensava che l'ossessione per Andie Bell sarebbe stata poco salutare per lei. Suo papà non era felice che sua mamma non volesse concedere a Pip lo spazio per compiere i propri errori, se era di questo che si trattava.

Pip si stufò del battibecco e richiuse la porta della camera. Sapeva che la loro discussione ciclica si sarebbe esaurita presto, da sola, senza interventi neutrali. E aveva una telefonata importante da fare.

La settimana prima aveva mandato messaggi privati a entrambe le migliori amiche di Andie. Emma Hutton le aveva risposto poche ore prima dandole un numero di telefono e dicendole che le andava bene rispondere "giusto a un paio" di domande alle otto in punto di quella sera. Quando Pip lo aveva detto a Ravi, lui le aveva risposto con un messaggio fatto interamente di faccine sciocate ed emoji che battevano il pugno.

Lanciò un'occhiata all'orologio sulla dashboard del computer e l'occhiata si trasformò in uno sguardo fisso. L'orologio rimaneva testardamente sulle 19.58.

«Oh, muoviti» disse quando, anche dopo quella che sembrava un'eternità, l'otto in .58 ancora non si era trasformato nella gambetta di un nove.

Quando lo fece, un secolo più tardi, Pip disse: «Ci siamo» e premette il bottone di avvio sull'app di registrazione. Fece il numero di Emma, la pelle che le formicolava per la tensione. Emma rispose al terzo squillo.

«Pronto?» disse una voce acuta e dolce.

«Ciao, Emma, sono Pippa.»

«Oh, certo, ciao. Aspetta un attimo che salgo in camera mia.»

Pip rimase impaziente ad ascoltare il suono dei passi di Emma che salivano una rampa di scale.

«Ok» disse. «Allora, hai detto che stai lavorando a un progetto su Andie?»

«Più o meno, sì. Sulle indagini sulla sua scomparsa e il ruolo avuto dai media. Una specie di caso studio.»

«Ok» disse Emma, con voce incerta. «Non so quanto potrò esserti d'aiuto.»

«Non preoccuparti, ho solo un paio di domande base sulle indagini per come le ricordi» replicò Pip. «Allora, prima di tutto, quando scopristi che era scomparsa?»

«Uhm… Fu verso l'una di quella notte. I suoi chiamarono sia me sia Chloe Burch; eravamo le migliori amiche di Andie. Dissi loro che non l'avevo vista né sentita e che avrei fatto un po' di telefonate. Provai a chiamare Sal Singh ma non mi rispose fino al mattino dopo.»

«La polizia ti contattò mai?» chiese Pip.

«Sì, sabato mattina. Passarono a farmi delle domande.»
«E tu cosa dicesti?»
«Le stesse cose che avevo detto ai genitori di Andie. Che non avevo idea di dove fosse; non mi aveva detto che sarebbe andata da nessuna parte. E mi chiesero del ragazzo di Andie, e io parlai di Sal e che l'avevo appena chiamato per dirgli che era scomparsa.»
«Cosa gli raccontasti di Sal?»
«Be', solo che a scuola quella settimana continuavano a litigare. Di sicuro li vidi farlo il giovedì e il venerdì prima, cosa che per loro era strana. Di solito Andie si arrabbiava e lui la ignorava. Ma questa volta sembrava infuriato per qualcosa.»
«Per cosa?» chiese Pip. Le fu subito più chiaro come mai la polizia avesse pensato fosse prudente interrogare Sal quel pomeriggio.
«Non lo so, onestamente. Quando lo domandai a Andie lei disse solo che Sal si stava comportando "un po' da stronzo" riguardo a qualcosa.»
Pip fu sorpresa. «Ok» disse. «Quindi Andie non aveva intenzione di vedere Sal venerdì?»
«No, non aveva intenzione di fare niente in realtà; in teoria quella sera doveva stare a casa.»
«Oh, come mai?» Pip si raddrizzò sulla sedia.
«Ehm, non so se dovrei dirlo.»
«Non preoccuparti...» Pip cercò di nascondere l'ansia nella propria voce «... se non è rilevante non entrerà nel mio progetto. Ma magari potrebbe aiutarmi a capire meglio le circostanze della sua scomparsa.»
«Già. Ok. Be', la sorellina di Andie, Becca, diverse settimane prima era finita in ospedale per autolesionismo. I

suoi dovevano uscire perciò dissero a Andie che doveva stare a casa e prendersi cura di Becca.»

«Oh» fu tutto quello che Pip riuscì a dire.

«Già, lo so, poveretta. E comunque Andie l'abbandonò. Solo ora, guardandomi indietro, riesco a capire quanto debba essere stato difficile avere Andie come sorella maggiore.»

«Cosa intendi dire?»

«Ehm, solo che, non voglio parlar male dei morti, sai, ma... ho avuto cinque anni per crescere e riflettere su tutto e quando ripenso a quei tempi non mi piace per niente la persona che ero. La persona che ero con Andie.»

«Era una cattiva amica per te?» Pip non voleva dire troppo; doveva continuare a far parlare Emma.

«Sì e no. È davvero difficile da spiegare» sospirò Emma. «L'amicizia di Andie era molto distruttiva ma a quel tempo io ero drogata di lei. Volevo essere lei. Non scriverai niente di tutto questo, vero?»

«No, ovviamente no.» Piccola bugia.

«Ok. Dunque, Andie era bellissima, era popolare, era divertente. Essere sua amica, essere qualcuno con cui lei sceglieva di passare il proprio tempo ti faceva sentire speciale. Voluta. E poi però si rivoltava e usava le cose che ti imbarazzavano di più per abbatterti e ferirti. Eppure sia io che Chloe le restavamo accanto, in attesa della prossima volta in cui sarebbe tornata a prenderci e a farci sentire di nuovo bene. Sapeva essere fantastica e orribile, e non sapevi mai quale lato di Andie ti sarebbe comparso sulla porta di casa. Sono sorpresa che la mia autostima sia anche solo riuscita a sopravvivere.»

«Andie era così con tutti?»

«Be', sì, con me e Chloe. Andie non ci invitava spesso a casa sua, ma io vidi anche com'era con Becca. Poteva essere così crudele.» Emma fece una pausa. «Non sto dicendo queste cose perché credo che Andie si meritasse quello che le capitò. No, non è affatto questo quello che intendo, nessuno si merita di venire assassinato e chiuso in una buca. Voglio solo dire che, rendendomi ora conto del genere di persona che era Andie, riesco a capire perché Sal perse il controllo e la uccise. Ti sapeva far sentire così bene e poi così male; era destino che finisse in tragedia, credo.»

La voce di Emma si trasformò in un singhiozzo e Pip capì che l'intervista era finita. Emma non poteva nascondere il fatto che stava piangendo, e non ci provò neanche.

«Ok, queste erano le mie domande. Grazie davvero per il tuo aiuto.»

«Non c'è problema» disse Emma. «Scusami, pensavo di aver superato tutto. A quanto pare no.»

«No, mi scuso io per averti fatto rivivere tutto quanto. Ehm, in realtà ho mandato un messaggio anche a Chloe Burch per un'intervista, ma non mi ha ancora risposto. Voi due siete ancora in contatto?»

«No, non veramente. Cioè, le faccio gli auguri per il compleanno, ma... ci siamo decisamente allontanate dopo Andie e dopo la scuola. Credo che volessimo entrambe che andasse così, un taglio netto rispetto alle persone che eravamo all'epoca.»

Pip la ringraziò e riagganciò. Fece un sospiro profondo e fissò il telefono per un minuto. Sapeva che Andie era stata bella e popolare, questo dai social media era perfettamente chiaro. E come chiunque sia mai stato alle superiori, sapeva che le persone popolari a volte avevano degli spigoli. Ma non si era aspettata questo. Che Emma potesse ancora avercela con se stessa dopo tutto questo tempo per aver amato la propria tormentatrice.

Era questa la vera Andie Bell, nascosta dietro quel sorriso perfetto, dietro quegli scintillanti occhi azzurri? Tutti coloro che le ruotavano attorno erano così abbagliati da lei, così accecati, da non notare l'oscurità che forse si nascondeva sotto. Finché non era troppo tardi.

Pippa Fitz-Amobi
CPE 25/08/2017

Diario di lavoro – Voce 11

AGGIORNAMENTO: ho fatto delle ricerche per vedere se riuscivo a trovare il proprietario della macchina il cui numero di targa Sal aveva trascritto nelle note: *R009 KKJ*. Ravi aveva ragione. Ci serve sapere la marca e il modello dell'auto per fare richiesta alla motorizzazione. Mi sa che questa pista è morta.

Ok, torniamo a noi. Sono appena stata al telefono con Chloe. Ho provato una tattica diversa questa volta; non mi occorreva tornare sulle stesse cose che avevo appreso da Emma e non volevo appesantire l'intervista con nessun insoluto conflitto emotivo con Andie.

Ma comunque ci sono incappata...

Trascrizione dell'intervista a Chloe Burch

[Mi sto stufando di ribattere le prime battute delle intervista; sono tutte uguali e io ho sempre una voce terribile. D'ora in avanti salto direttamente al succo.]

Pip: Ok, allora, la mia prima domanda è come descriveresti la relazione tra Andie e Sal?

Chloe: Sì, be', lui con lei era carino e lei pensava fosse figo. Sal sembrava sempre calmo e rilassato; pensavo che avrebbe ammorbidito un po' Andie.

Pip: Perché Andie aveva bisogno di ammorbidirsi?

Chloe: Oh, solo perché era sempre nel mezzo di qualche melodramma.

Pip: E Sal la ammorbidì?

Chloe: (Risata) No.

Pip: Ma tra loro era una cosa seria?

Chloe: Non lo so, penso di sì. Cosa intendi per cosa seria?

Pip: Be', scusa la domanda, ma andavano a letto insieme?

[Sì, mi imbarazza davvero riascoltarlo. Ma devo sapere ogni cosa.]

Chloe: Wow, i progetti scolastici sono cambiati da quando ho finito io. Perché mai ti occorre saperlo?

Pip: Non te l'aveva detto?

Chloe: Ovvio che me l'aveva detto. E no, in effetti no.

Pip: Oh. Andie era vergine?

Chloe: No, non lo era.

Pip: Quindi con chi è che andava a letto?

Chloe: (Piccola pausa) Non lo so.

Pip: Non lo sapevi?

Chloe: A Andie piacevano i segreti, ok? La rendevano potente. La eccitava che io ed Emma non sapessimo certe cose. Ma ce le faceva annusare perché le piaceva che le facessimo domande. Tipo da dove prendeva tutti quei soldi; quando glielo chiedevamo lei rideva, faceva l'occhiolino e basta.

Pip: Soldi?

Chloe: Già. Quella ragazza faceva shopping di continuo, aveva sempre un sacco di contanti con sé. E, l'ultimo anno, mi disse che stava risparmiando per rifarsi le labbra e il naso. Non lo disse mai a Emma, solo a me. Ma era anche generosa col suo denaro; ci comprava i trucchi e cose così, e ci prestava sempre i suoi vestiti. Ma poi a una festa sceglieva il momento perfetto per dire una cosa tipo: "Oh, Chlo, guarda come lo hai stirato. Dovrò darlo a Becca ora". Che dolce.

Pip: Da dove veniva il denaro? Faceva un lavoro part-time?

Chloe: No. Te l'ho detto, non lo sapevo. Immaginavo che glielo desse suo padre, tutto qui.

Pip: Tipo paghetta?

Chloe: Già, forse.

Pip: Quindi quando Andie sparì ci fu una parte di te che pensò fosse scappata per punire qualcuno? Magari suo padre?

Chloe: Andie aveva cose troppo belle per voler scappare.

Pip: Ma c'era della tensione nel rapporto con suo papà?

[Appena dico la parola "papà" il tono di voce di Chloe cambia.]

Chloe: Non vedo come questo possa essere rilevante per il tuo progetto. Senti, so che sono stata superficiale nei suoi confronti e sì, aveva le sue pecche, ma era comunque la mia migliore amica, ed è stata assassinata. Non credo sia giusto parlare dei suoi rapporti personali e della sua famiglia, per quanti anni siano passati.

Pip: No, hai ragione, scusa. È solo che pensavo che se sapessi meglio com'era Andie e cosa stava succedendo nella sua vita, riuscirei a capire meglio il caso.

Chloe: Sì, ok, ma niente di tutto ciò è rilevante. Sal Singh l'ha uccisa. E tu non sarai mai in grado di arrivare a conoscere Andie tramite qualche intervista. Era impossibile conoscerla, perfino se eri la sua migliore amica.

[Cerco con poca eleganza di scusarmi e di riportarci sull'argomento, ma è chiaro che Chloe ha chiuso. La ringrazio per l'aiuto prima che riattacchi.]

Grrrr, è così frustrante. Pensavo di star davvero arrivando a qualcosa, ma no, ho preso un abbaglio con entrambe le migliori amiche di Andie, mi sono infilata in un campo minato di emozioni primordiali e ho rovinato tutto. Credo che se anche pensano di averla superata non sono ancora riuscite a liberarsi del tutto della presa di Andie. Forse stanno perfino mantenendo ancora qualche suo segreto. Di sicuro ho urtato un nervo scoperto quando ho menzionato il padre di Andie; c'è qualcosa sotto?

Ho appena riletto la trascrizione un paio di volte e... forse c'è qualcos'altro nascosto qui. Quando ho chiesto a Chloe con chi andasse a letto Andie, quello che intendevo era con chi Andie fosse andata a letto *prima* di Sal, qualsiasi relazione precedente. Ma per errore l'ho formulata all'imperfetto: "Con chi è che andava a letto?". Questo, contestualizzato, significa che per sbaglio ho chiesto: Con chi altro è che andava a letto Andie *mentre* stava con Sal? Ma Chloe non mi ha corretto. Ha solo detto che non lo sapeva.

Mi sto attaccando a tutto, lo so. È ovvio che Chloe potrebbe aver risposto alla domanda che avevo avuto intenzione di farle. Potrebbe non essere niente. So che non posso risolvere questo caso facendo la precisina sulla grammatica, sfortunatamente non è così che funziona il mondo.

Ma ora che ho subodorato qualcosa non posso tralasciarlo. Andie stava segretamente vedendo qualcun altro? Sal lo aveva scoperto ed era per questo che stavano litigando? Questo spiega l'ultimo messaggio a Andie prima che scomparisse: *nn t parlo finke nn la smetti?*

Non sono un poliziotto, questo è pur sempre solo un progetto per la scuola, perciò non posso obbligarli a dirmi tutto. E questo è il tipo di segreto che condividi solo con i tuoi migliori amici, non con una ragazza a caso che sta facendo la CPE.

Oh mio dio. Mi è appena venuta un'idea orribile ma forse geniale. Orribile e sicuramente immorale e probabilmente stupida. E assolutamente, assolutamente sbagliata. Ma anche così penso che dovrei farlo. Non posso uscire da questa storia del tutto pulita se voglio davvero scoprire cosa successe a Andie e Sal.

Ho intenzione di imbrogliare Emma fingendomi Chloe.

Ho la SIM prepagata che ho usato in vacanza l'anno scorso. Se la metto nel cellulare posso mandare un messaggio a Emma fingendo di essere Chloe da un nuovo numero. Potrebbe funzionare; Emma ha detto che hanno perso i contatti quindi potrebbe non capire il trucco. E potrebbe anche non funzionare. Ma non ho niente da perdere, solo forse qualche segreto da svelare e un assassino da trovare.

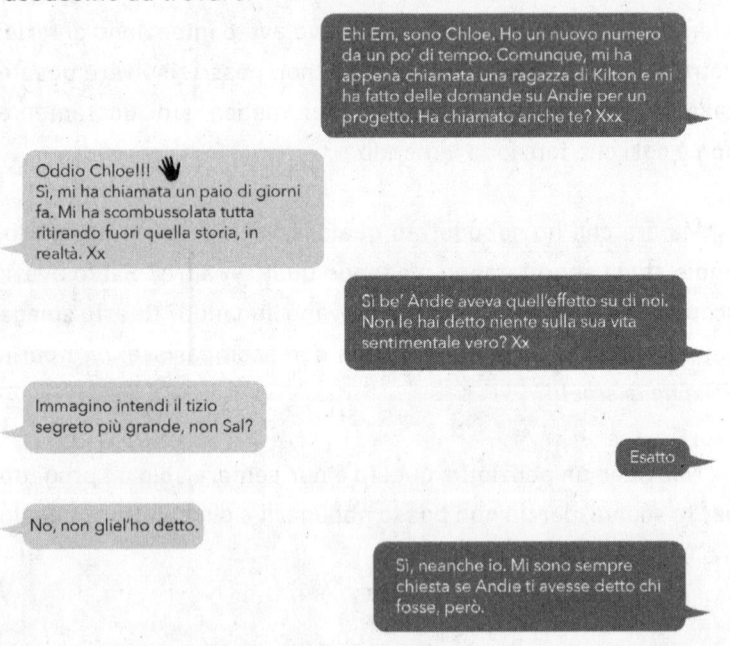

> Ehi Em, sono Chloe. Ho un nuovo numero da un po' di tempo. Comunque, mi ha appena chiamata una ragazza di Kilton e mi ha fatto delle domande su Andie per un progetto. Ha chiamato anche te? Xxx

Oddio Chloe!!! 🖐
Sì, mi ha chiamata un paio di giorni fa. Mi ha scombussolata tutta ritirando fuori quella storia, in realtà. Xx

> Sì be' Andie aveva quell'effetto su di noi. Non le hai detto niente sulla sua vita sentimentale vero? Xx

Immagino intendi il tizio segreto più grande, non Sal?

> Esatto

No, non gliel'ho detto.

> Sì, neanche io. Mi sono sempre chiesta se Andie ti avesse detto chi fosse, però.

Come uccidono le brave ragazze

> Nah, sai che non è così. L'unica cosa che diceva è che poteva rovinarlo se avesse voluto, giusto?

> Sì, amava i suoi segreti.

> Non sono neanche sicura che esistesse, sai?

> Magari se l'era inventato per sembrare più misteriosa.

> Sì, forse. Questa ragazzina mi ha anche chiesto del padre di Andie, pensi che lo sappia?

> Forse. Non è difficile arrivarci ora, ha sposato quella puttana poco tempo dopo il divorzio.

> Sì, ma pensi che sappia che Andie lo sapesse, all'epoca?

> Non vedo come potrebbe, noi eravamo le uniche a saperlo. E il padre di Andie, ovviamente. Comunque, cosa importa se lo sa?

> Sì, hai ragione. Forse mi sento ancora in dovere di proteggere i segreti di Andie, sai?

> Mi sa che ti farebbe bene cercare di lasciar perdere. Io mi sento molto meglio ora che mi sono allontanata da tutto quello che riguardava Andie.

> Sì, ci proverò. Ehi devo andare, vado a lavorare presto. Ma dovremmo proprio vederci una volta di queste per aggiornarci.

> Sì, mi piacerebbe! Dimmi quando sei libera e se passi per Londra. 👍

> Certo. Ciao xxxx

Santa patata.

Non ho mai sudato tanto in tutta la mia vita. Non riesco a credere di esserci riuscita. Mi sono quasi tradita un paio di volte ma... ce l'ho fatta sul serio.

Mi sento davvero in colpa, però. Emma è così carina e piena di fiducia. Ma va bene sentirsi in colpa; dimostra che non ho completamente perso la mia bussola morale. Potrei ancora essere una brava ragazza...

E così, a un tratto ho due nuove piste.

Jason Bell era già nella lista dei sospettati, ma ora va in **grassetto** al primo posto. Aveva un'amante e Andie lo sapeva. Ancora peggio, Jason sapeva che Andie sapeva. Deve averlo affrontato a riguardo o forse è stata lei a beccarlo. Questo ha di certo colmato qualche lacuna sul perché il loro rapporto fosse teso.

E, ora che ci penso, magari tutto quel denaro segreto che veniva dato a Andie da suo padre era PERCHÉ lei sapeva? Forse lei lo stava ricattando? No, questa è una mera congettura; devo considerare il denaro come un'informazione separata finché non avrò la conferma della sua provenienza.

La seconda pista nonché maggior rivelazione della serata: Andie stava frequentando in segreto un uomo più grande durante la sua relazione con Sal. Così in segreto che non disse mai alle sue amiche chi fosse, solo che poteva rovinarlo. La mia mente scatta immediatamente a un solo punto: un uomo sposato. Che fosse *lui* la fonte del denaro segreto? Ho un nuovo sospettato.

Uno che avrebbe sicuramente avuto un buon motivo per mettere a tacere Andie per sempre.

Questa non è la Andie che mi aspettavo di scoprire dalle mie indagini, così lontana da quell'immagine pubblica di splendida vittima bionda. Una vittima amata dalla famiglia, una vittima adorata dagli amici, una vittima strappata loro troppo presto dal suo ragazzo, "*crudele, omicida*". Forse Andie era un personaggio di finzione fin dall'inizio, progettato come cestino delle offerte per raccogliere la compassione altrui, perché dessero le loro monetine in cambio di giornali. E ora che ne gratto la superficie, l'immagine inizia a staccarsi agli angoli.

Devo chiamare Ravi.

<u>Sospettati</u>

Jason Bell

Naomi Ward

Misterioso tizio più grande (quanto più grande?)

Dieci

«Odio i campeggi» borbottò Lauren, inciampando sul telone accartocciato.

«Sì, be', è il mio compleanno e a me piacciono» disse Cara, rileggendo le istruzioni con la lingua tra i denti.

Era l'ultimo venerdì delle vacanze estive e loro tre erano in una piccola radura di un boschetto di betulle subito fuori Kilton. La scelta di Cara per festeggiare in anticipo il suo diciottesimo compleanno: dormire senza un tetto sulla testa e fare pipì accovacciate dietro alberi scuri per tutta la notte. Non sarebbe stata neanche la scelta di Pip; di sicuro non capiva il senso di tornare all'età della pietra, quanto a toilette e giacigli. Ma sapeva abbastanza bene come fingere.

«Tecnicamente è illegale accamparsi fuori dalle aree designate» disse Lauren, dando per rappresaglia un calcio al telone.

«Be', speriamo che la forestale non controlli su Instagram, perché l'ho annunciato al mondo. Ora zitta» disse Cara, «sto cercando di leggere.»

«Ehm, Cara» disse Pip esitante «sai vero che questa che hai portato non è una tenda? È un tendone.»

«Stessa cosa» disse lei. «Dobbiamo incastrarci dentro noi e i tre ragazzi.»

«Ma non ha il pavimento.» Pip batté il dito sulla figura delle istruzioni.

«*Tu* non hai il pavimento.» Cara la spinse via col sedere. «E mio papà ci ha preparato la cerata a parte.»

«Quando arrivano i ragazzi?» chiese Lauren.

«Mi hanno scritto due minuti fa che stavano partendo. E no» tagliò corto Cara, «non aspettiamo che siano loro a montarla per noi, Lauren.»

«Non lo stavo suggerendo.»

Cara fece scrocchiare le nocche. «Smantelliamo il patriarcato, una tenda alla volta.»

«Tend... one» corresse Pip.

«Vuoi che ti faccia del male?»

«N... one.»

Dieci minuti dopo, un tendone bianco di ben tre metri per sei si ergeva sul suolo della foresta, che più fuori posto non si poteva. Era stato facile montarlo una volta capito che la struttura portante era pop-up. Pip controllò il telefono. Erano già le sette e mezza e l'app del meteo diceva che il sole sarebbe tramontato entro quindici minuti, anche se avevano ancora un altro paio d'ore di crepuscolo prima che calasse il buio.

«Ci divertiremo un sacco.» Cara fece un passo indietro per ammirare il loro lavoro. «Adoro i campeggi. Ho intenzione di bere gin e mangiare caramelle alla fragola finché non vomito. Non voglio ricordarmi niente domattina.»

«Obiettivi ammirevoli» disse Pip. «Voi due volete andare a prendere il resto del cibo dalla macchina? Io stendo i sacchi a pelo e tiro su le pareti.»

La macchina di Cara era posteggiata nel piccolo parcheggio di cemento a circa duecento metri dal luogo prescelto. Lauren e Cara s'incamminarono tra gli alberi in quella direzione, nel bosco illuminato da un ultimo bagliore arancione prima che cominciasse a scurire.

«Non dimenticatevi le torce» gridò, proprio mentre le perdeva di vista.

Pip assicurò il grosso telone alle pareti del tendone, imprecando quando il velcro la tradì e dovette ricominciare un lato da zero. Lottò con la cerata, felice di sentire il rumore di rametti spezzati di Cara e Lauren che ritornavano. Ma quando uscì a guardare non c'era nessuno. Era solo una gazza, che la scherniva con la sua risata stridente e sottile dalle cime degli alberi che andavano scurendosi. Lei la salutò con riluttanza e si mise al lavoro per stendere in fila i tre sacchi a pelo, cercando di non pensare al fatto che Andie Bell poteva benissimo essere sepolta da qualche parte in quel bosco, nelle profondità della terra.

Il suono di rami che si spezzavano sotto i piedi si fece più forte mentre stava stendendo l'ultimo, insieme al baccano di risate fragorose e urla che poteva significare solo che erano arrivati i ragazzi. Salutò con la mano loro e le ragazze di ritorno, cariche di roba. Ant, che – come suggeriva il nome, "formica" – non era cresciuto molto da quando erano diventati amici a dodici anni, Zach Chen, che viveva a quattro porte di distanza dagli Amobi, e Connor, che Pip e Cara conoscevano dalle elementari. Ultimamente era un po' troppo interessato a Pip. Lei sperava che la cosa si esaurisse in fretta, come quella volta che si era convinto di avere un futuro come psicologo felino.

«Ehi» disse Connor, che stava trasportando una cassa frigo con Zach. «Oh diavolo, le ragazze si son prese i posti migliori. Siamo proprio delle *pippe*.»

Non era, guarda caso, la prima volta che Pip sentiva quella battuta.

«Muoio dal ridere, Con» disse lei con tono piatto, spostandosi i capelli dagli occhi.

«Oh» s'intromise Ant, «non prendertela troppo, Connor. Forse se fossi un compito ti starebbe addosso.»

«O Ravi Singh» sussurrò Cara solo a lei facendole l'occhiolino.

«I compiti danno molte più soddisfazioni dei ragazzi» disse Pip, dando una gomitata nelle costole a Cara. «E parli tu, Ant, che hai la vita sessuale di un mollusco argonauta.»

«Cosa vuoi dire?» Ant agitò le mani con un movimento ondeggiante.

«Be'» disse Pip, «il pene di un argonauta si spezza durante l'atto, così può fare sesso soltanto una volta in tutta la vita.»

«Posso confermarlo» disse Lauren, che aveva avuto con Ant un'avventura infruttuosa l'anno precedente.

Il gruppo scoppiò a ridere e Zach diede ad Ant una conciliante pacca sulle spalle.

«Crudelissima» ridacchiò Connor.

Un'oscurità tinta d'argento era scesa sul bosco, chiudendo da ogni lato il piccolo tendone luminoso che brillava come una lanterna tra gli alberi addormentati. Dentro avevano due lampade gialle alimentate a batteria e tre torce in tutto.

Per fortuna si erano spostati e seduti dentro al tendone, notò in quel momento Pip, perché si era appena messo a piovere, in modo piuttosto torrenziale, benché gli alberi proteggessero quasi completamente il fazzoletto di terra su cui erano. Erano seduti in cerchio attorno agli snack e alle bevande, e avevano sollevato i due opposti capi del tendone per alleviare un po' la puzza di maschio adolescente.

Pip si era perfino concessa di arrivare alla fine di una birra, seduta col suo sacco a pelo blu scuro decorato di stelle arrotolato fino ai fianchi. Anche se era molto più interessata alle patatine e alla salsa alla panna acida. Non le piaceva molto bere, non le piaceva sentire di star perdendo il controllo.

Ant era a metà di una storia dell'orrore, la torcia messa sotto la guancia a distorcergli la faccia e rendergliela grottesca. Era, guarda caso, proprio una storia su sei amici, tre ragazzi e tre ragazze, accampati nel bosco sotto un tendone.

«E la festeggiata» disse teatrale «sta finendo un intero pacchetto di caramelle alla fragola, lo zucchero rosso le si attacca alla guancia come tracce di sangue.»

«Sta' zitto» disse Cara a bocca piena.

«Dice al bellissimo ragazzo con la torcia di stare zitto. Ed è in quel momento che lo sentono: un suono raschiante fuori dal tendone. All'esterno c'è qualcosa, o qualcuno. Lentamente le unghie hanno iniziato a grattare contro il telone, aprendo un buco. "State facendo una festa?" chiede la voce di una ragazza. E poi squarcia il telone e, con un solo gesto della mano, taglia la gola del ragazzo con la camicia a quadri. "Vi sono mancata?" strilla e gli amici sopravvissuti riescono finalmente a vedere chi è: il marcescente cadavere ambulante di Andie Bell, uscita a cercare vendetta...»

«Sta' zitto, Ant.» Pip gli diede una spinta. «Non è divertente.»

«E allora perché ridono tutti?»

«Perché siete tutti malati. Una ragazza assassinata non è un bell'argomento per le vostre battute del cavolo.»

«Ma lo è per un progetto scolastico?» s'intromise Zach. «È una cosa completamente diversa.»

«Stavo proprio per arrivare alla parte sull'amante segreto di Andie, più grande nonché suo assassino» disse Ant.

Pip strinse gli occhi e gli lanciò uno sguardo rovente.

«Me l'ha detto Lauren» rispose lui piano.

«Me l'ha detto Cara» replicò pronta Lauren, biascicando le parole.

«Cara?» Pip si voltò a guardarla.

«Mi dispiace» disse lei, inciampando sulle parole perché era dal lato sbagliato di otto parti di gin. «Non sapevo dovesse rimanere un segreto. L'ho detto solo a Naomi e a Lauren. E ho detto loro di non dirlo a nessuno.» Ondeggiò, indicando accusatoria Lauren.

Era vero; Pip non le aveva specificamente detto di tenerlo segreto. Pensava non fosse necessario esplicitarlo. Un errore che non avrebbe più fatto.

«Il mio progetto non serve a fornirvi dei gossip.» Cercò di appiattire la voce anche se era acuta per il fastidio, spostando lo sguardo da Cara a Lauren ad Ant.

«Non importa» disse Ant. «Cioè, metà del nostro anno sa che fai un progetto su Andie Bell. E comunque perché stiamo parlando di compiti il nostro ultimo venerdì notte di libertà? Zach, porta qui la Ouija.»

«La Ouija?» chiese Cara.

«Ne ho comprata una. Figo eh?» disse Zach, tirando a sé lo zaino. Estrasse una tavola kitsch, all'apparenza fatta di plastica, decorata con l'alfabeto e dotata di una planchette con una finestrella trasparente attraverso la quale si potevano leggere le lettere. La appoggiò nel mezzo del loro cerchio.

«No» disse Lauren, incrociando le braccia. «Non esiste. Questo va ben oltre i limiti dello spaventoso. Le storie vanno bene, ma niente Ouija.»

Pip smise di interessarsi ai ragazzi per cercare di convincere Lauren, di modo che potessero giocare a qualsiasi burla si fossero inventati. Probabilmente ancora su Andie Bell. Allungò il braccio oltre la Ouija per prendere un'altra confezione di patatine e fu allora che lo vide.

Un fascio di luce bianca tra gli alberi.

Si sedette sui calcagni e strinse gli occhi. Lo vide di nuovo. Nell'oscurità lontana tornò visibile un piccolo rettangolo di luce e poi scomparve. Come il bagliore dello schermo di un telefono spento dal pulsante di blocco.

Aspettò ma la luce non tornò a farsi vedere. C'era solo buio là fuori. Il suono della pioggia nell'aria. Le silhouette degli alberi addormentati contro l'oscurità.

Finché uno degli alberi bui si spostò su due gambe.

«Ragazzi» disse piano. Diede un piccolo calcio alla caviglia di Ant per zittirlo. «Non voltatevi adesso ma penso ci sia qualcuno tra gli alberi. E ci sta guardando.»

Undici

«Dove?» mimò Connor con la bocca, stringendo gli occhi senza staccarli da quelli di Pip.

«Ore dieci» sussurrò lei. La paura, come un gelo rovente, le gocciolava nello stomaco. Gli occhi sbarrati si diffusero come un morbo contagioso in tutto il cerchio.

E poi con un'esplosione di rumore Connor afferrò la torcia e saltò in piedi.

«Ehi, pervertito» gridò con improbabile coraggio. Corse fuori dal tendone e dentro al buio, il fascio di luce che gli ondeggiava all'impazzata tra le mani mentre correva.

«Connor!» lo chiamò Pip, districandosi dal sacco a pelo. Strappò la torcia dalle mani di un Ant esterrefatto e inseguì l'amico tra gli alberi. «Connor, aspetta!»

Chiusi da ogni lato da una ragnatela di ombre nere, frammenti di alberi illuminati saltavano davanti agli occhi di Pip mentre la torcia le tremava tra le mani e i suoi piedi pestavano il fango. Gocce di pioggia tagliavano il fascio di luce.

«Connor» urlò di nuovo, inseguendo l'unica traccia di lui che vedesse davanti a sé, un bagliore della sua torcia nell'oscurità soffocante.

Dietro di lei sentì altri passi farsi strada nella foresta, e qualcuno che gridava il suo nome. Una delle ragazze che urlava.

Stava già iniziando ad avvertire una fitta dolorosa al fianco, man mano che si spingeva avanti, e l'adrenalina aveva ingoiato fino all'ultima goccia di birra che avrebbe potuto annebbiarla. Era all'erta ed era pronta.

«Pip» le urlò qualcuno all'orecchio.

Ant l'aveva raggiunta, con la torcia del telefono a guidare i suoi passi tra gli alberi.

«Dov'è Con?» ansimò.

In lei non c'era più aria. Indicò la luce tremolante davanti a loro e Ant la superò.

E c'era sempre il suono di passi dietro di lei. Cercò di guardarsi intorno ma vide solo un puntino di luce bianca che si ingrandiva.

Guardò davanti a sé e un raggio di luce della sua torica illuminò due figure chine che le venivano incontro. Lei scartò di lato e cadde in ginocchio per evitare di scontrarsi con loro.

«Pip, stai bene?» disse Ant senza fiato, offrendole la mano.

«Sì.» Inspirò l'aria umida, mentre un crampo le si attorcigliava nel petto e nello stomaco. «Connor, ma che cavolo?»

«L'ho perso» ansimò Connor, la testa piegata all'altezza delle ginocchia. «Mi sa che l'ho perso già da un po'.»

«Era un uomo? L'hai visto?» chiese Pip.

Connor scosse la testa. «No, non ho visto se era un uomo, ma doveva esserlo, no? Ho solo visto che indossava una felpa scura. Chiunque fosse se l'è filata di lato mentre tenevo bassa la torcia e io come uno stupido ho continuato dritto.»

«Sei stato uno stupido prima di tutto a inseguirlo» disse Pip arrabbiata. «Da solo.»

«Ma ovvio!» replicò Connor. «Un pervertito nel bosco, a mezzanotte, che ci guardava e magari si toccava pure. Volevo picchiarlo a sangue.»

«È stato inutilmente pericoloso» disse lei. «Cosa stavi cercando di dimostrare?»

Pip vide con la coda dell'occhio un raggio di luce bianca e Zach emerse dal buio, fermandosi un secondo prima di scontrarsi con lei e Ant.

«Ma che cavolo!» fu tutto quello che disse.

Poi sentirono l'urlo.

«Merda» fece Zach, girando sui tacchi e precipitandosi indietro da dov'era venuto.

«Cara! Lauren!» gridò Pip, prendendo la torcia e seguendo Zach, gli altri due accanto a lei. Di nuovo tra gli alberi scuri, le cui dita da incubo le afferravano i capelli. La fitta le faceva sempre più male a ogni passo.

Mezzo minuto dopo trovarono Zach col telefono in mano a illuminare le due ragazze, in piedi a braccetto l'una con l'altra, Lauren in lacrime.

«Cos'è successo?» disse Pip, abbracciandole entrambe, tutte tremanti anche se la notte era calda. «Perché avete urlato?»

«Perché ci siamo perse e la torcia si è spaccata e siamo ubriache» rispose Cara.

«Perché non siete state dentro al tendone?» chiese Connor.

«Perché ci avete abbandonate tutti» pianse Lauren.

«Ok, ok» fece Pip. «Abbiamo avuto tutti una reazione esagerata. È tutto a posto; dobbiamo solo tornare al tendone. Chiunque fosse è scappato e noi siamo in sei, ok? Stiamo tutti bene.» Asciugò le lacrime dalle guance di Lauren.

Ci volle almeno un quarto d'ora, anche con le torce, a ritrovare la strada per il tendone; di notte il bosco era un altro pianeta. Dovettero addirittura utilizzare la app di geolocalizzazione sul telefono di Zach per capire quanto fossero lontani dalla strada. Quando scorsero lontani brani di tela bianca tra i tronchi e il dolce bagliore giallo delle lanterne a batteria affrettarono il passo.

Nessuno parlò molto mentre ripulivano velocemente dalle bottiglie vuote e dai pacchetti di cibo, buttandoli in un sacchetto della spazzatura, facendo spazio ai sacchi a pelo. Abbassarono tutti i lati del tendone, al sicuro all'interno delle quattro pareti di tela, la loro unica visuale sugli alberi distorta dalle finte finestre di plastica.

I ragazzi stavano già cominciando a fare battute sulla loro corsa di mezzanotte tra gli alberi. Lauren non era ancora pronta a riderne però.

Pip spostò il sacco a pelo dell'amica tra il suo e quello di Cara e l'aiutò a entrarci quando non ne poté più di vederla armeggiare ubriaca con la cerniera.

«Niente Ouija quindi, vero?» chiese Ant.

«Mi sa che abbiamo già avuto abbastanza spaventi» rispose Pip.

Sedette accanto a Cara per un po', obbligandola a bere mentre la distraeva parlandole svogliatamente della caduta di Roma. Lauren dormiva già, e Zach pure, all'altro lato del tendone.

Quando le palpebre di Cara iniziarono a calare sempre di più a ogni battito di ciglia, Pip tornò strisciando a infilarsi nel sacco a pelo. Vide che Ant e Connor erano ancora svegli e che sussurravano, ma lei era pronta per dormire, o almeno per sdraiarsi e sperare di riuscirci. Quando infilò le gambe nel sacco a pelo sentì qualcosa frusciarle contro il piede destro. Si tirò le ginocchia al petto e infilò una mano al loro posto, e le sue dita si chiusero su un pezzo di carta.

Doveva essere un pacchetto di cibo che era caduto lì

dentro. Lo tirò fuori. Non lo era. Era un foglio di carta da stampante bianco piegato a metà.

Lo spiegò e lo scorse con lo sguardo.

Stampate sulla pagina in un grande font elegante c'erano le parole: *Smetti di scavare, Pippa.*

Lasciò la presa e il suo sguardo seguì il foglio mentre cadeva, aperto. Il respiro le tornò indietro nel tempo a quando stava correndo nel buio, istantanee degli alberi nel fascio di luce della torcia. L'incredulità si ridusse a paura. Dopo cinque secondi la sensazione si arricciò ai bordi, divampando in rabbia.

«Ma che cavolo!» disse, raccogliendo il biglietto e avvicinandosi come una furia ai ragazzi.

«Shh» fece uno di loro «le ragazze dormono.»

«Lo trovate divertente?» replicò Pip, abbassando lo sguardo su di loro mentre brandiva il bigliettino piegato. «Siete incredibili.»

«Ma di cosa stai parlando?» Ant la guardò corrugando la fronte.

«Questo biglietto che mi avete lasciato.»

«Io non ti ho lasciato nessun biglietto» disse, alzando la mano per prenderlo.

Pip si ritrasse. «E ti aspetti che ci creda?» disse. «Anche tutta la storia del tizio nel bosco è una messinscena? Parte di uno scherzo? Chi era, il vostro amico George?»

«No, Pip» rispose Ant, fissandola dal basso. «Davvero, non so di cosa stai parlando. Cosa dice il biglietto?»

«Risparmiami la recita da innocente» disse lei. «Connor, vuoi aggiungere qualcosa?»

«Pip, pensi che mi sarei impegnato così a inseguire quel pervertito se fosse stato solo uno stupido scherzo? Non abbiamo pianificato niente, lo giuro.»

«Mi state dicendo che nessuno di voi due mi ha lasciato questo biglietto?»

Annuirono entrambi.

«Che pezzi di merda» disse, voltandosi verso il lato del tendone dov'erano le ragazze.

«Davvero, Pip, non siamo stati noi» ripeté Connor.

Pip lo ignorò, arrampicandosi dentro al sacco a pelo facendo più rumore del necessario.

Si sdraiò, usando il maglione appallottolato come cuscino, il biglietto aperto sulla cerata accanto a lei. Si voltò a guardarlo, ignorando quattro altri «Pip» sussurrati da Ant e Connor.

Gli altri dormivano tutti. Pip lo capì dal respiro regolare. Lei era l'unica incapace di prendere sonno.

Dalle ceneri della sua rabbia era nata una nuova creatura, che si era generata dalla polvere e dalle braci. Un sentimento a metà tra il terrore e il dubbio, tra il caos e la logica.

Pip si ripeté le parole nella mente così tante volte che iniziarono a diventare gommose e a suonare straniere.

Smetti di scavare, Pippa.

Non poteva essere. Era solo uno scherzo crudele. Solo uno scherzo.

Non riusciva a distogliere lo sguardo dal biglietto, con gli occhi vigili che seguivano avanti e indietro le curve delle nere lettere stampate.

E la foresta, nel cuore della notte, era viva attorno a lei. Rami che crepitavano, folate di vento tra gli alberi e urla. Volpi o cervi, non avrebbe saputo dirlo, ma strillavano e gridavano ed era e non era Andie Bell a urlare attraverso l'involucro del tempo.

Smetti di scavare, Pippa.

PARTE II

Dodici

Pip agitava nervosa le mani sotto al tavolo, sperando che Cara fosse troppo presa dalle sue chiacchiere per notarlo. Era la prima volta in assoluto che Pip doveva nasconderle qualcosa e il suo nervosismo giocava a fare il burattinaio con le mani che non si fermavano e con il nodo allo stomaco.

Pip era passata da lei dopo la scuola, il terzo giorno dopo il rientro, quando gli insegnanti avevano smesso di raccontare cosa avrebbero insegnato e avevano iniziato a insegnare sul serio. Erano sedute nella cucina degli Ward, fingendo di fare i compiti, ma in realtà Cara stava sbobinando una crisi esistenziale.

«E gli ho detto che ancora non so cosa voglio studiare all'università, figurarsi se so dove. E lui continua col suo "Il tempo scorre, Cara" e mi sta facendo impazzire. Tu hai già parlato coi tuoi?»

«Sì, un paio di giorni fa» disse Pip. «Ho scelto il King's College, a Cambridge.»

«Inglese?»

Pip annuì.

«Sei la persona peggiore con cui sfogarsi sui propri progetti di vita» sbuffò Cara. «Scommetto che sai già cosa vuoi fare da grande.»

«Ovvio» disse lei. «Voglio essere Louis Theroux e Heather Brook e Michelle Obama tutti insieme.»

«La tua efficienza mi offende.»

Dal cellulare di Pip esplose un potente fischio di locomotiva.

«Chi è?» chiese Cara.

«È solo Ravi Singh» disse Pip, controllando il messaggio, «per sapere se ho qualche altro aggiornamento.»

«Oh, ci scambiamo messaggi ora, eh?» scherzò Cara. «Devo tenermi libera un giorno della prossima settimana per il matrimonio?»

Pip le tirò una biro. Cara la schivò da esperta.

«Be', hai qualche aggiornamento su Andie Bell?» chiese.

«No» disse Pip. «Assolutamente niente di nuovo.»

A quella bugia il nodo che aveva nella pancia si strinse più forte.

Ant e Connor avevano continuato ancora a negare la paternità del biglietto che aveva trovato nel sacco a pelo quando li aveva affrontati a scuola. Avevano suggerito magari Zach o una delle ragazze. Ovviamente il loro diniego non era una prova inappellabile della loro innocenza. Ma Pip doveva considerare l'altra possibilità: *e se?* E se era davvero qualcuno coinvolto nel caso di Andie Bell che cercava di spaventarla perché rinunciasse al progetto? Qualcuno che aveva molto da perdere se lei avesse continuato a indagare.

Non disse a nessuno del biglietto: non alle ragazze, non ai ragazzi quando le chiesero cosa dicesse, non ai suoi, nemmeno a Ravi. Se si fossero preoccupati avrebbero potuto far naufragare il progetto. E lei doveva tenere sotto controllo ogni possibile fuga di informazioni. Aveva segreti da tenersi stretta e avrebbe imparato dalla migliore, la signorina Andrea Bell.

«Dov'è tuo papà?» chiese Pip.

«Scema, ma se è passato tipo un quarto d'ora fa a dire che usciva per il tutoraggio.»

«Ah già» fece Pip. Le bugie e i segreti distraevano. Elliot faceva da sempre tutoraggio tre volte a settimana; era parte della routine degli Ward e Pip la conosceva bene. Il nervosismo la rendeva disattenta. Cara presto se ne sarebbe accorta; la conosceva troppo bene. Pip doveva calmarsi; era lì per un motivo. E l'iperattività l'avrebbe smascherata.

Riusciva a sentire il ronzio e il rumore sordo della televisione nell'altra stanza; Naomi stava guardando qualche tragedia americana che prevedeva un sacco di *pew-pew* da parte di pistole silenziate e un sacco di improperi volgari.

Per Pip era il momento perfetto per agire.

«Ehi, mi presti due secondi il tuo computer?» chiese a Cara, rilassando il viso in modo che non la tradisse. «Voglio solo cercare un libro per inglese.»

«Sì, certo» disse Cara, passandoglielo dall'altra parte del tavolo. «Non chiudermi le finestre.»

«No, no» fece Pip, girando il computer così che Cara non potesse vedere lo schermo.

Il battito cardiaco di Pip le schizzò in cima alle orecchie. C'era talmente tanto sangue dietro al suo volto che era sicura di star diventando rossa. Chinandosi per nascondersi dietro lo schermo aprì il pannello di controllo.

Era stata sveglia fino alle tre la notte precedente, con quella domanda, *e se?*, che la tormentava, scacciando il sonno. Così aveva setacciato la rete, cercando domande mal formulate sui forum e manuali d'istruzione per stampanti wireless.

Chiunque l'avrebbe potuta seguire nel bosco. Questo era vero. Chiunque avrebbe potuto osservarla, attirare lei e i suoi amici fuori dal tendone per poterle lasciare quel messaggio. Vero. Ma c'era un solo nome nella sua lista di sospettati, una sola persona che sapeva esattamente dove lei e Cara avrebbero piantato la tenda. Naomi. Era stata stupida a scartarla dalla lista dei sospettati per via della Naomi che pensava di conoscere. Ci poteva benissimo essere un'altra Naomi. Una che magari mentiva, o magari no, riguardo al fatto che aveva lasciato casa di Max per un certo periodo di tempo la notte in cui Andie era morta. Una che magari, o magari no, era stata innamorata di Sal. Una che magari, o magari no, aveva odiato Andie abbastanza da ucciderla.

Dopo ore di testarda ricerca, Pip aveva imparato che non c'era modo di vedere i vecchi documenti che una stampante wireless aveva stampato. E nessuno sano di mente avrebbe salvato sul proprio computer un biglietto come quello, perciò tentare di frugare in quello di Naomi sarebbe stato inutile. Ma c'era un'altra cosa che poteva fare.

Selezionò *Dispositivi e stampanti* sul portatile di Cara e spostò la freccia sul nome della stampante degli Ward, che qualcuno aveva soprannominato *Freddie Prints Junior*. Cliccò col destro sulle *Proprietà* e sulla finestra delle avanzate.

Pip aveva memorizzato i passaggi descritti in un sito di spiegazioni corredato di fumetti illustrativi. Controllò la casella accanto a *Mantieni documenti stampati*, selezionò *Applica* e aveva fatto. Chiuse il pannello di controllo e tornò ai compiti di Cara.

«Grazie» le disse, ripassandole il computer, certa che il suo cuore battesse abbastanza forte da farsi sentire, uno stereo portatile cucitole sul petto, all'esterno.

«No problem.»

Il computer di Cara avrebbe ora tenuto traccia di tutto quello che passava per la loro stampante. Se Pip avesse ricevuto un altro messaggio del genere avrebbe potuto scoprire senz'ombra di dubbio se veniva da Naomi o no.

La porta della cucina si aprì con un'esplosione nella Casa Bianca e con gli agenti federali che urlavano: "Fuori di qui!" e "Mettetevi in salvo!". Naomi era in piedi sulla porta.

«Dio, Nai» disse Cara, «stiamo facendo i compiti qui, abbassa un po'.»

«Scusa» sussurrò, come a compensare il volume della tivù. «Voglio solo bere qualcosa. Stai bene, Pip?» Naomi la guardava con espressione confusa e solo allora Pip si rese conto che la stava fissando da quando era apparsa.

«Ehm... sì. Mi hai spaventato, tutto qui» disse, col sorriso di un millimetro troppo ampio, che le scavava le guance in modo spiacevole.

Pippa Fitz-Amobi
CPE 08/08/2017

Diario di lavoro – Voce 13

Trascrizione della seconda intervista a Emma Hutton

Pip: Grazie di aver accettato di parlare di nuovo con me. Sarò brevissima, lo prometto.

Emma: Sì, no, non c'è problema.

Pip: Grazie. Ok, allora, per prima cosa, ho chiesto in giro riguardo a Andie e ho sentito delle voci che vorrei che mi confermassi. Che Andie forse stava frequentando un'altra persona mentre stava con Sal. Un ragazzo più grande, forse? Hai mai sentito di una cosa del genere?

Emma: Chi te lo ha detto?

Pip: Scusa, mi hanno chiesto di rimanere anonimi.

Emma: È stata Chloe Burch?

Pip: Di nuovo, scusa, mi è stato chiesto di non dirlo.

Emma: Deve essere stata lei, eravamo le sole a saperlo.

Pip: Quindi è vero? Andie stava frequentando un uomo più grande al tempo della sua relazione con Sal?

Emma: Be', sì, questo è quello che diceva lei; non ci ha mai rivelato il nome o altro.

Pip: Hai idea da quanto andasse avanti?

Emma: Cioè, non da molto prima che sparisse. Mi sembra che ne avesse iniziato a parlare a marzo. È solo un'ipotesi, però.

Pip: E sapevi niente su chi fosse?

Emma: No, a lei piaceva stuzzicarci sul fatto che non lo sapevamo.

Pip: E non pensasti fosse una cosa importante da dire alla polizia?

Emma: No perché onestamente quelli erano gli unici dettagli che abbiamo mai saputo. E ho anche mezzo pensato che Andie se lo fosse inventato per aggiungere un po' di melodramma.

Pip: E dopo quello che successe con Sal non hai mai pensato di dire alla polizia che questo poteva essere un possibile movente?

Emma: No, perché, di nuovo, ero convinta che non fosse reale. E Andie non era stupida; non ne avrebbe parlato con Sal.

Pip: E se Sal lo avesse scoperto comunque?

Emma: Mmmmh, non credo. Andie era brava a mantenere i segreti.

Pip: Ok, passando alla mia ultima domanda, mi stavo chiedendo se sapessi se Andie si fosse inimicata Naomi Ward. O se avessero un rapporto teso.

Emma: Naomi Ward, l'amica di Sal?

Pip: Esatto.

Emma: No, non che io sappia.

Pip: Andie non parlò mai di tensioni con Naomi o non disse mai cose brutte su di lei?

Emma: No. In effetti ora che lo dici, lei odiava senza mezzi termini uno degli Ward, ma non era Naomi.

Pip: Cosa vuoi dire?

Emma: Hai presente il signor Ward, l'insegnante di storia? Non so se sia ancora alla Kilton. Ma sì, a Andie non piaceva. Mi ricordo una volta che lo chiamò testa di cazzo, tra i vari termini anche più coloriti.

Pip: Perché? Quando fu?

Emma: Mmh, non saprei dire con esattezza ma mi pare verso Pasqua. Quindi non molto prima che succedesse tutto.

Pip: Ma Andie seguiva i corsi di storia?

Emma: No, ma deve essere stato per qualcosa che lui le aveva detto, tipo che la sua gonna era troppo corta per la scuola. Lei odiava sempre questo genere di cose.

Pip: Ok, è tutto quello che volevo chiederti. Grazie ancora per il tuo aiuto, Emma.

Emma: Figurati. Ciao.

NO. Santo cielo no.

Prima Naomi che non riesco neanche più a guardare negli occhi. E ora Elliot? Perché le domande su Andie Bell tornano indietro sotto forma di risposte sulle persone a me vicine?

Ok, Andie che insulta un insegnante con le sue amiche prima degli eventi che condurranno alla sua morte sembra una pura coincidenza. Sì. Potrebbe essere una cosa del tutto innocente.

Ma – ed è un ma bello grosso – Elliot mi ha detto che conosceva Andie a malapena e che non aveva quasi avuto a che fare con lei negli ultimi due anni della sua vita. Quindi perché lei lo chiamò testa di cazzo se non avevano nulla a che fare l'uno con l'altra? Elliot ha mentito? E per quale ragione?

Sarei un'ipocrita se non facessi speculazioni selvagge, come ho già fatto, solo perché voglio bene a Elliot. Quindi, anche se mi fa del male fisico: può questa traccia innocente, in realtà, indicare che era Elliot Ward il misterioso tizio più grande? Cioè, all'inizio pensavo che un "misterioso tizio più grande" potesse essere qualcuno tra i venticinque e i trent'anni. Ma forse il mio istinto sbagliava; forse si riferisce a qualcuno molto più maturo. Ho preparato io la torta per l'ultimo compleanno di Elliot, quindi so che ha quarantasette anni, il che significa che ne aveva quarantadue l'anno della scomparsa di Andie.

Andie disse alle sue amiche che poteva "rovinare" quell'uomo. Pensavo che volesse dire che il tizio – chiunque fosse – era sposato. Elliot no; sua moglie era morta un paio d'anni prima. Ma era un insegnante della sua scuola, in una posizione di fiducia. Nel caso di rapporti inappropriati Elliot avrebbe rischiato di finire in prigione. Questo può sicuramente rientrare sotto la voce "rovinare qualcuno".

Ma lui è il tipo di persona che farebbe una cosa del genere? No, non lo è. Ed è il tipo di uomo che accenderebbe i desideri di una bellissima studentessa bionda di diciassette anni? Non penso. Cioè, non che sia orrendo e ha una certa aria brizzolata e professorale ma... no, dài. Non ce lo vedo.

Non posso credere di starmi veramente permettendo di pensare a una cosa del genere. Chi sarà il prossimo a finire nella lista dei sospetti? Cara? Ravi? Papà? Io?

Penso che dovrei solo stringere i denti e chiedere a Elliot, per poter tornare ai fatti veri e propri. Altrimenti finisce che potrei sospettare di tutti quelli che so che potrebbero aver parlato a Andie a un certo punto della propria vita. E la paranoia non mi si addice.

Ma come fai a chiedere, come se niente fosse, a un uomo maturo che conosci da quando avevi sei anni come mai ti ha mentito a proposito di una ragazza assassinata?

Sospettati

Jason Bell

Naomi Ward

Misterioso tizio più grande

Elliot Ward

Tredici

La mano che scriveva doveva avere una mente tutta sua, un circuito indipendente da quello contenuto nella testa.

Il signor Ward parlava, «Ma a Lenin non piacevano le politiche di Stalin nei confronti della Georgia dopo l'invasione dell'Armata rossa nel 1921» e le dita di Pip si muovevano di conseguenza, prendendo appunti sottolineando pure le date. Ma in realtà non stava ascoltando.

Dentro di lei era in atto un conflitto, le due metà della sua mente bisticciavano e si beccavano a vicenda. Doveva chiedere a Elliot dei commenti di Andie o era un rischio per le indagini? Era maleducato fare domande inquisitorie su studenti assassinati o era una *pippità* del tutto perdonabile?

Suonò la campanella del pranzo ed Elliot alzò la voce per sovrastare il rumore di sedie spostate e cerniere che si chiudevano: «Leggete il capitolo tre prima della prossima lezione. E se volete essere veramente rivoluzionari, arrivate a espropriare fino al capitolo quattro compreso». Ridacchiò alla propria battuta.

«Vieni, Pip?» disse Connor, alzandosi e buttandosi lo zaino sulle spalle.

«Ehm, sì, vi raggiungo tra un attimo» rispose lei. «Devo chiedere una cosa al signor Ward prima.»

«Devi chiedere una cosa al signor Ward, eh?» Elliot l'aveva sentita. «Cattivo presagio. Spero tu non abbia già cominciato a pensare agli esami.»

«No, be', sì, in realtà sì» disse Pip, «ma non è questo che volevo chiederti.»

Aspettò finché non rimasero soli nell'aula.

«Cosa c'è?» Elliot diede un'occhiata all'orologio. «Ti concedo dieci minuti prima di farmi prendere dal panico per la fila ai panini.»

«Sì, scusa» disse Pip, cercando di recuperare tutto il proprio coraggio che però restava fuori portata. «Ehm...»

«Va tutto bene?» chiese Elliot, tornando a sedersi alla cattedra, braccia e gambe incrociate. «Sei preoccupata per le domande per entrare all'università? Possiamo rivedere la tua presentazione insieme se...»

«No, non è questo.» Fece un respiro profondo ed espirò dal labbro superiore. «Io... quando ti ho intervistato hai detto che non avevi avuto nulla a che fare con Andie i suoi ultimi due anni di scuola.»

«Sì, esatto.» Lui sbatté gli occhi. «Non frequentava storia.»

«Ok, ma...» il coraggio le tornò addosso tutto in una volta e le parole le uscirono rincorrendosi «una delle amiche di Andie ha detto che, scusa la volgarità, Andie ti aveva chiamato testa di cazzo e simili nomi disgustosi la settimana prima di sparire.»

Il «perché?» era evidentemente nascosto dietro le sue parole; non dovette pronunciarlo.

«Oh» disse Elliot, spostandosi i capelli neri dal viso. La guardò e sospirò. «Be', speravo non sarebbe venuto fuori. Non vedo a cosa possa servire rimuginarci sopra. Ma capisco che sei molto scrupolosa nel portare avanti questo progetto.»

Pip annuì, e il suo lungo silenzio implorava una risposta.

Elliot si riaggiustò sulla sedia. «Non mi sento molto a mio agio a questo riguardo, a dire cose spiacevoli di una studentessa che ha perso la vita.» Lanciò uno sguardo alla porta aperta dell'aula e andò a chiuderla. «Ehm, non avevo molto a che fare con Andie Bell a scuola ma la conoscevo, ovviamente, in quanto papà di Naomi. E... fu in quella veste, tramite Naomi, che venni a conoscenza di alcune cose su di lei.»

«Cioè?»

«Non c'è un modo carino di dirlo ma... era una bulla. Bullizzava un'altra ragazza del suo anno. Non mi ricordo il suo nome ora, era tipo portoghese. Ci fu una specie di incidente, un video che Andie aveva postato online.»

Pip ne fu allo stesso tempo sorpresa e per nulla stupita. Un'altra pista ancora che si apriva nel labirinto della vita di Andie Bell. Palinsesto su palinsesto, l'idea originaria di Andie ormai emergeva soltanto a fatica, tra tutti gli scarabocchi che la ricoprivano.

«Sapevo abbastanza da capire che Andie sarebbe stata nei guai sia con la polizia sia con la scuola per quello che aveva fatto» continuò Elliot. «E... pensai fosse un peccato perché era la prima settimana dopo le vacanze di Pasqua e gli esami si avvicinavano. Esami che avrebbero segnato tutto il suo futuro.» Sospirò. «Quello che avrei dovuto fare, quando lo scoprii, era dire al preside dell'incidente. Ma la scuola ha una politica di tolleranza zero nei confronti del bullismo o del cyber-bullismo e sapevo che Andie sarebbe stata espulsa immediatamente. Niente esami, niente università e io, be', io non potevo farlo, tutto qui. Anche se era una bulla non avrei potuto convivere con la consapevolezza di aver giocato un ruolo simile nel rovinare il futuro a uno studente.»

«Quindi cosa facesti?» domandò Pip.

«Cercai i contatti di suo padre e lo chiamai, il primo giorno di scuola dopo le vacanze di Pasqua.»

«Vuoi dire il lunedì della settimana alla fine della quale Andie scomparve?»

Elliot annuì. «Sì, dovrebbe essere quello. Telefonai a Jason Bell e gli dissi tutto quello che avevo appreso e che doveva parlare molto seriamente a sua figlia del bullismo e delle sue conseguenze. E gli suggerii di limitarle gli accessi online. Dissi che affidavo a lui la cosa, altrimenti non avrei avuto altra scelta che informare la scuola e far espellere Andie.»

«E lui cosa disse?»

«Be', era grato che stessi offrendo a sua figlia una seconda opportunità che forse non meritava. E promise che avrebbe sistemato tutto e le avrebbe parlato. Adesso immagino che quando in effetti lo fece accennò al fatto che ero io la fonte dell'informazione. Perciò non sono del tutto sorpreso di essere stato il bersaglio di qualche brutta parola da parte di Andie, quella settimana, devo dire. Più che altro deluso.»

Pip fece un respiro profondo, un respiro circonfuso di sollievo malcelato.

«Perché questo sospirone di sollievo?»

«Sono solo contenta che non avessi mentito per un motivo peggiore.»

«Mi sa che hai letto troppi romanzi gialli, Pip. Perché non ti dedichi a qualche biografia storica, invece?» sorrise con gentilezza.

«Anche quelle possono essere tanto disturbanti quanto la narrativa.» Fece una pausa. «Non avevi mai detto a nessuno prima, vero... del bullismo di Andie?»

«Ovviamente no. Sembrava inutile dopo tutto quello che era successo. E anche indelicato.» Si grattò la guancia. «Cerco di non pensarci per non perdermi in teorie da effetto farfalla. E se lo avessi semplicemente detto alla scuola e Andie fosse stata espulsa quella settimana? Le cose sarebbero finite diversamente? Le condizioni che spinsero Sal a ucciderla si sarebbero comunque verificate? Quei due sarebbero ancora vivi?»

«Non devi finire in questo buco nero» disse Pip. «E non ti ricordi davvero la ragazza che era stata bullizzata?»

«No, mi dispiace» disse. «Naomi dovrebbe ricordarsela; puoi chiedere a lei. Non sono sicuro che questo abbia a che fare con l'utilizzo dei media nelle indagini criminali, però.» Le lanciò un'occhiata di leggero rimprovero.

«Be', devo ancora decidere quale sarà il titolo definitivo» sorrise lei.

«Ok, be', anche tu non finire nel tuo buco nero.» La ammonì col dito. «E ora scappo perché ho disperatamente voglia di un panino con tonno e formaggio.» Sorrise e schizzò fuori in corridoio.

Pip si sentiva più leggera, il gruppo di dubbio andava scomparendo, proprio come aveva appena fatto Elliot oltre la porta. E invece di speculazioni scomposte che la portavano fuori strada aveva ora un'altra pista reale da seguire. E un nome in meno sulla lista. Un buono scambio.

Ma la pista la riportava a Naomi. E Pip avrebbe dovuto guardarla negli occhi fingendo di non pensare che dietro vi si nascondesse qualcosa di oscuro.

Pippa Fitz-Amobi
CPE 13/09/2017

Diario di lavoro – Voce 15

Trascrizione della seconda intervista a Naomi Ward

Pip: Ok, sto registrando. Allora, tuo papà mi ha detto che aveva scoperto che Andie stava bullizzando una ragazza del tuo anno. Cyber-bullismo. Pensava c'entrasse un video online. Sai niente di questa storia?

Naomi: Be', come ho detto, sapevo che Andie era fonte di guai.

Pip: Puoi dirmi qualcosa di più?

Naomi: C'era una ragazza del nostro anno di nome Natalie Da Silva, era carina e bionda anche lei. In effetti erano piuttosto simili. E immagino che Andie si sentisse minacciata da lei perché a partire dall'inizio del nostro ultimo anno cominciò a spargere voci su Natalie e a trovare modi per umiliarla.

Pip: Se Sal e Andie non iniziarono a frequentarsi fino al dicembre di quell'anno, come facevi a sapere queste cose?

Naomi: Ero amica di Nat. Seguivamo biologia insieme.

Pip: Oh. E che genere di voci metteva in giro Andie?

Naomi: Il genere di cose disgustose che solo un'adolescente può inventarsi. Tipo che la sua famiglia praticava l'incesto, che Nat si toccava spiando le persone negli spogliatoi. Questo genere di cose.

Pip: E tu pensi lo avesse fatto perché Nat era carina e si sentiva minacciata da lei?

Naomi: Penso che il suo processo mentale non andasse oltre. Andie voleva essere la ragazza più bella del suo anno, quella che tutti i ragazzi desideravano. Nat era una rivale, perciò doveva farle abbassare la cresta.

Pip: Quindi tu hai sempre saputo di questo video?

Naomi: Sì, girava su tutti i social. Penso che rimase lì per qualche giorno finché qualcuno non lo segnalò come contenuto inappropriato.

Pip: Quando fu?

Naomi: Durante le vacanze di Pasqua. Grazie al cielo non durante una settimana di scuola: sarebbe stato ancora peggio per Nat.

Pip: Ok, quindi, di cosa si trattava?

Naomi: Allora, per quel che ne so, Andie era uscita con alcuni amici di scuola, tra cui le sue due tirapiedi.

Pip: Chloe Burch ed Emma Hutton?

Naomi: Sì, e qualche altro ragazzo. Non Sal o qualcuno di noi. E c'era questo tizio, Chris Parks, che tutti sapevano che piaceva a Nat. Non so tutti i dettagli, ma o usò il telefono di Chris o gli disse cosa fare, e iniziarono a flirtare con Nat via messaggio. E lei rispose, perché le piaceva Chris e pensava fosse lui. E poi Andie/Chris chiese a Nat di mandare un video di lei in topless, ma dove si vedesse la faccia così che sapesse che era davvero lei.

Pip: E Nat lo fece?

Naomi: Già. Un po' ingenua, ma pensava di star parlando soltanto a Chris. Dopodiché quello che tutti sappiamo è che il video è online e Andie e un sacco di altra gente lo condivide sul proprio profilo. I commenti erano orribili. E in pratica tutti quelli del nostro anno lo videro prima che venisse rimosso. Nat era inconsolabile. Saltò perfino i primi due giorni dopo le vacanze di Pasqua perché si sentiva troppo umiliata.

Pip: Sal sapeva che era stata Andie?

Naomi: Be', io glielo accennai. Lui non approvava, ovviamente, ma disse solo: "Sono i drammi di Andie. Non voglio farmi coinvolgere". Era semplicemente troppo accomodante su certe cose.

Pip: Non accadde nient'altro tra Nat e Andie?

Naomi: In realtà sì. Una cosa che penso fosse ugualmente brutta ma non la seppe quasi nessuno. Potrei essere l'unica a cui Nat lo disse perché la trovai che piangeva nell'aula di biologia subito dopo.

Pip: Cosa?

Naomi: Allora, nel trimestre autunnale la scuola stava allestendo una recita degli studenti degli ultimi due anni. Penso fosse *Il crogiuolo* di Miller. Dopo le audizioni a Nat diedero la parte principale.

Pip: Abigail?

Naomi: Forse, non lo so. E a quanto pare Andie aveva puntato a quella parte ed era furibonda. Perciò dopo che le parti furono affisse in bacheca, Andie mise Nat all'angolo e le disse...

Pip: Sì?

Naomi: Scusa, ho dimenticato un po' di contesto. Il fratello di Nat, Daniel, che aveva, tipo, cinque anni più di noi, aveva lavorato a scuola part-time come bidello quando noi avevamo quindici o sedici anni. Solo per un anno mentre cercava un altro lavoro.

Pip: Ok, e?

Naomi: Ok, allora Andie mette all'angolo Nat e le dice che quando suo fratello lavorava ancora a scuola aveva fatto sesso con lei anche se all'epoca aveva solo quindici anni. E dice anche a Nat di rinunciare alla recita o andrà alla polizia a denunciare di essere stata regolarmente violentata da suo fratello. E Nat ci rinunciò perché aveva paura di quello che avrebbe potuto fare Andie.

Pip: Era vero? Andie aveva una relazione col fratello di Nat?

Naomi: Non lo so. Neanche Nat ne era sicura, è per questo che rinunciò. Ma non penso gliel'abbia mai chiesto.

Pip: Sai dov'è Nat ora? Pensi che potrei parlarle?

Naomi: In realtà non sono in contatto con lei, ma so che è tornata a casa dai suoi. Ho sentito delle cose su di lei, però.

Pip: Quali cose?

Naomi: Uhm, mi sa che all'università è stata coinvolta in una specie di rissa. È stata arrestata e accusata di "aggressione che provoca danni particolarmente gravi alla persona" e credo abbia passato un po' di tempo in prigione.

Pip: Oh cielo.

Naomi: Già.

Pip: Puoi darmi il suo numero?

Quattordici

«Ti sei messa la divisa apposta per venire a trovarmi, Sergente?» disse Ravi, appoggiato allo stipite della porta d'ingresso, con indosso una camicia di flanella verde a quadri e i jeans.

«No, arrivo dritta da scuola» disse Pip. «E mi serve il tuo aiuto. Mettiti le scarpe...» batté le mani, «vieni con me.»

«Andiamo in missione?» disse lui, incespicando all'indietro per infilarsi un paio di vecchie scarpe da ginnastica abbandonate all'ingresso. «Devo portare il visore a infrarossi e la cintura-marsupio?»

«Non questa volta» sorrise lei, avviandosi per il vialetto del giardino mentre Ravi chiudeva la porta e la seguiva.

«Dove stiamo andando?»

«Nella casa dove sono cresciuti due potenziali assassini di Andie» disse Pip. «Uno dei due è appena uscito di prigione per "aggressione che provoca danni particolarmente gravi alla persona".» Con le dita disegnò le virgolette attorno alle parole. «Tu mi servi come rinforzo visto che stiamo andando a parlare con un sospettato potenzialmente violento.»

«Rinforzo?» disse lui, raggiungendola e mettendosi al suo fianco.

«Sai» fece Pip, «qualcuno che possa sentire le mie grida d'aiuto se necessario.»

«Aspetta, Pip.» Le chiuse le dita attorno al braccio e la fece fermare. «Non voglio che tu faccia niente di veramente pericoloso. Neanche Sal l'avrebbe voluto.»

«Oh, dài.» Si liberò dalla stretta. «Nulla si può frapporre tra me e i miei compiti, neanche un po' di pericolo. E ho solo intenzione di farle, in modo molto calmo, un paio di domande.»

«Ah, è una lei?» disse Ravi. «Ok allora.»

Pip fece ondeggiare lo zaino per colpirlo al braccio.

«Non pensare che non l'abbia notato» aggiunse. «Le donne possono essere pericolose tanto quanto gli uomini.»

«Ahia, lo so bene» disse lui, sfregandosi il braccio. «Cos'hai lì dentro, dei mattoni?»

Quando Ravi smise di ridere della macchina di Pip, tozza e col muso da insetto, si mise la cintura di sicurezza e Pip inserì l'indirizzo nel navigatore. Mise in moto e raccontò a Ravi tutto quello che aveva scoperto da quando si erano parlati l'ultima volta. Tutto tranne la figura buia nel bosco e il biglietto nel sacco a pelo. Questa indagine era tutto per lui, eppure Pip sapeva che le avrebbe detto di fermarsi se avesse pensato che si stava esponendo a dei pericoli. Non poteva metterlo in una posizione del genere.

«Andie sembra proprio un bel pezzo di stronza» disse quando Pip ebbe terminato. «Eppure per tutti è stato così facile credere che il mostro fosse Sal. Wow, mi è uscita profonda.» Si girò verso di lei. «Puoi citare questa mia frase nel progetto se vuoi.»

«Certo, nota a piè di pagina e tutto il resto» rispose lei.

«Ravi Singh» disse lui, vergando le parole con le dita, *«Pensieri profondi senza filtri*, macchina-insetto di Pip, 2017.»

«Abbiamo fatto un'ora di lezione sulle note delle tesine oggi» disse Pip, tornando a guardare la strada. «Come se pensassero che non conosca già tutto. Sono uscita dalla pancia che già sapevo come stendere i riferimenti bibliografici.»

«Che superpotere interessante; dovresti chiamare la Marvel.»

La voce meccanica e sostenuta del navigatore di Pip li interruppe, avvisandoli che dopo quattrocento metri sarebbero arrivati a destinazione.

«Dev'essere questa» disse Pip. «Naomi mi ha detto che era quella con la porta blu brillante.» La indicò e si fermò sul cordolo. «Ho chiamato Natalie due volte ieri. La prima volta ha riagganciato dopo che ho detto le parole "progetto scolastico". La seconda non ha proprio risposto. Speriamo che apra almeno la porta. Vieni?»

«Non sono sicuro» disse, indicandosi il viso, «c'è sempre quell'enorme questione, il fatto che sono *fratello dell'assassino*. Probabilmente riceverai più risposte se non ci sono anch'io.»

«Oh.»

«Che ne dici se rimango in piedi sul vialetto, lì?» Fece un cenno in direzione delle lastre di cemento che tagliavano a metà il giardino fino alla casa, nel punto in cui svoltavano improvvisamente a sinistra e conducevano alla porta d'ingresso. «Non mi vedrà, ma sarò proprio qui, pronto all'azione.»

Scesero dalla macchina e Ravi le passò lo zaino, sbuffando esageratamente nel sollevarlo.

Lei gli fece un cenno d'assenso quando si fu messo in posizione e poi s'incamminò verso la porta d'ingresso. Suonò il campanello con due rapidi colpetti, giocherellando nervosa col colletto della giacca mentre una figura scura, in ombra, appariva nel vetro smerigliato della porta.

Quella si aprì lentamente e nella fessura apparve un viso. Una giovane donna con i capelli biondo cenere tagliati molto corti e gli occhi contornati da una spessa linea di eyeliner. Il volto sottostante era simile a quello di Andie in modo addirittura inquietante: grandi occhi azzurri e labbra pallide e piene.

«Ciao» disse Pip, «tu sei Nat Da Silva?»

«S-sì» disse lei esitante.

«Mi chiamo Pip» deglutì. «Sono io che ti ho chiamata ieri. Sono amica di Naomi Ward; la conoscevi ai tempi della scuola, vero?»

«Sì, Naomi era mia amica. Perché? Sta male?» Nat aveva l'aria preoccupata.

«Oh, sta bene» sorrise Pip. «È tornata a casa al momento.»

«Non lo sapevo.» Nat aprì la porta un po' di più. «Sì, dovrei chiamarla una volta. Allora...»

«Scusa» disse Pip. Guardò Natalie dalla testa ai piedi, e notò il braccialetto elettronico che portava legato alla caviglia. «Allora, come dicevo quando ti ho chiamata, sto facendo un progetto scolastico e mi chiedevo se potessi rispondere a qualche domanda.» Tornò velocemente a guardare Nat in viso.

«Su cosa?» disse nascondendo il piede col braccialetto elettronico dietro la porta.

«Ehm, su Andie Bell.»

«No, grazie.» Nat fece un passo indietro e cercò di chiudere la porta ma Pip avanzò e la bloccò col piede.

«Per favore. So le cose orribili che ti ha fatto» disse. «Posso capire perché non vuoi ma...»

«Quella troia mi ha rovinato la vita» sbottò Nat. «Non

ho intenzione di sprecare ulteriore fiato a parlare di lei. Vattene!»

E fu in quel momento che entrambe sentirono il rumore di una suola di gomma che scivolava sul cemento e un «Oh cavolo» strozzato.

Nat alzò gli occhi e li spalancò. «Tu» disse piano. «Tu sei il fratello di Sal.»

Non era una domanda.

Pip allora si voltò, e lo sguardo le cadde su Ravi dietro di lei, in piedi imbarazzato accanto a una lastra sconnessa che doveva averlo fatto inciampare.

«Ciao» disse, piegando il capo e alzando una mano, «sono Ravi.»

Si mise accanto a Pip e quando lo fece la presa di Nat si allentò e lei lasciò che la porta si riaprisse.

«Sal era sempre gentile con me» disse, «anche quando non doveva. L'ultima volta che gli parlai si offrì di rinunciare al pranzo per aiutarmi con economia politica perché ero in difficoltà. Mi dispiace che tu non abbia più tuo fratello.»

«Grazie» rispose Ravi.

«Dev'essere dura anche per te» continuò Nat, lo sguardo ancora perso in un altro mondo, «il modo in cui questa città venera Andie Bell. La santa e il tesoro di Kilton. E quella dedica sulla panchina che si è beccata: *Portata via troppo presto*. Non abbastanza presto, dovrebbe esserci scritto.»

«Non era una santa» disse Pip con gentilezza, cercando di far uscire Nat da dietro la porta. Ma Nat non guardava lei, soltanto Ravi.

Lui si fece avanti: «Ti bullizzava?».

«Proprio così» Nat fece una risata amara, «e continua a

rovinarmi la vita, perfino dalla tomba. Tu hai notato la mia ferraglia.» Indicò il braccialetto elettronico alla caviglia. «Ce l'ho perché ho preso a pugni una delle mie coinquiline all'università. Stavamo scegliendo le stanze e questa tizia ha iniziato a comportarsi come avrebbe fatto Andie, e io non ci ho visto più.»

«Sappiamo del video che mise online» disse Pip. «Avrebbe dovuto venire incriminata per quello; eri ancora minorenne all'epoca.»

Nat si strinse nelle spalle. «Almeno in qualche modo venne punita quella settimana. Una sorta di divina provvidenza. Grazie a Sal.»

«La volevi morta, dopo quello che ti aveva fatto?» chiese Ravi.

«Ovvio che sì» disse cupa Nat. «Ovvio che la volevo veder sparire. Saltai due giorni di scuola da quanto ero sconvolta. E quando tornai, il mercoledì, tutti mi guardavano e ridevano. Piangevo nel corridoio e Andie mi passò accanto e mi diede della puttana. Ero così infuriata che le lasciai un bel bigliettino nell'armadietto. Ero troppo spaventata anche solo per dirle qualcosa in faccia.»

Pip lanciò uno sguardo di sottecchi a Ravi, che aveva teso la mandibola e aggrottato le sopracciglia, e capì che anche lui l'aveva notato.

«Un biglietto?» disse. «Era un... un biglietto minatorio?»

«Ovvio che era un biglietto minatorio» rise Nat. «*Stupida troia, ti ucciderò*, una cosa così. Sal mi ha battuto sul tempo, però.»

«Forse no» fece Pip.

Nat si voltò a guardarla in faccia. Poi scoppiò in una sonora risata forzata, e una goccia di saliva finì sulla guancia di Pip.

«Oh, questa è buona» tubò. «Mi state chiedendo se ho ucciso *io* Andie Bell? Avevo il movente, certo, è questo che pensate? Volete sapere il mio cazzo di alibi?» Rise, crudele.

Pip non disse nulla. La bocca le si stava fastidiosamente riempiendo di saliva, ma non deglutì. Non voleva muoversi. Sentì Ravi sfiorarle la spalla, la mano toccarle leggermente la sua, agitando l'aria.

Nat si protese verso di loro. «A causa di Andie Bell non avevo più amici. Quindi non avevo posti in cui andare quel venerdì sera. Ero a casa a giocare a scarabeo con i miei e mia cognata, a letto per le undici. Mi dispiace deludervi.»

Pip non ebbe tempo di deglutire. «E dov'era tuo fratello? Se sua moglie era a casa con voi?»

«È un sospettato anche lui, eh?» La voce le si incupì con un ringhio. «Naomi deve essersi messa a parlare allora. Lui quella sera era fuori al pub a bere coi suoi amici poliziotti.»

«Fa l'agente di polizia?» chiese Ravi.

«Aveva finito l'addestramento proprio quell'anno. Quindi sì, niente assassini in questa casa, temo. Ora fuori dai coglioni, e dite lo stesso a Naomi.»

Nat fece un passo indietro e chiuse loro la porta in faccia con un calcio.

Pip la osservò vibrare tra gli stipiti e l'architrave, gli occhi talmente pietrificati che per un momento sembrò che le stesse particelle d'aria s'increspassero per lo schianto. Scosse la testa e si voltò verso Ravi.

«Andiamo» disse lui con dolcezza.

Tornati in macchina, Pip si concesse di respirare per

qualche lungo secondo, per poter trasformare il marasma di pensieri che aveva in testa in parole compiute.

Ravi le trovò per primo: «Sono nei guai per esser, be', letteralmente inciampato nel tuo interrogatorio? Ho sentito che le voci si alzavano e...».

«No.» Pip lo guardò e non poté evitare di sorridere. «Siamo fortunati che tu l'abbia fatto. Ha parlato soltanto perché c'eri tu.»

Lui si raddrizzò sul sedile, e i capelli sbatterono contro il tettuccio dell'auto. «Allora, quella minaccia di morte di cui ti ha parlato quel giornalista...» disse.

«Era di Nat» terminò Pip, mettendo in moto.

Fece scendere la macchina dal marciapiede e risalì la strada per circa sei metri, fino a perdere di vista la casa dei Da Silva, prima di fermarsi di nuovo e prendere il cellulare.

«Cosa fai?»

«Nat ha detto che suo fratello fa il poliziotto.» Aprì il browser e iniziò a digitare. «Cerchiamolo.»

Comparve come primo risultato quando inserì: *Polizia Valle del Tamigi Daniel Da Silva*. Una pagina del sito della polizia nazionale le diceva che l'agente Daniel Da Silva era in servizio nei ranghi della polizia locale di Little Kilton. Un rapido controllo sul suo profilo LinkedIn la informò che era così dalla fine del 2011.

«Ehi, io lo conosco» disse Ravi, allungandosi da dietro la spalla di Pip e picchiettando col dito sulla foto di Daniel.

«Ah sì?»

«Sì. Quando avevo iniziato a fare domande su Sal è stato lui l'agente che mi ha detto di lasciar perdere, che mio fratello era colpevole oltre ogni possibile dubbio. *Non* gli piaccio.» La mano di Ravi scivolò fino alla nuca, facendo scomparire le dita tra i capelli neri. «La scorsa estate ero seduto a un tavolino fuori dal bar. Questo tizio» accennò alla foto di Daniel «mi fece spostare, disse che stavo "bighellonando". Buffo che non abbia pensato lo stesso di tutte le altre persone sedute a quei tavoli, ma solo del ragazzo di colore con un assassino per fratello.»

«Che indegna testa di cazzo» commentò lei. «E ha fatto orecchie da mercante a tutte le tue domande su Sal?»

Ravi annuì.

«È poliziotto a Kilton da subito prima della scomparsa di Andie.» Pip abbassò lo sguardo e fissò sul cellulare il viso sfacciatamente sorridente di Daniel nella foto.

«Ravi, se qualcuno avesse *davvero* incastrato Sal e fatto sembrare la sua morte un suicidio, questo a una persona che conosca la procedura della polizia sarebbe risultato più facile, no?»

«Esatto, Sergente» disse lui. «E non dimentichiamo la diceria secondo cui Andie sarebbe andata a letto con lui quando aveva quindici anni, cosa che usò per ricattare Nat e obbligarla ad abbandonare la recita.»

«Sì, e se avessero ricominciato ad andare a letto insieme anni dopo, quando Daniel era già sposato e Andie all'ultimo anno di scuola? Potrebbe essere il misterioso tizio più grande.»

«E Nat?» disse lui. «Vorrei crederle quando dice che era a casa coi suoi quella notte perché non aveva più amici. Ma... ha anche dimostrato di saper essere violenta.» Soppesò con le mani le due cose, come su una bilancia immaginaria. «E di certo c'è un movente. Potrebbe essere stata una squadra punitiva composta da fratello e sorella.»

«O una squadra punitiva composta da Nat e Naomi» gemette Pip.

«Sembrava molto arrabbiata che Naomi ti avesse parlato» concordò Ravi. «Quante cartelle devi scrivere per questo progetto, Pip?»

«Non abbastanza, Ravi. Neanche lontanamente abbastanza.»

«E se andassimo a prenderci un gelato e a far riposare i nostri cervelli?» Si voltò verso di lei con quel suo sorriso.

«Sì, forse è meglio.»

«Sempre che tu sia una da cookie. Tratto da: Ravi Singh» disse teatrale in un microfono invisibile «*Tesi sul gusto di gelato migliore*, macchina di Pip, settemb...»

«Smettila.»

«Ok.»

Pippa Fitz-Amobi
CPE 16/09/2017

Diario di lavoro – Voce 17

Non riesco a trovare niente su Daniel Da Silva che mi apra ulteriori piste. Non c'è quasi nulla da scoprire dal suo profilo Facebook, a parte che si è sposato nel settembre 2011.

Ma se fosse lui il misterioso tizio più grande Andie avrebbe potuto *rovinarlo* in <u>due modi diversi</u>: avrebbe potuto dire a sua moglie che la stava tradendo e distruggergli il matrimonio OPPURE sporgere denuncia per sesso con minore due anni prima. Entrambe le circostanze sono solo dicerie a questo punto ma, se fossero vere darebbero di certo a Daniel un motivo per volerla morta. Andie potrebbe averlo ricattato; non sarebbe di certo inedito per lei il ricatto di un Da Silva.

Online non c'è niente sulla sua vita professionale, a parte un articolo scritto da Stanley Forbes tre anni fa a proposito di un incidente d'auto a Hogg Hill al quale rispose Daniel.

Ma *se* Daniel è il nostro assassino, credo avrebbe potuto in qualche modo confondere le indagini in quanto agente di polizia. Un infiltrato. Forse mentre perquisiva la casa dei Bell potrebbe aver sottratto o alterato qualsiasi prova potesse ricondurre a lui. O a sua sorella?

Va anche notato come ha reagito alle domande di Ravi su Sal. Non ha voluto ascoltarlo per proteggere se stesso?

Ho di nuovo passato in rassegna tutte le notizie di giornale sulla scomparsa di Andie. Ho fissato le foto delle perquisizioni della polizia finché non ho avuto l'impressione che ai miei occhi stessero crescendo delle zampette ruvide per poter scendere dalle orbite e spiaccicarsi sullo schermo del portatile, come piccole falene grottesche. Non riconosco Da Silva in nessuno degli agenti che parteciparono alle indagini.

Anche se c'è un'unica foto di cui non sono sicura. Fu fatta la domenica mattina. Ci sono alcuni agenti in piedi davanti alla casa di Andie. Uno di loro sta entrando dalla porta, dando la schiena alla macchina fotografica. Colore dei capelli e altezza corrispondono a quelli di Da Silva se li confronto con alcune sue immagini di quel periodo trovate sui social.

Potrebbe essere lui.

Potrebbe.

Finisce nella lista.

Pippa Fitz-Amobi
CPE 18/09/2017

Diario di lavoro – Voce 18

Eccola!

Mi hanno risposto, non riesco a crederci!

La polizia locale ha risposto alla mia richiesta fatta avvalendomi della legge sulla libertà d'informazione.

Gentile signorina Fitz-Amobi,

RICHIESTA BASATA SULLA LEGGE SULLA LIBERTÀ D'INFORMAZIONE N. 3142/17

Le scrivo in merito alla sua richiesta d'informazioni inviata in data 19/08/17, ricevuta dalla polizia locale della Valle del Tamigi e riguardante quanto segue:

Sto facendo un progetto scolastico sul caso Andrea Bell e vorrei richiedere i seguenti documenti:

1. *Una trascrizione dell'interrogatorio fatto a Salil Singh del 21/04/2012*
2. *Una trascrizione di qualsiasi interrogatorio fatto a Jason Bell*
3. *Rapporti su quanto emerso dalle perquisizioni della casa dei Bell il 21/04/2012 e il 22/04/2012*

Vi sarei veramente grata se potreste aiutarmi con una di queste richieste.

Risultato

Le richieste 2 e 3 sono state respinte sulla base dell'articolo 30, comma 1, sezione a (Indagini) e all'articolo 40, comma 2 (Informazioni personali) della legge sulla libertà d'informazione. Questa e-mail serve come avviso di rifiuto secondo quanto all'articolo 17 della legge sulla libertà d'informazione (2000).

La richiesta 1 è stata accolta ma il documento è stato in parte oscurato in base a quanto all'articolo 30, comma 1, sezione a e all'articolo 40, comma 2. La trascrizione è in allegato.

Motivazioni della decisione

L'articolo 40, comma 2 vieta la divulgazione di informazioni catalogate come dati personali di persona diversa dal richiedente e qualora la divulgazione di detti dati personali possa infrangere uno qualsiasi dei principi contenuti nella legge sulla protezione dei dati del 1988.

L'articolo 30, comma 1 riporta un'eccezione all'obbligo di divulgare informazioni qualora queste siano state in possesso di un'autorità pubblica per indagini o procedimenti legali in qualsivoglia momento.

Qualora non fosse soddisfatta della risposta ha il diritto di sporgere lamentela presso il commissario all'informazione. Riporto la sua attenzione al documento allegato che descrive il suo diritto in merito.

Cordiali saluti,

Gregory Pannett

Ho l'interrogatorio di Sal! Tutto il resto è stato rifiutato. Ma rifiutandomelo confermano comunque che Jason Bell fu quantomeno interrogato durante le indagini; forse anche la polizia aveva dei sospetti?

La trascrizione allegata:

Interrogatorio registrato di Salil Singh
Data: 21/04/2012
Durata: 11 minuti
Località: Casa dell'interrogato
Condotto dagli agenti della polizia locale della Valle del Tamigi

Polizia: Questo interrogatorio verrà registrato. È il 21 aprile 2012 e il mio orologio segna le 15.55. Mi chiamo [oscurato in base art.40, c.2] e sono a [oscurato in base art.40, c.2] con la polizia locale della Valle del Tamigi. È presente anche il collega [oscurato in base art.40 c.2]. Puoi per favore dire il tuo nome completo?

SS: Oh, certo: Salil Singh.

Polizia: E puoi confermare la tua data di nascita?

SS: 14 febbraio 1994.

Polizia: Figlio di San Valentino, eh?

SS: Già.

Polizia: Allora, Salil, per prima cosa un po' di informazioni così poi possiamo procedere. Solo perché tu capisca, questo è un interrogatorio volontario e sei libero in qualsiasi momento di fermarlo o di chiederci di andarcene. Ti stiamo interrogando in quanto testimone importante nell'ambito delle indagini in merito alla scomparsa di Andrea Bell.

SS: Ma, scusi se la interrompo, vi ho detto che non l'ho più vista dopo la scuola, quindi non sono stato testimone di niente.

Polizia: Sì, scusa, la terminologia può confondere. Un testimone importante è anche una persona che abbia una relazione particolare con la vittima, o in questo caso una possibile vittima. E da quanto capiamo tu sei il ragazzo di Andrea, giusto?

SS: Già. Nessuno la chiama Andrea. Lei è Andie.

Polizia: Ok, scusa. E da quanto tempo tu e Andie state insieme?

SS: Da subito prima di Natale. Quindi circa quattro mesi. Scusi, ha detto che Andie è una possibile vittima? Non capisco.

Polizia: È solo la procedura ordinaria. È una persona scomparsa ma visto che è minorenne ed è inusuale per lei sparire, non possiamo del tutto escludere che Andie sia stata vittima di un crimine. Ovviamente speriamo non sia così. Tutto bene?

SS: Mh, sì, sono solo preoccupato.

Polizia: Questo è comprensibile, Salil. Allora, la prima domanda che vorrei farti è quando hai visto Andie per l'ultima volta?

SS: A scuola, come ho detto. Abbiamo parlato nel parcheggio alla fine delle lezioni e poi io sono tornato a casa a piedi e lei pure.

Polizia: E c'è stato un momento, prima di venerdì pomeriggio, in cui Andie ti ha dato l'idea di avere il desiderio di scappare di casa?

SS: No, mai.

Polizia: Ti ha mai parlato di problemi che poteva avere a casa, con la famiglia?

SS: Cioè, sì, ovviamente parlavamo di cose del genere. Mai niente di grave, solo normali cose da adolescenti. Ho sempre pensato che Andie e **oscurato in base art.40, c.2** Ma non c'è stato niente recentemente che l'avrebbe fatta scappare di casa, se è questo che mi sta chiedendo. No.

Polizia: Riesci a pensare a un motivo qualsiasi perché Andie volesse andarsene di casa e non farsi trovare?

SS: Uhm. Non saprei, non credo.

Polizia: Come descriveresti la tua relazione con Andie?

SS: In che senso?

Polizia: Era un rapporto sessualmente connotato?

SS: Ehm, sì, più o meno.

Polizia: Più o meno?

SS: Io, noi in realtà non abbiamo, sì, fatto tutto.

Polizia: Tu e Andie non avete fatto sesso?

SS: No.

Polizia: E diresti che la vostra è una relazione sana?

SS: Non lo so. Cosa intende?

Polizia: Litigate spesso?

SS: No, non litighiamo. Io evito i conflitti, ed è per questo che stiamo bene insieme.

Polizia: E stavate litigando i giorni prima che Andie sparisse?

SS: Ehm, no. No.

Polizia: Be', nelle deposizioni scritte da oscurato in base art.40, c.2 raccolte questa mattina, entrambi, separatamente, affermano che hanno visto te e Andie litigare a scuola, questa settimana. Giovedì e venerdì. oscurato in base art.40, c.2 sostiene che è stata la vostra peggiore litigata da quando vi siete messi insieme. Sai niente di questo, Salil? C'è del vero?

SS: Uhm, forse un po'. Andie può essere una testa calda, a volte è difficile non risponderle a tono.

Polizia: E mi puoi dire per cosa stavate litigando in questo caso?

SS: Ehm, non... non so se... No, è una questione privata.

Polizia: No, non me lo vuoi dire?

SS: Ehm, sì, no. Non glielo voglio dire.

Polizia: Tu magari pensi che non sia rilevante, ma perfino il dettaglio più piccolo può aiutarci a ritrovarla.

SS: Ehm. No, non posso comunque dirlo.

Polizia: Sicuro?

SS: Sì.

Polizia: Ok, andiamo avanti allora. Eri d'accordo di vederti con Andie ieri sera?

SS: No, per niente. Ero d'accordo con i miei amici.

Polizia: Perché oscurato in base art.40, c.2 ha detto che quando Andie è uscita di casa all'incirca alle 22.30, ha immaginato stesse andando dal suo ragazzo.

SS: No, Andie sapeva che ero a casa del mio amico e che non ci saremmo visti.

Polizia: Quindi dov'eri ieri sera?

SS: A casa del mio amico oscurato in base art.40, c.2 . Vuole sapere da che ora a che ora?

Polizia: Sì, certo.

SS: Mi sa che sono arrivato lì verso le 20.30, mi ha accompagnato mio papà. E me ne sono andato alle 00.15, sono tornato a piedi. Ho il coprifuoco all'una, se non rimango a dormire da qualche parte. Credo di essere arrivato a casa poco prima dell'una, può chiedere a mio papà, era sveglio.

Polizia: E chi altro c'era a casa di oscurato in base art.40, c.2 ?

SS: oscurato in base art.40, c.2 oscurato in base art.40, c.2

Polizia: E hai avuto qualche contatto con Andie ieri sera?

SS: No. Cioè, ha provato a chiamarmi verso le 21 ma io ero occupato e non le ho risposto. Posso farle vedere il cellulare?

Polizia: ██ oscurato in base art.40, c.2 ██.
E hai avuto contatti con lei da quando è scomparsa?

SS: Da quando stamattina l'ho scoperto l'ho chiamata tipo un milione di volte. Continua a scattare la segreteria. Penso che il suo cellulare sia spento.

Polizia: Ok e ██ oscurato in base art.40, c.2 ██ volevi chiedere...

Polizia: ... sì. Allora, Salil, so che hai detto di non saperlo, ma dove pensi che potrebbe essere Andie?

SS: Ehm, sinceramente, Andie non fa mai nulla che non voglia fare. Potrebbe semplicemente essere che si stia prendendo una pausa da qualche parte, col telefono spento per poter ignorare il mondo per un po'. Questo è quello che spero, cioè.

Polizia: Da cosa potrebbe aver bisogno di prendersi una pausa?

SS: Non lo so.

Polizia: E dove pensi che potrebbe prendersi questa pausa?

SS: Non lo so. Andie si tiene un sacco di cose per sé, magari ha degli amici di cui non sappiamo. Non lo so.

Polizia: Ok, allora, c'è altro che vorresti aggiungere che possa aiutarci a trovare Andie?

SS: Ehm, no. Ehm, se posso, vorrei aiutare nelle ricerche, se le farete.

Polizia: <oscurato in base art.30, c.1, b> <oscurato in base art.30, c.1, b> Ok allora, ho chiesto tutto quello che al momento ci serve. L'interrogatorio si chiude qui, sono le 16.06 e sto per fermare la registrazione.

Ok, respiro profondo. L'ho letto più di sei volte, perfino a voce alta. E ora ho questa terribile sensazione d'irrequietezza nella pancia, come se fossi allo stesso tempo insopportabilmente affamata e insopportabilmente sazia.

Non dà una buona immagine di Sal.

So che a volte è difficile leggere le sfumature, da una trascrizione, ma Sal fu *molto* evasivo con la polizia in merito a quello per cui lui e Andie stavano litigando. Credo che nulla sia troppo privato per dirlo alla polizia se può aiutare a trovare la tua ragazza scomparsa.

Se, potenzialmente, avesse riguardato il fatto che Andie vedeva un altro uomo, perché Sal non lo disse alla polizia e basta? Li avrebbe condotti al possibile vero assassino fin da subito.

Ma, e se Sal avesse coperto qualcosa di peggiore? Qualcosa che gli avrebbe dato un vero motivo per uccidere Andie? Sappiamo che mente anche in un altro punto di questo interrogatorio: quando dice alla polizia a che ora è uscito da casa di Max.

Mi distruggerebbe aver fatto tutta questa strada solo per scoprire che Sal è veramente colpevole. Ravi sarebbe devastato. Forse non avrei mai dovuto iniziare questo progetto, non avrei mai dovuto parlargli.

Dovrò fargli vedere questa trascrizione, proprio ieri gli ho detto che stavo aspettando una risposta a giorni. Ma non so come la prenderà. O... magari potrei mentire e dire che ancora non è arrivata?

Sal potrebbe davvero essere stato colpevole fin dal principio? Che l'assassino fosse lui è sempre stata la pista che offriva meno resistenza, ma a tutti è stato così facile crederci perché era anche vera?

Ma no: *Il biglietto.*

Qualcuno mi ha messa in guardia, mi ha consigliato di smettere di scavare.

Sì, il biglietto potrebbe essere stato uno scherzo di qualcuno e se è così allora Sal potrebbe essere il vero assassino. Ma secondo me non è così. Qualcuno, in questa città, ha qualcosa da nascondere e ha paura perché io sono sulla pista giusta per individuarlo.

Come uccidono le brave ragazze

Devo solo continuare la caccia, anche quando la pista mi resiste.

Sospettati

Jason Bell

Naomi Ward

Misterioso tizio più grande

Nat Da Silva

Daniel Da Silva

Quindici

«Dammi la mano» disse Pip, allungando il braccio e stringendo le dita attorno a quella di Joshua.

Attraversavano la strada, il palmo sudato di Josh nella mano destra di lei, il guinzaglio di Barney che le grattava l'altra mentre il cane tirava.

Lasciò Josh quando raggiunsero il marciapiede fuori dal bar e si chinò per avvolgere il guinzaglio di Barney attorno alla gamba di un tavolo.

«Seduto. Bravo» disse, accarezzandogli la testa mentre lui la guardava dal basso con un sorriso con lingua a penzoloni.

Aprì la porta del caffè e fece entrare Josh.

«Anche io sono bravo» disse lui.

«Bravo, Josh» disse lei, dandogli dei colpetti distratti sulla testa mentre passava in rassegna i banchi dei panini. Ne scelse quattro diversi, brie e bacon per papà, ovviamente, e prosciutto e formaggio "senza i pezzi schifosi" per Josh. Portò il carico di panini alla cassa.

«Ciao Jackie» disse sorridendo nel porgere il denaro.

«Ciao, tesoro. Grandi piani per il pranzo, tra gli Amobi?»

«Stiamo montando dei mobili da giardino e l'atmosfera si sta facendo tesa» rispose Pip. «Servono panini per placare le truppe *affammabbiate*.»

«Ah, capisco» fece Jackie. «Diresti a tua mamma che passo la prossima settimana con la macchina da cucire?»

«Certo, grazie.» Pip prese il sacchetto di carta che Jackie le porgeva e si rivolse a Josh. «Su, andiamo, mocciosetto.»

Erano quasi alla porta quando Pip la vide, seduta a un tavolo da sola, le mani strette attorno a un caffè da asporto. Erano anni che Pip non la vedeva in città; aveva immaginato fosse ancora via, all'università. Doveva avere ventun anni ormai, forse ventidue. Ed eccola lì, a qualche metro da lei, che ripassava con le dita l'acciglìata scritta *attenzione bevanda calda*, più simile a Andie di quanto lo fosse mai stata prima.

Aveva il viso più magro ora, e aveva iniziato a schiarirsi i capelli, proprio come sua sorella. Ma i suoi erano corti e spuntati sopra le spalle, mentre quelli di Andie le arrivavano alla vita. Eppure, nonostante l'innegabile somiglianza, il viso di Becca Bell non aveva la magia composta di quello della sorella, una ragazza che aveva più l'aspetto di un dipinto che di una persona vera.

Pip sapeva che non avrebbe dovuto; sapeva che era sbagliato e indelicato e tutte quelle altre cose che la signora Morgan aveva usato nelle sue note "Sono solo preoccupata per la piega che potrebbe prendere il tuo progetto". E anche se riusciva a sentire le parti ragionevoli e razionali di sé urlarle nella testa, sapeva che una piccola scheggia di Pip aveva già preso la decisione. Quella scintilla di sconsideratezza interiore che contaminava ogni altro pensiero.

«Josh» disse, passandogli il sacchetto coi panini, «puoi andare a sederti fuori con Barney per un minuto? Io arrivo subito.»

Lui alzò lo sguardo verso la sorella, implorante.

«Puoi giocare col mio cellulare» disse lei, estraendolo dalla tasca.

«Sì!» rispose lui, un sibilo di vittoria, prendendolo e

passando direttamente alla schermata dei giochi, e sbattendo contro la porta mentre usciva.

Il cuore di Pip batteva ferocemente in agitata protesta. Lo sentiva come un orologio turbolento alla base della gola, il ticchettio che accelerava e si accalcava a coppie.

«Ciao. Becca, vero?» disse, avvicinandosi e appoggiando le mani sullo schienale della sedia vuota.

«Sì. Ti conosco?» abbassò le sopracciglia in uno sguardo indagatore.

«No, non mi conosci.» Tentò di sfoggiare il suo sorriso più caldo ma lo sentì tirato e rigido. «Sono Pippa, vivo qui. Sono all'ultimo anno alla Kilton Grammar.»

«Oh, aspetta» disse Becca, agitandosi sulla sedia, «non dirmelo. Tu sei quella che sta facendo un progetto su mia sorella, vero?»

«C-c...» balbettò Pip. «Come fai a saperlo?»

«Io, ehm...» fece una pausa. «Sto più o meno frequentando Stanley Forbes. Più meno che più.» Si strinse nelle spalle.

Pip cercò di camuffare lo shock con un finto colpo di tosse. «Oh. Ragazzo carino.»

«Già.» Becca abbassò lo sguardo sul proprio caffè. «Mi sono appena laureata e sto facendo uno stage al "Kilton Mail".»

«Oh, figo» rispose Pip. «In realtà anche io voglio fare la giornalista. Giornalista investigativa.»

«È per questo che stai facendo un progetto su Andie?» Tornò a passare il dito lungo l'orlo della tazza.

«Sì» annuì Pip. «E scusami se mi sono intromessa e puoi assolutamente dirmi di andarmene se vuoi. Mi chiedevo solo se non potessi rispondere a qualche domanda su tua sorella.»

Becca si raddrizzò sulla sedia e i capelli le ondeggiarono attorno al collo. Tossicchiò. «Ehm, che genere di domande?»

Decisamente troppe; investirono Pip tutte allo stesso tempo e lei farfugliò.

«Oh» disse. «Tipo, se tu e Andie ricevevate una paghetta dai vostri genitori quando eravate adolescenti.»

Il viso di Becca si accartocciò in un'espressione corrugata e stupita. «Ehm, non è quello che mi aspettavo mi chiedessi. Ma no, non proprio. Ci compravano le cose quando ci servivano, tutto qui. Perché?»

«Sto solo… colmando qualche lacuna» rispose Pip. «E c'era mai tensione tra tua sorella e tuo papà?»

Becca abbassò di scatto gli occhi al suolo.

«Ehm…» Le si ruppe la voce. Avvolse le mani attorno alla tazza e si alzò, facendo strisciare la sedia sul pavimento con uno stridio. «In realtà non credo sia una buona idea» disse, strofinandosi il naso. «Scusa. È solo…»

«No, scusami tu» rispose Pip, facendo un passo indietro. «Non avrei dovuto disturbarti.»

«No, figurati» fece Becca. «È solo che le cose sono finalmente tornate a posto. Io e mia mamma abbiamo trovato una nuova normalità e sta tutto migliorando. Non penso che rimuginare sul passato… sulla questione Andie sia sano per nessuna di noi due. Specialmente non per mia mamma. Quindi, ecco.» Si strinse nelle spalle. «Fa' il tuo progetto se è quello che vuoi, ma preferirei se ci lasciassi fuori.»

«Assolutamente» rispose Pip. «Scusami tanto.»

«Non preoccuparti.» Becca chinò la testa in un cenno esitante passando brusca oltre Pip e uscì dal locale.

Pip aspettò diversi istanti e poi uscì anche lei, di colpo enormemente grata di essersi cambiata la maglietta grigia che aveva indosso prima, altrimenti ora avrebbe di certo potuto sfoggiare gigantesche macchie di sudore sotto le ascelle.

«A posto» disse, sganciando il guinzaglio di Barney dal tavolo, «andiamo a casa.»

«Mi sa che a quella signora non piacevi» disse Josh, lo sguardo ancora abbassato sulle figure a cartoni che danzavano sullo schermo del cellulare. «Stavi facendo l'antipatica, ippopippo?»

Pippa Fitz-Amobi
CPE 24/09/2017

Diario di lavoro – Voce 19

Lo so, ho esagerato cercando di fare domande a Becca. È stato sbagliato. È che non sono riuscita a trattenermi; lei era lì, a due passi da me. L'ultima persona ad aver visto Andie viva, a parte il killer ovviamente.

Sua sorella è stata assassinata. Non posso aspettarmi che voglia parlarne, anche se sto cercando di scoprire la verità. E se la signorina Morgan lo scopre il mio progetto verrà squalificato. Non che ciò mi fermerebbe, a questo punto.

Ma mi manca un certo sguardo interno alla vita familiare di Andie e, ovviamente, non rientra neanche nell'ambito delle cose possibili o accettabili cercare di parlare coi suoi genitori.

Ho fatto stalking a Becca su Facebook, risalendo fino a cinque anni fa, prima dell'omicidio. Oltre ad aver scoperto che i suoi capelli erano più castani e le sue guance più piene, sembra che avesse un'amica con la A maiuscola nel 2012. Una ragazza di nome Jess Walker. Forse Jess sarà sufficientemente distaccata da non avere reazioni emotive a proposito di Andie, eppure abbastanza vicina da farmi ottenere qualcuna delle risposte di cui ho disperatamente bisogno.

Il profilo di Jess Walker è molto pulito ed esplicativo. Al momento è all'università a Newcastle. Sono appena risalita ai post di cinque anni fa (ci ho messo secoli) e quasi tutte le sue foto dell'epoca sono con Becca Bell, fino a un certo momento, poi di colpo basta.

Merda merda cavolo diamine accidentaccio merda argh no...

Ho per sbaglio appena messo mi piace a una delle sue foto di cinque anni fa.

Dannazione. Ma posso sembrare di più una stalker??? Ho tolto il mi piace ora ma le arriverà comunque la notifica. Grrr, gli ibridi laptop/tablet con schermi touch sono DECISAMENTE PERICOLOSI per l'occasionale predatore su Facebook.

Comunque ormai è troppo tardi. Saprà che sto ficcando il naso nella sua vita di mezzo decennio fa. Le manderò un messaggio privato per sapere se è disponibile a un'intervista telefonica.

STUPIDI POLLICIONI GOFFI.

Pippa Fitz-Amobi
CPE 26/09/2017

Diario di lavoro – Voce 20

Trascrizione dell'intervista a Jess Walker (amica di Becca Bell)

[Abbiamo parlato un po' di Little Kilton, di com'è cambiata la scuola da quando se n'è andata, di quali insegnanti ci sono ancora ecc. Passano alcuni minuti prima che riesca a riportare la conversazione sul mio progetto.]

Pip: Allora, volevo chiederti, in realtà, dei Bell in generale, non solo di Andie. Che tipo di famiglia erano, andavano d'accordo? Cose così.

Jess: Oh, be', cioè, è una domanda pesante, questa. (Tira su col naso.)

Pip: Cosa vuoi dire?

Jess: Ehm, non so se la parola giusta sia disfunzionale. La gente la usa come una specie di buffo elogio. Io la intenderei nel significato vero e proprio. Come se non fossero del tutto normali. Cioè, erano abbastanza normali; sembravano normali finché non passavi con loro un bel po' di tempo, come me. E io notavo un sacco di piccole cose che uno non avrebbe notato se non avesse vissuto tra i Bell.

Pip: Cosa intendi per "non del tutto normali"?

Jess: Non so se è un buon modo di descriverli. È solo che c'erano delle cose che non quadravano del tutto. Soprattutto Jason, il papà di Becca.

Pip: Cosa faceva?

Jess: Era solo il modo in cui si rivolgeva a loro, alle ragazze e a Dawn. Se lo vedevi giusto un paio di volte potevi pensare che stava soltanto cercando di essere divertente. Ma io lo vedevo spesso, molto spesso, e credo che condizionasse seriamente l'ambiente in quella casa.

Pip: Come?

Jess: Scusa, sto parlando a vanvera, vero? È piuttosto difficile da spiegare. Uhm. Diceva loro delle cose, tutto qui, sempre piccoli commenti sul loro aspetto e robe del genere. L'esatto opposto di come uno dovrebbe parlare alle proprie figlie adolescenti. Sceglieva cose per le quali sapeva che loro erano in imbarazzo. Faceva a Becca dei commenti sul suo peso e poi ne rideva come se fosse stata una battuta. Diceva a Andie che doveva truccarsi prima di uscire di casa, che il suo viso era una miniera d'oro. Battute così per tutto il tempo. Come se il loro aspetto fosse la cosa più importante del mondo. Mi ricordo che una volta che ero rimasta a cena Andie era agitata perché non era riuscita a entrare nelle università per cui aveva fatto domanda, solo in una di seconda scelta, quella locale. E Jason disse:

"Oh, cosa importa, tanto vai all'università solo per trovarti un marito ricco".

Pip: No!!!

Jess: E faceva lo stesso con sua moglie; le diceva cose veramente sgradevoli quando io ero lì. Tipo che sembrava vecchia, contandole per scherzo le rughe sul viso. Diceva che lui aveva sposato lei per il suo aspetto e lei aveva sposato lui per i soldi ma solo uno dei due stava tenendo fede all'impegno. Cioè, ridevano tutti in quelle occasioni, come se fosse solo una presa in giro familiare. Ma vederlo accadere così di frequente era... disturbante. Non mi piaceva stare lì.

Pip: E pensi che avesse un qualche effetto sulle ragazze?

Jess: Oh, Becca non voleva mai e poi mai parlare di suo padre. Ma sì, era evidente che era devastante per la loro autostima. Andie iniziò a preoccuparsi tantissimo del proprio aspetto, di quello che gli altri pensavano di lei. C'erano gare di urla quando i suoi dicevano che era ora di andare e lei non era pronta, non si era ancora fatta i capelli o truccata. O quando si rifiutavano di comprarle un nuovo rossetto di cui lei diceva *di avere bisogno*. Come quella ragazza possa mai aver pensato di essere brutta è al di là della mia comprensione. Becca divenne ossessionata dai propri difetti; iniziò a saltare i pasti. Ebbe effetto su di loro in modi diversi, però: Andie diventò più prorompente, Becca più silenziosa.

Pip: E com'era il rapporto tra le sorelle?

Jess: L'influenza di Jason condizionava interamente anche quello. Lui trasformava tutto ciò che succedeva in quella casa in una gara. Se una delle ragazze faceva qualcosa di buono, come prendere un buon voto, lui lo usava per affossare l'altra.

Pip: Ma Becca e Andie com'erano insieme?

Jess: Be', erano sorelle adolescenti, litigavano come pazze e poi cinque minuti dopo dimenticavano tutto. Becca però ammirava Andie. Erano molto vicine d'età, c'erano solo quindici mesi di differenza. Andie frequentava l'anno prima del nostro a scuola. E quando compimmo sedici anni Becca iniziò, secondo me, a cercare di copiare Andie. Credo perché sembrava sempre così sicura, così ammirata. Becca iniziò a cercare di vestirsi come lei. Pregò suo padre di cominciare a insegnarle presto a guidare, così da poter fare l'esame della patente e prendere la macchina non appena compiuti i diciassette anni, come aveva fatto Andie. Cominciò anche a voler uscire come Andie, per andare alle feste.

Pip: Intendi quelle chiamate calamity party?

Jess: Sì, sì. Anche se li davano ragazzi dell'ultimo anno e noi non conoscevamo quasi nessuno, Becca mi convinse ad andare, una volta. Penso fosse marzo, quindi non troppo tempo prima della scomparsa di Andie. Lei non l'aveva invitata né niente, Becca aveva semplicemente scoperto dove sarebbe stato il prossimo, e ci presentammo. Andammo a piedi.

Pip: E come andò?

Jess: Oh, malissimo. Rimanemmo sedute in un angolo tutta la sera, senza parlare con nessuno. Andie ignorò completamente Becca; penso fosse arrabbiata che si fosse presentata. Bevemmo un po' e poi Becca sparì. Non riuscii a trovarla da nessuna parte tra tutte quelle ragazze ubriache e dovetti tornare a casa a piedi, brilla, tutta sola. Ero molto arrabbiata con Becca. Mi arrabbiai ancora di più il giorno dopo quando finalmente mi rispose al telefono e scoprii quello che era successo.

Pip: Cos'era successo?

Jess: Non voleva dirmelo ma, insomma, era piuttosto ovvio visto che mi chiese di accompagnarla a comprare la pillola del giorno dopo. Insistetti e insistetti ma lei semplicemente non volle dirmi con chi era andata a letto. Forse si vergognava, credo. Questo all'epoca mi irritò. Specie visto che lo aveva considerato abbastanza importante da abbandonarmi completamente a una festa alla quale non volevo andare. Litigammo ferocemente e, credo, fu quello l'inizio della frattura nella nostra amicizia. Becca saltò qualche giorno di scuola e io non la vidi per qualche weekend. E fu allora che Andie sparì.

Pip: Vedesti spesso i Bell dopo la scomparsa di Andie?

Jess: Li andai a trovare un paio di volte ma Becca non aveva molta voglia di parlare. Nessuno di loro in effetti. Jason era perfino più irascibile del solito, specie il giorno in cui fu interrogato dalla polizia. A quanto pare, la notte che Andie scomparve, durante la cena era partito l'allarme nei suoi uffici. Lui aveva preso la macchina per andare a controllare ma aveva già bevuto un bel po', quindi nel parlarne alla polizia era nervoso. Be', questo è quello che mi disse Becca, per lo meno. Ma, ecco, la casa era così silenziosa, tutto qui. E perfino dopo mesi, quando si riteneva ormai che Andie fosse morta e non sarebbe più tornata, la mamma di Becca insisteva a lasciare la sua camera così com'era. Casomai. Era tutto davvero triste.

Pip: Invece, mentre eri a quel calamity party a marzo, vedesti cosa stava facendo Andie, con chi era?

Jess: Sì. Sai, non avevo mai veramente saputo che Sal era il ragazzo di Andie fino a che lei non scomparve; non lo aveva mai invitato a casa. Sapevo che aveva un ragazzo, però, e, dopo quel calamity party, avevo immaginato fosse questo altro tizio con cui l'avevo vista da sola, alla festa: bisbigliavano e sembravano piuttosto intimi. Diverse volte. Mai una con Sal.

Pip: Chi? Chi era il tizio?

Jess: Ehm, era uno alto e biondo, capelli abbastanza lunghi, parlava da snob.

Pip: Max? Il suo nome era Max Hastings?

Jess: Sì, sì, penso fosse lui.

Pip: E tu vedesti Max e Andie da soli alla festa?

Jess: Già, sembravano molto amici.

Pip: Jess, grazie davvero per aver acconsentito a parlare con me. Sei stata di grande aiuto.

Jess: Oh, figurati. Ehi, Pippa, sai come stia Becca ora?

Pip: L'ho vista proprio l'altro giorno, in effetti. Penso stia bene, si è laureata e sta facendo uno stage al giornale di Kilton. Ha un bell'aspetto.

Jess: Bene. Sono felice di saperlo.

Sto facendo parecchia fatica anche solo a metabolizzare quello che ho imparato da quest'unica conversazione. L'indagine cambia sfumatura ogni volta che do una sbirciatina dietro a uno dei paraventi che nascondono la vita di Andie.

Più scavo e più Jason Bell si fa cupo. E ora so che si è assentato dalla cena per un po' proprio *quella* notte. Da quel che ha detto Jess, sembra che esercitasse delle violenze psicologiche sulla propria famiglia. Un bullo. Un maschilista. Un adultero. Non stupisce che Andie fosse venuta fuori com'era, in un ambiente dannoso come quello. È come se Jason avesse devastato così tanto l'autostima delle proprie figlie che una di loro diventò una bulla come lui mentre l'altra si votò all'autolesionismo. So da Emma, l'amica di Andie, che Becca era stata ricoverata le settimane prima della scomparsa di Andie e che in teoria Andie sarebbe dovuta restare con la sorella quella sera fatidica. Sembra che Jess non sapesse dell'autolesionismo; aveva solo pensato che Becca stesse saltando la scuola.

Perciò Andie non era una ragazza perfetta e i Bell non erano una famiglia perfetta. Quelle foto di famiglia dicono un sacco di cose, ma la maggior parte sono bugie.

A proposito di bugie: Max. Quel cavolo di Max Hastings. Ecco una citazione esatta dalla sua intervista, quando gli ho chiesto quanto bene conoscesse Andie: *A volte parlavamo, sì. Ma non eravamo, tipo, amici amici, non la conoscevo davvero. Era una conoscente.*

Una conoscente alla quale sei stato visto avvinghiato durante una festa? Così tanto che un testimone ha dato per scontato fossi TU il ragazzo di Andie?

E c'è altro: anche se frequentavano lo stesso anno nella stessa scuola, Andie era nata d'estate e Max aveva perso un anno a causa della leucemia E il suo compleanno è a settembre. Se si considera la cosa da questa prospettiva, ci sono quasi due anni tra di loro. Dal punto di vista di Andie, Max tecnicamente ERA un ragazzo più grande. Ma era un *misterioso* ragazzo più grande? Vicinissimo e intimo, alle spalle di Sal.

Ho già provato a cercare Max su Facebook; il suo profilo è a dir poco arido: solo foto di vacanze e di Natale con i suoi genitori e auguri di buon compleanno da zii e zie. Mi ricordo di aver pensato che non mi sembrava appropriato al personaggio ma avevo ignorato la cosa.

Be', non lo farò più, Hastings. E ho fatto una scoperta. In alcune delle foto di Naomi online, Max non è taggato come *Max Hastings* ma come *Nancy Tangotette*. Pensavo fosse una specie di battuta tra amici, prima, ma NO, *Nancy Tangotette* è il vero profilo Facebook di Max. Quello di *Max Hastings* deve essere un piatto diversivo che teneva in caso università o potenziali datori di lavoro cercassero le sue attività online. Ha senso, anche alcuni dei miei amici hanno iniziato a cambiare il nome dei loro profili in modo da rendersi irrintracciabili man mano che ci si avvicina al periodo delle domande all'università.

Il vero Max Hastings – e tutte le sue foto folli da ubriaco e i post degli amici – si nasconde sotto il nome di Nancy. Questo è quello che immagino, almeno. Non riesco a vedere nulla, in realtà: Nancy ha settato le impostazioni di privacy al massimo livello. Posso vedere solo foto o post in cui è taggata anche Naomi. Non mi dà molto con cui lavorare: nessuna immagine segreta di Max e Andie che si baciano sullo sfondo, niente foto sue della sera in cui lei sparì.

Ho già imparato una lezione, qui. Quando becchi qualcuno a mentire su una ragazza assassinata, la cosa migliore è chiedere direttamente perché.

Sospettati

Jason Bell

Naomi Ward

Misterioso tizio più grande

Nat Da Silva

Daniel Da Silva

Max Hastings (Nancy Tangotette)

Sedici

La porta adesso era diversa. Era marrone l'ultima volta che era stata lì, più di sei settimane prima. Ora era coperta da uno strato striato di vernice bianca, ma la scura mano di fondo faceva comunque capolino.

Pip bussò di nuovo, più forte questa volta, sperando di farsi sentire sopra il ronzio fisso e costante di un aspirapolvere in funzione all'interno.

Il motorino si interruppe di colpo, lasciando al proprio posto un leggero silenzio elettrico. Poi passi bruschi sul pavimento duro.

La porta si aprì e Pip si trovò davanti una donna ben vestita con un rossetto rosso ciliegia.

«Salve» disse Pip. «Sono un'amica di Max, è in casa?»

«Oh, ciao» sorrise la donna, mettendo in mostra una sbavatura di rossetto su uno degli incisivi superiori. Fece un passo indietro per lasciar passare Pip. «Sì, è qui, prego...»

«... Pippa» disse con un sorriso, entrando.

«Pippa. Sì, è in salotto che mi urla contro perché sto passando l'aspirapolvere mentre lui sta giocando a non so che deathmatch. Non può metterlo in pausa, a quanto pare.»

La mamma di Max l'accompagnò lungo il corridoio e oltre un arco, nel salotto.

Max era stravaccato sul divano, con i pantaloni di un pigiama scozzese e una maglietta bianca, e stringeva il controller premendo come un forsennato il pulsante con la x.

Sua mamma si schiarì la voce.

Max alzò lo sguardo.

«Oh, ciao Pippa Buffocognome» disse con la sua voce profonda e raffinata, tornando a guardare il gioco. «Cosa ci fai qui?»

Pip per riflesso automatico fece quasi una smorfia, ma la camuffò all'ultimo con un finto sorriso. «Oh, niente di che.» Si strinse nelle spalle con nonchalance. «Sono qui solo per chiederti quanto bene conoscessi Andie Bell *in realtà*.»

Il videogioco si bloccò.

Max si drizzò a sedere sul divano, fissò Pip, poi sua mamma, poi di nuovo Pip.

«Ehm» fece la donna, «qualcuno gradisce una tazza di tè?»

«Noi no.» Max si alzò in piedi. «Di sopra, Pippa.»

Passò loro davanti a grandi passi e salì l'imponente scala nel corridoio, coi piedi nudi che tuonavano sui gradini. Pip lo seguì, facendo alla donna un rapido e educato saluto con la mano. In cima alle scale, Max le tenne aperta la porta di camera sua e le fece cenno di entrare.

Pip esitò, con un piede sospeso sopra la moquette appena pulita. Era davvero una buona idea rimanere sola con lui?

Max le fece un brusco e impaziente cenno col capo.

Sua mamma dopotutto era al piano di sotto; sarebbe stata al sicuro. Posò il piede a terra ed entrò nella stanza.

«Molte grazie, eh» disse lui chiudendo la porta. «Non c'era bisogno che mia mamma sapesse che parlo di nuovo di Andie e Sal. Quella donna è un segugio, non molla mai.»

«Pitbull» replicò Pip. «Sono i pitbull che non mollano mai.»

Max si sedette di nuovo, questa volta sul copriletto marrone. «Come ti pare. Cosa vuoi?»

«Te l'ho detto. Voglio sapere quanto bene conoscessi Andie Bell davvero.»

«Te l'ho già detto» rispose lui, appoggiandosi all'indietro sui gomiti e lanciando un'occhiata sopra la spalla di Pip. «Non la conoscevo così bene.»

«Mmmh.» Pip si appoggiò alla porta. «Solo una conoscente, giusto? È così che hai detto?»

«Sì, esatto.» Si grattò il naso. «Sarò onesto, inizio a trovare il tuo tono di voce un filo irritante.»

«Bene» fece lei, seguendo lo sguardo di Max che era tornato a posarsi su una bacheca appesa alla parete opposta, ingombra di poster e bigliettini e foto fissati con gli spilli. «E io inizio a trovare le tue bugie un filo intriganti.»

«Quali bugie?» disse lui. «Non la conoscevo bene.»

«Interessante» rispose Pip. «Ho parlato con un testimone che partecipò a un calamity party nel marzo 2012, al quale eravate anche tu e Andie. Interessante perché ha detto di aver visto voi due più volte quella sera, da soli, a quanto pare piuttosto intimi l'uno con l'altra.»

«Chi lo ha detto?» Un'altra rapida occhiata alla bacheca. «Non posso rivelare le mie fonti.»

«Oh mio dio.» Fece una profonda risata di gola. «Che illusa. Stai solo giocando a fare la poliziotta, lo sai, vero?»

«Stai evitando la domanda» rispose lei. «Tu e Andie vi frequentavate in segreto, alle spalle di Sal?»

Max rise di nuovo. «Era il mio migliore amico.»

«Non è una risposta.» Pip incrociò le braccia.

«No. No, non uscivo con Andie Bell. Come ho detto, non la conoscevo così bene.»

«Quindi perché la mia fonte vi vide insieme? In atteggiamento tale da farle pensare che in realtà il ragazzo di Andie fossi tu?»

Mentre Max alzava gli occhi al cielo in risposta alla domanda, Pip lanciò di soppiatto uno sguardo alla bacheca. C'erano diversi strati di biglietti scribacchiati e di pezzetti di carta, con angoli nascosti e bordi accartocciati. Foto patinate di Max che sciava o faceva surf erano fissate in cima a tutto il resto. Un poster delle *Iene* occupava la maggior parte dello spazio.

«Non lo so» disse. «Chiunque fosse si sbagliava. Probabilmente era ubriaco. Una fonte inattendibile, si potrebbe dire.»

«Ok.» Pip si scostò dalla porta. Fece qualche passo sulla destra, poi un paio indietro, così che Max non potesse notare che si stava spostando a poco a poco verso la bacheca. «Quindi, per chiarire una volta per tutte…» camminò ancora avanti e indietro, facendosi sempre più vicina. «Mi stai dicendo che non hai mai parlato da solo con Andie a un calamity party?»

«Non so se mai» fece Max, «ma non nel senso che sottintendi tu.»

«Va bene, va bene.» Pip alzò lo sguardo dal pavimento, ormai a mezzo metro dalla bacheca. «E perché continui a lanciare occhiate qui?» Girò su se stessa e iniziò a passare rapidamente in rassegna i bigliettini fissati alla bacheca.

«Ehi, smettila!»

Udì il letto gemere sotto il peso di Max che si alzava in piedi.

Pip passò gli occhi e le dita su liste di cose da fare, appunti di nomi di aziende e percorsi di master, dépliant e vecchie foto di un giovane Max in un letto d'ospedale.

Passi pesanti dietro di lei.

«Sono cose private!»

E poi vide un piccolo angolo di carta bianca, infilato sotto *Le iene*. Lo tirò fuori, strappandolo, proprio mentre Max le afferrava il braccio. Pip si girò verso di lui, mentre le dita del ragazzo le affondavano nel polso. Ed entrambi abbassarono lo sguardo sul pezzetto di carta che teneva in mano.

Pip rimase a bocca aperta.

«Oh cazzo.» Max la lasciò andare e si passò le dita tra i capelli incolti.

«Solo una conoscente?» disse lei con voce tremante.

«Chi ti credi di essere?» fece lui. «Frugare così tra le mie cose.»

«Solo una conoscente?» ripeté Pip, sbandierando la foto in faccia a Max.

Era Andie.

Un autoscatto che si era fatta allo specchio. In piedi su un pavimento di mattonelle bianche e rosse, la mano destra alzata a tenere il cellulare. Le labbra protese e gli occhi che guardavano dritti verso l'obiettivo; indossava soltanto un paio di mutandine nere.

«Ti andrebbe di spiegarmi?» chiese Pip.

«No.»

«Oh, quindi vuoi spiegarlo prima alla polizia? Capisco.»

Pip gli lanciò un'occhiataccia e finse di allontanarsi in direzione della porta.

«Risparmiami la commedia» disse Max, restituendole l'occhiataccia con i suoi occhi di ghiaccio. «Non ha niente a che vedere con quello che le è successo.»

«Lascerò che siano loro a deciderlo.»

«No, Pippa.» Si mise tra lei e la porta, bloccandole la strada. «Senti, davvero, non è come sembra. Quella foto non me la diede Andie. La trovai.»

«Ah sì? Dove?»

«Era per terra, a scuola, tutto qui. La trovai e la tenni. Andie non lo seppe mai.» C'era una nota di supplica nella sua voce.

«Hai trovato una foto di Andie nuda, per terra a scuola, così?» Non finse nemmeno di nascondere l'incredulità.

«Sì. Era nascosta in fondo a un'aula. Tutto qui. Lo giuro.»

«E non dicesti a Andie né a nessun altro di averla trovata?» chiese Pip.

«No. La tenni e basta.»

«Perché?»

«Non lo so.» La sua voce si fece più alta. «Perché lei era figa e volevo tenerla. E poi mi sembrava sbagliato buttarla via dopo che... Perché? Non mi giudicare. La fece lei quella foto; è evidente che voleva fosse vista.»

«Ti aspetti che io creda che tu abbia semplicemente trovato questa foto di Andie nuda, di una ragazza vicino alla quale ti vedevano alle feste...»

Max la interruppe. «Sono cose completamente scollegate. Non stavo parlando con Andie perché stavamo insieme né ho quella foto perché stavamo insieme. Non stavamo insieme. Non ci siamo mai stati.»

«Quindi *stavi* parlando da solo con Andie a quel calamity party?» disse Pip trionfante.

Max si prese il viso tra le mani per un momento, premendosi le dita contro gli occhi.

«Va bene» disse piano, «se te lo dico, poi mi lascerai in pace per favore? E niente polizia.»

«Dipende.»

«Ok, bene. Conoscevo Andie meglio di quanto ho detto. Molto meglio. Da prima che iniziasse la storia con Sal. Ma non la *frequentavo*. Da lei compravo.»

Pip lo guardò confusa, mentre nella mente si ripeteva le sue ultime parole.

«Compravi... droga?» chiese piano.

Max annuì. «Niente di troppo pesante, però. Solo erba e qualche pillola.»

«S-santa patata... Aspetta.» Pip alzò un dito a respingere il mondo, per dare al proprio cervello spazio per pensare. «Andie Bell spacciava?»

«Be', sì, ma solo ai calamity party e quando andavamo in discoteca e cose così. Solo a poche persone. Una manciata al massimo. Non era un vero spacciatore.» Max si fermò. «Lavorava con uno vero qui in città, era la sua infiltrata nei giri scolastici. Era vantaggioso per entrambi.»

«Ecco perché aveva sempre così tanti soldi» fece Pip, mettendo a posto nella mente un pezzo del puzzle con un *clic* quasi udibile. «Lei le assumeva?»

«Non proprio. Penso lo facesse solo per i soldi. I soldi e il potere che le dava. Direi che le piaceva quello.»

«E Sal sapeva che vendeva droga?»

Max rise. «Oh no» disse, «no, no, no. Sal odiava le droghe da sempre, non sarebbe finita bene. Andie glielo nascondeva; era brava a tenersi i suoi segreti. Penso che le sole persone che lo sapessero fossero quelle che compravano da lei. Ma io ho sempre creduto che Sal fosse un po' ingenuo. Sono sorpreso che non l'abbia mai scoperto.»

«Da quanto lo faceva?» chiese Pip, sentendosi percorrere da una scossa di eccitazione sinistra.

«Da un po'.» Max alzò lo sguardo al soffitto, e spostava gli occhi in cerchio come se stesse rimuginando sui propri ricordi. «Mi sa che la prima volta che comprai erba da lei fu all'inizio del 2011, quando lei aveva ancora sedici anni. E probabilmente fu circa allora che iniziò.»

«E chi era il pusher di Andie? Da dove prendeva la droga?»

Max si strinse nelle spalle. «Non lo so, non l'ho mai conosciuto. Ho sempre e solo comprato tramite Andie e lei non me l'ha mai detto.»

Pip si sgonfiò. «Non sai niente? Non hai mai comprato droghe a Kilton dopo l'omicidio di Andie?»

«No.» Si strinse nelle spalle. «Non so altro.»

«Ma ai calamity party c'erano altre persone che facevano uso di droghe? Dove le trovavano?»

«Non lo so, Pippa» enunciò Max scandendo le parole. «Ti ho detto quello che volevi sentire. Ora voglio che tu te ne vada.»

Fece un passo avanti e strappò la foto dalle mani di Pippa. Chiuse il pollice sul viso di Andie, e la foto si accartocciò sotto la sua presa stretta e tremante. Lungo la metà del corpo di Andie si formò una grinza mentre lui la ripiegava.

Diciassette

Pip si isolò dalla conversazione degli altri, concentrandosi sui rumori di sottofondo della mensa. Un basso continuo di sedie che strisciavano e fragorose risate di un gruppo di ragazzi adolescenti le cui voci fluttuavano a comando da un profondo timbro tenorile a quello di stridulo soprano. L'armonioso grattare dei vassoi del pranzo che scivolavano sul ripiano, raccogliendo buste di insalata o ciotole di zuppa, armonizzati dal frusciare dei pacchetti di patatine e dei gossip sul weekend.

Pip lo vide prima degli altri e gli fece cenno di sedersi con loro. Ant si avvicinò traballando e cullando due panini confezionati tra le braccia.

«Ehi ragazzi» disse, scivolando sulla panca accanto a Cara, già addentando il panino numero uno.

«Com'è andato l'allenamento?» chiese Pip.

Ant la guardò cauto, la bocca lievemente aperta a mostrare il prodotto in poltiglia della masticazione. «Bene» ingoiò. «Perché sei gentile con me? Cosa vuoi?»

«Niente» rise Pip. «Ti ho solo chiesto com'è andata a calcio.»

«No» rincarò Zach, «sei stata troppo amichevole. C'è sotto qualcosa.»

«Non c'è sotto niente.» Si strinse nelle spalle. «Solo il debito nazionale e il livello globale dei mari.»

«Saranno gli ormoni» disse Ant.

Pip girò l'immaginaria manovella accanto al pugno, alzando a scatti il medio nella sua direzione.

L'avevano già scoperta. Aspettò cinque minuti buoni che il gruppo iniziasse a parlare dell'ultimo episodio di quella serie con gli zombie che guardavano tutti, con Connor che si tappava le orecchie e canticchiava stonato ad alta voce perché doveva ancora vederlo.

«Allora, Ant» ritentò Pip, «sai il tuo amico George, della squadra di calcio?»

«Sì, penso di sapere chi è il mio amico George, della squadra di calcio» rispose lui, trovandosi evidentemente troppo simpatico.

«È nel gruppo di persone che continuano a fare i calamity party, vero?»

Ant annuì. «Già. In effetti penso che il prossimo sia a casa sua. I suoi sono all'estero per l'anniversario o roba del genere.»

«Questo weekend?»

«Sì.»

«Pensi...» Pip si allungò sul tavolo, appoggiandoci sopra i gomiti. «Pensi di riuscire a farci invitare tutti?»

I suoi amici, tutti quanti, si voltarono a guardarla a bocca aperta.

«Chi sei tu e cos'hai fatto a Pippa Fitz-Amobi?» disse Cara.

«Cosa c'è?» Sentì che si stava mettendo sulla difensiva, c'erano circa quattro fatti inutili che covavano sotto la superficie, pronti a scattare. «È il nostro ultimo anno di scuola. Pensavo sarebbe stato divertente andarci tutti insieme. È il momento delle opportunità, prima che arrivino le deadline per i corsi e le simulazioni d'esame.»

«Mi sembra comunque una pippa» sorrise Connor.

«Vuoi andare a una festa?» rimarcò Ant.

«Sì» rispose lei.

«Saranno tutti sbronzi, gente che pomicia, vomita, sviene. Un sacco di schifo sul pavimento» fece Ant. «Non è esattamente il tuo ambiente, Pip.»

«Sembra un'esperienza... culturale» disse lei. «Continuo a volerci andare.»

«Ok, bene.» Ant batté le mani. «Ci andremo.»

Pip si fermò da Ravi tornando a casa da scuola. Lui le mise davanti una tazza di tè nero, informandola che non serviva aspettare neanche un nanosecondo perché si raffreddasse perché ci aveva già pensato e aveva aggiunto dell'acqua fredda.

«Ok» disse alla fine, allo stesso tempo annuendo e scuotendo la testa mentre cercava di metabolizzare l'immagine di Andie Bell – la bella bionda dal viso pieno – nei panni dello spacciatore di droga. «Ok, quindi pensi che l'uomo che la riforniva potrebbe essere un sospettato?»

«Sì» rispose lei. «Se sei così depravato da smerciare droga a dei ragazzini penso proprio che potresti anche essere il tipo di persona incline all'omicidio.»

«Già, capisco la logica» annuì lui. «Ma come facciamo a trovare questo spacciatore?»

Lei appoggiò la tazza con un rumore metallico e lo fissò stringendo gli occhi. «Farò l'infiltrata.»

Diciotto

«È una festa in casa, non una pantomima» disse Pip, cercando di liberare il volto dalla stretta di Cara. Ma l'amica tenne duro: sequestro facciale.

«Sì, ma tu sei fortunata... hai un viso che può sostenere l'ombretto. Smetti di divincolarti, ho quasi fatto.»

Pip sospirò e si abbandonò, sottomettendosi all'abbellimento forzato. Aveva ancora il broncio perché gli amici l'avevano obbligata a togliersi la salopette e infilarsi un vestito di Lauren così corto che poteva venir scambiato per una maglietta. Avevano riso un sacco quando l'aveva detto.

«Ragazze» chiamò la mamma di Pip dal piano di sotto, «farete meglio a sbrigarvi. Quaggiù Victor ha iniziato a far vedere a Lauren i suoi passi di danza.»

«Oh cielo» disse Pip. «Sono pronta? Dobbiamo andare a salvarla.»

Cara si chinò a soffiarle in faccia. «Sì.»

«Splendido» rispose Pip, prendendo la borsa e controllando, ancora una volta, che il suo cellulare fosse carico del tutto. «Andiamo.»

«Ciao cetriolino!» tuonò suo papà mentre Pip e Cara scendevano le scale. «Io e Lauren abbiamo deciso che dovrei venire anche io al vostro kilometre party.»

«Calamity, papà. Quella che stanno vivendo i miei neuroni morti.»

Victor si avvicinò a grandi passi, le avvolse le braccia attorno alle spalle e la strinse. «La piccola Pipsy che va a una festa.»

«Già» disse la mamma di Pip, raggiante e con un sorriso enorme. «Piena di alcol e ragazzi.»

«Sì.» Lui la lasciò andare e abbassò lo sguardo per fissarla, con un'espressione seria sul viso e l'indice alzato. «Pip, voglio che ti ricordi di essere, per lo meno, un po' irresponsabile.»

«Giusto» annunciò Pip, afferrando le chiavi della macchina e andando verso la porta di casa. «Ora andiamo. Addio, miei anormali genitori all'incontrario.»

«Addio a te» rispose Victor teatrale, aggrappandosi al corrimano e allungandosi in avanti verso le ragazze in partenza, come se la casa fosse una nave che stava colando a picco e lui l'eroico capitano che s'inabissava insieme a lei.

Perfino il selciato fuori dalla casa pulsava a ritmo di musica. Le tre ragazze si avvicinarono alla porta d'ingresso e Pip alzò il pugno pronta a bussare. Mentre lo faceva, la porta si aprì verso l'interno, offrendo accesso a una cacofonia contorta di profondissime melodie metalliche, chiacchiericcio biascicato e illuminazione carente.

Pip fece un cauto passo in avanti, il primo respiro già contaminato dal metallico odore caldo-umido di vodka, tracce di sudore e leggerissimo sentore di vomito. Vide con la coda dell'occhio il padrone di casa, l'amico di Ant, George, che cercava di appaiare la propria faccia a quella di una ragazza di un anno più piccola, tenendo gli occhi aperti in uno sguardo fisso. Guardò nella loro direzione e, senza interrompere il bacio, le salutò con la mano da dietro la schiena della sua partner.

Pip non riuscì a farsi complice di un saluto del genere, così lo ignorò e proseguì lungo il corridoio. Cara e Lauren le camminavano accanto, e Lauren dovette scavalcare Paul-di-economia, crollato contro la parete e che russava leggermente.

«Sembra... l'idea di divertimento che ha certa gente» borbottò Pip mentre entravano nel salotto open space e nel caos di brulichii adolescenziali che ospitava: corpi che stridevano e si scatenavano a tempo di musica, torri di bottiglie di birra in equilibrio precario, monologhi ubriachi sul senso della vita urlati attraverso la stanza, macchie umide sulla moquette, palesi strofinii inguinali e coppie mezze arrampicate sulle pareti che gocciolavano condensa.

«Sei tu che volevi disperatamente venirci» disse Lauren, salutando con la mano alcune ragazze con cui faceva il corso di teatro.

Pip deglutì. «Sì. E la Pip del presente è sempre felice delle decisioni della Pip del passato.»

Poi Ant, Connor e Zach le individuarono e si avvicinarono, facendosi largo tra la folla vacillante.

«Tutto bene?» disse Connor, abbracciando goffamente Pip e le altre. «Siete in ritardo.»

«Lo so» disse Lauren. «Abbiamo dovuto ri-vestire Pip.»

Pip non capiva come facesse la salopette a essere motivo di imbarazzo per associazione, mentre le mosse a singhiozzo da danza robot degli amici of Lauren della classe di teatro erano del tutto accettabili.

«Dei bicchieri ci sono?» chiese Cara, con in mano una bottiglia di vodka e limonata.

«Sì, ti faccio vedere» disse Ant, guidando Cara verso la cucina.

Quando tornò con un drink per lei, Pip ne bevve frequenti sorsi immaginari mentre annuiva e rideva seguendo la conversazione. Quando si presentò l'occasione scivolò verso il lavandino della cucina, ci svuotò il bicchiere e lo riempì d'acqua.

Più tardi, quando Zach si offrì di prenderle altra vodka, dovette usare lo stesso stratagemma e si ritrovò bloccata contro il muro a parlare con Joe King, che sedeva dietro di lei a inglese. Per riuscire divertente non faceva altro che dire una frase ridicola, aspettare che la vittima facesse una faccia confusa e poi esclamare: «*Joe*-King!».

Alla terza ripresa della battuta, Pip chiese scusa e si andò a nascondere in un angolo, grazie al cielo da sola. Rimase lì nell'ombra, senza che nessuno la disturbasse, ed esaminò la stanza. Osservò i ragazzi che ballavano e quelli che si baciavano in modo più che entusiasta, cercando un qualsiasi segno di ambigui traffici di mano, pillole o mandibole contratte. Pupille iperdilatate. Qualunque cosa le potesse offrire una pista verso lo spacciatore di Andie.

Passarono dieci minuti buoni e Pip non notò nulla di dubbio, a parte un ragazzo di nome Stephen che distruggeva un telecomando della tivù e nascondeva le prove in un vaso da fiori. Lo seguì con lo sguardo mentre vagava fino a una grande lavanderia e alla porta sul retro, estraendo un pacchetto di sigarette dalla tasca posteriore.

Ovvio.

Fuori con i fumatori, ecco quale sarebbe dovuto essere il primo luogo della lista nel quale tentare. Pip si fece strada attraverso il caos, proteggendosi con i gomiti da chi barcollava di più.

C'era un gruppetto di persone, fuori. Un paio di ombre scure che si aggiravano attorno al tappeto elastico in fondo al giardino. Stella Chapman in lacrime, in piedi accanto al bidone dell'immondizia, che singhiozzava nel telefono a qualcuno. Altre due ragazze del suo anno su un'altalena per bambini, che stavano avendo quella che sembrava una conversazione molto seria, enfatizzata da trasalimenti e mani sulla bocca. E Stephen Thompson-o-Timpson, dietro al quale sedeva a matematica. Era appollaiato su un muretto, una sigaretta in bocca, e cercava con entrambe le mani nelle sue svariate tasche.

Pip gli si avvicinò. «Ciao» disse, mettendosi a sedere rapida sul muretto accanto a lui.

«Ciao Pippa» disse Stephen, togliendosi la sigaretta di bocca in modo da poter parlare. «Che succede?»

«Oh, niente di che» rispose Pip. «Sono solo uscita a cercare Mary Jane.»

«Non so chi sia, mi spiace» replicò lui, tirando finalmente fuori un accendino verde evidenziatore.

«Non è una persona.» Pip si voltò verso di lui con uno sguardo eloquente. «Sto cercando un pollo da mangiare, capisci?»

«Un che?»

Pip aveva passato un'ora quella mattina a cercare su internet le espressioni gergali correnti.

Riprovò, abbassando la voce fino a ridurla a un sussurro. «Cerco un po' di erba, di maria, di fumo, un tizzone, una canna, un bobmarley, un ceppo. Capito, no? Della ganja.»

Stephen scoppiò a ridere. «Oddio, sei proprio sbronza.»

«Certo che lo sono.» Cercò di fingere una risatina ubriaca, ma le uscì piuttosto perfida. «Allora, ne hai? Un po' di maria giovanna?»

Quando ebbe finito di ridersela, Stephen si voltò a squadrarla per bene per un lunghissimo istante. Gli occhi indugiarono palesemente sul suo petto e sulle gambe ceree. Pip si agitò internamente; un ciclone appiccicoso di disgusto e vergogna. Buttò mentalmente in faccia a Stephen un rimprovero, ma dovette tenere la bocca chiusa. Era sotto copertura.

«Sì» fece lui, mordendosi il labbro inferiore. «Ti posso rollare uno spinello io.» Si frugò di nuovo nelle tasche e ne estrasse un piccolo borsellino che conteneva erba e un pacchetto di cartine.

«Sì per favore» annuì Pip, sentendosi in ansia ed eccitata e avvertendo un filo di nausea. «Rollamela, sì, vai; rollala come un... ehm... come rolla un rullo compressore.»

Lui rise di nuovo e leccò un lato della cartina, cercando di tenere gli occhi fissi in quelli di lei, con la tozza lingua rosa di fuori. Pip distolse lo sguardo. Le passò per la mente che forse questa volta si era spinta troppo in là per un progetto scolastico. Ma non era più tale. Era per Sal, per Ravi. Per la verità. Per loro, poteva farlo.

Stephen accese lo spinello e fece due lunghi tiri prima di passarlo a Pip. Lei lo prese goffamente tra l'indice e il medio e se lo portò alle labbra. Girò di scatto la testa in modo che i capelli le nascondessero il viso e finse di fare un paio di tiri.

«Mmmh, roba buona» disse, ripassandoglielo. «Una bomba di cannone si direbbe.»

«Sei carina stasera» disse Stephen, facendo un tiro e offrendole di nuovo lo spinello.

Pip cercò di prenderlo senza toccargli le dita. Finse nuovamente ma l'odore era stucchevole e nel fare la domanda successiva tossì.

«Allora» disse, ridandoglielo, «dove posso trovarne un po'?»

«Possiamo condividerla.»

«No, cioè, da chi la compri? Sai, così posso unirmi anch'io.»

«Da un tizio in città.» Stephen si risistemò sul muretto, avvicinandosi a Pip. «Si chiama Howie.»

«E dove vive questo Howie?» disse Pip, ripassandogli l'erba e approfittando del movimento per scivolare più lontano da lui.

«Non so» rispose Stephen. «Non spaccia in casa. Lo incontro al parcheggio della stazione, giù all'angolo senza telecamera.»

«Di sera?» chiese Pip.

«Di solito sì. All'ora che mi scrive.»

«Hai il suo numero?» Pip prese la borsa per tirare fuori il cellulare. «Posso averlo anch'io?»

Stephen scosse il capo. «S'infurierebbe se sapesse che lo do via così. Non serve che vai da lui; se vuoi qualcosa, paghi me e io te la prendo, semplice. Ti faccio uno sconto.» Le fece l'occhiolino.

«Preferirei davvero comprare io direttamente» fece Pip, sentendo il collo infiammarsi per l'irritazione.

«Impossibile.» Stephen scosse la testa, fissandole la bocca.

Pip distolse in fretta lo sguardo, facendo calare tra loro come una tenda i lunghi capelli neri. La sua frustrazione era troppo forte, fagocitava ogni altro pensiero. Stephen non aveva intenzione di cedere, vero?

E poi le si fece largo nella mente la scintilla di un'idea.

«Be', come faccio a comprare tramite te?» chiese, prendendogli lo spinello dalle mani. «Non hai neanche il mio numero.»

«Ah, questo è un vero peccato» disse Stephen, con una voce così viscida che in pratica gli colava dalla bocca. Allungò il braccio verso la tasca posteriore e ne estrasse il cellulare. Digitando sullo schermo, inserì la password e le passò il telefono sbloccato. «Inseriscilo» disse.

«Ok» rispose Pip.

Aprì la rubrica e spostò le spalle, mettendosi di fronte a Stephen, in modo che lui non potesse vedere lo schermo. Digitò *how* nella barra di ricerca contatto e comparve un solo risultato. *Howie Bowers* e il suo numero di cellulare.

Studiò la sequenza di cifre. Diavolo, non ce l'avrebbe mai fatta a ricordarsele tutte. Le balenò in mente un'altra idea. Forse riusciva a fare una foto dello schermo; il suo cellulare era sul muro proprio accanto a lei. Ma Stephen era lì, che la fissava mordendosi un dito. Le serviva un qualche tipo di distrazione.

Si lanciò di colpo in avanti, facendo cadere lo spinello lontano sul prato. «Scusa» disse, «pensavo di avere addosso un insetto!»

«Non ti preoccupare, lo vado a riprendere io.» Stephen saltò giù dal muretto.

Pip aveva solo pochi secondi di tempo. Afferrò il telefono, aprì la fotocamera e lo posizionò sopra allo schermo di Stephen.

Il cuore le martellava, il petto vi si serrava fastidiosamente attorno.

La telecamera continuava a perdere il fuoco, sprecando tempo prezioso.

Il dito sospeso sul pulsante.

La fotocamera mise a fuoco e lei scattò, facendosi cadere il cellulare in grembo nell'istante in cui Stephen si voltava.

«È ancora acceso» disse, rimontando sul muretto con un salto e sedendosi decisamente troppo vicino a lei.

Pip tese il telefono a Stephen. «Ehm, scusa, non mi va di darti il mio numero in realtà» disse. «Ho deciso che le droghe non fanno per me.»

«Non scherzare» disse Stephen, chiudendo le dita attorno al telefono e alla mano di Pip. Si chinò verso di lei.

«No, grazie» fece lei, ritraendosi. «Credo che tornerò dentro.»

E allora Stephen le mise la mano sulla nuca, la spinse in avanti e si lanciò sul suo viso. Pip si divincolò e lo spintonò all'indietro. Spinse così forte che lo scalzò dal muretto e lui cadde un metro più giù, finendo lungo disteso sull'erba umida.

«Stupida puttana» gridò lui, rimettendosi in piedi e asciugandosi i pantaloni.

«Degenerato, pervertito e dissoluto scimmione! Che le scimmie mi perdonino» urlò Pip di rimando. «Ho detto di no.»

E fu allora che se ne rese conto. Non sapeva come o quando fosse successo, ma alzando lo sguardo vide che erano rimasti da soli nel giardino.

La paura la invase in un istante, facendole accapponare la pelle.

Stephen tornò ad arrampicarsi sul muretto e Pip si voltò, affrettandosi verso la porta.

«Ehi, non c'è problema, possiamo parlare un altro po'» disse lui, afferrandola per il polso per tirarla indietro.

«Lasciami andare, Stephen.» Gli sputò le parole contro.

«Ma...»

Pip gli prese il polso con l'altra mano e lo strinse forte, affondando le unghie nella pelle. Stephen fece un sibilo e mollò la presa e Pip non ebbe un secondo di esitazione. Corse verso la casa e chiuse violentemente la porta, bloccandola con il lucchetto.

Dentro, si fece largo tra la folla sul tappeto persiano trasformato in pista da ballo di ripiego, venendo spintonata di qua e di là. Cercava tra le parti corporee che si agitavano e i volti sudati che ridevano. Cercava la sicurezza del viso di Cara.

L'aria era calda e stantia dentro l'ammasso di tutti quei corpi. Ma Pip tremava, una scossa di assestamento termico la scuoteva, le faceva battere le ginocchia nude.

Pippa Fitz Amobi
CPE 03/10/2017

Diario di lavoro – Voce 22

AGGIORNAMENTO: ho aspettato in macchina per quattro ore stanotte. All'estremità più lontana del parcheggio della stazione. Ho controllato, niente telecamere. Sono passate tre ondate distinte di pendolari in arrivo da London Marylebone, papà compreso. Per fortuna non ha notato la mia macchina.

Non ho visto nessuno aggirarsi lì intorno. Nessuno che avesse l'aspetto di uno che fosse lì per comprare o vendere droga. Non che io sappia davvero che aspetto dovrebbe avere; non avrei mai detto di Andie Bell che era il tipo dello spacciatore.

Sì, lo so che sono riuscita ad avere il numero di Howie Bowers da Stephen-il-viscido. Potrei semplicemente chiamarlo e vedere se è disposto a rispondere a qualche domanda su Andie. Questo è quello che Ravi pensa dovremmo fare. Ma – siamo realistici – in questo modo non mi fornirà niente. È uno spacciatore. Non lo ammetterà certo parlando al telefono con una sconosciuta, così, come se stesse parlando del tempo o di teorie economiche.

No. Parlerà con noi soltanto se prima useremo la leva appropriata.

Tornerò in stazione domani sera. Ravi deve lavorare di nuovo, ma posso farcela da sola. Dirò ai miei che vado a fare i compiti di inglese da Cara. Più devo farlo e più mentire diventa facile.

Come uccidono le brave ragazze

Ho bisogno di Howie.

Ho bisogno di questa leva.

Ho anche bisogno di dormire.

Sospettati

Jason Bell

Naomi Ward

Misterioso tizio più grande

Nat Da Silva

Daniel Da Silva

Max Hastings

Spacciatore – Howie Bowers?

Diciannove

Pip era ormai al capitolo tredici, e leggeva alla dura luce argentata della torcia del cellulare, quando notò una figura solitaria attraversare la strada illuminata da un lampione. Lei era in macchina, all'estremità più lontana del parcheggio della stazione, e ogni mezz'ora era segnata dallo stridio e dal bagliore dei treni per Londra o per Aylesbury.

I lampioni si erano accesi circa un'ora prima, quando il sole si era ritirato, tingendo Little Kilton di un blu sempre più cupo. Le luci avevano quel vibrante colore giallo-aranciato che illuminava l'area circostante di un disturbante bagliore industriale.

Pip strizzò gli occhi attaccata al finestrino. Quando la figura passò sotto la luce vide che era un uomo vestito di una giacca verde scuro con un cappuccio di pelo e l'imbottitura arancione sgargiante. Il cappuccio era alzato su una maschera fatta d'ombre, che aveva per viso solo il triangolo del naso illuminato dall'alto in basso.

Spense rapida la torcia del cellulare e posò *Grandi speranze* sul sedile del passeggero. Fece scivolare indietro il proprio, così da potersi accucciare sul tappetino, nascosta alla vista dalla portiera, e con la fronte e gli occhi premuti contro il finestrino.

L'uomo la superò arrivando fino al limite più estremo del parcheggio e lì si appoggiò alla recinzione, in un punto in ombra proprio a metà tra due pozze di luce dei lampioni. Pip lo osservò, trattenendo il respiro per non appannare il finestrino e bloccare così la visuale.

A testa china, l'uomo tirò fuori dalla tasca un telefono. Mentre lo sbloccava e lo schermo s'illuminava Pip riuscì a vedergli il viso per la prima volta: una faccia ossuta piena di linee spezzate e spigoli e una barbetta scura ben curata. Pip non era bravissima a stimare l'età, ma, tirando a indovinare, l'uomo aveva circa una trentina d'anni.

Certo, non era la prima volta che quella notte pensava di aver trovato Howie Bowers. C'erano stati altri due uomini che si era accucciata e nascosta a spiare. Il primo era subito salito su una macchina sfasciata e se n'era andato. Il secondo si era fermato a fumare abbastanza a lungo perché a Pip il cuore iniziasse ad accelerare. Ma poi aveva spento la sigaretta, aperto una macchina col telecomando e se n'era andato anche lui.

Ma c'era qualcosa che non quadrava in questi ultimi due: erano vestiti in completo e con cappotti alla moda, chiaramente erano scesi dal treno proveniente da Londra. Quest'uomo invece era diverso. Indossava un paio di jeans e un parka corto, e non c'era dubbio che stesse aspettando qualcosa. O qualcuno.

I suoi pollici scattavano sullo schermo del telefono. Probabilmente scriveva a un cliente per dirgli che era in attesa. Tipico suo, correre troppo. Ma un modo sicuro per confermare che questo losco tizio col parka fosse Howie c'era. Tirò fuori il cellulare, cercando di nasconderne la luce tenendolo basso e premendoselo contro la coscia. Fece scivolare la lista di contatti fino alla voce "Howie Bowers" e fece partire la chiamata.

Con gli occhi di nuovo al finestrino e il pollice sospeso sul pulsante rosso per riagganciare, aspettò. L'ansia la pungeva a ogni secondo.

Poi lo sentì.

Molto più forte del suono della chiamata in uscita dal suo cellulare.

Un'anatra meccanica iniziò a starnazzare, e il rumore proveniva dalle mani dell'uomo. Lo osservò mentre premeva qualche pulsante sul suo telefono e se lo portava all'orecchio.

«Pronto?» fece una voce distante all'esterno, attutita dal finestrino. Una frazione di secondo più tardi la stessa voce parlò attraverso il microfono del suo cellulare. La voce di Howie, ne aveva la conferma.

Pip riagganciò e osservo Howie Bowers abbassare il proprio telefono e fissarlo, mentre le sue sopracciglia folte ma notevolmente dritte si aggrottavano, nascondendogli gli occhi nell'ombra. Passò il dito sul cellulare e se lo riportò all'orecchio.

«Merda» sussurrò Pip, afferrando il proprio telefono e mettendolo silenzioso. Meno di un secondo dopo lo schermo si accese della chiamata in arrivo da parte di Howie Bowers. Pip bloccò lo schermo e lasciò che la chiamata continuasse in silenzio, mentre il cuore le martellava dolorosamente contro le costole. C'era andata vicina, troppo vicina. Che stupida a non aver nascosto il numero, veramente stupida.

Howie mise via il cellulare e rimase in piedi a testa bassa e mani nelle tasche. Ovviamente, anche se ora sapeva che quell'uomo era Howie Bowers, non aveva alcuna conferma del fatto che fosse stato lui l'uomo che riforniva Andie di droga.

Il solo fatto certo era che Howie Bowers stesse ora spacciando ai ragazzi della scuola, lo stesso gruppo di persone cui Andie aveva introdotto il proprio spacciatore. Poteva essere una coincidenza. Howie Bowers poteva anche non essere la persona con cui Andie aveva lavorato tutti quegli anni prima. Ma in una cittadina piccola come Kilton non ci si poteva fidare troppo delle coincidenze.

Proprio in quel momento Howie alzò la testa e fece un cenno deciso. Poi Pip l'udì, passi secchi che ticchettavano sull'asfalto, sempre più vicini e più forti. Non osò muoversi per guardare chi si stesse avvicinando, mentre il ticchettio le procurava una scossa a ogni passo. E poi la persona entrò nel suo campo visivo.

Era un uomo alto che indossava un lungo cappotto beige e delle scarpe nere lucide: la lucentezza e il secco ticchettio erano un segno di quanto fossero nuove. Aveva i capelli scuri e molto corti. Quando fu a fianco di Howie fece una piroetta per potersi appoggiare alla recinzione dietro di sé. Ci volle qualche minuto di sforzo visivo perché lo sguardo di Pip mettesse a fuoco e lei sussultasse.

Conosceva quell'uomo. Riconosceva il suo viso dalle foto dello staff del sito web del "Kilton Mail". Era Stanley Forbes.

Stanley Forbes, estraneo all'indagine di Pip, era già spuntato due volte. Becca Bell aveva detto che lo stava più o meno frequentando e ora eccolo lì, che si incontrava con l'uomo che probabilmente aveva fornito la droga alla sorella di Becca.

Nessuno dei due aveva ancora aperto bocca. Stanley si grattò il naso e poi tirò fuori dalla tasca una busta gonfia. La sbatté in petto a Howie e solo allora Pip vide che aveva il viso arrossato e gli tremavano le mani. Pip sollevò il cellulare e, controllando di aver disattivato il flash, fece un paio di foto dell'incontro.

«Questa è l'ultima volta, mi hai sentito?» sbottò Stanley, senza fare alcuno sforzo per tenere la voce bassa. Pip riusciva appunto a sentire gli acuti delle sue parole attraverso il vetro del finestrino della macchina. «Non puoi continuare a chiederne altri; non ne ho più.»

Howie parlava decisamente troppo piano e Pip riuscì solo a sentire l'inizio e la fine bofonchiati della frase: «Ma... parlo».

Stanley lo aggredì. «Non credo che oseresti.»

Si fissarono a vicenda per un attimo teso e prolungato, poi Stanley girò sui tacchi e si allontanò velocemente, con il cappotto che gli svolazzava alle spalle.

Quando se ne fu andato, Howie osservò la busta che teneva in mano prima di infilarsela nella giacca. Pip gli fece ancora un altro paio di foto mentre l'aveva tra le mani. Ma Howie non stava comunque andando via. Rimase in piedi contro la recinzione, continuando a passare il dito sul telefono. Come se stesse aspettando qualcun altro.

Pochi minuti dopo Pip vide che si stava avvicinando un'altra persona. Sempre accoccolata nel suo nascondiglio, osservò il ragazzo andare a grandi passi verso Howie, alzando la mano in segno di saluto. Riconobbe anche lui: un ragazzo che a scuola frequentava l'anno dopo il suo, uno che giocava a calcio con Ant. Robin qualcosa.

Il loro incontro fu altrettanto breve. Robin tirò fuori un po' di soldi e li passò a Howie. Lui li contò e poi estrasse dalla tasca della giacca un sacchettino di carta arrotolata. Pip fece cinque rapide foto a Howie che passava il sacchettino a Robin e si intascava il denaro.

Pip riusciva a vedere le loro bocche muoversi, ma non a sentire le parole segrete che si stavano scambiando.

Howie sorrise e diede una manata sulla schiena al ragazzo. Robin, infilando il sacchettino nello zaino, riattraversò il parcheggio urlando un basso «A più tardi» mentre passava dietro la macchina di Pip, talmente vicino da farla sobbalzare.

Rannicchiata sotto il volante, Pip passò in rassegna le foto che aveva fatto; il viso di Howie era nitido e visibile in almeno tre. E lei conosceva il nome del ragazzo al quale lo aveva beccato vendere la roba. Era una leva da manuale, sempre che qualcuno avesse mai scritto un manuale su come ricattare uno spacciatore.

Pip si gelò. Qualcuno stava camminando proprio dietro alla macchina, muovendosi con passi strascicati e fischiettando. Aspettò venti secondi e poi alzò lo sguardo. Howie era sparito, stava tornando in direzione della stazione.

Ed ecco il momento dell'indecisione. Howie era a piedi; Pip non poteva seguirlo in macchina. Ma non voleva per nulla al mondo lasciare la sicurezza col muso da insetto della sua piccola auto per inseguire un criminale senza uno scudo Volkswagen rinforzato.

La paura iniziò a srotolarsi nel suo stomaco, avvolgendosi intorno alla sua mente con un unico pensiero: Andie Bell uscì da sola di notte e non tornò mai più. Pip represse il pensiero, respirò a fondo per scacciare la paura e scese dall'auto, chiudendosi la portiera alle spalle con estrema cautela. Doveva scoprire più cose possibili su quell'uomo. Poteva essere lui lo spacciatore di Andie, o magari anche il suo assassino.

Howie era una quarantina di passi davanti a lei. Aveva il cappuccio abbassato ora e l'imbottitura arancione era facile da individuare nel buio. Pip mantenne la distanza tra loro, con il cuore che batteva quattro volte tra un passo e l'altro.

Si ritrasse e aumentò la distanza quando attraversarono la rotonda ben illuminata fuori dalla stazione. Non si voleva avvicinare troppo. Seguì Howie quando svoltò a destra, oltre il minimarket della città. L'uomo attraversò la strada e girò a sinistra lungo la High Street, all'estremità opposta rispetto alla scuola e alla casa di Ravi.

Pip lo seguì per tutta Wyvil Road, oltre il ponte che attraversava i binari. Oltrepassatolo, Howie lasciò la strada per un piccolo sentiero che tagliava un ciglio erboso attraverso una siepe ingiallita.

Pip aspettò che Howie fosse andato un po' avanti prima di seguirlo lungo il sentiero ed emergere su una strada residenziale piccola e scura. Proseguì tenendo gli occhi fissi sul cappuccio quindici metri davanti a sé. Il buio era il più semplice dei mascheramenti: rendeva sconosciuto e strano ciò che era familiare. Fu solo quando Pip passò davanti a un segnale stradale che si rese conto su che strada fossero.

Romer Close.

Il suo cuore reagì passando a sei battiti ogni passo. Romer Close, la stessa strada nella quale era stata trovata abbandonata l'auto di Andie Bell dopo la sua sparizione.

Pip vide Howie deviare bruscamente davanti a sé e si lanciò a nascondersi dietro un albero, guardandolo andare verso una piccola villetta, tirare fuori le chiavi ed entrarvi. Quando la porta si richiuse con un *clic*, Pip riemerse dal nascondiglio e si avvicinò alla casa di Howie. Civico 29, Romer Close.

Era una bifamiliare tozza, di mattoni chiari e con il tetto di ardesia coperta di muschio. Entrambe le finestre davanti erano chiuse da spesse tapparelle, ma quella di sinistra fu investita da striature gialle quando Howie accese le luci all'interno. C'era un piccolo spiazzo di ghiaietto proprio fuori dalla porta d'ingresso dove si trovava una macchina marrone sbiadito.

Pip la fissò. Questa volta non tardò minimamente nell'identificazione. Spalancò la bocca e lo stomaco le balzò in gola, riempiendogliela del sapore rigurgitato del panino che aveva mangiato in macchina.

«Oh mio Dio» sussurrò.

Fece un passo indietro allontanandosi dalla casa e tirò fuori il cellulare. Fece passare il dito sulle chiamate recenti e selezionò il numero di Ravi.

«Ti prego dimmi che non sei al lavoro» disse quando lui rispose.

«Sono appena arrivato a casa. Perché?»

«Devi venire a Romer Close immediatamente.»

Venti

Grazie alla sua mappa dell'omicidio Pip sapeva che a Ravi ci sarebbero voluti diciotto minuti a piedi da casa sua a Romer Close. Ma lui ce ne mise quattro di meno, mettendosi a correre una volta che l'ebbe vista.

«Che c'è?» disse, leggermente senza fiato e scostandosi i capelli dal viso.

«C'è un sacco di cose» disse Pip piano. «Non sono del tutto sicura da dove partire quindi inizierò e basta.»

«Mi stai spaventando.» Gli occhi di lui scattarono al volto di lei, indagatori.

«Mi sto spaventando anche io.» Fece una pausa per fare un respiro profondo, e con la speranza di obbligare il suo stomaco immaginario a ridiscenderle lungo la trachea. «Ok, sai che stavo cercando lo spacciatore, grazie a quella pista del calamity party. Stasera era lì che spacciava nel parcheggio e l'ho seguito a casa. Vive qui, Ravi. La strada dove fu trovata la macchina di Andie.»

Lo sguardo di Ravi si perse a seguire i contorni della strada buia. «Ma come fai a sapere che è lui quello che riforniva Andie?» chiese.

«Non lo sapevo per certo» rispose lei. «Ma lo so ora. Ma aspetta, c'è un'altra cosa che devo dirti prima e non voglio che ti arrabbi.»

«Perché dovrei arrabbiarmi?» Abbassò lo sguardo su di lei, e il suo viso dolce si irrigidì attorno agli occhi.

«Ehm, perché ti ho mentito» disse lei, guardandosi i piedi invece che il volto di Ravi. «Ti ho detto che l'interrogatorio di Sal non era ancora arrivato. In realtà sì, più di due settimane fa.»

«Cosa?» fece lui piano. Un'evidente espressione ferita gli oscurò il viso, corrugandogli naso e fronte.

«Scusami» rispose Pip. «Ma quando è arrivato e l'ho letto ho pensato fosse meglio che tu non lo vedessi.»

«Perché?»

Deglutì. «Perché mette Sal in una luce pessima. Fu evasivo con i poliziotti e disse loro chiaro e tondo che non voleva dire perché lui e Andie stessero litigando quel giovedì e venerdì. Sembrava che stesse cercando di nascondere il suo stesso movente. E ho avuto paura che potesse averla davvero uccisa lui e non volevo ferirti.» Azzardò un'occhiata. Lo sguardo di Ravi era teso e triste.

«Pensi che Sal sia colpevole, dopo tutto questo?»

«No, non lo penso. Ho solo dubitato per un po' e ho avuto paura di cosa questo avrebbe significato per te. Ho sbagliato a reagire così, scusami. Non spettava a me. Ma ho sbagliato anche a dubitare di Sal.»

Ravi rimase un attimo in silenzio a guardarla, grattandosi la nuca. «Ok» disse poi. «Ok, capisco perché lo hai fatto. Allora, cosa sta succedendo?»

«Ho appena scoperto il motivo esatto per cui Sal era così strano ed evasivo durante l'interrogatorio e perché lui e Andie stessero litigando. Vieni.»

Gli fece cenno di seguirla e tornò alla villetta di Howie. Puntò un dito.

«Questa è la casa dello spacciatore» disse. «Guarda la sua macchina, Ravi.»

Gli osservò il viso mentre i suoi occhi passavano e ripassavano sull'auto. Dal parabrezza al cofano e da faro a faro.

Finché non si posarono sul numero di targa e vi rimasero. Avanti e indietro e avanti.

«Oh» disse.

Pip annuì. «Oh, davvero.»

«In effetti penso sia un momento da "santa patata".»

Ed entrambi i loro sguardi tornarono al numero di targa: *R009 KKJ*.

«Sal scrisse questo numero di targa nelle note del telefono» ricordò Pip. «Mercoledì 18 aprile intorno alle diciannove e quarantacinque. Doveva avere dei sospetti, forse aveva sentito delle voci a scuola o chissà cosa. Perciò seguì Andie quella sera e deve averla vista con Howie e questa macchina. E aver visto cosa stava facendo.»

«Ecco perché stavano litigando i giorni prima della scomparsa» aggiunse Ravi. «Sal odiava le droghe. Le odiava.»

«E quando la polizia gli chiese perché stessero litigando» proseguì Pip, «non fu evasivo per nascondere il proprio movente. Ma per proteggere Andie. Non pensava fosse morta. Pensava fosse viva e che sarebbe tornata e non voleva metterla nei guai con la polizia dicendo loro che spacciava droga. E l'ultimo messaggio che le mandò quel venerdì sera?»

«*Non ti parlo finché non la smetti*» citò Ravi.

«Sai cosa?» sorrise Pip. «Tuo fratello non mi è mai sembrato più innocente di ora.»

«Grazie.» Lui le restituì il sorriso. «Sai, non l'ho mai detto prima a una ragazza, ma... sono contento che tu sia venuta a bussare alla mia porta così dal nulla.»

«Mi ricordo distintamente che mi hai detto di andarmene» disse lei.

«Be', a quanto pare non è facile liberarsi di te.»

«È così.» Fece un inchino con il capo. «Pronto a bussare con me?»

«Aspetta. No. Cosa?» La guardò sconcertato.

«Oh, coraggio» rispose lei, andando verso la porta d'ingresso di Howie. «Finalmente un po' di azione anche per te.»

«A-ha, difficile non cogliere tutti i doppi sensi. Aspetta, Pip» fece Ravi, facendo un balzo verso di lei. «Cosa fai? Non parlerà mai con noi.»

«Lo farà» disse Pip, agitando il cellulare sopra la testa. «Ho una buona leva.»

«Quale leva?» Ravi la raggiunse proprio davanti alla porta.

Lei si voltò e gli fece un sorriso esagerato e strizza-occhi. E poi gli prese la mano. Prima che Ravi potesse ritrarla, lei gliel'alzò e bussò tre volte alla porta.

Lui sbarrò gli occhi e puntò il dito in un rimprovero muto.

Udirono provenire dall'interno un rumore di passi strascicati e un colpo di tosse. Un paio di secondi dopo la porta venne aperta di malagrazia.

In piedi, che li guardava battendo gli occhi, c'era Howie. Si era tolto la giacca e indossava una maglietta blu stinta. Era a piedi nudi. Odorava di fumo stantio e di vestiti umidi e marci.

«Ciao, Howie Bowers» disse Pip. «Per cortesia, potremmo comprare un po' di droga?»

«Chi diavolo siete?» sbottò Howie.

«Sono il diavolo in persona che ha fatto queste belle fotine poco fa» rispose Pip, scorrendo sul cellulare fino alle foto di Howie e tenendoglielo davanti al viso. Scivolò con il pollice sullo schermo così che lui potesse vederle tutte. «Curiosamente, conosco il ragazzo cui hai venduto la roba. Si chiama Robin. Mi chiedo cosa succederebbe se chiamassi i suoi genitori in questo momento e gli dicessi di perquisirgli lo zaino. Mi chiedo se non troverebbero un sacchettino di carta pieno di dolcetti. E poi mi chiedo quanto ci vorrebbe alla polizia per venire a bussare qui intorno, specie una volta che avrò chiamato anche loro per dargli una mano.»

Lasciò che Howie metabolizzasse tutto: il suo sguardo scattava dal telefono a Ravi agli occhi di Pip.

Lui sbuffò. «Cosa volete?»

«Voglio che ci inviti a entrare e rispondi a qualche domanda» rispose Pip. «Tutto qui, e noi non andremo alla polizia.»

«Su cosa?» chiese lui, togliendosi qualcosa dai denti con le unghie.

«Su Andie Bell.»

Sul viso di Howie si diffuse un'espressione di finta confusione.

«Hai presente? La ragazza a cui fornivi la droga da vendere agli studenti. La stessa che fu assassinata cinque anni fa. Te la ricordi?» disse Pip. «Be', se tu non te la ricordi sono sicura che la polizia invece sì.»

«Va bene» disse Howie, facendo un passo indietro su una pila di sacchetti di plastica, tenendo la porta aperta. «Potete entrare.»

«Eccellente» rispose Pip, lanciando uno sguardo a Ravi da sopra la spalla. Gli mimò la parola "leva" e lui alzò gli occhi al cielo. Ma mentre stava per entrare in casa Ravi la strattonò all'indietro, varcando la soglia per primo. Fissò

Howie finché l'uomo non si fu ritratto dalla porta e spostato lungo il piccolo corridoio.

Pip seguì Ravi, chiudendosi la porta alle spalle.

«Da questa parte» disse Howie brusco, scomparendo nel salotto.

Howie si buttò a sedere su una poltrona lacera, con una lattina di birra aperta che lo aspettava sul bracciolo. Ravi andò al divano e, spostando una pila di vestiti, prese posto di fronte a Howie, sedendosi con la schiena ben dritta e il più vicino possibile all'orlo dell'imbottitura. Pip sedette accanto a lui, incrociando le braccia.

Howie indicò Ravi con la lattina. «Tu sei il fratello del tizio che l'ha ammazzata.»

«Presumibilmente» dissero Pip e Ravi allo stesso tempo.

La tensione nella stanza serpeggiava tra loro tre come invisibili tentacoli appiccicosi che scivolavano da una persona all'altra ogni volta che il contatto visivo mutava.

«Ti è chiaro che andremo alla polizia con queste foto se non rispondi alle nostre domande su Andie?» chiese Pip, fissando la birra che probabilmente non era la prima che Howie beveva da quando era tornato a casa.

«Sì, tesoro» Howie rise fischiando tra i denti. «Sei stata abbastanza chiara al riguardo.»

«Bene» disse lei. «Lo saranno anche le mie domande. Quand'è che Andie iniziò a lavorare con te e come successe?»

«Non mi ricordo.» Bevve un grosso sorso di birra. «Forse a inizio 2011. E fu lei a venire da me. Io so solo che c'era questa adolescente sfacciata che mi avvicinò nel parcheggio, dicendomi che poteva farmi aumentare il giro se le davo una percentuale. Che voleva fare soldi e io le dissi che avevo interessi simili. Non so come facesse a sapere dove vendevo la roba.»

«Quindi quando si offrì di aiutarti a vendere tu dicesti di sì?»

«Sì, ovvio. Mi prometteva un gancio coi più giovani, i ragazzi ai quali non potevo arrivare davvero. Vantaggioso per tutti e due.»

«E poi cosa accadde?» chiese Ravi.

Lo sguardo gelido di Howie si posò su Ravi, e Pip, dove le loro braccia quasi si toccavano, poté sentire che il ragazzo si irrigidiva.

«Ci incontrammo e io le diedi delle regole di base, tipo tenere nascosta la scorta e i soldi, usare codici e non nomi. Le chiesi che tipo di roba pensasse potesse piacere ai ragazzi della sua scuola. Le diedi un telefono da usare per cose di lavoro e in sostanza basta così. La spedii a pedalare.» Howie sorrise, il viso e la barbetta fastidiosamente asimmetrici.

«Andie aveva un altro cellulare?» chiese Pip.

«Sì, ovvio. Non poteva mica organizzare le vendite con un telefono che le pagavano i suoi, no? Le comprai un prepagato, in contanti. Due, in realtà. Le presi il secondo quando finì il credito del primo. Glielo diedi solo pochi mesi prima che venisse uccisa.»

«Dove teneva la droga prima di venderla?» chiese Ravi.

«Questo era parte delle regole di base.» Howie si appoggiò allo schienale, parlando dentro la lattina. «Le dissi che questa sua piccola iniziativa imprenditoriale non sarebbe arrivata da nessuna parte se non aveva un posto dove nascondere le scorte e il cellulare senza che i suoi li trovassero. Lei mi assicurò che aveva un posto perfetto e che nessun altro ne era a conoscenza.»

«Dov'era?» incalzò Ravi.

Howie si grattò la guancia. «Uhm, penso fosse tipo un'asse mobile sul fondo dell'armadio. Disse che i suoi non avevano idea che ci fosse e che lei ci nascondeva sempre delle cose.»

«Quindi il telefono è probabilmente ancora nascosto nella camera da letto di Andie?» fece Pip.

«Non lo so. A meno che non l'avesse con sé quando...» Howie fece un suono gutturale e si intrecciò bruscamente le dita attorno alla gola.

Pip guardò Ravi prima di fare la domanda successiva: aveva la mandibola tesa nello sforzo di stringere i denti, mentre si concentrava con tutto se stesso per non distogliere gli occhi da Howie. Come se pensasse di poterlo bloccare al suo posto con lo sguardo.

«Ok» disse lei, «quindi quali droghe vendeva Andie alle feste?»

Howie accartocciò la lattina finita e la gettò sul pavimento. «All'inizio solo erba» rispose. «Alla fine un sacco di cose diverse.»

«Ti ha chiesto *quali* droghe vendeva Andie» fece Ravi. «Elencale.»

«Sì, ok.» Howie sembrò seccato, si raddrizzò e si mise a grattare una macchia bruna e secca sulla sua maglietta. «Vendeva erba, a volte MDMA, mefedrone, ketamina. Aveva anche un paio di consumatori regolari di Roipnol.»

«Roipnol?» ripeté Pip, incapace di nascondere il proprio shock. «Cioè un ipnotico? Andie spacciava benzodiazepine alle feste degli studenti?»

«Già. Servono, tipo, anche a rilassarsi, però, non solo a quello che pensa la maggior parte della gente.»

«Sai chi comprava il Roipnol da Andie?» chiese.

«Uhm, c'era un ragazzo snob, mi sembra. Non lo so.» Howie scosse la testa.

«Un ragazzo snob?» La mente di Pip ne disegnò immediatamente un'immagine: il viso spigoloso e il sorriso beffardo, i flosci capelli paglierini. «Questo ragazzo snob era biondo?»

Howie la guardò assente e si strinse nelle spalle.

«Rispondi o andiamo alla polizia» disse Ravi.

«Sì, può darsi che fosse un tizio biondo.»

Pip si schiarì la voce per darsi il tempo di pensare.

«Ok» disse. «Quanto spesso vi incontravate tu e Andie?»

«Ogni volta che serviva, ogni volta che aveva ordini da ritirare o soldi da darmi. Direi probabilmente all'incirca una volta alla settimana, a volte di più, a volte di meno.»

«Dove vi vedevate?» chiese Ravi.

«O alla stazione oppure a volte veniva qui.»

«Eravate...» Pip fece una pausa. «Tu e Andie eravate coinvolti sentimentalmente?»

Howie sbuffò. Si tirò su di botto, dando un colpo secco a qualcosa vicino al suo orecchio. «Cazzo no, no» disse, ma la risata non riuscì a coprire del tutto il fastidio che gli risaliva lungo il collo coprendolo di chiazze rosse.

«Ne sei sicuro?»

«Sì, ne sono sicuro.» Sembrava molto meno rilassato ora.

«Perché ti metti sulla difensiva allora?» fece Pip.

«Ovvio che sono sulla difensiva, ci sono due ragazzini in

casa mia che mi stanno strigliando su roba successa anni fa e che minacciano di andare dagli sbirri.»

Diede un calcio alla lattina accartocciata sul pavimento e quella volò per la stanza, andando a colpire sferragliando le tapparelle dietro la testa di Pip.

Ravi saltò in piedi dal divano, mettendosi di fronte a lei.

«Cosa hai intenzione di fare?» Howie lo guardò con malizia, mettendosi in piedi traballando. «Sei una cazzo di nullità, amico.»

«Va bene, calmiamoci tutti quanti» disse Pip, alzandosi a sua volta. «Abbiamo quasi finito; devi solo rispondere sinceramente. Andavi a letto con...»

«No, ho già detto di no, giusto?» Il rossore gli raggiunse il viso, spuntandogli da sopra il contorno della barba.

«Volevi andare a letto con lei?»

«No.» Ora stava urlando. «Lei per me era solo affari e io lo ero per lei, ok? Non era più complicata di così.»

«Dov'eri la notte che fu uccisa?» domandò Ravi.

«Mi ero addormentato ubriaco su *quel* divano.»

«Sai chi la uccise?» disse Pip.

«Sì, il fratello di questo qui.» Howie indicò Ravi in modo aggressivo. «Si tratta di questo, eh? Vuoi dimostrare che quella feccia assassina di tuo fratello era innocente?»

Pip vide che Ravi si irrigidiva e abbassava gli occhi sulle nocche chiuse a pugno simili a colline frastagliate. Ma poi lui intercettò il suo sguardo e scacciò la durezza dal proprio viso, infilandosi le mani in tasca.

«Ok, abbiamo finito» disse Pip, posando la mano sul braccio di Ravi. «Andiamo.»

«No, no, non credo proprio.» Con due enormi balzi Howie scattò verso la porta, bloccando loro la strada.

«Scusami, Howard» disse Pip, mentre il suo nervosismo si raffreddava fino a diventare paura.

«No, no, no» rise lui, scuotendo la testa. «Non posso farvi uscire.»

Ravi fece un passo verso di lui. «Spostati.»

«Ho fatto quello che mi hai chiesto» disse Howie rivolgendosi a Pip. «Ora devi cancellare quelle foto.»

Pip si rilassò un po'. «Ok» fece. «Sì, è giusto.»

Alzò il cellulare e fece vedere a Howie che cancellava ogni singola immagine del parcheggio, fino a che non arrivò a una foto di Barney e Josh addormentati nella cuccia del cane. «Fatto.»

Howie si spostò di lato per farli passare.

Pip aprì la porta e quando lei e Ravi uscirono nella fresca aria notturna Howie parlò un'ultima volta.

«Se vai in giro a fare domande pericolose, ragazzina, troverai delle risposte altrettanto pericolose.»

Ravi richiuse violentemente la porta dietro di loro. Aspettò che la casa fosse ad almeno venti passi dietro di loro prima di dire: «Be', è stato divertente, grazie per avermi invitato alla mia prima estorsione».

«Figurati» disse lei. «Anche per me era la prima. Ma è stata efficace; abbiamo scoperto che Andie aveva un altro cellulare, che Howie aveva per lei dei sentimenti complessi e che Max Hastings ha una passione per il Roipnol.» Prese il telefono e aprì la galleria. «Ora recupero queste foto in caso ci servisse di nuovo qualcosa per far leva su Howie in futuro.»

«Oh, fantastico» disse lui. «Non vedo l'ora. Magari così posso aggiungere ricatto ed estorsione al mio CV come abilità speciali.»

«Sai che usi l'umorismo come meccanismo di difesa quando sei scosso?» Pip gli sorrise, facendolo passare per il varco nella siepe davanti a sé.

«Già, e tu diventi prepotente e snob.»

Le restituì lo sguardo per un lungo momento ma lei cedette per prima. Iniziarono a ridere e non riuscirono a fermarsi. Il calo di adrenalina si trasformò in risate isteriche. Pip gli cadde addosso, asciugandosi le lacrime, tentando di fare brevi respiri tra un attacco e l'altro. Ravi incespicò, il viso tutto aggrottato: rideva così tanto che dovette piegarsi e tenersi la pancia.

Risero finché a Pip non fecero male le guance e lo stomaco, teso e dolorante.

Ma i sospiri che seguirono alle risate li fecero ricominciare da capo.

Pippa Fitz-Amobi
CPE 06/10/2017

Diario di lavoro – Voce 23

Dovrei davvero concentrarmi sulle domande per l'università; ho circa una settimana per terminare la mia presentazione personale prima della scadenza per Cambridge. Ora smetto giusto un attimo di strombazzare e fare la coda di pavone ai commissari d'ammissione.

Allora, Howie Bowers non ha un alibi per la notte in cui Andie scomparve. Per sua stessa ammissione si era "addormentato ubriaco" a casa propria. Senza ulteriori prove potrebbe essere pura invenzione. È un tizio più grande e Andie avrebbe potuto *rovinarlo* denunciandolo alla polizia per spaccio. Il suo rapporto con Andie aveva delle basi criminali e, a giudicare dalla sua reazione sulla difensiva, probabilmente qualche sottotraccia sessuale. E la macchina di Andie – la macchina che la polizia crede sia stata portata in giro con il cadavere di lei nel bagagliaio – fu trovata nella strada di lui.

So che Max ha un alibi per la sera della scomparsa di Andie, lo stesso alibi che Sal chiese ai propri amici di fornirgli. Ma mi sia concesso di pensare a voce alta. La finestra temporale durante la quale Andie può essere stata rapita è tra le 22.40 e le 00.15. Esiste la possibilità che Max abbia agito al limite più estremo di questo lasso di tempo. I suoi erano via, Jake e Sal se n'erano andati e Millie e Naomi erano andate a dormire nella camera degli ospiti "poco prima delle 00.30". Max può essere uscito di casa a quell'ora senza che nessuno lo sapesse. Forse anche Naomi. O insieme?

Max ha la foto nuda di una vittima di omicidio a cui dichiara di non essere mai stato legato sentimentalmente. Tecnicamente, è un tizio più grande. Era coinvolto nello spaccio di Andie e comprava regolarmente le benzodiazepine da lei. Quel caro vecchio snob di Max Hastings non sembra più così integerrimo. Forse devo seguire questa pista di informazioni legata al Roipnol, vedere se ci sono altre prove di quello che sto iniziando a sospettare. (E come potrei non farlo? Comprava *ipnotici*, santo cielo!)

Anche se entrambi paiono sospetti contemporaneamente, non c'è nessuna squadra Max/Howie qui. Max comprava droga a Kilton tramite Andie e Howie sapeva vagamente di Max e delle sue abitudini grazie a lei, tutto qui.

Ma credo che la pista più importante che abbiamo ottenuto da Howie sia il secondo cellulare prepagato di Andie. Questa è *la priorità numero uno*. Quel secondo telefono molto probabilmente contiene tutti i dettagli delle persone a cui vendeva la roba. Forse la conferma della natura del suo rapporto con Howie. E se Howie non era il misterioso tizio più grande, magari Andie usava il prepagato per contattare quest'uomo, per tenere la cosa segreta. La polizia trovò il vero cellulare di Andie dopo il ritrovamento del cadavere di Sal; se su quel telefono ci fosse stata qualche prova di una relazione segreta gli agenti l'avrebbero seguita.

Se troviamo quel cellulare potremmo trovare il misterioso tizio segreto, potremmo trovare l'assassino e tutto finirebbe. Al momento ci sono tre possibili candidati per il ruolo di misterioso tizio più grande: Max, Howie e Daniel Da Silva (in corsivo nella lista dei sospetti). Se il telefono prepagato conferma uno di questi, penso avremo abbastanza elementi per andare alla polizia.

Ma potrebbe anche essere qualcuno che ancora non abbiamo individuato, qualcuno che aspetta dietro le quinte, che si prepara al ruolo da protagonista in questo progetto. Qualcuno come Stanley Forbes, magari? So che non ci sono collegamenti diretti tra lui e Andie perciò non l'ho inserito nella lista. Ma non sembra un po' troppo fortuito che il giornalista che scriveva articoli feroci sul "ragazzo omicida" di Andie ora esca con la sorellina di lei e io l'abbia visto dare dei soldi allo stesso spacciatore che riforniva Andie? O sono coincidenze? Non mi fido delle coincidenze.

Sospettati

Jason Bell

Naomi Ward

Misterioso tizio più grande

Nat Da Silva

Daniel Da Silva

Max Hastings

Howie Bowers

Ventuno

«Barney-Barney-Barney» cantava Pip, stringendo tra le mani entrambe le zampe del cane mentre danzavano attorno al tavolo della sala da pranzo. Poi il vecchio CD della mamma iniziò a saltare per via di un graffio, dicendo loro di *hit the road, Ja-Ja-Ja-Ja-Ja-...*

«Che suono fastidioso.» La mamma di Pip, Leanne, entrò con un piatto di patate arrosto e lo posò su un sottopentola in tavola. «Salta alla prossima, Pips» disse, uscendo dalla stanza.

Pip mise giù Barney e mandò avanti il lettore CD; l'ultimo reperto storico del ventesimo secolo che sua mamma non era pronta a sostituire con schermi touch e casse Bluetooth. E va be'; perfino guardarla usare il telecomando della tivù era doloroso.

«Sei pronto, Vic?» gridò Leanne, tornando nella stanza con una ciotola di broccoli e piselli fumanti, una piccola noce di burro che si scioglieva in cima.

«Il pollo è pelato, mia bella signora» fu la risposta.

«Josh! È in tavola!» chiamò Leanne.

Pip andò ad aiutare suo padre a portare i piatti e il pollo arrosto, mentre Josh entrava furtivo dietro di loro.

«Hai finito i compiti, amore?» chiese la mamma a Josh mentre sedevano ognuno al proprio posto a tavola. Quello di Barney era sul pavimento accanto a Pip, co-cospiratore nella sua missione di far cadere piccoli pezzi di carne mentre i genitori non guardavano.

Pip scattò e prese il piatto delle patate prima che suo

papà potesse batterla. Lui, come Pip, era un intenditore di tuberi.

«Joshua, compiaciti di contornare col contorno la carne di tuo padre.»

Quando tutti i loro piatti furono pieni e ognuno si era avventato sul cibo, Leanne si rivolse a Pip, puntandole contro la forchetta. «Allora, quand'è la scadenza per fare domanda per le università?»

«Il quindici» rispose Pip. «Voglio provare a mandarle tra un paio di giorni. Anticipare un po'.»

«Hai dedicato abbastanza tempo alla presentazione personale? Sembra che tu non faccia altro che quella CPE al momento.»

«Quando mai non ho tutto sotto controllo?» disse Pip, infilzando un broccolo particolarmente ipertrofico, il *Sequoiadendron giganteum* del mondo dei broccoli. «Se mai bucassi una scadenza sarebbe perché è iniziata l'apocalisse.»

«Ok, be', io e papà possiamo leggerla dopo cena se vuoi.»

«Sì, stampo una copia.»

Risuonò il fischio del treno del cellulare di Pip facendo sobbalzare Barney e accigliare la mamma.

«Niente telefoni a tavola» disse.

«Scusa» replicò Pip. «Lo metto silenzioso.»

Poteva benissimo essere l'inizio di uno degli infiniti monologhi di Cara spedito una frase alla volta, durante i quali il telefono di Pip diventava una stazione infernale, con tutti i treni in frenetica partenza che urlavano l'uno sull'altro. O forse era Ravi. Tirò fuori il telefono e abbassò lo sguardo allo schermo che teneva in grembo per abbassare la suoneria.

Sentì il sangue defluire dal viso.

Tutto il calore le scivolò lungo la schiena, rovesciandosi nella pancia dove montò, respingendo in su la cena. La gola le si serrò, come se si fosse tuffata nell'acqua gelida.

«Pip?»

«Eh... io... devo assolutamente fare la pipì» disse, alzandosi di scatto dalla sedia col telefono in mano, e per poco non inciampò nel cane.

Schizzò via dalla stanza e attraverso il corridoio. Gli spessi calzini di lana scivolarono sul parquet lucido e lei cadde, atterrando con tutto il peso su un gomito.

«Pippa?» chiamò la voce di Victor.

«Sto bene» disse, rialzandosi. «Sono solo scivolata.»

Si chiuse la porta del bagno alle spalle e girò la chiave. Chiudendo con forza la tavoletta del water, si voltò tremante per sedercisi sopra. Tenendo il cellulare con entrambe le mani lo sbloccò e selezionò il messaggio.

Stupida troia. Lascia perdere finché sei ancora in tempo.
Da: Sconosciuto.

Pippa Fitz-Amobi
CPE 08/10/2017

Diario di lavoro – Voce 24

Non riesco a dormire.

La scuola inizia tra cinque ore e io non riesco a dormire.

Non c'è più nessuna parte di me che crede ancora che sia uno scherzo. Il bigliettino nel mio sacco a pelo, questo messaggio. È tutto vero. Ho tappato ogni fuga di informazioni dalla mia ricerca dalla sera del campeggio; le uniche persone che sanno cos'ho scoperto sono Ravi e quelli che ho intervistato.

Eppure qualcuno sa che ci sono vicina e inizia ad avere paura. Qualcuno che mi ha seguita nel bosco. Qualcuno che ha il mio numero di telefono.

Ho cercato di rispondere con un messaggio, un futile *chi sei?* Mi ha dato errore. Non ha potuto inviarlo. Ho controllato: ci sono certi siti e certe app che si possono usare per rendere anonimi i messaggi quindi non posso né rispondere né scoprire chi l'ha mandato.

Un nome azzeccato. Sconosciuto.

Questo Sconosciuto è il vero assassino di Andie Bell? Vuole che pensi che può arrivare anche a me?

Non posso andare alla polizia. Non ho ancora abbastanza

prove. Ho solo dichiarazioni non giurate di persone che conoscevano diversi frammenti delle vite segrete di Andie. Ho sette persone sospette ma ancora nessun vero sospettato. Ci sono troppe persone a Little Kilton che avevano motivo di uccidere Andie.

Mi serve una prova tangibile.

Mi serve quel telefono prepagato.

E solo allora lascerò perdere, Sconosciuto. Solo quando là fuori ci sarà la verità e non più tu.

Ventidue

«Perché siamo qui?» disse Ravi quando la vide.

«Shhh» sibilò Pip, afferrandogli la manica della giacca per tirarlo dietro all'albero con sé. Fece capolino con la testa da dietro il tronco, guardando la casa dall'altra parte della strada.

«Non dovresti essere a scuola?» chiese lui.

«Mi sono data malata, ok?» rispose lei. «Non farmi sentire più in colpa di quanto già non faccia io da sola.»

«Non ti sei mai data malata prima?»

«Nella mia vita ho perso in totale solo quattro giorni di scuola. In tutta la mia vita. E a causa della varicella» replicò Pip sottovoce, con lo sguardo fisso sulla grossa villetta monofamiliare. I vecchi mattoni andavano dal giallo pallido al ruggine scuro ed erano coperti di edera che si arrampicava fino al curvo margine del tetto da dove spuntavano tre alti comignoli. La grande porta bianca di un garage oltre al vialetto deserto rimandava loro la luce del sole di una mattina d'autunno. Era l'ultima casa prima che la strada si arrampicasse fino alla chiesa.

«Cosa ci facciamo qui?» disse Ravi, spuntando con la testa dall'altra parte dell'albero per poter guardare in faccia Pip.

«Sono qui da subito dopo le otto» rispose lei, fermandosi a malapena per respirare. «Becca è uscita circa venti minuti fa; sta facendo uno stage al "Kilton Mail". Dawn è uscita proprio mentre arrivavo. Mia mamma dice che lavora part-time per un'organizzazione caritatevole a Wycombe.

Sono le nove e un quarto ora, perciò dovrebbe restare fuori per un po'. E non c'è allarme sul davanti della casa.»

Le sue ultime parole scivolarono in uno sbadiglio. Aveva dormito a malapena la notte prima, era rimasta sveglia a fissare ancora il messaggio di Sconosciuto finché le parole non le si erano impresse a fuoco sul retro delle palpebre, perseguitandola ogni volta che chiudeva gli occhi.

«Pip» disse Ravi, richiamando su di sé l'attenzione della ragazza. «Di nuovo, perché siamo qui?» Aveva già gli occhi sbarrati nella sua espressione di rimprovero. «Dimmi che non è quello che penso.»

«Per introdurci in casa» rispose Pip. «Dobbiamo trovare quel cellulare prepagato.»

Lui gemette. «Chissà perché sapevo che lo avresti detto.»

«È una prova reale, Ravi. Una prova reale e tangibile. Dimostra che spacciava con Howie. Forse contiene l'identità del misterioso tizio più grande che Andie frequentava. Se lo troviamo, possiamo fare una soffiata telefonica anonima alla polizia e magari loro riapriranno il caso e troveranno il vero assassino.»

«Ok, ma ho una breve osservazione da fare» disse Ravi, alzando un dito. «Tu stai chiedendo a me, il fratello di una persona che tutti credono abbia ucciso Andie Bell, di introdurmi di nascosto nella casa dei Bell? Per non parlare della enormità di guai in cui finirei comunque in quanto ragazzo di colore che entra di soppiatto in casa di una famiglia bianca.»

«Merda, Ravi» rispose Pip, tornando dietro l'albero col respiro bloccato in gola. «Scusami. Non ci avevo pensato.»

Non ci aveva pensato davvero; era talmente convinta

che la verità fosse lì ad aspettarli in quella casa che non aveva considerato la posizione in cui compiere una cosa del genere avrebbe messo Ravi. Ovviamente non poteva entrare con lei; la città lo trattava già come un criminale: quanto peggio sarebbe stato, per lui, se fossero stati beccati?

Fin da piccola suo padre le aveva sempre fatto notare le loro diverse esperienze del mondo, spiegandole le cose ogni volta che accadevano: ogni volta che qualcuno lo seguiva dentro a un negozio, ogni volta che qualcuno lo interrogava perché era da solo con una bambina bianca, ogni volta che qualcuno dava per scontato lavorasse nel suo ufficio come guardia di sicurezza e non come socio dell'azienda. Pip era cresciuta con la volontà di non essere mai cieca a tutto questo né all'invisibile progresso per il quale non aveva mai dovuto lottare.

Ma lo era stata quel mattino. Era arrabbiata con se stessa, lo stomaco le si torceva facendo fastidiose giravolte da uragano.

«Scusami davvero» ripeté. «Sono stata una stupida. So che non puoi correre i miei stessi rischi. Entrerò da sola. Magari tu puoi restare qui, fare il palo?»

«No» disse lui pensieroso, affondando le dita nei capelli. «Se è così che riabiliteremo la memoria di Sal, devo esserci. Vale il rischio. È troppo importante. Penso sempre che sia da sconsiderati e me la sto facendo sotto ma...» si interruppe, facendole un piccolo sorriso, «... siamo complici dopotutto. Cioè andiamo avanti insieme a prescindere.»

«Sei sicuro?» Pip si spostò e la cinghia dello zaino le scivolò sul gomito piegato.

«Sono sicuro» rispose lui, allungando una mano e rimettendogliela a posto.

«Ok.» Pip si voltò a scrutare la casa vuota. «E se ti può consolare, non avevo intenzione di farci beccare.»

«Allora, qual è il piano?» chiese lui. «Rompere un vetro ed entrare dalla finestra?»

Lei lo guardò a bocca aperta. «Assolutamente no. Pensavo di usare una chiave. Viviamo a Kilton; tutti quanti hanno una chiave di riserva da qualche parte in cortile.»

«Oh... giusto. Andiamo, dritti all'obiettivo, Sergente.» Ravi la guardò intensamente, fingendo di fare una complessa sequenza di gesti militari. Lei gli diede un colpetto per farlo smettere.

Pip si avviò per prima, attraversando rapida la strada e percorrendo il vialetto d'ingresso. Grazie al cielo i Bell vivevano proprio alla fine di una via tranquilla; non c'era nessuno in giro. Arrivò alla porta e si voltò a guardare Ravi schizzare attraverso la strada, a testa bassa, per raggiungerla.

Controllarono subito sotto lo zerbino, il posto in cui la famiglia di Pip teneva le chiavi di riserva. Ma niente. Ravi alzò le braccia e tastò la cornice della porta d'ingresso. Ritirò le mani vuote, i polpastrelli coperti di polvere e sporcizia.

«Ok, tu controlla in quel cespuglio, io in quest'altro.»

Non c'erano chiavi sotto nessuno dei due, né nascoste attorno alle lampade a muro né appese a un qualche chiodo segreto dietro l'edera rampicante.

«Oh, no di certo» disse Ravi, indicando uno scacciapensieri cromato montato accanto alla porta d'ingresso. Fece passare le mani tra i tubi metallici, stringendo i denti quando due si scontrarono con un rumore sonoro.

«Ravi» disse lei in un sussurro insistente, «cosa stai...»

Il ragazzo tirò fuori qualcosa dalla piccola piattaforma di legno appesa nel mezzo dei tubi e gliela mostrò. Una chiave con attaccato un po' di colla.

«Aha!» disse lui. «L'apprendista ha superato il maestro. Sarai anche il sergente, Sergente, ma io sono ispettore capo.»

«Chiudi il becco, Singh.»

Pip si tolse lo zaino e lo posò a terra. Vi frugò dentro e trovò subito quello che stava cercando, quando le sue dita si posarono sulla liscia superficie di gomma. Li tirò fuori.

«C... non voglio neanche chiedere» rise Ravi, scuotendo la testa, mentre Pip si infilava i guanti di gomma giallo acceso.

«Sto per commettere un crimine» disse lei. «Non voglio lasciare impronte. Ce n'è un paio anche per te.»

Tese la mano giallo fosforescente e Ravi vi mise la chiave. Poi si piegò a rovistare nello zaino e si rialzò con le mani strette attorno a un paio di guanti viola dalla fantasia a fiori.

«Cosa sono questi?» chiese.

«I guanti da giardinaggio di mia mamma. Senti, non ho avuto molto tempo per pianificare il colpo, ok?»

«È evidente» borbottò Ravi.

«Sono il paio più grande. Mettiteli e basta.»

«Solo i *veri* uomini indossano capi floreali per le effrazioni» disse Ravi, infilandoseli e battendo le mani inguantate.

Fece un cenno con il capo a indicare che era pronto.
Pip si rimise lo zaino in spalla e andò alla porta. Fece un respiro e lo trattenne. Afferrandosi una mano per tenerla ferma, introdusse la chiave nella serratura e girò.

Ventitré

La luce del sole li seguì all'interno, frantumandosi sulle mattonelle del corridoio in lunghe striature dorate. Varcando la soglia, le loro ombre vennero ritagliate nel fascio di luce, tutt'e due insieme come un'unica sagoma allungata, con due teste e un intrico di braccia e gambe che si muovevano.

Ravi richiuse la porta e si avviarono piano lungo il corridoio. Pip non riuscì a evitare di camminare in punta di piedi, anche se sapeva che non c'era nessuno. Aveva già visto quella casa molte volte, ritratta da angolature differenti con poliziotti vestiti di nero e giubbotti catarifrangenti che sciamavano all'esterno. Ma sempre da fuori. Dell'interno tutto quel che aveva visto erano frammenti di un momento in cui la porta era aperta e un fotografo della stampa aveva fermato l'istante per sempre.

Il confine tra fuori e dentro sembrava ora carico di significato.

Capì che anche Ravi lo sentiva dal modo in cui tratteneva il respiro. Nell'aria c'era una sorta di pesantezza. Segreti prigionieri nel silenzio, che aleggiavano come invisibili molecole di polvere. Pip non voleva nemmeno pensare troppo forte, per non disturbarli. Un luogo tranquillo, il luogo in cui Andie Bell era stata vista viva l'ultima volta quando non aveva che pochi mesi più di Pip. La casa stessa era parte del mistero, parte della storia di Kilton.

Si avviarono verso le scale, lanciando uno sguardo al sontuoso salotto sulla destra e all'enorme cucina stile vin-

tage sulla sinistra, piena di credenze verdazzurre e di una vasta isola con il piano di legno.
E poi lo sentirono. Un piccolo tonfo dal piano di sopra.
Pip si gelò e Ravi le prese la mano guantata con la sua.
Un altro tonfo, più vicino questa volta, proprio sopra le loro teste.
Pip guardò dietro di sé la porta d'ingresso; ce l'avrebbero fatta in tempo?
I tonfi si trasformarono in un tintinnio frenetico e pochi secondi dopo in cima alle scale comparve un gatto nero.
«Porca vacca» disse Ravi, rilassando le spalle, e il suo sollievo sembrò una folata di vento che strappasse la quiete.
Pip fece una vuota e ansiosa risata soffocata, e le mani le cominciarono a sudare dentro la gomma. Il gatto scese a balzi le scale, fermandosi a metà per miagolare verso di loro. Pip, che aveva sempre avuto dei cani fin da bambina, non sapeva come reagire.
«Ciao, gatto» sussurrò mentre l'animale scendeva gli ultimi gradini e le si avvicinava furtivo. Le strofinò il muso sui polpacci, passandole avanti e indietro attorno alle gambe.
«Pip, non mi piacciono i gatti» disse Ravi a disagio, guardando con disgusto il gatto che aveva iniziato a premere con il cranio coperto di pelo contro le sue caviglie. Pip si chinò e lo carezzò piano con la mano nel guanto di gomma. L'animale tornò da lei e iniziò a fare le fusa.
«Muoviamoci» disse a Ravi.
Districando le gambe dal gatto, Pip andò dritta verso le scale. Quando iniziò a salirle con Ravi dietro, il gatto miagolò e li rincorse, sfrecciando attorno alle gambe del ragazzo.

«Pip...» la voce di Ravi si spense nervosa mentre cercava di non calpestarlo. Pip scacciò il gatto e quello trotterellò di sotto ed entrò in cucina. «Non avevo paura, eh» aggiunse Ravi in modo poco convincente.

Con le mani inguantate sul corrimano, Pip salì i gradini rimanenti, facendo quasi cadere un quadernino e una penna USB che erano in equilibrio sul pilastrino in cima alle scale. Strano posto per tenerli.

Quando furono entrambi al piano di sopra Pip studiò le diverse porte che si aprivano sul pianerottolo. La stanza in fondo sulla destra non poteva essere quella di Andie; il letto dalle lenzuola floreali era disfatto e ci avevano dormito, e c'erano calzini appaiati sulla sedia nell'angolo. Né poteva esserlo la stanza davanti sul cui pavimento era gettata una vestaglia e sul comodino c'era un bicchiere d'acqua.

Ravi fu il primo a farci caso. Le picchiettò piano sulla spalla e indicò. C'era soltanto una porta chiusa lassù. La raggiunsero. Pip strinse la maniglia dorata e l'aprì.

Fu immediatamente evidente che era quella la *sua* stanza.

Sembrava tutto finto e immobile. Benché avesse esattamente quello che ci si aspetterebbe di trovare nella camera di un'adolescente – foto appese di Andie tra Emma e Chloe che facevano il segno della vittoria con le dita, una di lei e Sal con dello zucchero filato tra di loro, un vecchio orsetto di peluche sotto le coperte con una soffice borsa dell'acqua calda accanto, sulla scrivania una trousse che strabordava – la stanza sembrava irreale. Un luogo sepolto sotto cinque anni di lutto.

Pip fece un primo passo sulla sontuosa moquette color crema.

Fece correre lo sguardo dalle pareti lilla ai bianchi mobili di legno; tutto pulito e lucidato, sulla moquette tracce recenti di aspirapolvere. Dawn Bell doveva ancora continuare a pulire la camera della figlia morta, preservandola com'era nel momento in cui Andie l'aveva lasciata l'ultima volta. Non aveva la figlia, ma aveva ancora il luogo in cui aveva dormito, si era svegliata, si era vestita, aveva strillato e urlato e sbattuto la porta, dove sua mamma le aveva sussurrato la buonanotte e le aveva spento la luce. O così Pip s'immaginò, rianimando la stanza vuota con la vita che forse vi era stata vissuta. Quella camera in perpetua attesa di qualcuno che non sarebbe mai tornato, mentre il mondo andava avanti oltre la porta chiusa.

Guardò Ravi e, dallo sguardo sul suo viso, capì che c'era una camera proprio come quella in casa dei Singh.

E benché Pip fosse arrivata a credere di conoscere Andie, quella sepolta sotto tutti quei segreti, questa camera gliela rendeva una persona reale per la prima volta. Mentre lei e Ravi l'attraversavano per arrivare all'armadio, Pip promise in silenzio alla stanza che avrebbe scoperto la verità. Non solo per Sal ma anche per Andie.

La verità che poteva benissimo essere nascosta proprio lì.

«Pronta?» sussurrò Ravi.

Lei annuì.

Lui aprì l'armadio su una rastrelliera zeppa di vestitini e maglioni appesi a grucce di legno. A un'estremità stava la vecchia uniforme di Andie della Kilton Grammar, schiacciata contro la parete da gonne e top, senza che si potesse fare un millimetro di spazio tra un vestito e l'altro.

Faticando con i guanti di gomma, Pip estrasse il cellulare dalla tasca dei jeans e accese la torcia. S'inginocchiò, con Ravi accanto, e insieme strisciarono sotto ai vestiti, con la luce che illuminava le vecchie assi all'interno. Iniziarono a spingere le assi, seguendone il contorno con le dita, cercando di sollevarne gli angoli.

La trovò Ravi. Era quella contro la parete di fondo, sulla sinistra.

Premette un angolo e l'altro lato dell'asse si alzò. Pip strisciò in avanti per sollevarla, facendola scivolare tra di loro. Tenendo alto il cellulare, Pip e Ravi si chinarono per guardare nello spazio buio sotto di loro.

«No.»

Abbassò la torcia dentro al piccolo spazio per essere assolutamente sicura, ruotando la luce in ogni angolo. Illuminò solo strati di polvere, che ora si alzavano mulinando a causa del loro respiro accelerato.

Era vuoto. Niente telefono. Niente soldi. Niente droga. Niente.

«Non è qui» disse Ravi.

La delusione fu una sensazione fisica che forò lo stomaco di Pip, lasciando alla paura uno spazio da riempire.

«Pensavo veramente che lo avremmo trovato» disse Ravi.

Anche Pip. Pensava che lo schermo del telefono avrebbe illuminato per loro il nome dell'assassino e che la polizia avrebbe fatto il resto. Pensava che si sarebbe messa al sicuro da Sconosciuto. Sarebbe dovuto finire tutto, pensò, con la gola che le si serrava come faceva sempre prima di mettersi a piangere.

Fece scivolare l'asse al suo posto e indietreggiò uscendo dall'armadio dopo Ravi, e i capelli le si impigliarono per un attimo nella cerniera di un vestito lungo. Si alzò in piedi, chiuse le ante e si voltò verso il ragazzo.

«Dove può essere il prepagato allora?» chiese lui.

«Forse Andie l'aveva con sé quando morì» disse Pip «e ora è sepolto con lei, altrimenti è stato distrutto dall'assassino.»

«Oppure» disse Ravi, studiando gli oggetti sulla scrivania di Andie, «oppure qualcuno che conosceva il nascondiglio lo ha preso prima della sua scomparsa, sapendo che se fosse stato trovato avrebbe condotto la polizia a lui o a lei.»

«Oppure, sì» concordò Pip. «Ma non ci aiuta, adesso.»

Si accostò a Ravi davanti alla scrivania. In cima alla trousse c'era una spazzola con lunghi capelli biondi ancora avvolti attorno alle setole. Lì accanto Pip notò un diario della Kilton Grammar per l'anno 2011/2012, quasi identico a quello che lei stessa possedeva per l'anno corrente. Andie aveva decorato la prima pagina sotto la plastica con cuori e stelle scarabocchiati e ritagli di supermodelle.

Pip scorse un po' di pagine. I giorni erano pieni di compiti appuntati e consegne per le lezioni. Novembre e dicembre recavano segnati vari open day universitari. La settimana prima di Natale c'era una nota per ricordarsi di *prendere magari un regalo a Sal*. Date e luoghi dei calamity party, deadline scolastiche, compleanni. E, stranamente, lettere casuali con degli orari scribacchiati accanto.

«Ehi!» Alzò il diario per farlo vedere a Ravi. «Guarda queste strane iniziali. Cosa pensi significhino?»

Ravi le fissò per un momento, poggiando il mento sulla mano chiusa nel guanto da giardinaggio. Poi gli occhi gli si scurirono e tese le sopracciglia.

Disse: «Ti ricordi cosa ci ha detto Howie Bowers? Che aveva suggerito a Andie di usare dei codici al posto dei nomi?».

«Forse questi sono i suoi codici» Pip terminò la frase al suo posto, passando il dito di gomma sulle lettere casuali. «Dovremmo documentare tutto.»

Appoggiò il diario e prese di nuovo il cellulare. Ravi l'aiutò a togliersi uno dei guanti e lei aprì la fotocamera. Ravi girò le pagine fino al febbraio 2012 e Pip fece foto di ogni doppia, man mano che le scorrevano fino a quella settimana di aprile subito dopo le vacanze di Pasqua, che recava l'ultima cosa che Andie aveva scritto, il venerdì: *Iniziare presto appunti revisione di francese*. Undici foto in tutto.

«Ok» disse Pip, rimettendosi in tasca il cellulare e infilandosi di nuovo il guanto. «Abbiamo...»

Sotto di loro la porta d'ingresso sbatté.

Ravi voltò la testa di scatto, mentre il terrore gli inondava le pupille.

Pip rimise rapidamente a posto il diario. Accennò con il capo all'armadio. «Rientraci» sussurrò.

Aprì le ante e ci strisciò dentro, cercando Ravi. Lui era in ginocchio subito fuori. Pip scivolò di lato per fargli spazio per entrare. Ma lui non si muoveva. Perché non si muoveva?

Pip allungò un braccio e lo prese, tirandolo a sé contro la parete di fondo. Ravi si riebbe con uno scatto. Afferrò le ante dell'armadio e le serrò piano, chiudendoli dentro.

Udirono un ticchettio di tacchi nel corridoio. Era Dawn Bell, già rientrata dal lavoro?

«Ciao, Monty.» Una voce echeggiò per la casa. Era Becca.

Pip sentì Ravi tremare accanto a sé, fin dentro le sue stesse ossa. Gli prese la mano, e i guanti di gomma stridettero quando la strinse.

Sentirono Becca sulle scale, più forte a ogni passo, il tintinnio del collare del gatto dietro di lei.

«Ah, ecco dove li avevo lasciati» disse, e i passi si fermarono sul pianerottolo.

Pip strinse forte la mano di Ravi, sperando che lui potesse sentire quanto le dispiacesse. Sperando che sapesse che si sarebbe presa lei la colpa se avesse potuto.

«Monty, sei entrato qui?» la voce di Becca si avvicinò.

Ravi chiuse gli occhi.

«Sai che non devi venire in questa stanza.»

Pip affondò il viso nella spalla di Ravi.

Ora Becca era con loro nella stanza. Riuscivano a sentirla respirare, a sentire il ticchettio della lingua che le si muoveva nella bocca. Altri passi, attutiti dalla spessa moquette. E poi il suono della porta della camera di Andie che veniva chiusa.

Le parole di Becca arrivarono soffocate ora, mentre diceva: «Ciao, Monty».

Ravi aprì gli occhi lentamente, stringendo a sua volta la mano di Pip, mentre i suoi respiri terrorizzati le increspavano i capelli.

La porta d'ingresso sbatté di nuovo.

Pippa Fitz-Amobi
CPE 09/10/2017

Diario di lavoro – Voce 25

Be', pensavo mi ci sarebbero voluti sei caffè per tenermi sveglia per il resto della giornata. Invece è bastato quell'incontro ravvicinato con Becca. Ravi non era ancora del tutto tornato in sé quando se n'è dovuto andare al lavoro. Non posso credere a quanto siamo andati vicini a farci beccare. E il telefono prepagato non c'era... ma potrebbe non essere stato tutto inutile.

Mi sono spedita via e-mail le foto del diario di Andie per poterle vedere meglio sullo schermo del portatile. Le ho setacciate tutte quante una dozzina di volte e credo che ci siano delle cose da cogliere anche qui.

Settimana dal 16 aprile 20

Lunedì 16

Francese – ~~traduzione~~
                    per venerdì ☐

Teatro – appunti coreografia Atto 1
scena 4 ~~e scena 5~~

Shopping con Chlo Chlo dopo la scuola

Martedì 17

★★ Doppia ora libera:
★★ fare traduzione oggi!!!
★★ ↑ o copiare quella di Sal
★★ Prove con Jamie ~~e~~ e Lex @ pran

┌─ ─ ─ ─ ─ ─ ─ ─ ─ ─ ─ ─ ─ ─
│ Rat Da Silva 0–3 And
Mercoledì 18 └─ ─ ─ ─ ─ ─ ─ ─ ─ ─ ─ ─ ─ ─

– Geogr – Leggere e studiare
          appunti capitolo sui fiumi

→ PS @ 19.30

Questa è la settimana dopo le vacanze di Pasqua, la settimana in cui Andie scomparve. Solo in questa pagina c'è molto da notare.

Non posso ignorare il commento/scheda segnapunti *Rat Da Silva 0-3 Andie*. Fu subito dopo che Andie aveva postato online il video di Nat nuda. E Nat mi ha detto che non tornò a scuola fino a mercoledì 18 aprile e che Andie la chiamò puttana in corridoio, scatenando la minaccia di morte infilata nell'armadietto di Andie.

Ma, giudicando questo commento per quello che è, sembra che Andie stesse godendo per tre vittorie che aveva conseguito su Nat con i suoi perversi giochetti liceali. E se il video in topless fosse uno di questi tre punti e il ricatto di Andie su Nat perché mollasse *Il crogiuolo* fosse un altro? Qual era la terza cosa che Andie fece a Nat Da Silva di cui si stava vantando qui sul diario?

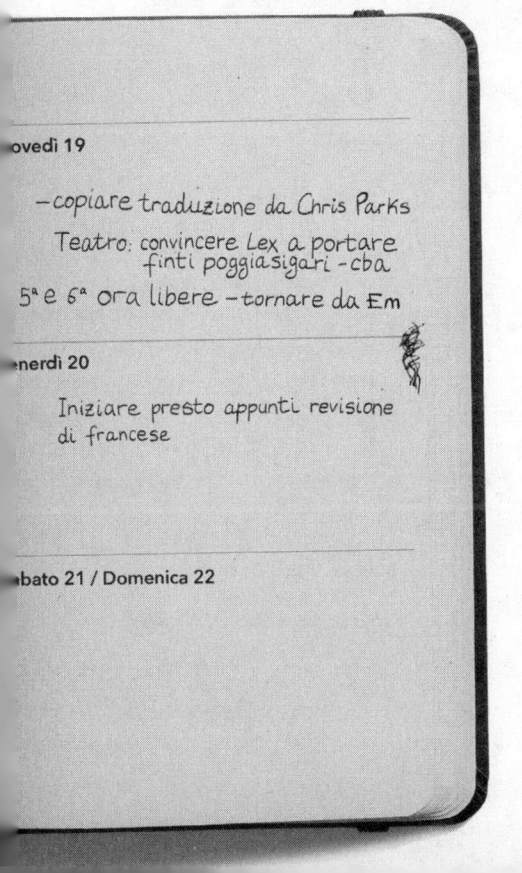

ovedì 19

—copiare traduzione da Chris Parks
Teatro: convincere Lex a portare finti poggiasigari -cba
5ª e 6ª ora libere —tornare da Em

nerdì 20

Iniziare presto appunti revisione di francese

bato 21 / Domenica 22

Forse la cosa che fece scattare Nat e la trasformò in un'assassina?

Un'altra voce interessante in questa pagina è nel mercoledì 18 aprile. Andie scrisse: *PS @ 19.30*.

Se Ravi ha ragione e Andie annota le cose in codice, penso di aver appena decodificato questo. È facilissimo.

PS = parcheggio stazione. Cioè il parcheggio della stazione dei treni. Penso che Andie si fosse segnata che aveva un incontro con Howie nel parcheggio quella sera. Io so che in effetti *incontrò* Howie quella sera, perché Sal scrisse il numero di targa di Howie nel suo cellulare alle 19.42 quello stesso mercoledì.

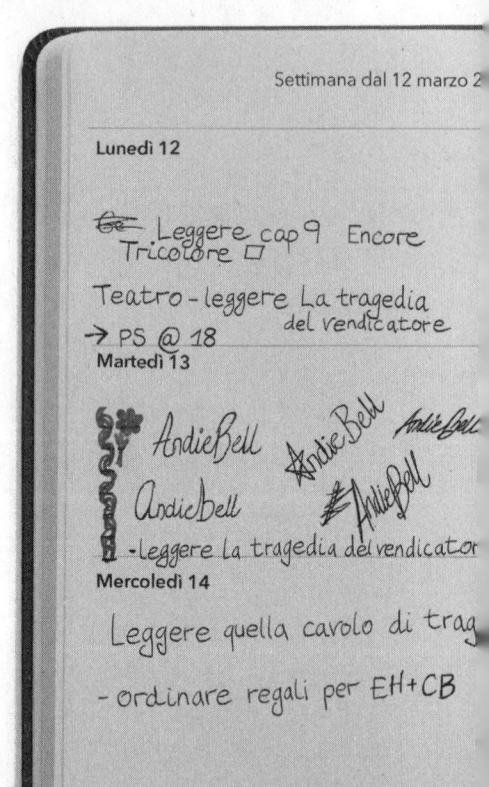

Settimana dal 12 marzo 2

Lunedì 12

~~Le~~ Leggere cap 9 Encore
Tricolore ☐
Teatro - leggere La tragedia
del vendicatore
→ PS @ 18

Martedì 13

AndieBell AndieBell AndieBell
AndieBell AndieBell
- leggere La tragedia del vendicator

Mercoledì 14

Leggere quella cavolo di trag
- ordinare regali per EH+CB

Come uccidono le brave ragazze

Nelle foto che ho fatto ci sono altre occorrenze di PS con accanto un orario. Penso di poter dire con sufficiente certezza che si riferiscono ai traffici di droga che Andie aveva con Howie e che stava seguendo le indicazioni di Howie di usare dei codici per tenere le proprie attività segrete a eventuali occhi indiscreti. Ma, come tutti gli adolescenti, era incline a dimenticare le cose (specie i propri programmi) perciò si appuntava gli incontri sul diario che avrebbe guardato quantomeno una volta ogni lezione. Il promemoria perfetto.

Perciò, ora che credo di aver decodificato il codice di Andie, nell'agenda ci sono altre iniziali con accanto degli orari.

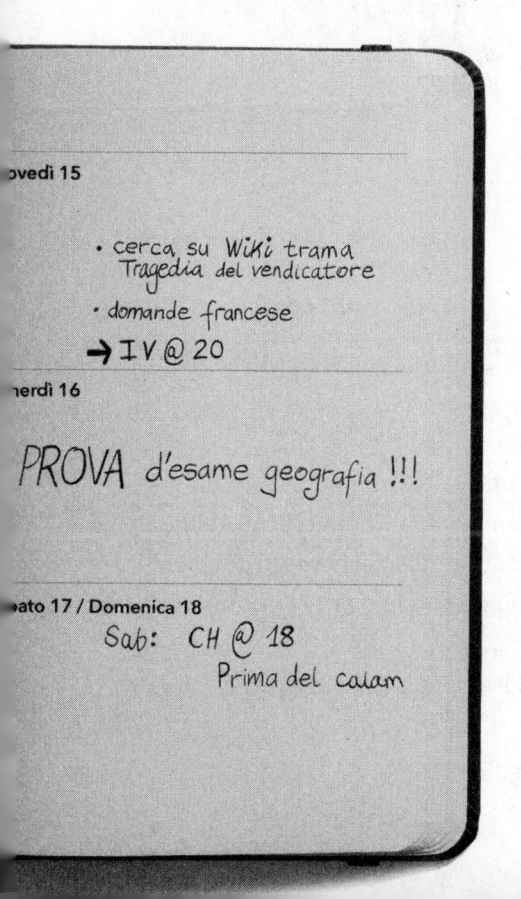

ovedì 15

- cerca su Wiki trama Tragedia del vendicatore
- domande francese
→ IV @ 20

nerdì 16

PROVA d'esame geografia !!!

ato 17 / Domenica 18

Sab: CH @ 18
Prima del calam

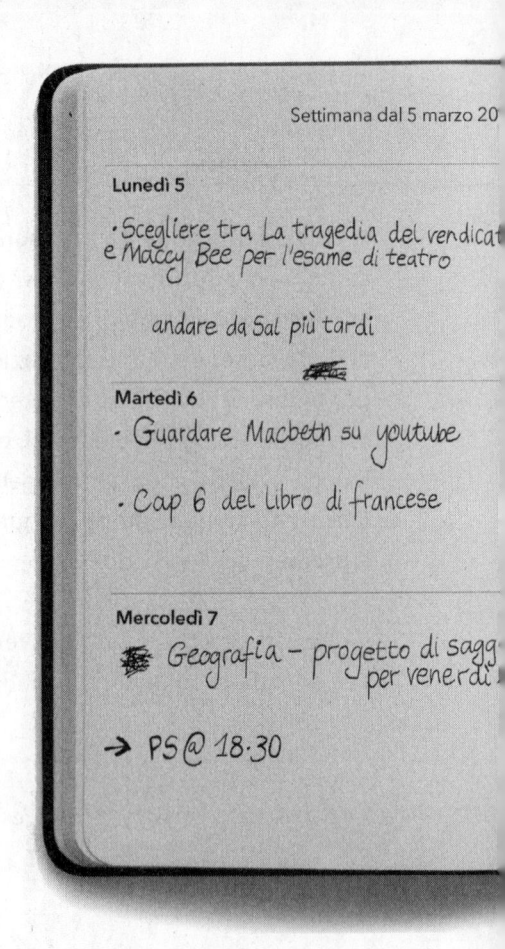

> Settimana dal 5 marzo 20
>
> **Lunedì 5**
>
> • Scegliere tra La tragedia del vendicat
> e Maccy Bee per l'esame di teatro
>
> andare da Sal più tardi
>
> **Martedì 6**
>
> • Guardare Macbeth su youtube
>
> • Cap 6 del libro di francese
>
> **Mercoledì 7**
>
> ~~Geografia~~ – progetto di sagg
> per venerdì
>
> → PS @ 18.30

Nel corso della settimana di metà marzo Andie scrisse su giovedì 15: *IV @ 20*.

Su questa sono bloccata. Se segue lo stesso criterio, allora IV = I.... V...

Se, come PS, si riferisce a un posto, non ho assolutamente idea di quale sia. Non c'è nessun luogo a Kilton che mi venga in mente con quelle iniziali. E se IV si riferisse al nome di qualcuno? Compare solo tre volte nelle pagine che abbiamo fotografato.

C'è una voce simile che appare più di frequente: *CH @ 18*. Ma

iovedì 8

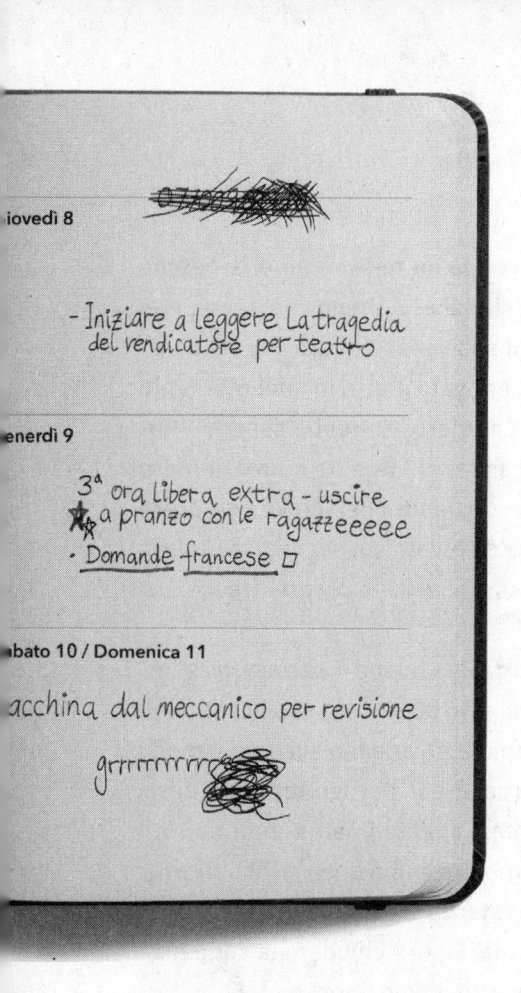

— Iniziare a leggere La tragedia del vendicatore per teatro

enerdì 9

3ª ora libera extra - uscire a pranzo con le ragazzeeeee
· Domande francese ☐

bato 10 / Domenica 11

acchina dal meccanico per revisione

grrrrrrrrr

il 17 marzo Andie ha scritto sotto anche *Prima del calam*. Calam presumibilmente significa calamity party. Perciò magari CH significa solo Casa di Howie e Andie aveva recuperato la droga da portare alla festa.

Anche una voce precedente, sempre a marzo, ha catturato la mia attenzione. Quelle cifre scarabocchiate e cancellate giovedì 8 marzo sono un numero di telefono. Undici cifre che iniziano con 07; dev'essere così. Riflettendo a voce alta: perché Andie dovrebbe trascrivere un numero di telefono nel diario? Ovviamente doveva averlo con sé la maggior parte del tempo, sia a scuola sia fuori, proprio come il mio è una presenza fissa nella mia borsa. Ma se stava trascrivendo un nuovo numero, perché non salvarlo direttamente sul cellulare? A meno che, forse, non volesse salvare quel numero sul suo *vero* cellulare. Forse lo trascrisse lì perché non aveva il prepagato dietro in quel momento ed era lì che voleva finisse quel numero. Potrebbe essere il numero del misterioso tizio più grande? O forse un nuovo numero di telefono di Howie? O un nuovo cliente che voleva comprare delle droghe da lei? E dopo averlo salvato sul secondo cellulare deve averlo cancellato qui per nascondere le proprie tracce.

Sto fissando lo scarabocchio da una buona mezz'ora. Mi sembra che le prime otto cifre siano: 07700900. È possibile che gli ultimi due numeri siano un doppio 8, ma penso sia solo il modo in cui la cancellatura li attraversa. E poi, per le ultime tre cifre, la cosa si fa un po' più complicata. La terza finale sembra un 7 o un 9, perché pare avere una gambetta e una linea curva in cima. Il numero successivo sono abbastanza sicura sia un 7 o un 1, a giudicare dalla riga dritta verticale. E poi a chiudere la sequenza c'è un numero con una curva, perciò un 6 o uno 0 o un 8.

Questo ci dà dodici combinazioni possibili:

07700900776	07700900976	07700900716	07700900916
07700900770	07700900970	07700900710	07700900910
07700900778	07700900978	07700900718	07700900918

Ho provato a chiamare la prima colonna. Ho ricevuto la stessa risposta robotica a ogni chiamata: *Ci dispiace, il numero da lei chiamato è inesistente.*

Della seconda colonna, mi ha risposto una vecchia signora di Manchester, che non era mai stata a Little Kilton e non ne aveva neanche mai sentito parlare. Un altro *inesistente* e un altro *non più attivo*. Della terza colonna due erano *inesistenti* e uno rimandava alla segreteria di un generico provider telefonico. Dei tre ultimi numeri, uno era la segreteria telefonica di un tecnico della caldaia di nome Garrett Smith con un pesante accento geordie, uno era *non più attivo* e l'ultimo rimandava a una segreteria generica.

Inseguire questo numero di telefono è un altro buco nell'acqua. Riesco a malapena a distinguere le ultime tre cifre e il numero ha cinque anni e probabilmente non è più in funzione. Continuerò a provare con i numeri che rimandavano alle segreterie telefoniche, in caso ne venisse qualcosa. Ma devo seriamente a) dormire come si deve per una notte e b) finire la mia domanda di ammissione a Cambridge.

<u>Sospettati</u>

Jason Bell

Naomi Ward

Misterioso tizio più grande

Nat Da Silva

Daniel Da Silva

Max Hastings

Howie Bowers

Pippa Fitz-Amobi
CPE 11/10/2017

Diario di lavoro – Voce 26

Domanda di ammissione a Cambridge inviata stamattina. E la scuola mi ha registrata per il test di ammissione di letteratura inglese pre-colloquio il 2 novembre, per gli studenti che fanno domanda per entrare nei corsi di laurea in lettere di Cambridge. Oggi nelle ore libere ho iniziato a cercare tra i miei vecchi saggi di letteratura quale mandare. Mi piace quello su Toni Morrison, invierò quello. Ma nient'altro è abbastanza buono. Devo scriverne uno nuovo, su Margaret Atwood, credo.

Ora dovrei veramente mettermi sotto, ma mi sono trovata trascinata nel mondo di Andie Bell, ho riaperto questo documento quando invece dovrei iniziare una pagina bianca. Ho letto l'agenda di Andie talmente tante volte che posso quasi recitare a memoria i suoi impegni da febbraio ad aprile.

Una cosa è del tutto chiara: Andie Bell era una procrastinatrice di compiti.

Due altre cose sono abbastanza chiare, anche se poggiano pesantemente su delle supposizioni: PS si riferisce agli incontri di spaccio tra Andie e Howie al parcheggio della stazione e CH si riferisce alla casa di Howie.

Non sono ancora riuscita a risolvere IV. Compare solo tre volte in totale: giovedì 15 marzo alle 20, venerdì 23 marzo alle 21 e giovedì 29 marzo alle 21.

Al contrario di PS o CH che appaiono a orari sempre diversi, IV è una volta alle 20 e due alle 21.

Anche Ravi ci sta lavorando. Mi ha appena mandato una e-mail con una lista di possibili luoghi/persone cui pensa IV possa riferirsi. Ha allargato la ricerca a oltre Kilton, cercando anche nelle cittadine e nei paesi vicini. Ci avrei dovuto pensare io.

La sua lista:

Il nightclub Imperial Vault ad Amersham
L'hotel Ivy House a Little Chalfont
Ida Vaughan, di novant'anni, che vive a Chesham
Il Cafè 4 a Wendover (IV = 4 in numeri romani)

Ok, via su Google.

Il sito dell'Imperial Vault dice che il nightclub ha aperto nel 2010. Dalla sua posizione sulla mappa sembra proprio nel mezzo del nulla, una discoteca di cemento e un parcheggio al centro di una massa di pixel d'erba verde. Ha serate aperte agli studenti ogni mercoledì e venerdì e tiene eventi fissi come "La notte delle dame". È di proprietà di un tizio di nome Rob Hewitt. È possibile che Andie andasse lì a vender droga. Potremmo farci un salto e dare un'occhiata, chiedere di parlare col proprietario.

L'hotel Ivy House non ha un sito web ma ha una pagina su TripAdvisor, solo due stelle e mezzo. È un piccolo B&B a conduzione familiare con quattro camere disponibili, proprio accanto alla stazione di Chalfont. Dalle poche foto online sembra pittoresco e intimo, ma è "proprio sopra una strada trafficata e c'è molto rumore se si sta cercando di dormire" secondo Carmel672. E Trevor59 non ne è stato per niente soddisfatto; hanno prenotato due volte la sua stanza e lui ha dovuto cercarsi un altro posto. T9Jones ha detto che "la famiglia era adorabile" ma che il bagno era "vecchio e lurido – con tracce di sporco in tutta la vasca". Ha perfino aggiunto alcune foto alla propria recensione per rincalzare la dose.

MERDA.

Oddio, oddio, oddio. Sto dicendo ODDIO a voce alta da almeno trenta secondi ma non basta; deve essere anche digitato. OH MIO DIO.

E Ravi non risponde a quel cavolo di telefono!

Le mie dita non riescono a star dietro al mio cervello. T9Jones ha postato due foto ravvicinate della vasca da angolazioni differenti. E poi un campo lungo dell'intero bagno. Accanto alla vasca, sulla parete, c'è un grande specchio a figura intera; si vedono riflessi T9Jones e il flash della fotocamera. Si vede anche il resto del bagno, dal soffitto color crema con faretti circolari fino al pavimento piastrellato. *Un pavimento di piastrelle rosse e bianche.*

Mi mangio il mio cappello peloso a forma di testa di volpe se sbaglio, MA sono quasi sicura che siano le stesse piastrelle di una certa foto sgranata appesa dietro al poster delle *Iene* nella camera di Max Hastings. Andie nuda eccetto che per un piccolo paio di mutande nere, che fa le labbra a cuore a uno specchio, a questo specchio... all'hotel Ivy House di Little Chalfont.

Come uccidono le brave ragazze

Se ho ragione, allora Andie andò in quell'hotel almeno tre volte nel giro di tre settimane. Chi doveva incontrare lì? Max? Il misterioso tizio segreto?

Sembra proprio che domani dopo la scuola dovrò andare a Little Chalfont.

Ventiquattro

Ci fu qualche momentaneo stridio soffocato quando il treno partì e iniziò a guadagnare velocità. Il movimento diede uno strattone alla penna di Pip, facendole tracciare una linea lungo la pagina d'introduzione al suo saggio. Lei sospirò, strappò il foglio dal blocco e lo accartocciò. Non andava bene comunque. Infilò la palla di carta in cima allo zaino e preparò di nuovo la penna.

Era sul treno per Little Chalfont. Ravi l'avrebbe incontrata lì, direttamente dal lavoro, perciò aveva pensato che poteva mettere a frutto quegli undici minuti, abbozzare un po' del suo saggio su Margaret Atwood. Ma a rileggere quello che aveva scritto, sembrava tutto sbagliato. Sapeva quello che voleva dire, ogni idea era perfettamente formata e modellata ma le parole, nel percorso dal cervello alle dita, si scompigliavano e smarrivano. La sua mente era bloccata sul binario secondario "Andie Bell".

La voce registrata dell'altoparlante annunciò che la prossima fermata sarebbe stata Chalfont e Pip distolse grata lo sguardo dal blocco di A4 che si andava assottigliando e lo infilò di nuovo nello zaino. Il treno rallentò e si fermò con un brusco sospiro metallico. Pip scese sul binario e infilò il biglietto nei tornelli.

Ravi la stava aspettando lì fuori.

«Sergente» disse, scostandosi i capelli neri dagli occhi. «Stavo giusto ideando il tema musicale della nostra lotta contro il crimine. Per ora ho degli archi rilassati e un flauto di pan per me, e poi arrivi tu con delle pesanti trombe alla Dart Fener.

«Perché io le trombe?» chiese lei.

«Perché sbatti i piedi quando cammini; mi dispiace di dovertelo dire io.»

Pip estrasse il telefono e inserì in Google Maps l'indirizzo dell'hotel Ivy House. Sullo schermo apparve una linea e i due seguirono il percorso di tre minuti a piedi, mentre il cerchio blu dell'avatar di Pip scivolava lungo la strada nelle sue mani.

Quando il pallino blu si scontrò con la puntina rossa della destinazione alzò lo sguardo. C'era una piccola insegna di legno proprio davanti al vialetto che diceva HOTEL IVY HOUSE in sbiadite lettere intagliate. Il vialetto era in discesa e acciottolato, e portava a una casa di mattoni rossi quasi del tutto coperta di edera rampicante. Questa era così fitta di foglie verdi che la casa stessa sembrava tremolare alla brezza gentile.

I loro passi crocchiarono sul vialetto mentre si dirigevano verso l'ingresso. Pip indicò la macchina parcheggiata, segno che ci doveva essere qualcuno in casa. Si sperava fossero i proprietari e non un ospite.

Premette il dito contro il freddo campanello di metallo e lo fece suonare, un'unica lunga nota.

Sentirono una vocina, pochi passi strascicati e poi la porta si aprì verso l'interno, facendo tremare l'edera attorno alla soglia. Sorridente davanti a loro stava una vecchia signora dai morbidi capelli grigi, occhiali spessi e un maglione natalizio parecchio prematuro.

«Buonasera, cari» disse. «Non mi ero resa conto che aspettassimo qualcuno. Sotto quale nome avete prenotato?» disse, facendo accomodare Pip e Ravi e chiudendo la porta.

Entrarono in un piccolo ingresso squadrato e fiocamente illuminato, con un divano e un tavolino sulla sinistra e una scala bianca che correva lungo la parete più lontana.

«Oh, ci scusi» disse Pip, voltandosi a guardare la donna. «In realtà non abbiamo una prenotazione.»

«Capisco, be', per vostra fortuna non siamo pieni perciò...»

«... Scusi» la interruppe Pip, guardando Ravi a disagio, «intendo dire che non siamo qui per fermarci. Stiamo cercando... Abbiamo qualche domanda per i proprietari dell'hotel. Lei è...?»

«Sì, sono la proprietaria dell'hotel» sorrise la donna, guardando in modo irritante a un punto subito a sinistra del viso di Pip. «L'ho gestito per vent'anni con il mio David; si occupava lui della maggior parte delle cose, però. È dura da quando il mio David è mancato un paio di anni fa. Ma i miei nipoti sono sempre qui, mi aiutano a tirare avanti, mi accompagnano con la macchina. Mio nipote Henry è giustappunto di sopra che rifà le stanze.»

«Perciò cinque anni fa gestivate l'hotel lei e suo marito?» chiese Ravi.

La donna annuì e il suo sguardo si spostò su di lui. «Molto bello» disse piano, e poi a Pip: «Ragazza fortunata».

«No, noi non siamo...» disse Pip, guardando Ravi. Desiderò non averlo fatto. Lontano dallo sguardo errante della vecchia signora, lui agitò le spalle tutto contento e indicò il proprio volto, mimandole con la bocca le parole "molto bello".

«Vi andrebbe di sedervi?» chiese la donna, indicando un divano di velluto verde sotto una finestra. «A me sì, devo dire.» Si trascinò fino a una poltrona di pelle di fronte al divano.

Pip si avvicinò, pestando intenzionalmente un piede a

Ravi mentre passava. Si sedette, le ginocchia in direzione della donna, e Ravi le si infilò accanto, sempre con quello stupido sorrisetto in faccia.

«Dov'è il mio...» disse la donna, tastandosi il maglione e le tasche dei pantaloni, mentre uno sguardo vuoto le copriva il viso.

«Ehm, dunque» fece Pip, riportando su di sé l'attenzione della signora. «Tiene un registro delle persone che sono state qui?»

«Si fa tutto con il, ehm... con quel, uhm... con il computer, ora, no?» rispose la donna. «A volte per telefono. David metteva sempre in ordine tutte le prenotazioni; ora lo fa Henry per me.»

«Allora come facevate a tenere traccia delle prenotazioni che avevate?» chiese Pip, già sospettando che la risposta non ci sarebbe stata.

«Lo faceva il mio David. Faceva stampare un foglio contabile per la settimana.» La signora si strinse nelle spalle, fissando fuori dalla finestra.

«Avrebbe per caso ancora i fogli con le prenotazioni di cinque anni fa?» chiese Ravi.

«No, no. Annegheremmo nella carta.»

«Ma ha i documenti salvati su un computer?» fece Pip.

«Oh no. Abbiamo buttato via il computer di David dopo che è mancato. Era una cosina lentissima, proprio come me» disse lei. «Ora è il mio Henry a seguire tutte le prenotazioni per me.»

«Posso chiederle una cosa?» replicò Pip, aprendo lo zaino ed estraendone il foglietto stampato e piegato. Lo spiegò e lo passò alla donna. «Riconosce questa ragazza? È mai stata qui?»

La signora fissò la foto di Andie, quella che era stata usata nella maggior parte degli articoli di giornale. Alzò il foglio e se lo avvicinò al viso, poi lo tenne a un braccio di distanza, poi lo avvicinò di nuovo.

«Sì» annuì, facendo passare lo sguardo da Pip a Ravi a Andie. «La conosco. È stata qui.»

La pelle di Pip fremette di nervosa eccitazione.

«Si ricorda che quella ragazza si fermò qui da voi cinque anni fa?» chiese. «Si ricorda l'uomo con cui era? Che aspetto aveva?»

Il viso della donna si scurì e lei fissò Pip, con gli occhi che schizzavano a destra e a sinistra, un battito di palpebre a segnare ogni cambio di direzione.

«No» disse con voce tremula. «No, non è stato cinque anni fa. Ho visto questa ragazza. È stata qui.»

«Nel 2012?» insisté Pip.

«No, no.» Gli occhi della donna si fissarono su un punto dietro l'orecchio di Pip. «È stato qualche settimana fa. È stata qui, mi ricordo.»

Il cuore di Pip sprofondò di qualche centinaio di metri, una torre a caduta libera in petto.

«Non è possibile» disse. «Questa ragazza è morta da cinque anni.»

«Ma io...» la donna scosse la testa, la pelle raggrinzita attorno agli occhi si ripiegò. «Io mi ricordo. Era qui. È stata qui.»

«Cinque anni fa?» incalzò Ravi.

«No» disse la donna, con la rabbia che le strisciava nella voce. «Io mi ricordo, vero? Io non...»

«Nonna?» chiamò la voce di un uomo dal piano di sopra.

Un paio di pesanti stivali tuonarono giù per le scale e apparve un uomo dai capelli biondi.

«Buonasera?» disse, guardando Pip e Ravi. Si avvicinò e stese la mano. «Sono Henry Hill» disse.

Ravi si alzò e gli strinse la mano. «Sono Ravi, questa è Pip.»

«Come possiamo aiutarvi?» chiese, lanciando sguardi preoccupati a sua nonna.

«Stavamo solo facendo a sua nonna un paio di domande su una persona che è stata qui cinque anni fa» disse Ravi.

Pip tornò a guardare la vecchia signora e notò che stava piangendo. Le lacrime scivolavano sulla sua pelle sottile come un fazzoletto di carta, cadendo dalla guancia sulla foto di Andie.

Anche il nipote doveva averlo notato. Si avvicinò e le strinse la spalla, togliendole il pezzo di carta dalle mani tremanti.

«Nonna» disse, «perché non vai a mettere su il bollitore e ci fai un po' di tè? Aiuto io questi ragazzi, non ti preoccupare.»

L'aiutò ad alzarsi dalla poltrona e la indirizzò verso una porta sulla sinistra dell'ingresso, consegnando a Pip la foto di Andie mentre passavano. Ravi e Pip si guardarono, con gli occhi pieni di domande, finché Henry non ritornò, pochi secondi dopo, chiudendo la porta della cucina per attenuare il suono del bollitore sul fuoco.

«Scusate» disse con un sorriso triste. «Si agita quando si confonde. L'Alzheimer è... sta diventando piuttosto grave. In realtà io sto ripulendo tutto per mettere questo posto sul mercato. Lei continua a dimenticarselo.»

«Mi dispiace» fece Pip. «Avremmo dovuto capirlo. Non volevamo farla agitare.»

«No, lo so, ovvio che non volevate» rispose lui. «Posso aiutarvi con qualsiasi cosa sia?»

«Le stavamo chiedendo di questa ragazza.» Pip gli passò il foglio. «Se fosse mai stata qui cinque anni fa.»

«E mia nonna cos'ha detto?»

«Pensava di averla vista di recente, qualche settimana fa» deglutì. «Ma questa ragazza è morta nel 2012.»

«Le succede spesso ormai» disse lui, passando lo sguardo dall'uno all'altra. «Si confonde sul tempo e su quando sono successe le cose. A volte pensa ancora che mio nonno sia vivo. Ha probabilmente solo riconosciuto questa ragazza, dopo cinque anni, se è allora che pensate sia stata qui.»

«Sì» rispose Pip. «Mi sa di sì.»

«Mi dispiace di non potervi aiutare di più. Non posso dirvi chi è stato qui cinque anni fa; non abbiamo tenuto i vecchi registri. Ma se lei l'ha riconosciuta suppongo che questo vi dia una risposta.»

Pip annuì. «È così. Ci scusi per averla fatta agitare.»

«Starà bene?» chiese Ravi.

«Starà benone» disse Henry con gentilezza. «Una tazza di tè è quel che ci vuole.»

Uscirono dalla stazione di Kilton, la città si andava smorzando man mano che si avvicinavano le sei e il sole sprofondava a ovest.

La mente di Pip era una centrifuga che ruotava attorno ai mutevoli pezzi di Andie, separandoli e rimettendoli insieme in combinazioni diverse.

«Tutto sommato» disse, «credo che possiamo confermare che Andie sia stata all'hotel Ivy House.» Pensava che le piastrelle del bagno e il riconoscimento, confuso in merito al quando, della donna fossero prove sufficienti. Ma questa conferma allentava e risistemava certi pezzi del puzzle.

Girarono a destra, entrando nel parcheggio, andando in direzione della macchina di Pip all'estremità più lontana, parlando per armonizzati *se* e *ma* mentre camminavano.

«Se Andie andava in quell'hotel» disse Ravi, «doveva essere perché era lì che incontrava il misterioso tizio più grande e cercavano entrambi di non farsi scoprire.»

Pip concordò annuendo. «Quindi» disse «questo significa che chiunque fosse il misterioso tizio più grande, non poteva far venire Andie a casa sua. E la ragione più plausibile sarebbe che viveva con la sua famiglia o con una moglie.»

Questo cambiava le cose.

Pip continuò. «Nel 2012 Daniel Da Silva viveva con la nuova moglie e Max Hastings con i genitori che conoscevano bene Sal. Entrambi avrebbero avuto bisogno di andare lontano da casa per portare avanti una relazione segreta con Andie. E, non dimentichiamocelo, Max ha una foto di Andie nuda fatta all'hotel Ivy House, una foto che teoricamente ha "trovato"» disse, facendo le virgolette in aria con le dita.

«Già» rispose Ravi, «ma Howie Bowers allora viveva da solo. Se era lui che Andie vedeva in segreto non avrebbero avuto bisogno di andare in hotel.»

«È quello che stavo pensando» replicò Pip. «Il che significa che ora possiamo cancellare Howie dai candidati a misterioso tizio segreto. Benché questo non voglia dire che non possa comunque essere lui l'assassino.»

«Vero» concordò Ravi, «ma almeno inizia a chiarire un po' il quadro. Non era Howie che Andie frequentava all'insaputa di Sal, in marzo, e non era lui che parlava di rovinare.»

Avevano coperto tutta la strada fino alla macchina facendo deduzioni. Pip si frugò in tasca e premette la chiave. Aprì la portiera del guidatore e buttò dentro lo zaino, che Ravi, sul sedile del passeggero, prese in grembo. Ma mentre stava entrando in macchina alzò lo sguardo e notò un uomo appoggiato contro la recinzione lontana, a circa venti metri da loro, vestito di un parka verde con l'imbottitura arancione. Howie Bowers, cappuccio peloso alzato a oscurargli il viso, che annuiva all'uomo accanto a sé.

Un uomo le cui mani gesticolavano selvaggiamente mentre la sua bocca formava parole mute e a quanto pareva furenti. Un uomo che indossava un elegante cappotto di lana e aveva capelli biondi e flosci.

Max Hastings.

Il sangue defluì dal viso di Pip. Lei crollò sul sedile.

«Cosa c'è che non va, Sergente?»

Lei indicò fuori dal finestrino la recinzione dove stavano i due uomini. «Guarda.»

Max Hastings, che le aveva mentito di nuovo, dicendole che non aveva mai comprato droga a Kilton dopo la scomparsa di Andie, che non aveva idea di chi fosse il suo fornitore. Ed eccolo lì, che gridava a quello stesso fornitore, le parole perse e spazzate via nella distanza che li separava.

«Oh» fece Ravi.

Pip avviò il motore e fece retromarcia, allontanandosi prima che Max o Howie potessero vederli, prima che le sue mani si mettessero a tremare troppo.

Max e Howie si conoscevano.

Un altro movimento tettonico nel mondo di Andie Bell.

Pippa Fitz-Amobi
CPE 12/10/2017

Diario di lavoro – Voce 27

Max Hastings. Se c'è qualcuno nella lista dei sospettati che dovrebbe andare in grassetto quello è lui. Jason Bell è stato scalzato dal titolo di sospettato numero uno e Max ha ora preso il suo posto. Ha mentito due volte ormai su questioni collegate a Andie. Uno non mente a meno che non abbia qualcosa da nascondere.

Ricapitolando: è un tizio più grande, ha una foto di Andie nuda fatta in un hotel nel quale avrebbe potuto benissimo incontrarsi con lei nel marzo del 2012, era vicino sia a Sal sia a Andie, comprava regolarmente Roipnol da Andie e conosce Howie Bowers piuttosto bene a giudicare dalle apparenze.

Questo apre anche la possibilità che un'altra coppia abbia potuto mettersi in combutta per l'omicidio di Andie: Max e Howie.

Penso sia ora di seguire la traccia del Roipnol fino in fondo. Voglio dire, non è per niente normale un diciannovenne che compra benzodiazepine per le feste scolastiche, no? È questo l'elemento che collega l'incasinato triangolo Max/Howie/Andie.

Scriverò a qualche studente della Kilton Grammar del 2012 per vedere se riesco a gettare un po' di luce su quel che succedeva a quei calamity party. E se scopro che quel che sospetto è vero, Max e il Roipnol potrebbero aver giocato un ruolo chiave in quel che accadde a Andie quella notte? Come le carte mancanti su un tabellone di Cluedo.

Sospettati

Jason Bell

Naomi Ward

Misterioso tizio più grande

Nat Da Silva

Daniel Da Silva

Max Hastings

Howie Bowers

Pippa Fitz-Amobi
CPE 13/10/2017

Diario di lavoro – Voce 28

Emma Hutton ha risposto al mio messaggio mentre ero a scuola. Ecco cosa ha detto:

Sì, forse. Mi ricordo di ragazze che dicevano che pensavano che i loro drink fossero stati drogati. Ma a essere onesta si ubriacavano tutti veramente veramente tanto a quelle feste, perciò probabilmente lo dicevano solo perché non sapevano quando fermarsi o per ottenere un po' d'attenzione. A me non l'hanno mai drogato.

Chloe Burch ha risposto quarantacinque minuti fa mentre guardavo *La compagnia dell'anello* con Josh:

No, non credo. Non ho mai sentito voci del genere. Ma le ragazze a volte lo dicono quando hanno bevuto troppo, no?

Ieri notte ho scritto a qualcuno di quelli che erano taggati nelle foto con Naomi dei calamity party del 2012 e per fortuna avevano l'indirizzo e-mail nel profilo. Ho lievemente mentito, ho detto che ero una giornalista della BBC di nome Poppy perché ho pensato che questo li avrebbe incoraggiati a parlare. Se avevano qualcosa da dire, intendo. Una di loro mi ha appena risposto.

Holly Jackson

Da: pfa20@gmail.com
A: handslauraj116@yahoo.com

12/10 (1 giorno fa)

Gentile Laura Hands,
    sono una giornalista che lavora a un articolo indipendente per la BBC sulle feste in casa e sull'uso di droghe da parte dei minori. Dalle mie ricerche vedo che lei frequentava un tempo alcune feste soprannominate "calamity party" nella zona di Kilton nel 2012. Mi chiedevo se potesse dirmi se ha mai sentito voci o visto lei stessa casi di ragazze i cui drink venissero "corretti" durante questi eventi.
    Le sarei estremamente grata se potesse fornirmi qualsivoglia informazione a questo proposito e la informo che ogni sua dichiarazione sarà utilizzata in forma anonima e trattata con la massima discrezione.
    La ringrazio per il suo tempo.
    Cordiali saluti,
    Poppy Firth-Adams

From: handslauraj116@yahoo.com
to: pfa20@gmail.com

21.22 (2 minuti fa)

Ciao Poppy,
    figurati, sono felice di dare una mano.
    In realtà mi ricordo che si parlava di drink che venivano drogati. Ovviamente tutti bevevano troppo a quelle feste per cui la cosa era un po' confusa.
    Ma avevo un'amica, di nome Natalie Da Silva, che era convinta che le avessero drogato il drink a uno di quei party. Diceva che non riusciva a ricordare niente di quella sera e che aveva bevuto un bicchiere solo. Penso fosse all'inizio del 2012, se ricordo bene.
    Dovrei avere ancora il suo numero di telefono se vuoi metterti in contatto con lei.
    Buona fortuna per l'inchiesta. Mi puoi far sapere quando esce? Mi interesserebbe vederla.
    Un caro saluto,
    Laura

Pippa Fitz-Amobi
CPE 14/10/2017

Diario di lavoro – Voce 29

Altre due risposte stamattina mentre ero alla partita di calcio di Josh. La prima diceva che non ne sapeva niente e che non voleva lasciare dichiarazioni. La seconda diceva così:

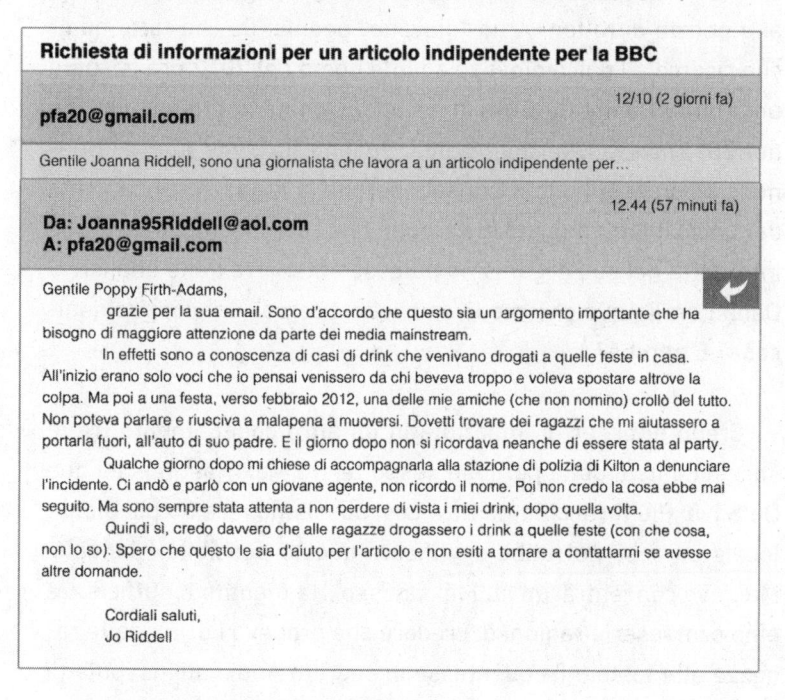

Richiesta di informazioni per un articolo indipendente per la BBC

pfa20@gmail.com 12/10 (2 giorni fa)

Gentile Joanna Riddell, sono una giornalista che lavora a un articolo indipendente per...

Da: Joanna95Riddell@aol.com 12.44 (57 minuti fa)
A: pfa20@gmail.com

Gentile Poppy Firth-Adams,
    grazie per la sua email. Sono d'accordo che questo sia un argomento importante che ha bisogno di maggiore attenzione da parte dei media mainstream.
    In effetti sono a conoscenza di casi di drink che venivano drogati a quelle feste in casa. All'inizio erano solo voci che io pensai venissero da chi beveva troppo e voleva spostare altrove la colpa. Ma poi a una festa, verso febbraio 2012, una delle mie amiche (che non nomino) crollò del tutto. Non poteva parlare e riusciva a malapena a muoversi. Dovetti trovare dei ragazzi che mi aiutassero a portarla fuori, all'auto di suo padre. E il giorno dopo non si ricordava neanche di essere stata al party.
    Qualche giorno dopo mi chiese di accompagnarla alla stazione di polizia di Kilton a denunciare l'incidente. Ci andò e parlò con un giovane agente, non ricordo il nome. Poi non credo la cosa ebbe mai seguito. Ma sono sempre stata attenta a non perdere di vista i miei drink, dopo quella volta.
    Quindi sì, credo davvero che alle ragazze drogassero i drink a quelle feste (con che cosa, non lo so). Spero che questo le sia d'aiuto per l'articolo e non esiti a tornare a contattarmi se avesse altre domande.

    Cordiali saluti,
    Jo Riddell

La trama continua a infittirsi.

Penso di poter affermare con certezza che i drink venivano *davvero* drogati ai calamity party nel 2012, benché la cosa non fosse del tutto nota a chi ci andava. Perciò Max comprava il Roipnol da Andie e alle feste cui lui diede inizio i drink delle ragazze venivano drogati. Non ci vuole un genio per fare due più due.

Non solo, Nat Da Silva può benissimo essere stata una delle ragazze che lui drogò. Questo potrebbe essere rilevante per l'assassinio di Andie? E a Nat non successe niente la notte che credette di essere stata drogata? Non posso chiederglielo: è quella che chiamerei una *testimone eccezionalmente ostile*.

E infine, ciliegina sulla torta, Joanna Riddell ha detto che la sua amica pensava di essere stata drogata e denunciò la cosa alla polizia di Kilton. A un "giovane" agente. Be', ho fatto qualche ricerca e l'unico giovane agente uomo nel 2012 era (sì, DING DING DING) Daniel Da Silva. Il secondo agente uomo più giovane nel 2012 aveva quarantun anni. Joanna ha detto che alla denuncia non seguì nulla. Era solo perché la ragazza senza nome denunciò il fatto quando era troppo tardi perché qualsiasi droga introdotta nel suo organismo potesse emergere dalle analisi? O Daniel era in qualche modo coinvolto... cercava di coprire qualcosa? E perché?

Credo di essermi imbattuta in un altro collegamento tra le voci sulla lista delle persone sospette, tra Max Hastings e i due Da Silva. Più tardi chiamo Ravi così possiamo fare un po' mente locale su cosa potrebbe significare questo possibile triangolo. Ma devo concentrarmi su Max adesso. Ha mentito a sufficienza e ho ormai serie ragioni di credere che drogava i drink delle ragazze alle feste e frequentasse in segreto Andie all'insaputa di Sal all'hotel Ivy House.

Se dovessi interrompere il progetto in questo momento e indicare un colpevole, sarebbe Max. È il sospettato numero uno.

Ma non posso andare a parlargli di tutto questo come se

niente fosse; è un altro testimone ostile e ora potenzialmente un testimone con dei precedenti per aggressione. Non parlerà senza una leva adeguata. Perciò devo trovarne una nell'unico modo che conosco: un serio stalking online.

Devo trovare un modo per entrare nel suo profilo Facebook e seguirlo su ogni post e foto, in cerca di qualsiasi cosa che possa collegarlo a Andie o all'hotel Ivy House o al fatto che le ragazze venissero drogate. Qualcosa che possa usare per farlo parlare o, ancora meglio, con cui andare dritta alla polizia.

Devo bypassare le impostazioni della privacy di Nancy Tangotette (alias Max).

Venticinque

Pip posò cerimoniosamente coltello e forchetta incrociati sul piatto con precisione esagerata.

«*Ora* posso alzarmi?» Guardò la mamma, che aveva la fronte aggrottata.

«Non vedo che fretta ci sia» rispose lei.

«Sono proprio a metà della mia CPE e voglio arrivare agli obiettivi che mi sono data prima di dormire.»

«Sì, pop pop, vai, cetriolino» sorrise suo papà, allungandosi per versarsi nel piatto gli avanzi di Pip.

«Vic!» La mamma ora si girò a guardar male lui mentre Pip si alzava e rimetteva la sedia sotto al tavolo.

«Oh, cara, c'è gente che deve preoccuparsi perché i propri figli scappano via dalla cena per iniettarsi l'eroina nei bulbi oculari. Ringrazia che sono solo compiti.»

«Cos'è l'eroina?» disse la vocina di Josh mentre Pip lasciava la stanza.

Fece i gradini due alla volta, lasciando la propria ombra, Barney, ai piedi delle scale, la testa piegata per la confusione mentre la guardava salire in quel luogo proibito ai cani.

Aveva avuto la possibilità di analizzare tutta la questione Nancy Tangotette a cena e ora aveva un'idea.

Chiuse la porta di camera sua, tirò fuori il cellulare e digitò.

«Ciao, *muchacha*» cinguettò Cara all'altro capo della linea.

«Ehi» disse Pip, «sei impegnata ad abbuffarti di *Downton Abbey* o hai qualche minuto per aiutarmi a compiere un atto furtivo?»

«Io sono sempre disponibile per la furtività. Che ti serve?»

«C'è Naomi?»

«No, è via, a Londra. *Perché?*» Il sospetto s'infiltrò nella voce di Cara.

«Ok, giuri di mantenere il segreto?»

«Sempre. Cosa c'è?»

Pip disse: «Ho sentito delle voci sui vecchi calamity party che potrebbero darmi una pista per la mia CPE. Ma mi servono delle prove, ed è qui che entra in gioco la furtività».

Sperò di essersela cavata bene, avendo omesso il nome di Max e minimizzato abbastanza il tutto perché Cara non si preoccupasse per sua sorella, lasciando i non detti necessari a intrigarla.

«Oooooh, che voci?» disse Cara.

Pip la conosceva troppo bene.

«Ancora niente di solido. Ma devo vedere le vecchie foto dei calamity party. Ecco per cosa mi serve il tuo aiuto.»

«Ok, spara.»

«Il profilo Facebook di Max Hastings è di facciata, sai, per eventuali datori di lavoro o università. Quello vero è sotto un nome falso e ha impostazioni di privacy rigidissime. Posso vedere solo le cose in cui anche Naomi è taggata.»

«E vuoi loggarti come Naomi per poter frugare tra le vecchie foto di Max?»

«Bingo!» rispose Pip, sedendosi sul letto e tirando a sé il portatile.

«Si può fare» trillò la voce di Cara. «Tecnicamente non stiamo spiando Naomi, come quella volta che *dovevo* sapere se il sosia rosso di Benedict Cumberbatch era il suo nuovo ragazzo. Quindi tecnicamente non infrangiamo nessuna regola, *papà*. Inoltre, Nai dovrebbe imparare a cambiare la password ogni tanto; ha la stessa per tutto.»

«Arrivi al suo portatile?» chiese Pip.

«Lo sto aprendo proprio ora.»

Una pausa colmata dal digitare di tasti e dal click del mouse. Pip riusciva a immaginarsi Cara ora, con quello chignon enorme in maniera ridicola che portava sempre in testa quando era in pigiama. Il che accadeva, nel caso di Cara, tanto spesso quant'era fisicamente possibile.

«Ok, è ancora collegata. Sono dentro.»

«Puoi aprire le impostazioni di sicurezza?» chiese Pip.

«Sì.»

«Togli la spunta al box accanto agli alert di accesso, così non saprà che sto entrando da un altro dispositivo.»

«Fatto.»

«Ok» disse Pip, «è tutta la pirateria informatica che mi serviva da parte tua.»

«Peccato» rispose Cara, «era molto più eccitante della mia CPE.»

«Be', non avresti dovuto decidere di farlo sulle muffe» replicò Pip.

Cara lesse l'indirizzo e-mail di Naomi a voce alta e Pip lo inserì nella pagina di accesso Facebook.

«La sua password è Isobel0610» disse Cara.

«Perfetto.» Pip la inserì. «Grazie, compagna. Puoi andare.»

«Ricevuto. Però, se Naomi lo scopre, faccio la spia immediatamente.»

«Capito» rispose Pip.

«Va bene, Plops, papà mi chiama. Dimmi se trovi qualcosa di interessante.»

«Ok» fece Pip, benché sapesse che non poteva.

Mise giù il telefono e, china sul portatile, entrò in Facebook.

Dando una rapida occhiata ai post sulla Home di Naomi notò che, come la sua, era piena di gattini che facevano cose stupide, video accelerati di ricette e post di citazioni motivazionali sgrammaticate su immagini di tramonti.

Pip digitò *Nancy Tangotette* nella barra di ricerca e aprì il profilo di Max. La spirale di caricamento sulla tab sparì e apparve la pagina, una bacheca piena di colori accesi e facce sorridenti.

Non ci volle molto a Pip per capire come mai Max avesse due profili. Era ovvio che non voleva che i suoi vedessero cosa faceva lontano da casa. C'erano tantissime foto di lui in discoteca e nei bar, i capelli biondi incollati alla fronte sudata, la mandibola tesa e gli occhi sbarrati e fuori fuoco. In posa con le braccia attorno alle ragazze, che faceva la linguaccia alla fotocamera, le magliette schizzate di gocce dai drink rovesciati. Ed erano solo quelle recenti, sulla sua bacheca.

Pip aprì le foto di Max e iniziò la lunga discesa fino al 2012. Ogni ottanta foto circa doveva aspettare che le tre barre di caricamento la portassero più a fondo nel passato di Nancy Tangotette. Era più o meno tutto uguale: discoteche, bar, occhi annebbiati. Ci fu un breve attimo di respiro dalle attività notturne di Max grazie a una serie di foto di una gita sulle piste da sci, con Max in piedi nella neve con indosso solo un mankini alla Borat.

Lo scroll era talmente lungo che Pip prese il cellulare e fece play sull'episodio in podcast di *True crime* che aveva lasciato a metà. Finalmente raggiunse il 2012 e si portò fino a gennaio prima di passare in rassegna le foto con attenzione, studiandole una per una.

La maggior parte delle foto erano di Max con altre persone, che sorridevano in primo piano, o di una folla che rideva mentre Max faceva qualcosa di stupido. Naomi, Jake, Millie e Sal erano i principali coprotagonisti. Pip rimase molto tempo su una foto di Sal che sfoderava il suo sgargiante sorriso alla fotocamera mentre Max gli leccava la guancia. Il suo sguardo passava tra i due ragazzi ubriachi e felici, cercando una qualsiasi traccia pixelata dei possibili e tragici segreti che esistevano tra loro.

Pip fece particolarmente attenzione alle foto con una gran folla di persone, in cerca del viso di Andie sullo sfondo, di qualcosa di sospetto tra le mani di Max, di un suo aleggiare troppo vicino al drink di una ragazza. Passò avanti e indietro su così tante foto di calamity party che i suoi occhi stanchi, irritati dalla luce bianca e secca del portatile, le trasformarono nelle figure di un folioscopio. Finché non atterrò dritta sulle foto di *quella* sera e tutto ritornò nitido e statico.

Pip si chinò in avanti.

Max aveva fatto e caricato dieci foto della sera in cui Andie era scomparsa. Pip riconobbe immediatamente i vestiti di tutti e i divani della casa di Max. Insieme alle tre di Naomi e alle sei di Millie, faceva un totale di diciannove foto di quella sera, diciannove istantanee di tempo che esistevano accanto alle ultime ore di vita di Andie Bell.

Pip ebbe un brivido e si tirò il piumone sui piedi. Le foto erano di natura simile a quelle fatte da Millie e Naomi: Max e Jake che stringevano i controller e fissavano un punto fuori campo, Millie e Max in posa con filtri divertenti sovrimpressi ai loro visi, Naomi sullo sfondo che guardava il cellulare ignara della foto in posa dietro di sé. Quattro migliori amici senza il quinto. Sal era via, presumibilmente ad assassinare qualcuno invece di fare lo scemo con loro.

Fu allora che Pip lo notò. Finché erano state solo Millie e Naomi era una semplice coincidenza, ma ora che stava guardando anche le foto di Max formava uno schema. Tutti e tre avevano caricato le proprie foto di *quella* notte il lunedì 23, tutti e tre fra le nove e mezza e le dieci. Non era un po' strano che, nel bel mezzo di tutto il caos dovuto alla scomparsa di Andie, avessero tutti deciso di postare queste foto più o meno nello stesso momento? E perché caricarle, poi? Naomi ha detto che lei e gli altri decisero il lunedì sera di dire alla polizia la verità a proposito dell'alibi di Sal; caricare queste foto fu il primo passo compiuto in quella decisione? Per smettere di nascondere l'assenza di Sal?

Pip annotò questa coincidenza di caricamento, poi salvò il documento e chiuse il portatile. Si preparò per andare a letto, rientrando in camera dal bagno con lo spazzolino in bocca, canticchiando mentre buttava giù la lista delle cose da fare l'indomani. *Finire il saggio su Margaret Atwood* era sottolineato tre volte.

Sotto le coperte, lesse tre paragrafi del libro che aveva sul comodino prima che la stanchezza iniziasse a immischiarsi nelle parole, rendendogliele strane e poco familiari. Riuscì solo a spegnere la luce prima che il sonno s'impossessasse di lei.

Tirando su col naso e con uno spasmo alla gamba Pip si alzò di colpo a sedere sul letto. Si appoggiò alla testiera e si strofinò gli occhi, mentre la mente lentamente si risvegliava. Sbloccò il telefono, la luce dello schermo l'accecò. Erano le 4.47.

Cosa l'aveva svegliata? Una volpe che ululava fuori? Un sogno?

Allora qualcosa si mosse, sulla punta della lingua e sulla

punta della sua mente. Un pensiero vago: troppo morbido, spinoso e cangiante per essere messo in parole, oltre la portata della comprensione post-risveglio. Ma sapeva dove la stava attirando.

Pip svicolò velocemente fuori dal letto. La stanza fredda le punse la pelle nuda, trasformando il suo respiro in fantasmi. Prese il portatile dalla scrivania e lo portò a letto, avvolgendosi nel piumone per stare al caldo. Aprendo il computer, venne accecata dalla retroilluminazione argentata. Strizzando gli occhi, aprì Facebook, si loggò come Naomi e tornò a Nancy Tangotette e alle foto di *quella* notte.

Le passò di nuovo in rassegna tutte una volta e poi un'altra ancora, più lentamente. Si fermò sulla penultima. Lì c'erano tutti e quattro gli amici. Naomi sedeva dando la schiena alla fotocamera, lo sguardo abbassato. Anche se era sullo sfondo si vedeva che aveva in mano il cellulare, con la schermata di sblocco accesa di piccoli numeri bianchi, e i suoi occhi lo guardavano. Il fulcro della foto erano Max, Millie e Jake, tutti e tre in piedi accanto al fianco del divano lì vicino, che sorridevano, con Millie che aveva messo le braccia attorno alle spalle di entrambi i ragazzi. Max stringeva ancora il controller nella mano esterna e quella di Jake scompariva fuori campo sulla destra.

Pip rabbrividì, ma non per il freddo.

La fotocamera doveva essere stata ad almeno un metro e mezzo dagli amici che sorridevano per poter far entrare tutta quella scena nell'inquadratura.

E nel silenzio assoluto della notte Pip sussurrò: «Chi sta facendo la foto?».

Ventisei

Sal.
Doveva essere lui.
Nonostante il freddo, il corpo di Pip era un fiume di sangue che scorreva, caldo e rapido, e le martellava nel cuore.
Si mosse meccanicamente, la mente alla deriva su onde di pensieri che si urlavano l'un l'altro cose inintelligibili. Ma le sue mani, chissà come, sapevano cosa fare. Qualche minuto più tardi aveva scaricato sul portatile la versione trial di Photoshop. Salvò la foto di Max e la riaprì nel programma. Seguendo il tutorial online di un tizio dal vellutato accento irlandese, ingrandì la foto e poi ne aumentò la nitidezza.
La pelle le divenne di colpo da fredda a bollente. Si rizzò a sedere e trasalì.
Non c'erano dubbi. I numerini sul telefono di Naomi riportavano 00.09.
Avevano detto che Sal era andato via alle dieci e mezza ma eccoli lì, tutti e quattro gli amici nove minuti dopo la mezzanotte, racchiusi nell'inquadratura, e nessuno di loro avrebbe potuto fare la foto da solo.
I genitori di Max erano via quella sera e nessun altro era stato lì, così avevano sempre detto. Erano stati solo loro cinque finché Sal non se n'era andato alle dieci e mezza ad ammazzare la propria ragazza.
Ed ecco qui, davanti agli occhi di Pip, la prova che era una bugia. C'era una quinta persona lì con loro dopo la mezzanotte. E chi poteva essere se non Sal?

Pip fece scorrere il cursore fino all'estremità superiore della foto ingrandita. Dietro al divano, sulla parete più lontana, c'era una finestra. E nel pannello centrale si vedeva il flash della fotocamera del cellulare. Non si riusciva a distinguere la figura che teneva il telefono dall'oscurità esterna. Ma, proprio oltre i fasci di luce brillante, c'era un alone sfocato di blu riflesso, appena appena visibile contro il buio circostante. Lo stesso identico blu della camicia di velluto a coste che Sal indossava quella notte, la stessa che alle volte Ravi ancora utilizzava. Il suo stomaco fece un salto quando pensò al nome del ragazzo, quando immaginò lo sguardo nei suoi occhi quando avesse visto quella foto.

Copiò l'immagine ingrandita in un documento vuoto e la ritagliò in modo che si vedesse solo Naomi con il cellulare su una pagina e il flash alla finestra nell'altra. Insieme alla foto originale, inviò entrambe le pagine alla stampante wireless che aveva sulla scrivania. Dal letto la guardò sputacchiare fuori ogni pagina, facendo nel mentre quel leggero tremolio da treno a vapore. Pip chiuse gli occhi solo per un momento, ascoltando il dolce stantuffare.

«Pips, posso entrare a passare l'aspirapolvere?»

Pip aprì gli occhi di scatto. Si tirò su dalla posizione sparanzata in cui era: tutto il lato destro del corpo le doleva, dal fianco al collo.

«Sei ancora a letto?» disse la mamma, aprendo la porta. «È l'una e mezza, pigrona. Pensavo fossi già alzata.»

«No... io» rispose Pip, con la gola secca e rauca, «ero solo stanca, non mi sento benissimo. Puoi fare prima la camera di Josh?»

La mamma si fermò a osservarla, lo sguardo caldo che si andava colorando di preoccupazione.

«Non ti stai oberando, vero, Pip?» chiese. «Ne abbiamo già parlato.»

«No, lo giuro.»

La mamma chiuse la porta e Pip scese dal letto, facendo quasi cadere il portatile con un calcio. Si preparò, mettendosi la salopette sopra un maglione verde scuro, lottando per far passare il pettine tra i capelli. Prese le tre foto stampate, le mise in un raccoglitore di plastica e fece scivolare questo nello zaino. Poi fece scorrere la lista delle chiamate recenti sul cellulare e ne selezionò una.

«Ravi!»

«Che c'è, Sergente?»

«Vediamoci fuori da casa tua tra dieci minuti. Sarò in macchina.»

«Ok. Cosa c'è in menu per oggi, altri ricatti? Con contorno di effraz...»

«È una cosa seria. Arrivo tra dieci minuti.»

Seduto sul sedile del passeggero, la testa che quasi toccava il tettuccio della macchina, Ravi fissava a bocca aperta le foto stampate che aveva in mano.

Passò un bel lasso di tempo prima che dicesse qualcosa. Sedevano in silenzio, e Pip lo guardava passare le dita sullo sfocato riflesso blu nella finestra lontana.

«Sal non mentì mai alla polizia» disse alla fine.

«No, mai» rispose Pip. «Penso che se ne fosse andato da casa di Max a mezzanotte e un quarto, come aveva detto inizialmente. Furono i suoi amici a mentire. Non so perché, ma quel martedì mentirono e gli strapparono l'alibi.»

«Questo significa che è innocente, Pip.» I grandi occhi rotondi fissi su di lei.

«È quello che siamo qui a verificare, vieni.»

Aprì la portiera e uscì. Era andata a prendere Ravi e lo aveva portato lì, parcheggiando sul ciglio erboso di Wyvil Road, le quattro frecce accese. Ravi chiuse la portiera della macchina e seguì Pip che aveva iniziato a risalire la strada.

«Come facciamo?»

«Dobbiamo esserne sicuri, Ravi, prima di prenderlo per vero» rispose lei, aggiustando il passo con il suo. «E l'unico modo per esserne sicuri è di rimettere in scena l'assassinio di Andie Bell. Per vedere, con il nuovo orario di partenza di Sal da casa di Max, se avrebbe sempre avuto abbastanza tempo per ucciderla o no.»

Girarono a sinistra su Tudor Lane e si trascinarono lungo tutto il percorso fino all'ampia casa di Max, dove tutto era iniziato cinque anni e mezzo prima.

Pip tirò fuori il cellulare. «Dovremmo dare al finto procedimento il beneficio del dubbio» disse. «Diciamo che Sal uscì da casa di Max immediatamente dopo che quella foto fu scattata, a mezzanotte e dieci. Tuo padre a che ora disse che arrivò a casa?»

«Circa a mezzanotte e cinquanta» rispose Ravi.

«Ok. Ammettiamo che non ricordasse bene e fosse più mezzanotte e cinquantacinque. Questo significa che Sal aveva quarantacinque minuti da porta a porta. Dobbiamo essere veloci, Ravi, utilizzare il minimo tempo possibile che può averci impiegato a ucciderla e liberarsi del corpo.»

«Gli adolescenti normali la domenica stanno a casa a guardare la tivù» disse.

«E invece faccio partire il cronometro... ora.»

Pip girò sui tacchi e risalì la strada per la quale erano venuti, con Ravi al fianco. La sua andatura era a metà strada tra una camminata veloce e una corsetta lenta. Otto minuti e quarantasette secondi dopo raggiunsero la macchina e il cuore di Pip batteva già all'impazzata. Era il punto di possibile incontro.

«Ok.» Mise in moto e fece retromarcia sulla strada. «Allora, questa è la macchina di Andie e lei ha intercettato Sal. Diciamo che stava guidando veloce per arrivare prima a prendere i suoi. Ora andiamo al primo posto tranquillo dove l'assassinio potrebbe in teoria essere avvenuto.»

Non dovette guidare a lungo prima che Ravi indicasse un punto.

«Lì» disse «è tranquillo e isolato. Fermati qui.»

Pip svoltò sulla stradina sterrata, chiusa da alte siepi. Un cartello disse loro che la strada tortuosa a una sola corsia portava a una fattoria. Pip fermò la macchina dove in una siepe era stato ritagliato un passaggio e disse: «Ora scendiamo. Non fu ritrovato sangue sui sedili davanti della macchina, solo nel bagagliaio».

Pip gettò uno sguardo al cronometro che continuava a ticchettare mentre Ravi passava oltre il cofano per raggiungerla dal suo lato della macchina: 15.29, 15.30...

«Ok» disse lei. «Diciamo che in questo momento stiamo litigando. Ci si inizia a scaldare. Poteva riguardare il fatto che Andie vendeva droga o il misterioso tizio più grande. Sal è arrabbiato, Andie gli urla contro a sua volta.» Pip canticchiò stonata, girando i pollici per occupare il tempo della scena immaginaria. «E adesso, più o meno, Sal trova magari un sasso sulla strada o qualcosa di pesante nella macchina di Andie. O forse nessunissima arma. Diamogli almeno quaranta secondi per ucciderla.»

Attesero.

«Allora, adesso Andie è morta.» Pip indicò la strada sterrata. «Sal apre il bagagliaio...» Pip aprì il bagagliaio «... e la solleva.» Si piegò e tese le braccia, prendendosi il tempo necessario a sollevare il corpo invisibile. «La mette nel bagagliaio dov'è stato trovato il suo sangue.» Pip abbassò le braccia sul tappetino del bagagliaio e fece un passo indietro per chiuderlo.

«Ora torniamo in macchina» disse Ravi.

Pip controllò il cronometro: 20.02, 20.03... Fece retromarcia e tornò con una svolta sulla strada principale.

«Ora sta guidando Sal» disse. «Lascia le impronte sul volante e in giro sul cruscotto. Stava pensando a come liberarsi del corpo. L'area boschiva più vicina possibile è Lodge Wood. Perciò forse ha lasciato Wyvil Road qui» disse, svoltando, e il bosco comparve alla loro sinistra.

«Ma avrebbe dovuto trovare un posto per avvicinare la macchina al bosco» fece Ravi.

Seguirono il bosco per diversi minuti in cerca di un luogo del genere, finché la strada non si scurì sotto un tunnel d'alberi che incombevano su entrambi i lati.

«Lì.» Lo videro insieme. Pip lo indicò e svoltò sul ciglio erboso che contornava la foresta.

«Sono sicuro che la polizia abbia cercato qui un centinaio di volte, dato che è il bosco più vicino alla casa di Max» disse lei. «Ma diciamo che Sal riuscì a nascondere qui il corpo.»

Pip e Ravi scesero una volta ancora dalla macchina.

26.18.

«Quindi aprì il bagagliaio e la trascinò fuori.» Pip ricreò l'azione, notando che Ravi tendeva e rilassava i muscoli della mandibola. Probabilmente aveva fatto degli incubi su quella stessa scena, il suo dolce fratello maggiore che trascinava un corpo morto e insanguinato tra gli alberi. Ma forse, dopo oggi, non avrebbe dovuto figurarselo mai più.

«Sal avrebbe dovuto portarla molto all'interno, lontano dalla strada» disse Pip.

Finse di trascinare il corpo, la schiena piegata, barcollando lentamente all'indietro.

«Quassù è abbastanza nascosto dalla strada» disse Ravi una volta che Pip l'ebbe trascinata tra gli alberi per circa sessanta metri.

«Già.» Lasciò andare Andie.

29.48.

«Ok» fece, «allora, la fossa è sempre stata un problema, come avrebbe mai fatto, in ogni caso, ad avere il tempo per scavarne una abbastanza profonda. Ma, ora che siamo qui» lanciò un'occhiata agli alberi chiazzati di sole attorno a sé «ci sono un bel po' di alberi abbattuti in questo bosco. Forse non dovette scavare granché. Forse trovò una buca poco profonda già bell'e pronta. Come quella.» Indicò una larga depressione del terreno coperta di muschio, con un intrico di vecchie radici secche che vi strisciava dentro, ancora attaccato a un albero caduto da tempo.

«Avrebbe dovuto renderla più profonda» disse Ravi. «Non è mai stata ritrovata. Diamogli tre o quattro minuti per scavare.»

«D'accordo.»

Quando giunse il momento, Pip trascinò il corpo di Andie nella fossa. «Poi avrebbe dovuto riempirla di nuovo, ricoprirla di terra e detriti.»

«Facciamolo, allora» disse Ravi, ora con un'espressione determinata. Affondò la punta di uno stivale nel terreno e con un calcio gettò un po' di terra nel buco.

Pip lo imitò subito, spingendo dentro fango, foglie e rametti per colmare la piccola fossa. Ravi era in ginocchio, e spargeva ampie bracciate di terra sopra Andie fino a ricoprirla.

«Ok» disse Pip quando ebbero finito, guardando l'ex buca ora invisibile sul tappeto della foresta. «Allora, adesso il suo corpo è sepolto, Sal sarebbe tornato indietro.»

37.59.

Tornarono di corsa alla macchina di Pip e vi salirono, spargendo fango su tutti i tappetini. Pip fece inversione, imprecando quando un impaziente quattro per quattro che cercava di passare suonò loro il clacson, e le sue orecchie ne rimbombarono per tutto il percorso.

Quando furono di nuovo in Wyvill Road disse: «Perfetto, ora Sal torna a Romer Close, dove guarda caso vive Howie Bowers. E lì molla la macchina di Andie».

Vi svoltarono pochi minuti dopo e Pip parcheggiò fuori dalla visuale della villetta di Howie. Chiuse la macchina dietro di loro.

«E ora dobbiamo tornare a casa mia a piedi» fece Ravi, cercando di tenere il passo di Pip, la cui andatura era diventata una semi-corsa. Erano entrambi troppo concentrati per parlare, tenevano gli occhi abbassati sui piedi che marciavano, seguendo le tracce *presumibilmente di Sal* vecchie di anni.

Arrivarono fuori dalla casa dei Singh senza fiato e accaldati. Un velo di sudore solleticava il labbro superiore di Pip. Lei lo asciugò con la manica e tirò fuori il telefono.

Premette stop sul cronometro. I numeri la attraversarono di corsa, precipitandole fino allo stomaco dove iniziarono a fremere. Alzò lo sguardo su Ravi.

«Cosa?» Teneva gli occhi spalancati e inquisitori.

«Allora» disse Pip, «abbiamo concesso a Sal un limite massimo di finestra temporale di quarantacinque minuti tra le due case. E la nostra ricostruzione ha funzionato con i luoghi più vicini possibili e in maniera quasi inconcepibilmente rapida.»

«Sì, è stato il più veloce degli omicidi. E?»

Pip alzò il telefono e gli mostrò il cronometro.

«Quarantotto minuti e diciannove secondi» lesse lui ad alta voce.

«Ravi.» Il suo nome le spumeggiò sulle labbra e lei le aprì in un sorriso. «Sal non può averlo fatto. È innocente; la foto lo dimostra.»

«Merda.» Fece un passo indietro e si coprì la bocca, scuotendo la testa. «Non è stato lui. Sal è innocente.»

Allora fece un suono, un suono che gli crebbe lentamente in gola, roco e strano. Gli esplose da dentro, un rapido latrato di risate sfumato dall'affanno dell'incredulità. Il sorriso gli si allargò così lentamente sul volto che era come se si stesse stendendo muscolo per muscolo. Rise di nuovo, un suono puro e caldo, il cui calore arrossò le guance di Pip.

E poi, con la risata ancora sul viso, Ravi alzò lo sguardo al cielo, il sole sul volto, e la risata divenne un urlo. Ruggì nel cielo, il collo teso, gli occhi serrati.

La gente lo scrutò dal lato opposto della strada e nelle

case si agitarono le tendine. Ma Pip sapeva che a lui non importava. E neanche a lei, che lo guardava in questo momento crudo e confuso di felicità e dolore.

Ravi abbassò lo sguardo su di lei e il ruggito si ruppe di nuovo in una risata. Sollevò Pip e qualcosa di luminoso le vibrò dentro. Lei rise, le lacrime agli occhi, mentre lui la faceva roteare ancora e ancora.

«Ce l'abbiamo fatta!» disse lui, rimettendola giù così goffamente che lei quasi cadde. Fece un passo indietro, con un espressione di colpo imbarazzata, e si asciugò gli occhi. «Ce l'abbiamo fatta davvero. È sufficiente? Possiamo andare alla polizia con quella foto?»

«Non lo so» rispose Pip. Non voleva spegnere il suo entusiasmo, ma non lo sapeva davvero. «Forse basta a convincerli a riaprire il caso, forse no. Ma a noi servono prima di tutto delle risposte. Dobbiamo sapere perché gli amici di Sal hanno mentito. Perché gli hanno sottratto l'alibi. Forza.»

Ravi fece un passo ed esitò. «Intendi chiedere a Naomi?»

Lei annuì e lui si ritrasse.

«Dovresti andare da sola» disse. «Naomi non parlerà se ci cono io. Non può parlare, fisicamente. L'ho incrociata l'anno scorso e lei è scoppiata in lacrime solo a guardarmi.»

«Sei sicuro?» disse Pip. «Ma tu, più di tutti, meriti di sapere perché.»

«È così che dev'essere, fidati di me. Fa' attenzione, Sergente.»

«Ok. Ti chiamo subito dopo.»

Pip non era sicura di come salutarlo. Lo toccò sul braccio e poi lo superò e si allontanò, portando con sé quell'espressione sul suo viso.

Ventisette

Pip si incamminò verso la sua macchina su Romer Close, il passo molto più leggero ora, sulla via del ritorno. Più leggero perché adesso lo sapeva con certezza. E poteva dirselo nella testa. Sal Singh non aveva ucciso Andie Bell. Un mantra al ritmo dei propri passi.

Fece il numero di Cara.

«Be', ciao, tesoro» rispose Cara.

«Cosa stai facendo?» chiese Pip.

«In realtà sto facendo i compiti di gruppo con Naomi e Max. Loro rispondono a offerte di lavoro e io procedo a tutta birra con la mia CPE. Sai che da sola non riesco a concentrarmi.»

Il cuore di Pip fece un balzo. «Ci sono sia Max che Naomi?»

«Sì.»

«Tuo papà c'è?»

«Nah, è dalla zia Lila questo pomeriggio.»

«Ok, vengo da te» disse Pip. «Arrivo tra dieci minuti.»

«Figo. Posso succhiarti un po' di concentrazione.»

Pip salutò e riagganciò. Sentiva una fitta di senso di colpa per Cara, che l'amica fosse lì e ora sarebbe stata coinvolta in quello che stava per venir fuori, qualsiasi cosa fosse. Perché non era concentrazione che Pip stava portando al gruppo di studio. Stava tendendo un agguato.

Cara le aprì la porta con indosso il pigiama-pinguino e le pantofole a forma di zampe da orso.

«*Chica*» disse, arruffando i capelli già spettinati di Pip. «Buona domenica. *Mi club de lavoros es su club de lavoros.*»

Pip chiuse la porta e seguì Cara verso la cucina.

«È proibito parlare» annunciò Cara, tenendole aperta la porta. «E digitare troppo forte, come fa Max.»

Pip entrò in cucina. Max e Naomi sedevano l'uno accanto all'altra al tavolo, computer e fogli aperti davanti a sé. Tra le mani tazze fumanti di tè appena fatto. Il posto di Cara era dall'altro lato: un caos di fogli, quaderni e penne sparpagliati sulla tastiera.

«Ehi Pip» sorrise Naomi. «Come va?»

«Bene, grazie» rispose Pip, la voce di colpo roca e rauca. Quando guardò Max, lui distolse immediatamente lo sguardo, abbassandolo sulla superficie del suo tè color grigio talpa.

«*Ciao*, Max» disse lei apposta, obbligandolo a restituirle lo sguardo.

Lui fece un piccolo sorriso a bocca stretta, che sarebbe potuto sembrare un saluto a Cara e Naomi, ma che lei capì voleva essere una smorfia.

Pip si avvicinò al tavolo e vi lasciò cadere sopra lo zaino, proprio di fronte a Max. Sbatté contro la superficie, facendo sobbalzare gli schermi di tutti e tre i portatili.

«Pip adora i compiti» spiegò Cara a Max. «In maniera aggressiva.»

Cara scivolò sulla propria sedia e mosse avanti e indietro la freccia per rianimare il computer. «Be', siediti» disse, tirando fuori da sotto il tavolo con il piede una sedia le cui gambe grattarono e stridettero contro il pavimento.

«Che c'è, Pip?» chiese Naomi. «Vuoi un tè?»

«Cosa guardi?» intervenne Max.

«Max!» Naomi lo colpì forte sul braccio con una risma di carta.

Con la coda dell'occhio Pip riusciva a scorgere il viso confuso di Cara. Ma non spostò lo sguardo da Naomi e Max. Sentiva la rabbia pulsarle nel corpo, le narici allargarsi per l'ondata d'ira. Finché non aveva visto le loro facce non aveva saputo che era così che si sarebbe sentita. Pensava che sarebbe stata sollevata. Sollevata che fosse tutto finito, che lei e Ravi avessero fatto quello che si erano prefissati. Ma le loro facce la fecero ribollire di rabbia. Non erano più solo piccoli inganni e innocenti buchi di memoria. Era una menzogna calcolata, capace di cambiare il corso di una vita. Un tradimento fondamentale dissepolto dai pixel. E lei non avrebbe distolto lo sguardo né si sarebbe seduta finché non avesse scoperto il perché.

«Sono venuta prima qui come forma di cortesia» disse, con la voce tremante. «Perché, Naomi, tu sei stata come una sorella per me per quasi tutta la vita. Max, a te non devo niente.»

«Pip, di cosa stai parlando?» disse Cara, la voce tesa da un principio di ansia.

Pip aprì lo zaino e tirò fuori il raccoglitore di plastica. Lo aprì e, allungandosi sul tavolo, posò i tre fogli stampati nello spazio tra Max e Naomi.

«È la vostra occasione di spiegare tutto prima che vada alla polizia. Cos'hai da dire, Nancy Tangotette?» Guardò storto Max.

«Di cosa blateri?» la schernì lui.

«Questa foto è tua, Nancy. Della sera in cui Andie Bell scomparve, giusto?»

«Sì» disse piano Naomi. «Ma, perché...»

«La notte in cui Sal lasciò casa di Max alle dieci e mezza per andare a uccidere Andie?»

«Sì, esatto» sbottò Max. «E cosa stai cercando di dimostrare?»

«Se smettessi di fare l'arrogante spaccone per un secondo e guardassi la foto, lo vedresti» ribatté Pip. «Ovviamente non sei molto pignolo quando si tratta di dettagli o non l'avresti caricata affatto. Perciò te lo spiego io. Tutti voi, tu e Naomi, Millie e Jake siete in questa foto.»

«Sì, e allora?» rispose lui.

«Allora, Nancy, chi di voi quattro ha fatto questa foto?»

Pip notò che Naomi sbarrava gli occhi, con la bocca leggermente aperta, mentre fissava la stampata.

«Sì, ok» disse Max, «magari l'ha fatta Sal. Non è che abbiamo mai detto che non ci fosse mai stato. Deve averla fatta un po' prima.»

«Bel tentativo» disse Pip «ma...»

«Il mio telefono.» Il viso di Naomi crollò. Si allungò per prendere il foglio tra le mani. «L'ora sul mio telefono.»

Max si zittì, abbassando lo sguardo sulle stampate, un muscolo teso nella mandibola.

«Be', quei numeri li si vede a malapena. Devi averla photoshoppata» disse.

«No, Max. L'ho presa dal tuo Facebook così com'è. Non preoccuparti, ho controllato: la polizia può recuperarla anche se ora la cancelli. Sono sicura che sarebbero molto interessati a vederla.»

Naomi si voltò verso Max, le guance che si facevano rosse: «Perché non hai controllato come si deve?».

«Chiudi il becco» disse lui, piano ma con decisione.

«Dobbiamo dirglielo» rispose Naomi, spingendo indietro la sedia con uno stridio che penetrò nelle ossa di Pip.

«Chiudi il becco, Naomi» disse di nuovo Max.

«Oh santo cielo.» Naomi si alzò e iniziò a coprire a grandi passi la lunghezza del tavolo. «Dobbiamo dirglielo...»

«Smettila di parlare!» disse Max, saltando in piedi e afferrando Naomi per le spalle. «Non dire un'altra parola.»

«Andrà alla polizia, Max. È così?» disse Naomi, con le lacrime che si accumulavano negli incavi attorno al naso. «Dobbiamo dirglielo.»

Max fece un respiro profondo e a scossoni, con lo sguardo che passava da Naomi a Pip.

«Cazzo» urlò di colpo, lasciando andare Naomi e prendendo a calci la gamba del tavolo.

«Cosa diavolo sta succedendo?» disse Cara, tirando Pip per la manica.

«Dimmelo, Naomi» fece Pip.

Max ricadde sulla sedia, con i capelli biondi come ciuffi sfioriti sul viso. «Perché lo hai fatto?» Guardò Pip. «Perché non hai lasciato perdere tutto e basta?»

Pip lo ignorò. «Naomi, dimmelo» disse. «Sal non andò via da casa di Max alle dieci e mezza quella sera vero? Se ne andò a mezzanotte e un quarto, proprio come aveva detto alla polizia. Non vi chiese mai di mentire per fornirgli un alibi; ne aveva uno davvero. Era con voi. Sal non mentì mai neanche una volta alla polizia; foste voi a farlo, quel martedì. Mentiste per portargli via l'alibi.»

Naomi strizzò gli occhi mentre le lacrime le appannarono la vista. Guardò Cara e poi lentamente spostò lo sguardo su Pip. E annuì.

Pip sbatté gli occhi. «Perché?»

Ventotto

«Perché?» ripeté Pip quando Naomi ebbe fissato a sufficienza i propri piedi senza parlare.

«Ci obbligarono» tirò su col naso. «Qualcuno ci obbligò a farlo.»

«Cosa intendi?»

«Noi... io, Max, Jake e Millie... ricevemmo tutti un messaggio quel lunedì sera. Da un numero sconosciuto. Ci diceva che dovevamo cancellare ogni foto di Sal fatta la sera in cui Andie scomparve e di caricare normalmente le altre. Ci disse che a scuola, il giorno dopo, dovevamo chiedere al preside di chiamare la polizia per poter rilasciare una dichiarazione. E dovevamo dire loro che in realtà Sal se n'era andato da casa di Max alle dieci e mezza e che prima ci aveva chiesto di mentire.»

«Ma perché lo avreste dovuto fare?» chiese Pip.

«Perché...» il viso di Naomi si contorse mentre lei cercava di trattenere i singhiozzi «... perché sapevano qualcosa su di noi. Su una cosa brutta che avevamo fatto.»

Non poté trattenerli di più. Si coprì il viso con le mani e vi scoppiò a piangere dentro violentemente, soffocando il pianto contro le dita. Cara saltò in piedi dalla sedia e corse verso di lei, avvolgendo le braccia attorno alla vita della sorella. Guardò Pip mentre stringeva Naomi che sussultava, il viso pallido per via di una punta di paura.

«Max?» disse Pip.

Max si schiarì la gola, gli occhi abbassati sulle mani

agitate. «Noi, ehm... accadde qualcosa a Capodanno del 2011. Una cosa brutta, una cosa che facemmo noi.»

«Noi?» farfugliò Naomi. «Noi, Max? Accadde tutto a causa tua. Ci tirasti dentro tu e sei tu che ci obbligasti a lasciarlo lì.»

«Bugiarda. All'epoca fummo tutti d'accordo» disse lui.

«Io ero sciocccata. Ero spaventata.»

«Naomi?» fece Pip.

«Noi... ehm, andammo in quella piccola discoteca del cacchio ad Amersham» rispose lei.

«L'Imperial Vault?»

«Già. E bevemmo tutti un sacco. E quando la discoteca chiuse fu impossibile trovare un taxi; eravamo fuori in coda e si congelava. Allora Max, che ci aveva portati lì con la sua macchina, disse che in realtà lui non aveva bevuto così tanto e poteva guidare. E convinse me, Millie e Jake a salire in macchina con lui. Fummo così stupidi. Oddio, se potessi tornare indietro e cambiare una sola cosa della mia vita, sarebbe quel momento...» La sua voce si spense.

«Sal non c'era?» chiese Pip.

«No» disse lei. «Vorrei che ci fosse stato perché non ci avrebbe mai permesso di comportarci così da stupidi. Era con suo fratello quella sera. Comunque Max, che era ubriaco tanto quanto noi altri, guidava troppo veloce sulla A413. Erano tipo le quattro del mattino e non c'erano altre macchine sulla strada. E poi...» tornarono le lacrime «... e poi...»

«'Sto tizio spunta dal nulla» continuò Max.

«No, non è vero. Era in piedi sulla banchina, ben indietro, Max. Mi ricordo di te che perdi il controllo dell'auto.»

«Be', allora ci ricordiamo due cose molto diverse» sbottò Max sulla difensiva. «Lo colpimmo e iniziammo a girare. Quando ci fermammo mi tolsi dalla strada e andammo a vedere cos'era successo.»

«Oddio, c'era tantissimo sangue» singhiozzò Naomi. «E le sue gambe erano piegate tutte sbagliate.»

«Sembrava morto, ok?» disse Max. «Controllammo per vedere se respirava e pensammo che non era così. Decidemmo che era troppo tardi per lui, troppo tardi per chiamare un'ambulanza. E visto che avevamo tutti bevuto sapevamo in che guai saremmo finiti. Accuse penali, prigione. Perciò fummo tutti d'accordo e ce ne andammo.»

«Ci obbligò Max» disse Naomi. «Ci entrasti nella testa e ci terrorizzasti perché accettassimo, perché sapevi che quello veramente nei guai eri tu.»

«Fummo *tutti* d'accordo, Naomi, tutti e quattro» urlò Max, mentre un rossore acceso gli avanzava lentamente sulla superficie del viso. «Tornammo da me perché i miei erano a Dubai. Ripulimmo la macchina e poi la facemmo schiantare contro l'albero proprio di fronte al mio vialetto. I miei non sospettarono mai nulla e mi presero una macchina nuova poche settimane dopo.»

Anche Cara stava piangendo ora, e si asciugava le lacrime prima che Naomi potesse vederle.

«L'uomo morì?» disse Pip.

Naomi scosse la testa. «Rimase in coma per qualche settimana, ma poi ne uscì. Ma... ma...» il viso di Naomi si accartocciò per il tormento. «È paraplegico. È in sedia a rotelle. Per colpa nostra. Non lo avremmo mai dovuto abbandonare.»

Rimasero tutti in ascolto mentre Naomi piangeva, lottando per inspirare un po' tra le lacrime.

«Qualcuno» disse alla fine Max, «qualcuno sapeva cos'avevamo fatto. Disse che se non avessimo fatto come chiedeva avrebbe detto alla polizia di quel tizio. Così ubbidimmo. Cancellammo le foto e mentimmo alla polizia.»

«Ma com'è possibile che qualcuno avesse scoperto il vostro incidente e l'omissione di soccorso?» chiese Pip.

«Non lo sappiamo» rispose Naomi. «Giurammo tutti di non dirlo a nessuno, mai e poi mai. E io così ho fatto.»

«Anche io» disse Max.

Naomi lo guardò con uno sguardo di lacrimosa incredulità.

«Che c'è?» lui le restituì l'occhiata.

«Io, Jake e Millie abbiamo sempre pensato che fosti tu a essertelo lasciato sfuggire.»

«Ah, davvero?» sbottò lui.

«Be', sei tu quello che si sbronzava completamente quasi ogni sera.»

«Non l'ho mai raccontato a nessuno» disse, rivolgendosi ora di nuovo a Pip. «Non ho idea di come lo avesse scoperto.»

«Hai il vizio di lasciarti sfuggire le cose» disse Pip. «Naomi, Max mi ha accidentalmente raccontato che tu sei sparita per un po' la notte in cui Andie scomparve. Dov'eri? Voglio la verità.»

«Ero con Sal» rispose lei. «Voleva parlarmi al piano di sopra, da soli. Di Andie. Era arrabbiato con lei per qualcosa che aveva fatto; ma non voleva dirmi cosa fosse. Mi disse che quando erano solo loro due era una persona diversa, ma che non poteva più ignorare il modo in cui trattava gli altri. Decise che quella notte avrebbe chiuso con lei. E sembrava... quasi sollevato dopo essere arrivato a quella decisione.»

«Allora, ricapitoliamo» disse Pip. «Sal rimane con tutti voi da Max fino a mezzanotte e quindici la notte che Andie scompare. Il lunedì qualcuno vi minaccia per farvi andare alla polizia e dire che in realtà se n'è andato alla dieci e mezza e farvi cancellare ogni traccia di lui da quella serata. Il giorno dopo Sal scompare e viene ritrovato morto nel bosco. Sapete cosa significa, vero?»

Max abbassò lo sguardo, torturandosi la pelle attorno ai pollici. Naomi si coprì di nuovo il viso.

«Sal era innocente.»

«Non lo sappiamo con certezza» disse Max.

«Sal era innocente. Qualcuno uccise Andie e poi uccise Sal dopo essersi assicurato che sembrasse colpevole oltre ogni ragionevole dubbio. Il vostro migliore amico era innocente e voi lo sapete da cinque anni.»

«Mi dispiace» singhiozzò Naomi. «Mi dispiace così tanto. Non sapevamo cos'altro fare. C'eravamo dentro fino al collo. Non pensammo mai che Sal sarebbe finito così, morto. Pensavamo che se fossimo solo stati al gioco, la polizia avrebbe preso chiunque avesse fatto del male a Andie, le accuse contro Sal sarebbero cadute e noi saremmo stati tutti a posto. All'epoca ci dicemmo che era solo un piccola bugia. Ma ora sappiamo cos'abbiamo fatto.»

«Sal è morto a causa della vostra *piccola* bugia.» Lo stomaco di Pip si torceva per via di una furia ammutolita dalla tristezza.

«Non lo sappiamo» disse Max. «Sal potrebbe sempre essere stato coinvolto in quello che accadde a Andie.»

«Non ne ebbe il tempo» rispose Pip.

«Cos'hai intenzione di fare con la foto?» chiese lui piano.

Pip guardò Naomi, il cui viso gonfio e rosso era inciso

dal dolore. Cara le teneva la mano e fissava Pip, con le lacrime che le scorrevano lungo le guance.

«Max» rispose Pip. «Hai ucciso tu Andie?»

«Cosa?» Il ragazzo si alzò in piedi, scostandosi i capelli arruffati dal viso. «No, rimasi a casa mia tutta la notte.»

«Saresti potuto uscire quando Naomi e Millie andarono a dormire.»

«Be,' non lo feci, ok?»

«Sai cos'accadde a Andie?»

«No, non lo so.»

«Pip.» Fu Cara a parlare ora. «Ti prego, non andare alla polizia con quella foto. Ti prego. Non ce la faccio a perdere mia sorella oltre a mia mamma.» Il labbro inferiore le tremò e lei contorse il volto, cercando di trattenere i singhiozzi. Naomi la avvolse tra le braccia.

A Pip faceva male la gola, di un sentimento inerme e vuoto, a guardare le due ragazze soffrire così tanto. Cosa doveva fare? Cosa poteva fare? Non sapeva comunque se la polizia avrebbe preso la foto sul serio. Ma se lo avesse fatto, Cara sarebbe stata lasciata da sola e sarebbe stata colpa di Pip. Non poteva farle questo. Ma, e Ravi? Sal era innocente e lei non poteva assolutamente abbandonarlo ora. C'era solo un unico modo di uscirne, capì.

«Non andrò alla polizia» disse.

Max tirò un sospiro di sollievo e Pip gli lanciò un'occhiata, disgustata, mentre lui cercava di nascondere un debole sorriso che gli attraversava la bocca.

«Non per te, Max» disse. «Per Naomi. E per tutto quello che i tuoi errori le hanno fatto. Dubito che il senso di colpa si sia mai presentato nei tuoi pensieri, ma spero pagherai in qualche modo.»

«Sono anche i miei errori» disse piano Naomi. «È stata anche colpa mia.»

Cara si avvicinò a Pip e l'abbracciò da di fianco, con le lacrime che impregnavano il suo maglione.

Max allora se ne andò, senza dire altro. Raccolse portatile e appunti, si gettò lo zaino sulla spalla e partì in direzione della porta.

Nessuno in cucina parlò mentre Cara era al lavandino a bagnarsi la faccia e a riempire un bicchiere d'acqua alla sorella. Naomi fu la prima a rompere il silenzio.

«Mi dispiace così tanto» disse.

«Lo so» rispose Pip. «So che è così. Non andrò alla polizia con la foto. Sarebbe molto più semplice, ma non mi serve l'alibi di Sal per dimostrare la sua innocenza. Troverò un altro modo.»

«Cosa vuoi dire?» Naomi tirò su col naso.

«Mi stai chiedendo di coprire te e quello che hai fatto. E va bene. Ma non coprirò la verità su Sal.» Deglutì e la saliva le irritò tutta la gola tesa e secca. «Ho intenzione di scoprire chi è il colpevole di tutto questo, la persona che uccise Andie e Sal. È il solo modo per riabilitare il nome di Sal e contemporaneamente proteggere te.»

Naomi l'abbracciò, affondando il viso rigato di lacrime nella spalla di Pip. «Ti prego sì» disse piano. «Sal è innocente e questo da allora mi uccide ogni giorno.»

Pip carezzò i capelli di Naomi e guardò Cara, la propria migliore amica, sua sorella. Le spalle di Pip si afflosciarono mentre un grosso peso vi calava sopra. Il mondo sembrava più pesante di quanto fosse mai stato.

PARTE III

Pippa Fitz-Amobi
CPE 16/10/17

Diario di lavoro – Voce 31

È innocente.

Tutto il giorno, a scuola, queste due parole mi sono fluite in testa come il nastro di una telescrivente. Il progetto non è più una congettura ottimistica come quando è nato. Non è più una concessione al mio istinto solo perché Sal era stato gentile con me quando ero piccola e ferita. Non è più la speranza contro ogni speranza di Ravi di avere la certezza che conosceva davvero il fratello che amava. È reale, non c'è più alcuno straccio di *forse/probabilmente/presumibilmente*. Sal Singh non uccise Andie Bell. E non si suicidò.

Una vita innocente fu stroncata e tutti quanti, in questa città, si rigirarono in bocca la cosa trasformandola in una mostruosità, trasformarono Sal nel cattivo. Ma se un cattivo può essere creato, può anche essere smontato. Cinque anni e mezzo fa a Little Kilton furono assassinati due adolescenti. E noi abbiamo in mano gli indizi per trovare l'assassino: io e Ravi e questo documento Word in continua espansione.

Sono andata da Ravi dopo la scuola – sono tornata a casa proprio ora. Siamo andati al parco e abbiamo parlato per tre ore, fin dopo il tramonto. Si è arrabbiato quando gli ho detto come mai l'alibi di Sal gli fu sottratto. Un genere calmo di rabbia. Ha detto che non era giusto che Naomi e Max Hastings poterono uscirne senza venir puniti mentre Sal, che non aveva mai fatto del male a nessuno, venne ucciso e bollato come assassino. È ovvio che non è giusto; nulla di tutto questo è giusto.

Ma Naomi non aveva mai avuto intenzione di ferire Sal, si capisce dalla sua faccia, si capisce dal modo in cui ha attraversato la vita in punta di piedi da allora. Ha agito per paura e lo posso comprendere. Anche Ravi, benché non sia sicuro di poterla perdonare.

La sua espressione è crollata quando gli ho detto che non sapevo se la foto sia sufficiente perché la polizia riapra il caso; per far parlare Max e Naomi ho bluffato. La polizia potrebbe pensare che ho modificato l'immagine e rifiutare di chiedere un mandato per controllare il profilo di Max. Lui ha già cancellato la foto, ovviamente. Ravi pensa che io avrei più credibilità di lui davanti alla polizia, ma io non ne sono così sicura; un'adolescente che parla a raffica su angolazioni fotografiche e piccoli numeri bianchi sullo schermo di un telefono, specie visto che le prove contro Sal sono così decisive. Per non parlare di Daniel Da Silva tra gli agenti, pronto a fare orecchie da mercante.

E un'altra cosa: ci è voluto un bel po' di tempo a Ravi per capire come mai voglio proteggere Naomi. Ho spiegato che sono parte della famiglia, che Cara e Naomi sono entrambe come sorelle per me e benché Naomi possa aver avuto la sua parte in quello che successe, Cara è innocente. Mi devasterebbe farle una cosa del genere, farle perdere la sorella dopo che ha perso anche la mamma. Ho promesso a Ravi che non sarebbe stata una battuta d'arresto, che non ci serve che Sal abbia un abili per dimostrare la sua innocenza; dobbiamo solo trovare il vero assassino. Così abbiamo raggiunto un accordo: ci diamo altre tre settimane. Tre settimane per trovare l'assassino o prove decisive contro un sospettato. E se non abbiamo niente una volta arrivati a quella scadenza, io e Ravi porteremo la foto alla polizia, vedremo se la prenderanno mai sul serio.

Come uccidono le brave ragazze

Perciò questo è quanto. Adesso ho solo tre settimane per trovare l'assassino o le vite di Naomi e Cara salteranno in aria. Ho sbagliato a chiedere a Ravi di fare una cosa del genere, di aspettare ancora quando ha già aspettato così a lungo? Sono combattuta tra gli Ward e i Singh e cos'è giusto fare. Non so neanche più cosa lo sia ormai... è tutto così poco chiaro. Non sono sicura di essere la brava ragazza che credevo un tempo. Lei l'ho persa lungo la strada.

Ma non c'è tempo da perdere a pensarci. Allora, nella lista dei sospettati abbiamo ora cinque persone. Ho tolto Naomi. Le mie ragioni per sospettare di lei hanno ora ricevuto una spiegazione: la sua sparizione e il suo disagio nel rispondere alle domande su Sal.

Holly Jackson

Uno schema di ricapitolazione su tutti i sospetti:

Howie Bowers
Ha mentito dicendo di non conoscerlo. Compra ancora? →

- Riforniva Andie delle droghe che lei vendeva
- Possibile relazione sessuale?
- Viveva da solo = nessun alibi per quella notte
- La macchina di Andie fu ritrovata abbandonata nella sua strada (Romer Close) col suo sangue nel bagagliaio
- Sapeva la posizione esatta del nascondiglio in cui Andie teneva il cellulare prepagato e le riserve di droga, cose entrambe sparite

Max Hastings
- Possibile candidato a misterioso tizio più grande: Andie avrebbe potuto **rovinare** la sua amicizia con Sal & co.
- Ha una foto di Andie nuda fatta all'hotel Ivy House
- Comprava droga da Andie e acquistava regolarmente il Roipnol
- Ai calamity party i drink delle ragazze venivano drogati
- Sapeva dell'incidente con omissione di soccorso

Potrebbe averla drogata a una festa?

Andie Bell

Jason Bell
- Aveva un'amante. Andie lo sapeva e Jason sapeva che lo aveva scoperto
- Violenze psicologiche nei confronti della famiglia?
- Ascoltato dalla polizia in un interrogatorio formale
- Se ne andò dalla cena per un certo tempo la notte in cui Andie scomparve
- Usò il passato nel parlare di Andie in una delle prime conferenze stampa

drink drogati →

Nat Da Silva ← fratello + sorella → **Daniel Da Silva**

- Bullizzata da Andie: ricatto per *Il crogiuolo*, video in topless e una terza misteriosa vittoria che Andie aveva avuto su di lei
- Violenta in maniera comprovata (ha preso a pugni una ragazza all'università e ha scontato una pena per aggressione)
- Lasciò a Andie una minaccia di morte nell'armadietto a scuola
- Sostiene di avere un alibi ma andò a letto alle 23 e potrebbe essere uscita di nascosto più tardi

- Possibile candidato a misterioso tizio più grande (hotel Ivy House)
- Andie disse che avevano fatto sesso quando lei aveva quindici anni e usò il pretesto di uno stupro su minore per ricattare Nat
- Andie avrebbe potuto **rovinarlo** denunciando il rapporto sessuale o distruggendo il suo matrimonio appena celebrato
- Denuncia di drink drogati (da Max?) fatta a lui che non ebbe seguito
- Agente di polizia: avrebbe potuto avere accesso alla casa di Andie durante le perquisizioni e potrebbe aver eliminato le prove che portavano a lui (il cellulare prepagato)

Insieme al bigliettino e al messaggio che ho ricevuto ora ho un'altra pista che mi può portare dritta all'assassino: il fatto che sapesse dell'incidente con omissione di soccorso. Prima di tutti gli altri e in maniera più ovvia, Max lo sapeva perché fu lui a commetterlo. Potrebbe aver finto di essere minacciato insieme ai suoi amici per poter far ricadere la colpa dell'assassinio di Andie su Sal.

Ma, come ha detto Naomi, Max ha sempre fatto molte feste, bevuto e fatto uso di droghe. Potrebbe essersi lasciato scappare la storia dell'incidente con qualcuno mentre era in quello stato. Qualcuno che conosceva, come Nat Da Silva o Howie Bowers. O forse perfino Andie Bell che allora, a sua volta, potrebbe averlo detto a uno dei precedenti. Daniel Da Silva era un poliziotto in servizio che rispondeva agli incidenti stradali; forse ha fatto due più due? Oppure uno di loro poteva essersi trovato sulla stessa strada quella notte e aver visto tutto. È realistico credere allora che uno dei cinque possa aver saputo dell'incidente e averlo usato a proprio vantaggio. Ma Max rimane l'opzione più solida a questo proposito.

So che Max teoricamente ha un alibi per la maggior parte della finestra temporale durante la quale Andie sparì ma <u>io non mi fido di lui</u>. Sarebbe potuto uscire quando Naomi e Millie se ne andarono a dormire. Che fosse riuscito a intercettare Andie prima delle 00.45, quando lei avrebbe dovuto andare a prendere i suoi, è pur sempre possibile. O forse andò a dare una mano a portare a termine una cosa che aveva iniziato Howie? Ha detto che non uscì mai di casa ma non mi fido delle sue risposte. Penso che avesse subodorato il mio bluff. Penso che sapesse che era molto improbabile che denunciassi Naomi alla polizia, perciò ha potuto non essere sincero con me. Sono in una specie di situazione alla *Comma 22* qui: non posso proteggere Naomi senza proteggere contemporaneamente Max.

L'altra pista che questa nuova informazione mi offre è che l'assassino in qualche modo aveva accesso ai numeri di telefono di Max, Naomi, Millie e Jake (così come al mio). Ma di nuovo, questo non restringe il campo. Max ovviamente li aveva e Howie avrebbe potuto avere loro accesso in questo modo. Nat Da Silva probabilmente aveva tutti i loro numeri, specie se era molto amica di Naomi: Daniel avrebbe potuto ottenerli tramite la sorella. Jason Bell sembrerebbe la pecora nera in questo caso, MA se uccise lui Andie e aveva il suo cellulare, lì probabilmente c'erano tutti i loro numeri salvati.

Argh! Non ho ristretto il campo per niente e il tempo sta scadendo. Devo seguire ogni pista aperta, trovare i nodi irrisolti che, una volta tirati, possano sbrogliare questa confusa e contorta matassa. E finire il mio cavolo di saggio su Margaret Atwood!!!

Ventinove

Pip aprì la porta di casa e la spalancò. Barney saltellò lungo il corridoio e poi tornò indietro per accompagnarla mentre lei si dirigeva verso le voci familiari.

«Ciao, cetriolino» disse Victor quando Pip fece capolino in salotto. «Ti abbiamo preceduta di pochissimo. Sto per preparare qualcosa per cena per me e la mamma; Joshua ha mangiato da Sam. Tu hai cenato da Cara?»

«Sì, esatto» rispose lei. Avevano mangiato ma non avevano parlato molto. A scuola Cara era stata silenziosa tutta la settimana. Pip la capiva; questo progetto aveva mandato all'aria le fondamenta della sua famiglia, e la sua vita, così com'era, dipendeva dal fatto che Pip scoprisse la verità. Lei e Naomi le avevano chiesto, domenica, dopo che Max se n'era andato, chi pensava fosse il colpevole. Lei non aveva detto loro nulla, aveva solo messo in guardia Naomi, che stesse lontana da Max. Non poteva rischiare di raccontare loro i segreti di Andie in caso questi venissero di pari passo con minacce da parte dell'assassino. Quel fardello era solo suo.

«Allora, come sono andati i colloqui con gli insegnanti?» chiese Pip.

«Be', bene» disse Leanne, accarezzando la testa di Josh. «Stiamo migliorando in scienze e matematica, vero, Josh?»

Josh annuì, assemblando mattoncini di lego sul tavolino.

«Anche se la signorina Speller ha detto che sei incline a fare il clown della classe.» Victor fece una faccia finto seria in direzione di Josh.

«Mi chiedo da chi abbia preso» commentò Pip, facendo a suo papà la stessa faccia.

Lui fece una fragorosa risata e si diede uno schiaffo sul ginocchio. «Non essere impertinente, ragazza.»

«Non ho tempo» replicò lei. «Devo lavorare un paio d'ore prima di andare a letto.» Indietreggiò nel corridoio e andò verso le scale.

«Oh, tesoro» sospirò la mamma, «ti affatichi troppo.»

«Non esiste» disse Pip, facendole un cenno di saluto dalle scale.

Sul pianerottolo si fermò proprio fuori da camera sua e rimase a guardare. La porta era leggermente aperta e la scena intervallata dai ricordi di Pip di quella mattina, prima di andare a scuola. Joshua aveva preso due boccette di dopobarba di Victor e – con indosso un capello da cowboy – ne teneva una per mano, spruzzandole mentre camminava disinvolto lungo il corridoio del piano superiore, dicendo: «Sono Umo Lumo il cowboy del Profumo e questa casa non è abbastanza grande per tutti e due, Pippo». Pip era scappata, chiudendosi la porta alle spalle, così che la stanza non puzzasse poi dello stucchevole amalgama di Brave e Pour Homme. O forse era stato ieri mattina? Non aveva dormito bene quella settimana e i giorni si confondevano gli uni con gli altri.

«Qualcuno è entrato in camera mia?» urlò verso il piano di sotto.

«No, noi siamo appena tornati» replicò la mamma.

Pip entrò e lasciò cadere lo zaino sul letto. Andò alla scrivania e capì con solo una mezza occhiata che c'era qualcosa che non andava. Il portatile era aperto, lo schermo inclinato all'indietro. Pip chiudeva sempre, sempre lo schermo quando lo lasciava a casa e non tornava per tutto il giorno. Lo accese e mentre quello si riattivava con un ronzio lei notò che la pila ordinata di stampate accanto al computer era aperta a ventaglio. Una era stata presa e messa in cima alla pila.

Era *la* fotografia. La prova dell'alibi di Sal. E non era dove l'aveva lasciata.

Il suo portatile suonò due note di bentornato e caricò la schermata home. Era proprio come l'aveva lasciata; il documento Word del suo più recente diario di lavoro nella barra delle applicazioni accanto a Chrome ridotto a icona. Vi cliccò sopra. Quello si aprì alla pagina sotto il suo schema.

Pip trasalì.

Sotto le sue ultime parole qualcuno aveva digitato: DEVI PIANTARLA, PIPPA.

Di seguito. Centinaia di volte. Così tante che riempivano quattro interi fogli A4.

Il cuore le si trasformò in un migliaio di insetti martellanti che le correvano sottopelle. Ritrasse le mani dalla tastiera e la fissò. L'assassino era stato lì, nella sua camera. Aveva toccato le sue cose. Aveva scorso la sua ricerca. Aveva premuto i tasti del suo computer.

Dentro casa sua.

Si staccò dalla scrivania e corse di sotto.

«Ehm, mamma» disse, cercando di parlare normalmente nonostante il terrore ansimante nella sua voce, «è venuto qualcuno a casa oggi?»

«Non lo so, sono stata al lavoro tutto il giorno e poi sono andata diretta ai colloqui con gli insegnanti di Josh. Perché?»

«Oh, niente» rispose Pip, improvvisando. «Ho ordinato un libro e pensavo sarebbe arrivato. Ehm... in effetti, un'altra cosa. C'era una storia che girava a scuola, oggi. Ci sono state delle effrazioni in un paio di case; si pensa abbiano usato le chiavi di riserva dei proprietari per entrare. Forse non dovremmo tenere le nostre fuori finché non li trovano.»

«Oh, davvero?» disse Leanne, alzando lo sguardo su Pip. «No, direi che non dovremmo.»

«Le vado a prendere» rispose Pip, cercando di non scivolare mentre correva alla porta d'ingresso.

La aprì e una raffica della fredda aria notturna d'ottobre le punse il viso arrossato. Si inginocchiò e alzò un angolo dello zerbino. La chiave le rimandò la luce dell'ingresso. Non giaceva dentro alla propria impronta nella polvere, bensì subito accanto. Pip allungò una mano e la prese e il metallo gelido le pizzicò le dita.

Era sdraiata sotto il piumone, rigida e tremante. Chiuse gli occhi e tese le orecchie. C'era un suono raschiante da qualche parte in casa. Qualcuno stava cercando di entrare? O era solo il salice che a volte sfregava contro la finestra dei suoi genitori?

Un tonfo sul davanti della casa. Pip sobbalzò. La portiera della macchina di un vicino o qualcuno che cercava di aprire la porta?

Scese dal letto per la sedicesima volta e andò alla finestra. Spostò l'angolo di una tenda e sbirciò. Era buio. Le macchine sul vialetto d'accesso erano illuminate da pallidi raggi di luna argentati ma il velo blu marino della notte nascondeva tutto il resto. C'era qualcuno là fuori, nell'oscurità? La stava guardando? Lei guardò a sua volta, in attesa di un segno di movimento, che un'increspatura di buio si spostasse e si trasformasse in una persona.

Pip lasciò ricadere la tenda e tornò a letto. Il piumone l'aveva tradita e aveva perso tutto il calore umano con cui l'aveva riempito. Rabbrividì di nuovo, lì sotto, guardando l'orologio del cellulare segnare le tre del mattino e passare oltre.

Quando il vento ululò e fece tremare la finestra, il cuore

di Pip tornò a balzarle in gola e lei scostò il piumone e ne uscì di nuovo. Ma questa volta attraversò in punta di piedi il pianerottolo e aprì la porta della camera di Josh. Lui dormiva profondamente, il viso pacifico illuminato dalla luce blu e fredda delle stelle fluorescenti nella notte.

Pip andò di soppiatto ai piedi del suo letto. Vi salì sopra e strisciò fino al cuscino, evitando la massa addormentata che era suo fratello. Lui non si svegliò ma gemette leggermente quando lei si tirò sopra il piumone. Era caldissimo lì sotto. E Josh sarebbe stato al sicuro se lei era lì a tenerlo d'occhio.

Rimase lì sdraiata, ad ascoltare i profondi respiri del fratello, lasciando che il calore del suo sonno la scongelasse. Gli occhi le si incrociarono e inciamparono l'uno sull'altro man mano che lei fissava davanti a sé, incantata dalla fioca luce blu delle stelle che roteavano.

Trenta

«Naomi è un po' nervosa da... lo sai» disse Cara, accompagnando Pip lungo il corridoio fino al suo armadietto. C'era ancora un po' di imbarazzo tra loro, un qualcosa di solido che iniziava appena appena a sciogliersi ai margini, anche se entrambe facevano finta che non fosse lì.

Pip non sapeva cosa dire.

«Be', è sempre stata un po' nervosa ma ora perfino di più» continuò comunque Cara. «Ieri papà l'ha chiamata dall'altra stanza e lei ha fatto un salto così alto che ha fatto volare il telefono nuovo attraverso la cucina. Completamente distrutto. Stamattina ha dovuto mandarlo in riparazione.»

«Oh» fece Pip, aprendo l'armadietto e infilandoci dentro i libri. «Ehm, le serve un telefono di riserva? Mia mamma ne ha appena preso uno più nuovo ma ha ancora quello vecchio.»

«Nah, non ti preoccupare. Ne ha trovato uno vecchio suo di qualche anno fa. La SIM non ci entra ma abbiamo trovato un vecchio prepagato con ancora un po' di credito. Per ora le basta.»

«Sta bene?» chiese Pip.

«Non lo so» rispose Cara. «Penso che non stia bene da molto tempo. Non da quando è morta la mamma, in realtà. E ho sempre pensato che c'era qualcos'altro contro cui stava combattendo.»

Pip chiuse l'armadietto e la seguì. Sperava che Cara non avesse notato i cerchi scuri di trucco applicati sotto gli occhi, o le zampe di ragno rosso sangue delle vene che li attraversavano. Il sonno non era più un'opzione, in realtà. Pip aveva spedito i saggi di ammissione a Cambridge e iniziato a studiare per l'esame di letteratura inglese. Ma la scadenza oltre la quale non poter più tenere Naomi e Cara fuori da tutto si stava avvicinando secondo dopo secondo. E quando riusciva a dormire c'era una figura nera nei suoi sogni, subito fuori dal suo campo visivo, che la guardava.

«Andrà tutto bene» disse Pip. «Te lo prometto.»

Cara le strinse la mano e poi ognuna andò per la propria strada, separandosi lungo il corridoio.

Qualche porta prima dell'aula d'inglese Pip si fermò di colpo, facendo stridere le scarpe contro il pavimento. Qualcuno stava arrancando lungo il corridoio verso di lei, qualcuno con i capelli chiari tagliati corti e occhi truccati pesantemente di nero.

«Nat?» disse Pip facendole un piccolo saluto.

Nat Da Silva rallentò e si fermò proprio di fronte a lei. Non sorrise e non ricambiò il saluto. La guardò a malapena.

«Cosa ci fai a scuola?» chiese Pip, notando che il braccialetto elettronico alla sua caviglia, coperto dalle calze, formava un bozzolo sopra le scarpe da ginnastica.

«Mi ero dimenticata che tutti i dettagli della mia vita sono di colpo diventati affari tuoi, Penny.»

«Pippa.»

«Non me ne frega niente» sbottò lei, alzando il labbro superiore in un ghigno. «Se proprio vuoi saperlo, per il tuo progetto perverso, ho ufficialmente toccato il fondo del barile. I miei mi han tagliato i fondi e nessuno mi vuole assumere. Ho appena implorato quel verme di preside perché mi desse il vecchio lavoro da bidello di mio fratello. Non possono assumere criminali violenti, a quanto pare. Ecco un effetto del dopo-Andie che puoi analizzare. Ha veramente giocato sul lungo periodo con me.»

«Mi dispiace» rispose Pip.

«No.» Nat si allontanò a grandi passi, e lo spostamento d'aria della sua partenza improvvisa scompigliò i capelli di Pip. «Non è vero.»

Dopo pranzo Pip tornò all'armadietto per prendere il libro sulla Russia per le due ore di storia. Aprì l'anta e il foglietto giaceva proprio lì, in cima alla pila di libri. Un pezzo di carta da stampante piegato che era stato spinto dentro attraverso la fessura superiore.
Un lampo di gelido terrore le scese dalla testa ai piedi. Controllò dietro entrambe le spalle per assicurarsi che nessuno la stesse osservando e prese il biglietto.
Questo è l'ultimo avvertimento, Pippa. Lascia perdere.
Lesse solo una volta le grandi lettere nere stampate, ripiegò il foglio e lo infilò nella copertina del libro di storia. Prese il libro – ci volevano due mani – e se ne andò.
Era chiaro ormai. Qualcuno voleva che sapesse che potevano arrivare a lei a casa e a scuola. Volevano spaventarla. E c'erano riusciti; la paura la inseguiva nel sonno, l'aveva obbligata a guardare fuori dalla finestra buia le due notti precedenti. Ma la Pip delle ore diurne era più razionale di quella notturna. Se questa persona era veramente pronta a far del male a lei o alla sua famiglia, non l'avrebbe già fatto, ormai? Non poteva lasciar perdere il progetto, Sal e Ravi, Cara e Naomi. Ci era dentro fino al collo e l'unica via d'uscita era immergervisi del tutto.
C'era un assassino nascosto a Little Kilton. Aveva visto l'ultima voce del suo diario di lavoro e ora stava reagendo. Il che voleva dire che Pip da qualche parte ci aveva azzeccato. Un avvertimento, non era che questo, doveva crederci, doveva dirselo quando la notte non riusciva a dormire. E anche se lo Sconosciuto le era forse alle costole, ormai, questo valeva anche per lei nei suoi confronti.

Pip spinse la porta dell'aula col dorso del libro e quella si aprì molto più violentemente di quanto avesse voluto.

«Ahia» disse Elliot quando la porta gli andò a sbattere sul gomito.

La porta rimbalzò tornando a scontrarsi con Pip e lei inciampò, facendo cadere il libro. Che atterrò con un botto sonoro.

«Scusa, El... Scusi, signor Ward» disse. «Non sapevo fosse qui dietro.»

«Non preoccuparti» sorrise lui. «Lo prenderò per entusiasmo nei confronti dell'apprendimento e non come un tentato omicidio.»

«Be', stiamo studiando gli anni Trenta in Russia.»

«Ah, capisco» rispose lui, chinandosi a raccoglierle il libro, «quindi era una dimostrazione pratica?»

Il biglietto scivolò via dalla copertina e planò sul pavimento. Atterrò sulla piega e si fermò, parzialmente aperto. Pip si gettò a raccoglierlo, appallottolandolo tra le mani.

«Pip?»

Poté vedere Elliot che cercava di stabilire con lei un contatto visivo. Ma lei fissò dritto davanti a sé.

«Pip, stai bene?» chiese lui.

«Sì» annuì lei, facendogli un sorriso a bocca chiusa, ricacciando indietro quel sentimento che si ha sempre quando qualcuno ti chiede se stai bene e decisamente non è così. «Sto bene.»

«Senti» disse lui con gentilezza, «se sei vittima di bullismo, la cosa peggiore che puoi fare è tenertelo per te.»

«Non lo sono» disse lei, voltandosi a guardarlo. «Sto bene, davvero.»

«Pip?»

«Sto bene, signor Ward» disse lei mentre il primo gruppo di studenti assorti in chiacchiere infilava la porta dietro di loro.

Prese il libro dalle mani di Elliot e andò a sedersi al proprio posto, conscia che lo sguardo di lui la seguiva.

«Pips» disse Connor, facendo cadere lo zaino sul banco accanto al suo. «Sei scomparsa dopo pranzo.» E poi, in un sussurro, aggiunse: «Allora, perché tu e Cara siete così fredde? Avete litigato o roba simile?».

«No» rispose lei, «stiamo bene. Va tutto bene.»

Pippa Fitz-Amobi
CPE 21/10/17

Diario di lavoro – Voce 33

Non ignoro il fatto che ho visto Nat Da Silva a scuola giusto poche ore prima di trovare il bigliettino nell'armadietto. Specie considerati i suoi precedenti con le minacce di morte negli armadietti. E benché il suo nome sia ora schizzato in cima alla lista dei sospettati, non è certo definitivo. In una cittadina piccola come Kilton a volte le cose che sembrano collegate sono pure coincidenze e viceversa. Imbattersi in qualcuno nell'unica scuola superiore della città non lo rende un assassino.

Quasi tutti quelli sulla mia lista hanno un legame con quella scuola. Sia Max Hastings che Nat Da Silva ci sono andati, Daniel Da Silva lavorava lì come bidello, entrambe le figlie di Jason Bell la frequentavano. In effetti non so se Howie Bowers andasse alla Kilton Grammar o meno; sembra che non riesca a trovare nessuna informazione su di lui online. Ma tutti questi sospettati saprebbero che ci vado; potrebbero avermi seguito, potrebbero avermi osservata venerdì mattina quando ero all'armadietto con Cara. Non è che ci sia un sistema di sicurezza a scuola; chiunque può entrare senza incontrare ostacoli.

Quindi forse Nat, ma forse anche gli altri. E sono appena ritornata punto e a capo. Chi è l'assassino? Il tempo sta scadendo e io non sono affatto più vicina a indicare un colpevole.

Da tutto quello che io e Ravi abbiamo scoperto considero ancora il cellulare prepagato di Andie la pista più importante. È scomparso ma se potessimo trovarlo o trovare la persona che lo ha allora il nostro lavoro sarebbe concluso. Il telefono è una prova fisica, tangibile. Proprio quello che ci serve se vogliamo trovare un modo di coinvolgere la polizia. Di una foto stampata dai dettagli sfocati potrebbero ridere, ma nessuno potrebbe ignorare il secondo telefono segreto della vittima.

Sì, ho già riflettuto sul fatto che forse Andie aveva con sé il prepagato quando è morta e quindi sia andato perduto per sempre insieme al suo corpo. Ma facciamo finta che non sia così. Diciamo che Andie sia stata intercettata mentre si allontanava da casa in macchina. Diciamo che venne uccisa e fatta sparire. E poi l'assassino pensa tra sé e sé: *Oh, no, il prepagato potrebbe farli risalire a me! E se la polizia lo trova durante le perquisizioni?*

Perciò deve andare a prenderlo. Ci sono due persone sulla mia lista che so per certo fossero a conoscenza del telefono prepagato: Max e Howie. Se Daniel Da Silva era il misterioso tizio più grande, allora anche lui di certo lo sapeva. Howie, in particolare, sapeva dov'era tenuto nascosto.

E se uno di loro fosse andato dai Bell e avesse rimosso il cellulare dopo aver ucciso Andie, prima che potesse essere ritrovato? Ho qualche altra domanda per Becca Bell. Non so se vorrà rispondere ma devo tentare.

Trentuno

Sentiva i nervi come uncini conficcati nella pancia mentre avanzava verso l'edificio. Era un piccolo edificio per uffici dalla facciata di vetro con un cartellino metallico che diceva "Kilton Mail" accanto all'ingresso principale. E benché fosse lunedì mattina il luogo sembrava e dava l'impressione di essere abbandonato. Niente segni di vita né di movimento in nessuna delle finestre del piano terra.

Pip premette il pulsante sul muro accanto alla porta. Fece un piccolo suono acuto e lamentoso che le grattò le orecchie. Staccò il dito e, qualche secondo dopo, una smorzata voce robotica parlò dal campanello.

«Sì?»

«Ehm, salve» rispose Pip. «Sono qui per incontrare Becca Bell.»

«Ok» disse la voce, «la faccio entrare. Spinga la porta con forza perché è un po' dura.»

Risuonò un forte ronzio. Pip spinse la porta e vi si appoggiò con un fianco e, con uno schiocco, quella si sbloccò e si aprì verso l'interno. Lei la richiuse dietro di sé e rimase in piedi in una stanza piccola e fredda. C'erano tre divani e un paio di tavolini, ma nessuna persona.

«C'è nessuno?» chiamò.

Si aprì una porta e un uomo la varcò alzando il bavero di un lungo cappotto beige. Un uomo con lisci capelli scuri pettinati di lato e la pelle grigiastra. Era Stanley Forbes.

«Oh.» Si fermò quando vide Pip. «Stavo giusto uscendo. Io... chi sei tu?»

La fissò stringendo gli occhi, la mandibola in fuori, e

Pip sentì la pelle d'oca strisciarle lungo il collo. Faceva freddo lì.

«Sono qui per vedere Becca» disse lei.

«Oh, certo.» Sorrise senza mostrare i denti. «Sono tutti al lavoro sul retro oggi. Il riscaldamento qui è rotto. Per di là.» Indicò la porta per la quale era venuto.

«Grazie» disse lei ma Stanley non la stava ascoltando. Era già mezzo uscito dall'ingresso. Il portone si richiuse con un colpo, sovrastando lo "zie" del suo grazie.

Pip andò alla porta opposta e la attraversò. Un breve corridoio si apriva in una stanza più grande, con quattro scrivanie coperte di carte contro ogni parete. C'erano tre donne, ognuna che digitava sul computer sistemato sulla rispettiva scrivania, creando tutte insieme un ticchettio che riempiva l'ambiente. Nessuna di loro l'aveva sentita da sopra il rumore.

Pip andò verso Becca Bell, i cui corti capelli biondi erano tirati indietro in una tozza coda, e si schiarì la gola.

«Ciao, Becca» disse.

Becca si voltò sulla sedia e le altre due donne alzarono lo sguardo. «Oh» fece lei, «sei tu che sei qui per vedermi? Non dovresti essere a scuola?»

«Sì, scusa. Sono le vacanze di metà trimestre» rispose Pip, agitandosi nervosa sotto lo sguardo fisso di Becca, pensando a quanto vicini erano stati lei e Ravi a farsi sorprendere in casa sua. Pip guardò quindi oltre la spalla di Becca, allo schermo del computer pieno di parole.

Lo sguardo di Becca seguì il suo e lei si voltò per ridurre a icona il documento.

«Scusa» fece, «è il primo pezzo che scrivo per il giornale e la prima bozza è assolutamente oscena. È solo per me» sorrise.

«Di cosa parla?» chiese Pip.

«Oh, ehm, solo di questa vecchia fattoria che è ormai disabitata da undici anni, subito fuori Kilton, alla fine di Sycamore Road. Sembra che non la possano vendere.» Alzò lo sguardo su Pip. «Alcuni vicini stanno pensando di mettersi insieme per comprarla, vogliono provare a chiedere il cambio di destinazione d'uso e ristrutturarla come pub. Io sto scrivendo come mai sarebbe una terribile idea.»

Una delle donne dall'altra parte della stanza s'intromise: «Mio fratello vive lì vicino e non pensa che sia un'idea così terribile. Birra alla spina proprio sulla strada. È entusiasta». Fece una risata secca, come una sirena da nebbia, guardando le sue colleghe perché si unissero a lei.

Becca scosse le spalle, abbassando lo sguardo sulle mani e torturando le maniche del maglione. «Penso solo che quel posto si meriti di tornare a essere la casa di una famiglia, un giorno» disse. «Mio padre l'aveva quasi comprata e restaurata anni fa, prima che accadesse tutto quanto. Cambiò idea, alla fine, ma io mi sono sempre chiesta come sarebbero state le cose se non l'avesse fatto.»

Le altre due tastiere ammutolirono.

«Oh, Becca, tesoro» disse la donna, «non avevo idea che fosse questa la ragione. Bene, ora mi sento orribile.» Si diede una manata sulla fronte. «Farò io il tè per il resto della giornata.»

«No, non preoccuparti.» Becca le fece un piccolo sorriso.

Le altre due tornarono a girarsi verso i propri computer.

«Pippa, vero?» disse piano Becca. «In cosa posso aiutarti? Se è riguardo a quello di cui abbiamo già parlato, sai che non voglio essere coinvolta.»

«Fidati, Becca» rispose Pip, la voce un sussurro. «È importante. Veramente importante. Ti prego.»

I grandi occhi azzurri di Becca restarono fissi su di lei per qualche lungo momento.

«Va bene.» Si alzò. «Vieni, andiamo di là.»

Questa seconda volta la stanza sembrava più fredda. Becca si sedette sul divano più vicino e incrociò le gambe. Pip si sistemò all'altra estremità e si voltò verso di lei.

«Ehm... allora...» La voce le si spense, non era del tutto sicura di come formulare la frase, né di quanto dovesse dirle. Si bloccò, fissando il viso di Becca così simile a quello di Andie.

«Allora?» disse Becca.

Pip ritrovò la voce. «Allora, mentre facevo le mie ricerche, ho scoperto che è possibile che Andie spacciasse droga e la vendesse ai calamity party.»

Le sopracciglia curate di Becca calarono sui suoi occhi mentre lei lanciava un'occhiata incredula a Pip. «No» disse, «non esiste.»

«Mi dispiace, è stato confermato da più fonti» rispose Pip.

«Non è possibile.»

«L'uomo che la riforniva le diede un secondo telefono segreto, un prepagato, da usare per i suoi giri» continuò Pip, scavalcando le proteste di Becca. «Ha detto che Andie lo teneva nascosto nell'armadio insieme alla roba.»

«Mi dispiace, ma penso che ti stiano prendendo in giro» disse Becca, scuotendo la testa. «Non esiste che mia sorella spacciasse droga.»

«Capisco che debba essere dura da sentire» rispose Pip, «ma sto scoprendo che Andie aveva tantissimi segreti. Questo è uno di quelli. La polizia non trovò il prepagato nella sua stanza e io sto cercando di scoprire chi possa aver avuto accesso alla sua camera dopo la sua scomparsa.»

«C... ma...» balbettò Becca, sempre scuotendo la testa. «Nessuno; la casa era transennata.»

«Intendo dire, prima che arrivasse la polizia. Dopo che Andie uscì di casa e prima che i tuoi scoprissero che era sparita. È possibile che qualcuno possa essersi introdotto in casa tua a tua insaputa? Eri andata a dormire?»

«Io... io...» la voce le si spezzò «... no, non lo so. Non stavo dormendo, ero di sotto a guardare la tivù. Ma tu...»

«Conosci Max Hastings?» chiese Pip rapida, prima che Becca potesse obiettare di nuovo.

Becca la fissò, con la confusione che le appannava la vista. «Ehm» disse, «sì, era amico di Sal, no? Il ragazzo biondo.»

«Lo notasti mai aggirarsi vicino a casa tua dopo la scomparsa di Andie?»

«No» rispose lei velocemente. «No, ma perché...»

«E Daniel Da Silva? Lo conosci?» disse Pip, sperando che questo fuoco incessante di domande stesse funzionando, che Becca rispondesse prima di pensare di non farlo.

«Daniel» disse lei «sì, lo conosco. Era buon amico di mio padre.»

Pip strinse gli occhi. «Daniel Da Silva era buon amico di tuo padre?»

«Sì.» Becca tirò su col naso. «Lavorò per mio padre per un po', dopo aver mollato il lavoro da bidello a scuola. Mio papà ha una ditta di pulizie. Ma Daniel gli piacque tantissimo e lo promosse a un lavoro d'ufficio. Fu lui a convincerlo a fare domanda per diventare poliziotto, a sostenerlo durante l'addestramento. Già. Non so se siano ancora amici; non parlo con mio padre.»

«Quindi Daniel lo vedevi spesso?» chiese Pip.

«Abbastanza spesso. Passava di frequente, delle volte rimaneva a cena. Questo cos'ha a che vedere con mia sorella?»

«Daniel era un agente di polizia quando tua sorella scomparve. Fu coinvolto mai nel caso?»

«Be', sì» replicò Becca, «fu lui uno dei poliziotti ad attivarsi per primi quando mio padre denunciò il fatto.»

Pip sentì che si stava sporgendo in avanti, le mani sull'imbottitura del divano, chinandosi sulle parole di Becca. «Perquisì la casa?»

«Sì» rispose Becca. «Lui e una poliziotta presero le nostre deposizioni e fecero la prima perquisizione.»

«Può essere stato Daniel a perquisire la camera di Andie?»

«Sì, forse» Becca si strinse nelle spalle. «Davvero non vedo dove stai andando a parare. Penso che qualcuno ti abbia messo fuori strada, sul serio. Andie non era coinvolta nelle droghe.»

«Daniel Da Silva fu il primo a entrare in camera di Andie» disse Pip, più a se stessa che a Becca.

«Cosa importa?» fece Becca, l'irritazione che le si iniziava a muovere nella voce. «Sappiamo cosa accadde quella notte. Sappiamo che Sal la uccise, a prescindere da quello che stava facendo Andie o chiunque altro.»

«Non sono sicura che sia stato lui» disse Pip, spalancando gli occhi in quella che sperava fosse un'espressione eloquente. «Non sono sicura che sia stato Sal. E penso di essere vicina a dimostrarlo.»

Pippa Fitz-Amobi
CPE 23/10/17

Diario di lavoro – Voce 34

Becca Bell non ha reagito bene alla mia insinuazione che Sal potesse essere innocente. Credo che chiedermi di andarmene lo dimostri abbastanza. Non mi sorprende. Ha passato cinque anni e mezzo con la certezza irremovibile che Sal uccise Andie, cinque anni e mezzo per seppellire il lutto per la sorella. E poi arrivo io, a sollevare un polverone e dirle che si sbaglia.

Ma dovrà crederci prima o poi, insieme a tutta Kilton, quando io e Ravi scopriremo chi ha ucciso davvero Andie e Sal.

E dopo la mia conversazione con Becca penso che il candidato numero uno sia cambiato di nuovo. Non solo ho portato alla luce un forte legame tra due nomi della mia lista dei sospetti (un'altra possibile squadra omicidi: Daniel Da Silva e Jason Bell?) ma ho anche confermato i miei sospetti su Daniel. Non solo ebbe accesso alla camera di Andie dopo che lei scomparve, ma probabilmente fu la prima persona a perquisirla! Avrebbe avuto l'occasione perfetta per prendere e nascondere il cellulare prepagato e cancellare ogni traccia di sé dalla vita di Andie.

Le ricerche sul web non portano a niente di utile su Daniel. Ma ho appena visto questo sulla pagina della polizia di Kilton:

> **Fa' sentire la tua voce!**
>
> Incontra i poliziotti della tua zona e fa' sentire la tua voce in merito alle priorità della polizia locale.
>
> **Prossimi eventi:**
>
> Tipologia: Fa' sentire la tua voce!
> Data: Martedì 24 ottobre 2017
> Ora: 12.00-13.00
> Dove: Biblioteca di Little Kilton

Kilton ha soltanto cinque poliziotti e due civili che operano a sostegno delle forze di polizia. Scommetto che Daniel ci sarà. Non scommetto invece che mi dirà qualcosa.

Trentadue

«E di sera ci sono ancora troppi giovani che si aggirano per il parco» gracchiò una vecchia, con la mano alzata.

«Ne abbiamo parlato a un incontro precedente, signora Faversham» disse una poliziotta dai capelli boccolosi. «Non dimostrano alcun comportamento antisociale. Giocano semplicemente a calcio dopo la scuola.»

Pip era seduta su una sedia di plastica giallo acceso in un gruppo di sole dodici persone. La biblioteca era scura e soffocante e l'aria riempiva le narici di quel meraviglioso odore cosmico di vecchi libri e di quello stantio di persone anziane.

L'incontro era lento e noioso, ma Pip stava all'erta, la vista tesa. Daniel Da Silva era uno dei tre poliziotti che parlavano. Era più alto di quanto si aspettasse, in piedi là nella sua uniforme nera. Aveva i capelli castano chiaro e ondulati, pettinati all'indietro. Era ben rasato, con il naso piccolo e all'insù e grandi labbra rotonde. Pip cercò di non guardarlo per periodi di tempo troppo lunghi, in caso se ne accorgesse.

C'era anche un altro viso familiare, seduto giusto a tre sedie di distanza da Pip. Che si alzò di colpo, mostrando le mani aperte ai poliziotti.

«Stanley Forbes, "Kilton Mail"» disse. «Molti dei miei lettori si sono lamentati che la gente guida ancora troppo forte per la strada principale. Come intendete contrastare la cosa?»

Ora Daniel avanzò di un passo, facendo cenno a Stanley di rimettersi a sedere. «Grazie, Stan» disse. «La strada ha già diversi dispositivi per disincentivare la velocità. Abbiamo anche parlato di effettuare più controlli e, se la cosa vi preoccupa, sarò felice di riaprire la discussione con i miei superiori.»

La signora Faversham aveva altre due lamentele da fare in tono strascicato e poi la riunione finalmente si concluse.

«Se avete altre preoccupazioni in merito alla sicurezza» disse il terzo agente, evitando platealmente ogni contatto visivo con la vecchia signora Faversham, «vi prego di compilare uno dei questionari dietro di voi», li indicò con un gesto. «E se preferite parlarcene in privato, saremo qui per altri dieci minuti.»

Pip si tenne in disparte per un po', non voleva sembrare troppo impaziente. Attese che Daniel finisse di parlare con uno dei volontari della biblioteca e poi si alzò dalla sedia e si avvicinò a lui.

«Salve» disse.

«Salve» sorrise lui, «sembri troppo giovane di diverse decine d'anni per un incontro di questo tipo.»

Lei si strinse nelle spalle. «Mi interessa la legge e il crimine.»

«Niente di troppo interessante a Kilton» rispose lui, «solo ragazzi che gironzolano e macchine un po' troppo veloci.»

Oh, magari.

«Quindi non ha mai arrestato qualcuno per movimentazione sospetta di salmone?» replicò lei, ridendo nervosamente.

Lui la fissò senza capire.

«Oh, è... è una legge britannica che esiste davvero.» Sentì che le guance le diventavano rosse. Perché non giocherellava coi capelli o agitava le dita come fanno tutte le persone normali quando sono nervose? «Il Salmon Act del 1986 ha reso illegale... ehm, non importa.» Scosse la testa. «Vorrei farle un paio di domande.»

«Spara» disse lui, «a patto che non si tratti di salmone.»
«No, no.» Tossicchiò nel pugno e alzò lo sguardo. «Si ricorda di alcune denunce fatte circa cinque o sei anni fa sull'uso di droga e su drink che venivano drogati alle feste in casa date dagli studenti della Kilton Grammar?»

La sua guancia si tese e la bocca sprofondò in un cipiglio pensoso.

«No» disse. «Non me lo ricordo. Vuoi denunciare qualcosa?»

Lei scosse il capo. «No. Conosce Max Hastings?» chiese.

Daniel si strinse nelle spalle. «Conosco un pochino gli Hastings. Furono la primissima chiamata cui risposi da solo dopo aver finito l'addestramento.»

«Per cosa?»

«Oh, niente di che. Il figlio si era schiantato con la macchina contro l'albero davanti a casa loro. Dovevano compilare un verbale per l'assicurazione. Perché?»

«Così» disse, con finta nonchalance. Vide che i piedi di Daniel iniziavano a voltarsi per allontanarsi. «Ancora una cosa che vorrei sapere.»

«Sì?»

«Lei fu uno dei primi agenti a rispondere quando venne denunciata la scomparsa di Andie Bell. Condusse la prima perquisizione dell'abitazione dei Bell.»

Daniel annuì, qualche ruga si irrigidì attorno ai suoi occhi.

«Non c'era un po' di conflitto d'interesse, visto che lei era così legato al padre di Andie?»

«No» rispose lui, «non c'era. Quando indosso questa uniforme sto lavorando. E devo dire che non mi piace affatto la piega che stanno prendendo queste domande. Ora ho da fare, scusa.» Si allontanò di qualche centimetro trascinando i piedi.

Proprio in quel momento dietro a Daniel apparve una

donna che si frappose tra lui e Pip. Aveva lunghi capelli biondi e le lentiggini sul naso, e una pancia gigante che spuntava dal vestito. Doveva essere almeno al settimo mese di gravidanza.

«Be', ciao» disse a Pip con un tono di voce forzatamente gradevole. «Sono la moglie di Dan. Che cosa terribilmente insolita che lo becchi a parlare con una ragazzina. Devo dire che non sei il suo solito tipo.»

«Kim» disse Daniel, mettendole un braccio sulla schiena, «dài.»

«Chi è questa?»

«Solo una ragazzina che è venuta all'incontro. Non lo so.» La condusse al lato opposto della stanza.

Sulla porta della biblioteca, Pip lanciò ancora uno sguardo da dietro la spalla. Daniel era in piedi con la moglie e parlava alla signora Faversham, deliberatamente senza guardare in direzione di Pip. Lei aprì la porta e uscì, affrettandosi nel suo cappotto color kaki mentre l'aria fredda l'avvolgeva. Ravi la stava aspettando poco più su lungo la strada, davanti al bar.

«Avevi ragione a non voler entrare» disse quando gli fu accanto. «È stato piuttosto ostile anche solo con me. E c'era pure Stanley Forbes.»

«Una persona adorabile» commentò Ravi sarcastico, affondando le mani nelle tasche per nasconderle al vento pungente. «Allora non hai scoperto niente?»

«Oh, non ho detto questo» rispose Pip, avvicinandosi a lui per schermarsi dal vento. «Si è lasciato sfuggire una cosa; non so neanche se se ne sia reso conto.»

«Smettila di fare queste pause a effetto.»

«Scusa» disse lei. «Ha detto che conosceva gli Hastings, che era stato lui a occuparsi del verbale quando Max fece schiantare l'auto contro l'albero davanti a casa loro.»

«Oh.» Le labbra di Ravi si aprirono attorno al suono. «Quindi lui... forse potrebbe aver saputo dell'incidente e dell'omissione di soccorso?»

«Forse sì.»

Pip aveva talmente freddo alle mani ormai che quelle stavano cominciando ad accartocciarsi in artigli. Stava per suggerire di tornare a casa sua quando Ravi s'irrigidì, lo sguardo fisso su un punto dietro di lei.

Pip si voltò.

Daniel Da Silva e Stanley Forbes erano appena usciti dalla biblioteca, facendo sbattere la porta alle loro spalle. Erano profondamente assorti in una conversazione, Daniel stava spiegando qualcosa gesticolando. Stanley ruotò la testa quasi come un gufo, per controllare i dintorni, e fu allora che notò Pip e Ravi.

I suoi occhi divennero gelidi e il suo sguardo, quando guizzò tra i due ragazzi, fu una raffica fredda nel vento. Anche Daniel si voltò a guardare e rimase a fissare, ma i suoi occhi si fermarono soltanto su Pip, taglienti e feroci.

Ravi la prese per mano. «Andiamo» disse.

Trentatré

«Ecco, ciccio» disse Pip a Barney, chinandosi per sganciare il guinzaglio dal collare di tartan. «Sei libero.»
Lui alzò su di lei i suoi occhi sorridenti all'ingiù. E quando Pip si raddrizzò lui partì, saltando sul sentiero fangoso davanti a sé e facendo lo slalom tra gli alberi con quella sua corsa da cucciolo perenne.
Sua mamma aveva ragione; era un po' troppo tardi per uscire a fare una passeggiata. Il bosco stava già diventando buio, il cielo di un grigio agitato faceva capolino dagli spazi tra gli alberi screziati d'autunno. Erano le sei meno un quarto e l'app del meteo le diceva che mancavano due minuti al tramonto. Non sarebbe rimasta fuori a lungo; aveva soltanto bisogno di un giretto lontano dalla postazione di lavoro. Aveva bisogno d'aria. Aveva bisogno di spazio.
Per tutto il giorno era passata dallo studio per l'esame della settimana successiva a fissare concentratissima i nomi della lista dei sospetti. Li fissava così a lungo che le si incrociavano gli occhi, disegnando linee immaginarie e contorte che germogliavano dalle estremità delle lettere di un nome e si avviticchiavano attorno agli altri finché la lista non diventava solo un ammasso caotico di nomi fasciati e nodi aggrovigliati.
Non sapeva cosa fare. Forse provare a parlare alla moglie di Daniel Da Silva; c'era di sicuro un attrito palpabile nella coppia. E perché, quali segreti lo avevano mai causato? O si sarebbe dovuta concentrare di nuovo sul cellulare prepagato, prendere in considerazione l'idea di introdursi nelle case di quei sospettati che ne erano a conoscenza e cercarlo lì?
No.
Era uscita a fare una passeggiata per dimenticarsi di An-

die Bell e per svuotare la mente. Infilò una mano in tasca e srotolò gli auricolari. Se li mise nelle orecchie e premette play sul cellulare, riprendendo l'episodio podcast di *True crime* che stava ascoltando. Dovette alzare molto il volume per cercare di sentirlo sopra al crocchiare dei suoi stivali di gomma sul sentiero coperto di foglie secche.

Ascoltando la voce nelle orecchie, la storia di un'altra ragazza assassinata, Pip cercò di dimenticare la propria.

Imboccò il breve anello attraverso il bosco, gli occhi sulle ombre dei rami scheletrici sopra di sé, ombre che si facevano sempre più flebili man mano che il mondo attorno diventava più buio. Quando il crepuscolo accelerò verso l'oscurità Pip lasciò il sentiero, inoltrandosi tra gli alberi per arrivare più velocemente alla strada. Quando il varco sulla strada divenne visibile, una decina di metri davanti a lei, chiamò Barney.

Quando lo raggiunse mise in pausa il podcast e riavvolse gli auricolari attorno al cellulare.

«Barney, dài» chiamò, infilando il telefono in tasca.

Sulla strada passò una macchina, che la accecò con gli abbaglianti.

«Ehi, tonto!» chiamò, più forte questa volta. «Barney, vieni!»

Gli alberi rimasero scuri e immobili.

Pip si bagnò le labbra e fischiò.

«Barney! Ehi, Barney!»

Niente rumore di zampe che calpestavano le foglie secche. Niente lampo dorato tra gli alberi. Niente.

Una gelida paura iniziò a strisciarle su per le dita dei piedi e giù lungo quelle delle mani.

«Bar-ney!» gridò e la voce le si spezzò. Tornò di corsa da dov'era venuta. Si rituffò tra gli alberi scuri. «Barney» urlò, sbandando lungo il sentiero, con il guinzaglio del cane che le ondeggiava in mano in ampi cerchi vuoti.

Trentaquattro

«Mamma, papà!» Spalancò la porta, inciampando sullo zerbino e cadendo in ginocchio. Le lacrime bruciavano, raccogliendosi nella fessura tra le labbra. «Papà!»

Victor comparve sulla porta della cucina.

«Cetriolino?» disse. E poi la vide. «Pippa, cosa c'è? Cos'è successo?»

Le corse incontro mentre lei si rialzava dal pavimento.

«Barney è sparito» disse. «Non è tornato quando l'ho chiamato. L'ho chiamato girando per tutto il bosco. È sparito. Non so cosa fare. L'ho perso, papà.»

Anche la mamma e Josh erano nell'ingresso, ora, e la guardavano in silenzio.

Victor le strinse il braccio. «È tutto a posto, Pip» disse con la sua voce calda e vivace. «Lo troveremo; non ti preoccupare.»

Prese lo spesso cappotto imbottito dall'armadio del sottoscala e due torce. Fece indossare a Pip un paio di guanti prima di passargliene una.

Era ormai buio pesto una volta che furono tornati nel bosco. Pip accompagnò suo padre lungo il sentiero che aveva percorso. I due fasci di luce bianca delle torce fendevano l'oscurità.

«Barney!» chiamò lui con la sua voce tonante, che si gettava in avanti e ai lati, come un'eco tra gli alberi.

Fu solo dopo due ore, d'orologio e di freddo, che Victor disse che era ora di rientrare.

«Non possiamo tornare a casa finché non lo troviamo!» Pip tirò su col naso.

«Ascolta.» Si girò verso di lei, con la torcia che li illuminava dal basso. «È troppo buio adesso. Lo troveremo domattina. Chissà dov'è, ma starà bene per una notte.»

Pip andò dritta a letto dopo la cena muta e a tarda ora. I suoi salirono entrambi in camera e si sedettero sul copriletto. La mamma le accarezzava i capelli mentre lei cercava di non piangere.

«Mi dispiace» disse. «Mi dispiace tantissimo.»

«Non è colpa tua, tesoro» rispose Leanne. «Non ti preoccupare. Troverà la strada di casa. Ora cerca di dormire un po'.»

Non lo fece. Non molto, quantomeno. Un pensiero le si era infiltrato nella mente e vi aveva messo radici: e se fosse stata davvero colpa sua? Se fosse successo perché aveva ignorato l'ultimo avvertimento? Se Barney non si fosse solo perso, se fosse stato preso? Perché non aveva fatto attenzione?

Sedevano in cucina a fare più presto del solito una colazione per la quale nessuno aveva appetito. Victor, che dall'aspetto sembrava non avesse dormito molto neanche lui, aveva già chiamato al lavoro per dire che si prendeva un giorno di permesso. Stese il piano d'azione tra una cucchiaiata di cereali e l'altra: lui e Pip sarebbero tornati nel bosco. Poi avrebbero allargato la ricerca e iniziato a bussare alle porte delle case, chiedendo se qualcuno aveva visto Barney. La mamma e Josh sarebbero rimasti a casa a preparare dei volantini. Sarebbero poi andati ad appenderli sulla strada principale e a distribuirli. Una volta finito, si sarebbero incontrati per andare a cercare nelle altre aree alberate vicino alla città.

Nel bosco udirono abbaiare e il cuore di Pip accelerò, ma era soltanto una famiglia che portava a spasso due beagle e un labradoodle. Dissero che non avevano visto nessun golden retriever che vagava da solo ma che ora avrebbero tenuto gli occhi aperti.

Pip aveva ormai la voce roca una volta che ebbero fatto il giro del bosco per la seconda volta. Bussarono alle case dei vicini su Martinsend Way; nessuno aveva visto un cane sperduto.

Era il primo pomeriggio e nella foresta risuonò il fischio del treno che Pip usava come suoneria per i messaggi.
«È la mamma?» chiese suo padre.
«No» rispose lei, leggendo il messaggio. Era di Ravi. *Ehi* diceva: *Ho appena visto i volantini di Barney in città. Stai bene? Vi serve aiuto?*
Aveva le dita troppo intorpidite dal freddo per digitare una risposta.
Si fermarono brevemente a mangiare dei panini e poi proseguirono, ora raggiunti dalla mamma e da Josh, trascinandosi tra gli alberi e sui terreni privati, mentre i loro cori di «Barney!» venivano trasportati dal vento.
Ma il mondo si mise contro di loro e il buio calò di nuovo.
Tornata a casa, prosciugata e silenziosa, Pip spiluccò qualcosa dal takeaway thailandese che Victor aveva preso in città. La mamma aveva messo in sottofondo un film Disney per alleggerire l'atmosfera, ma Pip rimase a fissare i propri noodles, avvolti come stretti vermi attorno alla forchetta.
La lasciò cadere quando risuonò il fischio di un treno, facendole vibrare la tasca. Rimise il piatto sul tavolino e tirò fuori il telefono. Lo schermo le si accese davanti.
Pip fece del suo meglio per allontanare il terrore che aveva negli occhi battendo le palpebre, per obbligare la bocca a restare serrata. Si costrinse a fare un'espressione neutra e appoggiò il cellulare a faccia in giù sul divano.
«Chi è?» chiese la mamma.
«Solo Cara.»
Non era vero. Era Sconosciuto: *Vuoi rivedere il tuo cane?*

Trentacinque

Il messaggio successivo non arrivò fino alle undici della mattina dopo.

Victor lavorava da casa. Entrò in camera di Pip verso le otto e le disse che sarebbe uscito per un'altra battuta di ricerca e sarebbe tornato per pranzo.

«Tu dovresti rimanere qui e continuare con il ripasso» concluse. «Questo esame è molto importante. A Barney ci pensiamo noi.»

Pip annuì. In un certo senso era sollevata. Non credeva che sarebbe riuscita a camminare accanto alla sua famiglia e chiamare il nome di Barney sapendo che lui non era lì né poteva essere trovato. Perché non si era perso, era stato preso. Dall'assassino di Andie Bell.

Ma non c'era tempo da perdere a odiare se stessa, a chiedersi perché non avesse dato retta alle minacce. Perché era stata così stupida da credersi invincibile. Doveva solo riavere Barney. Era la sola cosa che importava.

La famiglia era uscita da un paio d'ore quando il cellulare emise un fischio che la fece sobbalzare e rovesciare il caffè sul piumone. Afferrò il telefono e lesse il messaggio diverse volte.

Prendi il tuo computer e qualsiasi chiavetta USB *o disco fisso su cui hai salvato il progetto. Portali al parcheggio del tennis club e fai cento passi tra gli alberi sul lato destro. Non dirlo a nessuno e vieni da sola. Se segui queste istruzioni riavrai il tuo cane.*

Pip saltò in piedi, versando altro caffè sul letto.

Si mosse rapidamente, prima che la paura potesse solidificarsi e paralizzarla.

Si tolse il pigiama e indossò maglione e jeans. Prese lo zaino, aprì le cerniere e lo ribaltò, spargendo i libri di scuola e il diario sul pavimento. Scollegò il portatile e lo mise nello zaino insieme al caricabatterie. Le due chiavette su cui aveva salvato il progetto erano nel cassetto centrale della scrivania. Le tirò fuori e le mise dentro, sopra al computer.

Corse giù per le scale, quasi inciampando nel mettersi il pesante zaino sulle spalle. Infilò gli stivali e il cappotto e prese le chiavi della macchina dal tavolino dell'ingresso. Non c'era tempo per riflettere a fondo. Se si fermava a farlo avrebbe vacillato e avrebbe perso Barney per sempre.

Fuori il vento era freddo sul collo e sulle dita. Corse alla macchina e vi salì. Le mani sul volante, mentre usciva dal vialetto, erano sudate e tremanti.

Le ci vollero cinque minuti per arrivare. Sarebbe stata più veloce se non fosse rimasta bloccata dietro a uno che guidava pianissimo, che tallonò e a cui fece i fari perché si spicciasse a farle strada.

Svoltò nel parcheggio dietro ai campi da tennis e si fermò nella piazzola più vicina. Afferrando lo zaino dal sedile del passeggero scese dalla macchina e andò dritta verso gli alberi che contornavano il parcheggio.

Prima di passare dall'asfalto al fango, Pip si fermò solo un momento per guardarsi dietro le spalle. C'era un gruppo di bambini sui campi da tennis, che gridavano e tiravano la palla contro la recinzione. Un paio di mamme con bebè piccoli e starnazzanti erano in piedi accanto a una macchina, a chiacchierare. Non c'era nessuno che guardasse dalla sua parte. Nessuna auto che riconoscesse. Nessuno. Se qualcuno la stesse osservando, non l'avrebbe saputo dire.

Si voltò verso gli alberi e iniziò a camminare. Contò nella mente ogni passo che faceva, presa dal panico che le sue falcate fossero troppo lunghe o troppo corte e di non finire dove volevano che arrivasse.

A trenta passi il cuore le palpitava così forte che le spezzò il respiro.

A sessantasette la pelle sul petto e sotto le braccia si rizzò quando il sudore emerse in superficie.

A novantaquattro iniziò a mormorare «Ti prego, ti prego, ti prego».

E poi al centesimo passo in mezzo agli alberi si fermò. E attese.

Non c'era niente attorno a lei, niente se non l'ombra punteggiata degli alberi mezzi spogli e le foglie dal rosso al giallo pallido che coprivano il fango.

Un lungo fischio acuto risuonò sopra di lei, rompendosi in quattro brevi schiocchi. Alzò lo sguardo e vide un nibbio reale volarle sopra la testa, giusto una sagoma affilata e dalle grandi ali contro il sole grigio. L'uccello sparì alla vista e lei rimase di nuovo sola.

Era passato quasi un intero minuto quando il telefono le strillò in tasca. Agitatissima lo tirò fuori e guardò il messaggio.

Distruggi tutto e lascialo lì. Non dire a nessuno quello che sai. Basta domande su Andie. Ora è tutto finito.

Lo sguardo di Pip schizzava sulle parole, avanti e indietro. Si obbligò a fare un respiro profondo e mise via il cellulare. La pelle, sotto gli occhi dell'assassino, che la osservava da chissà dove, non visto, le bruciava.

Inginocchiatasi, posò a terra lo zaino, tirò fuori il computer, il caricabatteria e le due chiavette. Li mise sulle foglie d'autunno e aprì il portatile.

Si alzò in piedi e, con gli occhi pieni di lacrime e il mondo tutto sfocato, calpestò con il tacco dello stivale la prima chiavetta. Un pezzo della custodia di plastica si ruppe e schizzò via. Il connettore metallico si ammaccò. La calpestò di nuovo, poi spostò lo stivale sinistro sull'altra, saltando su entrambe, e le loro componenti si spaccarono e volarono via.

Poi si rivolse al portatile, lo schermo che la guardava con una linea di pallido sole che vi si rifletteva. Lei fissò la propria silhouette scura nel vetro, mentre alzava la gamba e gli dava un calcio. Lo schermo si appiattì sui cardini, giacendo a pancia in giù con la tastiera sulle foglie e una grossa ragnatela di crepe che vi si apriva sopra.

La prima lacrima le cadde sulla guancia mentre sferrava il secondo calcio, questa volta alla tastiera. Diverse lettere vennero via insieme allo stivale, spargendosi nel fango. Lo calpestò e gli stivali spezzarono il vetro dello schermo, sfondando la custodia metallica.

Saltò e saltò ancora, con le lacrime che si inseguivano nella loro discesa serpentina lungo le sue guance.

La parte metallica attorno alla tastiera era ora distrutta, e lasciava intravedere la scheda madre e la ventola. La scheda elettronica verde andò in mille pezzi sotto il suo tacco e la piccola ventola si staccò e volò via. Lei saltò di nuovo e incespicò sulla macchina straziata, cadendo di schiena sulle foglie morbide e crepitanti.

Si concesse qualche breve momento per piangere. Poi si rimise a sedere, prese il portatile, con lo schermo rotto che penzolava floscio da un cardine, e lo scagliò contro il tronco dell'albero più vicino. Con un'altra botta cadde a pezzi al suolo, senza vita tra le radici dell'albero.

Pip rimase seduta lì, a tossire, aspettando che l'aria le tornasse in petto. La pelle le pungeva per via del sale.

E attese.

Non era sicura di cosa dovesse fare adesso. Aveva fatto tutto quello che le avevano chiesto; avrebbero liberato Barney qui, a lei? Doveva aspettare e vedere. Aspettare un altro messaggio. Chiamò il suo nome e attese.

Passò più di mezz'ora. E ancora niente. Nessun messaggio. Niente Barney. Nessun suono di nessuna persona, solo le flebili grida dei bambini al campo da tennis.

Pip si rimise in piedi, le piante dei piedi dolenti e impacciate negli stivali. Raccolse lo zaino vuoto e si allontanò, lanciando un'ultima occhiata persistente alla macchina distrutta.

«Dove sei stata?» chiese papà quando fu rientrata in casa.

Pip era rimasta seduta in macchina nel parcheggio del tennis club per un po'. Perché i suoi occhi arrossati si riprendessero prima di tornare a casa.

«Qui non riuscivo a concentrarmi» disse piano, «così sono andata a ripassare al caffè.»

«Capisco» rispose lui con un sorriso gentile. «A volte cambiare ambiente fa bene alla concentrazione.»

«Ma papà…» Odiava la bugia che stava per uscirle di bocca. «È successa una cosa. Non so come. Sono andata in bagno per un minuto appena e quando sono tornata il mio portatile era sparito. Nessuno ha visto niente. Mi sa che me l'hanno rubato.» Abbassò lo sguardo sugli stivali rigati. «Mi dispiace, non avrei dovuto lasciarlo lì.»

Victor la interruppe e l'avvolse in un abbraccio. Un abbraccio di cui lei aveva tanto, tantissimo bisogno. «Non essere sciocca» disse, «gli oggetti non sono importanti. Si possono sostituire. A me interessa solo che tu stia bene.»

«Sto bene» rispose. «Niente stamattina?»

«Ancora no, ma questo pomeriggio la mamma e Josh escono di nuovo e io vado a vedere ai canili della zona. Lo ritroveremo, cetriolino.»

Lei annuì e si allontanò di un passo. Avrebbero riavuto Barney; lei aveva fatto tutto quello che le era stato detto. Era questo l'accordo. Avrebbe voluto poter dire qualcosa alla sua famiglia, per togliere dai loro visi un po' di preoccupazione.

Ma non era possibile. Era un altro di quei segreti di Andie Bell all'interno dei quali Pip si era ritrovata intrappolata.

E a proposito di lasciar perdere Andie Bell, adesso, poteva farlo davvero? Poteva abbandonare tutto, sapendo che Sal Singh non era colpevole? Sapendo che un assassino camminava per le stesse strade di Kilton che percorreva lei? Ma doveva, no? Per il cane che amava da dieci anni, il cane che l'amava a sua volta perfino di più. Per la sicurezza della sua famiglia. Anche per Ravi. Come avrebbe fatto a convincerlo a mollare? Doveva anche lui, o il suo sarebbe stato il prossimo cadavere nel bosco. Non poteva andare avanti; non era più sicuro. Non c'era scelta. La decisione era come una scheggia che dallo schermo frantumato del computer le si fosse infilzata nel petto. La pugnalava e scricchiolava a ogni respiro.

Pip era di sopra alla scrivania, a scorrere vecchi saggi per il test di ammissione di letteratura inglese. Era sceso il buio e Pip aveva appena acceso la sua lampada a forma di fungo. Stava lavorando con la colonna sonora del *Gladiatore* che suonava sul telefono, giocherellando con la penna a tempo con gli archi. Mise in pausa la musica quando qualcuno bussò alla porta.

«Sì?» disse, ruotando sulla sedia.

Victor entrò e si chiuse la porta alle spalle. «Lavori sodo, cetriolino?»

Lei annuì.

Lui si avvicinò e appoggiò la schiena contro la scrivania, con le gambe incrociate davanti a sé.

«Ascolta, Pip» disse gentilmente. «Hanno appena trovato Barney.»

A Pip si bloccò il respiro in gola a metà strada. «P-perché non sembri felice?»

«Deve essere caduto chissà come. Lo hanno trovato nel fiume.» Suo papà allungò la mano e prese quella di lei. «Mi dispiace, tesoro. È annegato.»

Pip si staccò da lui, scuotendo la testa.

«No» disse. «Non è possibile. Non è quello che... No, non può...»

«Mi dispiace, cetriolino» ripeté papà, con il labbro inferiore che tremava. «Barney è morto. Domani lo seppelliremo, nel giardino.»

«No, non è possibile!» Pip saltò in piedi, adesso, spingendo via Victor che si era avvicinato per abbracciarla. «No, non è morto. Non è giusto» disse tra le lacrime brucianti che scorrevano e le riempivano la fossetta sulla guancia. «Non può essere morto. Non è giusto. Non è... non è...»

Cadde in ginocchio e si sedette sul pavimento, stringendosi le gambe al petto. Uno spasmo di dolore indicibile le si aprì dentro, brillando di luce nera.

«È tutta colpa mia.» Premette la bocca contro il ginocchio, soffocando le parole. «Mi dispiace tanto, mi dispiace così tanto.»

Suo padre si sedette accanto a lei e la prese tra le braccia. «Pip, non voglio che tu ti senta responsabile, nemmeno per un secondo. Non è colpa tua se si è allontanato.»

«Non è giusto, papà» pianse lei contro il suo petto. «Perché sta succedendo? Io lo rivoglio. Rivoglio Barney.»

«Anche io» sussurrò lui.

Sedettero così a lungo, sul pavimento della camera, a piangere insieme. Pip non sentì nemmeno sua mamma e Josh entrare nella stanza. Non si rese conto che erano lì finché non si inserirono tra loro, Josh seduto in grembo a Pip, la testa sulla spalla.

«Non è giusto.»

Trentasei

Lo seppellirono nel pomeriggio. Pip e Josh decisero che avrebbero piantato dei girasoli sulla sua tomba, in primavera, perché erano dorati e allegri, proprio come lui.

Cara e Lauren passarono a trovarli per un po', Cara carica di biscotti che aveva preparato per tutti. Pip non riusciva quasi a parlare; ogni parola sembrava inciampare diventando un singhiozzo o un urlo di rabbia. Ogni parola rimescolava quella sensazione impossibile che sentiva nello stomaco, di essere troppo triste per essere arrabbiata ma troppo arrabbiata per essere triste. Le due ragazze non rimasero a lungo.

Adesso era sera e Pip sentiva un trillo acuto nelle orecchie. La giornata aveva indurito il suo dolore e lei si sentiva intorpidita e prosciugata. Barney non sarebbe tornato e lei non poteva dire a nessuno il perché. Quel segreto, e il senso di colpa che conteneva, era la cosa più pesante di tutte.

Bussarono piano alla porta della camera. Pip lasciò cadere la penna sulla pagina bianca.

«Sì?» disse, con una vocina roca.

La porta si aprì e nella stanza entrò Ravi.

«Ciao» disse, scostandosi i capelli scuri dal viso. «Come stai?»

«Non bene» disse. «Cosa ci fai qui?»

«Non rispondevi e mi sono preoccupato. Ho visto che i volantini stamattina erano spariti. Tuo papà mi ha appena detto quello che è successo.» Chiuse la porta e vi si appoggiò contro. «Mi dispiace tanto, Pip. So che non aiuta quando le persone lo dicono; è solo una cosa che si dice. Ma a me dispiace davvero.»

«C'è soltanto una persona che deve dispiacersi» replicò lei, abbassando lo sguardo sulla pagina vuota.

Lui fece un sospiro. «È quello che facciamo sempre quando muore qualcuno che amiamo: diamo la colpa a noi stessi. L'ho fatto anch'io, Pip. E mi ci è voluto moltissimo tempo per elaborare il fatto che non era colpa mia; a volte le cose brutte accadono, tutto qui. È stato facile, dopo. Spero che tu ce la faccia più velocemente.»

Lei si strinse nelle spalle.

«Volevo anche dirti...» si schiarì la voce «... per un po' non preoccuparti per la cosa di Sal. La scadenza che ci siamo dati per portare la foto alla polizia, lascia perdere. So quanto sia importante per te proteggere Naomi e Cara. Puoi prenderti più tempo. Ti sei già sforzata troppo e penso che ti serva una pausa, sai, dopo quello che è successo. E poi hai l'esame per Cambridge tra poco.» Si grattò la nuca e i lunghi capelli davanti gli scivolarono di nuovo negli occhi. «Ora so che mio fratello era innocente, anche se ancora non lo sa nessun altro. Sono cinque anni che aspetto; posso anche aspettare un altro po'. E nel frattempo io continuerò a indagare sulle piste aperte che abbiamo.»

A Pip si contorse il cuore, svuotandosi di tutto. Doveva ferirlo. Era l'unico modo. L'unico modo per obbligarlo a lasciar perdere, per tenerlo al sicuro. Chiunque avesse assassinato Andie e Sal le aveva dimostrato che era pronto a uccidere di nuovo. E lei non poteva permettere che accadesse a Ravi.

Non riusciva a guardarlo. Non riusciva a guardare la sua espressione autenticamente gentile o il sorriso perfetto che aveva in comune col fratello o gli occhi talmente bruni e profondi che ci si poteva cadere dritti dentro. Perciò non guardò.

«Non lo faccio più, il progetto» disse. «Ho chiuso.»

Lui si raddrizzò. «Cosa vuoi dire?»

«Voglio dire che ho chiuso col progetto. Ho scritto una e-mail alla mia insegnante dicendole che cambio argomento e lascio perdere. È finita.»

«Ma... non capisco» rispose lui, e nella sua voce si aprirono le prime ferite. «Non è solo un progetto, Pip. Si tratta di mio fratello, di quello che è successo davvero. Non puoi fermarti così. E Sal?»

Era a Sal che lei stava pensando. Al fatto che, sopra a qualsiasi altra cosa, avrebbe voluto che il suo fratellino non morisse nel bosco come lui.

«Mi dispiace, ma ho chiuso.»

«Non... perché... Guardami» disse Ravi.

Lei non volle.

Lui andò verso la scrivania e si accovacciò di fronte a lei, alzando lo sguardo.

«Cosa c'è che non va?» chiese. «Qui c'è qualcosa che non quadra. Non lo faresti se...»

«Ho chiuso e basta, Ravi» rispose lei. Abbassò lo sguardo su di lui e capì immediatamente che non avrebbe dovuto. Era tremendamente più difficile adesso. «Non posso. Non so chi li ha uccisi. Non riesco a capirlo. Basta così.»

«Ma lo scopriremo» disse, la disperazione gli incideva il volto. «Insieme lo capiremo.»

«Non posso. Sono solo una ragazzina, ricordatelo.»

«Te l'ha detto un idiota» replicò lui. «Tu non sei *solo* un bel niente. Tu sei Pippa Fantastica Fitz-Amobi.» Sorrise e fu la cosa più triste che lei avesse mai visto. «E io non penso che nel mondo ci sia nessuno come te. Voglio dire, ridi alle mie battute, ci dev'essere qualcosa che non va in te. Ci siamo così vicini, Pip. Sappiamo che Sal è innocente; sappiamo che qualcuno lo incastrò per l'omicidio di Andie e che poi lo uccise. Non puoi fermarti. Me lo hai giurato. Lo vuoi tanto quanto me.»

«Ho cambiato idea» disse lei piatta «e tu non me la farai cambiare di nuovo. Ho chiuso con Andie Bell. Ho chiuso con Sal.»

«Ma è innocente.»

«Non è compito mio dimostrarlo.»

«Lo hai reso compito tuo.» Si puntellò sulle ginocchia e si rimise in piedi incombendo su di lei, alzando la voce. «Sei entrata a forza nella mia vita, offrendomi l'occasione che non avevo mai avuto. Non puoi portarmela via adesso; sai che ho bisogno di te. Non puoi mollare. Questa non sei tu.»

«Mi dispiace.»

Dodici battiti di cuore di silenzio scesero tra loro. Lo sguardo di Pip era puntato al pavimento.

«Bene» disse lui gelido. «Non so perché fai così ma bene. Andrò alla polizia con la foto dell'alibi di Sal da solo. Mandami il file.»

«Non posso» rispose Pip. «Mi hanno rubato il computer.»

Ravi lanciò un'occhiata alla scrivania. Vi si gettò contro, spargendo risme di fogli e di appunti per l'esame, lo sguardo disperato e inquisitorio.

«Dov'è la stampata della foto?» disse, girandosi verso di lei, gli appunti accartocciati in una mano.

E ora giù con la menzogna che lo avrebbe devastato.

«L'ho distrutta. Non c'è più» disse.

Lo sguardo nei suoi occhi la incendiò e lei avvizzì.

«Perché avresti fatto una cosa del genere? Perché fai così?» I fogli gli caddero dalle mani, planando come ali recise sul pavimento. Si sparsero attorno ai piedi di Pip.

«Perché non voglio più partecipare a tutto questo. Non avrei mai dovuto cominciare.»

«Non è giusto!» I tendini spiccavano come viticci sul suo collo. «Mio fratello era innocente e tu hai appena eliminato l'unico piccolo straccio di prova che avevamo. Se ora rinunci, Pip, fai schifo come tutti gli altri abitanti di Kilton. Tutti quelli che hanno scritto *feccia* su casa nostra, che ci hanno rotto le finestre. Tutti quelli che mi hanno tormentato a scuola. Tutti quelli che mi guardano come mi guardano. No, sei peggio; almeno loro credono che lui sia colpevole.»

«Mi dispiace» disse lei piano.

«No, dispiace a me» disse, con la voce che si spezzava. Avvicinò rapido la manica al viso per fermare le lacrime di rabbia e andò alla porta. «Mi dispiace di aver pensato che fossi qualcuno che evidentemente non sei. Sei soltanto una ragazzina. Una ragazzina crudele, come Andie Bell.»

Uscì dalla stanza, tenendo le mani sugli occhi mentre si dirigeva verso le scale.

Pip lo guardò andare via per l'ultima volta.

Quando udì la porta d'ingresso aprirsi e chiudersi strinse la mano a pugno e la sbatté sulla scrivania. Il portapenne tremò e cadde, spargendo penne su tutto il tavolo.

Lei urlò fino a svuotarsi nelle mani a coppa, reggendosi all'urlo, intrappolandolo con le dita.

Ravi la odiava, ma ora sarebbe stato al sicuro.

Trentasette

Il giorno dopo Pip era in soggiorno con Josh, a insegnargli a giocare a scacchi. Stavano terminando la prima partita di prova e, nonostante i suoi migliori sforzi per lasciarlo vincere, Josh era rimasto con solo il re e due pedoni. O piedoni, come li chiamava lui.

Bussarono alla porta d'ingresso e l'assenza di Barney fu un immediato pugno allo stomaco. Niente zampette che correvano sul legno lucido per andare ad accogliere chi arrivava.

La mamma scese lungo il corridoio e aprì il portone.

La voce di Leanne fluttuò nel salotto. «Oh, ciao Ravi.»

Lo stomaco di Pip le balzò in gola.

Confusa, riappoggiò il re e uscì dalla stanza, mentre l'ansia si mutava in panico. Perché mai era tornato, dopo ieri? Come poteva tollerare di guardarla ancora in faccia? A meno che non fosse così disperato da venire a tendere un agguato ai suoi genitori, dicendo loro tutto quello che sapevano per cercare di obbligare Pip ad andare alla polizia. Lei non l'avrebbe comunque fatto; chi altro sarebbe morto, stavolta?

Quando fu nell'ingresso, vide Ravi aprire la cerniera di una grossa borsa da palestra e affondarci le mani.

«Mia mamma vi fa le sue condoglianze» disse, estraendo due grossi Tupperware. «Vi ha preparato del pollo al curry, sa, in caso non avesse voglia di cucinare.»

«Oh» rispose Leanne, prendendo i contenitori che le offrivano le mani di Ravi. «Che pensiero gentile. Grazie. Entra, entra. Devi darmi il suo numero così che possa ringraziarla.»

«Ravi?» fece Pip.

«Ciao, cercaguai» disse lui piano. «Posso parlarti?»

In camera, Ravi chiuse la porta e fece cadere la borsa sulla moquette.

«Ehm... io» balbettò Pip, cercando qualche indizio sul suo viso. «Non capisco perché sei tornato.»

Lui fece un piccolo passo verso di lei. «Ci ho pensato tutta la notte, letteralmente tutta la notte; c'era la luce, fuori, quando finalmente mi sono addormentato. E c'è una sola ragione che mi viene in mente, una sola cosa che abbia senso. Perché io ti conosco; non mi sono sbagliato su di te.»

«Io non...»

«Hanno preso Barney, vero?» disse lui. «Qualcuno ti ha minacciata e poi ha rapito il tuo cane e lo ha ucciso per farti stare zitta su Sal e Andie.»

Il silenzio nella stanza era spesso e vibrante.

Lei annuì e il viso le si crepò di lacrime.

«Non piangere» fece Ravi, colmando la distanza tra loro con un agile passo. La tirò a sé, chiudendole le braccia attorno. «Sono qui» disse. «Sono qui.»

Pip si aggrappò a lui e tutto quanto – tutto il dolore, tutti i segreti che si era tenuta chiusi dentro – sgorgò, irradiandosi da lei come calore. Affondò le unghie nei palmi, cercando di trattenere le lacrime.

«Dimmi cos'è successo» fece lui quando finalmente la lasciò andare.

Ma le parole si perdevano e s'impigliavano nella bocca di Pip. Quindi prese il cellulare e aprì i messaggi di Sconosciuto, passandoglielo. Osservò gli occhi guizzanti di Ravi mentre li leggevano.

«Oh, Pip» disse, guardandola con gli occhi sbarrati. «È perverso.»

«Ha mentito» singhiozzò lei. «Aveva detto che lo avrei riavuto e poi lo ha ucciso.»

«Non era la prima volta che ti contattava» commentò lui, facendo scorrere il dito verso il basso. «Il primo messaggio è dell'8 ottobre.»

«Non è stato il primo» disse lei, aprendo l'ultimo cassetto della scrivania. Passò a Ravi i due fogli di carta per stampante e indicò quello di sinistra. «Questo me lo hanno lasciato nel sacco a pelo quando sono andata a dormire in tenda nel bosco con i miei amici il primo settembre. Ho visto qualcuno che ci guardava. Questo qui...» indicò l'altro foglio «... era nel mio armadietto venerdì scorso. L'ho ignorato e sono andata avanti. È per questo che Barney è morto. A causa della mia presunzione. Perché pensavo di essere invincibile e non lo sono. Dobbiamo fermarci. Ieri... scusami, non sapevo come altro farti smettere, se non obbligandoti a odiarmi, per farti stare lontano da me, lontano dal pericolo.»

«È dura liberarsi di me» disse lui, alzando lo sguardo dai fogli. «E non è finita.»

«Sì che lo è.» Pip li riprese e li buttò sulla scrivania. «Barney è morto, Ravi. E chi sarà il prossimo? Tu? Io? L'assassino è stato qui, in casa mia, nella mia camera. Ha letto la mia ricerca e ha aggiunto un avvertimento nel mio diario di lavoro. Qui, Ravi, nella stessa casa in cui vive il mio fratellino di nove anni. Mettiamo in pericolo troppe persone se continuiamo. I tuoi potrebbero perdere l'unico figlio che ancora hanno.» Si interruppe, un'immagine di Ravi morto tra le foglie d'autunno sulla retina, Josh accanto a lui. «L'assassino sa tutto quello che sappiamo. Ci ha battuti e noi abbiamo troppo da perdere. Mi dispiace che questo significhi dover abbandonare Sal. Mi dispiace tantissimo.»

«Perché non mi hai detto delle minacce?» chiese lui.

«All'inizio avevo pensato che potessero essere solo uno scherzo» rispose lei, stringendosi nelle spalle. «Ma non volevo che lo sapessi, per paura che mi facessi smettere. E poi sono semplicemente rimasta incastrata, a tenerlo segreto. Ho pensato fossero solo minacce. Ho pensato che avrei potuto batterlo sul tempo. Sono stata così stupida e adesso ho pagato per i miei errori.»

«Non sei stupida; su Sal hai sempre avuto ragione» disse lui. «Era innocente. Ora lo sappiamo ma non è sufficiente. Merita che tutti sappiano che fu buono e gentile fino alla fine. I miei genitori lo meritano. E adesso non abbiamo nemmeno la foto che lo dimostrava.»

«Ce l'ho ancora la foto» replicò piano Pip, prendendo la stampata dall'ultimo cassetto e passandogliela. «Ovviamente non l'ho mai distrutta. Ma ora non ci può aiutare.»

«Perché?»

«L'assassino mi osserva, Ravi. Osserva noi. Se portiamo questa foto alla polizia e loro non ci credono, se pensano che l'abbiamo photoshoppata o roba simile, è troppo tardi. Avremmo giocato l'ultima carta e non è abbastanza forte. Poi cosa succede? Josh viene rapito? Vieni rapito tu? La gente può morire, qui.» Sedette sul letto, torturando le protuberanze dei calzini. «Non abbiamo prove inconfutabili. La foto non è sufficiente; si basa su conclusioni un po' azzardate e non è più online. Perché ci dovrebbero credere? Il fratello di Sal e una studentessa di diciassette anni. Ci credo a malapena *io*. Abbiamo solo delle brutte dicerie su una ragazza assassinata e tu sai cosa pensa la polizia di Sal, qui, proprio come il resto della città. Non possiamo rischiare la vita con in mano soltanto quella foto.»

«No» ripose Ravi, poggiando la foto sulla scrivania e annuendo. «Hai ragione. E uno dei nostri principali sospettati è un poliziotto. Non è la mossa corretta. Perfino se la polizia ci credesse e riaprisse il caso, le ci vorrebbe un sacco di tempo per trovare il vero assassino così. Tempo che noi non avremmo.» A cavalcioni della sedia, la spinse in avanti per essere faccia a faccia con lei, seduta sul letto. «Quindi immagino che la nostra unica opzione sia trovarlo da soli.»

«Non possiamo...» iniziò a dire Pip.

«Pensi davvero che lasciar perdere tutto sia la mossa migliore? Come faresti a sentirti ancora al sicuro a Kilton, sapendo che la persona che ha ucciso Andie e Sal e il tuo cane è ancora in giro? Sapendo che ti osserva? Come faresti a vivere così?»

«Devo.»

«Per essere così intelligente, ora ti stai comportando veramente da fessa.» Appoggiò i gomiti sullo schienale della sedia davanti a sé, e la guancia sulle nocche.

«Hanno ammazzato il mio cane» disse lei.

«Hanno ammazzato mio fratello. E cosa abbiamo intenzione di fare?» disse, raddrizzandosi, una scintilla ardita negli occhi scuri. «Dimenticare tutto, raggomitolarci al sicuro e nasconderci? Vivere le nostre vite sapendo che là fuori c'è un assassino che ci osserva? Oppure lottiamo? Lo troviamo e lo puniamo per quello che ci ha fatto? Lo sbattiamo dietro le sbarre così che non possa mai più ferire nessuno?»

«Saprà che non ci siamo fermati» rispose lei.

«No, non lo saprà se stiamo attenti. Smettiamola di parlare con le persone della tua lista, smettiamola di parlare con chiunque. La risposta dev'essere da qualche parte nel mezzo di tutto quello che abbiamo appreso. Dirai che hai rinunciato al progetto. Lo sapremo solo io e te.»

Pip non disse nulla.

«Se hai bisogno di ulteriore persuasione» continuò Ravi,

andando verso il proprio zaino, «ti ho portato il mio computer. È tuo finché non sarà tutto finito.» Lo tirò fuori e lo brandì.

«Ma...»

«È tuo» ripeté lui. «Puoi usarlo per ripassare per l'esame e per scriverci quello che ricordi dal tuo diario, dalle tue interviste. Ci ho preso anche io degli appunti. So che hai perso tutta la ricerca, ma...»

«Non ho perso la mia ricerca» disse lei.

«Eh?!»

«Mi son sempre mandata tutto via e-mail, per ogni eventualità» spiegò lei, guardando il viso di Ravi contrarsi in un sorriso. «Pensavi che fossi così imprudente?»

«Oh, no, Sergente. So che sei la cautela in persona. Quindi mi stai dicendo di sì o mi sarei dovuto portare dietro anche un po' di muffin corruttori?»

Pip prese il portatile.

«Muoviamoci allora» disse. «Abbiamo un doppio omicidio da risolvere.»

Stamparono tutto: ogni voce del suo diario di lavoro, ogni pagina di quello di Andie, una foto di ogni sospettato, le foto di Howie con Stanley Forbes nel parcheggio con cui lo avevano ricattato, Jason Bell e la nuova moglie, l'hotel Ivy House, la casa di Max Hastings, la foto preferita di Andie sui giornali, una della famiglia Bell vestita in completi neri, Sal che faceva l'occhiolino e salutava la fotocamera, i messaggi truffaldini di Pip a Emma Hutton, le sue e-mail come giornalista della BBC sui drink drogati, una pagina con gli effetti del Roipnol, la Kilton Grammar, la foto di Daniel Da Silva e altri poliziotti che perquisivano la casa dei Bell, un articolo online sui cellulari prepagati, gli articoli di Stanley Forbes su Sal, Nat Da Silva insieme alle informazioni sulle "aggressioni che provocano danni particolarmente gravi alla persona", un'immagine di una Peugeot 206 nera accanto a una mappa di Romer Close e della casa di Howie, articoli di giornale su un incidente con omissione di soccorso la sera dell'ultimo dell'anno del 2011 sulla A413, screenshot dei messaggi di Sconosciuto e scansioni dei biglietti di minaccia con data e luogo.

Abbassarono lo sguardo, insieme, alle risme di carta sulla moquette.

«Non sarà ecologico» disse Ravi «ma ho sempre sognato di preparare la bacheca di un omicidio.»

«Anche io» rispose Pip. «E sono preparatissima, quanto a cancelleria.»

Dai cassetti della scrivania estrasse un vasetto pieno di puntine da disegno colorate e un gomitolo intatto di filo rosso.

«E a te capita di avere del filo rosso così, pronto per l'uso?» chiese Ravi.

«Ce l'ho di ogni colore.»

«Ovviamente.»

Pip tirò giù la bacheca appesa sopra la scrivania. Al momento era coperta da foto di lei e dei suoi amici, di Josh e Barney, dall'orario delle lezioni e da citazioni di Maya Angelou. Rimosse tutto e iniziarono a mettere in ordine il materiale.

Lavorando sul pavimento, fissarono alla bacheca con le puntine argentate le pagine stampate, sistemandole ognuna attorno alla persona cui si riferivano, in enormi orbite che cozzavano l'una contro l'altra. I visi di Andie e Sal al centro di tutto. Avevano appena iniziato a tendere le linee di connessione con il filo e con puntine multicolore quando il telefono di Pip si mise a suonare. Un numero non salvato in memoria.

Premette il pulsante verde. «Pronto?»

«Ciao Pip, sono Naomi.»

«Ciao. Che strano: non ho il tuo numero salvato.»

«Oh, è perché ho distrutto il mio telefono» rispose Naomi. «Ne sto usando uno temporaneo finché non lo sistemano.»

«Ah, sì, Cara me l'aveva accennato. Dimmi tutto.»

«Ero a casa di un'amica questo fine settimana, quindi Cara mi ha detto di Barns solo adesso. Mi dispiace tantissimo, Pip. Spero tu stia bene.»

«Non ancora» rispose Pip. «Ma ci arriverò.»

«E so che forse non hai voglia di pensarci proprio adesso» proseguì, «ma ho scoperto che il cugino della mia amica ha studiato inglese a Cambridge. Ho pensato che magari riuscivo a vedere se non potesse scriverti a proposito dell'esame e del colloquio eccetera, se ti va.»

«In realtà, sì, per favore, sì» disse Pip. «Mi aiuterebbe molto. Sono un filo indietro col ripasso.» Guardò Ravi, chino sulla bacheca dell'omicidio.

«Ok, grande, le chiedo di dirglielo. L'esame è giovedì, vero?»

«Già.»

«Be', se non ci vediamo prima, buona fortuna. Andrai alla grande.»

«Ok, allora» disse Ravi quando Pip ebbe riagganciato, «le piste aperte che abbiamo ora sono l'hotel Ivy House, il numero di telefono scarabocchiato sul diario di Andie...» indicò quella pagina «... e il prepagato. Insieme al fatto che è a conoscenza dell'incidente con omissione di soccorso e ha avuto accesso ai numeri di telefono degli amici di Sal e al tuo. Pip, forse stiamo rendendo tutto più complicato di quel che è.» La fissò da sotto in su. «Per come la vedo, porta tutto a una sola persona.»

«Max?»

«Concentriamoci sulle cose certe» proseguì. «Niente se e forse. Lui è l'unico con una conoscenza diretta dell'incidente.»

«Vero.»

«È l'unico che avesse accesso ai numeri di telefono di Naomi, Millie e Jake. E al proprio.»

«Anche Nat e Howie potrebbero averlo avuto.»

«Già, "potrebbero". Noi ci stiamo concentrando sulle cose certe.» Si spostò verso la parte della bacheca dedicata a Max. «Dice di averla semplicemente trovata, ma ha una foto di Andie nuda fatta all'hotel Ivy House. Quindi probabilmente era lui quello che lei incontrava lì. Comprava Roipnol da Andie e ai calamity party le ragazze venivano drogate; lui probabilmente le violentava. È chiaramente disturbato, Pip.»

Ravi stava ripercorrendo gli stessi identici pensieri contro cui lei per prima aveva lottato e Pip sapeva che stava per scontrarsi contro un muro.

«Inoltre» continuò «è l'unico qui che sappiamo per certo che ha il tuo numero di cellulare.»

«In realtà no» disse lei. «Nat lo ha da quella volta che ho provato a interrogarla per telefono. Anche Howie lo ha: l'ho chiamato quando stavo cercando di identificarlo e mi sono dimenticata di nasconderlo. Ho ricevuto il primo messaggio da Sconosciuto poco tempo dopo.»

«Oh.»

«E sappiamo che Max era a scuola a rilasciare una dichiarazione alla polizia nel momento in cui Sal scomparve.»

Ravi si lasciò cadere all'indietro. «Ci sta per forza sfuggendo qualcosa.»

«Torniamo ai legami.» Pip scosse di nuovo il vaso di puntine. Lui le prese e tagliò un pezzo di filo rosso.

«Ok» rispose lui. «I due Da Silva sono ovviamente legati. E Daniel Da Silva è legato al padre di Andie. E Daniel anche a Max, perché è suo il verbale della macchina distrutta di Max e potrebbe aver saputo dell'incidente.»

«Sì» disse lei «e forse copriva il fatto che i drink venivano drogati.»

«Ok» replicò Ravi, avvolgendo il filo attorno a una puntina e fissandola. Quando si punse il pollice e ne sgorgò una piccola goccialina di sangue fece un sibilo.

«Puoi smettere di sgocciolare sangue su tutta la bacheca, per favore?» chiese Pip.

Ravi finse di lanciarle una puntina. «Allora, Max inoltre conosce Howie ed erano entrambi coinvolti nello spaccio di droghe di Andie» proseguì lui, facendo passare il dito attorno ai loro tre visi.

«Già. E Max conosceva Nat per via della scuola» aggiunse Pip, indicandola, «e gira voce che anche a lei avessero drogato il drink.»

Stringhe di filo rosso teso coprivano ormai tutta la bacheca, formando una ragnatela e incrociandosi le une con le altre.

«Allora, in sostanza...» Ravi alzò lo sguardo su di lei «... sono tutti indirettamente legati gli uni agli altri, con Howie a un'estremità e Jason Bell dall'altra. Magari lo fecero tutti insieme, tutti e cinque.»

«Sì, e ora mi dirai che qualcuno di loro ha un gemello malvagio.»

Trentotto

Tutto il giorno a scuola i suoi amici la trattarono come se potesse andare in pezzi da un momento all'altro, senza nominare Barney neanche una volta, evitando l'argomento con ampi giri di parole. Lauren lasciò che Pip prendesse il suo ultimo biscotto Jaffa. Connor le cedette il suo posto di mezzo al tavolo della mensa così che Pip non dovesse star seduta ignorata a un'estremità. Cara le rimase accanto, sapendo d'istinto quando parlarle e quando rimanere in silenzio. E nessuno di loro rise troppo, controllando la sua reazione ogni volta che capitava.

Passò la maggior parte della giornata a lavorare in silenzio ai suoi vecchi saggi per l'esame di ammissione, cercando di svuotare la testa da tutto il resto. Si allenò a creare saggi nella mente, trascritti dal cervello, mentre fingeva di ascoltare il signor Ward a storia e la signorina Welsh a economia politica. La signora Morgan la mise all'angolo nel corridoio, con un'espressione severa sulla faccia tracagnotta mentre Pip ascoltava i motivi per cui non era proprio possibile cambiare titolo alla CPE così tardi. Pip mormorò solo «Ok» e se ne andò, sentendo la signora Morgan borbottare sottovoce: «Adolescenti!».

Non appena fu tornata a casa, andò dritta alla scrivania e aprì il portatile di Ravi. Avrebbe ripassato ancora più tardi, dopo cena e di notte, anche se i suoi occhi si erano già ben posizionati al centro di scuri anelli planetari. La mamma pensava che non dormisse a causa di Barney. Ma lei non dormiva perché non aveva tempo di farlo.

Pip aprì il motore di ricerca e selezionò la pagina Trip-

Advisor dell'hotel Ivy House. Era quella la pista che si era assegnata; Ravi lavorava al numero di telefono scarabocchiato sul diario. Pip aveva già mandato messaggi a qualcuno di coloro che avevano lasciato una recensione dell'Ivy House intorno a marzo e aprile 2012, chiedendo loro se ricordassero di aver visto una ragazza bionda all'hotel. Ma ancora nessuna risposta.

Poi passò al sito che aveva concretamente gestito le prenotazioni per l'hotel. Nella pagina *contattaci* trovò il loro numero di telefono e l'amichevole motto: *Chiamaci quando vuoi!* Forse poteva fingere di essere una parente dell'anziana signora proprietaria dell'albergo e vedere se poteva accedere alle loro vecchie informazioni di prenotazione. Probabilmente no, ma doveva tentare. Al capolinea poteva esserci l'identità del misterioso tizio segreto.

Sbloccò il telefono e aprì l'app per telefonare. Selezionò il registro chiamate. Iniziò a digitare sulla tastiera il numero dell'agenzia. Poi i pollici rallentarono e si fermarono. Li fissò, la testa che girava mentre il pensiero si capovolgeva e diventava cosciente.

«Un attimo» disse a voce alta, tornando al registro chiamate.

Guardò fisso la primissima, in cima, quando Naomi l'aveva chiamata ieri. Dal numero temporaneo. Lo sguardo di Pip seguì le cifre, e una sensazione allo stesso tempo spaventosa e strana le si coagulò nel petto.

Saltò via dalla sedia talmente veloce che quella roteò e si schiantò contro la scrivania. Col telefono in mano cadde in ginocchio e tirò fuori la bacheca dell'omicidio dal nascondiglio sotto il letto. Gli occhi saettarono dritti alla sezione Andie, e al cerchio di pagine stampate attorno al suo viso sorridente.

La trovò. La pagina del diario della ragazza. Il numero

scribacchiato e la voce del suo diario di lavoro lì accanto. Alzò il cellulare, passando lo sguardo dal numero temporaneo di Naomi allo scarabocchio.

07700900476

Non era una delle dodici combinazioni che aveva buttato giù. Ma c'era molto vicino. Aveva pensato che la terzultima cifra dovesse essere un 7 o un 9. Ma se fosse stata solo uno scarabocchio pieno di curve? E se fosse stato davvero un 4?

Ricadde all'indietro sul pavimento. Non c'era modo di esserne assolutamente certi, di decodificare il numero e vederlo per com'era in realtà. Ma sarebbe stata una coincidenza incredibile, folle, da pelle d'oca su tutto il corpo, se la vecchia SIM di Naomi per puro caso avesse avuto un numero così simile a quello che Andie si era scritta nell'agenda. Doveva essere lo stesso, doveva e basta.

Ma questo cosa significava, comunque? Era solo una pista irrilevante, ormai, solo Andie che si appuntava il numero di telefono della migliore amica del proprio ragazzo? Il numero non era collegato e poteva essere scartato, come prova.

Allora perché sentiva quella sensazione di sprofondamento nello stomaco?

Perché se Max era un candidato forte, allora Naomi lo era ancora di più. Naomi sapeva dell'incidente. Naomi aveva accesso ai numeri di telefono di Max, Millie e Jake. Naomi aveva il numero di Pip. Naomi sarebbe potuta uscire da casa di Max mentre Millie dormiva e intercettare Andie prima di mezzanotte e un quarto. Naomi era stata la più vicina a Sal. Naomi sapeva dove si erano accampate Pip e Cara nel bosco. Naomi sapeva in che bosco Pip portava a spasso Barney, lo stesso in cui era morto Sal.

Naomi aveva già un sacco da perdere per via delle verità che Pip aveva portato alla luce. Ma se c'era ancora dell'altro? E se fosse stata coinvolta nelle morti di Andie e Sal?

Pip stava correndo troppo, il cervello stanco partiva per la tangente e la faceva inciampare. Era solo un numero di telefono che Andie aveva trascritto; non collegava Naomi a nient'altro. Ma c'era qualcosa che poteva farlo, si rese conto una volta che ebbe raggiunto il proprio cervello.

Da quando aveva eliminato Naomi dalla lista dei sospetti, aveva ricevuto un altro biglietto stampato da parte dell'assassino: quello nell'armadietto. All'inizio del semestre, Pip aveva impostato il portatile di Cara in modo che registrasse tutto quello che usciva dalla stampante degli Ward.

Se Naomi era coinvolta, ora Pip aveva un modo sicuro per scoprirlo.

Trentanove

Naomi aveva un coltello in mano e Pip fece un passo indietro.

«Sta' attenta» disse.

«Oh no!» Naomi scosse la testa. «Gli occhi sono storti.»

Ruotò la zucca così che Pip e Cara potessero vederne la faccia.

«Assomiglia un po' a Trump» ridacchiò Cara.

«Dovrebbe essere un gatto malvagio.» Naomi posò il coltello accanto alla ciotola con le parti interne della zucca.

«Non darti per vinta!» disse Cara, pulendosi le mani dal viscidume di zucca e andando tranquillamente alla credenza.

«Non è una gara.»

«Oh, santo cielo» borbottò Cara, in punta di piedi, mentre frugava nella credenza. «Dove sono finiti quei due pacchi di biscotti? Ero con papà due giorni fa quando li abbiamo comprati.»

«Non lo so. Io non li ho mangiati.» Naomi si avvicinò ad ammirare la zucca di Pip. «Cosa diamine è la tua, Pip?»

«L'occhio di Sauron» disse lei piano.

«O una vagina in fiamme» commentò Cara, ripiegando su una banana.

«Quella sì che fa paura» rise Naomi.

No, non quella.

Naomi aveva preparato zucche e coltelli per il rientro di Cara e Pip da scuola. Pip non aveva ancora avuto occasione di svignarsela.

«Naomi» disse «grazie per avermi chiamata l'altro giorno. Mi ha scritto il cugino della tua amica, a proposito dell'esame per Cambridge. Mi è stato molto d'aiuto.»

«Oh bene» sorrise lei. «Figurati.»

«Allora, quand'è che ti riparano il cellulare?»

«Domani, in effetti, dice il negozio. Ci hanno messo anche troppo.»

Pip annuì, tendendo la guancia in quello che sperava fosse uno sguardo di comprensione. «Be', almeno avevi quello vecchio con una SIM ancora funzionante. Fortuna che li avevi tenuti.»

«Be', in realtà fortuna che papà avesse una micro SIM prepagata in più in giro. E non solo: con sopra ancora diciotto sterline di credito. Nel mio cellulare ce n'era solo una legata al contratto scaduto.»

A Pip per poco non cadde il coltello dalla mano, un ronzio crescente nelle orecchie.

«La SIM di tuo papà?»

«Già» disse Naomi, incidendo la faccia della sua zucca col coltello, la lingua fuori per la concentrazione. «Cara l'ha trovata nella sua scrivania. Sul fondo del cassetto delle cianfrusaglie. Sai, quel cassetto che c'è in tutte le case, pieno di vecchi caricabatteria inutili e di soldi stranieri e roba simile.»

Il ronzio si scinse in un trillo, che urlava e urlava e le invadeva la testa. Sentì la nausea, il retro della gola riempirsi di un sapore metallico.

La SIM di Elliot.

Il vecchio numero di telefono di Elliot trascritto nel diario di Andie.

Andie che chiama testa di cazzo il signor Ward con i suoi amici la settimana che scomparve.

Elliot.

«Stai bene, Pip?» chiese Cara, deponendo la candela accesa dentro la sua zucca, che si illuminò di vita.

«Sì.» Pip annuì troppo decisa. «Sono solo, ehm... ho solo fame.»

«Be', ti offrirei un biscotto, ma sembra che siano scomparsi, come al solito. Un toast?»

«Ehm... no, grazie.»

«Ti sfamo perché ti amo» disse Cara.

A Pip si riempì la bocca di un qualcosa di appiccicoso e dolciastro. No, non significava per forza quello cui stava pensando. Forse Elliot si era solo offerto di fare da tutor a Andie ed era per questo che lei si era segnata il suo numero. Forse. Non poteva essere lui. Doveva calmarsi, cercare di respirare. Questo non provava nulla.

Ma aveva un modo per averne la prova.

«Penso che dovremmo mettere su un po' di musica inquietante di Halloween mentre prepariamo le zucche» disse. «Cara, posso andare a prendere il tuo computer?»

«Sì, è sul mio letto.»

Pip si chiuse la porta della cucina alle spalle.

Corse su per le scale ed entrò in camera di Cara. Tenendo il portatile sottobraccio tornò di soppiatto di sotto, con il cuore che martellava e cercava di fare più rumore del trillo nelle orecchie.

Si infilò nello studio di Elliot e chiuse piano la porta, fissando per un istante la stampante sulla scrivania. Le figure arcobaleno dei dipinti di Isobel Ward la osservarono mentre appoggiava il portatile di Cara sulla poltrona di pelle color sangue di bue e lo apriva, inginocchiata sul pavimento lì davanti.

Quando si accese selezionò il pannello di controllo ed entrò in *Dispositivi e stampanti*. Tenendo la freccia su *Freddie Prints Junior*, cliccò col destro e, trattenendo il respiro, aprì la prima voce del menu a tendina: *Ultimi lavori*.

Apparve una piccola finestra bordata di blu. Dentro c'era una tabella con sei colonne: Nome documento, Stato, Proprietario, Pagine, Dimensione e Data di invio.

Era piena di voci. Una di ieri, di Cara, intitolata *Presentazione personale seconda bozza*. Una di qualche giorno prima, di Comp Elliot: *Ricetta biscotti senza glutine*. Diverse, una dopo l'altra, di Naomi: CV *2017, Domanda volontariato, Lettera motivazionale, Lettera motivazionale 2*.

Il biglietto era stato infilato nell'armadietto di Pip venerdì 20 ottobre. Con lo sguardo sulla colonna *Data di invio*, fece scorrere la pagina verso il basso.

Le sue dita si fermarono. Il 19 ottobre alle 23.40, Comp Elliot aveva stampato *Microsoft Word – Documento 1*.

Un documento senza nome, non salvato.

Le dita lasciarono tracce sudate sul mousepad quando aprì il documento. Comparve un altro piccolo menu a tendina. Col cuore in gola, si morse la lingua e seleziono l'opzione *Riavvia*.

Dietro di lei la stampante fece uno schiocco e lei sobbalzò.

Alzandosi si girò mentre quella, sibilando, risucchiava il primo foglio della risma.

Pip si raddrizzò quando la macchina iniziò *vrr-vrr-vrr* a far uscire la pagina.

Si avvicinò, un passo tra un *vrr* e l'altro.

La pagina cominciò a emergere, un flash di inchiostro nero fresco, capovolta.

La stampante terminò e la sputò fuori.

Pip la prese.

La girò.

Questo è l'ultimo avvertimento, Pippa. Lascia perdere.

Quaranta

Le parole l'abbandonarono.
Fissava il foglio e scuoteva la testa.
Era un sentimento primitivo e muto quello che si era impossessato di lei. Rabbia intorpidita annerita dal terrore. E un senso di tradimento che la trafiggeva da ogni parte.
Barcollò all'indietro e distolse lo sguardo, verso la finestra che si andava scurendo.
Elliot Ward era Sconosciuto.
Elliot era l'assassino. L'assassino di Andie. Di Sal. Di Barney.
Guardò gli alberi mezzi spogli che facevano cenni nel vento. E nel proprio riflesso sul vetro ricreò la scena. Lei che si scontrava col signor Ward nell'aula di storia, il biglietto che planava al suolo. Questo biglietto, quello che lui le aveva lasciato. Il suo viso falsamente gentile che le chiedeva se fosse vittima di bullismo. Cara che distribuiva i biscotti che lei ed Elliot avevano preparato per fare coraggio agli Amobi per il loro cane morto.
Menzogne. Tutte menzogne. Elliot, l'uomo cui aveva guardato come un'altra figura paterna per tutta la vita. L'uomo che aveva preparato per loro elaborate cacce al tesoro in giardino. L'uomo che aveva comprato a Pip pantofole a forma di zampe da orso come quelle delle figlie da indossare a casa loro. L'uomo che raccontava battute "toc toc chi è" senza riuscire a non ridere come un matto. Ed era lui l'assassino. Un lupo vestito con le camicie pastello e gli occhiali dalla montatura spessa di un agnello.
Sentì che Cara la chiamava.

Piegò il foglio e lo infilò nella tasca della giacca.

«Ci hai messo secoli» disse Cara quando Pip aprì la porta della cucina.

«Bagno» rispose lei, appoggiando il portatile davanti a Cara. «Sentite, non mi sento benissimo. E dovrei veramente studiare per l'esame; è tra due giorni. Mi sa che vado.»

«Oh» Cara aggrottò la fronte. «Ma Lauren sarà qui presto e volevo guardare *Blair Witch* tutte insieme. Anche papà ci sta e possiamo tutti ridere di lui perché per i film horror è proprio un fifone.»

«Dov'è vostro papà?» chiese Pip. «È oggi che fa il tutor?»

«Ma quanto spesso ci sei, qui? Lo sai che il tutoraggio è lunedì, mercoledì e giovedì. Penso sia solo dovuto rimanere di più a scuola.»

«Ah, già, scusa, i giorni si confondono tutti.» Fece una pausa, sovrappensiero. «Mi sono sempre chiesta perché fa il tutor; di certo non ha bisogno di soldi.»

«Perché?» rispose Cara. «Intendi per via del fatto che la famiglia da parte di mia mamma è ricca sfondata?»

«Esatto.»

«Penso si diverta» disse Naomi, infilando una candelina accesa nella bocca della zucca. «Probabilmente è anche disposto a pagare gli studenti che segue perché lo lascino parlare a ruota libera di storia.»

«Quand'è che ha iniziato? Non mi ricordo» chiese Pip.

«Mmh.» Naomi alzò lo sguardo per riflettere. «Ha iniziato subito prima che io andassi all'università, mi sa.»

«Quindi poco più di cinque anni fa?»

«Mi pare» disse Naomi. «Perché non glielo chiedi tu? Ha appena parcheggiato.»

Pip s'irrigidì, e la pelle d'oca le divampò su tutto il corpo.

«Ok, be', devo andare ora comunque. Scusatemi.» Prese lo zaino, guardando attraverso la finestra i fari spegnersi nel buio.

«Non essere sciocca» disse Cara, mentre la preoccupazione le contornava gli occhi. «Io capisco. Magari possiamo rifare Halloween io e te quando sei meno carica?»

«Sì.»

Una chiave nella serratura. Il portone sul retro spalancato. Passi che attraversavano la lavanderia.

Sulla porta apparve Elliot. Le lenti dei suoi occhiali si appannarono ai margini quando entrò nella stanza calda, sorridendo alle tre ragazze. Appoggiò sul piano della cucina la valigetta e un sacchetto di plastica.

«Ciao a tutte» disse. «Cielo, gli insegnanti amano davvero il suono della propria voce. È stata la riunione più lunga della mia vita.»

Pip si obbligò a ridere.

«Wow, ma guardate che zucche» disse, con lo sguardo che rimbalzava dall'una all'altra e un grande sorriso che gli fendeva il viso. «Pip, resti per cena? Ho giusto preso delle patate dalle forme spaventose per Halloween.»

Tenne alto il pacchetto congelato e lo agitò, facendo un ululato spettrale da fantasma.

Quarantuno

Tornò a casa proprio mentre i suoi stavano uscendo per portare in giro un Josh travestito da Harry Potter a fare dolcetto o scherzetto.

«Vieni con noi, cetriolino» propose Victor, mentre Leanne gli chiudeva la cerniera del suo costume da Uomo della Pubblicità dei Marshmallow di Ghostbusters.

«Dovrei stare a casa a studiare» rispose lei. «E occuparmi di chiunque verrà a fare dolcetto o scherzetto qui.»

«Non puoi prenderti una notte di riposo?» chiese Leanne.

«No. Scusatemi.»

«Ok, zuccherino. I dolcetti sono accanto alla porta.» La mamma ridacchiò della propria battuta.

«Certo. A dopo.»

Josh uscì agitando la bacchetta e urlando: «*Accio* caramella!».

Victor prese la testa da marshmallow e lo seguì. Leanne si fermò a dare un bacio a Pip sulla tesa e poi chiuse la porta dietro di loro.

Pip li guardò attraverso il pannello di vetro del portone d'ingresso. Quando arrivarono alla fine del vialetto tirò fuori il cellulare e mandò un messaggio a Ravi: VIENI DA ME IMMEDIATAMENTE*!*

Fissava la tazza che stringeva tra le dita.

«Il signor Ward.» Scosse la testa. «Non può essere.»

«Invece sì» replicò Pip, col ginocchio che le tremava contro la superficie inferiore del tavolo. «Non ha un alibi per la sera in cui Andie scomparve. So che non ce l'ha.

Una delle sue figlie rimase a casa di Max per tutta la notte e l'altra dormiva da me.»

Ravi espirò e il respiro increspò la superficie del suo tè col latte. Doveva essere ormai freddo, come quello di lei.

«E non ha nessun alibi per il martedì in cui morì Sal» proseguì Pip. «Si era preso un giorno di malattia; me l'ha detto lui stesso.»

«Ma Sal adorava il signor Ward» disse Ravi con la vocina più piccola che lei gli avesse mai sentito.

«Lo so.»

Il tavolo tra di loro di colpo sembrò enorme.

«Allora è lui il misterioso tizio più grande che Andie frequentava?» fece Ravi dopo un po'. «Quello che vedeva all'Ivy House?»

«Forse» rispose lei. «Andie parlò di rovinare qualcuno; Elliot era un insegnante in una posizione di fiducia. Sarebbe finito in un mare di guai se lei avesse detto a qualcuno di loro due. Accuse penali, la prigione.» Abbassò lo sguardo sul tè che non aveva toccato e sul proprio tremolante riflesso che rimandava. «Andie chiamò Elliot "testa di cazzo" con le sue amiche i giorni prima di scomparire. Elliot ha detto che fu perché aveva scoperto che Andie era una bulla e aveva contattato suo padre in merito al video in topless. Ma forse non si trattava di quello.»

«Come fece a scoprire dell'incidente con omissione di soccorso? Glielo disse Naomi?»

«Non credo. A me ha detto che non l'aveva mai raccontato a nessuno. Non so come facesse a saperlo.»

«Ci sono ancora dei buchi» disse Ravi.

«Lo so. Ma è lui che mi ha minacciata e che ha ucciso Barney. È stato lui, Ravi.»

«Ok.» Ravi incollò i propri grandi occhi spossati sui suoi. «Quindi come lo dimostriamo?»

Pip spostò la tazza e si chinò sul tavolo. «Elliot fa da tutor tre volte a settimana» disse. «Non avevo mai pensato che fosse una cosa strana fino a stasera. Gli Ward non hanno preoccupazioni economiche; l'assicurazione sulla vita di sua moglie ha pagato un sacco e i genitori di Isobel sono ancora vivi e super ricchi. Inoltre Elliot è capodipartimento a scuola; probabilmente guadagna molto bene. Ha iniziato i tutoraggi solo cinque anni fa, nel 2012.»

«E?»

«E se *non* facesse il tutor tre volte a settimana?» disse Pip. «E se... non lo so, andasse nel luogo in cui ha sepolto Andie? Se andasse sulla sua tomba, come una sorta di penitenza?»

Ravi fece una smorfia, un'espressione dubbiosa gli fece corrugare la fronte e il naso. «Non tre volte a settimana!»

«Sì, ok» concesse lei. «Be', e se andasse da... *lei*?» Ci aveva pensato per la prima volta nel momento in cui la parola le si era formata in gola. «E se Andie fosse viva e lui la tenesse da qualche parte? E andasse a trovarla tre volte a settimana?»

Ravi fece la stessa smorfia.

Una manciata di ricordi semi-dimenticati si fecero strada a forza nella mente di Pip. «Biscotti che scompaiono» mormorò.

«Scusa?»

Lo sguardo le saettò da destra a sinistra, lottando con quel pensiero.

«Biscotti che scompaiono» ripeté a voce più alta. «Cara continua a scoprire che manca del cibo da casa loro. Cibo che ha visto suo padre comprare poco prima. Oh mio dio. La tiene da qualche parte e le porta da mangiare.»

«Forse stai saltando leggermente alle conclusioni, Sergente.»

«Dobbiamo scoprire dove va» disse Pip, sedendosi dritta mentre qualcosa le solleticava la spina dorsale. «Domani è mercoledì, un giorno di tutoraggio.»

«E se sta davvero facendo il tutor?»

«E se invece no?»

«Pensi che dovremmo pedinarlo?» chiese Ravi.

«No» ripose lei, mentre un'idea le faceva capolino a fatica nella mente. «Ho un'idea migliore. Dammi il tuo cellulare.»

Senza dire una parola Ravi si frugò in tasca e tirò fuori il telefono. Lo fece scivolare attraverso la tavola verso di lei.

«Codice?» disse lei.

«Uno uno due due. Cosa stai facendo?»

«Attivo Trova i miei amici sui nostri due telefoni.» Aprì l'app e mandò un invito al proprio cellulare. Lo sbloccò e la accettò. «Ora condividiamo a tempo indefinito le nostre posizioni. E così» disse, brandendo il telefono in aria, «abbiamo un dispositivo di tracciamento.»

«Mi fai un pochino paura» disse lui.

«Domani, dopo la scuola, devo trovare un modo per lasciare il mio telefono nella sua macchina.»

«Come?»

«Mi farò venire in mente qualcosa.»

«Non andare da nessuna parte da sola con lui, Pip.» Ravi si allungò in avanti, lo sguardo risoluto. «Dico sul serio.»

In quell'esatto momento bussarono alla porta.

Pip scattò in piedi e Ravi la seguì lungo il corridoio. Lei prese la ciotola di dolciumi e aprì la porta.

«Dolcetto o scherzetto?!» strillò un coro di vocine.

«Oh, wow» disse Pip, riconoscendo in due vampiri i bambini degli Yardley che abitavano due porte più in là. «Ma siete tutti spaventosi!»

Abbassò la ciotola e i sei bambini sciamarono verso di lei, con le mani protese e pronte ad afferrare.

Pip sorrise al gruppo di adulti dietro di loro, mentre i bambini litigavano e selezionavano i dolcetti. E poi notarono i loro sguardi, cupi e truci, fissi su un punto dietro alle spalle di Pip, dov'era Ravi.

Due delle donne si avvicinarono l'un l'altra, guardandolo fisso mentre borbottavano piccole cose inudibili dietro alle mani.

Quarantadue

«Cos'hai fatto?» chiese Cara.

«Non lo so. Sono inciampata scendendo le scale dopo economia politica. Penso di essermela slogata.»

Pip zoppicò per finta verso di lei.

«Sono venuta a scuola a piedi stamattina; non ho la macchina» disse. «Oh cavolo, e la mamma ha una visita fino a tardi.»

«Ti diamo un passaggio io e papà» propose Cara, infilando il braccio sotto quello di Pip per aiutarla ad arrivare all'armadietto. Le prese il libro dalle mani e lo appoggiò in cima alla pila. «Non so perché ti ostini a camminare quando hai una macchina tua. Io la mia non riesco mai a usarla ora che Naomi è a casa.»

«Mi andava di fare due passi, tutto qui» disse Pip. «Non ho più Barney da usare come scusa.»

Cara le lanciò uno sguardo di triste comprensione e richiuse l'armadietto. «Su, forza» disse «zoppichiamo fino al parcheggio. Sei fortunata che io sia Mister Muscolo; ho fatto ben nove flessioni ieri.»

«Ben nove?» sorrise Pip.

«Lo so. Gioca bene le tue carte e potresti vincere un biglietto per il mio primo spettacolo di wrestling.» Si fletté e ringhiò.

Allora a Pip si spezzò il cuore per lei. Sperò, continuando a pensare *per favore per favore per favore*, che Cara non perdesse la sua anima sciocca e allegra dopo tutto quello che stava per succedere.

Sostenendosi a lei, barcollarono lungo il corridoio e uscirono dall'ingresso laterale.

Il vento freddo le morse il naso e lei strinse gli occhi per proteggerli. Proseguirono piano, lentamente, attorno al retro dell'edificio e verso il parcheggio degli insegnanti, e Cara colmò la distanza con dettagli della sua serata film di Halloween. Pip si irrigidiva ogni volta che nominava suo padre.

Elliot era già lì che aspettava accanto alla macchina.

«Eccovi» disse, vedendo Cara. «Cos'è successo?»

«Pip si è slogata la caviglia» rispose lei, aprendo la portiera posteriore. «E Leanne lavora fino a tardi. Possiamo darle un passaggio?»

«Sì, certo.» Elliot saltò in avanti per prendere il braccio di Pip e aiutarla a salire in macchina.

La sua pelle toccò quella di lei.

Le ci volle tutta la forza che aveva per non ritrarsi.

Con lo zaino sistemato al proprio fianco, Pip osservò Elliot chiuderle la portiera e salire dal lato del guidatore. Quando Cara e Pip ebbero allacciato le cinture, accese il motore.

«Allora, cos'è successo, Pip?» chiese, mentre aspettava che un gruppo di ragazzini attraversasse la strada prima di uscire dal parcheggio e immettersi sul vialetto.

«Non lo so di preciso» rispose lei. «Penso di aver semplicemente appoggiato male il piede.»

«Non serve che ti porti al pronto soccorso, vero?»

«No» disse Pip, «sono sicura che passerà in un paio di giorni.» Tirò fuori il telefono e controllò che fosse silenzioso. Lo aveva tenuto spento per la maggior parte della giornata e la batteria era quasi del tutto carica.

Elliot diede uno schiaffo alla mano di Cara quando lei iniziò ad armeggiare con le stazioni radio.

«Macchina mia, musica scadente mia» disse. «Pip?»

Lei sobbalzò e per poco non fece cadere il telefono.

«Hai la caviglia gonfia?»

«Ehm...» Si piegò e allungò una mano per tastarla, stringendo il telefono. Fingendo di massaggiarsi la caviglia, ruotò il polso e spinse il cellulare ben sotto il sedile posteriore. «Un pochino» disse, tirandosi su, la faccia tutta arrossata per l'afflusso di sangue. «Non troppo.»

«Ok, bene» rispose lui, scivolando attraverso il traffico della strada principale. «Dovresti rimanere seduta col piede alzato stasera.»

«Sì, lo farò» disse lei e incrociò il suo sguardo nello specchietto retrovisore. E poi: «Oh, mi è appena venuto in mente che è un giorno di tutoraggio. Non ti faccio fare tardi, vero? Dove devi arrivare?».

«Oh, non preoccuparti» disse lui, indicando a sinistra giù per la via di Pip. «Devo solo arrivare a Old Amersham. Niente di che.»

«Fiuuu, ok.»

Cara stava domandando cosa ci fosse per cena quando Elliot rallentò e si infilò nel vialetto di Pip.

«Ehi, ma tua mamma c'è!» disse lui, accennando alla macchina di Leanne mentre si fermava.

«Ah sì?» Pip sentì il cuore farle una capriola, temette che l'aria attorno a sé stesse visibilmente pulsando. «Devono averle cancellato la visita all'ultimo minuto. Avrei dovuto controllare, mi dispiace.»

«Ma figurati.» Elliot si girò a guardarla. «Ti serve aiuto per arrivare alla porta?»

«No» disse lei rapida, prendendo lo zaino. «No, grazie, ce la faccio.»

Aprì la portiera e iniziò a trascinare i piedi per uscire.

«Aspetta» disse improvvisamente Cara.

Pip si congelò. *Ti prego fa' che non abbia visto il telefono. Ti prego.*

«Ti vedo prima dell'esame, domani?»

«Oh» rispose Pip, tornando a respirare. «No, devo registrarmi in segreteria e andare nell'aula appena arrivo.»

«Ok, be', buoooonaaaa fortuuuuuunaaa» disse l'amica, prolungando le parole in una cantilena. «Sarai fantastica, ne sono sicura. Ti vengo a cercare quando hai fatto.»

«Sì, in bocca al lupo, Pip» sorrise Elliot. «Non dico altro per scaramanzia, vista quella caviglia.»

Pip rise, una risata così vuota che faceva quasi l'eco. «Grazie» disse, «e grazie del passaggio.» Si chinò sulla portiera e la richiuse.

Zoppicando fino a casa, drizzò le orecchie, ascoltando il rombo dell'auto di Elliot che si allontanava. Aprì il portone e smise di zoppicare.

«Ciao» disse Leanne dalla cucina. «Vuoi che metta su il tè?»

«Ehm, no, grazie» rispose lei, attardandosi nell'ingresso. «Viene Ravi per un po' ad aiutarmi a studiare per l'esame.»

Sua mamma le lanciò un'occhiata.

«Cosa c'è?»

«Non credere che non conosca mia figlia» disse lei, lavando i funghi nello scolapasta. «Lavora soltanto da sola ed è famosa per far piangere gli altri bambini nei lavori di gruppo. Studiare, certo.» Le lanciò di nuovo quell'occhiata. «Tenete la porta aperta.»

«Santo cielo, va bene.»

Proprio mentre si stava avviando su per le scale una macchia sfocata a forma di Ravi bussò alla porta.

Pip lo fece entrare e lui urlò «Salve» a sua mamma mentre la seguiva al piano di sopra, in camera.

«Porta aperta» disse Pip quando Ravi si girò per chiuderla.

Sedette a gambe incrociate sul letto e Ravi avvicinò la sedia della scrivania per mettersi di fronte a lei.

«Tutto bene?» chiese.

«Sì, è sotto al sedile posteriore.»

«Ok.»

Sbloccò il cellulare e aprì Trova i miei amici. Pip si chinò in avanti, più vicina, e, con le teste che quasi si toccavano, fissarono la mappa sullo schermo.

Il piccolo avatar arancione di Pip era parcheggiato fuori dalla casa degli Ward a Hogg Hill. Ravi ricaricò la pagina ma quello rimase lì.

«Non è ancora partito» disse Pip.

Passi strascicati percorsero il corridoio e Pip alzò lo sguardo e vide Josh in piedi sulla porta.

«Pippo» disse, giocherellando coi capelli ribelli, «Ravi può venire giù a giocare a FIFA con me?»

Ravi e Pip si voltarono a guardarsi.

«Ehm, non adesso, Josh» disse lei. «Siamo abbastanza impegnati.»

«Vengo a giocare più tardi, ok, bello?»

«Ok.» Josh lasciò cadere le braccia sconfitto e si allontanò lentamente.

«Si sta muovendo» disse Ravi, ricaricando la mappa.

«Dove?»

«Sta scendendo lungo Hogg Hill in questo momento, prima della rotonda.»

L'avatar non si muoveva in tempo reale; dovevano ricaricare continuamente e aspettare che il cerchio arancione proseguisse a salti il percorso. Si fermò proprio alla rotonda.

«Ricarica» disse Pip con impazienza. «Se non gira a sinistra, allora non sta andando ad Amersham.»

Il segnale di caricamento ruotò su se stesso in linee evanescenti. Caricamento. Caricamento. Finì e l'avatar arancione scomparve.

«Dov'è andato?» chiese Pip.

Ravi spostò la mappa in ogni direzione per vedere dove fosse passato Elliot.

«Fermo.» Pip lo individuò. «Eccolo lì. Sta andando a nord sulla A413.»

Si fissarono l'un l'altra.

«Non sta andando ad Amersham» disse Ravi.

«No, decisamente no.»

Per i successivi undici minuti seguirono con lo sguardo Elliot guidare lungo la strada e procedere a scatti ogni volta che Ravi passava il pollice sulla freccia di caricamento.

«È vicino a Wendover» disse Ravi e poi, vedendo l'espressione di Pip: «Cosa c'è?».

«Gli Ward vivevano a Wendover prima di trasferirsi in una casa più grande a Kilton. Prima che noi li conoscessimo.»

«Ha svoltato» annunciò Ravi e Pip si chinò di nuovo in avanti. «Non so dove, una strada chiamata Mill End Road.»

Pip guardò il pallino arancione immobile sulla strada di pixel bianchi. «Ricarica» disse.

«Lo sto facendo» replicò Ravi. «È bloccato.» Ricaricò di nuovo; la rotellina del caricamento ruotò per un secondo e si fermò, lasciando il puntino arancione nello stesso punto. Ravi ricaricò ancora e quello non si mosse di nuovo.

«Si è fermato» annunciò Pip, stringendo il polso di Ravi e girandoglielo per poter vedere meglio la mappa. Si alzò in piedi, prese il portatile di Ravi dalla scrivania e se lo appoggiò in grembo. «Vediamo dov'è.»

Aprì il browser e selezionò Google Maps. Cercò *Mill End Road, Wendover* e cliccò sulla modalità satellite.

«A che altezza della strada dici che è? Qui?» chiese, indicando lo schermo.

«Direi un po' più a sinistra.»

«Ok.» Pip spostò l'omino arancione sulla mappa e la street view si aprì.

Pip la selezionò e la ingrandì del tutto: la stretta strada di campagna era chiusa da alberi e alti arbusti che scintillavano al sole. Le case erano solo su un lato, un po' indietro rispetto alla strada.

«Pensi che sia a casa sua?» Indicò un piccolo edificio di mattoni con la porta di un garage bianca, appena visibile dietro agli alberi e al palo del telefono che vi confinavano.

«Mmmh...» Ravi spostò lo sguardo dal telefono allo schermo del portatile. «O è quella oppure è quella subito a sinistra.»

Pip controllò i numeri civici. «Quindi o è al 42 o al 44.»

«È lì che vivevano?» chiese Ravi. Pip non lo sapeva. Scosse le spalle e lui disse: «Ma puoi saperlo da Cara?».

«Sì» rispose lei. «Ormai ho fatto un sacco di pratica a fingere e dire bugie.» Le si arrotolò lo stomaco e le si chiuse la gola. «È la mia migliore amica e questa cosa la distruggerà. Distruggerà tutti, tutto.»

Ravi infilò la mano in quella di lei. «È quasi finita, Pip» disse.

«Finisce adesso» replicò lei. «Dobbiamo andare lì stanotte e vedere cosa nasconde Elliot. Andie potrebbe essere là dentro, viva.»

«È solo una supposizione.»

«Non abbiamo fatto che lavorare di supposizioni.» Distolse la mano per potersi tenere la testa dolente. «Ho bisogno che tutto questo finisca.»

«Ok» rispose Ravi dolcemente. «Lo faremo finire. Ma non stasera. Domani. Tu scopri da Cara a che indirizzo va

Elliot, se è la loro vecchia casa. E dopo che esci da scuola domani possiamo andarci di sera, quando Elliot non c'è, e vedere cosa combina. O possiamo chiamare la polizia con una soffiata anonima e mandarli a quell'indirizzo, ok? Ma non adesso, Pip. Non puoi rivoltare la tua vita stanotte, non te lo permetto. Non ti permetto di rinunciare a Cambridge. Ora tu studi per il tuo esame e dormi un po' come si deve. Va bene?»

«Ma...»

«Niente ma, Sergente.» La fissò, lo sguardo di colpo penetrante. «Il signor Ward ha già rovinato troppe vite. Non rovinerà anche la tua. Ok?»

«Ok» disse lei piano.

«Bene.» Le prese la mano, la tirò su dal letto e la fece sedere sulla sedia. La spostò alla scrivania e le mise una penna in mano. «Per le prossime diciotto ore voglio che ti dimentichi di Andie e Sal. Ti voglio sotto le coperte, a dormire, entro le dieci e mezza.»

Alzò lo sguardo su Ravi, sui suoi occhi gentili e l'espressione seria, e non seppe cosa dire, non seppe cosa provare. Era sul ciglio di un'alta scogliera, a metà strada tra il riso e il pianto e le urla.

Quarantatré

I seguenti brani tratti da testi più lunghi e le seguenti poesie offrono alcune rappresentazioni della colpa. Sono ordinate cronologicamente per data di pubblicazione. Leggete attentamente il materiale e poi compilate la consegna seguente.

Il ticchettio dell'orologio era come l'eco di un rullante nella sua testa. Aprì il libretto delle risposte e alzò lo sguardo un'ultima volta. Il commissario d'esame sedeva coi piedi su un banco, il viso incollato a un tascabile dal dorso segnato. Pip era a un banco piccolo e traballante nel mezzo di un'aula deserta da trenta persone. Ed erano già passati tre minuti.

Abbassò lo sguardo, con la mente impegnata a tenere lontano il suono dell'orologio, e premette la penna sul foglio.

Quando il commissario annunciò che il tempo era scaduto, Pip aveva già finito da quarantanove secondi, e con lo sguardo stava seguendo la seconda lancetta dell'orologio che incedeva impettita a formare un cerchio quasi completo. Chiuse il libretto e uscendo lo consegnò all'uomo.

Aveva scritto di come certi testi manipolino l'assegnazione della colpa utilizzando le forme verbali passive durante la descrizione del fatto illecito compiuto dal personaggio. Aveva dormito per quasi sette ore e pensava di aver fatto un buon lavoro.

Era quasi ora di pranzo e, svoltando nel corridoio successivo, udì Cara chiamare il suo nome.

«Pip!»

Si ricordò solo all'ultimo istante di dover zoppicare.

«Com'è andata?» Cara la raggiunse.

«Be', credo bene.»

«Evvai, sei libera» rispose lei, agitando il braccio di Pip per festeggiarla. «Come va la caviglia?»

«Non troppo male. Penso che domani starà meglio.»

«Oh, e» disse Cara, frugandosi in tasca, «avevi ragione.» Tirò fuori il cellulare di Pip. «Lo avevi *davvero* dimenticato chissà come nella macchina di papà. Era finito sotto al sedile posteriore.»

Pip lo prese. «Oh, non so come sia potuto succedere.»

«Dovremmo festeggiare la tua libertà» fece Cara. «Posso invitare tutti da me domani per una serata di giochi da tavolo o qualcosa del genere?»

«Sì, magari.»

Pip aspettò e quando ci fu finalmente un momento di calma disse: «Ehi, ma lo sai che oggi mia mamma fa vedere una casa a Mill End Road a Wendover? Non è lì che vivevate?».

«Sì» rispose Cara. «Che buffo.»

«Numero 44.»

«Ah, noi stavamo al 42.»

«Tuo padre ci torna ancora?» chiese Pip, con un tono di voce piatto e disinteressato.

«No, l'ha venduta secoli fa» disse Cara. «La tennero quando si trasferirono perché la mamma aveva appena ricevuto una grossa eredità da sua nonna. La misero in affitto per avere delle entrate in più mentre la mamma dipingeva. Ma papà l'ha venduta un paio di anni dopo che la mamma è morta, mi sembra.»

Pip annuì. Evidentemente Elliot mentiva da molto tempo. Da più di cinque anni, in effetti.

Passò il pranzo come uno zombie. E quando quello fu finito e Cara si stava allontanando nella direzione opposta Pip la raggiunse zoppicando e l'abbracciò.

«Va bene, appiccicosina» disse Cara, cercando di divincolarsi. «Cosa ti succede?»

«Niente» rispose Pip. La tristezza che provava per Cara era nera e famelica e si contorceva. Non c'era niente di giusto in tutta quella storia. Pip non voleva lasciarla andare, non pensava di riuscirci. Ma doveva.

Connor la raggiunse e la aiutò a salire le scale fino all'aula di storia, anche se lei gli aveva detto di non farlo. Il signor Ward era già in classe, appollaiato sulla cattedra in una camicia verde pastello. Pip non lo guardò quando superò il suo solito posto in prima fila e andò a sedersi in fondo.

La lezione non finiva mai. L'orologio la derideva, mentre lei sedeva fissandolo, spostando lo sguardo ovunque tranne che su Elliot. Non voleva guardarlo. Non poteva. Si sentiva il respiro appiccicoso, come se stesse cercando di soffocarla.

«Curiosamente» diceva Elliot «circa sei anni fa furono pubblicati i diari di uno dei medici personali di Stalin, un uomo di nome Aleksandr Mjasnikov. Mjasnikov scrisse che Stalin soffriva di una malattia cerebrale che può aver inficiato le sue capacità decisionali e influito sulla sua paranoia. Quindi...»

La campanella suonò e lo interruppe.

Pip sobbalzò. Ma non a causa della campanella. Perché qualcosa nel suo cervello aveva fatto *clic* quando Elliot aveva detto "diari", e la parola le risuonava in testa, scivolando piano piano a posto.

La classe raccolse libri e appunti e iniziò ad avviarsi in fila indiana verso la porta. Pip, zoppa e in fondo all'aula, fu l'ultima a raggiungerla.

«Aspetta, Pippa.» La voce di Elliot la trascinò indietro.

Lei si voltò, rigida e controvoglia.

«Com'è andato l'esame?» chiese lui.

«Bene, bene.»

«Oh, ottimo» sorrise Elliot. «Allora adesso puoi rilassarti.»

Lei gli restituì un sorriso vuoto e uscì zoppicando nel corridoio. Quando fu fuori dal campo visivo di Elliot lasciò perdere la zoppia e iniziò a correre. Non le importava se ora aveva ancora un'ultima ora di economia politica. Corse, quell'unica parola detta dalla voce di Elliot che la inseguiva. *Diari*. Non si fermò finché non sbatté contro la portiera della macchina, cercando a tentoni la maniglia.

Quarantaquattro

«Pip, cosa ci fai qui?» Naomi era in piedi sulla porta di casa. «Non dovresti essere ancora a scuola?»

«Avevo un'ora buca» disse lei, cercando di riprendere fiato. «Devo solo farti una domanda.»

«Pip, stai bene?»

«Tu sei in terapia da quando è morta tua mamma, vero? Per ansia e depressione» disse Pip. Non c'era tempo di essere delicati.

Naomi la guardò strana, con gli occhi che brillavano. «Sì» disse.

«Il tuo terapeuta ti ha detto di tenere un diario?»

Naomi annuì. «È un modo per tenere sotto controllo lo stress. Aiuta» rispose. «Lo tengo da quando avevo sedici anni.»

«E ci hai scritto dell'incidente e dell'omissione di soccorso?»

Naomi la fissò, mentre attorno agli occhi le si formavano delle rughe. «Sì» disse, «ovviamente. Dovevo scriverne. Ero devastata e non potevo parlarne a nessuno. Non li legge nessuno tranne me.»

Pip fece un lungo sospiro, mettendosi le mani a coppa davanti alla bocca per fermarlo.

«Pensi che sia così che l'abbiano scoperto?» Naomi scosse la testa. «No, non è possibile. Chiudo sempre a chiave i miei diari e li tengo nascosti in camera mia.»

«Devo andare» disse Pip. «Scusami.»

Si girò e si fiondò in macchina, ignorando Naomi che la chiamava a gran voce: «Pip! Pippa!».

La macchina della mamma era parcheggiata davanti a

casa quando Pip svoltò nel vialetto. Ma la casa era silenziosa e Leanne non la salutò quando aprì la porta d'ingresso. Attraversando il corridoio, Pip sentì un altro suono sopra al proprio battito cardiaco che pulsava: quello di sua madre che piangeva.

Si fermò sulla porta del soggiorno e guardò la nuca della mamma oltre l'orlo del divano. Teneva il telefono con entrambe le mani e ne provenivano piccole voci registrate.

«Mamma?»

«Oh, tesoro, mi hai spaventata» rispose lei, mettendo in pausa il telefono e asciugandosi rapidamente gli occhi. «Sei tornata a casa presto. Allora, l'esame è andato bene?» Diede con entusiasmo dei colpetti al cuscino accanto a sé, cercando di ricomporre il volto rigato dalle lacrime. «Su cos'era il saggio? Vieni a raccontarmi.»

«Mamma» disse Pip, «perché piangi?»

«Oh, non è niente, davvero niente.» Le fece un sorriso lacrimoso. «Stavo solo guardando le vecchie foto di Barney. E ho trovato il video del Natale di due anni fa, quando girava attorno al tavolo e dava a tutti una scarpa. Non riesco a smettere di guardarlo.»

Pip si avvicinò e l'abbracciò da dietro. «Mi dispiace che tu sia triste» sussurrò nei capelli della mamma.

«Non lo sono» disse tirando su col naso. «Sono felice-triste. Era un cane così buono.»

Pip si sedette con lei, a guardare vecchie foto e video di Barney, ridendo quando si lanciava in aria e cercava di mangiare la neve, quando abbaiava all'aspirapolvere, quando si spalmava sul pavimento con le zampe all'aria, il piccolo Josh gli grattava la pancia e Pip gli accarezzava le orecchie. Rimasero così finché la mamma non dovette andare a prendere Josh.

«Ok» disse Pip. «Penso che salirò di sopra a fare un pisolino per un po'.»

Un'altra bugia. Andò in camera a controllare l'ora, andando avanti indietro dal letto alla porta. Ad aspettare. La paura bruciava fino all'ira e se non camminava si sarebbe messa a urlare. Era un giovedì, un giorno di tutoraggio, e voleva che lui fosse là.

Quando Little Kilton ebbe scavallato le cinque, Pip staccò il caricabatteria dal telefono e si mise il cappotto kaki.

«Vado da Lauren per qualche ora» urlò a sua mamma, che era in cucina ad aiutare Josh con i compiti di matematica. «A dopo.»

Fuori, aprì la macchina, vi salì e si legò i capelli neri in cima al capo. Abbassò lo sguardo sul telefono, sulle numerose righe di messaggi da parte di Ravi. Rispose: *È andato bene, grazie. Vengo da te dopo cena e telefoniamo alla polizia.* Ancora un'altra bugia, ma Pip era ormai perfettamente sciolta nel dirle. Ravi l'avrebbe solo fermata.

Aprì il navigatore sul telefono, digitò l'indirizzo nella barra di ricerca e premette *Vai* sulle indicazioni.

La ruvida voce metallica scandì: *Inizio del percorso per Mill End Road 42, Wendover.*

Quarantacinque

Mill End Road era stretta e incolta, un tunnel di alberi scuri che premevano da ogni lato. Parcheggiò sul ciglio erboso della strada subito dopo il civico 40 e spense i fari.

Il suo cuore era un terremoto delle dimensioni di una mano, e ogni pelo, ogni strato della sua pelle era vivo ed elettrico.

Si chinò per prendere il cellulare, lo appoggiò nel portabevande e digitò il 999.

Due squilli e poi: «Pronto, operatore di emergenza, che servizio richiede?».

«Polizia» rispose Pip.

«La metto subito in contatto.»

«Pronto?» Una voce diversa parlò all'altro capo della linea. «Numero d'emergenza della polizia, come posso aiutarla?»

«Il mio nome è Pippa Fitz-Amobi» disse lei con voce tremante «e sono di Little Kilton. Per favore, mi ascolti con attenzione. Dovete mandare degli agenti al numero 42 di Mill End Road, a Wendover. Dentro c'è un uomo di nome Elliot Ward. Cinque anni fa Elliot ha rapito una ragazza chiamata Andie Bell, di Kilton, e da allora la tiene in quella casa. Ha ucciso un ragazzo di nome Sal Singh. Dovete contattare l'ispettore Richard Hawkins, che seguì il caso Andie Bell, e farglielo sapere. Credo che Andie sia viva e venga tenuta prigioniera lì dentro. Ora andrò ad affrontare Elliot Ward e potrei essere in pericolo. Per favore, mandate degli agenti in fretta.»

«Un attimo, Pippa» disse la voce. «Da dove stai chiamando?»

«Sono fuori dalla casa e sto per entrarci.»

«Ok, rimani fuori. Sto mandando degli agenti lì dove sei. Pippa, puoi...»

«Ora entro» disse Pip. «Per favore fate in fretta.»

«Pippa, non entrare in quella casa.»

«Mi dispiace, ma devo» rispose lei.

Abbassò il telefono, la voce dell'operatore che ancora chiamava il suo nome, e riagganciò.

Scese dall'auto. Passando dal ciglio erboso della strada al vialetto del numero 42, vide la macchina di Elliot parcheggiata davanti alla piccola casetta di mattoni rossi. Le due finestre al piano terra erano illuminate e tenevano a bada l'oscurità che si andava addensando.

Mentre si avviava verso la casa un faretto con sensore di movimento la intercettò e riempì il vialetto di una bianca luce violenta e accecante. Si coprì gli occhi e proseguì, con l'ombra delle dimensioni di un albero cucita ai piedi, dietro di sé, mentre camminava verso il portone d'ingresso.

Bussò. Tre colpi sonori contro la porta.

Dentro sferragliò qualcosa. Poi niente.

Bussò di nuovo, colpendo ripetutamente la porta con il lato esterno del pugno.

Dietro la porta si accese una luce e nel vetro smerigliato ora illuminato di giallo vide una figura sfocata camminare verso di lei.

Un catenaccio grattò contro la porta, un blocco a scorrimento, e quella venne aperta con uno schiocco umido.

Elliot la fissava. Vestito con la stessa camicia verde pastello che aveva a scuola, un paio di guanti da forno scuri poggiati sulla spalla.

«Pip?» disse con una voce che trasudava paura. «Cosa... cosa ci fai qui?»

Lei lo guardò negli occhi ingranditi dalle lenti.

«Sto...» disse «sto solo...»

Pip scosse la testa. «La polizia sarà qui tra dieci minuti» disse. «È tutto il tempo che hai per spiegarmi.» Mise un piede oltre la soglia. «Spiegarmi così che possa aiutare le tue figlie ad affrontarlo. Così che i Singh possano finalmente conoscere la verità dopo tutto questo tempo.»

Il sangue defluì completamente dal viso di Elliot. Lui fece qualche passo barcollante all'indietro, scontrandosi contro il muro. Poi premette le dita contro gli occhi e buttò fuori tutta l'aria. «È finita» disse piano. «Finalmente è finita.»

«Il tempo scorre, Elliot.» La sua voce suonava molto più coraggiosa di quanto si sentisse lei.

«Ok» disse lui. «Ok, vuoi entrare?»

Lei esitò, lo stomaco le si ritraeva spingendo all'indietro contro la spina dorsale. Ma la polizia stava arrivando; poteva farlo. Doveva farlo. «Lasceremo la porta aperta, per la polizia» disse, poi lo seguì dentro casa e oltre l'ingresso, tenendosi a una distanza di tre passi.

Lui la guidò a destra e poi in cucina. Non c'erano mobili, nessuno, ma tutti i ripiani erano carichi di confezioni di cibo e utensili per cucinare, perfino un ripiano per le spezie. C'era una piccola chiave scintillante sul ripiano, accanto a un pacco di pasta secca. Elliot si chinò per spegnere i fornelli e Pip si spostò al lato opposto della stanza, mettendo tra loro più spazio che poteva.

«Sta' lontano dai coltelli» disse.

«Pip, non ho intenzione di...»

«Stacci lontano.»

Elliot si spostò, fermandosi accanto alla parete di fronte a lei.

«Lei è qui, vero?» chiese Pip. «Andie è qui ed è viva?»

«Sì.»

Pip rabbrividì dentro al cappotto caldo.

«Tu e Andie Bell vi frequentavate nel marzo del 2012» disse. «Inizia dal principio, Elliot; non abbiamo molto tempo.»

«Non era co-com...» balbettò. «È...» Gemette e si portò le mani alla testa.

«Elliot!»

Lui tirò su col naso e si raddrizzò. «Ok» disse. «Era fine febbraio. Andie iniziò a... prestarmi attenzione a scuola. Non ero un suo insegnante; lei non frequentava le lezioni di storia. Ma mi seguiva nei corridoio e mi chiedeva come andava la mia giornata. E, non lo so, credo che quelle attenzioni mi facessero sentire... bene. Ero così solo da quando Isobel era morta. E poi Andie iniziò a chiedermi il numero di telefono. Non era successo ancora nulla a quel punto, non ci eravamo baciati o altro, ma lei continuava a chiedermelo. Le dissi che sarebbe stato inappropriato. Eppure, ben presto, mi ritrovai in un negozio di cellulari, a comprare un'altra SIM per poter parlare con lei senza che nessuno lo scoprisse. Non so perché lo feci; immagino mi sembrasse una distrazione dalla mia nostalgia di Isobel. Volevo solo qualcuno con cui parlare. Usavo quella SIM solo di sera, così Naomi non avrebbe mai visto niente, e iniziammo a scriverci. Era carina con me; lasciava che parlassi di Isobel e di quanto mi preoccupassi per Naomi e Cara.»

«Stai per finire il tempo» disse Pip gelida.

«Sì» tirò su col naso, «e poi Andie iniziò a proporre di vederci da qualche parte fuori dalla scuola. Come un hotel. Le dissi assolutamente no. Ma in un momento di follia, un momento di debolezza, mi trovai a prenotarne uno. Sapeva essere molto persuasiva. Ci accordammo per un'ora e una data, ma io dovetti cancellare all'ultimo minuto perché Cara aveva la varicella. Cercai di chiuderla *lì*, qualunque cosa fosse quella che avevamo a quel punto, ma poi lei tornò a chiedere. E io prenotai l'hotel per la settimana dopo.»

«Hotel Ivy House a Chalfont» disse Pip.

Lui annuì. «È lì che lo facemmo la prima volta.» La sua voce era tranquilla ma carica di vergogna. «Non rimanemmo a dormire; non potevo lasciare da sole le ragazze per una notte intera. Restammo solo un paio d'ore.»

«Quindi andasti a letto con lei?»

Elliot non disse niente.

«Aveva diciassette anni!» esclamò Pip. «La stessa età di tua figlia. E tu eri un insegnante. Andie era vulnerabile e tu te ne sei approfittato. Eri tu l'adulto e avresti dovuto essere quello responsabile.»

«Non c'è niente che tu possa dire che potrà farmi provare più disgusto per me stesso di quello che già provo. Dissi che non poteva succedere di nuovo e cercai di chiuderla. Andie non me lo permise. Iniziò a minacciarmi di denunciare la cosa. Interruppe una delle mie lezioni, si avvicinò e mi sussurrò che aveva lasciato una foto di se stessa nuda nascosta nell'aula da qualche parte e che io dovevo trovarla prima che lo facesse qualcun altro. Cercava di spaventarmi. Quindi tornai all'Ivy House la settimana dopo, perché non sapevo cos'avrebbe fatto se non ci fossi andato. Pensai che si sarebbe stancata presto di quella storia, qualsiasi cosa fosse.»

Fece una pausa per grattarsi la nuca.

«Quella fu l'ultima volta. Successe solo due volte e poi arrivarono le vacanze di Pasqua. Io e le ragazze passammo una settimana a casa dei genitori di Isobel e, trascorrendo del tempo lontano da Kilton, ritrovai la lucidità. Mandai un messaggio a Andie e dissi che era finita e che non mi importava se mi denunciava. Lei rispose dicendo che quando fosse ricominciata la scuola mi avrebbe rovinato se non facevo quello che voleva. Non sapevo cos'è che volesse. E poi, per pura casualità, ebbi un'occasione per fermarla. Scoprii che Andie faceva del cyber-bullismo su quella ragazza e così chiamai suo padre, come ti ho raccontato, e dissi che se il comportamento della figlia non fosse migliorato avrei dovuto riferire il fatto e lei sarebbe stata espulsa. Ovviamente Andie capì cosa significava in realtà: distruzione mutuamente assicurata. Lei avrebbe potuto farmi arrestare e mandarmi in galera per via della nostra storia, ma io avrei potuto farla espellere e rovinarle il futuro. Eravamo a uno stallo e io pensavo fosse tutto finito.»

«Allora come mai la rapisti venerdì 20 aprile?» chiese Pip.

«Non...» rispose lui. «Non andò affatto così. Ero a casa da solo e spuntò Andie, penso intorno alle dieci. Era furibonda, veramente arrabbiatissima. Mi urlò contro, dicendomi che ero deprimente e disgustoso, che mi aveva toccato soltanto perché voleva che le procurassi un posto a Oxford, come avevo aiutato Sal. Non voleva che lui partisse senza di lei. Gridava che doveva andare via di casa, via da Kilton perché la stava uccidendo. Cercai di calmarla ma senza riuscirci. E lei sapeva esattamente come fare a ferirmi.»

Elliot sbatté lentamente gli occhi.

«Andie corse nel mio studio e iniziò a strappare i dipinti che Isobel aveva fatto mentre stava morendo, gli arcobaleni. Ne distrusse due e io le urlavo di smettere ma poi lei si lanciò contro il mio preferito. E io... io la spinsi perché si fermasse, non volevo farle del male. Ma lei cadde all'indietro e batté la testa sulla mia scrivania. Forte.» Tirò su col naso e continuò: «Era sul pavimento e le sanguinava la testa. Era cosciente ma confusa. Io corsi a prendere il kit del pronto soccorso e quando tornai Andie era sparita e la porta d'ingresso era aperta. Non era venuta in macchina, non c'erano auto nel vialetto e nessun suono di motore. Andò via a piedi e scomparve. Il suo cellulare era sul pavimento dello studio, doveva esserle caduto nella zuffa».

«Il giorno dopo» proseguì «seppi da Naomi che Andie era scomparsa. Ma Andie sanguinava ed era uscita da casa mia con una ferita alla testa e ora era sparita. E man mano che il fine settimana passava iniziai a farmi prendere dal panico: pensavo di averla uccisa. Pensavo che fosse uscita da casa mia e poi, confusa e ferita, si fosse persa da qualche parte e fosse morta per le ferite. Che giacesse in un fosso chissà dove e fosse solo questione di ore prima che la trovassero. E a quel punto potevano forse esserci delle prove sul suo corpo che li avrebbero ricondotti a me: fibre, impronte digitali. Sapevo che la sola cosa che potevo fare era offrire loro un sospettato più convincente di me. Per proteggere le ragazze. Pensavo che, se fossi stato arrestato per l'omicidio di Andie, Naomi non avrebbe retto. E Cara all'epoca aveva solo dodici anni. Ero il solo genitore che rimaneva loro.»

«Non c'è tempo per le tue giustificazioni» replicò Pip. «Quindi poi incastrasti Sal Singh. Sapevi dell'incidente con omissione di soccorso perché leggevi i diari della terapia di Naomi.»

«Ovvio che li leggevo» rispose lui. «Dovevo accertarmi che la mia bambina non stesse pensando di farsi del male.»

«Obbligasti lei e i suoi amici a strappare a Sal l'alibi. E poi, quel martedì?»

«Mi presi un giorno di malattia dal lavoro e accompagnai le ragazze a scuola. Aspettai fuori e quando vidi Sal da solo nel parcheggio andai a parlargli. Non stava gestendo bene la scomparsa di Andie. Così gli proposi di tornare a casa e parlarne. Avevo deciso di farlo con un coltello della casa dei Singh. Ma poi trovai dei sonniferi nel bagno e decisi di portarlo nel bosco; pensai che sarebbe stato più dolce. Non volevo che fosse la sua famiglia a trovarlo. Bevemmo un tè e gli diedi le prime tre pillole; dissi che erano per il mal di testa. Lo convinsi che dovevamo andare nel bosco a cercare Andie per i fatti nostri; che avrebbe aiutato il suo senso di impotenza. Si fidò di me. Non si chiese perché tenessi dentro casa dei guanti di pelle. Presi un sacchetto di plastica dalla loro cucina e andammo nel bosco a piedi. Avevo un coltellino, e quando fummo penetrati a sufficienza nel bosco glielo puntai alla gola. Lo obbligai a ingoiare altre pillole.»

La voce di Elliot si spezzò. Gli occhi gli si riempirono di lacrime e una, solitaria, gli scivolò lungo la guancia. «Gli dissi che lo stavo aiutando, che non sarebbe apparso come un sospettato se fosse sembrato che anche lui era stato assalito. Ne ingoiò un altro paio e poi iniziò a lottare. Lo immobilizzai al suolo e lo obbligai a prenderne altre. Quando iniziò a essere assonnato lo tenni in piedi e gli parlai di Oxford, delle biblioteche meravigliose, delle cene formali nel salone, di com'era bella la città in primavera. Così almeno si sarebbe addormentato pensando a delle cose belle. Quando perse conoscenza gli misi il sacchetto attorno al collo e gli tenni la mano mentre moriva.»

Pip non provava pietà per l'uomo che le stava davanti. Undici anni di ricordi si dissolsero dalla sua figura, e lui non rimase che un estraneo, in piedi nella stanza insieme a lei.

«Poi mandasti il messaggio di confessione dal cellulare di Sal a suo padre.»

Elliot annuì, tamponandosi gli occhi con la base dei pollici.

«E il sangue di Andie?»

«Si era seccato sotto la mia scrivania» disse lui. «Me n'era sfuggita qualche goccia quando avevo pulito la prima volta, così ne misi un po' sotto le unghie di Sal con una pinzetta. E come ultima cosa, misi il cellulare di Andie nella sua tasca e lo lasciai lì. Non volevo ucciderlo. Stavo cercando di salvare le mie ragazze; avevano già subito abbastanza. Non si meritava di morire, ma neanche le mie ragazze. Era una scelta impossibile.»

Pip alzò gli occhi per cercare di ricacciare indietro le lacrime. Non c'era tempo di dirgli quanto si sbagliasse.

«E poi, più passavano i giorni» piangeva Elliot «più mi rendevo conto di che grave errore avessi commesso. Se Andie fosse morta da qualche parte per via della ferita alla testa a quel punto il suo corpo sarebbe già stato ritrovato. E poi spunta la sua macchina e trovano del sangue nel bagagliaio; doveva essere stata abbastanza bene da guidare dopo essere uscita da casa mia. Mi ero fatto prendere dal panico e avevo pensato che fosse una ferita letale quando non lo era. Ma era troppo tardi. Sal era già morto e io lo avevo trasformato nell'assassino. Chiusero il caso e si sistemò tutto.»

«E allora come passiamo da lì a te che imprigioni Andie in questa casa?»

Lui fece una smorfia sentendo la rabbia nelle parole di Pip.

«Era la fine di luglio. Stavo tornando a casa in macchina e niente, la vidi. Camminava sul ciglio della strada principale da Wycombe, andava in direzione di Kilton. Accostai e fu subito chiaro che si era messa nei casini con la droga… che dormiva per strada. Era talmente magra e arruffata. È così che accadde. Non potevo permettere che tornasse a casa, perché in quel caso tutti avrebbero saputo che Sal era stato assassinato. Andie era drogata e disorientata ma io accostai e la feci salire in macchina. Le spiegai perché non potevo lasciarla tornare a casa ma che mi sarei preso io cura di lei. Avevo appena messo in vendita questa casa, così la portai qui e tolsi l'annuncio dal mercato.»

«Dov'era stata per tutti quei mesi? Cosa le era successo la notte che sparì?» incalzò Pip, sentendo che i minuti le sfuggivano.

«Non si ricorda tutti i dettagli; penso avesse una commozione cerebrale. Dice che voleva solo andare via da tutto. Andò da un amico che era coinvolto in un giro di droga e lui la portò da alcune persone che conosceva. Ma lei lì non si sentiva al sicuro, così scappò per tornare a casa. Non le piace parlare di quel periodo.»

«Howie Bowers» pensò Pip a voce alta. «Lei dov'è, Elliot?»

«Nel sottotetto.» Spostò lo sguardo sulla piccola chiave sul ripiano della cucina. «Glielo abbiamo sistemato proprio bene. Io l'ho coibentato, ho aggiunto delle pareti di compensato e un vero pavimento. Lei ha scelto la carta da parati. Non ci sono finestre ma ci abbiamo messo un sacco di lampade. So che devi pensare che io sia un mostro, Pip, ma non l'ho mai toccata, non da quell'ultima volta all'Ivy House. Non è come pensi. E lei non è quella che era un tempo. È una persona diversa; è calma e grata. Lassù ha del cibo ma io passo a cucinare per lei tre volte a settimana, una durante i weekend, e la faccio scendere a farsi la doccia. E poi restiamo seduti nel suo sottotetto, a guardare la tivù per un po'. Non si annoia mai.»

«È chiusa lassù e quella è la chiave?» Pip la indicò.

Elliot annuì.

E poi sentirono il suono delle ruote che scricchiolavano fuori sulla strada.

«Quando la polizia ti interrogherà» disse Pip, ora concitata, «non dir loro dell'incidente con omissione di soccorso, di aver sottratto l'alibi a Sal. Lui non ne avrà bisogno quando avrai confessato. E Cara non si merita di perdere tutta la sua famiglia, di rimanere completamente da sola. Sarò *io* a proteggere Cara e Naomi ora.»

Il suono di portiere che sbattevano.

«Forse posso comprendere perché lo hai fatto» proseguì. «Ma non verrai mai perdonato. Hai tolto la vita a Sal per salvare la tua. Hai distrutto la sua famiglia.»

Dalla porta aperta arrivò il grido: «Polizia!».

«I Bell sono in lutto da cinque anni. Tu hai minacciato me e la mia famiglia; ti sei introdotto in casa mia per spaventarmi.»

«Mi dispiace.»

«Hai ucciso Barney.»

Elliot corrugò il viso. «Pip, non so di cosa tu stia parlando. Io non ho...

«Polizia» disse l'agente, entrando in cucina. I lucernai si riflettevano contro l'orlo del suo berretto. Lo seguiva una donna, passando lo sguardo da Elliot a Pip, avanti e indietro, facendo ondeggiare i capelli legati in un'alta coda.

«Allora, cosa succede qui?» chiese.

Pip guardò Elliot e i loro occhi si incontrarono. Lui si raddrizzò e offrì i polsi.

«Siete qui per arrestarmi per il sequestro e l'imprigionamento illegale di Andie Bell» disse, senza staccare gli occhi da Pip.

«E per l'assassinio di Sal Singh» aggiunse Pip.

Gli agenti si guardarono per un lungo momento e uno di loro annuì. La donna iniziò ad andare verso Elliot e l'uomo premette un pulsante sulla radio che teneva fissata alla spalla con una cinghia. Tornò nell'ingresso per parlarci dentro.

Mentre i due le davano le spalle, Pip schizzò in avanti e agguantò la chiave dal ripiano. Corse nell'ingresso e salì rapidamente le scale.

«Ehi!» gridò l'agente dietro di lei.

In cima vide la piccola botola bianca del solaio. Nel gancio era sistemato un grosso lucchetto e un anello di metallo avvitato alla cornice di legno. Sotto era sistemata una piccola scala a due gradini.

Pip vi salì e allungò le braccia, infilando la chiave nel lucchetto e facendolo cadere a terra con un sonoro clangore. Il poliziotto stava salendo le scale dietro di lei. Pip girò il gancio e si accucciò per permettere alla botola rinforzata di aprirsi verso il basso.

Una luce gialla riempiva il buco sopra di sé. E rumori: musica tragica, esplosioni e gente che gridava con accento americano. Pip afferrò la scala a pioli della soffitta e la tirò giù fino al pavimento proprio mentre l'agente saliva a passo pesante gli ultimi gradini.

«Aspetta» urlò.

Ma lei montò sulla scala e vi si arrampicò, le mani sudate e appiccicaticce sul corrimano di metallo.

Fece capolino con la testa nella botola e si guardò attorno. La stanza era illuminata da diverse lampade a pavimento e le pareti decorate a disegni floreali bianchi e neri. Su un lato della soffitta c'era un frigo bar con sopra un bollitore e un microonde, mensole piene di cibo e libri. Nel mezzo della stanza c'era un tappeto peloso rosa e dietro di quello una grande tivù a schermo piatto che era stata appena messa in pausa.

E lei era lì.

Seduta a gambe incrociate su un letto singolo coperto da mucchi di cuscini colorati. Indossava un pigiama blu con dei pinguini, lo stesso che avevano Cara e Naomi. Fissava

Pip con occhi grandi e folli. Sembrava un po' più cresciuta, un po' più matura. Aveva i capelli più scuri rispetto a un tempo e la pelle molto più pallida. Guardava Pip a bocca aperta, il telecomando della tivù in mano e un pacchetto di biscotti in grembo.

«Ciao» disse Pip. «Io sono Pip.»

«Ciao» disse lei. «Io sono Andie.»

Ma non lo era.

Quarantasei

Pip si avvicinò di qualche passo, nell'alone giallo che mandavano le lampade. Fece un respiro per calmarsi, cercando di sovrastare col pensiero le grida che le riempivano la testa. Strinse gli occhi e studiò il viso che aveva di fronte.

Ora che era più vicina, riusciva a vedere le evidenti differenze, la curva leggermente diversa delle labbra piene, la piega all'ingiù degli occhi quando avrebbero dovuto curvare all'insù, la punta degli zigomi più bassa di dove sarebbe dovuta essere. Cambiamenti che il tempo non poteva apportare a un viso.

Pip aveva guardato le fotografie così tante volte nei mesi precedenti che conosceva ogni linea e ogni solco del volto di Andie Bell.

Questa ragazza non era lei.

Pip si sentì distaccata dal mondo, si sentì galleggiare via, svuotata di ogni significato.

«Tu non sei Andie» disse piano, proprio mentre il poliziotto saliva la scala dietro di lei e le metteva una mano sulla spalla.

Il vento ululava tra gli alberi e il civico 42 di Mill End Road era illuminato da lampeggianti blu che increspavano a intermittenza l'oscurità. Ora quattro macchine della polizia formavano un quadrato spezzato nel vialetto e Pip aveva appena visto l'ispettore Richard Hawkins – con indosso lo stesso cappotto nero che aveva a tutte le conferenze stampa di cinque anni prima – entrare in casa.

Pip smise di ascoltare la poliziotta che stava prendendo la sua deposizione. Sentiva le sue parole come una frana di sillabe che cadevano. Si concentrò sull'inspirare l'aria fresca e sibilante e fu in quel momento che portarono fuori Elliot. Due agenti per lato, le mani ammanettate dietro la schiena. Piangeva, le luci blu si riflettevano sul suo viso bagnato. I suoni feriti che emetteva risvegliarono dentro di lei una paura antica, istintiva. Quello era un uomo che sapeva che la propria vita era finita. Aveva davvero creduto che la ragazza nella sua soffitta fosse Andie? Si era aggrappato a quella convinzione per tutto il tempo? Gli fecero abbassare la testa, lo fecero salire in macchina e lo portarono via. Pip lo guardò andarsene finché il tunnel di alberi non ebbe inghiottito il profilo della macchina.

Mentre finiva di dettare il proprio recapito telefonico all'agente, udì alle sue spalle una portiera sbattere.

«Pip!» Il vento le portò la voce di Ravi.

Sentì uno strattone nel petto e subito dopo lo stava assecondando, mettendosi a correre. In cima al vialetto si scontrarono e Ravi l'afferrò, le braccia strette mentre si ancoravano l'uno all'altra contro il vento.

«Stai bene?» chiese lui, tenendola indietro per guardarla.

«Sì» rispose lei. «Cosa ci fai qui?»

«Io?» Si picchiettò il petto. «Quando non ti sei fatta viva ti ho cercata su Trova i miei amici. Perché sei venuta qui da sola?» Osservò le macchine della polizia e gli agenti dietro di lei.

«Dovevo» rispose Pip. «Dovevo chiedergli perché. Non sapevo quanto avrei dovuto ancora aspettare per sapere la verità se non l'avessi fatto.»

Aprì la bocca una, due, tre volte prima che le parole trovassero la strada, e allora raccontò a Ravi tutto quanto. Gli raccontò, in piedi sotto gli alberi che tremavano, mentre la luce blu ondeggiava attorno a loro, com'era morto suo fratello. Disse che le dispiaceva quando le lacrime presero a scorrere lungo il viso di Ravi, perché era tutto quello che c'era da dire; un punto di sutura per ricucire un cratere.

«Non devi» rispose lui con un mezzo sorriso, mezzo singhiozzo. «Niente può riportarlo indietro, questo lo so. Ma in un certo senso lo abbiamo fatto. Sal fu assassinato, Sal era innocente, e ora tutti lo sapranno.»

Si voltarono a guardare l'ispettore Richard Hawkins accompagnare la ragazza fuori dalla casa, con un lenzuolo lilla che le copriva le spalle.

«Non è lei sul serio, vero?» disse Ravi.

«Le somiglia moltissimo» rispose Pip.

Gli occhi della ragazza erano sbarrati e liberi e ruotavano guardando tutte le cose attorno a sé, imparando daccapo cosa fosse il mondo esterno. Hawkins la guidò a una macchina e le salì accanto, mentre due agenti in uniforme si misero davanti.

Pip non sapeva come Elliot fosse arrivato a credere che quella ragazza che aveva trovato sul ciglio della strada fosse Andie. Era un'allucinazione? Aveva bisogno di credere che Andie non fosse morta, come una specie di espiazione per quello che aveva fatto a Sal in nome suo? O era la paura ad averlo accecato?

Era quello che pensava Ravi: che Elliot fosse terrorizzato che Andie Bell fosse viva e potesse tornare a casa, e a quel punto lui sarebbe finito dentro per l'omicidio di Sal. E in quell'amplificata condizione di terrore, non ci era voluta altro che una ragazza bionda che somigliava abbastanza a lei per convincersi di averla trovata. L'aveva rinchiusa, così da poter rinchiudere insieme a lei quella terribile paura di venire scoperto.

Pip annuì, mentre guardava la macchina della polizia allontanarsi. «Credo» disse piano, «credo che fosse solo una ragazza con i capelli sbagliati e la faccia sbagliata nel momento in cui l'uomo sbagliato le passava a fianco.»

E quell'altra domanda fastidiosa cui Pip ancora non riusciva a dar voce: cos'era successo alla vera Andie Bell dopo che era uscita da casa degli Ward quella sera?

L'agente che aveva raccolto la sua deposizione si avvicinò loro con un caldo sorriso. «Hai bisogno che qualcuno ti riaccompagni a casa, cara?» chiese a Pip.

«No, non c'è problema» rispose lei, «ho la mia macchina.»

Fece salire Ravi con sé; non si discuteva, non l'avrebbe lasciato guidare da solo fino a casa, tremava troppo. E, segretamente, non voleva neanche restare da sola.

Pip mise in moto, e intravide il proprio viso nello specchietto retrovisore prima che le luci si offuscassero. Aveva l'aria sciupata e un colorito grigio, gli occhi brillavano dentro a ombre infossate. Era stanca. Indicibilmente stanca.

«Posso finalmente dirlo ai miei» commentò Ravi quando furono di nuovo sulla strada principale, fuori Wendover. «Non so neanche come cominciare.»

I fari illuminarono il cartello *Benvenuti a Little Kilton* e le lettere si inspessirono a causa delle ombre laterali quando lo superarono ed entrarono in città. Pip seguì la strada principale, in direzione di casa di Ravi. Si fermò alla rotonda centrale. C'era una macchina in attesa sul ciglio della rotonda dal lato opposto, i fari accesi di un bianco lacerante. Ma avevano loro la precedenza.

«Perché non si muovono?» disse Pip, fissando la scura auto a forma di scatola, la cui carrozzeria era attraversata dalle linee di luce gialla del lampione sovrastante.

«Non lo so» disse Ravi. «Tu vai.»

Lei così fece, attraversando piano la rotonda. L'altra macchina non si era ancora mossa. Avvicinandosi, usciti dal bagliore dei fari provenienti dalla direzione opposta alla loro, Pip allentò il piede sul pedale e guardò con curiosità fuori dal finestrino.

«Oh merda» disse Ravi.

Era la famiglia Bell. Tutti e tre. Jason al posto di guida, il viso rosso e rigato da tracce di lacrime. Sembrava stesse urlando, sbatteva la mano contro il volante, la bocca si muoveva piena di parole furenti. Dawn Bell era accanto a lui, che si faceva piccola piccola. Stava piangendo, il corpo si gonfiava quando cercava di respirare tra le lacrime, la bocca scoperta in una smorfia di confuso dolore.

Le macchine arrivarono alla stessa altezza e Pip vide Becca sul sedile posteriore, dal suo stesso lato. Aveva il viso pallido, schiacciato contro il freddo tocco del finestrino. Le labbra erano aperte e le sopracciglia aggrottate, lo sguardo perso da qualche altra parte, fisso in silenzio davanti a sé.

E quando passarono, gli occhi di Becca tornarono di colpo vigili, soffermandosi su Pip. Li attraversò un lampo di riconoscimento. E di qualcosa di urgente e pesante, qualcosa come la paura.

Proseguirono lungo la strada e Ravi esalò il respiro che stava trattenendo.

«Pensi gliel'abbiano detto?» chiese.

«Sembra proprio di sì» rispose Pip. «La ragazza continuava a dire che il suo nome era Andie Bell. Dovranno andare a identificarla formalmente, e a dichiarare che non è lei.»

Guardò nello specchietto retrovisore e vide la macchina dei Bell che finalmente si allontanava, attraversava la rotonda, verso la promessa rubata di una figlia ricomparsa.

Quarantasette

Pip sedeva ai piedi del letto dei genitori, era già notte fonda. Lei, il suo fardello sulle spalle e la sua storia. Raccontarla era quasi duro quanto viverla.

La parte peggiore era Cara. Quando l'orologio sul suo cellulare aveva superato le dieci di sera, Pip capì che non poteva più evitare di affrontarla. Il dito le era rimasto a lungo sospeso sul pulsante blu di chiamata, ma lei non riusciva a farlo. Non riusciva a dire quelle parole a voce alta e rimanere ad ascoltare il mondo della propria migliore amica cambiare per sempre, diventare buio e spaventoso. Pip desiderava essere forte abbastanza, ma aveva imparato che non era invincibile: anche lei poteva spezzarsi. Aprì i messaggi e iniziò a digitare.

Dovrei chiamarti per dirtelo, ma non penso di riuscire ad arrivare fino alla fine, non con la tua voce all'altro capo della linea. Sarà forse un modo codardo e mi dispiace molto. È stato tuo papà, Cara. Tuo papà è la persona che uccise Sal Singh. Teneva prigioniera una ragazza che credeva fosse Andie Bell nella vostra vecchia casa di Wendover. È stato arrestato. Naomi rimarrà al sicuro, ti do la mia parola. So perché l'ha fatto, quando sarai pronta per ascoltarlo. Mi dispiace immensamente. Vorrei poterti salvare da tutto questo. Ti voglio bene.

Lo rilesse, nella camera dei suoi, e cliccò *Invia*, mentre le lacrime le cadevano sul cellulare che lei cullava tra le mani.

La mamma le preparò la colazione quando alle due del pomeriggio finalmente si svegliò; non c'era stato alcun dubbio che non sarebbe andata a scuola. Non ne parlarono di nuovo; non c'era nient'altro da dire, non ancora. Ma la domanda su Andie Bell risuonava ancora nella mente di

Pip, il fatto che su Andie fosse rimasto ancora un ultimo mistero.

Pip cercò di chiamare Cara diciassette volte, ma il telefono squillava sempre a vuoto. Anche quello di Naomi.

Più tardi, quello stesso pomeriggio, Leanne passò in macchina a casa degli Ward dopo essere andata a prendere Josh. Tornò dicendo che non c'era nessuno e la macchina era sparita.

«Saranno probabilmente andate dalla zia Lila» disse Pip, riprovando a chiamare Cara.

Victor rientrò presto dal lavoro. Sedettero tutti in salotto, a guardare vecchie repliche di quiz che di solito sarebbero state interrotte da Pip e suo padre che facevano a gara per urlare la risposta. Ma guardarono in silenzio, scambiandosi occhiate furtive sopra la testa di Josh, l'aria gonfia di una triste tensione da *e adesso?*

Quando bussarono alla porta Pip saltò in piedi per sfuggire alla strana atmosfera che asfissiava la camera. Aprì la porta con indosso solo il pigiama e l'aria gelida le addentò le dita dei piedi.

Era Ravi, davanti ai suoi genitori, e gli spazi tra di loro erano perfetti come se avessero organizzato la posa in anticipo.

«Ciao, Sergente» disse Ravi, facendo un sorriso luminoso a lei e al suo sgargiante pigiama tie-dye. «Questa è mia mamma, Nisha.» Fece un gesto da conduttore di giochi televisivi e sua mamma sorrise a Pip. Aveva i capelli neri stretti in due lunghe trecce. «E mio padre, Mohan.» Mohan fece un cenno con il capo e la sua guancia andò a solleticare la cima dell'enorme bouquet di fiori che teneva in mano, mentre sotto l'altro braccio stringeva una scatola di cioccolatini. «Genitori» disse Ravi, «lei è Pip.»

L'educato «Buonasera» di Pip si confuse con le loro lacrime.

«Allora» continuò Ravi, «ci hanno convocato alla stazione di polizia. Ci hanno fatti sedere e ci hanno detto tutto quanto, tutto quello che sapevamo già. E hanno detto che terranno una conferenza stampa una volta che avranno incriminato il signor Ward, e rilasceranno una dichiarazione sull'innocenza di Sal.»

Pip sentì sua madre e i passi pesanti di suo padre percorrere il corridoio e fermarsi dietro di sé. Ravi ripeté le presentazioni per Victor; Leanne li aveva già conosciuti, quindici anni prima, quando aveva venduto loro la casa.

«Quindi» continuò Ravi «volevamo venire a ringraziarti tutti insieme, Pip. Non sarebbe mai successo senza di te.»

«Non so bene cosa dire» iniziò Nisha, con gli occhi così simili a quelli di Ravi e Sal che brillavano. «Grazie a quello che avete fatto voi due, tu e Ravi, ora abbiamo di nuovo il nostro ragazzo. Ci avete entrambi restituito Sal, e non ci sono parole per dire quello che significa.»

«Questi sono per te» aggiunse Mohan, chinandosi in avanti e offrendo i fiori e i cioccolatini a Pip. «Scusaci, non sapevamo bene cosa si debba portare alla persona che ha contribuito a scagionare il proprio figlio morto.»

«Google dava pochissimi consigli» commentò Ravi.

«Grazie» disse Pip. «Volete entrare?»

«Sì, entrate» aggiunse Leanne. «Metto su il tè.»

Ma appena Ravi ebbe messo piede in casa prese il braccio di Pip e la tirò indietro in un abbraccio, schiacciando i fiori tra di loro, ridendole nei capelli. Quando l'ebbe lasciata andare, si avvicinò Nisha e la strinse anche lei in un abbraccio; aveva un profumo dolce che a Pip ricordò l'odore di casa e mamma e sere d'estate. E poi, non proprio sicuri di come o perché fosse successo, si stavano tutti abbracciando, tutti e sei scambiandosi e riabbracciandosi, ridendo con le lacrime agli occhi.

E così, con dei fiori schiacciati e una giostra di abbracci, i Singh erano arrivati a portare via la tristezza soffocante e confusa che si era impossessata della casa. Avevano aperto la porta e fatto uscire il fantasma, almeno per un po'. Perché almeno un lieto fine in tutta quella storia c'era: Sal era innocente. Una famiglia si era liberata dal sepolcro che si era portata addosso per tutti quegli anni. E, attraverso tutto il dolore e il dubbio che sarebbero arrivati, era una cosa che valeva la pena tenere stretta.

«Cosa state facendo?!» chiese Josh con una vocina perplessa.

Sedevano in soggiorno attorno a un vero e proprio tè delle cinque, che Leanne era riuscita a imbastire.

«Allora» disse Victor, «andrete a vedere i fuochi d'artificio domani?»

«In effetti» rispose Nisha, guardando prima il marito e poi il figlio, «penso che quest'anno dovremmo andare. Sarebbe la prima volta da quando... sapete. Ma le cose ora sono diverse. Da adesso le cose saranno diverse.»

«Già» aggiunse Ravi. «Mi piacerebbe andare. Da casa nostra non si vedono mai bene.»

«Magnificocco!» rispose Victor, battendo le mani. «Ci vediamo lì? Diciamo per le sette, accanto al tendone delle bibite?»

Allora Josh si mise in piedi, affrettandosi a ingurgitare il tramezzino per poter recitare: «*Remember, remember the fifth of November, the gunpowder treason and plot. I know of no reason why the gunpowder treason should ever be forgot*».

Little Kilton non aveva dimenticato, aveva solo deciso di spostare la commemorazione al quattro perché i ragazzi del barbecue pensavano ci sarebbe stata maggior affluenza di domenica. Pip non era sicura di sentirsi pronta a stare in mezzo a tutta quella gente e alle domande nei loro sguardi.

«Vado a riempire la teiera» disse, prendendo il bricco vuoto e portandolo fino in cucina.

Accese il bollitore e fissò il proprio riflesso distorto nella sua ossatura cromata finché dietro di lei non apparve un Ravi ugualmente distorto.

«Sei silenziosa» disse. «Cosa ti frulla in quel cervellone? In realtà, non devo neanche chiedertelo, so già cosa stai per dire. È Andie.»

«Non posso fare finta che sia finita» rispose lei. «Non è finita.»

«Pip, ascoltami. Hai fatto quello che ti eri prefissata di fare. Sappiamo che Sal è innocente e cosa gli successe.»

«Ma non sappiamo cosa sia successo a Andie. Dopo che uscì da casa di Elliot quella sera sparì comunque, e non è mai stata ritrovata.»

«Non è più compito tuo, Pip» replicò lui. «La polizia ha riaperto il caso di Andie. Lascia che siano loro a fare il resto. Tu hai fatto abbastanza.»

«Lo so» disse lei e non era una bugia. Era stanca. Aveva bisogno di sentirsi finalmente libera da tutta quella storia. Aveva bisogno che il peso sulle sue spalle fosse soltanto il suo. E che non spettasse più a lei rincorrere l'ultimo mistero di Andie Bell.

Ravi aveva ragione: avevano fatto la loro parte.

Quarantotto

Era intenzionata a buttarla via.

È quello che si era detta. La bacheca del delitto doveva essere eliminata, perché con quella storia lei aveva chiuso. Era tempo di smantellare l'impalcatura Andie Bell e vedere cosa restava di Pip sotto. Aveva iniziato bene, staccando alcuni fogli e impilandoli accanto a un sacchetto dell'immondizia che aveva portato in camera.

E poi, senza rendersi conto di cosa stesse facendo o di come fosse successo, si era ritrovata a passare di nuovo in rassegna tutto quanto: a rileggere le voci del diario di lavoro, a seguire con le dita le linee di filo rosso, a fissare le foto dei sospettati, cercando il viso di un assassino.

Era stata così sicura di esserne fuori. Non si era permessa di pensarci per tutto il giorno, mentre faceva giochi da tavola con Josh, mentre guardava uno dopo l'altro episodi di sitcom americane, mentre cucinava i brownie con la mamma, infilandosi di nascosto in bocca pizzichi di pasta cruda quando non era osservata. Ma era bastato un mezzo secondo e un'occhiata involontaria e Andie aveva trovato il modo di risucchiarla ancora.

Teoricamente si sarebbe dovuta preparare per i fuochi d'artificio ma era in ginocchio, piegata sulla bacheca. Alcune cose finirono davvero nel sacchetto: tutti gli indizi che avevano puntato a Elliot Ward. Tutti quelli sull'hotel Ivy House, il numero di telefono nel diario, l'incidente con omissione di soccorso, l'alibi rubato di Sal, la foto nuda di Andie che Max aveva trovato in fondo a un'aula e i biglietti e messaggi stampati di Sconosciuto.

Ma la bacheca andava anche aggiornata, perché ora sapeva più cose su dove si trovava Andie la notte che era scomparsa. Prese la stampata di una mappa di Kilton e iniziò a scarabocchiarvi sopra con un pennarello blu.

Andie era andata a casa degli Ward e ne era uscita non molto tempo dopo con una ferita alla testa potenzialmente grave. Pip circondò la casa degli Ward a Hogg Hill. Elliot aveva detto che erano circa le dieci, ma doveva essersi leggermente sbagliato. La sua dichiarazione e quella di Becca Bell non combaciano, eppure quella di Becca era avvalorata dalla registrazione delle telecamere: Andie aveva percorso la strada principale alle dieci e quaranta. In quel momento doveva star andando a casa degli Ward. Pip disegnò una linea tratteggiata e vi scribacchiò accanto l'orario. Sì, Elliot doveva essersi sbagliato, capì, altrimenti voleva dire che Andie era tornata a casa con una ferita alla testa prima di uscire di nuovo. E se fosse stato così, Becca avrebbe riferito alla polizia quei dettagli. Quindi non era più Becca l'ultima persona ad aver visto Andie viva, era stato Elliot.

Ma allora... Pip mordicchiò l'estremità del pennarello, riflettendo. Elliot aveva detto che Andie non era arrivata a casa sua in macchina; pensava fosse venuta a piedi. E, guardando la mappa, Pip vide che aveva senso. La casa dei Bell e quella degli Ward erano molto vicine; a piedi bastava tagliare per la chiesa e passare sul ponte pedonale. Ci si metteva probabilmente meno a piedi che in macchina. Pip si grattò la testa. Non quadrava: la macchina di Andie era stata vista dalle telecamere, quindi lei doveva averla presa. Forse aveva parcheggiato da qualche parte vicino a casa di Elliot, ma non abbastanza vicino perché lui lo notasse.

Quindi come fece Andie a passare dall'essere lì a non esistere più? Da Hogg Hill al suo sangue nel bagagliaio della macchina abbandonata vicino a casa di Howie?

Pip tamburellò con l'estremità della penna sulla mappa,

lo sguardo che guizzava da Howie a Max a Nat a Daniel a Jason. C'erano stati due assassini diversi a Little Kilton: uno che aveva pensato di aver ucciso Andie e poi aveva ammazzato Sal per coprire il fatto, e un altro che aveva davvero ucciso Andie Bell. E quest'ultimo quale poteva essere, delle facce che la stavano guardando dal pavimento?

Due assassini, eppure soltanto uno di loro aveva cercato di fermare Pip, il che voleva dire che...

Un attimo.

Pip si tenne la testa tra le mani e chiuse gli occhi per riflettere, i pensieri partivano a razzo e poi tornavano indietro modificati e nuovi e fumanti. E un'unica immagine: il viso di Elliot, proprio mentre entrava la polizia. Il suo viso quando Pip aveva detto che non lo avrebbe mai perdonato per aver ucciso Barney. L'aveva aggrottato, aveva teso le sopracciglia. Ma, figurandoselo ora, non c'era rimorso sul suo volto. No, c'era confusione.

E le parole che aveva pronunciato, Pip ora le completò al suo posto: Pip, non so di cosa tu stia parlando. Io non ho... *ucciso Barney.*

Pip imprecò sottovoce, incespicando fino al sacchetto dell'immondizia afflosciato. Tirò fuori i fogli scartati e cercò tra le varie pagine, spargendo carta tutt'attorno a sé. E poi eccoli lì, nelle sue mani; il biglietto del campeggio e quello nel suo armadietto in una mano, i messaggi stampati nell'altra.

Venivano da due persone diverse. Era così ovvio, adesso, guardandoli.

Le differenze non erano solo nella forma, bensì nel tono. Nei biglietti di carta Elliot l'aveva chiamata Pippa e le minacce erano state sottili, implicite. Perfino in quella aggiunta al suo diario di lavoro. Ma Sconosciuto l'aveva chiamata "Stupida troia" e le minacce non erano soltanto implicite: l'aveva obbligata a distruggere il portatile e poi aveva ucciso il suo cane.

Si mise a sedere e lasciò andare il respiro che da troppo tempo stava trattenendo. Due persone diverse. Elliot non era Sconosciuto e non aveva ucciso Barney. No, quello era stato il vero assassino di Andie.

«Pip, muoviti! Hanno già acceso il falò» chiamò suo padre dal piano terra.

Lei si precipitò alla porta della camera e la socchiuse. «Ehm, voi andate. Ci vediamo là.»

«Cosa? No. Scendi, Pipsy.»

«Sono solo... Voglio solo provare a chiamare Cara qualche altra volta, papà. Ho davvero bisogno di parlarle. Non ci metterò molto. Per favore. Vi raggiungo lì.»

«Ok, cetriolino» rispose lui.

«Esco tra venti minuti, lo giuro» disse lei.

«Ok, chiamami se non ci trovi.»

Quando il portone d'ingresso fu chiuso Pip tornò a sedersi accanto alla bacheca, con i messaggi di Sconosciuto che le tremavano in mano. Rilesse le voci del suo diario, cercando di risalire a che punto delle sue indagini li aveva ricevuti. Il primo era arrivato subito dopo che aveva scovato Howie Bowers, dopo che lei e Ravi gli avevano parlato e avevano scoperto dello spaccio di Andie, del fatto che Max comprava Roipnol. E poi Barney era stato rapito nelle vacanze di metà trimestre. Erano successe un sacco di cose subito prima: si era imbattuta due volte in Stanley Forbes, era andata a trovare Becca e aveva parlato con Daniel all'incontro con la polizia.

Accartocciò i foglietti e li scagliò attraverso la stanza con un ringhio che non aveva mai sentito provenire da se stessa. C'erano sempre troppi sospetti. E ora che i segreti di Elliot erano venuti a galla e Sal era stato scagionato, l'assassino avrebbe cercato vendetta? Avrebbe tenuto fede alle minacce fatte? Era sicuro per Pip rimanere a casa da sola?

Abbassò lo sguardo accigliato sulle foto. E con il pennarello blu disegnò una grossa croce sul viso di Jason Bell. Non poteva essere stato lui. Aveva visto l'espressione che aveva sul volto in macchina, quando l'ispettore doveva averli chiamati. Sia lui sia Dawn: in lacrime, arrabbiati, confusi. Ma c'era anche qualcos'altro negli occhi dei due, una pallidissima scintilla di speranza accanto alle lacrime. Forse, anche se gli era stato detto che non era lei, una piccola parte di loro aveva sperato che potesse comunque essere la loro figlia. Jason non avrebbe potuto fingere quella reazione. Portava la verità dipinta in viso.

La verità dipinta in viso...

Pip prese la foto di Andie coi suoi genitori e Becca, e la fissò. Fissò quegli occhi.

Non fu immediato.

Arrivò a piccole pulsazioni, che si accendevano attraverso i suoi ricordi.

I pezzi precipitarono a formare una linea.

Prese dalla bacheca tutte le pagine rilevanti. Voce 3: l'intervista a Stanley Forbes. Voce 10: la prima intervista a Emma Hutton. Voce 20: l'intervista a Jess Walker a proposito dei Bell. 21: su Max che comprava droga da Andie. 23: su Howie e sulla roba con cui la riforniva. Voce 28 e 29: sui drink drogati ai calamity party. Il foglio su cui Ravi aveva scritto: *chi potrebbe aver preso il cellulare prepagato?* a grandi lettere maiuscole. E l'orario in cui secondo Elliot Andie se ne andò da casa sua.

Li riguardò tutti e capì chi era stato.

L'assassino aveva una faccia e un nome.

L'ultima persona ad aver visto Andie viva.

Ma c'era ancora un'ultima cosa da confermare. Pip prese il telefono, fece scorrere l'elenco dei contatti e selezionò il numero.

«Pronto?»

«Max?» chiese. «Devo farti una domanda.»

«Non mi interessa. Vedi, ti sbagliavi su di me. Ho sentito quello che è successo, che è stato il signor Ward.»

«Bene» fece Pip, «allora saprai che ora godi di un sacco di credibilità con i poliziotti. Ho detto al signor Ward di tacere sull'incidente con omissione di soccorso ma se tu non rispondi alla mia domanda telefono alla polizia adesso e racconto tutto.»

«Non lo faresti.»

«Invece sì. La vita di Naomi è già devastata; non penso che questo potrà fermarmi di nuovo» bluffò.

«Cosa vuoi?» sbottò lui.

Pip fece una pausa. Accese il vivavoce e aprì l'app di registrazione. Premette il pulsante rosso di avvio e sospirò forte col naso per coprire il *biip*.

«Max, a un calamity party di marzo 2012» disse «hai drogato e stuprato Becca Bell?»

«Cosa? No, cazzo, certo che no.»

«MAX» ruggì Pip nel telefono, «non mentirmi o giuro su Dio che ti rovino! Hai messo del Roipnol nel drink di Becca e hai fatto sesso con lei?»

Lui tossì.

«Sì, ma, cioè… non fu uno stupro. Lei non disse di no.»

«Perché l'avevi drogata, schifoso pezzo di merda» gridò Pip. «Non hai idea di quello che hai fatto.»

Riagganciò, fermò la registrazione e bloccò il cellulare. I suoi occhi affilati incastonati nello schermo scuro le restituirono lo sguardo.

L'ultima persona ad aver visto Andie viva? Era stata Becca. Era sempre stata Becca.

Il riflesso di Pip batté le palpebre e la decisione fu presa.

Quarantanove

La macchina ebbe un sussulto quando Pip inchiodò sul cordolo. Scese nella strada buia e andò alla porta.

Bussò.

Lo scacciapensieri lì accanto ondeggiava e cantava nella brezza della sera, acuto e persistente.

Il portone d'ingresso venne socchiuso e il viso di Becca comparve nell'apertura. Guardò Pip e la spalancò del tutto.

«Oh, ciao Pippa» disse.

«Ciao, Becca. Io... sono venuta a vedere se stavate bene, dopo giovedì sera. Vi ho visti in macchina e...»

«Sì» annuì lei, «l'ispettore ci ha detto che sei stata tu a scoprire del signor Ward, di cos'aveva fatto.»

«Sì, mi dispiace.»

«Vuoi entrare?» chiese Becca, facendo un passo indietro per liberare la soglia.

«Grazie.»

Pip la seguì nell'ingresso in cui lei e Ravi si erano introdotti settimane prima. Becca sorrise e le fece cenno di passare nella cucina verde acqua.

«Ti va un tè?»

«Oh, no, grazie.»

«Sicura? Me ne stavo preparando uno.»

«Allora ok. Nero, per favore. Grazie.»

Pip prese posto al tavolo della cucina, la schiena dritta, la ginocchia rigide, e osservò Becca prendere due tazze a fiori dalla credenza, lasciarci cadere le bustine e versarci l'acqua dalla teiera bollente.

«Scusa» disse, «devo prendere un fazzoletto.»

Mentre usciva dalla stanza risuonò il fischio di un treno

nella tasca di Pip. Era un messaggio di Ravi: *Ehi, Sergente, dove sei?* Mise il cellulare in silenzioso e lo chiuse nella tasca del cappotto.

Becca rientrò nella stanza, infilandosi un fazzoletto nella manica. Portò le tazze in tavola e mise quella di Pip davanti alla ragazza.

«Grazie» disse lei, bevendone un sorso. Non scottava troppo. Ed era contenta di averlo in quel momento; qualcosa da fare con le sue mani tremanti.

In quell'istante entrò il gatto nero, incedendo con la coda ritta, e strofinò il muso contro le caviglie di Pip finché Becca non lo scacciò.

«Come stanno i tuoi?»

«Non benissimo» rispose Becca. «Dopo che abbiamo dato la conferma che non si trattava di Andie mia mamma ha prenotato la riabilitazione per traumi emotivi. E mio papà vuole fare causa a tutti.»

«Sanno già chi è la ragazza?» disse Pip con la bocca affondata oltre l'orlo della tazza.

«Sì, hanno chiamato papà stamattina. Era nel registro delle persone scomparse: Isla Jordan, ventitré anni, di Milton Keynes. Hanno detto che ha un ritardo mentale e l'età cerebrale di una dodicenne. Viene da una situazione di violenza domestica e ha dei precedenti per fuga e possesso di droga.» Becca giocherellò coi capelli corti. «Hanno detto che è molto confusa; ha vissuto in quel modo talmente a lungo – impersonificando Andie per soddisfare il signor Ward – che crede veramente di essere una ragazza di nome Andie Bell di Little Kilton.»

Pip bevve un gran sorso, riempiendo il silenzio mentre le parole nella sua testa tremavano e si risistemavano. Sentiva la bocca secca e aveva un orribile tremore in gola che faceva eco al battito cardiaco raddoppiato. Alzò la tazza e finì il tè.

«Le assomigliava tantissimo» disse alla fine. «Per qualche secondo ho pensato fosse Andie. E ho visto sul viso dei tuoi la speranza che forse dopotutto potesse essere lei. Che io e la polizia ci fossimo sbagliati. Ma tu lo sapevi già, vero?»

Becca posò la tazza e la fissò.

«Il tuo viso non era come i loro, Becca. Tu sembravi confusa. Sembravi spaventata. Sapevi per certo che non poteva essere tua sorella. Perché l'hai uccisa tu, vero?»

Becca non si mosse. Il gatto saltò sul tavolo accanto a lei e lei non si mosse.

«Nel marzo del 2012» proseguì Pip «andasti a un calamity party con la tua amica Jess Walker. E mentre eravate lì ti successe qualcosa. Non ti ricordi niente ma ti svegliasti e sapevi che c'era qualcosa che non andava. Chiedesti a Jess di accompagnarti a comprare la pillola del giorno dopo e quando lei ti chiese con chi fossi stata a letto tu non glielo dicesti. Non perché, come presumeva Jess, ti vergognassi, ma perché non lo sapevi. Non sapevi cosa fosse successo o con chi. Avevi un'amnesia anterograda perché qualcuno aveva aggiunto del Roipnol al tuo drink e poi ti aveva violentata.»

Becca rimase seduta e basta, immobile in modo inumano, come un piccolo manichino di carne e sangue troppo spaventato per muoversi, in caso avesse increspato il lato oscuro dell'ombra di sua sorella. E poi iniziò a piangere. Le lacrime, come pesciolini muti, si rincorrevano lungo le sue guance, e i muscoli le fremevano sotto lo zigomo. Pip sentì dentro di sé un dolore, qualcosa di solido e gelido che le avvolgeva il cuore, mentre guardava negli occhi di Becca e vi leggeva la verità. Perché la verità non era una vittoria; era solo tristezza, profonda e in disfacimento.

«Non riesco neanche a immaginare quanto sia stato

orribile per te e quanto tu ti sia sentita sola» disse Pip, sentendosi a un tratto incerta. «Non riuscire a ricordare ma sapere comunque che era successo qualcosa di brutto. Devi aver creduto che nessuno potesse aiutarti. Non avevi fatto niente di male e non avevi nulla di cui vergognarti. Ma non penso lo potessi capire sulle prime e così finisti in ospedale. E poi cosa accadde? Decidesti di scoprire cosa ti era successo? Chi era il responsabile?»

Becca annuì in maniera quasi impercettibile.

«Penso avessi capito che qualcuno ti aveva drogata, perciò è da lì che iniziasti a cercare? A chiedere in giro chi comprava droga ai calamity party e da chi. E le domande ti ricondussero a tua sorella. Becca, cosa successe la notte di venerdì 20 aprile? Cosa successe quando Andie tornò a casa a piedi dopo essere stata dal signor Ward?»

«Tutto quello che scoprii fu che una volta qualcuno aveva comprato da lei erba e MDMA» disse Becca, abbassando lo sguardo e trattenendo le lacrime. «Perciò quando uscì e mi lasciò da sola frugai in camera sua. Trovai il posto dove teneva nascosti l'altro telefono e la droga. Controllai sul telefono: tutti i contatti erano salvati con nomi di una lettera sola, ma lessi alcuni messaggi e trovai chi comprava il Roipnol da lei. Aveva usato il suo nome in uno dei messaggi.»

«Max Hastings» disse Pip.

«E pensai» singhiozzò, «pensai che ora che lo sapevo avremmo potuto sistemare tutto, mettere tutto a posto. Pensai che quando Andie fosse tornata a casa e gliel'avessi raccontato, lei mi avrebbe fatto sfogare e mi avrebbe detto che le dispiaceva e che noi, io e lei, avremmo sistemato tutto e gliel'avremmo fatta pagare. Volevo solo la mia sorella grande. E la semplice libertà di raccontarlo finalmente a qualcuno.»

Pip si asciugò gli occhi, sentendosi scossa e prosciugata.
«E poi Andie tornò a casa» continuò Becca.
«Con una ferita alla testa?»
«No, in quel momento non lo sapevo» disse. «Non vidi nulla. Era proprio qui, in cucina, e io non potevo più aspettare. Dovevo dirglielo. E...» la voce di Becca si spezzò «... quando lo feci lei si limitò a guardarmi e disse che non gliene importava nulla. Cercai di spiegarle ma lei non ascoltava. Disse solo che non potevo raccontarlo a nessuno o sarei finita nei guai. Cercò di uscire dalla stanza e io mi misi in mezzo. Poi aggiunse che dovevo essere grata che qualcuno mi avesse voluto, in fondo, perché io ero solo la versione grassa e brutta di lei. E cercò di spingermi via per passare. Io non ci potevo credere, non riuscivo a credere che potesse essere così crudele. La spinsi indietro e cercai di spiegarle di nuovo e stavamo tutte e due gridando e spintonandoci e poi... fu una cosa velocissima.

«Andie cadde a terra. Non pensavo di averla spinta così forte. Aveva gli occhi chiusi. E poi iniziò a vomitare. Su tutta la faccia e sui capelli. E» singhiozzò Becca «poi le si riempì la bocca e lei tossiva e soffocava nel proprio vomito. E io... io rimasi immobile. Non so perché, ero così arrabbiata. Quando ci ripenso adesso non so dire se presi una decisione o meno. Non ricordo di aver pensato niente, rimasi semplicemente immobile. Devo aver saputo che stava morendo ma rimasi lì in piedi e non feci niente.»

Becca allora fece scivolare lo sguardo su un punto delle mattonelle della cucina accanto alla porta. Doveva essere stato lì che era successo.

«E poi si fermò e io capii cos'avevo fatto. Mi prese il panico e cercai di pulirle la bocca ma era già morta. Volevo disperatamente riavvolgere tutto. Lo voglio ogni giorno da allora. Ma era troppo tardi. Solo in quel momento vidi il sangue che aveva nei capelli e pensai che dovevo averle fatto male io; per cinque anni l'ho pensato. Non ho saputo fino a due giorni fa che Andie si era procurata una ferita alla testa prima, con il signor Ward. Dev'essere stato per quello che perse conoscenza, che iniziò a vomitare. Non importa, comunque. Ero sempre io quella che l'aveva lasciata soffocare a morte. La guardai morire e non feci nulla. E visto che pensavo di averle fatto male io alla testa, e aveva i miei graffi sulle braccia, segni di lotta, capii che tutti – perfino i miei genitori – avrebbero pensato che avevo avuto intenzione di ucciderla. Perché Andie era talmente migliore di me. I miei volevano più bene a lei.»

«Mettesti il cadavere nel bagagliaio della sua auto?» disse Pip, chinandosi in avanti e reggendosi la testa perché era troppo pesante.

«La macchina era in garage e io ce la trascinai dentro. Non so come trovai la forza di farlo. Ora è tutto confuso. Pulii tutto quanto; avevo visto abbastanza documentari. Sapevo quale tipo di candeggina si deve usare.»

«Poi uscisti di casa subito prima delle dieci e quaranta» proseguì Pip. «Eri tu la persona che registrarono le telecamere, tu alla guida dell'auto di Andie sulla strada principale. E la portasti... credo che la portasti in quella vecchia fattoria su Sycamore Road, quella su cui stavi scrivendo un articolo perché non volevi che i vicini la comprassero e restaurassero. E la seppellisti lì?»

«Non è sepolta» singhiozzò Becca. «È nella fossa biologica.»

Pip annuì piano, mentre la testa annebbiata lottava con l'ultima frase di Andie. «Poi abbandonasti la sua macchina e tornasti a casa a piedi. Perché la lasciasti a Romer Close?»

«Quando avevo guardato nel suo secondo cellulare avevo visto che era lì che il suo spacciatore viveva. Pensai che lasciando la macchina lì la polizia avrebbe fatto il dovuto collegamento e il principale sospettato sarebbe stato lui.»

«Cosa devi aver pensato quando di colpo Sal fu dichiarato colpevole e tutto finì!»

Becca si strinse nelle spalle. «Non lo so. Pensai che forse era una specie di segno, che ero stata perdonata. Anche se io stessa non mi sono mai perdonata.»

«E poi» proseguì Pip «cinque anni dopo, io inizio a scavare. Il mio numero lo hai preso dal telefono di Stanley, da quando lo avevo intervistato.»

«Mi ha detto che una ragazzina stava facendo un progetto, che pensava che Sal fosse innocente. Mi sono fatta prendere dal panico. Ho pensato che se tu dimostravi la sua innocenza io avrei dovuto trovare un altro sospettato. Avevo tenuto il prepagato di Andie e sapevo che all'epoca aveva una relazione segreta; c'erano dei messaggi a un contatto salvato come *E* che dicevano di vedersi a un hotel, l'Ivy House. Così ci sono andata per vedere se potevo scoprire chi era quel tizio. Non sono arrivata da nessuna parte, la vecchia proprietaria era molto confusa. Poi qualche settimana dopo ti ho vista dalle parti del parcheggio della stazione e sapevo che è lì che lavorava lo spacciatore di Andie. Ti ho tenuta d'occhio e quando tu hai seguito lui io ho seguito te. Ti ho vista entrare in casa sua col fratello di Sal. Volevo solo che ti fermassi.»

«Ed è stato lì che mi hai mandato il primo messaggio» commentò Pip. «Ma io non mi sono fermata. E quando sono venuta a parlarti nel tuo ufficio devi aver pensato che ero vicinissima a capire che eri stata tu, visto che parlavo del cellulare prepagato e di Max Hastings. Perciò hai ucciso il mio cane e mi hai obbligato a distruggere tutta la mia ricerca.»

«Mi dispiace.» Abbassò lo sguardo. «Non volevo che

il tuo cane morisse. L'ho lasciato andare, davvero. Ma era buio; deve essersi perso ed è caduto nel fiume.»

A Pip tremò il respiro. Ma incidente o meno, non avrebbe riportato indietro Barney.

«Gli volevo un bene dell'anima» disse, sentendosi frastornata, distaccata da se stessa. «Ma ho scelto di perdonarti. È per questo che sono venuta qui, Becca. Se ci sono arrivata io, la polizia non ci metterà molto, non ora che hanno riaperto il caso. E la storia del signor Ward inizia ad aprire dei buchi nella tua.» Parlava veloce, biascicando, la lingua inciampava sulle parole. «Non è giusto quello che hai fatto, Becca, lasciarla morire. So che lo sai. Ma non è giusto neanche quello che è successo a te. Non lo hai voluto tu, niente di tutto questo. Ma alla legge manca la compassione. Sono venuta ad avvisarti. Devi andartene, lasciare il Paese e rifarti una vita da qualche parte. Perché prima o poi verranno a cercarti.»

Pip la guardò. Becca muoveva le labbra, stava parlando, ma di colpo ogni suono nel mondo era scomparso, c'era solo un ronzio d'ali d'insetto intrappolato nella sua testa. Il tavolo mutava e schiumava tra di loro e una specie di peso, come portato da un fantasma, iniziò a calare sulle palpebre di Pip.

«I-io...» balbettò. Il mondo si offuscò, l'unica cosa a fuoco era la tazza vuota davanti a sé, che vacillava, i colori che si sfaldavano nell'aria. «Hai messo qua... mio tè?»

«C'erano ancora un paio di pillole di Max nel nascondiglio di Andie. Le avevo tenute.»

La voce di Becca arrivò a Pip forte e chiara, come un'eco stridente della risata di un clown, passandole da un orecchio all'altro.

Pip si alzò dalla sedia ma la gamba sinistra era troppo debole. Cedette sotto al suo peso e lei crollò sull'isola nel mezzo della cucina. Qualcosa andò in frantumi e i pezzi volarono di qua e di là e in alto, come nuvole seghettate, mentre il mondo le ruotava tutt'attorno.

La stanza ondeggiava e Pip barcollò fino al lavandino, ci si chino dentro e si ficcò due dita in gola. Vomitò, un liquido marrone scuro e puzzolente, e poi vomitò ancora. Da dietro di lei, da qualche parte vicino eppure lontano, arrivò una voce.

«Penserò a qualcosa, devo farlo. Non ci sono prove. Ci sei solo tu e quello che sai. Mi dispiace. Non voglio farlo. Perché non hai lasciato perdere e basta?»

Pip incespicò all'indietro e si asciugò la bocca. La stanza vorticò di nuovo e Becca le era di fronte, con le mani tremanti tese.

«No» cercò di urlare Pip ma la sua voce si perse da qualche parte dentro di lei. Schizzò all'indietro e si mosse di lato attorno all'isola. Affondò le dita in uno degli sgabelli per reggersi in piedi. Lo afferrò e lo lanciò dietro di sé. Ci fu un clangore dall'eco lacerante quando colpì le gambe di Becca.

Pip andò a sbattere contro la parete dell'ingresso. Con le orecchie che fischiavano e la spalla che tremava, ci si appoggiò contro perché non sparisse, perché non l'abbandonasse, e si trascinò a forza fino alla porta d'ingresso. Non si apriva ma poi sbatté gli occhi e quella non c'era più e lei fu in qualche modo fuori.

Era buio e roteava tutto e c'era qualcosa nel cielo. Funghi luminosi e colorati e nuvoloni apocalittici e confetti. I fuochi d'artificio, che salivano dai giardini della città con un suono da lacerare la terra. Pip si mise a correre verso i colori brillanti, dentro al bosco.

Gli alberi camminavano a ritmo di un paso doble e Pip non sentiva più i piedi. Erano come spariti. Un altro scintillante ruggito celeste la accecò.

Le mani tese a farle da occhi, un altro schianto e Becca le fu davanti.

La spinse e Pip cadde di schiena sulle foglie e nel fango. E Becca le fu sopra, in piedi, le mani aperte che si piegavano su di lei e... Un'ondata di energie la attraversò. La convogliò tutta nella gamba e calciò forte. E anche Becca cadde a terra, distesa tra le foglie scure.

«Stavo c-c-cercando di a-aiutarti» balbettò Pip.

Si voltò e strisciò e le braccia volevano essere gambe e le gambe braccia. Si rimise in piedi e corse via, lontano da Becca. Verso la chiesa.

Stavano esplodendo altre bombe e dietro di lei era la fine del mondo. Si aggrappò agli alberi per aiutarsi a spingersi in avanti mentre quelli danzavano e vorticavano nel cielo che cadeva. Afferrò un albero ma aveva la consistenza della pelle.

L'albero si buttò in avanti e la strinse con due mani. Caddero a terra e rotolarono. Pip sbatté con forza la testa contro un tronco, e una scia umida le scese lungo il viso, in bocca il sapore ferroso del sangue. Il mondo si oscurò di nuovo mentre un mare di rosso le si accumulava sugli occhi. E poi Becca le sedeva sopra e c'era qualcosa di freddo attorno al collo di Pip. Alzò le mani per tastarlo ed erano dita ma le sue non funzionavano. Non riusciva a fare leva per aprirle.

«Ti prego.» Le parole uscirono con un rantolo e l'aria non tornò.

Le sue braccia erano bloccate nelle foglie e non le obbedivano. Non si muovevano.

Guardò in su, negli occhi di Becca. *Sa dove metterti, dove non ti troveranno mai. In un luogo buio come la pece, insieme alle ossa di Andie Bell.*

Aveva perso le braccia e le gambe e stava precipitando.

«Vorrei aver avuto qualcuno come te» gridò Becca. «Avevo soltanto Andie. Era l'unica via di fuga da mio padre. Era l'unica speranza dopo Max. E non gliene fregava niente. Forse non glien'era mai fregato niente. E ora sono bloccata in tutto questo e non c'è altra via d'uscita. Non voglio farlo. Mi dispiace.»

Pip non riusciva a ricordarsi come fosse respirare.

Sentiva gli occhi spaccarsi e c'era fuoco nelle crepe.

Little Kilton veniva divorata da un'oscurità ancora più grande. Ma quelle scintille arcobaleno nella notte erano belle da guardare. Un'ultima cosa bella con la quale passare di là prima che tutto diventasse nero.

E mentre accadeva sentì le dita gelide allentarsi e staccarsi.

Il primo respiro fu lacerante e doloroso, quando mandò giù l'aria. L'oscurità si ritrasse e i suoni rispuntarono dalla terra.

«Non ce la faccio» disse Becca, abbassando le mani per abbracciarsi. «Non posso.»

Poi un fragore di passi che correvano e un'ombra balzò su di loro e Becca venne trascinata via. Altri suoni. Urla e grida e «Sei al sicuro, cetriolino».

Pip voltò la testa e suo padre era lì con lei, e teneva Becca, che lottava e strillava, inchiodata al suolo.

E c'era un'altra persona dietro di lei, che la stava mettendo a sedere, ma lei era liquida e non la si poteva tenere.

«Respira, Sergente» disse Ravi, accarezzandole i capelli. «Ci siamo noi. Adesso ci siamo noi.»

«Ravi, cos'ha?»

«Ipnotico» sussurrò Pip, guardandolo. «Roipnol nel... tè.»

«Ravi, chiama un'ambulanza. Chiama la polizia.»

I suoni sparirono di nuovo. C'erano solo i colori e la voce di Ravi che gli vibrava nel petto e da lì attraverso la sua schiena fino ai bordi esterni di tutti i sensi.

«Ha lasciato morire Andie» disse Pip o pensò di dire. «Ma dobbiamo lasciarla andare. Non è giusto. Non è giusto.»

Lampi su Kilton.

«Potrei non ricordare. Potrebbe venirmi mmm... nesia. È in una fossa biologica. Fattoria... Sycamore. È lì che...»

«Va tutto bene, Pip» disse Ravi, reggendola così che non cadesse giù dal mondo. «È finita. È tutto finito ora. Ci sono io.»

«Come mi aaaaaaaaavete trrrrovata?»

«L'app di tracciamento è ancora attiva» disse Ravi, mostrandole uno schermo sfocato e traballante con un puntino arancione sulla mappa di Trova i miei amici. «Appena ti ho vista qui ho capito.»

Lampi su Kilton.

«Va tutto bene, ci sono io, Pip. Andrà tutto bene.»

Lampi.

Stavano di nuovo parlando, Ravi e suo papà. Ma non con parole che lei riuscisse a sentire, bensì con un grattare di formiche. Non li riusciva più a vedere. Gli occhi di Pip erano il cielo e i fuochi d'artificio vi si aprivano dentro. Spruzzi floreali dell'Armageddon. Tutto rosso. Bagliori rossi e lampi rossi.

E poi fu di nuovo una persona, sul freddo terreno umido, con il respiro di Ravi nell'orecchio. E attraverso gli alberi c'erano lampi di luci blu che eruttavano uniformi nere.

Pip li guardò entrambi, i lampi e i fuochi d'artificio.

Nessun suono. Solo il suo respiro da serpente a sonagli e le scintille e le luci.

Rosso e blu. Rosso
               E blu. Bluss o e
                          ru. Be
                                  ll   e
                                          e
                                            e

TRE MESI DOPO

«C'è un *sacco* di gente là fuori, Sergente.»
«Davvero?»
«Sì, tipo duecento persone.»
Riusciva a sentirle tutte; il chiacchiericcio e lo strisciare delle sedie man mano che prendevano posto nell'aula magna della scuola.

Lei era in attesa dietro le quinte, gli appunti della presentazione stretti tra le mani, le dita sudate che sbavavano l'inchiostro stampato.

Tutti quelli del suo anno avevano già esposto la propria presentazione per la CPE durante la settimana, davanti a piccole classi di persone e moderatori. Ma la scuola e la commissione d'esame avevano pensato fosse una buona idea trasformare la presentazione di Pip in *"una specie di evento"*, per citare le parole del preside. A Pip non era stata lasciata scelta. La scuola l'aveva pubblicizzato online e sul "Kilton Mail". Avevano invitato membri della stampa; poco prima Pip aveva visto un furgoncino della BBC parcheggiare e scaricare strumentazione e telecamere.

«Sei nervosa?» chiese Ravi.
«Perché fai domande ovvie?»

Quando la storia di Andie Bell era venuta fuori, era rimasta sui giornali nazionali e in tivù per settimane. Era stato nel bel mezzo di tutta quella follia che Pip aveva sostenuto il colloquio per entrare a Cambridge. I due commissari dell'università l'avevano riconosciuta dai telegiornali, l'avevano fissata imbambolati e si erano messi a farle domande sul caso. La sua candidatura si era piazzata tra le primissime.

I segreti e i misteri di Kilton avevano seguito Pip così da vicino in quelle settimane che aveva dovuto indossarli come fossero una seconda pelle. Eccetto quello che teneva sepolto a fondo dentro di sé, quello che avrebbe serbato per sempre per proteggere Cara. La sua migliore amica, che non aveva mai, neanche una volta, lasciato il suo fianco mentre era in ospedale.

«Posso passare da te più tardi?» le chiese Ravi.

«Certo. A cena ci sono anche Cara e Naomi.»

Udirono un acuto tamburellare di zeppe e comparve la signora Morgan, lottando con le mani con il sipario per attraversarlo.

«Quando sei pronta cominciamo, Pippa.»

«Ok, esco tra un secondo.»

«Be'» disse Ravi quando furono di nuovo da soli. «Sarà meglio che vada a sedermi al mio posto.»

Sorrise, le mise le mani sulla nuca, le dita tra i capelli, e si chinò in avanti per appoggiare la fronte contro la sua. Quando era salita sul treno per Cambridge per sostenere il colloquio, le aveva detto che lo faceva per strapparle via metà della tristezza, metà del male alla testa, metà delle ansie. Perché metà in meno di una cosa brutta voleva dire che c'era spazio per metà di una bella.

La baciò, e lei brillò di quel sentimento. Quello con le ali.

«Stendili tutti, Pip.»

«Lo farò.»

«Ah, e» disse, voltandosi un'ultima volta prima di arrivare alla porta, «non dire che la sola ragione per cui hai iniziato il progetto era perché ti piacevo. Sì, pensa a una motivazione più nobile.»

«Sparisci.»

«Non prendertela. Non potevi evitarlo, sono inRavivabile» disse con un gran sorriso. «L'hai capita? In-Ravi-vabile. Inarrivabile.»

«Doverla spiegare, ecco la caratteristica di una buona battuta» rispose lei. «Ora vai.»

Aspettò un altro minuto, borbottando sottovoce le prime frasi del discorso. E poi salì sul palco.

Le persone in sala sembravano non sapere bene cosa fare. Circa metà del pubblico iniziò ad applaudire educatamente, e le telecamere fecero una panoramica su di loro, e l'altra metà sedette assolutamente immobile, un campo di occhi che la pedinavano mentre si muoveva.

Dalla prima fila suo padre si alzò in piedi e fischiò con le dita, urlando: «Vai, cetriolino!». La mamma lo tirò giù a sedere e scambiò un'occhiata con Nisha Singh, che le sedeva accanto.

Pip andò a grandi passi fino al leggio del preside e vi stese sopra il discorso.

«Salve» disse, e il microfono gracchiò, fendendo il silenzio della sala. Le macchine fotografiche scattarono. «Mi chiamo Pip e so molte cose. So che *typewriter* è la parola inglese più lunga che si possa comporre usando una sola riga della tastiera. So che la guerra anglo-zanzibariana fu la più corta della storia, perché durò soltanto trentotto minuti. So anche che questo progetto ha messo me stessa, i miei amici e la mia famiglia in pericolo e ha cambiato molte vite, non tutte in meglio. Ma quello che non so» fece una pausa «è come mai questa città e i media nazionali ancora non capiscano a fondo cosa sia successo qui. Io non sono la "studentessa prodigio" che ha scoperto la verità su Andie Bell dai lunghi articoli nei quali Sal Singh e suo fratello Ravi vengono relegati a piccole note a piè di pagina. Questo progetto ha avuto inizio con Sal. Per scoprire la verità.»

In quel momento gli occhi di Pip lo individuarono. Stanley Forbes, nella terza fila, che prendeva appunti su un taccuino aperto. Si faceva ancora delle domande su di lui, su di lui e sugli altri nomi della sua lista di sospetti, le altre vite e gli altri segreti che avevano incrociato il suo caso. Little Kilton aveva ancora i propri misteri, scheletri nascosti negli armadi e domande irrisolte. Ma la sua città aveva troppi angoli bui: Pip aveva imparato ad accettare di non poter far luce su tutti quanti.

Stanley era seduto proprio dietro ai suoi amici, tra i quali mancava il viso di Cara. Per quanto fosse stata coraggiosa ad affrontare tutto, aveva deciso che oggi sarebbe stata troppo dura per lei.

«Non avrei mai potuto immaginare» proseguì Pip «che questo progetto sarebbe finito con quattro persone incarcerate e una liberata dopo cinque anni di personale prigionia. Elliot Ward è stato dichiarato colpevole dell'omicidio di Sal Singh, del rapimento di Isla Jordan e di intralcio alla giustizia. L'udienza di condanna è fissata per la settimana prossima. Becca Bell affronterà un processo più avanti quest'anno per le seguenti accuse: omicidio colposo dovuto a grave negligenza, occultamento di cadavere e intralcio alla giustizia. Max Hastings è stato rinviato a giudizio per quattro accuse di aggressione sessuale e due di stupro, e anche lui verrà processato più avanti quest'anno. E Howard Bowers è stato dichiarato colpevole di spaccio di sostanze illegali e possesso di stupefacenti destinati alla vendita.»

Riordinò gli appunti e si schiarì la gola.

«Ma come mai avvennero gli eventi di venerdì 20 aprile 2012? Per come la vedo io, c'è una manciata di persone che sono colpevoli di quanto accadde quella notte e i giorni seguenti moralmente, anche se non tutte legalmente. Queste persone sono: Elliot Ward, Howard Bowers, Max Hastings, Becca Bell, Jason Bell e, non dimentichiamocene, Andie stessa. L'avete liquidata come una bellissima vittima e volontariamente non prestate attenzione ai lati più in ombra del suo carattere, del suo personaggio, perché non si adatta in maniera tranquillizzante al vostro racconto. Ma la verità è questa: Andie Bell era una bulla che usava il ricatto psicologico per ottenere quello che voleva. Vendeva droga senza interesse o riguardo per come quelle droghe potevano venire usate. Non sapremo mai se sapeva di star facilitando violenze sessuali coadiuvate dalla droga, ma di certo quando la sua stessa sorella la mise di fronte a questa verità non seppe manifestare alcuna compassione.

«Eppure, se guardiamo più da vicino, cosa troviamo dietro a questa vera Andie? Troviamo una ragazza vulnerabile e complessata. Perché Andie crebbe con l'insegnamento del padre che il solo valore che lei avesse consisteva nel suo aspetto e nella forza del desiderio che suscitava. Casa per lei era un luogo dove veniva bullizzata e sminuita. Andie non ebbe mai l'opportunità di diventare la giovane donna che forse sarebbe potuta essere lontano da quella casa, di decidere per sé cosa la rendeva preziosa e quale futuro volesse.

«E benché questa storia abbia parecchi mostri, ho scoperto che non vi si può molto facilmente separare il bene dal male. Alla fine, è una storia di persone, e delle loro differenti sfumature di disperazione, che si scontrarono le une contro le altre. Ma ci fu qualcuno che rimase buono fino all'ultimo. E il suo nome è Sal Singh.»

Allora Pip alzò gli occhi e il suo sguardo andò immediatamente a Ravi, seduto tra i suoi genitori.

«Il fatto è» proseguì «che non ho fatto questo progetto da sola, come avrebbe richiesto la consegna. Da sola non avrei potuto farlo. Perciò immagino che dovrete squalificarmi.»

Un paio di persone nel pubblico sussultarono, e tra loro, in modo particolarmente sonoro, la signora Morgan. Ci fu qualche risatina.

«Non avrei mai potuto risolvere questo caso senza Ravi Singh. Anzi, senza di lui non sarei viva per raccontarlo. Perciò se c'è qualcuno che dovrebbe parlare di come fosse buono Sal Singh ora che state tutti finalmente ascoltando, è suo fratello.»

Ravi la fissava dal proprio posto, gli occhi spalancati in quell'espressione di rimprovero che lei amava. Ma Pip sapeva che lui aveva bisogno di questo. E lo sapeva anche lui.

Lo chiamò con un cenno del capo e Ravi si alzò. Anche Victor si alzò, fischiando di nuovo con le dita e battendo forte le grandi mani. Alcuni degli studenti si unirono a lui, applaudendo a Ravi che saliva rapidamente i gradini fino al palco e si avvicinava al leggio.

Pip si allontanò di un passo dal microfono quando Ravi la raggiunse. Lui le fece l'occhiolino e Pip sentì un lampo di orgoglio nel guardarlo andare al leggio, grattandosi la nuca. Le aveva detto proprio ieri che aveva intenzione di ridare gli esami scolastici per poter studiare legge.

«Ehm... salve» disse Ravi, e il microfono fischiò anche per lui. «Non me lo aspettavo, ma non succede tutti i giorni che una ragazza rinunci per te a un cento e lode garantito.» Ci fu un pacato serpeggiare di calde risate. «Ma non mi sarebbe comunque servita alcuna preparazione per parlare di Sal. Mi ci sto preparando da quasi sei anni. Mio fratello non era soltanto una persona buona, era una delle migliori. Era gentile, eccezionalmente gentile, aiutava sempre gli altri e non c'era mai nulla che fosse per lui di troppo disturbo. Era altruista. Mi ricordo una volta, quando eravamo piccoli, che avevo versato del succo di ribes su tutto il tappeto e Sal si prese la colpa al mio posto per non farmi finire nei guai. Ooops, scusa mamma, ma mi sa che prima o poi l'avresti scoperto comunque.»

Altre risate dal pubblico.

«Sal era sfacciato. E aveva la risata più ridicola del mondo; non si poteva far altro che mettersi a ridere con lui. E, oh sì, passava le ore a disegnare per me dei fumetti che leggevo a letto, perché non dormivo granché. Li ho ancora tutti. E diamine, era intelligente. So che avrebbe fatto delle cose incredibili nella sua vita, se questa non gli fosse stata portata via. Il mondo non sarà più così luminoso senza di lui» la voce di Ravi si spezzò. «E vorrei essere stato capace di dirgli tutte queste cose mentre era ancora vivo. Dirgli che era il miglior fratello maggiore che si potesse desiderare. Ma almeno posso dirlo adesso, su questo palco, e sapere che questa volta mi crederanno tutti.»

Guardò Pip, con gli occhi lucidi, e allungò la mano verso di lei. Pip si avvicinò per mettergli accanto, chinandosi sul microfono per dire le ultime battute.

«Ma c'è ancora un ultimo attore in questa storia, Little Kilton, e siamo noi. Noi, collettivamente, abbiamo trasformato una vita bellissima nel mito di un mostro. Abbiamo trasformato la casa di una famiglia in una casa stregata. E d'ora in poi dobbiamo fare di meglio.»

Pip stese la mano dietro al leggio per prendere quella di Ravi, infilando le dita tra le sue. Le loro mani intrecciate divennero una nuova cosa viva, le dita di lei riempivano alla perfezione le fossette tra le sue nocche, come se fossero cresciute apposta per incastrarsi l'una nell'altra.

«Ci sono domande?»

Ringraziamenti

Questo libro sarebbe rimasto un documento Word abbandonato a metà o un'idea inesplorata nella mia mente se non fosse stato per un'intera lista di meravigliosi esseri umani. Prima di tutto, al mio super agente, Sam Copeland, devo dire che è incredibilmente irritante che tu abbia sempre ragione. Grazie per essere così tranquillo e rilassato, sei la persona migliore che si possa desiderare in squadra e ti sarò per sempre grata di avermi dato una chance.

Come uccidono le brave ragazze ha trovato la casa perfetta alla Egmont e io ne sono felice. Ad Ali Dougal, Lindsey Heaven e Soraya Bouazzaoui: grazie per il vostro entusiasmo instancabile, per aver visto il cuore della storia e avermi aiutato a trovarlo. Un grazie speciale al mio meraviglioso editor, Lindsey, per la sua guida. Ad Amy St Johnston per essere stata la prima a leggere e sostenere il libro; ti sono estremamente grata per averlo fatto. A Sarah Levison per il suo duro lavoro nel dare forma al romanzo e a Lizzie Gardiner per la bellissima grafica di copertina; non avrei saputo sognarne una più perfetta. A Melyssa Hyder, Jeannie Roman e a tutte le persone del marketing e della pubblicità: Heather Ryerson per le splendide bozze, Siobhan McDermott per tutto il suo grande impegno alla Young Literature Convention e dopo, Emily Finn e Dannie Price per la geniale campagna alla Convention e Jas Bansal per essere la regina dei social media. E a Tracy Phillips e all'ufficio diritti per il loro incredibile lavoro nel portare questa storia in altre parti del mondo.

Al mio gruppo di esordio 2019 grazie per tutto il sostegno, con una menzione speciale a Savannah, Yasmin, Katya, Lucy, Sarah, Joseph e alla mia gemella agente/editore Aisha. Tutta questa cosa del farsi pubblicare è molto meno spaventosa se la si affronta con degli amici.

Alle mie Unne dei fiori (che nome inutile per un gruppo WhatsApp, e ora è pure stato pubblicato in un libro quindi non ce ne possiamo liberare), grazie per essermi amiche da più di un decennio e per capirmi quando scompaio nella tana dello scrittore. Grazie a Elspeth, Lucy e Alice per essere state lettrici della prima ora.

A Peter e Gaye, grazie per il vostro incrollabile supporto; per aver letto la prima versione di questo libro e per farmi vivere in un posto così bello mentre scrivo il prossimo. E a Katie per aver sostenuto questo romanzo fin dall'inizio e avermi regalato la prima scintilla di Pip.

A mia sorella maggiore, Amy, per avermi permesso di intrufolarmi in camera tua a guardare *Lost* quand'ero troppo piccola – da allora il mio amore per i misteri è cresciuto. Alla mia sorellina Olivia, grazie per aver letto ogni singola cosa che ho mai scritto, da quel taccuino rosso di storie scritte a mano fino a Elizabeth Crowe, tu sei stata la mia primissima lettrice e te ne sono così grata. A Danielle e George – oh, ehi, visto? Siete riusciti a finire nei ringraziamenti semplicemente perché siete adorabili. Meglio che non leggiate questo libro finché non avrete l'età adatta.

A mamma e papà, grazie per avermi regalato un'infanzia piena di storie, per avermi fatta crescere insieme ai libri e ai film e ai giochi. Non sarei qui senza tutti quegli anni di *Tomb Raider* e *Harry Potter*. Ma grazie soprattutto per avermi sempre detto che potevo farcela quando gli altri sostenevano il contrario. Ce l'abbiamo fatta.

E a Ben. Tu sei la mia certezza in ogni lacrima, crisi, fallimento, preoccupazione e vittoria. Senza di te non ci sarei mai riuscita.

Infine grazie a *te* per aver scelto questo libro e averlo letto fino alla fine. Non sai quanto significhi per me.

Twitter e Instagram @Hola92.

Brave ragazze, cattivo sangue

Blackfield Lane

Sycamore Road

Old Farm Road

Wyvil Road

Lodge Wood

Wyvil Road

Romer Close

Tudor Lane

West Way

Beacon Close

Martinsend Way

Acres End

Barrows Wood

Grove Place

Kilton Grammar Drive

Gravelly Way

Common Road

Parco di Little Kilton

Cross Lane

Little Kilton

- River Kilbourne
- A413
- High Street
- Cedar Way
- Hogg Hill
- Beechwood Bottom
- Ellwood Place
- Church Street
- Ten Wood
- Chalk Road
- Highmoor

A Ben, e a ogni diversa versione di te
di questi ultimi dieci anni.

Dopo e prima

Pensi di saper riconoscere un assassino.

Che le sue bugie abbiano una trama diversa; un qualche scarto a malapena percepibile. Una voce che si fa più dura, più brusca e irregolare mentre la verità scivola via, sotto margini frastagliati. Lo pensi, no? Tutti pensano che saprebbero riconoscerlo, se ce ne fosse bisogno. Ma Pip no.

"È una tale tragedia quello che successe alla fine."

Era seduta davanti a lui e lo fissava negli occhi gentili contornati da piccole rughe, mentre il cellulare, sistemato tra loro, registrava ogni suono, ogni sospiro e ogni schiarimento di gola. Aveva creduto a tutto, a ogni parola.

Pip passò le dita sul touchpad, riportando indietro il file audio.

"È una tale tragedia quello che successe alla fine."

Dagli altoparlanti risuonò ancora una volta la voce di Elliot Ward, riempiendo la stanza in penombra. Riempiendole la mente.

Stop. *Click*. Da capo.

"È una tale tragedia quello che successe alla fine."

Lo aveva già ascoltato cento volte. Forse perfino mille. E non c'era niente, non tradiva nulla, nessun mutamento mentre scivolava tra menzogne e mezze verità. L'uomo che un tempo aveva considerato quasi un padre. Ma, in fondo, anche Pip aveva mentito, no? E poteva anche raccontarsi che l'aveva fatto per proteggere le persone che amava, ma

Elliot non aveva forse accampato lo stesso identico motivo? Pip ignorò quella voce nella testa; la verità era alla luce del sole, per lo più, ed era a questo che si aggrappava.

Proseguì, fino all'altro punto che le faceva accapponare la pelle.

"E pensi che Sal abbia ucciso Andie?" chiese dal passato la voce di Pip.

"... era un ragazzo meraviglioso. Ma considerando le prove non vedo come possa non essere stato lui. Quindi, per quanto sembri sbagliato, mi sa che credo di sì. Non c'è altra spiegazione."

La porta della camera di Pip si aprì sbattendo verso l'interno.

«Cosa stai facendo?» la interruppe una voce dal presente, una voce che tradiva un sorrisetto perché la persona a cui apparteneva sapeva benissimo cosa lei stesse facendo.

«Mi hai fatto paura, Ravi» disse, infastidita, affrettandosi a spegnere l'audio. Ravi non doveva sentire la voce di Elliot Ward, mai più.

«Te ne stai seduta al buio ad ascoltare quelle cose, e *io* sarei quello che fa paura?» disse Ravi accendendo la luce, l'alone giallo che si rifletteva sui capelli scuri che gli ricadevano sulla fronte. Fece quell'espressione, quella a cui Pip non poteva resistere, e lei sorrise perché era impossibile non farlo.

Si spinse indietro dalla scrivania con la sedia. «Come sei entrato, comunque?»

«I tuoi e Josh stavano uscendo, con una torta al limone veramente notevole.»

«Oh sì» rispose lei. «I doveri di buon vicinato. C'è una coppia giovane che si è appena trasferita nella casa dei

Chen in fondo alla strada. È stata mia madre a concludere la trattativa. I Green... o forse i Brown, non mi ricordo bene.»

Era strano pensare che in quella casa vivesse un'altra famiglia, vite nuove che si rimodellavano per riempire quei vecchi spazi. Il suo amico Zach Chen era sempre vissuto lì, a quattro porte dalla sua, sin da quando Pip si era trasferita in quella casa all'età di cinque anni. Non era un vero addio, però: vedeva comunque Zach ogni giorno a scuola, ma i suoi genitori avevano deciso che non potevano più vivere in quella città, non dopo *tutti quei guai*. Pip era certa che la considerassero parte importante di *tutti quei guai*.

«La cena è alle sette e mezza, comunque» disse Ravi, la voce che di colpo incespicava sulle parole. Pip lo osservò: indossava la sua camicia migliore, accuratamente infilata nei pantaloni, e... erano scarpe nuove, quelle? Sentì anche il profumo del suo dopobarba, quando lui fece per raggiungerla, ma poi si fermò, non la baciò sulla fronte né le passò una mano tra i capelli. Invece andò a sedersi sul letto, torturandosi le mani.

«Questo significa che sei in anticipo di due ore» sorrise Pip.

«G-già.» Tossì.

Perché era a disagio? Era San Valentino, il primo da che si conoscevano, e Ravi aveva prenotato un tavolo al The Siren, fuori città. La migliore amica di Pip, Cara, era sicura che quella sera Ravi avrebbe chiesto a Pip di mettersi con lui. Aveva detto che ci avrebbe scommesso dei soldi. Quel pensiero fece agitare qualcosa nello stomaco di Pip, inondandola di calore fino al petto. Ma forse non era quello: San Valentino era anche il giorno del compleanno di Sal. Il fratello maggiore di Ravi avrebbe compiuto ventiquattro anni, se fosse vissuto oltre i diciotto.

«Dove sei arrivata?» chiese Ravi accennando al portatile, dove il programma di editing audio Audacity riempiva lo schermo di puntute linee blu. Tutta la storia era lì, racchiusa in quelle linee. Dall'inizio del progetto fino alla fine; ogni inganno, ogni segreto. Perfino alcuni dei suoi.

«È fatta» disse Pip, abbassando lo sguardo sul nuovo microfono USB attaccato al computer. «Ho finito. Sei episodi. Per la qualità ho dovuto usare un effetto di riduzione del rumore su alcune delle interviste telefoniche, ma è fatta.»

E in una cartellina verde, accanto al microfono, c'erano i moduli di consenso che aveva spedito a tutti. Firmati e riconsegnati, che le accordavano il permesso di pubblicare le interviste sotto forma di podcast. Perfino Elliot Ward ne aveva firmato uno, dalla cella della prigione. Due persone si erano rifiutate: Stanley Forbes, del giornale locale, e, ovviamente, Max Hastings. Ma a Pip non servivano le loro voci per raccontare la storia: aveva colmato le lacune usando quelle del suo diario di lavoro, ora registrate come monologhi.

«Hai già finito?» chiese Ravi, anche se non poteva esserne davvero sorpreso. La conosceva, forse meglio di chiunque altro.

Erano passate solo un paio di settimane da quando, in piedi nell'aula magna della scuola, aveva raccontato a tutti ciò che era successo veramente. Ma i media ancora non riportavano la storia per come si era svolta: perfino adesso rimanevano aggrappati ai loro punti di vista, perché erano più puliti, più chiari. Eppure il caso Andie Bell era stato tutto fuorché chiaro.

«Se vuoi che una cosa venga fatta per bene devi farla da

solo» rispose Pip, lo sguardo che si arrampicava lungo le punte delle clip audio. Non riusciva a decidere se quel momento fosse l'inizio o la fine di qualcosa. Ma sapeva quale delle due preferiva.

«Bene, e ora?» chiese Ravi.

«Esporto i file degli episodi, li carico su SoundCloud seguendo la scaletta, una volta alla settimana, poi copio il feed RSS sulle directory podcast come iTunes o Stitcher. Ma non ho ancora del tutto finito» disse. «Devo registrare l'intro, sulla sigla che ho trovato su Audio Jungle. Ma per farlo occorre un titolo.»

«Ah» replicò Ravi, allungandosi all'indietro, «siamo ancora senza titolo, eh, Lady Fitz-Amobi?»

«Già» rispose lei. «Ho ristretto il campo a tre opzioni.»

«Spara» disse lui.

«No, saresti impietoso.»

«Non è vero» disse Ravi serio, con un sorrisetto.

«Ok.» Abbassò lo sguardo sui suoi appunti. «L'opzione A è: *Esame di un fallimento giudiziario*. Cos... Ravi, lo vedo che stai ridendo.»

«Era uno sbadiglio, giuro.»

«Be', allora non ti piacerà nemmeno l'opzione B, perché è *Studio di un caso chiuso: Andie Bell*... Ravi, smettila!»

«Cos... scusa, non ce la faccio» disse, ridendo fino a farsi venire le lacrime agli occhi. «È solo... tra tutte le tue tante qualità, Pip, c'è una sola cosa che ti manca...»

«Manca?» Si girò sulla sedia per fissarlo. «Mi *manca* qualcosa?»

«Sì» disse lui, rispondendo a uno sguardo che tentava di essere impassibile. «Brio. Sei quasi completamente priva di brio, Pip.»

«Io non sono priva di brio.»

«Devi attirare la gente, invogliarla. Devi metterci una parola tipo "omicidio" o "morte".»

«Ma questo è sensazionalismo.»

«Ed è esattamente quello che ci vuole, per fare in modo che le persone ascoltino sul serio» ribatté lui.

«Ma le mie opzioni sono tutte accurate e...»

«Noiose?»

Pip gli lanciò un evidenziatore giallo.

«Ti serve una rima o un'allitterazione. Qualcosa con un po' di...»

«Brio?» disse lei imitando la sua voce. «Pensane uno tu, allora.»

«*Crime Time*» rispose lui. «No, oh, Little Kilton... forse *Little... Killtown*.»

«Dio, no» replicò Pip.

«Hai ragione.» Ravi si alzò, cominciando a camminare per la stanza. «Il tuo unico punto di forza, in effetti, sei tu. Una diciassettenne che ha risolto un caso che la polizia considerava chiuso da tempo. E tu cosa sei?» La guardò, socchiudendo gli occhi.

«Manchevole, a quanto pare» rispose lei con finta irritazione.

«Una studentessa» rifletté Ravi ad alta voce. «Una ragazza. Un compito. Oh, che ne dici di *Io e il mio compito omicida*?»

«Ma dai.»

«Ok...» Si morse il labbro e a Pip si strinse lo stomaco. «Allora, qualcosa con "omicidio", "uccidere" o "morte". E tu sei Pip, una studentessa, una ragazza brava a... oh cazzo» disse di colpo, sbarrando gli occhi. «Ce l'ho!»

«Cosa?» chiese lei.
«Ce l'ho davvero» disse lui, anche troppo soddisfatto di sé.
«Qual è?»
«Come uccidono le brave ragazze.»
«Noooooo.» Pip scosse la testa. «Non va bene, decisamente troppo tirato per i capelli.»
«Ma cosa dici? È perfetto.»
«Brave ragazze?» ripeté lei, dubbiosa. «Ma così ci si riferisce a Becca, non a me. E tra l'altro compio diciott'anni tra due settimane. Non voglio passare per una bambina.»
«Come uccidono le brave ragazze» disse Ravi con un tono di voce profondo, da trailer cinematografico, tirando su Pip dalla sedia e facendola roteare verso di sé.
«No» ribatté lei.
«Sì» replicò lui, mettendole una mano sul fianco, le dita calde che le risalivano verso le costole.
«Assolutamente no.»

UK NEWSDAY

UK> Cultura> Radio e TV> Recensioni

Recensione di *Come uccidono le brave ragazze*
Il finale dell'ultimo fenomeno true crime mette i brividi

Benjamin Collis, 28 marzo Mi piace

Se non avete ancora ascoltato il sesto episodio del podcast *Come uccidono le brave ragazze*, smettete subito di leggere. Seguono spoiler pesanti.

Certo, molti di noi sapevano già come si sarebbe risolto il mistero, da quando è esploso su tutti i notiziari lo scorso novembre, ma scoprire il colpevole non esaurisce tutta la storia, in questo caso. La vera vicenda dietro a *Come uccidono le brave ragazze* è il viaggio, a partire dal vago sospetto che un'investigatrice di diciassette anni avverte nei confronti di un caso chiuso – l'omicidio della teenager Andie Bell, presumibilmente a opera del suo ragazzo Sal Singh – fino alla rete sempre più fitta di oscuri segreti che scopre nella sua cittadina. I sospetti mutevoli, le verità, i colpi di scena.

E i colpi di scena di certo non mancano nell'episodio finale che ci porta alla verità, a partire dalla scioccante rivelazione di Pip che Elliot Ward, padre della sua migliore amica, è l'autore dei messaggi intimidatori che la ragazza ha ricevuto durante l'indagine. Prova irrefutabile del suo coinvolgimento e vero e proprio momento di "perdita dell'innocenza" per Pip. Lei e Ravi Singh – fratello minore di Sal e co-detective nelle indagini – credevano che Andie Bell potesse essere ancora viva e che per tutto quel tempo Elliot l'avesse tenuta prigioniera. Pip ha affrontato Ward da sola e, riascoltando le parole dell'uomo, si dipana l'intera storia. Una relazione illecita tra insegnante e studentessa, presumibilmente iniziata da Andie. "Se fosse vero" teorizza Pip, "credo che Andie volesse scappare da Little Kilton, specialmente da suo padre che, a quanto sembra, secondo un testimone, era un manipolatore, emotivamente violento. Forse Andie credeva che il signor Ward potesse farle ottenere un posto a Oxford, come Sal, per potersi così allontanare da casa."

La notte della sua scomparsa, Andie era andata a casa di Elliot Ward. Ne era seguito un litigio. Andie era inciampata, battendo la testa contro la scrivania. Ma mentre Ward correva a prendere la cassetta del pronto soccorso, Andie era sparita nella notte. I giorni seguenti, quando Andie fu ufficialmente dichiarata scomparsa, Elliot Ward entrò nel panico, credendo che la ragazza fosse morta per via della ferita alla testa e che quando, prima o poi, la polizia avesse trovato il suo corpo sarebbero di certo emerse delle prove che avrebbero portato a lui. La sua sola speranza era offrire loro un sospettato più convincente. "Piangeva mentre mi raccontava" dice Pip "di come aveva ucciso Sal Singh." Ward lo fece sembrare un suicidio e vi posizionò delle prove perché la polizia pensasse che Sal aveva ucciso la sua ragazza e poi si era tolto la vita.

Ma mesi dopo Ward, sconvolto, vide Andie camminare sul ciglio della strada, magra e trasandata. Non era morta dopotutto. Ward non poteva permetterle di tornare a Little Kilton e così la ragazza finì sua prigioniera per cinque anni. Ciononostante, con un colpo di scena degno di un romanzo, la persona rinchiusa nel loft di Ward non era Andie Bell. "Le assomigliava moltissimo" sostiene Pip, "mi ha perfino detto di *essere* Andie Bell." Ma in realtà era Isla Jordan, una giovane vulnerabile con un ritardo mentale. Per tutto quel tempo Elliot aveva convinto se stesso – e Isla – che lei fosse *davvero* Andie Bell.

Tutto ciò lasciava in sospeso la domanda definitiva su cosa fosse successo alla vera Andie Bell. La nostra giovane detective ha battuto la polizia anche su questo. "È stata Becca Bell, la sorella minore di Andie." Pip ha scoperto che Becca era stata stuprata durante una festa in casa (le chiamano "calamity party") e che Andie a quelle feste vendeva droghe, compreso il Roipnol che Becca sospettava avesse giocato un ruolo nella violenza subita. Quella notte, mentre Andie era fuori con Ward, è presumibile che Becca avesse trovato in camera della sorella le prove che Max Hastings aveva comprato il Roipnol da Andie e che probabilmente fosse lui ad aver abusato di lei (Max sta per essere processato per diverse accuse di stupro e violenza sessuale). Ma quando Andie tornò, non reagì nel modo in cui Becca aveva sperato: proibì alla sorella di andare alla polizia perché questo l'avrebbe messa nei guai. Cominciarono a litigare, a spingersi, finché Andie non finì sul pavimento, priva di sensi e in preda ai conati di vomito. L'autopsia sul cadavere di Andie Bell – completata lo scorso novembre quando il corpo è stato finalmente ritrovato – ha dimostrato che "l'edema cerebrale riportato dalla ragazza a causa di un colpo alla testa non era stato fatale. Benché, senza alcun dubbio, avesse causato la perdita di coscienza e i conati, Andie Bell morì per asfissia, soffocata dal suo stesso vomito". Becca era rimasta presumibilmente raggelata guardando Andie morire, troppo sconvolta, troppo arrabbiata per salvare la vita alla sorella. E aveva nascosto il corpo perché aveva paura che nessuno avrebbe creduto che si era trattato di un incidente.

Ed eccoci al finale. "Nessun punto di vista particolare, nessun filtro, solo la triste verità su come è morta Andie Bell, su come Sal sia stato assassinato e fatto passare per omicida e su come tutti ci abbiano creduto." Nelle sue taglienti conclusioni Pip identifica tutti coloro che considera corresponsabili per le morti di questi due ragazzi, nomi e colpe: Elliot Ward, Max Hastings, Jason Bell (il padre di Andie), Becca Bell, Howard Bowers (lo spacciatore di Andie) e la stessa Andie Bell.

Fin dal primo episodio sei settimane fa, *Come uccidono le brave ragazze* è volato in testa alla classifica di iTunes e sembra destinato a restarci per un po': dopo la pubblicazione dell'ultimo episodio ieri sera, gli ascoltatori stanno già chiedendo a gran voce una seconda stagione. Ma in una dichiarazione postata sul proprio sito Pip ha scritto: "Temo che i miei giorni da detective siano finiti e non ci sarà una seconda stagione di CULBR. Questo caso mi ha quasi consumato; l'ho capito solo quando ne sono uscita. È diventata un'ossessione, che ha messo in considerevole pericolo me e chi mi sta vicino. Ma finirò questa storia, registrando aggiornamenti sui processi e sulle condanne di tutte le persone coinvolte. Prometto che resterò qui finché non sarà stata detta l'ultimissima parola".

Un mese dopo

GIOVEDÌ
Uno

Era ancora lì, ogni volta che apriva la porta di casa. Non era reale, lo sapeva, era solo la sua mente che compensava quell'assenza, colmava il vuoto. Lo sentiva: le unghie di un cane che raspavano, che correvano a darle il bentornato a casa. Ma non c'era, non ci poteva essere davvero. Solo un ricordo, il fantasma di un suono che era sempre stato presente.

«Pip, sei tu?» chiese la mamma dalla cucina.

«Ehi» rispose lei, facendo cadere lo zaino sul pavimento dell'ingresso, i libri che sbattevano gli uni contro gli altri al suo interno.

Josh era in salotto, seduto per terra a mezzo metro dalla tivù, a curiosare tra le pubblicità di Disney Channel. «Così ti bruciano gli occhi» commentò Pip superandolo.

«E a te il sedere» ribatté Josh. Una risposta terribile, a voler essere obiettivi, ma era sveglio per avere dieci anni.

«Ciao tesoro, com'è andata a scuola?» domandò la mamma, portandosi alle labbra una tazza dalla fantasia a fiori mentre Pip entrava in cucina e si sistemava su uno degli sgabelli davanti al ripiano.

«Normale. Tutto normale.» La scuola ora andava così. Non bene, non male. Si tolse le scarpe, il cuoio che si staccava dai piedi e atterrava sulle mattonelle.

«Mmm» fece la mamma. «Devi sempre toglierti le scarpe in cucina?»

«Devi sempre accorgertene?»

«Sì, sono tua madre» rispose lei, colpendo piano il braccio di Pip col nuovo ricettario. «Oh e, Pippa, devo parlarti di una cosa.»

Il nome per intero. Quanti sottintesi in quella sillaba in più.

«Sono nei guai?»

La mamma non rispose alla domanda. «Mi ha chiamato Flora Green dalla scuola di Josh oggi. Sai che è la nuova assistente didattica?»

«Sì...» Pip le fece cenno di continuare.

«Joshua è stato mandato dalla preside.» La mamma aggrottò la fronte. «A quanto pare il temperamatite di Camilla Brown è sparito, e lui ha deciso di interrogare i compagni, trovare le prove e stilare una lista dei *sospettati*. Ha fatto piangere quattro bambini.»

«Oh» disse Pip, mentre nello stomaco le si riapriva quella voragine. Sì, era nei guai. «Ok, ok. Gli devo parlare?»

«Sì, penso che dovresti. Subito» rispose la mamma, sollevando la tazza e bevendone rumorosamente un sorso.

Pip scivolò giù dallo sgabello con un sorriso teso e si diresse verso il salotto.

«Ehi, Josh» disse allegra, sedendosi sul pavimento accanto a lui. Mise la televisione in muto.

«Ohi!»

Pip lo ignorò. «Allora, ho saputo cos'è successo oggi a scuola.»

«Ah sì. Ci sono due sospettati principali.» Si girò verso di lei, gli occhi castani accesi. «Magari puoi aiutarmi...»

«Josh, ascoltami» disse Pip, sistemandosi i capelli neri dietro le orecchie. «Fare il detective non è lo spasso che sembra. In effetti... è una cosa piuttosto brutta.»

«Ma io...»

«Stammi solo a sentire, ok? Fare il detective rende infelici le persone che ti stanno attorno. Rende infelice *te*...» disse, e le si affievolì la voce, finché non si schiarì la gola per ritrovarla. «Ti ricordi che papà ti ha detto cos'è successo a Barney, perché gli hanno fatto del male?»

Josh annuì, gli occhi sempre più sbarrati e tristi.

«È questo che succede quando fai il detective. Le persone vicine a te si fanno male. E tu fai male alle persone, senza volerlo. Devi tenere dei segreti anche se non sei sicuro che sia giusto farlo. È per questo che io ho smesso, e anche tu dovresti.» Le parole caddero proprio in quella voragine che aveva dentro, in attesa, lì dov'era il loro posto. «Mi capisci?»

«Sì...» Josh annuì, aggrappandosi alla *esse* man mano che questa si trasformava nella parola successiva. «Scusa.»

«Non dire sciocchezze.» Pip sorrise, stringendolo in un rapido abbraccio. «Non c'è niente per cui ti devi scusare. Allora, basta giocare al detective?»

«Sì, prometto.»

Be', era stato facile.

«Fatto» annunciò Pip, tornando in cucina. «Credo che il temperamatite scomparso resterà un mistero per sempre.»

«Ah, magari no» rispose sua madre con un sorriso malcelato. «Scommetto che è stato quello stronzetto di Alex Davis.»

Pip sbuffò.

La mamma spostò con un calcio le sue scarpe. «Allora, hai già sentito Ravi?»

«Sì.» Pip prese il cellulare. «Ha detto che hanno finito circa un quarto d'ora fa. Sarà qui a momenti per registrare.»

«Ok. Com'è andata oggi?»

«Ha detto che è stata dura. Avrei voluto poterci essere.» Pip appoggiò i gomiti sul ripiano della cucina, posando il mento sulle nocche.

«Sai che non puoi, hai la scuola» disse la mamma. Non era una discussione che era pronta ad affrontare di nuovo, Pip lo sapeva. «E non ti è bastato, dopo martedì? A me di sicuro sì.»

Martedì, il primo giorno del processo al Tribunale di Aylesbury, Pip era stata chiamata a testimoniare per l'accusa. Con indosso un tailleur nuovo e una camicia bianca, mentre cercava di impedire alle mani di tremare perché la giuria non le vedesse, il sudore che le scivolava lungo la schiena. E per tutto il tempo aveva sentito gli occhi di lui su di sé dal banco degli imputati, il suo sguardo come qualcosa di fisico, che le strisciava sulla pelle nuda. Max Hastings.

L'unica volta che aveva lanciato un'occhiata nella sua direzione aveva scorto, dietro ai suoi occhi, un sorrisetto che nessun altro vedeva. Di certo non sotto quegli occhiali finti, dalle lenti trasparenti. Come osava? Come osava stare lì in piedi e dichiararsi non colpevole quando entrambi sapevano la verità? Lei aveva una registrazione, una conversazione telefonica con Max che ammetteva di aver drogato e stuprato Becca Bell. Era tutto lì. Aveva confessato quando lei aveva minacciato di rivelare a tutti i suoi segreti: l'omissione di soccorso e l'alibi di Sal. Ma comunque non aveva importanza: una registrazione privata non era ammissibile in tribunale. L'accusa aveva dovuto accontentarsi del resoconto di Pip di quella conversazione. Cosa che lei aveva fatto, parola per parola... be', a parte l'inizio ovviamente, e i segreti che doveva serbare per proteggere Naomi Ward.

«Già, è stato terribile» disse Pip, «ma dovrei comunque esserci.» Era vero: aveva promesso di seguire la storia in ogni sua ramificazione. Invece ci sarebbe andato Ravi, ogni giorno, tra il pubblico, a prendere appunti al posto suo. Perché *la scuola non è un optional*: così avevano detto sua madre e la nuova preside.

«Pip, ti prego» fece la mamma in tono d'allarme. «Questi giorni sono già abbastanza difficili. E con la commemorazione domani, per di più. Che settimana.»

«Già» concordò Pip con un sospiro.

«Stai bene?» La mamma le posò una mano sulla spalla.

«Sì. Sto sempre bene.»

Non le credeva del tutto, era chiaro. Ma non aveva importanza perché un attimo dopo si sentì il battere di nocche sulla porta di casa: i colpi caratteristici di Ravi. *Lungo-breve-lungo*. E il cuore di Pip accelerò per imitarlo, come accadeva sempre.

Nome file:

Come uccidono le brave ragazze: il processo a Max Hastings (aggiornamento 3).wav

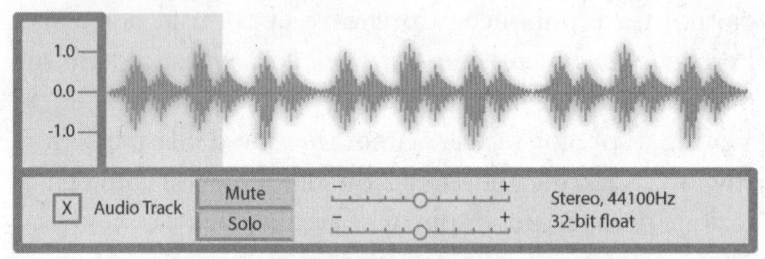

Pip: Ciao, sono Pip Fitz-Amobi, bentornati a *Come uccidono le brave ragazze: il processo a Max Hastings*. Questo è il terzo aggiornamento, perciò se non avete ancora ascoltato i primi due episodi fatelo subito e tornate qui. Vi racconteremo cos'è successo oggi, il terzo giorno del processo a Max Hastings, e con me c'è Ravi Singh...

Ravi: Ciao.

Pip: ... che ha seguito tra il pubblico lo svolgimento del processo. Allora, oggi è cominciato con la testimonianza di un'altra delle vittime, Natalie Da Silva. È possibile che ricordiate il nome: Nat era stata coinvolta nelle mie indagini sul caso Andie Bell. Avevo scoperto che Andie bullizzava Nat a scuola e che aveva perfino scovato e diffuso sui social media immagini imbarazzanti di lei. Pensavo che questo fosse un possibile movente e, per un po', ho considerato Nat una sospettata. Mi ero completamente sbagliata, ovvio. Oggi Nat è comparsa davanti alla Corte per testimoniare come, il 24 febbraio 2012, a un calamity party, fu drogata e violentata da Max

Hastings. Le accuse sono di abuso sessuale e stupro. Allora, Ravi, puoi raccontarci la deposizione?

Ravi: Certo. Dunque, l'accusa ha chiesto a Nat di ricostruire la cronologia di quella sera: quando era arrivata alla festa, l'ultima volta che aveva guardato l'ora prima di cominciare a sentirsi debole e confusa, a che ora si era svegliata la mattina dopo e quando aveva lasciato la casa. Nat ha detto che ha solo pochi ricordi nebulosi e frammentari: qualcuno che la portava nella stanza sul retro, lontano dalla festa, e la faceva sdraiare su un divano, lei che si sentiva paralizzata, incapace di muoversi, e qualcuno che le si stendeva accanto. Oltre a questo, ha descritto una sensazione come di blackout. E poi, quando si era svegliata la mattina dopo, si era sentita malissimo, stordita, come dopo la peggior sbornia che avesse mai preso. Aveva i vestiti tutti in disordine e le avevano tolto la biancheria.

Pip: E, se ripercorriamo quello che l'esperto dell'accusa ha detto martedì sugli effetti delle benzodiazepine come il Roipnol, la testimonianza di Nat è del tutto in linea con quello che ci si potrebbe aspettare. La droga agisce come un sedativo e può avere un effetto tranquillante sul sistema nervoso centrale, il che spiega la sensazione di Nat di essere come paralizzata. Ci si sente quasi come se si fosse separati dal proprio corpo, come se questo non obbedisse più, come se le membra non fossero più connesse.

Ravi: Esatto, e l'accusa si è anche assicurata che l'esperto ripetesse, diverse volte, che un effetto collaterale del

Roipnol è la sensazione di blackout, come ha detto Nat, o di *amnesia anterograda*, cioè l'incapacità di formare nuovi ricordi. E credo che voglia continuare a rimarcare questo punto alla giuria perché avrà un ruolo rilevante nelle testimonianze di tutte le vittime: il fatto che nessuna di loro si ricordi esattamente cos'è successo perché la droga ha annullato la loro capacità di creare ricordi.

Pip: E l'accusa è stata scrupolosa nel ripetere questo fatto anche a proposito di Becca Bell. Vi ricordo che Becca di recente ha cambiato posizione, dichiarandosi colpevole e accettando la condanna a tre anni, nonostante la difesa fosse certa che non potessero incarcerarla perché all'epoca della morte di Andie era ancora minorenne, e a causa delle circostanze attenuanti. Perciò ieri Becca ha fornito la propria testimonianza tramite collegamento video dal carcere, dove rimarrà per i prossimi diciotto mesi.

Ravi: Esatto. E, come per Becca, oggi l'accusa ha tenuto a sottolineare come entrambe, la notte delle presunte violenze, avessero bevuto solo uno o due drink alcolici i quali di certo non possono causare quel livello d'intossicazione. Nello specifico, Nat ha detto che in tutta la serata aveva bevuto solo una bottiglia di birra da 33 cl. E ha dichiarato, esplicitamente, chi le avesse offerto da bere al momento del suo arrivo: Max.

Pip: E come ha reagito Max mentre Nat forniva la sua testimonianza?

Ravi: Da dove mi trovavo riuscivo solo a vedergli la nuca o il profilo del viso, ma sembrava comportarsi proprio come ha fatto a partire da martedì. Un atteggiamento calmo, molto fermo, lo sguardo rivolto a chiunque fosse sul banco dei testimoni come se gli interessasse davvero quel che stava dicendo. Indossa sempre quegli occhiali dalla montatura spessa e sono sicuro al cento per cento che non si tratti di lenti vere... insomma, mia madre è un'oculista.

Pip: E aveva i capelli sempre lunghi e un po' trasandati, come martedì?

Ravi: Già, sembra che sia questa l'immagine su cui si sono accordati lui e il suo avvocato. Abito costoso, occhiali finti. Magari credono che i capelli biondi e arruffati influenzino positivamente la giuria, chi lo sa.

Pip: Be', per alcuni capi di Stato recentemente ha funzionato.

Ravi: La ritrattista del tribunale mi ha lasciato fare una foto del suo disegno di oggi, e ha detto che possiamo postarlo dopo che la stampa l'avrà pubblicato. Si vede Max seduto lì, mentre il suo avvocato, Christopher Epps, conduce il controinterrogatorio di Nat al banco dei testimoni.

Pip: Sì, e se volete dare un'occhiata al disegno lo trovate tra i materiali in appendice sul sito *comeuccidonolebraveragazzepodcast.com*. Allora, parliamo del controinterrogatorio.

Ravi: Sì, è stato... piuttosto duro. Epps ha fatto un sacco di domande invadenti. Cosa indossava quella notte? Si era vestita di proposito in modo provocante? Ha mostrato foto di Nat quella sera prese dai social media. Aveva una cotta per il suo compagno di classe, Max Hastings? Quanto alcol consuma in una serata normale? Ha anche rivangato le sue precedenti condanne penali per aggressione e lesioni personali, sottintendendo che questo la rendeva inaffidabile. È stata, in poche parole, una diffamazione. Si vedeva Nat sempre più irritata, ma è rimasta calma, si è presa qualche secondo per respirare e bere un sorso d'acqua prima di rispondere a ogni domanda. Le tremava la voce, però. È stato davvero toccante.

Pip: Mi fa infuriare che sia permesso questo genere di controinterrogatorio delle vittime. Sposta quasi l'onere della prova su di loro, e non è giusto.

Ravi: No, non è affatto giusto. Epps poi l'ha torchiata sul perché non fosse andata alla polizia il giorno dopo, se fosse sicura di essere stata violentata e di chi fosse il colpevole. Che, se ci fosse andata entro settantadue ore, l'esame delle urine avrebbe potuto confermare se aveva del Roipnol in corpo, cosa che, ha sostenuto, era oggetto di dibattito. Nat ha potuto solo rispondere che all'epoca non era sicura, visto che non aveva ricordi. E allora Epps ha detto: "Se non ha alcun ricordo, come fa a sapere di non aver acconsentito ad avere rapporti sessuali? O che ha avuto dei rapporti con l'imputato quella notte?". Nat ha risposto che Max le aveva fatto un sacco di commenti il lunedì dopo, chiedendole se si fosse "divertita" alla festa, perché lui si era divertito molto. Epps non ha mai mollato. Deve essere stato estenuante per Nat.

Pip: Sembra che sia la sua tattica per la difesa di Max. Minare e screditare come testimone ognuno di noi, in qualche modo. Nel mio caso è stata la sua affermazione di quanto fosse *comodo* che avessi avuto Max da usare come capro espiatorio maschile, per cercare di solidarizzare con Becca Bell e il suo presunto assassinio. Che faceva tutto parte della "narrazione femminista aggressiva" che sto diffondendo con il mio podcast.

Ravi: Già, sembra che sia questa la strada che sta percorrendo Epps.

Pip: Suppongo sia il genere di strategia aggressiva che adotti quando il tuo avvocato costa trecento sterline l'ora. Ma il denaro non è un problema per la famiglia Hastings, ovviamente.

Ravi: Non ha importanza che strategia usa: la giuria vedrà la verità.

Nome file:

Appendice al processo a Max Hastings: disegno tribunale.jpg

Due

Man mano che i suoi occhi perdevano la concentrazione, le parole si fondevano tra di loro, crescendo tra gli spazi come viticci, finché la sua grafia non fu che una macchia contorta. Pip guardava la pagina, ma non era presente sul serio. Ormai era così: nella sua capacità di prestare attenzione si aprivano enormi buchi, e lei vi scivolava dentro.

C'era stato un tempo, non troppo lontano, in cui avrebbe trovato affascinante dover scrivere un saggio sull'escalation della guerra fredda. Le sarebbe importato, *davvero* importato. Quella era la persona che era prima, ma doveva essere cambiato qualcosa. Sperava fosse solo questione di tempo prima che quei buchi si riempissero di nuovo e le cose tornassero alla normalità.

Il cellulare vibrò sulla scrivania, sullo schermo apparve il nome di Cara.

«Buonasera, signorina F-A» disse Cara quando Pip rispose. «Sei pronta per Netflix e per rilassarti nel Sottosopra?»

«Sì CW, due secondi» replicò Pip, portandosi il portatile e il cellulare nel letto e scivolando sotto il piumone.

«Com'è andato il processo oggi?» chiese Cara. «Naomi stamattina stava quasi per andarci, per sostenere Nat. Ma non ha avuto la forza di vedere Max.»

«Ho appena caricato il nuovo aggiornamento» sospirò Pip. «Mi fa inferocire che io e Ravi dobbiamo girarci intorno in punta di piedi, quando registriamo, dicendo "presumibilmente" ed evitando tutto ciò che prevarichi la presunzione di innocenza, quando sappiamo benissimo che è stato lui. È colpevole di tutto.»

«Già, è uno schifo. Ma va bene così, tra una settimana sarà tutto finito.» Cara fece frusciare le coperte, la linea telefonica crepitò. «Ehi, indovina cos'ho scoperto oggi!»

«Cosa?»

«Sei un meme. Un vero meme che la gente posta su Reddit. È quella foto di te con l'ispettore Hawkins davanti a tutti quei microfoni della stampa. Quella in cui sembra che tu stia alzando gli occhi al cielo mentre lui parla.»

«Ma io stavo *davvero* alzando gli occhi al cielo.»

«E la gente aggiunge didascalie buffissime. È come se avessi preso il posto del meme con la ragazza gelosa. Ce n'è uno con scritto "Io" sotto di te, e accanto a Hawkins la didascalia: "Gli uomini su internet che mi spiegano le mie stesse battute".» Sbuffò. «È qui che capisci che hai fatto il botto, quando diventi un meme. Hai saputo niente da altri inserzionisti?»

«Sì» rispose Pip. «Un paio di aziende mi hanno scritto per una sponsorizzazione. Ma... ancora non so se è la cosa giusta, trarre profitto da quello che è successo. Non lo so, è troppa carne al fuoco, specie questa settimana.»

«Già, che settimana!» Cara tossì. «Allora, domani, sai... la commemorazione, sarebbe strano per Ravi... per i suoi, se venissimo io e Naomi?»

Pip si mise a sedere. «No. Lo sai che Ravi non ragiona in questo modo, ne avete parlato.»

«Lo so, lo so. Solo che pensavo, visto che domani si tratta di ricordare Sal e Andie, ora che conosciamo la verità, forse sarebbe strano se noi...»

«Ravi è l'ultima persona al mondo che vorrebbe vi sentiste in colpa per quello che vostro padre ha fatto a Sal. E anche i suoi genitori.» Pip fece una pausa. «Ci sono passati, lo sanno meglio di chiunque altro.»

«Lo so, è solo che...»

«Cara, è tutto a posto. Ravi vi vorrebbe. E sono piuttosto sicura che direbbe che Sal avrebbe voluto Naomi. Era la sua migliore amica.»

«Ok, se ne sei sicura...»

«Sono sempre sicura.»

«È vero. Dovresti prendere in considerazione il gioco d'azzardo» disse Cara.

«Non posso, mia madre è già abbastanza preoccupata dalla mia "personalità ossessiva".»

«Di sicuro il casino che siamo io e Naomi aiuta a normalizzarti.»

«A quanto pare non abbastanza» rispose Pip. «Se poteste sforzarvi un po' di più sarebbe magnifico.»

Era così che Cara aveva affrontato gli ultimi sei mesi: la sua nuova normalità. Nascondendosi dietro le battute e le freddure che facevano imbarazzare e ammutolire gli altri. La maggior parte della gente non sa reagire quando qualcuno scherza sul fatto che il proprio padre ha ucciso una persona e ne ha rapita un'altra. Ma Pip sapeva perfettamente come reagire: anche lei si acquattava e si nascondeva dietro le battute, così Cara aveva sempre qualcuno accanto a sé.

Era così che la aiutava.

«Me lo appunto. Anche se non sono sicura che mia nonna ce la faccia ancora. Sai, Naomi ha avuto questa nuova idea: a quanto pare vuole bruciare tutte le cose di papà. I nonni ovviamente hanno detto di no e hanno subito chiamato la nostra terapista.»

«Bruciare?»

«Assurdo, eh?» rispose Cara. «Potrebbe evocare per sbaglio un demone o qualcosa del genere. Probabilmente non dovrei dirlo a lui: pensa ancora che Naomi prima o poi si farà vedere.»

Cara andava a trovare suo padre nella prigione di Woodhill una volta ogni quindici giorni. Diceva che non significava che lo avrebbe perdonato ma, dopotutto, era pur sempre suo padre. Naomi non ci era andata nemmeno una volta e aveva dichiarato che non l'avrebbe mai fatto.

«Dunque, a che ora è la commemorazione... Aspetta, il nonno mi sta dicendo qualcosa... sì?» gridò Cara, la voce lontano dal telefono. «Già, lo so. Sì, sì.»

I nonni di Cara – i genitori di sua madre – si erano trasferiti in casa loro il novembre precedente, perché Cara avesse un po' di stabilità fino a che non avesse finito la scuola, come ordinato dai medici. Ma ormai erano gli ultimi giorni di aprile, e gli esami e la fine della scuola si avvicinavano rapidi. Troppo rapidi. E quando fosse arrivata l'estate avrebbero messo in vendita la casa degli Ward e trasferito le ragazze a casa loro, a Great Abington. Per lo meno sarebbero state vicine una volta che Pip avesse iniziato l'università a Cambridge. Ma Little Kilton non era Little Kilton senza Cara, e Pip pregava in silenzio che l'estate non arrivasse mai.

«Ok. Buonanotte, nonno.»

«Tutto bene?»

«Oh, sai, sono le dieci e mezza passate, quindi è suuuuper tardi e ben oltre "l'ora di spegnere la luce", e sarei dovuta essere a letto ore fa invece di chiacchierare con "le ragazze". Plurale. Di questo passo non avrò mai una sola ragazza, figurarsi più di una, inoltre nessuno dice più "è l'ora di spegnere la luce" tipo dal Settecento» sbuffò.

«Be', la lampadina elettrica è stata inventata nel 1879, perciò...»

«Argh, ti prego, smettila. Sei in pari?»

«Quasi» disse Pip, spostando il dito sul touchpad. «Siamo all'episodio quattro, giusto?»

Era cominciata a dicembre, quando Pip aveva scoperto che Cara non riusciva a dormire. Non c'era da stupirsi, in effetti: è sempre quando si resta sdraiati a letto la notte che arrivano i pensieri peggiori. E i pensieri di Cara erano peggiori di quelli della maggior parte delle persone. Se solo Pip avesse potuto impedirle di ascoltarli, distrarla fino a farla addormentare... Da bambine, Cara era sempre la prima a crollare durante i pigiama party, con il suo russare lieve che disturbava il finale dello scadente film horror di turno. Perciò Pip cercava di ricreare quei pigiama party di quando erano piccole, rimanendo al telefono con Cara mentre guardavano senza sosta Netflix insieme. Funzionava. Se c'era Pip, sveglia e in ascolto, Cara alla fine si addormentava, e il suo dolce respiro sibilava nel telefono.

Ormai lo facevano ogni sera. Avevano cominciato con programmi che Pip poteva legittimamente sostenere avessero un "valore educativo". Ma ne avevano visti talmente tanti che quello standard era in qualche modo crollato. Per lo meno *Stranger Things* aveva comunque una certa qualità storica.

«Ok, pronta?» chiese Cara.

«Pronta.» Ci erano voluti diversi tentativi per far partire

l'episodio in perfetta sincronia: il portatile di Cara era lievemente in ritardo, perciò premette play all'*uno* e Pip al *via*.
«Tre» disse Pip.
«Due.»
«Uno.»
«Via.»

VENERDÌ

Tre

Conosceva quei passi: li riconosceva sulla moquette e sul parquet, e li riconosceva ora sul ghiaino del parcheggio. Si voltò e gli sorrise, e l'andatura di Ravi accelerò fino a quella mezza corsetta che faceva sempre quando la vedeva. La rendeva raggiante.

«Ehi, Sergente» disse, premendo le parole contro la sua fronte con le labbra. Il primo nomignolo che le avesse mai dato, ora uno dei tanti.

«Stai bene?» domandò lei, anche se sapeva già che non era così: aveva esagerato con il deodorante che lo seguiva come una nebbia. Voleva dire che era agitato.

«Sì, un po' nervoso» rispose Ravi. «Mamma e papà sono già qui, ma io prima volevo farmi una doccia.»

«Non c'è problema, la cerimonia non inizia prima delle sette e mezza» disse Pip, prendendogli la mano. «C'è un sacco di gente attorno al padiglione, saranno un centinaio di persone.»

«Di già?»

«Sì. Ci sono passata tornando da scuola e c'erano i furgoni dei telegiornali che si stavano sistemando.»

«È per questo che sei venuta in incognito?» Ravi sorrise, dando uno strattone al cappuccio della giacca verde bottiglia tirato sulla testa di Pip.

«Solo fin quando li avremo superati.»

Era probabilmente colpa sua se erano ovunque: il podcast aveva ridato vita nei notiziari alle storie di Andie e Sal. Specie quella settimana, il sesto anniversario delle loro morti.

«Com'è andata in tribunale oggi?» chiese Pip, aggiungendo: «Possiamo parlarne domani se non vuoi...».

«No, va bene» rispose lui. «Cioè, non è andata bene. Oggi c'era una delle ragazze che vivevano nello stesso dormitorio di Max all'università. Hanno fatto sentire la sua telefonata al numero di emergenza il mattino dopo.» Ravi spinse giù il groppo che aveva in gola. «E nel controinterrogatorio Epps le si è accanito contro, ovviamente: nessuna traccia di DNA dopo lo stupro, nessun ricordo, quel genere di cose. Sai, a guardare Epps a volte mi chiedo se voglio davvero diventare un avvocato penalista.»

Era quello *Il Piano* che avevano elaborato: Ravi avrebbe ridato l'esame di maturità privatamente mentre Pip sosteneva il proprio. Poi avrebbero fatto domanda per un praticantato in legge di sei anni a partire da settembre, quando Pip sarebbe andata all'università. «Che super coppia» aveva commentato Ravi.

«Epps è uno dei cattivi» disse Pip. «Tu sarai uno dei buoni.» Gli strinse la mano. «Sei pronto? Possiamo aspettare qui un altro po' se...»

«Sono pronto» rispose lui. «Solo... io... rimani con me?»

«Ma certo.» Gli si appoggiò alla spalla con la propria. «Non mollo la presa.»

Il cielo si stava già scurendo quando lasciarono la ghiaia scricchiolante per l'erba morbida del parco. A destra piccoli gruppetti di persone si stavano avviando sul prato dalla direzione di Gravelly Way, tutte dirette verso il padiglione sul lato sud del parco. Pip udì la folla prima ancora di vederla: quel basso brusio vivo che si crea solo quando si radunano centinaia di persone in un piccolo spazio. Ravi le strinse la mano ancora più forte.

Girarono attorno a un folto gruppetto di platani che stormivano e comparve il padiglione, illuminato di un giallo pallido: la gente doveva aver cominciato ad accendere le candele e i lumini posti attorno alla struttura. La mano di Ravi nella sua cominciò a sudare.

Mentre si avvicinavano, in fondo alla folla riconobbe qualche viso: Adam Clark, il nuovo insegnante di storia, in piedi accanto a Jill della caffetteria, e più in là i nonni di Cara che la salutavano con la mano. Si spinsero avanti e, man mano che gli sguardi si voltavano a incrociare il loro, la folla si apriva per Ravi, inghiottendoli, riformandosi alle loro spalle a bloccare la via d'uscita.

«Pip. Ravi.» Una voce da sinistra richiamò la loro attenzione. Era Naomi, i capelli stretti in una coda, come il sorriso. Era in piedi accanto a Jamie Reynolds – il fratello maggiore dell'amico di Pip, Connor – e, si rese conto Pip con una morsa allo stomaco, Nat Da Silva. Aveva i capelli così bianchi nel crepuscolo sempre più scuro che quasi accendevano l'aria attorno a lei. Erano stati tutti compagni di scuola di Sal e Andie.

«Ciao» disse Ravi, distogliendo Pip dai suoi pensieri.

«Ciao Naomi, Jamie» disse, salutandoli uno a uno con un cenno del capo. «Nat, ehi» balbettò quando gli occhi azzurro pallido di Nat si posarono sui suoi e il suo sguardo si indurì. L'aria attorno a lei perse il suo bagliore e si gelò.

«Mi dispiace» continuò Pip. «I-io... volevo solo dirti che mi dispiace per quello che hai dovuto passare... i-il processo ieri... ma sei stata fantastica.»

Niente. Niente a parte un fremito nella guancia di Nat.

«E so che questa settimana e la prossima devono essere tremende per te, ma lo condanneranno. Lo so. E se c'è qualcosa che io possa fare...»

Lo sguardo di Nat passò oltre, come se Pip non fosse lì. «Ok» disse, con un che di aggressivo nella voce mentre voltava il capo.

«Ok» disse piano Pip, tornando a rivolgersi a Naomi e Jamie. «Meglio se proseguiamo. Ci vediamo dopo.»

Continuarono a fendere la folla, e quando furono a debita distanza Ravi le disse all'orecchio: «Già, ti odia ancora, non c'è dubbio».

«Lo so.» E se lo meritava, davvero: dopotutto lei l'aveva considerata una sospettata. Perché Nat non avrebbe dovuto odiarla? Pip sentì freddo, ma spinse lo sguardo di Nat in fondo allo stomaco, insieme al resto di quelle sensazioni.

Notò lo chignon disordinato e biondo scuro di Cara che ondeggiava al di sopra delle teste della gente, e diresse Ravi e se stessa in quella direzione. Cara era in piedi accanto a Connor, che annuiva rapido mentre lei parlava. Lì vicino, le teste che quasi si toccavano, c'erano Ant e Lauren, che erano ormai sempre Ant-e-Lauren, pronunciato tutto insieme, perché non si vedeva mai l'uno senza l'altra. Non ora che stavano *davvero* insieme, non come prima quando evidentemente *fingevano* di stare insieme. Cara aveva detto che a quanto pareva era iniziato tutto al calamity party a cui avevano partecipato a ottobre, quando Pip era ancora alle prese con le indagini. Non c'era da stupirsi che non se ne fosse accorta. Dall'altra parte rispetto a loro c'era Zach, ignorato da tutti, che giocherellava a disagio con i lucidi capelli neri.

«Ciao» disse Pip quando lei e Ravi entrarono nel cerchio più esterno del gruppetto.

«Ehi» fu il lieve coro di risposte.

Cara si girò a guardare Ravi, tirandosi nervosa il colletto. «Io, ehm... io... come stai? Mi dispiace.»

Cara non era mai a corto di parole.

«Va tutto bene» rispose Ravi, liberandosi dalla mano di Pip per abbracciare Cara. «Davvero, lo giuro.»

«Grazie» disse piano Cara, guardando Pip oltre le spalle di Ravi e battendo le palpebre.

«Oh, guarda» sussurrò Lauren, dando un colpetto a Pip. «Sono Jason e Dawn Bell.»

I genitori di Andie e Becca. Pip seguì lo sguardo di Lauren. Jason indossava un elegante cappotto di lana, di certo troppo pesante per quella serata, e guidava Dawn in direzione del padiglione. Gli occhi della donna erano rivolti a terra, a tutti quei piedi senza corpo, le ciglia piene di grumi di mascara come se avesse già pianto. Sembrava così piccola dietro a Jason che la tirava per la mano.

«Avete sentito?» disse Lauren, facendo cenno al gruppetto di stringersi. «A quanto pare Jason e Dawn sono tornati insieme. Mia madre dice che Jason sta divorziando dalla seconda moglie e sembra che sia tornato a vivere in *quella* casa con Dawn.»

Quella casa. La casa nella quale Andie Bell era morta sulle mattonelle della cucina mentre Becca restava in piedi a guardare. Se quegli *a quanto pare* erano veri, Pip si chiese quanta voce in capitolo avesse avuto Dawn in quella decisione. Anzi, da quel che aveva sentito di Jason durante le sue indagini, non era certa di quanta voce in capitolo chiunque potesse aver mai avuto in sua presenza. Di sicuro nel suo podcast non aveva fatto una bella figura. In effetti in un sondaggio su Twitter, fatto da un ascoltatore, sui *Personaggi più odiosi di CULBR*, Jason Bell aveva ricevuto tanti voti quasi quanti Max Hastings ed Elliot Ward. La stessa Pip era arrivata al quarto posto.

«È così strano che vivano ancora lì» disse Ant, sbarrando gli occhi come Lauren. Si alimentavano a vicenda in quel modo. «Cenare nella stessa stanza in cui è morta Andie.»

«La gente affronta quello che deve come può» commentò Cara. «Non penso li si possa giudicare secondo standard normali.»

Questo zittì Ant-e-Lauren.

Seguì un silenzio imbarazzato che Connor cercò di colmare. Pip distolse lo sguardo, riconoscendo subito la coppia in piedi accanto a loro. Sorrise.

«Oh, salve Charlie, Flora.» I nuovi vicini, quattro case dopo la sua: Charlie, con i capelli ramati e la barba ben curata, e Flora, che Pip aveva sempre visto con indosso solo abiti a fiori. Era la nuova assistente didattica alla scuola di suo fratello e Josh era più che leggermente ossessionato da lei. «Non vi avevo visti.»

«Ciao» sorrise Charlie, chinando il capo. «Tu devi essere Ravi» disse, stringendogli la mano che non era ancora tornata in quella di Pip. «Ci dispiace tantissimo per la tua perdita.»

«A quanto abbiamo sentito, tuo fratello era un ragazzo fantastico» aggiunse Flora.

«Grazie. Sì, lo era» rispose Ravi.

«Ohi.» Pip diede un colpetto sulla spalla di Zach, coinvolgendolo nel discorso. «Questo è Zach Chen. Viveva nella vostra casa.»

«Piacere di conoscerti, Zach» disse Flora. «Adoriamo quella casa. La stanza sul retro era la tua?»

Un fruscio alle spalle di Pip la distrasse per un istante. Il fratello di Connor, Jamie, gli era comparso a fianco e i due si stavano parlando in tono sommesso.

«No, non è infestata» stava dicendo Charlie quando Pip tornò a concentrarsi sulla conversazione.

«Flora?» Zach si rivolse a lei. «Ha mai sentito i tubi che gemono nel bagno di sotto? Sembrano un fantasma che dice *scaaaaappa, scaaaaappa*.»

Flora sbarrò di colpo gli occhi, impallidendo e guardando il marito. Aprì la bocca per replicare ma cominciò a tossire, scusandosi e allontanandosi dal gruppetto.

«Guarda cos'hai fatto» sorrise Charlie. «Da domani sarà la migliore amica del fantasma del bagno.»

Le dita di Ravi scesero lungo l'avambraccio di Pip, scivolando nella sua mano mentre la guardava. Sì, era meglio che andassero a cercare i suoi genitori: presto sarebbe iniziata la cerimonia.

Salutarono e si spostarono verso il davanti della folla. Guardando dietro di sé, Pip avrebbe giurato che le persone presenti erano raddoppiate dal loro arrivo: dovevano esserci quasi mille partecipanti ora. Vicino al padiglione, Pip vide per la prima volta le fotografie ingrandite di Sal e Andie, posate l'una accanto all'altra ai lati opposti del piccolo edificio. Due sorrisi uguali sui loro visi per sempre giovani. La gente aveva deposto mazzi di fiori in cerchi concentrici sotto ognuna delle foto, e le candele tremolavano mentre la folla si spostava piano.

«Eccoli» disse Ravi indicandoli. I suoi genitori erano davanti sulla destra, il lato verso il quale era rivolta la foto di Sal. Attorno a loro c'era un gruppetto di persone, e lì vicino la famiglia di Pip.

Passarono dietro a Stanley Forbes che fotografava la scena, il flash della macchina fotografica che gli illuminava il volto pallido e danzava sui suoi capelli castano scuro.

«Ovviamente c'è anche *lui*» disse Pip quando furono a distanza di sicurezza.

«Oh, lascialo perdere, Sergente.» Ravi le sorrise.

Mesi prima Stanley aveva spedito ai Singh una lettera di scuse di quattro pagine scritta a mano nella quale diceva di vergognarsi per come aveva parlato del loro figlio. Aveva pubblicato un'altra lettera di scuse sul giornale della cittadina per il quale faceva il volontario, il "Kilton Mail". E aveva anche iniziato una campagna di fundraising per dedicare a Sal una panchina nel parco, lungo il sentiero dove si trovava quella per Andie. Ravi e i suoi avevano accettato le sue scuse, ma Pip era scettica.

«Per lo meno si è scusato» proseguì Ravi. «Guardali.» Indicò il gruppetto attorno ai suoi genitori. «I loro amici, i vicini. Gente che ha reso la loro vita un inferno. Non si sono mai scusati, hanno solo fatto finta che gli ultimi sei anni non ci siano mai stati.»

Ravi si interruppe quando il padre di Pip li strinse entrambi in un abbraccio.

«Tutto bene?» chiese a Ravi, dandogli qualche pacca sulla schiena prima di lasciarlo andare.

«Tutto bene» rispose lui, scompigliando i capelli di Josh a mo' di saluto e sorridendo alla mamma di Pip.

Si avvicinò il padre di Ravi, Mohan. «Ora entro a preparare un paio di cose. Ci vediamo dopo.» Con il dito diede dei colpetti affettuosi a Ravi sotto il mento. «Prenditi cura della mamma.» Mohan salì le scale del padiglione e scomparve all'interno.

Iniziò alle sette e trentuno in punto, Ravi in piedi tra Pip e sua madre, tenendole entrambe per mano. Pip gli accarezzò il palmo con il pollice quando il consigliere distrettuale che aveva aiutato a organizzare la commemorazione salì i gradini e andò al microfono per dire "due parole". Be', ne disse più di due, parlando dei valori familiari e dell'*inevitabilità della verità*, complimentandosi con la polizia della Valle del Tamigi per l'"inesausto lavoro sul caso". Non era nemmeno sarcastico.

Poi parlò la signora Morgan, ora preside alla Kilton Grammar. Il suo predecessore era stato costretto dal consiglio a dimettersi prima del tempo, come conseguenza di tutto quello che il signor Ward aveva fatto mentre lavorava nella scuola. La signora Morgan parlò di Andie e Sal, dell'impatto duraturo che le loro storie avrebbero avuto sull'intera città.

Poi le migliori amiche di Andie, Chloe Burch ed Emma Hutton, si staccarono dalla folla e si avvicinarono al microfono. Evidentemente Jason e Dawn Bell avevano declinato l'invito a parlare. Chloe ed Emma fecero una lettura a due voci da una poesia di Christina Rossetti, *Il mercato dei folletti*. Quando ebbero finito ritornarono verso la folla che mormorava piano, Emma tirando su col naso e tamponandosi gli occhi con la manica. Pip la stava guardando quando qualcuno da dietro le andò a sbattere contro il gomito.

Si girò. Era Jamie Reynolds, che si faceva largo lentamente tra la folla con uno sguardo determinato. Le candele gli illuminavano un velo di sudore sul viso.

«Scusa» mormorò distratto, come se non l'avesse nemmeno riconosciuta.

«Figurati» rispose Pip, seguendolo con gli occhi finché Mohan Singh non salì i gradini e si schiarì la voce davanti al microfono, zittendo il parco. Nemmeno un suono, a parte il vento tra gli alberi. Ravi strinse la presa sulla mano di Pip, disegnandole mezzelune sulla pelle con le unghie.

Mohan abbassò lo sguardo sul foglio che aveva in mano. Tremava, la pagina gli sventolava tra le dita.

«Cosa posso dirvi di mio figlio, Sal?» cominciò con voce rotta. «Potrei dirvi che era uno studente modello con un luminoso futuro davanti a sé, ma probabilmente lo sapete già. Potrei dirvi che era un amico fedele e premuroso che non voleva che nessuno si sentisse mai solo o non voluto, ma probabilmente sapete già anche questo. Potrei dirvi che era un fratello maggiore incredibile e un figlio fantastico che ci rendeva fieri di lui ogni giorno. Potrei condividere con voi i miei ricordi di lui, da quando era un bebè sorridente che voleva arrampicarsi ovunque a quando era un adolescente che adorava il primo mattino e la notte fonda. Invece vi dirò una cosa sola di Sal.»

Mohan si fermò, sollevò lo sguardo e sorrise a Ravi e a Nisha.

«Se Sal fosse qui oggi non lo ammetterebbe mai, e probabilmente ne sarebbe molto imbarazzato, ma il suo film preferito di sempre, dai tre ai diciott'anni, era *Babe*.»

La folla fece una lieve risata tesa. Anche Ravi, con gli occhi che iniziavano a farsi lucidi.

«Adorava quel maialino. Un altro motivo per cui amava quel film era perché conteneva la sua canzone preferita. Quella che sapeva farlo sorridere e piangere, quella che lo faceva ballare. Perciò voglio condividere con voi un po' di Sal e farvi ascoltare quella canzone per celebrare la sua vita, mentre accendiamo e facciamo alzare in volo le lanterne. Ma prima c'è una cosa che voglio dire al mio ragazzo, una cosa che aspetto di dire a voce alta da sei anni.» Il foglio tremò contro il microfono come ali di carta mentre Mohan si asciugava gli occhi. «Sal. Mi dispiace. Ti amo. Non te ne andrai mai per davvero. Ti porterò con me in ogni momento. I momenti grandi e quelli piccoli, in ogni sorriso, ogni risata, ogni gioia e ogni difficoltà. Lo prometto.» Si interruppe, fece un cenno a qualcuno alla sua destra. «Avanti.»

E, dalle casse sistemate a entrambi i lati del padiglione, la voce acutissima di un topo esclamò: «E un- e du- e un due tre, via!».

La canzone cominciò, un rullo di tamburi continuo e la melodia sempre più alta cantata squittendo da un topo, finché a lui non si unì un coro di altri topolini.

Ravi ora rideva, e piangeva, e qualcosa a metà strada tra il riso e il pianto. Da qualche parte, dietro di loro, qualcuno cominciò a battere le mani a tempo con la canzone.

Poi qualcun altro.

Pip guardò dietro di sé via via che sempre più mani si univano, su e giù per la folla che ondeggiava a tempo. Era un suono tonante e felice.

La gente cominciò a cantare insieme agli striduli topolini e – quando si resero conto che le parole erano sempre le stesse che si ripetevano – altri si unirono, sforzandosi di raggiungere quelle note altissime.

Ravi si voltò verso Pip, mimando le parole con la bocca, e lei lo imitò.

Mohan scese i gradini, il foglio sostituito da una lanterna cinese. Il consigliere distrettuale ne portava un'altra, che passò a Jason e a Dawn Bell. Pip lasciò andare Ravi, che raggiunse i suoi genitori. Gli diedero la scatolina di fiammiferi. Il primo venne subito ridotto dal vento a una strisciolina di fumo. Ritentò, proteggendo la fiamma con le mani a coppa, tenendola sotto lo stoppino della lanterna finché non attecchì.

I Singh aspettarono qualche secondo che il fuoco crescesse, riempiendo la lanterna di aria calda. Avevano tutti e tre le mani sul cerchio di metallo sul fondo della lanterna, e quando furono pronti, quando finalmente furono pronti, si raddrizzarono, alzarono le braccia sopra la testa e la lasciarono andare.

La lanterna si innalzò sul padiglione, sobbalzando nel vento. Pip piegò il collo per guardarla salire, lo sfarfallio giallo aranciato che infiammava il buio. Un attimo dopo apparve anche la lanterna di Andie, salendo nella notte all'inseguimento di quella di Sal nel cielo infinito.

Pip non distolse lo sguardo. Nonostante lo sforzo, nonostante il dolore al collo, rifiutò di distogliere lo sguardo. Finché le lanterne dorate non furono che fiammelle annidate tra le stelle. E anche dopo.

SABATO
Quattro

Pip cercò di opporre resistenza alle palpebre che continuavano ad abbassarsi. Le sembrava di avere i contorni sfocati, si sentiva annebbiata, poco definita, come se il sonno l'avesse già presa, ma no... doveva alzarsi dal divano e ripassare un po'. *Sul serio.*

Era sdraiata sul divano rosso del soggiorno, il *Posto di Josh*, a quanto pareva, come lui continuava a ricordarle a intermittenza. Josh era sul tappeto, a giocare con i Lego mentre in sottofondo scorreva *Toy Story*. I loro genitori dovevano essere ancora fuori in giardino: papà aveva annunciato entusiasta che quella mattina avrebbero dipinto il nuovo capanno. Be', non c'erano molte cose di cui suo padre non fosse entusiasta. Ma la sola cosa cui Pip riusciva a pensare era lo stelo del girasole solitario piantato lì accanto, sulla tomba del loro cane. Non era ancora fiorito.

Pip controllò il cellulare. Erano le 17.11 e c'erano un messaggio di Cara e due chiamate perse di Connor di venti minuti prima: per un po' doveva proprio aver dormito. Aprì il messaggio di Cara: *Dio, vomito da tutto il giorno e la nonna continua a sbuffare.* MAI PIÙ. *Grazie davvero per essere venuta a prendermi xx*

Il messaggio precedente di Cara, se si scorreva verso l'alto, era stato mandato a mezzanotte e quattro minuti la sera precedente: *Polpp dogwh ei u e io ato cecahgaod i toabrew teanempi sl sqicro.* Pip l'aveva chiamata subito, sussurrando nel letto, ma Cara era talmente ubriaca che non riusciva a completare una frase, né metà, né un quarto, solo a piangere e singhiozzare. Le ci era voluto un po' per capire dove fosse: un calamity party. Doveva esserci andata dopo la commemorazione. E le ci era voluto ancora di più per capire in casa di chi fosse la festa: «Credo-quella-di-Stephen-Thompson». E dove fosse: «Hi-Highmoor qualcosa...».

Pip sapeva che a quella festa c'erano anche Ant e Lauren: avrebbero dovuto tenere d'occhio Cara. Ma evidentemente quei due erano troppo occupati l'uno con l'altra. E non era nemmeno quello a preoccupare di più Pip. «Ti sei versata da bere da sola?» aveva chiesto. «Non hai accettato drink da altri, vero?» Così Pip era scesa dal letto ed era montata in macchina, verso "Highmoor qualcosa" in cerca di Cara per riportarla a casa. Non era tornata a letto prima dell'una e mezza passata.

E la giornata non era stata nemmeno tranquilla per poter recuperare un po' di riposo. La mattina aveva portato Josh a calcio, rimanendo in piedi in un campo freddo a guardare la partita, poi a pranzo era venuto Ravi per registrare un altro aggiornamento sul processo a Max Hastings. Dopodiché Pip aveva modificato e caricato il nuovo episodio, aggiornato il sito e risposto alle e-mail. A quel punto si era seduta sul divano per due minuti, nel *Posto di Josh*, giusto per far riposare gli occhi. Ma i due minuti erano chissà come diventati ventidue, cogliendola di sorpresa.

Guardò il cellulare e fece per mandare un messaggio a Connor, quando suonò il campanello.

«Santo cielo» disse Pip, alzandosi. Aveva una gamba ancora addormentata e ci zoppicò sopra, fino all'ingresso. «Di quante cavolo di consegne Amazon ha bisogno un uomo solo?» Suo padre soffriva di una seria dipendenza dalle consegne rapide.

Tolse il catenaccio – una nuova regola della casa – e aprì la porta.

«Pip!»

Non era il fattorino di Amazon.

«Oh, ciao Connor» disse, spalancando la porta. «Ti stavo giusto scrivendo. Cosa succede?»

Fu solo in quel momento che notò il suo sguardo: sembrava allo stesso tempo distante e insistente, sotto e sopra l'azzurro dell'iride si vedeva troppo bianco. E, al posto delle sue solite guance rosee e delle lentiggini, il suo viso era rosso acceso, con un rivolo di sudore che gli scendeva lungo la tempia.

«Stai bene?»

Fece un respiro profondo. «No, non sto bene.» Gli si spezzò la voce.

«Cos'è successo... vuoi entrare?» Pip fece un passo indietro per liberare la soglia.

«G-grazie» disse Connor, superandola mentre lei chiudeva e bloccava la porta. Aveva la maglietta incollata alla schiena, fradicia e spiegazzata.

«Vieni.» Pip lo guidò in cucina e gli indicò uno sgabello, sotto al quale giacevano abbandonate le sue scarpe da ginnastica. «Vuoi un po' d'acqua?» Non aspettò che le rispondesse, riempì uno dei bicchieri puliti messi ad asciugare e glielo posò davanti con un rumore sordo che lo fece trasalire. «Sei venuto di corsa?»

«Sì.» Connor prese il bicchiere con due mani e bevve un lungo sorso, versandosi un po' d'acqua sul mento. «Scusa. Ho provato a chiamarti e non mi hai risposto, e non sapevo cos'altro fare se non venire direttamente. E poi ho pensato che magari eri da Ravi.»

«Va tutto bene. Sono qui» rispose Pip, scivolando sullo sgabello davanti a lui. Aveva ancora quello sguardo strano e il cuore di Pip reagì iniziando a battere all'impazzata. «Cosa c'è? Di cosa devi parlarmi?» Si aggrappò al bordo dello sgabello. «È... è successo qualcosa?»

«Sì» disse Connor, asciugandosi il mento con il polso. Separò le labbra e cominciò ad aprire e chiudere la bocca, masticando l'aria come se stesse facendo pratica con le parole prima di pronunciarle.

«Connor, cosa c'è?»

«Si tratta di mio fratello» disse. «È... è scomparso.»

Cinque

Pip guardò le dita di Connor che scivolavano lungo il bicchiere.

«Jamie è scomparso?» chiese.

«Sì.» Connor la fissò.

«Quando?» domandò lei. «Quando l'hai visto l'ultima volta?»

«Alla commemorazione.» Connor fece una pausa per bere un altro sorso d'acqua. «L'ho visto alla commemorazione, subito prima che cominciasse. Non è mai tornato a casa.»

A Pip mancò il fiato. «Io l'ho visto dopo, sempre lì. Forse verso le otto, otto e un quarto. Stava attraversando la folla.» Richiamò il ricordo alla mente, separandolo da ogni altro della sera precedente. Jamie che la urtava mentre passava, il suo "scusa" frettoloso, la mandibola contratta, determinata. In quel momento aveva pensato fosse strano, no? E lo sguardo nei suoi occhi non era diverso da quello che aveva ora Connor: allo stesso tempo distante e concentrato, in un certo senso. Si assomigliavano moltissimo, anche per essere fratelli. Da bambini no, ma nel corso degli anni Pip aveva notato come la diversità tra loro si andasse colmando. I capelli di Jamie erano leggermente più scuri, più vicini al castano che al biondo. E Connor era tutto spigoloso mentre Jamie era più pesante, più morbido. Ma perfino un estraneo avrebbe capito che erano fratelli. «Hai provato a chiamarlo?»

«Sì, centinaia di volte» rispose Connor. «Scatta subito la segreteria come se il cellulare fosse spento o... morto.» Inciampò sull'ultima parola, la testa ciondoloni. «Io e la mamma abbiamo passato ore a chiamare chiunque potesse sapere dov'è: amici, parenti. Nessuno l'ha visto o sentito. Nessuno.»

Pip avvertì qualcosa agitarsi, in quella voragine dentro lo stomaco che non la abbandonava praticamente mai. «Avete chiamato gli ospedali della zona per vedere se...»

«Sì, li abbiamo chiamati tutti. Niente.»

Pip sbloccò il cellulare per controllare l'ora. Erano le cinque e mezza, e se nessuno aveva visto Jamie in giro dalle otto della sera prima, da quando lo aveva visto *lei*, voleva dire che era ormai scomparso da più di ventuno ore.

«Ok» disse decisa, riportando lo sguardo di Connor su di sé. «I tuoi devono andare alla polizia e denunciare la sua scomparsa. Tu...»

«Lo abbiamo già fatto» rispose Connor, con una traccia d'impazienza nella voce. «Io e la mamma siamo andati alla centrale qualche ora fa, abbiamo fatto la denuncia, portato una fotografia recente, tutto quanto. Abbiamo parlato con Daniel Da Silva, il fratello di Nat.»

«Ok, bene, allora la polizia...»

Connor la interruppe di nuovo. «No» disse. «La polizia non farà niente. Daniel ha detto che visto che Jamie ha ventiquattro anni, è adulto, e in precedenza se n'è già andato di casa senza dirlo alla famiglia, la polizia può fare molto poco.»

«Cosa?»

«Già. Ci ha dato un numero di riferimento e ci ha detto solo di continuare a chiamare il telefono di Jamie e ogni persona da cui sappiamo che è già stato in precedenza. Ha detto che quasi tutte le persone scomparse ritornano entro quarantott'ore, perciò dobbiamo solo aspettare.»

Quando Pip spostò il peso lo sgabello scricchiolò. «Devono pensare che non ci siano grossi rischi. Quando si denuncia la scomparsa di una persona» gli spiegò, «la polizia fa una valutazione dei rischi basata su fattori come l'età, la condizione medica, se è un comportamento normale per quella persona, cose del genere. A quel punto la risposta della polizia dipende dalla gravità del rischio: basso, medio o alto.»

«So cosa può sembrare, a loro» disse Connor, lo sguardo ora un po' meno distante. «Jamie si è già allontanato un paio di volte senza dire niente ed è sempre tornato...»

«La prima volta è stata quando ha mollato l'università, vero?» chiese Pip scavando tra i ricordi, facendosi tornare alla mente la tensione che era rimasta ad aleggiare nella casa dei Reynolds per settimane.

Connor annuì. «Già, dopo che lui e mio padre avevano litigato pesantemente per questo motivo, lui è rimasto da un amico per una settimana senza rispondere alle telefonate o ai messaggi. E poi due anni fa la mamma ha sporto una vera denuncia di scomparsa perché Jamie non era tornato da una serata passata a Londra. Aveva perso il cellulare e il portafoglio e non poteva tornare a casa, perciò si era fermato sul divano di qualcuno per un paio di giorni. Ma...» Tirò su col naso, asciugandoselo con il dorso della mano. «Ma questa volta sento che c'è qualcosa di diverso. Credo sia nei guai, Pip, lo credo davvero.»

«Come mai?» chiese lei.

«Si è comportato in modo strano nelle ultime settimane.

Distante, irritabile. Aveva poca pazienza. E conosci Jamie, di solito è molto rilassato. Be', addirittura pigro, se chiedi a mio padre. Ma di recente sembrava un po' assente, a volte.»

E non era così che era sembrato anche a lei la sera prima, quando l'aveva urtata? Tutto concentrato su chissà cosa, come se non vedesse nient'altro, nemmeno lei. E perché si stava spostando tra la folla proprio in quel momento? Non era un po' strano?

«E poi» proseguì Connor «non penso che se ne andrebbe così di nuovo, non dopo che ha visto quanto si è agitata la mamma l'ultima volta. Jamie non le farebbe rivivere una paura del genere.»

«Io...» cominciò Pip. Ma non sapeva davvero cosa dirgli.

«Io e la mamma ne abbiamo discusso» disse Connor, le spalle contratte come se si stesse ritirando in se stesso. «Se la polizia non vuole indagare, non ha intenzione di contattare i media né altro, allora cosa possiamo fare noi, per trovare Jamie? È di questo che volevo parlarti, Pip.»

Sapeva cosa stava per succedere, ma Connor non si interruppe abbastanza a lungo perché lei potesse intervenire.

«Tu sai come si fa: tutto quello che hai scoperto l'anno scorso, dove la polizia aveva fallito. Hai risolto un omicidio. Due, anzi. E il tuo podcast» deglutì, «centinaia di migliaia di follower; probabilmente è molto più efficace di qualsiasi aggancio con i media abbia la polizia. Se vogliamo trovare Jamie, spargere la voce che è scomparso perché le persone ci riportino qualsiasi informazione possano avere, o se qualcuno l'ha visto, tu sei la nostra migliore speranza.»

«Connor...»

«Se investighi tu e pubblichi le indagini, so che lo troveremo. Lo troveremo in tempo. Dobbiamo farlo.»

Connor tacque. Il silenzio che seguì era brulicante di cose: Pip le sentiva strisciare attorno a sé. Sapeva cosa le avrebbe chiesto. Come poteva essere diversamente? Espirò, e quella cosa che le viveva dentro le si agitò nello stomaco. Ma la sua risposta era inevitabile.

«Mi dispiace» disse piano. «Non posso farlo, Connor.»

Lui sbarrò gli occhi e raddrizzò piano le spalle. «So che è chiedere tanto ma...»

«Non tanto, troppo» rispose lei, lanciando uno sguardo alla finestra, per controllare che i suoi fossero ancora in giardino. «Ho smesso con questo genere di cose.»

«Lo so, ma...»

«L'ultima volta ho quasi perso tutto: sono finita in ospedale, il mio cane è stato ucciso, ho messo in pericolo la mia famiglia, ho distrutto la vita della mia migliore amica. È troppo. Mi sono ripromessa... Non... non lo posso più fare.» La voragine nel suo stomaco si allargò con uno strappo, ancora di più: presto l'avrebbe inghiottita. «Non posso farlo. Io non sono così.»

«Pip, ti prego...» Ora la stava supplicando, le parole gli inciampavano in gola. «L'ultima volta non li conoscevi davvero, erano già scomparsi. Qui si tratta di Jamie, Pip. *Jamie*. E se è ferito? E se non ce la fa? Non so cosa fare.» Infine gli si spezzò la voce e dai suoi occhi spuntarono le lacrime.

«Mi dispiace, Connor, davvero» disse Pip, anche se era doloroso. «Ma devo dire di no.»

«Non vuoi aiutarci?» Tirò su col naso. «Per niente?»

Non poteva farlo. Non poteva.

«Non ho detto questo.» Pip saltò giù dallo sgabello e porse a Connor un fazzoletto. «Come forse immagini, ho un certo rapporto con la polizia, ormai. Cioè, non credo di essere la loro persona preferita, ma probabilmente ho una certa influenza in questioni di questo genere.» Prese le chiavi della macchina di fianco al microonde. «Vado immediatamente a parlare con l'ispettore Hawkins, a dirgli di Jamie e del perché siete preoccupati, vediamo se riesco a far cambiare loro idea sulla valutazione di rischio perché indaghino sul serio.»

Connor scese dallo sgabello. «Davvero? Lo farai?»

«Ma certo» rispose lei. «Non posso prometterti niente, ma Hawkins è davvero una brava persona. Speriamo che sia ragionevole.»

«Grazie» disse Connor, stringendola rapido tra le braccia goffe e spigolose. Abbassò la voce. «Ho paura, Pip.»

«Andrà tutto bene.» Tentò di sorridere. «Ti do uno strappo a casa mentre vado là. Andiamo.»

Mentre uscivano nel tardo pomeriggio, una folata d'aria fece sbattere con forza la porta di casa dietro di loro. Pip portò con sé, dentro di sé, quel suono, che riecheggiò nel vuoto che le si allargava nello stomaco.

Sei

Quando Pip scese dalla sua auto, l'edificio di mattoni color ruggine stava iniziando a confondersi contro il grigio cielo della sera. L'insegna bianca sulla parete diceva: *Polizia della Valle del Tamigi, Stazione di Amersham*. La squadra assegnata a Little Kilton era di stanza lì, in una cittadina più grande a dieci minuti di distanza.

Pip varcò la porta d'ingresso ed entrò nella reception dipinta di blu. Dentro, in attesa, c'era solo un uomo, addormentato su una delle dure sedie metalliche contro la parete di fondo. Pip si avvicinò a grandi passi allo sportello informativo e bussò sul vetro, per attirare l'attenzione di qualcuno nell'ufficio accanto. L'uomo addormentato sbuffò e si risistemò in una nuova posizione.

«Sì?» Arrivò prima la voce che la sua proprietaria: la guardia carceraria che Pip aveva incontrato già un paio di volte. L'agente si avvicinò, sbatté dei fogli sul tavolo e poi, finalmente, alzò lo sguardo su Pip.

«Oh, non sei la persona che mi aspettavo.»

«Mi dispiace» sorrise Pip. «Come sta, Eliza?»

«Bene, tesoro.» Il suo viso gentile si aprì in un sorriso, i capelli neri ricadevano sul colletto dell'uniforme. «Cosa ti porta qui questa volta?»

A Pip piaceva Eliza, le piaceva che nessuna delle due dovesse fingere o girare attorno alle cose.

«Devo parlare con l'ispettore Hawkins» disse. «C'è?»

«Sì, è qui.» Eliza morse la penna. «È molto impegnato, però, sembra sarà una lunga notte.»

«Può dirgli che è urgente? La prego» aggiunse Pip.

«Va bene, vedo cosa posso fare» sospirò Eliza. «Accomodati, cara» e scomparve di nuovo nell'ufficio.

Ma Pip non si accomodò. Sentiva un formicolio in tutto il corpo e non sapeva come fare a restare ferma. Perciò percorse a grandi passi lo spazio davanti allo sportello, sei passi, giro, sei passi, giro, rischiando di svegliare l'uomo addormentato con lo squittire delle scarpe da ginnastica.

La porta che conduceva negli uffici e nelle stanze degli interrogatori, chiusa da una serratura a tastiera, vibrò e si aprì ma non ne uscirono né Eliza né Richard Hawkins, bensì due agenti in uniforme. Il primo era Daniel Da Silva, che la tenne aperta per far passare un'altra poliziotta, Soraya Bouzidi, che si stava legando i capelli ricci in una crocchia sotto il cappello nero con la visiera. Pip li aveva conosciuti entrambi la prima volta all'incontro della polizia alla biblioteca di Kilton l'ottobre precedente, quando Daniel Da Silva era un sospettato nel caso di Andie. A giudicare dal sorriso teso e senza espressione che le rivolse ora nel passarle davanti, era evidente che non se l'era dimenticato.

Soraya invece la riconobbe, facendole un cenno con il capo e salutandola con un festoso «Ciao» prima di seguire Daniel all'esterno, verso una delle volanti. Pip si chiese dove stessero andando, per cosa li avessero chiamati. Qualsiasi cosa fosse, dovevano ritenerla più importante di Jamie Reynolds.

La porta vibrò di nuovo, ma si aprì solo di pochi centimetri. Apparve soltanto una mano, con due dita protese verso Pip.

«Hai due minuti» annunciò Hawkins, facendole cenno di seguirlo lungo il corridoio. Lei partì di corsa, facendo stridere le scarpe. L'uomo che dormiva alle sue spalle si svegliò con uno sbuffo.

Hawkins non si fermò per salutarla, ma si affrettò a passo di marcia lungo il corridoio di fronte a lei. Indossava jeans neri e una giacca imbottita nuova, verde scuro. Forse aveva finalmente cestinato quel lungo cappotto di lana che indossava sempre quando guidava le indagini sulla scomparsa di Andie Bell.

«Sto uscendo» disse di colpo, aprendo la porta della Sala Interrogatori 1 e facendole cenno di entrare. «Perciò sono serio quando dico che hai solo due minuti. Cosa c'è?» Richiuse la porta alle loro spalle, appoggiandovisi contro con una gamba sollevata.

Pip si raddrizzò e incrociò le braccia. «Persona scomparsa» disse. «Jamie Reynolds di Little Kilton. Caso numero quattro nove zero zero...»

«Sì, ho visto la denuncia» la interruppe lui. «E allora?»

«Perché non ve ne state occupando?»

Questo lo prese in contropiede. Hawkins fece un verso a metà tra una risata e uno schiarimento di gola, passandosi la mano sul mento non rasato. «Sono sicuro che sai come funziona, Pip. Non ho intenzione di farti passare per stupida spiegandotelo.»

«Non dovrebbe essere catalogato come basso rischio» rispose lei. «La sua famiglia è convinta sia in guai seri.»

«Be', i presentimenti delle famiglie non rientrano tra i criteri a cui ci affidiamo per un serio lavoro di polizia.»

«E i miei presentimenti?» insistette Pip, senza staccare gli occhi dai suoi. «Di quelli vi fidate? Conosco Jamie da quando avevo nove anni. L'ho visto alla commemorazione di Andie e Sal prima che scomparisse, e c'era senza dubbio qualcosa di strano.»

«C'ero anch'io» disse Hawkins. «È stato molto toccante. Non mi sorprende che qualcuno non si sia comportato in modo del tutto normale.»

«Non è questo che intendo.»

«Senti, Pip» sospirò lui, appoggiando a terra la gamba e staccandosi dalla porta, «sai quante denunce di persone scomparse riceviamo ogni santo giorno? A volte addirittura dodici. Non abbiamo letteralmente tempo o risorse per metterci a indagare su ognuna. Specie con questi tagli al budget. La maggior parte delle persone ritorna da sola entro quarantott'ore. Dobbiamo assegnare delle priorità.»

«Allora assegnatela a Jamie» disse lei. «Si fidi. C'è qualcosa che non va.»

«Non posso farlo.» Hawkins scosse il capo. «Jamie è un adulto e perfino sua madre ha ammesso che questo non è un comportamento insolito. Gli adulti hanno il diritto legale di scomparire se vogliono farlo. Jamie Reynolds non è scomparso; è soltanto assente. Sta bene. E se decide di farlo, tornerà entro pochi giorni.»

«E se si sbaglia?» chiese Pip, sapendo che lo stava perdendo. Non poteva permetterlo. «E se vi sfugge qualcosa, come con Sal? E se vi sbagliate di nuovo?»

Hawkins fece una smorfia. «Mi dispiace» disse. «Vorrei poterti aiutare, ma devo proprio andare adesso. Abbiamo un serio caso ad alto rischio: una bambina di otto anni rapita dal giardino di casa. Non c'è niente che possa fare per Jamie, tutto qui. È così, purtroppo.» Allungò la mano verso la maniglia della porta.

«La prego» disse Pip, e la disperazione nella sua voce li sorprese entrambi. «La prego. La scongiuro.»

Le dita dell'ispettore si fermarono. «Io...»

«La prego.» Le si serrò la gola, come le accadeva prima di mettersi a piangere, e la voce le si spezzò in un milione di piccoli frammenti. «Non me lo faccia rifare. La prego, non ce la faccio a rifarlo.»

Hawkins non la guardò, stringendo la presa sulla maniglia. «Mi dispiace, Pip. Ho le mani legate. Non c'è niente che possa fare.»

Fuori, si fermò in mezzo al parcheggio e alzò gli occhi al cielo: le nubi nascondevano le stelle, serbandole per se stesse. Aveva appena cominciato a piovere, goccioline fredde che, cadendole negli occhi aperti, la pungevano. Rimase lì in piedi per un po', a guardare l'infinito nulla del cielo, cercando di capire cosa le dicesse l'istinto. Chiuse gli occhi per sentirlo meglio. *Cosa faccio? Dimmi cosa devo fare.*

Cominciò a rabbrividire e salì in macchina, strizzandosi i capelli per asciugarli dalla pioggia. Il cielo non le aveva fornito risposta. Ma qualcun altro forse ci sarebbe riuscito: qualcuno che la conosceva meglio di quanto lei conoscesse se stessa. Prese il telefono e fece il numero.

«Ravi?»

«Ciao, combinaguai.» Si sentiva il sorriso nella sua voce. «Dormivi? Hai un tono strano.»

Lei glielo disse, gli raccontò tutto. Gli chiese aiuto perché lui era la sola persona a cui lei sapesse come chiederlo.

«Non posso dirti che decisione prendere» rispose lui.

«Ma potresti?»

«No, non posso prenderla al posto tuo. Lo sai solo tu, lo

puoi sapere solo tu» disse. «Quello che so io, però, è che qualsiasi cosa tu scelga di fare sarà quella giusta. Sei fatta così, ecco. E qualsiasi cosa tu decida di fare, sai che io ci sarò, a sostenerti. Sempre. Ok?»

«Ok.»

E nel salutarlo si rese conto che la decisione era già stata presa. Forse era presa da sempre, forse non aveva mai avuto una vera scelta, e aspettava solo che qualcuno le dicesse che andava bene così.

Andava bene così.

Cercò il nome di Connor e premette il tasto verde, con il cuore che le risaliva in gola.

Lui rispose al secondo squillo.

«Ci sto» disse.

Sette

La casa dei Reynolds in Cedar Way assomigliava da sempre a una faccia. Il bianco portone e le ampie finestre su entrambi i lati erano il sorriso tutto denti dell'edificio. Il punto in cui i mattoni erano scoloriti, il naso. E le due finestre quadrate al piano superiore, gli occhi, che ti guardavano dall'alto o che dormivano quando la notte le tende erano tirate.

La faccia di solito sembrava felice. Ma fissandola ora pareva incompleta, proprio come se la casa stessa sapesse che dentro c'era qualcosa che non andava.

Pip bussò, con lo zaino pesante che le segava una spalla.

«Sei già qui?» chiese Connor aprendo la porta e spostandosi di lato per farla entrare.

«Sì, mi sono fermata a casa per recuperare la mia attrezzatura e sono venuta subito. In casi del genere ogni secondo è importante.»

Pip si fermò per togliersi le scarpe, e per poco non perse l'equilibrio quando lo zaino si spostò. «Oh, e se mia madre te lo chiede, ho cenato da voi, ok?»

Pip non l'aveva ancora detto ai suoi genitori. Sapeva di doverlo fare, prima o poi. Le loro famiglie erano vicine, fin da quando Connor aveva chiesto a Pip di giocare insieme in quarta elementare. E sua madre aveva visto spesso Jamie recentemente: da un paio di mesi lavorava nella sua agenzia immobiliare. Ma anche così Pip sapeva che ci sarebbe stato uno scontro. La mamma le avrebbe ricordato che pericolosa ossessione avesse sviluppato l'ultima volta – come se ci fosse bisogno di ricordarglielo – e le avrebbe detto che invece doveva studiare. Ora non c'era tempo per una discussione del genere, ecco tutto. Le prime settantadue ore erano cruciali quando una persona spariva, e ne avevano già perse quasi ventitré.

«Pip?» Nell'ingresso era apparsa Joanna, la madre di Connor. Aveva i capelli biondi legati in alto sulla testa e in un giorno solo sembrava essere come invecchiata.

«Ciao Joanna.» Era la regola, da sempre: Joanna, mai signora Reynolds.

«Pip, grazie di... di...» disse, tentando di fare un sorriso che rimase un po' fuori posto. «Io e Connor non avevamo idea di cosa fare, sapevamo solo che eri tu la persona cui chiedere. Connor dice che non hai avuto fortuna con la polizia...»

«No, mi dispiace» rispose Pip, seguendo Joanna in cucina. «Ho tentato, ma non li ho smossi.»

«Non ci credono» disse Joanna, aprendo uno dei pensili. Non era una domanda. «Tè?» Questa lo era.

«No, grazie.» Pip posò lo zaino sul tavolo. Non ne beveva quasi più, non dalla notte dei fuochi d'artificio l'anno prima, quando Becca Bell le aveva versato nel tè quel che rimaneva del Roipnol di Andie. «Cominciamo qui?» chiese, esitando accanto a una sedia.

«Sì» rispose Joanna, affondando le mani nelle pieghe del maglione troppo grande. «Meglio qui.»

Pip si sedette, Connor prese posto accanto a lei. Aprì lo zaino e ne estrasse il computer, i due microfoni USB e i filtri anti-pop, la cartellina, una penna e le grosse cuffie. A quel punto si sedette anche Joanna, nonostante all'apparenza non riuscisse a restare ferma, agitandosi ogni pochi secondi e cambiando la posizione delle braccia.

«Tuo padre c'è? Tua sorella?» Pip rivolse le domande a Connor, ma fu Joanna a rispondere.

«Zoe è all'università. L'ho chiamata, le ho detto che Jamie è scomparso, ma vuole restare lì. Sembra abbia deciso di vederla come suo padre.»

«In che senso?»

«Arthur è...» Joanna scambiò una rapida occhiata con Connor. «Arthur non crede che Jamie sia scomparso, pensa che sia solo scappato di nuovo e che tornerà presto. Pare molto arrabbiato per questa situazione... con Jamie.» Si agitò di nuovo, grattandosi un punto appena sotto l'occhio. «Pensa che io e Connor siamo ridicoli, con tutte queste...» Indicò con un gesto l'attrezzatura di Pip. «È andato al supermercato, ma tornerà presto, probabilmente.»

«Ok» disse Pip, prendendosi un appunto mentale e cercando di non far trapelare nulla dall'espressione del viso. «Pensate che con me parlerà?»

«No» rispose Connor deciso. «Non ha nemmeno senso chiederglielo.»

L'atmosfera nella stanza era tesa, e le ascelle di Pip prudevano per il sudore. «Ok, prima di cominciare, devo essere onesta con entrambi, fornirvi... una specie di disclaimer, ecco.»

Annuirono, lo sguardo ora del tutto concentrato.

«Se mi chiedete di indagare, di aiutarvi a trovare Jamie, dobbiamo tutti essere d'accordo fin da subito su dove questo potrebbe in teoria portarci e dovete essere disponibili ad accettarlo, o io non posso fare niente.» Pip si schiarì la gola. «Potrebbe portarci a scoprire cose potenzialmente sgradevoli su Jamie, cose che potrebbero imbarazzare o ferire sia voi sia lui. Segreti che magari vi sta tenendo nascosti e che non vorrebbe si venissero a sapere. Sono d'accordo che divulgare l'indagine tramite il mio podcast è il modo più rapido di ottenere l'attenzione dei media sulla scomparsa di Jamie, di trovare testimoni che possano saperne qualcosa. Potrebbe anche richiamare l'attenzione di Jamie se davvero se n'è semplicemente andato, e riportarlo a casa. Ma così facendo dovete accettare che le vostre vite private verranno messe a nudo. Verrà registrato tutto, e questo è qualcosa che può essere difficile da gestire.» Pip lo sapeva meglio della maggior parte delle persone. Le minacce anonime di morte e stupro continuavano ad arrivarle ogni settimana, insieme a commenti e tweet che la definivano un'orrida, odiosa troia. «Jamie non è qui a dare il suo assenso, perciò dovete accettare, per lui e per voi stessi, che state aprendo le vostre vite perché siano analizzate, e quando comincerò a scavare è possibile che scopriate cose che non avreste mai voluto sapere. È così che è andata l'ultima volta, perciò io... volevo assicurarmi che foste pronti.» La voce di Pip si spense. Aveva la gola secca, forse avrebbe fatto meglio a non rifiutare la proposta di qualcosa da bere.

«Lo accetto» disse Joanna, il tono sempre più convinto a ogni sillaba. «Accetto tutto. Tutto quello che può riportarlo a casa.»

Connor annuì. «Anche io. Dobbiamo trovarlo.»

«Ok, bene» replicò Pip, anche se non poteva fare a meno di chiedersi se i Reynolds non le avessero appena dato il permesso di far saltare in aria la loro famiglia come aveva fatto con quelle degli Ward e dei Bell. Erano venuti da lei, l'avevano invitata a entrare, ma non avevano davvero compreso quale distruzione l'avesse seguita, mano nella mano, attraverso il portone che somigliava a un sorriso tutto denti.

Proprio in quel momento quel portone si aprì. Passi pesanti sulla moquette, il fruscio di un sacchetto di plastica.

Joanna saltò in piedi e la sedia stridette sulle mattonelle.

«Jamie?» gridò, correndo verso l'ingresso. «Jamie?»

«Solo io» disse una voce maschile. Non Jamie. Joanna si sgonfiò immediatamente, come dimezzata, aggrappandosi alla parete per evitare che anche ciò che restava di lei scomparisse.

Arthur Reynolds entrò in cucina, ricci capelli rossi con striature grigie attorno alle orecchie, baffi folti che spuntavano da una barbetta ben curata. I pallidi occhi azzurri sembravano quasi privi di colore sotto le forti luci a LED.

«Ho preso altro pane e...» Arthur si interruppe, abbassando le spalle, non appena vide Pip e davanti a lei il computer e i microfoni. «Per l'amor del cielo, Joanna» esclamò. «È ridicolo.» Fece cadere la borsa della spesa sul pavimento, e una lattina di pomodori in scatola rotolò sotto il tavolo. «Vado a guardare la tivù» disse, uscendo a passo di marcia dalla cucina in direzione del salotto. La porta sbatté alle sue spalle, vibrando fin dentro le ossa di Pip. Di tutti i papà dei suoi amici, avrebbe detto che era quello di Connor a mettere più paura; o forse quello di Ant. Ma il padre di Cara era in teoria quello che ne metteva meno, ed ecco com'era finita.

«Mi dispiace, Pip.» Joanna tornò al tavolo, raccogliendo nel mentre la lattina solitaria. «Sono sicura che ci ripenserà. Prima o poi.»

«Va...» cominciò Pip. «Va bene che io sia qui?»

«Sì» disse ferma Joanna. «Trovare Jamie è più importante della rabbia di mio marito.»

«Ne sei...»

«Ne sono sicura» confermò lei.

«Bene.» Pip aprì la cartellina verde e ne estrasse due fogli. «Ho bisogno che firmiate i moduli di consenso prima di cominciare.»

Passò a Connor la penna, e Joanna ne recuperò una dal ripiano della cucina.

Mentre loro li leggevano, Pip sbloccò il portatile, aprì Audacity e collegò i microfoni USB, sistemandoci sopra i filtri anti-pop.

Quando Connor firmò, il microfono si risvegliò, catturando il grattare della penna, un'onda sonora blu che si impennava al centro della linea.

«Joanna, intervisterò prima te, se sei d'accordo.»

«Certo.» Joanna le passò il modulo firmato.

Pip fece a Connor un rapido sorriso a labbra strette. Lui di rimando sbatté le palpebre assente, senza cogliere il segnale.

«Connor» disse Pip con gentilezza. «Devi uscire dalla stanza. I testimoni devono essere intervistati separatamente, perché non siano influenzati dai racconti reciproci.»

«Giusto. Certo» rispose lui alzandosi. «Vado di sopra, continuo a provare a telefonare a Jamie.»

Si chiuse la porta della cucina alle spalle, e Pip sistemò i microfoni, posizionandone uno di fronte a Joanna.

«Ora ti farò delle domande su ieri» disse «per cercare di ricostruire una cronologia della giornata di Jamie. Ma ti chiederò delle cose anche a proposito delle sue ultime settimane, in caso ci fosse qualche elemento rilevante. Basta che rispondi il più sinceramente possibile.»

«Ok.»

«Pronta?»

Joanna sospirò e annuì. Pip si mise le cuffie, attenta che le coprissero bene le orecchie, e spostò la freccia del cursore sul pulsante rosso di registrazione.

Il mouse vi rimase sospeso sopra.

Pip si fece un ultimo scrupolo.

Si chiese se il momento di non ritorno fosse già passato o se fosse questo, qui, ora, sospeso su quel pulsante rosso. In ogni caso, tornare indietro era impossibile, almeno per lei. Si poteva solo andare avanti. Solo in avanti. Si raddrizzò e premette *Registra*.

Nome file:

🎵 Come uccidono le brave ragazze STAGIONE 2: intervista a Joanna Reynolds.wav

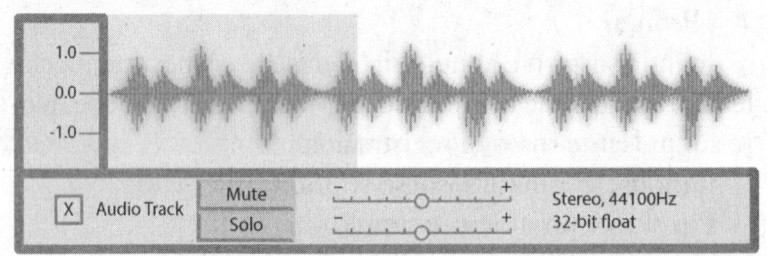

Pip: Ok, prima di cominciare con le domande, Joanna, potresti dirci qualcosa di te e di Jamie?

Joanna: CERTO, MI CHIAMO...

Pip: Scusami, Joanna, non c'è bisogno che parli nel microfono. Ti capta benissimo anche se stai seduta normalmente.

Joanna: Scusa. Mi chiamo Joanna Reynolds, sono la mamma di Jamie. Ho tre figli, Jamie è il maggiore, il primogenito. Ha appena compiuto ventiquattro anni, il suo compleanno è stato la settimana scorsa. Lo abbiamo festeggiato qui, con del take-away cinese e un rotolo di cioccolato come dolce. Connor è riuscito a malapena a farci stare ventiquattro candeline. Oh, certo, gli altri miei figli: Zoe, vent'anni, è all'università. E Connor, il mio più piccolo, diciott'anni, all'ultimo anno di superiori. Scusami, era tremendo, lo rifaccio?

Pip: No, va bene, era perfetto. È solo un'intervista grezza, poi rielaborerò tutto aggiungendo parti in cui parlo e spiego io, perciò non devi preoccuparti della coerenza o di suonare ricercata o cose simili.

Joanna: Ok.

Pip: E di alcune domande ovviamente conosco già le risposte, ma devo fartele per poter presentare tutte le informazioni all'interno dell'episodio. Per esempio, ora ti chiedo: Jamie vive ancora a casa con voi?

Joanna: Capisco. Ok. Sì, Jamie vive ancora a casa con me, mio marito Arthur e il mio figlio minore, Connor.

Pip: E al momento ha un lavoro?

Joanna: Sì, lo sai, lavora con tua madre, Pip.

Pip: Lo so, ho solo bisogno che lo dica tu...

Joanna: Oh, scusa, mi ero dimenticata. Fammi riprovare. Sì, Jamie al momento lavora part-time come receptionist in un'agenzia immobiliare locale, la Proctor & Radcliffe Homes. È lì ormai da quasi tre mesi. È stata molto gentile tua madre a trovargli quel lavoro, Pip, gliene sono davvero grata. Da quando ha mollato l'università al primo anno, Jamie ha faticato a trovare un lavoro o a tenersene uno quando lo trovava. Negli ultimi due anni era un po' perso, non riusciva a decidere cosa volesse fare o in cosa fosse bravo. Abbiamo cercato di aiutarlo ma, con Jamie, più lo spingi verso una cosa, più lui si tira indietro. È per questo che Arthur è così frustrato.

Ma sono contenta che a Jamie sembri piacere il lavoro che ha, almeno per ora.

Pip: E diresti che Jamie fatica a impegnarsi nelle cose? È per questo che ha lasciato l'università?

Joanna: Sì, penso che questo sia parte del problema. Ha tentato, davvero, ma la pressione per lui era troppa e ha ceduto, ha avuto un attacco di panico durante un esame. Credo che certe persone non siano fatte per l'ambiente accademico, tutto qui. Jamie... è un ragazzo... un uomo molto sensibile. Cioè, lo conosci, Pip. Arthur teme che sia ipersensibile, ma è così da quando era piccolo. Un bambino dolcissimo, tutte le altre mamme dicevano sempre così.

Pip: Già, con me è sempre stato gentile, non è mai stato lo spaventoso fratello grande di Connor o cose simili. E sembra che piacesse a tutti. A proposito, chi sono gli amici più intimi di Jamie? Qualcuno di Little Kilton?

Joanna: Parla ancora ogni tanto con un ragazzo dell'università e penso possa avere degli amici su internet, è sempre al computer. Jamie non è mai stato molto bravo a farsi degli amici: sviluppa poche ma intensissime amicizie e ci si dedica anima e corpo, perciò è sempre devastato quando non funzionano. Direi che in questo momento la sua migliore amica è Nat Da Silva.

Pip: Conosco Nat.

Joanna: Sì, certo. Non sono in molti del loro anno a vivere ancora qui a Kilton, a parte Naomi Ward e M... Max Hastings. Scusa, non avrei dovuto nominarlo. Ma sembra che Nat e Jamie abbiano molto in comune. Anche lei ha avuto problemi all'università e l'ha abbandonata presto, e fatica a trovare un lavoro perché ha dei precedenti penali. Penso che in questa città si sentano entrambi degli esclusi, ed è meglio venire esclusi insieme a qualcun altro. Tutto quello che è successo l'anno scorso li ha in un certo senso avvicinati. Nat era amica di Sal Singh e Jamie di Andie Bell. Passava un sacco di tempo con Andie durante le prove delle recite scolastiche. Jamie e Nat se ne stavano sempre in disparte, e penso che si siano legati per questo. Sono diventati molto amici l'anno scorso, parlano tutto il tempo. Al momento lei probabilmente è la sua unica vera amica. Anche se, a dire la verità, penso che Jamie la veda in modo diverso da come lei vede lui.

Pip: Che cosa intendi?

Joanna: Be'... oh cielo, Jamie si infurierà per quello che sto dicendo. Ma ho dato il mio consenso a raccontare tutto... Conosco mio figlio molto bene e non è mai stato bravo a nascondere i propri sentimenti. Ho subito capito, da come ne parlava, da come cercava sempre di trovare il modo di nominarla in ogni conversazione, che è innamorato di lei. Innamorato pazzo. Parlavano al telefono quasi ogni giorno, si scrivevano sempre. Ma ovviamente le cose sono cambiate da quando Nat si è presentata con un nuovo ragazzo un paio di mesi fa. Non mi sembra che Jamie lo abbia mai nominato, ma ne era devastato. L'ho trovato che piangeva in camera sua: ha detto che aveva mal di stomaco, ma io ho capito. Non era la prima volta che lo vedevo così. Lo sapevo che era perché aveva il cuore infranto e probabilmente era per via di Nat.

Pip: Quanto tempo fa è successo?

Joanna: Dev'essere stato a inizio marzo. Ci sono state un paio di settimane senza grossi contatti, credo. Ma ora sono ancora amici. In effetti Jamie è sempre lì a mandare messaggi e dev'essere lei, perché fa di tutto per non farcelo vedere. A volte lo sento che rimane sveglio fino a tardi, al telefono. Dalla sua voce capisco che sta parlando con Nat.

Pip: Ok, grazie, parlerò di sicuro a Nat appena posso. Allora, Connor mi ha detto che questa volta è più preoccupato per Jamie perché nelle ultime settimane si comportava in modo strano. Distaccato e irritabile. Hai notato la stessa cosa?

Joanna: Non era se stesso nelle ultime settimane. Rimaneva alzato fino a tardi, rientrava a tutte le ore, dormiva troppo fin quasi a fare tardi al lavoro. Rispondeva male a suo fratello, mentre di solito vanno d'accordissimo. Io penso che in parte sia per via di Nat, ma anche, come ho detto prima, il fatto che si senta escluso, rimasto indietro, vedendo tutte le persone con cui è andato a scuola e all'università che iniziano ad avere delle carriere di successo, a sistemarsi con i compagni, a vivere per conto proprio. Jamie se ne vergogna molto: mi ha detto che spesso si sente di non valere niente, di non essere mai abbastanza. Negli ultimi sei mesi ha anche avuto problemi di peso. Gli ho detto che non ha importanza finché è in salute e sta bene con se stesso, ma... be', lo sai, il mondo cerca di far vergognare di sé chiunque sia sopra una certa taglia. Penso che Jamie nelle ultime settimane fosse infelice perché si paragonava agli altri, aveva l'impressione che non li avrebbe mai potuti raggiungere. Ma io so che ce la farà.

Pip: Scusami Joanna, non vorrei chiedertelo, ma non pensi... non pensi che ci possa essere il rischio che faccia del male a se stesso?

Joanna: No, assolutamente no. Jamie non lo farebbe mai a me, alla sua famiglia. Mai. Non si tratta di questo, Pip. È scomparso. Non è morto. E lo troveremo, ovunque sia.

Pip: Ok, scusami. Continuiamo. Jamie è scomparso ieri, venerdì sera, ma puoi raccontarmi cos'è successo durante il giorno?

Joanna: Sì. Mi sono svegliata verso le nove. Il mio turno al venerdì comincia tardi, non prima delle undici. Arthur era già al lavoro – fa il pendolare – e Connor era già andato a scuola. Ma Jamie dormiva ancora sodo, così gli ho detto che avrebbe fatto tardi al lavoro ed è uscito verso le nove e venti, ha detto che avrebbe fatto colazione al bar. Poi sono andata a lavorare. Arthur è uscito presto, per tornare a casa in tempo per la commemorazione. Mi ha scritto verso le cinque che era a casa. Io sono uscita dal lavoro poco dopo, mi sono fermata al supermercato e sono arrivata a casa verso le sei o sei e mezza. Mi sono data una rapida sistemata e poi siamo usciti tutti e quattro per andare alla commemorazione.

Pip: Cosa indossava Jamie? Non mi ricordo.

Joanna: Aveva dei jeans e la sua camicia preferita: è bordeaux e senza colletto. Come in *Peaky Blinders*, dice sempre.

Pip: Scarpe?

Joanna: Oh, mmm, da ginnastica. Bianche.

Pip: Marca?

Joanna: Puma, mi pare.

Pip: Siete andati in macchina alla commemorazione?

Joanna: Sì.

Pip: E Jamie si è comportato in modo strano prima della cerimonia?

Joanna: No, non proprio. Era silenzioso, ma probabilmente stava solo pensando ad Andie e Sal. Eravamo tutti silenziosi, in effetti. Mi sa che non abbiamo quasi parlato durante il tragitto in macchina. E quando siamo arrivati al padiglione, verso le sette, Connor ha raggiunto voi, i suoi amici. E anche Jamie si è allontanato, ha detto che voleva stare vicino a Nat durante la commemorazione. È stata l'ultima volta che l'ho visto.

Pip: Io l'ho visto dopo. Ha effettivamente raggiunto Nat, era con lei e Naomi. Quindi si è avvicinato brevemente a Connor per parlare con lui. Sembrava stesse bene, entrambe le volte. E poi durante la commemorazione, prima che parlasse il papà di Ravi, mi ha superato, mi è venuto a sbattere contro da dietro. Sembrava distratto, forse perfino nervoso. Non so cos'avesse visto per farsi strada così tra la folla proprio nel vivo della cerimonia. Ma era sicuramente qualcosa di importante.

Joanna: Quand'è stato?

Pip: Forse le otto e dieci.

Joanna: Allora adesso *sei tu* l'ultima persona ad averlo visto.

Pip: Mi sa di sì, per il momento. Sai se Jamie avesse qualcosa in programma dopo la commemorazione?

Joanna: No, pensavo sarebbe tornato a casa. Ma oggi Connor mi ha detto che aveva accennato che avrebbe visto Nat o una cosa simile.

Pip: Ok, lo scoprirò direttamente da Connor. E voi dove siete andati dopo la cerimonia?

Joanna: Io e Arthur siamo usciti a cena, al pub. Con alcuni amici: i Lowe – i genitori di Ant –, i Davis e i Morgan, hai presente, la signora Morgan e suo marito. Lo avevamo programmato da secoli.

Pip: E quando siete tornati a casa?

Joanna: Be', in realtà siamo tornati a casa separatamente. Io guidavo, perciò non ho bevuto, ma qualcuno del nostro gruppetto che in teoria non avrebbe dovuto bere ha detto che aveva bisogno di un goccio dopo la commemorazione. Io ho detto che avrei accompagnato a casa i Lowe e i Morgan, così potevano bere. Ovvio, voleva dire che la macchina era piena, ma ad Arthur non scoccia tornare a casa a piedi, non è lontano.

Pip: A che ora siete usciti dal pub? Era il King's Head?

Joanna: Sì. Mi sa che siamo usciti tutti prima delle undici. Eravamo stanchi e ci sembrava sbagliato restare fuori fino a tardi a divertirci, dopo la commemorazione. I Lowe vivono in città, come sai, ma i Morgan stanno fuori, a Beaconsfield e, come dice Arthur, io ho un problema di parlantina, perciò non sono rientrata fino a mezzanotte e un quarto, come minimo. Connor e Arthur erano a casa, a letto. Ma nessun segno di Jamie. Gli ho mandato un messaggio prima di andare a dormire. Guarda, ti leggo cosa gli ho scritto. *Io vado a letto, tesoro, tu torni presto? xx* Era mezzanotte e trentasei. Guarda. Non c'è la spunta di ricezione. Non gli è arrivato.

Pip: Ancora no?

Joanna: No. È una cosa brutta, vero? Ha ancora il cellulare spento e doveva averlo spento anche prima di mezzanotte e trentasei... È qualcosa di brutto...

Pip: Ti prego, non ti agitare, Joanna. Ok, fermiamoci qui.

Nome file:

🔊 Come uccidono le brave ragazze STAGIONE 2: intervista a Connor Reynolds.wav

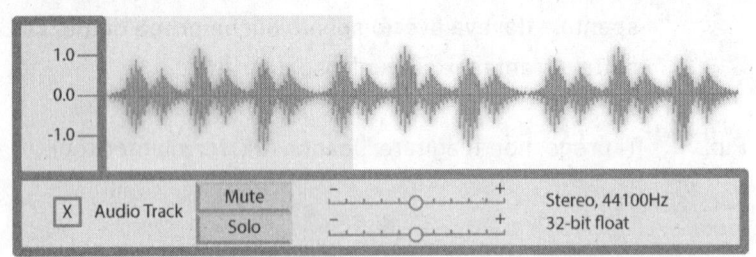

Pip: Sto registrando. Devi smettere di mangiarti le unghie, però, perché si sente.

Connor: Scusa.

Pip: Dunque, volevo concentrarmi su quel commento che hai fatto prima, che Jamie si è comportato in modo strano nelle ultime settimane. Irritabile e distante. Puoi fornirmi degli esempi specifici e delle date?

Connor: Sì, ci provo. È stato negli ultimi due mesi, in realtà, che l'umore di Jamie mi è sembrato in un certo senso imprevedibile. Stava bene, il Jamie di sempre, finché poi all'inizio di marzo mi è parso a pezzi, silenzioso, parlava a malapena. Aveva una "nuvola nera sulla testa", per usare le parole di mia madre.

Pip: Tua madre pensa che Jamie abbia reagito male al fatto che Nat Da Silva avesse un nuovo ragazzo, visto che si erano avvicinati tanto. Questo potrebbe spiegare l'umore di Jamie in quei giorni?

Connor: Sì, forse, il periodo coincide probabilmente. Comunque è stato così per un paio di settimane e poi, di colpo, stava bene di nuovo, sorrideva, faceva battute, passava un sacco di tempo al telefono. Abbiamo una regola per cui non si usano i cellulari se guardiamo Netflix, altrimenti la mamma va su Facebook e dobbiamo tornare indietro quando si perde i pezzi. Ma io ho notato che Jamie il suo lo usava sempre, e non solo per andare su Reddit, sembrava che digitasse, che parlasse con qualcuno.

Pip: E sembrava di buon umore in quel periodo?

Connor: Sì, assolutamente. Per tipo una settimana e mezzo è stato in forma davvero ottima: chiacchierone, sorridente. Il solito Jamie. E poi è cambiato di nuovo, sempre all'improvviso. So benissimo che giorno era, perché eravamo andati tutti a vedere il nuovo film di Tomb Raider, quindi il 30 marzo. Prima che uscissimo di casa Jamie è spuntato da camera sua per dire che non sarebbe venuto, e dalla sua voce ho capito che stava cercando di non piangere. Ma mio padre gli ha detto che doveva, perché avevamo già comprato i biglietti. Hanno avuto una specie di discussione e alla fine Jamie è venuto. Io ero seduto vicino a lui e ho visto che piangeva durante il film. Lui pensava che nessuno potesse notarlo perché era buio.

Pip: Sai cosa l'avesse scosso?

Connor: Non ne ho idea. Ha continuato così per qualche giorno, chiudendosi in camera subito dopo il lavoro. Gli ho chiesto se stesse bene, una sera, e lui ha risposto solo: "Sì, bene", anche se sapevamo entrambi che non era così. Io e Jamie ci siamo sempre detti tutto. Tutto. Fino a pochissimo tempo fa. Non so proprio che cosa ci sia successo.

Pip: E dopo quei giorni?

Connor: Be', poi è all'incirca tornato normale. Sembrava felice. Non felice felice, ma meglio di prima. E sempre al telefono. Io volevo solo che ci riavvicinassimo, che tornassimo a scherzare insieme come facevamo prima, perciò un giorno mentre digitava sul telefono, qualche settimana fa, gli sono corso davanti e gliel'ho preso, dicendo: "Allora, a chi scrivi?". Era solo una battuta, lui a me lo fa sempre. Ma Jamie non l'ha presa così. È esploso. Mi ha spinto contro il muro finché non ho lasciato andare il telefono. Nemmeno sono riuscito a guardarlo, era solo uno scherzo. Ma quando mi teneva contro il muro così... non sembrava più mio fratello. Poi mi ha chiesto scusa, ha detto qualcosa sulla privacy, ma era... insomma, sembrava tutto sbagliato. E l'ho sentito, in piedi fino a tardi, al telefono. In effetti quasi ogni notte nelle ultime due settimane. E un paio di volte la scorsa settimana l'ho sentito uscire di nascosto dalla sua camera quando mamma e papà erano già a letto. Non so dove sia andato. L'ha fatto anche la sera del suo compleanno. L'ho sentito sgattaiolare fuori prima di mezzanotte. Ho aspettato, sono rimasto ad ascoltare. È tornato verso le due e quando l'ho accennato la mattina dopo ha detto che probabilmente sentivo cose che non c'erano. E questa settimana, lunedì notte, mi sono svegliato per caso alle tre; sono abbastanza sicuro che a svegliarmi sia stato lui che tornava a casa di nascosto.

Pip: Capisco.

Connor: Ma questo non è il solito Jamie. Tu lo conosci, Pip, è sempre così tranquillo, calmo. E ora di colpo il suo umore va su e giù. Ha dei segreti, esce di nascosto. Si arrabbia. C'è qualcosa che non va, lo so e basta. Mia madre ti ha fatto vedere il suo messaggio, no? Lo ha mandato a Jamie verso mezzanotte e mezza la notte scorsa e ancora non l'ha ricevuto. Ha il telefono spento da prima di quell'ora. O rotto.

Pip: O scarico?

Connor: No. Era quasi completamente carico. Lo so perché quando eravamo in macchina ho chiesto a Jamie l'ora e lui mi ha mostrato lo schermo. Aveva tipo l'ottantotto per cento. È un telefono abbastanza nuovo, perciò non si scarica così velocemente. E perché spegnerlo se era in giro? Non ha senso.

Pip: Sì, il fatto che a quell'ora il messaggio non gli sia arrivato è indicativo.

Connor: Cosa pensi che voglia dire?

Pip: Non posso fare ipotesi finché non ne so di più.

Connor: Significa che è nei guai, vero? Solo che non lo vuoi dire. Che qualcuno gli ha fatto del male. O lo ha rapito?

Pip: Connor, ancora non sappiamo niente. Non escludo nulla, ma non possiamo trarre conclusioni senza prove, non è così che funziona. Passiamo a ieri. Puoi raccontarmi la tua giornata, le tue interazioni con Jamie? Niente di rilevante?

Connor: Ehm.

Pip: Cosa?

Connor: Be', una cosa c'è stata.

Pip: Connor...?

Connor: Non lo dirai a mia madre, vero?

Pip: Ti ricordi cosa mi hai chiesto? Lo sentiranno centinaia di migliaia di persone. E lo sentirà tua madre, perciò, qualsiasi cosa sia, devi dirmelo e poi devi dirlo a lei.

Connor: Merda, sì. È solo che... Ok, allora, Jamie e mia madre vanno un sacco d'accordo. Da sempre. Penso che lo si possa definire un mammone: sono in sintonia, tutto qui. Ma Jamie e papà hanno un rapporto complicato. Jamie mi ha detto che pensa che papà lo odi, che sia costantemente deluso da lui. Non parlano seriamente di niente, lasciano solo che le cose si ammucchino finché ogni tanto esplodono in un grosso litigio. E poi, una volta chiuso e sparito l'imbarazzo, tornano alla normalità e il ciclo ricomincia. Be'... hanno avuto uno di questi grossi litigi... ieri.

Pip: Quando?

Connor: Alle cinque e mezza, tipo. La mamma era al supermercato. È finito prima che tornasse, lei non lo sa. Io li ascoltavo dalle scale.

Pip: E qual era il motivo?

Connor: Le solite cose per le quali litigano. Papà che dice a Jamie che deve impegnarsi di più e mettere ordine nella sua vita, che lui e la mamma non saranno qui per sempre a raccogliere i pezzi. Jamie ha detto che ci stava provando, che papà non lo nota mai perché tanto dà per scontato che lui comunque fallirà. Non sono riuscito a sentire tutto, ma mi ricordo che papà ha detto una cosa del tipo: "Non siamo una banca, siamo i tuoi genitori". Non so a cosa si riferisse, immagino che papà abbia accennato al fatto che pensa che Jamie debba pagare un affitto per continuare a vivere qui. La mamma crede che sia ridicolo e non lo permetterà mai, ma papà lo dice sempre: "Come imparerà, altrimenti?". L'ultima cosa che si sono detti prima che tornasse la mamma è stata...

Pip: Cosa?

Connor: Papà ha detto: "Sei uno spreco di spazio". E Jamie ha risposto: "Lo so".

Pip: È per questo che nessuno parlava durante il tragitto in macchina verso la commemorazione? Tua madre l'ha notato.

Connor: Già. Oh, cavolo, si agiterà tantissimo quando glielo dirò.

Pip: Dovresti dirglielo stasera, quando vado via.

Connor: Mi sa di sì.

Pip: Allora, torniamo a ieri sera. Arrivate alla commemorazione, tu raggiungi i nostri amici e Jamie Nat. Ma poi Jamie è venuto a cercarti a un certo punto. Quando io e Zach stavamo parlando con i miei nuovi vicini, Jamie è arrivato e ti ha detto qualcosa.

Connor: Sì.

Pip: Cosa ti ha detto, quindi?

Connor: Si è scusato. Mi ha chiesto scusa per il litigio con papà. Sa che detesto quando litigano. E poi mi ha detto che dopo la commemorazione sarebbe andato da Nat Da Silva per un po', che avrebbe passato la sera con lei. Credo che abbiano pensato che fosse giusto stare in compagnia di qualcun altro che conosceva Sal e Andie. Ha detto però che poi sarebbe tornato a casa. E quando si è allontanato l'ultima cosa che mi ha detto è stata: "Ci vediamo dopo". Non penso che mi avrebbe mentito platealmente, così, se avesse saputo che non sarebbe tornato. Ma io e la mamma abbiamo chiamato Nat stamattina: non ha più visto Jamie dopo la commemorazione. Non sa dove sia.

Pip: E tu dove sei andato, dopo la cerimonia?

Connor: Be', io e Zach non avevamo voglia di andare al calamity party con Ant e Lauren, perché tanto quei due ignorano chiunque altro, perciò sono andato alla casa nuova di Zach e... e abbiamo giocato a Fortnite, ecco, ora tutto il mondo lo sa. E poi Zach mi ha riaccompagnato a casa.

Pip: A che ora?

Connor: Siamo usciti da casa sua subito dopo le undici e mezza, perciò devo essere rientrato per mezzanotte. Ero stanco, sono andato dritto a letto, non mi sono nemmeno lavato i denti. E Jamie non è mai tornato. Dormivo, sono andato a letto senza neanche pensare a lui. È proprio assurdo, davvero, il modo in cui si danno per scontate cose del genere. Sono stato uno stupido. Pensavo sarebbe tornato a casa. Doveva tornare a casa. E ora è...

Otto

«Foto?»

«Sì, sue foto recenti» disse Pip, spostando lo sguardo dall'una all'altro, con il rumore del grosso orologio della cucina che teneva traccia del silenzio. Ma i rintocchi parevano decisamente troppo lenti, come se lei, chissà come, si stesse muovendo più veloce del tempo. Una sensazione che non provava da un po', e che le era mancata. «Immagino che non abbiate foto di lui alla commemorazione, di quello che indossava...»

«No» rispose Joanna, sbloccando il cellulare e cercando. «Ma ne ho fatte un sacco al suo compleanno, giovedì scorso.»

«Una in cui si veda bene il viso?»

«Tieni, guarda tu.» Joanna le passò il cellulare sul tavolo. «Ce ne sono molte se scorri verso sinistra.»

Connor avvicinò la sedia, per guardare lo schermo da dietro la spalla di Pip. Nella prima foto Jamie era da solo, dal lato opposto di quello stesso tavolo. Aveva i capelli biondo scuro pettinati di lato e sorrideva, un sorriso estremamente ampio che gli si allungava sulle guance rosee, il mento illuminato di arancione per via delle candeline accese sul rotolo di cioccolato davanti a lui. Nella foto successiva era chino sul dolce, le guance piene che soffiavano e le fiammelle tutte tese per sfuggirgli. Pip scorse ancora. Ora Jamie aveva lo sguardo abbassato sulla torta, un lungo coltello grigio in mano, con una fascia di plastica rossa tra impugnatura e lama. Stava infilando la punta del coltello nel rotolo, spezzando il guscio esterno di cioccolato. Nella foto successiva, era stata tagliata la prima fetta e Jamie sorrideva dritto alla fotocamera. In quella dopo la torta era sparita, sostituita da un regalo, tra le mani di Jamie, la carta punteggiata d'argento mezza strappata.

«Oh già» sbuffò Connor. «La faccia che ha fatto quando ha capito che papà gli aveva preso un Fitbit come regalo di compleanno.»

Era vero: il sorriso di Jamie lì sembrava più tirato, più forzato. Pip scorse ancora ma sfiorandolo con il pollice fece partire un video. Ora era inquadrato anche Connor, i due fratelli insieme, il braccio di Jamie attorno alle spalle di Connor. L'inquadratura tremolava leggermente, e si sentiva il fruscio del respiro di chi teneva il cellulare.

«Sorridete, ragazzi» diceva Joanna nel telefono.

«Stiamo sorridendo» mormorò Jamie, cercando di non spezzare il sorriso a beneficio della foto.

«Ma che cosa fa?» chiese la voce di Joanna.

«Santo cielo» disse Connor, «ha di nuovo fatto un cavolo di video per sbaglio. Vero?»

«Oh mamma» rise Jamie. «Di nuovo?»

«Non è vero» insistette la voce di Joanna. «Non l'ho premuto io, è questo stupido telefono.»

«Sempre colpa del telefono, vero?»

Jamie e Connor si guardarono, le risate che si trasformavano in una ridarella acuta man mano che Joanna insisteva nel dire che lei non aveva premuto nulla. La voce di Arthur che diceva: «Fammi vedere, Jo». Poi Jamie strinse il braccio attorno al collo di Connor, abbassando la testa del fratello all'altezza del petto dove con l'altra mano gli spettinò i capelli mentre Connor protestava tra le risate. L'inquadratura si spostò verso il basso e il video terminò.

«Mi dispiace» disse Pip, notando che Connor si era irrigidito sulla sedia e che gli occhi di Joanna erano talmente lucidi che li aveva abbassati a terra. «Puoi per favore mandarmeli tutti via e-mail, Connor? Insieme a qualsiasi altra foto recente?»

Lui tossì. «Sì, certo.»

«Bene.» Pip si alzò, rimettendo portatile e microfoni nello zaino.

«Te ne vai?» chiese Connor.

«Un'ultima cosa prima che vada» disse lei. «Dovrei ispezionare la stanza di Jamie. Va bene?»

«Sì. Sì, certo» rispose Joanna, alzandosi a sua volta. «Possiamo venire anche noi?»

«Certamente» disse Pip, aspettando che Connor aprisse la porta e le guidasse al piano di sopra. «Ci avete già guardato?»

«Non proprio» replicò Joanna, seguendoli su per le scale e irrigidendosi quando sentirono Arthur tossire in salotto. «Sono entrata non appena ci siamo resi conto che era sparito. Ho dato una rapida occhiata per vedere se aveva dormito qui la notte scorsa e se era uscito stamattina. Ma no, le tende erano ancora aperte. Jamie non è tipo da aprire le tende quando si sveglia o da rifare il letto.» Si fermarono fuori dalla porta, socchiusa, della buia stanza di Jamie. «Jamie è un po' disordinato» disse Joanna, esitante. «C'è un po' di caos qui dentro.»

«Non c'è problema» rispose Pip, facendo cenno a Connor di procedere. Lui aprì la porta, su una stanza piena di forme scure, finché non accese la luce e le forme si trasformarono in una scrivania ingombra di cose sotto la finestra, un armadio aperto che vomitava vestiti sul pavimento, in pile simili a isole contro la moquette blu marino.

"Disordinato" non rendeva l'idea.

«Posso, ehm...?»

«Sì, fai tutto quello che devi. Giusto, mamma?» disse Connor.

«Giusto» rispose rapida Joanna, fissando il luogo da cui suo figlio mancava più che mai.

Pip puntò dritta alla scrivania, scavalcando e zigzagando tra le montagnole di magliette e mutande. Passò il dito sul portatile chiuso in mezzo alla scrivania, sull'adesivo di Iron Man, che si staccava ai bordi. Con delicatezza aprì il computer e cliccò sul pulsante di accensione.

«Uno di voi sa la password di Jamie?» chiese mentre il dispositivo si accendeva e appariva la schermata di login di Windows.

Connor si strinse nelle spalle e Joanna scosse il capo.

Pip si chinò e digitò *password1*.

Password errata.

12345678

Password errata.

«Come si chiamava il vostro primo gatto?» domandò Pip. «Quello rosso?»

«PeterPan» rispose Connor. «Una sola parola.»

Pip provò. *Errata.*

Ne aveva inserite tre sbagliate e comparve quindi il suggerimento password. Jamie vi aveva scritto: *Via dal mio computer, Con.*

Leggendolo, Connor tirò su col naso.

«È molto importante che riusciamo ad accedere» disse Pip. «Ora come ora, è questo il nostro collegamento più forte con Jamie e con quello che stava facendo.»

«Il mio nome da nubile?» propose Joanna. «Prova Murphy.»

Password errata.

«Squadra di calcio?» chiese Pip.

«Liverpool.»

Errata. Perfino sostituendo ai numeri alcune vocali o aggiungendo un 1 o un 2 alla fine.

«Puoi continuare a provare?» domandò Joanna. «Non si blocca?»

«No, su Windows non c'è limite di tentativi. Ma azzeccare la password corretta con l'esatto posizionamento di numeri e maiuscole sarà dura.»

«Non possiamo aggirarla in qualche modo?» disse Connor. «Tipo resettando il computer?»

«Se riavviamo il sistema perdiamo tutti i file. E, cosa più importante, i cookie e le password salvate nel browser, quelle della posta e degli account social. È lì che dobbiamo entrare davvero. Non c'è la possibilità che conosciate la password dell'e-mail a cui è collegato l'account Windows di Jamie?»

«No, mi dispiace.» A Joanna si spezzò la voce. «Dovrei saperle queste cose, di lui. Perché non so queste cose? Ha bisogno di me e io non sono di nessun aiuto.»

«Va bene così.» Pip si rivolse a lei. «Continueremo a tentare finché non ci riusciamo. Se non ce la facciamo, posso provare a contattare un esperto di computer che magari è in grado di forzare l'accesso.»

Joanna parve rimpicciolirsi ancora di più, abbracciandosi le spalle.

«Joanna» disse Pip alzandosi, «perché tu non continui a provare con le password mentre io mi guardo un po' intorno? Cerca di pensare ai posti e ai piatti preferiti di Jamie, alle vacanze che avete fatto. Cose del genere. E prova ogni variante di ogni possibilità, minuscole, maiuscole, numeri al posto di lettere, un 1 o un 2 alla fine.»

«Ok.» Il suo viso parve illuminarsi leggermente, all'idea di avere qualcosa da fare.

Pip si spostò, controllando i due cassetti da entrambi i lati della scrivania. In uno c'erano solo penne e una vecchia colla stick secca. Nell'altro una risma di fogli A4 e una vecchia cartellina sbiadita con l'etichetta *Uni*.

«Niente?» chiese Connor.

Lei scosse il capo, mettendosi in ginocchio per raggiungere il cestino sotto la scrivania, allungandosi oltre le gambe di Joanna e tirandolo fuori. «Aiutami con questo» disse a Connor, passando in rassegna il contenuto del cestino, un oggetto alla volta. Una confezione vuota di deodorante. Una ricevuta accartocciata: Pip la srotolò e vide che si riferiva a un panino pollo e maionese acquistato giovedì 24 alle 14.23 al supermercato sulla High Street. Sotto c'era la carta di un pacchetto di patatine: al gusto di cipolle sottaceto. Attaccato all'unta superficie esterna del pacchetto c'era una piccola striscia di carta a righe. Pip la staccò e la stese. Lì, scritte con una bic blu, c'erano le parole: *Hillary F Weiseman sinistra 11*.

La mostrò a Connor. «È la grafia di Jamie?» Connor annuì. «Hillary Weiseman» disse Pip. «La conoscete?»

«No» risposero Connor e Joanna all'unisono. «Mai sentita» aggiunse Joanna.

«Be', Jamie deve conoscerla. Sembra che questo appunto sia piuttosto recente.»

«Sì» confermò Joanna. «Abbiamo una donna delle pulizie, viene ogni due settimane. La prossima volta è mercoledì, perciò tutto quello che c'è in quel cestino è degli ultimi dieci, undici giorni.»

«Cerchiamo questa Hillary, magari sa qualcosa di Jamie.» Pip prese il cellulare. Sullo schermo c'era un messaggio di Cara: *Pronta per Stranger Things??* Merda. Pip le rispose rapidissima: *Mi dispiace un sacco, stasera non posso, sono da Connor. Jamie è sparito. Ti spiego domani. Scusa xxx*, poi premette invio e cercò di ignorare il senso di colpa, selezionando il browser e aprendo le pagine bianche. Inserì *Hillary Weiseman* e *Little Kilton* e avviò la ricerca.

«Bingo» disse, quando apparvero i risultati. «Abbiamo una Hillary F. Weiseman che vive a Little Kilton. Eccola qui... oh... dal 1974 al 2004. Un attimo.» Pip aprì un'altra scheda, cercò il nome accanto a *Little Kilton* e *necrologio*. Il primo risultato del "Kilton Mail" le fornì la risposta che stava cercando. «No, non può essere la Hillary giusta. È morta nel 2006 a ottantaquattro anni. Dev'essere qualcun altro. Ci guardo dopo.»

Pip allargò il pezzetto di carta tra le dita e fece una foto con il telefono.

«Pensi sia un indizio?» domandò Connor.

«Tutto è un indizio fino a quando non lo depenniamo» replicò lei.

Nel cestino restava solo una cosa: un sacchetto di plastica marrone, vuoto, tutto appallottolato.

«Connor, senza spostare troppo le cose, riesci a cercare nelle tasche di tutti i vestiti di Jamie?»

«Cercare cosa?»

«Qualsiasi cosa.» Pip attraversò la stanza. Si fermò a osservare il letto con il piumino dai disegni azzurri, e urtò qualcosa sul pavimento con il piede. Era una tazza, incrostata sul fondo da rimasugli zuccherini di tè. Ma non aveva ancora fatto la muffa. Il manico si era spezzato, e giaceva a pochi centimetri di distanza. Pip li raccolse e li mostrò a Joanna.

«Non solo "un po' disordinato"» disse lei, con una nota di affetto nella voce. «Molto disordinato.»

Pip posò la tazza, con dentro il manico, sul comodino, da dove probabilmente era caduta per poi rompersi.

«Solo fazzoletti e monetine» le riferì Connor.

«Anche qui niente da fare» disse Joanna digitando sulla tastiera, il rumore secco del pulsante d'invio sempre più forte e disperato a ogni tentativo.

Sul comodino, ora insieme alla tazza rotta, c'erano una lampada, una copia malconcia dell'*Ombra dello scorpione* di Stephen King e il cavo di un caricabatteria per iPhone. Sotto c'era solo un cassetto, prima che il comodino si dividesse in quattro gambe traballanti, e Pip capì che probabilmente era lì che Jamie teneva le cose più personali. Diede la schiena a Connor e Joanna perché non vedessero cosa stava facendo, per sicurezza, e aprì il cassetto. Si stupì di non trovare preservativi né niente di simile. C'erano il passaporto di Jamie, un paio di auricolari tutti ingarbugliati, un flacone di multivitamine "con aggiunta di ferro", un segnalibro a forma di giraffa e un orologio. L'attenzione di Pip fu subito catturata da quest'ultimo oggetto, per un'unica ragione: non poteva essere di Jamie.

Il delicato cinturino di pelle era di un rosa acceso e la

cassa di un colore simile, lucido e dorato, con una decorazione di fiori metallici che si arrampicava sul lato sinistro del quadrante. Pip vi passò sopra il dito, e i petali glielo punsero.

«Cos'è?» chiese Connor.

«Un'orologio da donna.» Pip si voltò. «È tuo, Joanna? O di Zoe?»

Lei si avvicinò per osservarlo. «No, di nessuna delle due. Non l'ho mai visto prima. Pensi che Jamie l'abbia comprato per qualcuno?»

Pip capì che Joanna pensava a Nat, ma se era mai esistito un orologio meno adatto a Nat Da Silva, era proprio quello. «No» disse Pip. «Non è nuovo, guardate... ci sono dei graffi sulla cassa.»

«Be', allora di chi è? Di quella Hillary?» domandò Connor.

«Non lo so» rispose Pip, rimettendo con attenzione l'orologio nel cassetto. «Potrebbe avere un significato, o potrebbe non averne nessuno. Bisogna vedere. Penso che abbiamo finito, per ora.» Si raddrizzò.

«Ok, e adesso?» chiese Connor, abbassando gli occhi agitati su quelli di lei.

«Per stasera non possiamo fare altro» disse Pip, spostando lo sguardo per non vedere la delusione farsi strada sul viso dell'amico. Aveva veramente pensato che avrebbe risolto tutto nel giro di poche ore? «Voglio che voi due continuiate a fare tentativi con quella password. Appuntatevi tutte quelle che avete provato. Usate i soprannomi di Jamie, i suoi libri e film preferiti, il luogo di nascita, qualsiasi cosa vi venga in mente. Io farò una ricerca sugli elementi e le combinazioni più tipici nelle password e ve li darò domani per restringere il campo.»

«Va bene» rispose Joanna. «Continuo a tentare.»

«E non smettete di provare a chiamarlo» disse Pip. «Se quel messaggio gli arriva, voglio saperlo immediatamente.»

«Tu cosa farai?» chiese Connor.

«Voglio scrivermi tutte le informazioni che ho al momento, fare qualche taglio e registrare un po', e stendere la bozza dell'annuncio per il sito. Domani mattina tutti sapranno che Jamie Reynolds è scomparso.»

Sulla porta di casa la strinsero entrambi in un rapido abbraccio imbarazzato, poi Pip uscì nella notte. Si guardò indietro mentre si allontanava. Joanna era già sparita, senza dubbio per tornare al computer di Jamie. Ma Connor era ancora lì, che la guardava andare via, con l'aria del bambino spaventato che un tempo Pip conosceva.

Nome file:

Pezzo di carta trovato nel cestino di Jamie: cestino.jpg

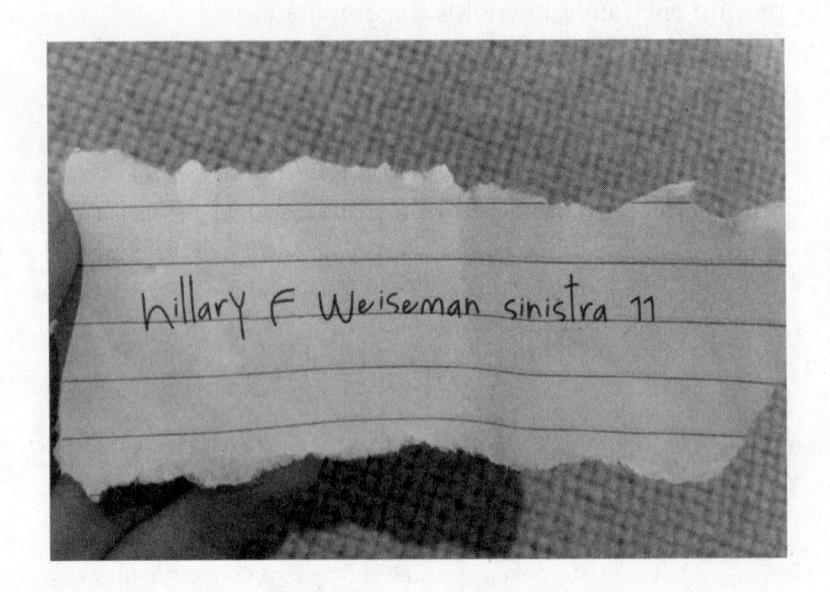

> hillary F Weiseman sinistra 11

Nome file:

Come uccidono le brave ragazze STAGIONE 2 EPISODIO 1: intro.wav

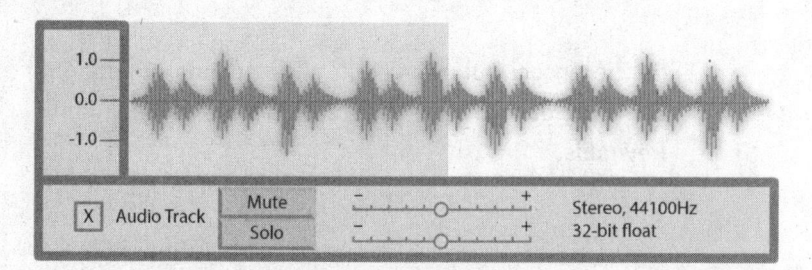

Pip: Avevo fatto una promessa. A me stessa. A tutti quanti. Avevo detto che non lo avrei più fatto, non avrei mai più giocato alla detective, non mi sarei più smarrita nel mondo di segreti di una piccola città. Non io, non più. E l'avrei mantenuta; so che l'avrei mantenuta. Ma è successa una cosa e ora devo infrangere quella promessa.

È sparita una persona. Una persona che conosco. Jamie Reynolds, di Little Kilton. È il fratello maggiore di uno dei miei migliori amici, Connor. Mentre registro queste parole, sabato 28 aprile alle 23.27, Jamie è sparito da ormai ventisette ore. E nessuno ha intenzione di indagare. La polizia ha assegnato a Jamie un livello di rischio minimo e non può dedicare personale alla sua ricerca. Pensano che sia semplicemente assente, non che sia scomparso. E, a essere onesta, spero che abbiano ragione. Spero che non sia niente, che non ci sia nessun caso. Che Jamie sia solo andato via di casa per stare da un amico, senza scrivere alla famiglia né rispondere alle loro telefonate. Spero stia bene... Spero che torni a casa nel giro di un paio di giorni, chiedendosi perché ci siamo agitati così tanto. Ma non c'è spazio per la speranza, non qui, e se nessuno ha intenzione di cercarlo, allora devo farlo io.

Perciò eccoci qui. Benvenuti alla seconda stagione di *Come uccidono le brave ragazze – La scomparsa di Jamie Reynolds*.

DOMENICA
Scomparso da due giorni

Nome file:
📄 Appunti sul caso 1.docx

Primi pensieri

Il comportamento di Jamie nelle ultime settimane sembra degno di nota: i cambiamenti dell'umore, il fatto che sia sgattaiolato fuori casa la sera tardi per due volte la scorsa settimana. Ma cosa faceva? Sembra tutto collegato in qualche modo al suo cellulare.

Non è appropriato registrare questo pensiero per il podcast, ma è sospetto che Arthur Reynolds non voglia prendere parte alle indagini? O è comprensibile, dato che già in precedenza Jamie è scomparso senza contattare nessuno? Hanno un rapporto teso e hanno avuto una grossa lite subito prima della commemorazione. Potrebbe essere semplicemente uno schema che si ripete: litigio con papà —> scappare senza alcun contatto per alcuni giorni.

Ma Connor e Joanna sono convinti che Jamie NON sia scappato. Non credono nemmeno che Jamie potrebbe tentare di fare del male a se stesso, nonostante le recenti altalene umorali.

Il messaggio di Joanna di mezzanotte e trentasei che Jamie non ha mai ricevuto è una prova chiave. Significa che il cellulare di Jamie è spento almeno da quel momento e non è mai stato riacceso. Questo getta seri dubbi sulla teoria della fuga: Jamie avrebbe bisogno del telefono per contattare un amico dal quale stare o per prendere i mezzi pubblici. Perciò, se a Jamie è capitato qualcosa, se si è fatto del male in qualche modo, deve essere successo prima di mezzanotte e trentasei.

I movimenti della famiglia Reynolds dopo la commemorazione:
— Arthur è tornato a casa a piedi dal pub, arrivando verso le 23.15 (stima mia);
— Joanna è tornata a casa in macchina, arrivando non prima di mezzanotte e un quarto;
— Connor è stato riaccompagnato a casa da Zach Chen verso mezzanotte.

Cose da fare

- Annunciare la seconda stagione su sito/social.
- Preparare volantini da appendere.
- Far pubblicare un annuncio sul "Kilton Mail" di domani.
- Interrogare Nat Da Silva.
- Fare ricerche su Hillary F. Weiseman.
- Registrare una descrizione della perquisizione della camera di Jamie.
- Affrontare **Il Discorso** con mamma e papà.

Nome file:

📄 Volantino persona scomparsa.docx

SCOMPARSO

[In attesa di foto
da Connor]

JAMIE REYNOLDS

Età: 24 anni   Altezza: 1,75 m   Peso: 81 kg
Capelli corti biondo scuro, occhi azzurri

**Indossa una camicia bordeaux, dei jeans
e delle scarpe da ginnastica bianche Puma.**

Visto l'ultima volta venerdì 27 aprile verso le **20.00**
alla cerimonia al **Parco di Little Kilton.**

APPELLO URGENTE: Se avete visto Jamie dopo la commemorazione
o avete informazioni su dove possa trovarsi
chiamate il numero **07700900382**
o mandate un'e-mail a *CULBRpodcast@gmail.com*

Vi preghiamo di mandare all'indirizzo qui sopra tutte le foto
e i video fatti alla commemorazione, per contribuire alle indagini.

Nove

Pip era in attesa sulla strada principale, sotto un pigro sole giallo pallido. Gli uccelli ciondolavano nel cielo del mattino; perfino le macchine che passavano sembravano mezze addormentate, le gomme attutite contro l'asfalto. Non c'era alcun senso di urgenza da nessuna parte. Nulla faceva pensare che ci fosse qualcosa di storto o fuori posto. Era tutto troppo calmo, troppo silenzioso, finché Ravi non svoltò l'angolo da Gravelly Way, salutandola e affrettandosi verso di lei.

La abbracciò, e Pip gli infilò il naso sotto il mento. Il collo di Ravi era sempre caldo, anche quando non ce n'era motivo.

«Sei pallida» disse lui, staccandosi. «Sei riuscita a dormire stanotte?»

«Un po'» rispose lei. E anche se doveva essere stanca, non si sentiva affatto così. In effetti si sentiva sveglia e attenta per la prima volta dopo mesi, come allineata alla propria pelle. La testa le ronzava in una maniera che le era mancata. Che problema aveva? Lo stomaco le si serrò, a disagio. «Ma ogni ora che passa diventa statisticamente meno probabile trovare Jamie. Le prime settantadue ore sono cruciali...»

«Ehi, ascoltami.» Ravi le alzò il mento perché lei lo guardasse. «Devi prima prenderti cura di te stessa. Non pensi bene se non dormi, e a Jamie non sei di nessuna utilità così. Hai fatto colazione?»

«Caffè.»

«Cibo?»

«No.» Non aveva senso mentire, la scopriva sempre.

«Sì, be', lo sospettavo» disse, estraendo qualcosa dalla tasca posteriore. Una barretta di cereali Coco Pops che le spinse in mano. «La mangi per favore, signora. Subito.»

Pip gli lanciò un'occhiata di resa e scartò la barretta.

«Colazione da re, non c'è dubbio» disse Ravi. «Bella calda grazie al calore del mio sedere.»

«Mmm, deliziosa» rispose Pip mordendola.

«Allora, qual è il piano?»

«Connor arriverà a momenti» disse lei, tra un boccone e l'altro. «E anche Cara. Voi tre andrete in giro con i volantini da appendere, io vado alla redazione del "Kilton Mail". Sperando ci sia qualcuno.»

«Quanti volantini hai stampato?» chiese Ravi.

«Duecentocinquanta. Ci ho messo un secolo, e papà si infurierà quando si accorgerà che ho consumato tutto l'inchiostro.»

Ravi fece un sospiro. «Avrei potuto darti una mano. Non devi fare tutto da sola, ricordatelo. Noi siamo una squadra.»

«Lo so. E mi affiderei a te per tutto, *tranne* che per fare i volantini. Ti ricordi quell'e-mail che avevi quasi mandato a uno studio legale con scritto "vorrei sapere qual è la lunghezza massima del pene" invece che "delle pene"?»

Lui fece un sorrisetto suo malgrado. «Be', è per questo che ho una ragazza.»

«Perché trovi i tuoi refusi?»

«Già, solo questo, nient'altro.»

Connor arrivò pochi minuti dopo, i passi frettolosi contro il marciapiede, le guance più rosse del solito. «Scusate» disse. «Stavo aiutando la mamma a richiamare gli ospedali. Niente... Ciao Ravi.»

«Ehi» rispose lui, stringendo con una mano la spalla di Connor e lasciandola lì qualche secondo, mentre si scambiavano uno sguardo di silenziosa comprensione. «Lo troveremo» disse con gentilezza, accennando a Pip con la testa. «Questa qui è troppo cocciuta per non riuscirci.»

Connor abbozzò un sorriso.

«Giusto, questi sono per voi.» Pip tirò fuori la grossa risma di volantini, la divise in due metà e gliele porse. «Quelli nelle buste di plastica sono per le vetrine dei negozi e per l'esterno. Quelli senza sono da far passare attraverso le porte. Assicuratevi di tappezzare tutta la via principale e quelle vicino al parco. E tutto il tuo quartiere, Connor. Hai portato la pinzatrice?»

«Sì, due, e del nastro adesivo» rispose lui.

«Ottimo. Muoviamoci allora.» Con un cenno li lasciò lì, prendendo il telefono per controllare. Era appena passata la trentasettesima ora, senza avvisaglie o fanfare. Il tempo le stava scivolando via e Pip affrettò il passo per raggiungerlo.

Qualcuno c'era, in effetti: una sagoma curva e uno sferragliare di chiavi fuori dalla piccola redazione del "Kilton Mail". Pip la riconobbe subito, era una delle donne che facevano volontariato al giornale cittadino.

La donna non si era resa conto di essere osservata. Passò in rassegna il mazzo di chiavi e ne tentò una.

«Buongiorno» disse Pip ad alta voce, facendola sobbalzare proprio come sospettava sarebbe successo.

«Oh.» L'urletto della donna si trasformò in una risata nervosa. «Oh, sei tu. Posso aiutarti?»

«Stanley Forbes c'è?» chiese Pip.

«Dovrebbe, sì.» Finalmente identificò la chiave corretta e la infilò nella toppa. «Dobbiamo chiudere l'articolo sulla commemorazione prima di andare in stampa oggi, perciò mi ha chiesto di venire a dargli una mano.» Aprì la porta. «Dopo di te» disse, e Pip varcò la soglia del piccolo ingresso.

«Io sono Pip» si presentò, seguendo la donna oltre due vecchi divani, verso l'ufficio sul retro.

«Sì, so chi sei» rispose lei, togliendosi la giacca. E poi, con una voce lievemente meno gelida: «Io sono Mary, Mary Scythe».

«Piacere di conoscerla, di nuovo» replicò Pip, il che non era esattamente vero. Immaginò che Mary fosse una di quelle persone che la ritenevano responsabile di *tutti quei guai* nella loro bella e pittoresca cittadina l'anno precedente.

Mary aprì la porta su una piccola stanza quadrata, quattro scrivanie con computer lungo le pareti, stretta e claustrofobica come Pip ricordava. Dopotutto è questo che si può permettere un piccolo giornale locale che vive per lo più di donazioni da parte della famiglia che vive nel castello su a Beechwood Bottom.

Stanley Forbes era seduto alla scrivania contro la parete opposta, e dava loro la schiena, i capelli castano scuro tutti ciocche scarmigliate, presumibilmente perché ci aveva passato in mezzo le dita. Non fece caso a loro, chino sullo schermo del laptop che, a giudicare dalle chiazze bianche e blu, era aperto su Facebook.

«Ehi, Stanley» disse piano Pip.

Lui non si voltò. In effetti non si era mosso affatto, continuava a scorrere la pagina del computer. Non l'aveva sentita.

«Stanley?» ritentò. Niente, nemmeno un sussulto. Non aveva auricolari, no? Non si vedevano.

«A essere sinceri» sbuffò Mary, «lo fa di continuo. Ha l'udito più selettivo in cui mi sia mai imbattuta. Taglia fuori tutto il mondo. Ehi, Stan!» Berciò l'ultima parte, e finalmente Stanley alzò lo sguardo, ruotando sulla sedia per osservarle.

«Oh, mi dispiace, parlavate con me?» disse, e gli occhi verde-marroni si staccarono da Mary per fermarsi su Pip.

«Non c'è nessun altro nella stanza» rispose Mary in tono irritato, facendo cadere la borsa contro la scrivania più lontana da quella di Stanley.

«Buongiorno» ripeté Pip avvicinandosi a lui, coprendo la distanza in soli quattro ampi passi.

«B-buondì» rispose Stanley, alzandosi in piedi. Tese la mano, all'apparenza per stringere quella di lei, ma poi cambiò idea e la ritirò... poi la cambiò ancora, fece una risata imbarazzata e tornò a tenderla. Probabilmente non sapeva quale fosse il modo più appropriato per salutarla, visto il loro teso rapporto precedente, e il fatto che lei avesse diciott'anni e lui quasi trenta, per lo meno.

Pip gli strinse la mano solo per farlo smettere.

«Scusami» disse Stanley, riportando la mano imbarazzata lungo il fianco.

Non era solo con i Singh che si era scusato: Pip aveva ricevuto una sua lettera qualche mese prima. Si scusava per come l'aveva trattata, dall'alto in basso, e per il fatto che Becca Bell avesse recuperato dal suo cellulare il numero di

Pip per usarlo per minacciarla. Non lo sapeva, all'epoca, ma gli dispiaceva comunque. Pip si chiese quanto fosse sincero in realtà.

«Cosa posso...» cominciò Stanley. «Cosa...»

«So che la commemorazione occuperà probabilmente un sacco di spazio nel giornale di domani. Ma potreste trovare un buco per questo?» Pip posò a terra lo zaino per recuperare il volantino conservato appositamente. Glielo passò, e rimase a guardare Stanley che lo leggeva, l'espressione corrucciata e le guance scavate, mentre le mordeva dall'interno.

«Scomparso, eh?» Abbassò di nuovo lo sguardo. «Jamie Reynolds?»

«Lo conosce?»

«Non mi sembra» rispose Stanley. «Forse di viso. È di Kilton?»

«Sì, la famiglia vive in Cedar Way. Jamie andava alla Kilton Grammar, con Andie e Sal.»

«Scomparso da quanto?»

«C'è scritto.» La voce di Pip si alzò per l'impazienza. La sedia di Mary scricchiolò: si era chinata in avanti per origliare. «Visto l'ultima volta verso le venti alla cerimonia, finché non scopro di più sui suoi movimenti. L'ho vista fare delle foto, potrebbe mandarmele?»

«Ehm, sì, ok. La polizia?» domandò Stanley.

«Hanno aperto un dossier sulla scomparsa» rispose lei. «Ma al momento non stanno facendo niente di niente. Perciò ci sono soltanto io. È per questo che mi serve il suo aiuto.» Sorrise, fingendo che non le dispiacesse doverglielo chiedere.

«Scomparso dalla commemorazione?» rifletté Stanley

ad alta voce. «Cioè, è passato soltanto un giorno e mezzo, giusto?»

«Trentasette ore e mezza» precisò lei.

«Non è molto, no?» Abbassò il foglio.

«Se uno è scomparso è scomparso» ribatté Pip. «E le prime settantadue ore sono cruciali, specie se si sospetta qualcosa di brutto.»

«E tu lo sospetti?»

«Sì» disse lei. «E pure la famiglia. Allora, mi aiuterà? Può stampare questo avviso domani?»

Stanley alzò lo sguardo per un attimo, roteando gli occhi mentre ci rifletteva. «Immagino di poter sempre rimandare l'articolo sulle buche alla prossima settimana.»

«È un sì?» domandò Pip.

«Sì, mi accerterò che vada in stampa.» Annuì, dando dei colpetti sul volantino. «Anche se sono sicuro che rispunterà fuori e starà bene.»

«Grazie, Stanley.» Gli restituì il sorriso educato. «Lo apprezzo davvero tanto.» Girò sui tacchi delle scarpe da ginnastica per uscire, ma la voce di Stanley la fermò quando era ormai sulla porta.

«I misteri sembrano sempre trovare il modo di raggiungerti, eh?»

Dieci

Il campanello emise un suono stridulo, perforando i timpani come un urlo. Pip ritirò il dito, riportando la quiete sulla casetta a schiera in mattoni. Sperava che fosse la casa giusta, che fosse quella che le avevano indicato: numero 13, Beacon Close, portone rosso scuro.

Nel vialetto c'era una BMW sportiva di un bianco aggressivo, che rifletteva il sole del mattino negli occhi di Pip, accecandola.

Stava per suonare un'altra volta quando udì tirare il chiavistello. La porta si aprì verso l'interno e apparve un uomo, che strinse gli occhi contro la luce violenta all'esterno. Doveva essere lui il nuovo ragazzo, quindi. Indossava un maglione bianco ben stirato – il marchio della Adidas sulle braccia – e un paio di pantaloncini da basket neri.

«Sì?» disse a voce bassa e roca, come se si fosse svegliato da poco.

«Buongiorno» esclamò allegra Pip. L'uomo aveva un tatuaggio sul collo, il cui inchiostro grigio risaltava contro la pelle bianca sotto forma di figure simmetriche che si ripetevano e sembravano piccole squame. Dal disegno emergeva uno stormo di uccelli, che gli volava fin sul lato del viso e sotto i capelli castani e rasati. Pip tornò a spostare lo sguardo sui suoi occhi. «Ehm, c'è Nat Da Silva? Ho appena chiesto a casa dei genitori e sua madre ha detto che probabilmente era qui.»

«Sì, c'è» sbuffò lui. «Sei una sua amica?»

«Sì» rispose Pip, il che era una bugia, ma era più semplice che dire: *No, mi odia sempre anche se io continuo a cercare di fare in modo che non sia così.* «Sono Pip... Fitz-Amobi. Posso entrare? Devo parlarle di una questione urgente.»

«Sì, credo di sì. È piuttosto presto» disse lui, indietreggiando di un passo e facendole cenno di seguirlo. «Io sono Luke. Eaton.»

«Piacere.» Pip chiuse la porta e seguì Luke lungo la curva del corridoio, fino alla cucina sul retro.

«Nat, amica tua» disse Luke quando entrarono.

La stanza era squadrata, su un lato ripiani da cucina, a forma di L, mentre l'altro era occupato da un grosso tavolo di legno. A un'estremità del tavolo c'era quello che aveva tutta l'aria di essere un mucchio di banconote, tenuto fermo dalle chiavi della BMW. E all'altra estremità sedeva Nat Da Silva, davanti a una ciotola di cereali. Indossava quello che sembrava essere uno dei maglioni di Luke e portava i capelli tinti di bianco pettinati di lato.

Fece cadere il cucchiaio pieno di cereali, che sbatacchiò rumorosamente contro la ciotola.

«Cosa vuoi?» chiese.

«Ciao Nat.» Pip rimase lì, a disagio, intrappolata tra Luke sulla porta e Nat a tavola.

«Mi hai già detto alla commemorazione quello che mi volevi dire» fece Nat sprezzante, riprendendo il cucchiaio.

«Oh, no, non c'entra con il processo.» Pip azzardò un passo in direzione di Nat.

«Quale processo?» domandò Luke alle sue spalle.

«Niente» rispose Nat, pronunciando la parola con la bocca piena. «Cosa c'è, allora?»

«Si tratta di Jamie Reynolds» disse Pip. Dalla finestra aperta entrò la brezza, agitando le tendine di pizzo e facendo frusciare un paio di buste di carta marrone su un ripiano. Probabilmente sacchetti del cibo d'asporto.

«Jamie è scomparso» aggiunse.

Nat aggrottò le sopracciglia, facendo sprofondare nell'ombra gli occhi azzurri. «Scomparso? Sua madre mi ha chiamato ieri, per chiedermi se l'avessi visto. Non è ancora tornato?»

«No, e sono preoccupatissimi. Ne hanno denunciato la scomparsa ieri, ma la polizia non ha intenzione di fare niente.»

«Mio fratello, intendi?»

Pip se l'era proprio cercata.

«Be', no, ho parlato con l'ispettore. Dice che non c'è niente che possano fare. Perciò i Reynolds mi hanno chiesto se non volessi indagare io.»

«Per il tuo podcast?» Nat pronunciò l'ultima parola con disprezzo, indurendo le consonanti, affilandole.

«Be', sì.»

Nat ingoiò un altro boccone di cereali. «Che bella opportunista.»

Luke alle sue spalle fece una risatina.

«Me l'hanno chiesto loro» disse Pip piano. «Mi sa che non vuoi che registri l'intervista.»

«Anche molto perspicace» replicò lei, il latte che gocciolava sul tavolo mentre un'altra cucchiaiata restava sospesa tra lei e la ciotola.

«Jamie ha detto a suo fratello che sarebbe venuto da te – a casa dei tuoi – dopo la commemorazione, per passare la serata insieme.»

«In teoria sì. Ma non si è mai fatto vivo.» Nat tirò su col naso, lanciando una rapida occhiata a Luke. «Mai mandato un messaggio per dire che non sarebbe venuto. Ho aspettato. Ho cercato di chiamarlo.»

«Perciò l'ultimo contatto che hai avuto con Jamie è stato alla commemorazione, di persona?»

«Sì.» Nat sgranocchiò un altro boccone. «Subito dopo che hanno parlato le amiche di Andie, quando ho notato Jamie che fissava tra la folla, sul lato opposto, e cercava di vedere qualcosa. Gli ho chiesto se era tutto a posto e lui ha detto: "Ho appena visto una persona".»

«E?» incalzò Pip, visto che Nat era zitta da troppo tempo.

«E poi se n'è andato, immagino per parlare con quella persona, chiunque fosse» rispose lei.

Era stata l'ultima volta che l'aveva visto anche Pip. Quando le era andato a sbattere addosso mentre si faceva largo verso il lato opposto della folla, con una strana intensità nello sguardo. Ma verso chi si stava dirigendo?

«Hai qualche idea di chi potrebbe essere questa "persona" che aveva notato?»

«No» disse Nat, allungando il collo con un udibilissimo *crack*. «Non può essere qualcuno che conosco o l'avrebbe chiamato per nome. Probabilmente è con questa *persona* adesso, chiunque sia. Tornerà. Jamie è così, o tutto o niente.»

«La sua famiglia è convinta che gli sia accaduto qualcosa» proseguì Pip, le gambe ormai indolenzite per essere stata in piedi troppo a lungo. «È per questo che devo scoprire i suoi movimenti durante e dopo la commemorazione. Scoprire con chi ha interagito venerdì sera. Sai niente che potrebbe aiutarmi?»

Alle sue spalle udì Luke prendere un bel respiro e poi

dire: «Nat ha ragione. Jamie è probabilmente da un amico. Sono sicuro che si stanno agitando per niente».

«Conosci Jamie?» Pip si girò a metà, per guardarlo.

«Nah, non proprio, solo tramite Nat. Sono molto amici. Se lei dice che sta bene, allora probabilmente sta bene.»

«Be', io...» fece Nat.

«Tu c'eri alla commemorazione?» chiese Pip a Luke. «Hai visto...?»

«Nah, non c'ero.» Fece schioccare la lingua. «Mai conosciuto quei due. Perciò no, non ho visto Jamie. In effetti non sono proprio uscito di casa venerdì.»

Pip annuì, poi tornò a voltarsi verso il tavolo. Nel farlo notò, un attimo prima che mutasse, l'espressione sul viso di Nat. Stava guardando Luke, la mano bloccata a mezz'aria verso il cucchiaio, la bocca leggermente aperta come se avesse cominciato a parlare ma si fosse dimenticata come si fa. Poi il suo sguardo tornò a concentrarsi su Pip e l'espressione svanì subito, così rapidamente che Pip non poté essere sicura di averla vista davvero né di che cosa potesse significare.

«Allora» disse, osservando Nat con più attenzione, «Jamie si è comportato in modo strano quella sera, o nelle ultime settimane?»

«Non credo» rispose Nat. «Non l'ho sentito molto ultimamente.»

«Vi siete scritti? Telefonate nel cuore della notte?» domandò Pip.

«Be', non...» Di colpo, Nat lasciò perdere i cereali, si raddrizzò sulla sedia a braccia conserte. «Cos'è?» disse con voce piena di rabbia. «Mi stai interrogando? Pensavo di doverti solo dire quando ho visto Jamie l'ultima volta, ma ora sembra che mi sospetti di qualcosa. Come l'anno scorso.»

«No, io non...»

«Be', ti sbagliavi, giusto? Dovresti imparare dai tuoi errori.» Nat spinse indietro la sedia e quella stridette contro le mattonelle, facendo venire i brividi a Pip. «Chi ti ha nominata vigilante di questa città di merda, comunque? Agli altri magari piace stare al gioco, ma a me no.» Scosse la testa e abbassò gli occhi azzurro pallido. «Ora vattene.»

«Mi dispiace, Nat» disse Pip. Non c'era altro che potesse aggiungere; tutti i suoi tentativi avevano soltanto fatto sì che Nat la odiasse di più. E c'era una sola persona da incolpare. Ma Pip non era più quella persona, no? Le si riaprì nello stomaco quella sensazione di vuoto.

Luke ricondusse Pip lungo il corridoio e le aprì la porta.

«Mi hai mentito» disse mentre Pip la varcava, una lieve ombra di divertimento nella voce. «Hai detto che eravate amiche.»

Lei socchiuse gli occhi contro il bagliore che emanava la macchina di Luke, si voltò e sollevò le spalle.

«Pensavo di saperli riconoscere, i bugiardi.» Strinse la presa sulla porta. «Lasciaci fuori da questa storia, qualsiasi cosa sia. Capito?»

«Capito.»

Luke sorrise a chissà cosa e chiuse la porta con uno schiocco secco.

Allontanandosi dalla casa, Pip prese il cellulare per controllare l'ora. Le 10.41. Trentotto ore e mezza da che Jamie era scomparso. La schermata home era piena di notifiche di Twitter e Instagram, che continuavano ad arrivare mentre guardava. Il post programmato sul suo sito e sui social era stato pubblicato alle dieci e mezza, e annunciava la seconda stagione del podcast. Perciò ora tutti sapevano di Jamie Reynolds. Non c'era modo di tornare indietro.

Le erano arrivate anche alcune e-mail. Un'altra azienda che la contattava per una sponsorizzazione. Una di Stanley Forbes con ventidue allegati, il cui oggetto era: *Foto commemorazione*. E una di due minuti prima: Gail Yardley, che viveva nella via di Pip.

Ciao Pippa, diceva. *Ho appena visto i volantini in città. Non mi ricordo di aver visto Jamie Reynolds quella sera, ma ho dato una rapida scorsa alle mie foto della commemorazione e l'ho trovato. Magari a questa foto vuoi dare un'occhiata anche tu.*

Nome file:
Appunti sul caso 2.docx

È senza dubbio Jamie, in piedi, nella foto di Gail Yardley. I metadati dicono che è stata scattata alle 20.26, perciò eccolo, ancora lì, dieci minuti dopo che l'ho visto io.

Jamie è rivolto alla fotocamera, quasi, ed è questa la cosa più strana.

Tutti gli altri, ogni singolo viso e ogni altro paio d'occhi sono rivolti all'insù, verso la stessa identica cosa: le lanterne per Andie e Sal, sospese sopra il tetto del padiglione in quella frazione di secondo.

Ma Jamie guarda dalla parte sbagliata.

Il suo viso pallido e pieno di lentiggini è quasi al buio, a un'angolazione strana rispetto al cellulare di Gail, e guarda qualcosa dietro di lei. O qualcuno. Probabilmente la stessa persona di cui aveva parlato a Nat.

E il suo volto: c'è qualcosa che non riesco bene a decifrare. Non sembra spaventato, di per sé. Ma qualcosa di non troppo distante. Preoccupato? Allarmato? Nervoso? Ha la bocca aperta, gli occhi spalancati con un sopracciglio leggermente sollevato, come se fosse confuso. Ma chi o cosa ha causato questa reazione? Jamie ha detto a Nat di aver notato una persona, ma perché era così urgente da obbligarlo a farsi strada tra la folla durante la commemorazione? E perché è lì in piedi, immagino a fissare quella persona, e non la raggiunge? C'è qualcosa di strano in tutto questo.

Ho passato in rassegna le foto di Stanley Forbes. Jamie non c'è in nessuna, ma le ho incrociate con quella di Gail, per trovarla tra la folla e tentare di capire chi stesse guardando Jamie, o per lo meno per restringere il campo. Stanley ha fatto una sola foto in quella direzione, scattata prima che cominciasse la commemorazione. Vedo gli Yardley in piedi, a qualche fila dalla prima, sulla sinistra. Ho zoomato sui visi lì dietro, ma la foto è stata fatta da una certa distanza e non si vede granché bene. Dalle divise nere della polizia e dai lucidi cappelli a punta, è evidente che accanto agli Yardley ci sono Daniel Da Silva e Soraya Bouzidi. Quella macchia a forma di giacca verde scuro vicino a loro dev'essere l'ispettore Richard Hawkins. Mi pare di riconoscere qualche faccia pixellata, lì dietro: studenti del mio anno, ma è impossibile capire chi stava guardando Jamie. Inoltre questa foto è stata fatta un'ora prima di quella scattata a lui; la folla nel frattempo può essersi spostata.

— Registrare più tardi queste osservazioni per l'episodio 1.

La foto – insieme alla testimonianza di Nat – ha di certo aperto una pista su cui concentrare le indagini. Chi è questa "persona" che Jamie è andato a cercare tra la folla? Magari sa qualcosa su dov'è andato Jamie quella notte. O cosa gli è successo.

Altre osservazioni

— Jamie deve essere stato distratto da qualcosa o da qualcuno quella sera perché non va a casa di Nat come previsto, e nemmeno le scrive per dirle che non andrà. In questa foto si vede il momento iniziale della *distrazione*?
— Le recenti chiamate a tarda notte di Jamie e il suo mes-

saggiare in continuazione non erano rivolti a Nat Da Silva, a meno che lei non abbia voluto tacerlo di fronte a Luke (che è piuttosto minaccioso).
— L'espressione sul viso di Nat quando Luke ha detto che non era mai uscito di casa venerdì. Potrebbe non essere niente. Potrebbe essere una cosa "di coppia" tra di loro che io non capisco. Ma la sua reazione a me sembra rilevante. Probabilmente non ha niente a che fare con Jamie, ma devo comunque annotarmi tutto. (Da non menzionare nel podcast: Nat mi odia già abbastanza.)

Undici

La campanella sopra la porta del bar tintinnò, rimbombandole in testa più a lungo del dovuto. Un'eco sgradita che attraversò ogni altro pensiero, ma non poteva andare a lavorare a casa, perciò doveva accontentarsi del bar. I suoi genitori ormai dovevano aver visto i volantini appesi in tutta la città. Se Pip fosse andata a casa avrebbe dovuto sostenere *Il Discorso*, e ora non c'era tempo. O forse semplicemente non era pronta.

Erano arrivate altre e-mail con allegate foto della commemorazione, e le notifiche relative ai suoi annunci avevano ormai raggiunto le diverse migliaia. Pip le aveva messe in muto, ora che i troll le avevano trovate. *Ho ucciso Jamie Reynolds*, diceva una delle immagini profilo grigie e vuote. Un'altra: *Chi cercherà te quando sarai tu a scomparire?*

La campanella suonò di nuovo, ma questa volta accompagnata dalla voce di Cara.

«Ehi» disse, scostando la sedia di fronte a Pip. «Ravi ha detto che eri qui. L'ho visto adesso, mentre finivo Chalk Road.»

«Non hai più volantini?» chiese Pip.

«Già. Ma non è per questo che volevo parlarti.» Cara abbassò la voce con fare cospiratorio.

«Cosa succede?» sussurrò Pip imitandola.

«Be', mentre stavo attaccando i volantini, guardando la faccia di Jamie, leggendo com'era vestito, io... non lo so.» Si chinò in avanti. «So che ero ubriaca marcia e che non mi ricordo granché di quella sera, ma continuo ad avere l'impressione che... be', credo di aver visto Jamie lì quella notte.»

«Di cosa stai parlando?» sibilò Pip. «Al calamity party?»

Cara annuì, chinandosi così tanto in avanti che non era possibile fosse ancora seduta. «Cioè, non ne ho un ricordo chiaro. È più tipo un *déjà vu*. Ma se me lo figuro vestito così giuro che mi è passato accanto, alla festa. Ero ubriaca, perciò in quel momento non mi è parso strano, o forse non ci ho fatto caso ma... ehi, non guardarmi così! Sono sicura che forse l'ho visto, forse.»

«Sicura che forse l'hai visto, forse?» ripeté Pip.

«Ok, è ovvio che non ne sono sicura.» Aggrottò la fronte. «Ma penso che fosse lui.» Tornò finalmente a sedersi, spalancando gli occhi verso Pip, invitandola a parlare.

Pip chiuse il portatile. «Be', ok, diciamo che hai visto *davvero* Jamie. Cosa cavolo ci faceva a una festa piena di diciottenni? Lui ha ventiquattro anni e probabilmente le uniche persone della nostra età che conosce siamo noi, gli amici di Connor.»

«Non lo so.»

«Stava parlando con qualcuno?» chiese Pip.

«Non lo so» ripeté Cara, portandosi le dita alle tempie. «Mi sa che ricordo solo di averlo visto passarmi davanti a un certo punto.»

«Ma se era lì...» cominciò Pip, interrompendosi man mano che i suoi pensieri prendevano forma.

«È molto strano» completò Cara per lei.

«Molto strano.»

Cara bevve un sorso del caffè di Pip. «Allora, cosa facciamo?»

«Be', per fortuna ci sono un sacco di altri testimoni presenti a quella festa che possono confermare quello che credi di aver visto. E se è vero, allora mi sa che so dov'è andato Jamie dopo la commemorazione.»

Pip mandò un messaggio prima ad Ant e Lauren, chiedendo loro se avessero visto Jamie alla festa. Ant rispose dopo due minuti. Erano ovviamente insieme e lui aveva risposto per entrambi: *Nah, non l'abbiamo visto, ma non siamo rimasti molto. Perché mai doveva esserci Jamie? X*

«Ant e Lauren che non notano nulla all'infuori l'uno dell'altra, che strano» commentò Cara sarcastica.

Pip scrisse: *Tu hai il numero di Stephen Thompson, giusto? Posso averlo, per favore? Urgente.* Niente baci.

La festa si era tenuta a casa di Stephen, e anche se a Pip piaceva ancora molto poco – da quando l'anno prima era andata di nascosto a un calamity party per scoprire informazioni sullo spacciatore Howie Bowers, e Stephen aveva cercato di baciarla con la forza – per il momento doveva mettere da parte i propri sentimenti.

Quando Ant finalmente le ebbe mandato il numero di Stephen, Pip tranguigiò quel che restava del caffè e lo chiamò, facendo rapidamente a Cara segno di non fiatare. Cara si passò le dita sulle labbra, come a chiuderle con la cerniera, ma le si avvicinò per origliare.

Stephen rispose al terzo squillo, con un confuso: «Pronto?».

«Ciao Stephen» disse. «Sono Pip. Fitz-Amobi.»

«Oh, ehi» replicò Stephen, cambiando tono di voce. Più morbido e profondo.

Pip roteò gli occhi in direzione di Cara.

«Che posso fare per te?» chiese lui.

«Non so se hai visto i volantini in giro per la città...»

«Oh, mia madre in effetti me l'ha appena accennato. Si è lamentata che fossero "antiestetici".» Fece un suono che Pip avrebbe potuto descrivere solo come una fragorosa risata. «Hanno qualcosa a che fare con te?»

«Già» disse lei, con la voce più allegra che le riuscisse. «Allora, hai presente Connor Reynolds, del nostro anno? Be', suo fratello maggiore, Jamie, è scomparso venerdì sera e sono tutti molto preoccupati.»

«Merda» fu il commento di Stephen.

«Tu hai dato un calamity party a casa tua venerdì sera, vero?»

«C'eri?» domandò Stephen.

«Purtroppo no» rispose Pip. Be', c'era stata, fuori, a prendere Cara, ubriaca e in lacrime. «Ma si dice che ci fosse Jamie Reynolds, e mi chiedevo se tu ti ricordassi di averlo visto. O se avessi sentito qualcuno dire di averlo visto.»

«Stai tipo facendo una nuova cosa investigosa?» chiese lui.

Lei ignorò la domanda. «Jamie ha ventiquattro anni, è alto circa un metro e settantacinque, ha capelli biondo scuro, quasi castani, e occhi azzurri. Era...»

«Sì» la interruppe Stephen. «Mi sa che potrei averlo visto. Mi ricordo che sono passato davanti a un tizio che non conoscevo, in salotto. Sembrava un po' più grande, ho dato per scontato che fosse con una delle ragazze. Indossava una camicia, una camicia rosso scuro.»

«Sì.» Pip si raddrizzò, facendo cenno di sì a Cara. «Sembra Jamie. Ora ti mando una foto sul telefono, mi puoi confermare che è lui che hai visto?» Pip abbassò il cellulare per cercare la foto di Jamie, quella del volantino, e la inviò a Stephen.

«È lui.» La voce di Stephen era un po' lontana, probabilmente stava tenendo il telefono davanti a sé per guardare lo schermo.

«Ti ricordi a che ora l'hai visto?»

«Ah, non proprio» disse lui. «Mi sa che era presto, forse le nove, o verso le dieci, ma non ne sono sicuro. L'ho visto quella volta e basta.»

«Che cosa stava facendo?» chiese Pip. «Parlava con qualcuno? Beveva?»

«No, non l'ho visto parlare con nessuno. Non mi pare nemmeno avesse un bicchiere in mano. Mi sa che se ne stava solo lì in piedi a osservare. Un po' inquietante, se ci pensi.»

A Pip venne voglia di ricordare a Stephen da che pulpito venisse quel commento. Ma si morse la lingua. «A che ora hanno cominciato ad arrivare le persone? La commemorazione è finita verso le otto e mezza, la maggior parte è venuta direttamente da te?»

«Già. Io vivo a meno di dieci minuti da lì, perciò molti sono venuti a piedi direttamente dal parco. Quindi hai detto che stai, tipo, indagando di nuovo, giusto? Racconterai tutto nel tuo podcast? Perché» Stephen abbassò la voce fino a ridurla a un sussurro, «be', mia madre non sa che ho dato una festa; era via, per un weekend alle terme. Ho dato la colpa al nostro cane per i vasi rotti e le macchie dei drink. E la festa è stata interrotta dalla polizia verso l'una; un vicino deve averli chiamati per lamentarsi del rumore. Ma non voglio che mia madre scopra della festa, perciò potresti non...»

«Quale poliziotto è venuto a farvi smettere?» lo interruppe Pip.

«Oh, quel Da Silva. Ha solo detto a tutti quanti di tornare a casa. Allora, non dirai niente della festa, vero? Nel tuo podcast?»

«Oh, certo, sicuro» mentì Pip. Ovvio che ne avrebbe parlato, ancora di più se avesse messo nei guai Stephen "Palpeggiatore" Thompson. Lo ringraziò e riattaccò. «Avevi ragione» disse a Cara, posando il telefono.

«Davvero? C'era Jamie? Ti ho aiutata?»

«C'era e mi hai aiutata.» Pip le sorrise. «Be', abbiamo due testimoni oculari, nessuno dei due con un'ora esatta da indicare, ma penso che siamo piuttosto sicuri che Jamie sia andato lì dopo la commemorazione. Ora ho bisogno di trovare una prova fotografica, per restringere il lasso di tempo. Qual è il modo migliore per far arrivare un messaggio a tutti quelli che erano al calamity party?»

Cara si strinse nelle spalle. «Scrivere a tutti in quel gruppo di Facebook del nostro anno?»

«Buona idea.» Pip riaccese il portatile. «Prima dovrei dirlo a Connor. Cosa cavolo ci faceva lì Jamie?» Il suo computer si riavviò ronzando e comparve il viso di Jamie, sulla schermata del volantino, gli occhi azzurro pallido che fissavano dritto dritto quelli di lei, inchiodandola dov'era, mentre un brivido freddo le scivolava lungo la nuca. Lo conosceva: era Jamie. *Jamie*. Ma quanto bene si conosce una persona? Gli guardò gli occhi, cercando di svelare i segreti che si nascondevano lì dietro. *Dove sei?* Glielo chiese in silenzio, faccia a faccia.

Ciao a tutti.

Come forse avrete visto dai volantini in giro per la città, Jamie Reynolds (il fratello maggiore di Connor) è scomparso venerdì sera dopo la commemorazione. Ho da poco scoperto che Jamie è stato visto al calamity party a casa di Stephen Thompson a Highmoor. Rivolgo un appello urgente a chiunque abbia partecipato perché mi invii per cortesia tutte le foto e i video fatti alla festa (prometto che nessuno di essi arriverà mai ai genitori/alla polizia). Incluse le storie di Snapchat e Instagram, se le avete salvate. Per favore, mandatemeli il prima possibile all'indirizzo e-mail qui sopra. Sotto invece posto la foto di Jamie. Se qualcuno si ricorda di averlo visto alla festa o ha qualche informazione su dove possa essere o sui suoi movimenti venerdì notte, per favore si metta in contatto con me tramite e-mail o il mio numero di telefono qui sopra.

Grazie,
Pip

12:58

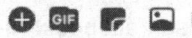

Scrivi un commento...

Nome file:

Come uccidono le brave ragazze STAGIONE 2: intervista telefonica a George Thorne.wav

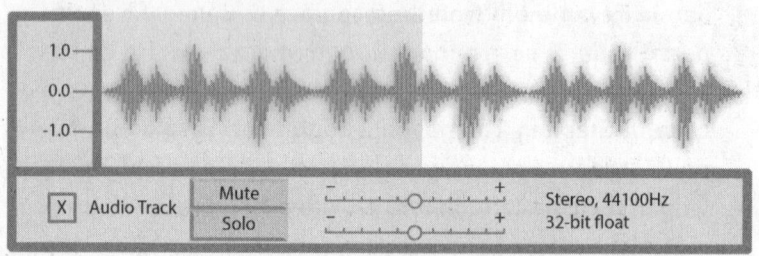

```
1.0 ─┤  ╱╲╱╲╱╲╱╲╱╲╱╲╱╲╱╲╱╲╱╲
0.0 ─┤
-1.0 ─┤

[X] Audio Track   Mute     −───○───+    Stereo, 44100Hz
                  Solo     −────○─+     32-bit float
```

Pip: George, ho appena fatto partire la registrazione. Ti farò firmare un modulo domani a scuola, ma per ora posso chiederti se presti il tuo consenso a che la tua voce venga usata in un podcast?

George: Sì, va bene.

Pip: Ok, mi sono spostata in fondo al bar, riesci a sentirmi meglio adesso?

George: Sì, molto meglio.

Pip: Ok. Allora, hai visto il mio messaggio su Facebook. Ritorniamo su quello che stavi iniziando a dirmi. Puoi ricominciare da capo?

George: Sì, dunque, l'ho visto...

Pip: Scusami, anche un filo prima, se puoi. Allora, venerdì sera dov'eri?

George: Oh, certo. Venerdì, dopo la commemorazione, sono andato al calamity party a casa di Stephen Thompson. Non ho bevuto molto perché la settimana prossima abbiamo un'importante partita di calcio, forse Ant te l'ha detto. Perciò mi ricordo tutta la serata. E l'ho visto, ho visto quel Jamie Reynolds in salotto. Era in piedi contro una parete, non parlava con nessuno. Mi ricordo di aver pensato che non lo conoscevo e, sai, di solito ai calamity ci sono sempre le stesse persone, perciò mi è rimasto impresso. Non gli ho parlato, però.

Pip: Ok. Ora torniamo a quando l'hai rivisto.

George: Certo. Dunque, un po' più tardi sono uscito a fumare una sigaretta. C'erano poche persone fuori, Jas e Katie M stavano parlando perché Katie piangeva non so per cosa. E c'era anche Jamie Reynolds. Me lo ricordo molto bene. Andava su e giù sul marciapiede davanti alla casa e parlava al telefono con qualcuno.

Pip: Puoi descrivere il suo comportamento al telefono?

George: Sì, be', sembrava... agitato. Tipo arrabbiato, ma non proprio. Forse spaventato? Gli tremava un po' la voce.

Pip: E sei riuscito a sentire quel che diceva?

George: Solo un po'. Mentre accendevo mi ricordo che l'ho sentito dire: "No, questo non posso farlo". O una cosa del genere. E lo ha ripetuto un paio di volte, tipo: "Questo non posso farlo, non posso". E a quel punto aveva più o meno attirato la mia attenzione, perciò stavo origliando mentre fingevo di guardare il telefono. Dopo un po' Jamie ha cominciato a scuotere la testa, a dire cose tipo: "Lo so che ho detto qualunque cosa, ma..." e poi si è interrotto.

Pip: Ti ha visto lì? Che stavi origliando?

George: Non credo. Non penso si sia accorto di niente oltre a quello che stava succedendo all'altro capo del telefono. Si stava anche tappando l'altro orecchio per poter sentire meglio. È stato zitto per un po', come se stesse ascoltando, sempre andando su e giù. E ha detto: "Potrei chiamare la polizia" o una cosa simile. Mi ricordo benissimo che ha nominato la polizia.

Pip: Lo ha detto in tono di sfida o come se stesse offrendo aiuto?

George: Non lo so, è difficile dirlo. Poi è stato in silenzio per un po', di nuovo in ascolto, e mi è sembrato si stesse agitando di più. Mi ricordo di averlo sentito dire qualcosa su un bambino piccolo.

Pip: Un bambino piccolo? Il bambino di chi?

George: Non lo so, ho solo sentito che ripeteva "piccolo". E poi ha alzato gli occhi e per caso abbiamo incrociato lo sguardo e deve essersi reso conto che stavo origliando. Perciò, sempre al telefono, ha cominciato ad allontanarsi dalla casa, lungo la strada, e l'ultima cosa che l'ho sentito dire era una roba del tipo: "Non penso di poterlo fare".

Pip: In che direzione andava?

George: Sono abbastanza sicuro che sia andato a destra, verso la via principale.

Pip: E non l'hai visto tornare indietro?

George: No. Sono rimasto fuori per tipo altri cinque minuti. Se n'era andato.

Pip: E hai idea di che ora fosse?

George: Lo so con precisione, perché subito dopo che Jamie se n'era andato, tipo trenta secondi dopo, ho mandato un messaggio alla ragazza della Chesham High con cui mi sto sentendo. Le ho mandato un meme di SpongeBob... va be', è irrilevante, ma il mio telefono dice che l'ho inviato alle 22.32, ed è stato immediatamente dopo che Jamie si era allontanato.

Pip: 22.32? George, è perfetto. Grazie mille. Hai colto qualche indizio sulla persona con cui parlava Jamie? Sapresti dire se era un uomo o una donna?

George: No. No, non saprei dire nient'altro, a parte che a Jamie non piaceva granché quello che gli stavano dicendo. Pensi... pensi che il fratello di Connor stia bene? Forse avrei dovuto raccontare prima quello che ho visto? Se avessi mandato un messaggio a Connor quella sera...

Pip: Va bene così, non sapevi che Jamie era scomparso fino a un'ora fa. E le tue informazioni sono state incredibilmente d'aiuto. Connor ne sarà contentissimo.

Dodici

Sedevano all'isola della cucina, separati da due portatili, e battevano sui tasti all'unisono, a volte di più, a volte di meno.

«Vai troppo veloce» disse Pip a Ravi, facendo capolino da dietro lo schermo. «Dobbiamo studiarle bene una per una.»

«Oh» fece lui sarcastico, con un'espressione in tono. «Non mi ero reso conto che stessimo cercando degli indizi nel cielo notturno.» Voltò il portatile, mostrandole quattro foto consecutive delle lanterne cinesi sospese contro l'oscurità.

«Sto solo controllando, noiosone.»

«Ehi, sono io che ti chiamo così» disse lui. «A te non è permesso.»

Pip tornò a concentrarsi sullo schermo, passando in rassegna le foto e i video che le erano stati inviati dai partecipanti al calamity party. Ravi stava analizzando quelli della commemorazione, ne avevano già ricevuti più di duecento.

«È questo l'uso migliore che possiamo fare del nostro tempo?» Ravi scorse rapido un'altra sequenza di foto. «Sappiamo che Jamie è andato al calamity party dopo la commemorazione, e ora sappiamo che da lì se n'è andato, vivo e vegeto, alle dieci e mezza. Non dovremmo cercare di ricostruire i suoi movimenti dopo quell'ora?»

«Sappiamo che se n'è andato dalla festa» concesse Pip,

«ma non sappiamo ancora *perché* ci fosse andato, il che di per sé è una cosa strana. E poi aggiungici quella conversazione telefonica che ha sentito George. Un comportamento che non è affatto da lui, cioè, hai visto la faccia di Connor quando gliel'ho detto. È strano. Non c'è altra definizione. Il comportamento di Jamie a partire dalla commemorazione è strano. Deve essere in qualche modo collegato alla sua scomparsa.»

«Mi sa di sì.» Ravi tornò a fissare lo schermo del portatile. «Allora, pensiamo che Jamie abbia notato "una persona" – chiunque sia – alla commemorazione. L'ha vista tra la folla e ha aspettato, poi l'ha seguita quando si è spostata a Highmoor alla festa. Stephen il Palpeggiatore ha detto che sembrava che Jamie se ne stesse lì in piedi a guardare e basta?»

«Credo di sì.» Pip si morse il labbro inferiore. «È la cosa più sensata per me. Significa che questa "persona" è molto probabilmente qualcuno della scuola, del mio anno o forse più piccolo.»

«Perché mai Jamie dovrebbe seguire qualcuno della tua scuola?»

Pip colse l'ansia nella voce di Ravi, anche se lui cercò di nasconderla. Provò l'istinto di difendere Jamie, ma non riuscì a dire altro che: «Davvero non lo so». Non c'era niente di positivo all'apparenza. Era contenta di aver mandato Connor a casa con la stampata di un questionario di quattro pagine sui tipici elementi delle password perché lui e sua madre continuassero a provare a sbloccare il computer di Jamie. Era più difficile parlare di Jamie con lui presente. Ma anche Pip faceva fatica ad accettarlo. Dovevano essersi persi qualcosa, qualcosa che avrebbe spiegato come mai

Jamie era andato al party, chi stesse cercando. Qualcosa che doveva essere importante per lui al punto da ignorare Nat e tutte le sue chiamate. Ma cosa?

Pip lanciò un'occhiata all'ora nell'angolo in basso a destra dello schermo. Erano le quattro e mezza ormai. E col fatto che adesso l'ultima volta che Jamie era stato visto vivo erano le 22.32, era scomparso ormai da quarantadue ore. Solo altre sei ore prima del tetto delle quarantotto. Il tetto entro il quale la maggior parte delle persone scomparse ritorna: quasi il settantacinque per cento. Ma Pip aveva il presentimento che Jamie non ne avrebbe fatto parte.

E il problema successivo: la famiglia di Pip era al momento a fare la spesa, la mamma le aveva scritto per dirglielo. Li evitava da tutto il giorno, e Josh era andato con loro, perciò avrebbe causato un po' di ritardo per via dei suoi acquisti impulsivi (l'ultima volta aveva convinto papà a comprare due confezioni di bastoncini di carote, che erano finiti nell'immondizia quando si era ricordato che a lui in realtà le carote non piacevano). Ma anche con le distrazioni di Josh sarebbero tornati a casa presto, e non era possibile che non avessero visto i volantini su Jamie, a quel punto.

Be', non c'era niente che potesse fare, avrebbe semplicemente dovuto affrontare la cosa quando fossero tornati. O forse evitarla ancora più a lungo, insistendo con Ravi perché non se ne andasse mai; i suoi probabilmente non si sarebbero messi a urlare in sua presenza.

Pip scorse altre delle foto mandate da Katie C, una delle sei Katie del suo anno. Aveva trovato prova della presenza di Jamie in due foto, tra le tante dozzine che aveva passato in rassegna finora, e di una non era nemmeno sicura. Era solo la parte bassa di un braccio, che spuntava da dietro un gruppo di ragazzi in posa nel corridoio. Quel braccio scorporato indossava una camicia bordeaux uguale a quella di Jamie, e anche il grosso orologio nero che portava. Perciò era probabile che fosse lui, ma questo non le forniva nessuna reale informazione, se non che Jamie era alla festa alle 21.16. Forse era quella l'ora in cui era arrivato?

Nell'altra si vedeva per lo meno il suo viso, sullo sfondo di una foto di Jasveen, una ragazza dell'anno di Pip, seduta su un divano a motivi blu. La fotocamera era a fuoco su Jas, che faceva un'espressione esageratamente triste, forse per via dell'enorme macchia rossa sul suo top un tempo immacolato. Jamie era in piedi diversi metri dietro di lei, accanto a un bovindo buio, un po' sfocato, ma si riuscivano a distinguere gli occhi, rivolti in diagonale verso il bordo sinistro dell'inquadratura. Sembrava avesse la mascella in tensione, come se stesse stringendo i denti. Doveva essere quello il momento in cui l'aveva notato Stephen Thompson; pareva davvero stesse fissando qualcuno. I metadati dicevano che la foto era stata scattata alle 21.38, perciò Jamie era alla festa almeno da ventidue minuti a quel punto. Era rimasto lì in piedi tutto il tempo, a guardare?

Pip aprì un'altra e-mail, da parte di Chris Marshall del suo corso di inglese. Scaricò il video in allegato, si rimise le cuffie e premette play.

Era una serie di fermo immagine e brevi videoclip: dovevano essere le storie di Chris su Snapchat o Instagram, che aveva salvato nel reel. C'era un selfie di lui insieme a Peter-di-economia-politica che si scolavano due bottiglie di birra, seguito da un breve video di un tizio che Pip non riconobbe e che faceva la verticale mentre Chris lo incoraggiava, la voce roca contro il microfono. Poi una foto della lingua di Chris, che chissà come era diventata blu.

Poi un altro videoclip, il cui sonoro esplose nelle orecchie di Pip facendola sobbalzare. Voci che si urlavano contro, persone che intonavano a voce alta: «Peter, Peter», mentre altri nella stanza fischiavano e gridavano e ridevano. Erano in quella che pareva una sala da pranzo, le sedie tolte da sotto il tavolo, sul quale c'erano dei bicchieri di plastica sistemati a formare due triangoli per lato.

Beer pong. Giocavano a beer pong. Peter-di-economia-politica era da un lato del tavolo, che calcolava il tiro con una pallina da ping pong arancione acceso, un occhio chiuso per la concentrazione. Fece scattare il polso e la pallina gli volò via dalla mano, atterrando con un piccolo schizzo in uno dei bicchieri lì davanti.

Le cuffie di Pip vibrarono per via delle urla che esplodevano nella stanza, Peter che ruggiva vittorioso mentre la ragazza al lato opposto si lamentava di dover bere la birra. Ma poi Pip notò un'altra cosa, con lo sguardo che vagava sullo sfondo. Mise il video in pausa. In piedi, a destra delle porte a vetri che davano nella sala da pranzo, c'era Cara, a bocca aperta mentre brindava, un'onda di liquido scuro che le esplodeva dal bicchiere in quell'istante congelato nel tempo. E qualcos'altro: nel corridoio illuminato di giallo alle sue spalle, che scompariva dietro la porta, c'era un piede. Un frammento di gamba con indosso dei jeans dello stesso colore che Jamie portava quella notte, e una scarpa da ginnastica bianca.

Pip fece andare il video indietro di qualche secondo, a prima della vittoria di Peter. Premette play e lo interruppe immediatamente. Ecco Jamie, nel corridoio. I contorni sfocati perché stava camminando, ma doveva essere lui: capelli biondo scuro e una camicia bordeaux senza colletto. Fissava un oggetto nero che stringeva tra le mani. Pareva un telefono.

Pip schiacciò play e guardò Jamie incamminarsi rapido lungo il corridoio, ignorando tutto il caos della sala da pranzo, lo sguardo sul cellulare. Cara gira la testa, lo segue per mezzo secondo prima che la pallina atterri nel bicchiere e le grida attirino nuovamente la sua attenzione nella stanza.

Quattro secondi.

Soltanto quattro secondi. Poi Jamie sparisce, la scarpa da ginnastica come ultima traccia della sua presenza.

«Trovato» disse Pip.

Tredici

Pip riportò indietro il cursore e premette play per far vedere a Ravi.

«È lui» confermò il ragazzo, posandole il mento appuntito sulla spalla. «È qui che Cara l'ha visto. Guarda.»

«A che servono le telecamere a circuito chiuso quando ci sono le storie di Snapchat?» commentò Pip. «Pensi che stesse scendendo lungo il corridoio verso la porta d'ingresso?» Si voltò a guardare Ravi mentre faceva ripartire il video. «O in direzione contraria?»

«Sono possibili entrambe le cose» disse Ravi. «Difficile dirlo senza conoscere la casa. Pensi che possiamo passare da Stephen a vedere?»

«Dubito ci farebbe entrare» rispose lei. «Non vuole che sua madre sappia della festa.»

«Mmm» fece Ravi, «magari potremmo trovare la planimetria su Zoopla o Rightmove o altri siti di agenzie immobiliari.»

Il video passò oltre il beer pong, su Peter che abbracciava il water e ci vomitava dentro mentre Chris ridacchiava dietro alla fotocamera, dicendo: «Tutto bene, campione?».

Pip mise in pausa per non dover più sentire i conati di Peter.

«Hai un orario per questo video?» chiese Ravi.

«No. Chris mi ha mandato solo la storia salvata, non ci sono indicazioni temporali delle singole parti.»

«Chiamalo e chiediglielo.» Ravi allungò il braccio e si avvicinò il portatile. «Io vedo se riesco a trovare la casa su Zoopla. Che numero è quella di Stephen?»

«19, Highmoor» rispose Pip, ruotando lo sgabello per dare le spalle a Ravi e prendendo il telefono. Aveva il numero di Chris da qualche parte. Sapeva di averlo, perché avevano fatto un progetto di gruppo qualche mese prima. Ah, eccolo: *Chris M.*

«Pronto?» disse Chris rispondendo. La parola suonava come una domanda: era chiaro che non aveva salvato il numero di Pip.

«Ciao Chris, sono Pip.»

«Oh, ciao» disse lui. «Ti ho appena mandato un'e-mail...»

«Sì, grazie mille. In effetti è proprio di quella che ti volevo chiedere. Il video di Peter che gioca a beer pong, sai a che ora è stato fatto?»

«Ehm, non mi ricordo.» All'altro capo della linea Chris fece uno sbadiglio. «Ero piuttosto ubriaco. Ma in effetti, aspetta...» La sua voce si fece lontana, piena di riverbero: era passato in vivavoce. «Ho salvato quella storia per usarla per prendere in giro Peter, ma i video li faccio con l'app della fotocamera perché Snapchat mi va sempre in crash.»

«Oh, è fantastico se ce l'hai in galleria» disse Pip. «Avrà indicato l'orario.»

«Merda» sibilò Chris. «Mi sa che li ho cancellati tutti, mi dispiace.»

Pip sentì il proprio cuore sprofondare. Ma solo per un secondo, poi tornò subito a risalire verso l'alto mentre lei diceva: «Eliminati di recente?».

«Oh, brava.» Pip sentiva le dita di Chris che armeggiavano con il cellulare. «Sì, eccolo. Il video del beer pong è stato fatto alle 21.56.»

«21.56» ripeté Pip, appuntandosi l'orario sul bloc-notes che Ravi le aveva appena fatto scivolare davanti. «Perfetto, grazie mille, Chris.»

Poi riagganciò, anche se Chris stava ancora parlando. Non le erano mai piaciuti quei frammenti sconnessi di dialogo all'inizio o alla fine di una conversazione, e in quel momento non aveva tempo di fingere. Ravi spesso la chiamava la sua piccola bulldozer.

«Sentito?» gli chiese lei.

Lui annuì. «E io ho trovato su Rightmove il vecchio annuncio per la casa di Stephen, venduta nel 2013. Le foto non svelano granché, ma c'è ancora la planimetria.» Girò il portatile, mostrandole un disegno in bianco e nero del piano terra della casa di Stephen.

Pip posò le mani sullo schermo, facendo passare le dita dal riquadro di cinque metri per quattro denominato *Sala da pranzo*, oltre le porte a vetri, fino a sinistra lungo il corridoio, per seguire il percorso di Jamie. Portava all'ingresso.

«Sì» sussurrò. «Alle 21.56 stava senza dubbio uscendo.» Pip copiò la planimetria e la incollò su Paint per poterci prendere appunti. Disegnò una freccia lungo il corridoio in direzione della porta d'ingresso e vi scrisse sopra: *Jamie esce alle 21.56.* «E sta guardando il telefono» disse. «Pensi che stesse per chiamare la persona con cui George l'ha sentito parlare, chiunque fosse?»

«Parrebbe di sì» confermò Ravi. «Sarebbe una telefonata piuttosto lunga. Di tipo mezz'ora, per lo meno.»

Pip tracciò un paio di frecce avanti e indietro fuori dalla porta d'ingresso della planimetria, visto che Jamie era andato su e giù sul marciapiede mentre telefonava. Si appuntò la durata della chiamata e poi disegnò un'altra freccia che si allontanava dalla casa, quando Jamie finalmente se n'era andato.

«Hai mai pensato di diventare un'artista di professione?» chiese Ravi, guardando da dietro la spalla di Pip.

«Oh, sta' zitto, l'idea la rende» disse lei, affondandogli un dito nella fossetta sulla guancia. Ravi emise un robotico *boooop*, fingendo di resettare il viso.

Pip lo ignorò. «In effetti questo potrebbe aiutarci con l'altra immagine di Jamie.» Recuperò la foto di Jamie in piedi dietro Jasveen e il suo top macchiato. La trascinò di lato, accanto alla planimetria. «Qui c'è un divano, perciò dev'essere il salotto, giusto?»

Ravi concordò. «Un divano e un bovindo.»

«Ok» disse Pip. «E Jamie è in piedi subito a destra di quest'ultimo.» Indicò il simbolo del bovindo sulla planimetria. «Ma se gli osservi gli occhi sta guardando da un'altra parte, a sinistra.»

«Risolve gli omicidi ma non distingue la destra dalla sinistra» sorrise Ravi.

«È la sinistra» insistette lei, fulminandolo con lo sguardo. «La nostra sinistra, la sua destra.»

«Ok, ti prego, non farmi del male.» Ravi alzò le mani, il sorriso storto che gli si allungava sulle guance. Perché si divertiva così tanto a mandarla in bestia? E perché a lei piaceva quando lo faceva?

Era esasperante.

Pip si voltò, posando il dito sulla planimetria nel punto in cui si trovava Jamie, e lo spostò seguendo approssimativamente la direzione del suo sguardo. Arrivò a una figura nera e spessa contro la parete accanto. «Cosa significa questo simbolo?» chiese.

«È il caminetto» rispose Ravi. «Quindi alle 21.38 Jamie stava guardando qualcuno in piedi vicino al caminetto. Probabilmente la stessa persona che aveva seguito dopo la commemorazione.»

Pip annuì, aggiungendo queste nuove posizioni e orari sulla planimetria già piena di note.

«Perciò, se smetto di cercare Jamie» disse, «e invece cerco le foto scattate accanto al caminetto verso le 21.38, potrei riuscire a restringere il campo sull'identità di questa persona.»

«Bel piano, Sergente.»

«Tu torna al lavoro» disse lei, spingendo via Ravi con il piede, dall'altra parte dell'isola. Lui l'assecondò, ma non prima di averle rubato il calzino.

Pip udì soltanto un *click* del suo touchpad prima che lui dicesse, piano: «Merda».

«Ravi, smetti di fare lo scemo...»

«Non lo sto facendo» rispose lui. Sul suo viso era scomparsa ogni traccia di sorriso. «Merda.» Lo disse a voce più alta questa volta, facendo cadere il calzino di Pip.

«Cosa c'è?» Lei scivolò giù dallo sgabello e gli si mise accanto. «Hai trovato Jamie?»

«No.»

«La persona?»

«No, ma qui c'è decisamente una persona» disse Ravi, scuro in volto, mentre Pip finalmente vedeva cos'era apparso sullo schermo.

La foto era piena di centinaia di visi, tutti che guardavano verso il cielo, alle lanterne. I più vicini erano illuminati da uno spettrale bagliore argentato, gli occhi rossi per via del flash della fotocamera. E in piedi, quasi in fondo, dove la folla si assottigliava, c'era Max Hastings.

«No» disse Pip, e la parola si trascinò muta, consumandole il respiro finché lei non si sentì il petto lacero e nudo.

Max era lì in piedi, da solo, con una giacca nera che si confondeva con la notte, un cappuccio a nascondergli quasi tutti i capelli. Ma era lui, senza alcun dubbio, gli occhi rossi, l'espressione vuota, illeggibile.

Ravi sbatté il pugno sul ripiano di marmo, facendo tremolare il portatile e gli occhi di Max. «Perché cazzo è venuto?» Tirò su col naso. «Sapeva che non lo voleva nessuno. Nessuno.»

Pip gli mise una mano sulla spalla e sentì la sua rabbia, come un tremito sotto la pelle di Ravi. «Perché è il genere di persona che fa quello che le pare, a prescindere da chi ferisce.»

«Non lo volevo» disse Ravi, fissando Max. «Non sarebbe dovuto venire.»

«Mi dispiace, Ravi.» Fece scivolare la mano lungo il suo braccio, infilandola nella sua.

«E domani devo guardarlo tutto il giorno. Ascoltare altre sue bugie.»

«Non sei obbligato ad andare al processo» disse lei.

«Sì, invece. Non lo sto facendo soltanto per te. Cioè, lo faccio per te, farei di tutto per te.» Abbassò lo sguardo. «Ma lo faccio anche per me. Se Sal avesse saputo che genere di mostro è in realtà Max, ne sarebbe stato distrutto. Distrutto. Pensava fossero amici. Come *ha osato* venire!» Chiuse il portatile con violenza, cancellando il viso di Max.

«Tra pochi giorni non potrà andare più da nessuna parte, e per un bel po'» disse Pip, stringendo la mano di Ravi. «Pochi giorni.»

Lui le rivolse un debole sorriso, passandole il pollice sulle nocche. «Già» disse. «Già, lo so.»

Ravi fu interrotto dal grattare della chiave nella porta d'ingresso che si apriva. Tre paia di piedi sulle assi del pavimento. E poi...

«Pip?» echeggiò la voce della mamma, precedendola di pochissimo in cucina. Guardò Pip con le sopracciglia inarcate, che le scolpirono quattro linee furenti sulla fronte. Abbandonò quell'espressione solo per un secondo, per lanciare un sorriso a Ravi, prima di tornare a rivolgersi alla figlia. «Ho visto i tuoi volantini» disse ferma. «Quando avevi intenzione di parlarcene?»

«Ehm...» cominciò Pip.

Apparve anche suo padre, portando in cucina quattro buste della spesa ricolme, avanzando goffo e interrompendo il contatto visivo tra Pip e la mamma per posarle sul ripiano. Ravi approfittò della breve pausa per alzarsi e infilarsi il portatile sotto il braccio. Accarezzò la nuca di Pip e disse: «Buona fortuna», prima di dirigersi verso la porta, porgendo alla famiglia di lei dei saluti deliziosamente impacciati.

Traditore.

Pip abbassò il capo, cercando di scomparire dentro la camicetta scozzese, usando il portatile come scudo tra sé e i genitori.

«Pip?»

Nome file:

📄 Planimetria annotata del calamity party.jpg

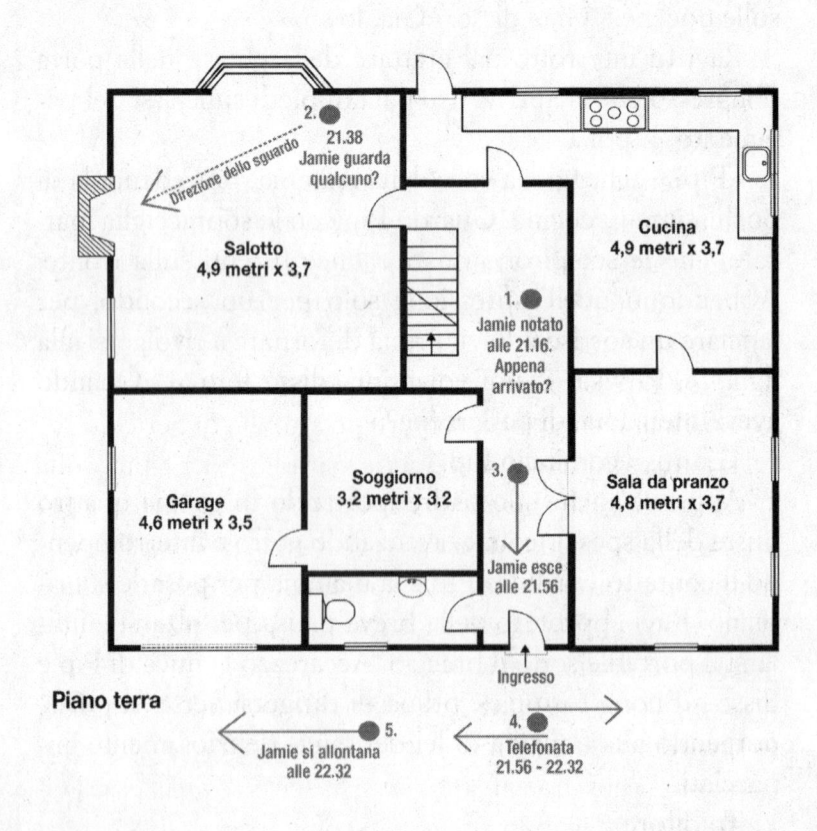

- **2.** 21.38 Jamie guarda qualcuno?
- Direzione dello sguardo
- Salotto 4,9 metri x 3,7
- Cucina 4,9 metri x 3,7
- **1.** Jamie notato alle 21.16. Appena arrivato?
- Garage 4,6 metri x 3,5
- Soggiorno 3,2 metri x 3,2
- **3.** Jamie esce alle 21.56
- Sala da pranzo 4,8 metri x 3,7
- Ingresso
- **Piano terra**
- **5.** Jamie si allontana alle 22.32
- **4.** Telefonata 21.56 - 22.32

Quattordici

«Ehilà?»

«Sì, scusa.» Pip chiuse il portatile, evitando lo sguardo della mamma. «Stavo solo salvando una cosa.»

«Che significano quei volantini?»

Pip si agitò sullo sgabello. «Penso siano piuttosto chiari. Jamie è scomparso.»

«Non fare la furba con me» rispose la mamma, spostando una mano sul fianco: sempre un segnale di pericolo.

Il padre di Pip smise di mettere via la spesa – una volta sistemate le cose che andavano in frigo, ovviamente – e si appoggiò al ripiano, quasi alla stessa distanza tra Pip e la mamma, eppure abbastanza lontano da essere al riparo dallo scontro. Era bravo: si accampava su terreno neutro, gettava un ponte.

«Sì, è come pensi tu» disse Pip, incrociando finalmente lo sguardo della mamma. «Connor e Joanna sono preoccupatissimi. Pensano che a Jamie sia successo qualcosa. Perciò sì, sto indagando sulla sua scomparsa. E sì, sto registrando le indagini per la seconda stagione del podcast. Me l'hanno chiesto loro, e io ho detto di sì.»

«Ma non capisco» disse la mamma, anche se capiva benissimo. Un'altra delle sue tattiche. «Avevi chiuso con tutto questo. Dopo tutto quello che hai passato l'ultima volta. Il pericolo nel quale ti sei cacciata.»

«Lo so...» cominciò Pip, ma la madre la interruppe.

«Sei finita in ospedale, Pippa, per overdose. Ti hanno dovuto fare una lavanda gastrica. Sei stata minacciata da un assassino giudicato colpevole.» Questo era l'unico modo in cui la madre di Pip si riferisse a Elliot Ward, ormai. Non riusciva a utilizzare la parola per definire ciò che era stato in realtà: un amico. Era troppo. «E Barney...»

«Mamma, lo so» disse Pip alzando la voce, che le si spezzò mentre cercava di controllarla. «So tutte le cose terribili che sono successe l'anno scorso a causa mia, non ho bisogno dei tuoi promemoria costanti. Lo so, va bene? So di essere stata egoista, so di essere stata ossessionata, so di essere stata irresponsabile, e se vi dicessi che mi dispiace ogni giorno comunque non basterebbe, ok?» Pip lo sentiva, il vuoto allo stomaco che si agitava, che si apriva per inghiottirla intera. «Mi dispiace. Mi sento continuamente in colpa, perciò non serve che me lo diciate anche voi. Sono io l'esperta dei miei stessi errori, lo capisco.»

«Allora perché scegliere di rivivere tutto quanto di nuovo?» disse la mamma, addolcendo la voce e lasciando cadere la mano dal fianco. Pip non capì cosa volesse dire, se fosse un segno di vittoria o di sconfitta.

Una stridula risata da cartoni animati proveniente dal salotto le interruppe.

«Joshua.» Finalmente parlò papà. «Abbassa il volume, per favore!»

«Ma è SpongeBob ed è solo a 14» gridò di rimando una vocina.

«Joshua...»

«Ok, ok.»

Il suono della tivù si abbassò finché Pip non fu più in grado di sentirla da sopra il ronzio che aveva nelle orecchie. Papà tornò nella posizione che aveva assunto, facendo loro cenno di continuare.

«Perché?» La mamma ripeté la sua ultima domanda, sottolineandola con una spessa linea.

«Perché devo» rispose Pip. «E se vuoi sapere la verità, avevo detto di no. Era stata quella la mia scelta. Avevo detto a Connor che non potevo rifarlo. Perciò ieri sono andata a parlare con la polizia per convincerli a indagare davvero sulla scomparsa di Jamie. Pensavo di poter aiutare così. Ma non hanno intenzione di fare niente per lui, non possono.» Pip si infilò le mani sotto i gomiti. «La verità è che in realtà non ho avuto scelta una volta che la polizia ha detto di no. Non volevo farlo. Ma non posso non farlo. Me l'hanno chiesto loro. Sono venuti da me. E se avessi detto di no? E se Jamie non venisse mai trovato? E se fosse morto?»

«Pip, non è compito tuo...»

«Non è compito mio, ma sento che è mia responsabilità» rispose lei. «So che avete entrambi un migliaio di ragioni per cui questo non è vero, ma vi sto dicendo quello che sento. È mia responsabilità perché ho cominciato una cosa che ora non posso più abbandonare. A prescindere da cosa può aver fatto a me, a tutti noi, ho comunque risolto un doppio caso di omicidio l'anno scorso. Ora ho seicentomila abbonati che mi ascoltano e sono nella posizione di poter sfruttare questa cosa, di aiutare le persone. Di aiutare Jamie. È per questo che non avevo scelta. Magari non sono la sola a poter dare una mano, ma sono la sola che sia qui in questo momento. Parliamo di Jamie, mamma. Non potrei guardarmi in faccia se gli succedesse qualcosa e io avessi detto di no perché era la scelta più comoda. La scelta più sicura. La scelta che i miei genitori vorrebbero che facessi. È per questo che ho detto di sì. Non perché voglio, ma perché devo. Io l'ho accettato, e spero che possiate farlo anche voi.»

Pip vide con la coda dell'occhio che suo padre annuiva, mentre la luce a LED sopra di lui gli disegnava striature gialle sulla pelle scura della fronte. Anche la mamma lo notò, e si girò verso di lui aggrottando le sopracciglia.

«Victor...» disse.

«Leanne» replicò lui, facendo un passo in avanti nella terra di nessuno. «È chiaro che non è irresponsabile: ha riflettuto a fondo prima di decidere. Noi non possiamo chiedere altro, perché è la sua decisione. Ormai ha diciott'anni.» Si girò per sorridere a Pip, gli occhi che scintillavano come solo i suoi sapevano fare. Proprio come la guardava ogni volta che le raccontava la storia di come si erano conosciuti. Pip aveva quattro anni, e girava a passi pesanti per quella stessa casa, una casa che lui aveva intenzione di comprare. Aveva accompagnato la mamma durante la visita perché quel giorno non c'era l'asilo. Li aveva seguiti in tutte le camere, raccontando a lui una diversa curiosità sugli animali a ogni nuova stanza, nonostante la mamma continuasse a dirle di fare silenzio perché doveva spiegare a quel *bel signore* tutto sulla cucina high-tech. Lui diceva sempre che quel giorno erano state tutt'e due a rubargli il cuore.

Pip gli restituì il sorriso, e quel buco nello stomaco cominciò a restringersi un pochino, liberando spazio per lei attorno a sé.

«E i rischi, Victor?» disse la mamma di Pip, anche se ora il tono di voce era cambiato, lo scontro scomparso del tutto.

«Ogni cosa ha i suoi rischi» rispose lui. «Perfino attraversare la strada. Non sarebbe diverso se fosse una giornalista o una poliziotta. E le impediremmo di fare una di queste due cose per via dei potenziali rischi? E poi, io sono enorme. Se qualcuno anche solo pensa di far del male a mia figlia, io gli strappo la testa.»

Pip rise, e la bocca della mamma si incurvò in un sorriso cui non voleva cedere. Lo abbandonò, per il momento, anche se lottò con ardore.

«Bene» disse. «Pip, io non sono tua nemica, sono tua madre. Mi interessano solo la tua sicurezza e la tua felicità, due cose che l'ultima volta hai perso. Il mio compito è quello di proteggerti, che ti piaccia o no. Perciò va bene, accetto la tua decisione. Ma ti terrò d'occhio per essere sicura che non sviluppi un'ossessione tale da diventare insana, e faresti bene a credermi se ti dico che non perderai nemmeno un giorno di scuola e non trascurerai lo studio» continuò, contando sulle dita. «Sono certa che va tutto bene, ma se c'è anche solo una vaghissima ombra di pericolo voglio che tu venga subito da noi. Me lo prometti?»

«Grazie.» Pip annuì, il suo petto si rilassò. «Non sarà come l'ultima volta, lo prometto.» Non era più quella persona. Questa volta sarebbe stata brava. Sì. Le cose sarebbero andate diversamente, disse a quella sensazione nella pancia che non la lasciava mai. «Ma devo mettervi in guardia: non penso che vada tutto bene. Mettiamola così, non credo che vedrai Jamie al lavoro domattina.»

La mamma diventò rossa e abbassò lo sguardo, stringendo le labbra. Tra tutte le sue espressioni, Pip non era certa di cosa significasse quella. «Be'» disse piano, «dico solo che probabilmente Jamie sta bene e sono sicura che si scoprirà che non è successo niente. È per questo che non voglio che tu ti ci getti troppo a capofitto.»

«Be', cioè, io spero sia come dici tu» replicò Pip, prendendo la confezione di mandarini satsuma che le porgeva il padre e riponendoli nella ciotola della frutta. «Ma ci sono un paio di bandierine rosse. Il suo telefono era spento quella sera e non è mai più stato riacceso. E quel giorno si comportava in modo strano... insolito.»

La mamma posò una pagnotta nel cesto del pane. «Dico solo che forse comportarsi in modo strano non è così insolito per Jamie.»

«Aspetta, cosa?» Pip si bloccò, allontanandosi dalla confezione di porridge che papà le stava porgendo.

«Oh, niente» rispose la mamma, tenendosi occupata con i pomodori pelati. «Non avrei dovuto dire niente.»

«Dire niente su cosa?» la incalzò Pip, il cuore che le martellava in gola perché percepiva il disagio della madre. Le fissò a occhi stretti la nuca. «Mamma? Sai qualcosa di Jamie?»

Nome file:

Come uccidono le brave ragazze STAGIONE 2: intervista alla mamma.wav

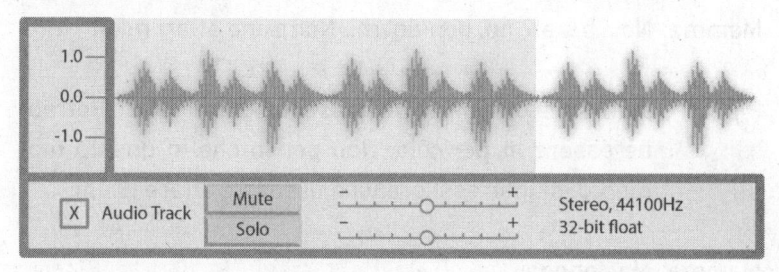

Pip: Mamma, aspetta, un secondo, ora ho sistemato i microfoni. Puoi dirmi cosa stavi per dire su Jamie?

[INUDIBILE]

Pip: Mamma, devi... devi avvicinarti al microfono. Non ti capta da laggiù.

[INUDIBILE]

Pip: Per favore, puoi soltanto sederti e dirmelo, qualsiasi cosa sia?

Mamma: [INUDIBILE] ... cominciare a preparare la cena.

Pip: Lo so, lo so. Ci vorranno solo pochi minuti. Per favore. Che cosa intendevi con "comportarsi in modo strano non è così insolito per Jamie"? Parlavi di qualcosa che è successo al lavoro? Venerdì, prima della commemorazione, Jamie faceva il turno più tardi. Si è comportato in modo strano in quel momento, intendi questo? Per favore mamma, potrebbe davvero aiutare le indagini.

Mamma: No... è... ah, no, non dovrei. Non sono affari miei.

Pip: Jamie è scomparso. Da quasi due giorni interi. Potrebbe essere in pericolo. Non penso che in questo momento gli interessi granché di cosa è affare di chi.

Mamma: Ma Joanna...

Pip: È lei che mi ha chiesto di farlo. Ha accettato che potrebbe scoprire cose di Jamie che non vorrebbe conoscere.

Mamma: Joanna... Joanna pensa che Jamie lavori ancora alla Proctor & Radcliffe? È questo che lui le ha detto?

Pip: Sì, certo, perché? È lì che lavora. Era al lavoro venerdì, prima di sparire.

Mamma: Lui... Jamie non lavora più all'agenzia. Ha smesso, forse due settimane e mezzo fa.

Pip: Ha *smesso*? La sua famiglia non ne ha idea, pensano lavori ancora con te. Andava al lavoro ogni giorno. Perché dovrebbe mollarlo e mentire?

Mamma: Lui... non lo ha mollato.

Pip: Come?

Mamma: Pip...

Pip: Mamma?

Mamma: C'è stato un incidente. Ma non voglio parlarne in realtà, non ha niente a che fare con questa storia. Intendevo dire che forse la scomparsa di Jamie non è una cosa così insolita, e perché preoccuparsi per lui quando...

Pip: Mamma, è scomparso. Qualsiasi cosa sia successa nelle ultime settimane potrebbe essere rilevante. Qualsiasi cosa. Joanna non si arrabbierà se me lo dici, ne sono sicura. Che incidente c'è stato? Quando?

Mamma: Be'... dev'essere stato un mercoledì perché Todd non c'era ma Siobhan e Olivia sì, però erano a fare delle visite.

Pip: Mercoledì, due settimane fa? Perciò era il... l'11?

Mamma: Può darsi, sì. Io ero uscita per pranzo, con Jackie, al bar, e avevo lasciato Jamie in ufficio da solo. E quando sono tornata... be', devo essere stata più rapida di quanto si aspettasse perché...

Pip: Cosa? Cosa stava facendo?

Mamma: Aveva la mia chiave, non so come, doveva avermela presa dalla borsa, l'ha usata per aprire il cassetto della mia scrivania mentre non c'ero. L'ho sorpreso che prendeva dal cassetto la mia carta di credito aziendale.

Pip: Cosa?

Mamma: Si è fatto prendere dal panico quando sono entrata. Tremava. Ha accampato diverse scuse sul perché stesse prendendo la carta di credito, ha detto che gli servivano i dati per poter ordinare più buste, poi che Todd gli aveva chiesto di fare una cosa per lui. Ma io sapevo che mentiva, e Jamie sapeva che non me la stavo bevendo. Perciò poi ha cominciato a scusarsi e basta, senza fermarsi. Ha detto che gli dispiaceva, solo che gli servivano i soldi e ha detto... ha detto una cosa tipo: "Non l'avrei fatto se non fosse questione di vita o di morte".

Pip: "Di vita o di morte"? In che senso?

Mamma: Non lo so. Immagino volesse usare la carta per prelevare qualche centinaio di sterline. Conosceva il PIN perché l'avevo già mandato a comprare il tè per l'ufficio con quella. Non so perché gli servissero i soldi, ma era chiaramente disperato. Non avevamo mai avuto nessun problema con Jamie prima. Gli avevo offerto il lavoro per aiutarlo, per aiutare Joanna e Arthur perché Jamie aveva problemi a sistemarsi. È un ragazzo molto dolce, è così da quando era bambino. Il Jamie che ho sorpreso sembrava quasi una persona diversa. Era spaventatissimo. Mortificato.

Pip: Doveva essere davvero disperato perché sicuramente sapeva che anche se fosse riuscito a rubare i contanti prima o poi l'avreste scoperto. Perché gli servivano i soldi con tanta urgenza?

Mamma: Non l'ho chiesto. Gli ho solo detto di posare la carta e ridarmi la chiave e che non avrei chiamato la polizia. Non aveva senso creargli ancora più problemi: sembrava ne avesse già abbastanza di suo, quali che fossero. E mi sarei sentita troppo in colpa a denunciare alla polizia il figlio di una mia amica. Non si fa. Perciò ho detto a Jamie che non avrei raccontato a nessuno cos'era successo, ma che non poteva più lavorare alla Proctor & Radcliffe e che il suo contratto sarebbe stato interrotto immediatamente. Gli ho detto che doveva dare una raddrizzata alla sua vita o prima o poi l'avrei dovuto dire a Joanna. Mi ha ringraziato per non aver chiamato la polizia, per l'occasione che gli avevo dato e poi se n'è andato. L'ultima cosa che mi ha detto uscendo è stata: "Sono mortificato, non l'avrei fatto se non fossi stato costretto".

Pip: A cosa gli servivano i soldi?

Mamma: Non l'ha detto. Ma se era disposto a rubare all'agenzia e a farsi beccare, per cos'altro potevano servirgli se non... be', per qualcosa di... illegale... di criminale?

Pip: Be', forse. Ma questo non significa che la sua scomparsa due settimane dopo non sia sospetta o insolita. Se non altro conferma la mia idea che Jamie è nei guai. Che si è lasciato invischiare in qualcosa di brutto.

Mamma: Di sicuro non avrei mai pensato che fosse uno che poteva rubare. Mai.

Pip: E la sola spiegazione che ti ha dato è stata che era una questione di vita o di morte?

Mamma: È quello che ha detto, sì.

Pip: La vita o la morte di chi?

Quindici

Pip fu certa di aver visto il momento esatto in cui il cuore di Joanna aveva cominciato a spezzarsi. Non era stato quando aveva detto a lei e a Connor del calamity party, di Jamie che ci era andato per seguire qualcuno. Non era stato quando aveva detto che se n'era andato alle dieci e mezza ed era stato sentito parlare al telefono nominando la polizia. Non era stato nemmeno quando aveva detto loro che Jamie aveva mentito per due settimane facendo credere di avere ancora un lavoro, e come l'avesse perso. No, era stato nel momento in cui aveva detto queste esatte parole: di vita o di morte.

In Joanna qualcosa era cambiato di colpo: il modo in cui teneva la testa, il contorno dei suoi occhi, il modo in cui la pelle aveva ceduto ed era impallidita, come se un po' della vita dentro di lei fosse scivolata via, perdendosi nell'aria fredda della cucina. E Pip sapeva che aveva appena dato voce alle peggiori paure della donna. Peggio ancora, quelle erano parole dello stesso Jamie.

«Ma non sappiamo cosa volesse dire. È possibile che stesse esagerando per minimizzare il guaio in cui si trovava o perché mia madre empatizzasse con lui» disse Pip, spostando lo sguardo da Connor agli occhi affranti di Joanna. Arthur Reynolds non c'era. A quanto pareva era stato fuori casa per quasi tutto il giorno e nessuno dei due sapeva dove fosse. *A sbollire*, aveva scommesso Joanna. «Avete qualche idea del perché a Jamie servissero quei soldi?»

«Mercoledì, due settimane fa?» chiese Connor. «Non è che ci fossero compleanni o occasioni per cui gli occorrevano soldi.»

«Dubito che Jamie intendesse rubare per comprare regali di compleanno» rispose Pip con il maggior tatto possibile. «Sapete se avesse dei debiti che magari doveva ripagare? Il credito telefonico? Sappiamo che è stato attaccato al telefono nelle ultime settimane.»

«Non penso.» Joanna finalmente parlò. «Aveva un buono stipendio all'agenzia immobiliare, sono sicura che copriva più che a sufficienza i costi del telefono. Non è che spendesse più del solito. Jamie non compra quasi niente per se stesso, né vestiti né altro. Penso che la sua massima voce di spesa fosse solo... be', il pranzo.»

«Ok, verificherò.»

«Dove andava Jamie?» domandò Connor. «Quando ci diceva che andava al lavoro?»

«Scoprirò anche questo» disse Pip. «Magari voleva solo uscire di casa, per non dovervi dire cos'era successo. Forse stava cercando di trovare un altro lavoro, prima di dirvi che aveva perso quello che aveva. So che era motivo di scontro tra Jamie e suo padre, magari stava cercando di evitare un altro litigio in merito.»

«Sì» commentò Joanna, grattandosi il mento. «Arthur si sarebbe infuriato per il fatto che aveva perso un altro lavoro. E Jamie odia gli scontri.»

«Tornando al calamity party» disse Pip, riprendendo le redini della conversazione, «avete qualche idea di chi possa essere la persona con cui Jamie era al telefono? Qualcuno che potrebbe avergli chiesto di fare qualcosa?»

«No. Nessuno di noi» rispose lei.

«Zoe?» chiese Pip.

«No, lei non ha sentito Jamie quel giorno. L'unica persona che Jamie chiama con regolarità è Nat Da Silva. O almeno lo era.»

«Non era lei» disse Pip. «Mi ha detto che Jamie non si è mai fatto vedere a casa sua, diversamente da quanto avevano programmato, e ha ignorato tutti i suoi messaggi e le sue chiamate.»

«Non lo so, allora. Mi dispiace» ribatté Joanna con una vocina come se anche quella le stesse scivolando via.

«Non fa niente.» Pip aumentò la forza della propria per compensare. «Immagino me l'avreste già detto, ma avete fatto passi avanti con la password del computer?»

«Non ancora» rispose Connor. «Abbiamo seguito quel questionario, provando ogni variante con i numeri al posto delle lettere. Per ora niente. Stiamo tenendo traccia di tutto quello che abbiamo provato, mi sa che siamo a più di seicento tentativi errati, ormai.»

«Ok, be', continuate a provare. Domani dopo la scuola vedo se riesco a contattare qualcuno che possa forzare l'accesso senza danneggiare i dati.»

«Sì, va bene.» Connor si torturava le dita. Alle sue spalle c'erano una confezione aperta di cereali e due ciotole sporche: Pip immaginò fosse stata quella la loro cena. «C'è altro che possiamo fare, oltre alla password? Qualsiasi cosa?»

«Ehm, sì, certo» rispose lei, cercando di farsi venire in mente qualcosa. «Sto ancora passando in rassegna tutti i video e le foto che mi ha mandato chi ha partecipato al calamity party. Come ho detto, sto cercando qualcuno in piedi vicino al caminetto dalle 21.38 alle 21.50 circa. L'unica che si avvicina è una foto fatta alle 21.29 in direzione del camino. Ci sono circa nove persone, alcune del nostro anno, alcune di un anno più piccole. Forse è stata scattata troppo presto per poter mostrare la persona che Jamie stava osservando, chiunque fosse, ma è una cosa che posso... che possiamo scoprire domani a scuola. Connor, ti mando la foto e i video così puoi guardarli anche tu?»

«Sì.» Si raddrizzò sulla sedia. «Certo.»

«Perfetto.»

«Sto ricevendo molti messaggi dalla gente» disse Joanna. «Da amici e vicini che hanno visto i tuoi volantini. Non sono ancora uscita di casa, ho passato tutto il giorno a fare tentativi con il computer e il telefono di Jamie. Posso vedere la foto che hai usato?»

«Sì, certo.» Pip spostò le dita sul touchpad per riattivare il portatile. Scorse i file recenti, aprì la foto e girò il computer per farla vedere a Joanna. «Ho scelto questa» disse. «Si vede bene in viso e non sorride troppo, perché secondo me spesso le persone hanno un aspetto diverso quando sorridono *sul serio*. L'hai fatta prima di accendere le candeline sulla torta, perciò non c'è nessuno strano riflesso delle fiammelle. Va bene?»

«Sì» rispose piano Joanna, coprendosi la bocca con la mano chiusa a pugno. «Sì, è perfetta.» Mentre spostava lo sguardo su e giù sul volto del figlio, come se temesse di posarlo in un punto troppo a lungo, le si riempirono gli occhi di lacrime. Cosa pensava di vedere? O stava studiando il suo viso, cercando di ricordarne ogni dettaglio?

«Faccio una corsa in bagno» disse Joanna con voce lontana, alzandosi tremante dalla sedia. Si chiuse la porta della cucina alle spalle e Connor fece un sospiro, avvilito. Si mordicchiò le pellicine vicino alle unghie.

«È andata di sopra a piangere» disse. «È tutto il giorno che è così. So che lo fa, e lei saprà che lo so. Ma non lo vuole fare davanti a me.»

«Mi dispiace.»

«Forse pensa che perderei la speranza se la vedessi piangere.»

«Mi dispiace, Connor.» Pip allungò una mano per toccargli il braccio ma era troppo lontano, dall'altra parte del tavolo. Così prese il computer, riportandolo di fronte a sé. Il viso di Jamie la fissava. «Ma oggi abbiamo fatto progressi, davvero. Abbiamo colmato molti buchi nella serata di Jamie e abbiamo un paio di piste da studiare.»

Connor si strinse nelle spalle, guardando l'ora sul cellulare. «Jamie è stato visto l'ultima volta alle 22.32, giusto? Significa che tra cinquantasette minuti saranno passate quarantott'ore.» Rimase in silenzio per un momento. «Non tornerà nei prossimi cinquantasette minuti, vero?»

Pip non sapeva cosa rispondere. C'era una cosa che avrebbe dovuto dire, che avrebbe dovuto dirgli il giorno prima: di non toccare lo spazzolino o il pettine di Jamie o niente che potesse avere sopra il suo DNA, casomai servisse. Ma quello non era il momento. Non era sicura sarebbe mai arrivato quello giusto. Era una linea una volta superata la quale non si poteva tornare indietro.

Invece guardò lo schermo, Jamie e il suo mezzo sorriso, gli occhi che le restituivano lo sguardo come se non ci fossero dieci giorni a separarli. E poi si rese conto di una cosa: in quella foto sedeva esattamente di fronte a lei, a quello stesso tavolo. Pip era lì, e Jamie proprio davanti, come se si fosse aperta una fessura nel tempo sulla lucida superficie di legno. Era tutto quanto come nella foto alle sue spalle: lo sportello del frigo con la sparpagliata collezione di magneti kitsch portati dalle vacanze, la tapparella color crema tirata giù di un terzo dietro il lavandino, il tagliere di legno appoggiato nello stesso punto, sopra la spalla sinistra di Jamie, e il portacoltelli nero e cilindrico sopra quella di destra, con coltelli di sei diverse misure e fasce colorate sui manici, a differenziarli.

Be', in realtà – lo sguardo di Pip si spostò dallo schermo alla cucina – il set di coltelli dietro la foto di Jamie era completo, tutti quanti riposti in ordine: viola, arancione, verde chiaro, verde scuro, rosso e giallo. Ma ora, alzando gli occhi, vide che uno dei coltelli non c'era. Quello con la fascia gialla.

«Cosa stai guardando?» chiese Connor. Pip non aveva notato che si era messo in piedi dietro di lei, e osservava da dietro la sua spalla.

«Oh, niente» rispose. «Stavo solo guardando la foto e ho notato che ora non c'è uno dei coltelli. Niente» ripeté, agitando la mano per allontanare il pensiero.

«Probabilmente è nella lavastoviglie.» Connor andò ad aprirla. «Mmmh» disse, lasciandola perdere e spostandosi invece al lavandino. Ci frugò dentro, il suono della ceramica che grattava contro altra ceramica fece trasalire Pip. «Qualcuno l'avrà messo in un cassetto per sbaglio. Io lo faccio sempre» disse, ma c'era un che di agitato nella sua voce adesso, e si mise ad aprire i cassetti, facendone sferragliare il contenuto e tirandoli fuori il più possibile.

A guardarlo, il suo terrore doveva aver contagiato Pip: il cuore le sobbalzava a ogni colpo e qualcosa di freddo le si era piantato nel petto. Connor non si fermava, frenetico, finché non ebbe aperto tutti i cassetti, come se alla cucina fossero cresciuti enormi denti sporgenti che mordevano il resto della stanza. «Non c'è» le disse, senza che ce ne fosse bisogno.

«Magari chiedi a tua madre» rispose Pip, alzandosi in piedi.

«Mamma!» gridò Connor, rivolgendo la propria attenzione alla credenza, aprendo ogni sportello finché non sembrò che la cucina fosse appesa al contrario. L'impressione era quella: lo stomaco di Pip ondeggiava, i piedi incespicavano.

Sentì Joanna scendere le scale a passo pesante.

«Calmati, Connor» provò a dire Pip. «Sarà qui da qualche parte.»

«E se non c'è» disse lui in ginocchio, controllando lo sportello sotto il lavandino «cosa vuol dire?»

Cosa voleva dire? Forse avrebbe dovuto tenere quell'osservazione per sé un po' più a lungo. «Vorrebbe dire che uno dei vostri coltelli è sparito.»

«Cos'è sparito?» chiese Joanna, entrando trafelata.

«Uno dei vostri coltelli, quello con la fascia gialla» spiegò Pip, mostrando a Joanna il portatile. «Vedi? C'era nella foto fatta il giorno del compleanno di Jamie. Ma adesso nel portacoltelli non c'è.»

«Non c'è da nessuna parte» intervenne Connor, senza fiato. «Ho cercato in tutta la cucina.»

«Lo vedo» rispose Joanna, chiudendo qualche sportello. Ricontrollò il lavandino, togliendo tutte le tazze e i bicchieri che conteneva, e sotto di essi. Guardò nello scolapiatti, anche se Pip da dove si trovava riusciva a vedere che era vuoto. Connor era al portacoltelli, e toglieva tutti quelli rimasti, come se quello giallo potesse chissà come nascondersi lì sotto.

«Be', è sparito» annunciò Joanna. «Non è in nessuno dei posti in cui potrebbe essere. Chiedo ad Arthur quando torna.»

«Ti ricordi di averlo usato di recente?» domandò Pip. Riguardò le foto del compleanno di Jamie. «Jamie ha usato quello rosso per tagliare la torta, ma tu ti ricordi, dopo quella data, di aver usato quello giallo?»

Joanna alzò lo sguardo verso destra, muovendo impercettibilmente gli occhi mentre frugava nella memoria. «Connor, che giorno ho fatto la mussaka questa settimana?»

Il petto di Connor si alzava e abbassava insieme al suo respiro. «Mmmh, è stato quando sono arrivato tardi, dopo la lezione di chitarra, no? Quindi mercoledì.»

«Sì, mercoledì.» Joanna tornò a rivolgersi a Pip. «Non mi ricordo di averlo usato, ma utilizzo sempre quello per tagliare le melanzane, perché è il più affilato e il più largo. Se non ci fosse stato l'avrei notato, ne sono sicura.»

«Ok, ok» disse Pip, prendendosi del tempo per pensare. «Quindi il coltello probabilmente è sparito negli ultimi quattro giorni.»

«Questo cosa significa?»

«Non deve per forza significare qualcosa» rispose Pip con tatto. «Potrebbe non avere nessuna correlazione con Jamie. Magari rispunta da qualche parte in casa dove non avete pensato di guardare. Al momento è solo un'informazione che riguarda qualcosa al di fuori dell'ordinario, e io voglio sapere tutto ciò che è fuori dall'ordinario, a prescindere da cosa sia. Ecco tutto.»

Sì, avrebbe dovuto tenerselo per sé, il panico negli occhi di entrambi glielo confermò. Pip studiò la fattura dei coltelli, fece una foto con il cellulare al portacoltelli e al buco vuoto, cercando di non attirare troppa attenzione sui suoi movimenti. Tornando al portatile cercò il marchio e apparve un'immagine del sito, di tutti i coltelli dai diversi colori in fila.

«Sì, sono questi» disse Joanna accanto a lei.

«Ok.» Pip chiuse il portatile e lo infilò nello zaino. «Ti mando quei file del calamity party, Connor. Io li studierò fino a tardi, perciò se trovi qualcosa scrivimi subito. E direi che ci vediamo domani a scuola. Buonanotte, Joanna. Dormi bene.»

Dormi bene? Che cosa stupida da dire, era ovvio che non avrebbe dormito bene.

Pip uscì dalla stanza con un sorriso forzato, a denti stretti, e sperò che non le leggessero nulla in viso, nessuna traccia del pensiero che aveva appena formulato. Il pensiero che aveva formulato prima di potersi trattenere, guardando l'immagine dei sei coltelli colorati in fila, gli occhi su quello giallo. Il pensiero che, se si voleva usare uno di quei coltelli come arma, quello da scegliere sarebbe stato proprio quello giallo. Quello mancante.

Nome file:

Fotografia del set di coltelli lo scorso giovedì e oggi.jpg

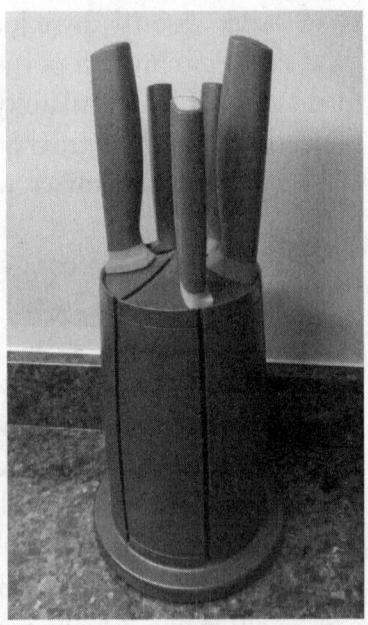

Nome file:

📄 Appunti sul caso 3.docx

Il coltello mancante

Potrebbe essere irrilevante, lo spero con tutta me stessa, altrimenti questo caso ha già preso una piega sinistra che non voglio seguire. Ma il tempismo è notevole: sia Jamie sia un coltello della sua cucina sono spariti nella stessa settimana. Come si fa a perdere un grosso coltello come quello (un coltello da chef di 15 cm, dice il sito), così, in casa? Non è possibile. Dev'essere stato portato via a un certo punto dopo mercoledì sera.

Comportamento strano

Tentare di rubare dall'agenzia della mamma è decisamente una cosa che il Jamie che conosco non farebbe mai. Lo dicono anche i Reynolds: non ha mai rubato nulla prima. Cos'aveva in mente? Prendere la carta della mamma e ritirare il massimale più alto possibile (Google dice che si aggira tra le 250 e le 500 sterline)? E perché gli servivano quei soldi così disperatamente? Pensiero random: potrebbe avere qualcosa a che fare con l'orologio da donna che ho trovato nel comodino di Jamie? Non sembra nuovo, ma magari l'ha comprato di seconda mano. O potrebbe aver rubato anche quello?

E cosa significava quel commento di Jamie, "questione di vita o di morte"? Mi vengono i brividi solo a pensarci, specie ora che è scomparso. Parlava di se stesso o di qualcun altro? (NB: comprare orologi da donna di seconda mano probabilmente non è una "questione di vita o di morte".)

Non aver detto alla propria famiglia di aver perso il lavoro a me non sembra per forza sospetto. Ovvio che volesse nascondere la ragione per cui era stato licenziato, ma ha anche senso che desiderasse nascondere di essere di nuovo disoccupato, visto che molta della tensione tra Jamie e il padre deriva dal suo cambiare lavori senza mai impegnarsi, dal fatto che non ha abbastanza ambizione o spinta.

A proposito di comportamenti strani, dov'è stato tutto il giorno Arthur Reynolds? Ok, capisco che non creda che Jamie sia davvero scomparso, che probabilmente è scappato dopo il loro ultimo grosso litigio e che tornerà tra pochi giorni in perfetta salute. L'esperienza passata avvalora questa teoria. Ma se tua moglie e il tuo figlio più piccolo sono così convinti che ci sia qualcosa che non va, non ti viene da contemplare questa possibilità? È chiaro che la moglie è sconvolta, e anche se Arthur non crede che ci sia qualcosa che non va, non dovrebbe rimanere a darle supporto? Non vuole avere nulla a che fare con le indagini. Forse presto cambierà idea, ora che abbiamo passato il tetto delle quarantott'ore.

<u>Calamity party</u>

Cosa ci faceva lì Jamie? La mia teoria è che la "persona" che ha visto probabilmente è qualcuno del mio anno o dell'anno prima del mio a scuola. Jamie l'ha vista alla commemorazione e poi l'ha seguita mentre si dirigeva (presumibilmente con un gruppo di amici) a Highmoor e al calamity party a casa di Stephen Thompson. Sospetto che Jamie sia entrato di nascosto (quando è stato visto alle 21.16) e che volesse parlare con questa "persona": per quale altro motivo seguirla? Credo che alle

21.38 Jamie stesse osservando "la persona" che era vicina al caminetto. Una foto delle 21.29 mostra nove persone identificabili lì accanto.

- Dell'ultimo anno: Elspeth Crossman, Katya Juckes, Struan Copeland, Joseph Powrie, Emma Thwaites e Aisha Bailey.
- Del penultimo anno: Yasmin Miah, Richard Willett e Lily Horton.
- La foto non coincide con gli orari di quando è stato visto Jamie, ma è la cosa più vicina che ho. Domani a scuola li cerco e vedo se sanno qualcosa.

Piste aperte

- Ricevute altre foto/video del calamity party: controllare.
- Hillary F. Weiseman: l'*unica* Hillary F. Weiseman che ho trovato è l'ottantaquattrenne morta a Little Kilton nel 2006. Il necrologio dice che ha lasciato una figlia e due nipoti, ma non sono riuscita a trovare altri Weiseman. Perché Jamie si è appuntato il suo nome nell'ultima settimana e mezzo? Qual è il collegamento?
- Con chi era al telefono Jamie alle 22.32? Una lunga conversazione di più di 30 minuti? La stessa persona a cui scriveva/telefonava nelle ultime settimane? Non Nat Da Silva.
- Scoprire l'identità della "persona" e perché Jamie l'ha seguita alla festa.
- Rubare denaro – perché? Questione di vita o di morte?

LUNEDÌ
Scomparso da tre giorni

Sedici

Non sedeva più in prima fila. Era lì che si metteva sempre, in quell'aula, a quell'ora, quando in piedi davanti a loro c'era Elliot Ward, che spiegava gli effetti economici della Seconda guerra mondiale.

Ora c'era il signor Clark, il nuovo insegnante di storia che era arrivato dopo Natale per prendere il posto di Ward. Era giovane, forse non aveva ancora nemmeno trent'anni, capelli cotonati castani e una barba ben curata per lo più rossiccia. Era appassionato, e più che entusiasta delle sue presentazioni in PowerPoint. E degli effetti sonori. Era però un po' troppo presto, specie per un lunedì mattina, per delle granate esplosive.

Non che Pip lo stesse ascoltando. Era seduta nell'angolo in fondo. Era quello il suo posto ora, accanto a Connor: questo non era cambiato. A parte che oggi lui era arrivato tardi, e ora, seduto lì, agitava la gamba, anche lui senza prestare attenzione alla lezione.

Il libro di testo di Pip era sul banco davanti a lei, aperto a pagina 237, ma non stava prendendo appunti, in realtà. Il libro era uno scudo, la nascondeva dagli occhi del signor Clark. Contro la pagina era posato il cellulare, auricolari inseriti, cavo nascosto sul davanti del maglione, che le risaliva sotto la manica fino alla mano che stringeva le cuffiette. Perfettamente camuffato. Al signor Clark doveva sembrare che Pip tenesse il mento posato sulla mano mentre si appuntava dati e percentuali, ma in verità stava passando in rassegna le foto e i video del calamity party.

La sera prima sul tardi e quella mattina era arrivata un'altra ondata di e-mail e allegati. La voce su Jamie aveva cominciato a girare. Ma ancora nessuna foto del punto e della finestra temporale che le servivano. Pip alzò lo sguardo: cinque minuti alla campanella, abbastanza per un'altra e-mail.

Era di Hannah Revens, che seguiva inglese con lei.

Ehi Pip, diceva. *Mi hanno detto questa mattina che stai cercando il fratello scomparso di Connor e che era al calamity party di venerdì. Ti mando questo video super imbarazzante – a quanto pare l'ho inviato al mio ragazzo alle 21.49 quando ero già super ubriaca –, per favore non farlo vedere a nessuno. Ma c'è un tizio sullo sfondo che non riconosco. Ci vediamo a scuola x*

Un brivido di energia nervosa risalì lungo la nuca di Pip. La finestra temporale, e un tizio che Hannah non riconosceva. Potevano esserci: la svolta. Aprì il file allegato e premette play.

Il rumore le risuonò nell'orecchio: musica ad alto volume, un'orda di voci che chiacchieravano, scoppi di grida e urla che dovevano venire dalla partita di beer pong in sala da pranzo. Ma questo video era stato fatto in salotto. Il viso di Hannah occupava la maggior parte dell'inquadratura: puntava il cellulare verso di sé, tenendolo con il braccio teso. Era appoggiata contro il retro di un divano, di fronte a quello sul quale era seduta Jasveen alle 21.48, l'estremità del quale era appena visibile sullo sfondo.

Hannah era sola, il filtro "cane" di Instagram sulla faccia, orecchie marroni a punta tra i capelli, che la seguivano mentre faceva ondeggiare la testa. In sottofondo c'era la nuova canzone di Ariana Grande e Hannah muoveva le labbra a tempo. In maniera *molto* teatrale. Si afferrava i capelli e serrava gli occhi quando lo richiedeva la canzone.

Non era uno scherzo, no? Pip continuò a guardare, studiando la scena dietro la testa di Hannah. Riconobbe due facce: Joseph Powrie e Katya Juckes. E a giudicare dalla posizione dei divani dovevano essere in piedi davanti al caminetto, che però non era inquadrato. Parlavano con un'altra ragazza che dava la schiena alla fotocamera. Capelli lunghi, lisci e neri, jeans. Vista così poteva essere chiunque.

Il video era quasi terminato, la linea blu che scivolava lungo la barra di avanzamento era ormai alla fine. Ancora sei secondi. E in quel momento accaddero due cose nello stesso identico istante. La ragazza dai lunghi capelli neri si voltò e cominciò ad allontanarsi dal caminetto, in direzione della fotocamera di Hannah. Contemporaneamente, dall'altra parte dell'inquadratura, una persona attraversò la stanza verso di lei, camminando così veloce che non si coglievano che un lampo della sua camicia e una testa sospesa lì sopra. Una camicia bordeaux.

Quando i due stavano per scontrarsi, Jamie allungò una mano per dare un colpetto sulla spalla della ragazza.

Il video finì.

«Merda» sussurrò Pip nella manica, attirando l'attenzione di Connor. Sapeva esattamente chi era quella ragazza.

«Cosa?» sibilò lui.
«"La persona."»
«Eh?»
Suonò la campanella e il suo trillo metallico la investì facendola sobbalzare. Aveva sempre l'udito più sensibile quando non dormiva a sufficienza.
«In corridoio» disse, mettendo il libro di testo nello zaino e liberandosi delle cuffie. Si alzò e si mise lo zaino in spalla, senza ascoltare i compiti che stava assegnando il signor Clark, qualsiasi essi fossero.
Essere nell'ultima fila voleva dire uscire per ultimi, aspettando impazienti che tutti gli altri si riversassero fuori dall'aula. Connor seguì Pip in corridoio e lei lo guidò verso la parete opposta.
«Cosa c'è?» chiese lui.
Pip infilò le cuffie, una alla volta nelle orecchie appuntite di Connor.
«Ahia, fa' attenzione, ok?» Si chiuse le mani sulle orecchie per sentire bene mentre Pip gli alzava il telefono davanti al viso e premeva play. Un sorrisetto gli passò sul volto. «Wow, che vergogna» disse dopo un paio di secondi. «È questo che volevi farmi ved...»
«Ovviamente no» rispose lei. «Aspetta la fine.»
E, quando la fine arrivò, lui strinse gli occhi e disse: «Stella Chapman?».
«Già.» Pip gli tirò via le cuffie dalle orecchie troppo forte, facendolo lamentare di nuovo. «Stella Chapman dev'essere "la persona" che Jamie ha visto alla commemorazione e che ha seguito alla festa.»
Connor annuì. «Quindi adesso cosa facciamo?»
«A pranzo la cerchiamo e le parliamo. Le chiediamo co-

me mai si conoscono, di cosa hanno parlato. Perché Jamie l'ha seguita.»

«Ok, bene» disse Connor, e il suo viso ebbe un lieve mutamento, come se i muscoli sottostanti si fossero spostati, allentati. «È una cosa buona, giusto?»

«Sì» rispose lei, anche se *cosa buona* forse non era l'espressione corretta. Ma almeno stavano finalmente arrivando a qualcosa.

«Stella?»

«Oh, ciao» rispose lei, con la bocca mezza piena di Twix. Socchiuse i castani occhi a mandorla, gli zigomi perfetti resi ancora più evidenti dal bronzer che si era messa sulla pelle abbronzata.

Pip sapeva esattamente dove aspettarla. Erano vicine di armadietto, "Chapman" solo sei ante dopo "Fitz-Amobi", e si salutavano la maggior parte delle mattine, anche se i loro saluti venivano sempre sottolineati dall'orribile stridio dell'armadietto di Stella. Questa volta, quando lei aprì lo sportello e vi depositò dentro i libri, Pip era pronta.

«Che succede?» Lo sguardo di Stella si spostò dietro la spalla di Pip, su Connor, in piedi, che la bloccava. Aveva un aspetto ridicolo, con le mani sui fianchi come fosse una specie di guardia del corpo. Pip gli lanciò un'occhiata furente finché lui non fece un passo indietro e si rilassò.

«Stai andando a pranzo?» domandò Pip. «Mi chiedevo se non potessi parlarti di una cosa.»

«Ehm, sì, sto andando verso la mensa. È successo qualcosa?»

«No, no» disse Pip con nonchalance, accompagnando Stella lungo il corridoio. «Mi chiedevo solo se non potessi rubarti un paio di minuti, prima. Qui dentro?» Pip si interruppe, aprendo la porta di un'aula di matematica che aveva già controllato fosse vuota.

«Perché?» Il tono sospettoso nella voce di Stella era palese.

«Mio fratello è scomparso» si intromise Connor, le mani di nuovo sui fianchi. Cercava di sembrare minaccioso? Perché non funzionava affatto. Pip lo fulminò di nuovo: di solito era bravo a interpretare il suo sguardo.

«Forse hai sentito che sto indagando sulla sua scomparsa...» disse Pip. «Ho giusto un paio di domande per te su Jamie Reynolds.»

«Mi dispiace.» Stella si mosse, a disagio, giocherellando con le punte dei capelli. «Non lo conosco.»

«Ma...» cominciò a dire Connor, e Pip lo interruppe.

«Jamie era al calamity party di venerdì. Al momento quella è l'ultima volta che è stato visto» disse. «Ho trovato un video nel quale Jamie si avvicina per parlarti, alla festa. Volevo solo sapere cosa vi siete detti, come mai vi conoscete. Solo questo.»

Stella non rispose, ma il suo viso diceva tutto: occhi spalancati, rughe che increspavano la fronte liscia.

«Dobbiamo davvero trovarlo, Stella» disse Pip con gentilezza. «Potrebbe essere nei guai, in guai grossi, e qualsiasi cosa sia successa quella notte potrebbe aiutarci a scoprire dov'è. È... questione di vita o di morte» concluse, impedendosi di guardare in direzione di Connor.

Stella si morse il labbro, lanciandosi occhiate attorno mentre prendeva la sua decisione.

«Ok» disse.

Nome file:

🎵 Come uccidono le brave ragazze STAGIONE 2: intervista a Stella Chapman.wav

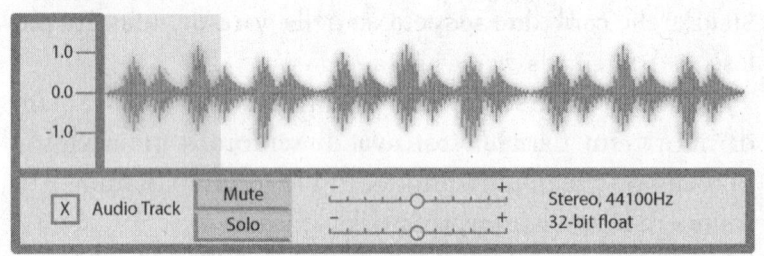

[forma d'onda audio con indicatori 1.0, 0.0, -1.0; controlli Audio Track, Mute, Solo; Stereo, 44100Hz, 32-bit float]

Stella: Va bene così?

Pip: Sì, fantastico, ti sento alla perfezione. Allora, possiamo ritornare a come fai a conoscere Jamie Reynolds?

Stella: Io... ehm, non... lo conosco.

Connor: [INUDIBILE]

Pip: Connor, non puoi parlare mentre registriamo.

Connor: [INUDIBILE]

Stella: Ehm... io... io...

Pip: Senti, Connor, perché non vai a pranzo, intanto? Ci vediamo lì.

Connor: [INUDIBILE]

Pip: Oh no, davvero, insisto. *Connor*. Ci vediamo lì. Vai. Ah, chiudi la porta per favore. Grazie. Scusa, è solo preoccupato per suo fratello.

Stella: Sì, certo, lo capisco. È che non volevo parlare di suo fratello davanti a lui, sai? È strano.

Pip: Certo. È meglio così. Allora, come conosci Jamie?

Stella: *Sul serio* non lo conosco. Per niente. Venerdì sera è stata la prima volta che gli ho parlato. Non sapevo chi fosse finché non ho visto i volantini venendo a scuola stamattina.

Pip: Ti faccio vedere questo video. Lascia perdere la faccia di Hannah. Vedi, sullo sfondo? Ti allontani da Katya e poi Jamie ti raggiunge.

Stella: Sì, è andata così. È stato... ehm, strano. Molto strano. Secondo me ci dev'essere stato una specie di equivoco. O era confuso.

Pip: In che senso? Di cosa ti voleva parlare?

Stella: Be', come vedi nel video, mi ha dato dei colpetti sulla spalla, perciò mi sono girata e lui mi ha detto: "Leila, sei tu". E io: "No, sono Stella". Ma lui ha continuato, tipo: "Leila, sei davvero tu" e non mi ascoltava se gli dicevo: "No, non sono io".

Pip: Leila?

Stella: Già. È diventato piuttosto insistente, perciò gli ho detto:

"Scusa, non ti conosco" e ho cominciato ad allontanarmi, e lui ha detto una cosa del tipo: "Leila, sono io, Jamie. Quasi non ti riconoscevo perché hai i capelli diversi". E quindi ero molto confusa. E anche lui sembrava davvero confuso, e mi ha chiesto cosa ci facessi a una festa di liceali. A quel punto mi stava un po' spaventando, perciò gli ho detto: "Non mi chiamo Leila, il mio nome è Stella e non ti conosco e non so di cosa stai parlando. Lasciami in pace o mi metto a urlare". E me ne sono andata. Ecco tutto. Lui non ha detto nient'altro e non mi ha seguito. Aveva una faccia davvero triste quando me ne sono andata, ma non so come mai. Continuo a non capire cosa sia successo, cosa volesse dire. Magari era una strana tattica per abbordarmi, non lo so. È più grande, giusto?

Pip: Sì, ha ventiquattro anni. Perciò, aspetta, fammi capire: ti chiama Leila, più volte, dicendo "Sono io, Jamie" anche quando tu non lo riconosci. Poi fa un commento sul fatto che hai i capelli diversi...

Stella: E non è vero, ho i capelli così da sempre.

Pip: Infatti, e poi ti chiede anche: "Cosa ci fai a una festa di liceali?".

Stella: Sì, in sostanza con queste parole esatte. Perché? A cosa pensi?

Pip: Stella... sui social, tipo su Instagram, hai molte foto di te? Selfie, o foto dove ci sei solo tu?

Stella: Be', sì, certo. La maggior parte sono così. Che c'è di male?

Pip: Niente. Quante foto hai postato di te da sola?

Stella: Non lo so, un sacco. Perché?

Pip: Quanti follower hai?

Stella: Non tantissimi. Circa ottocento. Perché, Pip? Qualcosa non va?

Pip: Io, ehm, penso... secondo me è possibile che Jamie sia stato vittima di catfishing.

Stella: Di catfishing?

Pip: Di qualcuno che usa le tue foto e che si fa chiamare Leila.

Stella: Oh. Sai, in effetti ha molto senso ora che lo dici. Sì, sembrava proprio che Jamie pensasse di conoscermi, e mi parlava come se si aspettasse che anche io lo conoscessi. Come se avessimo già parlato un sacco di volte. Chiaramente mai di persona, però.

Pip: Sì. E se è catfishing può darsi che abbiano modificato le tue foto in qualche modo, da qui il commento sui capelli diversi. Mi sa che Jamie ti ha notata alla commemorazione... be', ha notato quella che pensava fosse Leila, ed era la prima volta che la vedeva di persona, ma era confuso perché avevi un aspetto diverso. Penso che poi ti abbia seguita quando sei andata al calamity party, aspettando l'occasione di parlarti. Ma era anche confuso sul perché fossi lì, a una festa di liceali, con dei diciottenni, perciò immagino che questa Leila gli abbia detto di essere più grande, di avere più di vent'anni.

Stella: Sì, ha assolutamente senso. Tutto quadra. Catfishing. Ora è così evidente. Oddio, mi dispiace per quello che ho detto, adesso so che non voleva affatto essere inquietante. E dopo aveva un'espressione così avvilita. Deve esserci arrivato, giusto? Deve aver capito che Leila non era reale, che gli stava mentendo?

Pip: Sembra di sì.

Stella: Perciò ora è scomparso? Cioè, *scomparso* scomparso?

Pip: Già, *scomparso* scomparso. Subito dopo aver scoperto che qualcuno lo stava ingannando.

Da: harryscythe96@yahoo.com   **14.41**
A: CULBRpodcast@gmail.com

Oggetto: Jamie Reynolds

Gentile Pippa Fitz-Amobi,

buongiorno, mi chiamo Harry Scythe. Sono un grande fan del tuo podcast – ottimo lavoro con la prima stagione! Dunque, vivo a Kilton e al momento lavoro in libreria (da dove ti sto scrivendo ora). Venerdì pomeriggio lavoravo e, dopo aver chiuso, io e un paio di colleghi siamo andati alla commemorazione – non conoscevamo davvero Andie o Sal, ma è giusto presenziare, secondo me. E poi siamo andati da un amico in Wyvil Road con del cibo d'asporto/delle birre.

Comunque, quando stavamo uscendo, a fine serata, sono abbastanza sicuro di aver visto il tuo uomo, Jamie Reynolds, che ci passava davanti. Sono sicuro tipo al 98% che fosse lui, e visto che ho notato i tuoi volantini stamattina ho parlato con i miei amici e anche loro credono che fosse lui. Perciò ho pensato di dovertelo far sapere il prima possibile. Io e i due colleghi che erano con me ora siamo al lavoro, perciò contattaci pure/passa in negozio, se quest'informazione ti è utile per le indagini.

Cordiali saluti,
Harry

Diciassette

Sulla strada principale, la Cantina dei Libri spiccava. Da sempre, da che Pip ne aveva memoria. E non solo perché un tempo era il suo posto preferito, dove trascinava la mamma per il braccio perché *aveva bisogno* soltanto di un altro libro, nient'altro. Ma anche letteralmente: il proprietario aveva dipinto il negozio di un allegro viola acceso, mentre il resto della strada aveva linde facciate bianche e case a travi incrociate di legno nero. A quanto pareva dieci anni prima aveva causato un certo clamore.

Connor era alle spalle di Pip sul marciapiede. Non era ancora del tutto convinto da *questa tua teoria del catfishing*, come l'aveva parafrasata lui. Neanche quando Pip gli aveva fatto notare che, per sua stessa ammissione, Jamie era stato al telefono di continuo nelle ultime settimane.

«Quadra con quello che sappiamo finora» proseguì, osservando la libreria davanti a loro. «Le telefonate a tarda notte. E faceva molta attenzione che nessuno gli vedesse lo schermo, il che mi fa pensare che la sua relazione con questa Leila, il catfish, sia di natura romantica. Jamie probabilmente si sentiva vulnerabile dopo quello che era successo con Nat Da Silva. È facile capire come si sia potuto far ingannare da qualcuno online. Specie se usava le foto di Stella Chapman.»

«Forse sì. È solo che non è quello che mi aspettavo.» Connor affondò la testa nelle spalle, un gesto che poteva essere interpretato in modi differenti: stava annuendo o stava facendo spallucce?

Era diverso, indagare con Connor. Ravi sapeva automaticamente cosa dire, cosa esaminare, come spingerla a riflettere con chiarezza. E saltava insieme a lei, mano nella mano, alle conclusioni più folli. Lavoravano così, ecco tutto, tiravano fuori il meglio l'uno dall'altra, sapevano quando parlare e quando stare in silenzio.

Ravi era ancora in tribunale, ma lo aveva chiamato, prima, dopo aver parlato con Stella. Era in attesa che iniziasse la difesa di Max, perché l'accusa aveva appena finito, e insieme avevano ripassato in rassegna tutto – Jamie, Leila – finché tutto non era tornato. Ma era la terza volta che ripeteva quella spiegazione a Connor, e ogni volta lui si stringeva nelle spalle, insinuando il dubbio nella mente di Pip. Ma non c'era tempo per i dubbi, perciò lei cercò di superarli, affrettandosi lungo il marciapiede con Connor che faticava a starle dietro.

«È l'unica spiegazione che quadri con le prove che abbiamo» disse. «I sospetti devono seguire le prove, è così che funziona.» Rivolse la propria attenzione alla Cantina dei Libri, fermandosi davanti alla porta. «Quando abbiamo finito qui, con questa potenziale testimonianza, torniamo da me e vediamo se online riusciamo a trovare questa Leila e confermare la teoria. Oh» si voltò verso di lui, «e lascia parlare me, per favore. È più efficace.»

«Sì, va bene» rispose lui. «Mi dispiace per prima, con Stella.»

«Lo so. E lo so che sei solo preoccupato.» Addolcì l'espressione del viso. «Basta che lasci fare a me. Sono qui per questo.»

Quando entrò, sopra la porta a vetri trillò una campanella. Pip adorava l'odore di quel posto, una sorta di profumo antico, viziato e senza tempo. Ci si poteva perdere lì dentro, un labirinto di scaffali di mogano scuro segnati da lettere di metallo dorato. Anche da bambina, alla fine si ritrovava sempre davanti alla sezione Gialli.

«Salve» disse una voce profonda da dietro il bancone. E poi: «Oh, sei tu. Ciao».

Il tizio alla cassa la superò e andò loro incontro. Sembrava fuori posto lì, alto come gli scaffali più alti e grosso quasi altrettanto, le braccia muscolosissime e i capelli neri legati in un piccolo chignon perché non gli andassero in faccia.

«Sono Harry» disse, tendendo la mano a Pip. «Scythe» chiarì quando lei la strinse. «Quello che ti ha scritto.»

«Sì, grazie mille davvero» rispose Pip. «Sono venuta appena possibile, siamo scappati dopo l'ultima campanella.» Sotto i piedi di Connor un'asse del pavimento scricchiolò. «Questo è Connor Reynolds, il fratello di Jamie.»

«Ciao» ripeté Harry, spostando la mano tesa in direzione di Connor. «Mi dispiace per tuo fratello, amico.»

Connor borbottò qualche mezza parola.

«Posso chiederti cos'avete visto venerdì sera?» domandò Pip. «Ti dispiace se ci registro?»

«No, no, nessun problema. Ehi, Mike» gridò rivolto a un tizio che stava risistemando gli scaffali in fondo. «Va' a chiamare Soph in ufficio! C'eravamo tutti e tre quando l'abbiamo visto» spiegò.

«Perfetto. Posso mettere i microfoni qui?» Pip indicò il bancone accanto alla cassa.

«Certo, certo, dalle quattro all'ora di chiusura non c'è

mai nessuno, tanto.» Harry spostò una pila di buste di carta marrone perché Pip potesse posare lo zaino. Lei prese il portatile e i due microfoni USB.

Soph e Mike emersero dall'ufficio sul retro. Pip era sempre stata incuriosita da ciò che c'era là dietro, quella sorta di curiosità stupida che muore un po' ogni anno man mano che si cresce.

Si scambiarono nuovi saluti e presentazioni e Pip chiese ai tre impiegati della Cantina dei Libri di raccogliersi attorno a uno dei microfoni. Dovette metterlo sopra una pila di libri per compensare l'altezza di Harry.

Quando tutti furono pronti, Pip premette il pulsante di registrazione e annuì per dare il via. «Allora, dopo la commemorazione, Harry, hai detto di essere andato a casa di un amico. Dove?»

«A casa mia» rispose Mike, grattandosi troppo la barba e facendo impennare la linea dell'audio sullo schermo di Pip. Sembrava più grande degli altri due, doveva avere per lo meno trent'anni. «In Wyvil Road.»

«Dove stai?»

«Al numero 58, a metà, dove la strada curva.»

Pip conosceva benissimo quel punto. «Ok, quindi avete passato tutta la serata insieme?»

«Sì» intervenne Soph. «Noi e la nostra amica Lucy. Oggi non c'è.»

«E siete andati tutti via alla stessa ora?»

«Sì, guidavo io» spiegò Harry. «Ho accompagnato Soph e Lucy a casa mentre rientravo.»

«Ok» disse Pip, «e uno di voi si ricorda l'ora esatta in cui siete usciti da casa di Mike?»

«Erano tipo le 23.45 circa, no?» chiese Harry, lanciando

uno sguardo agli amici. «Ho cercato di ricostruirlo in base all'orario in cui sono arrivato a casa.»

Mike scosse la testa. «Secondo me è stato un filo prima. Alle 23.45 io ero già a letto, perché ho notato l'ora sul telefono mentre mettevo la sveglia. Sono andato subito su dopo avervi salutati e mi ci vogliono solo cinque minuti per prepararmi, perciò secondo me erano più le 23.40.»

«23.40? Fantastico, grazie» disse Pip. «E quindi avete visto Jamie? Dov'era? Cosa faceva?»

«Stava camminando» rispose Harry, scostando dal viso una ciocca di capelli ribelle. «Piuttosto velocemente... con determinazione, cioè. Era sul marciapiede dal lato della strada dove c'è casa di Mike, perciò ha attraversato a pochissimi metri da noi. Non ci ha nemmeno guardati. Sembrava completamente concentrato su dove stava andando.»

«In che direzione?»

«Risaliva Wyvil Road» disse Mike, «allontanandosi dal centro.»

«Ha percorso tutta Wyvil Road? O magari ha svoltato, che so, in Tudor Lane o simili?» chiese Pip, premendosi le cuffie sulle orecchie e lanciando uno sguardo dietro di sé per vedere se Connor stesse bene. Li osservava attentissimo, come per seguire con gli occhi ogni parola che veniva pronunciata.

«Non lo so» rispose Harry. «Non lo abbiamo più visto dopo che ci ha superati, siamo andati dalla parte opposta. Mi dispiace.»

«E siete certi che fosse Jamie Reynolds?»

«Sì, io sono piuttosto sicura» disse Soph, chinandosi d'istinto verso il microfono. «Non c'era nessun altro in giro a quell'ora, perciò ci ho fatto più caso, se ha senso dire così. L'ho riconosciuto quando Harry mi ha mostrato il tuo volantino. Sono uscita dalla porta per prima, ho visto Jamie camminare verso di noi e poi mi sono voltata per salutare Mike.»

«Com'era vestito?» domandò Pip. Non era esattamente un test, ma doveva essere sicura.

«Aveva una camicia, mi sembra, rosso scuro o violacea» rispose Soph, cercando gli occhi degli amici per avere conferma.

«Sì, bordeaux» concordò Harry. «Jeans. Scarpe da ginnastica.»

Pip sbloccò il cellulare, scorse le foto fino ad arrivare a quella dove si vedeva bene Jamie alla commemorazione. Mostrò il telefono, e Soph e Harry annuirono. Ma solo Soph e Harry.

«Non so» disse Mike, storcendo un lato della bocca in una specie di smorfia. «Avrei giurato che avesse addosso qualcosa di più scuro. Cioè, l'ho solo guardato per un paio di secondi, ed era buio. Ma mi è sembrato che indossasse qualcosa con un cappuccio. Anche secondo Lucy. E giuro che non gli si vedevano le mani perché ce le aveva in tasca, tipo tasca di una felpa. Se portava solo una camicia, allora dov'erano le mani? Io sono arrivato alla porta per ultimo, perciò in realtà l'ho visto solo da dietro.»

Pip girò il cellulare, guardando di nuovo Jamie. «Era vestito così quando è scomparso» disse.

«Ah, mi sa che non ho visto bene allora» concesse Mike, spostandosi indietro di mezzo passo.

«Non fa niente» sorrise Pip rassicurante. «È difficile ricordarsi i dettagli senza sapere che poi acquisiranno importanza. Vi ricordate altro di Jamie? Il suo atteggiamento?»

«Niente che saltasse all'occhio» rispose Harry, da dietro Soph. «Ho solo notato che ansimava molto. Ma sembrava soltanto un ragazzo che avesse fretta di arrivare dove doveva andare.»

Fretta di arrivare dove doveva andare. Pip ripeté quelle parole nella mente, aggiungendone di proprie: *E arrivandoci era sparito.*

«Ok.» Fermò la registrazione. «Grazie mille a tutti per il vostro tempo.»

Diciotto

Pip tornò al foglietto che aveva in mano, ripassando in rassegna con gli occhi la lista che aveva buttato giù mezz'ora prima:
Leila
Leyla
Laila
Layla
Leighla
Lejla

«È impossibile» esclamò Connor, appoggiandosi con la schiena alla sedia che lei aveva preso dalla cucina e allontanandosi dalla scrivania.

Pip ruotò impaziente sulla propria, lasciando che lo spostamento d'aria agitasse la lista che teneva in mano: «Irritante che il nostro catfish abbia scelto un nome con tutte queste dannate varianti». Avevano provato a cercarlo su Facebook e Instagram, ma senza un cognome – e senza nemmeno sapere la grafia esatta del nome – i risultati erano stati numerosi e inutili. Né li aveva portati a qualcosa la ricerca tramite immagine di tutte le foto di Instagram di Stella Chapman. Era chiaro che le versioni di Leila erano state talmente modificate che l'algoritmo non riusciva a rintracciarle.

«Non la troveremo mai» disse Connor.

Qualcuno bussò tre volte piano alla porta della camera.

«Vai via» gridò Pip, scorrendo una pagina di Leighla su Instagram. La porta si socchiuse su Ravi, le labbra arricciate in finto oltraggio, un sopracciglio sollevato.

«Oh, non tu.» Pip alzò lo sguardo e sul suo volto si aprì un sorriso. «Pensavo fosse ancora Josh. Scusa. Ciao.»

«Ciao» rispose Ravi, con un mezzo sorriso divertito e inarcando entrambe le sopracciglia per salutare Connor. Si avvicinò alla scrivania e si sedette accanto al portatile, posando un piede sulla sedia di Pip e infilandoglielo sotto la coscia.

«Com'è andato il resto del processo?» Pip sollevò lo sguardo su di lui mentre Ravi muoveva le dita dei piedi contro la sua gamba, un saluto nascosto che Connor non poteva vedere.

«Bene.» Strinse gli occhi per vedere cosa stessero facendo al computer. «L'ultima vittima ha testimoniato stamattina. E hanno presentato in aula il cellulare prepagato di Andie Bell per cercare di dimostrare che era Max che comprava regolarmente da lei il Roipnol. Poi la difesa ha cominciato dopo la pausa per il pranzo, chiamando subito al banco dei testimoni la mamma di Max.»

«Oh, e com'è andata?» domandò Pip.

«Epps le ha chiesto dell'infanzia di Max, quando era quasi morto di leucemia all'età di sette anni. La madre ha raccontato del suo coraggio durante la malattia, di come fosse *sensibile* e *premuroso* e *dolce*. Di quanto era timido Max a scuola dopo la guarigione perché era rimasto indietro di un anno. Del fatto che sono tutte cose che si è portato dietro nell'età adulta. È stata piuttosto convincente» concluse.

«Be', secondo me è perché è *lei* a essere piuttosto convinta che suo figlio non è uno stupratore» replicò Pip. «Epps sarà in estasi, come se avesse trovato una miniera d'oro. Cosa c'è di meglio di un cancro da bambino per umanizzare il proprio cliente?»

«Stesso mio identico pensiero» disse Ravi. «Dopo registriamo l'aggiornamento, ok? Ora cosa state facendo? Cercate il catfish? Leyla non si scrive così» aggiunse, indicando lo schermo.

«È una delle varie grafie» sospirò Pip. «Tutti buchi nell'acqua.»

«E la testimonianza del tizio della libreria?» domandò Ravi.

«Sì, penso sia credibile» rispose lei. «Ha percorso Wyvil Road alle 23.40. Quattro testimoni.»

«Be'» disse piano Connor, «non erano d'accordo su tutto quanto.»

«Ah no?» fece Ravi.

«Resoconti lievemente discordanti su quello che indossava Jamie» spiegò Pip. «Due lo hanno visto con indosso la camicia bordeaux, due pensavano che avesse invece una specie di felpa col cappuccio.» Si rivolse a Connor. «Piccole incongruenze nei resoconti dei testimoni oculari sono normali. La memoria umana non è infallibile. Ma di quattro persone che giurano di aver visto tuo fratello nonostante dettagli discordanti ci possiamo fidare.»

«23.40» rifletté Ravi ad alta voce. «È più di un'ora dopo l'ultima volta che era stato visto. E non ci vuole più di un'ora ad arrivare a piedi da Highmoor a Wyvil Road.»

«No, esatto.» Pip seguì la sua linea di pensiero. «Deve essersi fermato da qualche parte. E scommetto che ha a che fare con Layla.»

«Davvero?» chiese Connor.

«Parla con Stella alla festa» spiegò Pip. «Scopre che Leyla lo sta ingannando. Poi viene visto fuori, al telefono, dove sembra agitato e dice di voler chiamare la polizia. Doveva essere al telefono con la *sua* Laila, affrontandola forte di quello che aveva appena scoperto. Jamie si sarà sentito tradito, turbato, da qui la descrizione fatta da George del suo atteggiamento. Quello che succede dopo, ovunque sia andato Jamie, dev'essere collegato. A Leighla.»

«Ha dovuto già spiegarlo più di una volta, si capisce» disse Ravi a Connor con fare cospiratorio. «Occhio: odia farlo.»

«Me ne sto rendendo conto» rispose Connor.

Pip fulminò Ravi con lo sguardo. Almeno poteva leggerle gli occhi, e reagire subito. «Ha anche fastidiosamente sempre ragione, perciò...»

«Giusto, prossima mossa» disse Pip. «Aprire un profilo su Tinder.»

«Ma se ho appena detto che hai sempre ragione» replicò Ravi, con voce allegra e scherzosa.

«Per beccare il catfish.» Gli diede una botta sul ginocchio. «Non troveremo mai Laila cercando alla cieca il suo nome. Almeno su Tinder possiamo restringere il campo per posizione. Da quel che ha detto Stella, non pareva che Jamie fosse sorpreso di vedere Leyla a Little Kilton, solo di vederla al calamity party. Questo mi fa pensare che lei deve avergli detto che è di qui, solo che non si sono mai visti di persona perché, be'... catfishing.»

Scaricò l'app di Tinder sul telefono e si mise a creare un profilo, il pollice sospeso sulla casella del nome.

«Come dovremmo chiamarci?» chiese Ravi.

Pip alzò lo sguardo su di lui, con la stessa domanda negli occhi.

«Vuoi iscrivere *me* a un sito di incontri?» esclamò lui. «Sei uno strano tipo di fidanzata.»

«È più facile perché di te ho già le foto, tutto qui. Appena finito cancelleremo il profilo.»

«Va bene.» Ravi fece un sorrisetto. «Ma non puoi usare questa cosa per vincere future discussioni.»

«Ok» disse Pip, passando a digitare la bio. «*Ama cose da maschi come il calcio e la pesca.*»

«Ah-ah» fece Ravi. «Pesca al crimine.»

«Eh, voi due» commentò Connor, spostando lo sguardo dall'uno all'altra come se stesse seguendo una partita di tennis.

Pip aprì le impostazioni per modificare le preferenze. «Restiamo in zona, in un raggio di cinque chilometri. Vogliamo che ci faccia vedere solo le donne» disse, selezionando il pulsante accanto all'opzione. «E l'età... be', sappiamo che Jamie pensava avesse più di diciott'anni, perciò diciamo tra i diciannove e i ventisei?»

«Sì, ha senso» confermò Connor.

«Ok.» Pip salvò le impostazioni. «Via alla pesca.»

Ravi e Connor le si avvicinarono, guardando da dietro le sue spalle mentre scorreva a sinistra passando in rassegna i potenziali match. C'era Soph della libreria. E dopo un paio di profili anche Naomi Ward, che li guardava sorridendo. «Questo non glielo diciamo» disse Pip proseguendo, spostando di lato la foto di Naomi.

Ed eccola lì. Non se l'aspettava così presto: se ne accorse che quasi l'aveva superata, e fermò il pollice subito prima di farlo scorrere sullo schermo.

Layla.

«Oddio» disse Pip. «Layla, scritto con A e Y. Venticinque anni. A meno di un chilometro e mezzo da qui.»

«Meno di un chilometro e mezzo? Inquietante» commentò Connor, avvicinandosi per guardare meglio.

Pip scorse tutte le quattro foto del profilo di Layla. Erano immagini di Stella Chapman, rubate dal suo Instagram, ma erano state tagliate, ribaltate e modificate con dei filtri. E la differenza principale era che i capelli di Layla erano biondi. Era un trucco ben riuscito: Layla doveva aver giocato un po' con le tinte e i livelli di Photoshop.

«*Lettrice. Viaggiatrice. Curiosa*» lesse Ravi nella sua bio. «*Amante dei cani. E soprattutto delle colazioni.*»

«Sembra alla mano» disse Pip.

«Sì, ha ragione» commentò Ravi. «La colazione è il pasto migliore.»

«È *davvero* catfishing, avevi ragione» farfugliò Connor con il fiato corto. «Stella... ma bionda. Perché?»

«Con le bionde ci si diverte di più, a quanto pare» rispose Pip, tornando a guardare le foto di Layla.

«Be', tu sei castana e detesti divertirti, quindi sì. È un fatto» ribatté Ravi, dando una grattatina affettuosa alla nuca di Pip.

«Ah-ah.» Indicò il fondo della bio, dove c'era scritto: *Insta @LaylaylaylaM*. «Il suo nome su Instagram.»

«Ci guardo subito» esclamò Connor.

«Ci guardo io.» Passò su Instagram e digitò il nome nella barra di ricerca. Il viso modificato di Stella apparve come risultato principale e Pip lo selezionò.

Layla Mead. 32 post. 503 follower. 101 seguiti.

La maggior parte delle foto venivano dalla pagina di

Stella, che ora aveva i capelli biondo cenere ma lo stesso sorriso penetrante e i perfetti occhi color nocciola. Però ce n'erano anche senza Stella: uno scatto carico di filtri del pub di Little Kilton, dall'aria pittoresca e invitante. E più sotto una foto delle verdi colline vicino a casa di Ravi, con un sole arancione al tramonto appeso al cielo sovrastante.

Pip le scorse tutte fino ad arrivare alla più vecchia, una foto di Stella/Layla che abbracciava un cucciolo di beagle. La didascalia diceva: *Novità: nuovo look con... cucciolo!*

«Questa è stata caricata il 17 febbraio.»

«È quel giorno, allora, che è *nata* Layla» disse Ravi. «Appena due mesi fa.»

Pip guardò Connor, che questa volta capì quello che lei stava per dire prima che lo facesse.

«Sì» confermò. «Quadra. Mio fratello deve aver cominciato a parlarle verso metà marzo, è in quel periodo che il suo umore è cambiato e sembrava di nuovo più felice, sempre attaccato al telefono.»

«Un sacco di follower in quel periodo. Ah...» controllò l'elenco dei nomi «... c'è anche Jamie. Ma la maggior parte sembrano bot o account non attivi. Probabilmente se li è comprati.»

«Layla non scherza» disse Ravi, digitando sul computer di Pip che ora teneva in grembo.

«Aspetta» esclamò lei, fermandosi su un altro nome tra i follower di Layla. «Adam Clark.» Fissò Connor, ed entrambi spalancarono gli occhi per la sorpresa.

Ravi se ne accorse. «Cosa c'è?» chiese.

«È il nostro nuovo insegnante di storia» spiegò Connor, mentre Pip selezionava l'account per controllare che fosse proprio lui. Aveva il profilo privato, ma dalla foto si capiva chiaramente che era lui, un ampio sorriso e piccole palline di Natale appese alla barba chiazzata di rosso.

«Mi sa che Jamie non è l'unica persona con cui Layla sta parlando» disse Pip. «Stella non segue storia e il signor Clark è nuovo, perciò probabilmente non capirebbe che si tratta di catfishing, se si sentono.»

«Ah-ah!» esclamò Ravi, girando il computer sul palmo della mano. «Layla Mead ha anche Facebook. La stessa identica foto, postata sempre il 17 febbraio.» Ruotò nuovamente lo schermo per poter leggere. «Quel giorno ha aggiornato lo stato: *Nuovo account perché ho dimenticato la password di quello vecchio.*»

«Plausibilissimo, Layla» disse Pip, tornando a concentrarsi sul profilo di Layla e sul sorriso scintillante di Stella-non-Stella. «Dovremmo provare a scriverle, giusto?» Non era una vera domanda, perché lo sapevano entrambi. «È la persona che è più probabile che sappia cos'è successo a Jamie. E dov'è.»

«Sei sicura che sia una femmina?» chiese Connor.

«Be', sì. Jamie le parlava al telefono.»

«Oh, giusto. Cosa le vuoi scrivere, quindi?»

«Be'...» Pip si morse il labbro, riflettendo. «Non può venire da me o da Ravi o dal podcast. E nemmeno da te, Connor. Se ha qualcosa a che fare con Jamie è possibile che sappia che abbiamo dei legami con lui, che stiamo indagando sulla sua scomparsa. Penso che dobbiamo fare attenzione, contattarla come se fossimo un estraneo che vuole solo chiacchierare. Vediamo se a poco a poco riusciamo a capire chi è in realtà o cosa sa di Jamie. A poco a poco. Ai catfish non piace farsi beccare.»

«Non possiamo creare un account da zero, però, perché si insospettirebbe non vedendo follower» aggiunse Ravi.

«Cavolo, hai ragione» borbottò Pip. «Mmm...»

«Ho un'idea?» disse Connor, formulando la frase come fosse una domanda, alzando il tono alla fine come se si stesse staccando da lui e lo lasciasse a terra. «È... be', io ho un altro account Instagram. Uno anonimo. Io, ehm, sono appassionato di fotografia. In bianco e nero» disse stringendosi imbarazzato nelle spalle. «Niente persone, solo uccelli e edifici e cose così. Non l'ho mai detto a nessuno perché so che Ant mi prenderebbe per i fondelli.»

«Davvero?» fece Pip. «Potrebbe funzionare. Quanti follower?»

«Un buon numero» disse lui. «E non seguo nessuno di noi, perciò nessun collegamento.»

«È perfetto, ottima pensata» sorrise lei, porgendogli il telefono. «Puoi loggarti sul mio?»

«Certo.» Lo prese, digitò sulla tastiera e glielo ripassò.

«*An.On.In.Frame.*» Pip lesse il nome dell'account, facendo scorrere lo sguardo sulla prima riga di foto, non oltre, in caso lui non volesse condividerle. «Sono bellissime, Con.»

«Grazie.»

Pip tornò al profilo di Layla Mead e selezionò l'icona del messaggio, e si aprirono una pagina nuova e una casella di testo in attesa delle sue parole.

«Ok, cosa le dico? Di solito come parla un estraneo che passa ai messaggi privati?»

Ravi rise. «Non chiederlo a me. Io non sono mai passato ai messaggi privati, nemmeno prima di te.»

«Connor?»

«Ehm. Non so, forse potremmo provare con un *Ciao, come stai??*»

«Sì, funziona» concordò Ravi. «È abbastanza innocente, finché non capiamo come a lei piace parlare alla gente.»

«Ok» disse Pip, digitando la frase e cercando di ignorare il fatto che le tremassero le dita. «Devo scrivere "Ciaaao", tre A, un po' flirtante?»

«Chiaaaro» rispose Ravi, e lei capì subito che stava cercando di fare una battuta.

«Ottimo. Tutti pronti?» Li guardò entrambi. «Premo invio?»

«Sì» disse Connor, mentre Ravi le puntò contro la mano chiusa a pistola.

Pip esitò, il dito sospeso sul pulsante, e rilesse le parole. Le ripeté nella mente finché non persero forma e significato.

Poi fece un respiro profondo e premette invio.

Il messaggio saltò in cima alla pagina, ora incapsulato in una bolla grigiastra.

«Fatto» annunciò, posandosi il telefono in grembo.

«Bene, ora aspettiamo» rispose Ravi.

«Non molto» disse Connor, chinandosi in avanti sul cellulare. «Dice *Visualizzato*.»

«Merda» esclamò Pip, riprendendo in mano il telefono. «L'ha visto. Oddio.» E mentre guardava apparve qualcos'altro. *Sta scrivendo...* sul lato sinistro dello schermo. «Sta scrivendo. Cazzo, sta già scrivendo.» Aveva la voce acuta e nel panico, come se la gola non riuscisse più a contenerla.

«Calmati» disse Ravi, saltando a terra per poter guardare lo schermo anche lui.

Sta scrivendo... scomparve.

E, al suo posto, un nuovo messaggio.
Pip lo lesse e il cuore le sprofondò.
Ciao Pip, diceva.
Solo questo.
«Cazzo.» Ravi strinse la presa sulla sua spalla. «Come faceva a sapere che eri tu? Come cazzo faceva?»
«Non mi piace» disse Connor, scuotendo il capo. «Ragazzi, comincio ad avere una brutta sensazione.»
«Shhh» sibilò Pip, anche se non riusciva a sentire se stessero ancora parlando, a causa del ronzio che le riempiva le orecchie. «Layla sta scrivendo di nuovo.»
Sta scrivendo...
E poi niente.
Sta scrivendo...
Di nuovo, niente.
Sta scrivendo...
E nello spazio bianco apparve un secondo messaggio.
Ci sei vicina :)

Diciannove

Le si serrò la gola, intrappolandole la voce, impedendo alle parole di uscire finché quelle non si arresero e si dispersero. Riusciva soltanto a fissare i messaggi, sbrogliandoli e rimettendoli insieme finché non tornavano ad acquisire un senso.
Ciao Pip.
Ci sei vicina :)
Connor fu il primo a trovare le parole. «Cosa cazzo significa? Pip?»
Il suo nome le parve strano, come se non le appartenesse e fosse stato dilatato e sformato fino a non calzarle più. Pip fissò quelle tre lettere, irriconoscibili sotto le mani di quell'estranea. Quell'estranea che era a meno di un chilometro e mezzo da lì.
«Ehm» fu tutto quello che riuscì a dire.
«Sapeva che eri tu» intervenne Ravi, e la sua voce la fece tornare in sé. «Sa chi sei.»
«Cosa significa "Ci sei vicina"?» chiese Connor.
«A trovare Jamie» rispose Pip. *O a scoprire cosa gli è successo*, pensò tra sé e sé. Sembrava quasi la stessa cosa ma era molto, molto diverso. E Layla lo sapeva. Chiunque fosse, sapeva tutto. Pip ora ne era certa.
«Quella faccina però...» rabbrividì Ravi. Lei lo sentì attraverso le dita.
Adesso lo shock si era attenuato, e Pip entrò in azione.

«Devo rispondere. Subito» disse, digitando: *Chi sei? Dov'è Jamie?* Non aveva più senso fingere, Layla era un passo avanti a loro.

Premette invio ma apparve un avviso di errore.

Impossibile inviare il messaggio. Utente non trovato.

«No» sussurrò Pip. «Nononono.» Tornò al profilo di Layla ma non c'era più. Si vedevano ancora la foto e la bio, ma i post erano scomparsi, sostituiti dalle parole *Ancora nessun post* e in alto da un banner che diceva: *Utente non trovato*. «No» ringhiò frustrata, emettendo un suono roco e rabbioso dalla gola. «Ha disabilitato l'account.»

«Cosa?» disse Connor.

«È sparita.»

Ravi tornò di corsa al portatile di Pip, aggiornando la pagina Facebook di Layla Mead. *La pagina che cerchi non è disponibile.* «Cazzo. Ha cancellato anche quello di Facebook.»

«E Tinder» annunciò Pip, controllando l'app. «È sparita. L'abbiamo persa.»

Nella stanza calò il silenzio, una quiete che non era assenza di suono, ma qualcosa dotato di vita propria, che aleggiava negli spazi tra di loro.

«Lo sa, vero?» chiese Ravi con voce gentile, scivolando sopra il silenzio più che infrangendolo. «Layla sa cos'è successo a Jamie.»

Connor si teneva la testa, continuando a scuoterla. «Non mi piace» disse, rivolto al pavimento.

Pip lo guardò, inchiodata al movimento della sua testa. «Nemmeno a me.»

Era un sorriso finto quello che si dipinse in viso per suo padre mentre accompagnava Ravi alla porta.

«Finito l'aggiornamento del processo, cetriolino?» chiese lui, dando a Ravi una leggera pacca sulla schiena: il saluto che gli riservava appositamente.

«Sì. Appena postato» disse Pip.

Connor era andato a casa più di un'ora prima, dopo che avevano esaurito tutti i modi possibili di porsi l'un l'altro le stesse domande. Quella sera non potevano fare altro. Layla Mead era sparita, ma la pista no. Non del tutto. Il giorno dopo a scuola Pip e Connor avrebbero chiesto al signor Clark cosa sapesse di lei, questo era il piano. E quella sera, una volta che Ravi se ne fosse andato, Pip avrebbe registrato quel che era appena successo, per farlo uscire in serata: il primo episodio della seconda stagione.

«Grazie per la cena, Victor» disse Ravi, girandosi verso Pip per uno dei loro saluti segreti, un lieve strizzare degli occhi. Lei gli rispose sbattendo i propri e lui allungò una mano verso il chiavistello, aprendolo.

«Oh» disse qualcuno, in piedi sul gradino esterno, il pugno alzato pronto a bussare.

«Oh» replicò Ravi a sua volta, e Pip si sporse a vedere chi fosse. Charlie Green, che abitava quattro porte più in là, con i capelli color ruggine scostati dal viso.

«Ciao Ravi, ciao Pip» disse Charlie con un cenno imbarazzato della mano. «'Sera, Victor.»

«Ciao Charlie» disse il padre di Pip con la sua voce allegra e tonante, quella esplosiva, che sfoggiava sempre davanti a una persona che considerava un ospite. Ravi aveva passato quella fase da un po' di tempo, diventando qualcosa di più, grazie al cielo. «Come possiamo aiutarti?»

«Scusate il disturbo» rispose Charlie, con un accento nervoso nella voce e nei pallidi occhi verdi. «So che ormai è tardi, e domani c'è scuola, solo che...» Si interruppe, concentrandosi sugli occhi di Pip. «Be', ho visto il tuo volantino sul giornale, Pip. E penso di avere delle informazioni su Jamie Reynolds. C'è una cosa che ti dovrei far vedere.»

Venti minuti, le aveva concesso suo padre, e venti minuti ci sarebbero voluti, non di più, aveva detto Charlie. Pip e Ravi lo seguirono lungo la strada buia, i lampioni arancioni come innesti mostruosi, onde iperallungate ai loro piedi.

«Vedete» disse Charlie, lanciando loro un'occhiata mentre imboccavano il vialetto verso il portone di casa sua. «Io e Flora abbiamo una di quelle telecamere collegate al citofono. Ci siamo trasferiti moltissime volte, prima vivevamo a Dartford e lì ci sono entrati i ladri in casa in un paio di occasioni. Perciò, per la tranquillità di Flora, abbiamo installato la telecamera, che ci ha seguito fin qui, a Kilton. Ho pensato che non poteva guastare un po' di sicurezza in più, a prescindere da quanto è carina la città, giusto?»

Indicò loro la telecamera, un piccolo dispositivo nero sopra il preesistente campanello di ottone sbiadito. «Capta i movimenti, perciò ora sta registrando noi.» Aprendo la porta, fece un piccolo cenno di saluto con la mano e li invitò a entrare.

Pip conosceva già la casa, da quando ci vivevano Zach e la sua famiglia, e seguì Charlie in quella che un tempo era la stanza dei giochi dei Chen mentre ora sembrava uno studio. C'erano scaffali pieni di libri e una poltrona sistemata nel bovindo di fronte. E un'ampia scrivania bianca contro la parete opposta, con sopra due grossi monitor.

«Ecco» disse Charlie, invitandoli ad avvicinarsi al computer.

«Bella postazione» commentò Ravi, studiando gli schermi come se sapesse di cosa stava parlando.

«Oh, lavoro da casa. Faccio il web designer. Freelance» spiegò lui.

«Figo» disse Ravi.

«Già, specie perché posso lavorare in pigiama» rise Charlie. «Mio padre probabilmente direbbe: "Ormai hai ventotto anni, trovati un vero lavoro".»

«Le vecchie generazioni» commentò Pip con disapprovazione «non capiscono proprio il fascino dei pigiami. Allora, cosa volevi farci vedere?»

«Ciao.» Nella stanza entrò una nuova voce, Pip si voltò e sulla soglia vide Flora, i capelli legati e uno sbaffo di farina sul davanti della camicia troppo grande. Aveva in mano un Tupperware pieno di biscotti d'avena. «Li ho appena fatti, per la classe di Josh, domani. Ma mi è venuto in mente che magari avete fame. Niente uvetta, giuro.»

«Ciao Flora» sorrise Pip. «Sono a posto così, davvero, grazie.» Non le era ancora tornato del tutto l'appetito: si era dovuta forzare, per inghiottire la cena.

Ma sul volto di Ravi apparve un sorriso tutto storto e lui si avvicinò a Flora per prendere un biscotto dal centro, dicendo: «Sì, grazie, sembrano squisiti».

Pip sospirò: Ravi amava chiunque gli desse del cibo.

«Gli hai fatto vedere, Charlie?» chiese Flora.

«No, ci stavo arrivando. Venite, ve lo mostro» disse, muovendo il mouse per riattivare uno dei monitor. «Allora, come dicevo, abbiamo questa telecamera che comincia a registrare ogni volta che capta un movimento e manda una notifica all'app che ho sul telefono. Qualsiasi cosa registri resta salvata sul Cloud per sette giorni prima di venire cancellata. Quando mi sono svegliato martedì mattina ho visto una notifica sull'app arrivata nel bel mezzo della notte. Ma sono sceso a controllare ed era tutto in ordine, non c'era niente fuori posto, non mancava nulla, perciò ho dato per scontato che a far scattare la telecamera fosse stata di nuovo soltanto una volpe.»

«Chiaro» rispose Pip, avvicinandosi a Charlie che passava in rassegna i file.

«Ma ieri Flora ha notato che una cosa sua era sparita. Non riusciva a trovarla da nessuna parte, perciò mi è venuto in mente di controllare i video, non si sa mai, prima che venissero cancellati. Non pensavo avrei trovato niente, ma...» Cliccò due volte su un file video che si aprì in Media Player. Charlie lo ingrandì a tutto schermo e poi premette play.

Era una vista a 180 gradi sul davanti della casa, dal vialetto nel giardino, che arrivava al cancello dal quale erano appena entrati, ai bovindi delle due stanze, fino a entrambi i lati del portone d'ingresso. Era tutto verde, verde chiaro e verde scuro, contro il verde ancora più cupo del cielo buio.

«È la visione notturna» spiegò Charlie, notando le loro espressioni. «È stato registrato alle 3.07 di martedì mattina.»

Si percepiva un movimento accanto al cancello. Qualsiasi cosa fosse, aveva attivato la telecamera.

«Mi dispiace, la risoluzione non è un granché» disse Charlie.

La sagoma verde imboccò il vialetto, e man mano che si avvicinava si cominciarono a notare delle gambe e delle braccia sfocate. E, quando arrivò davanti al portone d'ingresso, anche un viso, un viso che Pip conosceva, a parte per le due capocchie di spillo nere e assenti al posto degli occhi. Pareva spaventato.

«Non lo conosco, ho solo visto la sua foto sul "Kilton Mail" di oggi, ma è Jamie Reynolds, vero?»

«Sì» confermò Pip, mentre la gola tornava a chiudersi. «Cosa sta facendo?»

«Be', se guardi la finestra a sinistra, è questa qui, quella di questa stanza.» Charlie la indicò sullo schermo. «Devo averla aperta durante il giorno, per fare un po' di corrente, e forse ho pensato di averla chiusa bene. Ma guardate, è ancora aperta, lì a due centimetri dal basso.»

Mentre lo diceva, anche il Jamie nello schermo lo notò, piegandosi e facendo passare le dita nella fessura. Non gli si vedeva la nuca: aveva i capelli coperti da un cappuccio nero. Pip guardò Jamie fare leva contro la finestra, sollevandola fino a che non ebbe aperto un varco sufficiente.

«Cosa fa?» chiese Ravi, chinandosi anche lui sullo schermo, il biscotto d'avena ormai dimenticato. «Sta entrando in casa?»

La domanda divenne retorica mezzo secondo dopo, quando Jamie abbassò la testa ed entrò dalla finestra, facendo scivolare dentro prima il corpo e poi le gambe, lasciando al proprio posto davanti alla casa solo uno spazio vuoto verde scuro.

«È rimasto in casa per un totale di quarantun secondi» disse Charlie, mandando avanti il video fino al momento in cui la luce verde più chiara di Jamie non riemerse dalla finestra. Strisciò fuori, atterrando instabile su un piede. Ma sembrava lo stesso di prima: sempre spaventato, niente in mano. Diede le spalle alla finestra, appoggiandosi ai gomiti per chiuderla, giù fino al davanzale. E poi si allontanò dalla casa, mettendosi a correre una volta arrivato al cancello, e scomparve nell'avvolgente notte verdissima.

«Oh» fecero insieme Pip e Ravi.

«Lo abbiamo trovato solo ieri» disse Charlie. «E ne abbiamo discusso. È colpa mia che ho lasciato la finestra aperta. E non abbiamo intenzione di andare alla polizia e denunciarlo o roba simile, ci sembra che questo Jamie abbia già abbastanza problemi. E quello che ha preso, be', quello che *pensiamo* abbia preso, non ha chissà quale valore, solo da un punto di vista sentimentale, perciò...»

«Cos'ha preso?» domandò Pip, lanciando un'occhiata a Flora, e per istinto spostando lo sguardo sui suoi polsi, vuoti. «Cosa vi ha rubato Jamie?»

«Il mio orologio» rispose Flora, posando il Tupperware con i biscotti. «Mi ricordo di averlo lasciato qui due weekend fa, perché continuavo a prenderlo dentro nel libro che stavo leggendo. Non lo vedo da quel giorno. Ed è la sola cosa che manca.»

«È un orologio rosa dorato con il cinturino di pelle rosa chiaro, e fiori metallici su un lato?» chiese Pip, e subito Charlie e Flora si scambiarono uno sguardo, allarmati.

«Sì» confermò Flora. «Sì, esatto. Non era molto costoso, ma Charlie l'aveva comprato per il nostro primo Natale insieme. Come fai...?»

«L'ho visto» rispose Pip. «Nella camera da letto di Jamie Reynolds.»

«Oh-oh» borbottò Charlie.

«Vedrò di farvelo restituire subito.»

«Sarebbe splendido, ma non c'è fretta.» Flora sorrise gentile. «So che devi essere molto impegnata.»

«Ma la cosa strana è...» Charlie attraversò la stanza, superando un attentissimo Ravi, fino alla finestra dalla quale solo una settimana prima si era intrufolato Jamie «... perché ha preso solo l'orologio? È evidente che non è costoso. E io in questa stanza lascio il portafoglio, con i contanti. C'è anche la mia attrezzatura digitale, che non è affatto economica. Perché Jamie ha ignorato tutto il resto? Perché solo un orologio che in pratica non ha valore? Entra per quaranta secondi e prende solo l'orologio?»

«Non lo so, è davvero strano» concordò Pip. «Non me lo spiego. Mi dispiace, è...» si schiarì la gola «non è il Jamie che conosco.»

Lo sguardo di Charlie si posò sul margine inferiore della finestra, dove si erano infilate le dita di Jamie. «Ci sono persone molto brave a nascondere chi sono davvero.»

Nome file:

Come uccidono le brave ragazze STAGIONE 2 EPISODIO 1: conclusione.wav

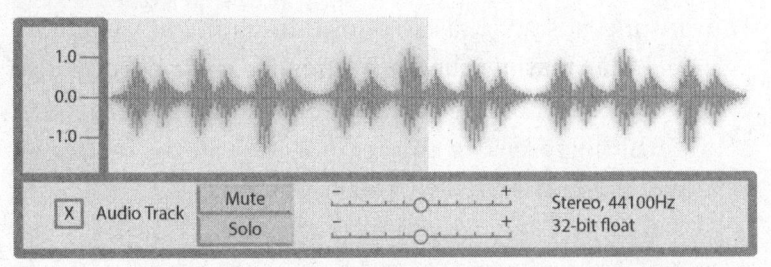

Pip: C'è un solo aspetto ineludibile che mi tormenta in questo caso, una cosa che l'ultima volta non ho dovuto affrontare. Ed è il tempo. Più passa, ogni minuto e ogni ora, più le probabilità che Jamie torni a casa sano e salvo si assottigliano. È quello che dicono le statistiche. Quando avrò finito di caricare questo episodio e voi lo starete ascoltando, avremo superato un'altra soglia importante: quella delle settantadue ore da quando Jamie è stato visto l'ultima volta. Per le normali procedure di polizia, se si stesse indagando su un caso di persona scomparsa *ad alto rischio*, il limite delle settantadue ore sarebbe una sorta di confine, oltre il quale si inizierebbe in silenzio ad accettare il fatto che forse non si sta più cercando una persona, ma un cadavere. È il tempo che comanda qui, non io, e questo mi terrorizza.

Ma devo credere che Jamie stia bene, che abbiamo ancora tempo per trovarlo. Le probabilità sono appunto questo: probabili. Nulla è certo. E sono più vicina di quanto fossi ieri a trovare i puntini e unirli. Penso che sia tutto collegato. E se questo è vero, allora tutto si concentra su una persona sola: Layla Mead. Una persona che in realtà non esiste.

Alla prossima puntata.

⬆ ▰▰▰▰▰▰▰▰▰▰▰▰▰▰▰▰▰▰▰ 59.17 MB di 59.17 MB caricati

Come uccidono le brave ragazze – La scomparsa di Jamie Reynolds
STAGIONE 2 EPISODIO 1 caricato con successo su SoundCloud

MARTEDÌ
Scomparso da quattro giorni

Venti

È chiaro che Jamie Reynolds è morto.
Le parole continuavano a perdere nitidezza mentre Connor le teneva il telefono davanti agli occhi.

«Guarda» disse, la voce che tremava, forse per lo sforzo di starle al passo lungo il corridoio, forse per qualche altro motivo.

«Ho visto» replicò Pip, rallentando per girare attorno a un gruppo di ragazzini che chiacchieravano. «Qual è l'unica regola veramente importante che ti ho dato, Con?» Gli lanciò un'occhiataccia. «Mai leggere i commenti. Mai. Ok?»

«Lo so» disse lui, tornando al telefono. «Ma è una risposta al tuo tweet con il link all'episodio, e ha già centonove like. Significa che centonove persone pensano sul serio che mio fratello sia morto?»

«Connor...»

«E c'è questo qui, su Reddit» proseguì, senza ascoltarla. «Questo tizio pensa che Jamie debba aver preso il coltello da casa nostra venerdì sera per difendersi, perciò doveva sapere che qualcuno avrebbe cercato di attaccarlo.»

«Connor.»

«Cosa?» fece lui, sulla difensiva. «*Tu* li hai letti, i commenti.»

«Sì, certo. In caso ci fossero indizi o qualcuno avesse notato qualcosa che mi è sfuggito. Ma so che la stragrande maggioranza sono inutili e che internet è pieno di stronzi» disse Pip, superando i primi gradini con un salto. «Alla commemorazione hai visto Jamie che si portava dietro un grosso coltello sporco? O in qualche foto del calamity party? No. Perché non avrebbe potuto, indossava solo una camicia e dei jeans. Dove poteva nascondere una lama di quindici centimetri?»

«Ti attiri un sacco di troll, eh?» Connor la seguì quando lei varcò le doppie porte del piano delle aule di storia. «*Ho ucciso Jamie e ucciderò anche te, Pip.*»

Una studentessa del penultimo anno stava giusto passando loro accanto quando Connor pronunciò quelle parole. Sussultò, la bocca aperta per lo shock, e si affrettò ad allontanarsi nella direzione opposta.

«Stavo solo leggendo ad alta voce» gridò Connor a mo' di spiegazione, lasciando perdere quando la ragazza scomparve al di là delle porte.

«Esatto.» Pip si fermò fuori dall'aula del signor Clark, sbirciando attraverso i vetri della porta. Era lì, seduto alla scrivania anche se era ora di pranzo. Immaginò che, essendo nuovo, quell'aula vuota per lui fosse più accogliente della sala insegnanti. «Vieni con me, ma se ti guardo come sai vuol dire che devi uscire. Chiaro?»

«Sì, ora è chiaro» rispose Connor.

Pip aprì la porta e fece un piccolo cenno di saluto al signor Clark.

Questi si alzò. «Buongiorno Pip, Connor» disse allegro,

agitando le mani come se non sapesse cosa farci. Una la passò tra i capelli castani ondulati, l'altra la sistemò in tasca. «Cosa posso fare per voi? Riguarda l'esame?»

«Eh, in realtà è per qualcos'altro.» Pip si appoggiò a uno dei banchi nelle prime file dell'aula, per scaricare il peso dello zaino.

«Di cosa si tratta?» domandò il signor Clark, e il suo volto cambiò, l'espressione si modificò sotto le sopracciglia folte.

«Non so se ha saputo, ma il fratello di Connor, Jamie, è scomparso venerdì scorso e io sto indagando sulla sparizione. Era un ex studente di questa scuola.»

«Sì, sì, l'ho visto ieri sul giornale locale» disse il signor Clark. «Mi dispiace moltissimo, Connor, dev'essere dura per te e la tua famiglia. Sono certo che il *counsellor* della scuola...»

«Dunque» lo interruppe Pip – mancavano ancora soltanto quindici minuti alla fine della pausa, e il tempo non era una cosa che potesse permettersi di sprecare – «stiamo indagando sulla sua scomparsa e abbiamo trovato una pista che porta a una persona in particolare. E, be', lei potrebbe conoscere questa persona. Magari potrebbe darci qualche informazione su di lei.»

«Be', io... non so se mi è permesso...» farfugliò lui.

«Layla Mead.» Pip pronunciò il nome e aspettò di vedere la reazione sul viso del signor Clark. E ce ne fu una, anche se lui cercò di lottare per nasconderla, per scacciarla. Ma non riuscì a celare un lampo di panico negli occhi. «Allora la conosce *davvero*.»

«No.» Armeggiò con il colletto, come se di colpo fosse troppo stretto per lui. «Mi dispiace, non ho mai sentito prima questo nome.»

Allora voleva giocarsela così, eh?

«Oh, ok» replicò Pip, «errore mio.» Si staccò dal banco, andando verso la porta. Dietro di lei udì il signor Clark tirare un sospiro di sollievo. In quel momento si fermò. Si girò. «È solo che...» disse, grattandosi la testa come se fosse confusa «allora è strano.»

«Prego?» fece il signor Clark.

«Cioè, è strano che non abbia mai sentito prima il nome Layla Mead, visto che la segue su Instagram e ha messo like a molti dei suoi post.» Pip alzò lo sguardo verso il soffitto, come se stesse cercando una spiegazione. «Magari se lo è dimenticato?»

«Io... io...» balbettò lui, fissando Pip che si avvicinava.

«Sì, dev'esserselo dimenticato» rincarò Pip. «Perché so che lei non mentirebbe mai intenzionalmente su qualcosa che potrebbe aiutare a salvare la vita di un ex studente.»

«Mio fratello» intervenne Connor, e Pip odiò ammetterlo, ma con un tempismo perfetto. E anche quello sguardo lucido, implorante negli occhi: azzeccatissimo.

«Ehm, io... io non credo sia appropriato» disse il signor Clark, arrossendo sopra il colletto. «Sapete quanto sono rigidi, dopo tutta la storia con il signor Ward e Andie Bell? Mille misure di sicurezza, in teoria non potrei nemmeno restare da solo con uno studente.»

«Be', noi non siamo soli.» Pip indicò Connor. «E possiamo lasciare aperta la porta, se vuole. A me interessa solo trovare Jamie Reynolds vivo. E per farlo ho bisogno che mi dica tutto quello che sa su Layla Mead.»

«Basta» esclamò il signor Clark, mentre il rossore si diffondeva dalla barba alle guance. «Sono il tuo insegnante, smettila di cercare di manipolarmi, per favore.»

«Nessuno sta manipolando nessuno qui» disse Pip gelida, lanciando uno sguardo a Connor. Sapeva esattamente cosa stava per fare, e lo sapeva anche quel buco allo stomaco, che si riempì di senso di colpa. *Ignoralo, ignoralo e basta.* «Anche se mi chiedo se lei sapesse che Layla usava le foto di una studentessa della Kilton: Stella Chapman.»

«All'epoca non lo sapevo» rispose lui, abbassando la voce in un sussurro. «Non sono un suo insegnante, e l'ho scoperto solo poche settimane fa quando l'ho vista in corridoio, ed è stato comunque dopo che io e Layla avevamo smesso di parlare.»

«In ogni caso...» Pip strinse i denti e respirò così, facendo una strana espressione. «Mi chiedo se non la metterebbe comunque in una brutta situazione, se qualcuno lo scoprisse.»

«Prego?»

«Io propongo questo» rispose lei, sostituendo quell'espressione con un sorriso innocente. «Lei registra un'intervista insieme a me nella quale userò un *plug in* per distorcerle la voce. Il suo nome non verrà mai menzionato e io inserirò un *biiip* su ogni informazione che potrebbe potenzialmente portare a identificarla. Ma lei mi dice tutto quello che sa su Layla Mead. Se lo fa, sono certa che nessuno scoprirà mai nulla che lei non voglia.»

Il signor Clark tacque per un istante, mordendosi l'interno della guancia e lanciando un'occhiata a Connor, come se lui potesse aiutarlo. «È un ricatto?»

«No, signore» rispose Pip. «È soltanto persuasione.»

Nome file:

Come uccidono le brave ragazze STAGIONE 2: intervista a Adam Clark.wav

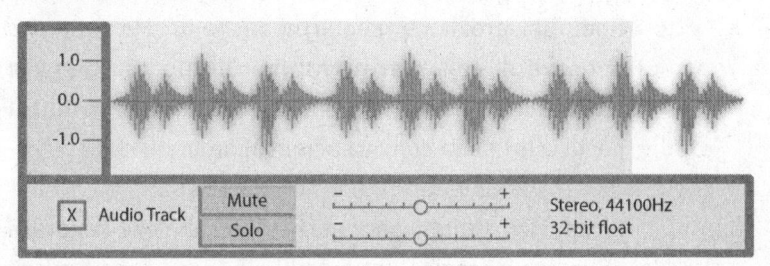

Pip: Allora, cominciamo da come lei e Layla vi siete conosciuti.

Anonimo: [DISTORTO] Non ci siamo mai conosciuti. Non nella vita reale.

Pip: Giusto, ma qual è stato il vostro primo scambio online? Chi ha contattato l'altro per primo? Match su Tinder?

Anonimo: No, no, non ho Tinder. È stato su Instagram. Il mio account è privato per [————BIIIP————]. Un giorno, penso verso la fine di febbraio, questa ragazza, Layla, mi chiede di seguirmi. Ho guardato il suo profilo, ho pensato fosse carina ed era chiaramente di Little Kilton perché aveva delle foto della città. E io vivevo qui da un paio di mesi e non avevo avuto vere occasioni di conoscere molta gente al di fuori della [————BIIIP————]. Ho pensato potesse essere carino fare conoscenza con qualcuno di nuovo, perciò ho accettato la richiesta e l'ho seguita a mia volta. Ho messo like a un paio di foto.

Pip: Avete iniziato a scrivervi subito?

Anonimo: Sì, ho ricevuto un messaggio da Layla, una cosa del tipo: "Ehi, grazie per seguirmi anche tu". Ha detto che pensava di conoscermi, mi ha chiesto se vivessi a Little Kilton. Non ho intenzione di entrare in tutti i particolari della conversazione, comunque.

Pip: Sì, capisco. Quindi, per chiarire, direbbe che la natura delle conversazioni tra lei e Layla fosse... romantica? Flirtavate?

Anonimo:

Pip: Ok, non serve una risposta. Forte e chiaro. Non voglio ripercorrere ogni conversazione, solo sapere cos'ha detto Layla che possa aiutarmi a identificare chi è in realtà. Ha mai avuto una conversazione telefonica con lei?

Anonimo: No. Solo Instagram. E in realtà abbiamo parlato soltanto per qualche giorno. Una settimana al massimo. Niente di serio.

Pip: Layla le ha detto dove vive?

Anonimo: Sì, Little Kilton. Non siamo arrivati a scambiarci gli indirizzi, ovviamente. Ma sembrava conoscere la zona, ha detto che frequenta il King's Head.

Pip: Le ha detto niente di sé?

Anonimo: Ha detto che aveva venticinque anni. Che viveva con il padre e lavorava nelle risorse umane per non so che posto a Londra, ma che era a casa in malattia al momento.

Pip: In malattia? Cos'aveva?

Anonimo: Non ho chiesto. Ci conoscevamo a malapena, sarebbe stato scortese.

Pip: A me sembra una classica battuta da catfishing. All'epoca le è venuto il sospetto che non fosse chi diceva di essere?

Anonimo: No. Per niente, non finché ho visto Stella Chapman [————BIIIP————] e mi ha sconvolto essere stato vittima di catfishing. Almeno non era andata avanti a lungo.

Pip: Perciò avete parlato soltanto una settimana? Di che genere di cose? Le parti innocenti.

Anonimo: Mi ha fatto un sacco di domande su di me. Tantissime, in effetti. Mi è parsa una cosa piuttosto gratificante, incontrare qualcuno che fosse così interessato a me.

Pip: Davvero? Che tipo di domande faceva?

Anonimo: Non era come se mi stesse facendo un interrogatorio o roba simile, le sue domande si inserivano nella conversazione in modo naturale. Subito all'inizio ha voluto sapere quanti anni avessi, me l'ha chiesto immediatamente. Io le ho detto ventinove e lei mi ha chiesto quando ne avrei fatti trenta e se avessi già dei programmi per il grande giorno. Chiacchierava così. In modo carino. Ed era anche interessata alla mia famiglia, mi ha chiesto se vivessi ancora con i miei, se avessi fratelli o sorelle, com'erano i miei genitori. Però in qualche modo evitava di rispondere quando le rivolgevo io quelle domande. Sembrava più interessata a me. Mi ha fatto pensare che non dovesse avere una bella situazione a casa.

Pip: Sembra che andaste d'accordo, perché avete smesso di scrivervi dopo una settimana?

Anonimo: Ha smesso lei di scrivermi. Senza alcun motivo, mi è sembrato.

Pip: Ha fatto ghosting?

Anonimo: Sì, che vergogna. Io ho continuato a scriverle anche dopo, tipo: "Ehi? Dove sei finita?". E niente. Mai più sentita.

Pip: Ha idea del perché l'abbia fatto? Una cosa che potrebbe aver detto?

Anonimo: Non credo. So qual è stata l'ultima cosa che le ho scritto prima che lei sparisse. Mi aveva chiesto cosa facessi di lavoro, perciò le ho risposto che ero un [———BIIIP———] alla [———BIII———]. E basta, non ha mai risposto. Suppongo fosse una di quelle persone che non vogliono uscire con un [————BIIIP————]. Magari pensa di poter puntare più in alto o roba simile.

Pip: So che non era a conoscenza che fosse catfishing, all'epoca, ma ripensandoci ora, Layla ha lasciato trapelare niente, nessun indizio sulla sua vera identità? La sua età? Qualche slang fuori moda che magari utilizzava? Le ha menzionato Jamie Reynolds? O altre persone con cui interagiva nella vita reale?

Anonimo: No, niente del genere. Credevo che fosse esattamente chi mi diceva di essere. Nessun passo falso. Perciò, se fa catfishing, allora mi sa che è dannatamente brava.

Ventuno

Connor non mangiava. Giocherellava con il cibo che aveva nel piatto, scavando con i rebbi della forchetta di plastica lunghe trincee nella pasta che non aveva toccato.

Anche Zach lo aveva notato; Pip incontrò per caso il suo sguardo dall'altra parte del tavolo, mentre osservava Connor seduto lì in silenzio nella mensa assordante. Erano i commenti, lo sapeva. Estranei su internet con le loro teorie e le loro opinioni. *Jamie Reynolds dev'essere morto*. E: *È stato sicuramente assassinato... sembra se lo meritasse, però*. Pip gli aveva detto di ignorarli, ma era evidente che lui non ci riusciva, e quelle parole lo attendevano al varco, lasciando il proprio marchio.

Cara era seduta accanto a lei, abbastanza vicina da toccarle ogni tanto con il gomito le costole. Anche lei aveva notato il silenzio di Connor; da qui i suoi tentativi di portare la conversazione verso l'argomento preferito dell'amico: l'Area 51 e le relative teorie cospirative.

Gli unici che non se n'erano resi conto erano Ant e Lauren. Ant in teoria era il miglior amico di Connor, ma gli dava la schiena, seduto a cavalcioni sulla panca mentre lui e Lauren, stretti l'uno all'altra, ridacchiavano di chissà cosa. Pip non poteva dire di esserne sorpresa. Ant non era parso molto preoccupato per Connor nemmeno il giorno prima, e aveva accennato a Jamie soltanto una volta. Sapeva che era una situazione delicata e la maggior parte della gente faticava a trovare le parole giuste, ma almeno una volta "Mi dispiace" andava detto. Si faceva così e basta.

Lauren soffocò una risata per qualcosa che Ant le aveva sussurrato e Pip sentì un lampo caldo sotto la pelle, ma si morse le labbra e lo ricacciò giù. Non era il momento di mettersi a litigare. Invece guardò Cara prendere un KitKat dallo zaino e farlo scivolare lentamente lungo il tavolo, finché non entrò nel campo visivo di Connor. Questo spezzò la sua trance e lui la guardò, gli angoli della bocca si incurvarono in un sorriso, un sorriso passeggero, e Connor abbandonò la forchetta, allungando una mano per accettare l'offerta.

Cara rivolse quello stesso sorriso a Pip. Sembrava stanca. Erano passate tre notti, tre notti durante le quali lei era stata troppo impegnata per chiamarla, per parlarle fino a farla addormentare. Pip sapeva che non dormiva: glielo dicevano le borse sotto i suoi occhi. E ora quegli occhi le dissero anche un'altra cosa, spalancandosi e volando verso l'alto quando qualcuno dietro le spalle di Pip le diede un colpetto sulla schiena. Pip ruotò e alzò lo sguardo su Tom Nowak, in piedi, che la salutava con un imbarazzato cenno della mano. L'ex ragazzo di Lauren. Si erano lasciati l'estate precedente.

«Ciao» disse, sovrastando il baccano della mensa.

«Ehm.» Lauren s'intromise immediatamente. Ah, quindi ora stava prestando attenzione. «Che cosa vuoi?»

«Niente» rispose Tom, scostandosi i lunghi capelli dagli occhi. «Devo solo parlare a Pip di una cosa.»

«Certo» lo caricò anche Ant, raddrizzandosi più che poteva sulla panca e mettendo un braccio davanti a Lauren per afferrare il tavolo. «Ogni scusa è buona per venire al nostro tavolo, eh?»

«No, è...» Tom si interruppe con un'alzata di spalle, tornando a rivolgersi a Pip. «Ho delle informazioni.»

«Qui non ti vuole nessuno. Va' via» disse Ant, e un sorriso divertito si dipinse sul viso di Lauren, che intrecciò il braccio a quello di lui.

«Non sto parlando con te» rispose Tom. Guardò di nuovo Pip. «Si tratta di Jamie Reynolds.»

La testa di Connor si alzò di scatto, scacciando con un battito di ciglia quello sguardo spettrale e concentrandosi su Pip. Lei sollevò la mano e annuì, facendogli cenno di stare calmo.

«Oh, certo» disse Ant con un ghigno.

«Piantala, Ant, ok?» Pip si alzò e si mise in spalla il pesante zaino. «Non impressioni nessuno a parte Lauren.» Scavalcò la panca di plastica e disse a Tom di seguirla, dirigendosi verso le porte del cortile esterno, sapendo che Connor li stava osservando.

«Parliamo qui» disse una volta fuori, indicando il muretto basso. Quel mattino aveva piovuto e quando si sedette i mattoni erano ancora umidi e le bagnarono i pantaloni. Tom stese la propria giacca prima di accomodarsi accanto a lei. «Allora, che informazioni hai su Jamie?»

«Sulla notte che è scomparso» disse Tom tirando su col naso.

«Davvero? Hai ascoltato il primo episodio? L'ho pubblicato ieri sera.»

«No, non ancora» rispose lui.

«Te lo chiedo solo perché abbiamo stabilito una cronologia temporale dei movimenti di Jamie venerdì. Sappiamo che è stato al calamity party dalle 21.16 e che se n'è andato verso le 22.32, se è lì che l'hai visto.» Tom la fissò senza capire. «Quello che intendo è che ho già questa informazione, se è questo che mi stavi per dire.»

Lui scosse la testa. «Ehm, no, è un'altra cosa. Al calamity party io non c'ero, ma l'ho visto. Dopo.»

«Davvero? Dopo le 22.32?» E di colpo l'attenzione di Pip aumentò a dismisura: i bambini di dieci anni che strillavano giocando a calcio, una mosca che le si era appena posata sullo zaino, il muretto che le premeva contro le ossa.

«Sì» confermò Tom. «Dopo quell'ora.»

«Quanto dopo?»

«Ehm, forse quindici minuti, o venti.» Corrugò la fronte, concentrandosi.

«Quindi verso le 22.50?» chiese.

«Sì. Direi di sì.»

Pip si chinò in avanti, in attesa che Tom proseguisse.

Ma lui non lo fece.

«E?» lo incalzò, cominciando a irritarsi suo malgrado. «Dov'eri? Dove l'hai visto? Vicino a Highmoor, dov'era la festa?»

«Sì, era su... ehm, come si chiama quella strada... ah, Cross Lane» disse lui.

Cross Lane. Pip conosceva una sola persona che vivesse su Cross Lane, in una casa con il portone blu acceso e un vialetto ad angolo: Nat Da Silva con i suoi genitori.

«Hai visto Jamie su Cross Lane alle 22.50?»

«Sì, l'ho visto, camicia bordeaux e scarpe da ginnastica bianche. Me lo ricordo pacificamente.»

«Sì, è quello che indossava, *precisamente*» disse, facendo una smorfia allo strafalcione di Tom. «Dov'eri in quel momento?»

Lui si strinse nelle spalle. «Stavo andando a casa di un amico.»

«E Jamie cosa stava facendo?» chiese Pip.

«Camminava. Mi ha superato.»

«Ok. Ed era al telefono quando ti ha superato?» domandò lei.

«No, non credo. Niente telefono.»

Pip sospirò. Tom non le stava facilitando le cose.

«Ok, cos'altro hai visto? Sembrava che si stesse dirigendo da qualche parte? Magari una casa?»

«Sì» annuì Tom.

«Sì cosa?»

«Una casa. Stava andando verso una casa» disse. «Tipo a metà della strada, forse.»

La casa di Nat Da Silva era circa a metà strada, s'intromisero i pensieri di Pip, esigendo la sua attenzione. Sentì un ronzio nel collo, le era aumentato il battito cardiaco. Aveva i palmi bagnati, e non per la pioggia.

«Come fai a sapere che stava andando verso una casa?»

«Perché l'ho visto. Ci è entrato» disse lui.

«Ci è entrato?» Le uscì a voce più alta di quanto volesse.

«Sì.» Sembrava esasperato, come se fosse *lei* a rendere tutto complicato.

«Quale casa?»

«Ah» fece Tom, grattandosi i capelli e spostando la riga dall'altra parte. «Era tardi, non ho guardato i numeri. Non ho visto.»

«Be', riesci a descrivere com'era fatta la casa?» Era aggrappata al muretto ora, i polpastrelli vi grattavano contro. «Di che colore era la porta?»

«Mmm...» Lui la guardò. «Mi sa che era bianca.»

Pip lasciò andare il respiro che stava trattenendo. Si raddrizzò, staccò le dita dal muretto e abbassò lo sguardo. Non la casa di Nat Da Silva, quindi. Bene.

«Aspetta» disse Tom all'improvviso, tornando a guardarla. «In realtà no, mi sa che non era bianca. No, ora ricordo... era blu. Sì, blu.»

Il cuore di Pip reagì immediatamente, pulsandole nelle orecchie, rapidi distici che suonavano quasi come *Nat-da-Sil-va, Nat-da-Sil-va, Nat-da-Sil-va*.

Si obbligò a chiudere la bocca, e la riaprì per chiedere: «Con i mattoni bianchi? Una vite su un lato?».

Tom annuì, con il viso più vivo, adesso. «Sì, è quella. Ho visto Jamie entrare in quella casa.»

«Hai visto qualcun altro? Chi c'era alla porta?»

«No. L'ho solo visto entrare.»

In casa di Nat Da Silva.

Era quello il piano dopotutto, che Jamie andasse da Nat dopo la commemorazione. È questo che aveva detto a Connor. È questo che Nat aveva detto a Pip. Ma le aveva anche detto che non si era mai fatto vivo. Che l'ultima volta che l'aveva visto era stato quando si era allontanato nella folla per cercare "una persona".

Ma Tom aveva visto Jamie entrare in casa sua alle 22.50. Dopo il calamity party.

Perciò qualcuno stava mentendo.

E chi aveva un motivo per farlo?

«Tom» disse. «Ti dispiace se ripetiamo tutto in un'intervista registrata?»

«Figurati. Nessun problema.»

r/ComeUccidonoLeBraveRagazzePodcast

Post

Vedi ▰ ▰ ▰   Ordina   🔥 In evidenza ▾

pubblicato da u/hedeteccheprotecc 47 minuti fa

↑ 18 ↓

La pista Hillary F. Weiseman?

So che Pip è stata assorbita dalla ricostruzione dei movimenti di Jamie quella sera. Ma ho l'impressione che sbagli a ignorare il bigliettino nel cestino di Jamie. Sappiamo che la donna delle pulizie dei Reynolds viene una volta ogni quindici giorni, di mercoledì, perciò quel biglietto deve essere stato scritto/buttato via negli ultimi dieci giorni, che coincidono con il periodo di tempo durante il quale Jamie si è comportato in modo imprevedibile (rubava, usciva di nascosto).

Le ricerche di Pip hanno dato come risultato una sola Hillary F. Weiseman: una donna di ottantaquattro anni che viveva a Little Kilton ed è morta dodici anni fa. Perciò sì, è molto strano che Jamie si sia appuntato di recente il nome di questa vecchia signora morta. Ma mi chiedo se la nota si riferisca davvero a una persona, e non a un luogo. Se Hillary è morta lì, allora penso che probabilmente sia sepolta nel cimitero della città. E se il biglietto non si riferisse a Hillary in persona, ma piuttosto alla sua tomba come luogo d'incontro? Ripensate a com'è formulato l'appunto: *Hillary F Weiseman sinistra 11*. E se in realtà volesse dire: la tomba di Hillary F. Weiseman, sul lato sinistro del cimitero, alle undici? Un luogo e un'ora per un appuntamento. Che ne pensate?

💬 59 commenti   ⭐ premia   ↗ condividi   🔖 salva   ⋯

Ventidue

Pip cercò di non guardare. Spostò gli occhi, ma c'era qualcosa in quella casa che li riportava sempre su di sé. Non sarebbe mai potuta essere una casa normale, non dopo tutto quello di cui era stata testimone. Sembrava quasi ultraterrena, come se la morte fosse aggrappata all'aria lì attorno, e la facesse scintillare come una casa non dovrebbe fare, con il tetto storto e i mattoni punteggiati ricoperti d'edera.

La casa dei Bell. Il luogo in cui era morta Andie.

E attraverso la finestra del salotto Pip vedeva la nuca di Jason Bell, mentre alla parete opposta baluginava la tivù. Doveva aver sentito i loro passi sul marciapiede all'esterno, perché proprio in quel momento voltò di scatto la testa e li fissò. Incrociò per un attimo lo sguardo di Pip, e quello di Jason si inasprì quando la riconobbe. Lei trasalì e abbassò gli occhi mentre proseguivano, lasciandosi la casa alle spalle. Ma in qualche modo si sentiva ancora segnata dallo sguardo di Jason.

«Allora» disse Ravi, ignaro. Chiaramente non aveva sentito la stessa necessità di guardare la casa. «Questa idea te l'ha data un tizio su Reddit?» chiese, risalendo la strada che piegava in direzione della chiesa in cima alla collina.

«Sì, ed è una teoria sensata» rispose Pip. «Ci avrei dovuto pensare io.»

«Altri buoni suggerimenti da quando hai pubblicato l'episodio?»

«No» rispose lei, la voce rotta dallo sforzo di risalire la ripida collina. Svoltando un angolo apparve in lontananza la vecchia chiesa, nascosta tra gli alberi. «A meno che non conti "Ho visto Jamie in un McDonald's ad Aberdeen". O quello che a quanto pare l'ha visto al Louvre, a Parigi.»

Attraversarono il ponte pedonale sopra la strada in rapido movimento sotto di loro, il rumore delle macchine come un rombo nelle orecchie.

«Ok» disse Pip, mentre si avvicinavano. Il cimitero era diviso a metà, una a ciascun lato dell'edificio, separate dall'ampio vialetto. «Il tizio di Reddit pensa che "sinistra" nel bigliettino possa riferirsi al lato sinistro. Perciò andiamo di qua.» Condusse Ravi fuori dal vialetto e sul vasto prato a sinistra che avvolgeva la collina. Ovunque arrivasse lo sguardo c'erano piatte pietre tombali di marmo e lapidi verticali disposte in file incerte.

«Qual è il nome? Hillary...?» domandò Ravi.

«Hillary F. Weiseman, morta nel 2006.» Pip strizzò gli occhi, studiando le tombe, con Ravi accanto.

«Perciò pensi che Nat Da Silva ti abbia mentito?» chiese lui mentre leggevano i nomi.

«Non lo so» disse lei. «Ma non possono dire entrambi la verità: i loro resoconti si contraddicono a vicenda completamente. Perciò o Nat Da Silva o Tom Nowak stanno mentendo. E non riesco a non pensare che Nat avrebbe più motivi per farlo. Forse Jamie è andato davvero a casa sua per un po' quella sera, e lei semplicemente non voleva ammetterlo davanti al suo ragazzo. Sembra abbastanza minaccioso.»

«Come si chiama? Luke?»

«Eaton, sì. O forse non voleva dirmi di aver visto Jamie perché non vuole essere coinvolta, tutto qui. Io non l'ho trattata bene l'ultima volta, non esattamente. O magari mente proprio perché invece è coinvolta in qualche modo. Ho avuto una strana sensazione quando ho chiesto loro dove fossero venerdì sera, come se non mi stessero raccontando tutto.»

«Ma Jamie è stato visto vivo e vegeto su Wyvil Road quasi un'ora dopo. Se anche fosse andato da Nat, stava bene quando è uscito.»

«Lo so» rispose Pip. «Ma allora perché mentire? Cosa c'è da nascondere?»

«O magari mente Tom» disse Ravi, chinandosi per leggere meglio le lettere sbiadite di una tomba.

«Magari sì» sospirò lei. «Ma perché? E come avrebbe fatto a sapere che quella casa appartiene a... be', a un sospettato?»

«Hai intenzione di tornare a parlare con Nat?»

«Non ne sono certa.» Pip imboccò un'altra fila di tombe. «Dovrei, ma non sono sicura che mi rivolgerebbe ancora la parola. Mi odia davvero. E questa settimana per lei è già abbastanza dura.»

«Potrei andare io?» propose Ravi. «Magari quando finisce il processo a Max?»

«Sì, forse» ribatté Pip, ma il pensiero che Jamie potesse non essere ancora ricomparso per quella data le fece sprofondare il cuore. Affrettò il passo. «Siamo troppo lenti! Separiamoci.»

«No, a me piaci sul serio.»

E Pip lo sentì fare un sorrisetto, anche se non lo stava guardando.

«Siamo in un cimitero. Comportati bene.»

«Mica sentono» rispose lui, difendendosi. «Ok, va bene, io controllo di qua.» Si trascinò al lato opposto del cimitero, cominciando dall'ultima fila di tombe, per poi ritornare verso di lei.

Pip lo perse dopo una manciata di minuti, dietro una siepe poco curata, e fu come se fosse rimasta sola. In piedi in quella distesa di nomi. Non c'era nessun altro: una calma da notte fonda, anche se erano solo le sei.

Arrivò alla fine di un'altra fila, senza trovare Hillary, quando udì un urlo. La voce di Ravi era debole perché il vento soffiava dalla parte opposta, ma lo vide agitare una mano sopra la siepe e corse verso di lui.

«Trovata?» domandò senza fiato.

«In memoria di Hillary F. Weiseman» lesse lui a voce alta, in piedi su una lapide di marmo nero con lettere dorate. «Morta il 4 ottobre 2006. Madre e nonna amata. Ci mancherai tanto.»

«È lei» disse Pip, guardandosi attorno. Quella sezione del cimitero era quasi isolata, riparata da una fila di siepi da un lato e da un boschetto dall'altro. «È ben nascosto qui. Non ti si vede da fuori, a parte dal sentiero lassù.»

Ravi annuì. «Sarebbe un perfetto punto d'incontro segreto, se è questo che era.»

«Ma per chi? Sappiamo che Jamie non ha mai incontrato Layla nella vita reale.»

«E quelli?» Ravi indicò un piccolo mazzo di fiori posato accanto alla tomba di Hillary.

Erano secchi e ormai morti, e i petali volarono via quando Pip chiuse le dita attorno alla confezione di plastica. «Li hanno lasciati molte settimane fa, è chiaro» disse, notando un piccolo biglietto bianco nel mazzo. L'inchiostro blu era sbavato per via della pioggia, ma le parole erano ancora leggibili.

«*Cara mamma, buon compleanno! Ci manchi ogni giorno. Ti vogliamo bene. Mary, Harry e Joe*» lesse a Ravi a voce alta.

«Mary, Harry e Joe» rifletté lui. «Li conosciamo?»

«No» rispose Pip. «Ma ho guardato sul registro elettorale e non sono riuscita a trovare nessuno che viva a Kilton ora che faccia Weiseman di cognome.»

«Allora probabilmente non sono Weiseman.»

Udirono uno scalpiccio che si avvicinava, sul vialetto di ghiaia più in alto, e subito si voltarono per vedere chi fosse. Guardando l'uomo comparire da sotto la volta dei salici agitati dal vento, Pip sentì una stretta al petto, come se fosse stata sorpresa dove non doveva trovarsi. Era Stanley Forbes, che trasalì quando li notò lì nascosti tra le ombre. Pareva stupido quanto loro di vederli.

«Merda, mi avete spaventato» disse, portandosi una mano al petto.

«Si può dire "merda" in un luogo sacro?» sorrise Ravi, rompendo subito la tensione.

«Scusi» rispose Pip, i fiori morti ancora in mano. «Cosa ci fa qui?» Una domanda perfettamente legittima: non c'era nessuno nel cimitero a parte loro, che non si trovavano certo lì per motivi consueti.

«Io, ehm...» Stanley pareva a disagio. «Sono qui per parlare al vicario di una storia per il giornale della prossima settimana. Voi perché siete qui?» Rivolse loro la stessa domanda, strizzando gli occhi per riuscire a leggere la tomba davanti alla quale si trovavano.

Be', ormai li aveva beccati, Pip poteva anche fare un tentativo. «Ehi, Stanley» disse, «lei conosce la maggior parte delle persone in città, giusto? Per via del giornale. Conosce la famiglia di una donna di nome Hillary Weiseman? La figlia si chiama Mary e forse ci sono due figli o nipoti, Harry e Joe.»

Lui socchiuse gli occhi, come se fosse una delle cose più strane che gli fossero mai state chieste dopo essersi imbattuto in due persone nascoste in un cimitero. «Be', sì, certo. E anche tu. È Mary Scythe. La Mary che fa volontariato al giornale con me. E i suoi figli, Harry e Joe.»

E mentre lo diceva nella mente di Pip scattò qualcosa.

«Harry Scythe. Per caso lavora alla Cantina dei Libri?» chiese.

«Sì, mi sa di sì» disse Stanley, spostando i piedi. «Ha qualcosa a che fare con quella persona scomparsa su cui stai indagando, Jamie Reynolds?»

«Può darsi.» Si strinse nelle spalle, leggendo un'ombra di delusione sul suo viso quando capì che non avrebbe fornito altre spiegazioni. Be', peccato per lui, ma non voleva che il giornalista volontario di una piccola città seguisse la sua stessa storia e le finisse tra i piedi. Ma forse non era del tutto giusta: Stanley aveva pubblicato sul "Kilton Mail" il volantino come Pip gli aveva chiesto, e quello aveva portato da lei persone che avevano delle informazioni. «Ehm» aggiunse, «volevo ringraziarla per aver pubblicato quell'avviso sul giornale, Stanley. Non era obbligato, e ha aiutato molto. Perciò, ecco. Grazie. Di averlo fatto.»

«Di niente» sorrise lui, spostando lo sguardo da lei a Ravi. «E spero che lo troviate. Cioè, sono sicuro che sarà così.» Si tirò su una manica alla volta. «Meglio che vada, non voglio far aspettare il vicario. Ehm. Già. Ok. Ciao.» Fece loro un imbarazzato cenno di saluto, all'altezza dei fianchi, e si incamminò verso la chiesa.

«Harry Scythe è uno dei testimoni di Wyvil Road» spiegò Pip a Ravi sottovoce, guardando Stanley allontanarsi.

«Ah, davvero?» fece lui. «Città piccola.»

«Infatti» concordò Pip, rimettendo i fiori morti sulla tomba di Hillary. «È *davvero* una città piccola.» Non era sicura che questo non significasse qualcos'altro. E non era sicura che andare lì avesse spiegato la presenza del foglietto nel cestino di Jamie, a parte per la possibilità che avesse usato quel posto per incontrare qualcuno, sotto quelle medesime ombre. Ma era un'ipotesi troppo poco chiara, troppo vaga per costituire una vera pista.

«Forza. Dobbiamo chiudere con l'aggiornamento del processo» disse Ravi, prendendole la mano e intrecciando le dita alle sue. «Inoltre non riesco a credere che tu abbia veramente ringraziato Stanley Forbes.» Le fece una faccia come se fosse paralizzato dallo shock, gli occhi incrociati.

«Smettila.» Gli diede una spintarella.

«Tu che sei gentile con qualcuno per davvero.» Continuò con quella sciocca espressione. «Bravissima. Un punto per te, Pip.»

«Piantala.»

Ventitré

La casa dei Reynolds la guardava, con le finestre superiori gialle e fisse. Ma solo per un secondo, prima che la porta si aprisse verso l'interno e sulla soglia apparisse Joanna Reynolds.

«Eccoti.» Joanna fece accomodare Pip mentre Connor compariva nel corridoio. «Grazie per essere venuta immediatamente.»

«Nessun problema.» Pip si tolse lo zaino e le scarpe. Lei e Ravi avevano appena finito di registrare il nuovo aggiornamento sul processo a Max Hastings – due testimoni della difesa, amici di Max dell'università – quando Joanna l'aveva chiamata.

«Sembrava urgente, lo è?» disse Pip, spostando lo sguardo dall'una all'altro. Sentiva il rumore della televisione dietro la porta chiusa del salotto. Probabilmente c'era Arthur Reynolds dentro, che continuava a rifiutarsi di avere a che fare con quella storia. Ma Jamie era sparito da quattro giorni ormai, quando avrebbe ceduto suo padre? Pip lo capiva: è difficile uscire da un buco una volta che ci hai infilato i piedi. Ma sicuramente cominciava a preoccuparsi, no?

«Sì, lo è, credo.» Joanna le fece cenno di seguirla lungo il corridoio, voltandosi per salire le scale dietro a Connor.

«È il computer?» chiese Pip. «Siete riusciti a entrare?»

«No, non è quello» rispose lei. «Continuiamo a provare. Abbiamo tentato più di settecento opzioni, ormai. Niente.»

«Ok, be', io ho scritto a due esperti di computer ieri, perciò vediamo che dicono.» Pip salì le scale, cercando di non inciampare nei talloni di Joanna. «Allora, cosa c'è?»

«Ho ascoltato il primo episodio che hai pubblicato ieri sera, già diverse volte.» Joanna parlava rapida, ansimando sempre più man mano che saliva le scale. «È l'intervista che hai fatto ai testimoni oculari della libreria, quelli che lo hanno visto su Wyvil Road alle 23.40. C'era qualcosa che mi tormentava in quell'intervista, e finalmente mi sono resa conto di cos'era.»

Joanna la fece entrare nella caotica stanza di Jamie, dove Connor aveva acceso la luce, aspettandole.

«È Harry Scythe?» chiese Pip. «Lo conoscete?»

Joanna scosse la testa. «È quel punto in cui parlavano di cosa indossava Jamie. Due testimoni pensavano di averlo visto con la camicia bordeaux, quella con cui sappiamo che è uscito di casa. Ma loro sono stati i primi a vederlo, dato che Jamie in quel momento stava probabilmente camminando verso di loro. Gli altri due testimoni sono arrivati alla porta dopo, quando Jamie doveva essere già passato. Perciò l'hanno visto da dietro. Ed entrambi pensavano che forse non portava una camicia bordeaux, ma qualcosa di più scuro, con un cappuccio, e le tasche, perché non erano riusciti a vedergli le mani.»

«Sì, c'è questa discrepanza» confermò Pip. «Ma può succedere con piccoli dettagli del genere nelle testimonianze oculari.»

Gli occhi di Joanna ora brillavano, e scavavano un solco nel viso di Pip. «Sì, e il nostro istinto è stato quello di credere ai due che lo hanno visto con la camicia, perché è quello che presumiamo Jamie avesse indosso. Ma se avessero ragione gli altri due, quelli che lo hanno visto con una felpa nera col cappuccio? Jamie possiede una felpa del genere» disse, «con la cerniera. La indossa sempre. Se fosse slacciata, magari aperta sul davanti, non la si noterebbe molto e ci si concentrerebbe sulla camicia sotto.»

«Ma non indossava una felpa nera col cappuccio quando è uscito di casa venerdì» insistette Pip, guardando Connor. «E non ce l'aveva con sé, non aveva uno zaino né niente di simile.»

«No, sicuramente non l'aveva con sé» intervenne Connor. «È quello che ho detto anche io all'inizio. Ma...» Fece un cenno verso la madre.

«Ma...» proseguì Joanna «... ho guardato ovunque. Ovunque. Nel suo armadio, nei suoi cassetti, in tutti questi mucchi di vestiti, nel cesto dei panni sporchi, in quelli da stirare, nell'armadio in camera nostra, in quello di Connor e in quello di Zoe. La felpa nera di Jamie qui non c'è. Non è in casa.»

A Pip si mozzò il respiro in gola. «Non c'è?»

«Abbiamo controllato ogni posto in cui potrebbe essere tipo tre volte» disse Connor. «Abbiamo passato le ultime ore a cercare. È sparita.»

«Perciò se loro hanno ragione» continuò Joanna, «se quei due testimoni hanno ragione, e hanno visto Jamie che indossava una felpa nera col cappuccio, allora...»

«Allora Jamie è passato da casa» concluse Pip, e sentì un brivido freddo superarle lo stomaco dalla parte sbagliata e riempirle il vuoto delle gambe. «Tra il calamity party e quando è stato visto in Wyvil Road, Jamie è tornato a casa. Qui» disse, guardandosi attorno nella stanza con occhi nuovi. I mucchi febbrili di vestiti gettati qua e là: forse Jamie aveva cercato come un pazzo quella felpa. La tazza rotta accanto al letto: magari era stato un incidente, per la troppa fretta. Il coltello sparito al piano terra. Forse, se era *davvero* stato Jamie a prenderlo, era quella la vera ragione per cui era tornato a casa.

«Sì, esatto» esclamò Joanna. «È quello che stavo pensando anch'io. Jamie è tornato a casa.» Lo disse con una tale speranza nella voce, un desiderio talmente sentito, il suo bambino di nuovo a casa, come se la parte che seguiva non potesse mai più strapparglielo: che era uscito di nuovo ed era scomparso.

«Perciò se è tornato e ha preso la felpa» disse Pip, evitando di nominare il coltello mancante, «dev'essere stato diciamo tra le 22.45, dopo aver fatto a piedi la strada da Highmoor, e le 23.25 circa, perché gli ci sarebbero voluti circa quindici minuti per arrivare a metà di Wyvil Road.»

Joanna annuì, aggrappandosi a ogni parola.

«Ma...» Pip si fermò, e riformulò, ponendo la domanda a Connor. Era più facile così. «Ma tuo padre non è tornato a casa dal pub verso le 23.15?»

Rispose comunque Joanna. «Sì, esatto. Circa a quell'ora. Ovviamente Arthur non ha visto Jamie, quindi Jamie deve essere arrivato e uscito di nuovo prima che Arthur tornasse.»

«Glielo hai chiesto?» tentò Pip.

«Chiesto cosa?»

«Cos'ha fatto dopo il pub.»

«Sì, certo» disse Joanna senza tanti giri di parole. «È tornato da lì verso le 23.15, come hai detto tu. Nessuna traccia di Jamie.»

«Perciò Jamie deve essere rientrato prima, giusto?» domandò Connor.

«Giusto» disse Pip, ma non era affatto quello a cui stava pensando. Stava pensando che Tom Nowak le aveva raccontato di aver visto Jamie entrare in casa di Nat Da Silva su Cross Lane alle 22.50. E c'era tempo di fare entrambe le cose? Andare a trovare Nat, tornare a casa a piedi e uscire di nuovo? No, non proprio, a meno che la finestra temporale di Jamie non si sovrapponesse a quella di Arthur. Ma Arthur aveva detto di essere arrivato a casa alle 23.15 e di non aver visto Jamie. Qualcosa non quadrava.

O Jamie non era andato affatto da Nat, era tornato a casa ed era uscito prima delle 23.15, quando suo padre era rientrato. Oppure Jamie *era* andato da Nat, per pochissimo, poi era tornato a casa a piedi, proprio mentre suo padre rientrava, e Arthur semplicemente non si era accorto che c'era Jamie, o quando fosse uscito. Oppure Arthur lo *aveva* notato, e per qualche ragione mentiva.

«Pip?» ripeté Joanna.

«Scusatemi, come?» disse lei, tornando in sé, in quella stanza.

«Ho detto, quando cercavo la felpa nera di Jamie ho trovato un'altra cosa.» Lo sguardo di Joanna s'incupì mentre si avvicinava al cesto dei panni sporchi di Jamie. «Ho guardato qui» disse, aprendolo e prendendo da sopra la pila un capo di vestiario. «Era sotto, quasi a metà.»

La sollevò dalle cuciture sulle spalle per mostrarglielo. Era un maglioncino di cotone grigio. E sul davanti, circa dieci centimetri sotto il colletto, c'erano gocce di sangue, seccatesi fino a diventare di un marrone rossastro. Sette in tutto, ognuna più piccola di un centimetro. E un lungo sbaffo di sangue sul polsino di una manica.

«Merda.» Pip fece un passo avanti per guardare meglio.

«È il maglione che indossava il giorno del suo compleanno» spiegò Joanna, e in effetti Pip lo riconobbe: era sui volantini sparsi in tutta la città.

«Lo avevi sentito uscire di nascosto quella notte, vero?» chiese a Connor.

«Sì.»

«E non è che si era fatto male per sbaglio, a casa, quella sera?»

Joanna scosse la testa. «È andato in camera sua e stava bene. Felice.»

«Questo sembra sangue gocciolato dall'alto, non è uno schizzo» disse Pip, tracciando un cerchio con il dito davanti al maglione. «E quello sulla manica sembra che sia stato come asciugato.»

«Il sangue di Jamie?» Il viso di Joanna aveva perso tutto il colore, defluito chissà dove.

«Forse. Avete notato se avesse tagli o lividi il giorno dopo?»

«No» rispose rapida Joanna. «Non che si vedessero.»

«Potrebbe essere il sangue di qualcun altro» rifletté Pip ad alta voce, e se ne pentì subito. Il viso di Joanna crollò, collassando su se stesso, mentre una lacrima solitaria si staccava e serpeggiava lungo il profilo delle guance.

«Mi dispiace, Joanna» si affrettò a dire Pip. «Non avrei dovuto...»

«No, non sei tu» pianse Joanna, rimettendo con attenzione il maglione in cima al cesto. Versò altre due lacrime, ed entrambe raggiunsero il mento. «È solo questa sensazione, come se non conoscessi affatto mio figlio.»

Connor andò dalla madre, la strinse in un abbraccio. Era di nuovo rimpicciolita, e scomparve tra le sue braccia, singhiozzandogli contro il petto. Un suono terribile e animalesco, che ferì Pip anche solo a sentirlo.

«Va tutto bene, mamma» le sussurrò lui nei capelli guardando Pip, ma anche lei non sapeva cosa dire per tranquillizzarla.

Joanna riemerse tirando su col naso e asciugandosi invano gli occhi. «Non sono sicura di riconoscerlo.» Abbassò lo sguardo sul maglione di Jamie. «Cerca di rubare a tua madre, viene licenziato e ci mente per settimane. Entra in casa di uno sconosciuto nel cuore della notte per rubare un orologio che non gli serve. Esce di nascosto. Torna con del sangue sui vestiti. Non riconosco questo Jamie» disse, chiudendo gli occhi come se potesse immaginare di avere di nuovo il figlio davanti a sé, il figlio che conosceva. «Non sono da lui, queste cose che ha fatto. Lui non è così: è dolce, è responsabile. Mi prepara il tè quando torno dal lavoro, mi chiede com'è andata la giornata. Parliamo, di come si sente lui, di come mi sento io. Siamo una squadra, io e lui, lo siamo da quando è nato. So tutto di lui... solo che è chiaro che non è più così.»

Anche Pip si ritrovò a fissare il maglione insanguinato, incapace di distogliere lo sguardo. «C'è più di quanto capiamo al momento» disse. «Ci dev'essere un motivo, dietro. Non è cambiato di colpo dopo ventiquattro anni così, come se avesse premuto un interruttore. C'è un motivo, e io lo scoprirò. Lo prometto.»

«Voglio soltanto riaverlo.» Joanna strinse la mano di Connor, incrociando lo sguardo di Pip. «Rivoglio il nostro Jamie. Quello che mi chiama Jomamma perché sa che mi fa sorridere. Era così che mi chiamava, quando a tre anni aveva scoperto che oltre a "mamma" avevo un altro nome. Si è inventato

Jomamma, così potevo comunque riavere il mio nome mentre lui mi continuava a chiamare mamma.» Joanna tirò su col naso e il suono le si bloccò dentro, facendole tremare le spalle. «E se non lo sentirò mai più chiamarmi così?»

Ma aveva gli occhi asciutti, come se avesse pianto tutte le sue lacrime e ora fosse vuota. Svuotata. Pip riconobbe lo sguardo negli occhi di Connor, che avvolgeva un braccio attorno alla madre: paura. La strinse, come se fosse l'unico modo per evitare che si disgregasse.

Non era un momento al quale Pip avrebbe dovuto assistere, nel quale si sarebbe dovuta intromettere. Avrebbe dovuto lasciarli soli.

«Grazie per avermi chiamato, per la felpa» disse, indietreggiando lentamente verso la porta della camera di Jamie. «Ci avviciniamo un po' di più a ogni informazione che raccogliamo. Io... meglio che torni a registrare l'episodio. Magari sollecito quegli esperti di computer.» Lanciò uno sguardo al portatile chiuso di Jamie mentre allungava una mano verso la porta. «Avete per caso uno di quei sacchetti da frigo dell'Ikea?»

Connor la guardò stringendo gli occhi, confuso, ma annuì comunque.

«Chiudeteci dentro quel maglione» disse lei. «E tenetelo in un luogo fresco, lontano dalla luce del sole.»

«Ok.»

«Ciao» salutò, e le uscì come un sussurro. Li lasciò, incamminandosi lungo il corridoio. Ma dopo tre passi qualcosa la fermò. Il frammento di un pensiero, che vorticava troppo rapido perché lei riuscisse a fermarlo. E, quando finalmente si fu posato, Pip fece quei tre passi all'indietro fino alla porta di Jamie.

«Jomamma?» domandò.

«Sì.» Joanna alzò lo sguardo su Pip come se fosse fin troppo pesante.

«Voglio dire... avete provato Jomamma?»

«Prego?»

«Scusate, come password di Jamie» disse.

«N-no» rispose Joanna, lanciando a Connor uno sguardo terrorizzato. «Pensavo che quando avevi detto di provare con i soprannomi intendessi solo quelli che davamo noi a Jamie.»

«Non c'è problema. Potrebbe davvero essere qualsiasi cosa» disse Pip, spostandosi verso la scrivania di Jamie. «Posso sedermi?»

«Certo.» Joanna le si mise alle spalle, con Connor accanto, mentre Pip apriva il portatile. Lo schermo nero rifletteva i loro volti, allungandoli come facce di fantasmi. Pip premette il pulsante di accensione e apparve la schermata blu del login, la casella della password che ricambiava il suo sguardo.

Digitò *Jomamma*, le lettere che si trasformavano in piccoli puntini neri man mano che venivano inserite. Fece una pausa, il dito sospeso sul pulsante di invio, e di colpo nella stanza scese un silenzio eccessivo. Joanna e Connor stavano trattenendo il respiro.

Premette, e subito: *Password errata.*

Dietro di lei entrambi ripresero a respirare, l'aria emessa da uno dei due le scompigliò i capelli in parte legati.

«Mi dispiace» disse Pip, senza riuscire a guardarli. «Pensavo valesse la pena provare.» Era così, e forse tanto valeva proseguire, pensò.

Ritentò, sostituendo la *o* con uno zero.

Password errata.

Riprovò con un 1 alla fine. E poi un 2. E poi 1, 2, 3, e 1, 2, 3, 4. Una volta con lo zero al posto della *o* e una volta no.

Password errata.

J maiuscola. J minuscola.

La prima M di mamma maiuscola. La m minuscola.

Pip chinò il capo e fece un sospiro.

«Non te la prendere.» Connor le posò una mano sulla spalla. «Ci hai provato. Gli esperti ci riusciranno, giusto?»

Sì, se le rispondevano all'e-mail. Chiaramente non avevano ancora avuto il tempo, il che era un grave problema se non altro perché tutti gli altri lo avevano, il tempo, e Pip no. Jamie no.

Ma arrendersi era troppo dura, non era mai stata brava in quello. Perciò riprovò un'ultima volta: «Joanna, in che anno sei nata?».

«Oh, nel sessantasei» disse. «Dubito che Jamie lo sappia, però.»

Pip digitò *Jomamma66* e premette invio.

Password errata. Lo schermo la prendeva in giro, e lei sentì montare dentro di sé un'ondata di rabbia, che le faceva prudere le mani: avrebbe voluto prendere il computer e scagliarlo contro il muro. Quella cosa bruciante e primaria dentro di sé che fino a un anno prima non aveva mai conosciuto. Connor la stava chiamando per nome, ma quello non apparteneva più alla persona che sedeva su quella sedia. Ma la controllò, la ricacciò giù. Si morse la lingua, riprovò, battendo le dita sulla tastiera.

JoMamma66.

Password errata.

Cazzo.

Jomamma1966.
Errata.
Cazzo.
JoMamma1966.
Password errata.
Cazzo.
J0Mamma66.
Bentornato.

Un attimo, cosa? Pip fissò il punto in cui sarebbe dovuto apparire *Password errata*. E invece c'era il simbolo della pagina in caricamento, che ruotava e ruotava, riflettendosi nelle sue pupille. E quella parola: *Bentornato*.

«Ce l'abbiamo fatta!» Saltò giù dalla sedia, e dalla gola le uscì un suono a metà tra un colpo di tosse e una risata.

«Ce l'abbiamo fatta?!» Joanna afferrò le parole di Pip, ripetendole incredula.

«J0Mamma66» disse Connor, alzando le braccia in segno di vittoria. «Eccola. Ce l'abbiamo fatta!»

E Pip non sapeva come, ma in qualche modo, in uno strano vortice confuso, si stavano stringendo, tutti e tre, in un abbraccio caotico, in sottofondo i trilli del portatile di Jamie che si risvegliava.

Ventiquattro

«Siete sicuri di voler restare?» chiese Pip, guardando soprattutto Joanna, il dito sul touchpad, pronta ad aprire la cronologia di Google Chrome di Jamie. «Non sappiamo cosa potremmo trovare.»

«Lo capisco» rispose lei, stringendo la presa sullo schienale della sedia, senza muoversi.

Pip lanciò un rapido sguardo a Connor, che annuì come a dire che anche a lui stava bene.

«Ok.»

Cliccò, e in una nuova schermata si aprì la cronologia di Jamie. La ricerca più recente era di venerdì 27 aprile, alle 17.11: era stato su YouTube, a guardare una compilation di video Epic Fail. Altri siti visitati quel giorno: Reddit, ancora YouTube, una serie di pagine Wikipedia che andavano a ritroso dai Templari a *Slender Man*.

Passò in rassegna il giorno prima ancora, e un risultato in particolare attirò la sua attenzione: Jamie aveva visitato il profilo Instagram di Layla Mead due volte giovedì, il giorno prima di sparire. Aveva anche cercato *nat da silva stupro processo max hastings*, il che lo aveva portato al sito di Pip, *comeuccidonolebraveragazzepodcast.com*, dove a quanto pareva aveva ascoltato l'aggiornamento sul processo di quel giorno fatto da lei e Ravi.

Scivolò con lo sguardo lungo le ricerche degli altri giorni: solo Reddit, Wikipedia e Netflix. Cercava qualcosa, qualsiasi cosa che saltasse agli occhi come insolito. *Davvero* insolito, non insolito stile pagine Wikipedia. Oltrepassò lunedì e tornò alla settimana precedente, e lì ci fu qualcosa che la fece fermare, qualcosa giovedì 19, il compleanno di Jamie. Aveva googlato *cosa si considera aggressione?* E poi, dopo aver guardato qualche risultato, aveva chiesto *come fare a botte*.

«È strano» disse Pip, sottolineando i risultati con il dito. «Sono ricerche della notte del suo compleanno, alle 23.30. La notte che l'hai sentito uscire di nascosto, Connor, la notte che è tornato con il sangue sul maglione.» Lanciò una rapida occhiata al maglione grigio ancora appallottolato nel cesto. «Sembrava che sapesse che sarebbe stato coinvolto in una lite quella notte. È come se si stesse preparando.»

«Ma Jamie non aveva mai fatto a botte, prima. Cioè, è evidente, se ha avuto bisogno di cercare su Google come fare» fece notare Connor.

Pip avrebbe avuto qualcosa da commentare a questo proposito, ma un risultato un po' più in basso aveva attirato il suo sguardo. Lunedì 16, pochi giorni prima, Jamie aveva cercato *padri severi*. A Pip si mozzò il respiro, ma tenne a bada la propria reazione e fece scorrere rapida la pagina prima che gli altri se ne accorgessero.

Ma lei non poteva far finta di niente. E non poté fare a meno di pensare alle loro liti furibonde, o alla quasi totale mancanza di interesse di Arthur per il fatto che il figlio maggiore fosse scomparso, o alla possibilità che Arthur e Jamie si fossero incrociati quella notte. E di colpo fu del tutto consapevole che in quel momento Arthur Reynolds era seduto nella stanza sotto di lei, la sua presenza una cosa quasi fisica che risaliva dalla moquette.

«Cos'è quello?» chiese all'improvviso Connor, facendola trasalire.

Si era distratta, nello scorrere i risultati, ma ora si fermò, seguendo con lo sguardo il punto che indicava lui con il dito. Martedì 10 aprile, all'1.26 di notte, c'era una bizzarra sequenza di ricerche Google, che iniziava con *cancro al cervello*. Jamie aveva aperto due risultati sul sito del sistema sanitario nazionale, uno sui *Tumori al cervello* e l'altro sul *Tumore maligno al cervello*. Qualche minuto dopo era tornato su Google e aveva digitato *tumore al cervello non operabile*, e aveva aperto la pagina di un'associazione benefica per il cancro. Poi quella notte aveva chiesto un'altra cosa a Google: *cancro al cervello terapia sperimentale*.

«Mmm» fece Pip. «Cioè, so che io cerco online tutto questo genere di cose, e chiaramente anche Jamie, ma mi sembra diverso da una semplice navigazione casuale. Mi dà l'impressione che sia... mirato, intenzionale. Conoscete qualcuno con il cancro al cervello?» domandò Pip a Joanna.

Lei scosse la testa. «No.»

«Jamie ha mai parlato di qualcuno che ce l'ha?» Rivolse la domanda a Connor questa volta.

«No, mai.»

E una cosa che Pip voleva chiedere ma non poteva: era possibile che Jamie stesse facendo ricerche sui tumori al cervello perché aveva scoperto di averne uno? No, non era possibile. Era di sicuro una cosa che non poteva tenere nascosta a sua madre.

Pip provò ad andare più indietro, ma aveva raggiunto la fine dei risultati. Jamie doveva aver cancellato la cronologia da lì in poi. Stava per proseguire quando le saltarono agli occhi un ultimo paio di risultati, che aveva scorso con lo sguardo ma non aveva registrato, placidamente nascosti tra quelli dei tumori al cervello e dei video di cani che camminavano sulle zampe posteriori. Nove ore dopo aver cercato il cancro al cervello. Presumibilmente dopo essere andato a dormire ed essersi svegliato la mattina seguente, Jamie aveva chiesto a Google *come fare soldi in fretta*, aprendo un articolo intitolato *11 facili modi per guadagnare velocemente*.

Non era la cosa più strana da vedere sul computer di un ragazzo di ventiquattro anni che viveva ancora a casa, ma era il tempismo a renderla rilevante. Appena un giorno dopo quella ricerca, la mamma di Pip aveva beccato Jamie che cercava di rubarle la carta di credito aziendale. Le due cose dovevano essere correlate. Ma perché Jamie si era svegliato martedì 10 con un bisogno talmente disperato di denaro? Doveva essere successo qualcosa il giorno precedente.

Incrociando le dita, Pip digitò *Instagram* nella barra di ricerca. Era la cosa più importante: accedere ai messaggi privati di Jamie e di Layla, un modo per identificare l'identità del catfish. *Per favore, fa' che le password siano salvate, per favore per favore per favore.*

Si aprì la home page, loggata sul profilo di Jamie Reynolds.

«Sì» sussurrò Pip, ma una forte vibrazione la interruppe. Era il suo cellulare, nella tasca posteriore dei pantaloni, che vibrava violentemente contro la sedia. Lo tirò fuori. La stava chiamando sua madre e, con un'occhiata all'ora, Pip sapeva esattamente come mai. Erano le dieci passate, di una sera infrasettimanale, e ora sarebbe finita nei guai. Fece un sospiro.

«Devi andare, tesoro?» Joanna doveva aver letto lo schermo da sopra la sua spalla.

«Ehm, probabilmente è meglio. Vi... vi dispiace se mi

porto via il portatile di Jamie? Così posso studiarmelo per bene nel dettaglio stanotte, tutti gli account social, e aggiornarvi domani su quello che trovo.» Inoltre pensava che forse Jamie non avrebbe voluto che sua madre e il suo fratellino leggessero la sua corrispondenza privata con Layla. Non se era, insomma... non pensata per le orecchie di una madre e di un fratello.

«Sì, sì, certo» disse Joanna, passando la mano sulla spalla di Pip. «Sei l'unica che sa davvero cosa farci.»

Connor concordò con un flebile «Già», anche se Pip capì che desiderava poter andare con lei, che la vita reale non doveva sempre mettersi in mezzo. La scuola, i genitori, gli orari.

«Vi mando un messaggio appena trovo qualcosa di importante» li rassicurò lei, girandosi verso il computer per ridurre a icona la schermata di Chrome, facendo riapparire lo sfondo del desktop a tema robot. Il sistema operativo era un Windows 10 e Jamie l'aveva settato su una modalità app. Sulle prime questo l'aveva confusa, finché non aveva trovato l'app di Chrome, accanto al quadratino di Microsoft Word. Fece per chiudere il portatile, passando in rassegna con lo sguardo le altre app: Excel, 4OD, Sky Go, Fitbit.

Prima di chiuderlo si fermò: qualcosa l'aveva interrotta, il contorno pallidissimo di un'idea, non ancora intera. «Fitbit?» Guardò Connor.

«Sì, mi ricordo che papà gliel'ha preso per il compleanno. Era ovvio che Jamie non lo voleva, no?» chiese lui alla madre.

«Be', sai, a Jamie è quasi impossibile comprare un regalo. Tuo padre cercava solo di essere d'aiuto. Io ho pensato fosse un'idea carina» rispose Joanna, con un tono sempre più acuto e sulla difensiva.

«Lo so, era per dire.» Connor tornò a rivolgersi a Pip. «Papà gli ha creato l'account e scaricato l'app sul telefono e qui, perché ha detto che tanto Jamie non l'avrebbe mai fatto da solo, il che probabilmente è vero. E Jamie lo ha indossato sempre da quel momento, secondo me più che altro per togliersi papà dai... cioè, per farlo contento» disse, dopo una mezza occhiata in direzione della madre.

«Frena un secondo» disse Pip, l'idea ormai completamente formata, solida, che le premeva sul cervello. «L'orologio nero che Jamie indossava la notte che è scomparso, quello è il suo Fitbit?»

«Sì» rispose lentamente Connor, ma era evidente che aveva capito che Pip stava andando a parare da qualche parte: solo che ancora non la seguiva.

«Oddio» esclamò lei, la voce spezzata. «Che tipo di Fitbit è? Ha il GPS?»

Joanna barcollò, come se lo slancio di Pip l'avesse investita. «Ho ancora la scatola, un attimo» disse, correndo fuori dalla stanza.

«Se ha il GPS» disse Connor senza fiato, anche se non era lui a correre, «significa che possiamo scoprire esattamente dov'è?»

Non c'era davvero bisogno che Pip rispondesse alla domanda. Lei non perse tempo, cliccando sull'app e guardando la pagina colorata aprirsi sullo schermo.

«No.» Joanna ritornò in camera, leggendo da una confezione di plastica: «È un Charge HR, non dice niente del GPS, solo battito cardiaco, tracking dell'attività fisica e qualità del sonno».

Ma Pip lo aveva già scoperto da sola. La dashboard sul computer di Jamie aveva icone per il contapassi, il battito cardiaco, le calorie bruciate, il sonno e i minuti di attività fisica. Ma sotto a ogni icona c'erano le stesse parole: *Dati non aggiornati. Sincronizza e riprova.* Era oggi, martedì 1° maggio. Pip selezionò l'icona del calendario in cima e tornò a ieri. Diceva la stessa cosa: *Dati non aggiornati. Sincronizza e riprova.*

«Cosa significa?» chiese Connor.

«Che al momento non lo sta indossando» spiegò Pip. «O che non è vicino al suo telefono e non ha sincronizzato i dati.»

Ma quando passò oltre domenica e sabato e selezionò il venerdì in cui era sparito, le icone si accesero, grossi cerchi completi verdi e arancioni. E quelle parole erano scomparse, sostituite da numeri: 10.793 passi, 1649 calorie bruciate quel giorno. Un grafico del battito cardiaco che andava su e giù in blocchi dai colori accesi.

E Pip sentì il proprio cuore accelerare, assumere il controllo, pulsarle nelle dita e guidarle sul touchpad. Selezionò l'icona del contapassi, che si aprì in una nuova schermata, con un riassunto sotto forma di grafico a barre dei passi compiuti da Jamie durante la giornata.

«Oddio!» esclamò, gli occhi sull'ultima parte del grafico. «Ci sono dei dati che risalgono a dopo che Jamie è stato visto l'ultima volta. Guardate.» Li indicò a Joanna e Connor, che si avvicinarono ancora di più, strabuzzando gli occhi. «Ha camminato fino a mezzanotte. Perciò, dopo che alle 23.40 circa è stato visto in Wyvil Road, ha fatto ancora...» Selezionò le colonne tra le 23.30 e le 24.00 per ottenere il numero preciso. «1828 passi.»

«Che distanza è?» chiese Joanna.

«Lo sto cercando» rispose Connor, digitando sul telefono. «Poco meno di un chilometro e mezzo.»

«Perché si blocca di colpo a mezzanotte?» domandò Joanna.

«Perché da lì in poi i dati ricadono nel giorno successivo» spiegò Pip, premendo la freccia indietro per tornare alla dashboard di venerdì. Prima di passare a sabato, però, notò qualcosa nel grafico del battito cardiaco di Jamie e cliccò sull'icona per ingrandire.

Sembrava che il battito a riposo di Jamie fosse intorno agli ottanta battiti al minuto, e così era rimasto per la maggior parte della giornata. Poi alle cinque e mezza c'era una serie di impennate, fino a cento battiti al minuto. Era l'orario della litigata con suo padre, secondo Connor. Tornava normale per un paio d'ore, ma poi risaliva di nuovo intorno ai novanta, mentre Jamie seguiva Stella Chapman, aspettando di poterle parlare alla festa. E poi accelerava, quando George lo aveva visto parlare al telefono, all'esterno, molto probabilmente con Layla. Rimaneva a quel livello, appena sopra i cento, mentre camminava. Dopo le 23.40, quando era stato visto in Wyvil Road, il battito accelerava ancora, raggiungendo i centotré a mezzanotte.

Perché era così veloce? Stava correndo? O era spaventato?

La risposta doveva trovarsi nei dati delle prime ore di sabato.

Pip passò a quella schermata e la pagina parve subito incompleta a confronto con quella del giorno prima, i cerchi colorati appena accennati. Solo 2571 passi in totale. Aprì il menù del contapassi e sentì qualcosa di freddo e pesante trascinarle il cuore in fondo alle gambe. Erano tutti passi fatti tra mezzanotte e mezzanotte e mezza circa, e poi... niente. Nessun dato. Il grafico crollava del tutto: un'intera linea a zero.

Ma c'era un altro breve periodo, all'interno di quella mezz'ora, durante il quale pareva che Jamie non avesse fatto passi. Doveva essere rimasto fermo, in piedi o seduto. Era subito dopo mezzanotte, e Jamie non si era mosso per qualche minuto, ma non troppo, perché dopo mezzanotte e cinque era già di nuovo in movimento, e camminava fino a che tutti i rilevamenti non si fermavano, subito prima di mezzanotte e mezza.

«Si ferma e basta» disse Connor, di nuovo con quello sguardo distante negli occhi.

«Ma è fantastico» esclamò Pip, cercando di riportarlo indietro da dove si era smarrito. «Possiamo usare questi dati per ricostruire dove è andato Jamie, dov'era subito prima di mezzanotte e mezza. Il contapassi ci dice che è allora che è accaduto l'incidente, qualsiasi cosa sia stato, e questo quadra, Joanna, perché il tuo messaggio di mezzanotte e trentasei non gli è mai arrivato. E potrebbe anche dirci *dove* è successo. Allora, dalle 23.40, quando è stato visto alla curva di Wyvil Road, Jamie compie un totale di 2024 passi prima di fermarsi qualche minuto. E poi ne fa altri 2375, e ovunque questi l'abbiano portato è il luogo in cui è successo quello che è successo, qualsiasi cosa sia. Possiamo usare questi dati per elaborare un perimetro, a partire dall'ultima volta che è stato visto in Wyvil Road. E poi cerchiamo all'interno di quella zona specifica qualsiasi traccia di Jamie o di dove è andato. È una cosa buona, ve l'assicuro.»

Connor tentò di fare un piccolo sorriso, ma non gli arrivò fino agli occhi. Anche Joanna pareva spaventata, ma serrava la bocca in un'espressione determinata.

Il cellulare di Pip le squillò di nuovo nella tasca. Lei lo ignorò, tornando alla dashboard per studiare il battito cardiaco di Jamie in quel lasso di tempo. Partiva già alto, sopra i cento, e, fatto strano, in quella finestra di pochi minuti nella quale si era fermato, era accelerato sempre più. Subito prima che si rimettesse a camminare arrivava addirittura a centoventisei battiti al minuto. Poi si abbassava, ma di poco, mentre faceva quei 2375 passi in più. Dopodiché, in quegli ultimi momenti prima di mezzanotte e mezza, schizzava a centocinquantotto battiti al minuto.

E poi linea piatta.

Crollava da centocinquantotto direttamente a zero. Niente più battiti da lì in poi.

Joanna doveva aver pensato la stessa cosa perché in quell'istante fu scossa da un sussulto, straziato e gutturale, e si portò con violenza le mani al viso per tenerlo insieme. E poi il pensiero investì anche Connor, la bocca che si apriva mentre il suo sguardo indugiava su quel crollo verticale nel grafico.

«Gli si è fermato il cuore» disse, così piano che Pip quasi non lo udì. Gli tremava il petto. «È... è...»

«No, no» disse Pip con convinzione, alzando le mani, anche se era una bugia perché dentro di sé covava lo stesso terrore. Ma doveva nasconderlo, è per quello che si trova lì. «Non è questo che significa. Significa solo che il Fitbit non stava più registrando i dati del battito cardiaco di Jamie, ok? Magari se l'è tolto, forse ci sta mostrando solo questo. Per favore, non pensate quello che state pensando.»

Ma capì dai loro visi che non la stavano più veramente ascoltando, entrambi i loro sguardi fissi su quella linea piatta, a seguirla nel nulla. E quel pensiero... era come un buco nero, che si nutriva di ogni speranza che ancora avessero, e nulla di ciò che Pip poteva dire, nulla di ciò che poteva pensare di dire, avrebbe potuto richiuderlo.

Nome file:

Appunti sul caso 4.docx

Mi è quasi venuto un colpo quando mi sono ricordata che dalla versione desktop di Instagram non si può accedere ai messaggi privati, ma solo dalla versione app. Ma ho risolto: l'e-mail associata all'account di Jamie era ancora loggata sul suo portatile. Sono riuscita a inviare una richiesta di modifica password Instagram e poi sono entrata nell'account di Jamie dal mio telefono. Sono andata subito sui messaggi privati con Layla Mead. Non ce n'erano *troppi*; coprivano soltanto otto giorni. A giudicare dal contesto, sembra che prima si siano trovati su Tinder, poi Jamie ha spostato la conversazione su Instagram e poi da lì su WhatsApp, dove non posso seguirli. L'inizio della loro corrispondenza:

> Trovata...

> Eccoti. Non che mi stessi esattamente nascondendo :)

> Com'è andata la tua giornata?

> Sì, tutto bene, grazie. Ho appena preparato la cena più buona che questo mondo abbia mai visto e si dà il caso che io sia il migliore degli chef.

> E anche umile. Spara, cos'hai cucinato?

> Magari lo puoi fare anche a me un giorno.

> Mi sa che mi sono fatto un po' troppa pubblicità. Era solo una pasta al pomodoro.

La maggior parte dei loro messaggi è così: lunghi scambi di chiacchiere/flirt. Al terzo giorno hanno scoperto di amare entrambi *Peaky Blinders* e Jamie ha professato il suo eterno sogno di essere un gangster degli anni Venti. Layla sembra davvero molto interessata a Jamie, gli fa sempre un sacco di domande. Ma ho notato qualche momento strano:

> Non hai detto che tra poco è il tuo compleanno?

> Sì, esatto.

> Il Grande Salto dei 30.

> Allora cosa farai?

> Una festa? Con la famiglia?

> Io non sono un grande fan delle feste, in realtà. Probabilmente qualcosa di tranquillo, con gli amici.

Questo in particolare mi è saltato all'occhio perché mi ha confuso il motivo per cui Layla pensasse che Jamie avesse sei anni in più: ventinove, quasi trenta. La risposta viene molto dopo nella loro conversazione. Ma quando ho visto questo scambio la prima volta, non ho potuto non pensare alle somiglianze con quello che ha detto il signor Clark: che Layla era stata molto diretta nel chiedergli l'età, menzionando la cosa un paio di volte. E stranamente anche lui ha ventinove anni, quasi trenta. Magari è una coincidenza, ma ho l'impressione di dover quantomeno appuntarmela.

Un'altra cosa strana è che Jamie (e Layla) continua a parlare del fatto che vive da solo in una piccola casa di Kilton, e questo non è affatto vero. Di nuovo, tutto si chiarisce una volta arrivata in fondo alla loro conversazione su Instagram:

> Spero di incontrarti prima o poi.

> Sì certo. Mi piacerebbe molto :)

> Senti Layla. Devo dirti una cosa. Non è facile da dire ma mi piaci davvero. Sul serio. Non mi sono mai sentito così con nessuna prima e perciò devo essere onesto con te. In realtà non ho 29 anni, sto per farne 24, tra poche settimane. E non gestisco un portafoglio titoli per una compagnia finanziaria di Londra, non è vero. Lavoro come receptionist, un lavoro che mi ha trovato un'amica di famiglia.

> E non ho una casa, vivo ancora con i miei genitori e mio fratello. Mi dispiace tanto, non ho mai avuto intenzione di ingannare nessuno, specialmente te. Non so nemmeno perché mi sono inventato tutte queste storie per il mio profilo. L'ho creato quando ero in un momento molto brutto, mi vergognavo moltissimo di me, della mia vita o della mancanza di una vita, e perciò credo di essermi inventato la persona che volevo essere invece che il vero me. Ho sbagliato e mi dispiace. Ma spero di poter essere quell'uomo un giorno, e aver conosciuto qualcuno come te mi spinge a volerci provare. Mi dispiace Layla e capisco se ce l'hai con me. Ma se non ti disturba vorrei tantissimo continuare a parlare con te. Tu rendi tutto migliore.

E questo è mooooooooolllllttttooooooo interessante. Quindi Jamie è stato in un certo senso il primo a fare catfishing al catfish. Ha mentito riguardo la sua età, il suo lavoro, come viveva, sul suo profilo Tinder. Lo ha spiegato lui stesso nel modo migliore: per insicurezza. Mi chiedo se queste insicurezze siano legate a quello che è successo con Nat Da Silva, se sentisse di aver perso qualcuno di così importante per lui a favore di un ragazzo più grande come Luke Eaton. In effetti mi chiedo se Luke abbia *davvero* ventinove anni e se sia per questo che Jamie ha scelto quell'età, come per aumentare la propria sicurezza o trovare una giustificazione razionale nella sua mente al fatto che Nat gli avesse preferito Luke.

Dopo quel lungo messaggio Layla smette di rispondergli per tre giorni. In quel lasso di tempo Jamie continua a provare, finché non trova qualcosa che funziona:

> Layla, ti prego parlami.

> Lasciami spiegare.

> Mi dispiace davvero tantissimo.

> Non ti avrei mai voluta sconvolgere.

> Lo capisco se non mi parlerai mai più.

> Ma non mi hai bloccato quindi forse c'è una speranza?

> Layla, ti prego parlami.

> Ci tengo tanto a te.

> Farei qualsiasi cosa per te.

Qualsiasi cosa?

> Oddio ciao. Sì. Qualsiasi cosa. Farei qualsiasi cosa per te. Giuro. Prometto.

> Ok.

> Senti dammi il tuo numero. Spostiamoci su WhatsApp.

> Sono felicissimo che mi parli ancora. Il mio numero: 07700900472.

Non so, c'è qualcosa in questo scambio di messaggi che mi mette i brividi. Lei lo ignora per tre giorni e poi ricompare con quel "Qualsiasi cosa?". All'apparenza è inquietante, ma forse sono solo gli strascichi della mia unica, breve conversazione con Layla. Chi è Layla? Non c'è niente qui che mi dia qualche elemento reale per identificarla. È molto cauta, è brava a restare sul vago quanto basta. Se solo avesse dato lei a Jamie il proprio numero invece di chiederlo a lui, ora io sarei in una posizione diversa: potrei chiamarla direttamente, o cercare il suo numero. E invece sono qui, ancora appesa alle stesse due domande. Chi è Layla in realtà? E in che modo è coinvolta nella scomparsa di Jamie?

Altri appunti

Ho cercato qualche informazione sul battito cardiaco, mi serviva un po' di contesto su ciò che mostrano quei grafici. Ma ora vorrei non averlo fatto. Il battito di Jamie è salito a 126 nel lasso di tempo in cui è stato fermo a mezzanotte e due minuti, e poi è schizzato a 158 prima che i dati si interrompessero. Ma quel numero di battiti al minuto – dicono gli esperti – lo si può considerare quello di una persona coinvolta in una situazione in cui o si combatte o si fugge.

Nome file:
Mappa con posizioni di Jamie e area ricerca.jpg

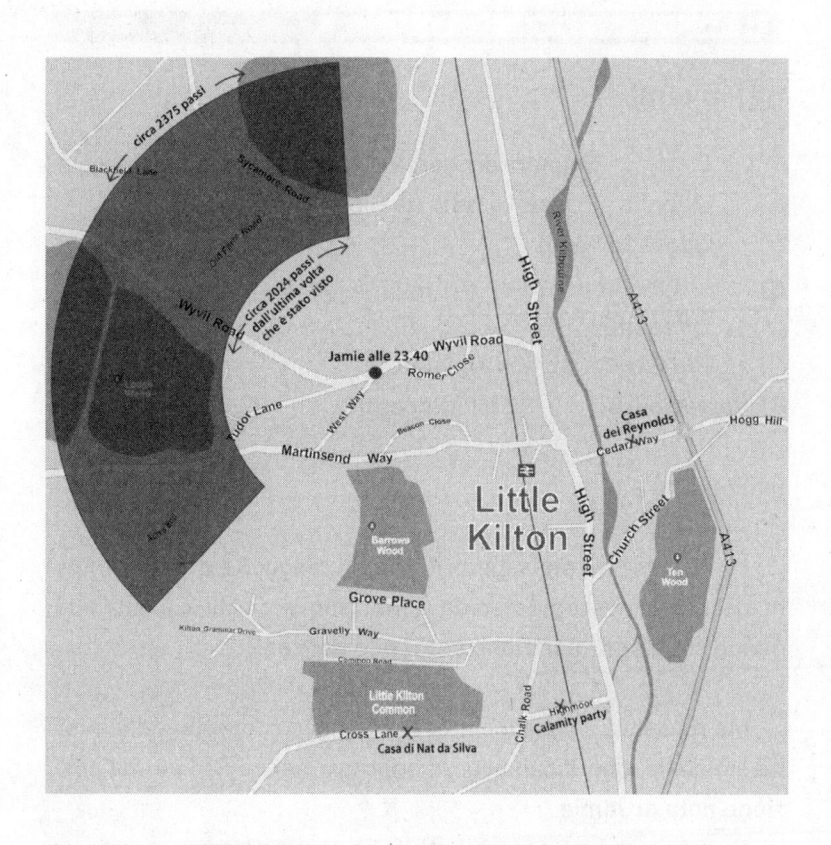

MERCOLEDÌ
Scomparso da cinque giorni

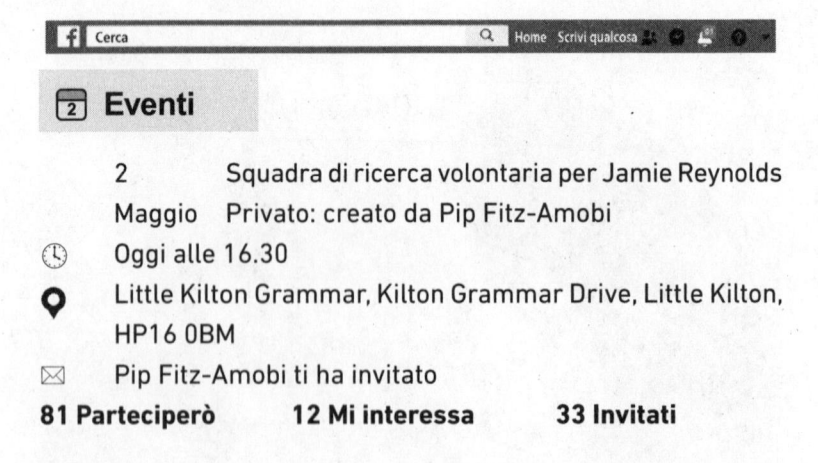

Eventi

2 Maggio — Squadra di ricerca volontaria per Jamie Reynolds
Privato: creato da Pip Fitz-Amobi
🕐 Oggi alle 16.30
📍 Little Kilton Grammar, Kilton Grammar Drive, Little Kilton, HP16 0BM
✉ Pip Fitz-Amobi ti ha invitato

81 Parteciperò **12 Mi interessa** **33 Invitati**

Buongiorno a tutti,

come forse avrete saputo, il fratello maggiore di Connor Reynolds, Jamie, è scomparso da ormai cinque giorni, e io sto indagando sulla sua sparizione per il mio podcast.

Ma mi serve il vostro aiuto! Ho da poco scoperto delle informazioni che identificano l'area approssimativa dell'ultima posizione nota di Jamie.

Quest'area deve essere battuta in cerca di tracce o indizi su dove fosse esattamente Jamie venerdì sera e su cosa gli è successo. Ma è un'area piuttosto ampia, perciò ho un disperato bisogno di volontari che mi aiutino.

Brave ragazze, cattivo sangue

Se volete dare una mano, vediamoci dopo la scuola oggi alle 16.30, in fondo al parcheggio, per un briefing. Se avremo abbastanza volontari, ci divideremo in tre squadre, una guidata da me, una da Connor Reynolds e una da Cara Ward. Per favore, venite, e cercate uno di noi per essere assegnati a una squadra.

Grazie, e fatemi sapere se avete intenzione di partecipare.

X

Venticinque

Ogni passo che faceva era ponderato, attento. Fissava il terreno, il fango che si gonfiava attorno al profilo delle scarpe. Come a registrare la sua presenza, una fila di impronte che la seguivano nel bosco. Ma lei cercava quelle di qualcun altro: le frastagliate linee verticali della suola delle Puma che Jamie indossava quando era scomparso.

E come lei tutti gli altri, che procedevano in cerchio a occhi bassi, cercando uno qualsiasi dei segni di cui Pip aveva parlato nel briefing. Dopo la scuola si erano presentati ottantotto volontari, la maggior parte del suo anno ma alcuni anche del penultimo. Trenta persone per la squadra di Connor, che ora battevano i campi dietro la scuola e bussavano alle porte all'estremità di Martinsend Way, Acres End e nella parte bassa di Tudor Lane, per chiedere ai residenti se venerdì avessero visto Jamie tra mezzanotte e due minuti e mezzanotte e ventotto. Ventinove persone per quella di Cara, che era più a nord, nei campi e nei terreni vicino a Old Farm Road e Blackfield Lane. E ventinove insieme a Pip, in un ampio arco, a incespicare ogni due metri mentre perquisivano il Lodge Wood da un'estremità all'altra.

Be', trenta, ora che anche Ravi si era unito a loro. Il processo di Max Hastings era stato interrotto prima, oggi: era stato il turno delle dichiarazioni di Max e – Ravi glielo riferì controvoglia con una scintilla nello sguardo che pareva d'odio – lui e il suo avvocato avevano fatto un ottimo lavoro. Avevano preparato una risposta per ogni domanda che l'accusa gli aveva scaricato addosso nel controinterrogatorio. Erano seguite le conclusioni di entrambe le parti e poi il giudice aveva chiesto alla giuria di ritirarsi per deliberare.

«Non vedo l'ora di godermi la sua faccia domani quando affonderà. Vorrei potertela registrare» aveva detto Ravi, usando il piede per controllare un cespuglio di agrifoglio, ricordando a Pip l'ultima volta che erano stati in quello stesso bosco, a rimettere in scena l'omicidio di Andie Bell per dimostrare che Sal non poteva aver avuto il tempo di ucciderla.

Pip lanciò uno sguardo al suo fianco, dalla parte opposta rispetto a Ravi, scambiando un piccolo sorriso tirato con Stella Chapman. Ma fu il viso di Layla Mead a restituirle lo sguardo, e un brivido freddo le risalì lungo la schiena. Erano là fuori da più di un'ora ormai, e la squadra aveva trovato solo un sacchetto con dentro della cacca di cane e un pacchetto accartocciato di patatine al gusto cocktail di gamberi.

«Jamie!» gridò qualcuno lungo la riga.

Gridavano ormai da un po'. Pip non sapeva chi avesse iniziato, chi fosse stato il primo a urlare il suo nome, ma la cosa aveva preso piede, diffondendosi sporadicamente su e giù per la fila mentre avanzavano.

«Jamie!» rispose lei. Probabilmente non aveva alcuna utilità, era letteralmente come gridare al vento. Jamie non poteva essere ancora lì; e, se c'era, non era più in grado di sentire il proprio nome. Ma almeno dava l'impressione che stessero facendo effettivamente qualcosa.

Pip si bloccò, spezzando per un momento la riga, e si chinò a controllare sotto una radice sollevata. Niente.

Le suonò il cellulare, disturbando il fruscio dei loro passi. Era un messaggio di Connor: *Ok, ci siamo divisi in tre gruppi per bussare alle porte, abbiamo appena finito Tudor Lane e ci spostiamo verso i campi. Trovato niente? X*

«Jamie!»

Pip era sollevata di non dover coprire lei Tudor Lane, la strada dove viveva Max Hastings, anche se la sua casa era in realtà subito all'esterno dell'area di ricerca. E comunque era vuota: lui e i suoi avrebbero alloggiato in un hotel di lusso vicino al tribunale per tutta la durata del processo. Eppure era contenta di non doversi avvicinare a quella casa.

Ancora niente, rispose.

«Jamie!»

Ma appena ebbe premuto invio, lo schermo venne occupato da una chiamata in arrivo da parte di Cara.

«Ehi» rispose Pip quasi in un sussurro.

«Ciao, sì» disse Cara, il vento che crepitava contro il microfono. «Ehm, qualcuno nella mia squadra ha appena trovato una cosa. Ho detto a tutti di stare indietro e ho predisposto un perimetro, come avevi detto tu. Ma, ehm, devi venire qui. Subito.»

«Cos'è?» chiese Pip, il panico che le distorceva la voce. «Dove siete?»

«Siamo alla fattoria. La fattoria abbandonata di Sycamore Road. Sai quale.»

Pip sapeva quale.

«Arrivo» disse.

Girando l'angolo di Sycamore Road, lei e Ravi si misero a correre, la fattoria in lontananza che emergeva dal piccolo colle. I mattoni dipinti di bianco opaco erano attraversati e sezionati da travi annerite, e il tetto sembrava ormai curvarsi verso l'interno, come un tetto non dovrebbe mai fare, quasi non potesse più reggere il cielo. E, dietro l'edificio abbandonato, il punto invisibile dove Becca Bell aveva nascosto il cadavere della sorella per cinque anni e mezzo. Andie era sempre stata lì, a decomporsi in una fossa biologica.

Pip inciampò mentre passavano dal ghiaino all'erba, e la mano di Ravi volò istintivamente alla sua, per sostenerla. Avvicinandosi, vide il gruppetto di persone, la squadra di Cara, una spruzzata di vestiti colorati stagliata contro le tinte opache della fattoria e del terreno incolto da anni, punteggiato da alti ciuffi di erbacce che cercavano di afferrarle i piedi.

Erano tutti sparpagliati, gli sguardi sullo stesso punto: un gruppetto di alberi accanto alla casa, i rami cresciuti vicinissimi all'edificio, come se si stessero lentamente allungando a reclamarlo.

Cara era davanti, con Naomi, e faceva cenno a Pip di raggiungerla mentre urlava agli altri di stare lontani da dietro la spalla.

«Cosa c'è?» chiese Pip senza fiato. «Cos'avete trovato?»

«È laggiù, nell'erba alta sotto quegli alberi» indicò Naomi.

«È un coltello» spiegò Cara.

«Un coltello?» Pip ripeté le parole, mentre i piedi seguivano i suoi occhi in direzione degli alberi. E capì. Capì, prima ancora di vederlo, di quale coltello si trattasse.

Ravi le era accanto quando si piegò a guardare. Ed eccolo lì, mezzo nascosto dall'erba: un coltello dalla lama grigia con una fascia gialla attorno all'impugnatura.

«È quello sparito dalla cucina dei Reynolds, vero?» domandò Ravi, ma non ci fu bisogno che Pip rispondesse, i suoi occhi dicevano tutto.

Lo studiò socchiudendoli, senza azzardarsi ad andare più vicina. Da lì, a pochi metri di distanza, il coltello pareva pulito. Magari qualche macchia di sporco, ma niente sangue. Non a sufficienza da essere visibile, quantomeno. Tirò su col naso, prese il telefono per fare una foto della posizione in cui si trovava, poi indietreggiò, tirando Ravi con sé.

«Ok» disse, mentre il panico le si solidificava dentro in qualcosa che somigliava alla paura. Ma Pip sapeva controllare la paura, usarla. «Cara, puoi telefonare a Connor, dirgli di far andare a casa la sua squadra e venire immediatamente qui?»

«Subito» rispose lei, il telefono già quasi all'orecchio.

«Naomi, quando Cara ha finito, puoi chiederle di chiamare Zach per dirgli di far andare via anche la mia?»

Lei e Ravi avevano lasciato la squadra nelle mani di Zach e Stella Chapman. Ma non avrebbero trovato niente nel bosco, perché Jamie era venuto lì alla fattoria. Jamie era stato lì, con un coltello che doveva aver rubato da casa sua. Lì, al limite esterno della zona di ricerca, il che significava che la breve pausa di Jamie era avvenuta da qualche altra parte, prima che arrivasse alla fattoria. E lì, proprio lì a mezzanotte e ventotto, il suo Fitbit aveva smesso di registrare il suo battito cardiaco e i suoi passi. E c'era un coltello.

Un coltello era una prova. E di una prova bisognava occuparsi nel modo corretto, senza infrangere la catena di custodia. Nessuno di loro aveva toccato il coltello, nessuno avrebbe osato, non finché fosse arrivata la polizia.

Pip fece il numero della stazione di Amersham. Si spostò dal gruppetto di ragazzi, tappandosi l'altro orecchio per proteggerlo dal vento.

«Pronto, Eliza» disse. «Sì, sono Pip Fitz-Amobi. Sì. C'è qualcuno lì? Ah-ah. Potrebbe farmi un favore e chiedere a chi è libero di venire alla fattoria abbandonata su Sycamore Road, a Kilton? Sì, è dove Andie B... No, riguarda un caso di persona scomparsa ancora aperto. Jamie Reynolds. Ho trovato un coltello che è legato al caso, e deve essere recuperato e catalogato come prova nel modo corretto. So che dovrei chiamare l'altro numero... ma potrebbe... solo questo favore, Eliza, giuro, solo questa volta.» Si interruppe, rimanendo in ascolto. «Grazie, grazie.»

«Quindici minuti» annunciò, tornando da Ravi. E loro potevano anche metterli a frutto, quei quindici minuti, per cercare di capire come mai Jamie fosse andato lì.

«Puoi tenere tutti lontani dagli alberi?» chiese a Naomi.

«Sì, certo.»

«Forza.» Pip guidò Ravi verso l'ingresso della fattoria, la porta rossa che penzolava dai cardini come una bocca aperta.

Entrarono, e l'interno della casa li avvolse nella sua luce soffusa. Le finestre erano appannate dal muschio e dallo sporco, e la vecchia moquette si raggrinziva sotto i loro piedi, coperta di macchie. C'era perfino puzza di abbandono: muffa e vecchiume e polvere.

«Quando ci trasferiamo?» scherzò Ravi, guardandosi attorno disgustato.

«Come se camera tua fosse tanto diversa.»

Proseguirono lungo il corridoio, dove la vecchia carta da parati blu stinta si staccava dai muri rivelando il bianco sottostante, come piccole onde che s'infrangevano contro le pareti. Un arco si apriva in un ampio spazio che un tempo doveva essere stato un salotto. C'era una scala al lato opposto, ingiallita e scrostata. Finestre dalle tende flosce, bruciate dal sole, che in un'altra vita forse avevano motivi floreali. Due vecchi divani rossi al centro, coperti di polvere grigia e appiccicosa.

Avanzando, Pip notò che su uno dei cuscini di un divano la polvere mancava: una zona circolare più pulita di stoffa rossa. Come se qualcuno vi si fosse seduto sopra. Da poco.

«Guarda.» Ravi attirò la sua attenzione al centro della stanza, dove c'erano tre piccoli bidoni di metallo, rigirati a mo' di sgabelli. Sparse qua e là cartacce e confezioni di cibo: biscotti, pacchetti di patatine, tubi vuoti di Pringles. Bottiglie di birra dimenticate e mozziconi di sigarette rollate a mano.

«Forse dopotutto non è così abbandonata» disse Ravi, chinandosi a raccogliere uno dei mozziconi e portandoselo al naso. «Puzza d'erba.»

«Fantastico, ora ci sono le tue impronte, se è la scena di un crimine.»

«Oh, già» rispose lui stringendo i denti, un'espressione colpevole negli occhi. «Magari questa me la porto a casa per buttarla via.» Se la mise in tasca e si raddrizzò.

«Perché qualcuno dovrebbe venire qui a fumare?» si chiese Pip studiando la scena, mentre da ogni angolo della stanza emergevano nuove domande. «Ha un che di macabro. Non sanno cos'è successo in questo posto, che il cadavere di Andie è stato ritrovato qui?»

«Probabilmente fa parte del fascino del luogo» rispose Ravi, passando alla sua voce da trailer cinematografico. *«Una casa degli omicidi abbandonata, il posto perfetto per una fumata e uno snack.* Chiunque fossero, pare venissero qui piuttosto spesso, e secondo me sempre di notte. Forse dovremmo tornarci stasera, montare la guardia e vedere chi sono? Magari sono legati alla scomparsa di Jamie, o hanno visto qualcosa venerdì.»

«Montare la guardia?» sorrise Pip. «D'accordo, Sergente.»

«Ehi, il Sergente sei *tu*. Non usare i miei stessi nomignoli contro di me.»

«C'è la polizia» li chiamò Naomi da fuori, mentre Pip e Ravi stavano mostrando a Connor e Cara cos'avevano trovato all'interno.

«Vado io.» Pip percorse in fretta il corridoio e uscì nel mondo esterno. Strinse gli occhi finché non si furono riabituati alla luce. Una macchina della polizia si era fermata sulla strada sterrata, e le portiere da entrambi i lati si stavano aprendo. Dal lato del passeggero scese Daniel Da Silva, raddrizzandosi il berretto da poliziotto, e Soraya Bouzidi emerse dall'altro lato.

«Salve» disse Pip, avvicinandosi per salutarli.

«Eliza ha detto che eri tu» rispose Daniel, senza poter o senza voler cancellare il disprezzo dal proprio viso. Lei non gli piaceva, non da quando l'aveva sospettato di essere l'assassino di Andie, e andava bene così perché nemmeno a Pip lui piaceva granché.

«Sì, sono io. La causa di ogni guaio a Little Kilton dal 2017» rispose Pip in tono piatto, vedendo con la coda dell'occhio Soraya fare un rapido sorriso. «Qui, da questa parte.» Li portò sull'erba e indicò loro il gruppetto di alberi.

Daniel e Soraya proseguirono sull'erba alta vicino alle

radici. Pip li osservò studiare il coltello e poi guardarsi l'un l'altra.

«Cos'è?» le gridò Daniel.

«È un coltello» rispose Pip. E poi, più opportunamente: «Lo stesso coltello sparito dal ceppo della casa dei Reynolds. Jamie Reynolds, ha presente? Scomparso? L'amico di sua sorella?».

«Sì, io...»

«Caso numero quattro nove zero zero uno cinque due...»

«Sì, ok» la interruppe lui. «E questi?» Indicò con un gesto gli studenti, ancora raggruppati a una certa distanza dalla fattoria.

«È una squadra di ricerca» spiegò Pip. «Se la polizia non fa niente, ci si deve rivolgere agli studenti dell'ultimo anno, a quanto pare.»

Daniel Da Silva si morse la lingua e i muscoli nella sua guancia ebbero un guizzo. «Giusto» gridò, cogliendola di sorpresa e battendo con forza le mani tre volte. «Tutti a casa! Subito!»

Si separarono immediatamente, dividendosi in piccoli gruppetti bisbiglianti. Pip fece loro un cenno di ringraziamento, mentre superavano la polizia e tornavano sulla strada. Ma le sorelle Ward non si mossero, né Connor o Ravi, in piedi sulla soglia della fattoria.

«Questo coltello è una prova chiave in un caso di persona scomparsa» disse Pip, cercando di riassumere il controllo. «Deve essere preso e analizzato nel modo corretto e consegnato all'addetto alle prove.»

«Sì, so come funziona con le prove» rispose cupo Daniel. «Lo hai messo tu qui?» Indicò il coltello.

«No» disse lei, mentre quel rovente sentimento primordiale le si risvegliava dentro. «Certo che no. Non ero nemmeno qui quando è stato trovato.»

«Lo prendiamo noi» intervenne Soraya, mettendosi tra Daniel e Pip, disinnescandoli. «Mi assicurerò che venga gestito come si deve, non ti preoccupare.» Lo sguardo nei suoi occhi era talmente diverso da quello di Daniel: gentile, privo di sospetti.

«Grazie» rispose Pip, mentre Soraya tornava alla volante.

Quando non fu più a portata d'orecchio, Daniel Da Silva parlò di nuovo, senza guardare Pip. «Se scopro che è una bufala, che stai facendo perdere tempo alla polizia...»

«Non è una bufala» rispose lei a denti stretti, facendo uscire a fatica le parole. «Jamie Reynolds è scomparso per davvero. Il coltello è qui per davvero. E so che la polizia non ha le risorse per fare di ogni caso una priorità, ma mi dia retta per favore. Lo dica a Hawkins. Qui è successo qualcosa di brutto. Lo so.»

Daniel non rispose.

«Mi sente?» incalzò Pip. «Un delitto. Qualcuno potrebbe essere morto. E voi non state facendo niente. È capitato qualcosa a Jamie, proprio qui.» Fece un gesto in direzione del coltello. «Ha a che vedere con una persona con cui Jamie parlava online. Una donna di nome Layla Mead, ma non è il suo ver...»

E si interruppe di colpo, studiandogli il viso. Perché non appena aveva pronunciato il nome di Layla, la reazione di Daniel era stata immediata. Aveva tirato su col naso, allargato le narici e abbassato gli occhi come se cercasse di nasconderglieli. Un fiotto rosa si era diffuso sulle guance e i capelli mossi castano chiaro gli erano calati sulla fronte.

«Conosce Layla» esclamò Pip. «Ci ha parlato anche lei?»

«Non so di che cosa stai parlando.»

«Si sta sentendo con Layla anche lei» disse. «Sa chi è in realtà?»

«Non mi sto sentendo con nessuno» replicò Daniel in un rantolo basso che le fece venire la pelle d'oca sulla nuca. «Nessuno, intesi? E se sento un'altra parola su questa storia...»

Terminò così la frase, lasciando che fosse Pip a completarla. Fece un passo indietro e ricompose la sua espressione, proprio mentre Soraya tornava dalla macchina, le mani in guanti di plastica blu stretti su un sacchetto per le prove.

Nome file:
Fotografia del coltello fuori dalla fattoria abbandonata.jpg

Nome file:
Appunti sul caso 5.docx

Il coltello

Trovato in un punto che corrisponde ai dati del contapassi di Jamie, prima che il Fitbit smettesse di registrarli e che il suo telefono venisse spento. Penso che confermi che sia stato Jamie a prendere il coltello, il che vuol dire che *deve* essere tornato a casa tra il calamity party e quando è stato visto su Wyvil Road, per prendere la felpa e il coltello. Ma perché gli serviva un'arma? Cosa lo aveva spaventato tanto?

Se la teoria è che Jamie sia effettivamente tornato a casa, come possono combaciare queste tempistiche con i movimenti di Arthur Reynolds? Come ha fatto Jamie ad avere abbastanza tempo per andare a trovare Nat Da Silva, tornare a casa a piedi a prendere felpa e coltello, tutto questo prima che suo padre tornasse alle 23.15? È un lasso di tempo molto breve, è quasi impossibile. C'è qualcosa che non va in questa sequenza temporale, il che significa che qualcuno mente. Dovrei tentare di riparlare con Nat, magari sarà più sincera con me riguardo a Jamie, se il suo ragazzo non c'è.

Daniel Da Silva

Si sta sentendo con Layla Mead: la sua reazione lo ha chiarito benissimo. È possibile che sappia chi sia in realtà? Stava chiaramente cercando di nascondere ogni legame con lei, forse perché sa qualcosa? O solo perché non vuole che quell'informazione arrivi a sua moglie, che si sta prendendo cura del loro bambino appena nato mentre Daniel – presumibilmente – chatta con un'altra donna in modo inappropriato? L'anno scorso ho avuto l'impressione che questo comportamento, per Daniel, non sarebbe una cosa di cui stupirsi.

E un'altra osservazione, ora conosciamo tre persone con cui ha parlato Layla Mead: Jamie, Adam Clark e Daniel Da Silva. Ed ecco la cosa un filo strana: sono tutti e tre uomini tra i 29 e i 30 anni (be', non Jamie, ma in origine il suo profilo diceva questo). E si somigliano vagamente tutti: bianchi, con capelli castani. È una coincidenza o c'è qualcosa di più?

La fattoria

Jamie ci è andato venerdì notte. Be', per lo meno era lì fuori. E chiaramente non è un luogo abbandonato come pensavamo. Dobbiamo scoprire chi ci va e perché. E se è legato alla scomparsa di Jamie.

Montiamo la guardia stanotte. Vado a prendere Ravi subito prima di mezzanotte e ci vediamo lì con Connor e Cara. Devo solo aspettare che prima mamma e papà si addormentino. Ho parcheggiato la macchina in fondo alla strada e ho detto loro di averla lasciata a scuola, così non mi sentono quando parto. Devo ricordarmi di evitare il terzo scalino dal basso: è quello che scricchiola.

Holly Jackson

55.86 MB di 55.86 MB caricati

Come uccidono le brave ragazze – La scomparsa di Jamie Reynolds
STAGIONE 2 EPISODIO 2 caricato con successo su SoundCloud

Ventisei

Quando si fermarono Connor era già arrivato, lo sguardo vivido illuminato dal fascio dei fari dell'auto di Pip. Erano su Old Farm Road, subito prima della svolta per Sycamore. Ravi le passò lo zaino, lasciando la mano sospesa sulla sua, e poi scesero dalla macchina.

«Ehi» sussurrò Pip a Connor. La brezza di mezzanotte le danzava tra i capelli, scagliandoglieli in faccia. «Sei riuscito a uscire senza problemi?»

«Sì» rispose lui. «Non penso che mia madre dormisse, tirava su col naso. Ma non mi ha sentito.»

«Dov'è Cara?» chiese Pip, notando la sua auto parcheggiata lungo la strada a una decina di metri da loro.

«È dentro la macchina, al telefono con sua sorella» spiegò Connor. «Naomi dev'essersi accorta che è uscita di nascosto. Non credo che Cara abbia fatto troppo silenzio uscendo perché, per usare le sue stesse parole, "i miei nonni sono praticamente sordi".»

«Ah, capisco.»

Ravi si fermò accanto a Pip, proteggendola dal vento pungente.

«Hai visto i commenti?» chiese Connor, la voce più dura. Era arrabbiato? Era troppo buio per capirlo.

«Non ancora» rispose lei. «Perché?»

«Sono passate tipo tre ore da quando hai pubblicato l'episodio e su Reddit c'è già una teoria che è diventata virale.»

«Quale?»

«Pensano che mio padre abbia ucciso Jamie.» Sì, era sicuramente arrabbiato. C'era un che di affilato nella sua voce, quando gliela scaricò contro. «Dicono che ha preso lui il coltello da casa nostra e ha seguito Jamie su Wyvil Road. Lo ha ucciso, ha ripulito e mollato il coltello e nascosto temporaneamente il cadavere. Dicono che era ancora fuori quando sono tornato a casa verso mezzanotte, perché io "in realtà non ho visto" papà quando sono entrato. E poi che è stato assente nel weekend perché era impegnato a eliminare a dovere il corpo di Jamie. Movente: mio padre odia Jamie perché è "una delusione del cazzo".»

«Ti ho detto di non leggere i commenti» disse Pip, calma.

«È difficile quando la gente accusa tuo padre di essere un cazzo di assassino. Lui non ha fatto niente a Jamie. Non lo farebbe mai!»

«Io non ho mai detto questo.» Pip abbassò la voce, sperando che Connor la imitasse.

«Be', è il *tuo* podcast che commentano. Da dove pensi che prendano certe idee?»

«Mi hai chiesto tu di farlo, Connor. Hai accettato i rischi che comportava.» Sentì la notte più profonda accerchiarli. «Io ho soltanto presentato i fatti.»

«Be', *i fatti* non hanno niente a che fare con papà. Se qualcuno mente, è Nat Da Silva. Non lui.»

«Ok.» Pip alzò le mani. «Non ho intenzione di litigare con te. Sto solo cercando di trovare Jamie, ok? Soltanto questo.»

Davanti a loro Cara era appena scesa dall'auto, alzando in silenzio una mano per salutarli mentre si avvicinava.

Ma Connor non l'aveva notata. «Sì, lo so.» Non aveva notato nemmeno Pip alzare le sopracciglia per avvertirlo. «Ma trovare Jamie non ha niente a che fare con mio padre.»

«Con...» cominciò Ravi.

«No, papà non è un assassino!» gridò Connor. Cara era in piedi proprio alle sue spalle.

Le si offuscarono gli occhi e le si irrigidirono le labbra, aperte su una parola non pronunciata. Finalmente Connor la notò, troppo tardi, grattandosi il naso per riempire con qualche gesto quel silenzio teso. Ravi fu di colpo interessatissimo alle stelle sopra di loro e Pip balbettò, cercando qualcosa da dire. Ma fu solo questione di secondi prima che un sorriso ricomparisse sul volto di Cara, con uno sforzo, però, che solo Pip poteva notare.

«È una cosa diversa» disse con nonchalance, con una scrollata di spalle già perfezionata mille volte. «Non dobbiamo montare la guardia? O vogliamo star qui a ciacolare come cocorite?»

Un modo di dire che aveva preso dalla nonna nelle ultime settimane. E una semplice maniera per spezzare la tensione. Pip ne approfittò e annuì. «Giusto, andiamo.» Era meglio se avessero ignorato tutti quanti gli ultimi trenta secondi, come se non fossero mai accaduti.

Connor le camminava rigido accanto quando svoltarono sulla strada sterrata, con la fattoria abbandonata di fronte a loro sull'erba. E con qualcos'altro, una cosa che Pip non si aspettava. Una macchina parcheggiata alla bell'e meglio oltre la strada, vicino all'edificio.

«C'è qualcuno?» disse.

La risposta alla domanda arrivò pochi secondi dopo, quando un fascio di luce bianca si accese dietro le finestre sudicie della fattoria. Dentro c'era qualcuno, con una torcia.

«Qual è il piano?» le chiese Ravi. «Approccio diretto o indiretto?»

«Che differenza c'è?» domandò Connor, tornato alla sua voce normale.

«Quello indiretto, stiamo qui, nascosti, e aspettiamo di vedere chi è quando esce» spiegò Ravi. «Diretto, be', entriamo subito a passo di marcia e vediamo chi è, ci facciamo due chiacchiere. Io sarei più per restare nascosto, ma qui abbiamo una marciatrice determinata...»

«Diretto» rispose Pip con decisione, come Ravi sapeva bene che sarebbe successo. «Il tempo non è dalla nostra parte. Forza. In silenzio» aggiunse, perché l'approccio diretto non significava necessariamente rinunciare all'elemento sorpresa.

Si avvicinarono di soppiatto alla casa tutti insieme, camminando all'unisono.

«Squadra d'assalto, eh?» sussurrò Ravi a Pip. Cara lo sentì e sbuffò.

«Ho detto *in silenzio*. Vuol dire niente battute e niente sbuffi.» Che era esattamente come ognuno di loro reagiva alla tensione nervosa.

Pip fu la prima a raggiungere la porta aperta, mentre la luce argentea e spettrale della luna illuminava le pareti del corridoio, come ad accendere loro la strada, a guidarli verso il salotto. Fece un passo all'interno e si fermò sentendo provenire da davanti a sé una risata fragorosa. C'era più di una persona. E dalla risata corale parevano due ragazzi e una ragazza. Sembravano giovani, forse fatti, visto che prolungarono la risata più del dovuto.

Pip avanzò di qualche passo, con Ravi dietro, trattenendo il respiro.

«Secondo me posso infilarmene tipo ventisette in bocca in una volta» disse una voce.

«Oh, Robin, no.»

Pip esitò. Robin? Era il Robin che conosceva? Quello dell'anno prima del loro, che giocava a calcio con Ant? Quello che aveva spiato comprare roba da Howie Bowers l'anno precedente?

Entrò in salotto. Sui bidoni rovesciati sedevano tre persone e c'era luce a sufficienza perché non fossero solo sagome che si stagliavano contro il buio: nel cassetto superiore di una credenza di legno imbarcata c'era una torcia, che puntava il proprio fascio di luce argentata verso il soffitto. E c'erano tre puntini rossi e luminosi all'estremità delle loro sigarette accese.

«Robin Caine» esclamò Pip, facendoli sobbalzare tutti e tre. Non riconobbe gli altri due, ma la ragazza cacciò un urlo e per poco non cadde dal bidone, e l'altro ragazzo perse la sigaretta. «Attento, non vorrai mica causare un incendio» disse Pip, guardandolo affrettarsi a recuperarla mentre provava anche a tirarsi il cappuccio sul viso per nasconderlo.

Lo sguardo di Robin si posò finalmente su di lei e disse: «Dio, non tu, cazzo».

«Io sì, cazzo, temo» replicò Pip. «& company» mentre gli altri entravano nella stanza alle sue spalle.

«Cosa ci fate qui?» Robin fece un tiro dalla canna. Troppo lungo, in effetti, e il volto gli si arrossò per lo sforzo di non tossire.

«Cosa ci fate *voi* qui?» ribatté Pip.

Robin alzò la canna.

«Ci ero arrivata. Venite... spesso?» chiese.

«Cos'è, un modo per rimorchiare?» replicò Robin, facendosi subito piccolo piccolo quando Ravi si erse in tutta la sua altezza accanto a Pip.

«La sporcizia che vi lasciate dietro aveva già risposto, comunque.» Pip indicò tutte le cartacce e le bottiglie di birra vuote. «Sapete che state lasciando tracce su tutta la potenziale scena di un crimine, vero?»

«Andie Bell non è stata uccisa qui» disse lui, tornando a concentrarsi sulla canna. I suoi amici erano ammutoliti, cercavano di guardare ovunque tranne che verso di loro.

«Non è a quello che mi riferisco.» Pip cambiò posizione. «Jamie Reynolds è scomparso da cinque giorni. È venuto qui subito prima di sparire. Voi ne sapete niente?»

«No» rispose Robin, imitato prontamente dagli altri.

«Eravate qui venerdì notte?»

«No.» Robin lanciò un'occhiata all'orario sul telefono. «Senti, dovete andarvene, sul serio. Fra un po' ci raggiunge qualcuno e non potete proprio essere ancora qui quando arriva.»

«Chi è?»

«Ovvio che non te lo dico» sbuffò Robin.

«E se rifiuto di andarmene finché non lo fai?» disse Pip, dando un calcio a un tubo di Pringles vuoto per farlo scivolare tra i tre ragazzi.

«Tu in particolare non vorresti farti trovare qui» replicò Robin. «Probabilmente ti odia più di chiunque altro, perché in pratica sei tu che hai fatto finire in prigione Howie Bowers.»

Nella mente di Pip si unirono i puntini.

«Ah» disse, trascinando la vocale. «Perciò è una cosa di droga. Ora spacci tu, quindi?» chiese, notando il grosso zaino nero strapieno appoggiato contro la gamba di Robin.

«No, non spaccio.» Arricciò il naso.

«Be', sembra che lì dentro ci sia molto di più che per semplice *uso personale*.» Indicò lo zaino, che Robin ora stava cercando di nascondere, infilandoselo dietro le gambe.

«Io non spaccio, ok? Io la recupero solo da dei tizi di Londra per portarla qui.»

«Perciò sei tipo un corriere?» disse Ravi.

«Mi danno erba gratis.» Robin alzò la voce, sulla difensiva.

«Wow, che businessman» esclamò Pip. «Perciò qualcuno ti ha arruolato per far passare la droga da una contea all'altra.»

«No, cazzo, non mi ha arruolato nessuno.» Abbassò di nuovo lo sguardo sul telefono, il panico ormai negli occhi, che mulinava nelle pupille. «Vi prego, sarà qui a momenti. Già questa settimana è incazzato perché qualcuno l'ha ripulito: novecento sterline che non rivedrà mai più o roba simile. Dovete andarvene.»

Non appena l'ultima parola fu uscita dalla gola di Robin, lo sentirono tutti: il suono di ruote che grattavano contro la ghiaia, il basso ronzio di una macchina che si fermava e si spegneva, il ticchettio del motore che perforava la notte.

«C'è qualcuno» disse Connor inutilmente.

«Ah, merda» fece Robin, spegnendo la canna sul bidone sotto di sé. Ma Pip si era già voltata, superando Connor e Cara, per fiondarsi nel corridoio fino alla porta spalancata. Rimase lì sulla soglia, un piede oltre la cornice della porta, dentro la notte. Strinse gli occhi, cercando di ricavare dal buio qualche forma riconoscibile. Una macchina si era fermata davanti all'auto di Robin, una macchina di un colore più chiaro, ma...

E poi Pip non riuscì più a vedere niente, accecata dal bianco violento dei fari.

Si coprì gli occhi con le mani mentre il motore tornava ad accendersi... e la macchina scivolava a tutta velocità lungo Sycamore Road, scomparendo in una nuvola di polvere e sassolini.

«Ragazzi!» gridò Pip agli altri. «La mia auto. Subito. Di corsa!»

Lei stava già correndo, volando sull'erba e nella polvere mulinante della strada. Ravi la superò all'angolo.

«Chiavi» gridò il ragazzo, e Pip le tolse dalla tasca della giacca, gettandogliele. Lui aprì il maggiolino e si buttò sul lato del passeggero. Quando Pip salì dalla parte del guidatore, Ravi aveva già inserito le chiavi. Pip le girò e accese i fari, illuminando Cara e Connor che correvano verso di loro.

Si gettarono dentro e Pip mise in moto, accelerando ancora prima che Cara si fosse chiusa la portiera alle spalle.

«Cos'hai visto?» domandò Ravi quando Pip girò l'angolo, inseguendo la macchina.

«Nulla.» Spinse sul pedale, sentendo la ghiaia che schizzava via, rimbalzando sulle fiancate dell'auto. «Ma lui deve avermi visto sulla porta. E ora sta scappando.»

«Perché scappare?» chiese Connor, le mani strette sul poggiatesta di Ravi.

«Non lo so.» Pip accelerò quando la strada prese a scendere una collina. «Ma scappare è quello che fanno i colpevoli. Sono i suoi fanali posteriori quelli?» Strinse gli occhi per guardare in lontananza.

«Sì» confermò Ravi. «Dio, è veloce, devi accelerare.»

«Sono già a settanta all'ora» esclamò Pip, mordendosi il labbro e spingendo ancora di più sul pedale.

«A sinistra, lì ha svoltato a sinistra» indicò Ravi.

Pip girò l'angolo, su un'altra stradina stretta di campagna.

«Vai, vai, vai» la incitò Connor.

Pip stava guadagnando terreno, il corpo bianco dell'altra macchina era ormai visibile contro le siepi scure ai lati della strada.

«Devo avvicinarmi abbastanza da leggere il numero di targa» spiegò Pip.

«Sta accelerando di nuovo» disse Cara, il viso incuneato tra i sedili di Pip e Ravi.

Anche Pip diede gas, il tachimetro era ormai oltre gli ottanta e saliva, saliva, saliva, riducendo la distanza tra le due auto.

«Destra!» disse Ravi. «È andato a destra.»

Era una curva stretta. Pip staccò il piede dal pedale e girò il volante. Svoltarono l'angolo in velocità, ma qualcosa non andava.

Pip sentì il volante scivolarle via dalle mani, sfuggirle.

Stavano sbandando.

Cercò di girarlo, di correggere la direzione.

Ma la macchina andava troppo veloce e proseguì. Qualcuno urlava, ma lei non riusciva a capire chi fosse al di sopra dello stridore delle ruote. Sbandarono a sinistra, poi a destra, prima di ruotare completamente.

Urlavano tutti quando finalmente la macchina si fermò, immobilizzandosi nella direzione sbagliata, il cofano incastrato tra i rovi che bordavano la strada.

«Cazzo» disse Pip, dando un pugno al volante e facendo scattare il clacson per mezzo secondo. «State tutti bene?»

«Sì» rispose Connor, il respiro pesante e il viso arrossato.

Ravi lanciò uno sguardo dietro di sé, scambiando un'occhiata con Cara, scossa, prima di passare a Pip. E Pip sapeva cosa stavano pensando, un segreto che conoscevano loro tre e non Connor: la sorella di Cara e Max Hastings erano stati coinvolti in un incidente d'auto quando avevano la loro età, e Max aveva convinto i suoi amici ad abbandonare sul ciglio della strada un uomo ferito gravemente. Era stato quello l'inizio di tutto, la catena di eventi che avrebbe portato infine all'omicidio del fratello di Ravi.

E loro, da irresponsabili, erano appena andati vicini a qualcosa di molto simile.

«È stato stupido» disse Pip, mentre quella cosa nel suo stomaco si allungava a occupare più spazio. Era senso di colpa? O vergogna? Non doveva comportarsi di nuovo così questa volta, perdersi ancora. «Mi dispiace.»

«È colpa mia.» Ravi intrecciò le dita alle sue. «Ti ho detto io di andare più veloce. Scusa.»

«Qualcuno ha visto il numero di targa?» domandò Connor. «Io sono riuscito solo a distinguere la prima lettera, era una N o una H.»

«Io no» rispose Cara. «Ma era una macchina sportiva. Una macchina sportiva bianca.»

«Una BMW» aggiunse Ravi, e Pip si irrigidì, fino alle dita che gli stringevano la mano. Lui si voltò verso di lei. «Cosa c'è?»

«Io... conosco una persona con una macchina del genere» disse lei piano.

«Be', sì, anch'io» replicò lui. «Più di una persona, probabilmente.»

«Già» sospirò Pip. «Ma quella che conosco io è il nuovo ragazzo di Nat Da Silva.»

GIOVEDÌ
Scomparso da sei giorni

Ventisette

Mentre fissava il toast davanti a sé fece un grosso sbadiglio. Non aveva fame.

«Perché sei così stanca stamattina?» domandò la mamma, guardandola da sopra una tazza di tè.

Pip si strinse nelle spalle, spostando il pane qui e là nel piatto. Josh sedeva davanti a lei, canticchiando, mentre si ingozzava di Coco Pops e faceva ondeggiare le gambe sotto il tavolo, dandole calci "per caso". Lei non reagì, ma tirò su le ginocchia per sedersi a gambe incrociate. In sottofondo si sentiva la radio, sintonizzata sulla BBC come sempre. La canzone stava per finire, lo speaker aveva cominciato a parlare sopra gli ultimi accenni di batteria che andavano scemando.

«Questa cosa di Jamie ti sta coinvolgendo troppo?» chiese sua madre.

«Non è una cosa, mamma» rispose Pip, e si accorse che si stava irritando, come se avesse sotto la pelle uno strato caldo e instabile. «È la sua vita. E per questo posso anche essere stanca.»

«Ok, ok» rispose la mamma, togliendo a Josh la ciotola vuota. «Mi è concesso preoccuparmi per te.»

Pip avrebbe preferito di no. Non aveva bisogno che la gente si preoccupasse per lei, a differenza di Jamie.

Un messaggio di Ravi le illuminò il telefono: *Sto per andare in tribunale per il verdetto. Come stai? X*

Pip si alzò e prese con sé il telefono, afferrando con l'altra mano il piatto e facendo scivolare il toast nel bidone. Sentì su di sé lo sguardo della mamma. «Non ho ancora fame» spiegò. «Mi porto una barretta a scuola.»

Aveva fatto solo pochi passi nel corridoio quando sua madre la richiamò.

«Sto solo andando in bagno!» protestò.

«Pip, vieni subito qui!» gridò la mamma. Ed era un urlo vero, un suono che Pip le sentiva raramente, strozzato e terrorizzato.

Si sentì subito gelare il sangue, tutto il calore le scomparve dal viso. Si girò veloce, facendo scivolare i calzini sul pavimento di quercia e precipitandosi in cucina.

«Cosa, cosa, cosa?» chiese rapidamente, spostando lo sguardo da un Josh dall'espressione confusa a sua madre, che stava allungando una mano verso la radio per alzare il volume.

«Ascolta» disse.

«... un uomo che portava a spasso il cane ha trovato un corpo verso le sei di ieri mattina nei boschi accanto alla A413, tra Little Kilton e Amersham. La polizia è già sulla scena. Il cadavere non è ancora stato identificato ma è stato descritto come un giovane uomo poco più che ventenne. La causa della morte al momento è sconosciuta. Un portavoce della polizia della Valle del Tamigi ha detto...»

«No.» Doveva essere stata lei a dirlo, ma non ricordava di averlo fatto. Non ricordava di aver mosso le labbra, né che la parola le avesse fatto vibrare la gola sempre più serrata. «No, no, nonono.» Non provava niente, solo un generale intorpidimento, i piedi pesanti che affondavano nel pavimento, le mani che si staccavano da lei un dito dopo l'altro.

«P... i... p?»

Tutto attorno a lei si muoveva troppo piano, come se la stanza fosse sospesa, lì insieme a lei nell'occhio del panico.

«Pip!»

E tutto tornò di colpo a fuoco, a tempo, e lei sentì che il cuore le martellava nelle orecchie. Alzò gli occhi su sua madre, che le restituiva lo stesso sguardo terrorizzato.

«Vai» esclamò la mamma, raggiungendola e prendendola per le spalle. «Vai! Io chiamo la scuola per dire che arrivi tardi.»

«E ora, una delle mie canzoni preferite degli anni Ottanta, ecco Sweet Dreams...»

«Non, n-non p-può...»

«Vai» ripeté la mamma spingendola in corridoio, proprio mentre il cellulare di Pip cominciava a ronzare: una chiamata da parte di Connor.

Fu lui ad aprirle la porta, gli occhi rossi e il labbro inferiore che tremava.

Pip entrò senza dire una parola. Gli afferrò il braccio, sopra il gomito, per un lungo secondo, muta. E poi lo lasciò andare, dicendo: «Dov'è tua madre?».

«Lì.» La sua voce era solo un rantolo. Guidò Pip nel salotto gelido. Lì la luce del sole era sbagliata, troppo violenta, troppo forte, troppo viva. E Joanna le era accoccolata contro, avvolta in un vecchio lenzuolo sul divano, il volto affondato in un fazzoletto.

«C'è Pip» annunciò Connor in poco più che un sussurro.

Joanna alzò lo sguardo. Aveva gli occhi gonfi e pareva diversa, come se qualcosa sul suo viso si fosse spezzato.

Non parlò, tese solo le braccia, e Pip incespicò verso di lei, sedendosi sul divano. Joanna la strinse a sé e Pip le sostenne la schiena, percependo contro il proprio petto il cuore di Joanna che batteva all'impazzata.

«Dobbiamo chiamare l'ispettore Hawkins alla stazione di polizia di Amersham» disse Pip, staccandosi dall'abbraccio. «Se hanno identificato il...»

«Arthur ci sta parlando in questo momento.» Joanna si mosse per far spazio a Connor tra di loro. E quando lui si fu sistemato, la gamba premuta contro quella di Pip, lei sentì la voce di Arthur che si faceva sempre più forte man mano che dalla cucina si avvicinava a loro.

«Sì» disse, entrando nella stanza con il telefono contro l'orecchio, sbattendo gli occhi quando il suo sguardo si posò su Pip. Aveva il volto grigio, la bocca una linea tesa. «Jamie Reynolds. No, *Reynolds* con la R. Sì. Numero del caso? Ehm...» Spostò rapido lo sguardo su Joanna. Lei fece per alzarsi dal divano, ma intervenne Pip.

«Quattro nove zero» disse, e Arthur ripeté i numeri dopo di lei, al telefono. «Zero uno cinque. Due nove tre.»

Arthur le fece un cenno. «Sì. Scomparso da venerdì notte.» Si morse il pollice. «Il corpo trovato accanto alla A413, sapete già chi è? No. No, non mi rimetta in att...»

Si appoggiò alla porta, chiudendola, una mano sul volto. In attesa.

In attesa.

Era l'attesa peggiore che Pip avesse mai dovuto sostenere. Aveva il petto talmente oppresso che doveva sforzarsi per far passare l'aria dal naso. E a ogni respiro pensava che avrebbe vomitato, e inghiottiva bile.

Ti prego, continuava a pensare, senza sapere a chi si stesse rivolgendo. Qualcuno. Chiunque. *Ti prego, fa' che non sia Jamie. Ti prego.* Lo aveva promesso a Connor. Aveva promesso che avrebbe trovato suo fratello. Aveva promesso che lo avrebbe salvato. *Ti prego. Ti prego, non lui.*

Spostò lo sguardo da Arthur a Connor, accanto a sé.

«Vuoi che me ne vada?» chiese muovendo solo le labbra.

Ma lui scosse la testa e le prese la mano, i palmi sudati e appiccicaticci. Lo vide prendere anche la mano della madre, all'altro lato.

In attesa.

Arthur aveva gli occhi chiusi, le dita della mano libera premute contro le palpebre, talmente forte che doveva fargli male, il petto che si sollevava tremando.

In attesa.

Finché...

«Sì?» fece Arthur, aprendo gli occhi di scatto.

Il cuore di Pip batteva talmente forte, talmente veloce che aveva l'impressione di essere solo quello: un cuore, e la pelle vuota attorno a esso.

«Pronto, ispettore?» disse Arthur. «Sì, è per questo che ho chiamato. Sì.»

Connor strinse la mano di Pip ancora più forte, stritolandole le ossa.

«Sì, capisco. Quindi è...» Ad Arthur tremava la mano lungo il fianco. «Sì, questo lo capisco.»

Si zittì, ascoltando quello che veniva detto all'altro capo della linea.

E poi il suo viso crollò.

Si spezzò a metà.

Lui si piegò in avanti, il telefono dimenticato tra le dita. Si portò l'altra mano sul viso, coprendoselo e scoppiando a piangere sonoramente. Un suono acuto, inumano, che gli scosse tutto il corpo.

La mano di Connor allentò la presa su quella di Pip, lui spalancò la bocca.

Arthur si raddrizzò, le lacrime che gli scorrevano sulle labbra.

«Non è Jamie» disse.

«Cosa?» Joanna si alzò, premendosi il volto.

«Non è Jamie» ripeté Arthur, soffocando un singhiozzo e posando il telefono. «È qualcun altro. La sua famiglia l'ha appena identificato. Non è Jamie.»

«Non è Jamie?» fece Joanna, come se non osasse crederci.

«Non è lui» disse Arthur, incespicando verso di lei per stringerla a sé, per piangere tra i suoi capelli. «Non è il nostro ragazzo. Non è Jamie.»

Connor si staccò da Pip, le guance rosse e rigate dalle lacrime, e corse a unirsi all'abbraccio dei genitori. Si stringevano a vicenda e piangevano, ed era un pianto di sollievo e dolore e confusione. Lo avevano perso, per un attimo. Per qualche minuto, nelle loro menti e in quella di Pip, Jamie Reynolds era morto.

Ma non era lui.

Pip si portò la manica del maglione agli occhi, e le lacrime calde gliela inzupparono.

Grazie, pensò rivolgendosi a quella presenza invisibile nella sua mente. *Grazie*.

Avevano un'altra occasione.

Aveva un'ultima occasione.

Nome file:
Come uccidono le brave ragazze STAGIONE 2: intervista ad Arthur Reynolds.wav

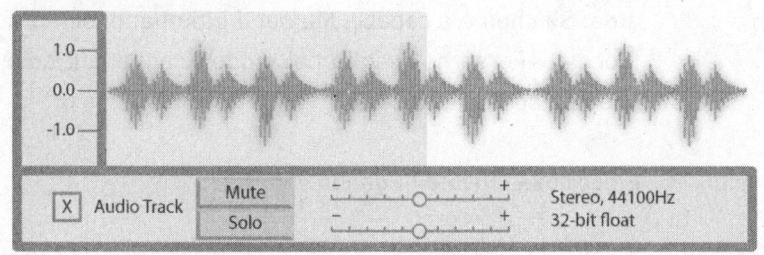

Pip: Ok, sto registrando. Tutto bene?

Arthur: Sì. Sono pronto.

Pip: Allora, come mai non volevi che ti intervistassi o ti coinvolgessi, prima?

Arthur: Sinceramente? Ero arrabbiato. Nella mia mente ero convinto che Jamie fosse scappato di nuovo. E lui sa quanto ci siamo preoccupati la prima volta che lo ha fatto. Non volevo dare corda all'idea di Joanna e di Connor che era davvero scomparso, perché non credevo fosse così. Non volevo credere che ci fosse qualcosa che non andava. A quanto pare preferivo essere arrabbiato con Jamie. Ma mi sbagliavo, credo. È passato troppo tempo. E, se fosse da qualche parte, Jamie a questo punto avrebbe sentito parlare del tuo podcast. Tornerebbe a casa, se potesse.

Pip: E perché pensavi che fosse scappato di nuovo? È per via del vostro litigio, subito prima della commemorazione?

Arthur: Sì. Io non voglio litigare con mio figlio, voglio solo quello che è meglio per lui. Voglio spingerlo a prendere le decisioni giuste per la sua vita, che faccia qualcosa che ama. So che ne è capace. Ma negli ultimi anni sembra bloccato. Forse ho reagito nel modo sbagliato. È solo che non so come aiutarlo.

Pip: E per cosa stavate litigando venerdì?

Arthur: È solo che... stava covando da un po'. Mi aveva chiesto da poco un sacco di soldi in prestito, e non so, ha detto qualcosa che mi ha fatto esplodere, ho iniziato a parlare di soldi e di responsabilità e di trovare un percorso di carriera. Jamie non voleva sentirle, queste cose.

Pip: Quando ti ha chiesto dei soldi in prestito?

Arthur: Oh, è stato... Joanna era a giocare a badminton, perciò doveva essere un martedì. Sì, martedì 10 aprile.

Pip: Ti ha detto per cosa gli servivano?

Arthur: No, è questo il punto. Non ha voluto. Ha solo detto che era molto importante. Quindi ovviamente gli ho risposto di no. Era una somma assurda.

Pip: Se non ti scoccia dirmelo, quanto ti ha chiesto in prestito?

Arthur: Novecento sterline.

Pip: Novecento?

Arthur: Sì.

Pip: Esattamente novecento sterline?

Arthur: Sì. Perché? Cosa c'è che non va?

Pip: È solo che... ho sentito parlare di questa stessa cifra da qualcun altro. Da un tizio di nome Luke Eaton, ha accennato al fatto che aveva perso novecento sterline questa settimana. E penso che sia coinvolto in affari di dr... Sai una cosa? Indagherò. Comunque, dopo che sei uscito dal pub venerdì, a che ora sei tornato a casa?

Pip: Non mi ricordo di aver controllato l'ora precisa, ma era di sicuro prima delle undici e mezza. Forse le undici e venti.

Pip: E la casa era vuota, giusto? Non hai visto Jamie?

Arthur: No, ero da solo. Sono andato a letto, ma più tardi ho sentito Connor che rientrava.

Pip: E non è possibile che Jamie sia entrato di nascosto prima? Tipo subito dopo che eri tornato?

Arthur: Impossibile. Sono rimasto qui seduto in salotto per un po'. Avrei sentito la porta d'ingresso.

Pip: Noi crediamo che Jamie sia tornato a prendere la sua felpa e il coltello, perciò dev'essere arrivato e dev'essere uscito di nuovo prima che tu tornassi. Sai niente del coltello?

Arthur: No. Non sapevo nemmeno che fosse sparito finché non me l'ha detto Joanna.

Pip: Allora, dove sei stato tutto il fine settimana quando Jamie era appena scomparso? Connor mi ha accennato al fatto che non sei stato molto a casa.

Arthur: Ero in giro a cercarlo, con la macchina. Ho pensato che fosse da qualche parte a sbollire la rabbia. E che potevo parlargli, rimettere a posto le cose, farlo tornare a casa. Ma non era da nessuna parte.

Pip: Stai bene, Arthur?

Arthur: No. Sono terrorizzato. Terrorizzato che l'ultima cosa che ho fatto con mio figlio sia stata litigare con lui. Che le ultime parole che gli ho detto siano state parole di rabbia. Non gli ho mai detto spesso che lo amo, e ora ho paura che non potrò dirglielo mai più. Jamie è venuto da me, ha chiesto il mio aiuto e io l'ho mandato via. *Questione di vita o di morte*, è questo che Jamie ha detto a tua madre riguardo ai soldi, vero? E io gli ho detto di no. Sono suo padre, in teoria deve poter venire da me per qualsiasi cosa. Mi ha chiesto aiuto e io gli ho detto di no. E se tutto questo fosse colpa mia? Se solo gli avessi detto di sì, magari... magari...

Ventotto

Gli alberi su Cross Lane ebbero un fremito, ritraendosi da Pip che vi camminava sotto, inseguendo la sua ombra mattutina senza mai raggiungerla.

Quando tutti si erano calmati aveva accompagnato Connor a scuola, e lasciato lì la macchina. Ma non era entrata con lui. Sua madre aveva già chiamato la scuola per dire che sarebbe arrivata tardi, perciò poteva anche approfittarne. E non poteva più rimandare: doveva parlare con Nat Da Silva. A quel punto tutte le strade riportavano a lei.

Perfino quella su cui camminava Pip in quel momento.

I suoi occhi si fissarono sul portone dipinto di blu, mentre risaliva il vialetto di cemento, seguendolo quando piegò per correre verso la casa.

Fece un respiro profondo per farsi forza e suonò il campanello due volte, meccanicamente e in fretta. Aspettò, giocherellando con i capelli spettinati, il battito del cuore ancora accelerato.

Oltre il vetro smerigliato apparve una forma, sfocata e lenta, che si avvicinava alla porta.

Si aprì con uno scatto ed ecco Nat Da Silva, i capelli biondo platino scostati dal viso, grossi tratti di eyeliner a sostenerle i pallidi occhi azzurri.

«Ciao» disse Pip, con più allegria che poté.

«Cazzo» fece Nat. «Adesso che vuoi?»

«Devo chiederti delle cose, su Jamie» replicò lei.

«Sì, be', ti ho già detto tutto quello che sapevo. Non so dove sia e non si è ancora messo in contatto con me.» Nat allungò una mano per richiudere la porta.

«Hanno trovato un cadavere» sbottò Pip, cercando di fermarla. Funzionò. «Non era Jamie, ma sarebbe potuto essere lui. Sono passati sei giorni, Nat, senza nessun contatto. Jamie è in guai seri. E tu forse sei la persona che lo conosce meglio di tutti. Ti prego.» Le si spezzò la voce. «Non per me. So che mi odi e capisco il perché. Ma ti prego, aiutami, per i Reynolds. Vengo da casa loro, e per venti minuti siamo stati tutti convinti che Jamie fosse morto.»

Fu impercettibile, quasi troppo per essere notato, ma l'espressione di Nat si addolcì un poco. Le passò qualcosa nello sguardo, vitreo e triste.

«Pensi...» disse piano. «Pensi davvero che non stia bene?»

«Cerco di restare positiva, per la sua famiglia» rispose Pip. «Ma... non lo so.»

Nat rilassò il braccio, mordendosi il pallido labbro inferiore.

«Tu e Jamie continuavate a sentirvi nelle ultime settimane?»

«Sì, un po'» disse Nat.

«Ti ha mai parlato di una persona di nome Layla Mead?»

Nat alzò lo sguardo, riflettendo, mordendo il labbro ancora più sotto, sulla pelle. «No. Non ho mai sentito questo nome.»

«Ok. E so che me l'hai già detto, ma Jamie dopo la commemorazione è venuto da te come previsto? Verso le 22.40?»

«No.» Nat piegò la testa, i corti capelli quasi bianchi le scivolarono sugli occhi. «Te l'ho detto, l'ultima volta che l'ho visto è stato alla commemorazione.»

«È solo che...» cominciò Pip. «Be', un testimone ha visto Jamie entrare in casa tua verso quell'ora. Ha detto che era su Cross Lane e ha descritto con esattezza casa tua.»

Nat sbatté le palpebre, e quella dolcezza nel suo sguardo sparì.

«Be', a me non frega niente di quel che ha visto il tuo testimone del cazzo. Si sbaglia» disse. «Jamie non è mai venuto qui.»

«Ok, scusa.» Pip alzò le mani. «Chiedevo solo.»

«Be', me lo avevi già chiesto, e io ti avevo già risposto. C'è altro?» La mano di Nat scivolò di nuovo verso la porta, stringendosi sul bordo.

«C'è un'ultima cosa» iniziò Pip, scrutando nervosa le dita di Nat sulla porta. L'ultima volta che l'aveva vista così, lì, Nat gliel'aveva sbattuta in faccia. *Procedi con attenzione, Pip.* «Be', si tratta del tuo ragazzo, Luke Eaton.»

«Sì, so come si chiama» sbottò Nat. «Cos'ha fatto?»

«È, ehm...» Non sapeva in che modo affrontare l'argomento, perciò decise per la velocità. «Ehm, allora, mi sa che Luke è coinvolto in un giro di droga... c'è un ragazzo che gliela porta da una banda di Londra e ho il sospetto che poi la distribuisca a vari spacciatori della contea.»

Il viso di Nat si irrigidì.

«E il luogo in cui la recupera dal ragazzo... è la fattoria abbandonata dov'è stato ritrovato il corpo di Andie. Ma è anche l'ultimo posto in cui è stato Jamie, prima che gli succedesse qualcosa. Perciò c'è un possibile legame con Luke.»

Nat si spostò, le nocche sempre più bianche per via della presa sulla porta.

«Ma c'è dell'altro» proseguì Pip, senza dare a Nat modo di parlare. «Il ragazzo che Luke usa per trasportare la droga ha detto che questa settimana Luke era arrabbiato perché aveva perso novecento sterline. Ed è la stessa identica cifra che Jamie ha chiesto in prestito a suo padre un paio di settimane fa e...»

«Dove vuoi arrivare?» chiese Nat, gli occhi in ombra per via del modo in cui teneva piegata la testa.

«Dico solo che forse Luke presta anche soldi alla gente, e ha prestato a Jamie il denaro per qualcosa ma Jamie non poteva ripagarlo, perciò l'ha chiesto a suo padre, per poi diventare così disperato da cercare di rubarlo al lavoro, dicendo che era questione di vita o di morte...» Si interruppe, osando lanciare un'occhiata a Nat. «E mi chiedevo... Quando ho parlato con voi due la prima volta, mi è parso che tu avessi reagito quando Luke ha detto che venerdì era rimasto a casa tutta la notte, perciò mi chiedevo solo...»

«Oh, ti chiedevi solo, eh?» Il labbro superiore di Nat tremò e Pip riuscì a percepire la rabbia che la ragazza emanava, come calore. «Che problemi hai? Queste sono le vite delle persone. Non puoi semplicemente giocarci per puro divertimento, cazzo.»

«Ma non è così, è...»

«Io non ho niente a che fare con Jamie. E nemmeno Luke» gridò Nat, facendo un passo indietro. «Cazzo, lasciami in pace e basta, Pip.» Le tremò la voce. «Per favore. Lasciami in pace.»

E il suo viso scomparve dietro la porta, che sbatté risuonando in quel pozzo dentro lo stomaco di Pip, e rimanendo con lei mentre si allontanava.

Fu quando svoltò su Gravelly Way, diretta di nuovo verso la scuola, che provò quella sensazione. Brividi lungo il collo, come energia statica sulla pelle. E capì subito cos'era, l'aveva già provata prima. Occhi. Qualcuno che la osservava.

Si fermò in mezzo alla strada, guardandosi alle spalle. Non c'era nessuno dietro di lei su Chalk Road, a parte un uomo che non conosceva che spingeva un passeggino, e teneva gli occhi bassi.

Controllò di fronte a sé, facendo correre lo sguardo sulle finestre delle case che si affacciavano sulla strada, gravando su di lei. Non c'era un viso dietro nessuna di loro, nessun respiro appannava i vetri. Passò in rassegna le macchine parcheggiate lungo la strada. Niente. Nessuno.

Pip avrebbe giurato di averlo sentito. O forse stava solo impazzendo.

Proseguì verso la scuola, reggendosi alle cinghie dello zaino. Le ci volle un po' per rendersi conto che non sentiva il rumore dei propri passi. Non solo quello, almeno. C'era qualcun altro che camminava piano insieme a lei, e proveniva da destra. Pip alzò lo sguardo.

«Buongiorno» la chiamò una voce dall'altra parte della strada. Era Mary Scythe del "Kilton Mail", con accanto un labrador nero.

«Buongiorno.» Pip ricambiò il saluto, ma suonò vuoto perfino alle sue orecchie. Per fortuna il trillo del cellulare le venne in soccorso. Si voltò e rispose.

«Pip» disse Ravi.

«Oddio» esclamò lei, immergendosi dentro la sua voce, avvolgendosi in essa. «Non crederai mai a cos'è successo stamattina. Al notiziario hanno detto che hanno trovato un corpo, un uomo bianco di più di vent'anni. Perciò mi è venuto il panico, sono andata a casa dei Reynolds, ma loro avevano già telefonato e non era Jamie, era qualcun altro...»

«Pip?»

«... e Arthur finalmente ha accettato di parlare con me. E mi ha detto che Jamie gli ha chiesto in prestito novecento sterline, la stessa identica somma che Robin ha detto che Luke aveva perso questa settimana, perciò...»

«Pip?»

«... non può essere una coincidenza, giusto? Così sono stata a trovare Nat e lei insiste a dire che Jamie non è andato da lei dopo...»

«Pip, devi smettere di parlare e starmi a sentire, davvero.» E a quel punto Pip la sentì, quella nota nella sua voce, nuova e per nulla familiare.

«Cosa? Scusami. Che cosa c'è?» disse, rallentando fino a fermarsi.

«La giuria ha appena emesso il verdetto» annunciò lui.

«Di già? E?»

Ma Ravi non disse nulla, e lei udì uno schiocco quando il respiro gli morì in gola.

«No» fece lei, cogliendo il significato di quello schiocco con il cuore, che le si scagliò contro le costole, prima che con la mente. «Ravi? Cosa? No, non dirmi... non può...»

«Lo hanno dichiarato non colpevole, di tutte le accuse.»

Pip non sentì quello che lui disse dopo, perché il sangue aveva preso a rimbombarle nelle orecchie, un fruscio continuo, come se nella sua testa fosse intrappolata una tempesta. Trovò con la mano il muretto accanto a sé e ci si appoggiò, abbassandosi fino a sedersi sul freddo marciapiede di cemento.

«No» sussurrò, perché se lo avesse detto anche solo un po' più forte si sarebbe messa a urlare. C'era comunque la possibilità che lo facesse lo stesso: sentiva l'urlo artigliarle le viscere, lottare per emergere. Si afferrò il viso e serrò la bocca, affondando le unghie nelle guance.

«Pip» disse Ravi con dolcezza. «Mi dispiace tanto. Non riesco a crederci. Non posso. Non è giusto. Non è corretto. Se potessi fare qualunque cosa per cambiarlo, lo farei. Qualsiasi cosa. Pip? Stai bene?»

«No» rispose lei da dietro la mano. Non sarebbe stata bene mai più. Ecco il punto: era la cosa peggiore che sarebbe potuta accadere. Ci aveva pensato, aveva avuto degli incubi a riguardo, ma era convinta che non sarebbe potuto succedere. Che non sarebbe successo. Ma *era* successo. E la verità non importava più. Max Hastings, non colpevole. Anche se lei aveva la sua voce registrata che ammetteva tutto. Anche se lei sapeva che era colpevole, oltre ogni dubbio. Ma no, lei e Nat Da Silva e Becca Bell e quelle due ragazze dell'università: erano loro le bugiarde ora. E uno stupratore seriale era di nuovo a piede libero.

Volò con la mente a Nat.

«Oddio, Nat» disse, spostando la mano. «Ravi, devo tornare da Nat. Assicurarmi che stia bene.»

«Ok, ti a...» disse lui, ma era troppo tardi. Pip aveva già premuto il pulsante rosso, tirandosi su da terra e incamminandosi di nuovo per Gravelly Way.

Sapeva che Nat la odiava. Ma sapeva anche che Nat non sarebbe dovuta essere sola quando avesse sentito la notizia. Nessuno dovrebbe essere solo in momenti del genere.

Pip si mise a correre, le scarpe da ginnastica che schiaffeggiavano maldestre il marciapiede, facendola tremare in tutto il corpo. Le faceva male il petto, come se il cuore non ce la facesse già più, e si volesse arrendere. Ma corse, sforzandosi di più quando svoltò l'angolo di Cross Lane, diretta di nuovo verso il portone dipinto di blu.

Questa volta bussò, dimenticandosi del campanello perché aveva la mente confusa, che ripercorreva tra sé gli ultimi minuti. Non poteva essere accaduto davvero, no? Non poteva essere vero. Non sembrava vero.

Nel vetro smerigliato emerse la sagoma di Nat e Pip cercò di leggerla, di studiarla, di capire se lei fosse già stata devastata.

Aprì la porta, tendendo la mascella non appena vide Pip lì in piedi.

«Ma che cazzo, ti ho detto...»

Poi però notò il modo in cui Pip ansimava. Doveva avere l'orrore scritto in viso.

«Cosa c'è?» chiese Nat rapidamente, aprendo del tutto la porta. «Jamie sta bene?»

«Ha-hai sentito?» domandò Pip, e la sua voce le parve strana, non sua. «Il verdetto?»

«Come?» Nat socchiuse gli occhi. «No, nessuno mi ha ancora chiamato. Hanno finito? Cosa...?»

E Pip vide il momento in cui avvenne, il momento in cui Nat glielo lesse in faccia. Il momento in cui il suo sguardo cambiò.

«No» disse, ma era più un respiro che una parola.

Incespicò indietro, allontanandosi dalla porta, portandosi le mani al viso mentre trasaliva, gli occhi appannati.

«No!» La parola questa volta fu un urlo strozzato, che la soffocò. Nat si accasciò contro il muro dell'ingresso, andandoci a sbattere contro. Una foto incorniciata cadde dal chiodo, rompendosi nel colpire il pavimento.

Pip schizzò avanti, dentro casa, afferrando Nat per le

braccia e facendola scivolare lungo la parete. Ma inciampò e caddero insieme, Nat dritta sul pavimento, Pip sulle ginocchia.

«Mi dispiace tanto» disse Pip. «Mi dispiace tanto, tanto, tanto.»

Nat piangeva, e le lacrime le macchiavano le guance, scorrendole sul trucco, lacrime nere che si rincorrevano lungo il suo viso.

«Non può essere vero» gridò. «Non può essere vero. CAZZO!»

Pip si raddrizzò, avvolgendo con le braccia la schiena di Nat. Pensava che lei si sarebbe staccata, che l'avrebbe spinta via. Ma non lo fece. Si abbandonò a Pip, alzando le braccia e gettandogliele al collo, come ad aggrapparsi. Forte. Il viso affondato nella sua spalla.

Nat urlò, un suono soffocato, sepolto nel maglione di Pip, e il suo respiro caldo e affaticato si diffuse sulla pelle della ragazza. Poi il grido si liberò e lei pianse, talmente forte da farle tremare entrambe.

«Mi dispiace tanto» sussurrò Pip.

Ventinove

L'urlo di Nat non la abbandonò più. Lo sentiva muoversi furtivo sotto la pelle. Lo sentì sobbollire, quando entrò alla lezione di storia con diciotto minuti di ritardo e facendo esclamare il signor Clark: «Ah, Pip. È questa l'ora di presentarsi? Pensi che il tuo tempo sia più prezioso del mio?».

E lei aveva risposto: «No, signore, mi scusi, signore» a bassa voce, quando in realtà avrebbe soltanto voluto far uscire quell'urlo, rispondergli di sì, che forse lo era. Si era seduta accanto a Connor, in fondo, stringendo la presa sulla penna finché quella non si era spezzata, facendole volare tra le dita frammenti di plastica.

La campanella del pranzo suonò e lei e Connor uscirono dall'aula. Lui aveva saputo del verdetto da Cara, perché Ravi le aveva mandato un messaggio, preoccupato che Pip non gli rispondesse. «Mi dispiace» fu tutto quello che disse Connor mentre si trascinavano verso la mensa. Non c'era altro che potesse dire, e nemmeno Pip, ma nessun "Mi dispiace" poteva porvi rimedio.

Raggiunsero gli altri al solito tavolo, e Pip s'infilò accanto a Cara, stringendole una volta la mano a mo' di saluto.

«Lo hai detto a Naomi?» le chiese.

Cara annuì. «È devastata, non riesce a crederci.»

«Sì, è uno schifo» esclamò Ant a voce alta, intromettendosi mentre si avventava sul secondo panino.

Pip si voltò verso di lui. «E tu dov'eri ieri, mentre organizzavamo le squadre di ricerca?»

Ant corrugò le sopracciglia, con un'espressione offesa, mentre ingoiava il boccone. «Era mercoledì, ero a calcio» rispose, senza nemmeno guardare Connor.

«Lauren?» insistette Pip.

«Ehm... mia madre mi ha obbligata a restare a casa a ripassare francese.» Aveva un tono di voce acuto, sulla difensiva. «Non avevo capito che ti aspettavi che partecipassimo tutti.»

«Il fratello del tuo migliore amico è scomparso» rispose Pip, e percepì Connor che le si irrigidiva accanto.

«Sì, lo capisco.» Ant lanciò a Connor un veloce sorriso. «E mi dispiace, ma mi sa che io e Lauren non possiamo cambiare questo fatto.»

Pip avrebbe voluto continuare a pungolarli, a sfamare l'urlo che aveva sottopelle, ma venne distratta da qualcuno alle spalle di Ant, e alzò lo sguardo. Tom Nowak, che rideva sguaiato insieme a una tavolata di amici.

«Scusatemi» disse Pip, anche se ormai si era già avviata, girando attorno al loro tavolo e attraversando il caos della mensa.

«Tom» esclamò, e poi di nuovo, a voce più alta, per sovrastare le loro fragorose risate.

Tom posò la bottiglia aperta di Coca-Cola, girandosi per alzare lo sguardo su di lei. Pip notò che alcuni suoi amici sulla panca di fronte sussurravano e si davano di gomito a vicenda.

«Ehi, che succede?» chiese lui, le guance tese in un sorriso flemmatico, e nel vederlo la rabbia di Pip prese fuoco.

«Mi hai mentito, vero?» disse, ma non era una domanda

e non aspettò una risposta. Per lo meno lui aveva abbandonato quel finto sorriso. «Non hai visto Jamie Reynolds venerdì sera. Dubito anche che fossi vicino a Cross Lane. Hai nominato quella strada perché era vicina al calamity party, e il resto l'ho fatto da sola. Per errore ho guidato il testimone verso quello che volevo sentirgli dire. Hai notato la mia reazione nel sentire quel nome, il colore del portone, e hai usato queste cose per manipolarmi. Per farmi credere a qualcosa che non è mai successo!»

Dai tavoli vicini li stavano osservando, un'onda di teste mezze voltate, il solletichio di sguardi non visti.

«Jamie non è andato a casa di Nat Da Silva quella sera e tu non hai mai visto niente. Sei un bugiardo.» Sollevò le labbra, mostrandogli i denti. «Be', ben fatto, ottimo lavoro, Tom, sei entrato nel podcast. Cosa pensavi di ottenere?»

Tom balbettò qualcosa, alzando le dita in cerca di parole.

«Fama mediatica, eh?» sbottò Pip. «Hai un account su SoundCloud che vuoi promuovere o roba simile? Ma che cazzo di problema hai? È scomparsa una persona. C'è in ballo la vita di Jamie, e tu decidi di farmi sprecare tempo.»

«Io non...»

«Sei patetico» esclamò. «E sai una cosa? Hai già firmato il modulo di consenso all'utilizzo del tuo nome e della tua immagine, perciò sul podcast pubblicherò anche questo. Buona fortuna, verrai odiato universalmente da tutta la rete.»

«No, non hai il diritto di...» cominciò a dire Tom.

Ma la rabbia s'impossessò della mano di Pip e la guidò verso la bottiglia aperta di Coca-Cola di Tom. La prese e senza pensarci due volte – senza nemmeno pensarci una volta sola – gliela rovesciò sulla testa.

Una cascata di frizzante liquido marrone lo investì, infradiciandogli i capelli e il viso e facendogli serrare gli occhi. Nella stanza si diffuse un sussulto, qualche risatina, ma passò qualche secondo prima che Tom riuscisse a reagire allo shock.

«Brutta stronza!» Si alzò, portandosi le mani agli occhi per pulirli.

«Non mettermi più i bastoni tra le ruote, cazzo» rispose Pip, facendo cadere la bottiglia vuota ai piedi di Tom con un tonfo sordo che riecheggiò nella stanza ormai quasi muta.

Si allontanò, scuotendo la mano per asciugarla dalle gocce di Coca-Cola, e cento sguardi la seguirono mentre se ne andava, ma nessuno di loro, nemmeno uno, incrociò il suo.

Cara la stava aspettando al solito posto, le doppie porte accanto all'aula di inglese, la penultima lezione della giornata. Ma mentre Pip attraversava il corridoio per raggiungerla notò una cosa: le voci si abbassavano quando passava, la gente si riuniva a parlare nascondendo la bocca dietro le mani e guardando verso di lei. Be', non potevano *tutti* essere stati in mensa a pranzo. E comunque a Pip non importava cosa pensassero. Era Tom Nowak quello che doveva affrontare i bisbigli, non lei.

«Ehi» disse, raggiungendo Cara.

«Ehi, ehm...» Ma anche Cara si comportava in modo strano, storcendo la bocca come faceva sempre quando c'era qualcosa che non andava. «L'hai già visto?»

«Visto cosa?»

«L'articolo di WiredRip.» Cara abbassò lo sguardo sul cellulare che teneva in mano. «Qualcuno lo ha linkato sull'evento Facebook che hai fatto per Jamie.»

«No» rispose Pip. «Perché? Cosa dice?»

«Ehm, be'...» Cara non terminò la frase. Abbassò lo sguardo, digitando sul telefono, e poi lo mostrò a Pip nella mano aperta, porgendoglielo. «Penso che dovresti leggerlo e basta.»

☰ **WIREDRIP.com**   News   Quiz   TV & Cinema   Video   Highlights   Altro 🔍

📈 **Trend topic**

La stagione 2 del podcast *Come uccidono le brave ragazze* potrebbe non essere quello che sembra...

Come uccidono le brave ragazze ha fatto un ritorno di fuoco questa settimana, nelle nostre orecchie, con il primo episodio di una nuova indagine diffuso martedì. Jamie Reynolds, 24 anni, è scomparso dalla cittadina della conduttrice Pip Fitz-Amobi. La polizia non ha intenzione di cercarlo, perciò è scesa in campo Pip, e sta caricando i vari episodi man mano che le indagini procedono.

Ma c'è una vera ragione per cui la polizia non cerca Jamie?

Una fonte vicina a Pip ci ha rivelato, in esclusiva, che l'intera nuova stagione del podcast è, in realtà, una messinscena. Jamie Reynolds è il fratello maggiore di uno dei migliori amici di Pip e la nostra fonte sostiene che la sua scomparsa sia stata architettata da loro tre per creare un'appassionante nuova stagione del podcast e capitalizzare la popolarità della prima. Jamie è stato spinto a fingere di essere scomparso da un incentivo in denaro, perché Pip ha promesso ai fratelli una grossa fetta dei ricavi una volta che la stagione sarà in onda e lei si sarà assicurata nuove sponsorizzazioni sostanziose.

Allora, voi che ne dite? Jamie Reynolds è davvero scomparso? O la regina adolescente del true crime ci sta prendendo in giro? Fateci sapere cosa ne pensate lasciandoci un commento qui sotto.

Trenta

Un altro corridoio pieno di sguardi. Che la circondavano.

Pip tenne alta la testa mentre proseguiva verso l'armadietto. Era la fine della giornata, evidentemente l'articolo aveva avuto abbastanza tempo per diffondersi in tutta la scuola.

Ma non riuscì ad arrivare all'armadietto. Un gruppetto di studenti del terzo anno stava in piedi lì davanti, e confabulava in un cerchio serrato di zaini. Pip si fermò e li fissò finché una delle ragazze non la notò, sbarrò gli occhi e diede di gomito ai suoi amici, zittendoli. Il gruppo si sciolse, disperdendosi e lasciandosi alle spalle sussurri e risatine.

Pip aprì l'armadietto, riponendovi i testi di economia politica. Ritirando la mano notò il piccolo pezzo di carta piegata che doveva essere stato infilato dentro dalla fessura sopra lo sportello.

Lo prese e lo aprì.

In grosse lettere nere stampate c'era scritto: *Questo è l'ultimo avvertimento, Pippa. Lascia perdere.*

L'urlo dentro di lei esplose nuovamente, risalendole lungo il collo. Che fantasia: lo stesso identico biglietto che Elliot Ward le aveva lasciato nell'armadietto l'ottobre precedente.

La mano di Pip si chiuse a pugno sul pezzo di carta, appallottolandolo. Lo fece cadere sul pavimento e richiuse l'armadietto con violenza.

Cara e Connor erano lì, in piedi dietro lo sportello, che la aspettavano.

«Tutto bene?» domandò Cara, il volto addolcito dalla preoccupazione.

«A posto» rispose Pip, voltandosi per incamminarsi con loro lungo il corridoio.

«Hai visto?» chiese Connor. «La gente online ci crede sul serio, dicono che secondo loro era tutto un po' troppo elaborato. Che si sentiva che era un copione.»

«Cosa ti ho detto?» replicò Pip. La voce le uscì scura, plasmata dall'ira. «Mai leggere i commenti.»

«Ma...»

«Ehi» li chiamò la voce di Ant quando svoltarono l'angolo oltre le aule di chimica. Lui, Lauren e Zach erano dietro di loro, provenienti dalla direzione opposta.

Aspettarono che li raggiungessero e s'infilarono tra di loro. Ant aggiustò il passo per camminare a tempo con Pip.

«Tutta la scuola parla di te» disse, e con la coda dell'occhio Pip notò che la squadrava.

«Be', tutta la scuola è piena di idioti» fece Cara, affrettandosi a mettersi di fianco a Pip dal lato opposto.

«Forse.» Ant si strinse nelle spalle, lanciando uno sguardo a Lauren. «Ma noi stavamo pensando solo che, insomma, sembra davvero molto comodo.»

«Cosa sembra comodo?» ribatté Pip, e nella sua voce risuonò un ringhio. Magari nessun altro lo poteva sentire, ma lei sì.

«Be', tutta questa cosa di Jamie.» Lauren fece sentire la propria voce.

«Ah, davvero?» Pip le lanciò un'occhiata d'avvertimento, cercando di ferirla con lo sguardo. «Connor, a te sembra comodo che tuo fratello sia scomparso?»

Connor aprì la bocca, ma non era sicuro di come rispondere, e non gli uscì che un gracidio a metà strada tra *sì* e *no*.

«Sai cosa intendo, però» proseguì Ant. «Cioè, tutta quella cosa del catfishing, così non devi avere il vero nome di un colpevole perché tanto non esiste davvero. Il fatto che tutto sia successo la sera della commemorazione per Andie e Sal. Il coltello scompare, e guarda caso tu lo trovi vicino a quella fattoria da brividi. È tutto un po'... comodo, no?»

«Sta' zitto, Ant» disse piano Zach, rallentando per restare indietro, come se percepisse che stava per succedere qualcosa.

«Ma che cazzo!» Cara fissò Ant, incredula. «Di' ancora una volta "comodo" e ti ammazzo.»

«Ehi!» Ant ridacchiò, alzando le mani. «Era per dire.»

Ma Pip non riuscì a sentire cosa fosse *per dire*, perché le fischiavano le orecchie, un sibilo come di elettricità statica, interrotto dalla sua stessa voce che si chiedeva: *Hai piazzato tu il coltello? Potresti averlo piazzato? Jamie è scomparso? Layla Mead è reale? C'è almeno qualcosa di reale in tutto questo?*

E non sapeva come facesse ancora a camminare visto che non si sentiva i piedi. Sentiva una cosa sola. L'urlo le si era avvolto attorno alla gola adesso, e stringeva sempre di più mentre cercava di mordersi la coda.

«Non mi arrabbio» stava dicendo Ant. «Sinceramente, se è *davvero* tutto fasullo, penso sia una trovata geniale. Se non che, insomma, siete stati beccati. E non lo avete detto a me e a Lauren.»

Cara sbottò: «Perciò, in sostanza, stai dicendo che sia Connor sia Pip sono dei bugiardi? Cresci, Ant, e piantala di essere un coglione».

«Ehi» si intromise Lauren. «Sei *tu* la cogliona.»

«Ah sì?»

«Ragazzi...» stava dicendo Connor, ma la parola si perse non appena fu pronunciata.

«Allora dov'è Jamie *in realtà*?» chiese Ant. «Chiuso in qualche camera d'albergo chissà dove?»

Pip sapeva che la stava solo stuzzicando, ma non riuscì a controllarsi, non poteva...

In fondo al corridoio, le doppie porte si aprirono verso l'interno e apparve la preside, la signora Morgan. Strinse gli occhi, e poi il suo sguardo si illuminò.

«Ah, Pip!» gridò lungo il corridoio. «Devo parlarti, con urgenza, prima che tu vada a casa!»

«Beccata» sussurrò Ant, e Lauren soffocò una risata. «Su, è finita. Puoi anche dirci la verità.»

Ma tutto si era tramutato in fuoco agli occhi di Pip.

Puntò i piedi.

Alzò le braccia.

Con le mani contro il petto di Ant lo spintonò, spingendolo con tutta la forza che aveva per l'intera larghezza del corridoio.

Ant andò a sbattere su una fila di armadietti.

«Ma che cazzo...?»

Pip alzò il gomito, l'avambraccio contro il collo di Ant, a tenerlo fermo. Lo fissò negli occhi, anche se i suoi si erano ridotti in cenere, e alla fine lo lasciò andare.

Gli gridò in faccia. L'urlo le lacerò la gola e le fece male agli occhi, cibandosi di quel pozzo senza fondo nel suo stomaco.

Pip gridò e non c'era altro al mondo. Solo lei e quell'urlo.

Trentuno

«Sospesa?»

Pip sprofondò nello sgabello della cucina, evitando di incrociare lo sguardo di suo padre.

«Sì.» La mamma era in piedi all'altro lato della stanza, Pip al centro. Parlavano ignorandola, sopra la sua testa. «Per tre giorni. Che mi dici di Cambridge, Pippa?»

«Chi era l'altro studente?» chiese papà, addolcendo la voce laddove quella della mamma era diventata più dura, più affilata.

«Anthony Lowe.»

Pip alzò lo sguardo, cogliendo l'espressione del padre: labbro inferiore sollevato, rughe attorno agli occhi, come se non fosse sorpreso.

«Cos'è quella faccia?» chiese la mamma.

«Niente.» Papà cambiò espressione, abbassando il labbro. «È solo che non mi è mai piaciuto molto quel ragazzo.»

«E adesso questo come dovrebbe aiutarci, Victor?» sbottò la mamma.

«Scusa, hai ragione» concesse lui, lanciando uno sguardo a Pip. Fu rapido, ma bastò, e lei si sentì un po' meno sola là nel mezzo della stanza. «Perché lo hai fatto, Pip?»

«Non lo so.»

«Non lo sai?» ripeté la mamma. «Lo hai spinto contro un armadietto tenendogli il braccio contro la gola. Come fai a non sapere perché? Sei fortunata che ci fossero Cara, Zach e Connor e che ti abbiano difesa davanti alla signora Morgan dicendole che Ant ti aveva provocata, altrimenti saresti stata espulsa.»

«In che senso ti ha provocato, cetriolino?» chiese papà.

«Mi ha dato della bugiarda» rispose lei. «Internet pensa che io sia una bugiarda. Una giuria di dodici pari pensa che io sia una bugiarda. I miei stessi amici pensano che io sia una bugiarda. Perciò mi sa che ora sono una bugiarda, e Max Hastings è un bravo ragazzo.»

«Mi dispiace per il verdetto» disse lui. «Dev'essere stato davvero pesante per te.»

«Più pesante per le persone che ha drogato e stuprato» rispose Pip.

«Sì, e questo è ingiusto e terribile» intervenne papà corrugando la fronte. «Ma non giustifica il tuo comportamento violento.»

«Non mi sto giustificando. Non chiedo perdono» disse Pip con voce piatta. «È successo e non mi sento in colpa. Se lo meritava.»

«Ma cosa dici?» esclamò la mamma. «Non è da te.»

«E se invece lo fosse?» Pip si alzò dallo sgabello. «E se fosse proprio da me?»

«Pip, non urlare contro tua madre» intervenne papà, avvicinandosi alla moglie, abbandonando la figlia nel mezzo della stanza.

«Urlare? Seriamente?» rispose Pip, urlando per davvero. «È su questo che ci concentriamo? Uno stupratore seriale oggi è stato rimesso in libertà. Jamie è scomparso da sei giorni e potrebbe anche essere morto. Ah, ma il problema vero è che io *urlo*!»

«Calmati, per favore» disse lui.
«Non posso! Non posso più farlo! Perché dovrei?»

Il suo telefono era a faccia in giù sul pavimento. Non lo guardava da un'ora, seduta lì sotto la scrivania, le dita intrecciate a quelle dei piedi. La testa premuta contro il legno fresco della gamba del tavolo, nascondendo gli occhi alla luce.

Non era scesa per cena, aveva detto che non aveva fame, anche se suo padre era salito a dirle che non dovevano parlarne per forza, non davanti a Josh. Ma lei non aveva voglia di starsene seduta lì a tavola in una finta tregua a metà discussione. Una discussione che non poteva finire, perché lei non si sentiva in colpa, lo sapeva. Ma era questo che sua madre voleva da lei.

Udì bussare al portone d'ingresso, una sequenza che conosceva: *lungo-breve-lungo*. La porta si aprì e si richiuse, e poi anche i passi conosciuti, lo strisciare delle scarpe da ginnastica di Ravi sul pavimento di legno prima che se le togliesse e le allineasse per bene accanto allo zerbino.

E poi sentì la voce della mamma, che passava davanti alle scale. «È in camera sua. Vedi se riesci a farla ragionare.»

Ravi non la trovò, quando entrò nella stanza; non finché lei non ebbe detto, piano: «Sono quaggiù».

Lui si piegò, le ginocchia gli scrocchiarono quando apparve.

«Perché non rispondi al telefono?» chiese.

Pip guardò il cellulare a faccia in giù, fuori portata.

«Stai bene?» domandò.

E lei, più di ogni altra cosa, voleva dire di no, scivolare fuori da sotto la scrivania e crollare tra le sue braccia. Rimanere lì, sotto il suo sguardo, avvolta là dentro, e non uscirne mai. Lasciargli dire che sarebbe andato tutto bene, anche se entrambi sapevano che non era così. Voleva solo essere per un po' la Pip che era con Ravi. Ma quella Pip ora non c'era. E forse era davvero scomparsa.

«No» disse.

«I tuoi sono preoccupati per te.»

«Non mi serve la loro ansia.» Pip tirò su col naso.

«Io sono preoccupato per te» incalzò lui.

Lei posò di nuovo la testa contro la scrivania. «Non mi serve nemmeno la tua.»

«Puoi venire fuori e parlare con me?» chiese con gentilezza. «Per favore?»

«Ha sorriso?» domandò lei. «Ha sorriso quando hanno detto "non colpevole"?»

«Non gli vedevo la faccia.» Ravi le tese la mano per aiutarla a uscire da sotto la scrivania. Lei non la prese, strisciando fuori da sola e alzandosi in piedi.

«Scommetto di sì.» Passò le dita lungo il margine aguzzo della scrivania, premendovele contro finché non sentì male.

«Che importanza ha?»

«Ce l'ha» rispose lei.

«Mi dispiace.» Ravi cercò di sostenere il suo sguardo, ma i suoi occhi continuavano a scivolare via. «Se ci fosse qualcosa che potessi fare per cambiare le cose la farei. Qualsiasi cosa. Ma non c'è niente che possiamo fare adesso. E farti sospendere perché sei infuriata per via di Max... non ne vale minimamente la pena.»

«Quindi vince lui e basta?»

«No, io...» Ravi non finì la frase, coprendo la distanza

che li separava, tendendo le braccia per stringerla, avvolgerla. E forse era perché il viso spigoloso di Max le balenò in mente o forse non voleva che Ravi si avvicinasse troppo al post-urlo che ancora le rimbombava dentro, ma lo respinse.

«Cos...» Lui abbassò le braccia lungo i fianchi. Il suo sguardo si incupì, si fece più profondo. «Cosa fai?»

«Non lo so.»

«Quindi cos'è, vuoi soltanto odiare tutto il mondo in questo momento, me compreso?»

«Forse» rispose lei.

«Pip...»

«Be', che senso ha?» La voce le si impigliò nella gola secca. «Che senso ha avuto tutto quello che abbiamo fatto l'anno scorso? Pensavo di farlo per la verità. E invece indovina? La verità non ha importanza. Non ce l'ha! Max Hastings è innocente e io sono una bugiarda e Jamie Reynolds non è scomparso. *Questa* è la verità ora.» Le si riempirono gli occhi di lacrime. «E se non posso salvarlo? E se non sono abbastanza brava da salvarlo? Non sono brava, Ravi, io...»

«Lo troveremo» disse Ravi.

«*Devo* farlo, ne ho bisogno.»

«E io no, secondo te?» disse lui. «Magari non lo conosco come lo conosci tu, e non so spiegarti come mai, ma *deve* stare bene, ho bisogno che stia bene. Per me. Conosceva mio fratello, era amico suo e di Andie. È come se stesse succedendo tutto un'altra volta sei anni dopo, e questa volta ho una possibilità reale, una piccola possibilità, di contribuire a salvare il fratello di Connor, mentre non avevo speranze di salvare il mio. So che Jamie non è Sal, ma a me sembra una specie di seconda possibilità. Non sei da sola in questo, perciò smetti di respingere le persone. Smetti di respingere me.»

Pip afferrò la scrivania, le ossa che premevano contro la pelle. Ravi doveva allontanarsi, in caso lei non riuscisse nuovamente a trattenersi. L'urlo. «Voglio solo stare da sola.»

«Bene» disse Ravi, grattandosi il prurito fantasma sulla nuca. «Vado. So che ti stai solo sfogando perché sei arrabbiata. Sono arrabbiato anch'io. E non dici sul serio, lo sai che non dici sul serio.» Sospirò. «Fammi sapere quando ti ricordi chi sono. Chi sei tu.»

Ravi raggiunse la porta, la mano sospesa in aria lì davanti, la testa lievemente piegata. «Ti amo» disse con rabbia, senza guardarla. Premette con forza sulla maniglia e uscì, sbattendosi la porta alle spalle.

Trentadue

Ho la nausea.
È questo che diceva il messaggio. Di Naomi Ward.
Pip si sedette sul letto e aprì la foto che Naomi aveva mandato insieme a quelle tre parole.
Era uno screenshot di Facebook. Un post di Nancy Tangotette: il nome del profilo di Max Hastings. Una foto, di Max, sua madre, suo padre e il suo avvocato, Christopher Epps. Erano raccolti attorno a un tavolo in un ristorante che sembrava di lusso, colonne bianche e un'enorme gabbia per uccelli celeste sullo sfondo. Max teneva alto il telefono per prendere tutti quanti nello scatto. E sorridevano, tutti quanti, con in mano bicchieri di champagne.
Li aveva taggati all'Hotel Savoy di Londra, e la didascalia diceva: *Festeggiando...*
La stanza cominciò subito a rimpicciolirsi, a chiudersi su di lei. Le pareti fecero un passo verso l'interno e le ombre negli angoli si allungarono ad afferrarla. Non poteva restare lì. Doveva uscire prima di soffocarci dentro.
Uscì incespicando dalla porta, il telefono in mano, superando la camera di Josh in punta di piedi fino alle scale. Lui era già a letto, ma era entrato a trovarla, prima, sussurrando: «Pensavo che magari avevi fame», e le aveva lasciato un pacchetto di patatine sgraffignato dalla cucina. «Shhh, non dirlo a mamma e papà».
Pip sentiva i genitori che guardavano la televisione in

salotto, in attesa che il loro programma preferito cominciasse, alle nove. Parlavano, un ronzio soffocato da dietro la porta, ma riuscì a sentire una sola parola con chiarezza: il suo nome.

In silenzio si infilò le scarpe, prese le chiavi dalla tasca e uscì dalla porta di casa, chiudendosela piano alle spalle.

Pioveva, forte, schizzando sul terreno e ancora più su, contro le sue caviglie. Andava bene, andava bene così. Doveva uscire, schiarirsi le idee. E magari la pioggia avrebbe aiutato, acqua sulla rabbia, fino a spegnerla, fino a lasciarsi dietro solo mozziconi carbonizzati.

Attraversò la strada di corsa, dentro il bosco dall'altra parte. Era buio lì, buio pesto, ma la proteggeva un po' dalla pioggia. E andava bene anche questo, finché qualcosa di invisibile non passò frusciando nel sottobosco e la spaventò. Tornò sulla strada, al sicuro sul marciapiede illuminato dalla luna, fradicia. Avrebbe dovuto sentire freddo – tremava – ma non riusciva a sentirlo davvero. E non sapeva dove andare. Voleva solo camminare, stare fuori, dove nulla poteva rinchiuderla. Così proseguì, fino alla fine di Martinsend Way e ritorno, fermandosi prima di raggiungere casa sua, voltandosi e ripercorrendo la strada. Su e giù e da capo, inseguendo i propri pensieri, cercando di districarli.

La terza volta aveva ormai i capelli che gocciolavano. Si fermò. Qualcosa si muoveva. Qualcuno camminava lungo il vialetto della casa di Zach. Ma non era casa di Zach, non più. Si trattava di Charlie Green, che portava un sacco nero pieno d'immondizia al bidone vicino al vialetto.

Sobbalzò quando la vide emergere dall'oscurità.

«Ah, Pip, scusami» disse, ridendo e facendo cadere il

sacco nel bidone. «Mi hai spaventato. Stai...» Si fermò a osservarla. «Dio, sei fradicia. Perché non hai la giacca?»

Non aveva una risposta.

«Be', sei quasi a casa ormai. Entra ad asciugarti» disse lui, gentile.

«I-io...» balbettò lei, battendo i denti. «Non posso andare a casa. Non ancora.»

Charlie piegò il capo, cercandole gli occhi con i propri.

«Oh, ok» disse, a disagio. «Be', vuoi venire da noi, per un po'?»

«No. Grazie» aggiunse in fretta. «Non voglio stare chiusa dentro.»

«Oh, certo.» Charlie spostò il peso da un piede all'altro, lanciando uno sguardo verso la casa. «Be', ehm... vuoi sederti sotto il portico, al riparo dalla pioggia?»

Pip stava per dire di no ma, in effetti, forse ora sentiva freddo. Perciò annuì.

«Ok, bene» disse Charlie, facendole cenno di seguirlo lungo il vialetto. Si spostò sotto i gradini coperti sul davanti della casa e si fermò. «Vuoi qualcosa da bere? O altro? Un asciugamano?»

«No, grazie» disse Pip, sedendosi sul gradino di mezzo, asciutto.

«Bene.» Charlie annuì, scostandosi i capelli rossicci dal viso. «Perciò, ehm, stai bene?»

«Io...» cominciò lei. «Ho avuto una brutta giornata.»

«Oh.» Si sedette, un gradino sotto di lei. «Ne vuoi parlare?»

«Non so bene come» rispose Pip.

«Io, ehm, ho ascoltato il tuo podcast, e gli ultimi episodi su Jamie Reynolds» disse lui. «Sei molto brava in quello che fai. E coraggiosa. Qualsiasi cosa ti preoccupi sono certo che troverai il modo di superarla.»

«Oggi hanno dichiarato Max Hastings non colpevole.»

«Oh.» Charlie fece un sospiro, allungando le gambe. «Merda. Non è una cosa buona.»

«Per usare un eufemismo.» Pip tirò su col naso, asciugandosi la pioggia dalla punta.

«Sai» disse lui, «per quel che vale, il sistema giudiziario in teoria dovrebbe saper distinguere ciò che è giusto da ciò che è sbagliato, il bene dal male. Ma a volte penso che sbagli tante volte quante ci azzecca. Ho dovuto impararlo anche io ed è difficile da accettare. Cosa fai quando le cose che in teoria dovrebbero proteggerti ti deludono così?»

«Sono stata un'ingenua» spiegò Pip. «In pratica gli ho consegnato Max Hastings, dopo tutto quello che è venuto fuori l'anno scorso. E credevo veramente che fosse una specie di vittoria, che il male sarebbe stato punito. Perché era la verità, e per me la verità era la cosa più importante. È tutto quello in cui credo, tutto quello a cui tengo: trovare la verità, costi quel che costi. E la verità era che Max era colpevole e avrebbe affrontato la giustizia. Ma la giustizia non esiste, e la verità non ha importanza, non nel mondo reale, e adesso ce l'hanno appena rispedito indietro.»

«Oh, la giustizia esiste» replicò Charlie, alzando lo sguardo alla pioggia. «Magari non quella delle centrali di polizia e dei tribunali, ma sì che esiste. E quando ci pensi seriamente, quelle parole – bene e male, giusto e sbagliato – non possiedono una vera importanza nel mondo reale. Chi decide che significato hanno? Quelle persone che hanno sbagliato e hanno assolto Max? No.» Scosse la testa. «Penso che noi tutti possiamo decidere ciò che bene e male, giusto e sbagliato significano per noi, non quello che ci viene detto di accettare. Non hai fatto niente di sbagliato. Non ti abbattere per gli errori degli altri.»

Lei si voltò verso di lui con una stretta allo stomaco. «Ma questo ora non ha più importanza. Max ha vinto.»

«Vince solo se glielo permetti.»

«E cosa ci posso fare?» domandò lei.

«A giudicare dai tuoi podcast, a me sembra che siano davvero poche le cose che non puoi fare.»

«Non ho trovato Jamie.» Si tormentò le unghie. «E ora la gente crede che in realtà non sia scomparso, che abbia montato tutto io. Che sia una bugiarda e una brutta persona e...»

«Ti importa?» chiese Charlie. «Ti importa di quello che pensano le persone, se sai di avere ragione?»

Lei non rispose subito, le parole le ridiscesero lungo la gola. Perché le importava? Stava per dire che non le importava affatto, ma non era sempre stato quello, il sentimento che le covava in fondo allo stomaco? Quella voragine che era cresciuta nell'arco degli ultimi sei mesi? Senso di colpa per quello che aveva fatto la prima volta, per la morte del suo cane, per non essere stata brava, per aver messo in pericolo la propria famiglia e aver letto ogni giorno la delusione nello sguardo di sua madre. Per i segreti che stava serbando per proteggere Cara e Naomi. Lei *era* una bugiarda, quella parte era vera.

E ancora peggio, per sentirsi meglio con la sua coscienza, aveva detto che quella persona non era lei e che non lo sarebbe diventata mai più. Che ora era diversa... buona. Che l'ultima volta si era quasi smarrita e non sarebbe successo di nuovo. Ma non era vero, giusto? Non si era smarrita, forse in realtà si era trovata per la prima volta in vita sua. Ed era stanca di sentirsi in colpa per questo. Stanca di provare vergogna per ciò che era. Scommetteva che Max Hastings non aveva mai provato vergogna un solo giorno in tutta la sua vita.

«Hai ragione» rispose. E mentre si raddrizzava, mentre rilassava, si rese conto che quella voragine nel suo stomaco, quella che la ingoiava dal di dentro, stava cominciando a scomparire. A riempirsi fino a non esserci quasi più. «Forse non devo essere buona e brava, o il significato che gli altri danno a questi termini. E forse non devo piacere per forza.» Si voltò verso di lui, i movimenti rapidi e leggeri nonostante i vestiti intrisi d'acqua. «'Fanculo al dover piacere. Sai chi è che piace? Gente come Max Hastings che entra in un tribunale con gli occhiali finti e usa il suo fascino per tirarsene fuori. Io non voglio essere così.»

«Allora non esserlo» ribatté Charlie. «E non rinunciare a causa sua. Può darsi che la vita di una persona dipenda da te. E io so che puoi trovarlo, trovare Jamie.» Si girò e le sorrise. «Gli altri magari non credono in te ma, per quel che vale, il tuo vicino, a quattro porte di distanza, sì.»

Sentì che sul volto le sbocciava un sorriso. Piccolo, che svanì dopo un istante, ma reale. E sincero. «Grazie, Charlie.» Aveva bisogno di sentirsi dire quelle cose. Tutte quante. Forse non sarebbe stata ad ascoltare se gliele avesse dette qualcuno a lei vicino. C'era stata troppa rabbia, troppo senso di colpa, troppe voci. Ma ora era in ascolto. «Grazie.» Era sincera. E anche la voce nella sua testa lo ringraziò.

«Figurati.»

Pip si alzò, uscì sotto il diluvio e sollevò lo sguardo alla luna, la cui luce baluginava al di là della cortina di pioggia. «Devo andare a fare una cosa.»

Trentatré

Pip sedeva in macchina, a metà di Tudor Lane. Non proprio davanti a casa di lui, giusto un poco più avanti, perché nessuno la vedesse. Le dita sul telefono, fece ripartire un'ultima volta la clip audio.

"Max, a un calamity party di marzo 2012 hai drogato e stuprato Becca Bell?"

"Cosa? No, cazzo, certo che no."

"MAX, non mentirmi o giuro su Dio che ti rovino! Hai messo del Roipnol nel drink di Becca e hai fatto sesso con lei?"

"Sì, ma, cioè... non fu uno stupro. Lei non disse di no."

"Perché l'avevi drogata, schifoso pezzo di merda. Non hai idea di quello che hai fatto."

Le fischiarono le orecchie nel tentativo di scacciare la voce di lui e ascoltare la propria. Bene e male non avevano importanza. C'erano solo vincitori. E lui avrebbe vinto soltanto se lei glielo avesse permesso. Era questa la giustizia.

Perciò lo fece.

Premette invio, caricando l'audio di quella telefonata sul proprio sito, riportandolo sull'account Twitter del podcast. A commento scrisse: *Ultimo aggiornamento dal processo a Max Hastings. Non mi importa cosa crede la giuria: è colpevole.*

Era fatta, era pubblico.

Non si poteva tornare indietro adesso. Lei era così, e così andava bene.

Fece cadere il cellulare sul sedile del passeggero e prese il barattolo di vernice che aveva sottratto dal garage, infilandosi il pennello nella tasca posteriore. Aprì la portiera, recuperando l'ultimo strumento, il martello della cassetta degli attrezzi di suo padre, prima di scendere in silenzio dall'auto.

Camminò lungo la strada, superando una casa, due, tre, quattro fino a fermarsi e alzare lo sguardo su quella enorme della famiglia Hastings, con il portone d'ingresso dipinto di bianco. Erano tutti fuori, alla loro cena elegante al Savoy. C'era solo Pip, davanti alla loro casa vuota.

Su per il vialetto, oltre la grossa quercia, si fermò di fronte alla porta. Posò a terra il barattolo di vernice, chinandosi per usare l'estremità del martello per forzare il coperchio. Era mezzo pieno, la tinta di un verde opaco. Prese il pennello e lo intinse, facendo poi defluire il colore in eccesso.

Non poteva tornare indietro. Fece un unico respiro profondo e poi un passo avanti, premendo il pennello contro il portone. Cominciò in alto, su e giù, accovacciandosi per ricaricare il pennello di vernice quando questa si asciugava.

Le lettere erano tremolanti, sgocciolanti, partivano dalla porta e raggiungevano i mattoni chiari ai lati. Ripassò le parole, per farle più cariche, più scure, e quando ebbe finito fece cadere il pennello sul vialetto, dove comparve una piccola chiazza di colore. Prese il martello, se lo rigirò tra le dita, sentendone il peso nelle mani.

Passò al lato sinistro della casa, fino alla finestra che vi si apriva. Preparò il braccio e il martello, tenendolo a distanza. Poi lo abbatté con forza contro il vetro.

Andò in pezzi. Una tempesta di schegge si riversò dentro e fuori, come glitter, come pioggia, ricoprendole le scarpe. Strinse la presa sul martello, facendo scricchiolare il vetro sotto i piedi, e si avvicinò alla finestra successiva. Arretrò e la mandò in pezzi, il rumore del vetro tintinnante coperto dalla pioggia. E poi la finestra dopo. Primo colpo, crepe. Secondo colpo, in mille pezzi. Oltre il portone d'ingresso e le parole che vi aveva dipinto, fino alle finestre del lato opposto. Una. Due. Tre. Finché tutte le sei finestre sul davanti della casa non furono distrutte. Sfondate. Esposte.

Ripercorrendo il vialetto, Pip aveva il respiro pesante, il braccio destro le faceva male. Aveva i capelli arruffati e bagnati, che le sferzarono il viso quando alzò lo sguardo sulla distruzione che aveva provocato. La sua distruzione.

E dipinte sul portone, dello stesso verde bosco del nuovo steccato del giardino degli Amobi, c'erano le parole:

STUPRATORE
NON MI SFUGGIRAI

Pip le lesse e le rilesse; studiò ciò che aveva fatto.

E scavò, dentro di sé, sotto la pelle, ma non riuscì a trovarlo: l'urlo non c'era più, non l'aspettava più. L'aveva sconfitto.

Puoi uscire? gli scrisse, la pioggia che batteva contro lo schermo, il cellulare che non riconosceva più il suo dito.

Sì, comparve pochi secondi dopo sotto il suo messaggio.

Osservò da fuori la luce accendersi in camera di Ravi, e per un attimo le tendine ebbero un tremito.

Pip lo seguì: nella finestra centrale del piano superiore si accese la luce del corridoio, e poi quella dell'ingresso al piano terra, che illuminò il vetro del portone. Spezzato ora dalla sagoma di Ravi che si avvicinava.

Il portone si aprì ed eccolo, in piedi controluce, con indosso solo una maglietta bianca e pantaloncini blu scuro. Guardò lei, poi la pioggia nel cielo, e uscì, a piedi nudi, sciaguattando sul vialetto.

«Bella serata» commentò, stringendo gli occhi per proteggerli dalle goccioline che gli scorrevano sul viso.

«Scusa.» Pip lo guardò, i capelli incollati al viso in lunghe ciocche scure. «Scusa se me la sono presa con te.»

«Non ti preoccupare» rispose lui.

«Invece sì.» Scosse la testa. «Non avevo alcun diritto di arrabbiarmi con te. Penso che ce l'avessi con me stessa, più che altro. E non solo per tutto quello che è successo oggi. Cioè, sì, per quello, ma anche perché sto mentendo a me stessa da un po', ormai, cercando di staccarmi dalla persona che aveva sviluppato l'ossessione di trovare l'assassino di Andie Bell. Di convincere tutti gli altri che io non sono veramente così, per poi convincere me stessa. Ma ora penso di essere *davvero* così. E forse sono egoista, forse sono una bugiarda, forse sono un'incosciente ossessiva, mi sta bene fare cose brutte se sono io a farle, e forse sono un'ipocrita, e forse niente di tutto questo è un bene, ma mi fa stare bene. Mi fa sentire me stessa, e io spero che a te tutto questo vada bene perché... ti amo anche io.»

Aveva a malapena finito di parlare che le mani di Ravi le furono sul viso, a incorniciarglielo, il pollice che le asciugava la pioggia dalle labbra. Spostò le dita per sollevarle il mento e poi la baciò. Con violenza e a lungo, i volti bagnati l'uno contro l'altro, mentre entrambi cercavano di soffocare un sorriso.

Ma alla fine il sorriso ebbe la meglio, e Ravi si ritrasse. «Avresti semplicemente dovuto chiederlo a me. Io so esattamente chi sei. E amo questa persona. Amo te. Ah, a proposito, l'ho detto io per primo.»

«Già, mentre eri arrabbiato» rispose Pip.

«Ah, quello è solo perché sono pensieroso e misterioso.» Arricciò le labbra e fece uno sguardo troppo serio.

«Ehm, Ravi?»

«Sì, ehm, Pip?»

«Devo dirti una cosa. Una cosa che ho appena fatto.»

«Che cos'hai fatto?» Abbandonò la sua espressione di finta serietà per una che seria era davvero. «Pip, cos'hai appena fatto?»

VENERDÌ
Scomparso da sette giorni

Trentaquattro

La sveglia suonò alla solita ora, squillando dal comodino.

Pip sbadigliò, mise un piede fuori dal piumone. Poi si ricordò che era sospesa, perciò rimise dentro il piede e si allungò a spegnere la sveglia.

Ma anche con un occhio mezzo addormentato vide il messaggio che l'aspettava sul telefono. Ricevuto sette minuti prima, da Nat Da Silva.

Ciao, sono Nat. Devo farti vedere una cosa. Riguarda Jamie. E Layla Mead.

Aveva ancora gli occhi sigillati per il sonno, ma si mise a sedere e calciò via il piumone. I jeans erano fradici dalla sera precedente, ma li indossò insieme a una maglietta bianca a maniche lunghe presa dalla cima del cesto della biancheria: probabilmente poteva essere usata ancora una volta.

Stava lottando con la spazzola contro i capelli arruffati dalla pioggia quando la mamma entrò a salutarla prima di uscire per andare al lavoro.

«Porto Josh a scuola» disse.

«Ok.» Pip trasalì quando il pettine si impigliò in un nodo. «Buona giornata.»

«Dobbiamo parlare seriamente di cosa ti succede, questo weekend.» La mamma aveva lo sguardo severo, ma la sua voce cercava di essere gentile. «So che sei sotto pressione, ma eravamo d'accordo che questa volta non sarebbe successo.»

«Nessuna pressione, non più» rispose Pip, sciogliendo il nodo. «E mi dispiace di essere stata sospesa.» Non era vero, proprio per niente. Ant se l'era meritato, per quel che la riguardava. Ma se era questo che la mamma voleva sentirsi dire per lasciarla in pace, allora viva le bugie. La mamma aveva le migliori intenzioni, Pip lo sapeva, ma in quel momento quelle migliori intenzioni le avrebbero solo messo i bastoni tra le ruote.

«Non ti preoccupare, tesoro» rispose. «So che il verdetto dev'essere stato un brutto colpo. Oltre a tutta la storia di Jamie Reynolds. Forse è meglio se oggi resti a casa, e studi un po'. Un briciolo di normalità.»

«Ok, ci provo.»

Pip rimase in attesa sulla soglia della camera, tendendo l'orecchio. La mamma che diceva a Josh di mettersi le scarpe nel piede giusto e che lo faceva uscire. Il rumore dell'auto, le ruote sul vialetto. Diede loro un vantaggio di tre minuti, poi uscì anche lei.

Il viso di Nat apparve nella fessura della porta, gli occhi gonfi, i capelli bianchi raccolti, separati dove le dita li avevano attraversati.

«Oh, sei tu» disse, aprendo del tutto la porta.

«Ho visto il tuo messaggio» spiegò Pip, sentendo una stretta al petto nell'incrociare lo sguardo di Nat.

«Già.» Fece un passo indietro. «Dovresti, ehm, dovresti

entrare.» Fece passare Pip oltre la soglia, prima di chiudere il portone e guidarla lungo il corridoio fino in cucina. Non era mai stata invitata all'interno di quella casa.

Nat si sedette al piccolo tavolo, facendo cenno a Pip di accomodarsi davanti a lei. Pip lo fece, sedendosi a disagio sul bordo. In attesa, l'atmosfera tesa tra di loro.

Nat si schiarì la gola, si strofinò un occhio. «Mio fratello stamattina mi ha detto una cosa. Ha detto che la casa di Max Hastings stanotte è stata vandalizzata e che qualcuno ha dipinto la scritta *Stupratore* sulla porta.»

«Oh... d-davvero?» fece Pip, deglutendo.

«Già. Ma a quanto pare non sanno chi sia stato, non ci sono testimoni né altro.»

«Oh, che... che peccato» tossì Pip.

Nat la studiò apertamente, con qualcosa di diverso, di nuovo, nello sguardo. E Pip capì che sapeva.

Poi accadde qualcos'altro. Nat allungò una mano sul tavolo e prese quella di Pip. La tenne stretta.

«E ho visto che hai caricato quel file audio» disse, muovendo la mano nella sua. «Finirai nei guai per questo, vero?»

«Probabilmente sì» ammise Pip.

«So cosa vuol dire» disse Nat. «Quella rabbia. Come se volessi dare fuoco al mondo e guardarlo bruciare.»

«Qualcosa del genere.»

Nat strinse la presa sulla mano di Pip e poi la lasciò andare, posando la propria sul tavolo. «Penso che siamo molto simili, tu e io. Prima non l'avevo capito. Volevo odiarti tantissimo, davvero. Un tempo odiavo Andie Bell così. Per un po' ho avuto l'impressione che fosse la sola cosa che avessi. E sai perché volevo odiarti così tanto? A parte per essere una rompicoglioni?» Tamburellò con le dita sul tavolo. «Ho ascoltato il tuo podcast, e questo mi ha fatto odiare Andie molto meno. In realtà mi è dispiaciuto per lei, perciò ho odiato te ancora di più, al suo posto. Ma penso di aver sempre odiato le persone sbagliate.» Tirò su col naso e fece un piccolo sorriso. «Tu sei a posto» disse.

«Grazie» rispose Pip, mentre il sorriso di Nat si trasferiva sul suo volto e usciva dalla finestra aperta.

«E avevi ragione.» Nat si tormentò le unghie. «Su Luke.»

«Il tuo ragazzo?»

«Non più. Cioè, lui ancora non lo sa.» Rise, ma senza allegria.

«Su cosa avevo ragione?»

«Su quello che hai notato quando ci hai chiesto dove fossimo la notte che Jamie è scomparso. Luke ha detto che era rimasto a casa tutta la sera, da solo.» Fece una pausa. «Mentiva, avevi ragione.»

«Gli hai chiesto dove fosse?» domandò Pip.

«No. A Luke non piacciono le domande.» Nat si sistemò meglio sulla sedia. «Ma quando Jamie non si è fatto vedere, e visto che ignorava le mie chiamate, sono andata da Luke per stare con lui. Non c'era. E nemmeno la sua macchina.»

«Che ora era?»

«Circa mezzanotte. Allora sono tornata a casa.»

«Quindi non sai dove fosse?» Pip si chinò in avanti, i gomiti sul tavolo.

«Ora lo so.» Nat ritrasse una mano per prendere il telefono, posandolo sul tavolo. «Ieri sera pensavo a quello che hai detto, che forse Luke aveva qualcosa a che fare con la scomparsa di Jamie. Allora io, ehm, ho sbirciato nel suo cellulare mentre dormiva. Ho letto i suoi messaggi Whats-

App. Si sente con una ragazza.» Rise di nuovo, una risata piccola e vuota. «Si chiama Layla Mead.»

Pip sentì che quel nome le si arrampicava sulla pelle, risalendole la spina dorsale, di vertebra in vertebra.

«Hai detto che anche Jamie si sentiva con lei» proseguì Nat. «Sono rimasta sveglia fino alle quattro, ad ascoltare i tuoi due episodi. Tu non sai chi sia Layla, ma Luke sì.» Si passò le dita tra i capelli. «Ecco dov'era, la notte che Jamie è scomparso. Si è visto con Layla.»

«Sul serio?»

«È quello che dicono i suoi messaggi. Si sentono da diverse settimane, sono tornata indietro e li ho letti tutti. Sembra che si siano conosciuti su Tinder, quindi ottimo per me. E i messaggi sono... insomma, espliciti. Di nuovo ottimo per me. Ma non si erano mai incontrati, non fino a venerdì sera. Ecco.» Sbloccò il cellulare, aprendo la galleria. «Ho fatto due screenshot e me li sono inviati sul telefono. Stavo già pensando di farteli vedere perché, insomma... sei tornata, quindi non ero più per forza da sola. E quando ho sentito della casa di Max ho deciso di scriverti. Guarda.» Passò il cellulare nelle mani frementi di Pip.

Il suo sguardo scivolò sul primo screenshot: i messaggi di Luke sulla destra, in box verdi, quelli di Layla a sinistra, in box bianchi.

Ti penso...

Sì? Ti penso anche io.

> Niente di buono spero :)

> Mi conosci.

> Mi piacerebbe.
> Non voglio più aspettare.
> Ci vediamo stasera?

> D'accordo, dove?

> Parcheggio di Lodge Wood.

Pip trasalì nel leggere quest'ultimo messaggio. Il parcheggio di Lodge Wood. La sua squadra di ricerca l'aveva passato al setaccio mercoledì. Ricadeva nella loro zona.

Alzò in fretta lo sguardo su Nat prima di passare al secondo screenshot.

> Un parcheggio?

> Non avrò granché addosso...

> Quando?

> Vieni subito.

Poi, dieci minuti dopo, alle 23.58:

> Stai arrivando?

> Ci sono quasi.

E poi, molto più tardi, a mezzanotte e quarantuno, da Luke:

> Che cazzo, ma io ti uccido.

Lo sguardo di Pip volò su Nat.
«Lo so» disse, annuendo. «Niente più messaggi da nessuno dei due dopo questo. Ma lui sa chi è Layla, e tu pensi che lei abbia qualcosa a che fare con Jamie?»
«Sì, esatto» rispose Pip, restituendo il cellulare a Nat lungo il tavolo. «Penso che abbia tutto a che fare con Jamie.»
«Ho bisogno che tu lo trovi» disse Nat, e ora aveva un tremito al labbro che prima non c'era, uno scintillio negli occhi secchi. «Jamie, lui... è molto importante per me. E io... io ho bisogno che stia bene.»
Fu Pip ad allungare la mano lungo il tavolo ora, per prendere quella di Nat, il pollice sospeso sopra le creste e gli incavi delle sue nocche. «Ci sto provando» disse.

Trentacinque

Ravi era inquieto, si muoveva troppo, agitando l'aria accanto a lei mentre camminavano.

«Quanta paura fa questo tizio, hai detto?» chiese, infilando le dita nella tasca della giacca di Pip, agganciandosi a lei.

«Abbastanza» rispose.

«Ed è uno spacciatore.»

«Penso che sia molto di più» spiegò lei, quando svoltarono in Beacon Close.

«Oh, bene» commentò Ravi. «Il capo di Howie. Vogliamo ricattare anche lui?»

Pip si strinse nelle spalle e fece una smorfia. «Qualsiasi cosa funzioni.»

«Grande. Fantastico» disse Ravi. «Mi piace davvero questo nuovo motto, va bene per tutte le situazioni. Sì. Figo. Va tutto bene. Qual è la casa?»

«Il 13.» Pip indicò la casa con la BMW bianca parcheggiata all'esterno.

«13?» Ravi la guardò socchiudendo gli occhi. «Oh, favoloso. Un altro buon segno, eh?»

«13» disse Pip, soffocando un sorriso e dandogli due colpetti sulla schiena mentre percorrevano il vialetto accanto alla macchina, quella che avevano inseguito mercoledì notte. Pip la guardò, e poi guardò Ravi, prima di premere un dito sul campanello. Il suono fu acuto e stridulo.

«Scommetto che tutti temono il giorno in cui Pip Fitz-Amobi busserà alla loro porta» sussurrò Ravi.

Il portone si aprì di scatto e si trovarono davanti Luke Eaton, che indossava gli stessi pantaloncini da basket neri e una maglietta grigia che faceva a pugni con il colore dei tatuaggi che gli risalivano la pallida pelle del collo.

«Ciao. Di nuovo» aggiunse scontroso. «Cosa c'è questa volta?»

«Dobbiamo farti delle domande, su Jamie Reynolds» disse Pip, facendosi più alta che poteva.

«Peccato» rispose Luke, grattandosi una gamba con il piede dell'altra. «Non mi piacciono proprio, le domande.»

Sbatté forte una mano contro la porta.

«No, io...» disse Pip, ma era troppo tardi. La porta si richiuse con violenza prima che le sue parole potessero farvi breccia. «Merda» disse a voce alta, con l'impulso di prendere a pugni il portone.

«Non pensavo avrebbe parlato...» Ma Ravi non finì la frase quando vide che Pip si accucciava accanto alla porta, infilando le dita nella cassetta delle lettere per tenerla aperta. «Che cosa fai?»

Lei avvicinò il viso e urlò attraverso la piccola apertura rettangolare. «So che Jamie ti doveva dei soldi quando è scomparso. Se parli con noi ti restituisco le novecento sterline che ti deve!»

Si raddrizzò, e la cassetta si chiuse con un clangore metallico. Ravi la guardò socchiudendo gli occhi, arrabbiato, sillabando: «Ma che cavolo!».

Pip però non ebbe il tempo di spiegargli, perché Luke stava riaprendo la porta, muovendo la mascella mentre studiava una risposta.

«Tutte quante?» disse facendo schioccare la lingua.

«Sì.» Pip rispose di getto, in un sussurro ma con tono fermo. «Tutte e novecento. Te le porto la settimana prossima.»

«In contanti» fece lui, fissandola negli occhi.

«Sì, ok» annuì lei, «entro la fine della settimana prossima.»

«Bene.» Spalancò del tutto la porta. «Abbiamo un accordo, Sherlock.»

Pip varcò la soglia, sentendo che Ravi la seguiva, e Luke la richiuse, sigillandoli tutti dentro quel corridoio troppo stretto, poi li sorpassò, sfiorando con il braccio quello di Pip, e lei non capì se l'avesse fatto apposta o meno.

«Qui dentro» berciò da dietro la spalla, facendoli entrare in cucina.

C'erano quattro sedie, ma nessuno si accomodò. Luke si appoggiò al ripiano, le ginocchia piegate con noncuranza, le braccia tatuate aperte a sostenerlo. Pip e Ravi rimasero vicini, sulla soglia, le dita dei piedi in cucina, i talloni nel corridoio.

Luke aprì la bocca per parlare ma Pip non poteva permettergli di prendere il controllo della conversazione, perciò si affrettò a fargli la domanda per prima.

«Perché Jamie ti deve novecento sterline?»

Luke chinò la testa e sorrise, leccandosi gli incisivi.

«Ha qualcosa a che fare con la droga, l'ha comprata da...»

«No» rispose Luke. «Jamie mi doveva novecento sterline perché io gli ho prestato novecento sterline. È venuto da me non troppo tempo fa, alla ricerca disperata di soldi. Mi sa che Nat gli aveva accennato che a volte li presto. Perciò l'ho aiutato... con un alto tasso d'interesse, ovviamente» aggiunse con una cupa risata. «Gli ho detto che l'avrei conciato per le feste se tardava a restituirmeli, e poi quel cazzone sparisce. Comodo, eh?»

«Jamie ti ha detto per cosa gli servivano i soldi?» domandò Ravi.

Luke rivolse a lui la propria attenzione. «Non faccio domande alla gente perché non mi interessa.»

Ma la mente di Pip era saltata al quando, non al perché. La minaccia di Luke era un po' più grave di quello che lasciava intendere, qualcosa che Jamie avrebbe potuto considerare una questione di vita o di morte? Aveva chiesto a suo padre di prestargli il denaro, e poi aveva cercato di rubarlo dall'ufficio della madre di Pip, perché aveva paura di cosa gli avrebbe fatto Luke se non lo avesse ripagato in tempo?

«Quando hai prestato i soldi a Jamie?» chiese.

«Non lo so.» Luke si strinse nelle spalle, la lingua di nuovo tra i denti.

Pip fece due calcoli a mente. «È stato lunedì 9? Martedì 10? Prima?»

«No, dopo» rispose Luke. «Sono abbastanza sicuro che fosse un venerdì, perciò dev'essere stato tre settimane fa da oggi. Adesso è ufficialmente in ritardo.»

I pezzi dell'enigma si ricomposero nella mente di Pip: no, Jamie aveva preso in prestito il denaro *dopo* averlo chiesto a suo padre e aver cercato di rubare la carta di credito. Perciò rivolgersi a Luke doveva essere stata un'ultima spiaggia, e la questione di vita o di morte doveva essere qualcos'altro. Lanciò un'occhiata a Ravi e dal rapido movimento dei suoi occhi, avanti e indietro, capì che stava pensando la stessa cosa.

«Ok» disse Pip. «Ora devo chiederti di Layla Mead.»

«Ovviamente» rise Luke. Cosa c'era di divertente?
«Ti sei visto con Layla venerdì scorso, verso mezzanotte.»
«Sì, esatto» rispose lui, apparendo per un attimo preso in contropiede, tamburellando poi con le dita sul ripiano della cucina, e il rumore controbilanciò i battiti del cuore di Pip.
«E sai chi è in realtà.»
«Sì, lo so.»
«Chi è?» chiese Pip, con voce disperata, tradendosi.
Luke sorrise, mostrando troppi denti.
«Layla Mead *è* Jamie.»

Trentasei

«Cosa?» esclamarono Pip e Ravi all'unisono, cercandosi a vicenda con lo sguardo.

Pip scosse la testa. «Non è possibile» disse.

«Be', invece sì.» Luke fece un sorrisetto, si stava godendo il loro shock. «Mi stavo scrivendo con Layla quella sera, ho accettato di vederla al parcheggio di Lodge Wood e chi c'era lì ad aspettarmi? Jamie Reynolds.»

«M-ma, ma...» Il cervello di Pip era bloccato. «Hai visto Jamie? Lo hai visto, subito dopo mezzanotte?» In quell'esatto momento, pensava, il battito cardiaco di Jamie aveva avuto una prima impennata.

«Sì. Chiaramente quel coglione del cazzo pensava di essere furbo, di fregarmi. Fingeva di essere una ragazza per ingannarmi. Forse lo ha fatto perché cercava di allontanare Nat da me, non lo so. Lo ucciderei se fosse ancora qui.»

«Cos'è successo?» chiese Ravi. «Cos'è successo nel parcheggio, con Jamie?»

«Niente di che» rispose Luke, passandosi una mano sulla testa quasi rasata. «Sono uscito dall'auto, ho chiamato il nome di Layla e al suo posto dagli alberi è spuntato Jamie.»

«E?» incalzò Pip. «Cos'è successo, avete parlato?»

«Non proprio. Si comportava in modo strano, come se fosse spaventato, e faceva bene a esserlo, a prendermi per il culo così.» Luke si leccò di nuovo i denti. «Aveva entrambe le mani in tasca. Mi ha detto solo poche parole.»

«Quali?» dissero Ravi e Pip nuovamente all'unisono.

«Non mi ricordo esattamente quali, una roba strana. Tipo piccolo bru-qualcosa. Forse *broomstick*, piccolo *broomstick*, non lo so, non ho sentito benissimo. E dopo averle dette si è messo a fissarmi, come in attesa di una reazione» disse Luke. «Perciò ovviamente io ho pensato: "Ma che cazzo...?". E quando l'ho detto Jamie si è voltato ed è scappato via, senza dire altro. L'ho inseguito, l'avrei ucciso se l'avessi raggiunto, ma era buio, l'ho perso tra gli alberi.»

«E?» insistette Pip.

«E niente.» Luke si raddrizzò, facendo scrocchiare le ossa del collo tatuato di grigio. «Non l'ho trovato. Sono tornato a casa. Poi Jamie scompare. Perciò io penso che qualcun altro che stava prendendo per il culo deve averlo beccato. Qualsiasi cosa gli sia successa se l'è meritata. Ciccione del cazzo.»

«Ma Jamie è andato alla fattoria abbandonata, subito dopo averti visto» disse Pip. «So che usi quel posto per recuperare i tuoi, ehm, attrezzi del mestiere. Perché Jamie ci sarebbe dovuto andare?»

«Non lo so. Non ero lì quella sera. Ma è un posto isolato, nascosto, il migliore in città per fare affari in privato. A parte che ora devo trovarne uno nuovo per le consegne, grazie a voi» ringhiò.

«È...» cominciò Pip, ma il resto della frase morì prima ancora che lei potesse capire cosa stava per dire.

«Questo è tutto quello che so su Layla Mead, su Jamie.» Luke piegò la testa e alzò il braccio, indicando il corridoio alle loro spalle. «Ora potete andare.»

Non si mossero.

«Subito» disse lui, a voce più alta. «Ho da fare.»

«Ok» rispose Pip, voltandosi per uscire e dicendo con gli occhi a Ravi di fare lo stesso.

«Una settimana da oggi» le gridò dietro Luke. «Voglio i miei soldi per venerdì prossimo, e non mi piace dover aspettare.»

«Capito» replicò Pip, dopo aver fatto due passi. Ma poi il pensiero che le aleggiava in frammenti nella mente si riformò, si completò, e Pip tornò indietro. «Luke, tu hai ventinove anni?» chiese.

«Già.» Abbassò le sopracciglia, che si toccarono sopra al naso.

«E tra poco ne compi trenta?»

«Tra un paio di mesi. Perché?»

«Così.» Scosse la testa. «Giovedì. Avrò i soldi.» Tornò in corridoio e uscì dalla porta che Ravi le stava tenendo aperta, con uno sguardo ansioso negli occhi.

«Sei impazzita?» esclamò, quando la porta si fu completamente richiusa alle loro spalle. «Dove le trovi novecento sterline, Pip? È chiaramente un tizio pericoloso, non puoi andartene in giro così e...»

«Mi sa che dovrò accettare una di quelle proposte di sponsorizzazione. Il prima possibile» rispose Pip, osservando le linee che il sole dipingeva sull'auto bianca di Luke.

«Prima o poi mi farai venire un infarto» disse Ravi, prendendole la mano e facendole girare l'angolo. «Jamie non può essere Layla, giusto? Giusto?»

«No» ribatté Pip prima ancora di averci riflettuto. E poi, dopo averlo fatto: «No, non può. Ho letto i loro messaggi. E tutta la storia con Stella Chapman. Jamie era al telefono con Layla fuori dal calamity party: stava parlando con una persona reale».

«Be', allora forse Layla ha mandato lì Jamie, a incontrare Luke?» domandò lui.

«Già, forse. Forse è di questo che parlavano al telefono. E Jamie doveva avere con sé il coltello quando ha incontrato Luke, probabilmente nella tasca della felpa.»

«Perché?» Un'espressione confusa si dipinse sul volto di Ravi. «Non ha alcun senso. E che cavolo vuol dire "piccolo bru-qualcosa"? Luke ci sta prendendo in giro?»

«Non mi sembra il tipo. E ricordati, anche George ha sentito Jamie ripetere più volte al telefono "piccolo".»

Si diressero verso la stazione, dove Pip aveva parcheggiato la macchina in modo che la mamma non la vedesse se passava per la High Street.

«Perché gli hai chiesto l'età?» disse Ravi. «Vuoi sostituirmi con un modello più anziano?»

«Ormai non può più essere una coincidenza» rispose lei, più a se stessa che a Ravi. «Adam Clark, Daniel Da Silva, Luke Eaton, e perfino Jamie – solo perché aveva mentito sull'età –, ogni persona con cui Layla ha parlato ha ventinove anni o trenta appena compiuti. E inoltre sono tutti ragazzi bianchi, dai capelli castani, che vivono nella stessa città.»

«Già» concordò Ravi. «Dunque è questo il tipo di Layla. Un tipo molto, *molto* specifico.»

«Non so.» Pip abbassò lo sguardo sulle scarpe da ginnastica, ancora fradicie dalla notte precedente. «Tutte queste somiglianze, tutte quelle domande. È come se Layla stesse cercando qualcuno. Una persona nello specifico, ma non sapesse chi.»

Pip guardò Ravi, ma lo sguardo le scivolò oltre, su una persona in piedi proprio lì, dall'altra parte della strada. Fuori dal nuovo bar che aveva appena aperto. Linda giacca nera, capelli biondi e arruffati che gli ricadevano sugli occhi. Zigomi affilati, appuntiti.

Era tornato.

Max Hastings.

Era lì con due tizi che Pip non conosceva, a parlare e ridere per strada.

Pip si sentì svuotata e ricolmata da un sentimento nero e gelido, rosso e bruciante. Smise di camminare e rimase a fissarlo.

Come osava? Come osava starsene lì, a ridere, in quella città? Là fuori, dove chiunque poteva vederlo?

Strinse le mani a pugno, affondando le unghie nel palmo di Ravi.

«Ahia!» Lui si divincolò e la guardò. «Pip, cos...?» Poi seguì il suo sguardo fino al lato opposto della via.

Max doveva averlo percepito, il suo sguardo, perché in quell'esatto momento alzò il proprio, sulla strada e le macchine che passavano lente. Su di lei. Dentro di lei. Strinse la bocca fino a formare una linea che si sollevava a un'estremità. Alzò un braccio, la mano aperta in un piccolo cenno di saluto, e la linea formata dalla sua bocca si tramutò in un sorriso.

Pip lo sentì crescere dentro di sé, sprizzare scintille, ma Ravi esplose per primo.

«Non guardarla!» gridò a Max da sopra le macchine. «Non ti azzardare a guardarla, capito?»

Per strada la gente si voltò a guardare. Borbottii. Volti alle finestre. Max abbassò il braccio, ma il sorriso non svanì dal suo volto nemmeno per un istante.

«Andiamo» fece Ravi, riprendendo Pip per mano. «Andiamocene da qui.»

Ravi era sdraiato sul letto di Pip, e lanciava in aria un paio di calzini di lei, appallottolati, per poi riprenderli al volo. Lanciare le cose lo aiutava a riflettere.

Pip era alla scrivania, il portatile spento di fronte a sé, e affondava le dita nella piccola ciotola di puntine, lasciando che la graffiassero.

«Ancora una volta» disse Ravi, seguendo con gli occhi i calzini volare fin sul soffitto e giù nella sua mano.

Pip si schiarì la voce. «Jamie va a piedi fino al parcheggio di Lodge Wood. Si è portato il coltello da casa. È nervoso, spaventato, ce lo dice il suo battito cardiaco. È possibile che sia stata Layla a organizzare tutto, ha detto a Luke di farsi trovare lì. Non sappiamo perché. Jamie dice a Luke due parole, aspetta una sua reazione e poi scappa. A quel punto va alla fattoria abbandonata. Il suo battito cardiaco accelera ancora di più. È ancora più spaventato, e il coltello chissà come finisce nell'erba accanto agli alberi. E il Fitbit di Jamie si stacca, o si rompe o...»

«O il suo cuore smette di battere.» Lancio, presa.

«E poi il suo telefono si spegne pochi minuti dopo e non si accende più» terminò Pip, abbassando la testa in modo che le mani ne sostenessero il peso.

«Be'» cominciò Ravi, «Luke non è stato esattamente discreto in merito al fatto che vorrebbe uccidere Jamie perché pensa che sia stato lui a fare catfishing. Non è possibile che abbia seguito Jamie alla fattoria?»

«Se fosse stato Luke a fare del male a Jamie non penso avrebbe parlato con noi, nemmeno per novecento sterline.»

«Giusto» concordò Ravi. «Ma all'inizio ha mentito, avrebbe potuto dire di aver visto Jamie la prima volta che hai parlato con lui e Nat.»

«Sì, ma... insomma, era uscito per tradire Nat, e Nat era lì, seduta nella stessa stanza insieme a noi. Inoltre secondo me non gli piace venire associato alle persone scomparse, visto di cosa si occupa.»

«Ok. Ma le parole che Jamie ha detto a Luke, quelle devono avere una certa importanza.» Ravi si mise a sedere, stringendo i calzini tra le mani. «Sono quelle la chiave.»

«Piccolo *broomstick*? Nel senso di "manico di scopa"?» Pip lo guardò scettica. «Non suonano proprio come una *chiave*.»

«Magari Luke ha sentito male. O magari hanno un altro significato che ancora non vediamo. Cerchiamole.» Indicò il portatile.

«Cercarle?»

«Vale la pena tentare, brontolona.»

«Bene.» Pip premette il pulsante d'accensione per risvegliare il computer. Selezionò Chrome, aprendo una nuova pagina Google. «Ok.»

Digitò *piccolo broom stick* e premette invio. «Sì, come sospettavo, un sacco di costumi di Halloween per streghe e giocatori di Quidditch. Non granché come aiuto.»

«Cosa intendeva Jamie?» si chiese Ravi a voce alta, tornando a lanciare in aria i calzini appallottolati. «Prova qualcosa di simile.»

«Mmm, va bene, ma ti avverto, non aprirò nessuna immagine strana» disse Pip, cancellando le parole e inserendo *piccolo vroom stick*. Premette invio e come primo risultato, come c'era da aspettarsi, comparve un sito di giochi per bambini, una pagina dal titolo *Le macchinine*. Ritentò con *piccolo broomstick*, tutto attaccato. «Visto, ti avevo detto che era inut...»

La parola le morì in gola, fermandosi lì mentre Pip sbarrava gli occhi. Subito sotto la barra di ricerca, Google le stava chiedendo: *Forse cercavi: Piccolo Brunswick.*

«Piccolo Brunswick.» Lo disse a voce bassa, saggiando le parole sulle labbra. Avevano un che di familiare, associate in quel modo.

«Cos'è?»

Ravi scese dal letto e le si avvicinò, mentre Pip selezionava il suggerimento di Google. La pagina dei risultati cambiò, sostituita da articoli dei maggiori quotidiani. Pip li scorse con lo sguardo.

«Ma certo» disse, osservando Ravi e cercando nei suoi occhi la stessa illuminazione che aveva appena avuto. Ma erano vuoti. «Piccolo Brunswick» spiegò «è il nome che la stampa ha dato al bambino coinvolto nel caso di Scott Brunswick.»

«Il caso di chi?» domandò lui, leggendo da sopra la sua spalla.

«Non hai ascoltato *nessuno* dei podcast di true crime che ho consigliato?» ribatté lei. «In pratica tutti quanti hanno analizzato questo caso, è uno dei più famigerati del Paese. È successo tipo vent'anni fa.» Alzò lo sguardo su Ravi. «Scott Brunswick era un serial killer. Uno prolifico. E obbligava suo figlio, il Piccolo Brunswick, ad aiutarlo ad attirare le vittime. Non ne hai davvero mai sentito parlare?»

Lui scosse la testa.

«Guarda, leggi questo» disse lei, aprendo uno degli articoli.

THE FIND-IT

HOME > TRUE CRIME > IL SERIAL KILLER PIÙ FAMIGERATO D'INGHILTERRA > SCOTT BRUNSWICK, "IL MOSTRO DI MARGATE"

di Oscar Stevens

Tra il 1998 e il 1999 la cittadina di Margate, nel Kent, fu colpita da una serie di terrificanti omicidi. Nel giro di appena tredici mesi scomparvero sette teenager: Jessica Moore di 18 anni, Evie French di 17, Edward Harrison di 17, Megan Keller di 18, Charlotte Long di 19, Patrick Evans di 17 ed Emily Nowell di 17. I loro resti carbonizzati furono poi ritrovati sepolti lungo la costa, tutti a meno di due chilometri l'uno dall'altro, e per ognuno di loro si determinò che la causa della morte fosse stata un trauma da corpo contundente. [1]

Emily Nowell, l'ultima vittima del Mostro di Margate, fu ritrovata tre settimane dopo la scomparsa, nel marzo 1999, ma ci sarebbero voluti altri due mesi perché la polizia identificasse l'assassino. [2]

Gli agenti si concentrarono su Scott Brunswick, un magazziniere quarantunenne che viveva a Margate da sempre. [3] Brunswick corrispondeva all'identikit realizzato dopo che un testimone aveva visto un uomo guidare a tarda notte nella zona dove poi erano stati trovati i corpi. [4] Anche il suo veicolo, un van della Toyota, corrispondeva alla descrizione del testimone. [5] La perquisizione in casa di Brunswick restituì i trofei che aveva tenuto di ognuna delle vittime: una delle loro calze. [6]

Ma c'erano pochissime prove concrete che lo legassero agli omicidi. [7] E quando il caso fu portato in tribunale, l'accusa basò tutto su prove circostanziali e su un testimone chiave: il figlio di Brunswick, che all'epoca dell'ultimo omicidio aveva 10 anni. [8] Brunswick, che viveva da solo con l'unico figlio, aveva usato quest'ultimo per commettere gli omicidi: dava istruzioni al bambino perché avvicinasse le potenziali vittime in luoghi pubblici – i giardinetti, un parco, una piscina pubblica, un centro commerciale – e le attirasse lontano, da sole, dove Brunswick le aspettava nel van per rapirle. [9] [10] Il bambino lo assisteva anche al momento dell'occultamento dei cadaveri. [11] [12]

Il processo a Scott Brunswick ebbe inizio nel settembre 2001 e il figlio – soprannominato dalla stampa dell'epoca Piccolo Brunswick –, che aveva ormai 13 anni, fornì la testimonianza essenziale per il verdetto unanime di colpevolezza. [13] Scott Brunswick fu condannato all'ergastolo. Ma appena sette settimane dopo la sentenza, nel carcere di massima sicurezza di Frankland, a Durham, fu ucciso a percosse da un altro detenuto. [14] [15]

Per il suo ruolo nei delitti, il Piccolo Brunswick fu condannato da un tribunale minorile a cinque anni di reclusione in un carcere per minori. [16] Quando compì 18 anni, una commissione per la libertà vigilata consigliò il suo rilascio e il suo inserimento all'interno di un programma di protezione testimoni. Al Piccolo Brunswick fu fornita una nuova identità e ai media fu imposta un'ingiunzione universale, per impedire che diffondessero dettagli su di lui e sulla sua nuova identità. [17] Il ministro degli Interni affermò che la decisione era motivata dal fatto che sussistevano rischi di "ritorsioni in forma di vendetta privata ai danni di questa persona qualora venisse rivelata la sua vera identità, a causa del ruolo da lei giocato negli orrendi crimini del padre". [18]

Trentasette

Connor li fissava entrambi, strizzando gli occhi, cosa che gli increspava la pelle sul naso spolverato di lentiggini, con uno sguardo sempre più cupo. Era arrivato subito, non appena Pip gli aveva scritto che aveva un aggiornamento urgente: era uscito da scuola nel bel mezzo di una lezione di biologia.

«Cosa volete dire?» chiese, agitandosi nervoso sulla sedia della scrivania di Pip.

Lei spiegò, con voce ferma: «Che, chiunque Layla Mead sia in realtà, pensiamo stia cercando il Piccolo Brunswick. E non solo perché Jamie lo ha nominato a Luke. Il Piccolo Brunswick aveva dieci anni all'epoca dell'ultimo omicidio, nel marzo 1999, e tredici nel settembre 2001, quando cominciò il processo. Questo significa che ora ne avrebbe ventinove o trenta appena compiuti. Ogni singola persona con cui Layla abbia parlato, compreso Jamie, all'inizio, perché aveva mentito sulla sua età, ha ventinove anni o ne ha appena compiuti trenta. E lei ha fatto loro un sacco di domande. Sta cercando di capire chi sia il Piccolo Brunswick, ne sono sicura. E per qualche motivo Layla crede che questa persona viva qui in città».

«Ma questo cosa ha a che fare con Jamie?» domandò Connor.

«Tutto» rispose Pip. «Io penso che sia coinvolto per via di Layla. Va a incontrare Luke Eaton, un incontro orchestrato da Layla, e gli dice le parole "Piccolo Brunswick", aspettandosi una reazione. Una reazione che Luke non ha.»

«Perché non è lui il Piccolo Brunswick?» tirò a indovinare Connor.

«No, non penso sia lui» confermò Pip.

«E poi...» intervenne Ravi «... noi sappiamo che dopo l'incontro con Luke, Jamie è andato subito alla fattoria abbandonata, ed è lì che è successo... qualsiasi cosa sia successa. Perciò sospettiamo che forse...» Lanciò un'occhiata a Pip. «Che forse è andato a incontrare qualcun altro. Qualcun altro che secondo Layla poteva essere il Piccolo Brunswick. E che questa persona... abbia reagito.»

«Chi? Chi altro c'è?» volle sapere Connor. «Daniel Da Silva o il signor Clark?»

«No.» Pip scosse la testa. «Cioè, sì, loro sono le altre due persone con cui sappiamo che Layla si sentiva. Ma uno è un agente di polizia e l'altro un insegnante. Il Piccolo Brunswick non potrebbe fare nessuno di questi due lavori e io credo che Layla l'abbia capito mentre ci parlava. Appena Adam Clark le ha detto che fa l'insegnante lei ha smesso di rispondergli, lo ha cancellato. Si tratta di qualcun altro.»

«Allora questo cosa significa?»

«Secondo me significa che se troviamo il Piccolo Brunswick» Pip si sistemò i capelli dietro le orecchie «troviamo Jamie.»

«È follia. Come accidenti possiamo riuscirci?» esclamò Connor.

«Facendo ricerche» rispose Pip, avvicinandosi il portatile sul piumone e mettendoselo in grembo. «Scopriamo tutto il possibile sul Piccolo Brunswick. E sul perché Layla Mead sia convinta che viva qui.»

«Cosa non facile visto che c'è un'ingiunzione universale che limita la pubblicazione di qualsiasi cosa su di lui» spiegò Ravi.

Lei e Ravi avevano già cominciato, mettendosi a leggere le prime paginate di articoli su internet, annotandosi tutti i dettagli che trovavano i quali, al momento, non andavano oltre l'età. Pip aveva stampato la foto segnaletica di Scott Brunswick, ma non somigliava a nessuno che conoscesse. Aveva la pelle pallida, la barba corta, rughe leggere, capelli e occhi castani: era un uomo qualsiasi. Nessun indizio del mostro che era stato nella realtà.

Pip tornò alle proprie ricerche e Ravi alle sue, e Connor li imitò usando il cellulare. Passarono altri dieci minuti prima che uno dei tre parlasse.

«Trovato qualcosa» annunciò Ravi, «nei commenti anonimi a uno di questi vecchi articoli. Voci mai confermate che nel dicembre 2009 il Piccolo Brunswick vivesse nel Devon e avesse rivelato la propria vera identità a un'amica che non viene nominata. Lei lo disse in giro, così lui fu costretto a spostarsi per il Paese e ad assumere un'altra nuova identità. Un sacco di gente si lamenta nelle risposte dello *spreco del denaro dei contribuenti*.»

«Scrivi tutto» disse Pip, leggendo un altro articolo ancora che era in sostanza solo una versione riformulata con parole diverse del primo.

Fu lei a trovare qualcosa poi, e lesse dallo schermo: «Dicembre 2014, un uomo di Liverpool è stato condannato a nove mesi di carcere (condanna poi sospesa) per aver pubblicato delle foto che, sosteneva, fossero del Piccolo Brunswick da adulto». Fece un respiro profondo. «Erano false e il procuratore generale ha espresso la propria preoccupazione, chiarendo che l'ordinanza in essere non serve a proteggere soltanto il Piccolo Brunswick, ma anche persone qualunque che potrebbero essere erroneamente scambiate per lui e di conseguenza messe in pericolo.»

Non troppo tempo dopo Ravi si alzò dal letto, sbilanciandola. Passò le dita tra i capelli di Pip prima di scendere di sotto a preparare dei panini per tutti.

«Niente di nuovo?» chiese quando fu di ritorno, porgendo i piatti a Pip e a Connor. Aveva già dato due morsi al suo panino.

«Connor ha trovato qualcosa» disse Pip, scorrendo un'altra pagina di risultati della ricerca *Piccolo Brunswick Little Kilton*. Le prime pagine erano dell'anno precedente e riguardavano lei, la "piccola detective di Little Kilton" che aveva risolto il caso di Andie Bell.

«Già» confermò Connor, smettendo di mordersi il labbro per parlare. «Tra i commenti al podcast che ha raccontato del caso, qualcuno scrive che ha sentito dire che il Piccolo Brunswick vive a Dartford. Pubblicato pochi anni fa.»

«Dartford?» chiese Ravi, risistemandosi il portatile in grembo. «Stavo appunto leggendo di un uomo di Dartford che si è suicidato dopo che alcuni gruppi online hanno sparso voci false che dicevano che il Piccolo Brunswick era lui.»

«Oh, probabilmente il commento che ha trovato Connor si riferiva a lui» disse Pip, annotandosi l'informazione e tornando alla propria ricerca. Era ormai alla nona pagina di risultati di Google, e cliccò sul terzo link dall'alto, un post di 4Chan che riassumeva in breve il caso e terminava con la frase: *E il Piccolo Brunswick è là fuori in questo momento, potreste averlo incrociato per caso senza saperlo.*

I commenti sottostanti erano vari. La maggior parte

conteneva violente minacce su quel che avrebbero voluto fare al Piccolo Brunswick se mai l'avessero trovato. Un paio di persone postavano link ad articoli che avevano già trovato e già letto. Una diceva, in risposta a una minaccia di morte particolarmente esplicita: *Sai che era solo un bambino piccolo all'epoca degli omicidi, suo padre lo ha costretto ad aiutarlo.* Al che un'altra aveva risposto: *Dovrebbe comunque restare in carcere a vita, probabilmente è un demonio come il padre, le mele non cadono mai lontano dall'albero... ce l'ha nel sangue.*

Pip stava per uscire da quell'angolo particolarmente oscuro di internet quando un commento quasi in fondo alla pagina catturò la sua attenzione. Era di quattro mesi prima.

> **Anonimo** *Sabato 29 dicembre 11:26:53*
> *So dove vive il Piccolo Brunswick. È a Little Kliton... sapete, quella città di cui si è parlato un sacco, dove vive quella ragazza che ha risolto il vecchio caso di Andie Bell.*

Il battito cardiaco di Pip accelerò nel leggere quelle parole, risuonandole nel petto mentre tornava con lo sguardo a rileggere il punto in cui si parlava di lei. L'errore d'ortografia nel nome di Little Kilton: doveva essere quello il motivo per cui non era comparso tra i risultati di ricerca.

Scorse verso il basso per leggere oltre.

> **Anonimo** *Sabato 29 dicembre 11:32:21*
> *Dove lo hai sentito?*

> **Anonimo** *Sabato 29 dicembre 11:37:35*
> *Il cugino di un mio amico è in prigione, nel carcere di Grendon.*

A quanto pare il suo nuovo compagno di cella viene da quella città e dice che sa perfettamente chi è il Piccolo Brunswick. Ha detto che erano amici e che il PB gli ha rivelato il suo segreto un paio di anni fa.

Anonimo *Sabato 29 dicembre 11:39:43*
Sul serio? :)

A Pip si mozzò il respiro, quasi smise di arrivarle in gola. Si irrigidì e Ravi se ne accorse, posando gli occhi scuri su di lei. Connor cominciò a dire qualcosa dall'altra parte della stanza, ma Pip lo zittì per poter riflettere.
Carcere di Grendon.
Pip conosceva qualcuno al carcere di Grendon. Era lì che Howie Bowers era stato mandato a scontare la pena per le accuse legate alla droga. Era stato condannato a inizio dicembre. Quel commento *doveva* riferirsi a lui.
Il che significava che Howie Bowers sapeva perfettamente chi fosse il Piccolo Brunswick. E questo voleva dire che... un attimo... la sua mente si bloccò, sfogliando all'indietro i mesi, cancellandoli, in cerca di un ricordo nascosto.
Chiuse gli occhi. Si concentrò.
E lo trovò.
«Merda.» Si alzò, facendo scivolare il computer, e si gettò verso la scrivania e il cellulare che vi era posato sopra.
«Cosa c'è?» chiese Connor.
«Merda, merda, merda» borbottò, sbloccando il telefono e cercando nella galleria delle foto. Scorse verso il basso per tornare indietro, oltre aprile, e marzo, e il compleanno di Josh e tutte quelle foto sul nuovo taglio di capelli per cui Cara aveva bisogno di un suo consiglio, e oltre gennaio e la

festa di Capodanno dei Reynolds, e Natale e la neve con gli amici, e la sua prima cena fuori con Ravi, e oltre novembre, e gli screenshot dei primissimi articoli su di lei, e le foto dei suoi tre giorni in ospedale, e quelle che aveva fatto al diario di Andie Bell quando lei e Ravi erano entrati di nascosto a casa sua e, oh, non aveva mai notato che c'era anche il nome di Jamie scarabocchiato nella grafia di Andie accanto a una spruzzata di stelline. Ancora più indietro, poi si fermò.

Al 4 ottobre. Il gruppo di foto che aveva usato come leva per obbligare Howie Bowers a parlare con lei l'anno prima. Le foto che lui l'aveva costretta a cancellare e che lei poi aveva recuperato, per sicurezza. Un giovane Robin Caine che passa denaro a Howie in cambio di una busta di carta. Ma non era quella che cercava. Bensì la foto che aveva scattato pochissimi minuti prima.

Howie Bowers in piedi contro lo steccato. Qualcuno che usciva dall'ombra per incontrarlo. Qualcuno che gli passava una busta piena di soldi, ma non comprava niente. Con un cappotto beige e i capelli castani più corti rispetto a ora. Le guance arrossate.

Stanley Forbes.

E anche se le figure nelle foto erano statiche, immobili, le loro bocche erano aperte e Pip poteva quasi ripercorrere la conversazione che aveva originato sette mesi prima.

«*Questa è l'ultima volta, mi hai sentito?*» aveva sbottato Stanley. «*Non puoi continuare a chiederne altri. Non ne ho più.*»

E la risposta di Howie era stata quasi troppo bassa per essere udita, ma lei avrebbe potuto giurare che era una cosa del tipo: «*Ma se non paghi io parlo*».

Stanley lo aveva incenerito con lo sguardo, ribattendo: «*Non credo che oseresti*».

Pip aveva catturato quel momento preciso, gli occhi di Stanley pieni di disperazione e rabbia, fissi su Howie.

E ora sapeva perché.

Quando alzò lo sguardo, Ravi e Connor la stavano entrambi studiando in silenzio.

«Allora?» chiese Ravi.

«So chi è il Piccolo Brunswick» rispose lei. «È Stanley Forbes.»

Trentotto

Rimasero seduti lì in silenzio. E Pip riuscì a udire qualcosa, nascosto sotto il silenzio, un ronzio impercettibile nelle orecchie.

Nulla di quel che avevano scoperto poteva smentire il sospetto.

Stanley diceva di avere venticinque anni in un articolo sul "Kilton Mail" di quattro anni prima sui prezzi delle case, e questo lo posizionava nel corretto range d'età. Non sembrava avere profili sui social media, il che era un'altra prova. E una cosa in più, che Pip ricordava dalla domenica mattina precedente: «Non riconosce sempre il proprio nome. Ho detto "Stanley", la scorsa settimana, e non ha reagito. I suoi colleghi dicono che lo fa sempre, che ha un udito selettivo. Ma forse è perché ha quel nome da troppo poco tempo, non tanto quanto ha avuto quello originale».

E concordavano: c'erano troppi indizi, troppe coincidenze perché non fosse vero. Stanley Forbes era il Piccolo Brunswick. L'aveva detto al suo amico Howie Bowers, che a quel punto gli si era messo contro, usando quel segreto per estorcergli denaro. Howie l'aveva detto al suo nuovo compagno di cella, che l'aveva detto al cugino, che l'aveva detto all'amico, che a quel punto aveva messo in giro la voce su internet. Ed era così che Layla Mead, chiunque fosse, qualsiasi cosa volesse, aveva scoperto che il Piccolo Brunswick viveva a Little Kilton.

«Quindi questo cosa significa?» chiese Connor, spezzando il silenzio sempre più pesante.

«Se Layla aveva ristretto i sospetti sul Piccolo Brunswick a due sole persone» rispose Ravi, sottolineando il ragionamento con le dita, «e ha mandato Jamie ad affrontarli entrambi quella notte, significa che è Stanley la persona che Jamie ha incontrato alla fattoria dov'è scomparso. E quindi...»

«Quindi Stanley sa cos'è successo a Jamie. È stato lui» concluse Pip.

«Ma perché Jamie è coinvolto in tutto questo?» chiese Connor. «È follia.»

«Questo non lo sappiamo, e al momento non conta.» Pip si alzò, e quella frizzante energia nervosa le scese anche nelle gambe. «Quel che conta è trovare Jamie, e grazie a Stanley Forbes ci riusciremo.»

«Qual è il piano?» domandò Ravi alzandosi a sua volta, facendo scrocchiare le ossa delle ginocchia.

«Dovremmo chiamare la polizia?» Anche Connor si alzò.

«Non mi fido di loro» rispose Pip. E non si sarebbe più fidata, non dopo tutta questa storia, non dopo Max. Non sarebbero stati loro i soli a poter decidere cos'era giusto e cosa sbagliato. «Dobbiamo entrare in casa di Stanley» spiegò. «Se ha rapito Jamie, o...» lanciò un'occhiata a Connor «o l'ha ferito, gli indizi su dove potrebbe essere saranno in quella casa. Dobbiamo far uscire Stanley per poter entrare. Stanotte.»

«Come?» domandò Connor.

E l'idea era già lì, come se stesse solo aspettando che Pip trovasse la strada per raggiungerla. «Saremo *noi* Layla Mead» disse. «Ho un'altra SIM che posso mettere nel cellulare, così Stanley non riconoscerà il mio numero. Gli scriviamo, fingendo di essere Layla, dicendogli di incontrarci stanotte alla fattoria. Proprio come lei deve aver fatto la scorsa settimana, ma invece lui lì ci ha trovato Jamie. Sono sicura che Stanley voglia un'occasione di incontrare la vera Layla, per scoprire chi è che conosce la sua identità e cosa vuole. Verrà. So che verrà.»

«Ti servirà un cellulare prepagato come quello di Andie Bell, un giorno di questi» commentò Ravi. «Ok, lo attiriamo alla fattoria, poi entriamo tutti quanti in casa sua mentre non c'è, e cerchiamo qualcosa che ci conduca a Jamie.»

Connor annuiva.

«No» disse Pip, bloccandoli, riportando su di sé la loro attenzione. «Non tutti quanti. Una persona deve accertarsi che il diversivo alla fattoria funzioni, tenere Stanley fuori casa abbastanza a lungo per dare agli altri la possibilità di cercare bene. Far sapere loro quando Stanley sta tornando.» Incrociò lo sguardo di Ravi. «Lo farò io.»

«Pip, ma...» cominciò a dire lui.

«Sì» lo interruppe lei. «Sarò io l'esca alla fattoria, e voi due entrerete in casa sua. È a due porte di distanza da quella di Ant, su Acres End, giusto?» Si girò per chiedere a Connor.

«Sì, so dove vive.»

«Pip» ripeté Ravi.

«Mia madre tornerà a momenti.» Chiuse le dita sul braccio di Ravi. «Perciò dovete andare. Io dirò ai miei che vengo da te stasera. Ci vediamo a metà di Wyvil Road alle nove, questo ci darà tempo a sufficienza per inviare il messaggio e prepararci.»

«Ok.» Connor la guardò intensamente, sbattendo le palpebre, poi uscì dalla stanza.

«Non dirlo a tua madre» gli gridò dietro Pip. «Non ancora. Dobbiamo tenerlo ancora segreto, solo noi tre.»

«Chiaro.» Fece un altro passo. «Vieni, Ravi.»

«Ehm, dammi solo due secondi.» Gli fece un cenno con il mento, come a dirgli di proseguire lungo il corridoio.

«Che c'è?» Pip alzò lo sguardo su di lui e Ravi si avvicinò, respirandole nei capelli.

«Cosa hai intenzione di fare?» disse dolcemente, posando lo sguardo sui suoi occhi. «Perché ti sei proposta per tenerlo d'occhio? Lo faccio io. Dovresti essere tu a entrare in casa di Stanley.»

«No, non è vero» rispose lei e, così vicina a lui, si sentì le guance calde. «Connor deve esserci, è suo fratello. Ma anche tu. La tua seconda occasione, ricordi?» Gli scostò una ciocca di capelli impigliata nelle ciglia, e Ravi le fermò la mano, premendosela contro il viso. «Voglio che sia tu. Trovalo tu, Ravi. Trova Jamie, ok?»

Lui le sorrise, intrecciando le dita alle sue per un lungo momento fuori dal tempo. «Sei sicura? Sarai da sola...»

«Starò bene» rispose lei. «Starò solo di guardia.»

«Ok.» Abbassò le loro mani e premette la fronte contro la sua. «Lo troveremo» sussurrò. «Andrà tutto bene.»

E Pip, per un attimo, osò credergli.

> Sono Layla.

> Vediamoci alla fattoria alle 23.

> :)

Letto 22:18

> Ci sarò.

Trentanove

Illuminato da dietro dalla luce della luna, il profilo frastagliato della fattoria abbandonata era contornato da un bagliore argenteo. La luce penetrava tra le crepe, le fessure e i buchi del piano di sopra, dove un tempo c'erano le finestre.

Pip era in piedi a una ventina di metri dalla casa, nascosta in un piccolo boschetto dall'altra parte della strada. Osservava il vecchio edificio, cercando di non trasalire ogni volta che il vento sibilava tra le foglie, estraendo mentalmente parole dai suoni senza voce.

Le si illuminò il telefono, vibrandole in mano. Sullo schermo, il numero di Ravi.

«Sì?» rispose piano.

«Abbiamo parcheggiato in fondo alla strada» disse lui sottovoce. «Stanley è appena uscito di casa. Sta salendo in macchina.» Pip rimase in ascolto mentre Ravi si staccava dal telefono, sussurrando qualcosa di inudibile a Connor accanto a sé. «Ok, ci è appena passato davanti. Sta venendo da te.»

«Perfetto» rispose lei, stringendo la presa sul cellulare. «Voi due entrate più veloci che potete.»

«Andiamo» replicò Ravi, sopra al rumore di una portiera che si chiudeva piano.

Pip sentì i piedi suoi e di Connor che si muovevano sul marciapiede, lungo il vialetto, e il cuore le batté a tempo con i loro passi frettolosi.

«No, niente chiave di riserva sotto lo zerbino» disse Ravi, sia a lei sia a Connor. «Giriamo sul retro prima che qualcuno ci veda.»

Il fiato di Ravi crepitò nel telefono mentre lui e Connor giravano intorno alla casetta, a quattro chilometri da dove si trovava lei, ma sotto la stessa luna.

Un rantolo.

«La porta sul retro è chiusa a chiave» udì dire a Connor, pianissimo.

«Sì, ma la chiave è inserita nella serratura all'interno.» rispose Ravi. «Se rompo la finestra posso arrivarci e aprirla.»

«Fallo piano» ribatté Pip.

Fruscii e sbuffi nel telefono: Ravi si stava togliendo la giacca e se la stava avvolgendo attorno al pugno. Pip udì un tonfo, e poi un altro, seguito dal crepitio di vetro infranto.

«Non ti tagliare» disse Connor.

Pip rimase in ascolto del respiro pesante di Ravi mentre questi si sforzava di arrivare alla serratura.

Uno scatto.

Un cigolio.

«Ok, siamo dentro» sussurrò.

Udì uno di loro calpestare i vetri infranti mentre entravano... e fu in quel momento che due occhi gialli si accesero nella notte di fronte a lei. Dei fari, che crescevano d'intensità mentre correvano lungo Old Farm Road nella sua direzione.

«È qui.» Pip abbassò la voce sottovento, mentre una macchina nera svoltava su Sycamore Road, le ruote che grattavano contro il ghiaino finché l'auto non si fermò su un lato della strada. Pip aveva lasciato la sua più su, lungo Old Farm Road, in modo che Stanley non la notasse.

«Sta' giù» le disse Ravi.

La portiera si aprì e dall'auto uscì Stanley Forbes, la camicia bianca a fendere l'oscurità. I capelli castani gli ricadevano scomposti sul viso, nascondendolo. Chiuse la portiera e si girò verso la fattoria illuminata dalla luna.

«Ok, è dentro» disse Pip quando Stanley fu entrato dall'ingresso spalancato, immergendosi nel buio all'interno.

«Siamo in cucina» rispose Ravi. «Non si vede niente.»

Pip si avvicinò il telefono alla bocca. «Ravi, non farlo sentire a Connor, ma se trovate qualcosa di Jamie, il suo cellulare, i suoi vestiti, non toccateli per ora. Sono delle prove, se le cose non vanno come vorremmo.»

«Chiaro» rispose lui, e poi tirò su col naso con forza, o trasalì, Pip non riuscì a capirlo.

«Ravi?» chiese. «Ravi, cosa succede?»

«Merda» sibilò Connor.

«C'è qualcuno» disse Ravi, respirando più rapidamente. «Sentiamo una voce. C'è qualcuno.»

«Cosa?» fece Pip, la paura che saliva a serrarle la gola.

E poi, attraverso il telefono e i respiri impauriti di Ravi, udì Connor gridare.

«Jamie. È Jamie!»

«Connor, aspetta, non correre» gli urlò dietro Ravi, abbassando il cellulare, lontano dalla voce.

Solo un crepitio.

Rumore di corsa.

«Ravi?» sussurrò Pip.

Una voce attutita.

Un forte tonfo.

«Jamie! Jamie, sono io, Connor! Sono qui!»

Il telefono gracchiò e ricomparve il respiro di Ravi.

«Cosa succede?» chiese lei.

«È qui, Pip» disse lui, la voce che tremava mentre Connor gridava in sottofondo. «Jamie è qui. Sta bene. È vivo.»

«È vivo?» ripeté, senza capire bene le parole.

E sotto le urla di Connor, che si stavano ormai rompendo in singhiozzi convulsi, udì il suono indistinto di una voce smorzata. La voce di Jamie.

«Oddio, è vivo» disse, e le parole le si spezzarono in gola, mentre si appoggiava con la schiena a un albero. «È vivo» ripeté ancora, solo per sentirlo nuovamente. Gli occhi le si riempirono di lacrime, perciò li chiuse. E pensò, con più forza di quella con cui avesse mai pensato nulla in vita sua: *Grazie, grazie, grazie.*

«Pip?»

«Sta bene?» chiese lei, asciugandosi gli occhi sulla giacca.

«Non riusciamo a raggiungerlo» rispose Ravi. «È chiuso in una stanza, il bagno al piano di sotto, credo. È chiuso a chiave e c'è pure una catena bloccata con un lucchetto, fuori. Ma sembra stia bene.»

«Pensavo fossi morto» piangeva Connor. «Siamo qui, ti faremo uscire!»

La voce di Jamie si alzò, ma Pip non distingueva le parole.

«Cosa sta dicendo?» chiese, girandosi per tornare a osservare la fattoria.

«Dice...» Ravi si interruppe, in ascolto. «Dice che dobbiamo andarcene. Dobbiamo andarcene perché ha fatto un patto.»

«Cosa?»

«Io non vado da nessuna parte senza di te!» gridò Connor.

Ma qualcosa nell'oscurità attirò l'attenzione di Pip.

Stanley stava riemergendo dalle ombre, imboccando il corridoio per andarsene.

«Sta uscendo» sussurrò. «Stanley sta uscendo.»

«Cazzo» fece Ravi. «Scrivigli dal numero di Layla, digli di aspettare.»

Ma Stanley aveva già varcato la soglia mezza marcia, lo sguardo sull'auto.

«Troppo tardi» disse Pip, e il sangue le investì le orecchie mentre prendeva la sua decisione. «Lo distraggo. Voi fate uscire subito Jamie, portatelo in un posto sicuro.»

«No, Pip...»

Ma lei aveva posato il telefono lungo il fianco, il pollice sul pulsante rosso, e si mise a correre, emergendo dagli alberi e attraverso la strada, facendo volare la ghiaia con i piedi. Quando fu sull'erba Stanley finalmente alzò lo sguardo, notandola muoversi alla luce della luna.

Si fermò.

Pip rallentò, raggiungendolo subito fuori dal portone spalancato della fattoria.

Stanley strizzò gli occhi, cercando di vedere nell'oscurità.

«Sì?» chiese, accecato.

E quando lei gli fu abbastanza vicina perché lui riuscisse a vederla, il suo volto crollò, tra i suoi occhi si formarono delle rughe.

«No» disse, il fiato corto, la voce roca. «No no no. Pip, sei tu?» Fece un passo indietro. «Sei tu Layla?»

Quaranta

Pip scosse il capo.

«Non sono Layla» disse, le parole segnate dal rapido battito del cuore. «Ti ho scritto io quel messaggio stasera, ma non sono lei. Non so chi sia.»

Nell'ombra il viso di Stanley cambiò espressione, ma Pip vedeva solo dov'era il bianco dei suoi occhi e quello della sua camicia.

«T-tu...» balbettò, quasi senza voce. «Tu sai...?»

«Chi sei?» disse Pip con dolcezza. «Sì, lo so.»

Il suo respiro ebbe un tremito, chinò la testa sul petto. «Oh» fece, senza riuscire a incrociare il suo sguardo.

«Possiamo entrare a parlare?» Pip accennò verso l'ingresso. Quanto ci sarebbe voluto a Ravi e a Connor per spezzare la catena, aprire la porta e far uscire Jamie? Almeno dieci minuti, pensò.

«Ok» rispose Stanley in poco più di un sussurro.

Pip entrò per prima, guardando alle proprie spalle che Stanley la seguisse nel corridoio buio, lo sguardo basso e sconfitto. Nel salotto in fondo, Pip scavalcò le cartacce e le bottiglie di birra fino alla credenza di legno. Il primo cassetto era aperto e la grossa torcia che usavano Robin e i suoi amici era appoggiata sul bordo. Pip la prese, alzando lo sguardo sulla stanza buia, piena di sagome da incubo, tra le quali Stanley si perse. Accese la torcia, e tutto acquistò contorno e colore.

Stanley socchiuse gli occhi contro la luce.

«Cosa vuoi?» disse, agitando nervoso le mani. «Posso pagarti, una volta al mese. Non guadagno granché, il giornale è per lo più volontariato, ma ho un altro lavoro al distributore. Ce la posso fare.»

«Pagarmi?» chiese Pip.

«P-per il tuo silenzio» disse. «Per farti mantenere il segreto.»

«Stanley, io non sono qui per ricattarti. Non dirò a nessuno chi sei, te lo prometto.»

Nei suoi occhi passò un lampo confuso. «Ma allora... che cosa vuoi?»

«Voglio soltanto salvare Jamie Reynolds.» Alzò le mani. «Sono qui solo per questo.»

«Sta bene.» Stanley tirò su col naso. «Te l'ho già detto che sta bene.»

«Gli hai fatto del male?»

Il velo sugli occhi castani di Stanley si indurì in qualcosa che somigliava alla rabbia.

«*Io* ho fatto del male a *lui*?» ripeté, a voce più alta. «Ovvio che non gli ho fatto del male. È stato lui a cercare di uccidermi.»

«Cosa?» A Pip si mozzò il respiro. «Cos'è successo?»

«È successo che questa donna, Layla Mead, ha cominciato a scrivermi tramite la pagina Facebook del "Kilton Mail"» disse Stanley, in piedi contro la parete opposta. «Alla fine ci siamo scambiati il numero e abbiamo cominciato a sentirci. Per settimane. Mi piaceva... almeno pensavo mi piacesse. Così venerdì scorso mi ha scritto, tardi, e mi ha chiesto di vederci. Qui.» Fece una pausa per lanciare uno sguardo ai vecchi muri scrostati. «Sono arrivato ma lei non c'era. Ho aspettato dieci minuti, fuori dalla porta. E poi è apparso qualcuno: Jamie Reynolds. E sembrava strano, ansimava come se avesse corso. È venuto da me e la prima cosa che mi ha detto è stata: "Piccolo Brunswick".» Stanley ebbe un piccolo e rantolante colpo di tosse. «E ovviamente sono rimasto scioccato, perché vivo qui da otto anni e nessuno lo ha mai saputo, a parte...»

«A parte Howie Bowers?» suggerì Pip.

«Già, a parte lui.» Stanley tirò su col naso. «Pensavo che fosse mio amico, di potermi fidare di lui. Stessa cosa che ho pensato di Layla. Comunque, sono andato nel panico, e prima ancora che me ne accorgessi Jamie mi si era lanciato contro con un coltello. Sono riuscito a schivarlo e alla fine a fargli cadere il coltello. E poi ci siamo messi a lottare, fuori, vicino a quegli alberi accanto alla casa, e io dicevo: "Ti prego, ti prego, non uccidermi". E mentre lottavamo ho spinto Jamie contro uno degli alberi e lui ha battuto la testa, è caduto a terra. Penso che sia svenuto per qualche secondo e dopo mi è sembrato un po' confuso, magari per un trauma cranico.

«E poi... non sapevo cosa fare. Se avessi chiamato la polizia e avessi detto che qualcuno aveva tentato di uccidermi perché conosceva la mia identità, era finita. Me ne sarei dovuto andare. Una nuova città, un nuovo nome, una nuova vita. E io non voglio. Questa è casa mia. Mi piace la mia vita qui. Ora ho degli amici. Non avevo mai avuto degli amici, prima, mai. E vivere qui, essere Stanley Forbes... è la prima volta in vita mia che sono quasi felice. Non potevo ricominciare da qualche altra parte con una nuova identità, mi avrebbe distrutto. L'ho già fatto una volta, quando avevo ventun anni e ho detto alla ragazza di cui ero innamorato chi ero. Lei ha chiamato la polizia per dirglielo e quelli mi hanno trasferito qui, dandomi questo nome. Non potrei riviverlo una seconda volta, ricominciare tutto da capo. Mi serviva solo del tempo per pensare a cosa fare. Non gli avrei mai fatto del male.»

Alzò lo sguardo su Pip, gli occhi pieni di lacrime, disperati, come se desiderasse più di ogni altra cosa che lei gli credesse. «Ho aiutato Jamie a rialzarsi e l'ho portato in macchina. Sembrava stanco, ancora confuso. Perciò gli ho detto che lo avrei portato all'ospedale. Ho preso il suo telefono e l'ho spento, in caso cercasse di chiamare qualcuno. Poi però l'ho portato a casa mia, l'ho fatto entrare. E l'ho chiuso nel bagno di sotto, è la sola stanza con un catenaccio esterno. Io... non volevo che uscisse, avevo paura che tentasse di nuovo di uccidermi.»

Pip annuì e Stanley continuò.

«Mi serviva solo del tempo per pensare a come risolvere la situazione. Jamie diceva che gli dispiaceva, da dietro la porta, e mi chiedeva di farlo uscire, diceva che voleva solo andare a casa, ma io dovevo riflettere. Avevo il terrore che qualcuno potesse rintracciarlo tramite il cellulare, così l'ho distrutto con un martello. Dopo qualche ora ho messo una catena tra la maniglia della porta e il tubo sul muro esterno, per poterla aprire un po' senza che Jamie riuscisse a uscire. Gli ho passato un sacco a pelo e dei cuscini, del cibo e una tazza perché potesse bere dal lavandino. Gli ho detto che dovevo pensare e l'ho richiuso dentro. Non ho dormito per tutta la notte, ho riflettuto. Ero ancora convinto che Jamie *fosse* Layla, che fosse stato lui a scrivermi per settimane per attirarmi in una trappola e uccidermi. Non potevo lasciarlo andare, temevo che cercasse di nuovo di farmi fuori, o che dicesse a tutti chi ero. E non potevo chiamare la polizia. Era impossibile.

«Il giorno dopo dovevo andare al lavoro al distributore; se non mi fossi fatto vedere o mi fossi dato malato, la polizia mi avrebbe fatto delle domande. Non potevo destare sospetti. Sono tornato a casa quella sera e non avevo ancora idea di cosa fare. Ho preparato la cena e ho aperto la porta per passarla a Jamie, ed è stato in quel momento che ha cominciato a parlare. Ha detto che non aveva nemmeno idea di cosa significasse "Piccolo Brunswick". L'aveva fatto soltanto perché glielo aveva chiesto una ragazza di nome Layla Mead. La stessa Layla con cui mi sentivo io. Si era preso una cotta per lei. Lei gli aveva detto le stesse cose che aveva detto a me: che aveva un padre che la teneva sotto controllo e che non la faceva quasi uscire, che aveva un tumore inoperabile al cervello.» Tirò su col naso. «Jamie ha detto che con lui si era spinta oltre, però. Gli aveva detto che c'era una terapia sperimentale che suo padre non le faceva fare e che lei non aveva modo di pagare, e sarebbe morta se non l'avesse fatta. Jamie era disperato, voleva salvarla, pensava di amarla, perciò le ha dato milleduecento sterline per la terapia, ha detto che aveva dovuto prenderle quasi tutte in prestito. Layla gli ha dato istruzioni di lasciarle accanto a una tomba al cimitero e di andarsene, lei le avrebbe recuperate quando fosse riuscita a sganciarsi dal padre. E gli ha fatto fare anche delle altre cose: entrare di nascosto in casa di uno sconosciuto per rubare un orologio che era appartenuto alla madre di lei, perché suo padre lo aveva dato a un negozio di beneficenza e qualcun altro lo aveva comprato. Ha detto a Jamie di andare a picchiare non so chi la notte del suo compleanno perché questo tizio stava cercando di fare in modo che lei non accedesse alla terapia che le avrebbe salvato la vita. Jamie si è bevuto tutto.»

«Ed è stata Layla a mandarlo qui venerdì notte?»

Stanley annuì. «Jamie ha scoperto che Layla era un catfish, che usava le foto di qualcun altro. L'ha chiamata subito e lei gli ha detto che doveva usare foto false perché aveva uno stalker. Ma che tutto il resto era reale, a parte le foto.

«Poi gli ha detto che lo stalker le aveva appena scritto, minacciando di ucciderla quella sera perché aveva scoperto che lei e Jamie stavano insieme. Lei ha detto a Jamie che non sapeva chi fosse lo stalker, ma che aveva ristretto il campo a due uomini, e che era sicura che sarebbero andati fino in fondo, con quella minaccia. Ha detto che avrebbe scritto a entrambi e organizzato un incontro in un posto isolato, e poi ha chiesto a Jamie di uccidere il suo stalker prima che lui uccidesse lei. Gli ha detto di dire a entrambi le parole "Piccolo Brunswick", e che il suo stalker avrebbe saputo cosa volevano dire, e avrebbe reagito.

«Jamie all'inizio le ha detto che non lo avrebbe fatto. Ma lei lo ha convinto. Nella sua mente o faceva così o avrebbe perso Layla per sempre, e sarebbe stata colpa sua. Ma dice che nel momento in cui mi ha attaccato non voleva più farlo. Ha detto che ha provato sollievo quando gli ho fatto cadere il coltello di mano.»

E Pip riuscì a vedere tutta la scena nella mente. «Perciò Jamie ha parlato con Layla al telefono?» domandò. «È senza dubbio una donna?»

«Sì» confermò Stanley. «Ma ancora non mi fidavo del tutto di lui. Pensavo che potesse ancora essere lui Layla e che mi stesse mentendo per convincermi a farlo uscire, e a quel punto o mi avrebbe ucciso o avrebbe parlato. Perciò dopo questa conversazione con Jamie – abbiamo parlato sabato per quasi tutta la notte – abbiamo fatto un patto. Avremmo collaborato per cercare di scoprire chi fosse in realtà Layla, se davvero non era Jamie, e se esistesse sul serio. E quando... *se* l'avessimo trovata io le avrei offerto del denaro per farle mantenere il segreto. E anche Jamie l'avrebbe mantenuto se io non avessi denunciato alla polizia il fatto che mi aveva aggredito. Ci siamo messi d'accordo che Jamie sarebbe rimasto nel bagno finché non avessimo trovato Layla. A quel punto ho capito di potermi fidare di lui. È difficile per me fidarmi delle persone.

«E poi, la mattina dopo, ero in ufficio al "Kilton Mail", e tu sei venuta per Jamie e ho visto tutti quei volantini in città. Così ho capito che dovevamo trovare Layla in fretta e preparare una storia per giustificare l'assenza di Jamie prima che tu ci arrivassi troppo vicino. Ecco cosa ci facevo alla chiesa quel giorno, cercavo anche io la tomba di Hillary F. Weiseman, per vedere se mi avrebbe portato da Layla. Pensavo che ci avremmo messo solo un giorno o due, e tutto sarebbe andato a posto, ma non sappiamo ancora chi sia. Ho ascoltato il tuo podcast e so che Layla ti ha scritto. A quel punto ho capito che non poteva essere Jamie, che lui mi stava dicendo la verità.»

«Neanche io ho capito chi è» ammise Pip. «O perché abbia fatto tutto questo.»

«Io lo so perché. Mi vuole morto» disse Stanley, asciugandosi un occhio. «Un sacco di gente mi vuole morto. Ho passato ogni giorno della mia vita a guardarmi le spalle, in attesa che succedesse qualcosa del genere. Io voglio soltanto vivere. Una vita tranquilla, magari fare un po' di bene. E so che non sono buono, che non lo sono stato. Pensa alle cose che ho detto di Sal Singh, a come ho trattato la sua famiglia. Quando è successo tutto quanto, qui dove vivevo, guardavo ciò che Sal aveva fatto, ciò che pensavo avesse fatto, e vedevo mio padre. Vedevo un mostro come lui. E, non so, mi è sembrata un'occasione per fare ammenda. Mi sbagliavo. Mi sbagliavo di grosso.» Stanley si asciugò l'altro occhio. «So che non è una scusa, ma non sono cresciuto nel migliore degli ambienti, circondato da brave persone. Ho imparato tutto da loro, ma sto cercando di disimparare quelle cose: quelle opinioni, quelle idee. Sto cercando di essere una persona migliore. Perché la cosa peggiore che potrebbe mai accadermi è somigliare a mio padre. Ma la gente crede che io sia esattamente come lui, e ho sempre avuto il terrore che possano avere ragione.»

«Non sei come lui» rispose Pip, facendo un passo avanti. «Eri solo un bambino. È stato tuo padre a obbligarti a fare quelle cose. Non è stata colpa tua.»

«Avrei potuto dirlo a qualcuno. Mi sarei potuto rifiutare di aiutarlo.» Stanley si punzecchiò la pelle sulle nocche. «Probabilmente mi avrebbe ucciso, ma almeno quei ragazzi sarebbero sopravvissuti. E avrebbero avuto vite migliori di quello che io ho combinato con la mia.»

«Non è finita, Stanley» disse lei. «Possiamo collaborare, scoprire chi è Layla. Offrirle il denaro che vuole. Io non dirò a nessuno chi sei. Nemmeno Jamie lo farà. Puoi rimanere qui, in questa vita.»

Un lampo di speranza attraversò lo sguardo di Stanley.

«In questo momento Jamie starà probabilmente spiegando a Ravi e Connor cos'è successo, e poi...»

«Aspetta, cosa?» chiese Stanley, e in un attimo la speranza svanì. «Ravi e Connor sono in casa mia in questo momento?»

«Ehm.» Pip deglutì. «Sì. Scusa.»

«Sono entrati rompendo un vetro?»

La risposta ce l'aveva scritta in faccia.

La testa di Stanley crollò, e lui fece un sospiro profondo. «Allora è già finita. Le finestre hanno un allarme silenzioso collegato con la stazione della polizia locale. Saranno lì in un quarto d'ora.» Alzò una mano, a tenersi il capo, prima che crollasse ancora di più. «È finita. Stanley Forbes è finito. Andato.»

A Pip morirono le parole in gola. «Mi dispiace tantissimo» disse. «Non lo sapevo, cercavo solo di trovare Jamie.»

Lui alzò lo sguardo su di lei, tentò un debole sorriso. «Non fa niente» disse piano. «Non mi sono mai meritato questa vita, comunque. Questa città è sempre stata troppo buona per me.»

«Non è...» Ma le parole non le uscirono di bocca, le morirono sui denti stretti. Aveva sentito un rumore lì vicino. Il suono di passi felpati.

Anche Stanley doveva averli uditi. Si voltò, camminando all'indietro in direzione di Pip.

«C'è qualcuno?» chiamò una voce dal corridoio.

Pip deglutì, con fatica. «Sì» rispose, mentre la persona, chiunque fosse, si avvicinava. Era solo un'ombra tra le ombre finché non entrò nel cerchio di luce emanato dalla torcia.

Era Charlie Green, con indosso una giacca verde attillata, un leggero sorriso sul volto, quando posò lo sguardo su Pip.

«Ah, immaginavo fossi tu» disse. «Ho visto la tua macchina parcheggiata sulla strada e poi le luci qui dentro, e ho pensato che era meglio controllare. Stai bene?» chiese, posando gli occhi su Stanley per un secondo appena prima di tornare su di lei.

«Oh, sì» sorrise Pip. «Sì, stiamo benissimo. Stavamo solo parlando.»

«Ok, bene» rispose Charlie con un sospiro. «A proposito, Pip, mi presti un secondo il cellulare? Il mio è scarico e devo scrivere a Flora una cosa.»

«Oh, sì» disse lei. «Sì, certo.» Tolse il cellulare dalla tasca della giacca, lo sbloccò e fece i pochi passi che la separavano da Charlie, porgendogli il telefono sulla mano tesa.

Lui lo prese, sfiorandole il palmo con le dita.

«Grazie» disse, chinando lo sguardo sullo schermo mentre Pip tornava accanto a Stanley. Charlie strinse la presa sul cellulare. Lo abbassò, se lo infilò nella tasca davanti e lo spinse a fondo.

Pip lo guardò e non capì, non capì affatto, e non riuscì a sentire i propri pensieri perché il cuore le batteva troppo forte.

«Anche il tuo» ordinò Charlie, rivolgendosi a Stanley.

«Cosa?» domandò lui.

«Il telefono» disse piano Charlie. «Fallo scivolare verso di me, subito.»

«I-io n-non...» balbettò Stanley.

La giacca di Charlie ebbe un fruscio quando lui si mise una mano dietro la schiena, tendendo la bocca in un'unica linea dura, facendo scomparire le labbra. E quando la mano ricomparve, stringeva qualcosa.

Una cosa scura e appuntita. Una cosa che, tra le dita tremanti, puntava contro Stanley.

Una pistola.

«Fa' scivolare subito il tuo telefono verso di me.»

Quarantuno

Scivolando oltre le cartacce e le bottiglie di birra, il cellulare grattò contro le vecchie assi del pavimento, roteando, fino a fermarsi accanto ai piedi di Charlie.

Aveva ancora la pistola nella mano destra, e la puntava tremando verso Stanley.

Fece un passo avanti, per raccogliere il cellulare, pensò Pip, ma non fu così. Alzò un piede e lo pestò forte con il tacco dello stivale, mandando in frantumi lo schermo. Il cellulare si spense e Pip trasalì per il rumore improvviso, lo sguardo fisso sulla pistola.

«Charlie... cosa stai facendo?» chiese, la voce che le tremava come a lui la mano.

«Forza, Pip» disse tirando su col naso, seguendo con gli occhi la traiettoria della pistola. «Ormai ci sarai arrivata.»

«Layla Mead sei tu.»

«Layla Mead sono io» ripeté lui, uno sguardo sul volto che poteva essere una smorfia come un sorriso nervoso, Pip non avrebbe saputo dirlo. «Non posso prendermi tutto il merito, Flora mi ha prestato la voce quando mi occorreva.»

«Perché?» domandò Pip. Il cuore le batteva talmente veloce che era come un'unica nota tenuta a lungo.

Charlie storse la bocca per rispondere, guardando a turno lei e Stanley. Ma la pistola non si spostò mai a seguire i suoi occhi. «Anche il cognome è quello di Flora. Vuoi sapere qual era il mio? Nowell. Charlie Nowell.»

Pip udì Stanley trasalire, vide l'espressione straziata nel suo sguardo.

«No» disse piano, un sussurro a malapena udibile. Ma Charlie lo sentì.

«Sì» esclamò. «Emily Nowell, l'ultima vittima del Mostro di Margate e di suo figlio. Era mia sorella, la mia sorella maggiore. Ti ricordi ora?» gridò contro Stanley, agitando la pistola. «Ti ricordi la mia faccia? Io non ho mai ricordato la tua, e mi sono odiato per questo.»

«Mi dispiace. Mi dispiace tanto» disse Stanley.

«Non provarci» urlò Charlie, e i tendini risaltarono sul suo collo sempre più rosso come radici di un albero. «Ti ho sentito, che le raccontavi la tua storia strappalacrime.» Indicò Pip con la testa. «Vuoi sapere cos'ha fatto?» le chiese, ma non era una domanda. «Avevo nove anni, ero ai giardinetti. Mia sorella Emily era insieme a me, mi stava insegnando a usare le altalene più grandi quando arriva questo bambino. Si volta verso Emily e dice, con due occhioni tristi così: "Ho perso la mia mamma, mi puoi aiutare?".» La mano di Charlie danzava da una parte all'altra mentre lui parlava, e la pistola la seguiva. «Ovviamente Emily dice di sì, era la persona più buona del mondo. Mi ha detto di restare accanto allo scivolo con i miei amici mentre lei andava con quel bambino e lo aiutava a cercare la sua mamma. E se ne sono andati. Ma Emily non è mai tornata. L'ho aspettata per ore, da solo al parco. Chiudevo gli occhi e contavo: "Uno, due, tre", pregando che riapparisse. Ma non è mai ricomparsa. Fino a tre settimane dopo, mutilata e carbonizzata.» Charlie sbatté le palpebre, così forte che le lacrime gli caddero dagli occhi direttamente sul colletto, senza toccargli il viso. «Ti ho visto rapire mia sorella e la sola cosa cui riuscivo a pensare era se potevo rifare o meno lo scivolo.»

«Mi dispiace.» Piangeva Stanley, le mani alzate, le dita aperte. «Mi dispiace tanto. Penso a lei più di tutte, a tua sorella. È stata così gentile con me, io...»

«Non osare!» gridò Charlie, e gli angoli della bocca gli si riempirono di saliva. «Toglitela da quella testa schifosa! Sei stato tu a sceglierla, non tuo padre. Sei stato tu! L'hai scelta tu! L'hai aiutato a rapire sette persone sapendo perfettamente cosa gli sarebbe successo, lo hai perfino aiutato a farlo. Ma oh, il governo si limita a darti una splendida nuova vita, cancella tutto quanto. Vuoi sapere com'è stata la mia, di vita?» Il respiro gli si bloccò in gola come un ringhio. «Tre mesi dopo che hanno ritrovato il cadavere di Emily mio padre si è impiccato. Sono stato io a trovarlo, dopo la scuola. Mia mamma non ha retto, e si è data all'alcol e alle droghe per non sentire più niente. Io sono quasi morto di fame. Dopo un anno mi hanno separato da lei e ho vissuto con una famiglia affidataria dopo l'altra. Alcune sono state gentili con me, altre no. A diciassette anni vivevo per strada. Ma ho ripreso in mano la mia vita, e c'è stata un'unica cosa che mi ha dato la forza di sopravvivere a tutto. Nessuno di voi due meritava di vivere dopo quello che avevate fatto. Tuo padre l'avevano già preso, ma te ti avevano lasciato andare. E io sapevo che un giorno ti avrei trovato e che sarei stato io a ucciderti, Piccolo Brunswick.»

«Charlie, per favore, adesso metti giù la pistola e...» disse Pip.

«No.» Charlie nemmeno la guardò. «Ho aspettato diciannove anni questo momento. Ho comprato questa pistola nove anni fa, sapendo che un giorno l'avrei usata per ucciderti. Ero pronto, aspettavo. Ho seguito ogni soffiata e ogni voce su di te in rete. Ho vissuto in dieci città diverse negli ultimi sette anni, per cercarti. E con me ogni volta veniva una nuova versione di Layla Mead, per trovare gli uomini che corrispondevano alla tua età e alla tua descrizione, per avvicinarmi a loro abbastanza finché uno non mi avesse confidato chi era in realtà. Ma in quelle città tu non c'eri. Eri qui. E ora ti ho trovato. Sono contento che Jamie abbia fallito. È giusto che sia io. È così che dev'essere.»

Pip guardò il dito di Charlie, che si piegava e irrigidiva sul grilletto. «Aspetta!» gridò. *Guadagna tempo, continua a farlo parlare.* Se la polizia era ormai a casa di Stanley, con Ravi, Connor e Jamie, forse Ravi l'avrebbe mandata lì. *Ti prego, Ravi, mandali qui.* «E Jamie?» chiese rapidamente. «Perché coinvolgere lui?»

Charlie si leccò le labbra. «Mi si è presentata l'occasione. Ho cominciato a parlare con Jamie perché combaciava con il profilo del Piccolo Brunswick che avevo. Poi ho scoperto che mi aveva mentito sull'età, e ho smesso di considerarlo. Ma lui era presissimo. Si era innamorato di Layla come nessun altro prima, continuava a scrivermi dicendo che per me avrebbe fatto qualsiasi cosa. E questo mi ha fatto riflettere.» Tirò su col naso. «Per tutta la vita avevo dato per scontato che sarei stato io a uccidere il Piccolo Brunswick e molto probabilmente in cambio avrei pagato rinunciando alla mia vita, condannato all'ergastolo che *lui* avrebbe dovuto scontare. Ma Jamie mi ha fatto pensare: se davvero volevo soltanto che il Piccolo Brunswick morisse, non potevo fare in modo che qualcun altro lo uccidesse per me? A quel punto io avrei potuto continuare ad avere una vita, in fondo, insieme a Flora. Lei ha insistito molto, per avere una possibilità di stare insieme. Sa che devo fare questa cosa da quando ci siamo conosciuti a diciott'anni, mi ha seguito per tutto il Paese per cercare *lui*, per aiutarmi. Le dovevo quantomeno un tentativo.

«Così ho cominciato a mettere alla prova Jamie, per vedere fin dove potevo spingerlo. A quanto pare, molto in là» continuò. «Jamie ha raccolto milleduecento sterline in contanti e le ha lasciate su una tomba, una notte, per Layla. Ha picchiato uno sconosciuto, anche se non aveva mai fatto a botte prima, in vita sua. Per Layla. È entrato in casa mia per rubare un orologio. Per Layla. Ogni volta qualcosa di più rischioso, e penso che avrebbe potuto funzionare, penso che sarei riuscito a portarlo a commettere un omicidio, per Layla. Ma alla commemorazione tutto è andato storto. È quello che succede quando un'intera città si raduna in un unico posto, credo.

«Era la nona volta che creavo Layla. Avevo imparato in fretta che era meglio usare le foto di una ragazza del posto, modificandole leggermente. Gli uomini erano sempre stati meno sospettosi se vedevano delle foto fatte in luoghi che riconoscevano, e un viso che magari gli era vagamente familiare. Ma in questo caso mi si è ritorto contro, e Jamie ha scoperto che Layla non era reale. E ancora non era pronto; io ancora non ero pronto. Ma dovevamo mettere in atto il piano quella notte, mentre Jamie era ancora sotto l'influenza di Layla.

«Ma non sapevo chi fosse il Piccolo Brunswick. Avevo ristretto il campo a due sospetti: Luke Eaton e Stanley Forbes. Entrambi avevano l'età giusta, l'aspetto giusto, nessuno aveva lavori che li escludevano dalla lista, nessuno aveva mai parlato di una famiglia e avevano entrambi evitato domande sulla loro infanzia. Perciò ho spedito Jamie da entrambi. Ho capito che era andato tutto a rotoli quando ho sentito che Jamie era scomparso. Suppongo che tu l'abbia ucciso» disse a Stanley.

«No» sussurrò lui.

«Jamie è vivo. Sta bene» spiegò Pip.

«Davvero? Ottimo. Mi sentivo in colpa per quello che gli era successo» disse Charlie. «E poi ovviamente, dopo che tutto è andato a rotoli, non potevo fare nient'altro per scoprire chi dei due fosse il Piccolo Brunswick. Ma va bene così, perché sapevo che *tu* ci saresti riuscita.» Si girò verso Pip, facendole un piccolo sorriso. «Sapevo che l'avresti trovato per me. Ti ho guardata, ti ho seguita. Ti ho aspettata. Ti ho spinta nella direzione giusta quando hai avuto bisogno di aiuto. E tu ci sei riuscita» disse, raddrizzando la pistola. «Lo hai trovato per me, Pip. Grazie.»

«No» gridò, mettendosi di fronte a Stanley con le mani alzate. «Ti prego, non sparare.»

«PIP, ALLONTANATI!» le urlò Stanley, spingendola via. «Non ti avvicinare. Sta' indietro!»

Lei si fermò, il cuore che batteva talmente all'impazzata che aveva l'impressione che la cassa toracica le stesse per collassare dentro, come dita ossute strette attorno al suo petto.

«Indietro!» gridò Stanley, con le lacrime che gli scorrevano sul viso pallido. «Va bene così, sta' indietro.»

Lei obbedì, quattro passi indietro, girandosi poi verso Charlie. «Ti prego, non farlo! Non ucciderlo!»

«Devo» disse lui, stringendo gli occhi e seguendo la mira della pistola. «È esattamente di questo che abbiamo parlato, Pip. Quando il sistema giudiziario sbaglia, sta alle persone come te e me farsi avanti per raddrizzare le cose. E non importa se la gente pensa che siamo buoni o meno, perché noi sappiamo di essere nel giusto. Siamo uguali, tu e io. Tu lo sai, dentro di te. Sai che questo è giusto.»

Pip non aveva risposte da dare. Non sapeva cos'altro dire se non: «TI PREGO! Non farlo!». La voce le si strozzò in gola, le parole si fecero stridule, mentre le obbligava a uscire. «Non è giusto, invece! Era solo un bambino. Un bambino terrorizzato da suo padre. Non è colpa sua. Non ha ucciso lui tua sorella!»

«Sì, invece!»

«Va bene così, Pip» le disse Stanley, a malapena in grado di parlare da quanto tremava. Tese le mani per tranquillizzarla, per tenerla indietro. «Va bene così.»

«NO, TI PREGO» gridò lei, ripiegandosi su se stessa. «Charlie, ti prego, non farlo. Ti supplico. TI PREGO! Non farlo! No!»

Gli occhi di Charlie ebbero un tremito.

«TI PREGO!»

Spostò lo sguardo da Stanley a lei.

«Ti scongiuro!»

Lui strinse i denti.

«Ti prego!» gridò lei.

Charlie la fissò, la guardò piangere. E poi abbassò la pistola.

Fece due respiri profondi.

«M-mi dispiace» disse in fretta.

Rialzò la pistola e Stanley trasalì.

Charlie fece fuoco.

Il rumore strappò la terra da sotto i piedi di Pip.

«NO!»

Sparò ancora.
E ancora.
E ancora.
Ancora.
Ancora.
Finché non si udirono solo *click* a vuoto.

Pip urlò, guardando Stanley incespicare e cadere violentemente sul pavimento.

«Stanley!» Corse da lui, inginocchiandoglisi accanto. Il sangue già sgorgava a fiotti dalle ferite, fiotti rossi sulla parete alle sue spalle. «Ommioddio.»

Stanley deglutiva cercando di respirare, uno strano rantolo in gola. Gli occhi sbarrati. Atterriti.

Pip sentì un fruscio alle proprie spalle e girò di scatto la testa. Charlie aveva abbassato il braccio, e osservava Stanley contorcersi sul pavimento. Poi incrociò lo sguardo di Pip. Annuì, una volta sola, prima di voltarsi e correre fuori dalla stanza, precipitandosi lungo il corridoio a passi pesanti.

«Se n'è andato» disse Pip, tornando a guardare Stanley. In quei pochi secondi il sangue si era diffuso, impregnando la camicia tanto che rimanevano solo piccole righe bianche tra il rosso.

Fermare il sangue, devo fermare il sangue. Lo studiò: uno sparo al collo, uno alla spalla, uno al petto, due nello stomaco e uno nella coscia.

«Va tutto bene, Stanley» disse, togliendosi la giacca. «Ci sono qui io, andrà tutto bene.» Tirò una manica lungo le cuciture, mordendola fino ad aprire un foro, e poi la strappò. Da dove perdeva più sangue? La gamba. Doveva aver colpito l'arteria. Pip vi infilò la manica sotto, e il sangue caldo le ricoprì le mani. Gliel'annodò sopra la ferita, stringendo più che poté e facendo un secondo nodo perché non si muovesse.

Lui la guardava.

«Va tutto bene» ripeté Pip, scostandosi i capelli dagli occhi e lasciando sulla fronte uno sbaffo di sangue. «Andrà tutto bene. Stanno arrivando i soccorsi.»

Strappò l'altra manica, la appallottolò e gliela premette contro la ferita zampillante sul collo. Ma Stanley aveva sei fori di pallottole, e lei solo due mani.

Lui sbatté le palpebre lentamente, socchiudendo gli occhi.

«Ehi» esclamò lei, afferrandogli il volto. Lui li riaprì. «Stanley, resta con me, continua a parlarmi.»

«Va bene così, Pip» gracchiò mentre lei strappava altro tessuto dalla giacca, lo appallottolava e glielo sistemava contro le altre ferite. «Prima o poi sarebbe successo. Me lo merito.»

«No, non è vero» ribatté lei, premendo le mani sul foro nel petto e quello sul collo. Sentiva il sangue pulsarle contro i palmi.

«Jack Brunswick» disse lui piano, incrociando il suo sguardo.

«Come?» fece lei, premendo con tutta la forza che aveva, mentre il sangue di lui le scorreva negli spazi tra le dita.

«Era Jack, il mio nome» spiegò lui, sbattendo lentamente le palpebre pesanti. «Jack Brunswick. E poi sono stato David Knight. Poi Stanley Forbes.» Deglutì.

«Bene, continua a raccontarmi» disse Pip. «Quale nome ti è piaciuto di più?»

«Stanley.» Sorrise debolmente. «Nome stupido, e la persona che lo portava non era granché, non è sempre stata buona, ma è stata migliore degli altri. Ci stava provando.» Emise un rantolo dalla gola. Pip lo percepì tra le dita. «Sono ancora suo figlio, però, qualsiasi sia il mio nome. Sempre quel bambino che faceva quelle cose. Sempre marcio.»

«No, non è vero» ribatté Pip. «Sei migliore di lui. Sei migliore.»

«Pip...»

E, mentre lei lo guardava, un'ombra gli passò sul viso, una tenebra dall'alto, che smorzò la luce della torcia. Pip alzò lo sguardo e a quel punto ne sentì anche l'odore. Fumo. Fumo nero che scivolava lungo il soffitto.

Ora le sentiva anche. Le fiamme.

«Ha dato fuoco alla casa» si disse, con una stretta violenta allo stomaco, mentre guardava il fumo riversarsi dal corridoio fino a dove doveva trovarsi la cucina. E capì subito che avevano pochi minuti prima che l'intero edificio andasse in fiamme.

«Devo farti uscire da qui» disse.

Stanley sbatté le palpebre in silenzio, fissandola.

«Forza.» Pip lo lasciò, facendo leva con i piedi. Scivolò su una chiazza di sangue, inciampando nelle gambe di lui. Si chinò e gli afferrò i piedi, tirandolo, trascinandolo.

Tenendo le sue scarpe all'altezza dei fianchi, si voltò, per vedere dove andavano, trascinandosi dietro Stanley, le mani sulle sue caviglie, sforzandosi di non guardare la scia di sangue che lo seguiva.

In corridoio vide che la stanza alla loro destra era tutta in fiamme: un vortice feroce, tonante, su ogni parete e sul pavimento, che si riversava attraverso la porta aperta nello stretto ingresso. Le fiamme lambivano la vecchia carta da parati scrostata. E sopra le loro teste il materiale isolante del soffitto bruciava, facendo piovere loro addosso nugoli di cenere.

Il fumo era sempre più basso e più scuro. Pip tossì, inalandolo. E il mondo attorno a lei cominciò a vorticare.

«Andrà tutto bene, Stanley» urlò alle proprie spalle, chinando la testa, sotto il fumo. «Ti farò uscire.»

Era più difficile trascinarlo, lì sulla moquette. Ma piantò i talloni e tirò con tutta la forza che aveva. Il fuoco montava sulla parete accanto a lei – caldo, troppo caldo – e Pip aveva l'impressione che la pelle le si stesse ricoprendo di vesciche e che le bruciassero gli occhi. Scostò il viso nella direzione opposta e tirò.

«Va tutto bene, Stanley!» Ormai doveva gridare per farsi sentire sopra le fiamme.

Tossiva a ogni respiro. Ma non mollò la presa. Tenne duro e tirò. E quando arrivò al portone si riempì i polmoni della fresca e pura aria esterna, trascinando Stanley fuori, sull'erba, proprio nel momento in cui la moquette alle loro spalle prendeva fuoco.

«Ce l'abbiamo fatta, Stanley» disse Pip, trascinandolo ancora più avanti tra l'erba incolta, lontano dalla casa in fiamme. Si chinò e posò con delicatezza i suoi piedi, tornando a rivolgere lo sguardo al fuoco. Il fumo si riversava fuori dai buchi che un tempo erano state le finestre del piano superiore, cancellando le stelle.

Tossì di nuovo e guardò Stanley. Il sangue umido scintillava alla luce delle fiamme, e lui non si muoveva. I suoi occhi erano chiusi.

«Stanley!» Si lasciò cadere a terra accanto a lui, afferrandogli di nuovo il viso. Ma questa volta lui non riaprì gli occhi. «Stanley!» Pip avvicinò l'orecchio al naso, per sentirgli il respiro. Non c'era. Gli posò le dita sul collo, subito sopra il foro di proiettile. Niente. Niente battito.

«No, Stanley, ti prego, no.» Si mise in ginocchio, posandogli la mano al centro del petto, proprio accanto a uno dei fori. La coprì con l'altra, si raddrizzò e cominciò a premere. Forte.

«No, Stanley. Ti prego, non te ne andare» disse, tenendo le braccia tese, massaggiandogli il petto.

Contò fino a trenta e poi gli tappò il naso, premette la bocca contro la sua e respirò. Una volta. Due.

Posò di nuovo le mani sul suo petto e premette.

Sentì qualcosa che cedeva sotto il palmo, uno scricchiolio. Una delle costole si era incrinata.

«Non te ne andare, Stanley.» Guardò il suo viso immobile mentre caricava sul suo petto tutto il proprio peso. «Posso salvarti. Te lo prometto. Posso salvarti.»

Respira. Respira.

Con la coda dell'occhio notò un lampo: le fiamme divamparono, le finestre del piano terra esplosero mentre ne uscivano turbini di fuoco e fumo, avvolgendo l'esterno dell'edificio. Era incredibilmente rovente, anche a sei metri di distanza, e lungo la fronte di Pip colava un rivolo di sudore mentre faceva il massaggio cardiaco. O era il sangue di Stanley?

Un altro *crack* sotto la sua mano. Un'altra costola.

Respira. Respira.

«Torna da me, Stanley. Ti prego. Ti scongiuro.»

Le facevano già male le braccia, ma non si fermò. *Premi e respira.* Non seppe per quanto: il tempo pareva non esistere più. Solo lei, il crepitante calore delle fiamme e Stanley.

uno	sette	quattordici	ventuno	ventotto
due	otto	quindici	ventidue	ventinove
tre	nove	sedici	ventitré	trenta
quattro	dieci	diciassette	ventiquattro	*respira*
cinque	undici	diciotto	venticinque	*respira*
sei	dodici	diciannove	ventisei	
	tredici	venti	ventisette	

La prima cosa che udì fu la sirena.
Trenta e respira. Respira.
E poi portiere d'auto che sbattevano, voci che urlavano ma che lei non riusciva a comprendere perché lì le parole non esistevano. Solo da *uno* a *trenta* e *respira*.

La mano di qualcuno le toccò la spalla, ma lei l'allontanò. Era Soraya. Daniel Da Silva era in piedi sopra di loro, il fuoco riflesso nel suo sguardo sconvolto. Mentre guardava la casa, si sentì un rombo tonante, da fine del mondo, e il tetto collassò, cedendo alle fiamme.

«Pip, lascia che ci pensi io» disse dolcemente Soraya. «Tu sei stremata.»

«No!» gridò lei, senza fiato, col sudore che le scivolava nella bocca aperta. «Posso continuare. Posso farcela. Posso salvarlo. Starà bene.»

«I paramedici e i vigili del fuoco arriveranno a minuti» rispose Soraya, cercando di attirare il suo sguardo. «Pip, cos'è successo?»

«Charlie Green» rantolò lei mentre proseguiva il massaggio cardiaco. «Charlie Green, abita al 22 di Martinsend Way. Ha sparato a Stanley. Chiama Hawkins.»

Daniel fece un passo indietro per parlare alla radio.

«Hawkins sta arrivando» rispose Soraya. «Ravi ci ha detto dove trovarvi. Jamie Reynolds sta bene.»

«Lo so.»

«Sei ferita?»

«No.»

«Lascia che ci pensi io.»

«No.»

La seconda sirena non era distante, e poco dopo due paramedici la affiancarono, con giubbotti catarifrangenti e le mani in guanti viola.

Una di loro chiese a Soraya il nome di Pip. Poi si chinò in modo che lei potesse vederla in viso.

«Pip, io sono Julia. Sei bravissima, tesoro. Ma adesso ci penso io, va bene?»

Pip non voleva, e non poteva fermarsi. Ma Soraya la trascinò via e lei non ebbe la forza di opporsi, e le mani in guanti viola presero il posto delle sue sul petto infossato di Stanley.

Lei crollò nell'erba e rimase a guardare il suo volto pallido, illuminato d'arancione dalle fiamme.

Un'altra sirena. Il camion dei pompieri si fermò accanto alla fattoria e ne uscirono delle persone. Era ancora tutto reale?

«C'è qualcun altro dentro?» le stava urlando qualcuno.

«No.» Ma si sentiva la voce staccata dal corpo.

I paramedici si diedero il cambio.

Pip lanciò uno sguardo alle proprie spalle: c'era una piccola folla. Cos'era successo? Gente in piedi, in cappotto e vestaglia, che osservava la scena. Erano arrivati altri poliziotti, per aiutare Daniel Da Silva a tenere a bada i curiosi e a recintare l'area.

E quanto tempo passò prima che lei udisse la sua voce? Non lo sapeva.

«Pip!» La voce di Ravi superava le fiamme per riuscire a raggiungerla. «Pip!»

Lei si mise in piedi a fatica e si girò, vide l'orrore sul viso di Ravi mentre la guardava. Seguì il suo sguardo su di sé. Il suo top bianco era intriso del sangue di Stanley. Aveva le mani rosse. Sbaffi sul collo e sul viso.

Lui le corse incontro, ma Daniel lo fermò, lo spinse indietro.

«Fammi passare! Devo vederla!» gli gridò Ravi in faccia, dimenandosi.

«Non puoi, questa è la scena di un crimine ora!» Daniel lo spinse indietro, nella folla sempre più numerosa. Tenne tese le braccia, per non far passare Ravi.

Lo sguardo di Pip tornò su Stanley. Una dei paramedici aveva fatto un passo indietro, per parlare alla radio. Pip colse solo poche parole al di sopra del rumore del fuoco e della nebbia che aveva in testa. «Controllo medico... venti minuti... nessun cambiamento... lo dichiariamo...»

Le ci volle un momento perché le parole si facessero strada fino alla sua mente e assumessero un senso.

«Un attimo» disse Pip, mentre il mondo attorno a lei si muoveva troppo lentamente.

Il paramedico fece un cenno alla collega. Quest'ultima sospirò e staccò le mani dal petto di Stanley.

«Cosa fate? Non fermatevi!» Pip si lanciò in avanti. «Non è morto, non fermatevi!»

Si buttò verso Stanley, lì sdraiato, fermo e insanguinato sull'erba, ma Soraya le prese la mano.

«No!» le gridò Pip. Soraya però era più forte, la tirò a sé

e le avvolse le braccia attorno al corpo. «Lasciami andare! Devo...»

«È morto» disse lei piano. «Non possiamo fare niente, Pip. È morto.»

E poi le cose si sciolsero   il tempo   al di là di altre parole mezzo udite e mezzo comprese: *coroner* e *ehi, riesci a sentirmi?*

Daniel sta cercando di parlarle e lei riesce soltanto a urlargli contro.

«Ve l'avevo detto! Ve l'avevo detto che qualcuno sarebbe morto. Perché non mi avete dato retta?»

È arrivato l'ispettore Hawkins, ma da dove? Il suo viso non si muove molto, forse è morto anche lui, come Stanley? Adesso è sul sedile davanti della macchina e guida, e Pip, Pip è dietro e guarda il fuoco   allontanarsi   mentre procedono. I suoi pensieri non sono più linee diritte, ma

                   cadono
                                da lei
                                              come cenere.

La stazione di polizia è fredda, forse è per questo che trema. Una stanza sul retro che non ha mai visto. Ed Eliza: «Devo prenderti i vestiti, cara».

Ma non si tolgono se tira, glieli devono   staccare   di dosso, la pelle che non è più sua, rigata e rosa per via del sangue. Eliza sigilla i vestiti e tutto quel che resta di Stanley viene chiuso in una busta per le prove. Guarda Pip. «Mi serve anche il tuo reggiseno.»

Perché ha ragione, anche quello è fradicio di sangue.

Ora Pip indossa una maglietta bianca nuova e un paio di pantaloncini grigi, ma non sono suoi, allora di chi sono?

E *sta' zitta* perché qualcuno le sta parlando. È il detective Hawkins. «È solo per escluderti dalle indagini» dice, «per eliminarti dai sospetti.» E lei non vuole dirlo ma si sente già eliminata.

«Firma qui.»

Lei firma.

«Solo un test per vedere se hai dei residui di polvere da sparo addosso» dice una nuova persona che Pip non conosce. E le appoggia qualcosa di appiccicaticcio, adesivo, sulle mani e sulle dita, poi lo chiude in dei tubi.

Un altro *firma qui.*

«Per escluderti, capisci?»

«Sì» dice lei, lasciando che le premano le dita sul morbido cuscinetto d'inchiostro e poi sulla carta. Pollice, indice, medio, le linee attorcigliate delle sue impronte digitali come galassie a sé stanti.

«È in stato di shock» sente dire a qualcuno.

«Sto bene.»

Una stanza diversa e Pip è seduta da sola, un bicchiere di plastica pieno d'acqua tra le mani ma si increspa e trema, ci dev'essere un terremoto. Un attimo... lì non ci sono terremoti. Ma arriva lo stesso perché è dentro di lei, il tremore, e lei non riesce a tenere in mano l'acqua senza rovesciarla.

Una porta sbatte lì vicino e poi il suono la raggiunge, è cambiato.

È una pistola. Fa fuoco due tre sei volte e oh, di nuovo Hawkins nella stanza, seduto davanti a lei, ma lui non la sente, la pistola. Solo Pip ci riesce.

Fa delle domande.

«Cos'è successo?»

«Descrivi la pistola.»

«Sai dov'è Charlie Green? Lui e sua moglie sono spariti. Sembra che abbiano raccolto le loro cose in fretta e furia.»

Ha scritto tutto. Pip deve leggerlo, ricordarlo.

Firmare in fondo.

E poi è Pip a fare una domanda. «L'avete trovata?»

«Chi?»

«La bambina di otto anni rapita dal giardino di casa.»

Hawkins annuisce. «Ieri. Sta bene, era con il padre. Una lite domestica.»

E «Oh» è tutto quello che Pip riesce a rispondere.

Viene lasciata di nuovo sola, ad ascoltare quella pistola che nessun altro sente. Finché una mano gentile sulla spalla la fa trasalire. Una voce ancora più gentile: «Ci sono i tuoi genitori, ti riportano a casa».

I piedi di Pip seguono la voce trascinando il resto del corpo. Nella sala d'attesa, troppo luminosa, per primo vede suo padre. Non sa cosa dire a lui o alla mamma, ma non importa perché loro vogliono soltanto tenerla stretta.

Alle loro spalle c'è Ravi.

Pip va da lui e le sue braccia se la stringono al petto. Caldo. Sicuro. È sempre sicuro lì, e Pip respira, ascoltando il rumore del suo cuore. Ma oh no, anche lì c'è la pistola, nascosta sotto ogni battito.

Aspetta lei.

Quando escono la segue. Siede accanto a lei nella macchina buia. Si infila nel letto insieme a lei. Pip trema e si tappa le orecchie e dice alla pistola di andare via.

Ma non se ne va.

DOMENICA
Sedici giorni dopo

Quarantadue

Erano vestiti di nero, tutti quanti, perché era giusto così. Le dita di Ravi erano intrecciate alle sue, e se Pip le avesse strette anche solo un po' di più si sarebbero spezzate, ne era certa. Crepate a metà, come costole.

I suoi genitori erano in piedi accanto a lei, dall'altra parte, le mani giunte, gli occhi bassi, e papà respirava a tempo con il vento tra gli alberi. Era in questo modo che Pip ora notava tutto. Più oltre c'erano Cara e Naomi Ward, e Connor e Jamie Reynolds. Connor e Jamie indossavano entrambi abiti neri che non gli calzavano proprio a pennello, troppo corti qui, troppo larghi lì, come se li avessero presi in prestito dal padre.

Jamie piangeva, il corpo scosso dai singhiozzi all'interno di quell'abito della misura sbagliata. Il volto sempre più rosso per lo sforzo di ricacciare indietro le lacrime, lo sguardo oltre Pip, sulla bara.

Una bara di solido pino, dai fianchi privi di decorazioni, di duecentotredici centimetri per settantuno per cinquantotto, foderata di raso. Era stata Pip a sceglierla. Lui non aveva famiglia, e i suoi amici... erano tutti scomparsi dopo che la storia era diventata di dominio pubblico. Tutti quanti. Nessuno si era fatto avanti, perciò era stata Pip a organizzare l'intero funerale. Aveva scelto la sepoltura, nonostante l'*opinione professionale* dell'impresario di pompe funebri. Stanley era morto dissanguato con le caviglie tra le sue mani, terrorizzato, mentre attorno a loro infuriava un incendio. Pip non pensava volesse essere cremato, bruciato, come aveva fatto suo padre a quei sette ragazzi.

Una sepoltura, ecco cos'avrebbe voluto, aveva insistito Pip. Perciò ora eccoli lì, sul lato sinistro del cimitero, oltre Hillary F. Weiseman. I petali delle rose bianche tremavano alla brezza, sopra la bara. Questa era sistemata su una fossa aperta, dentro una cornice metallica con delle cinghie e un tappetino verde, come erba finta, perché non sembrasse quel che in effetti era: un buco nel terreno.

In teoria ci sarebbero dovuti anche essere degli agenti di polizia, ma l'ispettore Hawkins aveva mandato loro un'e-mail, la sera prima, dicendo che gli era stato sconsigliato dai superiori di partecipare al funerale: "Troppo politico". Perciò eccoli lì, in otto, la maggior parte presente per Pip. Non per lui, la persona che giaceva morta nella bara di solido pino. A parte Jamie, pensò, incrociando il suo sguardo arrossato.

Il colletto del prete era troppo stretto, gli comprimeva la pelle del collo mentre leggeva la predica. Pip gli guardò alle spalle, verso la piccola lapide grigia che aveva scelto. Un uomo con quattro nomi diversi, ma era stato Stanley Forbes quello che si era scelto, la vita che aveva voluto, quella che stava cercando di condurre.

Perciò era stato quello che lei gli aveva fatto incidere sopra, per sempre.

Stanley Forbes
7 giugno 1988 – 4 maggio 2018
Sei stato migliore

«E prima dell'ultima preghiera, Pip, vuoi dire qualche parola?»

Il suono del suo nome la colse in contropiede e lei sobbalzò, il cuore le fece una capriola, e di colpo aveva le mani umide, ma non sembrava sudore, era sangue, era sangue, era sangue...

«Pip?» le sussurrò Ravi, stringendole dolcemente le dita. E no, non c'era sangue, l'aveva solo immaginato.

«Sì» disse, tossendo per schiarirsi la voce. «Sì. Ehm, io volevo ringraziarvi, tutti, per essere venuti. E ringraziare lei, padre Renton, per la messa.» Se Ravi avesse smesso di tenerle la mano quella avrebbe continuato a tremare, a svolazzare nella brezza. «Non conoscevo Stanley così bene. Ma credo, nell'ultimissima ora della sua vita, di essere riuscita a capire chi era in realtà. Lui...»

Pip si fermò. Si udì un rumore, trasportato dal vento. Un urlo. Si ripeté, questa volta più forte. Più vicino.

«Assassino!»

Alzò gli occhi di scatto e sentì una stretta al petto. C'era un gruppetto di circa quindici persone, che marciava oltre la chiesa, verso di loro. Tra le mani tenevano cartelli dipinti.

«State piangendo un assassino!» gridò un uomo.

«I-i-io...» balbettò Pip, e sentì di nuovo l'urlo, che le cresceva nello stomaco, che la bruciava da dentro.

«Non ti fermare, cetriolino.» Papà si mise dietro di lei, la mano calda sulla spalla. «Stai andando benissimo. Vado io a parlare con loro.»

Il gruppo si avvicinava, e Pip riconobbe tra loro alcune facce: Leslie del negozio, e Mary Scythe del "Kilton Mail", e quello... quello era il padre di Ant, il signor Lowe, al centro?

«Ehm» disse tremando, guardando suo padre percorrere in fretta il sentiero verso di loro. Cara le fece un sorriso d'incoraggiamento, e Jamie annuì. «Ehm, Stanley, lui... quando la sua vita era in pericolo, per prima cosa ha pensato a proteggere me e...»

«Brucia all'inferno!»

Lei strinse le mani a pugno. «E ha affrontato la morte con coraggio e...»

«Feccia!»

Pip lasciò andare la mano di Ravi e partì.

«No, Pip!» Ravi cercò di trattenerla, ma lei sfuggì alla sua presa e si incamminò a grandi passi sull'erba. La mamma la chiamava per nome, ma quel nome ora non le apparteneva. Mostrò i denti, volando giù per il sentiero, il vestito nero che le svolazzava dietro le gambe, sollevato dal vento. Passò lo sguardo sui cartelli, sulle lettere dipinte di rosso, gocciolanti:

Figlio assassino
Mostro di Little Kilton
Charlie Green = EROE
Piccolo Brunswick marcisci all'inferno
Non nella NOSTRA *città!*

Suo padre si voltò e cercò di trattenerla mentre passava, ma lei fu troppo veloce, quella cosa che le bruciava dentro era troppo forte.

Si scontrò con il gruppo, diede un forte spintone a Leslie, facendole cadere il cartello, che sbatté a terra.

«È morto!» gridò loro contro, respingendoli. «Lasciatelo in pace, è morto!»

«Non dovrebbe venire sepolto qui. Questa è la *nostra* città» disse Mary, spingendo il suo cartello verso Pip, oscurandole la vista.

«Era tuo amico!» Le strappò il cartello dalle mani. «Era tuo amico!» ruggì, premendo il cartello contro il ginocchio con tutta la forza che aveva. Quello si spezzò a metà e lei scagliò i pezzi addosso a Mary. «LASCIATELO IN PACE!»

Andò dritta verso il signor Lowe, che fece un salto all'indietro per evitarla. Ma lei non riuscì a raggiungerlo. Suo padre la afferrò da dietro, le prese le braccia. Pip si dimenò, scalciando con i piedi verso quelle persone, ma si stavano tutti ritraendo. Qualcosa di nuovo sui loro visi. Paura, forse, mentre papà la trascinava via.

Alzando gli occhi, le si appannò lo sguardo di lacrime di rabbia. Aveva le braccia bloccate dietro la schiena, la voce di papà nell'orecchio, che la calmava. Il cielo era di un azzurro pallido e sbiadito, percorso da sprazzi di morbide nuvole. Un bel cielo per quel giorno. A Stanley sarebbe piaciuto, pensò, mentre urlava contro di loro.

SABATO
Sei giorni dopo

Quarantatré

Il sole le risaliva le gambe in chiazze simili a foglie, attraverso la chioma dell'alto salice del giardino dei Reynolds.

Era una giornata calda, ma il gradino di pietra su cui sedeva era fresco, contro i nuovi jeans neri. Pip sbatté le palpebre ai raggi di sole mutevoli, osservando tutti.

Una rimpatriata, diceva il messaggio di Joanna Reynolds, ma Jamie ci aveva scherzato sopra: era un barbecue a tema "Sorpresa, non sono morto!". Pip l'aveva trovato divertente. Nelle ultime settimane faceva fatica a trovare divertenti le cose, ma quella lo era.

I papà erano indaffarati attorno alla griglia, e Pip vide che il suo fissava gli hamburger non ancora girati, fremendo per prendere il posto di Arthur Reynolds. Mohan Singh rise, piegando la testa per bere la birra, e il sole fece scintillare la bottiglia.

Joanna era china sul tavolo da picnic lì vicino, intenta a rimuovere la pellicola trasparente dalle ciotole: insalata di pasta, insalata di patate e vera insalata. In ognuna mise dei cucchiai da portata. All'altro lato del giardino Cara era in piedi a chiacchierare con Ravi, Connor e Zach. Ravi, a intervalli, calciava una pallina da tennis per farla prendere a Josh.

Pip guardò suo fratello, che gridava mentre si lanciava dietro la pallina. Il sorriso sul suo volto era puro, inconsapevole. Dieci anni, la stessa età che aveva il Piccolo Brunswick quando... il viso morente di Stanley le attraversò la mente. Pip serrò gli occhi, ma non serviva mai. Respirò, tre respiri profondi, come le aveva insegnato la mamma, e li riaprì. Spostò lo sguardo e bevve un tremante sorso d'acqua, la mano sudata contro il vetro.

Nisha Singh e la madre di Pip erano in piedi insieme a Naomi Ward, Nat Da Silva e Zoe Reynolds, a scambiarsi sorrisi e parole che lei non riusciva a sentire. Era bello veder sorridere Nat, pensò Pip. La trasformava, in un certo senso.

E Jamie Reynolds ora la stava raggiungendo, aggrottando il naso punteggiato di lentiggini. Si sedette sul gradino accanto a lei, sfiorandola con il ginocchio.

«Come stai?» chiese, passando il dito sull'orlo della bottiglia di birra.

Pip non rispose alla domanda. «E tu?» ribatté invece.

«Bene.» Jamie la guardò, e sulle sue guance tinte di rosa si allargò un sorriso. «Bene ma... non riesco a smettere di pensare a lui.» Il sorriso svanì.

«Lo so» rispose Pip.

«Non era quello che la gente si sarebbe aspettata» disse piano Jamie. «Sai, aveva cercato di far passare un vero materasso attraverso l'apertura della porta del bagno, per farmi stare comodo. E mi chiedeva ogni giorno cosa volessi per cena, anche se aveva sempre paura di me. Di quello che avevo quasi fatto.»

«Non l'avresti mai ucciso» disse Pip. «Lo so.»

«No.» Jamie tirò su col naso, guardando il Fitbit distrutto che portava ancora al polso. Aveva detto che non se lo sarebbe mai tolto. Lo voleva lì, come monito. «Sapevo di non poterlo fare, anche quando avevo il coltello in mano. Ed ero terrorizzato. Ma questo non mi fa sentire minimamente meglio. Ho confessato tutto alla polizia. Ma senza Stanley non hanno abbastanza per incriminarmi. Non sembra giusto, in un certo senso.»

«Non sembra giusto che noi siamo entrambi qui e lui no» disse Pip, con una stretta al petto, la testa piena del rumore di costole che si spezzavano. «In un modo o nell'altro, abbiamo entrambi condotto Charlie da lui. E noi siamo vivi e lui no.»

«Io sono vivo grazie a te» replicò Jamie, senza guardarla. «A te e Ravi e Connor. Se Charlie avesse capito chi era Stanley prima di quella notte, avrebbe potuto uccidere anche me. Cioè, ha dato fuoco a un edificio con te dentro.»

«Già» fece Pip, la parola che usava quando tutte le altre sembravano sbagliate.

«Lo troveranno prima o poi» proseguì Jamie. «Charlie Green, e Flora. Non possono scappare per sempre. La polizia li troverà.»

È quello che le aveva detto anche Hawkins, quella notte: *Lo troveremo*. Ma un giorno erano diventati due, e due giorni erano diventati tre settimane.

«Già» ripeté.

«Mia madre ha già smesso di abbracciarti?» domandò Jamie, cercando di distoglierla da quei pensieri.

«Non ancora» rispose Pip.

«Non ha smesso di abbracciare nemmeno me» rise lui.

Lo sguardo di Pip seguì Joanna che passava un piatto ad Arthur, al barbecue.

«Tuo padre ti vuole bene, sai?» disse. «So che non lo dimostra sempre nel modo giusto, ma l'ho visto, nel momento in cui pensava di averti perso per sempre. Ti ama, Jamie. Tantissimo.»

A Jamie si riempirono gli occhi di lacrime, che scintillarono nella luce screziata del sole. «Lo so» rispose, con un nuovo groppo in gola. Lo ricacciò giù con un colpo di tosse.

«Pensavo» proseguì Pip, voltandosi verso di lui. «Stanley voleva solo una vita tranquilla, imparare a essere migliore, provare a ricavarne qualcosa di buono. E non potrà farlo mai più. Ma noi siamo ancora qui, noi siamo vivi.» Si interruppe, incrociando lo sguardo di Jamie. «Puoi promettermi una cosa? Mi puoi promettere che vivrai una bella vita? Una vita piena, felice. Che vivrai bene, e lo farai per lui, perché lui non può più.»

Jamie sostenne il suo sguardo, gli tremava il labbro inferiore. «Lo prometto» disse. «E anche tu.»

«Ci proverò» annuì lei, asciugandosi gli occhi con la manica proprio mentre Jamie faceva lo stesso. Si misero a ridere.

Jamie bevve un rapido sorso di birra. «A partire da oggi» disse. «Penso che farò domanda per il servizio ambulanze, per lavorare come paramedico.»

Pip gli sorrise. «È un buon inizio.»

Guardarono gli altri per un momento: Arthur che faceva cadere dei panini per hot dog e Josh che correva a raccoglierli, gridando: «Regola dei quattro secondi!», Nat che rideva, forte, senza trattenersi.

«E» proseguì Jamie «immagino che tu abbia già detto al mondo intero che sono innamorato di Nat. Perciò suppongo che prima o poi dovrò dirglielo io. E se lei non prova le stesse cose andrò avanti. Avanti, e puntando più in alto. E basta sconosciuti su internet.»

Alzò la bottiglia di birra verso di lei. «Vivi bene» disse.
Pip alzò il bicchiere d'acqua e brindò con quello. «Per lui» rispose.
Jamie la abbracciò, un abbraccio rapido, titubante, diverso da quelli goffi di Connor. Poi si alzò e attraversò il giardino, fino a raggiungere Nat. Aveva uno sguardo diverso quando le stava vicino, più pieno, in un certo senso. Più luminoso. Un sorriso e una fossetta gli si dipinsero sul viso quando lei si voltò verso di lui, la risata ancora nella voce. E Pip giurò di aver visto, forse per un secondo soltanto, la stessa luce negli occhi di Nat.
Li osservò scherzare con la sorella di Jamie, e non si accorse nemmeno che Ravi le si stava avvicinando. Non finché si fu seduto, agganciandole una gamba con il piede.
«Stai bene, Sergente?» chiese.
«Sì.»
«Vuoi unirti agli altri?»
«Sto bene qui» rispose lei.
«Ma sono tutti...»
«Ho detto che sto bene» rispose Pip, ma non era lei ad averlo detto, non proprio. Fece un sospiro, lo guardò. «Scusami. Non volevo scattare così. È che...»
«Lo so» disse Ravi, chiudendo la mano sopra quella di lei e facendo scivolare le dita tra le sue fino a intrecciarle in quel loro modo perfetto. Si incastravano ancora. «Andrà meglio, te lo prometto.» Lui la tirò a sé. «E io sono qui, ogni volta che hai bisogno.»
Lei non lo meritava. Neanche un po'. «Ti amo» disse, guardandolo negli scuri occhi castani, riempiendosene, cacciando via ogni altra cosa.
«Ti amo anch'io.»

Pip si risistemò per chinarsi in avanti e poggiare la testa sulla spalla di Ravi, mentre osservavano gli altri. Ora erano tutti in cerchio attorno a Josh, che faceva del suo meglio per insegnare loro la floss dance, e da ogni parte si vedevano braccia rigide che si agitavano e fianchi che si scatenavano.

«Dio mio, Jamie, sei una frana» ridacchiò Connor, visto che suo fratello chissà come era riuscito a colpirsi da solo al basso ventre, e si era piegato su se stesso. Nat e Cara si aggrapparono l'una all'altra, crollando a ridere sull'erba.

«Guardate me, io ci riesco!» stava dicendo il padre di Pip, perché ovviamente era così. Perfino Arthur Reynolds ci stava provando, sempre alla griglia, pensando che nessuno potesse vederlo.

Pip rise, vedendo quant'erano ridicoli tutti quanti, e la risata le uscì come un piccolo gracidio. E andava bene, stare lì ai margini, con Ravi. Separata. Mantenendo una certa distanza tra il punto dove si trovava e tutti gli altri. Una barricata attorno a sé. Si sarebbe unita a loro quando fosse stata pronta. Ma per il momento voleva solo restare seduta, abbastanza lontana da poterli abbracciare tutti con un unico sguardo.

Era sera. La sua famiglia aveva mangiato troppo a casa dei Reynolds e stavano tutti sonnecchiando al piano di sotto. La stanza di Pip era buia, il suo viso illuminato dal basso dalla spettrale luce bianca del portatile. Sedeva alla scrivania, fissando lo schermo. Studiava per gli esami, questo aveva detto ai suoi genitori. Perché adesso era una che mentiva.

Finì di digitare nella barra di ricerca e premette invio.
Ultime segnalazioni su Charlie e Flora Green.
Erano stati visti nove giorni prima, ripresi da una teleca-

mera di sicurezza mentre ritiravano denaro da un bancomat di Portsmouth. La polizia aveva verificato, l'aveva visto al telegiornale. Ma ora – Pip cliccò – qualcuno aveva commentato un articolo postato su Facebook, sostenendo di aver identificato la coppia il giorno prima a una stazione di servizio di Dover, alla guida di una nuova macchina: una Nissan Juke rossa.

Pip strappò un foglio dal bloc-notes, lo appallottolò e se lo gettò alle spalle. Si piegò in avanti, ricontrollando sullo schermo per annotare tutti i dettagli su una pagina nuova. Tornò alla sua ricerca.

Siamo uguali, tu e io. Tu lo sai, dentro di te, s'intromise la voce di Charlie, parlandole nella mente. E la cosa che faceva più paura era che Pip non era sicura che avesse torto. Non sapeva dire in che modo fossero diversi. Sapeva solo che lo erano. Era una sensazione al di là delle parole. O forse, solo forse, si trattava soltanto di speranza.

Rimase lì, per ore, saltando da un articolo all'altro, da un commento all'altro. Ed era sempre con lei, ovviamente. Sempre.

La pistola.

Era lì in quel momento, che le batteva nel petto, che le bussava alle costole. Che prendeva la mira attraverso i suoi occhi. Era nei suoi incubi, e nelle padelle che sbattevano, e nei respiri pesanti, e nelle matite che cadevano, e nei tuoni, e nelle porte che si chiudevano, ed era troppo forte, e troppo piano, e da sola e non, e nel fruscio delle pagine, e nel tintinnio delle chiavi e in ogni scatto e in ogni cigolio.

La pistola c'era sempre.

Ormai viveva dentro di lei.

Ringraziamenti

Al miglior agente del mondo, Sam Copeland. Grazie per esserci sempre stato e per aver condiviso tutto questo con me: i tanti alti così come i bassi. E per aver risposto a tutte le mie "brevi domande" che sono, in realtà, lunghe diciotto paragrafi.

A tutti alla Egmont, per aver lottato contro il tempo e contro ogni previsione per far nascere questo libro. Grazie alla squadra della casa editrice che mi ha aiutato a dare forma a questo sequel: Lindsey Heaven, Ali Dougal e Lucy Courtenay. Grazie a Laura Bird, per la splendida copertina, e per aver assecondato il mio incessante bisogno di aggiungere sangue. Grazie alle superstar dell'ufficio stampa, Siobhan McDermott e Hilary Bell, per tutto il loro incredibile e duro lavoro e per essere sempre così piene di entusiasmo, anche dopo avermi già sentito dare le stesse risposte a dozzine di interviste. A Jas Bansal (che darebbe filo da torcere al genio che gestisce l'account Twitter di Wendy's), grazie perché lavorare con te è sempre una gioia. Non vedo l'ora di vedere le divertenti trovate di marketing che stai escogitando. E grazie a Todd Atticus e Kate Jennings! All'ufficio vendite e all'ufficio diritti, grazie per aver fatto un lavoro fantastico per portare la storia di Pip là fuori, tra le mani dei lettori. E un grazie speciale a Priscilla Coleman per l'incredibile disegno dell'aula di tribunale in questo libro: sono ancora incantata!

Un grazie enorme a tutte le persone che hanno contribuito al successo di *Come uccidono le brave ragazze*. È grazie a voi che sono stata in grado di proseguire la storia di Pip. Ai blogger e ai recensori che hanno parlato online a gran voce del romanzo: non potrò mai ringraziarvi abbastanza per tutto quello che avete fatto per me. Grazie ai librai di tutto il Paese per il vostro incredibile supporto ed entusiasmo per il primo libro: è stato davvero un sogno che si avvera poter entrare in una libreria e vedere il mio libro sugli scaffali o sui tavolini. E grazie a tutti quelli che lo hanno scelto e lo hanno portato a casa con sé: io e Pip siamo tornate grazie a voi.

Come sanno Pip e Cara, non c'è nulla di più forte di un'amicizia tra ragazze adolescenti. Quindi grazie alle mie amiche, i miei Unni dei fiori, che mi stanno accanto da quando ero una ragazzina: Ellie Bailey, Lucy Brown, Camilla Bunney, Olivia Crossman, Alex Davis, Elspeth Fraser, Alice Revens e Hannah Turner. (Grazie per avermi concesso di rubare parti dei vostri nomi.) E a Emma Thwaites, la mia più vecchia amica, grazie per avermi aiutato ad affinare le mie doti di narratrice con tutte quelle terribili recite e canzoni che abbiamo scritto durante l'infanzia, e anche a Birgitta e a Dominic.

Agli autori miei amici, per aver percorso questa (a volte) terrificante strada insieme a me. Ad Aisha Bushby, non credo che sarei riuscita a sopravvivere ai ritmi intensi della scrittura di questo libro senza di te come compagna costante. Grazie a Katya Balen per tutta la sua saggezza, copiosa e tagliente, e ai migliori cocktail di sempre. A Yasmin Rahman per esserci stata sempre, e per le abbuffate di svariati programmi tivù. A Joseph Elliott, per vedere sempre il lato positivo e per essere il miglior compagno di escape room e giochi da tavola. A Sarah Juckes, prima di tutto per le sue favolose tute da lavoro, e per essere una grande e solerte fonte d'ispirazione. A Struan Murray, che è fastidiosamente bravo in tutto, per guardare gli stessi video YouTube nerd che guardo io. A Savannah Brown per gli appuntamenti di scrittura, e per averli interrotti così che io potessi davvero scrivere questo libro invece di chiacchierare e basta. E a Lucy Powrie, per tutte le cose meravigliose che fai alla UKYA e per le tue eccellenti doti internet: da te Pip potrebbe imparare una cosa o due.

A Gaye, Peter e Katie Collis per essere stati di nuovo tra i primi lettori di questo nuovo libro e per avermi sempre sostenuto così tanto. In un universo alternativo, questo libro si sarebbe chiamato *Brave ragazze, cattivi soggetti* ;)

Grazie a tutti i membri della mia famiglia, che hanno letto e sostenuto il primo libro, in special modo a Daisy e Ben Hay, e a Isabella Young. Bello sapere che la passione per gli omicidi è una cosa di famiglia.

A mia madre e mio padre per avermi dato tutto, compreso l'amore per le storie. Grazie per aver sempre creduto in me, anche quando non ci credevo io. Alla mia sorella maggiore, Amy, per tutto il tuo sostegno (e i tuoi splendidi bimbi), e a quella minore, Olivia, per avermi obbligato a uscire di casa mentre scrivevo il libro, salvando così la mia sanità mentale. A Danielle e George... no, mi dispiace, siete troppo piccoli per questo libro. Ritornate tra qualche anno.

Il grazie più grande va, come sempre, a Ben, per avermi tenuto, più o meno letteralmente, in vita mentre scrivevo questo romanzo nel corso di tre mesi molto intensi. E grazie per essere stato il modello, del tutto *volente*, della spalla di Jamie Reynolds. Dev'essere un vero spasso, vivere con una scrittrice, ma tu ci riesci benissimo.

E infine a tutte le ragazze che abbiano mai dubitato o smesso di credere in se stesse. So cosa significa. Questo libro è per tutte voi.

Una brava ragazza è una ragazza morta

Questo libro è dedicato a tutti voi.
Grazie per essere rimasti con me fino alla fine.

Parte I

Uno

Uno sguardo morto. È così che si dice, no? Senza vita, vitreo, vuoto. Lo sguardo morto era ormai un compagno costante, la seguiva sempre, mai più lontano di un battito di ciglia. Le si nascondeva nel fondo del cervello e la scortava nei sogni. Lo sguardo morto *di lui*, nell'istante esatto in cui era passato da vivo a non più vivo. Pip lo vedeva nelle occhiate più rapide e nelle ombre più buie, a volte anche nello specchio, sul suo stesso viso.

E lo stava vedendo anche ora, che la trapassava da parte a parte. Lo sguardo morto di un piccione morto riverso sul vialetto di casa. Occhi vitrei e senza vita, a parte per il riflesso di lei che si muoveva, che si inginocchiava e allungava una mano. Non per toccarlo, solo per arrivargli abbastanza vicino.

«Pronta, cetriolino?» chiese suo padre dietro di lei. Pip trasalì quando lui chiuse la porta di casa con uno schiocco sonoro, che celava nella sua eco il rumore di una pistola. L'altro costante compagno di Pip.

«S-sì» disse, raddrizzando se stessa e la propria voce. *Respira, respira e basta.* «Guarda.» Indicò anche se non ce n'era bisogno. «Un piccione morto.»

Lui si chinò a osservare, la pelle scura formò delle rughe attorno agli occhi socchiusi e il completo immacolato in tre pezzi si raggrinzì alle ginocchia. E poi il mutamento d'espressione, una che lei conosceva fin troppo bene: stava per dire qualcosa di sciocco e ridicolo, tipo...

«Arrosto di piccione per cena?»

Ecco, come previsto. Ormai una sua frase ogni due era una battuta, come se in quei giorni si stesse impegnando ancora di più per strapparle un sorriso. Pip cedette e gliene fece uno.

«Solo se di contorno c'è una ratt... atouille» scherzò lei, staccando finalmente lo sguardo da quello fisso e vuoto dell'uccello, e mettendosi lo zaino in spalla.

«Ah!» Papà le diede una pacca sulla schiena, facendo un sorriso raggiante. «La mia macabra figlia.» Un altro mutamento d'espressione non appena si rese conto di cosa aveva detto e di tutti gli ulteriori significati che si agitavano dietro quelle quattro semplici parole. Pip non poteva sfuggire alla morte, nemmeno in quel luminoso mattino d'agosto, in un momento di sincero abbandono con suo padre. Pareva che ormai fosse questo tutto ciò per cui viveva.

Papà si scrollò di dosso l'imbarazzo, su di lui sempre passeggero, e accennò con il capo alla macchina. «Forza, non puoi fare tardi a questo incontro.»

«Già» rispose Pip, aprendo la portiera e mettendosi a sedere, senza sapere cos'altro dire, con la mente rimasta bloccata lì, insieme al piccione, mentre si allontanavano.

La raggiunse solo quando si fermarono nel parcheggio della stazione di Little Kilton. Era affollata, e il sole si rifletteva sui contorni netti delle auto dei pendolari.

Papà sospirò. «Ah, quello stronzetto con la Porsche mi ha rubato di nuovo il posto.» "Stronzetto": un altro termine che Pip rimpiangeva di avergli insegnato.

Gli unici spazi liberi erano all'estremità opposta, accanto alla rete di cinta, che le telecamere non riuscivano a coprire. Il vecchio punto di spaccio di Howie Bowers. Soldi in una tasca, piccole buste di carta nell'altra. E, prima che Pip potesse trattenersi, il rumore della cintura di sicurezza che si sganciava si tramutò nel tamburellio dei passi di Stanley Forbes sull'asfalto alle sue spalle. Ora era notte, Howie non si trovava più in prigione ma lì, sotto il bagliore aranciato, ombre scure abbassate sugli occhi. Stanley lo raggiunge, per barattare con del denaro la propria vita, il proprio segreto. E, quando si volta verso Pip, ha lo sguardo morto, sei fori di proiettile gli si aprono dentro, inondando la camicia e l'asfalto di sangue, che poi chissà come è sulle mani di lei. Ce l'ha dappertutto, le impregna la pelle e...

«Vieni, cetriolino?» Papà le stava tenendo aperta la portiera.

«Arrivo» replicò lei, asciugandosi le mani sui suoi pantaloni più eleganti.

Il treno per London Marylebone era pienissimo: si ritrovarono in piedi, spalla contro spalla con gli altri passeggeri, goffi sorrisi a bocca chiusa a mo' di scusa ogni volta che capitava di urtarsi. C'erano troppe mani sul sostegno di metallo, perciò per tenersi salda Pip si aggrappò al braccio di suo padre. Se solo fosse stato così semplice.

Sul treno vide per due volte Charlie Green. La prima nella nuca di un uomo, prima che questi si spostasse per leggere meglio "Metro". La seconda in un signore che aspettava al binario, una pistola tra le mani. Ma quando salì sulla loro carrozza il suo viso si riaggiustò e perse ogni somiglianza con Charlie, e la pistola era soltanto un ombrello.

Erano passati mesi e la polizia ancora non lo aveva rintracciato. Sua moglie, Flora, si era costituita in una stazione di polizia di Hastings otto settimane prima: per qualche ragione si erano separati durante la fuga. Non sapeva dove fosse il marito, ma online circolava la voce che fosse riuscito ad arrivare in Francia. Pip lo cercava comunque, non perché desiderasse che lo prendessero, ma perché aveva bisogno che lo trovassero. E in quella differenza stava tutto, era il motivo per cui le cose non sarebbero tornate mai più alla normalità.

Papà incrociò il suo sguardo. «Sei agitata per l'incontro?» le chiese, sovrastando lo stridio delle ruote del treno che rallentava per fermarsi a Marylebone. «Andrà bene. Basta che tu dia retta a Roger, ok? È un avvocato eccellente, sa di che cosa parla.»

Roger Turner era il legale dell'azienda di suo padre, a quanto pareva "il migliore" per i casi di diffamazione. Lo raggiunsero pochi minuti dopo: li aspettava fuori dal centro congressi in mattoni rossi, dove era stata prenotata la sala.

«Bentrovata, Pip» disse, tendendole la mano. Lei controllò rapida che non ci fosse del sangue sulla propria prima di stringergliela. «Com'è andato il weekend, Victor?»

«Bene, grazie, Roger. E per pranzo oggi ho gli avanzi, perciò anche il lunedì andrà benissimo.»

«Meglio entrare, allora, se sei pronta» disse Roger a Pip, controllando l'orologio mentre nell'altra mano stringeva una valigetta splendente.

Pip annuì. Sentiva di nuovo le mani bagnate, ma era solo sudore. Solo sudore.

«Andrà tutto bene, tesoro» le disse papà, aggiustandole il colletto.

«Sì, sono un esperto in mediazioni» sorrise Roger, ravviandosi i capelli grigi. «Non devi preoccuparti.»

«Chiamami quando hai finito.» Papà si piegò per stamparle un bacio in testa. «Ci vediamo a casa stasera. Roger, noi invece più tardi in ufficio.»

«Sì, ci vediamo, Victor. Dopo di te, Pip.»

Erano nella sala riunioni 4E, al piano più alto. Pip chiese di fare le scale perché, se il cuore le martellava forte per la fatica fisica, almeno non l'avrebbe fatto per altri motivi. Era così che razionalizzava la cosa con se stessa, la ragione per cui andava a correre ogni volta che sentiva una stretta al petto. Correre finché non le doleva in modo diverso.

Arrivarono in cima, il vecchio Roger che ansimava svariati gradini dietro di lei. Un uomo in un completo elegante era in piedi nel corridoio fuori dalla 4E, e sorrise quando li vide.

«Ah, tu devi essere Pippa Fitz-Amobi» disse. Un'altra mano tesa, un altro rapido controllo che non ci fosse del sangue. «E lei il suo legale, Roger Turner. Io sono Hassan Bashir e oggi sarò il vostro mediatore indipendente.»

Sorrise di nuovo, spingendosi indietro gli occhiali sul naso sottile. Pareva gentile, e talmente impaziente che quasi saltellava. Pip detestava dovergli rovinare la giornata, cosa che senza dubbio sarebbe successa.

«Piacere di conoscerla» disse, schiarendosi la gola.

«Piacere mio.» Batté le mani, sorprendendola. «Allora, l'altra parte è già dentro, pronta a procedere. A meno che prima non abbiate delle domande» lanciò uno sguardo a Roger, «credo che forse dovremmo cominciare.»

«Sì. Benissimo.» Roger si mise davanti a Pip per assumere il controllo della situazione, mentre Hassan indietreggiava per tener loro aperta la porta della 4E. Dentro c'era silenzio. Roger entrò, con un cenno di ringraziamento in direzione di Hassan. Poi fu il turno di Pip. Fece un respiro profondo, aprendo le spalle, dopodiché espirò a denti stretti.

Pronta.

Entrò nella stanza e il volto di lui fu la prima cosa che vide. Seduto al lato opposto del lungo tavolo, gli zigomi affilati che puntavano verso la bocca, i suoi arruffati capelli biondi, ravviati all'indietro. Alzò lo sguardo e incrociò il suo, e negli occhi gli brillò un'ombra scura e compiaciuta.

Max Hastings.

Due

I piedi di Pip smisero di muoversi. Non gliel'aveva ordinato lei, era come un istinto primordiale, silenzioso: la consapevolezza che anche solo un altro passo l'avrebbe portata troppo vicina a *lui*.

«Vieni, Pip» disse Roger, scostando la sedia proprio di fronte a Max e facendole cenno di accomodarsi. Oltre a Max, al lato opposto rispetto a Roger, c'era Christopher Epps, lo stesso avvocato che aveva rappresentato Hastings al processo. L'ultima volta che Pip si era trovata davanti a quell'uomo era stato sul banco dei testimoni; indossava quello stesso completo mentre la assaliva con la sua voce latrante. Detestava anche lui, ma quel sentimento non era nulla in confronto all'odio che provava per la persona che le sedeva di fronte. Solo un tavolo a separarli.

«Bene, buongiorno a tutti» disse Hassan allegro, sedendosi al proprio posto a un'estremità del tavolo, tra le due parti. «Iniziamo con le presentazioni. Io sono qui in qualità di mediatore per aiutarvi a raggiungere un accordo che sia accettabile per entrambe le parti. Il mio unico interesse è che tutti siano contenti, ok?»

Era evidente che Hassan non avesse colto le dinamiche della stanza.

«Lo scopo di una mediazione è quello di evitare scontri. Un processo è un grosso grattacapo, ed è molto costoso per tutti i soggetti coinvolti, perciò è sempre meglio capire se sia possibile pervenire a un qualche tipo di accordo prima di intentare una causa.» Sorrise, prima alla metà della stanza di Pip, poi a quella di Max. Un sorriso condiviso ed equo.

«Se non riuscirete a raggiungere un accordo, il signor Hastings e il suo legale intendono citare in giudizio la signorina Fitz-Amobi per un tweet e un file audio pubblicati il 3 marzo dell'anno corrente, a loro parere diffamatori.» Hassan abbassò lo sguardo sui suoi appunti. «Il signor Epps, per conto del ricorrente, il signor Hastings, sostiene che l'affermazione diffamatoria abbia avuto effetti molto gravi sul suo cliente, sia in termini di benessere psicologico sia come danno d'immagine irreparabile. Questo, di conseguenza, ha portato a difficoltà finanziarie per le quali chiede una compensazione economica.»

Pip chiuse a pugno le mani che teneva in grembo, e le nocche le spuntarono dalla pelle come una spina dorsale preistorica. Non sapeva se sarebbe riuscita a restare seduta lì ad ascoltare tutte quelle idiozie. Ma fece un respiro e ci provò, per suo padre e per Roger, e per il povero Hassan.

Sul tavolo, di fronte a Max, c'era ovviamente quella sua odiosa borraccia per l'acqua. Plastica opaca blu scuro con beccuccio di gomma a scatto. Non era la prima volta che Pip gliela vedeva: a quanto pareva, in una cittadina piccola come Little Kilton, i percorsi per il jogging tendevano a convergere e intersecarsi. Ormai se l'aspettava, di incrociare Max mentre era fuori a correre anche lei, come se in qualche modo lo facesse apposta. E sempre con quella borraccia blu del cazzo.

Max notò che la stava osservando. La prese, aprì il beccuccio con uno scatto e ne bevve un sorso lungo e sonoro, tenendoselo in bocca per qualche istante prima di deglutire. Lo sguardo fisso su di lei per tutto il tempo.

Hassan si allentò la cravatta. «Dunque, signor Epps, se vuole cominciare con la sua dichiarazione d'apertura...»

«Certo» rispose l'avvocato, risistemando i propri fogli, la voce acuta come la ricordava Pip. «Il mio cliente ha sofferto terribilmente da quando, la sera del 3 marzo, la signorina Fitz-Amobi ha pubblicato quell'affermazione diffamatoria, specie considerato il fatto che in rete la signorina Fitz-Amobi ha un seguito significativo, che allora era di più di trecentomila follower. Il mio cliente ha frequentato un'università prestigiosa, e quindi dovrebbe essere un candidato appetibile per molti posti di lavoro.»

Max bevve un altro sorso dalla borraccia, come a sottolineare il punto.

«Eppure, in questi ultimi mesi, il signor Hastings ha faticato a trovare un'occupazione al livello che merita. Questo è dovuto direttamente al danno reputazionale causato dall'affermazione diffamatoria della signorina Fitz-Amobi. Di conseguenza il mio cliente è costretto a vivere ancora a casa dei genitori perché non riesce a trovare un lavoro appropriato e quindi pagare un affitto per vivere a Londra.»

Oh, povero piccolo stupratore seriale, pensò Pip, pronunciando le parole con lo sguardo.

«Ma il danno non è stato solo del mio cliente» proseguì Epps. «Anche i suoi genitori, il signore e la signora Hastings, hanno sofferto un grande stress e di recente si sono visti obbligati a lasciare il Paese per spostarsi nella loro seconda casa in Italia, a Firenze, per un paio di mesi. La loro abitazione è stata vandalizzata la stessa sera che la signorina Fitz-Amobi ha pubblicato quell'affermazione diffamante; qualcuno ha scritto sulla facciata della casa le parole: *Stupratore. Non mi sfuggirai...*»

«Signor Epps» lo interruppe Roger. «Spero non stia insinuando che la mia cliente abbia qualcosa a che fare con questo atto vandalico. La polizia non l'ha mai contattata in merito.»

«Assolutamente no, signor Turner» replicò Epps. «Vi faccio cenno perché possiamo evincere un collegamento causale tra l'affermazione diffamatoria della signorina Fitz-Amobi e l'atto vandalico, visto che il secondo è avvenuto nelle ore immediatamente successive alla prima. Di conseguenza la famiglia Hastings non si sente al sicuro a casa propria e ha dovuto installare telecamere di sicurezza sul davanti dell'edificio. Spero che questo possa spiegare non solo le difficoltà finanziarie del signor Hastings, ma anche il profondo dolore e la sofferenza patiti da lui e dalla sua famiglia in seguito all'affermazione maligna della signorina Fitz-Amobi.»

«Maligna?» esclamò Pip, mentre il calore le si diffondeva sulle guance. «L'ho definito stupratore e lui *è* uno stupratore, perciò...»

«Signor Turner» latrò Epps, alzando la voce. «Le suggerisco di consigliare alla sua cliente di rimanere in silenzio e di ricordarle che qualsiasi sua affermazione diffamatoria ora potrebbe venire considerata calunniosa.»

Hassan sollevò le mani. «Sì, sì, prendiamoci tutti un attimo di pausa. Signorina Fitz-Amobi, la sua parte avrà modo di parlare più avanti.» Si allentò ulteriormente la cravatta.

«Va tutto bene, Pip, ci penso io» le disse piano Roger.

«Vorrei ricordare alla signorina Fitz-Amobi» proseguì

Epps, senza nemmeno guardarla, ma con gli occhi fissi su Roger, «che quattro mesi fa il mio cliente ha affrontato un processo penale ed è stato dichiarato *non colpevole* di tutti i capi d'accusa. Questo basta a provare che l'affermazione del 3 marzo sia stata, in effetti, diffamatoria.»

«Considerato questo» si intromise Roger, sistemando i fogli davanti a lui, «un'affermazione può essere diffamatoria soltanto se viene presentata come fatto. Il tweet della mia cliente dice così: "Ultimo aggiornamento dal processo a Max Hastings. Non mi importa cosa crede la giuria: è colpevole".» Si schiarì la voce. «Ora, la frase "non mi importa" stabilisce chiaramente che ciò che segue è soggettivo, è un'opinione, non un fatto...»

«Oh, ma per favore» lo interruppe Epps. «Sta cercando di farla ricadere nel diritto d'opinione? Sul serio? È evidente che l'affermazione sia stata formulata come fatto, e il file audio allegato come se fosse reale.»

«Lo è» sbottò Pip. «Vuole sentirlo?»

«Pip, per piacere...»

«Signor Turner...»

«È chiaramente ritoccato.» Per la prima volta Max parlò, con una calma esasperante, incrociando le braccia sul petto. Posò lo sguardo sul mediatore. «Non sembra nemmeno la mia voce.»

«La voce di uno stupratore?» gli sbraitò contro Pip dall'altra parte del tavolo.

«SIGNOR TURNER...»

«Pip...»

«Ok, sentite!» Hassan si alzò. «Abbassiamo un po' i toni. Avrete tutti occasione di parlare. Ricordate, ci troviamo qui perché tutti siano contenti del risultato. Signor Epps, può illustrarci che genere di compensazione chiede il suo cliente?»

L'avvocato chinò il capo, estraendo un foglio dal fondo della risma. «Per danni speciali, considerando che negli ultimi quattro mesi il mio cliente avrebbe dovuto avere un'occupazione dal salario mensile del livello che ci si aspetterebbe da una persona della sua posizione, cioè almeno tremila sterline. Questo fa salire la perdita economica complessiva a dodicimila sterline.»

Max bevve un altro sorso dalla borraccia, deglutendo sonoramente. Pip avrebbe voluto prendere quella borraccia del cazzo e spaccargliela in faccia una volta per tutte. A quel punto, se avesse avuto del sangue sulle mani, sarebbe stato quello di lui.

«Naturalmente nessuna cifra può risarcire il mio cliente e la sua famiglia per il dolore e lo stress patiti. Ma crediamo che ottomila sterline sarebbero adeguate. Questo porterebbe il totale a ventimila sterline.»

«Ridicolo» disse Roger, scuotendo il capo. «La mia cliente ha solo diciott'anni.»

«Signor Turner, se vuole farmi finire» sbuffò Epps, leccandosi il dito per girare pagina. «Tutto considerato, però, dopo averne discusso con il mio cliente, è sua opinione che la continua sofferenza patita sia causata dal fatto che l'affermazione diffamatoria non sia stata ritirata né siano state porte scuse alcune, cosa che sarebbe effettivamente di maggiore importanza, per lui, di qualsiasi compensazione economica.»

«La signorina Fitz-Amobi ha cancellato il post settimane fa, quando è stata inviata la vostra prima lettera» rispose Roger.

«Signor Turner, per favore» replicò Epps. Se Pip l'avesse sentito pronunciare un altro *per favore*, avrebbe forse rotto il naso anche a lui. «Cancellare un tweet dopo averlo pubblicato non mitiga il danno d'immagine provocato. Perciò la nostra proposta è questa: la signorina Fitz-Amobi rilasci una dichiarazione su quello stesso profilo nella quale ritratta l'affermazione diffamatoria originale, riconoscendo di aver sbagliato e scusandosi per qualsiasi danno le sue parole possano aver causato al mio cliente. Inoltre – ed è il punto più importante, perciò prestate attenzione – in questa dichiarazione deve ammettere di aver truccato il file audio in questione e che il mio cliente non ha mai pronunciato quelle parole.»

«Col cazzo.»

«Pip...»

«Signorina Fitz-Amobi» implorò Hassan, lottando con la cravatta come se gli si stesse stringendo attorno al collo, all'inseguimento della propria coda.

«Ignorerò l'esclamazione della sua cliente, signor Turner» disse Epps. «Se le nostre richieste verranno accolte, applicheremo uno sconto, per così dire, ai danni materiali, abbassandoli a diecimila sterline.»

«Ok, questo è un buon punto di partenza» annuì Hassan, cercando di riacquistare il controllo. «Signor Turner, vuole rispondere alla proposta?»

«Grazie, signor Bashir» disse Roger, prendendo la parola. «La compensazione economica proposta è sempre troppo alta. Signor Epps, lei fa grandi presupposizioni sul potenziale livello d'occupazione del suo cliente. Io non lo vedo un candidato così perfetto, specie nell'attuale mercato del lavoro. La mia cliente ha solo diciott'anni. Il suo unico reddito deriva dalle inserzioni pubblicitarie del suo podcast di true crime, e comincerà l'università tra poche settimane, dove si accollerà un pesante debito studentesco. Alla luce di tutto questo, la richiesta è irragionevole.»

«Ok, settemila» disse Epps, stringendo gli occhi.

«Cinquemila» controbatté Roger.

Epps lanciò una rapida occhiata a Max, che annuì in modo quasi impercettibile, stravaccandosi di lato sulla sedia. «Per noi è accettabile» annunciò Epps, «unitamente a una ritrattazione e alle scuse.»

«Ok, sembra che stiamo arrivando a qualcosa.» Sul viso di Hassan ritornò un cauto sorriso. «Signor Turner, signorina Fitz-Amobi, possiamo sapere cosa pensate di queste condizioni?»

«Be'» cominciò Roger, «credo che...»

«Niente accordo» disse Pip, scostando la sedia dal tavolo e facendo stridere le gambe contro il pavimento lucido.

«Pip...» Roger le si rivolse prima che potesse alzarsi in piedi. «Perché non ne discutiamo da qualche parte e...»

«Non ritratterò ciò che ho detto, non mentirò e non dirò che il file audio era truccato. L'ho definito stupratore perché è uno stupratore. Meglio morire che scusarmi con te.» Mostrò i denti a Max, la rabbia le piegava la schiena, le rivestiva la pelle.

«SIGNOR TURNER! Controlli la sua cliente, per favore!» Epps batté un pugno sul tavolo.

Hassan agitò le mani, non sapendo bene cosa fare.

Pip si alzò. «Ecco cosa succede se mi fai causa, Max.» Pronunciò il suo nome con disgusto, come se non sopportasse di averlo sulla lingua. «Ho io la difesa definitiva: la verità. Perciò accomodati, intenta la causa, ti sfido. Ci vedremo in tribunale. E sai come andrà, vero? Dovrai dimostrare se la mia affermazione è vera o no, cioè riaffrontare di nuovo tutto il processo per stupro. Gli stessi testimoni, gli stessi interrogatori delle vittime, le prove. Non ci saranno accuse penali, ma almeno tutti sapranno cosa sei, finalmente. Uno stupratore.»

«Signorina Fitz-Amobi!»

«Pip...»

Lei posò le mani sul tavolo e si chinò in avanti, lo sguardo di fuoco che perforava gli occhi di Max. Se soltanto fosse riuscita ad appiccarvi un incendio, bruciargli il viso mentre lo guardava. «Pensi davvero di farla franca una seconda volta? Di convincere altri dodici giurati che non sei un mostro?»

Max incrociò il suo sguardo. «Sei fuori di testa» ghignò.

«Forse. Per questo dovresti avere una paura folle.»

«Bene!» Hassan si alzò e batté le mani. «Credo sia meglio fare una pausa.»

«Io ho finito» disse Pip, mettendosi lo zaino sulla spalla e aprendo la porta con tale veemenza da farla sbattere contro il muro.

«Signorina Fitz-Amobi, la prego, torni qui.» La voce disperata di Hassan la seguì in corridoio. Insieme a dei passi. Pip si voltò. Era Roger, che armeggiava con la valigetta cercando di rimetterci dentro i fogli.

«Pip» disse senza fiato. «Credo proprio che dovremmo...»

«Io con lui non negozio.»

«Aspettate un attimo!» latrò Epps nel corridoio, affrettandosi a raggiungerli. «Concedetemi solo un minuto, per favore» disse, ravviandosi i capelli grigi. «Non faremo causa prima di un mese circa, va bene? Evitare un processo è davvero nell'interesse di tutti. Perciò abbiamo ancora qualche settimana per rifletterci, quando l'atmosfera sarà meno carica *emotivamente*.» Abbassò lo sguardo su Pip.

«Non ho bisogno di rifletterci» rispose lei.

«Per favore, basta che...» Epps si frugò nella tasca del completo, estraendone due immacolati biglietti da visita color avorio. «Tenete» disse, porgendoli a lei e a Roger. «C'è anche il mio numero di cellulare. Pensateci e, se cambiate idea, chiamatemi in qualsiasi momento.»

«Non lo farò» rispose Pip, prendendo con riluttanza il biglietto e infilandolo nella tasca mai usata della giacca.

Christopher Epps la studiò per un istante, le sopracciglia abbassate in un'espressione quasi preoccupata. Pip sostenne il suo sguardo: distogliere il proprio voleva dire dargliela vinta.

«E magari anche un piccolo consiglio» disse Epps. «Fai come ti pare, ma ho visto molte persone precipitare in una spirale autodistruttiva prima d'ora. Diavolo, ne ho rappresentate tante. Finirai soltanto per ferire tutti quelli che ti stanno vicino, e te stessa. Non sarai in grado di evitarlo. Ti esorto a fare un passo indietro prima di perdere tutto.»

«Grazie per il consiglio imparziale, signor Epps» rispose lei. «Ma a quanto pare mi ha sottovalutato. Sarei disposta a perdere tutto, a distruggere me stessa, se questo volesse dire distruggere anche il suo cliente. Mi sembra uno scambio equo. E adesso, buona giornata, signor Epps.»

Gli rivolse un sorrisetto acido e girò sui tacchi. Affrettò il passo, il ticchettio delle scarpe quasi a tempo con il battito turbolento del suo cuore. E lì, subito sotto quest'ultimo, sotto strati di muscoli e nervi, c'era il rumore di una pistola che esplodeva sei colpi.

Tre

La sorprese a fissarlo: il modo in cui cadevano i suoi capelli scuri, la fossetta sul mento grande esattamente come i suoi mignoli, gli occhi neri e la fiamma della nuova candela Aroma d'Autunno di sua mamma che vi danzava dentro. Chissà come, i suoi occhi erano sempre accesi, luminosi, come rischiarati dall'interno. Ravi Singh era il contrario di uno sguardo morto. Ne era l'antidoto. A volte Pip lo doveva ricordare a se stessa. Perciò lo guardava, lo assorbiva interamente, senza tralasciare nulla.

«Ehi, pervertita» le sorrise Ravi dal lato opposto del divano. «Cosa guardi?»

«Niente.» Pip si strinse nelle spalle, senza distogliere gli occhi.

«Cosa vuol dire *pervertito*?» La vocina di Josh si alzò dal tappeto, dove stava assemblando con i Lego una forma non identificabile. «Mi hanno chiamato così su *Fortnite*. È più brutto di... cioè... la parola con la *c*?»

Pip soffocò una risata, vedendo il viso di Ravi contrarsi in un'espressione di panico, le labbra tese, le sopracciglia che sparivano sotto i capelli. Lanciò un'occhiata alla porta della cucina dietro di sé, dove si sentivano i genitori di Pip che sparecchiavano la cena preparata da lei e Ravi.

«Ehm, no, non è così brutto» disse con tutta la nonchalance possibile. «Magari però non ripeterlo, ok? Specie davanti alla mamma.»

«Ma cosa fanno i pervertiti?» Josh alzò lo sguardo su Ravi e per un brevissimo istante Pip fu certa che suo fratello sapesse benissimo che cosa stava facendo, e si stesse godendo la reazione di Ravi che si agitava sulla graticola.

«Be', ehm...» Ravi si interruppe. «Spiano le persone in maniera inquietante.»

«Oh.» Josh annuì, accettando quella spiegazione. «Come il tizio che spia casa nostra?»

«Sì... aspetta, no» rispose Ravi. «Non c'è nessun pervertito che spia casa vostra.» Guardò Pip in cerca di sostegno.

«Non posso aiutarti» sussurrò lei di rimando con un sorrisetto. «Ti stai scavando la fossa da solo.»

«Grazie, Maximus Pippus.»

«Ecco, possiamo accantonare questo nuovo soprannome?» chiese, lanciandogli contro un cuscino. «Non sono una fan. Possiamo tornare al semplice Sergente? Sergente mi piace.»

«Io la chiamo Ippopippo.» Ancora Josh. «Odia pure quello.»

«Ma ti calza a pennello» esclamò Ravi, facendole il solletico tra le costole con le dita dei piedi. «Incarni la massima *pippità* che una Pip possa avere. Sei l'Ultra-Pip. Questo weekend ti presenterò alla mia famiglia come Maximus Pippus.»

Lei alzò gli occhi al soffitto e lo pungolò con un alluce, in un punto che lo fece gemere.

«Ma Pip ha già visto la tua famiglia tantissime volte.» Josh alzò lo sguardo, confuso. Sembrava stesse attraversando una nuova fase da pre-undicenne, per cui doveva intromettersi in qualsiasi conversazione in corso in casa. Il giorno prima aveva dovuto dire la sua anche sugli assorbenti interni.

«Ah, qui si tratta della famiglia *allargata*, Josh. Molto più temibile. Cugini e addirittura, te lo devo dire, *le zie*» annunciò in tono teatrale, e sottolineò la parola agitando le dita.

«Non c'è problema» rispose Pip. «Sono preparatissima. Devo soltanto rileggere un paio di volte il mio file Excel e ci sono.»

«Ed è anche... un attimo.» Ravi si interruppe, e le sopracciglia gli oscurarono lo sguardo. «Cos'hai detto? *File Excel?*»

«S-sì.» Pip si agitò, le guance cominciarono a bruciarle. Non aveva intenzione di dirglielo così. L'hobby preferito di Ravi era prenderla in giro, e non c'era bisogno di offrirgli altri pretesti per farlo. «Non è niente.»

«No, certo. Che file Excel?» Si mise a sedere diritto. Se avesse allargato il sorriso anche di un solo centimetro la sua faccia si sarebbe spezzata.

«Niente.» Incrociò le braccia.

Lui si lanciò in avanti prima che lei potesse difendersi, mirando al punto in cui soffriva di più il solletico: tra il collo e le spalle.

«Ah, smettila» rise Pip. Non poteva evitarlo. «Ravi, smettila. Ho mal di testa.»

«Dimmi di questo file Excel, allora» rispose lui, rifiutando di fermarsi.

«Va bene» gracchiò lei senza fiato, e finalmente Ravi smise di torturarla. «È... ho solo fatto un file Excel per tenere traccia delle cose che mi hai detto della tua famiglia. Giusto piccoli dettagli, per ricordarmeli. Così quando li conoscerò magari... insomma, magari gli piacerò.» Non osò guardarlo in viso, sapendo che espressione la aspettava.

«Dettagli di che genere?» chiese lui, la voce che traboccava di una malcelata nota divertita.

«Cose tipo... ehm... ah, tua zia Priya, che è la sorella minore di tua mamma... anche a lei piacciono un sacco i documentari di true crime, perciò sarebbe carino parlarne con lei. E tua cugina Deeva... lei è appassionata di corsa e di fitness, se ricordo bene.» Si abbracciò le ginocchia. «Ah, e a tua zia Zara non piacerò, per quanto io possa provarci, perciò non devo restarci troppo male.»

«È vero» rise Ravi. «Lei odia tutti.»

«Lo so, me l'hai detto.»

Lui la studiò per un lungo momento, la risata che si prolungava muta sul suo viso. «Non riesco a credere che hai preso appunti in segreto per tutto questo tempo.» E in un unico movimento fluido si alzò, fece scivolare le braccia sotto di lei e la sollevò. La fece roteare nonostante le sue proteste, dicendo: «Sotto quella scorza da dura abbiamo un'adorabile piccola nerd, eh?».

«Pip non è adorabile.» L'inevitabile commento di Josh.

Ravi la lasciò andare, posandola nuovamente sul divano. «Vero» disse lui, raddrizzandosi. «Adesso dovrei andare. Non tutti devono alzarsi alle schifo in punto, domattina, per il praticantato legale. Ma probabilmente alla mia ragazza un giorno servirà un buon avvocato, perciò...» Le fece l'occhiolino. La stessa identica cosa che aveva detto dopo che lei gli aveva raccontato dell'incontro di mediazione.

Era solo la prima settimana di pratica, e Pip aveva già capito che Ravi l'adorava, nonostante le lamentele sull'orario della sveglia. Per il primo giorno lei gli aveva regalato una maglietta con la scritta *Avvocato: loading...*

«Bene, buonanotte Joshua» disse, solleticandolo con il piede. «Mio essere umano preferito.»

«Davvero?» Josh si illuminò e alzò lo sguardo su di lui. «E Pip, allora?»

«Ah, lei viene subito dopo» rispose Ravi, tornando da lei. La baciò sulla fronte, il suo respiro tra i capelli, e – mentre Josh non guardava – si abbassò per premere le labbra contro le sue.

«Vi ho sentiti» disse comunque Josh.

«Vado a salutare i tuoi» annunciò Ravi. Ma poi si fermò e si voltò, tornando a sussurrare nell'orecchio di Pip: «E informerò tua madre che, sfortunatamente, a causa tua, il tuo fratellino di dieci anni ora pensa che ci sia un pervertito che spia casa vostra. Io non c'entro niente».

Pip gli strinse il gomito, uno dei loro modi segreti per dirsi "ti amo", ridendo tra sé e sé mentre lui si allontanava.

Il sorriso questa volta durò un po' di più, anche dopo che Ravi se ne fu andato. Davvero. Ma quando salì di sopra e rimase da sola in camera sua, si rese conto che era già sparito, senza convenevoli. Non sapeva mai come fare per riportarlo indietro.

Ora il mal di testa cominciava a martellarle le tempie mentre concentrava lo sguardo oltre la finestra, nell'oscurità sempre più fitta. Le nuvole si stavano addensando in un'unica massa scura e minacciosa. Pip controllò l'ora sul telefono: erano appena passate le nove. Ben presto sarebbero stati tutti a letto, preda del sonno. Tutti tranne lei. Due occhi solitari in una città addormentata, che supplicavano che la notte passasse.

Se l'era ripromesso: mai più. L'ultima volta era stata l'ultima. Se l'era ripetuto come un mantra. Ma perfino adesso, mentre cercava di convincersene, perfino mentre si premeva i pugni contro le tempie per attutire il dolore, sapeva che non c'era scampo, che avrebbe ceduto. Cedeva sempre. Ed era stanca, così stanca di opporsi.

Pip attraversò la stanza e chiuse piano la porta, in caso qualcuno vi fosse passato davanti. La sua famiglia non avrebbe mai dovuto scoprirlo. E nemmeno Ravi. Specialmente Ravi.

Seduta alla scrivania, vi posò sopra l'iPhone, tra il taccuino e le grosse cuffie nere. Aprì il cassetto, il secondo sulla destra, e cominciò a svuotarlo: la ciotola con le puntine, il gomitolo di spago rosso, un vecchio paio di auricolari bianchi, una colla stick.

Tolse la risma di fogli A4 e arrivò al fondo del cassetto: il falso fondo che aveva ricavato con del cartone bianco. Spinse la punta delle dita su un lato e fece leva per sollevarlo.

Lì, nascosti, c'erano i telefoni usa e getta. Tutti e sei, in una fila ordinata. Sei cellulari prepagati che aveva acquistato in contanti, ognuno in un negozio diverso, un berretto con la visiera ben calcato in testa al momento di consegnare il denaro.

I telefoni la fissavano vuoti.

Solo un'altra volta, e poi mai più. Lo giurò.

Allungò una mano e prese quello sulla sinistra, un vecchio Nokia grigio. Premette il pulsante di accensione per avviarlo. Le dita le tremarono per la pressione. Si udì un rumore familiare confuso tra i battiti del suo cuore. Il cellulare si accese di una luce verdastra, dandole il ben tornato. Nel semplicissimo menù Pip aprì i messaggi, e il solo contatto salvato su quel telefono. Su uno qualsiasi di quei telefoni.

Il pollice premette sui tasti, cliccando una volta il 7 per ottenere una P.

Posso venire adesso? scrisse. Selezionò invio facendosi l'ennesima promessa: era l'ultimissima volta.

Rimase in attesa, guardando lo schermo vuoto sotto il messaggio. Desiderò con forza che apparisse la risposta, si concentrò solo su questo, non sul battito nel suo petto, sempre più martellante. Ma ora che ci aveva pensato non poteva più non pensarci, non poteva più non sentirlo. Trattenne il respiro e si concentrò ancora di più.

Funzionò.

Sì, rispose lui.

Quattro

Era una gara, tra i battiti del cuore e il battere delle sue sneakers sul marciapiede. Il rumore le rimbombava in tutto il corpo, dal petto ai piedi, attutito solo dal *noise control* delle cuffie. Ma Pip sapeva che non erano l'uno la causa dell'altro: correva da quattro minuti soltanto ed era già arrivata, stava svoltando su Beacon Close. Il cuore aveva preceduto i suoi passi.

Aveva detto ai suoi che sarebbe uscita per una corsetta rapida, come faceva sempre – con indosso i leggings blu e un top sportivo bianco –, perciò essere arrivata di corsa fin lì significava conservare per lo meno uno straccio di onestà. Stracci e barlumi, non poteva sperare altro. A volte correre bastava, ma quella sera no. Quella sera c'era una sola cosa che potesse aiutarla.

Avvicinandosi al numero 13 Pip rallentò, abbassando le cuffie fino a posarle sul collo. Si fermò e rimase immobile per un istante, per capire se ne avesse veramente bisogno. Se avesse fatto anche solo un altro passo, non sarebbe più tornata indietro.

Percorse il vialetto della villetta a schiera, superando la scintillante BMW bianca parcheggiata di traverso. Davanti al portone rosso scuro chiuse la mano a pugno per bussare sul legno. Suonare il campanello era vietato: faceva troppo rumore e i vicini potevano sentirlo.

Pip bussò di nuovo, finché attraverso il vetro smerigliato non vide il profilo di lui farsi sempre più grande. Sentì il catenaccio che scorreva, poi la porta si aprì verso l'interno, e nella fessura apparve il viso di Luke Eaton. Al buio i motivi tatuati che gli risalivano il petto e il lato del viso davano l'impressione che la pelle gli si fosse staccata, strisce di carne che si ricomponevano a formare un reticolo.

Aprì la porta quel che bastava per farla passare.

«Forza, svelta» disse burbero, voltandosi e imboccando il corridoio. «Tra poco arriva una persona.»

Pip si chiuse la porta alle spalle e seguì Luke dietro l'angolo, nella piccola cucina squadrata. Lui indossava lo stesso identico paio di calzoncini da basket scuri che portava la prima volta che Pip lo aveva incontrato, quando si era presentata lì per parlare con Nat Da Silva della scomparsa di Jamie Reynolds. Grazie al cielo, Nat lo aveva lasciato: la casa era vuota ora, c'erano solo loro due.

Luke si chinò per aprire uno degli armadietti della cucina.

«L'ultima volta mi sembrava avessi detto che avresti smesso. Che non saresti più tornata.»

«L'ho detto, sì» replicò Pip con voce piatta, torturandosi le unghie. «Ho solo bisogno di dormire. Nient'altro.»

Luke frugò nell'armadietto, rialzandosi poi con un sacchetto di carta chiuso nel pugno. Lo aprì e glielo porse, perché Pip potesse guardarci dentro.

«Sono pillole da due milligrammi questo giro» spiegò Luke, scuotendo il sacchetto. «È per questo che sono così poche.»

«Ok, va bene» rispose Pip, alzando lo sguardo su di lui. Se ne pentì subito. Si incantava sempre a studiare la geografia del suo volto, in cerca di somiglianze con Stanley Forbes. Dopo aver ristretto il campo, tra tutti gli uomini di

Little Kilton loro due erano stati gli ultimi dietro cui Charlie Green sospettava si nascondesse il Piccolo Brunswick. Ma Luke si era rivelato l'uomo sbagliato, e per sua fortuna, visto che era ancora vivo. Pip non aveva mai visto il suo sangue, non l'aveva mai portato addosso come le era successo con quello di Stanley. Lo aveva sulle mani anche ora, la sensazione delle sue costole che si incrinavano sotto i polpastrelli. E gocciolava sul pavimento di linoleum.

No, era soltanto sudore, soltanto un lieve tremore delle mani.

Pip diede loro qualcosa con cui distrarsi. Ne infilò una nell'elastico dei leggings ed estrasse i soldi, contando le banconote di fronte a Luke finché lui non annuì. Gli passò il denaro e poi tese la mano. Il sacchetto vi atterrò, accartocciandosi nella sua stretta.

Luke si bloccò, una nuova espressione nello sguardo. Un'espressione che sembrava pericolosamente simile alla compassione.

«Sai» disse, chinandosi di nuovo sull'armadietto e tirandone fuori una piccola bustina trasparente. «Se fai fatica ho anche cose più forti dello Xanax. Ti manderanno completamente al tappeto.» Alzò la bustina e la agitò. Era piena di compresse oblunghe di color verde muschio chiaro.

Pip le guardò, si morse le labbra.

«Più forti?» chiese.

«Decisamente.»

«C-che cos'è?» domandò, lo sguardo fisso.

«Questo» Luke agitò di nuovo la bustina «è Roipnol. 'Sta roba ti schianta.»

Lo stomaco di Pip si contrasse. «No, grazie.» Abbassò lo sguardo. «Ho una certa esperienza.» Ripensò alla lavanda gastrica che aveva dovuto subire quando Becca Bell gliel'aveva messo nel tè dieci mesi prima. Pillole che sua sorella Andie aveva venduto a Max Hastings prima di morire.

«Come ti pare» rispose lui, mettendosi in tasca la bustina. «L'offerta rimane valida, se cambi idea. Ovviamente costa di più, però.»

«Ovviamente» gli fece il verso lei, con la mente altrove.

Si girò verso la porta e fece per uscire. Luke Eaton non era solito salutarla quando se ne andava. Nemmeno quando arrivava, in effetti. Ma forse si sarebbe dovuta voltare, forse avrebbe dovuto dirgli che quella era *veramente* l'ultima volta e che non l'avrebbe più rivista. In che altro modo poteva riuscirci, se no? A quel punto però la sua mente torno in sé con un pensiero nuovo, e lei la seguì, girando sui tacchi e rientrando in cucina, e dalla sua bocca uscì qualcosa di diverso.

«Luke» disse, più brusca di quanto intendesse. «Quelle pillole... il Roipnol... lo stai vendendo a qualcuno in città? C'è qualcuno qui che te lo compra?»

Lui la guardò battendo le palpebre.

«È Max Hastings? È lui che te le compra? Alto, capelli biondi abbastanza lunghi. È lui? È lui che ti compra quelle pillole?»

Luke non rispose.

«È Max?» ripeté Pip, e l'ansia le spezzò la voce.

Lo sguardo di Luke si indurì, la compassione ormai svanita. «Le conosci le regole. Non rispondo alle domande. Non ne faccio e non rispondo.» Sul viso aveva un leggerissimo sorrisetto. «Le regole valgono anche per te. So che credi di essere speciale, ma non lo sei. Alla prossima.»

Uscendo, Pip accartocciò nella mano il sacchetto. Fu tentata di sbattersi la porta alle spalle, un lampo d'ira sotto la pelle, ma poi ci ripensò. Il cuore le batteva ancora più forte ora, le martellava contro il petto, riempiendole la testa del rumore di costole che si incrinavano. E quello sguardo morto, nascosto proprio là, tra le ombre generate dai lampioni della strada. Se Pip avesse battuto gli occhi, lo avrebbe trovato in agguato nel buio anche lì.

L'unico a comprare quelle pillole da Luke era Max? Un tempo le acquistava da Andie Bell, che le prendeva da Howie Bowers. Ma era sempre stato Luke il fornitore di Howie, e ora era rimasto solo lui, visto che gli ultimi due anelli della catena erano scomparsi. Se Max continuava a comprare il Roipnol, doveva acquistarlo per forza da Luke, era la cosa più sensata. Che si stessero per incrociare sul portone di Luke come capitava quando facevano jogging? E lui continuava a far scivolare pillole nei drink delle ragazze? Continuava a rovinare le vite altrui, come aveva fatto con Nat Da Silva e Becca Bell? Il pensiero le serrò lo stomaco e Dio, stava per vomitare, proprio lì, in mezzo alla strada.

Si piegò in avanti e cercò di respirare di nuovo, stringendo il sacchetto di carta nelle mani tremanti. Non poteva più aspettare. Incespicò fino al lato opposto della strada, nascosta dagli alberi. Infilò una mano nel sacchetto per prendere una bustina trasparente, faticando ad aprirla perché aveva le dita coperte di sangue.

Sudore. Soltanto sudore.

Tirò fuori una delle lunghe pilloline bianche, diverse da quelle che aveva già assunto. Incise su un lato c'erano tre righe e la parola *Xanax*, sull'altro un 2. Almeno non era falsa, quindi, o mescolata con altro. Un cane abbaiò nelle vicinanze. *Spicciati*. Pip spezzò la pillola lungo la linea mediana e se ne infilò una metà tra le labbra. Aveva la bocca già piena di saliva e la mandò giù così, senz'acqua.

Si mise il sacchetto sotto il braccio proprio quando il cane, un piccolo terrier bianco, e la sua padrona svoltarono l'angolo. Era Gail Yardley, che viveva a poche case dalla sua.

«Ah, Pip, sei tu» disse, rilassando le spalle. «Mi hai quasi spaventata.» La squadrò dalla testa ai piedi. «Avrei giurato di averti vista appena un secondo fa, fuori da casa tua, di ritorno da una delle tue corsette. La mente mi gioca brutti scherzi, mi sa.»

«Succede anche ai migliori» rispose Pip, riaggiustando la propria espressione.

«Sì, be'...» Gail fece una risatina imbarazzata. «Non ti trattengo.» Si incamminò, e il cane si fermò ad annusare le scarpe di Pip finché il guinzaglio non si tese e lui trotterellò dietro alla padrona.

Pip svoltò lo stesso angolo da cui era spuntata Gail, la gola irritata nel punto in cui la pillola l'aveva grattata scivolando giù. E poi l'altra emozione: senso di colpa. Non riusciva a crederci: lo aveva fatto di nuovo. *L'ultima volta*, si disse mentre tornava a casa. *L'ultima volta e poi basta*.

Almeno avrebbe dormito un po'. Presto sarebbe arrivata quella calma innaturale, come uno scudo caldo sulla pelle sempre più sottile, e il sollievo quando i muscoli della mandibola si fossero finalmente distesi. Sì, quella notte avrebbe dormito; doveva farlo.

Il dottore le aveva prescritto del Valium, quando ancora era appena successo. Successo che vedesse la morte e la tenesse nelle mani. Ma ben presto gliel'aveva sospeso, anche quando lei lo aveva supplicato di non farlo. Sentiva ancora nella mente quello che le aveva risposto, parola per parola.

«Devi trovare una tua strategia per affrontare il trauma e lo stress. Queste medicine sul lungo periodo ti renderanno solo più difficile riprenderti dalla PTSD. Non ti servono, Pippa, ce la puoi fare da sola.»

Quanto si sbagliava. Sì che le servivano, le servivano tanto quanto le serviva il sonno. Era *questa* la sua strategia. E allo stesso tempo lo sapeva. Sapeva che aveva ragione lui, e che lei stava solo peggiorando le cose.

«Il trattamento più efficace è parlare con un terapeuta, perciò continueremo con le nostre sessioni settimanali.»

Ci aveva provato, sul serio. E dopo otto sedute aveva detto a tutti che si sentiva molto meglio, davvero. Stava bene. Una bugia su cui si era esercitata abbastanza da far sì che gli altri ci credessero, perfino Ravi. Aveva pensato che se avesse dovuto affrontare anche solo una seduta in più sarebbe morta. Come faceva a *parlarne*? Era una cosa impossibile, che sfuggiva al linguaggio o al senso.

Da un lato, nel profondo del cuore, sapeva che Stanley Forbes non meritava di morire. E che lei aveva tentato tutto il possibile per riportarlo indietro. Era imperdonabile ciò che aveva fatto da bambino, ciò che era stato costretto a fare. Ma stava imparando, cercava ogni giorno di essere un uomo migliore, Pip ci credeva con ogni parte del proprio essere. Insieme al senso di colpa tremendo per essere stata lei a portare da lui il suo assassino.

Eppure, allo stesso tempo, era convinta anche del contrario. E questa convinzione aveva radici ancora più profonde. Nella sua anima, forse, se avesse creduto a quel genere di cose. Anche se all'epoca era solo un bambino,

Stanley era stato la causa dell'assassinio della sorella di Charlie Green. Pip si era chiesta: se qualcuno avesse adescato Josh e l'avesse condotto da un omicida, per morire in un modo terrificante, lei non avrebbe passato due decenni interi a cercare giustizia, a dargli la caccia e ucciderlo? La risposta era sì. Sapeva che sarebbe stato così, senza esitazione: avrebbe ucciso la persona che le aveva strappato il fratello, per quanto tempo ci sarebbe potuto volere. Charlie aveva ragione: loro due erano uguali. Si comprendevano, tra loro c'era questa... identità.

Era per questo che non riusciva a parlarne, né con un professionista né con nessun altro. Era semplicemente impossibile. Quella storia l'aveva lacerata e non c'era modo di ricucire le parti. Nessuno poteva capire, se non... *lui*. Davanti al vialetto di casa sua, esitò e guardò la villetta subito oltre.

Charlie Green. Era per questo che aveva bisogno che lo trovassero, non che lo prendessero. Già una volta l'aveva aiutata, le aveva aperto gli occhi su ciò che è giusto e ciò che è sbagliato e su chi decide cosa significhino i due termini. Forse... forse se avesse potuto parlargli lui avrebbe capito. Era il solo che potesse riuscirci. Doveva aver trovato il modo di convivere con ciò che aveva fatto, e magari poteva spiegarlo anche a Pip. Spiegarle come sistemare tutto, come rimettere insieme i pezzi. Ma Pip era combattuta anche su questo.

Un fruscio tra gli alberi, dall'altra parte della strada.

A Pip si mozzò il respiro. Si voltò di scatto, cercando di dare all'oscurità la forma di una persona, al vento una voce. C'era qualcuno lì nascosto tra gli alberi, che la fissava? La seguiva? Tronchi o gambe? Charlie? Era lui?

Aguzzò la vista, cercando di distinguere le singole foglie e i loro rami scheletrici.

No, non ci poteva essere nessuno, non essere sciocca. Era soltanto un'altra di quelle cose che ormai le vivevano nella mente. Spaventata da tutto. Arrabbiata con tutto. Non era reale, e doveva imparare di nuovo la differenza. Sudore sulle mani, non sangue. Si avviò verso casa, guardandosi alle spalle una volta sola.

Ben presto la pillola se lo porterà via, si disse. Insieme a tutto il resto.

CoronerCorner.com

Home | Real crime | Scena del crimine | Ora del decesso

Come fanno i medici legali a determinare l'ora del decesso in un caso di omicidio?

La cosa più importante da tenere presente è che per l'ora del decesso si può avere solo una stima: un medico legale non può fornire un orario preciso, come a volte si vede nei film e in tivù. Ci si rifà a tre principali fattori per determinarla, e a volte questi test vengono effettuati direttamente sulla scena del crimine, subito dopo il rinvenimento del cadavere. Come regola generale, prima la vittima viene trovata, più accurata sarà la stima dell'ora del decesso.[1]

1. Rigor Mortis

Subito dopo la morte l'intera muscolatura del corpo si rilassa. Poi, circa due ore dopo il decesso, il corpo comincia a irrigidirsi a causa dell'accumulo di acidi nei tessuti muscolari.[2] Questo è il rigor mortis. Ha inizio dai muscoli della mandibola e del collo, e procede scendendo fino a raggiungere le estremità. Il rigor mortis di solito è completo nel giro di 6-12 ore, poi comincia a scomparire, all'incirca 15-35 ore dopo la morte.[3] Visto che questo processo di irrigidimento ha un tempo di insorgenza approssimativamente noto, può rivelarsi molto utile per determinare l'ora del decesso. In ogni caso ci sono alcuni elementi che possono influenzare l'inizio e la durata del rigor, come la temperatura. Temperature alte aumenteranno la rapidità del rigor, temperature basse la rallenteranno.[4]

2. Livor Mortis

Conosciuto anche come ipostasi cadaverica, il livor mortis è dovuto al fatto che il sangue nel corpo si deposita a causa della gravità e dell'assenza di pressione sanguigna.[5] La pelle quindi si scolorerà, assumendo una tinta violacea nei punti in cui il sangue, internamente, si è accumulato.[6] Il livor mortis comincia a comparire 2-4 ore dopo la morte, fino a 8-12 ore non è ancora fisso, lo diventa subito dopo.[7] Per non fissità si intende il fatto che gli edemi scompaiono alla digitopressione: significa che se, a ipostasi presente, la pelle viene premuta, il colore scompare, un po' come quando si preme la propria.[8] Ma questo processo può venire influenzato da fattori come la temperatura o un cambiamento nella posizione del cadavere.

3. Algor Mortis

L'algor mortis fa riferimento alla temperatura del corpo. Dopo la morte il sangue comincia a raffreddarsi, finché non si trova in equilibrio con la temperatura dell'ambiente esterno (ovunque il corpo sia stato rinvenuto).[9] Di solito il corpo perde una media di 0,8 gradi l'ora.[10] Su una scena del crimine – oltre a osservare il rigor e l'ipostasi – il medico legale misurerà probabilmente anche la temperatura interna del cadavere e quella dell'ambiente esterno, per poter calcolare approssimativamente a che ora la vittima è stata uccisa.[11]

Anche se questi processi non possono fornirci il minuto esatto in cui è avvenuto un omicidio, sono i principali elementi che i medici legali usano per stimare la finestra oraria del decesso.

Cinque

La morte le restituiva lo sguardo. La morte vera, non una sua versione ripulita, idealizzata: la pelle di un cadavere, butterata, tendente al violaceo, e il segno inquietante, impresso per l'eternità, della cintura troppo stretta che quella persona indossava al momento del decesso. Era quasi buffo, in un certo senso, pensò Pip mentre scorreva la schermata sul suo portatile. Buffo nel senso che se ci si riflette troppo a lungo si diventa matti. Prima o poi finiremo tutti così, come quelle immagini di cadaveri su una pagina web mal formattata che parla di decomposizione di corpi e ora di decessi.

Teneva la penna in mano, aggiornando costantemente i suoi scarabocchi sul taccuino. Sottolineature qui e parti evidenziate là. E ora aggiunse un'altra frase in fondo, alzando lo sguardo sullo schermo mentre scriveva: *Se il corpo è caldo e rigido, la morte è avvenuta da non più di otto ore.*

«Quelli sono cadaveri?!»

La voce penetrò il cuscinetto delle sue cuffie anti-rumore: non aveva sentito entrare nessuno. Trasalì, il cuore in gola. Abbassò le cuffie sul collo e il suono la invase di nuovo, un sospiro familiare alle sue spalle. Quelle cuffie bloccavano quasi tutto, ed era il motivo per cui Josh continuava a rubargliele per giocare a FIFA, perché erano "anti-rumore-della-mamma". Pip si affrettò a cambiare schermata. Ma in realtà non c'era granché di meglio.

«Pip?» La voce della mamma si irrigidì.

Lei ruotò sulla sedia, consapevole di essere stata colta sul fatto. La mamma era in piedi alle sue spalle, una mano sul fianco. Aveva i capelli biondi tutti scompigliati, alcune ciocche strette in fogli d'alluminio come una Medusa di metallo. Era il giorno del colore. Sempre più frequente, ora che le radici cominciavano a ingrigire. Aveva ancora indosso i guanti di lattice chiari, sbaffati di tinta sulle dita.

«Be'?» insistette.

«Sì, sono cadaveri» rispose Pip.

«E perché mai stai guardando dei cadaveri alle otto del mattino di un venerdì?»

Erano davvero solo le otto? Pip era in piedi dalle cinque.

«Mi hai detto tu di trovarmi un hobby.» Si strinse nelle spalle.

«Pip» fece lei severa, anche se la bocca aveva assunto una piega divertita.

«È per il mio nuovo caso» ammise Pip, tornando a guardare lo schermo. «Sai, quello di Jane Doe di cui ti ho parlato. Fu trovata subito fuori Cambridge nove anni fa. Voglio fare delle indagini per il podcast mentre sono all'università. Cercare di capire chi era e chi l'ha uccisa. Ho già una scaletta delle interviste da fare nei prossimi mesi. Questa è una ricerca pertinente, lo giuro» disse, alzando le mani in segno di resa.

«Un'altra stagione del podcast?» La mamma alzò un sopracciglio, preoccupata. Come poteva un solo sopracciglio essere così eloquente? Chissà come, era riuscita a concentrare quattro mesi di apprensione e inquietudine in quell'unica, sottile striscia di peli.

«Be', in qualche modo devo pur mantenere lo stile di

vita a cui ormai sono abituata. Sai, costosi processi per diffamazione, parcelle di avvocati...» disse Pip. *E benzodiazepine illegali, senza prescrizione*, pensò tra sé. Ma non erano quelli i veri motivi; neanche per sogno.

«Molto divertente.» Il sopracciglio della mamma si riabbassò. «Solo... fai attenzione. Prenditi una pausa se ti serve, e sappi che io sono qui per ascoltarti se...» Allungò una mano verso la spalla di Pip, dimenticandosi fino all'ultimo secondo dei guanti sporchi di tintura per capelli. Quindi si bloccò, lasciandola sospesa un centimetro sopra, e forse Pip se lo immaginò, ma riuscì comunque, chissà come, a percepire il calore che quelle dita emanavano. Era bello, come un piccolo scudo contro la propria pelle.

«Sì» fu tutto quello che le venne da dire.

«E riduciamo al minimo le immagini di cadaveri, ok?» Accennò allo schermo. «Abbiamo un bambino di dieci anni in casa.»

«Oh, scusa» rispose Pip. «Mi ero dimenticata della nuova abilità di Josh di vedere attraverso i muri, colpa mia.»

«A essere sinceri, quel bambino è dappertutto» disse la mamma, riducendo la voce a un sussurro e lanciando un'occhiata dietro di sé. «Non so come fa. Ieri mi ha sentito dire *cazzo*, ma avrei giurato che fosse dall'altra parte della casa. Perché è viola?»

«Eh?» fece Pip, sorpresa, ma poi seguì lo sguardo di sua madre fino al portatile. «Ah, si chiama ipostasi. È quello che succede al sangue quando si muore. Si deposita... Lo vuoi sapere davvero?»

«Non proprio, tesoro, stavo solo fingendo interesse.»

«Lo immaginavo.»

La mamma si voltò verso la porta, facendo crepitare i

fogli d'alluminio. Si fermò sulla soglia. «Josh va a fare una passeggiata oggi, Sam e sua mamma lo verranno a prendere a momenti. Che ne dici se quando esce preparo una bella colazione per noi due?» Fece un sorriso speranzoso. «Pancake o qualcosa del genere?»

Pip sentì la bocca secca, la lingua come un'anomalia troppo cresciuta appicciata al palato. Aveva sempre adorato i pancake della mamma: belli spessi e così intrisi di sciroppo che potevano quasi incollarli la bocca. In quel momento il solo pensiero le dava la nausea, ma si stampò comunque un sorriso in volto. «Sarebbe bello. Grazie, mamma.»

«Perfetto.» Strinse gli occhi, e il sorriso, allungatosi a raggiungerli, li fece brillare. Un sorriso troppo ampio.

A Pip si serrò lo stomaco per il senso di colpa, che era tutta sua. La sua famiglia si obbligava a quel teatrino, impegnandosi il doppio con lei perché lei riusciva a malapena a farlo.

«Non prima di un'ora, però.» La mamma accennò ai suoi capelli. «E non aspettarti questa madre macilenta, a colazione... Ci sarà invece una bomba appena tornata bionda.»

«Non vedo l'ora» rispose Pip, sforzandosi. «Spero che il caffè della bomba bionda sia lievemente più forte di quello della mamma macilenta.»

Sua madre alzò gli occhi al cielo e uscì dalla stanza, imprecando tra sé contro Pip e suo padre e il loro caffè forte che sapeva di mer...

«Ti ho sentita!» La voce di Josh echeggiò per la casa.

Pip sbuffò, passando le dita sull'imbottitura delle cuffie che le cingevano il collo. Seguì con il polpastrello la plastica liscia del cerchietto, fino a dove la consistenza cambiava: l'adesivo irregolare, ormai ruvido, che la rivestiva. Era un adesivo di *Come uccidono le brave ragazze,* con il logo del suo podcast. Ravi li aveva fatti fare come regalo quando lei aveva pubblicato l'ultimo episodio della seconda stagione, che fino a quel momento era stato il più difficile da registrare. Il racconto di quella notte nella vecchia fattoria abbandonata, ora ridotta in cenere, la scia di sangue sull'erba che avevano dovuto lavare via.

Che triste, aveva commentato qualcuno.

Non capisco perché è così sconvolta, dicevano altri. *Se l'è cercata.*

Pip aveva raccontato i fatti, ma non aveva mai rivelato la verità più profonda: quella storia l'aveva devastata.

Si rimise le cuffie e si isolò dal mondo. Nessun suono, solo il rumore bianco dentro la sua testa. Chiuse anche gli occhi, e finse che non esistesse passato, che non esistesse futuro. Era tutto lì: l'assenza. Era un conforto poter galleggiare così, libera e senza legami, ma la sua mente non si quietava mai molto a lungo.

E nemmeno le cuffie. Un trillo acuto le risuonò nelle orecchie. Pip controllò le notifiche sul cellulare. Le era arrivata un'e-mail tramite il modulo sul suo sito. Di nuovo lo stesso messaggio: *Chi cercherà te quando sarai tu a scomparire?* Da *anonimo987654321@gmail.com.* Di nuovo un indirizzo diverso, ma lo stesso identico messaggio. Pip li riceveva a singhiozzo da mesi ormai, insieme ad altri coloriti commenti da parte dei troll. Almeno questo era più poetico e contemplativo delle minacce dirette di stupro.

Chi cercherà te quando sarai tu a scomparire?

Pip si bloccò, lo sguardo che indugiava sulla domanda. In tutto quel tempo non aveva mai pensato alla risposta.

Chi l'avrebbe cercata? Le piaceva pensare che l'avrebbe

fatto Ravi. I suoi genitori. Cara Ward, e Naomi. Connor e Jamie Reynolds. Nat Da Silva. L'ispettore Hawkins? Era il suo lavoro, dopotutto. Forse l'avrebbero fatto loro, o forse non avrebbe dovuto farlo nessuno.

Smettila, si disse, bloccando la strada a quei pensieri tristi e pericolosi. Forse un'altra pillola l'avrebbe aiutata. Lanciò uno sguardo al secondo cassetto, dove teneva le pillole, nel doppio fondo accanto ai telefoni usa e getta. Ma no, si sentiva già un po' stanca. E quelle servivano per dormire, servivano solo per dormire.

Inoltre aveva un piano. Pip Fitz-Amobi aveva sempre un piano, che fosse messo insieme alla bell'e meglio oppure ordito lentamente, con precisione esasperante. Questo era del secondo tipo.

Questa persona, questa versione di ciò che era, era soltanto temporanea. Perché aveva un piano per rimettersi a posto. Per riavere la propria vita normale. E ci stava lavorando proprio in quel momento.

Il primo doloroso compito era stato guardarsi dentro, per seguire le linee di faglia e trovare la vera ragione, il vero motivo. E, quando l'aveva compreso, si era resa conto di quanto fosse stato ovvio fin dall'inizio. Si trattava di tutto ciò che aveva fatto nell'ultimo anno. Tutto quanto. I due casi intrecciati che erano diventati la sua vita, il suo senso. Ed entrambi non quadravano. Erano sbagliati. Contorti. Non erano lisci, non erano chiari. C'erano state troppe zone grigie, troppa ambiguità, e tutto il significato si era intorbidito e smarrito.

Elliot Ward sarebbe rimasto in prigione per il resto della sua vita, ma era un uomo malvagio? Un mostro? Pip non lo credeva. Non era lui il pericolo. Aveva fatto una cosa terribile, diverse cose terribili, ma lei gli credeva quando diceva che l'aveva fatto per amore delle figlie. Non era completamente sbagliato e di certo non era completamente giusto, era solo... *così*. Procedeva confuso, alla deriva da qualche parte tra i due estremi.

E Max Hastings? Pip in lui non vedeva nessuna zona grigia: Max era bianco e nero, manicheo. Era *lui* il pericolo, il pericolo che aveva superato le ombre e ora si nascondeva dietro un sorriso falso e ammaliante. Pip si aggrappava a quella certezza come se, a non farlo, potesse cader giù dal mondo. Max Hastings era la sua pietra angolare, lo specchio rovesciato in base al quale definiva ogni cosa, inclusa se stessa. Ma tutto era comunque insensato, contorto, perché Max aveva vinto: non avrebbe mai visto la cella di una prigione. Il bianco e il nero sbaffavano di nuovo nel grigio.

Becca Bell aveva ancora quattordici mesi di pena detentiva. Pip le aveva scritto una lettera dopo il processo a Max, e nella sua risposta scarabocchiata Becca le aveva chiesto se voleva andare a farle visita. Pip lo aveva fatto. C'era già stata tre volte, parlavano al telefono alle quattro del pomeriggio di ogni giovedì. Ieri avevano parlato di formaggio per tutti i venti minuti. Becca sembrava stare bene lì, forse era perfino quasi felice, ma in fondo meritava di starci? Era necessario tenerla rinchiusa, segregata dal resto del mondo? No. Becca Bell era una brava persona, una brava persona che era stata gettata nel fuoco, nelle peggiori delle circostanze. Chiunque, a fare pressione proprio nel punto giusto, nel punto di rottura segreto di ognuno, avrebbe fatto quello che aveva fatto lei. E se lo capiva addirittura Pip, dopo quello che lei e Becca avevano passato, perché gli altri no?

E poi, ovviamente, c'era il nodo più grosso che aveva in cuore: Stanley Forbes e Charlie Green. Pip non poteva riflettere troppo su loro due, o si sarebbe disfatta, sarebbe andata in mille pezzi. Com'era possibile che entrambe le loro posizioni fossero giuste e sbagliate allo stesso tempo? Una contraddizione insormontabile che non riusciva a far quadrare. Era la sua rovina, il suo fallo fatale, l'ostacolo su cui sarebbe morta e marcita.

Se era quella la causa – tutte le ambiguità, le contraddizioni, le zone grigie che si allargavano e travolgevano ogni significato –, come poteva Pip correggerla? Come poteva guarire?

C'era un modo solo ed era assurdamente semplice: le serviva un nuovo caso. E non uno qualunque, ma un caso fatto soltanto di bianco e nero. Niente grigio, niente contraddizioni. Confini netti e non oltrepassabili tra bene e male, tra giusto e sbagliato. Due lati e un chiaro percorso che lei potesse seguire. Ecco la soluzione. Questo l'avrebbe rimessa in sesto, avrebbe raddrizzato ogni cosa. Le avrebbe salvato l'anima, se solo avesse creduto in quel genere di cose. Poteva tornare tutto quanto alla normalità. *Lei* poteva tornare alla normalità.

Le serviva solo il caso giusto.

Ed eccolo lì: una donna sconosciuta tra i venti e i venticinque anni ritrovata nuda e mutilata fuori Cambridge. Nessuno l'aveva cercata quando era scomparsa. Mai denunciata, perciò mai scomparsa. Non poteva essere più chiaro di così: quella donna reclamava giustizia per ciò che le era stato fatto. E l'uomo che ne era responsabile non poteva che essere un mostro. Niente grigio, niente contraddizioni o confusione. Pip poteva risolvere quel caso, salvare

Jane Doe, ma il punto cruciale era che Jane Doe poteva salvare lei.

Un altro caso era quello che le serviva, che avrebbe rimesso tutto a posto.

Solo un altro caso.

Sei

Pip non le vide finché non ci mise i piedi sopra. Forse non le avrebbe nemmeno notate se non si fosse fermata a riallacciarsi le scarpe. Alzò il piede e abbassò lo sguardo. *Che diavolo...*

C'erano delle righe sottili disegnate con il gesso, lì in fondo al vialetto degli Amobi, subito prima che questo si congiungesse al marciapiede. Erano talmente sbiadite che forse non erano neanche di gesso, forse segni di sale che la pioggia non aveva lavato via.

Pip si strofinò gli occhi. Erano secchi e irritati perché era stata a fissare il soffitto tutta la notte. Anche se la sera prima, con la famiglia di Ravi, era andato tutto bene e le faceva letteralmente male il viso da quanto aveva sorriso, comunque non aveva riavuto indietro il proprio sonno. Quello lo poteva trovare in un solo posto, in quel secondo cassetto proibito.

Staccò i pugni chiusi dagli occhi e batté le palpebre, lo sguardo granuloso come un attimo prima. Incapace di fidarsi della propria vista, si chinò e passò un dito sulla linea più vicina, poi lo alzò alla luce del sole per studiarlo. Pareva proprio gesso, anche al tatto, tra i polpastrelli delle dita. E anche le righe stesse non sembrava potessero essere naturali. Erano troppo diritte, troppo deliberate.

Pip piegò la testa per guardarle da un'altra angolazione. Sembravano cinque figure distinte; un motivo ripetuto di linee che si incrociavano e intersecavano. Erano... uccelli, forse? Come li disegnano i bambini, delle *M* schiacciate su cieli di zucchero filato? No, impossibile, troppe linee. Una specie di croce? Sì, forse somigliava a una croce, con il braccio più lungo che si separava in due gambe verso il fondo.

No, un attimo... Le superò per osservarle dall'altro lato. Potevano essere anche omini stilizzati. Ecco le gambe, i tronchi dei corpi intersecati dalle braccia troppo diritte. Le lineette subito sopra erano i colli. Ma poi basta... Erano senza testa.

Insomma, o una croce con due gambe o una figura stilizzata senza testa. Nessuna delle due opzioni granché tranquillizzante. Non le pareva che Josh avesse del gesso in casa, e comunque non era un bambino a cui piacesse disegnare. Doveva essere stato uno dei figli dei vicini, uno dall'immaginazione macabra. Ma, in fondo, chi era lei per giudicare?

Risalendo Martinsend Way controllò la strada: non c'erano segni di gesso su nessun altro vialetto, né sul marciapiede né sulla strada. Niente di insolito, in effetti, per una domenica mattina a Little Kilton. A parte un innocuo quadratino di nastro adesivo che era stato attaccato sul cartello bianco e nero che recava il nome della via, e che quindi ora recitava *Martinsend Wav*.

Pip scacciò le figure dalla mente, svoltando sulla strada principale, e le attribuì ai piccoli Yardley, sei case oltre la sua. E comunque vedeva già Ravi davanti a sé, che si avvicinava al bar dall'altro lato della strada.

Sembrava stanco, con i capelli spettinati e il sole che si rifletteva sugli occhiali nuovi. Aveva scoperto, durante l'estate, di avere un leggerissimo problema alla vista, e si può solo immaginare che tragedia ne avesse fatto. Ora però c'erano volte che si dimenticava proprio di averli indosso.

Non l'aveva ancora notata, perso nel suo mondo.

«Ehi!» lo chiamò lei a dieci passi di distanza, facendolo sobbalzare.

Lui sporse il labbro inferiore in un'espressione di tristezza esagerata.

«Sii gentile» disse. «Sono fragile stamattina.»

Certo, le sbornie di Ravi erano le peggiori che il mondo avesse mai conosciuto. Quasi fatali ogni volta.

Si andarono incontro, fuori dalle porte del bar, e la mano di Pip trovò il proprio posto nella piega del gomito di Ravi.

«E che saluto è questo "Ehi"?» Premette la domanda contro la fronte di lei. «Io per te ho una gran varietà di splendidi e lusinghieri nomignoli, e il meglio che tu riesci a farti venire in mente è "Ehi"?»

«Ah, be'» disse Pip. «Una persona molto vecchia e saggia una volta mi ha detto che sono del tutto priva di brio...»

«Credo tu intenda una persona molto saggia e molto bella, in realtà.»

«Ah sì?»

«Comunque» si interruppe per grattarsi il naso con la manica, «secondo me ieri sera è andata molto bene.»

«Davvero?» Pip esitò. Lo aveva pensato anche lei, ma ormai non si fidava più di se stessa.

Lui, vedendo la sua espressione preoccupata, fece una risatina. «Sei stata brava. Ti hanno adorato tutti. Sul serio. Stamattina Rahul mi ha addirittura mandato un messaggio per dirmi quanto gli sei piaciuta. E» Ravi abbassò la voce con fare cospiratorio «credo che perfino zia Zara possa essersi ammorbidita con te.»

«No!»

«Sì» sorrise lui. «Era il venti per cento meno accigliata del solito, e questo io lo definirei un successo clamoroso.»

«Be', che mi venga un colpo» esclamò Pip, appoggiandosi alla porta del bar per aprirla, facendo tintinnare la campanella soprastante. «Ciao Jackie.» Salutò come al solito la proprietaria del bar, che al momento stava rimpinguando le scorte di panini.

«Oh, ciao cara» rispose Jackie con una rapida occhiata dietro di sé, e per poco un rotolino brie e bacon non le finì sul pavimento. «Ciao Ravi.»

«'Giorno» fece lui con la voce impastata. Poi si schiarì la gola.

Jackie si liberò dai panini confezionati e si voltò verso di loro. «Penso sia sul retro, a lottare con un tostapane volubile. Datemi un secondo.» Si sporse oltre il bancone e chiamò: «Cara!».

Per prima cosa Pip notò lo chignon, che sobbalzava sulla testa dell'amica mentre emergeva dalla cucina attraverso l'ingresso dipendenti, asciugandosi le mani sul grembiule verde.

«Nah, è sempre guasto» disse a Jackie, lo sguardo tutto preso da una macchia incrostata sul grembiule. «Per il momento il massimo che possiamo offrire sono panini solo marginalmente cald...» Alzò lo sguardo, che incrociò quello di Pip, e fu seguito subito da un sorriso.

«Dolce signorina FA. Quanto tempo.»

«Ma se mi hai visto ieri» ribatté Pip, accorgendosi troppo tardi del fatto che Cara stava alzando e abbassando le sopracciglia. Be', avrebbe dovuto farlo prima, e poi parlare: avevano stabilito quelle regole secoli prima.

Jackie sorrise, come se riuscisse a leggere l'affrettata conversazione in corso tra gli sguardi delle due. «Be', ragazze, se è passato addirittura un giorno intero avrete probabilmente un sacco di cose da recuperare, no?» Si rivolse a Cara. «Puoi cominciare la pausa in anticipo.»

«Oh, Jackie» rispose lei con un inchino esagerato. «Sei troppo buona con me.»

«Lo so, lo so.» La proprietaria del bar fece un gesto con la mano. «Sono una santa. Pip, Ravi, cosa vi porto?»

Pip ordinò un caffè forte. Ne aveva già presi due prima di uscire di casa e sentiva le dita rapide e irrequiete. Ma in che altro modo avrebbe potuto affrontare la giornata?

Ravi strinse le labbra, scrutando il soffitto come se fosse la decisione più difficile che avesse mai dovuto prendere. «Sai» disse, «potrebbe tentarmi uno di quei panini solo marginalmente caldi.»

Pip alzò gli occhi al cielo. Ravi doveva essersi dimenticato della sua sbornia micidiale: forza di volontà completamente azzerata davanti ai panini.

Pip si sistemò nel tavolo più lontano, Cara prese posto accanto a lei, spalla contro spalla. Non aveva mai compreso il concetto di spazio personale, eppure in quel momento, lì seduta, Pip gliene fu grata. In teoria Cara non doveva neanche più trovarsi a Little Kilton. I suoi nonni avevano pensato di mettere in vendita la casa degli Ward alla fine dell'anno scolastico. Ma le idee cambiano e così i programmi: Naomi aveva trovato un lavoro nelle vicinanze, a Slough, e Cara aveva deciso di prendersi un anno sabbatico per viaggiare, lavorando al bar per mettere da parte i soldi. All'improvviso allontanare le sorelle Ward da Little Kilton era diventato più complicato che lasciarcele, perciò i nonni erano tornati a Great Abington, e Cara e Naomi erano rimaste in città. Almeno fino all'anno successivo. Ora era Cara quella che sarebbe rimasta a casa, mentre Pip sarebbe partita per Cambridge di lì a poche settimane.

Non riusciva a credere che sarebbe successo davvero, che Little Kilton l'avrebbe lasciata andare.

Diede un colpetto di spalle a Cara.

«Allora, come sta Steph?» chiese.

Steph: la nuova ragazza di Cara. Anche se stavano insieme da un paio di mesi ormai, perciò forse Pip non avrebbe più dovuto definirla "nuova". Il mondo andava avanti, anche se lei non ci riusciva. E a Pip Steph piaceva: a Cara faceva bene, la rendeva felice.

«Sì, sta bene. Si sta allenando per un triathlon o qualcosa del genere, perché in realtà è pazza. Ah no, aspetta, ormai prenderesti le sue difese, giusto, signorina maratoneta?»

«Già» annuì Pip. «Team Steph, senza dubbio. Ci tornerebbe utilissima in caso di un'apocalisse zombie.»

«Anche io» replicò Cara.

Pip le fece una smorfia. «Siamo onesti, tu moriresti entro la prima mezz'ora di un qualsiasi scenario apocalittico.»

Ravi le raggiunse, posando sul tavolo un vassoio con i loro caffè e il suo panino. Naturalmente ne aveva già addentato un grosso morso mentre lo portava.

«Be', comunque...» Cara abbassò la voce. «Piccola tragedia stamattina.»

«Cos'è successo?» chiese Ravi tra un boccone e l'altro.

«Abbiamo avuto delle urgenze, perciò c'era un po' di fila, io ero alla cassa a prendere le ordinazioni, e in quel momento» la voce era ormai ridotta a un sussurro «entra Max Hastings.»

Pip incurvò le spalle e serrò la bocca. Perché quel ragazzo era sempre dappertutto? Perché non riusciva mai a evitarlo?

«Lo so» fece Cara, interpretando l'espressione di Pip. «Ovviamente io non avevo intenzione di servirlo, perciò ho detto a Jackie che avrei pulito la schiumatrice, e in quel momento è entrata un'altra persona.» Fece una pausa a effetto. «Jason Bell.»

«No, davvero?» esclamò Ravi.

«Già. Era in fila dietro a Max. E, anche se io cercavo di nascondermi, ho visto che, tipo, fissava la nuca di Max.»

«È comprensibile» commentò Pip. Jason Bell aveva motivo quanto lei di odiare Max Hastings. A prescindere dall'esito del processo, Max aveva drogato e stuprato la sua figlia minore, Becca. E, come se non bastasse, c'era di peggio. Le azioni di Max erano state il catalizzatore della morte di Andie Bell. Si sarebbero potute perfino definire una causa diretta. A ben pensarci, tutto riportava a Max Hastings: Becca, traumatizzata, che lascia Andie morire davanti a sé e nasconde ogni traccia. Sal Singh, morto, che viene da tutti creduto l'assassino di Andie. Quella povera ragazza nel loft di Elliot Ward. Il progetto di Pip. Il suo cane, Barney, sepolto in cortile. Howie Bowers in carcere, che parla del Piccolo Brunswick. Charlie Green che arriva in città. Layla Mead. La scomparsa di Jamie Reynolds. La morte di Stanley Forbes e il sangue sulle mani di Pip. Tutto poteva essere ricondotto a Max Hastings. Lui era l'origine. Per lei, la pietra angolare. E forse anche per Jason Bell.

«Be', sì» continuò Cara, «ma non mi aspettavo quello che è successo dopo. Insomma, Jackie dà a Max la sua ordinazione e, mentre lui si gira per uscire, Jason allunga un gomito e lo urta. Max si rovescia il caffè su tutta la maglietta.»

«No!» esclamò Ravi, fissando Cara.

«Sì!» I sussurri si erano ormai trasformati in un sibilo eccitato. «E a quel punto Max fa, tipo: "Guarda dove vai" e gli dà anche lui uno spintone. E Jason lo prende per il colletto e dice: "Tu stammi alla larga", o una roba del genere. Ma comunque ormai era intervenuta Jackie, mettendosi tra di loro, e poi un altro cliente ha accompagnato Max fuori dal bar. A quanto pare, lui continuava a sbraitare che lo avrebbe fatto contattare dal suo avvocato, o una cosa così.»

«Tipico di Max» disse Pip, pronunciando le parole a denti stretti. Ebbe un brivido. L'aria nel locale era diversa ora che sapeva che c'era stato anche lui. Soffocante. Fredda. Contaminata. Little Kilton non era abbastanza grande per tutti e due, ecco tutto.

«Naomi si chiede cosa fare con Max» proseguì Cara, a voce così bassa che non si poteva nemmeno più definirla un sussurro. «Se andare alla polizia, a raccontare del Capodanno del 2012... sai, l'incidente, l'omissione di soccorso. Anche se ci andrebbe di mezzo pure lei, dice che per lo meno così finirebbe nei guai anche Max, visto che era lui al volante. Magari è un buon modo per farlo finire dietro le sbarre, almeno per un po', perché non faccia più del male a nessuno. E per mettere fine a questa ridicola storia della denun...»

«No» la interruppe Pip. «Naomi non può andare alla polizia. Non funzionerebbe. Finirebbe solo per fare del male a se stessa, e a *lui* non accadrebbe niente. Vincerebbe di nuovo.»

«Ma almeno si saprebbe la verità, e Naomi...»

«La verità non ha importanza» ribatté Pip, piantandosi le unghie nella coscia. La se stessa di un anno prima oggi non si sarebbe riconosciuta. Quella ragazza dallo sguardo vivace, con il suo progetto scolastico, che si aggrappava ingenuamente *alla verità*, drappeggiandosela attorno come un lenzuolo. Invece la Pip seduta lì era una persona diversa, più consapevole. La verità l'aveva scottata troppe volte: di lei non ci si poteva fidare. «Dille di non farlo, Cara. Non ha investito lei quell'uomo e non voleva andarsene senza soccorrerlo, è stata obbligata a farlo. Dille che le prometto che gliela farò pagare. Non so come, ma ci riuscirò. Max avrà esattamente quel che si merita.»

Ravi allungò un braccio a cingerle la spalla, stringendola con dolcezza.

«Oppure, be', invece di progetti di vendetta, potremmo concentrare le nostre energie sul fatto che tra poche settimane saremo all'università» disse allegro. «Non hai nemmeno comprato un nuovo piumone. Dicono che sia un passaggio fondamentale.»

Pip capì che lui e Cara si erano appena scambiati uno sguardo.

«Sto bene» disse.

Cara pareva sul punto di aggiungere qualcosa, ma la campanella sopra la porta del bar suonò e lei alzò gli occhi. Pip si voltò per seguire il suo sguardo. Se fosse stato Max Hastings non sapeva cosa avrebbe fatto, avrebbe...

«Ehi, ciao amici» esclamò una voce che Pip conosceva bene.

Connor Reynolds. Sorrise e lo salutò con la mano. Ma non era solo, c'era anche Jamie, che richiuse la porta con un altro tintinnio della campanella. Notò Pip un secondo più tardi e sul suo volto si dipinse un ampio sorriso, che gli increspò il naso coperto di lentiggini. Ora anche più del solito, dopo l'estate. E lei lo sapeva bene: aveva trascorso l'intera settimana della sua scomparsa a studiare le sue foto, interrogando i suoi occhi in cerca di risposte.

«Bello vedervi qui, ragazzi» disse Jamie, raggiungendo Connor che si stava avvicinando al loro tavolo. Per un brevissimo momento posò una mano sulla spalla di Pip. «Allora, come state? Posso portarvi qualcosa da bere?»

A volte Pip vedeva quello stesso sguardo anche negli occhi di Jamie, ossessionati dalla morte di Stanley e dal ruolo che entrambi vi avevano avuto. Un fardello che avrebbero condiviso per sempre. Ma Jamie non era presente quando tutto era successo, non aveva il suo sangue sulle mani... non nello stesso modo.

«Perché il circo al completo passa da qui sempre quando sono di turno io?» chiese Cara. «Cos'è, pensate che mi senta sola?»

«No, amica mia.» Connor le diede un colpetto allo chignon. «Pensiamo che ti serva fare pratica.»

«Connor Reynolds, giuro su Dio che se oggi ordini uno di quei cappuccini freddi alla zucca ti uccido.»

«Cara» esclamò allegra Jackie da dietro il bancone. «Ricordati la regola numero uno: non si minacciano di morte i clienti.»

«Anche se ordinano la cosa più complicata da preparare solo per darti fastidio?» Cara si alzò, lanciando un'occhiataccia a Connor.

«Anche in quel caso.»

Cara fece un ringhio, definendo a bassa voce Connor "solo un bianco stronzo", mentre si avviava verso il bancone. «Un cappuccino freddo alla zucca in arrivo» disse con l'entusiasmo più fasullo possibile.

«Fatto con amore, voglio sperare» rise Connor.

Cara lo fulminò con lo sguardo. «Più con dispetto, direi.»

«Be', basta che non sappia di... sputo.»

«Allora» disse Jamie, occupando il posto lasciato vuoto da Cara. «Nat mi ha detto dell'incontro di mediazione.»

Pip annuì. «È stato... movimentato.»

«Non posso credere che ti farà causa.» Jamie chiuse la mano a pugno. «È solo che... non è giusto. Ne hai già passate abbastanza.»

Lei si strinse nelle spalle. «Andrà bene, me la caverò.» Tutto riportava sempre a Max Hastings: lo ritrovava ovunque, in ogni cosa, sotto qualsiasi angolazione, che le premeva addosso. Che la schiacciava. Che le riempiva la testa del rumore delle costole di Stanley che si spezzavano. Si ripulì il sangue dalle mani e cambiò argomento: «Come sta andando il corso da paramedico?».

«Bene, sta andando bene» annuì lui, sorridendo. «Mi piace veramente un sacco. Chi l'avrebbe mai pensato che mi sarebbe piaciuto il lavoro duro?»

«Secondo me c'è il rischio che la disgustosa etica del lavoro di Pip sia contagiosa» scherzò Ravi. «Dovresti starle alla larga, per la tua stessa sicurezza.»

La campanella suonò di nuovo e, da come gli occhi di Jamie brillarono di colpo, Pip capì benissimo chi fosse appena entrato. Nat Da Silva era in piedi sulla soglia, i capelli argentei legati in una piccola coda di cavallo, anche se la maggior parte era sfuggita all'elastico e le ricadeva sul collo.

Il viso di Nat si illuminò quando li vide, mentre si arrotolava le maniche della camicia a quadri.

«Pip!» Andò dritta verso di lei. Si chinò e le avvolse un lungo braccio attorno alle spalle, abbracciandola da dietro. Profumava d'estate. «Non pensavo di trovarti qui. Come stai?»

«Bene» rispose Pip, la guancia contro quella di Nat. La sua pelle era fredda e frizzante per via della brezza che soffiava fuori. «Tu?»

«Sì, stiamo bene, dai.» Si raddrizzò e si avvicinò a Jamie. Lui si alzò per offrirle la sua sedia, prendendone un'altra per sé. Scontrandosi si fermarono, la mano di lei sul petto di lui.

«Ehi, ciao» disse Nat, e lo baciò rapida.

«Ehi, ciao a te» rispose Jamie, mentre le sue guance già rosse si coloravano ancora di più.

Pip non riuscì a non sorridere, guardandoli insieme. Era... qual era la parola giusta? Bello, forse. Una cosa pura, una cosa buona che nessuno poteva strapparle: averli visti entrambi al loro peggio e vedere ora quanta strada avevano fatto. Ognuno per conto proprio e insieme. Lei era parte delle loro vite, e loro una parte della sua.

A volte in quella città capitavano cose belle, ricordò Pip a se stessa, spostando lo sguardo su Ravi e stringendogli la mano sotto il tavolo. Gli occhi luminosi di Jamie e il sorriso fiero di Nat. Connor e Cara che battibeccavano sul cappuccino alla zucca. Era questo che voleva, no? Solo questo. Una vita normale. Persone, da elencare sulle dita, che tenevano a te tanto quanto tu a loro. Le persone che ti avrebbero cercata se mai fossi scomparsa.

Non poteva imbottigliare questa sensazione, trarre da essa per un po' il proprio sostentamento? Riempirsi di una cosa buona e ignorare le tracce di sangue sulle mani, non sentire i colpi di pistola nel rumore di una tazza che sbatteva sul tavolo o lo sguardo morto di lui che l'aspettava nella fulminea oscurità di un battito di ciglia?

Ah, troppo tardi.

Sette

Pip non riusciva a vedere per il sudore che le irritava gli occhi. Forse questa volta aveva forzato un po' troppo. Troppo veloce. Come se stesse scappando, non solo correndo.

Per lo meno non aveva incrociato Max. Lo aveva cercato, davanti a sé, alle proprie spalle, ma non si era mai fatto vedere. Le strade erano tutte per lei.

Abbassò le cuffie sul collo e s'incamminò verso casa, trattenendo il fiato mentre superava l'abitazione vuota accanto alla sua. Imboccò il vialetto e si fermò. Si strofinò gli occhi.

Quelle figure disegnate con il gesso erano ancora lì. Cinque piccoli omini stilizzati senza testa. Ma no, non poteva essere. Il giorno prima era piovuto, forte, e di sicuro non c'erano quando era uscita per andare a correre. Poteva giurarlo. E non era tutto.

Si chinò per osservarle meglio. Si erano spostate. Domenica mattina si trovavano nel punto in cui il vialetto si univa al marciapiede. Ora erano scivolate più avanti di diversi centimetri, lungo il muro, più vicine a casa sua.

Pip ne era certa: quei disegni erano nuovi. Erano stati fatti mentre lei era fuori a correre. Chiuse gli occhi e tese le orecchie, concentrandosi sul rumor bianco dello stormire degli alberi al vento, sul fischio acuto di un uccello sopra di lei e sul ringhio di un tosaerba nelle vicinanze. Ma non riuscì a sentire le risa e gli schiamazzi dei bambini del quartiere. Nemmeno un fiato.

Riaprì gli occhi, e sì, non se l'era immaginate. Cinque piccole figure. Poteva chiedere alla mamma se sapesse cosa fossero. Forse non raffiguravano persone decapitate, forse erano del tutto innocenti e la sua mente malata le stava trasformando in qualcosa di inquietante.

Si raddrizzò, con i muscoli doloranti e una lieve fitta all'anca sinistra. Stirò le gambe e procedette verso casa.

Ma fece soltanto due passi.

Il cuore aumentò il battito, martellandole contro le costole.

C'era un fagotto grigio davanti a lei, sul vialetto. Vicino al portone di casa. Un fagotto grigio con le piume. Sapeva cos'era ancor prima di raggiungerlo. Un altro piccione morto. Pip gli si avvicinò piano, a passi circospetti e in silenzio, come se non volesse svegliarlo, riportarlo di colpo in vita. Torreggiava sul piccione, le dita le frizzavano di adrenalina e si aspettava di vedersi riflessa nei suoi occhi vitrei, nel suo sguardo morto. Ma non si vide. Perché non c'era nessuno sguardo morto.

Non c'era la testa.

Al suo posto un moncherino netto, gonfio, nemmeno sanguinolento.

Pip lo fissò. Poi alzò lo sguardo sulla casa, poi di nuovo sul piccione senza testa. Ritornò con la mente al lunedì mattina, sfogliò la settimana appena trascorsa, passando in rassegna i ricordi. Eccola lì, che usciva di fretta dalla porta con indosso il completo elegante, fermandosi davanti all'uccello morto, fissando i suoi occhi, ripensando a Stanley.

Anche quello era lì. Proprio lì. Due piccioni morti nello stesso identico punto. E quelle strane figure tracciate con il gesso, che si spostavano, con le braccia ma senza testa.

Non poteva essere una coincidenza, no? Anche nei momenti migliori, a quelle Pip non credeva.

«Mamma!» urlò, aprendo la porta d'ingresso. «Mamma!» La voce rimbombò nel corridoio, la sua eco la scherniva.

«Ciao tesoro» rispose lei, facendo capolino dalla cucina, un coltello in mano. «Non sto piangendo, giuro, sono solo quelle cavolo di cipolle.»

«Mamma, c'è un piccione morto sul vialetto» disse Pip, la voce bassa e piatta.

«Un altro?» L'espressione della mamma mutò. «Santo cielo. E ovviamente tuo padre è fuori *di nuovo*, perciò dovrò farlo io.» Sospirò. «Va bene, lasciami metter su lo stufato e me ne occupo.»

«N-no» balbettò Pip. «Mamma, non capisci. C'è un piccione morto nello stesso identico punto di quello della settimana scorsa. Come se l'avessero messo lì apposta.» Suonava ridicolo anche a se stessa mentre lo diceva.

«Oh, non essere sciocca.» La mamma fece un gesto come a scacciare l'idea. «Sarà stato uno dei gatti dei vicini.»

«Un gatto?» Pip scosse la testa. «Ma è nello stesso identico pun...»

«Ma sì, sarà il suo nuovo posto di caccia preferito. I Williams hanno un grosso soriano: ogni tanto lo vedo nel nostro giardino. Fa la cacca nelle mie aiuole.» Fece il gesto di accoltellarlo.

«Questo è senza testa.»

«Eh?»

«Il piccione.»

La mamma storse la bocca. «Be', cosa posso dire? I gatti sono disgustosi. Ti ricordi quello che avevamo prima di Barney? Quando eri piccola piccola?»

«Intendi Calzetti?»

«Sì, Calzetti. Era un piccolo assassino crudele. Portava cose morte in casa quasi ogni giorno. Topi, uccellini. Ogni tanto dei conigli giganti. Mangiava le teste e li lasciava in giro perché li trovassi. Scie di interiora. Era come tornare a casa e ritrovarsi in un film dell'orrore.»

«Di cosa state parlando?» Dalle scale giunse loro la voce di Josh.

«Di niente!» gli gridò la mamma. «Fatti gli affari tuoi!»

«Ma questo...» sospirò Pip. «Puoi venire a vedere?»

«Sto preparando la cena, Pip.»

«Ci mettiamo solo due secondi.» Piegò la testa. «Per favore...»

«Oh, e va bene.» La mamma posò il coltello. «In silenzio, però. Non voglio che il signor Ficcanaso scenda e si immischi.»

«Chi è il signor Ficcanaso?» La vocina di Josh le seguì fuori dalla porta.

«Giuro su Dio che comprerò a quel bambino dei tappi per le orecchie» sussurrò la mamma di Pip mentre si avvicinavano al punto incriminato. «Ecco, sì, lo vedo. Un piccione senza testa, proprio come immaginavo. Grazie per l'anteprima.»

«Non è solo questo.» Pip la prese per il braccio e la guidò lungo il vialetto. Puntò il dito. «Guarda queste figurine disegnate col gesso. C'erano anche un paio di giorni fa, più verso il marciapiede. La pioggia le aveva lavate via, ma ora ci sono di nuovo, e si sono spostate. Non c'erano quando sono uscita a correre.»

La mamma si chinò, le mani sulle ginocchia. Aguzzò la vista.

«Le vedi, vero?» le chiese Pip, mentre il dubbio le si agitava nello stomaco, freddo e greve.

«Ehm, sì, credo» rispose lei, strizzando gli occhi ancora di più. «Ci sono delle linee bianche sbiadite.»

«Sì, esatto» esclamò Pip, sollevata. «E che cosa ti sembrano?»

La mamma si avvicinò ancora di più, piegando la testa per osservarle da una diversa angolazione. «Non saprei, forse è il segno delle gomme della mia auto, o qualcosa del genere. In effetti oggi sono andata in macchina in un cantiere, perciò è possibile che ci siano polvere o gesso in giro.»

«No, guarda meglio» insistette Pip, la voce sempre più irritata. Strizzò gli occhi anche lei: non poteva trattarsi solo dei segni delle gomme, no?

«Non so, Pip, forse è polvere dei giunti di malta.»

«Dei... cosa?»

«Gli spazi tra i mattoni.» La mamma soffiò con decisione e una delle figurine scomparve quasi del tutto. Si raddrizzò, si passò le mani sulla gonna per lisciare le pieghe.

Pip tornò a puntare il dito. «Non ci vedi degli omini stilizzati? Cinque. Be', ora quattro, grazie tante. Come se li avessero disegnati?»

La mamma scosse la testa.

«A me non sembrano omini stilizzati» disse. «Non hanno la te...»

«Testa?» la interruppe Pip. «Esatto.»

«Oh, Pip.» La mamma la guardò preoccupata, il sopracciglio inarcato. «Le due cose non sono collegate. Sono certa che questa sia soltanto polvere portata dalle mie gomme, o magari da quelle del postino.» Studiò di nuovo le figure. «E se le ha disegnate qualcuno si tratta probabilmente dei figli degli Yardley. Quello di mezzo sembra un po'... be', hai capito.» Fece una faccia eloquente.

Aveva senso, quello che diceva la mamma. Solo un gatto, ovvio. Solo le tracce delle gomme o lo scribacchiare innocente di qualche bambino. Perché la sua mente volava sempre così lontano, e pensava fosse tutto collegato? Sentì la vergogna strisciarle sottopelle, perché aveva davvero preso in considerazione l'idea che qualcuno li avesse messi lì di proposito. Ancora peggio, che li avesse messi lì apposta per lei. Perché pensare una cosa simile? Perché ormai aveva paura di tutto, sentiva il pericolo insidiarla anche quando non ce n'era traccia, se voleva, riusciva a sentire gli spari in ogni rumore, aveva paura della notte ma non del buio, aveva perfino paura di guardarsi le mani. Era a pezzi.

«Tutto bene, tesoro?» La mamma aveva lasciato perdere le figurine disegnate con il gesso, e ora le studiava il viso. «Hai dormito abbastanza stanotte?»

Quasi per niente. «Sì. Molto» disse Pip.

«Sembri pallida, tutto qui.» Il sopracciglio si inarcò ancora di più.

«Sono sempre pallida.»

«Hai anche perso qualche chilo.»

«Mamma...»

«Faccio per dire, tesoro. Dai...» Intrecciò il braccio a quello di Pip, guidandola verso casa. «Io torno a preparare la cena e per dolce faccio pure il tiramisù, il tuo preferito.»

«Ma è martedì!»

«E allora?» La mamma sorrise. «Tra qualche settimana la mia bambina se ne andrà all'università, voglio godermela finché è qui.»

Pip le strinse il braccio. «Grazie.»

«Tra un attimo mi occupo anche di quel piccione, non preoccuparti» rispose lei, chiudendo il portone dietro di loro.

«Non sono preoccupata per il piccione» ribatté Pip, anche se la mamma era già sparita in cucina. Rimase ad ascoltarla sferragliare con pentole e taglieri, e borbottare contro quelle "cipolle in quantità industriale". «Non sono preoccupata per il piccione» ripeté piano, solo a se stessa. Era preoccupata perché poteva averlo messo lì qualcuno. E poi per il fatto di averlo anche solo pensato.

Si voltò verso le scale, e salendo vide Josh appollaiato sul gradino più alto, il mento tra le mani.

«Quale piccione?» chiese quando Pip gli posò una mano sulla testa per aggirarlo.

«Forse» borbottò «dovrei davvero lasciartele prendere più spesso.» Diede un colpetto alle cuffie che lui teneva strette attorno al collo. «Magari incollartele alla testa.»

Pip entrò in camera sua, appoggiandosi alla porta per chiudersela alle spalle. Liberò il braccio dal portacellulare in velcro e lo fece cadere a terra. Si tolse il top, che rimase aggrappato alla pelle madida di sudore e si impigliò nelle cuffiette. Vennero via insieme e finirono in un mucchio sulla moquette. Sì, prima di cena doveva decisamente farsi una doccia. E... lanciò uno sguardo al secondo cassetto della scrivania. Magari solo una, per calmarsi e quietare il cuore impazzito, tenere il sangue lontano dalle mani e la mente lontana da cose senza testa. La mamma cominciava a sospettare che qualcosa non andasse: a cena Pip doveva comportarsi bene. Come fosse ancora la vecchia sé.

Un gatto e i segni delle gomme. Aveva perfettamente senso. Qual era il suo problema? Perché aveva bisogno di pensare a qualcosa di brutto, come se fosse in cerca di guai? Trattenne il respiro. Solo un altro caso. Salvare Jane Doe per salvare se stessa. Serviva soltanto questo, e non si sarebbe più sentita così: smarrita dentro la propria mente. Aveva un piano. Doveva solo attenervisi.

Controllò rapida il cellulare. Un messaggio di Ravi: *Sarebbe strano ordinare una PIZZA alle crocchette di pollo?*

E un'e-mail di Roger Turner: *Ciao Pip, dovremmo parlare in settimana, ora che hai avuto modo di pensare all'offerta emersa nell'incontro di mediazione. Grazie, Roger Turner.*

Pip fece un sospiro. Le dispiaceva per Roger, ma la sua risposta era la medesima. Manco morta. Qual era il modo più elegante per dirlo?

Stava per aprire l'e-mail quando comparve sotto una nuova notifica. Un altro messaggio arrivato tramite il modulo del suo sito all'indirizzo CULBRpodcast@gmail.com. L'anteprima diceva: *Chi cercherà te...* e Pip sapeva benissimo come proseguiva il messaggio. Di nuovo.

Lo aprì per cancellarlo. Forse poteva impostare qualche blocco per mandarli tutti direttamente nello spam? Il pollice di Pip indugiò sull'icona del cestino.

Il suo sguardo si fermò giusto in tempo, cogliendo un'unica parola.

Batté le palpebre.

Lesse l'intero messaggio.

Chi cercherà te quando sarai tu a scomparire?

P.S. Ricordati sempre di prendere due piccioni con una fava.

Il cellulare le scivolò dalle mani.

Otto

Il tonfo attutito del telefono che cadeva sulla moquette fu come lo sparo di una pistola puntata dritta al suo petto. Riecheggiò cinque volte, finché il suo cuore non ne catturò il suono e lo fece riverberare.

Pip rimase immobile per un momento, isolata da ogni cosa eccetto la violenza che le esplodeva sotto la pelle. Tonanti rumori di spari e di ossa che si spezzavano, la sensazione del sangue appiccicoso tra le dita, e un urlo: il suo. Le parole che si frangevano ai margini mentre le vorticavano attorno alla testa: *Charlie, ti prego, non farlo. Ti scongiuro.*

Le pareti color crema della stanza si sollevarono, rivelando assi in fiamme, annerite, che collassavano l'una sull'altra. La fattoria abbandonata riviveva in camera sua e le riempiva i polmoni di fumo. Chiuse gli occhi e si disse che si trovava qui e ora, non lì e in quel momento. Ma non ce la faceva, non da sola. Le serviva aiuto.

Incespicò tra le fiamme, il braccio alzato a schermarsi gli occhi. Raggiunse la scrivania, cercando a tentoni il secondo cassetto a destra. Lo estrasse completamente, fino a farlo inclinare sul pavimento che bruciava. Attorno a lei si srotolò lo spago rosso, svolazzarono fogli di carta, si sparsero le puntine, impigliandosi nel cavo degli auricolari bianchi. Il doppio fondo di cartone che nascondeva i suoi segreti si aprì, e ne uscirono i sei telefoni prepagati, spezzando il loro ordine attentamente strutturato. Per ultima venne la bustina trasparente.

Pip la strappò con dita tremanti per aprirla. Come mai ce n'erano già così poche? Ne fece cadere una e la ingoiò senz'acqua, le lacrimarono gli occhi quando le grattò la gola.

Era qui e ora. Non lì e in quel momento. Qui e ora.

Non era sangue, solo sudore. Vedi? Passa la mano sui leggings e lo vedrai.

Non lì e in quel momento.

Qui e ora.

Ma qui e ora era meglio? Fissò il cellulare, abbandonato sul pavimento. *Prendere due piccioni con una fava.* Due piccioni morti sul vialetto, uno con lo sguardo morto ma che vedeva tutto, e uno senza. Non era una coincidenza, giusto? Forse non si trattava di un gatto, forse qualcuno li aveva davvero messi lì apposta, insieme a quei disegni con il gesso che si avvicinavano sempre di più. La stessa persona che continuava a porre a Pip quell'unica domanda: *Chi cercherà te quando sarai tu a scomparire?* Una persona che sapeva dove viveva. Uno stalker?

Lei era in cerca di guai, e i guai l'avevano trovata.

No, no, frena. Lo stava facendo di nuovo, stava correndo troppo con la mente, cercando un pericolo dove forse non c'era. *Prendere due piccioni con una fava.* Era una frase estremamente comune. E riceveva quella domanda da un account anonimo da un sacco di tempo, e non le era ancora successo niente, no? Era qui, non era scomparsa.

Strisciò sul pavimento e girò il telefono; il dispositivo di riconoscimento facciale sbloccò lo schermo. Pip aprì le e-mail, selezionò la barra di ricerca. Digitò: *Chi cercherà te quando sarai tu a scomparire? + anonimo.*

Undici e-mail, dodici compresa quella che aveva appena

ricevuto, tutte da parte di account diversi, tutte con la medesima domanda. Pip scrollò verso l'alto per scendere nella cronologia. Aveva ricevuto la prima l'11 maggio; all'inizio erano più distanziate, facendosi man mano più frequenti, fino a soli quattro giorni di distanza tra le ultime due. 11 maggio? Pip scosse la testa: come poteva essere? Si ricordava di aver ricevuto la prima in un momento precedente, quando Jamie Reynolds era scomparso e lei lo stava cercando. Era per questo che la domanda l'aveva colpita.

Ah, no. Forse era stato su Twitter. Selezionò l'icona blu per aprire la app, cliccando sulle opzioni di ricerca avanzata. Digitò di nuovo la domanda, nel campo che diceva "frase esatta", e il nome del suo podcast nella sezione "solo in questi account".

Premette "cerca", gli occhi che seguivano la rotellina del caricamento.

La pagina si riempì di risultati: quindici diversi tweet che le ponevano quella stessa identica domanda. Il più recente era di appena sette minuti prima, con lo stesso post scriptum dell'e-mail. E in fondo alla pagina c'era il primissimo: *Chi cercherà te quando sarai tu a scomparire?* Postato domenica 29 aprile, come risposta al suo tweet in cui annunciava la seconda stagione di *Come uccidono le brave ragazze – La scomparsa di Jamie Reynolds*. Eccolo. L'inizio. Più di quattro mesi prima.

Sembrava così lontano adesso. Jamie era scomparso da un giorno soltanto. Stanley Forbes si muoveva libero, vivo, senza sei fori in corpo; Pip gli aveva parlato proprio quel giorno. Charlie Green era semplicemente il suo nuovo vicino. Lei non aveva sangue sulle mani, e il sonno magari non era sempre automatico, ma comunque c'era. Max stava affrontando il processo e Pip ancora credeva, nella parte più profonda del proprio essere, che avrebbe pagato per ciò che aveva fatto. Così tanti inizi in quel luminoso mattino d'aprile, inizi che l'avevano portata fino a lì. I primi passi lungo una strada che le si era rivoltata contro, contorcendosi fino a puntare solamente verso il fondo. Ma quel giorno era cominciato anche qualcos'altro? Una cosa che cresceva da quattro mesi e soltanto ora stava alzando il capo?

Chi cercherà te quando sarai tu a scomparire?

Pip si rialzò in piedi, di nuovo in camera sua, la fattoria abbandonata chiusa in fondo alla mente. Sedette sul letto. Quella domanda, i disegni di gesso, i due uccelli morti. Erano collegati? Forse si riferiva tutto a lei? Era una traccia labile, a dir tanto, ma non c'era stato nient'altro? Nulla che allora le fosse parso strano ma che la sua mente aveva attribuito al caso? Oh... c'era stata una lettera, diverse settimane prima. Be', non proprio una lettera. Solo una busta, con *Pippa Fitz-Amobi* scarabocchiato sopra con un ruvido inchiostro nero. Si ricordava di aver pensato che non c'era indirizzo né francobollo, perciò dovevano averla fatta passare sotto la porta. Ma quando l'aveva aperta – papà, accanto a lei, le aveva chiesto se fossero "foto nude vintage di Ravi" – non conteneva proprio niente. Vuota. L'aveva buttata via e non ci aveva più pensato. La lettera misteriosa era stata dimenticata non appena ne era arrivata un'altra che recava il suo nome: quella da parte di Max Hastings e del suo avvocato. Era possibile che quella busta fosse collegata a tutto questo?

E, ora che ci pensava, forse prima ancora c'era stato qualcos'altro. Il giorno del funerale di Stanley Forbes. Quando la cerimonia era finita e Pip era tornata alla macchina, aveva trovato un piccolo bouquet di rose infilato in uno specchietto laterale. Se non che tutti i fiori erano stati staccati e i petali rossi sparsi sulla ghiaia sottostante. Un mazzo di spine e di steli. Allora aveva pensato che dovesse essere stato uno dei dimostranti che si erano presentati al funerale e che non si erano dispersi finché non era stata chiamata la polizia. Ma forse non si trattava di uno di loro, del padre di Ant o di Mary Scythe o di Leslie del negozio. Forse era stato un dono, da parte della stessa persona che le chiedeva chi l'avrebbe cercata quando fosse sparita.

Se era vero – se quegli incidenti erano collegati –, allora la cosa andava avanti da settimane. Da mesi, addirittura. E lei non se n'era resa conto. Ma invece forse una spiegazione c'era. Forse ora stava ingigantendo tutto quanto solamente a causa di quel secondo piccione morto. Pip non si fidava di se stessa e non si fidava della propria paura.

Una sola cosa era evidente: *se* era tutto opera della stessa persona – dai fiori deturpati ai piccioni morti –, allora si stava inasprendo. Sia in gravità sia in frequenza. Doveva tenerne traccia in qualche modo, raccogliere tutti i dati e vedere se c'era un collegamento, se davvero aveva uno stalker o se stava solo perdendo la testa. Un file Excel, pensò, immaginandosi il sorrisetto sul viso di Ravi. Ma l'avrebbe aiutata a vedere ogni cosa con più chiarezza: a capire se era tutto reale o lo era solo nell'angolo oscuro in fondo alla sua mente e, se *davvero* era reale, dove l'avrebbe condotta, quale sarebbe stata la conclusione.

Pip attraversò la stanza fino alla scrivania, scavalcando il contenuto rovesciato del cassetto; avrebbe rimesso a posto più tardi. Aprì il portatile, selezionò Google Chrome e una nuova scheda. Nella barra di ricerca digitò *stalker* e premette invio, passando in rassegna l'elenco di risultati. *Denunciare uno stalker* su un sito del governo, una pagina Wikipedia, un sito sulle diverse tipologie di stalker e *Nella mente di uno stalker*, siti di psicologia e statistiche dei reati. Pip cliccò sui primi e cominciò a leggere, iniziando una pagina nuova nel suo taccuino.

Scrisse: *Chi cercherà te quando sarai tu a scomparire?* Lo sottolineò tre volte. Non poté fare a meno di sentire la calma furia di cui era intrisa quella domanda sinistra. A volte pensava di scomparire, di scappare e di lasciarsi Pip alle spalle. O di scomparire nella propria mente, in quei rari attimi in cui le dava pace, un'assenza nella quale limitarsi a galleggiare, libera. Ma cosa voleva dire davvero "scomparire", in fondo?

A volte le persone tornavano, dopo essere scomparse. Jamie Reynolds ne era un esempio, e anche Isla Jordan, la giovane donna che Elliot Ward aveva tenuto rinchiusa per cinque anni credendo che fosse qualcun altro. Loro erano ri-comparsi. Ma a quel punto la mente di Pip tornò all'inizio, a Andie Bell, a Sal Singh, alle vittime di Scott Brunswick, il Mostro di Margate, a Jane Doe, a ogni podcast di true crime e a ogni documentario nel quale si fosse mai smarrita. E nella maggior parte dei casi "scomparire" significava "morte".

«Pip, a tavola!»

«Arrivo!»

Nome file:
Incidenti legati a possibile stalker.xlsx

Data	Giorni trascorsi da incidente precedente	Tipo	Incidente	Gravità (1-10)
29/04/2018	n/d	Online	Tweet: Chi cercherà te quando sarai tu a scomparire?	1
11/05/2018	12	Online	E-mail e Tweet: (stessa domanda).	2
20/05/2018	9	Offline	Fiori morti sulla macchina.	4
04/06/2018	15	Online	E-mail e Tweet: (stessa domanda).	2
15/06/2018	11	Online	E-mail e Tweet: (stessa domanda).	2
25/06/2018	10	Online	Tweet: (stessa domanda).	1
06/07/2018	11	Online	E-mail e Tweet: (stessa domanda).	2
15/07/2018	9	Online	Tweet: (stessa domanda).	1
22/07/2018	7	Online	Tweet: (stessa domanda).	1
29/07/2018	7	Online	E-mail e Tweet: (stessa domanda).	2
02/08/2018	4	Offline	Busta vuota infilata sotto la porta. Indirizzata a me.	4
07/08/2018	5	Online	E-mail e Tweet: (stessa domanda).	2
12/08/2018	5	Online	E-mail e Tweet: (stessa domanda).	2
17/08/2018	5	Online	E-mail: (stessa domanda)	1
22/08/2018	5	Online	E-mail e Tweet: (stessa domanda).	2

Data	Giorni trascorsi da incidente precedente	Tipo	Incidente	Gravità (1-10)
27/08/2018	5	Offline	Piccione morto sul vialetto (con testa).	7
27/08/2018	0	Online	E-mail e Tweet: (stessa domanda).	3
31/08/2018	4	Online	E-mail e Tweet: (stessa domanda).	2
02/09/2018	2	Offline	5 disegni fatti con il gesso all'inizio del vialetto (omini stilizzati senza testa?)	5
04/09/2018	2	Offline	5 disegni fatti con il gesso lungo il vialetto, più vicini alla casa	6
04/09/2018	0	Offline	Piccione morto sul vialetto (senza testa).	8
04/09/2018	0	Online	E-mail e Tweet: (stessa domanda) con in più P.S.: Ricordati sempre di prendere due piccioni con una fava.	5

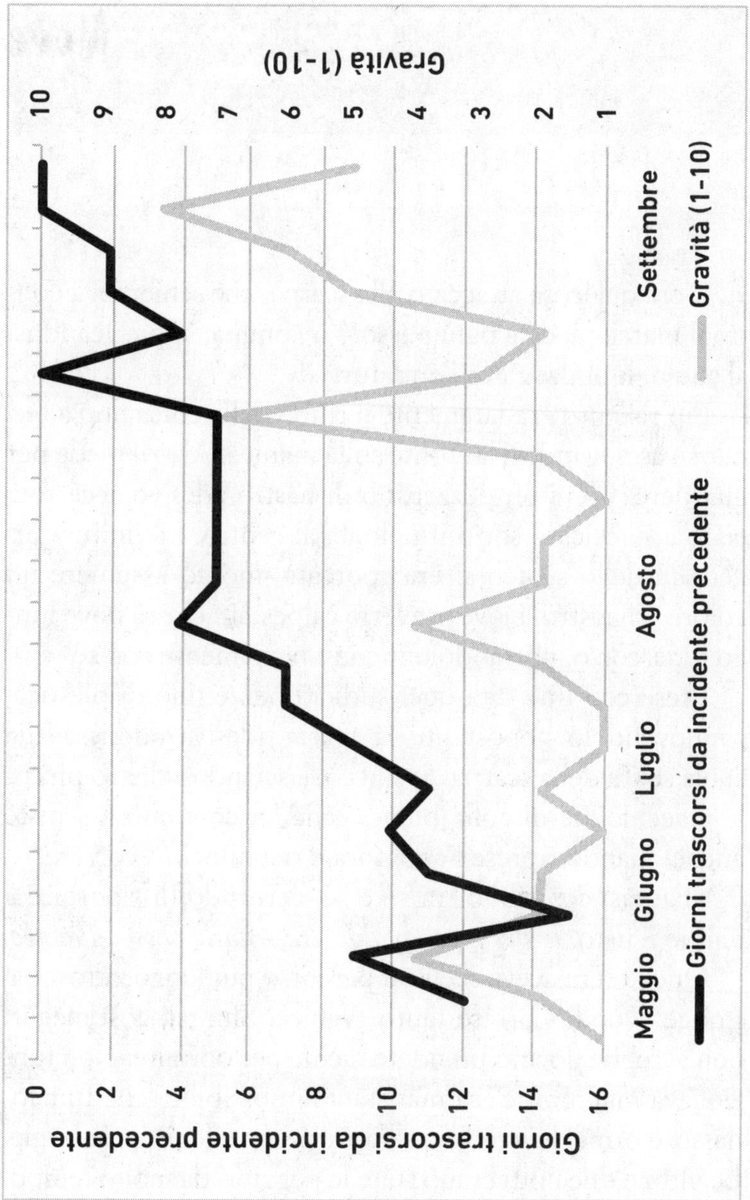

Giorni trascorsi da incidente precedente
0
2
4
6
8
10
12
14
16
Gravità (1-10)
10
9
8
7
6
5
4
3
2
1
Maggio
Giugno
Luglio
Agosto
Settembre
Giorni trascorsi da incidente precedente
Gravità (1-10)

Nove

C'era qualcosa attaccato alla scarpa, che schioccava contro il marciapiede a ogni passo. La gomma, appiccicandosi al suolo, le sbilanciava l'andatura.

Pip rallentò gradatamente il ritmo della corsa fino a fermarsi, asciugandosi la fronte sulla manica. Alzò il piede per guardare. C'era un pezzettino di nastro adesivo accartocciato appiccicato sotto il tallone, al centro. La finitura argentata dello scotch si era sporcata fino ad assumere un colore grigiastro. Doveva averlo calpestato chissà dove lungo il percorso, portandolo inconsapevolmente con sé.

Prese con due dita quel sudicio pezzettino di plastica, rimuovendolo nonostante la faccia adesiva aderisse alla suola scura della scarpa. Si staccò, lasciandosi dietro piccole macchioline di colla bianca, che lei continuò a sentire anche quando riprese l'andatura e ricominciò a correre.

«Fantastico» sibilò tra sé e sé, cercando di riportare a tempo il fiato. *Inspira, passo, due, tre, espira, passo, due, tre.*

Quella sera aveva scelto il percorso più lungo, attorno a Lodge Wood. Correre tanto. Veloce. Sfinirsi, così magari non avrebbe dovuto prendere niente per dormire. Non funzionava mai, non c'era mai stata la possibilità che funzionasse, e ormai lei credeva sempre meno alle proprie bugie. Le ultime due notti erano state le peggiori da molto tempo. Il dubbio la teneva sveglia, quell'idea insidiosa che qualcuno la stesse osservando. Qualcuno che forse stava addirittura contando i giorni che mancavano alla sua scomparsa. No, ferma. Era uscita a correre per allontanare quei pensieri. Così si sforzò ancora di più, perdendo il controllo, e girò l'angolo troppo rapidamente.

Ed eccolo lì.

Dall'altro lato della strada. La borraccia blu stretta in mano.

Max Hastings.

E, proprio quando lei lo vide, lui vide lei. I loro sguardi si incrociarono, solo l'ampiezza della via a separarli mentre correvano l'uno in direzione dell'altra.

Max rallentò il passo, scostandosi i capelli biondi dal viso. Perché rallentava? Non voleva archiviarlo in fretta anche lui, il momento in cui si sarebbero incrociati? Pip pompò ancora di più sulle gambe, nonostante un dolore alla caviglia, e i loro passi discordanti divennero una specie di musica, un ritmo caotico che riempiva la strada inconsapevole, come accompagnamento all'acuto ululato del vento tra gli alberi. O forse quel suono proveniva da dentro la sua testa?

Sentì una stretta al petto: il cuore stava crescendo più di quanto la gabbia toracica potesse contenerlo, spandendosi sotto la pelle, riempiendola di un'ira scarlatta fino a raggiungerle gli occhi premendovi contro. Lo guardò avvicinarsi e il suo campo visivo si tinse di rosso. La scena davanti a lei accelerò.

Poi qualcosa la invade, tirandola per la mano dall'altra parte della strada, guidandole il passo. E non ha più paura, è fatta soltanto di rabbia. Solo di rosso. Ed è giusto, è così che deve essere, lo sa.

Attraversa la strada in sei falcate, e gli è al fianco. Lui è a pochi passi quando si ferma, la fissa.

«Ma che stai...» fa per chiederle. Lei non gli lascia finire la frase.

Colma la distanza che li separa e colpisce forte con il gomito il viso di Max. Sente qualcosa rompersi, ma non sono le costole di Stanley questa volta, è il naso di Max. Il suono è identico, le basta solo questo. Lui si piega in avanti e ulula nelle mani chiuse sul volto, il naso tutto storto. Ma lei non ha finito. Gli scosta con violenza le mani e lo colpisce ancora, piantandogli un pugno sullo zigomo appuntito. Il suo sangue, il suo sangue tra le nocche e sul palmo, dove è giusto che sia.

Eppure non ha ancora finito. Sta arrivando un furgoncino. Non passano mai furgoncini su quella stradina di campagna, non ci starebbero, ma questo sta arrivando, ed è la sua occasione. Pip afferra Max, stringendogli con le mani il tessuto della maglietta macchiata di sudore. E, in quel fugace momento, lui sbarra gli occhi per la paura ed entrambi capiscono: Pip ha vinto. Il clacson del furgoncino urla, ma Max non ne ha modo. Pip lo scaglia in mezzo alla strada, davanti al furgoncino troppo grosso, e lui esplode, investendola di una pioggia rossa mentre lei resta lì in piedi a sorridere.

Passò una macchina, nella vita reale, e il rumore la riportò in sé. Il velo rosso le cadde dagli occhi e Pip ritornò lucida. Al qui e ora. Alla sua corsa. Max era là, sul suo lato della strada, e lei sul proprio. Abbassò lo sguardo e batté le palpebre, cercando di scacciare la violenza che aveva nella mente. Se c'era una cosa di cui doveva aver paura, era quella.

Alzò nuovamente lo sguardo su Max, tenendolo d'occhio mentre lui guadagnava velocità, la borraccia che gli martellava sul fianco. Stava arrivando il momento, il momento in cui si sarebbero sorpassati a vicenda, incrociati, sovrapposti. Continuavano a correre l'uno verso l'altra e a un certo punto accadde, il sorpasso, quella frazione di secondo di convergenza, e poi di nuovo correvano, allontanandosi l'una dall'altro, di schiena.

Alla fine della via, Pip lanciò uno sguardo alle sue spalle. Max era sparito e lei riusciva a respirare un po' meglio, senza i suoi passi a perseguitarla.

Stava peggiorando: se si guardava da fuori poteva rendersene conto. Gli attacchi di panico, le pillole, l'ira così bruciante che poteva ridurre in cenere il mondo intero. Stava scivolando ancora più lontana da quella vita normale alla quale desiderava così tanto pian piano tornare. A Ravi, alla propria famiglia, agli amici. Ma sarebbe andato tutto bene, perché aveva un piano per arrivarci. Per sistemare tutto. Salvare Jane Doe per salvare se stessa.

Ma forse ora c'era un nuovo ostacolo, si rese conto mentre imboccava in direzione opposta Martinsend Way, oltre il lampione rotto, il punto raggiunto il quale di solito iniziava a rallentare e rilassarsi, camminando verso casa. Se aveva davvero uno stalker, chiunque fosse, qualsiasi cosa volesse farle – che fosse solo spaventarla o che davvero volesse farla sparire –, ora le stava mettendo i bastoni tra le ruote. O forse era Pip che stava mettendo i bastoni tra le ruote a se stessa. Come l'aveva definita Epps? Una spirale autodistruttiva. Forse non c'era nessuno stalker, forse c'erano solo lei e un rigurgito di violenza che proveniva da quell'angolo buio in fondo alla sua mente. Continuava a imbattersi nel pericolo solo perché lo cercava.

Fu in quel momento che vi passò sopra, sul marciapiede tra la casa degli Yardley e quella dei Williams, la sua ancora lontana. Notò con la coda dell'occhio qualcosa di indistinto, bianche righe che si intersecavano e una grossa sbavatura di gesso, e dovette tornare indietro per capire di cosa si trattasse. Lì, per tutta la larghezza del marciapiede, sbavate dalle sue stesse scarpe, c'erano quattro grandi parole scritte con il gesso:

UNA MORTA CHE CAMMINA

Pip si guardò freneticamente attorno. Era sola in strada, e il quartiere era avvolto nella quiete dell'ora di cena. Si voltò di nuovo a studiare le parole che aveva tra i piedi. UNA MORTA CHE CAMMINA. Era stata lei a camminarci sopra. Quindi erano per lei? Non si trovavano sul suo vialetto, ma erano sul suo percorso. Una sensazione di pancia, un istinto. Era un messaggio destinato a lei, Pip lo sapeva.

Era lei la morta che camminava.

No, non essere ridicola. Non era nemmeno sul suo vialetto, ma su una strada pubblica. Poteva essere stato scritto per chiunque, da chiunque. E perché mai dava retta al suo istinto, poi? Le aveva portato sangue sulle mani e una pistola nel cuore, e pericoli nell'ombra anche quando non ce n'erano. Ma una parte di sé sentiva di non doverlo nemmeno scartare, combattuta, divisa tra Stanley e Charlie, tra avere uno stalker e inventarsene uno. Pip armeggiò con il porta-cellulare al braccio, liberando il telefono. Si raddrizzò per fare una foto alle parole, una fetta delle sue scarpe in fondo all'inquadratura. Una prova, per ogni evenienza. Non ne aveva nessuna dei disegni con il gesso: erano spariti mentre si faceva la doccia, l'altro giorno, cancellati dalle ruote dell'auto di papà. Ma ora aveva una foto, un altro dato per il suo foglio Excel. Non si sa mai. I dati erano sempre obiettivi e non si schieravano. E, se quello era davvero un messaggio destinato a lei, gli avrebbe assegnato un numero più alto, un otto, magari un nove; poteva addirittura essere considerato una minaccia diretta.

Pip si sentì più vicina a quella persona sconosciuta che forse esisteva (o forse no), le sembrò di comprenderla un po' meglio. Su una cosa erano d'accordo: "scomparire" significava "morte". Almeno questo l'avevano messo in chiaro.

Davanti a sé vide una macchina svoltare nel vialetto. Ravi. L'altra sua pietra angolare. Pip superò le parole tracciate con il gesso e si affrettò lungo il marciapiede. Un passo dopo l'altro verso casa, senza poter fare a meno di essere ciò che quelle parole volevano che fosse, una morta che cammina. Ma, se avesse accelerato l'andatura, allora avrebbe corso.

«Oh, ciao!» La voce di Ravi le venne incontro quando svoltò nel vialetto abbassandosi le cuffie sul collo. Lui scese dalla macchina. «Guarda chi c'è: la mia atletica ragazza!» Sorrise e flette le braccia, intonando *Sport, sport, sport* finché lei non lo ebbe raggiunto. «Stai bene?» le chiese, passandole una mano attorno alla vita. «Bella corsa?»

«Ehm... be', ho rivisto Max Hastings. Perciò... no.»

Ravi strinse i denti. «Un altro frontale? È ancora vivo, suppongo» disse, cercando di alleggerire l'atmosfera.

«Per un pelo.» Pip si strinse nelle spalle, temendo che Ravi potesse leggerle dentro, vedere tutte quelle cose violente che le vorticavano nella mente. Perché lui in teoria era capace di guardarle dentro: era la persona che la conosceva meglio. E, se la amava, allora lei non poteva essere così cattiva. No?

«Ehi, cosa succede?» chiese Ravi. Oh no, l'aveva capito subito. Ma andava bene così, ricordò a se stessa, a lui non poteva nascondere niente. Lui era la *sua* persona. A parte quei segreti di cui più si vergognava, quelli che abitavano nel secondo cassetto della sua scrivania.

«Ehm, c'era questo sul mio percorso, proprio in fondo alla strada.» Aprì la foto sul cellulare e la mostrò a Ravi. «Qualcuno ha scritto questo con il gesso sul marciapiede.»

«*Una morta che cammina*» sussurrò lui, e sentirlo pronunciare ad alta voce in qualche modo ne mutò il significato. Glielo fece vedere sotto una luce diversa. Una prova che esisteva davvero anche fuori dalla sua mente. «Pensi che fosse per te? Collegato ai piccioni?» domandò Ravi.

«Era sul percorso che faccio quando corro, subito dopo il punto in cui di solito comincio a camminare per rilassarmi, prima di arrivare a casa» rispose lei. «Se qualcuno mi spia lo sa di certo.»

Ma perché qualcuno avrebbe dovuto spiarla? A dirlo a voce alta suonava ancora più ridicolo.

Ravi scosse il capo. «Ok, non mi piace per niente.»

«Ma no, scusa, probabilmente non ha nulla a che fare con me» ribatté Pip. «Sono solo una stupida.»

«No, non lo sei» disse lui, con un tono di voce più serio. «Ok, va bene, non sappiamo per certo se hai uno stalker o meno, ma questo secondo me ce lo fa sospettare. Ora sono serio, e so bene cosa stai per dire, ma credo che dovresti andare alla polizia.»

«Che... E cosa pensi che farebbero, Ravi? Niente, come al solito.» Sentì la rabbia rialzare la testa. *No, non con lui, controllati.* Fece un respiro profondo e lo inghiottì. «Specie se non lo so io per prima.»

«Se è la stessa persona che ti scrive, la stessa che ha fatto i disegni e lasciato i piccioni, allora questa persona ti sta minacciando» replicò lui, spalancando gli occhi, cosa che le indicava sempre quando era serio. «Potrebbe essere pericolosa.» Fece una pausa. «Magari è Max.» Un'altra pausa. «O Charlie Green.»

Non era Charlie, non poteva essere Charlie. Ma a Max aveva pensato, il suo volto le era comparso davanti agli occhi appena aveva letto quelle parole. Chi altri conosceva così bene la sua routine di corsa? E se Max la odiava quanto lei odiava lui, be', allora...

«Lo so» rispose. «Ma forse non è tutto collegato, e, se lo è, magari qualcuno si sta solo divertendo alle mie spalle.» Il suo istinto le suggeriva che non era così, anche mentre lo diceva, ma voleva soltanto cancellare l'ansia dallo sguardo di Ravi, riavere il suo sorriso. E non voleva tornare in quella stazione di polizia; tutto ma non quello.

«Mi sa che dipende» commentò Ravi.

«Da cosa?»

«Se ha semplicemente trovato quegli uccelli morti o... se li ha uccisi. C'è una differenza abissale.»

«Lo so» sospirò lei, sperando che lui continuasse a parlare a voce bassa, in caso Josh fosse a portata d'orecchio. Una nuova sensazione alla bocca dello stomaco le diceva che Ravi e il suo istinto si stavano schierando entrambi dalla stessa parte, contro di lei. Non voleva che fosse tutto vero. Preferiva l'altra opzione: che stava vedendo dei collegamenti dove non ce n'erano, che aveva il cervello troppo sintonizzato sul pericolo, ma che presto si sarebbe sistemato insieme al resto. Salvare Jane Doe per salvare se stessa.

«Non dovremmo correre il rischio.» Ravi le passò il pollice sulla clavicola. «Tra un paio di settimane andrai all'università, e secondo me tutto si risolverà. Ma se invece è vera la seconda ipotesi, se questa persona è pericolosa, allora non è una cosa che puoi affrontare da sola. Devi denunciarla. Domani.»

«Ma non posso...»

«Sei Pippa Fitz-Amobi» Ravi sorrise, scostandole i capelli scompigliati dagli occhi, «non c'è niente che tu *non possa* fare. Anche se significa mordersi la lingua e chiedere aiuto all'ispettore Hawkins.»

Pip grugnì, chinò il capo per sciogliere il collo.

«È questo lo spirito giusto» disse Ravi, dandole dei colpetti sulla schiena. «Ben fatto. Ora mi puoi mostrare questa scritta? Voglio vederla.»

«Ok.»

Pip si voltò per condurlo lontano dalla casa. La mano di lui trovò quella di lei e le dita scivolarono negli spazi tra le sue nocche. Allacciate. Mano nella mano: il ragazzo con la fossetta sul mento e una morta che cammina.

Nome file:

📄 Foto - Una morta che cammina.jpg

Dieci

Pip odiava quel posto. Aveva fatto appena un passo verso l'ingresso, intravedendo la sala d'attesa dipinta di blu subito oltre, che sentì la pelle come rifuggirla, staccarsi dalla carne, implorarla di tornare indietro. Di ritirarsi. Anche la voce nella sua testa. Era un brutto posto, un brutto, bruttissimo posto. Non doveva entrarci.

Ma lo aveva promesso a Ravi, e le promesse per lei significavano ancora qualcosa. Specie se fatte a lui.

Perciò eccola lì, alla stazione di polizia di Amersham. Lo stemma della polizia della Valle del Tamigi la squadrava maligno dall'alto, coperto da un sottile strato di sporcizia portata dal vento. Le porte automatiche si aprirono di scatto e la inghiottirono.

Oltrepassò le file di fredde sedie di metallo rigidamente disposte che guardavano il banco della reception. Un uomo e una donna sedevano contro la parete di fondo, ondeggiando lievemente, come se la stazione di polizia si trovasse in mare. Ubriachi, evidentemente, alle undici del mattino. Ma Pip aveva dovuto prendere uno Xanax per trovare il coraggio anche solo di arrivare fin lì, perciò chi era lei per giudicare?

Si avvicinò al banco, udendo l'ubriaco sussurrare un «'Fanculo» quasi affettuoso, che fu subito ripetuto dalla voce biascicante della donna. Se lo erano detti a vicenda, non a lei, anche se sarebbe stato comunque plausibile: ogni cosa, in quell'edificio, era ostile, un brutto ricordo, un *'fanculo* – dalle vistose lampadine sfarfallanti allo stridio del pavimento lucido sotto le sue scarpe. Faceva lo stesso identico rumore quando si era trovata lì, mesi prima, a chiedere a Hawkins di cercare Jamie Reynolds, così non avrebbe dovuto farlo lei. A implorarlo. Come sarebbe stato tutto diverso adesso se solo lui avesse detto di sì.

Appena arrivò al bancone, Eliza, l'agente di custodia, uscì dall'ufficio adiacente con un brusco: «Bene, voi due!». Alzò lo sguardo e sobbalzò alla vista di Pip. La ragazza non la biasimava: doveva avere un aspetto terribile. Il viso di Eliza si addolcì in un sorriso di compassione mentre giocherellava con le mani tra i capelli. «Pip, cara, non ti avevo vista.»

«Scusi» disse piano lei. Ma Eliza *l'aveva* vista, e ora anche Pip la vide. Non qui e ora, nella reception con la coppia ubriaca dietro di sé, ma *quella notte*, nelle profondità della centrale. Quella stessa identica espressione di compassione sul viso di Eliza, mentre la donna l'aiutava a togliersi i vestiti impregnati di sangue. Mani guantate che li chiudevano nelle buste trasparenti riservate alle prove. Il suo top. Il suo reggiseno. Le macchie rosate del cadavere di Stanley su tutto il corpo di Pip, lì in piedi, nuda e tremante, di fronte a quella donna. Un momento che le avrebbe legate per sempre, sospeso come uno spettro agli angoli del sorriso di Eliza.

«Pip?» Eliza aveva stretto gli occhi. «Ho detto, cosa posso fare per te?»

«Oh.» Pip si schiarì la gola. «Sono qui perché devo di nuovo vederlo. C'è?»

Eliza fece un respiro, o forse era un sospiro?

«Sì, c'è» disse. «Vado a dirgli che sei qui. Prego, siediti.» Fece un cenno in direzione della prima fila di sedie metalliche e poi scomparve di nuovo nell'ufficio dietro al banco.

Pip non si voleva sedere: sarebbe stato un gesto di resa. Quello era un posto brutto, bruttissimo, e lei non gliel'avrebbe data vinta.

Prima di quanto si aspettasse sentì il brusco scricchiolio gracchiante della porta che dava sulla metà posteriore della centrale che si apriva, ed entrò l'ispettore Hawkins, con indosso un paio di jeans e una camicia chiara. «Pip» chiamò, anche se non ce n'era bisogno, lei lo stava già seguendo oltre quella porta, verso la parte della centrale molto, molto più brutta.

La porta si chiuse alle sue spalle, bloccandosi.

Hawkins le lanciò un'occhiata, con uno scatto della testa che poteva anche essere un cenno di saluto. Giù per quello stesso corridoio, oltre la Sala Interrogatori 1, lo stesso percorso che aveva fatto allora, nei suoi nuovi vestiti senza sangue. Non aveva mai scoperto di chi fossero. Aveva seguito Hawkins anche quella notte, in una piccola stanza sulla destra, insieme a un uomo che non aveva mai detto il proprio nome, o forse sì ma Pip non l'aveva sentito. Però si ricordava la presa di Hawkins sul suo polso, per aiutarla a premere ogni dito sul tampone d'inchiostro e poi sul riquadro corretto del foglio quadrettato, i motivi delle sue impronte digitali come labirinti infiniti, fatti soltanto per intrappolarti. «*È solo per escluderti dalle indagini. Per eliminarti dai sospetti.*» È così che aveva detto Hawkins. E Pip ricordava di aver commentato: «*Sto bene.*» Nessuno poteva aver pensato che stesse bene.

«Pip?» La voce di Hawkins la riportò al presente, in

quel corpo ancora più pesante. L'ispettore si era fermato, teneva aperta la porta della Sala Interrogatori 3.

«Grazie» disse lei con voce piatta, passando sotto l'arco formato dal suo braccio teso ed entrando nella stanza. Non si sarebbe seduta nemmeno lì, per precauzione, ma si sfilò le spalline dello zaino e lo posò sul tavolo.

Hawkins incrociò le braccia e si appoggiò contro il muro.

«Sai che ti chiamerò quando succede, vero?» disse.

«Cosa?» Pip strinse gli occhi.

«Charlie Green» rispose Hawkins. «Non abbiamo nuove informazioni su dove possa trovarsi. Ma quando lo prenderemo ti chiamerò. Non serve che tu venga qui a chiedere aggiornamenti.»

«Non è... non è per questo che sono qui.»

«Eh?» fece lui, e il suono si sollevò, uscendo dalla gola, trasformandosi in una domanda.

«Si tratta di un'altra cosa, in realtà, che pensavo di doverle raccontare... riferire.» Pip si agitò, a disagio, tirandosi le maniche sulle mani per coprire i polsi nudi. Per non lasciare nulla di scoperto o esposto, non in quel luogo.

«Riferirmi una cosa? Che cosa? Cos'è successo?» L'espressione di Hawkins mutò, tutta linee spezzate, dalle sopracciglia alzate fino alle labbra serrate.

«È... be', è possibile che io abbia uno stalker» disse Pip, e l'ultima sillaba le inciampò in gola. Lo stava solo immaginando, ma ebbe l'impressione che il suono gutturale di quell'inciampo rimbalzasse per la stanza, riverberandosi sulle pareti spoglie e sul tavolo di metallo opaco.

«Uno stalker?» chiese Hawkins, e chissà come quel suono era anche nella sua gola. La sua espressione cambiò ancora: nuove rughe e una nuova curva della bocca.

«Uno stalker» ripeté Pip, riappropriandosi di quel gorgoglio. «Credo.»

«Ok.» Hawkins sembrava incerto sul da farsi, si grattò i capelli brizzolati per prendere tempo. «Be', per poter aprire un'indagine, devono esserci stati...»

«Due o più comportamenti ripetuti» lo interruppe Pip. «Sì, lo so. Ho fatto i compiti. E ci sono stati. Più di due, in effetti. Sia online sia... nella vita reale.»

Hawkins tossì nella mano. Si staccò dal muro e attraversò la stanza, le scarpe scivolarono sul pavimento e sibilarono come se avessero un messaggio segreto per Pip. Lui si appollaiò sul tavolo di metallo e incrociò le gambe.

«Ok. Che tipo di incidenti?» chiese.

«Ecco» disse lei, prendendo lo zaino. Hawkins la guardò aprirlo e frugarci dentro. Pip tolse di mezzo le cuffie ingombranti ed estrasse i fogli piegati. «Ho preparato un file Excel di tutti i possibili incidenti. E un grafico. E c-c'è una foto» aggiunse, aprendo i fogli e porgendoli a Hawkins.

Ora fu il suo turno di osservarlo, studiandone lo sguardo abbassato che passava in rassegna le griglie del file, su e giù e ancora su.

«C'è un bel po' di roba qui» disse, più a se stesso che a lei.

«Già.»

«*Chi cercherà te quando sarai tu a scomparire?*» Lesse quella domanda bruciante, e a Pip, sentendola pronunciare dalla sua voce, venne la pelle d'oca sulla nuca. «Quindi è cominciato online, giusto?»

«Sì» rispose lei, indicando la metà superiore della pagina. «È cominciato online con quella semplice domanda, e non in maniera assidua. Poi, come vede, gli incidenti sono diventati più regolari, e hanno iniziato anche ad accadere cose offline. E, se sono collegate, allora si sta intensificando: prima i fiori sulla mia auto, e man mano fino a...»

«Piccioni morti» terminò Hawkins al suo posto, passando il dito sul grafico.

«Sì. Due» confermò Pip.

«Cos'è questo indice di gravità?» Alzò lo sguardo dalla colonna in questione.

«È una classifica, di quanto è serio ogni incidente» rispose lei con voce piatta.

«Sì, questo lo capisco. Ma dove l'hai trovato?»

«L'ho creato io» disse Pip, i piedi pesanti nelle scarpe, che affondavano nel pavimento. «Ho fatto delle ricerche, e non c'è molta informazione ufficiale sullo stalking, probabilmente perché non viene considerato una priorità dalla polizia, anche se spesso è il punto di partenza per crimini più violenti. Volevo un sistema per catalogare questi possibili incidenti e vedere se c'era una progressione nella minaccia e nella violenza sottintese. Perciò l'ho creato io. Posso spiegarle come ho fatto: c'è una differenza di tre punti tra comportamenti online e offline e...»

Hawkins agitò la mano che stringeva i fogli per interromperla, e le pagine frusciarono.

«Ma come fai a sapere che è tutto collegato?» chiese. «Gli account anonimi online che ti fanno quella domanda e questi... altri incidenti?»

«Be', ovviamente non ne sono sicura. Ma quello che mi ha fatto venire il dubbio è stato il messaggio che diceva "prendere due piccioni con una fava", il giorno in cui ho trovato sul vialetto il secondo piccione. Senza testa» aggiunse.

Hawkins emise un suono gutturale, di tipo diverso, nuovo.

«È un'espressione molto comune» disse.

«Ma i due piccioni morti?» insistette Pip, raddrizzandosi. Sapeva, lo sapeva già, dove stava andando a parare quella conversazione, dove era sempre stata destinata ad andare a parare. Lo sguardo di Hawkins contro il suo. Lui non era sicuro, e nemmeno lei lo era, ma Pip sentì qualcosa mutare in lei, trasformarsi, il calore scivolarle sottopelle, a cominciare dal collo, impossessandosi di una vertebra alla volta.

Hawkins fece un sospiro, tentò un sorriso. «Sai, ho un gatto, e a volte torno a casa e trovo delle cose morte. Spesso senza testa. Solo la settimana scorsa una me l'ha lasciata sul letto.»

Pip si mise sulla difensiva, chiudendo la mano a pugno dietro la schiena.

«Noi un gatto non ce l'abbiamo.» Indurì il tono di voce, lo affilò alle estremità, pronta a usarlo per tagliarlo.

«No, ma probabilmente uno dei vostri vicini sì. Non posso aprire un'indagine a causa di due piccioni morti.»

Si sbagliava? Era proprio quello che si era detta anche lei.

«E i disegni con il gesso? Già due volte, sempre più vicini alla casa.»

Hawkins scorse le pagine.

«Hai una foto?» Alzò lo sguardo su di lei.

«No.»

«No?»

«Sono spariti prima che riuscissi a farle.»

«Spariti?» Strinse gli occhi.

E il peggio era che Pip sapeva benissimo che impressione stava dando. Quanto dovesse sembrare squilibrata. Ma era questo che voleva, preferiva pensarsi guasta, vedere il pericolo dove non c'era. Eppure nella sua mente stava divampando un incendio, le bruciava dietro gli occhi.

«Sono stati lavati via prima che ci riuscissi» disse. «Ma ho *comunque* una foto di una cosa che potrebbe essere una minaccia diretta.» Pip cercò di controllare la propria voce. «Scritta sul marciapiede lungo il percorso che faccio quando vado a correre. *Una morta che cammina.*»

«Be', sì, capisco la tua preoccupazione.» Hawkins sfogliò le pagine. «Ma il messaggio non è stato lasciato davanti a casa tua, era su una strada pubblica. Non puoi sapere se eri tu l'obiettivo.»

Era esattamente quello che Pip si era detta sulle prime. Ma non fu quello che disse ora.

«Invece sì. So che è stato scritto per me.» Prima no, ma adesso, in piedi di fronte a Hawkins, sentirlo dire le stesse cose che lei aveva detto a se stessa la spinse nell'altra direzione, ad allinearsi al proprio istinto. Sapeva, ora, con una certezza radicata fin dentro le ossa, che tutte quelle cose erano collegate. Che aveva uno stalker, e non solo: che voleva farle del male. Era una cosa personale. Era qualcuno che la odiava, qualcuno vicino.

«E, ovviamente, tutti questi messaggi online da parte dei troll sono molto spiacevoli» stava dicendo Hawkins. «Ma è il genere di cose che succede quando ti trasformi in una figura pubblica.»

«Trasformarmi in una figura pubblica?» Pip fece un passo indietro, per allontanare l'incendio da Hawkins. «Non mi sono trasformata in una figura pubblica, ispettore. È successo perché ho dovuto fare il vostro lavoro al posto *vostro*. A voi sarebbe andato bene lasciare che a Sal Singh fosse per sempre imputata la colpa dell'assassinio di Andie Bell. È per questo che tutto è andato com'è andato. Ed è chiaro che questa persona non è solo qualcuno che ha ascoltato il podcast, un troll online. Mi è vicino. Sa dove vivo. C'è di più.» Era così. Era vero.

«Capisco che tu ne sia convinta» rispose Hawkins, alzando le mani per cercare di calmarla. «E deve essere molto inquietante essere un personaggio della rete e che gli estranei pensino sia loro diritto poterti arrivare vicino. Mandarti messaggi offensivi. Ma dovevi aspettartelo, almeno un po', no? E so che non sei la sola ad aver ricevuto messaggi del genere a causa del tuo podcast. So che è capitato anche a Jason Bell, dopo la tua prima stagione. Me lo ha detto in via ufficiosa: a volte giochiamo a tennis insieme» disse, a mo' di spiegazione. «Ma comunque, mi dispiace, non vedo alcun collegamento evidente tra questi messaggi online e gli altri *incidenti*.» Disse l'ultima parola in modo diverso, calcandola un po' troppo, per cui gli uscì di bocca quasi di traverso.

Non le credeva. Nonostante tutto quello che era successo, Hawkins non le credeva. Pip sapeva che sarebbe andata così, aveva avvisato Ravi, ma ora, messa di fronte all'evidenza, in quel momento, non si capacitò che non le credesse, adesso che anche lei credeva a se stessa. E quel calore sottopelle si tramutò in qualcos'altro: nella fredda, pesante spinta verso il basso del tradimento.

Hawkins posò i fogli sul tavolo. «Pip» disse, con voce più dolce, più gentile, come se stesse parlando con un bambino che si fosse smarrito, «penso che, dopo tutto quello che hai passato e... mi dispiace davvero, per quanto mi riguarda, che tu abbia dovuto affrontare tutte quelle cose da sola. Ma penso che sia probabile che tu veda dei collegamenti che non ci sono, ed è del tutto comprensibile, dopo quello che hai vissuto, che tu possa vedere un pericolo dietro ogni angolo, ma...»

Aveva pensato la stessa cosa di se stessa non troppo tempo prima, eppure quelle parole le fecero l'effetto di un pugno nello stomaco. Perché si era concessa anche solo un briciolo di speranza che quel colloquio potesse andare in un altro modo? Stupida, *stupida*.

«Pensa che io mi stia inventando tutto» disse. Non era una domanda.

«No, no, no» rispose lui in fretta. «Penso che tu stia affrontando molte cose, e stia ancora elaborando il trauma che hai vissuto, e forse tutto ciò ha un effetto sul modo in cui vedi questa cosa. Sai...» fece una pausa, strofinandosi la pelle delle nocche, «la prima volta che ho visto qualcuno morire davanti ai miei occhi, sono stato male a lungo, molto a lungo. Era la vittima di un accoltellamento, una giovane donna. Una cosa del genere ti rimane dentro.» Aveva gli occhi lucidi quando li rialzò su Pip e incrociò il suo sguardo. «C'è qualcuno che ti aiuta? Stai parlando con qualcuno?»

«Sto parlando con lei in questo preciso momento» ribatté Pip, alzando la voce. «Chiedo aiuto a *lei*. Errore mio, avrei dovuto saperlo. Non è passato molto tempo dall'ultima volta che eravamo in una stanza come questa e io le ho chiesto aiuto per trovare Jamie Reynolds. Lei mi ha detto di no e guardi ora dove siamo.»

«Non ti sto dicendo di no» rispose lui, tossicchiando nel pugno chiuso. «Sto cercando davvero di aiutarti, Pip, sul serio. Ma un paio di piccioni morti e un messaggio scritto sul marciapiede... non c'è granché che possa fare con questi elementi, non puoi non capirlo. Certo, se pensi di sapere chi possa essere il responsabile, possiamo indagare...»

«Non so chi sia, è per questo che sono qui.»

«Ok, ok» disse lui, con un tono di voce prima forte, poi più basso, come per suggerire a Pip di abbassare la voce anche lei. «Be', forse puoi tornare a casa e pensare a chi, tra le persone che conosci, potrebbe essere il responsabile di una cosa del genere. Chiunque possa avercela con te o...»

«Intende una lista di nemici?» Pip sbuffò divertita.

«No, non nemici. Ripeto, non noto nulla qui che indichi che questi eventi siano inequivocabilmente collegati, o che qualcuno ti abbia presa di mira nello specifico o voglia farti del male. Ma se hai qualcuno in mente che potrebbe imbastire una cosa del genere, spaventarti, posso assolutamente indagare e farci quattro chiacchiere.»

«Fantastico» berciò Pip con una risata vuota. «Sono felicissima che *indagherà*.» Batté le mani, una volta, facendo sobbalzare Hawkins. «Sa, è esattamente per questo motivo che più del cinquanta per cento dei crimini di stalking non viene denunciato, questa stessa identica conversazione che abbiamo appena avuto. Congratulazioni, un altro esempio di lavoro eccellente da parte della polizia.» Si fiondò in avanti per riprendersi i fogli sul tavolo accanto a lui, e le pagine fendettero l'aria tra di loro, tagliando la stanza a metà: quella di lui contro quella di lei.

Aveva davvero uno stalker. E, ora che ci pensava bene, forse era questo, esattamente questo che le serviva. Non Jane Doe, ma questo. Un altro caso, quello giusto, e ora l'aveva. Forse, per una volta, i pianeti si erano allineati in suo favore. Questo stalker poteva fare, letteralmente, al caso suo. Un caso senza quella soffocante zona grigia, uno con il moralmente giusto chiaramente separato dal moralmente sbagliato. C'era qualcuno che la odiava, là fuori, che voleva farle del male, e questo lo rendeva cattivo. Dall'altro lato c'era lei, che forse non era del tutto buona, ma non poteva certo essere tutta cattiva. Due opposti, che non poteva sperare fossero più netti. E questa volta era *lei stessa* l'oggetto dell'indagine. Se le cose fossero andate di nuovo storte, non ci sarebbero stati effetti collaterali, niente sangue sulle sue mani. Solo lei. Ma se invece fosse andato tutto bene, forse sarebbe stato proprio questo a rimetterla in sesto.

Tentare non poteva nuocerle.

Pip ebbe l'impressione che nel suo petto ci fosse un po' più di spazio, che le si allargava attorno al cuore, e una sensazione di determinazione nello stomaco fredda come l'acciaio. La accolse come una vecchia amica.

«Su, Pip, non essere così...» disse Hawkins, con un tono di voce troppo cauto e troppo dolce.

«Io sono come sono» sbottò lei, infilando nuovamente i fogli nello zaino, il suono da vespa arrabbiata della cerniera che veniva chiusa. «E lei...» si interruppe per asciugarsi il naso sulla manica, il respiro pesante «devo ringraziare lei per questo.» Si mise lo zaino in spalla, aprendo la porta della Sala Interrogatori 3. «Sa» aggiunse, la mano sospesa sulla maniglia, «Charlie Green mi ha insegnato una delle lezioni più importanti di sempre. Mi ha detto che, a volte, la giustizia va cercata al di fuori della legge. E aveva ragione.» Lanciò un'occhiata a Hawkins, in piedi con le braccia chiuse sul petto, come a proteggerlo dallo sguardo di lei. «Ma in realtà io penso che non si sia spinto abbastanza lontano. Forse la giustizia si può cercare *soltanto* al di fuori della legge, delle centrali di polizia come questa, di persone come lei, che dicono di capire ma non è vero niente.»

Hawkins sciolse le braccia e aprì la bocca per rispondere, ma Pip non glielo permise.

«Aveva ragione Charlie Green» insistette. «E spero che non lo troviate mai.»

«Pip.» C'era un che di piccato nel suo tono adesso, un'ombra dura che era riuscita a far emergere. «Così non sei d'a...»

«Oh, e...» lo interruppe lei, stringendo la maniglia troppo forte, come per piegare il metallo e lasciarvi per sempre impresse le proprie impronte, «mi faccia un favore. Se scompaio, non cercatemi. Non vi disturbate proprio.»

«Pi...»

Ma la porta che le sbatté violentemente alle spalle tagliò l'ultima parte del suo nome, riempiendo il corridoio esterno del rumore di vecchi spari. Sei, che le scavavano nella pelle e oltre le costole, le risuonavano nel petto, il posto al quale appartenevano.

Si aggiunse un altro suono, tra i riverberi degli spari. Passi. Qualcuno che percorreva il corridoio verso di lei, in uniforme nera, lunghi capelli castani tirati indietro, occhi sbarrati appena la vide.

«Tutto bene?» le chiese Dan Da Silva quando lei lo superò come una furia, mandando a scontrarsi l'uno contro l'altro i vortici prodotti dai rispettivi spostamenti d'aria. Prima di proseguire, Pip notò a malapena l'espressione preoccupata che lui aveva sul viso. Non c'era tempo di rispondere, di fermarsi, di fare un cenno o di dire che stava bene quando era evidente che non era così.

Una brava ragazza è una ragazza morta

Doveva solo uscire di lì. Via dal ventre di quella stazione, il luogo da dove la pistola aveva deciso di seguirla fino a casa. Quello stesso corridoio, che aveva percorso in direzione opposta, con addosso il sangue di un uomo morto che non era riuscita a salvare. Per lei lì non c'era alcun aiuto, ed era di nuovo sola. Ma aveva se stessa adesso, e Ravi. Doveva solo uscire da quel brutto, bruttissimo posto, e non tornarci mai più.

Nome file:
📄 Lista di potenziali nemici.docx

- **Max Hastings** – è quello che ha più ragioni per odiarmi = sospettato numero uno. È pericoloso, lo sappiamo tutti. Non immaginavo di poter odiare qualcuno quanto odio lui. Ma se si tratta di Max e ha intenzione di farmi del male, GLIENE FARÒ PRIMA IO.
- **I genitori di Max** – ?
- **Ant Lowe** – mi odia senza dubbio. Ho provato a parlargli una volta sola da quando mi hanno sospesa per averlo sbattuto contro gli armadietti. È sempre stato il burlone del gruppo, anche quando superava il limite. Potrebbe essere lui? Vendetta per il mio gesto? Ma il primo messaggio *Chi cercherà te...* è arrivato prima che succedesse.
- **Lauren Gibson** – stesso motivo. Sicuramente è abbastanza meschina da fare una cosa così, specie se gliel'ha suggerito Ant. Gli uccelli morti non sono nel suo stile, però. Connor, Cara e Zach non parlano più con Ant e Lauren, e di questo Lauren dà la colpa a me. Il suo boyfriend del cazzo non mi avrebbe dovuto dare della bugiarda. Bugiarda bugiarda bugiarda bugiarda bu giar dab ug iar da.
- **Tom Nowak** – l'ex di Lauren. Mi ha dato un'informazione falsa su Jamie Reynolds solo per entrare nel podcast. Mi ha usata e io ci sono cascata. In cambio l'ho umiliato davanti alla scuola intera e online. Dopo la messa in onda della seconda stagione ha cancellato i profili social. Chiaro motivo per odiarmi. È ancora in città: Cara l'ha visto al bar.

Una brava ragazza è una ragazza morta

- **Daniel Da Silva** – anche se io e Nat ora siamo amiche, ho sospettato di suo fratello già *due* volte, sia nel caso di Andie sia nel caso di Jamie. L'ho ammesso esplicitamente nel podcast, perciò lo sa senza dubbio. Avendo rivelato che chattava con *Layla*, potrei aver causato dei problemi tra lui e sua moglie.
- **Leslie del negozio all'angolo** – non so nemmeno il suo cognome, ma mi odia dopo l'incidente con Ravi. Ed era una dei manifestanti al funerale di Stanley. Le ho urlato contro. Perché sono venuti? Non potevano lasciarlo in pace e basta?
- **Mary Scythe** – un'altra manifestante. Ed era una degli amici di Stanley, faceva la volontaria con lui al "Kilton Mail". Ha detto che questa è "la nostra città" e che lui non doveva esserci sepolto. Forse vorrebbe anche me fuori dalla "sua città".
- **Jason Bell** – ho scoperto io la verità su ciò che è successo davvero a Andie Bell, eppure questo ha solo causato più dolore alla sua famiglia, visto che la loro figlia minore, Becca, era coinvolta fin dal principio. Inoltre ha riportato un'enorme attenzione mediatica sulle loro vite cinque anni dopo la morte di Andie. Jason e l'ispettore Hawkins giocano a tennis, a quanto pare, e Jason si è lamentato con Hawkins delle vessazioni di cui è stato vittima a causa del podcast, a causa mia. Il secondo matrimonio di Jason è andato a monte... anche questo a causa del mio podcast? Ora è tornato a vivere con la mamma di Andie, Dawn, nella casa in cui Andie è morta.
- **Dawn Bell** – stesso ragionamento. Forse non voleva riavere Jason in casa. Le mie indagini hanno dimostrato che Jason non è un brav'uomo: era manipolatore ed emotivamente violento nei confronti della moglie e delle figlie. Becca non ne parla quasi mai. Che Dawn mi accusi del fatto che è tornato nella sua vita? È stata colpa mia? Non volevo.
- **Charlie Green** – non è lui. So che non è lui. Non ha mai avuto

intenzione di farmi del male. Ha dato fuoco alla fattoria perché voleva che lasciassi lì Stanley, per accertarsi che morisse. So che è così. Charlie non desidererebbe mai farmi del male: mi ha cercata, mi ha aiutata, anche se aveva il suo tornaconto. Ma la parte obiettiva della mia mente sa che dovrebbe comunque comparire in questa lista, perché io sono *l'unica* testimone del fatto che ha compiuto un omicidio di primo grado ed è ancora latitante. Senza la mia testimonianza, quale giuria lo dichiarerebbe colpevole? La logica mi impone di aggiungerlo. Ma non è lui, lo so.
- **Ispettore Richard Hawkins** – vada a 'fanculo.

È normale che una persona abbia tutti questi nemici? Il problema sono io, vero?
Come fa a essere già così tardi?
Capisco perché mi odiano tutti.
Potrei odiarmi pure io.

Undici

Polvere di gesso sulle dita, sabbiosa e secca. Solo che non c'era, perché ormai era sveglia, gli occhi che si aprivano e la trascinavano fuori dal sogno. Gli occhi, quelli sì li sentiva sabbiosi e secchi, ma aveva le dita pulite. Si mise a sedere.

Nella stanza era ancora buio.

Aveva dormito?

Doveva aver dormito, altrimenti come avrebbe fatto a sognare?

Era tutto ancora lì, le rimbombava nella mente, come se l'avesse davvero vissuto pochi momenti prima. Ma non era accaduto, era solo frutto della sua immaginazione, no?

Le era parso così reale. Il peso nelle mani a coppa. Ancora caldo, che teneva lontano il freddo della notte buia. Le piume così morbide, così lisce contro la gabbia che formavano le sue dita. Pip lo aveva fissato negli occhi, o così avrebbe fatto se avesse avuto una testa. Sul momento non le era sembrato strano – era così che doveva essere –, mentre portava il piccolo piccione morto lungo il vialetto. Talmente morbido che le dispiaceva doverlo lasciare andare. Ma doveva farlo, doveva posare l'uccello morto sul vialetto di mattoni, mettendolo in modo che il punto in cui ci sarebbe dovuta essere la testa fosse rivolto verso la finestra della sua camera. In modo che sbirciasse tra le fessure delle tende per guardare Pip addormentata nel letto. Sia qui sia là.

Ma non era ancora finita. C'era altro da fare prima di poter riposare. Un altro compito. Aveva già il gesso in mano, e non era così bello da stringere come il piccione morto. Da dove veniva? Pip non lo sapeva, ma sapeva cosa doveva farci. Ritornò sui propri passi, ricordandosi la posizione degli ultimi. Avanzò tre volte, verso la casa, per trovar loro un nuovo posto.

Ginocchia posate sul gelido vialetto, gesso in mano ormai ridotto a un mozzicone, dita rosse e intirizzite per averlo fatto correre lungo le fughe dei mattoni. Gambe verso il basso. Corpo verso l'alto. Braccia trasversali. Niente testa. Proseguì fino a che non ebbe tracciato cinque omini stilizzati che danzavano insieme e si avvicinavano lentamente alla Pip addormentata nel letto per chiederle di unirsi a loro.

Lo avrebbe fatto? Non lo sapeva, ma aveva finito, e il gesso le cadde di mano con un leggero ticchettio. Polvere di gesso sulle dita, sabbiosa e secca.

E a quel punto Pip si era strappata al sogno, e si osservava le dita per capire cosa fosse reale e cosa no. Il cuore le batteva forte, come ali d'uccello, portandosi dietro tutto il resto del corpo. Non si sarebbe riaddormentata più, ormai.

Controllò l'ora. Erano le 4.32. Doveva davvero provare a dormire: si era messa a letto soltanto due ore prima. Il tempo era sempre crudele con lei nelle ore piccole. Non ci sarebbe riuscita però, non senza aiuto.

Lanciò un'occhiata nel buio al cassetto della scrivania. Resistere non aveva senso. Scalciò via il lenzuolo, e l'aria fredda le morse la pelle nuda con mille bocche invisibili. Frugò nel cassetto, sollevando il doppio fondo, cercando a tentoni la bustina di plastica. Non ne restavano molte. Presto avrebbe dovuto riscrivere a Luke Eaton, chiedergliene ancora. I telefoni prepagati erano allineati, pronti.

Che ne era stato dell'"ultima volta", quindi?

Pip ingoiò la pillola e si morse il labbro. Quei mesi erano stati pieni di "è l'ultima volta" e "solo un'altra ancora". Non erano bugie: in quei momenti era stata sincera. Ma alla fine perdeva sempre.

Non aveva importanza, presto non ne avrebbe avuta. Perché aveva il suo piano, il nuovo piano, e dopo non avrebbe perso mai più. Tutto sarebbe tornato alla normalità. E la vita le aveva offerto esattamente quello di cui aveva bisogno. Quei disegni di gesso, quei piccioni morti e la persona che li aveva lasciati lì perché lei li trovasse. Era un dono, e avrebbe dovuto ricordarsene, dimostrare a Hawkins che si sbagliava. Un ultimo caso, e le era capitato proprio sulla soglia di casa. C'era lei in ballo, questa volta. Niente Andie Bell, niente Sal Singh, niente Elliot Ward, niente Becca Bell, niente Jamie Reynolds, niente Charlie Green o Stanley Forbes, e niente Jane Doe. Il gioco era cambiato.

Solo lei.

Salvare se stessa per salvare se stessa.

Dodici

C'è un che di eccitante nell'osservare una persona che non sa che ci sei. Per la quale sei invisibile. Scomparsa.

Ravi stava percorrendo il vialetto di casa sua, Pip lo vide dalla finestra della camera dove sedeva da ore a guardare fuori. Camminava con le mani nelle tasche della giacca, i capelli spettinati come sempre la mattina, e muoveva la bocca in modo strano, come se stesse masticando l'aria. O canticchiando tra sé. Pip non aveva mai notato che lo facesse, con lei presente. Era un Ravi diverso, un Ravi che pensava di essere solo, non osservato. Pip lo studiò, cercando tutte le sottili differenze rispetto al Ravi che era quando c'era anche lei. Sorrise tra sé, si chiese cosa stesse cantando. Forse poteva amare altrettanto questo Ravi, ma le mancava quella luce negli occhi di quando le restituiva lo sguardo.

E poi il momento finì. Pip udì vagamente il suo bussare familiare, lungo breve lungo, ma non riusciva a muoversi, aveva bisogno di restare lì e tenere sotto controllo il vialetto. C'era suo padre, poteva farlo entrare lui. Tra l'altro gli piacevano quei piccoli momenti da solo con Ravi. Faceva qualche battuta inappropriata, proseguiva con qualche chiacchiera sul calcio o sulla sua esperienza lavorativa, e finiva con un'affettuosa pacca sulle spalle. Tutto questo mentre Ravi si toglieva le scarpe e le sistemava parallele accanto alla porta, infilandoci dentro i lacci, con quella risata speciale che riservava al padre di Pip. Ecco tutto quello che lei voleva: vivere di nuovo questi brevi attimi di normalità. La scena sarebbe in qualche modo cambiata se ci fosse stata anche lei a disturbarla.

Batté le palpebre. Le lacrimavano gli occhi per averli tenuti fissi troppo a lungo su quel particolare punto del vialetto mentre il sole si rifletteva nel vetro della finestra. Non poteva distogliere lo sguardo. Avrebbe potuto perdersi l'attimo.

Sentì il passo leggero di Ravi su per le scale, lo scrocchiare delle sue ginocchia, e il cuore le batté più forte. Un batticuore bello, non quello del grilletto facile. *No, ora non pensarci*. Perché doveva rovinare ogni bel momento?

«Ciao Sergente» esclamò lui, e fece cigolare la porta spalancandola del tutto. «Agente-fidanzato Ravi a rapporto.»

«Salve, agente Ravi» rispose Pip, appannando con il fiato il vetro davanti a sé. Era tornato il sorriso, la sfidò finché lei non cedette.

«Capisco» disse lui. «Nemmeno uno sguardo, nemmeno un'occhiataccia di rimprovero. Non un abbraccio, non un bacio. Non un *Oh Ravi, amore mio, oggi sei di una bellezza diabolica e hai il profumo di un sogno primaverile. Oh, Pip, tesoro, che cara che sei ad averlo notato. Ho provato un nuovo deodorante.*» Pausa. «No, seriamente, cosa stai facendo? Mi senti? Sono un fantasma? Pip?»

«Scusa» disse lei, lo sguardo fisso. «Sto solo... sto guardando il vialetto.»

«Cos'è che fai?»

«Guardo il vialetto» ripeté, e il suo riflesso le si parò davanti.

Sentì un peso che si posava accanto a lei, sul letto, e la gravità che la trascinava verso di lui mentre si inginocchiava all'estremità opposta del materasso, i gomiti sul davanzale e gli occhi al vetro, proprio come lei.

«E che cosa cerchi?» domandò. Pip osò lanciargli una rapidissima occhiata, il sole che gli brillava negli occhi.

«Gli... gli uccelli. I piccioni» ammise lei. «Ho sparpagliato delle briciole di pane sul vialetto, nello stesso punto in cui ho trovato i piccioni. E anche qualche pezzetto di prosciutto tra l'erba ai lati.»

«Giusto» rispose Ravi, allungando perplesso la parola. «E perché lo avresti fatto?»

Lei gli diede una gomitata. Non era ovvio? «*Perché*» disse, calcando pesantemente sulla parola «sto cercando di dimostrare che Hawkins si sbaglia. Non può essere il gatto di uno dei vicini. E ho predisposto l'esca perfetta per provarlo. Ai gatti piace il prosciutto, no? Lui si sbaglia, non sono pazza.»

La luce violenta che penetrava tra le fessure delle tende l'aveva svegliata prima del previsto, trascinandola fuori dall'ottenebramento indotto dalle pillole. L'esperimento le era sembrato un'ottima idea in quel momento, dopo tre ore di sonno, mentre adesso, sotto lo sguardo incerto di Ravi, non ne era più così sicura. Le mancava di nuovo il terreno sotto i piedi.

Sentiva il suo sguardo su di sé, caldo contro la guancia. No, che cosa stava facendo? Doveva aiutarla, stare in guardia in caso arrivassero gli uccelli.

«Ehi» fece lui piano, la voce poco più forte di un sussurro.

Ma Pip non udì ciò che disse poi, perché nel cielo era apparsa una sagoma scura, un'ombra alata che calava sul vialetto sottostante. Pip la seguì con lo sguardo: piombò al suolo, atterrando sulle zampette, e saltellò verso le briciole sparpagliate.

«No» sospirò. Non era un piccione. «Stupida gazza» disse, guardandola prendere nel becco un pezzetto quadrato di pane e poi un altro ancora.

«Uno, due...» disse Ravi.

«Ne abbiamo già abbastanza a Little Kilton» ribatté Pip, mentre l'uccello si serviva di un terzo pezzettino di pane. «Ehi» gridò di colpo, sorprendendo perfino se stessa e battendo con il pugno sulla finestra. «Ehi, va' via! Stai rovinando tutto!» Colpiva così forte il vetro con le nocche che si chiese quale tra i due si sarebbe rotto per primo. «Vattene!» La gazza si alzò in aria e volò via.

«Ehi, ehi, ehi» esclamò Ravi, afferrandole le mani e scostandole dal vetro, stringendole forte tra le sue. «Ehi, calma» disse, scuotendo il capo. Aveva un tono di voce duro, ma il pollice con cui le accarezzava il polso era morbido.

«Ravi, non riesco a vedere la finestra, gli uccelli» si lamentò lei, allungando il collo per tentare di guardare fuori e non lui.

«No, non serve che guardi fuori.» Le mise un dito sotto il mento e lo riportò a sé. «Guarda me, per favore. Pip.» Fece un sospiro. «Non ti fa bene. Davvero.»

«Sto solo cercando di...»

«So cosa stai cercando di fare, lo capisco.»

«Lui non mi ha creduto» ribatté trafelata. «Hawkins non mi ha creduto. Nessuno mi crede.» Nemmeno lei stessa a volte: una nuova ondata di dubbi, dopo il sogno di quella notte, la spingeva a chiedersi se fosse possibile che si stesse immaginando tutto.

«Ehi, questo non è vero.» Ravi le strinse le mani ancora

più forte. «Io ti credo. Ti crederò sempre, di qualsiasi cosa si tratti. È il mio dovere, ok?» Sostenne il suo sguardo, e fu un bene perché lei di colpo si sentì molle e pesante, troppo pesante per farcela da sola. «Siamo io e te, combinaguai. Team Ravi & Pip. Qualcuno ha messo lì quegli uccelli per te, e anche quei disegni con il gesso, non devi cercare di dimostrare che non è così. Fidati di te stessa.»

Lei si strinse nelle spalle.

«E Hawkins è francamente un idiota» aggiunse Ravi con un sorrisetto. «Se non ha ancora imparato che tu hai *sempre* – in modo estremamente irritante – ragione, allora non lo imparerà mai.»

«Mai» ripeté Pip.

«Andrà tutto bene» proseguì lui, accarezzandole gli avvallamenti tra le nocche. «Andrà tutto bene, te lo prometto.» Fece una pausa, fissandola un po' troppo a lungo sotto gli occhi. «Hai dormito abbastanza stanotte?»

«Sì» mentì lei.

«Bene.» Batté le mani. «Penso che dovremmo farti uscire di casa. Forza. Su, in piedi. Mettiamoci i calzini.»

«Perché?» chiese lei, affondando di nuovo nel letto quando Ravi si alzò.

«Andiamo a fare due passi. *Oh, che fantastica idea, Ravi, sei così intelligente, oltre che così bello.* Oh, Pip, lo so, ma cerca di contenerti, c'è tuo padre di sotto.»

Lei gli lanciò contro un cuscino.

«Forza.» La trascinò giù dal letto per le caviglie, scoppiando a ridere quando la fece finire sul pavimento insieme al copriletto. «Forza, Sporty Spice, se proprio vuoi, puoi metterti le scarpe da ginnastica e fare qualche giro di corsa attorno a me.»

«Lo faccio già» scherzò Pip, infilando a forza i piedi in un paio di calzini abbandonati.

«Oooooh, mi hai steso, Sergente.» Le diede un colpetto sulla schiena quando si mise in piedi. «Andiamo.»

Funzionò. Qualsiasi cosa avesse in mente Ravi, funzionò. Pip non pensò alla propria possibile scomparsa, o agli uccelli morti o ai disegni con il gesso o all'ispettore Hawkins, né lungo le scale, né quando papà li fermò per chiederle dove fosse finito tutto il prosciutto, e nemmeno quando imboccarono il vialetto, con le dita di Ravi agganciate ai suoi jeans, diretti verso il bosco. Niente piccioni, niente gesso, niente sei colpi di pistola celati nel battito del cuore. Erano solo loro due. Team Ravi & Pip. Nessun pensiero al di fuori delle prime cose sciocche che le passavano per la testa. Niente di più profondo, niente di più buio. Ravi era la recinzione che nella sua mente conteneva tutto.

Un albero dall'espressione accigliata che, insisteva, somigliava a Ravi quando si svegliava.

Pianificare la prima visita di lui a Cambridge: magari il primo weekend dopo la settimana delle matricole? Era nervosa? Quali libri non aveva ancora comprato?

Seguirono il sentiero tortuoso che si inoltrava nel bosco. Ravi reinscenò la loro prima passeggiata insieme tra quegli stessi alberi, facendo un'imitazione a voce stridula di Pip che gli esponeva le sue iniziali teorie sul caso di Andie Bell. Pip rise. Se lo ricordava quasi parola per parola. In quella prima passeggiata con loro c'era anche Barney, un lampo dorato tra gli alberi. Li guidava. Si era messo a scodinzolare quando Ravi lo aveva stuzzicato con un rametto. A ripensarci adesso, forse era stato quello il momento. Era stata una stretta allo stomaco o forse quella sensazione di ebbrezza dietro gli occhi, o magari quel calore sottopelle? Non se n'era resa conto a quel tempo, non aveva capito cosa stesse succedendo, ma forse una qualche parte di lei aveva già deciso che lo avrebbe amato. Subito, così. Durante una conversazione sul suo fratello morto e su una ragazza assassinata. Tornava tutto alla morte, alla fin fine. Oh, ecco, l'aveva rifatto, aveva rovinato tutto. La recinzione era crollata.

L'attenzione di Pip fu distolta da un cane che nel qui e ora era spuntato dal sottobosco e correva loro incontro, abbaiando. Si alzò sulle zampe posteriori per posarle quelle anteriori sulla gamba. Un beagle. Riconobbe il cane proprio come il cane aveva riconosciuto lei.

«Oh no» borbottò, facendogli una rapida carezza, mentre un altro suono li raggiungeva: doppi passi sulle foglie appena cadute. Due voci familiari.

Pip si fermò: i due svoltarono attorno a un gruppetto di alberi e finalmente comparvero loro davanti.

Ant-e-Lauren, a braccetto. Sbarrarono gli occhi all'unisono non appena si resero conto chi avevano di fronte.

Non fu frutto dell'immaginazione di Pip: Lauren trasalì, letteralmente, per poi tossire nella mano per camuffare la cosa. Si fermarono anche loro. Ant e Lauren lì, Pip e Ravi qui.

«Rufus!» gridò Lauren, e la sua voce stridula riecheggiò tra gli alberi. «Rufus, torna qui! Allontanati da lei!»

Il cane si girò e piegò il capo.

«Mica faccio del male al tuo cane, Lauren» disse Pip, tenendo a bada la propria voce.

«Non si può mai sapere con te» disse cupo Ant, infilandosi le mani in tasca.

«Oh, per favore» sbuffò Pip. Una parte di lei moriva dalla voglia di tornare ad accarezzare Rufus, giusto per irritare Lauren. Forza, *fallo*.

Fu come se Lauren le avesse letto nel pensiero e nello sguardo. Gridò di nuovo il nome del cane finché quello non tornò saltellando verso di lei sulle sue zampette incerte.

«No!» Lauren si rivolse direttamente a Rufus, dandogli un colpetto con il dito sul muso. «Non si va dagli estranei!»

«Ridicola» commentò Pip con una risata vuota, scambiandosi un'occhiata con Ravi.

«Come hai detto?» berciò Ant, raddrizzandosi. Inutilmente, visto che Pip era comunque più alta di lui: poteva atterrarlo. L'aveva già fatto una volta, e adesso era anche più forte.

«Ho detto che la tua ragazza è ridicola. Devo ripeterlo una terza volta?» disse.

Pip sentì il braccio di Ravi che si irrigidiva contro il suo. Lui odiava gli scontri, li odiava, e nonostante questo Pip sapeva che per lei, se mai glielo avesse chiesto, sarebbe subito sceso in campo.

Ora però lui non le serviva, aveva la situazione sotto controllo. Quasi come fosse stata in attesa proprio di quell'incontro, sentì che la risvegliava.

«Be', non ti permettere di parlarle così.» Ant estrasse le mani, flettè le braccia. «Perché non sei ancora partita per l'università? Pensavo che Cambridge iniziasse prima.»

«Dopo, in realtà» rispose Pip. «Perché, stai solo aspettando che io... *sparisca*?»

Studiò con attenzione i loro visi. Il vento faceva volare i capelli rossi di Lauren sulla fronte e sugli occhi socchiusi.

Batté le palpebre. Un angolo della bocca di Ant si sollevò in un sogghigno.

«Di che cazzo parli?» chiese.

«Oh, lo so» annuì Pip. «Dovrete vergognarvi tantissimo. Avete accusato me, Connor e Jamie di aver orchestrato per denaro la sua scomparsa, giusto poche ore dopo che avevamo scoperto che c'era uno stupratore seriale a piede libero. Siete voi che avete parlato con quel giornalista? Mi sa che non ha più importanza. E ora Jamie è vivo, ma un altro uomo è morto, e dovete sentirvi veramente stupidi a riguardo.»

«Si meritava di morire, però, no? Quindi direi che tutto è finito bene.»

Le fece l'occhiolino.

Le fece un cazzo di occhiolino.

La pistola tornò nel cuore di Pip, puntata dritta su Ant da dentro il suo petto. Inarcò la schiena e mostrò i denti. «Non ti azzardare a dirlo mai più.» Pronunciò quelle parole, cupe e pericolose, a denti stretti. «Non ti azzardare a dirlo mai più in mia presenza.»

Ravi le riprese la mano, ma lei non se ne accorse. Non era più nel suo corpo, era lì, in piedi, con quella stessa mano stretta attorno alla gola di Ant. Sempre più stretta, più stretta, più stretta sulle dita di Ravi.

Ant parve percepire qualcosa, fece un passo indietro e per poco non inciampò sul cane. Lauren lo prese per il braccio e serrò il gomito contro il suo. Uno scudo. Ma non avrebbe fermato Pip.

«Una volta eravamo amici. Mi odiate davvero così tanto da volermi morta?» chiese, e il vento le portò la voce lontano.

«Ma di che cazzo parli?» sbottò Lauren, traendo più forza da Ant. «Sei una psicopatica.»

«Ehi.» La voce di Ravi le arrivò da dietro, aleggiando sulla brezza. «Dai, non è carino.»

Ma Pip aveva una risposta tutta sua.

«Forse lo sono» disse. «Quindi meglio se la notte controllate di aver chiuso a chiave la porta di casa.»

«Ok» esclamò Ravi, assumendo il controllo della situazione. «Noi andiamo da quella parte.» Indicò oltre le spalle di Ant e Lauren. «Voi andate da questa. Ci si vede.»

Ravi la guidò fuori dal sentiero, le dita strette attorno a quelle di lei, ancorandola a sé. Pip muoveva i piedi, ma i suoi occhi rimanevano su Ant e Lauren. Batté le palpebre quando le passarono davanti, sparando loro contro con la pistola che aveva nel petto. Li guardò da dietro le spalle allontanarsi tra gli alberi, in direzione di casa sua.

«Mio papà l'aveva detto che ormai è fuori di testa» disse Ant a Lauren, a voce abbastanza alta perché lei e Ravi sentissero, voltandosi per incrociare lo sguardo di Pip.

Lei si irrigidì, girando sui tacchi sopra le foglie secche. Ma Ravi le cinse la vita con il braccio, tenendola stretta a sé. Le sfiorò con la bocca i capelli sulla tempia.

«No» sussurrò. «Non ne hai bisogno. Non ne vale la pena. Davvero. Respira e basta.»

Lei lo fece. Si concentrò solo sul respiro, dentro e fuori. Un passo, due passi, dentro, fuori. Ogni passo la allontanava da loro, la pistola si ritraeva nel suo nascondiglio.

«Meglio se torniamo a casa?» chiese quando fu scomparsa, tra il respiro e i passi.

«No.» Ravi scosse la testa, fissando dritto davanti a sé. «Dimenticati di loro. Ti serve aria fresca.»

Pip gli accarezzò il palmo rovente della mano con l'indice, in un senso, poi nell'altro. Non voleva dirlo, ma forse a Little Kilton non esisteva una cosa del genere. Aria fresca. Era tutta appestata, ogni singolo refolo.

Guardarono entrambi a destra e a sinistra prima di attraversare la strada davanti a casa di Pip. Il sole li riacciuffò, scaldando loro la schiena.

«Tutto?» sorrise Pip a Ravi.

«Sì, tutto quello che vuoi» rispose lui. «Oggi è una giornata interamente dedicata a risollevare l'umore di Pip. Niente documentari true crime, però. Quelli sono proibiti.»

«E se dicessi che voglio tantissimo fare un torneo a Scarabeo?» ribatté lei, pungolandogli con un dito le costole da sopra il maglione, e così facendo percorsero il vialetto, rincorrendosi goffamente.

«Io ti direi: "Che la sfida abbia inizio, stronzetta". Tu sottovaluti le mie cap...» Ravi si fermò di botto e Pip gli andò a sbattere contro. «Oh merda» disse in poco più di un sussurro.

«Cosa c'è?» rise lei, superandolo per guardarlo. «Ci andrò morbida.»

«No, Pip.» Indicò qualcosa alle sue spalle.

Lei si voltò seguendo il suo sguardo.

Lì, sul vialetto, dietro il mucchietto di briciole di pane, c'erano tre piccole figurine disegnate con il gesso.

Il cuore le si gelò, precipitandole nello stomaco.

«Era qui» disse, lasciando la mano di Ravi e lanciandosi in avanti. «Era proprio qui» ripeté, in piedi sugli omini di gesso. I disegni avevano quasi raggiunto la casa ormai, sparpagliati di fronte alle piante in vaso che ne contornavano il fianco sinistro. «Non saremmo dovuti uscire, Ravi! Ero di guardia. L'avrei visto.» Visto, colto sul fatto, salvato se stessa.

«È venuto solo perché sapeva che non c'eri.» Ravi la raggiunse, il respiro veloce. «E quelli non sono decisamente segni di pneumatici.» Era la prima volta che li vedeva. Il tempo e la pioggia avevano cancellato i precedenti prima che lei riuscisse a mostrarglieli. Ma ora li vedeva. Li vedeva, e questo li rendeva reali. Non se li era inventati lei, Hawkins.

«Grazie» disse Pip, felice che lui le fosse accanto.

«Sembrano usciti da *Blair Witch*» commentò lui, chinandosi per guardare meglio, tracciando nell'aria le linee spezzate con il dito sospeso qualche centimetro al di sopra di esse.

«No.» Pip le studiò. «Non quadra. Dovrebbero essercene cinque. Ce n'erano cinque le altre due volte. Perché ora sono tre?» domandò a Ravi. «Non ha senso.»

«Penso che niente di tutto questo ce l'abbia, Pip.»

Lei trattenne il respiro, scrutando il vialetto in cerca dei due omini mancanti. Erano lì, da qualche parte. Dovevano esserci. Erano quelle le regole del gioco tra lei e lo stalker.

«Aspetta!» esclamò, notando qualcosa con la coda dell'occhio. No, non poteva essere. O sì? Fece un passo in avanti, verso uno dei vasi della mamma – *Questi vasi vengono addirittura dal Vietnam, ci pensi?* –, e scostò le foglie della pianta.

Dietro, contro il muro della casa, due omini senza testa. Talmente leggeri che si vedevano a malapena, nascosti quasi del tutto tra le fughe dei mattoni.

«Vi ho trovati» disse Pip con un sospiro. Sentiva la pelle

viva, elettrica, e spinse il viso vicinissimo ai tratti di gesso, tanto da soffiare via con il fiato un po' della polvere bianca. Ma era soddisfatta o spaventata? In quel momento non avrebbe saputo dire qual era la differenza.

«Sul muro?» chiese Ravi alle sue spalle. «Ma perché?»

Pip sapeva già la risposta. Comprendeva quel gioco ora che ci stava giocando. Fece un passo indietro, allontanandosi dalle due figure senza testa che guidavano il branco, e sollevò lo sguardo seguendone la traiettoria. Erano salite sul muro per scalarlo, su, oltre lo studio, su, su, verso la finestra di camera sua.

Quando tornò a guardare Ravi le scrocchiarono le ossa del collo.

«Vengono a prendermi.»

Nome file:
Omini disegnati con il gesso (terza occorrenza).jpg

Tredici

Il buio la consumava, l'ultimo scampolo di sole le brillò sul viso attraverso le tende, ma Ravi le tirò, infilandone un'estremità sotto l'altra per ulteriore cautela.

«Tienile chiuse, ok?» disse, e rimase solo un'ombra nella stanza precipitata nell'oscurità finché non la attraversò per accendere la luce. Gialla in maniera innaturale, una misera imitazione del sole. «Anche di giorno. In caso qualcuno ti spii. Non mi piace l'idea di qualcuno che ti spia.»

Ravi si fermò accanto al suo gomito, le mise un pollice sotto il mento. «Ehi, stai bene?»

Si riferiva ad Ant e Lauren o agli omini di gesso che si arrampicavano verso la sua finestra?

«Sì.» Pip si schiarì la voce. Una mezza parola talmente priva di significato.

Era seduta alla scrivania, le dita posate sulla tastiera del portatile. Aveva appena salvato una copia della foto degli omini che aveva fatto. Finalmente ci era riuscita prima che la pioggia o le gomme o i passi potessero cancellarli, farli sparire. Una prova. Poteva anche essere lei il caso questa volta, ma le serviva comunque una prova. E, soprattutto, dimostrava qualcosa. Dimostrava che non si stava perseguitando da sola; che non poteva essere stata lei a fare quei disegni e a uccidere quei piccioni nel corso di confuse notti insonni, no?

«Magari per qualche sera puoi venire a stare da me?»

propose Ravi, ruotando la sedia finché non furono faccia a faccia. «A mia mamma non darebbe fastidio. Io devo uscire presto durante la settimana, ma non importa.»

Pip scosse la testa. «Va bene così» rispose. «Sto bene.» Non stava bene, ma era proprio quello il punto. Non c'era modo di sfuggire: l'aveva chiesto lei. Ne aveva bisogno. Era in questo modo che sarebbe tornata in sé. E più la cosa le metteva paura, più sarebbe stata l'ideale. Niente zone grigie, ma qualcosa che potesse comprendere, qualcosa con cui potesse convivere. Bianco e nero. Bene e male. *Grazie*.

«Non stai bene» disse Ravi, passandosi le dita tra i capelli neri, così a lungo che cominciarono ad arricciarsi sulle punte. «Questa situazione non mi piace. So che è facile dimenticarselo, dopo tutte le cose del cazzo che abbiamo affrontato, ma tutto questo non è normale.» La fissò. «Sai che non è normale, vero?»

«Sì» rispose lei. «Lo so. Sono andata alla polizia ieri, come volevi tu, ho cercato di fare le cose in modo normale. Ma mi sa che spetta di nuovo a me sistemarle.» Si strappò una pellicina lungo un'unghia, e comparve una goccia di sangue. «Le sistemerò io.»

«E come pensi di riuscirci?» chiese Ravi, con un tono di voce più duro. Dubbio? No, non poteva perdere anche lui la fiducia in lei. Era l'ultimo rimasto. «Tuo papà lo sa?» domandò.

Pip annuì. «Sa degli uccelli morti: il primo l'abbiamo trovato insieme. La mamma gli ha detto che è stato il gatto dei Williams, però; è la spiegazione più logica. Io gli ho raccontato dei segni con il gesso, ma non li ha mai visti. Erano già spariti quando è tornato a casa; anzi, credo che siano spariti perché ci è passato sopra lui con la macchina.»

«Andiamo a farglieli vedere subito» disse Ravi, quella nota nella voce più scivolosa, adesso, più urgente. «Forza.»

«Ravi» sospirò lei. «E lui cosa vuoi che faccia?»

«È tuo padre» rispose con un movimento esagerato delle spalle, come se fosse la cosa più ovvia di sempre. «Ed è alto due metri. Io lo vorrei sicuramente dalla mia parte in caso di scontro.»

«È un avvocato societario» ribatté lei, voltandosi e cogliendo per un attimo il riflesso del suo sguardo assente nello schermo spento del portatile. «Se fosse un problema di fusioni e acquisizioni, sì, sarebbe la persona giusta. Ma non è così.» Fece un respiro profondo, e guardò la versione di sé nello schermo nero fare lo stesso. «Sta a me. È quello in cui sono brava. Posso farcela.»

«Non è un test» insistette Ravi, grattandosi un'irritazione fantasma sulla nuca. Si sbagliava: era proprio un test, invece. Un processo. Un giudizio finale. «Non è un progetto per la scuola o la stagione del podcast. Non è una cosa alla quale puoi vincere o perdere.»

«Non voglio litigare» disse lei calma.

«No, ehi, no.» Lui si chinò finché i suoi occhi non furono all'altezza di quelli di lei. «Non stiamo litigando. Sono solo preoccupato per te, ok? Voglio proteggerti. Ti amo, ti amerò sempre. A prescindere da quante volte mi farai quasi venire un infarto o un esaurimento nervoso. È solo che...» Si interruppe, la voce si spense. «Mi fa paura, sapere che c'è qualcuno che forse vuole farti del male o spaventarti. Tu sei la *mia* persona. La mia piccola. Il mio Sergente. E in teoria io devo proteggerti.»

«Sì che mi proteggi» ribatté lei, sostenendo il suo sguardo. «Anche quando non sei qui.» Lui era la sua scialuppa di salvataggio, la pietra di paragone con la quale determinare cosa significasse davvero "bene". Non lo sapeva?

«Sì, ok, ed è fantastico» incalzò lui, puntandole contro l'indice a mo' di pistola. «Ma non è che io sia un palestratone con i bicipiti grossi come tronchi e capacità olimpioniche di lancio del coltello.»

Sulla bocca di Pip apparve l'abbozzo di un sorriso, che si aprì del tutto senza il suo permesso. «Oh, Ravi.» Gli strinse le dita sotto il mento, proprio come lui faceva sempre a lei, gli stampò un bacio sulla guancia, sfiorando l'angolo della sua bocca. «Sai che il cervello batte sempre i muscoli, in qualsiasi contesto.»

Lui si raddrizzò. «Be', sono rimasto in posizione di squat per troppo tempo, perciò probabilmente ora ho comunque dei glutei di ferro.»

«Gliela farai vedere allo stalker, allora.» Rise, ma era una risata vuota, un suono rauco, e la sua mente aveva preso un'altra strada.

«Cosa c'è?» domandò Ravi, notando quel cambiamento.

«È solo che... è astuto, no?» Rise di nuovo, scuotendo il capo. «Molto astuto.»

«Che cosa?»

«Tutto quanto. I segni con il gesso, leggeri, visibili a malapena, che scompaiono appena piove o qualcuno ci passa sopra. Le prime due volte non li ho fotografati prima che sparissero, perciò quando ne ho parlato a Hawkins lui ha pensato che fossi pazza o che avessi le traveggole. Mi ha screditata fin dal principio. Mi sono addirittura chiesta se non fosse vero, se non stessi *davvero* avendo le traveggole. E poi gli uccelli morti.» Si diede una manata sulle cosce.

«Così astuto. Se fossero stati un gatto morto o un cane morto» trasalì a quelle parole, ripensando in un lampo a Barney, «sarebbe stato diverso. La gente ci avrebbe fatto caso. Ma no, sono piccioni. A nessuno importa dei piccioni. Sono tanto comuni da morti quanto da vivi. E ovviamente la polizia non farebbe mai niente per un piccione morto o due, perché è normale. Nessun altro lo nota a parte me, e te. Lo stalker tutto questo lo sa, l'ha progettato in questo modo. Cose che sembrano normali e spiegabilissime a chiunque. Una busta vuota? Un banale incidente. E *Una morta che cammina* lungo la strada, non davanti a casa mia. Io so che era destinato a me, ma non sarei mai in grado di convincere nessun altro, perché se fosse stato *davvero* per me sarebbe stato scritto davanti a casa mia. Molto sottile. Molto astuto. La polizia pensa che io sia pazza e mia mamma pensa che non sia nulla: solo un gatto e un paio di pneumatici sporchi. Questo mi isola, mi taglia fuori da qualsiasi tipo di aiuto. Specie dal momento che tutti già pensano che sono "fuori di testa". Molto, molto astuto.»

«Sembra quasi che lo ammiri» commentò Ravi, sedendosi sul letto di Pip e appoggiandosi su un braccio per restare in equilibrio. Aveva un'espressione inquieta.

«No, dico solo che è astuto. Ci ha pensato bene. Come se sapesse perfettamente cosa sta facendo.»

Il pensiero successivo le uscì naturale, puramente logico, e capì dallo sguardo di Ravi che anche lui era arrivato alla medesima conclusione, la stava ponderando, tendendo i muscoli della guancia.

«Quasi come se l'avesse già fatto prima» disse Pip, esprimendo il pensiero e ricevendo da parte di Ravi un leggerissimo cenno di assenso.

«Pensi *davvero* che l'abbia già fatto?» Si mise a sedere diritto.

«È possibile» rispose lei. «Perfino probabile. Le statistiche indicano chiaramente che lo stalking seriale è comune, in particolare se lo stalker è un estraneo o un conoscente, più che il partner, attuale o passato.»

Aveva letto pagine e pagine di informazioni sugli stalker, la notte precedente, ore e ore trascorse, invece che a dormire, a passare in rassegna numeri e percentuali e infiniti casi senza nome.

«Un estraneo?» Ravi ribadì il termine.

«È improbabile che sia un estraneo» ribatté lei. «Quasi tre vittime di stalking su quattro hanno un certo grado di conoscenza del proprio stalker. Si tratta di una persona che mi conosce, di una persona che conosco, me lo sento.» Aveva letto anche altre statistiche, poteva sciorinarle a memoria, impresse a fuoco dietro ai suoi occhi dalla luce bianca dello schermo del portatile. Ma ce n'erano alcune che a Ravi non poteva rivelare, in particolare quella che diceva che più della metà delle donne vittime di omicidio denunciavano lo stalking alla polizia prima di venire uccise dai propri stalker. Non voleva che Ravi venisse a sapere proprio quella.

«Perciò è una persona che conosci e che è molto probabile lo abbia già fatto a qualcuno?» domandò Ravi.

«Cioè, sì, se ci basiamo sulle statistiche.» Perché non ci aveva pensato prima? Era troppo addentro alla sua mente, troppo concentrata sull'idea di *lei* contro lo stalker per prendere in considerazione che potesse essere coinvolto qualcun altro. *Non gira tutto intorno a te*, le disse la voce che le viveva nella mente, accanto alla pistola. *Non gira sempre tutto intorno a te.*

«E tu preferisci un approccio scientifico, Sergente.» Si tolse un cappello immaginario in segno di ammirazione.

«Sì, è vero.» Pip si morse il labbro, persa nei suoi pensieri. La mente le guidò le mani verso il portatile, tornando a chiederle se fosse d'accordo solo quando aveva già riavviato il computer e aperto Google. «E il primo passo di qualsiasi approccio scientifico è... la ricerca.»

«La parte più affascinante di ogni indagine» disse Ravi, alzandosi dal letto per andare a mettersi dietro di lei, posandole le mani sulle spalle. «E, inoltre, il segnale per mandarmi a prendere degli spuntini. Allora... che genere di ricerche pensi di fare?»

«Eh, non ne sono molto sicura, in effetti.» Esitò, le dita sospese sui tasti mentre il cursore le faceva l'occhiolino. «Magari soltanto...» Digitò *scritte gesso figure gesso piccione morto stalker stalking Little Kilton Buckinghamshire*. «Sto andando a caso» ammise, premendo invio, e lo schermo si riempì di risultati.

«Oh, favoloso» esclamò Ravi, indicando il primo. «Possiamo andare a sparare a dei piccioni di terracotta alla fattoria Chalk di Chalfont St. Giles per *sole* ottantaquattro sterline a testa. Un affarone.»

«Shhh.»

Pip passò in rassegna con lo sguardo il risultato sottostante: una notizia dell'anno precedente, sugli esami di maturità di una scuola vicina nella quale c'erano casualmente due insegnanti di nome signor Stalker e signorina Kilton.

Sentì il fiato di Ravi sul collo: si era chinato in avanti, la testa all'altezza di quella di lei. «E quello cos'è?» disse, il basso vibrato della sua voce le diede l'impressione di provenire dal profondo del proprio corpo. Capì a quale si riferiva, cinque risultati più sotto.

Il Mostro del nastro adesivo ancora a piede libero dopo la quarta vittima.

C'erano ben quattro corrispondenze con la sua ricerca: *Buckinghamshire, piccione, stalking, scritte gesso.* Piccoli brani di un articolo di "UK Newsday", frasi spezzate, separate da tre puntini.

«Il Mostro del nastro adesivo» lesse Ravi, e la voce gli si inceppò in gola. «Che cazzo è?»

«Non è niente, storia vecchia. Guarda.» Pip sottolineò la data con il dito: l'articolo risaliva al 5 febbraio 2012. Più di sei anni e mezzo prima. Non era una notizia fresca: Pip conosceva quel caso, com'era finito. Poteva indicare almeno due podcast di true crime che l'avevano raccontato nel corso degli ultimi anni. «Non conosci questa storia?» chiese, leggendo la risposta negli occhi di Ravi, sbarrati dal terrore. «Non preoccuparti» lo prese in giro lei, dandogli una spintarella con il gomito. «Non è più *a piede libero.* Dopo di questa uccise un'altra donna, la quinta vittima, e poi lo presero. Ha confessato. Bill, ehm, qualcosa. È in prigione da allora.»

«Come fai a saperlo?» chiese Ravi, allentando un pochino la presa.

«Come fai tu a non saperlo!» Alzò lo sguardo su di lui. «È stata una notizia bomba all'epoca. Me lo ricordo perfino io, e avevo, boh, undici, dodici anni. Oh... io...» balbettò poi, accarezzandogli le nocche. «Era più o meno il periodo in cui Andie e Sal...» Non ebbe bisogno di finire.

«Giusto» confermò lui a bassa voce. «Ero un po' distratto all'epoca.»

«Successe tutto qui vicino» spiegò Pip. «Le cittadine di provenienza delle vittime, i luoghi di ritrovamento dei cadaveri. In effetti, quasi dappertutto *tranne* che a Little Kilton.»

«Noi avevamo già i nostri omicidi» disse lui con voce piatta. «E perché poi Mostro del nastro adesivo?»

«Oh, è il nome che gli diedero i media. Sai, un serial killer deve avere un nome da brivido, vende più copie.» Si interruppe. «I giornali locali lo chiamavano "Strangolatore della palude", per tenerlo vicino casa, sai, ma il nome non fece mai presa a livello nazionale. Non funzionava altrettanto bene.» Fece un sorrisetto. «Inoltre non era nemmeno molto accurato, visto che soltanto due delle vittime furono trovate nella zona della palude di Slough, se non mi sbaglio.»

E solo dire quelle tre parole, Strangolatore della palude, la riportò all'ultima volta che le aveva pronunciate. Seduta su quella stessa sedia, durante una telefonata con Stanley Forbes, che stava intervistando sull'inchiesta del coroner in merito a Andie Bell. Aveva accennato all'articolo che aveva scritto da poco sullo Strangolatore della palude, per i cinque anni dall'arresto. Stanley all'altro capo della linea, vivo, ma non per molto, visto che il suo sangue gocciolava dalle estremità del telefono, coprendole le mani e...

«Pip?»

Lei sobbalzò, asciugandosi il sangue dalle mani sui jeans. Pulite, *sono pulite*. «Scusa, cosa hai detto?» Pip incurvò la schiena, richiudendo il petto attorno al cuore da colibrì impazzito.

«Ho detto, aprilo, allora. L'articolo.»

«Ma... non ha niente a che vedere con...»

Una brava ragazza è una ragazza morta

«Ha quattro corrispondenze con i termini della tua ricerca» insistette lui, stringendo di nuovo la presa. «Bella coincidenza per essere andata a caso. Aprilo e vediamo che dice.»

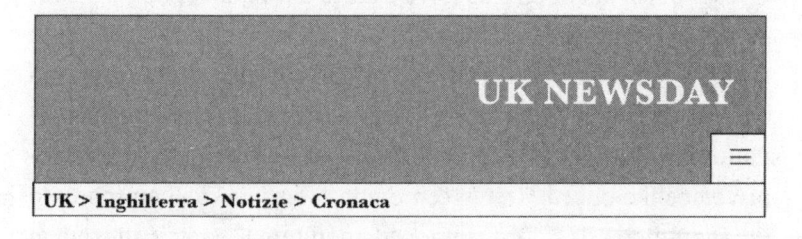

UK NEWSDAY

UK > Inghilterra > Notizie > Cronaca

Il Mostro del nastro adesivo ancora a piede libero dopo la quarta vittima

LINDSEY LEVISON, 5 FEBBRAIO 2012

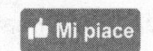

La settimana scorsa la polizia ha rinvenuto il cadavere di Julia Hunter, 22 anni, dichiarata ormai ufficialmente la quarta vittima del Mostro del nastro adesivo. Julia – che viveva con i genitori e la sorella ad Amersham, Buckinghamshire – è stata uccisa la sera del 28 gennaio e il suo corpo è stato ritrovato il mattino seguente in un campo da golf subito a nord della palude di Slough.

Il Mostro del nastro adesivo ha cominciato a mietere vittime due anni fa, uccidendo la prima, Phillipa Brockfield, 21 anni, l'8 febbraio 2010. Dieci mesi più tardi, dopo una settimana di estese ricerche da parte della polizia, è stato rinvenuto il corpo di Melissa Denny, 24 anni. Era scomparsa l'11 dicembre e gli esperti forensi credono sia stata uccisa quella stessa notte. Il 17 agosto 2011 Bethany Ingham, 26 anni, è diventata la terza vittima del

Mostro del nastro adesivo. Adesso, a cinque mesi di distanza, dopo molta speculazione mediatica, la polizia ha confermato che il serial killer ha colpito ancora.

Al Mostro del nastro adesivo è stato dato questo nome a causa del particolare modus operandi: non solo blocca i polsi e le caviglie delle vittime con il nastro adesivo per trattenerle, ma copre anche i volti. Ogni donna è stata ritrovata con la testa completamente avvolta da comune nastro adesivo grigio, che le copriva occhi e bocca. "Quasi come una mummia" ha commentato un agente che desidera rimanere anonimo. Il nastro adesivo in sé non è però l'arma del delitto di questi crimini terrificanti. In effetti sembra che il Mostro del nastro adesivo lasci volutamente libere le narici delle sue vittime, in modo che non soffochino. La causa della morte, in ogni caso, è strangolamento tramite legatura, e la polizia ipotizza che, prima di ucciderle, l'assassino lasci le vittime legate con il nastro adesivo per un po' e poi abbandoni i corpi in luoghi diversi.

Non ci sono ancora stati arresti, il Mostro del nastro adesivo è a piede libero e la polizia brancola nel buio, lottando contro il tempo per identificarlo prima che colpisca ancora.

"È un uomo incredibilmente pericoloso" ha affermato l'ispettore capo David Nolan, parlando oggi all'esterno della centrale di High Wycombe. "Quattro giovani donne hanno purtroppo perso la vita ed è chiaro che questo individuo rappresenta un pericolo significativo. Stiamo raddoppiando i nostri sforzi per identificare il criminale – noto come Mostro del nastro adesivo – e oggi abbiamo divulgato l'identikit realizzato grazie a un potenziale testimone sul luogo in cui è stato ritrovato il cadavere di Julia. Sollecitiamo la popolazione a contattare la polizia tramite la linea rossa riservata alle indagini qualora qualcuno riconoscesse l'uomo dell'identikit."

Una brava ragazza è una ragazza morta

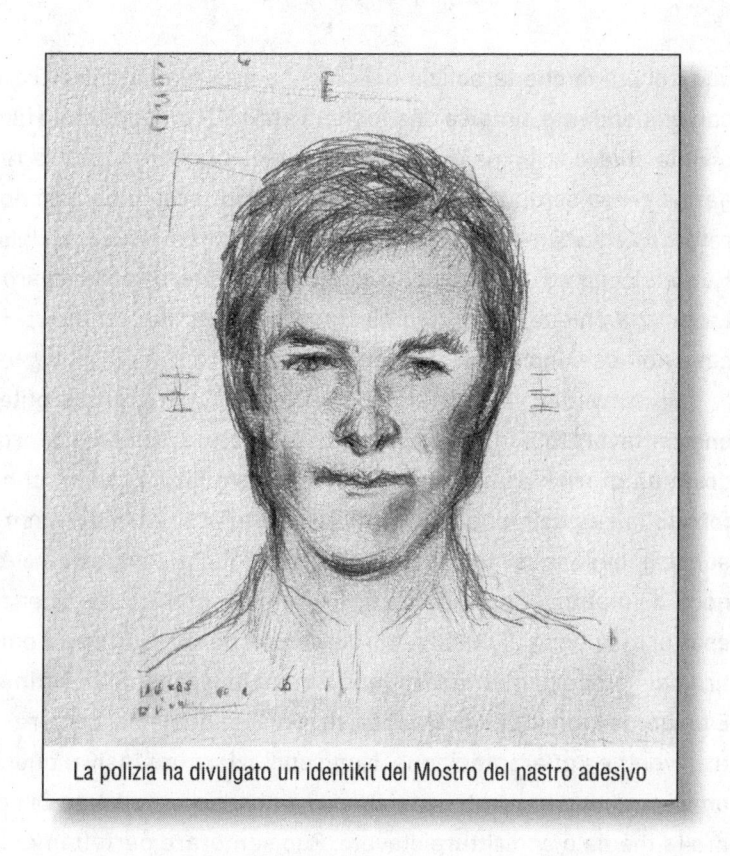

La polizia ha divulgato un identikit del Mostro del nastro adesivo

Oltre all'identikit, oggi la polizia ha anche pubblicato un elenco di effetti personali scomparsi da ciascuna delle vittime, oggetti che avevano con sé al momento del rapimento, secondo quanto affermato dalle famiglie. La polizia crede che l'assassino prenda questi oggetti come trofei di ogni omicidio e che molto probabilmente essi siano ancora in suo possesso. "Prendere dei trofei è molto comune tra i serial killer" ha commentato l'ispettore capo Nolan. "I trofei permettono all'assassino di rivivere il brivido del delitto e di alimentare gli impulsi più oscuri, dilatando il lasso di tempo che trascorre prima che senta la spinta a uccidere nuovamente." A Phillipa Brockfield il killer ha preso una collanina che la polizia descrive come "una catenina d'oro con un pendente simile a una moneta antica". Una "spazzola lilla o viola chiaro a forma di racchetta" a Melissa Denny, che la ragazza aveva sempre con sé nella borsa. Un "orologio Casio dorato di acciaio inossidabile" a Bethany Ingham e ora, a Julia Hunter, "un paio di orecchini d'oro rosa con pietre verde chiaro". La polizia chiede alla cittadinanza di tenere gli occhi aperti in caso notasse uno di questi oggetti.

"UK Newsday" ha parlato con Adrienne Castro, una profiler che ha lavorato con l'FBI e ora è consulente del popolare programma di true crime *Forensic Time*. La signorina Castro ci ha fornito la sua opinione di esperta in merito al Mostro del nastro adesivo, basandosi su tutte le informazioni che la polizia ha finora divulgato: "Come sempre, il profiling non è una scienza esatta, ma penso di poter azzardare qualche conclusione a partire dal comportamento dell'omicida e dalla scelta delle vittime. È un uomo bianco che potrebbe avere un'età qualsiasi compresa tra i venti e i quarantacinque. Non sono azioni impulsive; questi omicidi sono pianificati e metodici, e il nostro uomo ha un QI sopra la media o addirittura elevato. Può sembrare perfettamente normale, ordinario, perfino affascinante. All'esterno pare un membro virtuoso della società, con un buon lavoro nel quale è abituato ad avere un certo livello di controllo – magari una posizione dirigenziale. Penso che sia molto probabile che abbia una compagna o una moglie, e potenzialmente perfino una famiglia, che non hanno alcuna idea della vita segreta che conduce.

"C'è da fare un'osservazione interessante anche sul suo comportamento per quel che riguarda i luoghi. Nei serial killer vediamo che c'è una naturale avversione a commettere omicidi troppo vicino a casa, la loro zona cuscinetto. Eppure, di converso, hanno anche una zona di comfort: un'area a loro prossima che conoscono molto bene, che non è troppo vicina a casa e nella quale si sentono sicuri a commettere questi delitti. Noi la chiamiamo "teoria della distanza di smorzamento". È interessante notare che le nostre vittime provenivano tutte da cittadine diverse della stessa area del Paese, e che i loro corpi sono stati trovati tutti sparpagliati in luoghi differenti all'interno della zona di comfort. Questo mi porta a desumere che il nostro assassino viva in una località diversa ma vicina, una che non sia ancora stata coinvolta nelle indagini, la sua zona cuscinetto, ancora intatta.

"Quanto al movente, penso che qui abbiamo un aspetto comune a molti serial killer: la misoginia, essenzialmente. Quest'uomo prova sentimenti molto forti nei confronti delle donne: le odia. Le sue vittime erano tutte giovani donne attraenti, istruite, intelligenti, e c'è qualcosa in questo che il serial killer trova intollerabile. Vede questi omicidi come la propria missione personale. Trovo particolarmente interessante il fatto che avvolga le loro teste con il nastro adesivo, come se stesse negando loro perfino il volto, privandole, prima di ucciderle, della capacità di parlare e vedere. Questi omicidi si riducono in fondo a una questione di potere e umiliazione e al piacere sadico che l'assassino ne ricava. È probabile che le avvisaglie ci fossero fin dall'infanzia, che abbia cominciato da bambino facendo del male agli animali di casa. Non mi sorprenderei se, da qualche parte, tra le sue cose, tenesse un manifesto di tutti i suoi pensieri sulle donne e su come dovrebbero comportarsi per essere accettabili.

"La polizia non ha ancora divulgato alcuna informazione sulla possibilità che faccia stalking alle sue vittime, ma, vista l'apparente meticolosità della scelta di queste ultime, io direi che c'è un certo livello di studio prima del rapimento. Penso che per lui faccia parte dell'eccitazione. Può anche darsi che abbia preso direttamente contatto con loro ed è possibile perfino che abbia avuto con le vittime relazioni intime".

Fuori dall'abitazione della famiglia di Julia Hunter, questa sera, la sorella minore di diciott'anni, Harriet, si è fermata brevemente a parlare con i giornalisti. Quando le hanno chiesto dell'eventualità che Julia sia stata vittima di stalking prima di morire, Harriet, in lacrime, ha detto quanto segue: "Non ne sono sicura. Non mi ha mai detto di avere paura o cose simili. L'avrei aiutata se l'avesse fatto. Ma in effetti ha accennato a delle cose strane nelle ultime settimane. Ha detto di aver visto dei disegni, dei disegni con il gesso, mi sembra, che somigliavano a tre omini stilizzati, vicino alla casa. Io non li ho mai visti e probabilmente erano stati fatti dai bambini dei vicini. E poi un paio di uccelli morti – dei piccioni – che erano stati portati dentro casa attraverso la gattaiola. Ma Julia ha pensato fosse strano perché il nostro gatto è molto vecchio ed esce raramente. Ha anche accennato a un paio di scherzi telefonici. È stato la settimana prima che sparisse, ma non sembrava l'avessero spaventata. Però [...] ripensando a quelle ultime settimane, *tutto* mi sembra strano, adesso che lei non c'è più".

I funerali di Julia Hunter si terranno il 21 febbraio nella chiesa locale.

Quattordici

Ravi doveva aver letto la conclusione prima di lei, perché trasalì proprio contro il suo orecchio, un respiro brusco, come una folata di vento imprigionata dentro la sua testa. Pip alzò un dito per frenarlo finché non avesse finito anche lei di leggere fino all'ultima parola dell'articolo.

E poi: «Oh» disse.

Ravi le si allontanò di scatto, raddrizzandosi completamente. «Oh?» esclamò, la voce più alta e roca di quanto avrebbe dovuto essere. «È tutto quello che hai da dire? *Oh?*»

«Ma che...» Ruotò la sedia per guardarlo. Agitava nervoso le mani trattenute sotto il mento. «Perché stai sbroccando?»

«Perché *tu* non stai sbroccando?» Cercò di non alzare la voce, ma si sarebbe dovuto impegnare di più. «Un serial killer, Pip.»

«Ravi.» Il nome le si spezzò in bocca trasformandosi in una risatina. Lui le lanciò un'occhiata furente. «È di sei anni e mezzo fa. Il Mostro del nastro adesivo ha confessato. Sono abbastanza sicura che si sia anche dichiarato colpevole in aula. È in prigione da allora, e non ci sono stati altri omicidi dopo il suo arresto. Il Mostro del nastro adesivo è storia vecchia.»

«Già, be', e allora i piccioni morti?» disse Ravi, le braccia tese e tremanti a indicare lo schermo. «E i disegni con il gesso, Pip? Le stesse identiche cose nelle settimane precedenti all'omicidio di Julia.» Ravi crollò in ginocchio davanti a lei, alzando una mano sul suo viso, anulare e mignolo piegati. «*Tre*» sibilò, avvicinandole ancora di più le tre dita tese. «Tre omini di gesso. Julia è stata la *quarta* vittima, Pip. Tre prima di lei. E in tutto ora abbiamo cinque donne uccise, e in questo preciso momento sul tuo vialetto ci sono cinque omini stilizzati, cazzo.»

«Senti, calmati» rispose lei, prendendogli la mano e intrappolandola tra le ginocchia per tenerla ferma. «Non avevo mai sentito parlare delle cose che ha detto la sorella di Julia Hunter, in nessun articolo o podcast. Magari la polizia ha capito che in fondo non erano rilevanti.»

«Ma sono rilevanti *per te*.»

«Lo so, lo so, non dico questo.» Lo guardò negli occhi, piegò il mento. «È ovvio che c'è un collegamento tra quello che ha detto Harriet Hunter e quello che sta succedendo a me. Oddio, non ho ricevuto nessuna telefonata misteriosa...»

«*Per ora*» la interruppe Ravi, cercando di liberare la mano.

«Ma il Mostro del nastro adesivo è in carcere. Guarda.» Gli lasciò la mano e tornò a girarsi verso il portatile, digitando *Mostro del nastro adesivo* in una nuova pagina e premendo invio.

«Ah, Billy Karras, sì, ecco come si chiama» disse, scorrendo con il cursore i risultati per mostrarli a Ravi. «Vedi? Trent'anni al momento dell'arresto. Ha confessato durante un interrogatorio e... vedi?... sì, si è dichiarato colpevole di tutti e cinque gli omicidi. Il processo non ha avuto seguito. È in carcere e ci rimarrà per il resto della vita.»

«Non assomiglia molto all'identikit della polizia» sbuffò

Ravi, mentre la sua mano ritrovava la strada per tornare tra le ginocchia.

«Be', un po' sì.» Studiò a occhi stretti la foto segnaletica di Billy Karras. Capelli unti castano scuro tirati indietro, occhi verdi che quasi gli uscivano dal volto, sorpresi dalla macchina fotografica. «Comunque nessun identikit è mai davvero somigliante.»

Questo parve calmare un po' Ravi: dare un viso al nome, avere davanti agli occhi la dimostrazione che lei diceva il vero. Pip aprì la seconda pagina di risultati.

Si fermò, tornò su. Qualcosa aveva attratto la sua attenzione. Un numero. Un mese.

«Cosa c'è?» le chiese Ravi, e il tremore della sua mano la attraversò.

«Oh, non è niente» rispose lei, scuotendo il capo perché Ravi capisse che non stava dissimulando. «Niente, davvero. Solo... non me n'ero mai resa conto. L'ultima vittima del Mostro del nastro adesivo, Tara Yates, è stata uccisa il 20 aprile 2012.»

Lui la guardò, con la sua stessa luce nello sguardo. E lei guardò se stessa, la versione distorta di sé intrappolata nel nero degli occhi di lui. Be', uno dei due doveva dirlo a voce alta.

«La stessa notte in cui è morta Andie Bell» disse.

«È assurdo» commentò lui, abbassando lo sguardo, e la Pip che viveva nei suoi occhi svanì. «È tutto assurdo, tutto quanto. Ok, è in prigione, ma perché qualcuno dovrebbe fare a te le stesse identiche cose che sono successe a Julia Hunter prima che morisse? A tutte le vittime, probabilmente. E non dirmi che è una coincidenza, perché sarebbe una bugia: tu non credi alle coincidenze.»

Beccata.

«No, lo so. Non lo so.» Si interruppe per ridere di se stessa, senza sapere perché lo stesse facendo: era fuori luogo. «Ovvio che non può essere una coincidenza. Magari qualcuno vuole farmi credere che il mio stalker sia il Mostro del nastro adesivo.»

«E perché mai?»

«Ravi, non lo so.» Di colpo si sentì sulla difensiva, tesa, la recinzione si rialzò, ma questa volta per tenere fuori lui. «Forse vuole farmi diventare matta. Superare il limite.»

Non avrebbe dovuto fare molta fatica. Ci era arrivata da sola, fino al limite, aveva le dita dei piedi sospese sull'abisso. Un soffio deciso alla nuca, probabilmente non serviva altro. Una semplice domanda tra lei e quel precipizio profondo: *Chi cercherà te quando sarai tu a scomparire?*

«E non è più stato ucciso nessuno da quando questo Billy è stato arrestato?» volle assicurarsi Ravi.

«No» rispose Pip. «Ed è un modus operandi molto particolare, il nastro adesivo su tutta la faccia.»

«Spostati un secondo» disse lui, facendo scivolare la sedia lontano dalla scrivania, allontanandole le mani dal portatile.

«Ehi.»

«Voglio solo vedere una cosa» spiegò lui, inginocchiandosi di fronte allo schermo. Tornò in cima alla pagina, cancellò i termini di ricerca e digitò: *Billy Karras innocente?*

Pip fece un sospiro, guardandolo scorrere rapido i risultati. «Ravi, ha confessato e si è dichiarato colpevole. Il Mostro del nastro adesivo è dietro le sbarre, non fuori da casa mia.»

Ravi emise un suono gutturale, a metà tra un sussulto e un colpo di tosse.

«C'è una pagina Facebook» disse.

«Su cosa?» Pip si puntò sui talloni per riportare indietro la sedia.

«Una pagina che si chiama *Billy Karras è innocente*.» La aprì e la foto segnaletica di Karras riempì lo schermo come immagine di copertina. Il suo viso sembrava più dolce, la seconda volta, in un certo senso. Più giovane.

«Be', ovvio che c'è» replicò Pip, arrivando accanto a Ravi. «Scommetto che c'è una pagina Facebook che proclama l'innocenza di ogni serial killer. Scommetto che ce n'è una perfino per Ted Bundy.»

Ravi lasciò sospeso il cursore sopra il pulsante *Informazioni*, premette il pollice sul touchpad per aprirlo.

«Oh merda» disse, studiando la pagina. «La gestisce sua madre. Guarda. Maria Karras.»

«Povera donna» commentò Pip.

«*Il 18 maggio 2012, dopo essere stato chiuso in una sala interrogatori della polizia per nove ore senza interruzioni, mio figlio ha fornito una confessione falsa per crimini che non ha commesso, una confessione estorta grazie alle tattiche forti – e illegali – della polizia*» lesse Ravi dallo schermo. «*Il mattino seguente, dopo aver dormito un po', ha ritrattato, ma era già troppo tardi. La polizia aveva quello che serviva.*»

«Una confessione falsa?» ripeté Pip, guardando gli occhi di Billy Karras come se la domanda fosse rivolta a lui. No, non poteva essere. Erano gli occhi del Mostro del nastro adesivo che le restituivano lo sguardo... dovevano esserlo. Altrimenti...

«*Falle sistemiche gravi nel nostro apparato giudiziario penale...*» Ravi cominciò a saltare le righe, passando al paragrafo successivo. «*Mi servono tremila firme per mandare la petizione al deputato locale*, oddio, ne ha raccolte solo ventinove per ora... *sto cercando di portare il caso di Billy all'attenzione del Progetto Innocenti per poter ricorrere in appello contro la sentenza...*» Si interruppe. «Oh guarda, ha perfino aggiunto il suo numero di telefono nella sezione dei contatti. *Vi prego di chiamarmi se avete esperienze legali o agganci con i media, e se pensate di potermi aiutare con il caso di Billy o darmi una mano a raccogliere le firme. Importante: gli scherzi telefonici saranno denunciati alla polizia.*» Si staccò dallo schermo e intercettò lo sguardo di Pip, sostenendolo.

«Cosa c'è?» chiese lei, leggendogli la risposta nella curva della bocca, «Be', è ovvio che pensi che sia innocente. È sua madre. Non prova niente.»

«Ma è un punto interrogativo» rispose lui con tono fermo, avvicinando a sé Pip e la sedia. «Dovresti chiamarla. Parlarle. Sentire le sue ragioni.»

Pip scosse la testa. «Non voglio disturbarla. Darle false speranze senza motivo. È evidente che ne ha già passate abbastanza.»

«Già.» Ravi le accarezzò la gamba con la mano. «Le stesse cose che ha passato mia mamma, che ho passato io, quando tutti pensavano che Sal avesse ucciso Andie Bell. E ricordami come si è sistemato tutto?» chiese, colpendosi il mento con un dito e fingendo di cercare di ricordarsi. «Ah, già, quando una insistentissima Maximus Pippus è venuta a bussare alla nostra porta senza essere invitata.»

«Ma era una situazione completamente diversa» ribatté lei, distogliendo lo sguardo, perché sapeva che se avesse continuato a guardarlo l'avrebbe convinta a farlo. E lei non poteva. Non. Poteva. Perché se avesse chiamato quella povera donna avrebbe ammesso che c'era una possibilità.

Un'eventualità. Che in prigione c'era l'uomo sbagliato. E quello giusto? Era fuori casa sua, a disegnare figurine senza testa delle donne che aveva ucciso, e veniva per lei, la invitava a unirsi a loro. La numero sei. E quello sarebbe stato un gioco per il quale non era pronta. Una cosa era uno stalker, ma questo...

«Ok, non importa.» Ravi fece spallucce. «Che ne dici se invece restiamo qui seduti a girarci i pollici, ad aspettare di vedere dove porta tutta questa storia *dello stalker*? L'approccio passivo. Mai pensato che ti avrei vista scegliere una cosa passiva qualsiasi, ma non ci muoviamo, ci rilassiamo. Nessun problema.»

«Non ho detto questo.» Pip alzò gli occhi al soffitto.

«Ma quello che hai appena detto» incalzò lui «è che sta a te, che puoi farcela da sola. Che è questo quello in cui sei brava, indagare.»

Aveva ragione, lo aveva appena detto. Il suo test. Il suo processo. Il suo giudizio finale. Salvare se stessa per salvare se stessa. Era ancora tutto vero. Ancora di più se c'era quella possibilità, quell'eventualità, che ci fossero un uomo giusto e un uomo sbagliato.

«Lo so» disse piano, lasciando andare un lungo sospiro. Sapeva da quando aveva finito di leggere l'articolo quello che doveva fare, aveva solo bisogno che Ravi glielo tirasse fuori.

«Quindi...» Lui fece quel sorrisetto che la conquistava sempre e le mise in mano il telefono. «*Indagaci* su.»

Quindici

Pip era rimasta a fissare i numeri così a lungo che le si erano impressi sotto le palpebre. *01632 725 288*. Un motivetto ritmato dentro la testa che ora sarebbe riuscita a ripetere senza guardare. Un loop infinito che le era risuonato nella mente tutta la notte mentre lei implorava solo di dormire. Le erano rimaste ormai appena quattro pillole.

Teneva di nuovo il pollice sospeso sul pulsante verde della chiamata. Lei e Ravi avevano provato cinque volte il giorno prima, ma aveva sempre suonato a vuoto, niente segreteria. Era un fisso e Maria Karras non doveva essere a casa. Magari era a trovare suo figlio, avevano immaginato. Pip aveva detto che avrebbe ritentato il mattino dopo, ma ora temporeggiava, aveva quasi paura. Perché una volta premuto quel pulsante, una volta che Maria avesse risposto all'altro capo della linea, non sarebbe più potuta tornare indietro. Non c'era modo di smettere di sapere quello che sapeva, o di smettere di sentirlo o di pensarlo. Ma ormai l'idea le si era radicata dentro, piantandosi nella sua mente accanto allo sguardo senza vita di Stanley e alla pistola grigia di Charlie. E anche ora, mentre faceva scattare nella mano una penna a sfera, sentiva qualcosa in quel *click*. Due parole distinte, due note. *Nastro. Adesivo. Nastro. Adesivo. Nastro. Adesivo.* Eppure continuava a farla scattare.

L'altra mano era posata accanto al taccuino, a una pagina bianca, dopo gli appunti sulla decomposizione dei cadaveri e sul livor mortis. Ci aveva scribacchiato sopra il numero di Maria Karras. Non poteva sfuggire.

Finalmente premette il pulsante di chiamata e attivò il vivavoce. Squillò, il trillo le riverberava su e giù lungo la colonna vertebrale, proprio come il giorno prima. Ma poi...
Click.

«Sì? Casa Karras» disse una voce smorzata, le parole addolcite da un accento greco.

«Oh, ehm, buongiorno» rispose Pip, riprendendosi e schiarendosi la voce. «Cerco Maria Karras.»

«Sono io» ribatté la voce, e Pip si immaginò la donna cui apparteneva: sguardo grave e sorriso triste. «Come posso aiutarla?»

«Buongiorno Maria» disse lei, tornando a giocherellare nervosa con la penna. *Nastro. Adesivo. Nastro. Adesivo.* «Mi scusi se la disturbo di domenica. Mi chiamo Pip Fitz-Amobi e...»

«Oddio» la interruppe Maria. «Finalmente hai ricevuto il mio messaggio?»

Pip balbettò qualcosa, si rese conto che stava aggrottando la fronte. Quale messaggio? «Oh, io... ehm... il suo messaggio?»

«Sì, l'e-mail che ti ho mandato tramite il sito a... ah, aprile sarà stato. Ho anche cercato di scriverti su Twitter, ma da sola non sono brava in queste cose. Finalmente però lo hai ricevuto?» ripeté, la voce più acuta.

Pip non aveva mai visto quell'e-mail. Per mezzo secondo ci rifletté su, decidendo poi di assecondarla. «S-sì, la sua e-mail» disse. «Grazie per avermi scritto, Maria, e mi scuso se ci ho messo così tanto a rispondere.»

«Oh, tesoro, ma ti pare?» replicò Maria e si sentì un fruscio al suo capo della linea: aveva spostato la cornetta. «So che devi essere tremendamente impegnata, e sono felicissima anche solo che ti sia arrivata la mia e-mail. Non sapevo se avresti fatto altri podcast, ma volevo scriverti comunque in caso stessi cercando un altro caso nella zona. Sei veramente brillante, i tuoi genitori devono essere molto orgogliosi di te. E so bene che questo è esattamente quello che ci occorre per Billy, per avere un po' di attenzione da parte dei media, tu e il tuo podcast di sicuro la otterrete. È molto popolare, lo ascolta anche il mio parrucchiere. Come ho scritto nell'e-mail, stiamo cercando di coinvolgere il Progetto Innocenti per aiutarci con Billy.»

Maria si fermò per fare un respiro e Pip s'intromise prima di perdere quell'occasione.

«Sì» rispose. «E Maria... devo essere franca con lei... questa telefonata non significa necessariamente che affronterò nel podcast il caso di suo figlio. Dovrei fare delle ricerche approfondite prima di decidere a riguardo.»

«Oh, tesoro, sì, capisco, ma certo» disse Maria, e fu quasi come se Pip potesse sentire il calore della sua voce irradiarsi dal telefono. «E magari pensi ancora che mio figlio sia colpevole. Che sia lui il Mostro del nastro adesivo, lo Strangolatore della palude, un nome vale l'altro. Lo pensano quasi tutti, non ti biasimerei.»

Pip si schiarì di nuovo la gola per guadagnare un po' di tempo. Certo che, per il suo bene, sperava che Billy Karras fosse *davvero* colpevole, ma non poteva dirlo.

«Be', non ho ancora analizzato i dettagli del caso. So che suo figlio confessò tutti e cinque gli omicidi e si dichiarò poi colpevole in tribunale, e questa non è la posizione più facile dalla quale partire.»

«Fu una confessione falsa» ribatté Maria con uno sbuffo. «Gli fu strappata a forza dagli agenti che lo interrogarono.»

«Allora perché Billy non si dichiarò innocente, portando così il caso a processo? Pensa di potermi raccontare tutti i dettagli, le prove, il motivo per cui crede che Billy non sia colpevole?»

«Ma certo, cara, nessun problema» rispose Maria. «E posso rivelarti un segreto. Anche io pensavo che Billy fosse colpevole. Per il primo anno o due. Pensavo che a un certo punto mi avrebbe detto la verità, ma continuava a insistere: "Mamma, mamma, non sono stato io, te lo giuro". Per due anni. Perciò ho cominciato a indagare ed è stato allora che mi sono resa conto che diceva la verità: è innocente. E lo penseresti anche tu se vedessi l'interrogatorio della polizia. Oh, aspetta, ma posso inviartelo!» Altri fruscii sulla linea. «Ho fatto una copia di tutti i documenti della polizia, anni fa. Tramite quel... come la chiamano?... ah sì, la legge sulla libertà di informazione. Ho tutto l'interrogatorio, la sua "confessione". La trascrizione è lunga più di cento pagine. Sapevi che lo tennero in quella stanza per nove ore? Era esausto, terrorizzato. Ma sai che ti dico, posso riguardarlo ed estrapolarti le parti più importanti, mandarti una scansione. Penso di saperlo usare, quello scanner. Forse mi ci vorrà un po' per rileggerlo tutto, ma te lo posso mandare... domani, al più tardi.»

«Sì, per favore» disse Pip, prendendo un appunto sul taccuino. «Se potesse sarebbe di grande aiuto, grazie. Ma non c'è fretta, davvero.» Invece sì, e tanta. Cinque donne stilizzate, le teste sparite perché avvolte completamente nel nastro adesivo, si stavano arrampicando verso la finestra di Pip per raggiungere la sesta. La fine era in vista. Ma questo, ovviamente, era proprio quello che lo stalker voleva che lei pensasse.

«Sì, certo» rispose Maria. «E vedrai benissimo quel che intendo. Tutte le risposte che gli mettono in bocca. Lui non sa niente. Gli dicono che hanno delle prove contro di lui, insinuano perfino che un testimone l'abbia visto durante uno degli omicidi, e questo non era vero. Billy si confonde, povero tesoro. So che è mio figlio, ma non è mai stato un fulmine di guerra, come si suol dire. Aveva anche un leggero problema con l'alcol, all'epoca, a volte la sera non era lucido. E gli agenti lo convincono che ha commesso lui quei delitti mentre non era in sé, ed è per questo che non se lo ricorda. Credo che perfino lui avesse cominciato a crederci. Finché non riuscì a dormire un po', in cella, e poi ritrattò subito la confessione. Sai, le confessioni false sono molto più comuni di quanto si pensi. Delle trecentosessantacinque persone che il Progetto Innocenti ha aiutato negli ultimi decenni, più di un quarto aveva confessato il crimine di cui era accusato.»

La donna doveva aver recitato la statistica a memoria, e fu in quel momento che Pip se ne rese conto appieno: lì c'era l'intera vita di Maria. Ogni respiro e ogni pensiero erano dedicati a suo figlio. A Billy. Che ora però aveva altri nomi: il Mostro del nastro adesivo, lo Strangolatore della palude, l'assassino. A Pip si spezzò il cuore per lei, ma non abbastanza da farle desiderare che avesse ragione. Tutto ma non quello.

«Conosco le statistiche, sì» confermò. «E mi interessa molto vedere l'interrogatorio di Billy. Ma Maria, se ritrattò il mattino dopo, come mai si dichiarò poi colpevole?»

«Il suo avvocato» spiegò lei, con una traccia di rimprovero nella voce morbida. «Era un avvocato d'ufficio. Non avevo i soldi per assumerne uno io. Se solo l'avessi fatto, è uno dei miei rimorsi più grandi. Avrei dovuto cercare di fare di più.» Si interruppe, il fiato crepitò nella cornetta. «Questo avvocato in sostanza disse a Billy che, dal momento che aveva già confessato tutti e cinque gli omicidi e che la polizia aveva registrato la confessione, non aveva alcun senso andare a processo. Avrebbe perso. Avevano anche altre prove, ma la confessione era ciò che contava. La giuria avrebbe creduto alla registrazione e non a Billy, in qualsiasi caso. Be', l'avvocato non aveva torto: dicono che una confessione sia la prova più pregiudiziale.»

«Capisco» disse Pip, perché non le venne in mente nient'altro.

«Ma avremmo dovuto tentare» proseguì Maria. «Chissà cosa sarebbe potuto emergere in aula, per salvare Billy. Quali prove. Sai, c'era un'impronta non identificata sulla seconda vittima, Melissa Denny. L'impronta non combacia con quelle di Billy e non sanno a chi appartenga. E...» Si interruppe. Una pausa. «La sera che Bethany Ingham, la terza vittima, fu assassinata, credo che Billy fosse qui, con me. Non posso esserne certa, ma credo che quella notte Billy fosse venuto a trovarmi, la sera. Aveva bevuto, tanto. Non riusciva a mettere una frase dietro l'altra. Perciò lo feci dormire nella sua vecchia camera, e gli presi le chiavi perché non cercasse di rimettersi in macchina. Non ho alcuna prova di questo. Ho cercato all'infinito. Registrazioni del telefono, telecamere a circuito chiuso lungo la strada, tutto. Non ho prove, ma in tribunale la mia testimonianza lo sarebbe stata. Come faceva Billy ad ammazzare Bethany se era a casa con me?» Fece un sospiro. «Ma l'avvocato disse a Billy che se si dichiarava colpevole magari il giudice gli avrebbe fatto scontare la pena in una prigione più vicina, così io sarei potuta andare a trovarlo con più facilità. Cosa che poi non è accaduta, ovviamente. Pensava di aver già perso, ancora prima di cominciare.»

Mentre Maria parlava, Pip aveva preso appunti: parole inclinate, lettere una sull'altra per la fretta di trascrivere tutto. Si rese conto che Maria si era interrotta e aspettava che lei rispondesse.

«Scusi» disse Pip. «Perciò, a parte la confessione, che prove aveva la polizia per credere che fosse Billy il Mostro del nastro adesivo?»

«Be', c'erano delle cose» spiegò Maria, e Pip sentì l'altra estremità della linea frusciare, come se la donna stesse cercando qualcosa tra dei fogli di carta. «La principale era che fosse stato Billy a trovare Tara Yates, l'ultima vittima.»

«Trovò lui il cadavere?» chiese Pip. Ora se lo ricordava vagamente, da uno dei podcast che aveva seguito, si ricordava che l'avevano fatta passare come la grande svolta nelle indagini.

«Sì. La trovò così. Nastro adesivo attorno alle caviglie e ai polsi, e avvolto tutto attorno alla faccia. Non riesco nemmeno a immaginarmelo... vedere un altro essere umano in quel modo. Fu al lavoro che la trovò. Billy lavorava per un'impresa di pulizie e giardinaggio: tagliava l'erba, potava le siepi, raccoglieva la spazzatura, quel genere di cose. Era mattina presto, e Billy era sui terreni di una villa, uno dei clienti dell'azienda, a tagliare l'erba. Notò Tara tra gli alberi, ai confini della proprietà.» Si schiarì la gola. «E Billy... be', la prima cosa che fece fu correrle incontro. Pensò che magari era ancora viva, non riusciva a vederle la faccia, sai.

Non si sarebbe dovuto avvicinare, avrebbe dovuto lasciarla lì e chiamare subito la polizia. Ma non fu quello che fece.»

Maria si interruppe.

«E cosa fece?» la incalzò Pip.

«Cercò di aiutarla» sospirò la donna. «Pensò che il nastro adesivo sulla faccia le impedisse di respirare, perciò cominciò a staccarlo. Toccò lei e lo scotch a mani nude. Poi, quando si rese conto che non respirava, tentò comunque di farle un massaggio cardiaco, ma non sapeva quel che faceva, non aveva mai imparato.» Un piccolo colpo di tosse. «Sapeva che gli occorreva aiuto, perché tornò di corsa alla villa e disse a uno degli impiegati di chiamare la polizia, di venire a dargli una mano. Aveva il cellulare addosso, solo che in quel momento se n'era dimenticato. Che so, forse era sotto shock? Non so che comporti una cosa del genere, vedere un'altra persona in quello stato.»

Pip sapeva esattamente cosa comportava, anche se non riusciva mai neppure a tentare di spiegarlo.

«Perciò il risultato» continuò Maria «fu che la povera Tara era coperta dal DNA di Billy, dal suo sudore e dalla sua saliva. E dalle sue impronte digitali. Sciocco ragazzo» aggiunse piano.

«Ma la polizia doveva saperlo che dipendeva dal fatto che aveva trovato lui il corpo, che aveva cercato di salvare Tara, anche se non si era reso conto che era troppo tardi e che stava soltanto contaminando la scena del crimine.»

«Sì, be', forse è quello che credettero all'inizio. Ma sai, ho fatto un sacco di ricerche sui serial killer in questi ultimi anni. Arriverei perfino a dire che ormai sono un'esperta. E con questo tipo di criminale – questo mostro – è molto comune che l'assassino cerchi di inserirsi in qualche modo nelle indagini della polizia. Chiamano fornendo idee o soffiate, o si offrono di aiutare nelle squadre di ricerca, quel genere di cose, anche tentando di ottenere informazioni per capire quanto sono al sicuro dai sospetti. Fu questo che alla fine pensò la polizia. Che Billy si fosse inserito nelle indagini "scoprendo" il cadavere di Tara, per dimostrarsi d'aiuto e provare che era innocente. O magari per coprire le sue tracce casomai avesse lasciato del DNA su di lei mentre commetteva l'omicidio.» Maria sospirò. «Ora vedi com'è tutto troppo distorto per far quadrare la storia?»

Con un brutto presentimento nella pancia, Pip si rese conto che aveva appena annuito. No, cosa stava facendo? Non voleva andasse così, perché se c'era la possibilità che Billy fosse innocente, allora... cazzo, oh cazzo.

Per fortuna Maria aveva ripreso a parlare, e Pip non era più obbligata ad ascoltare la voce nella sua mente.

«Magari questo non sarebbe neanche stato chissà cosa, di per sé» disse, «ma c'erano altri dettagli che hanno invischiato Billy in questo macello. Conosceva una delle vittime. Bethany Ingham, la numero tre, era la sua superiore al lavoro. Era molto triste dopo aver saputo della sua morte, diceva che era sempre stata gentile con lui. E la prima vittima, Phillipa Brockfield... il suo corpo fu scoperto in un campo da golf di Beaconsfield. Era un altro dei posti che aveva un contratto con l'impresa per cui lavorava Billy, e lui faceva parte della squadra assegnata lì. Videro il suo furgoncino andare verso il campo da golf la stessa mattina che il cadavere di Phillipa venne abbandonato lì, ma ovviamente lui stava solo andando al lavoro. E il nastro adesivo... be', era dello stesso identico tipo di quello che Billy poteva recuperare al lavoro, perciò...»

Pip sentì risvegliarsi quella parte di sé, quella scintilla nel cervello, le domande che rotolavano l'una sopra l'altra, guadagnando velocità. Il mondo rallentava mentre la sua mente accelerava, raddoppiava il passo. Non avrebbe dovuto, sapeva che cosa significava per lei seguire quella strada, ma non poté evitarlo, e una delle domande si liberò.

«Dunque, tutti questi dettagli che legano Billy agli omicidi sono collegati al suo lavoro» commentò. «Qual è il nome dell'impresa per cui lavorava?»

Troppo tardi. Solo averlo chiesto voleva dire che per lei era già troppo tardi. Che, a un certo livello, doveva pensare che fosse possibile, che forse non stava parlando affatto con la madre del Mostro del nastro adesivo.

«Sì, è da lì che sembrano venire tutti i collegamenti» confermò Maria, la voce ancora più concitata ora, più agitata. «L'impresa si chiama Green Scene Limited.»

«Ok, grazie» rispose Pip, appuntandosi il nome dell'azienda in fondo alla pagina. Inclinò il capo, studiando le parole da un'altra angolazione. Le parve di riconoscere quel nome. Perché, però? Be', se l'impresa lavorava nelle vicinanze, probabilmente aveva visto il logo sui furgoncini che passavano per Kilton.

«E per quanto tempo ci lavorò Billy?» domandò ancora, facendo passare il dito sul touchpad del portatile, accendendo lo schermo. Digitò *Green Scene Ltd Buckinghamshire* e premette invio.

«Dal 2007.»

Il primo risultato era il sito web dell'azienda e sì, Pip riconobbe effettivamente l'albero a forma di cono del logo. Un'immagine che conosceva, che esisteva già nel suo cervello, da qualche parte. Ma come mai? La home page parlava dei "premiati servizi specializzati di pulizia e giardinaggio" della Green Scene, con un carosello di foto. Più in basso c'era un link a un altro sito, l'agenzia sorella Clean Scene Ltd, che offriva servizi di pulizia per "uffici, cooperative edilizie e tanto altro".

«Pronto?» disse Maria esitante, rompendo il silenzio. Pip si era quasi dimenticata di lei.

«Scusi, Maria» disse, grattandosi un sopracciglio. «Per qualche motivo riconosco il logo dell'impresa. E non riesco a capire come mai.»

Pip selezionò dal menù la pagina che andava sotto l'etichetta "La nostra squadra".

«Oh, so io perché lo riconosci, tesoro» rispose Maria. «È perché il...»

Ma la pagina si caricò e la risposta le apparve davanti agli occhi prima che Maria potesse finire. La foto sorridente di un uomo in giacca e cravatta, in alto, il direttore e proprietario della Green Scene e della Clean Scene Ltd.

Era Jason Bell.

«È l'azienda di Jason Bell» disse Pip in un sussurro, mettendo insieme i pezzi nella sua testa. Sì, ecco. Ecco perché la conosceva.

«Sì, cara» disse dolcemente Maria. «Il padre di Andie Bell, e ovviamente tu sai tutto di Andie Bell. Tutti noi, ormai, grazie al tuo podcast. Il povero signor Bell stava vivendo la sua inimmaginabile tragedia all'incirca in quello stesso periodo.»

Esattamente in quello stesso periodo, pensò Pip: Andie era morta la stessa notte che Tara Yates era stata assassinata. Ecco, Andie era spuntata di nuovo, dalla tomba. Billy

Karras lavorava per l'azienda di Jason Bell, e in ogni caso il suo legame con gli omicidi del nastro adesivo era anch'esso collegato a quel lavoro.

Se Pip avesse dovuto ammettere a se stessa, in quel preciso momento, che c'era anche solo la minima possibilità che Billy Karras fosse innocente – che potevano esserci un uomo sbagliato e un uomo giusto –, era sulla Green Scene Ltd che avrebbe dovuto cominciare a indagare. Se fosse stato un caso senza altre complicazioni, senza legami con lei, senza piccioni morti o omini stilizzati sul suo vialetto, sarebbe stato quello il suo primo passo. Eppure questa volta quel passo sembrava molto più complicato, molto più pesante.

«Maria» disse Pip con voce roca. «Solo un'ultima cosa. Dopo l'arresto di Billy, gli omicidi si interruppero. Come lo spiega?»

«Come ho detto, ho scoperto un sacco di cose sui serial killer negli ultimi anni» rispose lei. «E una cosa in particolare che la maggior parte della gente non comprende è che a volte i serial killer si fermano e basta. A volte invecchiano, o nella loro vita accade qualcosa che spegne il loro impulso, o che fa sì che non abbiano più tempo. Una nuova relazione, per esempio, o magari la nascita di un figlio. Perciò, chissà, forse è quello che è capitato in questo caso. O forse l'assassino ha approfittato di una facile via di fuga, dopo l'arresto di Billy.»

Pip fermò la penna, aveva la mente troppo piena. «Maria, grazie infinite per aver trovato il tempo di parlare con me. È stato tutto molto...» *non dire utile, non dire terrificante* «... interessante» concluse.

«Oh, tesoro, ti prego, grazie *a te* per aver trovato il tempo.» Maria tirò su con il naso. «Non c'è nessuno a cui possa parlarne, nessuno che mi ascolti, perciò grazie. Anche se non avrà seguito, lo capisco, tesoro. So quanto è difficile ricorrere in appello contro una condanna, una volta comminata. È una cosa quasi senza speranza, lo sappiamo. Ma Billy si commuoverà anche solo a sapere che mi hai telefonato. E io mi metto subito a scansionare le trascrizioni del suo interrogatorio, così puoi vedere da te.»

Pip non era certa di voler vedere da sé. C'era una parte di lei che voleva solo tapparsi gli occhi con le mani e desiderare che tutto quanto sparisse. Che lei stessa sparisse. Scomparisse.

«Domani» concluse Maria con voce ferma. «Te lo prometto. Lo mando all'indirizzo e-mail del tuo podcast?»

«S-sì, perfetto, grazie» rispose Pip. «E io la ricontatterò presto.»

«Arrivederci, tesoro» disse Maria, e Pip credette di sentire nella sua voce un impercettibile riverbero di speranza.

Premette il pulsante rosso sul telefono, e il silenzio le stridette nelle orecchie.

Era un forse.

Era possibile.

E quella possibilità cominciava dalla Green Scene Ltd.

E finiva – la interruppe la voce nella sua mente – con lei, morta.

La sesta vittima del Mostro del nastro adesivo.

Pip cercò di scavalcare quella voce nella propria mente, di distrarla. *Non pensare alla fine per il momento, solo al prossimo passo.* Un giorno alla volta. Ma quanti gliene restavano ancora?

Sta' zitta, lasciami in pace. Primo passo: la Green Scene.

L'eco di quelle due parole le risuonò in testa, fondendosi allo scatto della penna. *Nastro. Adesivo. Nastro. Adesivo.*

E fu in quel momento che si rese conto che Jason Bell non era l'unica persona di sua conoscenza legata alla Green Scene Ltd. C'era anche qualcun altro: Daniel Da Silva. Prima di diventare poliziotto, aveva lavorato per Jason Bell per un paio d'anni. Forse aveva addirittura lavorato direttamente *con* Billy Karras.

Questo caso, che solo ieri le era parso così distante, così remoto, si stava avvicinando strisciante sempre più a casa, proprio come quelle figurine di gesso sul muro. Sempre più vicino, come se la stesse riportando a Andie Bell e a dove tutto era cominciato.

Ci fu un rumore improvviso, un brusco ronzio.

Pip trasalì.

Era solo il suo telefono che vibrava sulla scrivania: una chiamata in arrivo.

Nel prenderlo, Pip lanciò uno sguardo allo schermo. *Numero privato.*

«Pronto?» disse.

Nessuna risposta all'altro capo della linea. Nessuna voce, nessun rumore, solo una lievissima eco di elettricità statica.

«Pronto?» ripeté Pip, calcando sull'ultima o. Rimase in attesa. Sentiva un respiro? O era il suo? «Maria?» disse. «È lei?»

Nessuna risposta.

Una chiamata di telemarketing forse, con pessimo segnale.

Pip trattenne il respiro e rimase in ascolto. Chiuse gli occhi, tendendo l'orecchio. Debole, ma c'era. C'era qualcuno che respirava nel telefono. Non la sentiva parlare?

«Cara?» disse. «Cara, ti giuro, se pensi che sia divertente allora...»

La telefonata terminò.

Pip abbassò il cellulare e lo fissò. Lo fissò troppo a lungo, come se potesse spiegarsi da solo. E non fu la sua voce a parlarle nella mente, ora, fu quella di Harriet Hunter che Pip immaginò per lei, che raccontava della sorella assassinata in quell'articolo sul Mostro del nastro adesivo. *Ha anche accennato a un paio di scherzi telefonici. È stato la settimana prima che sparisse.*

Il cuore di Pip reagì e nel petto la pistola esplose. Billy Karras poteva forse essere il Mostro del nastro adesivo. Ma poteva anche non esserlo. E *se* – quel *se* circondò Pip come un buco nero –, *se* Billy non era il Mostro del nastro adesivo, allora il gioco era cambiato un'altra volta. Era entrato nell'ultimo giro. E ora si era attivato un timer.

La settimana prima.

Chi cercherà te quando sarai tu a scomparire?

Nome file:

📄 Download – Interrogatorio di Billy Karras.pdf

Pagina 41

Isp. Nolan: Forza, Billy, smettiamola di perdere tempo. Andrà tutto bene. Guardami. Finiamola con questo gioco, ok? Ti sentirai molto meglio dopo che l'avrai ammesso. Fidati di me. Per te tutto andrà meglio, basta che mi dici cos'è successo. Probabilmente non volevi che accadesse niente di tutto questo, giusto? E non avevi intenzione di fare del male a nessuna di quelle ragazze, lo capisco. Forse ti hanno fatto un qualche torto, eh? Erano state cattive con te, Billy?

BK: No, signore. Non conosco nessuna di loro. Non sono stato io.

Isp. Nolan: Vedi, ora mi stai mentendo, Billy, o no? Perché sappiamo che conoscevi Bethany Ingham. Era la tua superiore al lavoro, vero?

BK: Sì, mi scusi, volevo dire che non conoscevo le altre. Conoscevo Bethany però. Non volevo mentire, signore, è solo che sono così stanco. Non possiamo fare una pausa tra poco?

Isp. Nolan: Odiavi Bethany, Billy? Pensavi fosse attraente? Volevi andare a letto con lei e lei ti ha rifiutato? È per questo che l'hai uccisa?

BK: No, io... la prego, può smettere di farmi tutte queste domande così veloce? S-sto cercando di non confondermi, di non mentire di nuovo per errore. Non odiavo affatto Bethany. Mi piaceva, ma non nel senso che intende lei. Era gentile con me. L'anno scorso per il mio compleanno ha portato in ufficio una torta, ha fatto cantare a tutti "Tanti auguri". Le persone di solito non sono gentili con me in questo modo, a parte mia mamma.

Isp. Nolan: Quindi sei un solitario, non è così, Billy? È questo che stai dicendo? Non hai una ragazza, vero? Le donne ti mettono a disagio perché tendi a stare solo? Ti fa rabbia che non vogliano stare con te?

BK: No, io... signore, basta, non riesco a starle dietro. La prego, ci sto provando. Non sono un solitario, è solo che al momento non ho molti amici, forse qualcuno dei ragazzi al lavoro. **Censurato Sec 40 (2)** che lavorava con me anche lui, sempre nella squadra di Bethany, in realtà ora è un poliziotto. E non provo altro che rispetto per le donne. Mi ha cresciuto mia mamma, una madre single, e questo me l'ha sempre insegnato.

Pagina 76

Isp. Nolan: Non ti ricordi?
BK: Voglio solo dire che a volte, quando bevo troppo, non sono lucido. Non mi ricordo davvero quello che faccio. Credo di avere un problema, ma ho intenzione di farmi aiutare, lo giuro.
Isp. Nolan: Quindi mi stai dicendo che non ti ricordi nessuna delle notti in cui sono morte queste donne? Non ti ricordi dov'eri in nessuna di queste date?
BK: No, sarò stato a casa mia, solo che non me lo ricordo esattamente. Le stavo spiegando i motivi per cui a volte non mi ricordo.
Isp. Nolan: Ma Billy, se non ti ricordi, non è possibile che non fossi a casa? Che tu abbia ucciso queste donne mentre non eri lucido?
BK: I-i-io non sono sicuro, signore. Io non... mi sa che può essere...
Isp. Nolan: Può essere che tu abbia ucciso queste donne? Dillo e basta, Billy.
BK: No, io ho... È solo che, se non mi ricordo, allora non posso dire cosa ho o non ho fatto, ecco tutto. Posso avere un po' d'acqua o qualcosa da bere? Mi fa male la testa.
Isp. Nolan: Dimmelo e basta, Billy. E poi possiamo mettere fine a tutto questo e sì, puoi avere dell'acqua, dormire un po'. Forza, siamo entrambi stanchi. Ti sentirai molto meglio, molto più leggero. Il senso di colpa ti starà divorando. Dimmi solo che sei stato tu. Puoi fidarti di me, Billy, questo lo sai. Sei già passato dal dire *Non sono stato io* al dire *Non mi ricordo*. Su, facciamo solo un altro passo avanti, dimmi la verità.
BK: Questa è la verità. Non sono stato io, ma non mi ricordo quelle notti.
Isp. Nolan: Smettila di mentirmi, Billy. Il tuo furgoncino è stato visto mentre andava verso il luogo in cui è stato abbandonato il cadavere di Phillipa Brockfield, quella stessa mattina. Su tutto il corpo di Tara Yates c'era il tuo DNA. È finita. Dimmi solo cos'hai fatto e io posso far finire tutto.
BK: Non avrei dovuto toccarla, Tara. Mi dispiace. Pensavo fosse viva. Stavo cercando di aiutarla. È per questo che c'è il mio DNA su di lei.
Isp. Nolan: Ti hanno visto, Billy.
BK: V-visto? Fare cosa?

Pagina 77

Isp. Nolan: Cosa, Billy? Sai benissimo cosa. Smettiamola di fingere. Sei stato preso. Dimmelo e basta, così possiamo dare un po' di pace alle famiglie di quelle povere ragazze.

BK: M-mi hanno visto? Con Tara... prima? Di notte? Ma io non mi ricordo, non... Come faccio a non ricordarmi se... Non ha senso.

Isp. Nolan: Cosa non ha senso, Billy?

BK: Be', da tutto quel che mi dice... tutte le prove che avete, sembra che... forse devo essere stato io. Ma non capisco come.

Isp. Nolan: Forse lo hai rimosso, Billy. Forse non volevi ricordare perché ti dispiace di ciò che hai fatto.

BK: Forse, ma non mi ricordo. Non mi ricordo niente. Ma mi hanno visto?

Isp. Nolan: Ho bisogno che tu lo dica a voce alta, Billy. Dimmi cosa hai fatto.

BK: Credo, forse... devo essere stato io. Non capisco come, ma sono stato io, giusto? Sono stato io a fare del male a quelle donne. Mi dispiace. Non... non farei mai una cosa del genere. Ma devo essere stato io.

Isp. Nolan: Ben fatto, Billy. Va benissimo così. Ora non c'è bisogno di piangere. So quanto ti deve dispiacere. Su, ecco un fazzoletto. Così. Bene, vado a prenderti un po' d'acqua ora, ma quando torno dobbiamo riprendere la conversazione, ok? Tirare fuori tutto, far emergere ogni dettaglio. Hai fatto benissimo, Billy. Ti devi sentire già meglio.

BK: Non proprio. È... mia mamma lo verrà a sapere?

Pagina 91

Isp. Nolan: Come le hai uccise, Billy?
BK: Il nastro adesivo sulla faccia. Non potevano respirare, ecco tutto.
Isp. Nolan: No, Billy. Non è così che sono morte. Su, conosci la risposta. Come le hai uccise? Non è stato il nastro adesivo.
BK: Io... non lo so, signore. Mi dispiace. Le... le ho strangolate? S-sì, le ho strangolate.
Isp. Nolan: Bravo, Billy.
BK: A mani nude.
Isp. Nolan: No, non a mani nude, vero, Billy? Hai usato una cosa... cosa hai usato?
BK: Ehm... non... forse una corda?
Isp. Nolan: Sì, esatto. Una corda blu. Abbiamo trovato delle fibre che combaciano con il tipo di corda del tuo furgoncino.
BK: È quella che usiamo al lavoro. Specie con le squadre di arboricoltura. Devo averla presa al lavoro, giusto?
Isp. Nolan: Così come il nastro adesivo.
BK: Immagino di sì.
Isp. Nolan: Dove le hai uccise, Billy? Dopo averle rapite, dove le hai portate per ucciderle?
BK: Ehm, non... il mio furgone del lavoro, forse? Così ho potuto portarle direttamente dove sono state ritrovate.
Isp. Nolan: Le hai lasciate stare per un po', però, vero? Dopo averle legate con il nastro adesivo, prima di tornare a strangolarle. Alcune erano riuscite ad allentare lo scotch attorno ai polsi, a strapparlo in alcuni punti, e questo suggerisce che tu le abbia lasciate incustodite per un po'. Dove sei andato in quel lasso di tempo?
BK: Io... me ne sono andato in giro, suppongo.

Pagina 102

Isp. Nolan: Bene, è corretto, Billy. E cosa hai preso a Melissa Denny? Come trofeo.

BK: Un altro gioiello, credo.

Isp. Nolan: No, questa volta no. Era qualcos'altro. Una cosa che una donna può avere nella borsetta.

BK: Oh, forse il portafoglio? L-la sua patente?

Isp. Nolan: No, Billy. Sai cos'era. Una cosa che probabilmente usava ogni giorno.

BK: Oh. Un rossetto?

Isp. Nolan: Magari avrai anche preso un rossetto, Billy. Ma mancava un'altra cosa dalla sua borsetta. Una cosa più grande, una cosa che la sua famiglia ha detto che portava con sé ovunque.

BK: Cosa... oh... tipo una s-spa... una spazzola?

Isp. Nolan: Sì, era una spazzola, vero, Billy? Una di quelle spazzole larghe. Aveva tanti capelli, Melissa, lunghi capelli biondi, è per questo che hai voluto tenere la spazzola?

BK: Mi sa di sì. Ha senso.

Isp. Nolan: E di che colore era?

BK: R-rosa?

Isp. Nolan: Mmh, io lo descriverei più come viola. Un viola chiaro. Tipo lavanda.

BK: T-tipo lilla?

Isp. Nolan: Sì, esattamente. Allora, dove tenevi i trofei, Billy? La collanina di Phillipa, la spazzola di Melissa, l'orologio di Bethany, gli orecchini di Julia e il portachiavi di Tara. Abbiamo perquisito la tua casa e il tuo furgone, ma non li abbiamo trovati.

BK: Mi sa che devo averli buttati via, allora. Non mi ricordo.

Isp. Nolan: Buttati nel bidone?

BK: Sì, li ho raccolti e buttati nel bidone.

Isp. Nolan: Non volevi tenerli?

BK: Posso andare a dormire adesso? La prego, sono esausto.

Sedici

La città dormiva, ma Pip no. E nemmeno qualcun altro.
Un alert sul cellulare. Un nuovo messaggio tramite il suo sito. Una notifica di Twitter.
Chi cercherà te quando sarai tu a scomparire?

Diciassette

Si sentiva il sangue strano. Scorreva troppo veloce, schiumando inquieto mentre si rovesciava dentro e fuori dal suo petto. Forse quei due caffè uno dopo l'altro al bar erano stati un errore. Ma glieli aveva offerti Cara, dicendo che Pip sembrava stanca a quell'*indegna* ora del mattino. Adesso, mentre si allontanava dal bar in direzione di Church Street, a Pip tremavano le mani e il sangue le frizzava.

Correva a vuoto, senza aver chiuso occhio la notte prima, nemmeno un po'. Anche se aveva preso una pillola intera, una dose doppia. Era sprecata su di lei dopo che aveva letto la trascrizione dell'interrogatorio di Billy Karras. Più volte di quante potesse contare, sentendo le voci nella mente come quelle di una recita, le pause che riempivano i vuoti di elettricità statica del registratore. E la voce che si era immaginata per Billy... non sembrava affatto quella di un assassino. Pareva spaventato, confuso. Suonava come lei.

Ogni ombra nella stanza aveva assunto la forma di un uomo che la osservava avvolta nel lenzuolo. Ogni flash di luce elettrica era un paio d'occhi nell'oscurità: i LED della stampante e delle casse Bluetooth sulla scrivania. Era stato anche peggio dopo che era arrivato quel nuovo messaggio alle due e mezza, il mondo si era rimpicciolito fino a comprendere solo lei e quelle ombre in agguato.

Pip era rimasta sdraiata lì a fissare il soffitto nero, gli occhi che pizzicavano, sempre più asciutti. Se doveva essere onesta con se stessa, veramente onesta, la poteva definire a malapena una confessione. Sì, aveva detto "Sono stato io a fare del male a quelle donne", ma il contesto cambiava tutto. Il prima e il dopo. Strappava a quelle parole il loro significato.

Maria non stava esagerando, non aveva distorto la verità perché aveva letto la trascrizione con gli occhi di una madre. Aveva ragione: la confessione sembrava estorta. L'ispettore aveva messo Billy all'angolo parlando a vuoto, inchiodandolo a bugie che non aveva intenzione di dire. Nessuno aveva visto Billy con Tara Yates la notte prima, non era vero. Eppure Billy stesso ci aveva creduto, aveva creduto più alla persona che avevano costruito che alla propria memoria. L'ispettore Nolan gli aveva messo in bocca tutto, tutti i dettagli degli omicidi. Billy non sapeva nemmeno come aveva fatto a uccidere le sue vittime prima che gli venisse detto.

C'era una possibilità che fosse tutta una recita. Lo schema astuto di un killer manipolatore. Aveva tentato di tranquillizzarsi con quel pensiero. Ma veniva eclissato se posto accanto all'altra eventualità: che Billy Karras fosse un uomo innocente. Ora che aveva letto la sua "confessione", non era più solo possibile, non era più un debole forse. Lo sentiva inclinarsi nello stomaco, abbandonare il "forse" in favore di altre parole. "Probabile." "Plausibile."

E ci doveva essere qualcosa di sbagliato in lei, perché in parte si era sentita sollevata. No, non era quello il termine esatto, era più come... eccitata. Le prudeva la pelle, il mondo attorno a lei aveva aumentato la velocità. Eccola, l'altra sua droga. Un nodo attorcigliato e contorto che doveva sciogliere. Ma non riusciva a credere a quella parte senza accettare l'altra, quella che la accompagnava, mano nella mano.

Due facce della medesima verità: se Billy Karras era innocente, allora il Mostro del nastro adesivo era ancora in giro. Là fuori. Era tornato. E a Pip restava una settimana prima che lui la facesse sparire.

Quindi doveva solo trovarlo lei per prima. Trovare chiunque le stesse facendo tutto questo, che fosse il Mostro del nastro adesivo o qualcuno che si fingeva lui.

La chiave era la Green Scene Ltd, perciò era da lì che avrebbe cominciato. Che aveva già cominciato. La notte prima, mentre l'orologio del portatile raggiungeva e superava le quattro del mattino, Pip aveva passato in rassegna i suoi vecchi file. Aveva cercato tra documenti e cartelle finché non aveva trovato quello che le serviva. Quello che le si era intrufolato nel cervello come un solletichio, per ricordarle la propria esistenza, la propria importanza, quando aveva cercato di richiamare alla mente tutto quello che sapeva sull'azienda di Jason Bell.

Di nuovo tra *Documenti* e nella cartella rinominata *Scuola e compiti*. In *Anno V*, fino a quella che si trovava tra le materie principali.

Progetto Andie Bell.

Pip l'aveva aperta e le si erano spalancate davanti file e file di documenti Word e di file audio che aveva realizzato l'anno precedente. Foto e jpg: le pagine del diario di Andie Bell aperte sulla sua scrivania e una mappa annotata di Little Kilton che aveva disegnato lei stessa, seguendo gli ultimi movimenti conosciuti di Andie. Aveva scorso tutti i documenti del *Diario di lavoro*, fino a trovare quello giusto. Quel tarlo. *Diario di lavoro – Voce 20 (Trascrizione dell'intervista a Jess Walker).*

Sì, eccolo. Pip l'aveva riletto, il cuore sempre più affannato man mano che ne comprendeva l'importanza. Strano che un dettaglio allora casuale potesse ora essere tanto vitale. Quasi come se tutto questo fosse stato inevitabile, fin dall'inizio. Un percorso che Pip non sapeva di stare seguendo dal principio.

Poi aveva controllato dove avevano sede la Green Scene e la Clean Scene Ltd: un complesso di uffici e piazzali a Knotty Green, a venti minuti di macchina da Little Kilton. L'aveva addirittura visitato, tramite la Street View di Google Maps, seduta sul letto, andando virtualmente su e giù per la strada esterna. Il complesso si trovava in una piccola viuzza di campagna, circondato da alti alberi, catturato da Google in un giorno nuvoloso. Non vedeva granché dalla strada, a parte un paio di edifici dall'aspetto industriale, macchine e furgoncini parcheggiati, tutti racchiusi all'interno di una recinzione metallica dipinta di verde bosco. Sul cancello principale c'era un cartello con i loghi colorati di entrambe le aziende sorelle. Era andata su e giù, infestando come un fantasma senza tempo quel luogo pixellato. Poteva rimanere a fissarlo quanto le pareva, ma non le avrebbe dato le risposte che cercava. C'era un solo posto in cui le avrebbe trovate. Non a Knotty Green, ma a Little Kilton.

Proprio lì, in effetti, pensò alzando lo sguardo e rendendosi conto che era quasi arrivata. C'era anche qualcos'altro. Una donna che veniva verso di lei, un viso che conosceva. Dawn Bell, la mamma di Andie e Becca. Doveva essere appena uscita di casa, una borsa della spesa vuota appesa al braccio. I capelli biondo scuro erano tirati indietro, lasciando scoperto il viso, e le mani affondate nelle maniche del maglione troppo grande. Sembrava anche stanca.

Forse era semplicemente ciò che quella città faceva alle persone.

Stavano per incrociarsi. Pip sorrise e chinò il capo, senza sapere se salutare o meno, o se dirle che stava proprio per bussare alla sua porta per parlare con suo marito. La bocca di Dawn ebbe un tremito, così come i suoi occhi, ma lei non si fermò, guardando invece il cielo mentre si infilava le dita sotto la catenina d'oro che portava al collo, giocherellando con il pendente nero e rotondo che rifletté la luce del mattino. Si superarono e proseguirono. Pip si guardò indietro, passando, e così Dawn, e i loro sguardi si incrociarono per un breve momento d'imbarazzo.

Che scomparve dalla sua mente non appena arrivò a destinazione e alzò gli occhi sulla casa, seguendo con lo sguardo la storta linea del tetto e tutti e tre i camini. Vecchi mattoni dipinti sopraffatti da un'edera tremolante, e uno scacciapensieri cromato appeso accanto al portone d'ingresso.

La casa dei Bell.

Pip trattenne il respiro e attraversò la strada, verso la casa, lanciando un'occhiata al SUV verde parcheggiato nel vialetto accanto a una piccola utilitaria rossa. Bene, Jason quindi doveva essere in casa, non era ancora uscito per andare al lavoro. Provava una strana sensazione alla base del collo, inquietante e irreale, come se lì non ci fosse lei ma la se stessa di un anno prima. Rimossa, fuori dal proprio tempo: il cerchio si chiudeva. Lì, di nuovo a casa Bell, perché c'era una sola persona che aveva le risposte che le servivano.

Chiuse le nocche e le batté contro la vetrata del portone.

Nel vetro smerigliato emerse una sagoma, una testa sfocata, mentre il catenaccio veniva tirato e la porta aperta.

Sulla soglia c'era Jason Bell, che si abbottonava la camicia lisciandone le pieghe.

«Buongiorno Jason» disse Pip allegra, ma il suo sorriso era tirato e gommoso. «Mi dispiace disturbarla. C-come sta?»

Jason la guardò battendo le palpebre, rendendosi conto di chi aveva sulla soglia di casa.

«Cosa... ehm... cosa vuoi?» chiese, abbassando lo sguardo per abbottonarsi anche i polsini, appoggiato allo stipite.

«So che sta uscendo per andare al lavoro» cominciò Pip con voce nervosa. Giocherellava con le mani, ma non era una buona idea, perché le aveva sudate, perciò ora doveva guardarle per controllare che non fosse sangue. «Io, ehm, be', volevo solo farle un paio di domande. Sulla sua azienda, la Green Scene.»

Jason si passò la lingua sui denti; Pip la vide gonfiare la pelle del labbro superiore. «Del tipo?» domandò stringendo gli occhi.

«Su un paio di vecchi dipendenti.» Deglutì. «Uno è Billy Karras.»

Jason parve preso in contropiede, il collo affondò nella camicia. La bocca si fermò attorno alla parola successiva, ma attese un secondo prima di pronunciarla. «Vuoi dire il Mostro del nastro adesivo?» chiese. «È questa la tua *nuova* idea? Il tuo nuovo tentativo di attirare l'attenzione?»

«Una cosa del genere» rispose lei con un sorriso falso.

«Ovviamente non ho commenti da fare su Billy Karras» replicò Jason, e qualcosa gli si tese agli angoli della bocca. «Ho fatto tutto quello che potevo per tenere lontana l'azienda dalle cose che ha fatto.»

«Ma sono connesse intrinsecamente» ribatté Pip. «La

versione ufficiale è che Billy recuperava il nastro adesivo e la corda blu sul lavoro.»

«Stammi a sentire» rispose Jason, alzando la mano, ma Pip gli parlò sopra prima che lui potesse far deragliare la conversazione. Le occorrevano risposte, che a lui piacesse o meno.

«L'anno scorso ho parlato con una delle amiche di scuola di Becca, Jess Walker, che mi ha detto che la sera del 20 aprile 2012 – la sera in cui Andie è sparita – lei e Dawn eravate a una cena. Ma che lei a un certo punto si è dovuto assentare perché era partito l'allarme alla Green Scene; era collegato al suo cellulare, suppongo.»

Jason la fissò con sguardo vuoto.

«Fu la stessa notte in cui il Mostro del nastro adesivo uccise la sua quinta e ultima vittima, Tara Yates.» Pip non riprese nemmeno fiato. «Perciò mi chiedevo se non si fosse trattato di *questo*: il Mostro che entra nei suoi uffici per prendere quel che gli serve e fa scattare per sbaglio l'antifurto. Ha mai scoperto chi è stato? Non vide nessuno quando andò a controllare e a spegnere l'allarme? Ha telecamere di sicurezza a circuito chiuso?»

«Non vidi...» Jason si interruppe. Per un attimo alzò lo sguardo al cielo alle spalle di Pip, e quando tornò a posarlo su di lei il suo viso era cambiato: rughe di rabbia gli si aprivano attorno agli occhi. Scosse la testa. «Stammi a sentire» sbottò. «Basta così. Basta. Non so chi ti credi di essere, ma è inaccettabile. Devi imparare... Non pensi di aver già interferito abbastanza nelle vite della gente, nelle nostre?» esclamò, battendosi il petto con la mano aperta, sgualcendosi la camicia. «Ho perso entrambe le mie figlie. Sono tornati i giornalisti, si appostano attorno a casa in cerca di frasi a effetto per le loro storie. La mia seconda moglie mi ha lasciato. Sono tornato in questa città, in questa casa. Hai fatto abbastanza. Più che abbastanza, credimi.»

«Ma Jason, io...»

«Non provare mai più a contattarmi» disse lui, afferrando il bordo della porta, la pelle tesissima attorno alle nocche sbiancate. «O un membro qualsiasi della mia famiglia. Basta così.»

«Ma...»

Jason le chiuse la porta in faccia. Senza sbatterla, lo fece lentamente, lo sguardo fisso in quello di Pip finché il portone non li separò. Non li staccò l'uno dall'altra. Lo scatto della serratura. Ma l'uomo rimase lì, in piedi sulla soglia; Pip vedeva la sua sagoma nel vetro smerigliato. Le parve di sentire il calore dei suoi occhi sui propri, anche se non riusciva più a vederli. La figura oltre la porta rimaneva immobile.

Voleva che fosse lei ad andarsene per prima, voleva guardarla allontanarsi, si rese conto Pip. E così fece, stringendo le spalline dello zaino, le scarpe da ginnastica che strisciavano sul vialetto d'ingresso.

Forse era stata una pia illusione portarsi appresso microfoni, portatile e cuffie. Si sarebbe dovuta aspettare quella reazione, in effetti, visto cosa le aveva raccontato Hawkins. Non biasimava Jason: non era la benvenuta a molti portoni di quella città. Ma aveva davvero bisogno di risposte. Chi aveva fatto scattare l'allarme alla Green Scene Ltd quella notte? Era stato Billy o qualcun altro? Il cuore continuava a batterle troppo veloce, decisamente troppo veloce, e ora le ricordava un timer, che si avvicinava ticchettando alla fine del tempo.

A metà della via, Pip si guardò dietro la spalla per osservare la casa dei Bell. La sagoma di Jason era ancora lì. Doveva proprio rimanere a guardarla finché non fosse scomparsa? Aveva ricevuto il messaggio; non sarebbe più tornata. Era stato un errore.

Girò l'angolo sulla strada principale e nella tasca le vibrò il cellulare. Era Ravi? Doveva essere sul treno a quell'ora. Infilò una mano nei jeans e tirò fuori il telefono che ronzava.

Numero privato.

Pip smise di camminare, restò a fissare lo schermo. Ancora. Una seconda volta. Poteva anche trattarsi di una semplice telefonata per l'assicurazione, ma non era così, lo sapeva. Cosa doveva fare, però? Be', aveva soltanto due opzioni: pulsante rosso o pulsante verde.

Premette il verde e si portò il telefono all'orecchio.

Silenzio.

«Pronto?» disse, e la voce le venne fuori troppo forte, roca. «Chi è?»

Niente.

«Nastro adesivo?» chiese, fissando dei bambini bisticciare dall'altro lato della strada, con indosso la stessa uniforme blu che portava Josh. «Sei il Mostro del nastro adesivo?»

Un rumore. Poteva essere stata la macchina che le era passata davanti, ma poteva anche essere stato un respiro contro il suo orecchio.

«Mi vuoi dire chi sei?» domandò, temendo di perdere la presa sul telefono, visto che di colpo aveva le mani intrise del sangue di Stanley. «Cosa vuoi da me?»

Arrivata all'incrocio, Pip attraversò la strada, trattenendo il respiro per riuscire a sentire il suo.

«Mi conosci?» chiese. «Ti conosco?»

La linea crepitò e poi cadde. Tre fischi sonori nell'orecchio, e a ognuno il cuore le si impennò. Se n'era andato.

Pip abbassò il cellulare e rimase a fissarlo, a due passi dal marciapiede. Il mondo esterno era sfocato, sparito per lei, che guardava la vuota schermata di blocco dove era stato lui fino a pochi istanti prima. Ormai non poteva più avere dubbi sulla provenienza di quelle telefonate.

Lei contro di lui.

Salvare se stessa per salvare se stessa.

Pip sentì il rombo del motore troppo tardi.

Le ruote che stridevano alle sue spalle.

Non ebbe bisogno di guardare per sapere cosa stava succedendo. Ma in quella frazione di secondo l'istinto si impossessò di lei, facendole scattare le gambe in avanti, verso il marciapiede.

Uno stridio fortissimo le riempì le orecchie e le ossa e i denti: la macchina sterzò per evitarla. Un piede atterrò, scivolò.

Pip crollò su un ginocchio, cercando di bilanciarsi con un gomito, e il telefono le volò via dalla mano slittando sull'asfalto.

Lo stridio si ridusse a un ringhio, sempre più fioco man mano che la macchina si allontanava, prima ancora che lei avesse avuto la possibilità di alzare lo sguardo.

«Oddio, Pip!» gridò una voce acuta e incorporea da qualche parte davanti a lei.

Pip batté le palpebre.

Sangue sulle mani.

Sangue vero, da un'escoriazione sul palmo.

Si raddrizzò, una gamba che ancora sporgeva sulla strada, mentre una serie di passi affrettati le correva incontro.

«Oddio.»

Una mano emerse dal nulla davanti a lei, tesa.

Alzò lo sguardo.

Layla Mead. No, batté le palpebre, non Layla, Layla non era mai esistita. Era Stella Chapman, in piedi sopra di lei, Stella-della-scuola, gli occhi a mandorla abbassati e preoccupati. «Cazzo, stai bene?» chiese quando Pip prese la mano che le veniva porta, lasciando che Stella l'aiutasse ad alzarsi.

«Sto bene, sto bene» rispose, asciugandosi il sangue sui jeans. Questa volta lasciando un segno.

«Quel deficiente non stava nemmeno guardando» disse Stella, la voce ancora tesa e spaventata. Si piegò a raccogliere il telefono di Pip. «Eri sulle strisce, che cazzo.»

Le rimise in mano il cellulare, incredibilmente intatto. «Sarà andato almeno a cento.» Stella continuava a parlare, troppo veloce perché Pip potesse starle dietro. «In pieno centro, che merda. Chi ha una macchina da corsa pensa di essere il padrone della cazzo di strada.» Si passò nervosa la mano tra i lunghi capelli castani. «C'è mancato poco che t'investisse.»

Pip sentiva ancora lo stridio delle ruote, come un'eco che le riverberava nelle orecchie. Aveva battuto la testa?

«... talmente veloce che non sono neanche riuscita *a provare* a leggere il numero di targa. Era una macchina bianca, però, questo l'ho visto. Pip? Stai bene? Sei ferita? Devo chiamarti qualcuno? Ravi?»

Pip scosse la testa e il riverbero nelle orecchie si affievolì. A quanto pareva, era solo nella sua mente. «No, è tutto ok. Sto bene. Sul serio» disse. «Grazie, Stella.»

Ma mentre guardava Stella, i suoi occhi gentili e la pelle

abbronzata e il profilo degli zigomi, la ragazza divenne di nuovo un'altra. Una persona nuova, e la stessa persona. Layla Mead. Uguale a Stella in ogni cosa, se non che i capelli castani erano ora biondo chiaro, cenere. E quando tornò a parlare fu con la voce di Charlie Green.

«Come stai, comunque? Non ci vediamo da mesi.»

E Pip avrebbe voluto urlargli contro, a Charlie, e dirgli della pistola che le aveva lasciato dentro al cuore. Fargli vedere il sangue sulle sue mani. Ma no, non voleva urlare, non davvero. Voleva piangere e chiedergli di aiutarla, aiutarla a capire tutto, a capirsi. Implorarlo di tornare e di farle vedere come fare a stare bene di nuovo con se stessa. Di dirle, con la sua voce calma e suadente, che forse stava perdendo quella battaglia perché si era già persa lei.

La persona che le stava davanti ora le chiedeva quando sarebbe andata all'università. Pip rispose con la stessa domanda e rimasero lì in piedi sulla strada, a chiacchierare distratte di un futuro che Pip non era più sicura di avere. Non era Charlie, quello davanti a lei, che parlava di partire per l'università. E non era Layla Mead. Era Stella. Soltanto Stella. Ma anche così era comunque difficile guardare Soltanto Stella.

Diciotto

«Un'altra?» Ravi non si mosse, l'espressione sul viso immobile, come se fosse sospeso nel tempo, su quell'angolo di tappeto. Come se spostarsi da una parte o dall'altra, avanti o indietro, avesse voluto dire confermare ciò che non voleva sentire. Se non si muoveva, magari non era reale.

Era appena entrato in camera di Pip; era stata la prima cosa che lei gli aveva detto. «Non dare di matto ma ho ricevuto un'altra telefonata anonima oggi.» Non aveva voluto scriverglielo subito, distrarlo mentre era al lavoro, ma l'attesa era stata dura, il segreto che le si faceva largo sottopelle, cercando una via d'uscita.

«Già, stamattina» disse, guardandogli il viso che finalmente mutò, le sopracciglia puntate verso la fronte, lontano dagli occhiali che si era di nuovo ricordato di mettere. «Non ha detto niente. Respirava solo.»

«Perché non me l'hai detto?» Fece un passo avanti, colmando la distanza che li separava. «E cosa ti è successo alla mano?»

«Te lo sto dicendo ora» rispose lei, passandogli un dito sul polso. «E niente, in realtà. Mi ha quasi investito una macchina mentre attraversavo la strada. Sto bene, è soltanto un graffio. Ma guarda, la telefonata è una buona cosa perché...»

«Ah, è una *buona* cosa, eh? Ricevere telefonate da un

potenziale serial killer. *Una buona cosa*. Be', che sollievo» ribatté Ravi, asciugandosi teatralmente la fronte.

«Mi vuoi stare a sentire?» disse lei, alzando gli occhi al soffitto. Che drama queen che era, quando voleva. «È una cosa *buona* perché ho passato tutto il pomeriggio a fare ricerche. E guarda, vedi? Ho scaricato questa app.» Pip sollevò il cellulare per fargli vedere la schermata principale. «Si chiama CallTrapper. E quel che fa, una volta attivata – cosa che ora ho fatto – e pagate ben quattro sterline e cinquanta di abbonamento, è che quando ricevi una chiamata da un numero privato te lo rivela. Perciò scopri che numero ti sta chiamando.» Gli sorrise, gli agganciò la cintura con un dito, come faceva sempre lui a lei. «Avrei dovuto installarla subito dopo la prima, in effetti, ma non ero ancora sicura di che cosa si trattasse. Pensavo potesse essere una chiamata partita per sbaglio. Non importa, ora ce l'ho. E la prossima volta che mi chiama vedrò il suo numero.» Era troppo allegra, lo capiva, stava cercando di compensare, troppo.

Ravi annuì, e le sopracciglia scesero di un millimetro. «C'è una app per tutto ormai» commentò. «Fantastico, ora sembro mio padre.»

«Guarda, ti faccio vedere come funziona. Chiamami digitando 141 davanti al numero per nasconderlo.»

«Ok.» Pip osservò Ravi prendere il cellulare e digitare sullo schermo. Fu improvviso e inaspettato il sentimento che le si agitò nel petto guardandolo. Un sentimento che indugiò, si prese il proprio tempo dolce. Un bruciare lento. Semplicemente una bella cosa inattesa, sapere che lui conosceva a memoria il suo numero. Che alcune parti di lei vivevano anche dentro di lui. Team Ravi & Pip.

Lui l'avrebbe cercata, se fosse sparita, no? Magari l'avrebbe perfino trovata.

Quella sensazione venne interrotta dal suo cellulare che prese a vibrarle tra le mani. *Numero privato.* Lo mostrò a Ravi.

«Quindi ora premo due volte questo pulsante per non accettare la chiamata» disse, facendoglielo vedere. Il cellulare tornò sulla schermata di blocco, ma solo per mezzo secondo, poi si illuminò: un'altra chiamata. E questa volta in alto comparve il numero di Ravi. «Vedi, la passa a Call-Trapper dove il numero viene sbloccato, e poi me la rimanda. E chi chiama non ne ha idea» spiegò, premendo il pulsante rosso.

«Non ci posso credere, mi hai appena chiuso il telefono in faccia!»

Lei posò il cellulare. «Visto? Ho la tecnologia dalla mia, adesso.»

La sua prima vittoria in quel gioco, ma non una su cui soffermarsi troppo: era ancora molto indietro.

«Ok, non arriverò a dirti che è *una buona cosa*» rispose Ravi. «Non definirò più nulla *una buona cosa* dopo aver letto l'interrogatorio di Billy e aver scoperto che il serial killer che tutto il mondo crede sia chiuso dietro le sbarre da sei anni in realtà potrebbe essere ancora in giro, e minaccia di assassinare brutalmente la mia ragazza, ma è già qualcosa.» Si spostò verso il letto e si sedette poco elegantemente sul lenzuolo. «Quello che davvero non capisco è come faccia questa persona ad avere il *tuo* numero.»

«Tutti hanno il mio numero.»

«Spero proprio di no» replicò lui, sbalordito.

«No, cioè, per via dei volantini.» Non riuscì a evitare di

ridere all'espressione di lui. «Abbiamo appeso i volantini in tutta la città quando Jamie è scomparso, con il mio numero sopra. Chiunque a Kilton potrebbe averlo. Chiunque.»

«Ah, già» rispose lui, mordendosi il labbro. «Non avevamo pensato a futuri stalker barra serial killer, giusto?»

«Non ci era nemmeno passato per la mente.»

Ravi fece un sospiro, affondando il viso nelle mani.

«Cosa c'è?» chiese lei, ondeggiando sulla sedia.

«È solo... non credi che dovresti tornare da Hawkins? Mostrargli quell'articolo sul Mostro del nastro adesivo in cui si parla dei piccioni e l'interrogatorio di Billy? È una cosa troppo grande per noi.»

Fu il turno di Pip di fare un sospiro. «Ravi, là non ci torno» disse. «Ti amo, e sei perfetto in tutti i modi in cui non sei come me, e farei qualunque cosa per farti felice, ma là non ci posso tornare.» Posò una mano sull'altra, stringendole e intrecciando strette le dita. «In pratica Hawkins mi ha dato apertamente della pazza, l'ultima volta, mi ha detto che mi stavo immaginando tutto. Cosa vuoi che faccia se torno e gli racconto che in realtà il mio stalker – che lui non crede nemmeno che sia reale – è un famigerato serial killer in prigione da sei anni, che ha confessato e si è pure dichiarato colpevole in aula, se non che potrebbe anche non essere stato lui, in effetti. Probabilmente mi metterebbe subito addosso una camicia di forza, lì sul momento.» Si interruppe. «Non mi crederebbero. Non mi credono mai.»

Ravi scostò le dita, scoprendosi il viso per guardarla. «Sai, ho sempre pensato che sei la persona più coraggiosa che io abbia mai conosciuto. La più impavida. A volte non so come fai. E quando sono nervoso per qualcosa mi dico sempre: cosa farebbe Pip in questa situazione? Ma» sospirò «non so se questo è il momento di essere coraggiosi, di fare ciò che farebbe Pip. Il rischio è troppo grande. Penso... penso che forse tu ti stai comportando in modo sconsiderato...» Si interruppe, scuotendo le spalle senza aggiungere altro.

«Ok, senti» rispose lei, sciogliendo le mani. «Al momento la sola prova che ho è un brutto presentimento. Appena avrò un nome, una qualche prova *concreta*, perfino un numero di telefono» continuò, prendendo il cellulare e agitandolo in direzione di Ravi, «allora tornerò da Hawkins, lo prometto. Non mi importa più di nessuna causa legale. Lo pubblicherò sui social, sul podcast, e *a quel punto* mi ascolteranno. Nessuno cercherà di farmi del male se avrò detto a centinaia di migliaia di persone di chi si tratta e quali intenzioni ha. Ecco la nostra linea di difesa.»

C'era un altro motivo per cui doveva farlo, e doveva farlo da sola, naturalmente. Ma non poteva dirlo a Ravi: non avrebbe capito, perché non aveva alcun senso, era al di là del senso. Nessuna parola l'avrebbe potuto esprimere, nemmeno se ci avesse provato. Aveva chiesto Pip che accadesse, aveva desiderato, implorato che accadesse. Un ultimo caso, quello giusto, per sistemare tutte le crepe che aveva dentro. Se Billy Karras era *davvero* innocente, e se l'uomo che la voleva far sparire era *davvero* il Mostro, allora non avrebbe potuto desiderare una cosa più perfetta. Non c'era nessuna zona grigia, qui, nessunissima, neanche l'ombra. Il Mostro del nastro adesivo era la cosa più simile al male che il mondo potesse offrirle. Non c'era alcun bene in lui: nessun errore, nessuna contorta motivazione, nessuna redenzione, niente del genere. E se fosse stata Pip a prenderlo, a liberare un uomo innocente, questa sarebbe stata una cosa obiettivamente *buona*. Nessuna ambiguità. Nessuna colpa. Il male e il bene di nuovo a posto dentro di lei. Nessuna pistola nel cuore o sangue sulle mani. Avrebbe sistemato tutto e tutto sarebbe tornato normale. Al Team Ravi & Pip che viveva la propria vita normale. Salvare se stessa per salvare se stessa. Era per questo che doveva farlo a modo suo.

«È... è meglio così?» gli chiese.

«Sì.» Lui le fece un debole sorriso. «È meglio. Quindi, *prove concrete*.» Batté le mani. «Suppongo che Jason Bell non ti abbia detto niente di utile.»

«Ah, già» replicò lei, tornando a far scattare la penna, e tutto quello che riuscì a sentire fu: *Nastro. Adesivo. Nastro. Adesivo. Nastro. Adesivo.* «Eh, no, non mi ha raccontato niente e in sostanza mi ha detto di non bussare mai più alla loro porta.»

«Temevo che sarebbe potuta andare così» commentò Ravi. «Credo che tengano alla loro privacy, i Bell. Andie non ha nemmeno mai invitato Sal a casa loro quando stavano insieme. E ovviamente tu sei il capo dei bussatori di porta indesiderati, Sergente.»

«Però» continuò lei «credo comunque che l'allarme antifurto scattato alla Green Scene quella notte sia la chiave. Era il Mostro che entrava a prendere il nastro adesivo e la corda di cui aveva bisogno, per Tara. E deve essersene andato prima che Jason Bell arrivasse a controllare. Che si trattasse di Billy o... di qualcun altro.»

«Qualcun altro» ripeté Ravi sovrappensiero, ponderando la frase. «Allora, la profiler dell'FBI, in quell'articolo, prima che Billy fosse arrestato, diceva che il Mostro del nastro adesivo era un uomo bianco che poteva avere un'età qualsiasi compresa tra i venti e i quarantacinque.»

Pip annuì.

«Suppongo che questo escluda Max Hastings» sbuffò Ravi.

«Già» rispose lei controvoglia. «Aveva appena diciassette anni all'epoca del primo omicidio. E la notte in cui Tara è morta, e anche Andie Bell, Max aveva in casa Sal e Naomi Ward e gli altri. Sarebbe potuto uscire mentre tutti dormivano, ma non credo regga. E non ha alcun collegamento con la Green Scene. Perciò sì, non è lui, per quanto io desideri eliminarlo per sempre.»

«Ma Daniel Da Silva lavorava alla Green Scene, giusto?» chiese Ravi.

«Sì, vero» rispose lei a denti stretti. «Oggi pomeriggio ho elaborato una griglia temporale.» Sfogliò gli appunti nel suo taccuino. Sapeva l'età esatta di Daniel Da Silva perché era uno degli abitanti maschi della città che combaciava con l'età che Charlie Green aveva dedotto dovesse avere il Piccolo Brunswick. «Ho dovuto scorrere molto, *molto* indietro nel suo profilo Facebook. Ha lavorato come bidello a scuola dal 2008 al 2009, quando aveva circa vent'anni. Poi ha cominciato a lavorare alla Green Scene alla fine del 2009, e ci è rimasto più o meno fino all'ottobre del 2011, credo, quando ha iniziato l'addestramento da poliziotto. Perciò aveva ventun anni quando è arrivato alla Green Scene, e ventitré quando se n'è andato.»

«E lavorava ancora lì all'epoca dei primi due omicidi del Mostro?» domandò Ravi, stringendo le labbra in una linea sottile.

«I primi tre, in realtà. Bethany Ingham fu uccisa nell'agosto del 2011. Credo che fosse la superiore di Dan, come era quella di Billy. Il nome censurato nella trascrizione dell'interrogatorio... credo che Billy si riferisca a Daniel. Poi Jason Bell diede a Dan un lavoro d'ufficio – e non sul campo come prima – e fu all'inizio del 2011, per quanto posso capire. Oh, e ha sposato la moglie, Kim, nel settembre del 2011. Stavano già insieme da anni.»

«Interessante» commentò Ravi, passando la mano sulle tende di Pip, controllando che fossero ben chiuse.

Lei sbuffò il suo assenso, un suono cupo e gutturale, e tornò alla lista di cose da fare nel taccuino. La maggior parte dei quadratini disegnati frettolosamente erano ormai stati spuntati. «Allora, visto che Jason non vuole parlarmi, ho guardato se c'erano ex dipendenti della Green Scene o della Clean Scene... persone che lavoravano negli uffici e che magari sanno qualcosa in più sull'allarme antifurto del 20 aprile 2012. Ne ho trovati un paio su LinkedIn e ho mandato loro un messaggio.»

«Bella pensata.»

«Credo che dovrei cercare di capire se posso parlare anche con l'ispettore Nolan: è in pensione adesso. Oh, ho anche provato a contattare alcuni dei familiari delle vittime» continuò, facendo scorrere la penna su quei punti della lista. «Credevo di aver trovato un indirizzo di posta elettronica del padre di Bethany Ingham, ma l'e-mail mi è tornata indietro. Però ho trovato il profilo Instagram della sorella di Julia Hunter, Harriet... sai, quella che aveva parlato dei piccioni. Sembra che non posti nulla da mesi» disse, aprendo Instagram sul telefono per fargli vedere. «Forse non ci va più. Ma le ho mandato un messaggio perché non si s...»

Lo sguardo di Pip si bloccò, attratto dalla notifica rossa che era appena apparsa sulla casella dei messaggi.

«Oh merda» sibilò, cliccandoci sopra. «Ha appena risposto. Harriet Hunter ha appena risposto!»

Ravi si era già alzato in piedi, le sue mani subito sulle spalle di Pip. «Cosa dice?» Le fece il solletico sulla nuca con il fiato.

Pip lesse veloce il messaggio, gli occhi così stanchi, così asciutti che pensò si potessero crepare nelle orbite. «Dice... dice che possiamo vederci. Domani.»

Si rese conto, prima di potersi fermare, che stava sorridendo. Per fortuna Ravi le era alle spalle e non poteva vedere: l'avrebbe guardata storto, le avrebbe detto che non era il momento di festeggiare. Ma a lei pareva di sì, in un certo senso. Era un'altra vittoria per lei. Salvare se stessa per salvare se stessa.

Ora sta a te, Mostro.

Diciannove

Doveva essere lei quella che entrava nel locale, la testa che si muoveva incerta sulle spalle, guardandosi attorno.

Pip alzò una mano e le fece un cenno.

Notando la mano alzata e seguendola fino agli occhi di Pip, il viso di Harriet si aprì in un sorriso sollevato. Pip la osservò farsi strada educatamente tra i tavoli e le persone accalcate nel piccolo Starbucks a due passi dalla stazione di Amersham. Non poté non notare quanto Harriet somigliasse a Julia Hunter, prima che il Mostro del nastro adesivo le rubasse il volto e lo avvolgesse nello scotch. Gli stessi folti capelli biondo scuro, le stesse sopracciglia arcuate. Come poteva essere che due sorelle, quando una delle due era morta, si somigliassero così tanto? Andie e Becca Bell. Ora Julia e Harriet Hunter. Due sorelle più giovani che si portavano un fantasma sulle spalle ovunque andassero.

Pip si districò dal cavo del caricatore del portatile per potersi alzare e accogliere Harriet.

«Ciao Harriet» disse, tendendole goffa la mano.

L'altra sorrise, stringendogliela, la pelle ancora fredda per il clima esterno. «Vedo che ti sei già preparata.» Indicò il portatile, i cavi che lo collegavano ai due microfoni, le cuffie già al collo di Pip.

«Sì, qui in fondo dovrebbe esserci abbastanza silenzio» disse Pip, rimettendosi a sedere. «Grazie mille per aver accettato di incontrarmi, con così poco preavviso. Ah, ti ho ordinato un americano.» Fece un gesto in direzione della tazza fumante sul tavolo.

«Grazie» rispose Harriet, togliendosi il lungo cappotto e occupando la sedia di fronte a lei. «Sono in pausa pranzo, perciò abbiamo circa un'ora.» Sorrise, ma senza che il sorriso le arrivasse agli occhi, e gli angoli della bocca fremettero per l'ansia. «Ah» esclamò, frugando nella borsa in cerca di qualcosa. «Ho firmato quel modulo per il consenso che mi hai mandato.» Glielo passò.

«Fantastico, grazie» disse Pip, infilandolo nello zaino. «Fammi solo controllare i livelli.» Fece scivolare un microfono più vicino a Harriet, poi tenne una delle cuffie contro l'orecchio. «Di' qualcosa, per favore. Parla normalmente.»

«Sì... ehm, ciao, mi chiamo Harriet Hunter e ho ventiquattro anni. Va...?»

«Perfetto» disse Pip, osservando la curva blu impennarsi sul software audio.

«Allora, hai detto che volevi parlare di Julia, e del Mostro del nastro adesivo. Per un'altra stagione del tuo podcast?» domandò Harriet, giocherellando con i capelli.

«In questa fase sto facendo solo delle ricerche di backstage» spiegò Pip. «Ma sì, tendenzialmente sì.» E per essere certa di raccogliere prove concrete, se per caso Harriet le avesse fornito il nome del Mostro.

«Oh, giusto, certo» sbuffò lei. «È solo che, sai, nelle altre due stagioni del podcast i casi erano in corso, o chiusi, ma qui... per Julia, sappiamo chi è stato ed è in prigione, a scontare la pena. Perciò mi sa che non ho ben capito di cosa parlerà il tuo podcast.» La sua voce si impennò, trasformando la frase in una domanda.

«Non credo che la storia completa sia mai stata raccontata» rispose Pip, evitando di ammettere la vera ragione.

«Oh, certo, perché non c'è stato un processo?» chiese Harriet.

«Sì, esatto» mentì Pip. Ormai le bugie le uscivano di bocca con facilità. «In realtà quello di cui volevo parlare con te è una dichiarazione che rilasciasti a un giornalista di "UK Newsday" il 5 febbraio 2012. Te la ricordi? So che ormai è passato tanto tempo.»

«Sì, mi ricordo.» Harriet si interruppe per bere un sorso di caffè. «Mi avevano teso un agguato fuori casa mentre rientravo da scuola. Era anche il primo giorno che ci tornavo, era passata solo una settimana circa da quando Julia era stata uccisa. Ero piccola e stupida. Pensavo che *si dovesse* parlare con i giornalisti. Probabilmente dissi un sacco di sciocchezze. Piangevo, questo me lo ricordo. Mio papà poi si infuriò.»

«Nello specifico volevo chiederti di due cose che dicesti in quell'occasione.» Pip prese una stampata dell'articolo e la passò a Harriet. C'erano due frasi evidenziate in rosa sul fondo. «Accennasti a due fatti strani nelle settimane precedenti l'omicidio di Julia. I piccioni morti in casa e quei disegnini col gesso. Me ne puoi parlare?»

Harriet annuì lievemente guardando la pagina, rileggendo le proprie parole. Quando li rialzò, aveva gli occhi più pesanti, più foschi. «Sì, non so, probabilmente non era niente. La polizia non sembrava interessata. Ma senza dubbio Julia li aveva trovati strani, abbastanza da commentarli con me. Il nostro gatto era vecchio all'epoca, in pratica non usciva di casa, restava seduto in salotto invece di andarsene in giro. Non era decisamente al massimo delle sue forze di cacciatore, diciamo così.» Si strinse nelle spalle. «Perciò che avesse ucciso due piccioni e li avesse trascinati dentro casa attraverso la gattaiola le era parso molto strano. Ma credo che probabilmente fosse stato uno dei gatti dei vicini, che ci aveva lasciato un regalino.»

«Tu li vedesti?» domandò Pip. «I due uccelli morti?»

Harriet scosse il capo. «Uno lo fece sparire la mamma, l'altro Julia. Che scoprì del primo solo quando si stava lamentando perché aveva dovuto lavare via il sangue dal pavimento della cucina. Il suo a quanto pare era senza testa. Mi ricordo che mio papà si era arrabbiato con lei perché aveva buttato il piccione morto nel bidone dell'umido» disse con un sorriso triste e un sospiro.

A Pip si serrò lo stomaco, a pensare al proprio piccione senza testa. «E i disegnini di gesso, che mi dici di quelli?»

«Sì, non vidi nemmeno quelli.» Harriet bevve un altro sorso e il microfono ne registrò il suono. «Julia aveva detto che erano per strada, vicino al nostro vialetto. Mi sa che sono stati cancellati prima che tornassi a casa. Vivevamo vicino a una coppia giovane, all'epoca, perciò probabilmente erano stati i loro bambini.»

«Julia ti disse se li avesse rivisti? Più vicini alla casa, magari?»

Harriet la fissò per un istante. «No, mi pare di no. Però sembrava che l'avessero turbata, come se li avesse sempre in mente. Ma non credo fosse spaventata.»

Pip si mosse e la sedia scricchiolò. Julia avrebbe dovuto esserlo. Forse lo era, ma lo tenne nascosto alla sorellina. Doveva averli visti, no? Quei tre omini senza testa, che si avvicinavano sempre di più alla casa, a lei, la numero quattro. Aveva pensato che se li stesse immaginando, come era successo a Pip? Anche lei si era chiesta se non li avesse disegnati lei stessa, in preda alla mancanza di sonno e sotto l'effetto di farmaci?

Pip era rimasta in silenzio troppo a lungo. «E» continuò «quegli scherzi telefonici di cui parlavi, di cosa si trattava?»

«Oh, semplici chiamate da numeri privati, che non dicevano niente. Probabilmente erano solo telefonate partite per sbaglio, o qualcuno che cercava di venderle qualcosa. Ma sai, quei giornalisti mi stavano mettendo molta pressione perché raccontassi qualsiasi cosa fuori dall'ordinario successa nelle settimane prima, mi misero in difficoltà. Perciò dissi loro semplicemente le prime cose che mi vennero in mente. Non penso che fossero collegate a Bil... al Mostro del nastro adesivo.»

«Ti ricordi quante telefonate aveva ricevuto quella settimana?» Pip si sporse in avanti. Gliene serviva ancora una, una in più, per prenderlo.

«Penso fossero tre. Almeno. Abbastanza perché Julia ne parlasse» rispose la ragazza, e quella risposta fu una cosa fisica, che fece rizzare i peli sulle braccia di Pip. «Perché?» domandò Harriet. Doveva aver notato la reazione di Pip.

«Oh, sto solo cercando di determinare se il Mostro del nastro adesivo avesse avuto contatti con le vittime prima di ucciderle. Se aveva fatto loro stalking, il che quadrerebbe con le telefonate, e i piccioni e il gesso» spiegò lei.

«Non so.» Harriet affondò di nuovo le dita nei capelli. «Lui non ha mai detto niente del genere nella sua confessione, giusto? Se ha confessato tutto il resto, perché non ammettere anche questo?»

Pip si morse il labbro, ripercorrendo nella mente i possibili scenari, per capire come giocarsela al meglio. Non poteva dire a Harriet che pensava fosse possibile che il Mostro del nastro adesivo e Billy Karras fossero due persone diverse: sarebbe stato irresponsabile. Perfino crudele. Non senza prove concrete.

Cambiò tattica.

«Allora» disse, «Julia era single quando fu uccisa?»

Harriet annuì. «Nessun ragazzo» rispose. «Solo un ex, che era in Portogallo la notte in cui lei morì.»

«Sai se stava vedendo qualcun altro? Uscendo con qualcuno?» incalzò Pip.

Harriet emise un vago gracchio gutturale, al quale corrispose un salto nella traccia audio blu sullo schermo. «Non credo, in realtà. Anche Andie mi faceva sempre questa domanda, all'epoca. Io e Julia a casa non parlavamo mai molto di ragazzi, perché papà era sempre in ascolto e voleva che lo coinvolgessimo per cercare di metterci a disagio. Però lei usciva moltissimo a cena con gli amici, magari questo nascondeva qualcos'altro. Ma ovviamente non era Billy Karras: la polizia ne avrebbe trovato traccia sul telefono di Julia. O su quello di lui.»

La mente di Pip si paralizzò, inciampando su un'unica parola. Non aveva sentito nient'altro di quello che Harriet aveva detto dopo.

«Scusa, hai appena detto A-Andie?» domandò, con una risata nervosa. «Non intendi Andie B...»

«Sì, Andie Bell.» Harriet fece un sorriso triste. «Lo so, è piccolo il mondo, eh? E quante sono le probabilità che due diverse persone della mia vita vengano assassinate? Be', più o meno, so che la morte di Andie è stata un incidente.»

Pip la percepì di nuovo, quella sensazione strisciante lungo la schiena, fredda e inevitabile. Come se tutto si stesse svolgendo nel modo in cui si doveva svolgere da sempre, fin dal principio. Chiudendo il cerchio. E lei era una semplice passeggera dentro il suo corpo, che guardava dipanarsi le vicende.

Harriet la stava fissando con uno sguardo preoccupato sul viso. «Tutto bene?» domandò.

«S-sì, certo» tossicchiò Pip. «Sto solo cercando di capire come facevi a conoscere Andie Bell. Mi ha colto un po' di sorpresa, scusa.»

«Già, no» fece una smorfia comprensiva, «successe anche a me, in un certo senso, nacque un po' dal nulla. Dopo la morte di Julia, un paio di settimane più tardi, ricevetti questa e-mail, di Andie. Prima non la conoscevo. Avevamo la stessa età, frequentavamo scuole diverse, ma avevamo qualche amico in comune. Penso che avesse recuperato il mio indirizzo dal profilo Facebook, quando ancora su Facebook c'erano tutti. Comunque, era un'e-mail molto dolce, mi diceva quanto le dispiaceva per Julia e che, se avessi mai avuto bisogno di qualcuno con cui parlare, lei c'era.»

«Andie scrisse così?» chiese Pip.

Harriet annuì. «Allora le risposi e cominciammo a chiacchierare. Non avevo una vera *migliore amica* all'epoca, qualcuno con cui potessi parlare dei miei sentimenti, di Julia, e Andie fu fantastica. Diventammo amiche. Programmavamo una telefonata alla settimana, e ci vedevamo, proprio *qui* in effetti» continuò, lanciando uno sguardo al bar e soffermandosi su un tavolo vicino alla vetrina. Doveva essere lì che si sedevano. Harriet Hunter e Andie Bell. Pip continuava a non farsene una ragione, di quella strana coincidenza. Perché mai Andie aveva scritto a Harriet così dal nulla? Non era molto da Andie, non la Andie Bell che aveva imparato a conoscere cinque anni dopo la sua morte.

«E di cosa parlavate?» chiese Pip.

«Di tutto. Di qualsiasi cosa. Per me era come una cassa di risonanza, e spero di esserlo stata anche io per lei, sebbene non parlasse granché di sé. Parlavamo di Julia, del Mostro del nastro adesivo, di come stavano i miei eccetera. Morì la stessa notte in cui Billy Karras uccise Tara Yates, lo sapevi?»

Pip fece un lieve cenno d'assenso.

«Una coincidenza assurda e terribile» commentò Harriet, mordendosi il labbro. «Ne avevamo parlato tantissimo e lei non è vissuta abbastanza da scoprire chi era l'assassino. Lo voleva sapere disperatamente anche lei, credo, per me. E ora mi sento orribile, non sapevo di tutte le cose *brutte* che le stavano capitando.»

Pip spostò lo sguardo da una parte all'altra del locale, mentre cercava di seguire quella svolta inaspettata, che si staccava dal Mostro del nastro adesivo e tornava a Andie Bell. Un altro collegamento: l'azienda di suo padre e ora quest'amicizia con Harriet Hunter. La polizia, all'epoca, era a conoscenza di questa coincidenza, di questo strano legame tra due casi aperti? Se si trattava di un indirizzo e-mail che la famiglia di Andie conosceva, allora l'ispettore Hawkins doveva saperlo, a meno che...

«T-ti ricordi l'indirizzo e-mail da cui Andie ti aveva contattata la prima volta?» chiese, facendo scricchiolare la sedia nel chinarsi in avanti.

«Oh, sì» rispose Harriet, infilando una mano nella tasca della giacca appesa allo schienale. «Era strano, lettere e numeri a caso. All'inizio avevo pensato che fosse un bot o qualcosa del genere.» Sbloccò il telefono. «Ho salvato le sue e-mail nei preferiti, dopo la sua morte, per non perderle mai. Eccole qui, prima che ci scambiassimo i numeri.»

Fece scivolare il cellulare sul tavolo, aperto sulla app di Gmail, su una stringa di e-mail allineate allo schermo. Tutte inviate da *A2B3LK94@gmail.com*, con oggetto *Ciao*.

Pip passò lo sguardo sulle anteprime di ogni messaggio, leggendole con la voce di Andie, riportandola in vita. *Cara Harriet, non ci conosciamo, mi chiamo Andie Bell. Vado alla Kilton Grammar, ma credo che siamo entrambe amiche di Chris Parks... Cara Harriet, grazie per avermi risposto e per non aver pensato che ti ho scritto perché sono una stramba maniaca. Mi dispiace tanto per tua sorella. Anche io ne ho una...* Fino all'ultima: *Ehi CH (Cara Harriet), ma se ci parlassimo al telefono invece che scriverci e-mail, o se addirittura ci vedessimo prima o poi...*

Qualcosa si agitò nel fondo del cervello di Pip, facendole spostare nuovamente lo sguardo su quelle due lettere: *CH*. Chiese alla propria mente cos'avrebbe dovuto vederci; erano soltanto un modo di abbreviare il saluto all'ennesima e-mail, trasformandolo in un nomignolo.

«Sono contenta che tu abbia scoperto la verità su quel che le successe.» Harriet interruppe i suoi pensieri. «E che il tuo podcast con lei sia stato gentile. Andie era una ragazza complicata, credo. Ma mi ha salvata.»

Ancora più complicata adesso, pensò Pip, appuntandosi l'indirizzo e-mail di Andie. Harriet aveva ragione: era un indirizzo strano, sembrava volutamente misterioso. Quasi come se fosse un segreto. Magari l'aveva aperto proprio per questo motivo, apposta per comunicare con Harriet Hunter. Ma perché?

«Hai intenzione di parlare con lui?» chiese Harriet, riportando l'attenzione di Pip sulla stanza, su quel tavolo, sui microfoni davanti a loro. «Hai intenzione di parlare con Billy Karras?»

Pip aspettò un attimo prima di rispondere, passando un dito sulla plastica delle cuffie, attorno al collo. «Spero di riuscire a parlare con il Mostro del nastro adesivo, sì» disse. Voleva che fosse una risposta discreta, per non dover mentire a Harriet, ma sotto quelle parole c'era qualcos'altro. Una cosa strisciante e infausta. Una promessa oscura. A se stessa o a lui?

«Senti» proseguì Pip, premendo il pulsante di stop sul programma di registrazione. «Oggi non ci resta più molto tempo. Pensi che possiamo organizzare un'altra intervista, tra un po', dove racconti più di Julia, di com'era? Mi hai dato un sacco di informazioni per le mie ricerche oggi, e di questo ti ringrazio tantissimo.»

«Ah sì?» rispose Harriet, con un'espressione confusa che le increspò la pelle del naso.

Sì, ma non lo sapeva. Aveva dato a Pip una pista, nel più improbabile dei posti.

«Sì, mi hai dato molte informazioni» disse Pip, scollegando i microfoni, mentre quelle due lettere, CH, continuavano a ronzarle nella mente, pronunciate dalla voce di Andie, una voce che non aveva nemmeno mai sentito.

Nel salutarsi, lei e Harriet si strinsero di nuovo la mano, e Pip sperò che Harriet non avesse notato il tremore nella sua, il brivido che le si era ormai installato sottopelle. E mentre Pip spingeva la porta del bar – tenendola aperta per Harriet – il vento freddo la investì, insieme a una consapevolezza, pesante e tangibile.

Che, dopo tutto quel tempo, Andie Bell celava ancora un mistero.

Nome file:
Foto del diario di Andie – 12-18 marzo 2012.jpg

Settimana dal 12 marzo 2012

Lunedì 12

~~Ge~~ Leggere cap 9 Encore
Tricolore ☐

Teatro - leggere La tragedia del vendicatore

→ PS @ 18

Martedì 13

AndieBell AndieBell AndieBell
AndieBell AndieBell

- leggere La tragedia del vendicatore ☐

Mercoledì 14

Leggere quella cavolo di tragedia

- ordinare regali per EH + CB

iovedì 15

- cerca su Wiki trama Tragedia del vendicatore
- domande francese
→ IV @ 20

enerdì 16

PROVA d'esame geografia !!!

bato 17 / Domenica 18

Sab: CH @ 18
Prima del calam

Venti

Pip scoprì che quel prurito in fondo al cervello, quello che le raschiava la mente avanti e indietro, aveva il suono di due lettere sussurrate. CH.

Fissò il file aperto davanti a sé. *Foto del diario di Andie – 12-18 marzo 2012.jpg*. Una foto che aveva copiato e incollato nel *Diario di lavoro – Voce 25* del suo progetto dell'anno precedente. Una delle foto che aveva fatto al diario di Andie quando lei e Ravi erano entrati di nascosto in casa Bell, appena un anno prima, in cerca di un cellulare prepagato che non avevano mai trovato.

La foto a dimensione intera, l'originale, prima che Pip la zippasse, conteneva altri dettagli della disordinata scrivania di Andie. L'astuccio dei trucchi con sopra una spazzola viola pallido, i capelli ancora intrappolati tra le setole. Accanto il diario della Kilton Grammar dell'anno 2011/2012, aperto su quella settimana di metà marzo, poco più di un mese prima che Andie morisse.

Ed eccole lì: *CH*, scribacchiate su quel sabato, e nelle altre foto che avevano fatto – le settimane precedenti e successive. Pip pensava di aver interpretato correttamente il codice di Andie, all'epoca. Che *CH* stesse per *Casa di Howie*, proprio come *PS* voleva dire *parcheggio della stazione*, dove Andie incontrava Howie Bowers per ricevere nuove scorte o lasciargli denaro. Ma si era sbagliata. *CH* non aveva niente a che fare con Howie Bowers. *CH* stava per Harriet Hunter.

Che si trattasse di una telefonata o di un incontro era difficile a dirsi. Ma era sempre stata Harriet, e quella era la prova. Andie che contattava la sorella della quarta vittima del Mostro del nastro adesivo.

Il prurito nel cervello di Pip si trasformò in un mal di testa che le premeva sulle tempie mentre cercava di capire cosa questo significasse. L'idea, a cui lei tentava di trovare un senso, la sballottava. Cosa aveva a che fare Andie Bell con tutto questo, con il Mostro del nastro adesivo?

C'era soltanto un posto in cui poteva sperare di trovare risposta, l'altro indirizzo e-mail di Andie, che Pip sospettava fosse segreto. Andie ne aveva avuti tanti, di segreti, nella sua breve vita.

Pip alzò finalmente lo sguardo dalla pagina del diario, aprendone al suo posto una sul browser. Uscì dal proprio account di Gmail e poi selezionò nuovamente *Accedi*.

Digitò l'indirizzo di Andie, *A2B3LK94@gmail.com*, e si fermò, la freccia sospesa sulla casella della password. Non c'era modo di poterla indovinare. Spostò invece il cursore sul suggerimento che diceva: *Hai dimenticato la password?*

Si aprì una nuova schermata, che chiese a Pip: *Inserisci l'ultima password che ti ricordi*. Il cursore appariva e scompariva nella casella, schernendola. Lei mosse le dita sul touchpad, passando oltre, a *Prova un'altra domanda*.

Comparve un'altra opzione, che proponeva di mandare un codice all'indirizzo e-mail di recupero *AndieBell94@gmail.com*. Lo stomaco di Pip fece una capriola: allora Andie aveva davvero un altro indirizzo, probabilmente il principale, quello che le persone conoscevano. Ma Pip non aveva accesso nemmeno a quello, perciò non poteva recuperare il codice di verifica. L'indirizzo e-mail segreto di Andie sarebbe rimasto tale per sempre.

Ma non aveva ancora perso tutte le speranze. C'era un'altra opzione in fondo alla pagina, un ulteriore *Prova un'altra domanda*. Vi cliccò sopra, chiudendo gli occhi per una frazione di secondo, implorando il computer: *Ti prego ti prego ti prego funziona.*

Quando li riaprì la pagina era cambiata di nuovo.

Rispondi alla domanda di sicurezza collegata al tuo account: Nome del tuo primo criceto?

Sotto c'era un'altra casella che chiedeva a Pip: *Inserisci la tua risposta.*

Tutto qui. Non c'erano opzioni ulteriori, nessun pulsante *Ritenta* sullo schermo. Era arrivata alla fine. Stallo.

E come sarebbe mai riuscita a scoprire il nome del primo criceto dei Bell? Un criceto che, presumibilmente, era esistito prima dei social. Non poteva esattamente bussare alla loro porta per chiederlo a Jason: le aveva detto di lasciarli in pace per sempre.

Un attimo.

Il cuore di Pip ebbe un'accelerata. Afferrò il telefono per controllare il giorno. Era mercoledì. L'indomani, alle 16, Becca Bell le avrebbe telefonato dalla prigione, come faceva ogni giovedì.

Sì. Becca era la soluzione. Sapeva di certo il nome del criceto a cui Andie si riferiva. E Pip poteva chiederle se sapesse qualcosa del secondo indirizzo e-mail della sorella, e del perché mai gliene servisse uno.

Ma alle 16 del giorno dopo mancavano venticinque ore. Venticinque ore sembravano una vita intera, e poteva anche essere così. La sua. Pip non sapeva quanto le restava, solo il Mostro lo sapeva, o la persona che si fingeva lui. Una corsa contro un cronometro che lei non poteva vedere. Ma non c'era nulla che potesse fare se non aspettare.

Becca lo sapeva di certo.

E nel frattempo poteva seguire le altre piste aperte. Mandare un nuovo messaggio agli ex impiegati della Green Scene a proposito dell'allarme antifurto. Organizzare un'intervista con l'ispettore Nolan, ora in pensione. Aveva risposto alla sua e-mail quel mattino, dicendo che gli avrebbe fatto piacere discutere del caso del Mostro per il suo podcast. C'erano ancora cose che Pip poteva fare, contromosse che poteva mettere in campo in quelle venticinque ore.

Ormai le tremavano le mani. Oh no. Poi sarebbe arrivato il sangue, le sarebbe colato dalle linee della vita sul palmo. Non adesso, per favore non adesso. Doveva calmarsi, rallentare, prendersi una pausa dalla sua mente. Magari poteva uscire a correre? O... Lanciò un'occhiata al secondo cassetto della scrivania. O magari entrambe le cose?

Era amara sulla lingua, quella mezza pillola, e lei la ingoiò senz'acqua, cercando di spingerla giù solo con l'aria. *Respira, respira e basta.* Ma non ci riusciva, perché nella bustina trasparente erano rimaste solo due pillole e mezzo e a lei ne servivano altre... ne aveva bisogno, o non avrebbe dormito affatto, e se non dormiva non sarebbe riuscita a pensare, e se non riusciva a pensare allora non avrebbe vinto.

Non voleva. Era stata l'ultima volta, l'aveva giurato. Ma ora ne aveva bisogno, per salvarsi. E poi non ne avrebbe avuto bisogno più. Era questo il patto che fece con se stessa mentre prendeva il primo telefono prepagato della fila e lo accendeva. Sullo schermo comparve il logo della compagnia telefonica.

Aprì i messaggi, sull'unico numero salvato in quei telefoni. Mandò a Luke Eaton quattro semplici parole: *Me ne serve ancora.*

Pip rise tra sé, una risata vuota e cupa, rendendosi conto che quello stesso oggetto che stringeva in mano era un ulteriore collegamento con Andie Bell. Stava ripercorrendo i suoi passi di sei anni prima. E forse cellulari segreti e nascosti non erano la sola cosa che avevano in comune.

Luke rispose nel giro di pochi secondi.

Una nuova ultima volta? Ti scrivo quando ce l'ho.

Un lampo di rabbia le risalì lungo la pelle del collo. Pip si morse il labbro inferiore fino a farsi male, tenendo premuto il pulsante di spegnimento e rimettendo il telefono e Luke nello scompartimento segreto sul fondo del cassetto. Luke si sbagliava. Questa volta era diversa: sarebbe stata davvero l'ultima.

Lo Xanax non aveva ancora fatto effetto, il cuore continuava a martellarle rapido nel petto, a prescindere da quanto potesse tentare di venire a patti con esso. Poteva andare a correre. *Sarebbe dovuta* andare a correre. Magari l'avrebbe aiutata a pensare, a capire qual era il collegamento di Andie con Harriet Hunter e il Mostro.

Andò verso il letto e la finestra, lanciando uno sguardo al cielo pomeridiano oltre il vetro. Era basso e grigio, mosso dal vento, e il vialetto era punteggiato da un altro scroscio di pioggia. Non importava, le piaceva correre sotto la pioggia. E c'erano cose peggiori che si potevano trovare su quel vialetto, come cinque omini stilizzati senza testa che venivano a prenderla. Non erano più ricomparsi: Pip controllava ogni volta che usciva di casa.

Ma c'era qualcun altro là fuori, ora, un movimento fulmineo che attrasse lo sguardo di Pip. Una persona, che faceva jogging sul marciapiede oltre casa loro, oltre il loro vialetto. Dopo tre secondi era sparita, nuovamente fuori dalla sua visuale, ma tre secondi erano bastati a Pip per capire benissimo di chi si trattasse. Borraccia blu stretta in mano. Capelli biondi tirati indietro, viso appuntito. Una sola, rapida occhiata a casa sua. Lui sapeva. Sapeva che era lì che lei abitava.

La mente di Pip le mostrò tutti i modi in cui avrebbe potuto uccidere Max Hastings, e lei non ci vide più dalla rabbia, un'eruzione di violenza dietro gli occhi. Nessuno di essi era abbastanza cattivo: meritava ben di peggio. Li passò tutti in rassegna, e i suoi pensieri lo rincorsero lungo la strada, finché un rumore non la riportò in camera.

Il suo telefono, che vibrava contro la scrivania.

Lo fissò.

Cazzo.

Era il numero privato? Il Mostro? Era arrivato il momento in cui avrebbe scoperto chi le stava facendo tutto questo? Con la app CallTrapper era pronta a partire, a trasformare quel respiro incorporeo in una persona reale, in un nome. Non aveva più bisogno di capire quale fosse il legame di Andie Bell con tutto questo, avrebbe avuto davanti agli occhi la risposta definitiva.

Veloce. Aveva esitato già troppo a lungo, e si lanciò a prendere il telefono.

No, non era un numero privato. C'era una sequenza di cifre sulla schermata della chiamata in arrivo: un numero di cellulare che non riconobbe.

«Pronto?» rispose, premendo troppo forte il telefono contro l'orecchio.

«Pronto» disse una voce profonda e roca all'altro capo della linea. «Ciao Pip. Sono l'ispettore Richard Hawkins.»

Il petto di Pip si rilassò attorno al suo cuore troppo rapido. Non era il Mostro.

«O-oh» fece lei, riprendendosi. «Ispettore Hawkins.»

«Stavi aspettando la telefonata di qualcun altro» disse lui tirando su con il naso.

«Sì.»

«Be', mi dispiace disturbarti.» Ora un colpo di tosse. Poi di nuovo tirò su con il naso. «È solo che... be', ho delle novità, e ho pensato fosse meglio chiamarti subito. So che le vorresti sapere.»

Novità? Sullo stalker a cui non credeva? Avevano fatto da soli il collegamento col Mostro? Sentì una nuova leggerezza, che partiva dallo stomaco e risaliva, mentre i suoi piedi nudi si alzavano dalla moquette. Le credeva, le credeva, le credeva...

«Si tratta di Charlie Green» proseguì lui, colmando il silenzio.

Oh. Tornò con i piedi per terra.

«C-cosa...» cominciò Pip.

«Ce l'abbiamo» rispose Hawkins. «È stato appena arrestato. Era riuscito ad arrivare in Francia. Ce l'ha l'Interpol adesso. Ma l'abbiamo preso. Domani verrà estradato e accusato ufficialmente.»

Continuava a sprofondare. Come mai stava ancora sprofondando? Poteva arrivare solo fino a una certa profondità, poi sarebbe passata attraverso il pavimento, nel nulla.

«I-io...» balbettò. Sprofondando. Rimpicciolendosi. Guardandosi i piedi perché non sparissero attraverso la moquette.

«Non devi più preoccuparti. L'abbiamo preso» ripeté Hawkins, la voce più dolce. «Stai bene?»

No, per niente. Non capiva cosa volesse da lei. Voleva che lo ringraziasse? No, non era quello che le serviva. Il posto di Charlie non era in una cella; come poteva aiutarla da una cella, dirle cos'era giusto e cosa sbagliato, cosa fare per sistemare tutto? Perché mai avrebbe dovuto volere questo? *Doveva* volere questo? Era questo che una persona normale avrebbe provato in un momento simile, al posto di quel buco nero dentro di sé, che le ingoiava le ossa?

«Pip? Non c'è più niente da temere. Non può raggiungerti.»

Avrebbe voluto urlargli contro, dirgli che Charlie Green non aveva mai rappresentato un pericolo per lei, ma Hawkins non le avrebbe creduto. Non le credeva mai. Ma forse non aveva importanza, forse c'era ancora un modo di tornare se stessa, di uscire sana e salva da quella spirale prima che raggiungesse la fine. Perché era lì che tutto puntava, lo sentiva, eppure non poteva fermarsi. Ma forse Charlie ci sarebbe riuscito.

«P-posso...» cominciò, esitante. «Per favore, posso parlargli?»

«Prego?»

«A Charlie» disse, a voce più alta. «Per favore, posso parlare con Charlie? Mi piacerebbe molto parlare con lui. Ho bi-bisogno di parlare con lui.»

Lungo la linea si sentì un rumore, un gracchio incredulo e gutturale da parte di Hawkins. «Be', ehm...» disse. «Temo che non sarà possibile, Pip. Sei la sola testimone oculare di un omicidio che lui ha commesso. E se ci sarà un processo tu sarai ovviamente chiamata come testimone principale dell'accusa. Perciò temo che non ti sarà possibile parlargli, no.»

Pip sprofondò ancora di più, le ossa le si fusero con la struttura della casa. La replica di Hawkins era una cosa fisica, aguzza, incastrata nel suo petto. Avrebbe dovuto aspettarselo.

«Ok, va bene» disse piano. Non andava bene, tutto tranne che bene.

«Come... come sta andando quell'altra cosa?» chiese Hawkins, con una traccia di incertezza nella voce. «Lo stalker di cui sei venuta a parlarmi. Ci sono stati altri incidenti?»

«Oh, no» rispose Pip piatta. «Nient'altro. Si è tutto risolto. È a posto, grazie.»

«Ok, be', volevo solo dirti di Charlie Green, prima che lo scoprissi dalla stampa domani.» Hawkins si schiarì la gola. «E spero che tu stia meglio.»

«Sto bene» disse Pip, ed ebbe a malapena l'energia per fingere. «Grazie per la telefonata, ispettore Hawkins.» Abbassò il cellulare, il pollice sul pulsante rosso.

Charlie era stato preso. Era finita. L'unica possibile salvezza che le restava, oltre a quel gioco pericoloso contro il Mostro. Almeno poteva cancellare ufficialmente il nome di Charlie dall'elenco delle persone che potevano odiarla abbastanza da volerla veder sparire. Aveva sempre saputo che non si trattava di lui, e ora ne era certa: era rimasto in Francia per tutto quel tempo.

Pip lanciò di nuovo un'occhiata allo schermo, alla pagina che le chiedeva il nome del primo criceto di Andie Bell, ed era quasi divertente quanto fosse ridicola la situazione. Tanto divertente e ridicola quanto il concetto di decomposizione dei corpi e di come tutti noi diventiamo una cosa sola. Scomparire non aveva nulla di misterioso, non era eccitante: erano solo cadaveri freddi con membra rigide e macchie porpora man mano che il sangue all'interno si depositava. Ciò che doveva aver visto Billy Karras quando aveva trovato Tara Yates. Ciò che doveva essere stato Stanley Forbes all'obitorio, anche se quanto sangue poteva mai essergli rimasto in corpo visto che era tutto sulle mani di lei? Anche Sal Singh, morto nel bosco, proprio fuori da casa sua. Non Andie Bell, però: era stata ritrovata troppo tardi, quando era ormai scomparsa quasi del tutto, disintegrata. Era la cosa più vicina a una sparizione letterale, immaginò Pip.

Eppure Andie non era scomparsa, nient'affatto. Eccola di nuovo lì, sei anni e mezzo dopo la sua morte, ed era l'unica pista che a Pip restasse. No, non una pista, una linea della vita: una strana forza inconoscibile che le metteva in comunicazione oltre il tempo, anche se non si erano mai incontrate. Pip non c'era stata, per salvare Andie, ma forse Andie c'era, per salvare lei.

Forse.

Ma comunque Pip doveva aspettare. E Andie Bell sarebbe rimasta un mistero per le successive ventiquattr'ore e mezza.

Ventuno

«Questa è una telefonata prepagata da... Becca Bell... detenuta nella Prigione Reale di Downview. La informiamo che la chiamata sarà registrata e soggetta a un continuo monitoraggio. Per accettare la chiamata, premere 1. Per rifiutare qualsiasi futu...»

Pip premette 1 talmente veloce che il cellulare quasi le volò via di mano.

«Pronto?» Se lo riportò all'orecchio, facendo oscillare in modo inconsulto la gamba contro la scrivania e quindi vibrare il portapenne. «Becca?»

«Ehi.» Sulle prime la voce di Becca le arrivò debole. «Ehi, Pip, sì, sono io. Scusa, c'era un po' di caos. Come va?»

«Bene, dai» rispose lei, mentre il petto le si stringeva soffocante a ogni respiro. «Bene, sì, bene.»

«Sicura?» chiese Becca, una traccia di preoccupazione nella voce. «Sembri un po' agitata.»

«Oh, troppo caffè, mi conosci» replicò Pip con una risata vuota. «Tu come stai? Come va col francese?»

«Dai, bene» rispose, poi aggiunse: «*Très bon*», con uno sbuffo soddisfatto. «E questa settimana hanno fatto partire un corso di yoga.»

«Oh, divertente.»

«Già, e sono andata con la mia amica, ti ricordi che ti ho parlato di Nell?» continuò Becca. «Quindi sì, è stato divertente, anche se mi sono resa conto di quanto poco flessibile sono. Una cosa su cui lavorare, mi sa.»

Becca aveva un tono di voce allegro; come sempre. Pip avrebbe potuto addirittura descriverlo come quasi felice. La trovava strana, l'idea che Becca potesse essere più felice lì dentro che quando era fuori. Perché in effetti aveva *scelto* di stare lì dentro, in un certo senso: si era dichiarata colpevole anche se la sua difesa era sicura che, se fossero arrivati a processo, le avrebbero potuto evitare la galera. Faceva sempre effetto, a Pip, che qualcuno scegliesse di andarci, come aveva fatto Becca. Forse non era una prigione, non per lei.

«Allora» proseguì la ragazza, «come stanno tutti? Come sta Nat?»

«Sì, bene» disse Pip. «L'ho vista poco più di una settimana fa. Lei e Jamie Reynolds. Sembra che stiano molto bene, in effetti. Felici.»

«Bene» rispose Becca, e Pip percepì il sorriso che accompagnava le sue parole. «Sono contenta che sia felice. E tu hai preso una decisione sull'accusa di diffamazione?»

A dire la verità se n'era quasi dimenticata. Il Mostro aveva occupato troppo spazio nel suo cervello, avvolgendovisi intorno come nastro adesivo. Il biglietto da visita di Christopher Epps giaceva, ignorato, ancora nella stessa tasca della giacca.

«Be'» disse Pip, «non ho più parlato con il mio avvocato, o con quello di Max. Sono stata un po' distratta. Ma ho già dato la mia risposta. Non ritratto e non mi scuso. Se Max vuole andare a processo, si accomodi. Ma non la farà franca due volte, non glielo permetterò.»

«Io verrò a testimoniare» disse Becca, «se andrà così. So

che te l'ho già detto. Le persone devono sapere chi è, anche se non è un processo penale, anche se non è *vera* giustizia.»

Giustizia. La parola sulla quale Pip inciampava sempre, che le copriva le mani di sangue. Quella parola era la sua prigione, la sua cella. Uno sguardo verso il basso e sì, ecco Stanley, che le si dissanguava tra le mani. Di lui poteva parlare con Becca, se voleva, una persona che sapeva che era più che il Piccolo Brunswick. Becca e Stanley erano anche usciti insieme due volte prima di decidere di essere solo amici. Becca poteva ascoltarla, anche se non poteva capirla. Ma no, Pip non ne aveva il tempo, non adesso.

«Becca, ehm, io...» cominciò a dire, a disagio. «In realtà devo chiederti una cosa. È piuttosto urgente. Cioè, non ti sembrerà urgente. Ma lo è. È importante, ma non posso spiegarti bene il perché, non al telefono.»

«Ok» fece Becca, e un po' dell'allegria scomparve dalla sua voce. «Tutto bene?»

«Sì, bene» rispose Pip. «È solo che... be', ho bisogno di sapere che nome aveva dato Andie al suo primo criceto.»

Becca sbuffò, presa alla sprovvista. «Come?»

«È... è una domanda di sicurezza. Ti ricordi che nome aveva dato al suo primo criceto?»

«Una domanda di sicurezza per cosa?» chiese Becca.

«Credo che Andie avesse un indirizzo e-mail. Segreto. Che la polizia non ha mai scoperto.»

«AndieBell94» replicò Becca, pronunciando la parola tutto d'un fiato. «Era questo il suo indirizzo. La polizia ce l'aveva chiesto all'epoca, sono sicura.»

«Ne usava anche un altro. E non posso accedervi se non rispondo alla domanda di sicurezza.»

«Un altro indirizzo?» esitò Becca. «Perché stai facendo ancora ricerche su Andie? Che... perché? Cosa succede?»

«Mi sa che non te lo posso dire» rispose Pip, stringendosi il ginocchio per non farlo tremare. «Questa telefonata è registrata. Ma potrebbe essere... importante. Per me.» Si interruppe, rimanendo in ascolto del lieve respiro di Becca. «Questione di vita o di morte» aggiunse.

«Roadie.»

«Cosa?» disse Pip.

«Roadie, il nome del primo criceto di Andie.» Becca tirò su con il naso. «Non so da dove lo abbia preso. Lo aveva ricevuto per i sei anni, credo. Forse per i sette. Io ne avevo ricevuto uno l'anno dopo e l'avevo chiamato Toadie. Poi abbiamo preso il gatto, Monty, che si è mangiato Toadie. Ma il suo criceto era Roadie.»

Pip tamburellò con le dita, pronta.

«R-O-A-D-Y?» domandò.

«No. I-E» corresse Becca. «È... è tutto a posto? Davvero?»

«Lo sarà presto» rispose Pip. «Spero. A-Andie ti ha mai parlato di una persona di nome Harriet Hunter? Una sua amica?»

Silenzio lungo la linea, il mormorio in sottofondo di voci vicine.

«No» disse infine Becca. «Non mi pare. Non ho mai conosciuto nessuno di nome Harriet. Non che Andie invitasse mai amici a casa. Perché? Chi è?»

«Becca, senti» disse Pip, giocherellando con il telefono. «Devo andare, mi dispiace. C'è una cosa... e potrei non avere molto tempo. Ma ti spiegherò tutto quando sarà finita, te lo prometto.»

«Oh, sì... va bene» rispose lei, il tono di voce ora meno vicino alla felicità. «Vieni comunque a trovarmi sabato prossimo? Ti ho messo in lista.»

«Sì» confermò Pip, ma la sua mente si stava già allontanando da Becca, tornando allo schermo del computer e alla domanda di sicurezza che la aspettava. «Sì, ci sarò» aggiunse distratta.

«Buona fortuna» le augurò Becca «con... e fammi sapere che stai bene. Quando puoi.»

«Lo farò» disse Pip, e sentì nuovamente nella propria voce quella nota nervosa. «Grazie, Becca. Ciao.»

Questa volta, premendo il pulsante rosso troppo forte, fece davvero cadere il telefono, che le scivolò giù dal palmo umido di sangue. Pip lo lasciò lì, sul pavimento, e spostò le dita sulla tastiera. Sulla *R* e sulla *O*. *Roadie.* Il primo criceto di Andie Bell.

Poi trascinò la freccia sul pulsante *Avanti*, sporcando il touchpad di sangue invisibile.

Si caricò una nuova pagina, che le chiedeva di creare una nuova password, e di ridigitarla per conferma nella casella sottostante. La sensazione nel suo petto cambiò ancora, facendole frizzare la pelle. Che password doveva usare? Una qualunque. Qualunque, ma in fretta.

La prima cosa che le venne in mente fu *MostroNA6*.

Almeno non se la sarebbe dimenticata.

La digitò una seconda volta e cliccò per confermare.

Si aprì una casella e-mail, con così pochi messaggi che nemmeno riempivano lo schermo.

Pip fece un sospiro. Eccolo. L'account segreto di Andie Bell. Conservato per tutto quel tempo. Mai toccato, se non da lei. Pip provò ancora quella sensazione nella spina dorsale, come se si trovasse fuori dal proprio tempo, slegata da tutto.

Le fu immediatamente chiaro come mai Andie avesse creato quell'account. Le uniche e-mail che avesse mai mandato e ricevuto erano per Harriet Hunter. Doveva essere quella la ragione per cui aveva aperto la casella, ma non era ancora chiaro perché, quale fosse il suo legame con Harriet e con il Mostro.

Pip selezionò tutte le e-mail, leggendo gli stessi messaggi che Harriet le aveva mostrato, questa volta dalla parte di Andie. Nulla di nuovo. Nessuna spiegazione. Nessuna linea della vita. Solo otto messaggi, inviati e ricevuti, tutti con lo stesso oggetto: *Ciao*.

Ci doveva essere qualcos'altro. Qualsiasi cosa. Andie doveva aiutarla, doveva. Era lì che puntava tutto, di nuovo a lei, un cerchio perfetto.

Pip deselezionò la cartella della posta in arrivo e aprì quella collegata agli account social. Non c'era niente, era una pagina bianca. Tentò la terza opzione – *Promozioni* – e la pagina si riempì di righe e righe di e-mail. Tutte dallo stesso mittente: *Consigli per l'autodifesa*. A un certo punto Andie doveva essersi iscritta alla loro mailing list. Aveva continuato a ricevere le e-mail, una alla settimana, per molto tempo, quand'era già morta. Perché mai si era interessata a una newsletter sull'autodifesa? Pip rabbrividì. Andie credeva di essere in pericolo? Una parte di lei sapeva che non avrebbe mai compiuto diciott'anni? Quella stessa sensazione inevitabile che abitava nello stomaco di Pip?

Controllò la barra laterale. Non c'era niente nel cestino, nessuna e-mail cancellata. Merda. Forza, Andie, ci doveva essere qualcosa. Ci doveva essere un collegamento, e lei era la persona che l'avrebbe trovato. La sapeva, quella cosa inconoscibile. Le cose che si componevano come dovevano comporsi.

Alzò la mano di scatto: aveva notato un numero nella barra laterale. Un piccolo 1 accanto alla cartella *Bozze*. Piccolo e sottile, come se stesse cercando di nascondersi dallo sguardo indagatore di Pip.

Una bozza non inviata. Una cosa che aveva scritto Andie. Cos'era? Un'e-mail non finita per CH? Magari non era niente, magari era solo vuota. Pip vi cliccò per aprirla, e il messaggio era lì, in cima, ad aspettarla. Un'unica e-mail mai spedita, e lei vide subito che non era vuota. La data sulla destra indicava che era stata salvata il 21 febbraio 2012. L'oggetto diceva: *Da anonim*.

A Pip si strinse il petto, e nel suo respiro si fece largo uno strano rantolo, mentre si asciugava il sangue da una mano e apriva la bozza.

Nuovo messaggio

Destinatari:

Oggetto: Da anonim.

A chi di competenza,
so chi è il Mostro del nastro adesivo.

Non l'ho mai rivelato, a nessuno, nemmeno a me stessa. È solo un'idea che ho da tempo, che cresce e cresce, e occupa sempre più spazio, finché non riesco più a pensare ad altro. Anche scriverlo qui mi sembra un passo enorme, mi fa sentire meno sola in tutto questo. Ma sono sola. Completamente sola.

So chi è il Mostro del nastro adesivo.

O lo Strangolatore della palude. Comunque lo si voglia chiamare, io so chi è.

E vorrei poter mandare davvero questa e-mail. Mandarla come soffiata anonima alla polizia... non so nemmeno se le centrali di polizia abbiano indirizzi e-mail. Non potrei mai chiamare. Non potrei mai dirlo. Ho tanta paura. Ogni singolo secondo che sono sveglia, e anche quando dormo. È sempre più difficile fingere quando è dentro casa, quando ci parla come se tutto fosse normale, mentre siamo seduti a cena. Ma so che non posso inviare questa e-mail. Come potrei? Chi mi crederebbe? La polizia no. E se lui scoprisse cos'ho detto mi ucciderebbe, proprio come ha ucciso le altre. E ovviamente lo scoprirebbe. In pratica è uno di loro.

È solo per fare pratica, e magari mi farà pure sentire meglio, sapere di poter mandare questa e-mail anche se non posso. Parlarne a me stessa, non solo nella mia mente.

So chi è il Mostro del nastro adesivo.

L'ho visto. L'ho visto con Julia Hunter. So che era lei, al 100%. Si tenevano per mano. L'ho visto anche che la baciava sulla guancia. Lui non sa che li ho visti. E non mi ha sorpreso così tanto vederli insieme. Ma poi, passano sei giorni e lei muore. L'ha uccisa lui. Lo so. L'ho saputo appena ho visto la faccia di Julia al tg. Ora tutto quadra, tutti gli altri dettagli. Avrei dovuto capirlo prima.

Non so perché ho scritto a Harriet. Ho pensato che magari lo sapeva anche lei, o aveva dei sospetti su chi aveva ucciso sua sorella, e io avrei avuto qualcuno con cui parlarne. Con cui capire cosa fare. Ma lei non lo sa. Non sa niente. E non so perché, ma sento una responsabilità nei suoi confronti, devo assicurarmi che stia bene. Perché io so chi ha ucciso sua sorella e non so come dirglielo. Se qualcuno toccasse Becca, io sarei sconvolta.

Non posso dirlo a Sal. Probabilmente già pensa che sono abbastanza fuori di testa. Ci sono così tante cose che devo nascondergli, perché lui è una delle sole cose buone che mi restano, e deve essere protetto. Non potrà mai venire a casa mia, non si sa mai.

Provo costantemente questo terrore opprimente, che se non fuggo da questa città finirò uccisa. Mi ucciderà lui. Ha già cominciato a guardarmi in modo diverso, o forse è cominciato anni fa. Spero che non guardi mai Becca così. Ma ho un piano, ce l'ho da un po' di tempo ormai, devo solo tenere un basso profilo. È quasi un anno che metto da parte tutti i soldi che ricevo da Howie. Sono nascosti, non li può trovare nessuno. Ho lasciato andare la scuola, stupida cretina che non sono altro. Sarebbe stato quello il modo più facile per andarmene, un'università lontana. Nessuno avrebbe sospettato niente. Ma l'unica in cui sono entrata è qui, e devo restare a Kilton. Eppure non posso rimanere a casa.

Sal è entrato a Oxford. Vorrei poter andare con lui. Non è troppo distante, ma lo è abbastanza. Forse c'è qualcosa che posso fare per andarci anche io. Se non è troppo tardi. Qualsiasi cosa pur di fuggire da qui. Qualsiasi cosa. So che il signor Ward lo ha aiutato a entrare, magari può aiutare anche me. Qualsiasi cosa. A ogni costo.

Una brava ragazza è una ragazza morta

E quando sarò lontana e al sicuro tornerò a prendere Becca. Deve prima finire la scuola, deve, è intelligente. Ma se mi sarò stabilita da qualche parte lontano, lei può venire a vivere da me, e quando saremo tutt'e due al sicuro, magari dirò alla polizia chi è. Magari manderò finalmente questa e-mail, anonima, quando non potrà più raggiungerci, non saprà dove saremo.

Almeno questo è il piano. Non ho nessuno con cui analizzarlo, se non me stessa, ma è il meglio che posso fare. Ora dovrò cancellare questa e-mail, per sicurezza.

Mi sembra una cosa troppo grande per me, ma penso di potercela fare. Di poterci salvare. Tenere Becca al sicuro. Sopravvivere.

Devo solo f

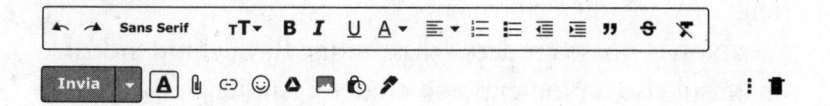

Ventidue

Ravi fece scorrere la pagina ancora su e giù, scuotendo la testa, e Pip vide le parole di Andie riflesse nel nero dei suoi occhi. Ancora più chiari ora che si stavano riempiendo di lacrime. Il peso del fantasma di lei anche dentro di lui, non solo in Pip. Una ragazza morta che avevano in comune, una ragazza morta divisa a metà: le uniche due persone al mondo che sapessero erano loro due. Quelle non erano le ultime parole di Andie Bell, ma di certo suonavano come tali.

«Non ci posso credere» disse infine Ravi, chiudendosi le mani sul viso. «Non ci posso credere. Andie... lei... Questo cambia tutto. Tutto quanto.»

Pip sospirò. Avvertiva nello stomaco una tristezza inesprimibile, e continuava a sentirsi sprofondare nel pavimento, trascinando con sé il fantasma di Andie. Ma prese la mano di Ravi, tenendola stretta perché si ancorassero l'uno all'altra. «Cioè, cambia tutto, e non cambia niente» disse. «Andie non è sopravvissuta. Non è stato il Mostro a ucciderla, ma tutto quello che ha cercato di fare per sfuggirgli. Howie Bowers. Max Hastings. Elliot Ward. Becca. È per questo motivo che è accaduto tutto. Tutto quanto. Un cerchio perfetto» aggiunse rapida. Il principio era la fine e la fine il principio, e il Mostro era entrambe le cose.

Ravi si asciugò gli occhi con le maniche. «È solo...» Gli si ruppe la voce, soffocando le parole seguenti. «Non so cosa provare. È... è troppo triste. E noi, tutti noi, ci siamo sbagliati su Andie. Non riuscivo davvero a capire cosa ci vedesse Sal in lei, ma... Dio, doveva essere così spaventata. Così sola.» Alzò lo sguardo su Pip. «Ed è questo, no? Il 21 febbraio: subito dopo il suo primo approccio con il signor Ward e...»

«A ogni costo» disse Pip, ripetendo le parole di Andie, e sentì di nuovo quell'incomprensibile vicinanza nei suoi confronti. Cinque anni a separarle e non si erano mai incontrate, eppure eccola lì, che portava Andie nel proprio petto. Due morte che camminavano, più simili di quanto Pip avesse mai compreso. «Era disperata. Non avevo mai capito davvero il perché, ma non avrei mai immaginato fosse questo. Povera Andie.»

Che cosa inadeguata da dire, ma cos'altro restava?

«Era coraggiosa» commentò Ravi con voce sottile. «Mi ricorda un po' te.» Un piccolo sorriso, che si accordava alla vocina. «Ai fratelli Singh è chiaro che piace un certo tipo di ragazza.»

Ma la mente di Pip se n'era andata, tornando indietro all'anno precedente. A Elliot Ward in piedi davanti a lei, mentre arrivava la polizia. «Elliot l'anno scorso mi ha detto una cosa che finora non avevo mai capito davvero.» Si interruppe, rivedendo la scena nella propria mente. «Mi ha detto che quando Andie era andata da lui – prima che lui la spingesse e lei battesse la testa – gli aveva detto che doveva andare via di casa, via da Kilton, perché la stava uccidendo. I segnali c'erano... i-io non li ho visti.»

«Ed è quello che è successo» commentò Ravi, gli occhi di nuovo sullo schermo, sull'ultima traccia di Andie Bell, l'ultimo suo mistero messo a nudo. «L'ha uccisa.»

«Prima che lo facesse *lui*» rispose Pip.

«Ma chi è lui?» chiese Ravi, indicando lo schermo con la penna. «Non c'è nessun nome, ma un sacco di informazioni, Pip. Qui ci deve essere la pistola fumante. Allora, è una persona che tutta la famiglia Bell conosce, comprese Andie e Becca. E questo quadra col collegamento con l'azienda di Jason, la Green Scene, giusto?»

«Qualcuno che era di casa da loro, che addirittura cenava insieme a loro» aggiunse Pip, sottolineando quella riga con il dito. Fece scattare la lingua: un altro vecchio pensiero si era mosso, risvegliandosi.

«Cosa c'è?» domandò Ravi.

«L'anno scorso sono andata a parlare con Becca alla redazione del "Kilton Mail". È stato quando ancora i miei principali sospettati per la morte di Andie erano Max e Daniel Da Silva. Abbiamo parlato di Dan, perché avevo scoperto che era uno degli agenti che avevano fatto la prima perquisizione in casa loro quando Andie era scomparsa. E Becca mi ha detto che Daniel era amico di suo padre. Jason gli aveva offerto un lavoro alla Green Scene, poi lo aveva promosso a una posizione d'ufficio, ed era anche stato lui a suggerire a Dan di fare domanda per diventare poliziotto.» Pip era di nuovo slegata, galleggiava attraverso il tempo, da allora a adesso, dall'inizio alla fine. «Mi ha detto che Daniel passava spesso da loro dopo il lavoro, a volte rimaneva per cena.»

«Oh, giusto» disse cupo Ravi.

«Daniel Da Silva.» Pip ripeté quel nome, saggiandolo sulla lingua, cercando di capire come incastrare tutte quelle sillabe nella parola "Mostro".

«E poi c'è questo pezzo.» Ravi tornò all'inizio dell'e-mail.

«Quando dice che vorrebbe andare alla polizia ma ha paura che non le crederebbero e che *lui* potrebbe scoprirlo. Ecco, questa parte mi colpisce.» La indicò. «*E ovviamente lo scoprirebbe. In pratica è uno di loro.* Uno di cosa?»

Pip studiò la frase nella mente, piegandola per vederla da un'angolatura diversa. «Un poliziotto, parrebbe. Non sono sicura di cosa voglia dire *in pratica*.»

«Magari intendeva un agente appena uscito dall'addestramento, com'era all'epoca Daniel Da Silva.» Ravi completò il suo pensiero.

«Daniel Da Silva» ripeté Pip, saggiandolo di nuovo, guardando il proprio fiato disperdersi nella stanza, portando con sé quel nome. E Nat? chiese l'altra metà del suo cervello. Lei e Dan non erano i più legati dei fratelli, ma lui era comunque il suo fratello maggiore. Pip poteva veramente pensare di lui una cosa del genere? Di sicuro l'aveva già preso in considerazione prima, per l'omicidio di Andie, e per la scomparsa di Jamie. Cosa c'era di diverso ora? Lei e Nat si erano avvicinate, legate l'una all'altra: ecco cosa c'era di diverso ora. E lui aveva una moglie. Un bambino.

«Oggi non dovevi anche parlare con quell'ispettore in pensione?» disse Ravi, dandole uno strattone alla felpa per far tornare su di sé la sua attenzione.

«Già, ha cancellato all'ultimo minuto» disse Pip, tirando su con il naso. «Ha rimandato a domani pomeriggio.»

«Ok, bene.» Ravi annuì distratto, lo sguardo di nuovo sull'e-mail mai inviata di Andie.

«Mi serve solo che suoni il cellulare» disse Pip, fissandolo. Era posato sulla scrivania, come a non voler dare nell'occhio. «Il Mostro deve chiamarmi soltanto un'altra volta. A quel punto CallTrapper mi darà il suo numero e così probabilmente potrò scoprire chi è, se è Daniel o...» Non finì la frase, guardando a occhi stretti il suo telefono, implorandolo di suonare, desiderandolo con una tale forza che le parve quasi di sentire un'eco della suoneria.

«E così puoi andare dall'ispettore Hawkins» terminò Ravi. «O divulgare la notizia.»

«E così sarà tutto finito» concordò Pip.

Più che solo "finito". Normale. Sistemato. Basta sangue sulle mani o pillole per tenerlo a bada. Sarebbe stata salva. Normale. Team Ravi & Pip, a parlare di cose normali come lenzuola e orari del cinema e discorsi esitanti, mezzo intimiditi, sul futuro. Il loro futuro.

Pip aveva desiderato una via d'uscita, un ultimo caso, e qualcosa l'aveva ascoltata. Ora era ancora più perfetto, più calzante. Perché il Mostro era l'origine di tutto. La fine e il principio. La bestia nel buio, il creatore, la fonte. Tutto ciò che era successo risaliva a lui.

Tutto quanto.

Andie Bell sapeva chi era il Mostro e ne era terrorizzata, perciò vendeva droghe per Howie Bowers, per risparmiare soldi per fuggire, per allontanarsi da Kilton. Aveva venduto il Roipnol a Max Hastings, che lo aveva usato per stuprare la sua sorellina, Becca. Andie aveva seguito Elliot Ward in un piano disperato per scappare a Oxford con Sal. Elliot aveva creduto di aver ucciso per sbaglio Andie, perciò per coprirsi aveva assassinato Sal, il fratello di Ravi, morto nel bosco. Ma Elliot non aveva ucciso Andie, non davvero, era stata Becca, troppo arrabbiata e sconvolta dopo aver scoperto il ruolo che sua sorella aveva giocato nella sua tragedia personale, tanto da bloccarsi e lasciare che Andie morisse per via della ferita alla testa, soffocata dal suo stesso vomito. Cinque anni erano passati ed era arrivata Pip, che aveva portato alla luce tutte quelle verità. Elliot in prigione, Becca in prigione, anche se non ci sarebbe dovuta andare, Max libero, anche se sarebbe dovuto andare in prigione. E, soprattutto, Howie Bowers in prigione. Howie aveva raccontato al suo compagno di cella di conoscere il vero Piccolo Brunswick. Questi l'aveva detto al cugino, che l'aveva detto a un amico, che l'aveva detto a un amico, che aveva fatto girare la voce su internet. Charlie Green l'aveva letta ed era venuto a Little Kilton. Layla Mead, che portava il volto di Stella Chapman. Jamie Reynolds scomparso. Stanley Forbes con sei fori di pallottola in corpo, che si dissanguava sulle mani di Pip.

Tre storie diverse, ma un unico nodo interconnesso. E al centro di quel nodo contorto, che le sorrideva dall'oscurità, c'era il Mostro.

Nome file:

🎵 Intervista all'ispettore Nolan sul Mostro.wav

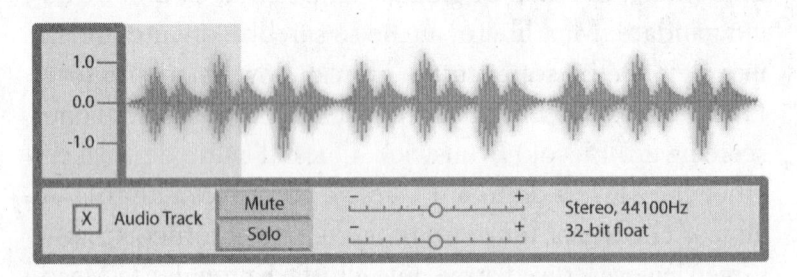

[forma d'onda audio — Audio Track, Mute/Solo, Stereo, 44100Hz, 32-bit float]

Pip: Grazie infinite, signor Nolan, per aver acconsentito a rilasciare questa intervista. E mi scusi se le ho rubato il venerdì pomeriggio.

Isp. Nolan: Oh, per favore, chiamami David. E sì, nessunissimo problema. Scusami se ho dovuto cancellare l'appuntamento ieri. Una partita di golf dell'ultimo minuto, sai com'è.

Pip: Ma certo, sì, si figuri. Non è che ci sia una scadenza, niente del genere. Allora, per prima cosa, da quanto tempo è in pensione?

Isp. Nolan: Ormai tre anni. Sì, ho smesso nel 2015. Lo so: gioco a golf, rivivo i miei giorni di gloria... sono il cliché del poliziotto in pensione. Ho perfino provato a lavorare la ceramica, mi ha obbligato mia moglie.

Pip: Mi sembra delizioso. Allora, come le dicevo nelle mie e-mail, oggi volevo parlare con lei del caso del Mostro del nastro adesivo.

Isp. Nolan: Sì, sì. Il più grosso caso della mia carriera. Una gran fine di carriera. Cioè, terribile, ovviamente, ciò che fece a quelle donne.

Pip: Deve essere stato memorabile. I serial killer non sono così comuni.

Isp. Nolan: No di certo. E non c'era stato un caso del genere qui da decenni, a memoria d'uomo. Il Mostro fu qualcosa di grosso per tutti noi. E il fatto che riuscimmo a farlo confessare... È stato il mio momento di maggior orgoglio, credo. Be', a parte la nascita delle mie figlie. [Ride]

Pip: Billy Karras rimase seduto in quella sala interrogatori per più di cinque ore, di notte, prima di cominciare a confessare. Deve essere stato stanco, esausto. Ha mai dubitato della sua confessione? Cioè, ritrattò subito la mattina seguente, dopo aver dormito un po'.

Isp. Nolan: Nessun dubbio. Nessuno. Ero nella stanza insieme a lui quando confessò. Nessuno direbbe di aver fatto quelle cose atroci se non fosse vero. Anche io ero esausto, e non confessai certo di essere un serial killer. E, magari non lo puoi capire, ma dopo aver fatto il detective per tanti anni capii subito che mi stava dicendo la verità. È negli occhi. Lo si capisce sempre. Lo sai quando sei in presenza del male, credimi. Billy ritrattò il mattino dopo perché aveva avuto tempo di pensare alle conseguenze. È un codardo. Ma è stato sicuramente lui.

Pip: Ho parlato con la madre di Billy Karras, Maria...

Isp. Nolan: Oh, cielo.

Pip: Perché dice così?

Isp. Nolan: Solo che l'ho incrociata diverse volte. È una donna forte. Non la si può biasimare, ovviamente: nessuna madre penserebbe che il proprio figlio sia capace delle cose terrificanti che ha fatto Billy.

Pip: Be', ha fatto molte ricerche sulle pubblicazioni che riguardano le confessioni false. C'è una parte di lei che pensa che sia possibile che la confessione di Billy fosse falsa? Che avesse detto quelle cose solo per via della pressione che aveva subito durante l'interrogatorio?

Isp. Nolan: Be', sì, credo che crollò per via della pressione che feci su di lui durante l'interrogatorio, ma questo non significa che la confessione sia meno valida. Se ci fosse anche solo una prova di questo, allora potrei riconsiderare la cosa, ma c'erano altre prove che collegavano Billy agli omicidi: forensi e circostanziali. E lui si dichiarò colpevole, ricordatelo. Non è questo che vuoi fare con il tuo podcast stavolta, vero? Provare che Billy è innocente?

Pip: No, affatto. Cerco solo di raccontare la vera storia del Mostro del nastro adesivo, con tutti i dettagli.

Isp. Nolan: Ah, bene, perché non avrei acconsentito a questa intervista altrimenti. Non voglio che cerchi di farmi passare per stupido.

Pip: Oh, non me lo sognerei neanche, David. Allora, molte delle prove che collegano Billy al caso sembrano legate al suo lavoro. Era impiegato in una ditta di pulizie e giardinaggio, la Green Scene Ltd. Mi chiedevo solo se foste a conoscenza dei legami della Green Scene con gli omicidi da prima che Billy diventasse il sospettato numero uno.

Isp. Nolan: Sì. *Chiaro* che stavamo indagando sulla Green Scene già da prima. Fu dopo la morte di Bethany Ingham – la terza vittima –, perché lavorava lì. Poi, quando Julia Hunter venne uccisa, notammo che un paio dei luoghi in cui le vittime erano state abbandonate erano posti dove operava la Green Scene. Chiedemmo di perquisire la loro sede, e ricordo che il proprietario fu molto d'aiuto e premuroso, e fu lì che scoprimmo che utilizzavano la stessa identica marca di corda blu e di nastro adesivo che usava il Mostro. Quella fu insomma l'intuizione vincente, davvero, e cominciammo a indagare su chi vi era impiegato in quel momento. Ma senza una causa probabile si può indagare solo fino a un certo punto. Poi spuntò Billy Karras, fu lui a *trovare* Tara Yates e capimmo abbastanza in fretta che era il nostro uomo.

Pip: Avevate dei sospetti prima di Billy? Prima che Tara venisse uccisa? Qualcuno legato alla Green Scene?

Isp. Nolan: Cioè, avevamo una lista di persone, ma niente di concreto o sostanziale.

Pip: Immagino che non mi dirà i loro nomi, giusto?

Isp. Nolan: Non me li ricordo nemmeno, a essere sincero.

Pip: Ok. Allora, ho parlato con Harriet Hunter, la sorella minore di Julia, e lei mi ha raccontato di alcuni strani episodi a casa loro, le settimane prima che Julia morisse. Piccioni morti portati dentro casa, disegni fatti con il gesso lì vicino e scherzi telefonici. Vi siete mai concentrati su queste cose durante le indagini? E le famiglie delle altre vittime avevano riferito di episodi simili?

Isp. Nolan: Oh, sì, ora mi ricordo dei piccioni morti. Sì, la sorella minore, all'epoca ce ne aveva parlato lei. E avevamo chiesto agli amici e alle famiglie delle vittime precedenti, ma non avevano mai sentito di niente del genere. Chiedemmo a Billy se avesse avuto contatti con le vittime prima di rapirle. Ci disse che le osservava, per sapere quando erano da sole eccetera, ma che non aveva mai preso contatti con loro, né attraverso piccioni morti o telefonate, né con altri metodi. Perciò non ci sono legami con il caso, sfortunatamente. Anche se rende la storia più avvincente, te lo concedo.

Pip: Chiaro, grazie. Allora, adesso due cose sui trofei. Lei sa esattamente quali oggetti il Mostro del nastro adesivo abbia preso a ciascuna delle vittime. Una cosa personale che avevano con sé quando le rapiva: orecchini, una spazzola, e così via. Ma non avete mai trovato questi trofei in possesso di Billy, giusto? La cosa le dà da pensare?

Isp. Nolan: No. Ci disse che li aveva buttati via. Probabilmente sono tutti in una discarica da qualche parte del Paese. Non li avremmo mai trovati.

Pip: Ma il senso di un trofeo non sta nel fatto di conservarlo? Per ricordarsi del crimine commesso e per rimandare l'impulso a uccidere di nuovo. Perché buttarli via?

Isp. Nolan: Non lo disse, ma è ovvio, no? Sapeva che stavamo stringendo il cerchio su di lui dopo Tara, e fece sparire le prove prima che ottenessimo un mandato di perquisizione per casa sua. Non credo che *volesse* buttare via i trofei.

Pip: Chiaro, ok. Ma tornando a Tara: perché Billy avrebbe dovuto attirare l'attenzione su di sé, facendo finta di aver trovato il cadavere? Magari prima non era nemmeno tra i vostri sospetti... perché attirare l'attenzione in quel modo? In sostanza è questo che lo incastrò.

Isp. Nolan: Ha a che fare con una cosa che è stata spesso osservata nei serial killer in casi simili al nostro. Gli assassini dimostrano molto interesse per i propri casi: seguono la copertura mediatica, ne discutono con gli amici e la famiglia. Io non sono uno psichiatra, ma è una cosa narcisistica, credo. Pensano di essere estremamente furbi, sono sotto il naso di tutti. E alcuni di questi killer cercano addirittura di farsi coinvolgere in qualche modo nelle indagini della polizia: offrono suggerimenti o aiutano nelle squadre di ricerca e cose così. È questo che fece Billy, giocò all'eroe e *trovò* Tara per potersi inserire nelle indagini, magari per scoprire cosa sapevamo a quel punto.

Pip: Giusto.

Isp. Nolan: Lo so, non ha molto senso per te o per me, per la gente normale. Ma è una delle cose per cui avevamo già le antenne dritte durante l'indagine. È piuttosto buffo in realtà [ride] ma eravamo già all'erta per questo genere di comportamento perché avevamo un collega, un agente della Valle del Tamigi, che continuava a fare un sacco, un sacco di domande sul caso. Non era coinvolto nelle indagini, era un poliziotto fresco fresco d'addestramento, mi ricordo, ed era di base in una centrale diversa, non a Wycombe, mostrava un po' troppo interesse per quello che era successo e quello che stavamo facendo, se capisci cosa intendo. Era nuovo e solo molto curioso, ne sono sicuro, ma di certo aveva attirato la nostra attenzione. Prima che spuntasse Billy, chiaro. È per questo che eravamo sul chi vive e pronti a un qualche genere di tentativo di coinvolgimento da parte dell'assassino.

Pip: Davvero? E dov'era di stanza questo poliziotto?

Isp. Nolan: Penso fosse alla stazione di polizia di Amersham. Il Mostro del nastro adesivo era da noi a Wycombe perché eravamo più o meno nel mezzo rispetto ai vari ritrovamenti e ai luoghi di provenienza delle vittime. Ma, come sai, Julia Hunter era di Amersham, perciò abbiamo collaborato per un po' con i ragazzi di lì. Uno dei miei vecchi colleghi mi sa che lo conosci, l'ispettore Hawkins. Brav'uomo. Ma sì, è un piccolo aneddoto divertente per il tuo podcast: un novellino entusiasta, e noi abbiamo pensato il peggio. [Ride]

Pip: Questo novellino... si chiamava Daniel Da Silva?

Isp. Nolan: [Tossisce] Be', ovviamente non posso dirti il suo nome. E tu comunque non potresti citarlo nel podcast, per la protezione dei dati eccetera. Quante domande hai ancora? Ho paura che tra poco dovrò and...

Pip: Ma era Daniel Da Silva, giusto?

Ventitré

Senza testa. Il piccione morto che ha tra le mani è senza testa. Ma è troppo spugnoso, cede, le sue dita gli affondano nei fianchi. È perché nel pugno stringe il lenzuolo, non un uccello morto, e ora è sveglia. Nel letto.

Si era addormentata. Si era addormentata davvero. Era notte fonda e lei stava dormendo.

Ma allora perché adesso era sveglia? Si svegliava così di continuo, un sonno talmente leggero che vi sprofondava per riemergerne subito.

Ma questa volta aveva l'impressione che fosse diverso. L'aveva ridestata qualcosa.

Un rumore.

C'era ancora.

Cos'era?

Pip si mise a sedere, il piumone che scivolava giù.

Un sibilo, ma lieve.

Si strofinò gli occhi.

Sputt-sputt-sputt, come un treno che si muoveva lento, invitandola a tornare a dormire.

No, non era un treno.

Pip batté di nuovo le palpebre, e la stanza riprese le sue forme nella penombra spettrale. Scese dal letto, l'aria fresca le morse i piedi nudi.

Il sibilo arrivava da lì, dalla sua scrivania.

Pip si fermò, concentrandosi.

Veniva dalla stampante.

Dalla stampante wireless sulla sua scrivania stava uscendo qualcosa. Le luci a LED del pannello lampeggiavano.

Sputt-sputt-sputt.

Un foglio emerse dal basso, stampato con inchiostro fresco.

Ma...

Era impossibile. Non aveva impostato nessuna stampa quel giorno.

La sua mente annebbiata dal sonno non capiva. Stava ancora sognando?

No, il sogno era il piccione. Questo era reale.

La stampante terminò, sputando fuori il foglio con un ultimo *clunk*.

Pip esitò.

Qualcosa la spinse in avanti. Un fantasma alle sue spalle. Forse Andie Bell.

Si avvicinò alla stampante e allungò una mano, come a stringere quella di qualcun altro. O come se qualcun altro volesse stringere la sua.

Il foglio era al contrario; da dov'era non riusciva a leggerlo.

Vi chiuse le dita sopra, e quello frusciò come le ali di un piccione senza testa.

Lo voltò, raddrizzando le parole.

Ma una parte di lei sapeva ancora prima di leggerle. Una parte di lei sapeva.

Chi cercherà te quando sarai tu a scomparire?
P.S. Questo trucchetto l'ho imparato da te, stagione 1, episodio 5. Pronta per il prossimo?

La pagina era coperta dal sangue inesistente di Stanley, che gocciolava dalle mani inesistenti di Pip. Anzi, le mani c'erano. Ma il cuore era scomparso, si era buttato giù dalla scala che era la sua spina dorsale, coagulandosi nei succhi gastrici del suo stomaco.

Nonononononononononono.

Com'era possibile?

Pip si guardò attorno, lo sguardo affannato, il respiro ancora più affannato, studiando ogni ombra. Ognuna le pareva il Mostro, e poi non le pareva più. Era sola. Lui non c'era. Ma come...?

Tornò a posare lo sguardo sconvolto sulla stampante. Una stampante wireless. Chiunque, entro un certo raggio, poteva inviare qualcosa da stampare.

Il che significava che lui doveva essere vicino.

Il Mostro.

Era lì.

Fuori casa o dentro?

Pip controllò la pagina che stringeva appallottolata in mano. *Pronta per il prossimo?* Cosa voleva dire? Qual era il prossimo trucchetto? Farla sparire?

Avrebbe dovuto guardar fuori dalla finestra. Poteva essere lì, sul vialetto. In piedi in un cerchio di uccelli morti e disegni di gesso.

Pip si voltò e...

Un urlo metallico riempì la stanza.

Forte.

Incredibilmente forte.

Si tappò le orecchie con le mani, lasciando cadere il foglio.

No, non era un urlo. Chitarre, che strillavano e gridavano, salendo e calando troppo velocemente, accompagnate da un rullo di tamburi che scuoteva la stanza, imprimendo il proprio ritmo fino al pavimento e su, lungo i suoi talloni.

Poi arrivarono le urla. Voci. Profonde e demoniache, che berciavano alle sue spalle in un montare inumano.

Pip gridò e non riuscì a sentirsi. Era sicura di averlo fatto, ma la sua voce non si poteva udire. Era come sepolta.

Si voltò nella direzione in cui le urla erano più forti, tendendo le orecchie da sotto le mani. Era la sua scrivania. L'altro lato, questa volta.

I LED lampeggiavano come a schernirla.

Le sue casse.

Le casse Bluetooth a tutto volume, che strombazzavano death metal nel cuore della notte.

Pip gridò, cercando di avanzare fendendo il rumore, inciampando sui propri passi e cadendo in ginocchio.

Dovette scoprirsi un orecchio, e il rumore si tramutò in una sensazione fisica, che le penetrava nel cervello. Cercò a tentoni la ciabatta sotto la scrivania. Afferrò la spina. La tirò.

Silenzio.

Ma non esattamente.

Un residuo metallico, ugualmente potente nelle sue orecchie dolenti.

E un grido dalla porta che si apriva.

«Pip!»

Urlò di nuovo, ricadendo contro la scrivania.

Una figura in piedi sulla soglia. Troppo grande. Troppe membra.

«Pip?» ripeté il Mostro, con la voce di suo padre, e poi un bagliore giallastro esplose nella stanza: aveva acceso la luce. Erano sua mamma e suo papà, in piedi in pigiama sulla porta.

«Cosa *cazzo* è stato?» le chiese lui. Aveva gli occhi sbarrati. Non era solo arrabbiato. Ma spaventato. Pip lo aveva mai visto spaventato?

«Victor» disse la mamma con un tono suadente. E poi «Cos'è successo?» a Pip, con voce più dura.

Un altro rumore si unì allo spettro metallico nelle orecchie di Pip, un piagnucolio lungo il corridoio che si trasformò in singhiozzi.

«Josh, tesoro.» La mamma aprì le braccia e lo strinse non appena anche lui apparve sulla porta. Il suo piccolo petto era scosso dal pianto. «Va tutto bene. So che è stato un grosso shock.» Gli baciò la testa. «È tutto a posto, tesoro. Solo un rumore forte.»

«P-pensavo che e-era un uomo c-cattivo» disse, rimettendosi a piangere.

«Ma cosa c... cosa diamine è stato?» le chiese suo padre. «Avrà svegliato *tutto* il vicinato.»

«Non lo...» Ma la sua mente non era concentrata sulla formazione delle parole. Passò da *vicinato* a *fuori* a *entro un certo raggio*. Il Mostro si era connesso alle sue casse tramite Bluetooth. Doveva essere subito fuori dalla finestra, sul vialetto.

Pip si rimise in piedi incespicando, si lanciò oltre il letto e aprì le tende.

La luna era bassa nel cielo. Gettava un inquietante alone argentato sugli alberi, sulle auto, sull'uomo che si allontanava correndo dal loro vialetto.

Pip si gelò, un mezzo secondo di troppo, e l'uomo sparì.

Il Mostro.

Vestiti neri e un volto di tessuto scuro.

Indossava una maschera.

In piedi fuori dalla sua finestra.
Entro un certo raggio.
Pip doveva uscire, doveva inseguirlo. Correva più forte di lui. Aveva dovuto imparare a farlo, per sfuggire a bestie di ogni genere.
«Pip!»
Si voltò. Non sarebbe mai riuscita a superare i suoi genitori. Le bloccavano la strada ed era già troppo tardi.
«Dacci una spiegazione» ordinò la mamma.
«I-io...» balbettò Pip. *Oh, era solo l'uomo che sta per uccidermi, niente di cui preoccuparsi.* «Non ne so più di voi» disse. «Ha svegliato anche me. Le mie casse. Non so cosa sia successo. Devono essersi connesse al mio cellulare, e forse, forse è stata una pubblicità su YouTube o roba simile. Non lo so. Non sono stata io.» Non capì come fosse riuscita a dire così tante parole senza prendere fiato. «Mi dispiace. Le ho scollegate. Devono essere difettose. Non succederà più.»
Le fecero altre domande. Tante, tante altre, e lei non sapeva cosa dire. Ma sarebbe stata tutta colpa sua se i vicini si fossero lamentati, le dissero, e se il giorno dopo Josh fosse stato di pessimo umore.
Bene, era tutta colpa sua.
Pip si rimise a letto e suo padre spense la luce con un «Ti voglio bene» leggermente forzato, e le sue orecchie offese rimasero in ascolto delle loro voci che cercavano di convincere Josh a tornare a dormire. Lui non voleva. Avrebbe dormito soltanto con loro.
Ma Pip... Pip non avrebbe dormito affatto.
Il Mostro era stato lì. Proprio lì. Ora era scomparso nel buio. E lei, lei era la sua vittima numero sei.

Ventiquattro

L'urlo era ancora lì dentro, rabbioso e inumano, intrappolato nelle ossa di Pip. Lo *sputt-sputt-sputt* di una stampante fantasma nelle orecchie. Entrambi lottavano con la pistola nel suo cuore. Nemmeno correre poteva allontanarli o distrarla. Correre così forte da avere l'impressione di spezzarsi a metà, e tutta la violenza e l'oscurità che aveva dentro che gocciolavano sul marciapiede. Guardarsi alle spalle per vedere se arrivava Max Hastings, con i capelli tirati indietro e lo sguardo gongolante, ma non c'era.

Andare a correre era stata una cattiva idea. Ora, sdraiata sul tappeto di camera sua, aveva l'impressione di non potersi più muovere. Avvolta in un bozzolo di aria fresca. Imbalsamata. Non aveva dormito per niente. La notte prima aveva preso l'ultimo Xanax quasi subito dopo che i suoi erano usciti dalla stanza. Aveva chiuso gli occhi e il tempo era andato avanti rapido, ma non le era sembrato di dormire. Le era sembrato di affogare.

Ora non aveva niente. Niente di niente. Nessun aiuto.

Questo la obbligò a muoversi, a rimettersi in piedi, il sudore freddo sull'elastico dei leggings. Incespicò verso la scrivania, sotto la quale pendevano i cavi. Aveva scollegato tutto quello che aveva in camera. La stampante. Le casse. Il portatile. La lampada. Il caricabatterie del telefono. Solo cavi senza vita, striscianti.

Aprì il secondo cassetto, vi infilò una mano e ne estrasse

il telefono prepagato dalla fila. Lo stesso che aveva usato per scrivere a Luke mercoledì. Ora era sabato, e non le aveva ancora detto nulla. E adesso lei era a secco.

Accese il cellulare e cominciò a digitare, frustrata dalla sua lentezza: doveva premere il 7 quattro volte solo per formare una S.

Sono a secco. Me ne serve altro SUBITO.

Perché Luke non le aveva ancora risposto? Di solito non ci metteva così tanto. Non poteva andare male anche questo, come se non bastasse tutto il resto. Quella notte doveva dormire per bene; sentiva già che il cervello le si muoveva troppo a rilento, connetteva a fatica un pensiero all'altro. Rimise il cellulare prepagato nel cassetto, trasalendo perché il suo aveva vibrato.

Di nuovo Ravi. *Tornata dalla corsa?*

Aveva insistito per venire da lei quando prima gli aveva telefonato, e con la voce ancora impastata dalle pillole gli aveva raccontato della stampante e delle casse. Ma lei aveva detto di no. Aveva bisogno di fare una corsa per schiarirsi le idee. E poi doveva andare a parlare con Nat Da Silva di suo fratello. Da sola. Ravi alla fine aveva ceduto, a patto che lei continuasse a tenerlo aggiornato tutto il giorno. E non c'era da discuterne: quella notte Pip si sarebbe fermata da lui. Anche a cena. «Non si discute», le aveva detto con il suo tono di voce più serio. Lei si disse che era un'idea ragionevole, ma se in qualche modo il Mostro fosse venuto a saperlo?

Senti, una cosa per volta. Quella notte era lontana anni luce, così come Ravi. Gli scrisse un rapido *Sì, sto bene. Ti amo*. Ma ora doveva concentrarsi sul prossimo obiettivo: parlare con Nat.

Era la prima cosa che doveva fare, e l'ultima che voleva. Parlare con Nat, dirlo a voce alta lo avrebbe reso reale. *Ehi, Nat, è per caso possibile che tuo fratello sia un serial killer? Sì, lo so, è già capitato più volte che accusassi di assassinio te e membri della tua famiglia.*

Ormai erano legate, lei e Nat. Una famiglia acquisita. *Acquisita*, sì, in tragedia e violenza, ma nondimeno *acquisita*. Per Pip, Nat era una delle pochissime persone – le poteva contare sulle dita di una mano – che l'avrebbero cercata se fosse sparita. Perdere Nat sarebbe stato molto peggio che perdere una di quelle dita. E se quel confronto avesse spinto il loro legame appena troppo in là, fino al punto di rottura?

Ma quale alternativa aveva? Tutti gli indizi puntavano a Daniel Da Silva: rientrava nel profilo, lavorava alla Green Scene e poteva benissimo essere stato lui a far scattare l'allarme mentre Jason Bell era a quella cena, con un interesse per il caso in quanto poliziotto, *in pratica è uno di loro*, una persona vicina ai Bell, di cui Andie poteva aver avuto paura, una persona che aveva motivo di odiare Pip.

Quadrava tutto. La soluzione che offriva meno resistenza.

Spari nel petto. Rapidi distici che suonavano come *Nastro adesivo. Nastro adesivo. Nastro adesivo.*

Pip ricontrollò il telefono. Merda. Come facevano a essere già le tre? Non era uscita da sotto le lenzuola – l'unico posto sicuro – fino a mezzogiorno, le pillole ancora troppo pesanti in petto per potersi alzare prima. E la corsa era stata lunga, troppo lunga. Ora esitava, quando invece doveva soltanto andare.

Non aveva tempo di farsi la doccia. Si tolse il top sudato e lo sostituì con una felpa grigia col cappuccio, chiudendone la zip sul reggiseno sportivo. Mise la borraccia e le chiavi nello zaino aperto e tolse i microfoni USB: quella conversazione con Nat non doveva sentirla nessun altro. Mai. Poi si ricordò che quella notte avrebbe dormito da Ravi: prese un paio di mutande e dei vestiti per il giorno dopo, e lo spazzolino dal bagno. Anche se forse sarebbe potuta anche tornare a casa, prima, per controllare il cellulare prepagato e vedere se Luke aveva delle pillole per lei. L'idea bruciava, la riempiva di vergogna. Pip chiuse lo zaino e se lo mise in spalla, afferrando le cuffie e il telefono prima di uscire dalla stanza.

«Vado da Nat» disse alla mamma in fondo alle scale, asciugandosi il sangue di Stanley dalle mani contro i leggings scuri. «Poi vado a cena dai Singh e forse resto a dormire lì, ok?»

«Oh. Sì, certo» rispose la mamma, con un sospiro perché Josh aveva cominciato a piagnucolare in salotto per chissà cos'altro. «Ma domattina devi tornare. Abbiamo detto a Josh che domani andiamo a Legoland. Così lo tiriamo su per più di due secondi.»

«Sì, ok» rispose Pip. «Divertente. Ciao.» Esitò sulla porta. «Ti voglio bene, mamma.»

«Oh.» La mamma parve sorpresa, si girò verso di lei con un sorriso, un sorriso che arrivava fino agli occhi. «Anche io ti voglio bene, tesoro. A domattina. E salutami Nisha e Mohan.»

«Certo.»

Pip chiuse il portone. Alzò lo sguardo sulla parete di mattoni sotto la sua finestra. Era in piedi proprio dove doveva essersi appostato *lui*. Quella mattina era piovuto di nuovo, perciò non poteva esserne sicura, ma c'erano dei piccoli segni bianchi e incorporei sul muro. Forse c'erano da sempre, forse no.

Esitò accanto alla macchina, poi la superò. Meglio non guidare: probabilmente non era sicuro. Aveva ancora le pillole in circolo, la appesantivano, e il mondo le pareva quasi un sogno che si andava dipanando attorno a lei. Fuori dal tempo, altrove.

Si mise le cuffie sulle orecchie e uscì dal vialetto, dirigendosi lungo Martinsend Way. Non aveva nemmeno voglia di ascoltare qualcosa, si limitò a giocherellare con il pulsante di isolamento acustico per tentare di galleggiare nuovamente in quel luogo libero e slegato. Svanire. Dove gli spari e lo *sputt-sputt-sputt* e la musica urlata non potessero raggiungerla.

Lungo la strada principale, oltre la Cantina dei Libri e la biblioteca. Oltre il bar con Cara all'interno che passava a qualcuno due caffè da asporto, e Pip riuscì a leggere le labbra della sua migliore amica: *Attenzione, sono caldi*. Ma non si poteva fermare. Oltre Church Street, sulla sinistra, la via che, girato l'angolo, conduceva alla casa dei Bell. Ma in quella casa Andie non c'era, ora era lì, con Pip. Via a destra. Su Chalk Road, e poi su Cross Lane.

Sopra di lei gli alberi stormirono. Sembravano farlo sempre, lì, come se sapessero qualcosa che a lei era ignoto.

Arrivò a metà strada, lo sguardo fisso sulla porta dipinta di blu non appena fu in vista. Casa di Nat.

Non voleva farlo.

Doveva farlo.

Quel gioco mortale tra lei e il Mostro portava lì, e lei era in svantaggio di una mossa.

Si fermò sul marciapiede subito davanti alla casa, fece

scivolare lo zaino nella piega del gomito per poterci mettere dentro le cuffie. Lo richiuse. Prese un respiro profondo e si girò verso il vialetto.

Suonò il telefono.

Nella tasca della felpa. Le vibrava contro il fianco.

Pip infilò subito la mano nella tasca, armeggiò con il cellulare e lo tirò fuori, fissando lo schermo.

Numero privato.

Il cuore le risalì lungo la schiena.

Era lui, lo sapeva.

Il Mostro.

E ora lo aveva in pugno. Scacco matto.

Pip superò di corsa casa di Nat, il telefono che continuava a vibrarle nelle mani chiuse a coppa. Una volta che la casa dei Da Silva fu scomparsa alla vista, lo prese e premette due volte il pulsante laterale, per reindirizzare la chiamata in arrivo su CallTrapper.

Il cellulare si oscurò.

Uno.

Due.

Tre.

Lo schermo si illuminò di nuovo: chiamata in arrivo. Solo che questa volta non c'era scritto *Numero privato*, ma, in alto, scorreva un numero di cellulare, non più oscurato. Un numero che Pip non riconobbe, ma non aveva importanza. Era un collegamento diretto con il Mostro. Con Daniel Da Silva. Una prova concreta. Game over.

Non c'era bisogno di rispondere alla chiamata, poteva anche lasciarlo squillare. Ma stava già spostando il pollice sul pulsante verde, lo premette e si portò il telefono all'orecchio.

«Ciao Mostro» disse, scendendo lungo Cross Lane, verso il punto in cui le case si diradavano e gli alberi s'infittivano a coprire la strada. Non stormivano più: la salutavano. «O preferisci Strangolatore della palude?»

Un rumore all'altro capo della linea, rauco ma lieve. Non era il vento. Era lui, che respirava. Non sapeva che la partita era chiusa, che lei aveva già vinto. Che quella sua terza e ultima chiamata era stata il suo fallo fatale.

«Io preferisco Mostro, mi sa» continuò. «Calza meglio, soprattutto perché non sei della zona della palude di Slough. Sei di qui. Little Kilton.» Pip proseguì, la volta arborea ormai le nascondeva il sole pomeridiano, una strada di ombre tremolanti. «Mi è piaciuto il tuo trucchetto di ieri notte. Davvero impressionante. E so che hai una domanda per me: vuoi sapere chi mi cercherebbe se sparissi. Ma ho io invece una domanda per te.»

Fece una pausa.

Un altro respiro lungo la linea.

Era in attesa.

«Chi verrà a trovare te, quando sarai in prigione?» chiese. «Perché è lì che stai per finire.»

Un suono gutturale all'altro capo della linea, un respiro strozzato in gola.

Tre forti fischi nell'orecchio di Pip.

Aveva terminato la chiamata.

Pip abbassò lo sguardo sul cellulare, gli angoli della bocca tesi in un semi sorriso. Preso. Il sollievo fu istantaneo, le sollevò dalle spalle quel peso terribile e la riallacciò al mondo, al mondo reale. Una vita normale. Team Ravi & Pip. Non vedeva l'ora di dirglielo. Lo aveva ormai a portata di mano; doveva solo allungarla e prenderlo. Un suono a metà tra un colpo di tosse e una risata le si fece strada tra le labbra.

Aprì l'elenco delle chiamate recenti e rilesse di nuovo il numero di telefono. Era molto probabile che fosse un prepagato, visto che non era mai stato catturato prima, ma magari no. Magari era il suo vero telefono, e forse avrebbe risposto senza pensarci, usando il proprio nome. O magari lo avrebbe tradito una segreteria telefonica. Pip poteva andare da Hawkins con quel numero, subito, ma prima voleva sapere. Voleva essere lei a trovarlo, a scoprire finalmente il suo nome, senza alcun dubbio. Daniel Da Silva. Mostro del nastro adesivo. Strangolatore della palude. Se l'era guadagnato. Aveva vinto.

E lui avrebbe dovuto sapere come ci si sentiva. La paura, l'incertezza. Una chiamata in arrivo da un numero privato. Quell'esitazione: rispondere o no? Non poteva sapere che era lei. Si sarebbe nascosta, proprio come lui.

Continuando a camminare lungo la strada sotto gli alberi sempre più fitti, la casa di Nat ormai dimenticata alle sue spalle, Pip copiò e incollò il numero sulla tastiera. Prima del numero digitò 141 per oscurare il proprio. Le tremava il pollice, sospeso sul pulsante verde.

Eccolo. Era il momento.

Premette il pulsante.

Si portò ancora una volta il cellulare all'orecchio.

Lo sentì squillare, nel telefono.

Ma no, un attimo. Qualcosa non quadrava.

Pip smise di camminare, abbassò il telefono.

Non era solo nel suo cellulare che lo sentiva squillare.

Era nell'altro orecchio. In entrambi. Era lì.

Il trillo acuto della suoneria le squillava alle spalle.

Più forte.

Sempre più forte.

Non ci fu tempo di gridare.

Pip tentò di voltarsi, di vedere, ma due braccia la raggiunsero da dietro. La presero. Il cellulare che continuava a suonare anche quando lei fece cadere il suo.

Una mano contro il viso, contro la bocca, a bloccarle l'urlo prima che potesse uscire. Un braccio attorno al collo, piegato al gomito, stretto, sempre più stretto.

Pip si dibatté. Provò a respirare, ma niente aria. Cercò di togliersi il suo braccio dal collo, la sua mano dalla bocca, ma era sempre più debole, la mente sempre più vuota.

Niente aria. Bloccata all'altezza del collo. Ombre sempre più scure attorno a lei. Si divincolò. *Respira, respira e basta*. Non ci riuscì. Esplosioni di luce dietro agli occhi. Ritentò ed ebbe l'impressione di separarsi dal proprio corpo. Di venire scorticata.

Buio. E lei che ci scompariva dentro.

Venticinque

```
              B
              U
              O
     I O B U I O B U I
              O
              B
              U
              I
            O   O
            B   B
            U   U
            I   I
            O   O
```

Ventisei

Pip uscì dal buio, aprendo gli occhi una fessura alla volta. Era stato un rumore a guidarla, qualcosa che le sbatteva contro l'orecchio.

Aria. Aveva aria. Il sangue tornava a fluirle al cervello.

Teneva gli occhi aperti, ma non riusciva a distinguere le forme attorno a sé. Non ancora. C'era una disconnessione tra ciò che vedeva e ciò che percepiva. E non percepiva altro, in quel momento, tranne il dolore, che le spaccava la testa a metà, che le si contorceva contro il cranio.

Ma riusciva a respirare. E poi non ci riuscì più: il mondo ringhiò e ruggì alle sue spalle. Conosceva quel suono. Lo capiva. Un motore che veniva avviato. Era in una macchina. Ma era sdraiata, sulla schiena.

Batté le palpebre ancora un paio di volte e di colpo le forme attorno a lei acquisirono un senso, la sua mente riaprì le porte. Uno spazio stretto e chiuso; un tappetino ruvido contro una guancia; una tendina inclinata agganciata sopra di lei per bloccare la luce.

Era nel bagagliaio di una macchina. Sì, esatto, disse al proprio cervello, appena rinato. Ed era il portellone del bagagliaio che si chiudeva; ecco cos'aveva sentito.

Doveva essere svenuta per pochi secondi. Mezzo minuto al massimo. Era parcheggiato proprio dietro di lei, pronto. L'aveva trascinata. Il bagagliaio aperto, spalancato, a inghiottirla.

Ah, già, ecco la cosa più importante da ricordare, si rimise al passo con la sua mente.

Il Mostro l'aveva presa.

Era morta.

Non adesso: adesso era viva e riusciva a respirare, grazie a Dio riusciva a respirare. Ma era morta in tutti i modi che contavano.

Come fosse morta.

Una morta che cammina. Solo che non stava camminando: non poteva alzarsi.

Il panico la investì, caldo e spumoso, e lei cercò di lasciarlo andare, di urlare. Ma... un attimo, non poteva. Le uscivano solo contorni attutiti, non sufficienti per definirlo urlo. Aveva qualcosa che le copriva la bocca.

Pensò di tastarla per capire cosa fosse... ma non poteva fare nemmeno questo. Aveva le mani strette dietro la schiena. Bloccate lì. Bloccate insieme.

Ne torse una più che poté, piegando l'indice per sentire cos'aveva legato attorno ai polsi.

Nastro adesivo.

Avrebbe dovuto immaginarlo. Ne aveva un'altra striscia sulla bocca. Non poteva aprire le gambe: doveva avere legate anche le caviglie, sebbene non riuscisse a vedere fin laggiù, neppure sollevando la testa.

Una sensazione nuova le si dipanò dal fondo dello stomaco. Un'emozione primitiva, antica. Un terrore al di là di qualsiasi parola capace di contenerlo. Era ovunque: dietro gli occhi, sotto la pelle. Troppo forte. Come se tutti i milioni e milioni di pezzi di lei scomparissero e riapparissero di colpo, baluginando per spegnersi subito dopo.

Stava per morire.

Stavapermorirestavapermorirestavapermorirestavapermorirestavapermorire.

E poteva morire anche solo a causa di quel terrore. Il cuore le batteva talmente rapido che non sembrava nemmeno più una pistola, ma non poteva continuare così. Avrebbe ceduto. Di certo avrebbe ceduto.

Pip cercò di urlare di nuovo, premendo la parola *aiuto* contro il nastro adesivo, ma quella le rimbalzò contro. Un grido disperato nel buio.

Dentro tutto quel terrore, però, c'era ancora una scintilla di sé, e lei era la sola, lì, a cui chiedere aiuto. *Respira, respira e basta*, tentò di dirsi. Come faceva a respirare se stava per morire? Ma fece un respiro profondo, inspirando ed espirando con il naso, e sentì che quell'emozione troppo violenta si stava raccogliendo, radunando, spingendosi nel luogo oscuro in fondo alla sua mente.

Le serviva un piano. Pip aveva sempre un piano, anche se stava per morire.

La situazione era la seguente: era sabato, erano circa le quattro del pomeriggio, e Pip era nel bagagliaio della sua auto – l'auto del Mostro del nastro adesivo. Daniel Da Silva. Che la stava portando nel luogo in cui intendeva ucciderla. Aveva le mani legate, aveva i piedi legati. Questi erano i fatti. E ne aveva altri: Pip aveva sempre altri fatti.

Il successivo era particolarmente grave, particolarmente difficile da accettare, anche se proveniva dalla sua stessa mente. Una cosa che aveva imparato da uno di quei troppi podcast di true crime, una cosa che non aveva mai pensato le sarebbe servito sapere. La voce nella sua testa glielo ripeté in modo chiaro, senza pause, senza panico: *Se mai venissi rapita, devi fare tutto ciò che è in tuo potere per evitare di essere portata in un luogo secondario. Una volta che ti trovi in un altro luogo le tue possibilità di sopravvivenza scendono a meno dell'uno per cento.*

La stavano portando in un altro luogo in quel preciso momento. Aveva mancato quella possibilità, quella piccola finestra di sopravvivenza aperta nei primissimi secondi.

Meno dell'uno per cento.

Ma per qualche motivo quel numero non riportò indietro il terrore. Pip si sentiva più calma, in un certo senso. Una quiete strana, come se associare a quel fatto un numero glielo rendesse più facile da accettare.

Non stava per morire, ma era molto, molto probabile che sarebbe morta. Una semi certezza, non sufficiente per poter sperare.

Ok, respirò. Allora, cosa poteva fare?

Non era ancora arrivata in un altro luogo.

Aveva il telefono con sé? No. Lo aveva fatto cadere quando lui l'aveva afferrata, lo aveva sentito atterrare sull'asfalto. Alzò la testa e studiò il bagagliaio, traballando perché avevano imboccato una strada più dissestata. A parte lei, non c'era nient'altro. Doveva averle preso anche lo zaino. Ok, prossima mossa?

Avrebbe dovuto cercare di visualizzare il percorso dell'auto, farsi un appunto mentale delle svolte effettuate. Era stata rapita alla fine di Cross Lane, dove gli alberi s'infittivano. Lo aveva udito mettere in moto, e non aveva sentito la macchina invertire la marcia, perciò doveva aver proseguito lungo quella strada. Ma il terrore, mentre lei si accendeva e spegneva, aveva cancellato ogni cosa, e Pip non aveva prestato attenzione al percorso. Pensava che fossero in viaggio già da cinque minuti. Magari non erano nemmeno più a Little Kilton. Ma non capiva come questo ragionamento potesse aiutarla.

Ok, allora cosa poteva aiutarla? Forza, pensa. Tieni la mente impegnata, così non va in cerca di quel luogo oscuro là in fondo dove vive il terrore. Ma invece le venne una domanda diversa.

Quella domanda.

Chi cercherà te quando sarai tu a scomparire?

Ora non avrebbe mai conosciuto la risposta, perché sarebbe morta. Ma no, non era vero, si disse, spostandosi sul fianco per allentare la pressione sulle braccia. Lei la sapeva, la risposta, una consapevolezza che sentiva nelle ossa, una consapevolezza che le sarebbe sopravvissuta. Ravi l'avrebbe cercata. Sua mamma. Suo papà. Il suo fratellino. Cara, più sorella che amica. Naomi Ward. Connor Reynolds. Jamie Reynolds, proprio come lei aveva cercato lui. Nat Da Silva. Becca Bell, perfino.

Pip era fortunata. Fortunatissima. Perché non si era mai fermata a pensare a quanto era fortunata? Tutte quelle persone che le volevano bene, che lo meritasse o meno.

Una nuova sensazione ora. Non era panico. Era meno accesa, più greve, più triste, lenta, ma faceva molto più male. Non li avrebbe visti mai più. Nessuno di loro. Né il sorriso sghembo di Ravi né la sua risata ridicola, né uno qualsiasi dei mille modi che aveva di dirle che l'amava. Non l'avrebbe più sentito chiamarla Sergente. Non avrebbe più visto la sua famiglia, né i suoi amici. Tutti quegli ultimi momenti con loro, e lei non sapeva che sarebbero stati il suo saluto definitivo.

Gli occhi le si riempirono di lacrime, che traboccarono, scendendole lungo le guance sul tappetino ruvido. Perché non poteva affondare lì, adesso, scomparire, ma scomparire dove il Mostro non potesse raggiungerla?

Almeno aveva detto alla mamma che le voleva bene prima di uscire di casa. Almeno la mamma aveva quel breve momento cui aggrapparsi. Ma suo papà? Quand'era stata l'ultima volta che l'aveva detto a lui, o a Josh? Josh si sarebbe ricordato il suo aspetto quando fosse cresciuto? E Ravi? Quand'era stata l'ultima volta che aveva detto a Ravi di amarlo? Non abbastanza, mai abbastanza. E se non lo sapeva davvero? Lo avrebbe devastato. Pip pianse più forte, e le lacrime si raccolsero attorno al nastro adesivo che aveva sulla bocca. Ti prego, che non incolpi se stesso. Lui era la sua cosa migliore, e ora lei sarebbe stata per sempre la cosa peggiore che gli fosse mai capitata. Un dolore nel petto che non avrebbe mai dimenticato.

Ma l'avrebbe cercata. E non l'avrebbe trovata, ma avrebbe trovato il suo assassino, Pip ne era certa. Ravi per lei lo avrebbe fatto. Giustizia: quella parola scivolosa, ma ne avrebbero avuto bisogno, per poter infine imparare tutti quanti ad andare avanti senza di lei, a deporre fiori sulla sua tomba una volta all'anno. Un attimo, che giorno era oggi? Non sapeva nemmeno la data del giorno in cui sarebbe morta.

Pianse e pianse, sempre più forte, finché quelle parti di sé più razionali non presero il controllo, la allontanarono dalla disperazione. Sì, Ravi avrebbe trovato chi l'aveva uccisa, avrebbe scoperto chi era. Ma c'era una differenza tra scoprirlo e riuscire a dimostrarlo. Un mondo di differenze, tra quei due concetti: Pip l'aveva appreso nel modo più duro.

Quella era una cosa che poteva fare lei, però. Un piano, per tenere la mente impegnata. Pip poteva aiutarli a trovare il suo assassino, a chiuderlo in una cella. Doveva solo lasciare abbastanza tracce di sé in quel bagagliaio. Capelli. Pelle. Qualsiasi cosa contenesse il suo DNA. Ricoprire quella macchina con i suoi ultimi resti, il suo ultimo segno sul mondo, una freccia che puntasse a *lui*.

Sì, questo poteva farlo. Questa era una cosa che poteva fare. Si allungò all'indietro e grattò la testa contro il tappetino. Più forte. Sempre più forte, finché non le fece male, finché non sentì che i capelli le si staccavano dal cuoio capelluto. Scivolò più in basso e lo rifece.

Poi la pelle. Non ne aveva molta nuda che potesse usare. Ma aveva il viso e aveva le mani. Torse il collo, spinse la guancia contro il tappetino e la strofinò avanti e indietro. Faceva male e pianse, ma continuò, l'osso dello zigomo dolente e scorticato. Ancora meglio se sanguinava. Se lasciava dietro di sé del sangue, vediamo come avrebbe fatto *lui* a farla franca. Poi le mani, che spostò a fatica, legate dal nastro adesivo. Grattò le nocche contro il tappetino, contro la parte posteriore dei sedili dei passeggeri.

Cos'altro poteva fare? Ritornò con la memoria a tutti i casi che aveva studiato. Sette sillabe le vennero in mente, due parole così ovvie che non sapeva come avesse fatto a non pensarci prima. Impronte digitali. La polizia le sue le aveva già, per escluderla dai sospetti per la morte di Stanley. Sì, giusto. La tela di ragno a spirale delle sue impronte sarebbe stata la rete che avrebbe lasciato dietro di sé, da stringere sempre di più attorno al Mostro fino a catturarlo. Ma le serviva una superficie dura, il tappetino non andava bene.

Pip si guardò attorno. C'era il lunotto posteriore, ma non poteva arrivarci per via della tendina scura che chiudeva il bagagliaio. Un attimo. Le fiancate della macchina accanto alla testa e ai piedi erano coperte di plastica. Quella era perfetta. Pip piegò le gambe e spinse le scarpe contro il tappetino, facendosi scivolare sempre più su e di lato, finché non si ritrovò accoccolata su un fianco, la plastica ormai a portata delle mani legate.

Lo fece una mano dopo l'altra. Posò e premette ogni dito sulla plastica, diverse volte. Su e giù, ovunque riuscisse ad arrivare. I pollici furono i più difficili, per via del nastro adesivo, ma riuscì a premerne le punte. Per lo meno era un'impronta parziale.

Ok, e poi? La macchina sembrò risponderle, sobbalzando perché le ruote avevano investito qualcosa. Un'altra svolta brusca. Da quanto tempo erano in marcia ormai? E che faccia avrebbe fatto Ravi quando gli avessero detto che era morta? No, basta. Non voleva quell'immagine nella mente. Nelle sue ultime ore voleva ricordarlo sorridente.

Le aveva detto che era la persona più coraggiosa che conoscesse. Pip ora non si sentiva coraggiosa. Per niente. Ma almeno lo era la versione di sé che viveva nella mente di Ravi, quella a cui lui si rivolgeva per chiedersi: *Cosa farebbe Pip in questa situazione?* Tentò anche lei, con il Ravi che viveva nella sua mente. Si rivolse a lui e gli chiese: «Cosa mi diresti di fare se fossi qui con me?».

Ravi rispose.

Le avrebbe detto di non mollare, anche se era ciò che le dicevano i dati statistici e la logica. «'Fanculo a quel "meno dell'uno per cento". Tu sei Pippa Cazzutissima Fitz-Amobi. Il mio piccolo Sergente. Maximus Pippus, e non c'è niente che tu non possa fare.»

«È troppo tardi» gli disse.

Lui ribatté che non era vero. Che non era ancora arrivata in quell'altro luogo. C'era ancora tempo, e lei in sé aveva la forza di lottare.

«Alzati, Pip. Alzati. Puoi farcela.»

Alzarsi. Poteva farcela.

Poteva. Ravi aveva ragione. Non era ancora arrivata in un altro posto: era ancora nella macchina. E quella macchina la poteva usare a proprio vantaggio. Le possibilità di sopravvivere a un incidente d'auto erano molto più alte di quelle di sopravvivere all'altro posto. La macchina sembrò essere d'accordo: le ruote rombarono più forti su una strada sterrata, incalzandola.

Farlo andare a sbattere. Sopravvivere. Ecco il nuovo piano.

Lo sguardo le volò al portellone del bagagliaio, in basso. Non c'era un fermo che potesse usare, per aprirlo e rotolare fuori. L'unica strada era oltre i sedili posteriori e da lì gettarglisi contro, fargli perdere il controllo del volante.

Ok: due opzioni. Calciare i sedili posteriori, abbastanza forte da abbatterli, ripiegandoli indietro. Oppure scavalcarli, passando dallo spazio tra i poggiatesta. E per fare questo doveva solo rimuovere la tendina sopra di sé.

Pip scelse l'opzione due. La copertura era rigida – lo sentiva con le ginocchia –, ma era sicuramente bloccata solo su due lati da un gancio o un meccanismo simile. Doveva soltanto riaggiustare la sua posizione, scivolare in giù e dare un calcio verso l'alto in quell'angolo per sganciarla.

La macchina rallentò fino a fermarsi.

Una sosta troppo lunga per essere una semplice svolta. Merda.

Pip sbarrò gli occhi. Trattenne il respiro per poter sentire. Ci fu un rumore: una portiera che si apriva.

Cosa stava facendo? La stava lasciando da qualche parte? Rimase ad aspettare che la portiera si chiudesse, ma quel rumore non arrivò, almeno per diversi secondi. E quando infine lo sentì, la macchina si rimise in moto lentamente. Non abbastanza veloce per causare un incidente.

Ma appena sette secondi dopo tornò a fermarsi dolcemente. E questa volta Pip udì che veniva tirato il freno a mano.

Erano arrivati.

L'altro posto.

Era troppo tardi.

«Mi dispiace» disse Pip al Ravi nella sua mente. E «Ti amo», in caso ci fosse un modo in cui lui potesse trasmettere il messaggio a quello vero.

Portiera aperta. Portiera chiusa.

Passi su ghiaia.

Il terrore ritornò, riversandosi al di fuori del luogo buio in fondo alla sua mente, dove pensava di averlo rinchiuso.

Pip si rannicchiò, tirandosi le ginocchia al petto.

Attese.

Il portellone del bagagliaio si aprì.

Lui era lì, in piedi. Ma Pip vedeva soltanto i suoi vestiti neri, fino all'altezza del petto.

Una mano si allungò in avanti, tirando la tendina sopra la sua testa, e quella si ritrasse, arrotolandosi nuovamente contro i sedili posteriori.

Pip alzò lo sguardo su di lui.

Una sagoma stagliata contro il sole del tardo pomeriggio.

Una bestia alla luce del giorno.

Pip batté le palpebre, i suoi occhi si riabituarono al chiarore.

Non una bestia, soltanto un uomo. Qualcosa di familiare nel modo in cui teneva le spalle.
Il Mostro del nastro adesivo le rivelò il proprio volto. Le rivelò il luccichio nel proprio sorriso.
Non era il viso che pensava di vedere.
Era Jason Bell.

Ventisette

Jason Bell era il Mostro del nastro adesivo.

Il pensiero esplose con violenza nella mente di Pip, con più violenza del terrore. Ma non ebbe tempo di ripeterselo.

Jason si piegò in avanti e la prese per un gomito. Pip si ritrasse, sentendo il pungente odore metallico del sudore che gli macchiava la camicia. Cercò di agitare le gambe per scalciarlo via, ma Jason doveva averle letto quell'intenzione negli occhi. Si abbassò con violenza sulle sue ginocchia, inchiodandole le gambe. Con l'altra mano la tirò su a sedere.

Pip gridò, un suono soffocato contro il nastro adesivo. Qualcuno doveva sentirla. Qualcuno doveva riuscire a sentirla.

«Non ti può sentire nessuno» disse allora Jason, come se fosse anche lui lì, conficcato nella sua mente accanto a Ravi, che ora le diceva di correre. Di scappare.

Pip piegò le gambe verso l'esterno e fece leva sulle nocche. Atterrò in piedi sulla ghiaia e cercò di fare un passo, ma aveva le caviglie legate troppo strette. Inciampò in avanti.

Jason la sorresse. La raddrizzò, muovendo la ghiaia attorno a loro. Agganciò un braccio al suo, tenendolo stretto.

«Brava ragazza» disse piano, tra sé, come se non la stesse vedendo davvero. «Cammina, o ti dovrò portare di peso.» Non lo disse forte, non lo disse con durezza: non ce n'era bisogno. Aveva lui il controllo, e lo sapeva. Solo di questo si trattava.

Cominciò a camminare e lei lo imitò, minuscoli passi contro il nastro adesivo. Era un progresso lento, e Pip ne approfittò per guardarsi attorno, studiare l'ambiente.

C'erano degli alberi. Lontano sulla destra e dietro di lei. Li circondava un'alta recinzione metallica dipinta di verde scuro. Un cancello subito dietro di loro, che Jason doveva aver aperto quando era sceso dalla macchina la prima volta. Era ancora aperto, spalancato. A schernirla.

Jason la stava guidando verso un edificio dall'aspetto industriale – pareti di lamiera –, ma ce n'era un altro separato, di mattoni, sulla sinistra. Un attimo. Pip conosceva quel posto. Ne era sicura. Rianalizzò tutto: l'alta recinzione di metallo, gli alberi, gli edifici. E, se non era abbastanza chiaro, c'erano cinque furgoncini parcheggiati lì, con il logo dipinto sulle fiancate. Pip era già stata in quel luogo. No, non era vero. Non proprio. Solo come fantasma, facendo la posta su e giù per la strada attraverso lo schermo di un computer.

Erano alla Green Scene Ltd.

La sede dell'azienda, giù per una stradina di campagna nel mezzo del nulla a Knotty Green. Jason aveva ragione: lì nessuno l'avrebbe sentita urlare.

Questo non le impedì di tentare, mentre raggiungevano una porta metallica sul lato dell'edificio.

Jason sorrise, mostrandole nuovamente i denti.

«No, no, no» disse, frugando nella tasca davanti. Ne estrasse una cosa appuntita e luccicante. Era un mazzo troppo carico di chiavi, di forme e dimensioni diverse. Le passò in rassegna, ne selezionò una lunga, sottile, con un solo dente frastagliato.

Borbottò tra sé e sé, avvicinando la chiave al massiccio

lucchetto argentato al centro della porta. L'altro braccio si rilassò un poco, il braccio che la teneva stretta.

Pip colse l'occasione.

Urtò con forza il proprio braccio contro il suo e si liberò.

Libertà. Era libera.

Ma non andò lontano.

Non riuscì a fare nemmeno un solo passo prima che la forza della sua mano la tirasse indietro, tenendole le braccia legate dietro la schiena come un guinzaglio.

«È inutile» disse Jason, rivolgendo la propria attenzione al lucchetto. Non sembrava arrabbiato: la curva della sua bocca era più vicina a un'espressione divertita. «Sai quanto me che è inutile.»

Era vero. *Meno dell'uno per cento.*

La porta si aprì con un clangore metallico e Jason la spinse verso l'interno, facendola cigolare sui cardini.

«Entra.»

Trascinò Pip oltre la soglia. Dentro era buio, pieno di ombre lunghe e sottili, solo una piccola finestra in alto sulla destra, che sbarrava l'ingresso alla maggior parte della luce del sole. Jason sembrò leggerle di nuovo la mente, facendo scattare un interruttore sul muro. Le luci industriali si accesero con un pigro ronzio. La stanza era lunga e stretta e fredda. Sembrava una specie di magazzino: alte scaffalature metalliche su entrambe le pareti, enormi taniche di plastica impilate le une sulle altre e lungo le mensole, con piccoli tappi vicino al fondo. Gli occhi di Pip le studiarono: diversi tipi di diserbanti e fertilizzanti. Nel pavimento di cemento sotto le mensole erano scavati due canali che correvano per tutta la lunghezza della stanza.

Jason la tirò avanti per le braccia, i talloni delle scarpe di Pip strisciavano contro il pavimento.

Poi la fece cadere.

Pip atterrò con violenza sul cemento, proprio di fronte alle scaffalature di destra. Si mise a sedere a fatica, guardandolo ergersi sopra di lei. Respirava dal naso, troppo forte e troppo veloce, e quel rumore le si ricomponeva nella mente sotto forma di *nastro adesivo, nastro adesivo, nastro adesivo*.

Ed eccolo lì. Strano, davvero, che avesse l'aspetto di un uomo. Nei suoi incubi era molto più grande.

Jason sorrise tra sé, scuotendo la testa divertito.

Alzò un dito in direzione di Pip, spostandosi verso un cartello che diceva: *Attenzione! Sostanze chimiche tossiche*. «Quell'antifurto» disse, soffocando una risata. «Quell'antifurto che ti interessava tanto?» Una pausa. «Era stata Tara Yates a farlo scattare. Sì» aggiunse, studiando i suoi occhi. «Eri arrivata alla conclusione sbagliata, eh? Era stata Tara a farlo scattare. Era legata qui, proprio in questa stanza.» Guardò il magazzino attorno a loro, riempiendolo di oscuri ricordi che Pip non vedeva. «È qui che sono state tutte. Dove sono morte tutte. Ma Tara in qualche modo è riuscita a liberarsi i polsi quando me ne sono andato. Stava camminando in giro e ha fatto scattare l'allarme. Mi ero dimenticato di disattivarlo del tutto, capisci?»

Il suo viso si coprì di nuovo di rughe, come se stesse parlando semplicemente di un piccolo errore, di cui si poteva ridere e poi ignorare. A guardarlo, a Pip venne la pelle d'oca.

«Tutto è poi andato bene. Sono arrivato in tempo» disse lui. «Ho dovuto affrettare il resto per tornare alla cena, ma è andato tutto bene.»

Bene. La parola che anche Pip aveva usato. Una parola vuota sotto la quale era sepolta ogni sorta di cose oscure.

Pip cercò di parlare. Non sapeva nemmeno cosa dire, solo che voleva tentare, prima che fosse troppo tardi. Non poteva farlo con il nastro adesivo sulla bocca, ma il suono senza forma della sua voce bastò a ricordarle che era ancora lì. Anche Ravi era ancora lì, le disse dolcemente. Sarebbe rimasto con lei fino alla fine.

«Come?» chiese Jason, sempre andando su e giù per la stanza. «Oh, no. No, non devi preoccuparti. Ho imparato dal mio errore dell'ultima volta. L'antifurto è disattivato completamente. E anche le telecamere a circuito chiuso, fuori e dentro. Sono tutte spente, perciò non devi preoccuparti di niente ora.»

Pip fece un suono gutturale.

«Sono spente per tutto il tempo che mi serve. Tutta la notte. Tutto il weekend» proseguì lui. «E nessuno verrà qui, non prima di lunedì mattina, perciò non devi preoccuparti nemmeno di questo. Siamo solo tu e io. Oh, ma fammi dare un'occhiata.»

Jason le si avvicinò. Pip indietreggiò contro gli scaffali. Lui si inginocchiò accanto a lei e studiò il nastro adesivo avvolto attorno ai suoi polsi e alle sue caviglie.

Fece un verso di disapprovazione, giocherellando con lo scotch. «No, così non va. Decisamente troppo lento. Ero un po' di fretta, dovevo buttarti in macchina. Dovrò rimettarteli» disse, dandole dei colpetti leggeri sulla spalla. «Non vogliamo che tu faccia come Tara, vero?»

Pip tirò su con il naso, e sentendo l'odore del suo sudore le venne da vomitare. Troppo vicino.

Jason si raddrizzò, sbuffando e facendo leva sulle ginocchia. La superò, passando accanto alla scaffalatura. Pip voltò il capo per seguirlo con lo sguardo, ma lui stava già tornando indietro con qualcosa tra le mani.

Un rotolo di nastro adesivo grigio.

«Eccoci qui» disse, piegandosi nuovamente sulle ginocchia e staccando l'estremità dello scotch dal rotolo.

Pip non riuscì a vedere cosa stava facendo dietro di lei, ma le dita toccarono le sue e un brivido le scese lungo la spina dorsale, nauseante e gelido. Pensò di essere sul punto di vomitare, e se l'avesse fatto sarebbe affogata nel suo vomito, proprio com'era morta Andie Bell.

Andie, il suo fantasma seduto al suo fianco, che le stringeva la mano. Povera Andie. Lei aveva scoperto cos'era suo padre. Era dovuta tornare ogni giorno in una casa dove viveva un mostro. Era morta cercando di sfuggirgli, di proteggere da lui sua sorella. E fu allora che due ricordi separati attraversarono come elettricità statica la mente di Pip. Fondendosi, diventando uno solo. Una spazzola. Ma non una semplice spazzola. La piatta spazzola viola sulla scrivania di Andie – quella nell'angolo delle foto che avevano scattato lei e Ravi – era appartenuta a Melissa Denny, la seconda vittima di Jason. Il trofeo che lui le aveva preso, per riviverne la morte. L'aveva regalata alla figlia adolescente: probabilmente ricavava un brivido oscuro nel vedergliela usare. Pervertito del cazzo.

Quel pensiero terminò lì, quando un rapido lampo di dolore le salì dai polsi. Jason aveva strappato il nastro adesivo, portandosi dietro peli e pelle. Libera, di nuovo. Slegata. Avrebbe dovuto lottare. Saltargli al collo. Affondargli le unghie negli occhi. Pip sbuffò e tentò, ma lui la teneva troppo stretta.

«Cosa ti ho appena detto?» fece calmo Jason, stringendole le braccia che si dibattevano. Gliele tirò su, dolorosamente alte dietro la schiena, e all'indietro, premendole il lato interno dei polsi contro il palo di metallo anteriore dello scaffale.

Le avvolse il nastro adesivo, appiccicoso e freddo, attorno a un polso, attorno al palo metallico e poi attorno all'altro polso.

Pip si concentrò, cercando di tenere le mani il più possibile separate così lo scotch non sarebbe stato troppo stretto, troppo costrittivo. Ma Jason gliele serrava, coprendo il nastro adesivo con un nuovo strato. E un altro. E un altro.

«Ecco qui» disse, cercando di muoverle i polsi, che non si spostarono di un millimetro. «Bello stretto. Ora non andrai da nessuna parte, eh?»

Il nastro adesivo contro la sua bocca inghiottì un altro urlo.

«Sì, arrivo anche lì, non ti preoccupare» disse Jason, spostandosi verso i suoi piedi. «Sempre a preoccuparvi. Sempre a brontolare, tutte quante. Così rumorose.»

Le si inginocchiò sopra le gambe per tenergliele ferme, poi avvolse attorno alle caviglie un altro giro di nastro adesivo, sopra a quello già presente. Questa volta più stretto, vi ripassò sopra due volte.

«Così va bene.» Ruotò su se stesso per guardarla. Strinse gli occhi. «Di solito vi do l'occasione di parlare a questo punto. Di scusarvi, prima...» Non terminò la frase, abbassando lo sguardo sul rotolo di nastro adesivo, passandovi sopra le dita con tenerezza. Jason si chinò in avanti e allungò una mano verso il suo viso. «Non farmene pentire» disse, dando uno strattone forte allo scotch sulle sue guance, liberandole la lingua.

Pip inspirò, e dalla bocca le parve diverso. Più spazio, meno terrore.

Ora poteva urlare, se voleva. Gridare per chiedere aiuto. Ma che senso avrebbe avuto? Nessuno poteva sentirla, e nessuno sarebbe venuto. C'erano soltanto loro due.

Una parte di lei voleva alzare lo sguardo su di lui e chiedergli: «Perché?». Ma non c'era alcun perché, Pip lo sapeva. Lui non era Elliot Ward, o Becca, o Charlie Green, i cui perché li spingevano fuori dal buio, in quella zona grigia che la confondeva. Quella zona umana di buone intenzioni o pessime scelte o errori o incidenti. Aveva letto il profilo del Mostro e quello le diceva tutto ciò che doveva sapere. Il Mostro del nastro adesivo non aveva zone grigie né perché: era esattamente per questo che le era sembrato così giusto prima. Il caso perfetto: salvare se stessa per salvare se stessa. Ora non avrebbe più salvato nessuno, di certo non se stessa. Aveva perso, stava per morire e non c'era un perché, non per Jason Bell. Solo un "perché no". Pip e le cinque che l'avevano preceduta, in qualche modo, per lui erano intollerabili. Ecco tutto. Non si trattava di assassinio ai suoi occhi, ma di sterminio. Pip non avrebbe ottenuto altro se avesse fatto domande.

Un'altra parte di lei, quella parte più spinosa dove si ibernava la rabbia, voleva gridargli di andare a 'fanculo, e continuare a urlarlo finché lui non fosse stato obbligato a ucciderla, lì, ora.

Nulla di quanto avrebbe potuto dire lo avrebbe fermato o ferito. Nulla. A parte...

«Sapeva chi eri» disse Pip, la voce fioca e roca. «Andie.

Sapeva che eri tu il Mostro del nastro adesivo. Ti ha visto con Julia e ha unito i puntini.»

Pip vide una nuova ruga formarsi attorno agli occhi di Jason, un fremito nella sua bocca.

«Già, sapeva che eri un assassino. Da mesi, prima di morire. In effetti è per questo che è morta. Stava cercando di scappare da te.» Pip ingoiò un'altra boccata d'aria libera. «Ancora prima di scoprire chi eri, credo che avesse capito che in te c'era qualcosa che non andava. È per questo che non aveva mai portato a casa nessuno. Aveva messo da parte i soldi per un anno, per fuggire, per poter vivere da qualche altra parte, lontano da te. Aveva intenzione di aspettare che Becca finisse la scuola e poi sarebbe tornata per lei, per prenderla con sé. E, una volta arrivate dove tu non potevi trovarle, Andie ti avrebbe denunciato alla polizia. Era questo il suo piano. Ti odiava profondamente. Così come Becca. Non credo che lei sappia chi sei davvero, ma ti odia anche lei. L'ho capito: è per questo che ha scelto di andare in prigione. Per stare lontana da te.»

Pip gli sparò contro quelle parole, celando nella voce sei pallottole che gli avrebbero aperto sei buchi nel corpo. Strinse gli occhi per sventrarlo con lo sguardo. Ma lui non cadde. Rimase lì, in piedi, con una strana espressione sul viso, gli occhi che sfrecciavano di qua e di là mentre assimilava quello che lei gli aveva appena detto.

Fece un sospiro.

«Be'» disse, una tristezza affettata nella voce, «Andie non avrebbe dovuto. Farsi coinvolgere nei miei affari. Non era il suo posto. E ora sappiamo entrambi perché è morta. Perché non dava retta.» Si picchiettò il lato della testa, accanto all'orecchio, con troppa violenza. «Ho passato tutta la vita a cercare di insegnarglielo, ma lei non mi dava retta mai. Proprio come Phillipa e Melissa e Bethany e Julia e Tara. Troppo rumore, tutte voi. Parlate a sproposito. Non è così che dev'essere. Dovete darmi retta. Ecco tutto. Darmi retta e fare come vi viene detto. Come fa a essere tanto difficile?»

Giocherellò agitato con l'estremità del nastro adesivo.

«Andie...» Pronunciò il suo nome a voce alta, più a se stesso. «E sai, ho quasi rinunciato a tutto per lei. Ho dovuto, dopo che è sparita. La polizia era troppo vicina, era troppo rischioso. Avevo chiuso. Avevo trovato qualcuno che mi desse retta. Avrei chiuso.» Rise, cupo, calmo, indicando Pip con il rotolo del nastro adesivo. «Ma poi sei arrivata tu, eh? E facevi troppo rumore. Troppo rumore. Ti immischiavi negli affari di tutti. Nei miei. Ho perso la mia seconda moglie, l'unica donna che mi desse retta, perché invece dava retta a te. Tu eri un test, solo per me, e io sapevo che non potevo fallire. L'ultima. Troppo rumore per far finta di niente. Le donne devono farsi vedere, non sentire. Il tuo papà non te l'ha mai insegnato?» Strinse i denti. «Ed eccoti qui, che cerchi di interferire di nuovo con le tue ultime parole, di parlarmi di Andie. Non mi ferisce, sai. Tu non puoi ferirmi. Dimostra solo che avevo ragione. Su di lei. E anche su Becca. Su tutte voi. C'è qualcosa di profondamente sbagliato in tutte voi. Di pericoloso.»

Pip non riusciva a parlare. Non sapeva come fare, guardando quell'uomo che andava su e giù davanti a lei, e delirava. La saliva gli esplodeva dalle labbra, le vene in rilievo sul collo sempre più paonazzo.

«Oh.» Si raddrizzò di colpo, gli occhi spalancati per la contentezza, un sorriso malato sul viso. «Ma ho una cosa che ti farà male. Ah!» Jason batté le mani con forza, e Pip trasalì a quel rumore, picchiando la testa contro la mensola di metallo. «Sì, un'ultima lezione prima che tu vada. E ora capirai quanto tutto era perfetto, calzante. Che tutto sarebbe dovuto finire così. E io potrò sempre ricordare l'espressione sulla tua faccia.»

Pip lo fissò, confusa. Quale lezione? Di cosa parlava?

«È stato l'anno scorso» cominciò Jason, incrociando il suo sguardo. «Più o meno alla fine di ottobre, credo. Becca di nuovo non mi dava retta. Non mi rispondeva, nemmeno ai messaggi. Così sono passato da casa un pomeriggio, da casa *mia*, anche se all'epoca vivevo con la mia altra moglie, quella che mi dava retta. Ho portato il pranzo, tardi, a Becca e Dawn. E loro mi hanno forse detto *grazie*? Dawn sì, Dawn è sempre stata debole. Ma Becca si comportava in modo strano. Distante. Ho scambiato di nuovo due parole con lei, mentre mangiavamo, sull'importanza di *dare retta*, ma ho capito che mi stava nascondendo qualcosa.» Si interruppe, leccandosi le labbra secche. «Così, quando sono uscito, in realtà non me ne sono andato; sono rimasto in macchina, in fondo alla strada, a guardare la casa. E pensa un po', poco più di dieci minuti dopo Becca esce di casa, con un cane al guinzaglio. Il suo piccolo segreto. Non avevo detto loro che avevano il permesso di tenere un cane. Non me l'avevano mai chiesto. Io non vivevo lì, ma loro dovevano comunque dare retta a me. Puoi ben immaginare quanto questo mi abbia reso furioso. Così sono sceso dalla macchina e ho seguito Becca nel parco, mentre portava fuori questo nuovo cane.»

Il cuore di Pip fece un salto, un salto nel vuoto dalle sue costole, schiantandosi in fondo allo stomaco. No no no. Non questo. Per favore, che non andasse dove lei pensava.

Jason fece un sorrisetto, vedendo l'espressione sul suo viso, godendosi ogni istante. «Era un golden retriever.»

«No» disse piano Pip, il dolore nel suo petto ormai fisico.

«Allora, sto guardando Becca portare a spasso questo cane» continuò. «E lei lo libera dal guinzaglio, lo accarezza e gli dice "Vai a casa", cosa che ovviamente all'epoca ho trovato strana. Mi ha dimostrato ancora di più che Becca non meritasse un cane se non poteva gestirne la responsabilità. E poi comincia a lanciargli dei rametti e lui continua a riportarglieli. Poi ne lancia uno il più lontano possibile, tra gli alberi, e mentre il cane lo insegue Becca scappa via. Verso casa. Il cane non riesce a trovarla. È confuso. Così, ovviamente, capisco che Becca non è pronta ad avere un cane, perché non me l'ha mai chiesto, perché non mi dà retta. Allora mi avvicino al cane. Una cosina molto amichevole.»

«No» ripeté Pip, questa volta a voce più alta, cercando di strattonare il nastro adesivo che la bloccava.

«Becca non era pronta e non mi aveva dato retta. Doveva imparare la lezione» sorrise Jason, beandosi della disperazione sul viso di Pip. «Così ho accompagnato questo cane molto amichevole fino al fiume.»

«No!» gridò lei.

«Sì!» rise lui, imitandola. «Ho annegato il tuo cane. Ovviamente non sapevo che fosse il *tuo* cane allora. L'ho fatto per punire mia figlia. E poi tu hai pubblicato il tuo podcast, che mi ha causato problemi di ogni genere, ma hai parlato del tuo cane... Barney, giusto? Pensavi fosse un incidente, e non hai accusato Becca di quel che era successo. Be'» batté le mani di nuovo, «non è stato un incidente. Ho ucciso io il tuo cane, Pip. Vedi, il destino si muove per vie misteriose, no? Ci ha legati l'uno all'altra già all'epoca. E ora sei qui.»

Pip batté le palpebre, e ogni colore sparì dal volto di Jason, dalla stanza, rimpiazzato solo dal rosso. Rosso ira. Rosso violento. Rosso dietro agli occhi. Rosso da sangue sulle mani. Rosso sto per morire.

Gli urlò contro. Un urlo senza fondo, selvaggio e viscerale. «Vaffanculo!» gridò, mentre lacrime di rabbia e disperazione le cadevano nella bocca aperta. «Vaffanculo! Vaffanculo!»

«Siamo arrivati lì, eh?» disse Jason, con un cambiamento nell'espressione del viso, nella curva degli occhi.

«Vaffanculo!» Il petto di Pip tremò con la violenza di tutto il suo odio.

«Ok, bene.»

Jason le si avvicinò, e si udì uno strappo quando prese un lungo pezzo di nastro adesivo dal rotolo.

Pip si portò le gambe al petto, dandogli calci contro con i piedi legati.

Jason la evitò facilmente. Le si inginocchiò accanto, lento, sicuro.

«Non danno mai retta» disse, prendendole il volto.

Pip cercò di scostarsi, con una tale forza che pensò che avrebbe anche potuto lasciare lì le proprie mani, legate allo scaffale, mentre lei si liberava. Jason le mise una mano sulla fronte, tenendola ferma contro il palo di metallo.

Pip scalciò. Tentò di farlo. Tentò di scostare la testa da una parte o dall'altra.

Jason le premette il nastro adesivo contro l'orecchio destro. Glielo avvolse dietro la testa, poi giù, fissandolo sull'altro orecchio, chiudendoglielo sotto il mento.

Altri strappi. Altro scotch.

«Vaffanculo!»

Jason modificò l'angolatura, avvolgendolo in orizzontale sul mento, sulla nuca, appiccicandoglielo ai capelli.

«Smetti di muoverti» disse, frustrato. «Stai facendo un casino.»

Le avvolse il nastro adesivo sul mento, un altro giro, prendendole il labbro inferiore.

«Non danno mai retta» ripeté Jason, gli occhi stretti per la concentrazione. «Ora non potrai più farlo. Non potrai più parlare. Nemmeno guardarmi. Non te lo meriti.»

Lo scotch le premette le labbra l'una contro l'altra, privandola delle urla. Poi più su, fissato sotto il naso.

Jason le fece passare di nuovo il nastro adesivo dietro la testa, piegandolo verso l'alto per lasciarle libere le narici. Respiri di panico, dentro, fuori. Lo scotch attorno e sul naso, fin sotto gli occhi.

Jason cambiò di nuovo posizione, tirando il nastro adesivo a coprirle la parte alta della testa. Giro su giro. Scendendo sulla fronte.

Giù, giro.

Scotch sulle sopracciglia, appiattendole e bloccandole.

Di nuovo dietro la testa.

Finché non restò una sola cosa.

Un'ultima striscia di viso.

Pip lo osservò mentre lo faceva. Lo osservò privarla della vista, come aveva fatto con il resto del suo volto, chiudendole gli occhi all'ultimissimo momento, premendovi sopra il nastro adesivo.

Jason smise di esercitare pressione sulla sua testa, e lei riuscì di nuovo a muoverla, ma senza poter vedere.

Il suono di uno strappo. Il peso del suo dito sulla tempia: stava fissando l'estremità dello scotch.
Era completa. La sua maschera mortuaria.
Senza volto.
Buio.
Silenzio.
Scomparsa.

Ventotto

Senza volto. Buio. Silenzio. Troppo silenzio. Pip non riusciva più a sentire il sibilo del respiro di Jason né l'afrore metallico del suo sudore, respirando a fatica dal naso. Doveva essersi spostato.

Trattenne il respiro, sondando la stanza con le orecchie coperte, tastando il cemento con le gambe legate due volte. Sentì dei passi attutiti, lontani da sé, in direzione della porta attraverso la quale l'aveva trascinata.

Restò in ascolto.

Clangore metallico quando la porta si aprì. Il cigolio di vecchi cardini. Altri passi, che pestavano sulla ghiaia all'esterno. Un altro cigolio dei cardini e la porta che si chiudeva. Silenzio, per il tempo di qualche respiro, e poi un suono molto più flebile: una chiave che grattava contro il lucchetto. Un altro rumore sordo.

Se n'era andato? Se n'era andato, vero?

Pip tese l'orecchio, per sentire il suono attutito di scarpe e ghiaia smossa. Un rumore familiare: la portiera di un'auto che si chiudeva. Il rombo di un motore che veniva avviato e di ruote che si allontanavano da lei.

Se ne stava andando. Se n'era andato.

L'aveva lasciata lì, chiusa dentro, ma Jason se ne stava andando. Il Mostro se n'era andato.

Tirò su con il naso. Un attimo. Forse non se n'era andato. Forse era una specie di test, ed era ancora seduto nella stanza con lei, a guardarla. Trattenendo il respiro per non farsi sentire. In attesa che lei facesse un qualsiasi passo falso. Nascosto nel buio sotto le sue palpebre sigillate.

Pip fece un suono gutturale, come a provare la gola. La sua voce vibrò contro il nastro adesivo, facendole il solletico alle labbra. Gemette di nuovo, più forte, cercando di dare un senso all'oscurità impenetrabile attorno a lei. Ma non ci riuscì. Era inerme, lì, bloccata a quell'alta scaffalatura di metallo, il volto sparito, avvolto dal nastro adesivo. Forse lui era ancora nella stanza insieme a lei, non poteva escluderlo. Ma aveva sentito la macchina, no? Non poteva essere stato che Jason. E un altro ricordo, che si liberava nel suo cervello infranto. Le parole battute a macchina di una trascrizione. L'ispettore Nolan che chiedeva a Billy Karras come mai lasciasse le sue vittime da sole per un certo periodo di tempo, come dimostravano l'usura e le lacerazioni nel nastro adesivo. Il Mostro se ne andava *davvero*. Era parte della sua routine, del suo modus operandi. Jason se n'era andato. Ma sarebbe tornato e allora lei sarebbe morta.

Ok, era da sola, stabilì Pip, ma non poteva indugiare in quel sollievo momentaneo. Ora bisognava passare al problema successivo. Il terrore non era rinchiuso, come lei, in fondo alla sua mente. Era ovunque. Era nei suoi occhi e nelle sue orecchie sigillati. In ogni battito del suo cuore troppo utilizzato. Nella pelle scorticata dei polsi e nella posizione scomoda delle spalle. Nel fondo dello stomaco e nelle profondità della sua anima. Puro e viscerale: una paura che non aveva mai conosciuto prima. Inevitabile. La transizione tra l'essere viva e il non esserlo più.

Il respiro ora le si era fatto più breve, troppo breve, dei fiotti terrorizzati. Oh merda. Le si stava tappando il naso, lo sentiva, ogni respiro era più un rantolo rispetto al precedente. Non avrebbe dovuto piangere, non avrebbe dovuto piangere. L'aria si faceva strada a fatica in quei due fori sempre più stretti. Presto si sarebbero tappati del tutto e lei sarebbe soffocata. Era così che sarebbe finito tutto. Una morta che cammina. Una morta che non respira. Almeno così non sarebbe stato il Mostro a ucciderla, non a modo *suo*, quantomeno, con una corda blu attorno al collo. Magari sarebbe stato un metodo migliore, una cosa al di là del suo controllo e più vicina a quello di Pip. Ma, oddio, lei non voleva morire. Costrinse l'aria a entrare e uscire, sentendosi la testa leggera, anche se non aveva più una testa, solo due narici che si contraevano.

Un nuovo ritornello nella mente. *Sto per morire. Sto per morire. Sto per morire.*

«Ehi, Sergente.» Ravi era tornato, nella sua testa. Le sussurrava all'orecchio sigillato.

«Sto per morire» disse lei.

«Non credo proprio» replicò lui, e Pip capì che lo stava dicendo con quell'ombra di sorriso, una fossetta in una guancia. «Respira e basta. Più lentamente, per favore.»

«Ma guarda.» Gli mostrò lo scotch: le caviglie, le mani legate a un freddo palo di metallo, la maschera attorno al volto.

Ravi sapeva già tutto, aveva assistito anche a quello. «Rimango con te, fino alla fine» le promise, e Pip desiderò rimettersi a piangere, ma non poteva, aveva gli occhi chiusi a forza. «Non sarai sola, Pip.»

«Questo mi aiuta» gli disse lei.

«È per questo che ci sono. Sempre. Team Ravi & Pip.» Sorrise dietro gli occhi. «E siamo stati un'ottima squadra, no?»

«Tu di certo» rispose lei.

«Anche tu.» Le prese la mano, legata dietro la schiena. «Ovvio, quello diabolicamente bello ero io.» Rise alla propria battuta, o a quella di lei, probabilmente. «Ma tu sei sempre stata quella coraggiosa. Meticolosa, in modo irritante. Determinata fino all'imprudenza. Hai sempre avuto un piano, a prescindere da tutto.»

«Questo non l'avevo pianificato» disse Pip. «Ho perso.»

«Va bene così, Sergente.» Le strinse la mano, le dita cominciavano a intorpidirsi per via della posizione innaturale. «Ti serve solo un nuovo piano. È questo quello in cui sei brava. Non morirai qui. Lui se n'è andato, e ora hai tempo. Usalo. Escogita un piano. Non vuoi rivedermi? Rivedere tutte le persone a cui vuoi bene?»

«Sì» gli disse lei.

«Allora meglio darsi una mossa.»

Meglio darsi una mossa.

Fece un respiro profondo, le vie respiratorie ora più pulite. Ravi aveva ragione; le era stato concesso del tempo e lei doveva usarlo. Perché non appena Jason Bell fosse rientrato da quella porta cigolante, non ci sarebbe stata più alcuna possibilità. Nessuna. Sarebbe morta. Ma questa Pip, lasciata sola e legata a quelle scaffalature di metallo, era praticamente morta. Non aveva molte possibilità, ma in ogni caso più di quante ne avesse quella Pip quasi-futura.

«Ok» disse a Ravi, ma in realtà a se stessa. «Un piano.»

Non riusciva a vedere, ma poteva comunque controllare l'ambiente che la circondava. Non c'era niente vicino a lei prima che il Mostro le tappasse la vista, ma forse aveva lasciato qualcosa lì vicino dopo che aveva finito con la sua maschera mortuaria. Una cosa che lei potesse usare. Pip fece scivolare le gambe in un arco, da una parte all'altra, sforzandosi con le braccia di arrivare il più lontano possibile. No, non c'era niente, solo cemento e quei canali profondi che correvano sotto gli scaffali.

Va bene, non si era aspettata di trovare niente, non doveva sprofondare di nuovo nella disperazione. Ravi comunque non gliel'avrebbe permesso. Ok, allora, non si poteva muovere, era bloccata contro quegli scaffali. Lì c'era niente che potesse aiutarla? Taniche di diserbanti e fertilizzanti che le erano inutili, anche se avesse potuto raggiungerle. Bene, allora cosa poteva raggiungere? Pip flettéle dita, cercando di recuperare sensibilità. Aveva le braccia bloccate dietro la schiena, più in alto del normale. Aveva i polsi legati al palo di metallo anteriore della scaffalatura, subito sopra la mensola più bassa. Tutto questo lo sapeva, l'aveva notato prima che lui le portasse via il viso. Pip spostò i polsi, contro il nastro adesivo, ed esplorò tastando con due dita. Sì, sentiva il freddo metallo del palo, e se allungava il medio poteva giusto toccare il punto di intersezione in cui la mensola si collegava al palo.

Ecco tutto. Tutto ciò che riusciva a toccare. Tutto l'aiuto che aveva nel mondo.

«Forse è sufficiente» disse Ravi.

E forse lo era. Perché da qualche parte, in quell'intersezione tra mensola e palo, doveva esserci una vite, a tenerli insieme. E una vite poteva voler dire libertà. Pip poteva utilizzare quella vite. Stringerla tra pollice e indice e fare dei buchi nel nastro adesivo che le serrava i polsi. Continuare fino a strapparlo, fino a liberarsi.

Ok, eccolo. Ecco il piano. Prendi la vite dalla mensola.

Pip ebbe di nuovo quella sensazione, come se ci fosse

una presenza nell'ignoto che la circondava. E non solo il Ravi nella sua mente. Una cosa maligna e gelida. Ma il tempo non aspettava nessuno e di sicuro non avrebbe aspettato lei. Allora, come faceva a prendere quella vite?

Pip riusciva appena a toccare con un solo dito la parte superiore della mensola; in qualche modo doveva abbassare i polsi, per poter arrivare sotto lo scaffale. Il nastro adesivo che li avvolgeva li legava a quella precisa parte del palo. Ma se si muoveva forse, solo forse, sarebbe riuscita a staccarlo dal metallo. Era solamente su un lato. Lo toccava per uno o due centimetri. Se avesse staccato il nastro adesivo lì, allora avrebbe potuto far scivolare le mani su e giù lungo il palo. Si era divincolata ed era riuscita a ricavarsi un minimo spazio nella stretta dello scotch, nella stretta di Jason. Poteva farcela. Pip lo sapeva.

Piegò le gambe verso di sé così da poter spingere il peso contro il nastro adesivo. Allungò le mani verso il fondo delle mensole, e sfiorò con le dita il profilo di plastica di una delle taniche. Spinse e strattonò e si spostò finché non lo sentì cedere. Sentì che un lato del nastro adesivo si staccava dal metallo.

«Sì, continua così, Sergente» la incalzò Ravi.

Lei spinse con più forza, strattonò con più forza, il nastro adesivo le tagliò la pelle. E lentamente, molto lentamente, si staccò dal palo.

«Sì» sussurrarono insieme Ravi e Pip.

Non avrebbero dovuto, perché non era ancora libera. Era ancora legata a quel palo, i polsi ben stretti, e presto, probabilmente, sarebbe morta. Ma aveva guadagnato qualcosa: poteva muoversi su e giù tra due mensole, lo scotch scorreva lungo il palo.

Pip non sprecò altro tempo, fece scendere i polsi il più possibile, subito sopra la mensola più bassa. Tastò oltre l'angolo con le dita e lì, nella faccia interna, percepì qualcosa: piccolo, duro e metallico. Doveva essere il dado, che fissava l'estremità della vite. Pip vi premette forte le dita contro. Sentiva la testa della vite, che spuntava dal dado. Non era aguzza come avrebbe voluto, ma avrebbe funzionato. Poteva comunque usarla per tagliuzzare il nastro adesivo.

Prossimo passo: rimuovere il dado. Non sarebbe stato facile, Pip se ne rese conto spostando nuovamente le mani. Non poteva in alcun modo portare un pollice o l'altro da quella parte del palo, erano bloccati sulla faccia esterna. Avrebbe dovuto usare altre due dita. La mano destra, naturalmente. Era più forte. Posizionò il medio e l'indice attorno al dado, li strinse e cercò di ruotarli. Cazzo, era avvitato per bene. E qual era il senso corretto per allentarlo, poi? Verso sinistra, cioè la *sua* destra?

«Niente panico, prova e basta» le disse Ravi. «Prova finché non cede.»

E Pip provò. E provò. Non funzionava, non si muoveva. Presto sarebbe morta.

Si spostò e tentò dall'altra parte, facendo molta fatica a trovare l'angolatura giusta. Non avrebbe mai funzionato. Le servivano i pollici: come si poteva fare una cosa del genere senza pollici? Spinse le dita, insieme, attorno al metallo e le ruotò. Faceva male, fin nelle ossa, e se si fosse rotta le dita... be', ne aveva altre. Il dado si mosse. A malapena, ma si era mosso.

Pip fece una pausa per allungare un po' le dita doloranti, per dirlo a Ravi.

«Bene, bene così» le disse lui. «Ma devi continuare, non sai quanto a lungo resterà lontano.»

Poteva anche essere già passata mezz'ora da quando Jason se n'era andato, Pip non aveva modo di scoprirlo, e il terrore influenzava il tempo in strani modi. Vite intere in pochi secondi, e l'opposto. Il dado si era a malapena allentato: ci sarebbe voluto un po' e lei non poteva perdere la concentrazione.

Spostò di nuovo le dita, le strinse attorno al metallo che sporgeva e lo fece ruotare. Era testardo, si muoveva solo dopo i suoi sforzi più estremi, e comunque si muoveva a malapena. Ogni volta che cedeva un minimo, lei doveva risistemarvi le dita attorno.

Spostale. Stringi. Ruota.

Spostale. Stringi. Ruota.

Non era che un piccolo movimento, di una sola mano, eppure Pip sentiva il sudore che le scendeva lungo l'interno delle braccia, nel tessuto della felpa. Scivolava contro il nastro adesivo sulle sue tempie e sul labbro superiore. Quanto tempo era passato ormai? Minuti. Più di cinque? Più di dieci? Il dado si stava allentando, cedeva un po' di più a ogni rotazione.

Spostale. Stringi. Ruota.

Ormai doveva aver fatto una rotazione completa, sempre più lento attorno alla vite, attorno alle sue dita. Riusciva a fargli fare interi quarti di giro adesso.

Metà giro.

Un giro intero.

Un altro.

Il dado si staccò dalla vite, posandosi sulla punta delle sue dita.

«Sì» sussurrò Ravi nella sua mente, e Pip fece cadere il dado a terra, un piccolo tintinnio metallico nel grande, buio ignoto.

Ora bisognava togliere la vite e strappare il nastro adesivo che le serrava i polsi. Forse dopotutto non sarebbe morta, anche se il rischio c'era ancora. Ma forse poteva vivere. Forse sì. La speranza fece sbiadire un po' gli oscuri margini del terrore.

«Attenta» le disse Ravi, mentre lei tastava in cerca della testa della vite. Pip la spinse, facendola rientrare nel buco. Dovette spingere forte, il peso dello scaffale e di tutte quelle taniche vi gravava sopra. Spinse ancora e l'estremità sparì dentro al buco.

Ok, respira. Spostò di nuovo le mani, arrivando alla faccia esterna del palo metallico. Meglio così: poteva usare il pollice ora. Pip cercò la vite sporgente, la trovò con un dito e vi si aggrappò, stringendola tra indice e pollice.

Non lasciarla.

Strinse la presa e tirò fuori la vite, un grattare di metallo contro metallo.

Una cosa dura e pesante scivolò in giù, cadendole sulla spalla.

Pip trasalì.

Allentò la presa, per un solo secondo.

La vite le cadde di mano.

Un piccolo tintinnio metallico sul cemento, uno, due rimbalzi. Poi rotolò via.

Via nell'oscurità sconosciuta.

Ventinove

Nonononononono.

Respirava affannata dal naso, l'aria sibilava contro i margini del nastro adesivo.

Pip fece scivolare le gambe, tastando l'ignoto da una parte e dall'altra. Non c'era niente attorno a lei se non cemento. La vite era sparita, fuori portata. E lei sarebbe morta.

«Mi dispiace» disse al Ravi nella sua mente. «Ci ho provato. Davvero. Volevo rivederti.»

«Va bene così, Sergente» le disse lui. «Io non vado da nessuna parte. E nemmeno tu. I piani cambiano di continuo. Rifletti.»

Riflettere su cosa? Era stata la sua ultima possibilità, l'ultimo barlume di speranza, e ora il terrore si stava cibando anche di quello.

Ravi sedeva con lei, schiena contro schiena, ma in realtà era la pesante tanica di diserbante posata contro di lei, che premeva sull'angolo svitato della mensola. Il metallo gemette, sformandosi.

Pip cercò di prendere la mano di Ravi alle proprie spalle, e invece sentì l'angolo penzolante della mensola. Trovò il sottilissimo spazio tra lo scaffale storto e il palo a cui doveva essere avvitato. Piccolo. Ma sufficiente a farci passare un'unghia. E se era abbastanza grande per un'unghia, lo era anche per il nastro adesivo avvolto attorno ai suoi polsi.

Pip trattenne il respiro e tentò. Abbassò le mani, infilando in quella fessura il lato libero del nastro adesivo. Si impigliò nella mensola, così lei ruotò e strattonò finché non si fu staccato. Lo fece passare al di sotto, ora era legata solo alla parte più bassa della scaffalatura. Soltanto quel breve tratto di palo e il terreno su cui posava, non c'era altro a bloccarla lì ormai. Se in qualche modo fosse riuscita ad alzare la gamba del palo, poteva farci passare sotto il nastro adesivo e liberarsi.

Spostò i piedi legati, tastando attorno a sé, facendo attenzione a tenere ferma la tanica per non farla cadere. Le gambe sprofondarono nel canale che correva lungo il pavimento di cemento. Era un'idea. Se fosse riuscita a trascinare lo scaffale fino a quel canale di scolo, ci sarebbe stato spazio a sufficienza per far scivolare sotto lo scaffale il nastro adesivo. Ma come faceva a trascinarlo fin lì? Era legata per i polsi, le braccia bloccate dietro la schiena. Se non era stata in grado di respingere Jason Bell con la forza delle braccia, di certo non sarebbe riuscita a sollevare quella pesante scaffalatura. Non era così forte, e se voleva sopravvivere doveva comprendere i propri limiti. Non era quella la sua via d'uscita.

«E allora quale?» la incalzò Ravi.

Una sola idea: il nastro adesivo si era già impigliato e lacerato contro la mensola svitata, quando aveva abbassato le mani. Se continuava a farlo passare in quella piccola fessura, se continuava a farlo impigliare e lacerare, magari avrebbe cominciato ad aprirvi dei piccoli buchi. Ma le ci sarebbe voluto un po', un tempo che aveva già usato per allentare il dado e togliere la vite. Il Mostro poteva tornare da un momento all'altro. Pip ormai doveva essere rimasta sola per più di un'ora, o forse di più. Da sola, anche se Ravi era lì. I pensieri di lei con la voce di lui. La sua linea della vita. La sua pietra angolare.

Il tempo era un limite. La forza delle braccia un altro. Cosa le restava?

Le gambe. Aveva le gambe libere. Diversamente dalle braccia, erano forti. Scappava dai mostri da mesi. Se era troppo debole per trascinare o sollevare lo scaffale, forse era abbastanza forte da spingerlo.

Pip esplorò di nuovo l'ignoto con le gambe, allungandosi il più possibile verso il lato posteriore della scaffalatura. Attraverso le scarpe da ginnastica sentì che non poggiava contro la parete. Ne era separato di qualche centimetro, almeno la larghezza del suo piede. Non molto spazio, ma bastava. Se fosse riuscita a spingerle, le mensole si sarebbero inclinate, appoggiandosi contro il muro. E le gambe anteriori si sarebbero sollevate, come un insetto sulla schiena. Ecco il piano. Un buon piano. E forse sarebbe davvero sopravvissuta e avrebbe di nuovo rivisto tutti.

Pip lanciò le gambe in avanti e affondò con i talloni, utilizzando il bordo del canale di scolo per spingersi. Si puntellò con le spalle contro lo scaffale, sempre bloccando la tanica più vicina perché non scivolasse.

Spinse con i talloni, e si alzò da terra.

Forza, si disse, e non ebbe più bisogno di sentirlo dalla voce di Ravi. Bastava la sua. *Forza*.

Strillò per la fatica, un rumore soffocato che riempì la sua maschera mortuaria.

Appoggiò la testa contro il palo e spinse anche con quella.

Un movimento. Percepì un movimento, o forse era solo la speranza che le giocava brutti scherzi.

Spostò un piede in avanti, poi l'altro, li spinse nel canale di scolo, le spalle che premevano contro le mensole. I muscoli posteriori delle gambe tremarono, e Pip ebbe l'impressione che lo stomaco le si stesse lacerando. Ma sapeva che era questione di vita o di morte, e spinse, spinse.

Lo scaffale cedette.

Si inclinò all'indietro. Rumore di metallo contro mattone. Uno schianto, quando la tanica di diserbante poté scivolare via libera, frantumandosi sul cemento. Altri rotolii, taniche che colpivano la parete posteriore. Un forte odore chimico, e qualcosa che le inzuppava i leggings.

Ma non aveva importanza.

Pip fece scorrere il nastro adesivo che la legava lungo il palo metallico. E lì, in fondo, c'era la libertà. Era sollevato solo di un centimetro dal cemento, così almeno sembrava, ma era più che abbastanza. Vi fece scivolare sotto il nastro adesivo e fu libera.

Libera. Ma non del tutto.

Pip si allontanò incespicando dalle mensole, dalla pozza di liquido attorno a sé. Si sdraiò su un fianco, le ginocchia al petto, e fece passare le mani legate sotto i piedi, per tornare ad avere le braccia davanti a sé.

Il nastro adesivo venne via facilmente: una mano passò nello spazio vuoto lasciato dal palo e poi liberò l'altra.

La faccia. Ora la faccia.

Alla cieca tastò la maschera di nastro adesivo, cercando il bandolo lasciato dal Mostro. Eccolo, sulla tempia. Lo tirò, e lo scotch si staccò con un forte rumore di strappo. Le tirò la pelle, le tirò ciglia e sopracciglia, ma Pip lo strappò via, con un gesto rapido, violento, e aprì gli occhi. Batté le palpebre nel magazzino gelido, davanti agli scaffali distrutti alle sue spalle. Non si fermò, tirò e strappò, e il dolore era straziante, la pelle scorticata, ma era un bel tipo di dolore, perché voleva dire che sarebbe sopravvissuta. Cercò di tenersi i capelli per evitare che venissero strappati alla radice, ma alcune piccole ciocche vennero comunque via insieme al nastro adesivo.

Srotolò e srotolò.

Su, in testa, e giù, sul naso. Liberò la bocca e tornò a respirare con quella, e respirò a fondo. Il mento. Un orecchio. Poi l'altro.

Fece cadere a terra la maschera disfatta. Il nastro adesivo era lungo, labirintico, sporco dei capelli e delle piccole macchie di sangue che aveva preteso da lei.

Il Mostro le aveva portato via il volto, ma lei se l'era ripreso.

Pip si chinò in avanti e sciolse lo scotch che ancora le bloccava le caviglie, poi si alzò, con gambe tremanti, che quasi cedettero sotto il suo peso.

Ora la stanza. Doveva solo uscire da quella stanza e sarebbe stata salva, praticamente salva. Corse verso la porta, inciampando su qualcosa. Abbassò lo sguardo: era la vite che aveva fatto cadere. Era rotolata via fin quasi alla porta, attraverso l'ignoto. Pip abbassò la maniglia, sapendo che era inutile. Aveva sentito Jason chiuderla dentro. Ma c'era una porta anche dall'altra parte del magazzino. Non l'avrebbe condotta all'esterno, ma l'avrebbe comunque condotta da qualche parte.

Pip la raggiunse di corsa. Perse l'equilibrio quando le scarpe scivolarono sul cemento, andando a sbattere contro un banco da lavoro accanto alla porta. Il banco sobbalzò, e si udì un clangore metallico proveniente da una grossa cassetta degli attrezzi che vi era posata sopra. Pip si raddrizzò e provò a girare la maniglia. Bloccata anche quella. Cazzo. Ok.

Tornò al lato opposto, alla sua tanica di diserbante, al liquido scuro che si riversava nel canale di scolo come un fiume maledetto. Una linea chiara si rifletteva nel liquido, ma non veniva dalle luci soprastanti. Veniva dalla finestra, in alto davanti a lei, che lasciava entrare l'ultima luce della sera. O la prima. Pip non sapeva che ora fosse. E la scaffalatura inclinata all'indietro arrivava fin lì, quasi come una scala.

La finestra era piccola, e non sembrava aperta, ma Pip ci si poteva infilare, ne era sicura. E, se non poteva, ci sarebbe riuscita comunque. Arrampicarsi lassù e lasciarsi cadere all'esterno. Le serviva solo qualcosa con cui rompere il vetro.

Si guardò intorno. Jason aveva lasciato il rotolo di nastro adesivo sul pavimento accanto alla porta. Lì vicino c'era una corda blu arrotolata. *La* corda blu, si rese conto con un brivido. La corda che il Mostro avrebbe usato per ucciderla. *Avrebbe usato*. L'avrebbe usata di certo, se fosse tornato in quel momento.

Cos'altro c'era nella stanza? Solo lei e un sacco di diserbanti e fertilizzanti. Oh, un attimo, la sua mente balzò al lato opposto del magazzino. Lì c'era una cassetta degli attrezzi.

Corse di nuovo da quella parte, un dolore alle costole e nel petto. C'era un post-it attaccato sopra la cassetta. In una grafia tutta storta c'era scritto: *J, la squadra rossa continua a prendere gli attrezzi della squadra blu. Perciò li lascio qui per Rob. L.*

Pip aprì le chiusure e sollevò il coperchio. Dentro c'erano

un mucchio di viti e cacciaviti, un metro da sarto, pinze, un piccolo trapano, una specie di chiave inglese. Vi affondò la mano. E sotto tutto quanto trovò un martello. Bello grosso.

«Scusatemi, squadra blu» borbottò, stringendo la presa sul martello e prendendolo dalla cassetta.

Si mise davanti alle mensole ribaltate, *le sue* mensole, e lanciò un altro sguardo dietro di sé, alla stanza dove era sicura sarebbe morta. Dove erano morte le altre, tutte e cinque. E poi si arrampicò, posando il piede sulla mensola più bassa come fosse un piolo, e sollevandosi verso il livello successivo. Aveva ancora forza nelle gambe, che si muovevano con la velocità dell'adrenalina.

Con i piedi piantati sulla mensola più alta, si accovacciò, restando in equilibrio davanti alla finestra. Un martello in mano e una finestra intatta davanti a sé: Pip conosceva la situazione. Il suo braccio sapeva cosa fare, se lo ricordava, e si inarcò all'indietro per guadagnare abbrivio. Colpì e la finestra si crepò, una ragnatela di crepe sul vetro rinforzato. Colpì ancora, e il martello passò dall'altra parte, mandando in frantumi il vetro tutt'attorno. C'erano ancora dei frammenti attaccati alla cornice, ma lei li fece cadere uno per uno, per non tagliarsi. Quanto era in alto rispetto al suolo? Fece cadere il martello dall'altra parte e lo guardò atterrare sulla ghiaia sottostante. Non molto. Se avesse piegato le gambe sarebbe andato tutto bene.

Ora erano solo lei e un buco nel muro, e qualcosa che l'aspettava dall'altra parte. Non qualcosa. Tutto. La vita, la vita normale, e il Team Ravi & Pip e i suoi genitori e Josh e Cara e tutti quanti. Magari la stavano anche già cercando, benché non fosse scomparsa da molto tempo. Alcune parti di lei forse se n'erano andate, parti che probabilmente non avrebbe più riavuto indietro, ma lei era ancora lì. E stava per tornare a casa.

Afferrò il bordo della finestra e si spinse in avanti, infilando prima le gambe. Si tenne e fece passare anche le spalle e la testa. Guardò la ghiaia sotto di sé, il martello, e si diede la spinta.

Atterrò. Forte sui piedi, e il contraccolpo le risalì le gambe. Un dolore al ginocchio sinistro. Ma era libera, era viva. Espirò con tale forza che fu quasi una risata. Ce l'aveva fatta. Era sopravvissuta.

Rimase in ascolto. L'unico suono attorno a lei era quello del vento tra gli alberi, che soffiava anche nei nuovi buchi che si erano aperti in lei, attraverso la sua cassa toracica. Si chinò e raccolse il martello, tenendoselo lungo il fianco, per sicurezza. Ma girando l'angolo dell'edificio vide che il complesso era vuoto. La macchina di Jason non c'era e il cancello era di nuovo chiuso. La recinzione metallica sul davanti era alta, troppo alta, non sarebbe mai riuscita a scavalcarla. Ma il retro confinava con il bosco, ed era improbabile che la recinzione cingesse anche quello.

Nuovo piano: doveva solo seguire gli alberi. Seguire gli alberi, trovare una strada, trovare una casa, trovare qualcuno, chiamare la polizia. Ecco tutto. Restavano le parti più facili, solo un piede davanti all'altro.

Un piede davanti all'altro, il grattare della ghiaia. Superò i furgoncini parcheggiati, i grossi bidoni e i macchinari, i rimorchi con i trattorini tosaerba, e un piccolo muletto, giù in fondo. Un piede davanti all'altro. La ghiaia divenne terra, divenne il crepitio delle foglie. L'ultimo raggio di sole era sparito, ma la luna era sorta prima, e teneva d'occhio Pip. Stava sopravvivendo: un piede davanti all'altro, ecco tutto. Le scarpe da ginnastica e le foglie che vi crepitavano sotto. Fece cadere il martello e proseguì tra gli alberi.

Un nuovo rumore la fece fermare.

Il rombo distante di un motore. Lo sbattere di una portiera lontano alle sue spalle. Il cigolio di un cancello.

Pip si lanciò al riparo di un albero e guardò il complesso dietro di sé.

Due fari gialli che le facevano l'occhiolino tra i rami, venendo in avanti. Ruote sulla ghiaia.

Era il Mostro. Jason Bell. Era tornato. Era tornato per ucciderla.

Ma non avrebbe trovato lei, solo le parti di sé che si era lasciata alle spalle. Pip non c'era più, era scappata. Doveva soltanto trovare una casa, trovare una persona, chiamare la polizia. Le parti facili. Poteva farcela. Si girò, lasciando i fari nell'ignoto dietro di sé. Avanzò affrettando il passo. Doveva solo chiamare la polizia e raccontare tutto: che il Mostro aveva appena cercato di ucciderla e che lei sapeva chi era. Poteva anche chiamare direttamente l'ispettore Hawkins, lui avrebbe capito.

Esitò, un piede sospeso a pochi centimetri da terra.

Un attimo.

Avrebbe capito?

Non capiva mai. Niente di niente. E non si trattava nemmeno di capire, ma di credere. Era stato diretto, gliel'aveva detto in faccia, in modo gentile ma gliel'aveva detto comunque: che lei si stava immaginando tutto. Non aveva uno stalker, vedeva solo delle cose, vedeva il pericolo dietro ogni angolo per via del trauma che aveva dovuto affrontare. Anche se lui era stato parte di quel trauma, perché non le aveva creduto quando era andata a parlargli di Jamie.

Era uno schema che si ripeteva. No, non uno schema, un cerchio. Ecco cos'era tutto, ogni cosa tornava al principio, un cerchio perfetto. La fine era l'inizio. Hawkins non le aveva creduto, per ben due volte, perciò come poteva pensare che le avrebbe creduto adesso?

E la voce nella sua mente non fu più quella di Ravi, ma di Hawkins. In modo gentile ma glielo disse comunque. «Il Mostro del nastro adesivo è già in galera. Da anni. Ha confessato.» Ecco cos'avrebbe detto.

«Non è Billy Karras il Mostro del nastro adesivo» avrebbe ribattuto Pip. «È Jason Bell.»

Hawkins scosse il capo dentro di lei. «Jason Bell è un uomo rispettabile. Un marito, un padre. Ne ha già passate abbastanza, per via di Andie. Lo conosco da anni, a volte giochiamo a tennis insieme. È un amico. Pensi che non lo saprei? Non è lui il Mostro del nastro adesivo e non è un pericolo per te, Pip. Continui a vedere qualcuno? Ti fai aiutare?»

«Sto chiedendo aiuto a lei.»

Chiederglielo ancora e ancora, ma quando avrebbe finalmente imparato la lezione? Spezzato il cerchio?

E se le sue peggiori paure erano vere, se la polizia non le credeva, se non arrestavano Jason Bell, allora cosa sarebbe successo? Il Mostro sarebbe stato ancora là fuori. Jason poteva rapirla di nuovo, lei o qualcun altro. Qualcuno a cui lei teneva, per punirla, perché faceva troppo rumore e in qualche modo andava zittita. L'avrebbe fatta franca. La facevano sempre franca. Lui. Max Hastings. Al di sopra della legge perché la legge era sbagliata. Una schiera di ragazze morte e di ragazze dallo sguardo morto dietro di loro.

«Non mi crederanno» si disse Pip, con la propria voce adesso. «Non ci credono mai.» A voce alta, per ascoltare veramente questa volta, per capire. Era da sola. Charlie Green non aveva tutte le risposte; lei sì. Questa volta non aveva bisogno di sentirsi dire da lui cosa fare.

Spezzare il cerchio. Spettava a lei spezzarlo, qui e ora. E c'era un solo modo per farlo.

Pip si voltò, e le foglie si ammucchiarono, restarono attaccate alle suole bianche delle sue scarpe.

E tornò indietro.

Passò tra gli alberi sempre più scuri. Un lampo di giovane luna, sulla superficie del martello che aveva lasciato cadere, a indicarle la via. Si chinò a raccoglierlo, soppesandolo nella mano.

Dalle foglie secche all'erba, alla terra, alla ghiaia, a facilitarle il passo: poteva posare il piede senza emettere un suono. Forse per lui faceva troppo rumore, ma ormai non l'avrebbe più sentita arrivare.

Davanti a lei Jason Bell era fuori dalla macchina, e stava andando alla porta metallica attraverso la quale l'aveva trascinata dentro. I suoi passi mascheravano quelli di lei. Sempre più vicina. Lui si fermò e lei lo imitò, in attesa. In attesa.

Jason si infilò la mano in tasca, ne estrasse il mazzo di chiavi. Un tintinnio metallico e Pip fece qualche altro passo, lentamente, nascosta al di sotto di quel rumore.

Jason trovò la chiave giusta, lunga e frastagliata. La infilò nel lucchetto, metallo che grattava contro altro metallo, e Pip si avvicinò ancora di più.

Spezza il cerchio. La fine era il principio e lì c'erano entrambe le cose: l'origine. Finisci dove tutto è cominciato.

Jason girò la chiave, e la porta si aprì con uno scatto cupo. Il suono riecheggiò nel petto di Pip.

Jason aprì la porta sul magazzino illuminato di giallo. Fece un passo oltre la soglia, alzò lo sguardo, poi ne fece uno all'indietro, guardando fisso davanti a sé. Assorbendo la scena: lo scaffale inclinato, la finestra rotta, un fiume di diserbante, pezzi di nastro adesivo srotolato.

Pip gli fu alle spalle.

«Ma che c...» disse lui.

Il suo braccio sapeva cosa fare.

Pip lo ritrasse e colpì con il martello.

Alla base del cranio.

Un rumore nauseante di metallo su ossa.

Lui incespicò in avanti. Osò perfino trasalire.

Lei colpì ancora.

Il rumore di qualcosa che si fratturava.

Jason crollò, cadendo in avanti sul cemento, sostenendosi con una mano.

«Ti prego...» cominciò.

Pip alzò di nuovo il braccio, e un fiotto di sangue la schizzò in viso.

Gli si chinò sopra e colpì ancora.

Ancora.

Ancora.

Ancora.

Ancora.

Ancora.

Ancora.

Finché niente più si mosse. Non un fremito delle dita o uno scatto delle gambe. Solo un nuovo fiume, rosso, che sgorgava lento dalla testa sfondata.

Parte II

Trenta

Era morto.

Jason Bell, il Mostro del nastro adesivo: la stessa persona, ed era morto.

Per saperlo, Pip non ebbe bisogno di controllare se il petto si muoveva o se aveva ancora polso. Era evidente anche solo guardandolo, guardando ciò che restava della sua testa.

Lo aveva ucciso. Spezzato il cerchio. Non le avrebbe più fatto del male e non avrebbe più fatto del male a nessuno.

Non era reale e lei non era reale, rincantucciata contro la parete, accanto alle sue mensole ribaltate, le gambe strette al petto. Il suo riflesso distorto nel martello scagliato lontano. Ondeggiava avanti e indietro. Era reale, lui era lì, davanti a lei, e anche lei era lì. Lui era morto e lei l'aveva ucciso.

Da quanto tempo era seduta lì, a ondeggiare avanti e indietro? Cosa stava facendo? Aspettava di vedere se avesse ripreso a respirare e si fosse rialzato? Non lo voleva. O lei o lui. Non legittima difesa ma scelta, una scelta che aveva compiuto. Era morto e andava bene così. Giusto. Come doveva essere.

Allora, cosa doveva accadere adesso?

Non c'era stato un piano. Nulla se non spezzare il cerchio, se non sopravvivere, e ucciderlo era stato il modo in cui era sopravvissuta. Ma adesso che era finita, come faceva a continuare a sopravvivere? Si ripeté la domanda, ponendola al Ravi che le viveva nella mente. Chiedendogli aiuto perché lui era la sola persona a cui sapesse chiederlo. Ma lui si era zittito. Non c'era nessun altro lì dentro, solo un fischio nelle orecchie. Perché l'aveva abbandonata? Aveva ancora bisogno di lui.

Ma quello non era il vero Ravi, soltanto i suoi stessi pensieri avvolti dalla voce di lui, la sua linea della vita al limite estremo. Non era più al limite estremo. Era sopravvissuta, e lo avrebbe rivisto. E ne aveva bisogno, subito. Era troppo per lei da sola.

Pip si tirò su da terra, cercando di non guardare le gocce di sangue sulle sue maniche. E anche sulle mani. Vere, questa volta. Guadagnate. Le asciugò sui leggings scuri.

L'aveva notata al lato opposto della stanza, una forma rettangolare nella tasca posteriore di Jason. Il suo iPhone, che spuntava dal tessuto. Pip si avvicinò, cauta, evitando il fiume rosso nel quale si riflettevano le luci soprastanti. Non voleva avvicinarsi ulteriormente, temendo che la vicinanza potesse in qualche modo riportarlo indietro dalla morte. Ma doveva. Le serviva il suo telefono per chiamare Ravi, perché potesse venire e dirle che tutto sarebbe andato bene, che tutto sarebbe stato di nuovo normale, perché erano una squadra.

Allungò una mano verso il cellulare. Un attimo, Pip, aspetta un secondo. Rifletti. Si fermò. Se avesse usato il cellulare di Jason per chiamare Ravi avrebbe lasciato una traccia, legando irrevocabilmente Ravi alla scena del crimine. Il Mostro era un assassino ma era anche un uomo assassinato, e non aveva importanza se lo meritava, alla legge questo non importava. Qualcuno avrebbe dovuto pagare per la sua testa spappolata. No. Pip non poteva collegare Ravi alla scena del crimine, a Jason, in alcun modo. Era impensabile.

Ma non poteva farcela da sola, senza di lui. Anche questo era impensabile. Una solitudine troppo buia e profonda.

Si sentì le gambe deboli mentre scavalcava il corpo di Jason e usciva incespicando all'esterno, sulla ghiaia. Aria fresca. Respirò l'aria fresca del crepuscolo, ma la sentì sporca, in un certo senso, contaminata dall'odore metallico del sangue.

Fece sei, sette passi verso la macchina, ma quell'odore la seguiva, le si attaccava addosso. Pip si voltò per guardarsi, il suo riflesso buio nel finestrino dell'auto. Aveva i capelli ingarbugliati e strappati. Il viso scorticato e arrossato per via del nastro adesivo. Lo sguardo distante eppure presente. E quelle goccioline, lì, erano nuove. Brandelli del sangue di Jason.

Pip ebbe l'impressione che il suo campo visivo si restringesse, e le ginocchia cominciarono a cederle. Si guardò e poi si guardò dentro, attraverso le pupille. E poi guardò oltre se stessa: qualcosa al di là del finestrino attirò la sua attenzione, colpito da un raggio di luce lunare, che di nuovo le indicava la via. Era il suo zaino. Il suo zaino posato sul sedile posteriore dell'auto di Jason.

L'aveva preso quando aveva preso anche lei.

Non era granché ma era suo, e le parve un vecchio amico.

Pip cercò la maniglia della portiera e la tirò. Si aprì. Jason doveva aver lasciato la macchina aperta, le chiavi erano ancora lì, in attesa nel quadro. Aveva avuto intenzione di finirla in fretta, ma Pip era stata più veloce.

Allungò una mano e tirò fuori lo zaino, desiderando stringerselo al petto, una parte della vecchia sé, prima di quasi morire. Prendere in prestito un po' della sua vita. Ma non poteva farlo, l'avrebbe sporcato del sangue di Jason. Lo posò sulla ghiaia e aprì la cerniera. C'era ancora dentro tutto. Tutto quello che vi aveva messo quando era uscita di casa quel pomeriggio: i vestiti per la notte da Ravi, lo spazzolino, una borraccia, il portafoglio. Tese una mano e bevve un lungo sorso d'acqua dalla borraccia, la bocca secca per via di tutte quelle urla soffocate dal nastro adesivo. Ma se avesse bevuto ancora avrebbe vomitato. Rimise a posto la borraccia e studiò il contenuto dello zaino.

Il cellulare non c'era. Lo sapeva già, ma la speranza le aveva tenuto parzialmente nascosto il ricordo. Il suo cellulare era a pezzi, caduto e abbandonato lungo la strada, su Cross Lane. Era ovvio che Jason non l'avesse portato con sé per quel medesimo motivo: un legame irrevocabile con la vittima. L'aveva fatta franca a lungo. Cose del genere le sapeva, proprio come le sapeva lei.

Pip per poco non crollò in ginocchio, ma un nuovo pensiero la fermò in tempo, e la luna, ancora una volta, scintillò su qualcosa sul sedile anteriore del passeggero. Sì, il Mostro del nastro adesivo cose del genere le sapeva, per questo non l'avevano mai preso. E per questo doveva aver usato un telefono prepagato per chiamare le sue vittime, altrimenti il suo legame con il caso sarebbe stato scoperto subito dopo il primo omicidio. Pip questo ora lo sapeva perché lo vedeva, proprio lì. Abbandonato sul sedile anteriore del passeggero. Un piccolo Nokia compatto, come i suoi, il cui schermo rifletteva la luce della luna e catturava il suo sguardo, indicandole la via. Pip aprì la portiera e lo fissò. Jason Bell aveva un cellulare prepagato. Acquistato in contanti, non collegabile a lei, o a Ravi, a meno che qualcuno non l'avesse trovato. Ma non l'avrebbero trovato: dopo l'avrebbe distrutto.

Pip si chinò, le dita sul freddo margine di plastica. Premette il pulsante centrale e lo schermo retroilluminato di verde si accese. Aveva ancora carica. Pip alzò lo sguardo e ringraziò la luna, quasi piangendo per il sollievo.

Le cifre sul display le dissero che erano le 18.47. Ecco, ecco tutto. Era stata nel bagagliaio di quell'auto per giorni, in quel magazzino per mesi, intrappolata nel nastro adesivo per anni, eppure tutto era successo in meno di tre ore. Le 18.47: una normale sera di settembre, con un crepuscolo tinto di rosa e una brezza fresca, e un cadavere dietro di lei.

Pip cercò nel menù l'elenco delle chiamate recenti: alle 15.51 quel telefono aveva ricevuto una chiamata da un numero privato, da lei. E subito prima aveva chiamato il numero di Pip. Avrebbe dovuto distruggere comunque il cellulare, per via di quel legame tra lei e l'uomo morto sul pavimento laggiù. Ma al momento era la sua strada verso Ravi, verso un soccorso.

Pip digitò il numero di Ravi sulla tastiera, ma il pollice esitò sopra al pulsante di chiamata. Ci ripensò e lo cancellò, sostituendolo con il fisso di casa Singh. Era meglio, un collegamento meno diretto con lui, se anche avessero mai trovato quel prepagato. Non avrebbero mai trovato quel prepagato.

Pip premette il pulsante verde e si portò il piccolo telefono all'orecchio.

Squillò. Solo in quel telefono, questa volta. Tre squilli e poi lo scatto. Un fruscio.

«Pronto, casa Singh» disse una voce allegra. Era la mamma di Ravi.

«Pronto, Nisha, sono Pip» rispose lei, la voce rauca.

«Oh, eccoti, Pip. Ravi ti sta cercando. Troppo preoccupato come al solito, il mio bambino sensibile» rise. «A quanto ho capito vieni a cena stasera? Mohan insiste a voler giocare ad Articulate. Ti ha già cooptato nella sua squadra.»

«Ehm.» Pip si schiarì la voce. «In realtà non sono sicura di riuscire a farcela per stasera. È venuta fuori una cosa. Mi dispiace molto.»

«Oh no, che peccato. Stai bene, Pip? Sembri strana.»

«Ah, già, no, sto bene. Ho solo un po' di raffreddore, nient'altro.» Tirò su con il naso. «Ehm, lui c'è? Ravi?»

«Sì, sì, c'è. Due secondi.»

Pip la udì chiamare il suo nome.

E in sottofondo il suono distante della sua voce. Pip crollò sulla ghiaia, gli occhi lucidi. Non molto tempo prima aveva pensato che non l'avrebbe sentita mai più.

«È Pip!» udì Nisha gridare, e la voce di Ravi farsi più vicina: più vicina e agitata.

Un fruscio quando il telefono passò di mano.

«Pip?» disse all'altro capo della linea, come se non ci credesse. E lei esitò un istante, ricaricandosi della sua voce, dandole il bentornato a casa. Non l'avrebbe più data per scontata, mai più. «Pip?» ripeté lui, più forte.

«S-sì, sono io. Sono qui.» Era difficile far uscire le parole, oltre il groppo che aveva in gola.

«Oddio» disse Ravi, e lei riuscì a sentirlo salire le scale, verso camera sua. «Dove cazzo sei stata? Ti chiamo da ore. Risponde sempre la segreteria. Dovevi tenermi aggiornato di continuo.» Sembrava arrabbiato. «Ho chiamato Nat e mi ha detto che non sei nemmeno passata da lei. Sono appena tornato da casa tua, per vedere se eri lì, e la tua macchina c'era ma tu no, perciò ora i tuoi probabilmente sono in ansia perché pensavano fossi con me. Stavo letteralmente per chiamare la polizia, Pip. Dove cazzo sei stata?»

Era arrabbiato, ma Pip non poteva fare a meno di sorridere, stringendosi il telefono contro l'orecchio, per avere Ravi più vicino. Lei era scomparsa e lui... lui l'aveva cercata.

«Pip?!»

Riusciva a immaginare l'espressione sul suo viso: sguardo severo e un sopracciglio incurvato, in attesa che lei si spiegasse.

«T-ti amo» disse, perché non lo diceva mai abbastanza ed era importante. Non sapeva quand'era stata l'ultima volta che gliel'aveva detto, e se lo diceva ancora quella non sarebbe stata l'ultima. «Ti amo. Scusa.»

Ravi esitò, e il suo respiro mutò.

«Pip» disse, senza più durezza nella voce. «Stai bene? Cosa c'è? Qualcosa non va, lo capisco. Cos'è successo?»

«È solo che non sapevo quand'era l'ultima volta che te l'avevo detto.» Si asciugò gli occhi. «È importante.»

«Pip» disse, riscuotendola. «Dove sei? Dimmi dove sei in questo momento.»

«Puoi venire qui?» chiese. «Ho bisogno di te. Ho bisogno d'aiuto.»

«Sì» rispose lui con voce ferma. «Vengo subito. Dimmi solo dove sei. Cos'è successo? Ha a che fare con il Mostro? Sai chi è?»

Pip guardò di nuovo i piedi di Jason, che sporgevano dalla porta. Tirò su con il naso e si concentrò, girandosi.

«È... sono alla Green Scene. L'azienda di Jason Bell a Knotty Green. Sai dov'è?»

«Perché sei lì?» Aveva un tono di voce più alto, ora, confuso.

«Solo... Ravi, non so quanto durerà la batteria di questo cellulare. Sai dov'è?»

«Che telefono stai usando?»

«Ravi!»

«Sì, sì» esclamò, urlando anche lui pur non sapendo perché. «So dov'è, posso controllare.»

«No, no, no» disse Pip rapida. Aveva bisogno che capisse, senza che lo dicesse. Non al cellulare. «No, Ravi, non puoi usare il telefono per venire qui. Devi lasciare il cellulare a casa, ok? Non portarlo con te. Non portarlo.»

«Pip, ma che...»

«Devi lasciare il cellulare a casa. Controlla il percorso su Google Maps ora, ma non digitare Green Scene nel browser, qualsiasi cosa tu faccia. Cercalo sulla mappa e basta.»

«Pip, cosa succ...»

Lei lo interruppe, le era venuta in mente un'altra cosa. «No, aspetta. Ravi, non prendere strade grandi. Niente statali. Nessuna. Devi prendere quelle secondarie, solo strade secondarie. Quelle grandi hanno telecamere di sicurezza. Non puoi farti vedere dalle telecamere di sicurezza. Solo strade secondarie. Ravi, mi hai capito?» Aveva un tono di voce incalzante, ora, lo shock era scomparso, era rimasto in quella stanza con il cadavere.

«Sì» rispose lui. «Sto guardando adesso. Sì, ok. Giù per Watchet Lane, poi su Hazlemere» borbottò tra sé e sé. «Poi quelle strade residenziali, a destra in quella viuzza. Sì» disse, di nuovo a lei. «Sì, posso trovarla. Mi scrivo queste cose. Solo strade secondarie, lasciare a casa il telefono. Ho capito.»

«Bene» rispose lei, liberando il respiro che stava trattenendo, e anche quel minimo sforzo la fece sentire debole, sprofondata sempre di più nella ghiaia.

«Stai bene?» le chiese lui, tornando alla carica, perché è questo che fanno le squadre. «Sei in pericolo?»

«No» rispose lei piano. «Non più. Non proprio.»

Lo sapeva? Glielo sentiva nella voce, roca e rauca, segnata per sempre dalle ultime tre ore?

«Ok, resisti. Sto arrivando, Pip. Sono lì tra venti minuti.»

«No, aspetta, non andare veloce, non devi...»

Ma era già sparito, tre forti *bip* nell'orecchio. Era sparito, ma stava venendo da lei.

«Ti amo» disse al telefono vuoto, perché non voleva che ci fosse un'ultima volta mai più.

Ancora rumore di ghiaia. Passo dopo passo dopo passo. Su e giù, contando i passi per contare i secondi, per contare i minuti. E anche se si diceva di non guardare, i suoi occhi trovavano sempre la strada per tornare al cadavere, per convincerla ogni volta che si era spostato. Non era vero: era morto.

Su e giù, i primi barlumi di un piano che mettevano radici nel suo cervello, ora che lo shock era passato. Ma mancava qualcosa. Mancava Ravi. Aveva bisogno di lui, della squadra, del loro botta e risposta che ogni volta le mostrava la strada corretta, la strada mediana tra lei e lui.

Un paio di fari fendette il cielo sempre più scuro, una macchina imboccò il vialetto subito davanti al cancello della Green Scene, spalancato. Pip alzò una mano a schermarsi gli occhi dalla luce, e poi fece cenno a Ravi di fermarsi. La macchina arrivò fin davanti al cancello, i fari si spensero.

La portiera si aprì e ne uscì una sagoma a forma di Ravi. Non aspettò nemmeno di chiudere la portiera, le corse incontro facendo schizzare la ghiaia.

Pip si fermò e lo studiò, come se di nuovo fosse la prima volta. Qualcosa le si strinse nello stomaco, qualcos'altro le si allentò nel petto, liberandosi, spalancandosi. Aveva giurato che l'avrebbe rivisto, ed eccolo lì, che si avvicinava sempre di più.

Pip alzò una mano per tenerlo a distanza. «Hai lasciato a casa il cellulare?» chiese, con voce tremante.

«Sì» disse Ravi, gli occhi sbarrati per la paura. Sempre più sbarrati man mano che la studiava. «Sei ferita» disse, avvicinandosi. «Cos'è successo?»

Pip fece un passo indietro. «Non toccarmi» disse. «È... sto bene. Non è il mio sangue. Per lo più. È...» Si dimenticò cosa stava cercando di dire.

Ravi riprese il controllo, alzò le mani per tranquillizzare anche lei. «Pip, guardami» disse calmo, anche se lei capì che non lo era affatto. «Dimmi cos'è successo. Cosa ci fai qui?»

Pip si guardò alle spalle, verso i piedi di Jason che sporgevano dalla porta.

Ravi doveva aver seguito il suo sguardo.

«Cazzo, chi... Sta bene?»

«È morto» disse Pip, voltandosi. «È Jason Bell. Era Jason Bell, era il Mostro del nastro adesivo.»

Ravi batté le palpebre per un momento, studiando le sue parole, cercando di trovarci un senso.

«È... cosa? Come...?» Ravi scosse la testa. «Come fai a saperlo?»

Pip non era in grado di dire quale risposta lui dovesse sentire per prima. «Come faccio a sapere che era il Mostro del nastro adesivo? Perché mi ha rapita. Su Cross Lane, mi ha legata e messa nel bagagliaio della macchina. Mi ha portata qui. Mi ha avvolto la faccia con il nastro adesivo, mi ha legata a uno scaffale. Proprio come ha fatto con tutte le altre. Sono morte qui. E stava per uccidermi.» Non sembrava reale, ora che lo diceva ad alta voce. Come se fosse tutto successo a una persona diversa, separata da lei. «Stava per uccidermi, Ravi.» Le si spezzò la voce nella gola usurata. «Pensavo di essere morta e... non sapevo se ti avrei rivisto mai più, se avrei rivisto chiunque. E ho pensato a te che scoprivi che ero morta e...»

«Ehi, ehi, ehi» disse lui trafelato, facendo un cauto passo verso di lei. «Va tutto bene, Pip. Sono qui, ok? Ora sono qui.» Lanciò un altro sguardo al corpo di Jason, indugiandovi troppo a lungo. «Cazzo» sibilò. «Cazzo, cazzo, cazzo. Non ci posso credere. Non avresti dovuto uscire da sola. Non avrei dovuto lasciarti uscire da sola. Cazzo» ripeté, colpendosi la fronte con il palmo. «Cazzo. Stai bene? Ti ha fatto del male?»

«No, io... sto bene» disse. Di nuovo quella piccola parola cavernosa, che nascondeva ogni sorta di cose oscure. «Solo il nastro adesivo. Sto bene.»

«Quindi come...?» cominciò Ravi, staccandosi di nuovo da lei con lo sguardo, tornando a posarlo sull'uomo morto a quattro metri da loro.

«Mi ha lasciata qui, legata.» Pip tirò su con il naso. «Non so dov'è andato, o per quanto. Ma sono riuscita a ribaltare lo scaffale, a liberarmi e a togliermi il nastro adesivo. C'è una finestra, sono uscita da lì. E...»

«Ok, ok» la interruppe lui. «Ok, è tutto ok, Pip. Andrà tutto bene. Cazzo» ripeté ancora, più a sé che a lei. «Qualsiasi cosa tu abbia fatto, l'hai fatto per legittima difesa, ok? Legittima difesa. Stava per ucciderti, perciò hai dovuto ucciderlo. Ecco tutto. Legittima difesa, e questo va bene, Pip. Dobbiamo solo chiamare la polizia, ok? Dire loro cos'è successo, cos'hai fatto e che è stata legittima difesa.»

Pip scosse il capo.

«No?» Ravi corrugò la fronte. «Cosa vuol dire "no", Pip? Dobbiamo chiamare la polizia. C'è un uomo morto lì per terra.»

«Non è stata legittima difesa» disse lei piano. «Ero scappata. Ero libera. Sarei potuta andare via. Ma l'ho visto ritornare e sono tornata indietro. L'ho ucciso, Ravi. Gli sono arrivata alle spalle di nascosto e l'ho colpito con un martello. Ho scelto di ucciderlo. Non è stata legittima difesa. Avevo una scelta.»

Ora Ravi stava scuotendo la testa. Non riusciva ancora a vederlo, il quadro completo. «No, no, no. Stava per ucciderti, è per questo che l'hai ucciso. È legittima difesa, Pip. Va bene.»

«L'ho ucciso.»

«Perché lui stava per uccidere te» disse Ravi, alzando la voce.

«Come fai a saperlo?» chiese Pip. Doveva fargli capire, fargli capire che la *legittima difesa* lì non era sostenibile, come aveva già compreso lei, andando su e giù sulla ghiaia.

«Come faccio a saperlo?» domandò Ravi, incredulo. «Perché ti ha rapita. Perché è il Mostro del nastro adesivo.»

«Il Mostro del nastro adesivo è in prigione da più di sei anni» rispose Pip, non con la sua voce. «Ha confessato. Da allora non ci sono più stati omicidi.»

«Cosa? M-ma...»

«Si è dichiarato colpevole in tribunale. C'erano le prove. Forensi e circostanziali. Il Mostro del nastro adesivo è già in prigione. Allora come mai ho ucciso quest'uomo?»

Ravi socchiuse gli occhi, confuso. «Perché era lui il vero Mostro del nastro adesivo!»

«Il Mostro del nastro adesivo è già in prigione» ripeté Pip, guardandolo negli occhi, in attesa che capisse. «Jason Bell era un uomo rispettabile. Il manager di un'azienda di media grandezza, e nessuno ha niente di male da dire sul suo conto. Era un conoscente, perfino un amico, dell'ispettore Richard Hawkins. Jason ha già dovuto affrontare una tragedia, una tragedia – potrei aggiungere – che io ho reso molto più pesante. Quindi perché sono fissata con Jason Bell? Perché ho violato una sua proprietà di sabato sera? Perché gli sono arrivata alle spalle di nascosto e l'ho colpito con un martello? E non una volta sola. Non so quante. Vai a vedere, Ravi. Vai a vedere. Non l'ho solo ucciso. Accanimento, è questo il termine corretto, no? Ed è incompatibile con la legittima difesa. Dunque perché ho ucciso questo brav'uomo rispettabile?»

«Perché era il Mostro del nastro adesivo?» disse Ravi, ora più incerto.

«Il Mostro del nastro adesivo è già in prigione. Ha confessato» ripeté Pip, e notò il mutamento nello sguardo di Ravi nel momento in cui capì cosa lei gli stava dicendo.

«È quello che credi dirà la polizia.»

«Non ha importanza quale sia la verità» proseguì Pip. «Quel che conta è la storia che troveranno accettabile. Credibile. E non crederanno alla mia. Che prove ho oltre alla mia parola? Jason l'ha fatta franca per anni. Potrebbe anche non esserci *alcuna* prova che fosse lui il Mostro.» Si sgonfiò. «Non mi fido di loro, Ravi. Mi sono già fidata della polizia e mi hanno deluso, ogni volta. Se li chiamo, lo scenario più probabile è che mi rinchiudano per omicidio per il resto della mia vita. Hawkins pensa già che sia svitata. E forse lo sono. L'ho ucciso, Ravi. Sapevo cosa stavo facendo. E mi sa che non me ne pento neanche.»

«Perché stava per ucciderti. Perché è un mostro» rispose Ravi, allungando una mano per prendere quella di lei, prima di ricordarsi del sangue, e lasciando cadere il braccio. «Il mondo è un posto migliore senza di lui. Più sicuro.»

«È vero» concordò lei, guardando di nuovo dietro di sé, controllando che Jason non si fosse mosso, non stesse origliando. «Ma nessun altro lo capirà.»

«Bene, cosa cazzo facciamo?» chiese Ravi, spostando il peso da un piede all'altro, il labbro che tremava. «Non puoi finire dentro per omicidio. Non è giusto, non è così che è andata. Tu... non so se possiamo dire che hai fatto la cosa giusta, ma non hai fatto quella sbagliata. Non è come quello che lui ha fatto a quelle donne. Se lo meritava. E io non voglio perderti. Non posso perderti. Si tratta della tua vita, Pip. Della nostra vita.»

«Lo so» disse lei, un nuovo tipo di terrore che si installava nella sua mente. Ma c'era qualcos'altro lì, che lo teneva a freno. Un piano. Serviva solo un piano.

«Non possiamo andare alla polizia e spiegare...?» Ravi si interruppe, mordendosi il labbro, lanciando un'altra occhiata a quei piedi senza corpo. Rimase in silenzio per un momento, poi un altro, spostando lo sguardo di qua e di là, la mente occupata. «Non possiamo andare alla polizia. Hanno sbagliato con Sal, no? E con Jamie Reynolds. E affiderei a una giuria di dodici pari la tua vita? Come la giuria che ha deciso che Max Hastings era innocente? No, neanche per sogno. Non la tua, tu sei troppo importante.»

Pip desiderò potergli prendere la mano, sentire il suo calore sulla pelle quando le loro dita si intrecciavano come sapevano fare. Team Ravi & Pip. Casa. Si guardarono negli occhi, una conversazione muta nei loro sguardi. Ravi alla fine batté le palpebre.

«Allora, cosa...? Come facciamo a farla franca?» chiese, la domanda quasi ridicola a sufficienza da meritarsi un sorriso. Le regole del delitto perfetto. «Cioè, in teoria. Dobbiamo... non lo so, seppellirlo da qualche parte dove nessuno lo troverà mai?»

Pip scosse il capo. «No. Li trovano sempre, prima o poi. Come Andie.» Fece un respiro profondo. «Ho studiato un sacco di casi di omicidio, come te, ho ascoltato un sacco di podcast di true crime. C'è un solo modo di farla franca.»

«Cioè?»

«Non lasciare alcuna prova e non essere lì al momento della morte. Avere un alibi di ferro, trovarsi da qualche altra parte durante la finestra oraria del decesso.»

«Ma tu *eri* qui.» Ravi la fissò. «A che ora è...? Tu a che ora...?»

Pip controllò il telefono prepagato di Jason. «Penso fossero circa le sei e mezza. Cioè più o meno un'ora fa.»

«Di chi è quel telefono?» Ravi lo indicò con un cenno del capo. «Non mi hai chiamato con il *suo* telefono, vero?»

«No, no, è un prepagato. Non mio, è suo, di Jason, ma...» La voce le morì in gola nel vedere la domanda che si andava formando negli occhi di Ravi. E Pip capì, era il momento di dirglielo. Avevano segreti più grandi ora, non c'era più spazio per quello. «Io ho un telefono prepagato di cui non ti ho mai parlato. A casa.»

Ci fu un movimento nelle labbra di Ravi, quasi simile a un sorriso. «Ho sempre detto che saresti finita con il tuo prepagato personale» disse. «P-perché ce l'hai?»

«Ne ho sei, in realtà» sospirò Pip, e in un certo senso questo le sembrò più difficile da confessare che dirgli che aveva ucciso un uomo. «È, ehm... non la sto vivendo bene, dopo quello che è successo a Stanley. Ho detto che stavo bene, ma non era vero. Mi dispiace. Io, ehm, compro dello Xanax da Luke Eaton, da quando il dottore non me lo prescrive più. Volevo solo riuscire a dormire. Mi dispiace.» Abbassò lo sguardo, fissandosi le scarpe. C'erano gocce di sangue anche lì.

Ravi sembrava ferito, preso in contropiede. «Dispiace anche a me» disse piano. «So che non stavi bene, ma non sapevo cosa fare. Pensavo che ti servisse solo del tempo, un cambiamento d'aria.» Sospirò. «Avresti dovuto dirmelo, Pip. Non mi importa di cosa si tratta, qualunque cosa sia.» Lanciò uno sguardo rapido al corpo di Jason. «Ma niente più segreti tra di noi, ok? Siamo una squadra. Siamo una squadra, tu e io, e la risolveremo. Insieme. Ti prometto che ne usciremo.»

Pip avrebbe voluto gettarsi su di lui, lasciare che la avvolgesse con le braccia e sparirvi dentro. Ma non poteva. Il suo corpo, i suoi vestiti erano una scena del crimine, e lei non poteva contaminarlo. Fu come se lui avesse capito, chissà come, gliel'avesse letto negli occhi. Fece un passo avanti e allungò una mano, accarezzandola attento con un dito sotto il mento, in un punto senza sangue, e fu quasi la stessa cosa.

«Allora, se è morto alle sei e mezza» disse Ravi, tornando a guardarla negli occhi, «come ti troviamo un alibi di ferro per quell'ora, se eri qui?»

«Non possiamo, non così» disse, guardandosi dentro, guardando l'idea che le cresceva nella mente. In teoria era impossibile, ma forse... forse no. «Stavo riflettendo, però, mentre ti aspettavo, ci stavo pensando. L'ora della morte è una stima, e il medico legale usa tre fattori principali per stabilirla. Il rigor mortis, cioè il modo in cui i muscoli si irrigidiscono dopo la morte; il livor mortis, cioè quando il sangue si deposita nel corpo; e la temperatura corporea. Sono questi i tre fattori usati per restringere la finestra oraria del decesso. Perciò stavo pensando... se riusciamo a manipolare quei tre fattori, se riusciamo a ritardarli, allora possiamo far credere al medico legale che è morto ore dopo. E in *quella* finestra temporale tu e io avremo alibi di ferro, ognuno per conto proprio, con persone e telecamere e una serie inconfutabile di prove.»

Ravi ci pensò su per un momento, mordendosi il labbro inferiore.

«Come facciamo a manipolare questi fattori?» domandò, guardando davanti a sé, facendo passare lo sguardo sul cadavere di Jason e tornando indietro.

«La temperatura» disse Pip. «La temperatura è la chiave. Temperature più basse rallentano il rigor mortis, e anche l'ipostasi cadaverica, cioè il livor mortis. Non solo, sempre per l'ipostasi, se si gira il cadavere prima che il sangue si sia depositato, quello si depositerà di nuovo. E se si riesce a girare il corpo più volte puoi guadagnare ore, se intanto lo raffreddi anche.»

Ravi annuì, voltando il capo per studiare la zona. «Come facciamo a raffreddare il corpo, però? Suppongo sia troppo chiedere a Jason Bell di aver posseduto un'azienda di freezer.»

«Il problema è la temperatura del corpo, in realtà. Se lo teniamo al fresco per ritardare il rigor e l'ipostasi, anche la sua temperatura corporea crollerà. Sarà troppo freddo, e il piano non funzionerà. Perciò dovremo raffreddarlo, per poi scaldarlo di nuovo.»

«Giusto» disse Ravi, con uno sbuffo incredulo. «Quindi dobbiamo solo metterlo in freezer e poi passarlo al microonde. Cazzo, non riesco a credere che stiamo parlando di una cosa simile. È follia. È follia, Pip.»

«Non un freezer» replicò lei, seguendo l'esempio di Ravi, guardando il complesso della Green Scene con occhi nuovi. «È troppo freddo. Più una temperatura da frigo. E poi, ovviamente, dopo che l'abbiamo riscaldato di nuovo, dobbiamo accertarci che il suo corpo venga trovato solo qualche ora dopo, dalla polizia e dal medico legale. Altrimenti non funzionerà. Ci serve che sia caldo e rigido quando lo trovano, e la pelle ancora sensibile alla digitopressione, cioè che il sangue depositato si sposti quando si preme la pelle. Se lo trovano di mattina presto dovrebbero pensare che è morto dalle sei alle otto ore prima.»

«Funzionerà?»

Pip si strinse nelle spalle, una mezza risata in gola. Ravi aveva ragione: era follia. Ma lei era viva, era viva, e per poco non lo era più stata. Era già tanto. «Non lo so, non ho mai ucciso nessuno facendola franca.» Tirò su con il naso. «Ma dovrebbe funzionare. La scienza funziona. Ho fatto un sacco di ricerche mentre indagavo sul caso di Jane Doe. Se riusciamo a fare tutto questo, raffreddarlo, girarlo un paio di volte e poi riscaldarlo, dovrebbe funzionare. Sembrerà che sia morto più... non so... verso le nove, le dieci. E noi per quell'ora saremo entrambi da un'altra parte. Alibi di ferro.»

«Ok» annuì Ravi. «Ok, sembra, be', sembra folle, ma penso che ce la possiamo fare. Penso che forse possiamo farcela davvero. È un'ottima cosa che tu sia così esperta di omicidi.»

Pip lo guardò male.

«No, cioè, insomma, perché li hai studiati, non perché uccidi la gente. Spero che questa sia la prima e ultima volta.» Ravi tentò di sorridere, e fallì, spostando il peso da un piede all'altro. «Una sola cosa però... diciamo che ce la facciamo davvero, e che vogliamo che trovino il corpo perché questa manipolazione dell'ora della morte funziona. Be', sicuramente sapranno che *qualcuno* l'ha ucciso. E cercheranno un assassino finché non ne avranno trovato uno. È questo che fa la polizia, Pip. Dovranno avere un colpevole.»

Lei piegò la testa, studiò gli occhi di Ravi, il proprio riflesso al loro interno. Era per questo che aveva bisogno di lui: lui la spingeva in avanti o la tratteneva quando lei non sapeva di averne necessità. Aveva ragione. Non avrebbe mai funzionato. Potevano modificare l'ora della morte e fare in modo di essere lontani da lì in quella finestra temporale, ma alla polizia sarebbe comunque servito un assassino. Avrebbero indagato fino a trovarne uno, e se lei e Ravi commettevano anche un solo errore...

«Hai ragione» annuì, spostando la mano per prendere la sua, prima di ricordarsi. «Non funzionerà. Gli serve un colpevole. Qualcuno deve aver ucciso Jason Bell. Qualcun altro.»

«Ok, quindi...» cominciò Ravi, riportandoli alla casella di partenza, ma la mente di Pip si era allontanata, rivoltata su se stessa per mostrarle tutto ciò che conteneva nel suo fondo. Le cose che lei vi nascondeva: il terrore, la vergogna, il sangue sulle mani, i pensieri rossi, rossi, rosso violento, e un volto, affilato e pallido.

«Lo so» esclamò, interrompendo Ravi. «So chi è l'assassino. So chi avrà ucciso Jason Bell.»

«Cosa?» Ravi la fissò. «Chi?»

Era inevitabile. Un cerchio perfetto. La fine era il principio e il principio la fine. Di nuovo al punto di partenza, all'origine, per sistemare tutto.

«Max Hastings» rispose lei.

Trentuno

Dodici minuti.

Ci vollero solo dodici minuti. Pip lo sapeva perché aveva controllato l'ora sul cellulare prepagato mentre lei e Ravi ne discutevano. Pensava ci sarebbe voluto molto di più, che *doveva* volerci molto di più, per escogitare un piano per incastrare una persona per omicidio. Ore angoscianti e una cascata di dettagli, minimi eppure critici. È questo che verrebbe da credere, che Pip avrebbe creduto. Ma dodici minuti ed era fatta. Si scambiarono idee, spaccando il capello in quattro e colmando le lacune se ne trovavano. Chi e dove e quando. Pip non voleva coinvolgere nessun altro, ma Ravi le fece capire che non era possibile, non senz'aiuto. Il piano si dipanò quasi interamente finché Ravi non ebbe l'idea dell'antenna radio, presa da un caso su cui stava lavorando allo studio, e Pip seppe subito che chiamata effettuare. Dodici minuti, ed ecco il piano, quasi una cosa fisica tra di loro. Preziosa e solida e chiara e vincolante. Da lì non si tornava indietro, non sarebbero più tornati a essere quelli di prima. Sarebbe stato difficile, e sarebbe stata dura: non potevano fare sbagli né ritardi. Non c'era spazio per l'errore.

Ma il piano funzionava, in teoria. Le regole del delitto perfetto.

Jason Bell era morto, ma non era ancora morto: lo sarebbe stato nel giro di poche ore. E sarebbe stato Max Hastings ad averlo ucciso. L'avrebbero finalmente rinchiuso dove doveva stare.

«Se lo meritano» disse Pip, facendo un passo indietro. «Se lo meritano tutti e due, vero?» Era troppo tardi per Jason, ma Max... Lo odiava, fino al centro di tutto ciò che era, ma questo la accecava?

«Sì» la rassicurò lui, anche se Pip sapeva che Ravi lo odiava tanto quanto lei. «Hanno fatto del male a delle persone. Jason ha ucciso cinque donne; avrebbe ucciso anche te. Ha dato il via a tutto quello che ha portato alle morti di Andie e Sal. Così come Max. Max continuerà a far del male alle persone se noi non facciamo niente. Lo sappiamo. Se lo meritano, tutti e due.» Diede un colpetto dolce con il dito a quel punto sicuro sotto il suo mento, alzandole il viso perché lo guardasse. «È una scelta, o te o Max, e io scelgo te. Non ho intenzione di perderti.»

E Pip non lo disse, ma non riusciva a non pensare a Elliot Ward, che aveva fatto una scelta identica a quella, trasformando Sal in un assassino per salvare se stesso e le proprie figlie. Ed ecco anche Pip, in quella stessa zona grigia, confusionaria, caotica, e vi trascinava Ravi con sé. La fine e il principio.

«Ok» annuì, tornando a convincersi. Il piano era vincolante e c'erano dentro entrambi ora, e il tempo non era dalla loro parte. «Ci sono ancora un paio di cose da elaborare, ma la più importante è...»

«Raffreddare e poi riscaldare il cadavere.» Ravi terminò la frase per lei, lanciando un'altra occhiata a quei piedi abbandonati. Non aveva ancora visto il corpo da vicino, cos'aveva fatto Pip a Jason. Lei sperava che dopo averlo fatto non cambiasse idea, che non la guardasse con occhi diversi. Ravi indicò l'edificio di mattoni dietro di loro, separato da quello di lamiera ondulata accanto al quale c'era il magazzino dei materiali chimici. «Quell'edificio sembra più uno per uffici, dove il personale lavora alle scrivanie. Probabilmente ci sarà una cucina, no? Con un frigo e un congelatore?»

«Già, probabilmente sì» annuì Pip. «Ma non formato persona.»

Ravi sgonfiò la bocca, il viso teso e contratto. «Ripeto, Jason Bell non poteva possedere un impianto di lavorazione della carne con frigoriferi giganti?»

«Andiamo a dare un'occhiata» rispose Pip, tornando a voltarsi verso la porta metallica aperta e i piedi di Jason che spuntavano dalla soglia. «Abbiamo le sue chiavi.» Le indicò con un cenno del capo: erano sempre nella serratura, dove Jason le aveva lasciate. «È lui il proprietario, deve avere la chiave di tutte le porte. E mi ha detto che gli allarmi di sicurezza erano stati disabilitati ovunque, e anche le telecamere. Mi ha detto che aveva tutto il weekend, se voleva. Perciò non dovremmo avere problemi.»

«Già, buona idea» disse Ravi, ma senza avanzare di un passo, perché farlo, verso quella porta, voleva dire anche avvicinarsi al cadavere.

Pip lo precedette, trattenendo il respiro mentre scavalcava il corpo, lo sguardo fisso sulla testa spappolata di Jason. Batté gli occhi, distogliendoli, e prendendo il pesante mazzo di chiavi dalla porta. «Dobbiamo assicurarci di ricordare tutto quello che abbiamo toccato – che io ho toccato –, così dopo possiamo pulirlo» disse, stringendo le chiavi in mano. «Vieni, di qua.»

Pip scavalcò di nuovo Jason, evitando la pozza di sangue attorno alla testa. Ravi la seguì da vicino e lei vide che il suo sguardo indugiava, e che batteva forte le palpebre, come a desiderare che tutto ciò sparisse.

Un colpetto di tosse e allungò il passo dietro di lei.

Non si dissero nulla. Cosa c'era da dire?

A Pip ci volle qualche tentativo per trovare la chiave giusta per la porta al lato opposto del magazzino, accanto al tavolo da lavoro. La aprì, su una stanza buia e cavernosa.

Ravi si tirò la manica sulle dita e fece scattare l'interruttore.

La stanza divenne visibile con uno sfarfallio, man mano che le luci soprastanti si accendevano ronzando. Un tempo quell'edificio doveva essere stato un fienile, si rese conto Pip, fissando il soffitto incredibilmente alto. E davanti a loro c'erano file e file e file di macchinari. Tosaerba, tagliabordi, spazzatrici, macchine che nemmeno capiva, e tavoli con strumenti più piccoli come cesoie da siepe. Sulla destra c'erano grossi macchinari che Pip immaginò dovessero essere trattorini tosaerba, coperti di cerata nera. C'erano mensole piene di altri strumenti di metallo, che scintillavano alla luce, e taniche rosse, e sacchi di terriccio.

Pip si voltò verso Ravi, che stava studiando la stanza con sguardo febbrile e scattante. «Cos'è quello?» Indicò una macchina arancione intenso, alta, con la parte superiore a forma d'imbuto.

«Credo sia una trituratrice» rispose lei. «O una cippatrice, se si chiama così. Ci infili i rami e quella li polverizza in pezzettini minuscoli.»

Ravi piegò le labbra di lato, come se stesse riflettendo su qualcosa.

«No» disse Pip con voce ferma, sapendo benissimo di cosa si trattava.

«Non ho detto niente» ribatté lui. «Ma evidentemente qui non ci sono frigoriferi giganti, giusto?»

«Ma» lo sguardo di Pip si posò sulle file e file di tosaerba «quei tosaerba vanno a benzina, no?»

Ravi incrociò i suoi occhi e spalancò i propri, capendo dove voleva arrivare. «Ah, per il fuoco» disse.

«Ancora meglio» aggiunse Pip. «La benzina non brucia e basta. Esplode.»

«Bene, molto bene» annuì Ravi. «Ma questo è l'ultimissimo passo, e ci aspetta una lunga notte, prima. È tutto inutile se non riusciamo a capire come raffreddarlo.»

«E poi riscaldarlo di nuovo» continuò Pip, e lo vide, catturato negli occhi di Ravi: lo sconforto. Il piano poteva anche finire prima ancora di cominciare. La sua vita era in bilico, e il piatto della bilancia pendeva a loro sfavore. *Forza, rifletti.* Cosa potevano utilizzare? Qualcosa ci doveva essere.

«Andiamo a controllare gli uffici» disse Ravi, prendendo l'iniziativa, allontanando Pip dalle file ordinate di tosaerba, attraverso il magazzino di materiali chimici, tornando sui propri passi oltre il diserbante rovesciato e il sangue versato. Oltre il cadavere, ogni volta più morto, aggirandolo in punta di piedi, come se non fosse che un gioco di bambini.

Pip lanciò uno sguardo al magazzino dietro di sé, alle spire di nastro adesivo con ciocche di capelli e macchie di sangue. «Il mio DNA è dappertutto, in questa stanza» disse. «Porto via con me il nastro adesivo e mi libero dei vestiti. Ma dobbiamo pulire anche quelle mensole. Pulirle tutte prima di bruciarle.»

«Sì» concordò Ravi, prendendole il mazzo di chiavi.

«Anche queste.» Le fece tintinnare. «Nell'ufficio dovrebbero esserci dei prodotti per la pulizia.»

Passandoci davanti, Pip intravide di nuovo il suo riflesso nel finestrino dell'auto di Jason. Gli occhi troppo scuri, le pupille dilatatissime, che divoravano l'iride sottile color nocciola chiaro. Non avrebbe dovuto restare troppo a guardarsi, in caso il suo riflesso fosse rimasto nel finestrino di Jason, lasciando un'impronta eterna della sua presenza lì.

Fu in quel momento che si ricordò.

«Cazzo» disse, e i passi di Ravi sulla ghiaia si fermarono.

«Cosa c'è?» chiese, raggiungendo il riflesso di lei nel finestrino, anche i suoi occhi troppo grandi e troppo scuri.

«Il mio DNA. È su tutto il bagagliaio della sua macchina.»

«Non c'è problema, possiamo occuparci anche di questo» disse il riflesso di Ravi, e Pip vide la versione speculare di lui allungare una mano per prendere quella di lei, prima di ricordarsi e ritrarsi.

«No, voglio dire che è *su tutto* il bagagliaio» ripeté, mentre il panico tornava a crescere. «Capelli, pelle. Le mie impronte, che la polizia ha già in archivio. Ne ho lasciate il più possibile. Pensavo che sarei morta e stavo cercando di dare una mano. Di lasciare una scia di prove, così tu potevi trovarlo, prenderlo.»

Un nuovo sguardo negli occhi di Ravi, desolato e muto, e un tremito del labbro come se stesse cercando di non piangere. «Devi essere stata terrorizzata» disse piano.

«Sì» rispose lei. E per quanto questo – il piano e ciò che sarebbe successo se avessero fallito – le facesse paura, nulla si avvicinava al terrore che aveva provato in quel bagagliaio o in quel magazzino, chiusa nella sua maschera mortuaria.

Le tracce di quel terrore erano ancora lì, su tutta la pelle, nei crateri dei suoi occhi.

«La risolveremo, ok?» disse lui a voce alta, per superare il tremore nella voce. «Ci occuperemo della macchina dopo, quando torniamo. Prima dobbiamo trovare qualcosa per...»

«Raffreddarlo.» Pip soppesò le parole, fissando oltre se stessa, dentro la macchina di Jason. «Raffreddarlo per poi scaldarlo di nuovo» disse, passando lo sguardo sul pannello di controllo accanto al volante. L'idea nacque piccola, come un semplice "E se...?", per crescere sempre di più, cibandosi vorace dell'attenzione di Pip finché non fu la sola cosa cui lei riuscisse a pensare. «Oddio» sussurrò, e poi, a voce più alta: «Oddio!».

«Cosa c'è?» chiese Ravi, guardandosi d'istinto dietro le spalle.

«La macchina!» Pip si girò verso di lui. «La *macchina* è il nostro frigo. È abbastanza nuova, un bel SUV, quanto freddo pensi possa generare con l'aria condizionata?»

L'idea stuzzicava anche Ravi, glielo leggeva negli occhi, un qualcosa di simile all'eccitazione. «Abbastanza freddo» disse. «Impostiamo la temperatura più bassa, la mettiamo a palla, è uno spazio chiuso. Sì, cazzo, abbastanza freddo» ripeté con un semi sorriso.

«La temperatura standard di un frigorifero è di circa quattro gradi. Pensi che ci possiamo arrivare?»

«Come fai a sapere qual è la temperatura standard di un frigorifero?» domandò lui.

«Ravi, io le cose le so. Come fai a non sapere ancora che le so?»

«Be'» Ravi alzò gli occhi al cielo, «è abbastanza fresco

stanotte. Non possono esserci più di quindici gradi all'esterno. Perciò ci serve solo che la macchina scenda a dieci circa... sì, sì, penso sia fattibile.»

Un cambiamento nella cassa toracica di Pip, un sentimento simile al sollievo che le si apriva nel petto, le diede più spazio per respirare. Potevano riuscirci. Potevano davvero riuscirci. Giocare a fare Dio. Riportare un uomo in vita per poche ore, perché un altro potesse ucciderlo.

«E» aggiunse lei «quando torniamo qui dopo...»

«Alziamo il riscaldamento al massimo, lo mettiamo a palla.» Ravi le rubò la frase, parlando velocemente.

«Rialzando la sua temperatura corporea» la terminò Pip.

Ravi annuì, gli occhi che volavano di qua e di là mentre ripercorreva tutto col pensiero. «Sì. Funzionerà, Pip. Andrà bene.»

Forse, forse sì. Ma non avevano nemmeno ancora iniziato, e il tempo stava per scadere.

«Ti ricordi l'ultima volta che l'abbiamo fatto?» le domandò Ravi, indossando il paio di guanti da lavoro che aveva trovato nell'edificio degli uffici, in un armadietto pieno di ricambi di uniformi con il logo dell'azienda.

«Spostato un cadavere?» chiese a sua volta Pip battendo i propri guanti l'uno contro l'altro, e piccoli grumi di fango le si polverizzarono davanti agli occhi.

«No, in effetti questo non l'abbiamo mai fatto» sbuffò Ravi. «Intendevo l'ultima volta che abbiamo indossato guanti da giardinaggio per commettere un crimine. Per commettere un'effrazione ed entrare di nascosto a casa Bell, la *sua* casa.» Accennò in direzione del magazzino. «Una... ehm...» si interruppe.

«Non dirlo» lo avvertì Pip, lanciandogli un'occhiata torva.

«Cosa?»

«Stavi per fare una battuta, Ravi, "una cosa tira l'altra". Lo capisco sempre.»

«Ah, dimenticavo» disse. «Tu le cose *le sai*.»

Era così. E sapeva che scherzare era il suo tic, il suo modo di reagire alle cose.

«Ok, facciamolo» disse lei.

Si accucciò e tirò uno degli angoli della cerata che copriva il tosaerba gigante. La plastica nera si accartocciò quando la tolse dalla macchina, mentre Ravi la afferrava dal lato opposto. Si liberò, e Ravi la piegò alla bell'e meglio tra le braccia.

Pip lo guidò fuori dalla grande stanza, di nuovo nel magazzino dei prodotti chimici, dove i fumi del diserbante erano ancora pesanti, risvegliandole il mal di testa.

Ravi stese la cerata sul cemento, accanto al cadavere di Jason, evitando il sangue.

Pip vedeva che era teso dal modo in cui teneva la bocca, dallo sguardo assente che era sicura di avere anche lei.

«Non guardarlo, Ravi» disse. «Non c'è bisogno che lo guardi.»

Lui fece un passo verso di lei, come per aiutarla con la parte successiva.

«No» disse Pip, allontanandolo. «Tu non toccarlo. Non toccare niente se non è necessario. Non voglio che qui ci siano tracce di te.»

Sarebbe stato molto peggio di qualunque cosa potesse immaginare. Lei che veniva condannata per omicidio, e Ravi che veniva condannato insieme a lei. No, tutto questo non doveva toccarlo, e quindi lui non doveva toccare la scena del crimine. Se fallivano, sarebbe tutto ricaduto su di lei, era questo il patto. Ravi non sapeva niente. Non aveva visto niente. Non aveva fatto niente.

Pip si piegò sulle ginocchia, e lentamente allungò una mano prendendo la spalla e il braccio di Jason. Non era ancora rigido, ma il rigor mortis sarebbe cominciato presto.

Si chinò in avanti e spinse, facendo rotolare sulla schiena Jason e la sua testa spappolata. Il viso era intatto. Pallido e cadente, ma sembrava quasi che stesse dormendo. Pip riaggiustò la presa e lo fece rotolare di nuovo, a faccia in giù sul margine della cerata, e di nuovo al centro, a faccia in su.

«Ok» annunciò, alzando un lato della cerata e avvolgendoglielo sopra. Ravi fece lo stesso con il lato opposto.

Jason era scomparso, riordinato, nascosto. I resti del Mostro del nastro adesivo: solo una pozza rossa e una cerata arrotolata.

«In macchina dobbiamo metterlo di schiena, per l'ipostasi» ricordò Pip, posizionandosi dove dovevano trovarsi le spalle di Jason. «E poi, quando torniamo, lo giriamo di faccia. Il sangue così si risistemerà, e sembrerà che quelle ore non siano mai trascorse.»

«Sì, ok» annuì Ravi, piegandosi e afferrando Jason per le anche, attraverso la cerata. «Uno, due, tre, su!»

Era pesante, troppo pesante, la presa di Pip sotto le spalle, attraverso il telone di plastica, non era stabile. Ma insieme lo tenevano, e uscirono lentamente dalla porta metallica, Ravi camminando all'indietro, guardando verso il basso per assicurarsi di non calpestare il sangue.

All'esterno il dolce ronzio di un motore li accolse. La macchina di Jason era già accesa, l'aria condizionata settata sulla temperatura più bassa, tutte le ventole al massimo. Le portiere chiuse per non disperdere il freddo. Ravi aveva trovato dei sacchetti di ghiaccio nel congelatore dell'edificio degli uffici, presumibilmente per gli incidenti in azienda. Ma ora erano sparsi per l'auto, vicino alle ventole, per raffreddarla ulteriormente.

«Apro la portiera» disse Ravi, chinandosi per posare con delicatezza i piedi di Jason sulla ghiaia. Pip allungò una gamba, per sostenere la schiena di Jason e un po' del suo peso.

Ravi aprì la portiera posteriore.

«Fa già freddino, qui» disse, riprendendo i piedi di Jason e sollevandoli con un certo sforzo.

Con cautela, mezzo passo alla volta, fecero passare la cerata arrotolata attraverso la portiera, depositando Jason sul sedile posteriore e facendocelo scivolare sopra.

Era *davvero* già freddo, come chinarsi dentro un frigo, e Pip vide le nuvole di vapore del suo respiro davanti a sé, mentre si sforzava di far scivolare Jason più avanti. La testa, la sua testa spappolata, non voleva entrare.

«Un attimo» disse Pip, facendo rapida il giro dell'auto per andare ad aprire la portiera dal lato opposto. Infilò le mani nell'apertura in fondo alla cerata, prese le caviglie di Jason e le spinse verso l'alto per fargli piegare le ginocchia, utilizzando lo spazio guadagnato per farlo entrare in macchina completamente. Lo tenne in quella posizione mentre chiudeva lentamente la portiera, il rumore dei piedi dell'uomo che vi picchiavano contro, come se stesse cercando di liberarsi a calci.

Ravi richiuse la portiera dall'altro lato e fece un passo indietro, battendo le mani e facendo un sospiro teso.

«E continuerà ad andare per ore, mentre non ci siamo?» volle assicurarsi di nuovo Pip.

«Sì, ha quasi il pieno. Continuerà a funzionare per tutto il tempo che ci serve» rispose Ravi.

«Bene, molto bene» replicò lei, un'altra parola che sapeva non avere alcun significato. «Allora, adesso andiamo. Torniamo a casa. Il piano.»

«Il piano» le fece eco Ravi. «Mi fa paura, lasciare tutto così, invisibili tracce di te ovunque.»

«Lo so» disse lei. «Ma è sicuro: nessuno verrà qui. Lo ha detto lui stesso. Aveva pianificato di uccidermi qui, e aveva tutta la notte, tutto il weekend. Niente telecamere o allarmi. Perciò per noi vale lo stesso. Sarà tutto uguale quando torneremo. E poi elimineremo quelle tracce, ne creeremo di nuove.»

Lanciò uno sguardo attraverso il finestrino della macchina, alla cerata arrotolata, e all'uomo morto all'interno che nel loro piano non era ancora morto. Non se tutto andava come avevano programmato.

Ravi si tolse i guanti. «Prendi lo zaino?»

«Sì» disse Pip, togliendosi anche lei i guanti, mettendoli insieme al paio di Ravi nello zaino aperto. C'erano dentro anche i brandelli di nastro adesivo, rimossi dal magazzino: caviglie, polsi, e faccia con capelli strappati.

«E lì hai tutto, tutto quello con cui sei arrivata?»

«Sì, è tutto qui» disse, chiudendolo. «Tutto quello che ci ho messo oggi pomeriggio. Più i guanti, il nastro adesivo. Il telefono prepagato di Jason. Non ho dimenticato niente.»

«E il martello?» chiese Ravi.

«Quello può restare qui.» Si raddrizzò, mettendosi lo

zaino in spalla. «Possiamo ripulire le mie impronte dopo. Anche a Max servirà un'arma del delitto.»

«Ok» rispose Ravi, avviandosi verso la sua auto, abbandonata davanti al cancello aperto della Green Scene. «Andiamo a casa.»

Trentadue

Un ultimo controllo.

Ravi si chinò verso di lei al di sopra del freno a mano, studiandola, il respiro dolce ma fresco sul suo viso.

«Ne hai ancora un po' sulla faccia, che si è asciugato. E sulle mani.» Abbassò lo sguardo. «E hai una macchia sul maglione. Devi andare di sopra velocemente, prima che ti vedano.»

Pip annuì. «Ok, ce la posso fare» disse.

Aveva steso sul sedile la maglietta in più che si era portata dietro, così che nessuna goccia di sangue si trasferisse sull'auto di Ravi. E aveva usato la biancheria di ricambio, versandoci sopra un po' d'acqua della borraccia, per cercare di togliersi il sangue dal viso e delle mani mentre Ravi guidava su strade secondarie. Doveva bastare.

Pip aprì la portiera della macchina con il gomito e scese, chinandosi per infilare anche la maglietta su cui si era seduta nello zaino, richiudendolo. Le chiavi di casa nell'altra mano.

«Ne sei sicura?» le chiese di nuovo Ravi.

«Sì» confermò lei. Avevano ripassato il piano. Di nuovo, ancora e ancora, in macchina. «Questa parte posso farla da sola. Be', sai cosa intendo.»

«Posso darti una mano» rispose Ravi, un'ombra di disperazione nella voce.

Pip lo guardò, assorbendone ogni centimetro senza tralasciarne nessuno. «Mi hai già aiutata, Ravi, più di quanto immagini. Mi hai aiutata a rimanere viva, laggiù. Sei venuto a prendermi. Questa parte posso farla da sola. Quello che mi aiuta è sapere che sei salvo. È questo che voglio. Non voglio che niente di tutto questo ti ricada addosso, se qualcosa va male.»

«Lo so, ma...»

Pip lo interruppe. «Allora adesso va' a crearti il tuo alibi, per tutta la sera. In caso le nostre tempistiche non funzionino e non riuscissimo a rimandare abbastanza l'ora della morte. Cosa farai?» Voleva sentirglielo dire di nuovo: ineccepibile, a prova di bomba.

«Vado a casa a prendere il cellulare, poi guido fino ad Amersham per recuperare mio cugino, Rahul» disse Ravi, guardando davanti a sé. «Passo per la statale, così le telecamere mi registrano. Vado a ritirare un po' di soldi a un bancomat, così anche quelle telecamere mi vedono. Poi andiamo da Pizza Express, o in un'altra catena, e ordiniamo da mangiare, pago con la carta. Mi faccio sentire, attiro l'attenzione su di noi, così la gente si ricorderà di averci visti. Faccio foto e video con il telefono, che dimostrino che eravamo lì. Faccio anche una chiamata, magari a mia mamma, per dirle a che ora torno a casa. Ti scrivo e ti chiedo come va la tua serata perché non so ancora che hai perso il cellulare ed è tutto il giorno che non ci vediamo.» Fece un respiro rapido. «Poi andiamo al pub dove si vedono sempre gli amici di mio cugino, con un sacco di testimoni. Restiamo fino alle undici e mezza. Poi lascio Rahul a casa e torno indietro, faccio benzina sulla strada, così altre telecamere mi vedono. Rientro a casa, fingo di andare a dormire.»

«Bene, sì» disse Pip, lanciando un'occhiata all'orologio

sul cruscotto. Erano appena passate le otto e dieci. «Ci vediamo a mezzanotte?»

«Ci vediamo a mezzanotte. E tu mi chiami?» chiese lui. «Con il prepagato, se qualcosa va male.»

«Non andrà male» rispose Pip, cercando di convincerlo con lo sguardo.

«Sta' attenta» disse lui, stringendo la presa sul volante, un sostituto della mano di Pip. «Ti amo.»

«Ti amo» ripeté lei, un'altra ultima volta. Ma non sarebbe stata l'ultima: l'avrebbe rivisto nel giro di poche ore.

Pip chiuse la portiera e salutò Ravi con la mano, mentre lui metteva la freccia e ripartiva. Fece un respiro profondo, per prepararsi, poi si voltò e risalì il vialetto fino al portone d'ingresso.

Vide la sua famiglia attraverso la finestra sul davanti della casa, le immagini della tivù che danzavano sui loro volti. Li osservò per un momento, là fuori nel buio. Josh accucciato sul tappeto, in pigiama, buffo e piccolo, che giocava con i Lego. Papà che rideva per qualcosa in tivù, e Pip ne sentì le vibrazioni addirittura fin lì. La mamma che faceva un verso di disapprovazione, si portava una mano al petto, e Pip la sentì dire: «Oh, Victor, non è divertente».

«È sempre divertente quando la gente cade» fu la sua tonante risposta.

Pip sentì che gli occhi le si appannavano, la gola le si chiudeva. Aveva pensato di non vederli mai più. Di non sorridere mai più insieme a loro, o piangere, o ridere, o crescere man mano che i suoi genitori invecchiavano, le loro tradizioni diventare le sue, come la ricetta del purè di suo padre o il modo in cui la mamma decorava l'albero di Natale. Di non vedere mai Josh diventare un uomo, o di sapere che suono avrebbe avuto la sua voce da adulto, o cosa lo rendeva felice. Tutti quei momenti, un'intera vita di quei momenti, grandi e piccoli. Pip li aveva persi, ma ora non li avrebbe persi più. Non se riusciva a portare a termine il piano.

Si schiarì la gola, eliminando il groppo che la serrava, e aprì la porta di casa facendo meno rumore possibile.

Scivolò dentro, chiudendosi la porta alle spalle con un *click* a malapena udibile, sperando che il rumore del pubblico che applaudiva in tivù la coprisse. Le chiavi strette troppo forte nel pugno, perché non emettessero suono.

Lenta, cauta, trattenendo il respiro, superò la porta del salotto, guardando le loro nuche contro il divano. Suo padre si mosse e il cuore di Pip fece un salto, gelandola sul posto. No, ok, stava solo cambiando posizione, mettendo un braccio sulle spalle della mamma.

Su per le scale, piano, più piano. Il terzo gradino scricchiolò sotto il suo peso.

«Pip?! Sei tu?» chiamò la mamma, spostandosi sul divano per girarsi.

«Sì» rispose Pip, salendo le scale di corsa prima che lei riuscisse a vederla per bene. «Sono io! Scusate, mi scappa da morire la pipì!»

«Abbiamo un bagno anche di sotto, sai?» urlò suo padre, mentre lei arrivava sul pianerottolo e imboccava il corridoio. «A meno che tu per "pipì" non intenda...»

«Non dovevi rimanere a dormire da Ravi?» Questa era la mamma.

«Due minuti!» gridò Pip per tutta risposta, correndo dritta in bagno, chiudendosi a chiave la porta alle spalle. Avrebbe dovuto pulire anche quella maniglia.

C'era mancato un pelo. Ma si comportavano normalmente. Non avevano visto niente, nessuna macchia di sangue, niente capelli strappati o pelle del viso scorticata. Ed erano quelli i primi obiettivi di Pip.

Si tolse la felpa facendola passare sopra la testa, chiudendo bocca e occhi perché il sangue non la sporcasse internamente. La posò con cautela, rivoltata, sulle mattonelle. Si tolse le scarpe, e le calze, poi i leggings scuri. Non vedeva sangue sul tessuto, ma sapeva che c'era, nascosto chissà dove tra le fibre. E poi il reggiseno, una piccola macchia secca quasi al centro, dove un po' di sangue era passato attraverso la felpa. Lasciò i vestiti impilati sul pavimento e aprì la doccia.

Calda. Bollente. Ancora più bollente. Talmente bollente che entrarci, in una nuvola di vapore, faceva male. Ma doveva essere così calda, come per strapparle il primo strato di pelle. Come poteva sentirsi pulita dal Mostro altrimenti? Si strofinò con il bagnoschiuma, guardando l'acqua rosata, tinta di sangue, scenderle lungo le gambe, tra le dita dei piedi e giù per lo scarico. Strofinò, ancora e ancora, consumando metà del bagnoschiuma, pulendosi anche sotto le unghie. Si lavò i capelli, per tre volte, le ciocche più sottili ora, più ispide. Lo shampoo le fece bruciare il graffio sullo zigomo.

Quando alla fine si sentì abbastanza pulita uscì, con indosso un asciugamano, lasciando scorrere l'acqua ancora un po', per lavar via ogni residuo di sangue dal piatto. Poi avrebbe pulito anche quello.

Con l'asciugamano stretto sotto le ascelle prese il bidone col coperchio a scatto che stava accanto alla carta igienica e ne estrasse il secchio di plastica. Dentro c'erano solo due rotoli esauriti di carta igienica, e Pip li tolse, posandoli sul davanzale. Nell'armadietto sotto il lavandino trovò la candeggina, svitò il tappo e ne versò un po' nel secchio. Ancora. Tutta. Si raddrizzò e riempì per metà il secchio di acqua calda dal lavandino, per diluire la candeggina, l'odore pungente e malsano.

Avrebbe dovuto fare due viaggi per portare tutto in camera, ma la sua famiglia era di sotto, la via era libera. Pip prese il secchio, ora pesante, tenendolo con un braccio contro il petto, e aprì la porta del bagno. Uscì incespicando, oltre il pianerottolo, dentro la sua stanza, posando il secchio al centro. L'acqua sciabordò pericolosamente vicino all'orlo.

Altri rumori inquietanti di un pubblico televisivo che la applaudiva, mentre tornava in bagno a prendere la pila di vestiti insanguinati e lo zaino.

«Pip?» Dalle scale arrivò la voce della mamma.

Cazzo.

«Ho appena fatto la doccia! Scendo tra un minuto!» rispose, correndo in camera e chiudendosi la porta alle spalle.

Mise la pila di vestiti accanto al secchio e poi, in ginocchio, con delicatezza, uno per uno, li immerse nella miscela di candeggina, fino in fondo. Anche le scarpe, che tornarono per metà a galla.

Dallo zaino aggiunse i pezzi di nastro adesivo che le avevano tenuti legati il viso e le mani e le caviglie, e li spinse a fondo nella candeggina diluita. Poi prese il cellulare usa e getta di Jason, aprendone il retro per togliere la SIM. La spezzò a metà e buttò nell'acqua il telefono smontato. Poi gli slip che aveva usato per asciugarsi il sangue dal viso, e la magliella in più su cui si era seduta. Infine i guanti con il logo della Green Scene che lei e Ravi avevano usato

– forse il capo più incriminante –, spingendo anch'essi in fondo al secchio. La candeggina si sarebbe occupata delle macchie di sangue visibili e probabilmente anche della tintura del tessuto, ma era solo una precauzione: per quella stessa ora, domani, tutto il contenuto del secchio sarebbe scomparso per sempre. Un altro compito da eseguire più tardi.

Per ora Pip trascinò il secchio sulla moquette e lo nascose nell'armadio, spingendovi di nuovo dentro le scarpe. L'odore di candeggina era forte, ma nessuno sarebbe entrato in camera sua.

Pip si asciugò e si vestì, con una felpa nera e leggings neri, e poi si rivolse allo specchio per sistemarsi il viso. I capelli le cadevano in ciocche sottili e bagnate, il cuoio capelluto troppo dolorante per poterci passare il pettine. Vide una piccola zona calva in cima alla testa, dove aveva strappato i capelli insieme al nastro adesivo. Avrebbe dovuto nasconderla. Passò le dita tra i capelli e li legò in una coda di cavallo alta, stretta e scomoda. Si mise altri due elastici al polso, per dopo, per quando lei e Ravi sarebbero tornati alla Green Scene. Il suo viso sembrava ancora arrossato e chiazzato, e anche leggermente sofferente, quando vi passò il fondotinta per nasconderlo. Per celare le parti peggiori. Era pallida e la consistenza della pelle era ruvida, scorticata, ma avrebbe funzionato.

Svuotò lo zaino per riempirlo nuovamente, spuntando gli articoli dall'elenco mentale che lei e Ravi avevano preparato, inciso nel cervello come un mantra. Due berretti, cinque paia di calzini. Tre dei cellulari prepagati nel cassetto della sua scrivania, tutti accesi. La piccola somma di denaro che teneva, anche quella, nello scomparto segreto, tutta quanta, per sicurezza. Nella tasca della sua giacca più bella, appesa nell'armadio sopra al secchio di candeggina, trovò il biglietto goffrato che non aveva toccato dall'incontro di mediazione, e lo sistemò con cautela nella tasca anteriore dello zaino. Infilandosi rapida nella camera dei genitori, prese una manciata dei guanti di lattice che la mamma usava per tingersi i capelli, almeno tre paia. Rimise il portafoglio in cima a tutto quanto, controllando che ci fosse anche la carta di debito: le sarebbe servita per il suo alibi. E le chiavi della macchina.

Era tutto quello che doveva prendere al piano di sopra. Passò di nuovo in rassegna ogni dettaglio, controllando ancora una volta di aver preso tutto ciò che le serviva per il piano. C'era ancora qualcosa da recuperare di sotto, evitando in qualche modo lo sguardo indagatore della sua famiglia, e un fratellino che si faceva gli affari di tutti.

«Ehi» disse senza fiato, scendendo le scale. «Mi sono dovuta fare una doccia perché sto uscendo e prima sono andata a correre.» La bugia le uscì troppo rapida, doveva rallentare, ricordarsi di prendere fiato.

La mamma voltò il capo contro lo schienale del divano, guardandola. «Pensavo che saresti andata da Ravi per cena e saresti rimasta lì.»

«Un pigiama party» aggiunse la voce di Joshua, anche se Pip non riusciva a vederlo da dietro il divano.

«Cambio di programma» disse, stringendosi nelle spalle. «Ravi è dovuto andare da suo cugino, così io esco con Cara.»

«Nessuno mi ha chiesto il permesso per questo pigiama party» commentò suo padre.

La mamma di Pip socchiuse gli occhi, studiandole il viso. Lo vedeva, sapeva cosa nascondeva sotto tutto quel trucco? O c'era qualcosa di diverso nello sguardo di Pip, distante e spettrale? Era uscita di casa che era ancora la bambina della mamma ed era tornata una persona nuova, che sapeva cosa voleva dire una morte violenta, varcare quel confine e riuscire a tornare indietro. E non solo: adesso era un'assassina. Questo l'aveva cambiata, agli occhi di sua madre? Ai propri? L'aveva trasformata?

«Non avete litigato, vero?» chiese la mamma.

«Cosa?» disse Pip, confusa. «Io e Ravi? No, va tutto bene.» Tentò di sbuffare, a cuor leggero, per scacciare l'idea. Come avrebbe desiderato qualcosa di normale e tranquillo come un litigio con il suo ragazzo. «Prendo solo qualcosa da mangiare in cucina, poi esco.»

«Ok, tesoro» disse la mamma, come se non le credesse. Ma andava bene così: se sua madre voleva credere che lei e Ravi avevano litigato, bene. Meglio, anzi. Molto meglio di qualsiasi cosa si avvicinasse alla verità: che Pip aveva assassinato un serial killer e ora, in quel preciso momento, stava uscendo per incastrare uno stupratore per un crimine che aveva commesso lei.

In cucina Pip aprì l'ampio cassetto superiore dell'isola, il cassetto dove la mamma teneva la stagnola e la carta da forno, e i sacchettini di plastica. Ne prese quattro, di quelli sigillabili, e due di quelli più grossi da freezer, infilandoli nello zaino. Dal cassetto pieno di cianfrusaglie dall'altra parte della cucina recuperò l'accendigas e s'intascò anche quello.

E ora l'ultimo strumento dell'elenco, che non era proprio uno strumento specifico, più un problema da risolvere. Pip aveva sperato che a quel punto avrebbe avuto un'illuminazione, ma niente. Gli Hastings avevano installato due telecamere di sicurezza a entrambi i lati del portone d'ingresso, da quando Pip aveva vandalizzato la loro casa mesi prima, dopo il verdetto. Le serviva qualcosa con cui eludere quelle telecamere, ma cosa?

Aprì la porta del garage, dove l'aria era fredda, quasi piacevole sulla pelle ancora bruciante d'adrenalina. Studiò la stanza, e lo sguardo le corse alle biciclette dei suoi genitori, alla cassetta degli attrezzi di suo padre, al comò con specchiera per il quale la mamma continuava a insistere che avrebbero trovato posto. Cosa poteva utilizzare Pip per disabilitare quelle telecamere? I suoi occhi indugiarono sulla cassetta degli attrezzi, che la attirava dall'altra parte della stanza. Aprì il coperchio e vi guardò dentro. In cima c'era un piccolo martello. In teoria poteva arrivare di nascosto e rompere le telecamere, ma avrebbe fatto rumore, magari anche allertato Max, all'interno. O quei tagliafili, se le telecamere avevano dei cavi esposti? Ma aveva sperato in qualcosa di meno definitivo, qualcosa che calzasse meglio con la loro storia.

Il suo sguardo venne attratto da qualcos'altro, all'altezza della sua testa, sulla mensola al di sopra della cassetta, che sembrava fissarla come a volte fanno gli oggetti inanimati. A Pip si mozzò il fiato in gola, e fece un sospiro, perché era perfetto.

Un rotolo quasi mai usato di nastro adesivo grigio.

Era esattamente ciò di cui aveva bisogno.

«Nastro adesivo del cazzo» sussurrò tra sé e sé, prendendolo e infilandolo nello zaino.

Uscì dal garage e si gelò sulla porta. Suo padre era in cucina, per metà affondato nel frigorifero, che smangiucchiava qualche avanzo e la guardava.

«Che ci fai lì?» chiese, aggrottando la fronte.

«Oh, ehm... cerco le mie Converse blu» rispose Pip, su due piedi. «Tu cosa ci fai lì?»

«Sono nella scarpiera accanto alla porta» disse, indicando l'ingresso con il capo. «Io sto solo versando a tua madre un bicchiere di vino.»

«Ah, e il vino lo teniamo sotto quel piatto di pollo?» domandò Pip, superandolo, zaino in spalla.

«Sì. Devo eroicamente arrivarci mangiando» rispose lui. «A che ora torni?»

«Direi verso le undici e mezza» disse Pip, salutando la mamma e Josh. La mamma le ricordò di non fare troppo tardi perché la mattina dopo sarebbero andati a Legoland, e ci fu un piccolo grido di esultanza da parte di Josh. Pip le rispose di non preoccuparsi, e la normalità di quella scena fu come un pugno nello stomaco, che la piegò in due e le rese difficile guardare la sua famiglia. Si sarebbe mai più sentita parte di una scena del genere, dopo ciò che aveva fatto? Non aveva voluto altro che normalità, la normalità era tutto ciò per cui stava combattendo, ma se ormai l'avesse persa per sempre? Di sicuro sì, se l'avessero condannata per l'omicidio di Jason.

Si chiuse il portone alle spalle e fece un sospiro. Non aveva tempo per quelle domande: doveva concentrarsi. C'era un cadavere, a sedici chilometri di distanza, e lei era in gara contro di lui.

Adesso erano le 20.27, era già in ritardo.

Aprì la macchina e salì, posando lo zaino sul sedile del passeggero. Girò la chiave nel quadro e fece retromarcia. La gamba sul pedale le tremava, ma la fase uno era completata, se l'era lasciata alle spalle.

Ora toccava alla successiva.

Trentatré

La porta rosso scuro si socchiuse di fronte a lei, l'ombra di un volto fece capolino nella fessura.

«Te l'ho già detto» disse l'ombra, vedendo chi c'era sulla soglia. «Non le ho ancora.»

Luke Eaton aprì la porta del tutto, il corridoio scuro alle sue spalle, i lampioni della strada a illuminare i tatuaggi che gli risalivano lungo il collo come una rete, tenendo insieme la pelle.

«Non importa quante volte scrivi, da quanti telefoni diversi, non ce l'ho» ribadì, con una nota di impazienza nella voce. «E tu non devi piombare qui come...»

«Dammi roba più forte» disse Pip, interrompendolo.

«Cosa?» Lui la fissò, passandosi una mano sulla testa rasata di fresco.

«Roba più forte» ripeté lei. «Del Roipnol. Mi serve. Subito.» Aveva un'espressione neutra, come uno scudo, o una maschera, dietro la quale si nascondeva la ragazza tornata dal regno dei morti. Ma le mani potevano tradirla, si agitavano nervose nella tasca della tuta. Se Luke non l'aveva, se l'aveva già venduto tutto allo stesso Max Hastings, era finita. Nessuna parte del piano poteva fallire, o sarebbe fallito tutto, era un castello di carte in equilibrio precario. E la sua intera vita era lì, nelle mani tatuate di Luke.

«Eh?» fece lui, studiandola, ma senza penetrare sotto la maschera. «Sei sicura?»

Pip rilassò le spalle, il castello di carte era ancora in equilibrio. Ce l'aveva, quindi.

«Sì» disse, più forte di quanto volesse, facendo sibilare la parola contro i denti. «Sì, mi serve. Mi serve... stanotte devo dormire. Devo riuscire a dormire.» Tirò su con il naso, asciugandoselo sulla manica.

«Già...» Luke la squadrò. «Non hai una bella cera. È più costoso di quello che prendi di solito, però.»

«Non mi importa, qualunque sia il prezzo. Mi serve.» Pip tirò fuori dalla tasca della felpa il piccolo fascio di banconote. Dovevano esserci ottanta sterline e lei le mise tutte nella mano tesa di Luke. «Qualsiasi quantità queste possano comprare» disse. «Qualsiasi.»

Luke abbassò lo sguardo sul denaro che teneva in mano, e un muscolo della sua guancia ebbe un guizzo, mentre lui rimuginava su qualcosa. Pip lo guardò, incalzandolo, piantandogli dei fili da marionetta invisibili nella testa, tirandoli come se la sua vita dipendesse da quelli.

«Ok, resta qui» rispose lui, spingendo la porta fin quasi a chiuderla, e si allontanò a piedi nudi lungo il corridoio buio.

Il sollievo fu intenso ma breve. Davanti a sé Pip aveva ancora una lunga notte, e mille possibilità che qualcosa non andasse come previsto. Forse era viva, ma stanotte stava lottando per la sua vita comunque, proprio come se fosse ancora avvolta da quel nastro adesivo.

«Ecco» disse Luke, di ritorno, socchiudendo di nuovo la porta, gli occhi accesi che facevano capolino. Tese un sacchetto di carta attraverso la fessura e Pip lo prese.

Lo aprì e vi guardò dentro: due bustine trasparenti, con quattro di quelle pillole verde muschio.

«Grazie» disse, accartocciando il sacchetto e infilandolo in tasca.

«Ok» rispose Luke, facendo per allontanarsi. Ma prima che la porta si richiudesse tornò indietro, il viso sospeso nella fessura. «Scusa per l'altro giorno. Non ti avevo visto sulle strisce.»

Pip annuì, obbligando la sua bocca a formare un sorriso a labbra strette per non tradirsi. «Tranquillo, sono sicura che non l'hai fatto apposta.»

«Già» annuì Luke, succhiandosi il labbro. «Ehm, senti. Non prenderne troppo, ok? È molto più forte di quello a cui sei abituata. Ne basta una per mandarti al tappeto.»

«Chiaro, grazie» rispose Pip, notando la sua espressione, quasi fosse preoccupato per lei. Era il più improbabile dei luoghi e la più improbabile delle persone per una cosa del genere. Doveva davvero avere un aspetto terribile.

Mentre tornava verso la macchina, superando la BMW bianco lucido di Luke, nei cui finestrini bui la seguiva il proprio riflesso, Pip udì la porta chiudersi piano alle sue spalle.

Dentro la macchina prese il sacchetto dalla tasca. Ne tirò fuori le bustine di plastica e le osservò alla luce dei lampioni. Otto pillole, con inciso sul lato *1mg*. Luke aveva detto che una bastava per mandarla al tappeto, ma non era lei che doveva perdere conoscenza. Doveva assicurarsi che funzionasse, e in fretta, ma non tanto da causare un'overdose. Questo l'avrebbe resa un'assassina due volte nello stesso giorno.

Pip aprì entrambe le bustine e da una tirò fuori due pillole. Ne fece cadere una nell'altra bustina, così erano cinque. Poi spezzò l'ultima pillola a metà, facendone cadere mezza in ciascuna bustina. Due milligrammi e mezzo. Non sapeva cosa stesse facendo, ma le parve potesse andare.

Rimise le pillole in più nel sacchetto di carta, e lo infilò nello zaino. Se ne sarebbe liberata più tardi, insieme a tutto il resto. Non le avrebbe tenute, non si fidava di se stessa.

L'altra bustina, quella con due pillole e mezzo, si assicurò che fosse ben sigillata e poi la posò sul pianale, subito davanti ai pedali. Spostò il piede sopra e pestò le pillole con il tallone, finché non le sentì frantumarsi. Pestò forte con il tacco, su ogni protuberanza, spingendo e calcando finché non le ebbe polverizzate completamente.

Riprese la bustina e la alzò al livello degli occhi. Le pillole erano scomparse, rimpiazzate da una sottile polvere verde. Pip la scosse per assicurarsi che non fossero rimasti pezzi grossi.

«Bene» disse sottovoce, infilandosi in tasca la bustina con le pillole polverizzate per averla con sé.

Avviò l'auto, e i fari scacciarono l'oscurità esterna, ma non quella di ben altro genere che aveva nella mente.

Erano le 20.33, ormai le 20.34, e aveva ancora tre case di Kilton da visitare.

Trentaquattro

La casa dei Reynolds in Cedar Way somigliava a una faccia, Pip l'aveva sempre pensato, fin da quando era piccola. Era ancora così, si disse imboccando il vialetto verso il portone d'ingresso dentato, con le finestre che la squadravano dall'alto. Il fedele guardiano della famiglia che vi abitava. La casa non avrebbe dovuto farla entrare, avrebbe dovuto scacciarla. Ma le persone all'interno non l'avrebbero fatto, lo sapeva.

Bussò, forte, guardando la sagoma di qualcuno che si avvicinava alla vetrata istoriata della porta.

«Buon... Oh, ciao Pip» disse Jamie, e un sorriso gli si dipinse sul volto mentre apriva il portone. «Non sapevo che venissi. Noi tre stavamo per ordinare una pizza, vuoi unirti?»

A Pip la voce morì in gola. Non sapeva come cominciare, ma non dovette farlo, perché Nat apparve nell'ingresso alle spalle di Jamie, e le luci del soffitto si riflettero sui suoi capelli biondo platino, illuminandoli.

«Pip» disse, facendo un passo in avanti, infilandosi accanto a Jamie. «Stai bene? Ravi mi ha chiamato qualche ora fa e ha detto che non riusciva a raggiungerti. Ha detto che dovevi passare da me per parlarmi di non so cosa, ma non sei mai venuta.» Strinse gli occhi, studiando il viso di Pip. Nat poteva riuscire a vedere oltre la maschera: aveva dovuto imparare a indossarne una anche lei. «Stai bene?» ripeté, e la confusione si trasformò in preoccupazione.

«Ehm...» fece Pip, la voce ancora roca in gola. «Io...»

«Oh, ciao Pip» disse una nuova voce, una che conosceva bene. Connor era spuntato dalla cucina, spostando lo sguardo dalla porta al cellulare. «Stavamo proprio per ordinare le pizze se...»

«Connor, zitto» lo interruppe Jamie, e Pip notò nei suoi occhi lo stesso sguardo di Nat. Lo sapevano. Lo capivano. Glielo leggevano in faccia. «Cosa c'è che non va?» le chiese. «Stai bene?»

Connor si mise dietro di loro, fissandola a sua volta.

«Ehm.» Pip fece un respiro profondo per calmarsi. «No. No, non sto bene.»

«Cosa...» cominciò a dire Nat.

«È successa una cosa. Una cosa brutta» disse Pip, abbassando rapida lo sguardo e notando che le tremavano le dita. Erano pulite, ma il sangue colava dalle estremità, e lei non sapeva più se era quello di Stanley, quello di Jason Bell o il proprio. Le nascose in tasca, accanto alla bustina di polvere e a uno dei telefoni prepagati. «E... vi devo chiedere aiuto. A tutti voi. E potete dire di no, potete dirmi di no e io prometto che lo capirò.»

«Sì, qualsiasi cosa» rispose Connor, e il suo sguardo si oscurò, riflettendo la paura di Pip.

«No, Connor, un attimo» lo fermò lei, spostando gli occhi dall'uno all'altro dei tre. Tre delle persone che aveva pensato l'avrebbero cercata se fosse scomparsa. Tre delle persone con cui era passata attraverso l'inferno. E si rese conto, in quel momento, che quelle stesse persone, quelle che ti cercherebbero se sparissi, erano le stesse persone a cui ti potevi rivolgere, se avevi bisogno di farla franca con un omicidio. «Non potete ancora dirmi di sì, perché non...

non...» Si interruppe. «Devo chiedervi di aiutarmi, ma voi non potete chiedermi perché o che cosa è successo. E io non potrò mai dirvelo.»

La fissarono tutti.

«Mai» ribadì. «Dovete potervi avvalere della negazione plausibile. Non potete sapere il perché. Ma è... è una cosa che credo vogliamo tutti. Farla pagare a qualcuno, che abbia ciò che si meritava fin dall'inizio. Ma non potrete mai sapere perché, mai...»

Nat fece un passo avanti, oltre la soglia, e posò una mano sulla spalla di Pip. La sua presa era solida e calda, rassicurante.

«Pip» disse con dolcezza, incrociando il suo sguardo. «Hai bisogno che chiamiamo la polizia?»

«No.» Tirò su con il naso. «Niente polizia. Mai.»

«Cosa intendi con "farla pagare a qualcuno"?» chiese Connor. «Intendi Max, Max Hastings?»

Nat si irrigidì, trasmettendo la tensione a Pip tramite l'osso della spalla.

Pip alzò la testa e fece un impercettibile cenno con il capo.

«Chiuderla con lui per sempre» sussurrò, allungando una mano per posarla su quella di Nat, rubandole il calore. «Se funziona. Ma voi non potrete saperlo mai, non posso dirvelo, e voi non potete dirlo a nessuno...»

«Io ci sto» disse Jamie, il viso che si induriva, la mandibola tesa e determinata. «Io ci sto, qualsiasi cosa sia. Tu mi hai salvato, Pip. Tu mi hai salvato perciò io salverò te. Non mi serve sapere perché. Solo che hai bisogno del mio aiuto, e lo hai. Qualsiasi cosa per chiuderla per sempre con lui.» Spostò gli occhi da Pip alla nuca di Nat, e il suo sguardo si ammorbidì.

«Sì» annuì Connor, e i capelli biondo scuro gli ricaddero sul viso cosparso di lentiggini. Un viso che Pip aveva visto crescere, mutare con gli anni, proprio come lui il suo. «Anche io. Tu c'eri quando ho avuto bisogno di te.» Tese le braccia spigolose e si strinse goffamente nelle spalle. «Ovvio che ti aiuto.»

Spostando lo sguardo da uno all'altro dei fratelli Reynolds, Pip sentì che le si riempivano gli occhi di lacrime. Due visi che conosceva da quando aveva memoria, due protagonisti della sua storia personale. Una parte di lei aveva sperato dicessero di no, per il loro bene. Ma avrebbe fatto in modo che rimanessero al sicuro. Il piano avrebbe funzionato, e se non funzionava sarebbe stata lei la sola a pagare. Lo promise in silenzio a tutti loro. Quella scena non era mai avvenuta: Pip non era mai stata lì su quella porta a chiedere il loro aiuto. Nessuno di loro era lì in quel momento.

Lo sguardo di Pip si spostò su Nat, e vide il proprio viso riflesso nelle sue iridi blu. Era Nat quella che importava davvero. Non le avevano creduto tante volte quante non avevano creduto a Pip: quell'inconcepibile violenza del non voler credere. Condividevano quel buio, e Pip aveva sostenuto l'urlo di Nat quel giorno, il giorno della sentenza, come se fosse suo, e questo le aveva legate. Si guardarono l'un l'altra, al di sotto delle rispettive maschere.

«Ti metterà nei guai, questa cosa?» domandò Nat.

«Sono già nei guai» replicò piano Pip.

Nat fece un sospiro, lento. Lasciò la presa sulla spalla di Pip e le afferrò la mano, stringendola forte, intrecciando le dita alle sue.

«Cosa vuoi che facciamo?» chiese.

Trentacinque

Tudor Lane. Una delle strade di Little Kilton che non riusciva a strappare da se stessa, da chi era diventata, tracciata dentro di lei al posto di un'arteria. Di nuovo lì, ancora una volta, come se fosse una cosa inevitabile, come se anche quel percorso fosse scritto in lei.

Pip alzò lo sguardo e sulla destra comparve la casa degli Hastings. Era tutto cominciato lì, una ramificazione di inizi, tanti anni prima. Cinque adolescenti una notte: tra di loro Sal Singh, Naomi Ward e Max Hastings. Un alibi che Sal aveva sempre avuto, portatogli via dai suoi amici, a causa di Elliot Ward. E ora Pip avrebbe posto fine a tutto.

Controllò dietro di sé: erano tutti e tre lì, seduti nella macchina di Jamie parcheggiata più giù lungo la strada. La sua era nascosta subito dietro. Vide Nat farle un cenno d'assenso dalla penombra del sedile del passeggero, e questo le diede il coraggio di proseguire.

Si aggrappò alle spalline dello zaino e attraversò la strada. Si fermò davanti allo steccato esterno che correva attorno al vialetto e sbirciò da dietro i rami di un albero. L'unica macchina era quella di Max, come lei sapeva già. I suoi erano nella loro seconda casa, in Italia, a causa del "grande stress" che Pip aveva provocato. E – se aveva ragione – Max doveva essere tornato dalla corsa serale verso le otto, se era uscito a correre. A quanto pareva, tutti quei mesi in cui si erano incrociati mentre facevano jogging non erano stati inutili.

Max era dentro, da solo, e non aveva idea che lei stesse venendo a prenderlo. Ma gliel'aveva detto. Lo aveva messo in guardia, mesi e mesi prima. *Stupratore. Non mi sfuggirai.*

Pip concentrò lo sguardo sul portone d'ingresso, identificando le telecamere di sicurezza montate sul muro da entrambi i lati. Erano piccole, puntate in diagonale per inquadrare il sentiero che dal giardino arrivava alla porta. Potevano anche non essere telecamere vere, poteva essere tutta una finta, ma Pip doveva comportarsi come se lo fossero. E andava bene così, perché avevano un evidente angolo cieco: contro la casa, dall'altro lato. Un angolo cieco nel quale lei sarebbe scomparsa.

Pip si tastò la tasca, controllando che il nastro adesivo ci fosse ancora, così come il telefono prepagato, la bustina di pillole sbriciolate e un paio di guanti di lattice. Poi posò le mani sullo steccato esterno, all'altezza della vita, e lo scavalcò. Atterrò silenziosa sull'erba dall'altra parte, una nuova ombra tra i rami, nulla di più. Tenendosi sul perimetro destro del giardino, contro la siepe, scivolò in direzione della casa. Verso quell'angolo, verso una delle finestre che mesi prima aveva mandato in pezzi.

La stanza all'interno era buia, una specie di studio, ma si vedeva una porta aperta, che dava sul corridoio dove le luci erano accese.

Appiattendosi contro il muro della casa, Pip scivolò dietro le telecamere ignare. Alzò lo sguardo, mettendosi quasi sotto di esse. Infilò una mano in tasca, prese il nastro adesivo e ne trovò l'estremità frastagliata. Tirò e ne staccò un pezzo, e si allungò più che poté, sulle dita dei piedi, un braccio sotto la telecamera, il nastro adesivo pronto tra le dita. Lo premette su e attorno al vetro, coprendo completamente le lenti. Poi un altro pezzo, per essere sicura che fosse del tutto oscurata.

Via una, ora l'altra. Ma non poteva arrivarci da davanti, l'avrebbe ripresa. Si allontanò sullo stesso percorso che aveva fatto per arrivare, lungo il muro della casa e fino alla siepe, scavalcando lo steccato nel punto in cui era celato dall'albero. Seguì il marciapiede a testa bassa, il cappuccio sollevato, fino all'altro lato della casa. Un'apertura dello steccato tra due cespugli. Pip lo scavalcò e scivolò lungo la siepe. Attraversò il prato e arrivò sul davanti. Strappò altro nastro adesivo, lo tese e coprì la telecamera.

Fece un sospiro di sollievo. Ok, le telecamere erano fuori gioco e di certo non avevano ripreso chi era stato a manometterle. Perché era stato Max, non lei. Era stato Max a coprire le telecamere.

Pip tornò all'angolo opposto della casa e più oltre, dall'altro lato, avvicinandosi cauta a una finestra illuminata sul retro. Si acquattò e sbirciò dentro.

La stanza era luminosa, i faretti gialli sul soffitto la inondavano di luce. Ma ce n'era un'altra, blu e tremolante, che stonava contro il giallo. Pip trovò con lo sguardo la fonte: l'enorme televisore montato sulla parete di fondo. E lì davanti, i capelli biondi e spettinati visibili dietro il bracciolo del divano, c'era Max Hastings. Tenendo un joystick nelle mani sollevate premeva all'impazzata un bottone con il pollice, per far sparare la pistola sullo schermo. I piedi adagiati sul tavolino di quercia, accanto a quell'odiosa borraccia blu che si portava dappertutto.

Max cambiò posizione e Pip si buttò a terra, tenendo la testa bassa, sotto la finestra. Fece due respiri profondi, appoggiandosi ai mattoni della casa, premendovi contro lo zaino. Questa era la parte che più preoccupava Ravi, che un certo numero di piccoli incastri potessero mandare a monte il piano, mandarlo fuori controllo, che dovesse esserci anche lui ad aiutarla.

Ma lì c'era Max, insieme alla sua borraccia blu. Se fosse riuscita a entrare, non le sarebbe servito nient'altro. Lui non se ne sarebbe nemmeno accorto.

Pip non avrebbe avuto molto tempo a disposizione per capire come entrare. Minuti, al massimo. Aveva detto a Nat di farle guadagnare più tempo possibile, ma anche solo due minuti erano una prospettiva ottimistica. Jamie si era proposto di fare lui da distrazione, all'inizio, aveva detto che poteva tenere Max sulla porta abbastanza a lungo. Erano stati a scuola insieme, Jamie poteva trovare qualcosa da dire, ma Nat aveva scosso la testa e si era fatta avanti.

«Chiuderla con lui per sempre, hai detto?» le aveva chiesto.

«Da trent'anni all'ergastolo» aveva ribattuto Pip.

«Bene, allora è l'ultima occasione che ho di salutarlo. Farò io da distrazione» aveva detto, a denti stretti e con determinazione.

La stessa espressione che c'era ora sul viso di Pip. Allungò una mano nella tasca, chiudendo le dita sui viscidi guanti di lattice. Li tirò fuori e se li mise, indossandoli bene fino in punta. Poi fu il turno del cellulare usa e getta, con salvato un nuovo numero. Il numero dell'altro prepagato che aveva appena dato a Jamie e Connor.

Pronta, scrisse, lentamente, con i guanti che le facevano scivolare le dita.

Appena qualche secondo dopo sentì il rumore di una portiera che si chiudeva poco distante.

Nat era scesa.
Da un momento all'altro sarebbe suonato il campanello. E tutto, l'intero piano, la vita di Pip, dipendeva dai successivi novanta secondi.
Il trillo acuto del campanello, un urlo quando arrivò alle orecchie di Pip.
Via.

Trentasei

Vetro appannato dal respiro e cuore in fuga, che le correva via dal petto.

Gli occhi di Pip in basso, alla finestra, che osservavano Max mettere in pausa il videogioco.

Si alzò, fece cadere il joystick sul divano. Stiracchiò le braccia sopra la testa, poi si asciugò le mani sui calzoncini da corsa.

Si girò.

Si diresse verso il corridoio.

Ora.

Pip si sentiva intorpidita e come se stesse volando.

I piedi la condussero sul retro della casa.

Udì il campanello, di nuovo suonato due volte.

Un rumore attutito dall'interno, la voce di Max. «Arrivo, arrivo!»

Altre finestre sul retro. Tutte chiuse. Ovvio che erano chiuse: era una fredda sera di settembre. Pip ne avrebbe rotta una, se doveva: sbloccare la sicura e scavalcarla. Pregando che lui non sentisse, che non entrasse in quella stanza se non quando ormai era troppo tardi. Ma una finestra infranta non calzava bene con la storia.

Quanto tempo era trascorso? Max aveva già aperto la porta, stupito di trovare Nat Da Silva in piedi al buio lì fuori?

Smettila. Smetti di pensare e datti una mossa.

Pip corse sul retro della casa, tenendosi curva.

C'era un portico davanti a lei, con una tenda parasole ripiegata e un tavolo coperto. Vi si affacciavano due doppie porte, piccoli tasselli di vetro in una cornice dipinta di bianco. Non c'era luce nella stanza su cui davano, ma quando Pip si avvicinò la luna le indicò di nuovo la strada e le mostrò un'ampia sala da pranzo. E la porta che doveva collegarla al salotto era chiusa, linee gialle di luce la contornavano.

Faceva respiri velocissimi per via dell'adrenalina e ognuno le doleva.

Pip corse alle doppie porte. Attraverso il vetro vide la maniglia all'interno, e un mazzo di chiavi nella toppa. Ecco come sarebbe entrata. Doveva soltanto rompere quel piccolo pannello di vetro e infilare una mano dentro per aprire la porta. Non era perfetto, ma poteva andare.

Rapida.

Posò una mano sulla maniglia, preparando il gomito dell'altro braccio. Ma prima che potesse assestare il colpo contro il vetro, l'altra mano cedette. La maniglia si piegò sotto il suo peso. E poi – con suo enorme stupore –, tirando, la porta si aprì verso l'esterno.

Era già aperta.

Non doveva essere aperta: il piano non ci contava. Ma forse Max non temeva i pericoli acquattati nella notte perché era già lui il pericolo. Un pericolo in piena vista, non uno di quelli che si celavano nel buio. O forse era solo sbadato. Pip non si trattenne, non si fermò a porsi ulteriori domande, si infilò nell'apertura e si richiuse piano la porta del patio alle spalle.

Era dentro.

Quanto tempo ci aveva messo? Gliene serviva altro. Quanto a lungo ancora Nat sarebbe riuscita a distrarlo?

Pip ora sentiva le loro voci, che echeggiavano nella casa. Non riuscì a distinguere le parole, se non quando aprì la porta della sala da pranzo ed entrò furtiva in salotto.

La stanza era un open space che dava direttamente sull'ingresso. Pip lanciò un'occhiata e vide Max, proprio lì, in piedi sulla soglia, che le dava la schiena. Dietro di lui riusciva a malapena a intravedere l'aureola bianca dei capelli di Nat.

«Non capisco cosa ci fai qui» udì dire a Max, la voce più bassa del solito, incerta.

«Volevo soltanto parlarti» replicò Nat.

Pip trattenne il respiro e avanzò. Lenta, silenziosa. Spostò lo sguardo, da Max alla borraccia blu, che l'aspettava sul tavolino lì davanti.

«Ho come l'impressione che non dovrei parlare con te, non senza un avvocato presente» ribatté Max.

«E questo non dice già tutto?» rispose Nat, tirando su con il naso.

C'era ancora acqua nella borraccia, quasi un terzo. Pip aveva sperato di più, ma se la sarebbe fatta andare bene. Doveva essere insapore. Spostò i piedi dal parquet levigato all'enorme tappeto iperdecorato al centro della stanza. Non c'erano ombre nelle quali sparire, niente dietro cui nascondersi. La stanza era luminosissima e se Max si fosse girato l'avrebbe vista.

«Allora, cosa mi volevi dire?» Tossicchiò piano, e Pip si fermò, controllando dietro di sé.

«Volevo parlarti della querela per diffamazione che vuoi portare avanti, contro Pip.»

Pip avanzò, saggiando il pavimento con il piede prima di fare ogni passo, in caso le assi avessero scricchiolato.

Arrivò al margine del grande divano d'angolo e vi si accucciò dietro, strisciando in avanti, verso la borraccia. Il joystick e il telefono di Max erano abbandonati sul divano.

«Ah sì?» domandò Max.

Pip allungò la mano guantata, stringendo le dita sulla plastica rigida della borraccia. Aveva il beccuccio già sollevato, in attesa, coperto di gocce della sua saliva.

«Perché vuoi querelarla?» disse Nat.

Pip svitò la borraccia, giro dopo giro.

«Devo» rispose Max. «Ha diffuso menzogne sul mio conto a un numero enorme di persone. Ha danneggiato la mia reputazione.»

Il tappo della borraccia si staccò, insieme alla lunga cannuccia di plastica cui era attaccato.

«Reputazione» rise cupa Nat.

Pip posò il tappo della borraccia sul tavolino, e qualche goccia d'acqua cadde dalla cannuccia sul tappeto sottostante.

«Sì, la mia reputazione.»

Infilò una mano in tasca, ne estrasse la bustina sigillata piena di polvere verde. Tenendo la borraccia nella piega del gomito, la aprì.

«Solo che non erano bugie, lo sai. Che cazzo, Max, ha un audio in cui lo ammetti. Cos'hai fatto a Becca Bell. E a me. E a tutte le altre. Lo sappiamo.»

Pip inclinò la bustina sull'apertura della borraccia. La polvere verde vi scivolò dentro con un lieve sibilo, depositandosi nell'acqua.

«Quell'audio è truccato. Io non direi mai una cosa del genere.»

La polvere verde si aggrappò alle pareti interne della borraccia, affondando nel liquido.

«Lo hai ripetuto talmente tante volte che stai cominciando a crederci perfino tu?» gli chiese Nat.

Pip agitò l'acqua dentro la borraccia, per raccogliere ogni rimasuglio. Piano. Un lieve suono sciabordante d'acqua contro acqua.

«Senti, non ho davvero tempo per questo.»

Pip si congelò.

Non riusciva a vedere da dietro il divano. Era finita? Max stava chiudendo la porta? L'avrebbe sorpresa lì, accucciata sul suo tappeto, con in mano la sua borraccia?

Un suono. Rumore di piedi che si spostavano. E poi qualcosa di più forte, come legno che sbatte contro qualcos'altro.

«Ma io non ho finito» esclamò Nat, ora a voce più alta. Molto più alta. Era un segnale per Pip? Esci, non riesco a trattenerlo più.

Pip agitò la borraccia un'ultima volta. La polvere si stava dissolvendo, intorbidendo l'acqua, ma Max non se ne sarebbe potuto rendere conto, per via della plastica blu scuro. Prese il tappo e lo riavvitò.

«Cosa stai facendo?» disse Max, alzando anche lui la voce. Pip trasalì. Ma no, non parlava con lei. Era sempre alla porta, di fronte a Nat. «Che cosa vuoi?»

Nat tossì, un suono duro, innaturale. Quello era un segnale, Pip ne era certa.

Rimise la borraccia sul tavolino, esattamente dove l'aveva trovata, e si voltò. Tornando indietro di soppiatto per dove era venuta.

«Volevo dirti...»

«Sì?» sbottò Max, impaziente.

Oltre il margine del divano Pip si raddrizzò. Li guardò: il piede di Nat era sulla soglia, bloccava il portone d'ingresso.

«Che se la porti in tribunale, quest'accusa di diffamazione contro Pip, io sarò lì, ogni giorno.»

Pip scivolò, un piede davanti all'altro, lo zaino che le strusciava sulle spalle. Troppo forte. Guardò verso di loro e il suo sguardo incrociò quello di Nat oltre la nuca di Max.

«Testimonierò contro di te. E così anche le altre, ne sono sicura.»

Pip spostò lo sguardo, concentrandosi sulla porta chiusa della sala da pranzo davanti a sé. Max lì non sarebbe entrato, ne era certa. Poteva aspettare lì, o fuori.

«Non la farai franca una seconda volta, te lo garantisco. Ti incastreremo.»

Altro rumore di zuffa. Tessuto contro tessuto. Poi un tonfo.

Qualcuno gridò.

Max.

Pip non ce l'avrebbe mai fatta. Troppo distante. Si lanciò a destra, verso una porta a stecche sotto la grande scalinata. Là aprì e ci si infilò dentro, in un piccolo spazio, tra un aspirapolvere e un mocio. Si allungò in avanti e chiuse la porta del ripostiglio.

Sbatté. Forte.

No, non era stata quella.

Era stata quella d'ingresso.

Il rumore echeggiò nell'anticamera ricercata.

No, non era un'eco, quelli erano passi.

Di Max.

Che sbattevano sulle assi del parquet, una sagoma a forma di persona tra le stecche della porta davanti a lei.

Si fermò, proprio lì davanti, e Pip smise di respirare.

Trentasette

Pip continuò a trattenere il respiro.
Avvicinò gli occhi alla porta del ripostiglio, guardando attraverso le stecche cosa stesse succedendo dall'altra parte.
Fuori, per un momento, Max spostò il peso da un piede all'altro. Poi proseguì calcando i passi, una mano davanti al viso. All'altezza degli occhi.
Pip riprese a respirare, cauta, l'aria che tornava a scorrere attraverso il viso. Nat doveva averlo colpito. Ecco cos'era stato il tonfo che Pip aveva sentito. Non faceva parte del piano, ma aveva funzionato. Aveva fatto guadagnare a Pip il tempo sufficiente per consentirle di nascondersi in quel ripostiglio.
Max non l'aveva vista; non sapeva che in casa non era solo. La droga era al proprio posto, disciolta nella sua borraccia blu. Ce l'aveva fatta. Aveva portato a termine la parte in cui Ravi temeva che tutto sarebbe andato a rotoli. Invece lei era riuscita a tenere ogni cosa insieme.
E ora rimase in attesa.
Max si allontanò, oltre il salotto, verso l'arco che dava sulla cucina. Pip sentì dei rumori, Max che imprecava tra sé sottovoce, e un'altra porta che sbatteva. Ritornò un minuto dopo, premendosi qualcosa contro l'occhio.
Quando tornò al divano, Pip si spostò per vederlo meglio. Una busta di plastica verde, forse un pacco di piselli surgelati. Bene. Pip sperava che Nat non si fosse trattenuta. Anche

se ora Max avrebbe avuto un occhio nero sul quale fornire spiegazioni, da inserire nella storia. Ma forse non era una brutta cosa, forse funzionava anche meglio. Una colluttazione, tra Max e Jason Bell. Jason lo colpiva e Max si allontanava, tornava con un martello, lo prendeva alle spalle. Sì, il livido che stava sbocciando sul viso di Max poteva essere usato, manipolato per la storia che Pip stava intessendo su quell'uomo non ancora morto a sedici chilometri di distanza.

Max tornò a stravaccarsi sul divano. Pip non gli vedeva più la faccia, aveva solo una visuale striata sulla sua nuca. Un grugnito, il rumore di qualcosa che veniva spostato: doveva aver aggiustato meglio i piselli. Mosse la testa chinandosi in avanti.

Era fuori dal campo visivo di Pip. Da lì non vedeva se stesse bevendo.

Ma lo sentiva. Quell'odioso rumore di risucchio dal beccuccio riempì la casa silenziosa, penetrandole dentro.

Si alzò sulle punte dei piedi, piano, piano, e lo zaino le si impigliò nell'aspirapolvere. Lo sganciò e si raddrizzò, tornando a sbirciare tra le stecche. Ora lo vedeva, da così in alto. Una mano sui piselli surgelati contro l'occhio, l'altra stretta attorno alla borraccia. Almeno quattro lunghi sorsi prima di posarla di nuovo sul tavolino. Non bastava. Doveva berla tutta, o quasi.

Tirò fuori il telefono prepagato dalla tasca della felpa. Erano le 20.57. Cazzo, già quasi le nove. Pip pensava che potessero far guadagnare al cadavere di Jason almeno tre ore. Il che voleva dire che aveva soltanto mezz'ora prima che si aprisse la finestra temporale dell'ora del decesso. In teoria tra quarantacinque minuti doveva cominciare a costruire il suo alibi.

Eppure ora non poteva fare nulla. Se non aspettare. Osservare Max dal proprio nascondiglio. Cercare di giocare a fare Dio, usare quell'angolo buio della sua mente per obbligarlo a chinarsi in avanti e bere ancora.

Ma lui non le diede retta. Si chinò in avanti, ma solo per posare il cellulare sul tavolino. Poi riprese il joystick e fece ripartire il gioco. Spari. Tanti, ma Pip ne udì solo sei, che la colpivano al petto, il sangue di Stanley che le copriva le mani in quel ripostiglio buio. Di Stanley, non di Jason. Chissà come, li sapeva distinguere.

Max bevve un altro sorso alle nove spaccate.

Altri due alle 21.03.

Andò in bagno alle 21.05. Era proprio accanto al ripostiglio di Pip e lei sentì tutto. Lui non tirò l'acqua e lei non respirò.

Un altro sorso alle 21.06, quando tornò sul divano, un risucchio gorgogliante dal beccuccio. Posò la borraccia e poi la riprese nuovamente, alzandosi in piedi. Cosa stava facendo? Dove la stava portando? Pip non riusciva a vederlo, per quanto spostasse la testa per sbirciare tra le stecche della porta.

Oltrepassò l'arcata della cucina. Lei udì il rumore di acqua che scorreva. Max ricomparve, la borraccia blu in mano. Ruotava il polso per richiuderla. L'aveva appena riempita. Doveva averla bevuta tutta, o quantomeno era arrivato così vicino al fondo da aver bisogno di un rabbocco.

La droga era sparita. Tutta dentro di lui ormai.

Max incespicò, inciampando nei propri piedi nudi. Rimase lì per un momento, guardandoli battendo le palpebre, come se fosse confuso, un segno rosso sempre più scuro sotto un occhio.

Le pillole dovevano aver già cominciato a fare effetto. Alcune gli erano entrate in corpo più di dieci minuti prima. Quanto ci voleva perché svenisse?

Max tentò di fare un passo, ondeggiando lievemente, e poi un altro, rapido, affrettandosi verso il divano. Vi si sedette, bevve un altro sorso d'acqua. Si sentiva instabile, Pip lo vedeva. Aveva provato la stessa cosa, quasi un anno prima, seduta davanti a Becca nella cucina dei Bell, anche se lei le aveva dato più di due milligrammi e mezzo. Lo sfinimento, come se il suo corpo stesse cominciando a separarsi dalla mente. Presto le gambe non lo avrebbero retto più.

Pip si chiese cosa stesse pensando in quel momento, sbloccando il gioco e ricominciando a sparare, riparandosi dietro un muro diroccato. Magari pensava che lo stordimento fosse causato dal colpo alla testa, dal pugno di Nat. Magari si sentiva stanco, e man mano che il sonno lo trascinava a sé, sempre di più, si diceva che gli serviva solo una bella dormita. Non avrebbe mai scoperto, mai sospettato che, non appena si fosse addormentato, sarebbe uscito di casa, avrebbe ucciso un uomo.

Max posò la testa sul bracciolo del divano, contro i piselli surgelati. Pip non gli vedeva il viso, non gli vedeva gli occhi. Ma dovevano essere ancora aperti, perché continuava a sparare.

Ma anche il suo avatar si muoveva lentamente, quel mondo violento gli roteava attorno in cerchi sempre più vertiginosi: Max cominciava a perdere il controllo dei pollici.

Pip osservò, spostando lo sguardo dall'uno all'altro.

In attesa. In attesa.

Abbassò lo sguardo sull'ora, i minuti le stavano sfuggendo di mano.

E quando rialzò lo sguardo nessuno dei due si muoveva più. Né Max, spaparanzato sul divano, la testa sul bracciolo. Né il suo avatar, in piedi nel bel mezzo di un campo di battaglia, la barra della vita che scendeva a ogni colpo che incassava.

Sei morto, gli disse il gioco, passando a una schermata di caricamento.

E Max non reagì, non si mosse proprio.

Doveva essere svenuto, giusto? Doveva essere privo di sensi. Erano le 21.17 adesso, erano passati venti minuti da quando aveva cominciato a bere l'acqua drogata.

Pip non lo sapeva. E non sapeva come fare a saperlo per certo, intrappolata lì nel ripostiglio del sottoscala. Se fosse uscita dal suo nascondiglio e lui non dormiva, il piano era finito, e lei pure.

Con infinita cautela, Pip aprì la porta fessurata del ripostiglio, di un paio di centimetri appena. Si guardò attorno, in cerca di qualcosa, una cosa piccola, con cui fare una prova. Lo sguardo le cadde sulla spina dell'aspirapolvere, il lungo cavo arrotolato attorno all'elettrodomestico. Quello poteva andare. Ne srotolò un tratto, per avere un po' di gioco, pronta a riavvolgerlo e a richiudere la porta del ripostiglio se Max avesse mostrato una qualche reazione.

Lanciò la spina fuori dal sottoscala, verso il salotto. Cadde rimbalzando tre volte sul parquet prima di arrivare alla fine del proprio guinzaglio elettrico.

Niente.

Max non si mosse di un millimetro, rimase sdraiato come morto sul divano.

Era andato.

Pip tirò il cavo verso di sé, facendo sibilare forte la plastica contro il pavimento, e di nuovo Max non si mosse. Riavvolse il filo e poi uscì dal ripostiglio, chiudendosi la porta alle spalle.

Sapeva che era svenuto, ma si spostò comunque con cautela, posando piano un piede davanti all'altro, verso il grande tappeto, verso il divano, verso di lui. Man mano che si avvicinava gli vedeva il viso, la guancia schiacciata contro l'estremità rigida del divano, il respiro profondo e sibilante. Almeno respirava, questo era un bene.

Pip raggiunse il tavolino, e i peli le si rizzarono sulla nuca. Aveva l'impressione che in qualche modo lui la stesse guardando, anche se aveva le palpebre pesanti e serrate, attorno a una un principio di livido. Pareva inerme, lì sdraiato davanti a lei, il viso quasi come quello di un bambino, innocente. Le persone sembrano sempre innocenti quando dormono: pure, distaccate dal mondo e dai suoi torti. Ma Max non era innocente, proprio per niente. Quante ragazze aveva osservato in quelle stesse condizioni, sdraiate inermi davanti a lui? Si era mai sentito in colpa, come si sentiva ora Pip? No, mai: era un egoista, fino al midollo. Per natura o per educazione, poco importava.

E Pip sapeva, staccando lo sguardo da lui, che non si trattava solo della propria sopravvivenza: si conosceva abbastanza bene ormai. Era scesa a patti da tempo con quell'angolo buio nella sua mente.

Era anche una vendetta.

La città non era grande abbastanza per tutti e due. Il mondo non lo era. Uno dei due doveva andarsene, e Pip aveva intenzione di lottare come una furia.

Allungò una mano, prendendo con le dita inguantate il cellulare di Max. Che si illuminò, quando lo sollevò, e le comunicò che erano ormai le 21.19, e faceva meglio a darsi una mossa.

Il simbolo in alto le disse che la batteria aveva ancora almeno metà carica. Bene, sarebbe bastata.

Pip fece un passo indietro, allontanandosi da Max, dietro al divano. Premette il pulsante laterale per mettere il cellulare in silenzioso e poi si inginocchiò, togliendosi lo zaino. Vi infilò una mano e ne estrasse una delle bustine trasparenti, scambiandola con quella vuota che aveva in tasca e con il rotolo di nastro adesivo.

Aprì il sacchettino e vi fece cadere dentro il cellulare di Max, sigillandolo poi per bene. Si raddrizzò, facendo scrocchiare le ginocchia, e si girò in direzione della porta. Lasciò lo zaino lì sul pavimento; non aveva ancora finito, sarebbe tornata tra un minuto. Ma prima doveva consegnare il cellulare di Max a Jamie e Connor.

Nell'ingresso superò un mobiletto, con sopra una ciotola di legno piena di chiavi e monete. Vi frugò in mezzo finché non ebbe trovato il portachiavi dell'Audi. Lo prese. Dovevano essere le chiavi dell'auto di Max, con attaccate anche quelle di casa. Sarebbero servite anche quelle.

Chiavi in una mano, cellulare imbustato nell'altra, Pip aprì il portone degli Hastings e uscì nella sera fredda, chiudendosi la porta alle spalle. Imboccò il vialetto d'ingresso, lanciando una rapida occhiata alle telecamere oscurate dal nastro adesivo. Le vedeva, ma loro non vedevano lei.

Giù su Tudor Lane, verso la buia sagoma in attesa della macchina di Jamie.

La portiera del passeggero si aprì e Nat fece capolino.

«Tutto ok?» domandò, e il sollievo nei suoi occhi fu palese.

«S-sì, bene» rispose Pip, sorpresa. «Cosa ci fai ancora qui, Nat? Dovevi andartene subito, a casa di tuo fratello, per avere un alibi.»

«Non avevo intenzione di lasciarti lì da sola con *lui*» rispose Nat con voce ferma. «Non finché non sapevo che eri al sicuro.»

Pip annuì. Lo capiva. Anche se non sarebbe stata sola – c'erano anche Jamie e Connor –, lo capiva.

«Tutto ok?» domandò Connor dal sedile posteriore.

«Sì, è KO» disse Pip.

«Scusa se ho dovuto colpirlo.» Nat alzò lo sguardo su di lei. «Stava cercando di spingermi via e di chiudere la porta, ma io vedevo che eri ancora dietro di lui, quindi...»

«No, va benissimo» la interruppe Pip. «Anzi, forse potrebbe anche essere meglio così.»

«Ed è stato bello.» Nat sorrise. «Lo volevo fare da un sacco di tempo.»

«Ma ora devi andare da tuo fratello» disse Pip con tono più duro. «È improbabile che qualcuno possa credere a Max quando dirà che sei passata da lui per *parlare*, ma voglio che tu sia più al sicuro possibile.»

«Andrà tutto bene» rispose Nat. «Dan sarà già alla quinta birra. Gli dirò che sono le otto e tre quarti, non capirà la differenza. Kim e la piccola sono dalla mamma di lei.»

«Ok.» Pip spostò la sua attenzione su Jamie, dietro al volante. Si allungò al di sopra di Nat per passargli il cellulare di Max chiuso nel sacchetto. Jamie lo prese e le fece un piccolo cenno con il capo, posandoselo in grembo. «L'ho già messo in silenzioso» disse lei. «La batteria sembra a posto.»

Jamie annuì di nuovo. «Ho inserito il posto nel navigatore della macchina» disse, indicandolo. «Poi due svolte a destra fino alla Green Scene Limited. Solo strade secondarie.»

«E avete i cellulari spenti?» domandò Pip.

«Spenti.»

«Connor?» Si rivolse a lui.

«Sì» rispose Connor, con gli occhi che brillavano nel buio del sedile posteriore. «Spento già a casa. Non li riaccendiamo, non finché non avremo finito.»

«Bene.» Pip fece un sospiro. «Allora, quando arriverete lì vedrete che il cancello è aperto. Non entrate, capito? Non dovete entrare. Giuratemelo.»

«No, non entreremo» disse Connor. I due fratelli si scambiarono una piccola occhiata.

«Promesso» aggiunse Jamie.

«Non guardateci nemmeno dentro, fermatevi solo lungo la strada» continuò Pip. «Lasciate il telefono di Max nel sacchetto, non toccatelo per nessunissimo motivo. Ci sono dei sassi, grossi sassi, sull'erba, allineati lungo il vialetto che porta al cancello. Lasciate il cellulare nel sacchetto dietro il primo sasso grosso. Mettete lì il sacchetto e andatevene.»

«Pip, abbiamo capito» disse Jamie.

«Scusa, è solo... non può andare storto niente. Nessuna parte può andare storta.»

«Non succederà» rispose Jamie con un tono di voce calmo e gentile, che le placò i nervi tesi. «Ci siamo noi.»

«Avete deciso dove andare dopo?» chiese lei.

«Sì» disse Connor, sporgendosi in avanti, nel bagliore giallastro della luce accanto allo specchietto retrovisore. «C'è un film festival della Marvel fino a tarda notte, in uno dei cinema di Wycombe. Andiamo lì. Accendiamo i cellulari quando siamo nel parcheggio. Facciamo un paio di telefonate e mandiamo qualche messaggio mentre siamo là. Telecamere ovunque. Andrà tutto bene.»

«Ok.» Pip annuì. «Bene, sì, è una buona idea, Connor.»

Lui le fece un debole sorriso, e lei capì che aveva paura. Perché aveva compreso che era successo qualcosa di terribile, ma non avrebbe mai saputo a che cosa aveva preso parte. Anche se ci sarebbero potuti arrivare, probabilmente una volta uscita la notizia ci sarebbero arrivati. Ma finché non veniva detto a voce alta, finché non lo sapevano davvero, oltre ogni ragionevole dubbio, Connor non doveva avere paura: se qualcosa fosse andato male, Pip si sarebbe presa l'intera responsabilità. Tutti loro sarebbero stati al sicuro. Erano a vedere uno spettacolo al cinema in seconda serata; non sapevano niente. Cercò di comunicargli tutto questo con lo sguardo.

«E mi chiamate, con il prepagato, quando siete lontani dalla Green Scene?» domandò Pip. «Guidate per almeno cinque minuti e poi chiamatemi per dirmi che avete messo lì il telefono di Max.»

«Sì, sì, tranquilla» rispose Connor, agitando il cellulare usa e getta che aveva dato loro.

«Ok, direi che ci siamo.» Pip fece un passo indietro staccandosi dalla macchina.

«Lasciamo Nat da suo fratello e poi andiamo subito là» disse Jamie, avviando il motore, che trapassò la quiete notturna.

«Buona fortuna» aggiunse Nat, sostenendo lo sguardo di Pip per qualche secondo in più prima di chiudere la portiera.

Si accesero i fari e Pip si schermò gli occhi dal bagliore, retrocedendo mentre li guardava allontanarsi. Ma solo per un istante. Non aveva tempo di indugiare o di dubitare o di chiedersi se non stesse trascinando tutte le persone alle quali voleva bene a fondo con sé. Il tempo era una cosa che non aveva.

Risalì di corsa il marciapiede, il vialetto d'ingresso della casa degli Hastings. Provò due chiavi prima di trovare quella che apriva il portone, spalancandolo in silenzio. Max era svenuto, ma lei non voleva rischiare la sorte.

Lasciò le chiavi della macchina sul pavimento dell'ingresso, accanto allo zaino, per non dimenticarsele uscendo. Aveva la mente a pezzi, scombussolata dalla gentilezza di Jamie e dalla preoccupazione di Nat e dalla paura di Connor, ma doveva tornare a concentrarsi. Il piano stava funzionando e ora bisognava passare a un nuovo elenco mentale. L'elenco che lei e Ravi avevano stabilito insieme di tutto ciò che lei doveva portare via da casa di Max.

Tre cose.

Pip si diresse su per lo scalone, girando l'angolo nel corridoio del primo piano ed entrando in camera di Max. Sapeva qual era. Ci era già stata, quando aveva scoperto che Andie Bell vendeva droga. Non era cambiata molto: lo stesso copriletto marrone, le stesse pile di vestiti abbandonati.

Sapeva anche che dietro a quella locandina delle *Iene*, fissata con le puntine alla bacheca, c'era una foto di Andie Bell. Una foto a petto nudo che Andie aveva lasciato nell'aula di Elliot Ward, che Max aveva trovato e conservato per tutto quel tempo.

A Pip dava la nausea, sapere che era lì, e una parte di lei avrebbe voluto strapparla via, portare Andie in salvo a casa con sé insieme al suo fantasma. Andie aveva già sofferto abbastanza per mano di uomini violenti. Ma non poteva farlo. Max non doveva sapere che qualcuno era entrato in casa sua.

Pip rivolse la propria attenzione al cesto della biancheria, straripante, sopra al quale era posato in equilibrio precario il coperchio. Lo tolse e frugò tra i vestiti sporchi di Max, felice che i guanti le coprissero le mani. Circa a metà altezza trovò qualcosa di adatto. Una felpa grigio scuro con il cappuccio e una cerniera, spiegazzata e sgualcita. Pip la prese e la spostò sul letto di Max, e riempì nuovamente il cesto troppo pieno esattamente come l'aveva trovato.

Poi si diresse all'armadio a muro. Scarpe. Le serviva un paio di scarpe. Preferibilmente con un disegno particolare sulla suola. Aprì le ante e guardò all'interno, abbassando lo sguardo fino al pavimento, nel caotico ammasso di scarpe lì ad accoglierla. Si chinò e allungò una mano verso il fondo. Se le scarpe erano là, voleva probabilmente dire che Max non le indossava molto spesso. Pip scartò un paio di scarpe da corsa scure: le suole erano ormai piatte e lisce per l'uso. Ne trovò un altro paio lì vicino, bianche, e le girò, seguendo con gli occhi le frenetiche linee a zigzag sulle suole. Sì, quelle avrebbero prodotto delle ottime impronte, e non era un paio che usava per correre ogni giorno. Frugò nella pila di scarpe spaiate, cercando l'altra ed estraendola da un groviglio di lacci.

Si raddrizzò, stava per chiudere le ante dell'armadio quando il suo sguardo venne attratto da qualcosa. Un berretto da baseball verde scuro, con la visiera bianca, in equilibrio sopra le grucce. Sì, anche quello poteva tornare utile, grazie Max, pensò, aggiungendolo mentalmente all'elenco mentre lo prendeva.

Stringendo tra le braccia la felpa grigia, le scarpe bianche e il berretto, scese di sotto, infilandosi tra i profondi respiri di Max, addormentato. Posò la pila di vestiti accanto allo zaino.

Un'ultima cosa, e poi poteva andarsene. La cosa che aveva più paura di fare.

Allungò una mano e prese dallo zaino una bustina richiudibile di plastica trasparente, vuota.

Trattenne il respiro, anche se non ce n'era bisogno. Se Max avesse potuto sentire qualcosa, sarebbe stato il suono del suo cuore che le si scagliava contro le costole. Quanto ancora poteva continuare a battere a quella velocità prima di cedere e fermarsi? Si avvicinò in silenzio dietro di lui, all'altro lato del divano, dove aveva posato il capo, restando ad ascoltare il suono dei suoi respiri che frusciavano contro il labbro superiore.

Si avvicinò ancora di più e poi si accucciò, maledicendo la propria caviglia perché scrocchiò, riecheggiando nella stanza silenziosa. Aprì il sacchettino e lo tenne sotto la testa di Max. Con l'altra mano inguantata alzò pollice e indice e dolcemente, lentamente, li spinse tra i capelli di Max, verso il cuoio capelluto. Non poteva fare più piano di così, per strappargli i capelli dalla testa, ma doveva. Non poteva tagliarglieli: le servivano le radici e le cellule cutanee attaccate al capello, che racchiudevano il suo DNA. Cauta, strinse indice e pollice attorno a una piccola ciocca di capelli biondo scuro.

Diede uno strattone.

Max tirò su con il naso. Un respiro pesante e un tremore nel petto. Ma non si mosse.

Pip sentiva il battito impazzito del proprio cuore, addirittura contro la parte posteriore dei denti, mentre studiava i capelli strappati che stringeva tra le dita. Lunghi, ondulati, qualche bulbo ben visibile alla radice. Non erano tanti, ma dovevano bastare. Non voleva rischiare e ritentare.

Abbassò indice e pollice nel sacchetto e li sfregò l'uno contro l'altro, facendo scivolare i capelli biondi dentro la busta trasparente, quasi invisibili. Un paio le rimasero attaccati ai guanti di lattice. Li ripulì sul divano, sigillò il sacchettino e si allontanò.

Tornata nell'ingresso mise la felpa di Max in uno dei grossi sacchetti da freezer, le scarpe e il berretto in un altro prima di infilarli entrambi dentro la tasca più grande dello zaino. Era ormai pieno, la cerniera faticava a chiudersi, ma aveva tutto quello che le occorreva. Il sacchettino con i capelli di Max, invece, lo mise nella tasca anteriore, e poi si caricò tutto sulle spalle.

Spense la luce in salotto prima di uscire, senza sapere bene perché. Le luci gialle, per quanto violente, non sarebbero bastate a far riprendere i sensi a Max. Ma non voleva correre rischi: doveva essere ancora svenuto quando fosse tornata poche ore dopo. Pip si fidava delle pillole, proprio come Max aveva senza dubbio fatto infinite volte in vita sua, ma non si fidava di nulla fino in fondo. Nemmeno di se stessa.

Recuperò le chiavi dal pavimento e uscì, chiudendo la porta d'ingresso dietro di sé. Premette il pulsante sul portachiavi e le luci posteriori della macchina nera di Max si accesero, la prova che ora era aperta. Spalancò la portiera del guidatore, fece cadere le chiavi sul sedile, poi la richiuse, lasciandosi la macchina alle spalle e incamminandosi lungo il vialetto e su per la strada.

Si tolse i guanti di lattice. Avevano aderito alla perfezione alle sue mani sudate – sudate o bagnate del sangue di Stanley, era troppo buio per capirlo – e dovette usare i denti per liberarsene, strappandoli. L'aria della sera era fresca e quasi solida sulla pelle nuda delle dita. S'infilò in tasca i guanti usati.

La sua macchina la aspettava poco più avanti. Aspettava lei e la successiva fase del piano.

Il suo alibi.

Trentotto

«Be', ciao, *quelle surprise*. Che ci fai qui, *muchacha*?»

Il sorriso morì sulle labbra di Cara un secondo dopo, quando aprì del tutto la porta e la luce dell'ingresso illuminò il viso di Pip. Lo aveva capito. Pip sapeva che lei lo avrebbe capito. Non era solo un'amica, era più come una sorella. C'era qualcosa di sbagliato negli occhi di Pip, dietro di essi, quel lungo giorno terrificante in qualche modo vi si era impresso sopra, ed era ovvio che Cara lo avesse capito. Ma non poteva sapere. Mai del tutto. Proprio come gli altri.

Non sapere li teneva al sicuro da lei.

«Cosa c'è che non va?» chiese Cara, la voce più bassa di un'ottava. «Cos'è successo?»

Il labbro inferiore di Pip tremò, ma lei lo trattenne.

«I-io, ehm...» cominciò, scossa. Combattuta tra il bisogno che aveva di Cara e quello di tenerla al sicuro, al sicuro da sé. Tra la sua vecchia vita normale – che le stava in piedi di fronte, battendo gli occhi – e qualsiasi cosa le fosse rimasta adesso. «Ho bisogno del tuo aiuto. Non devi dire di sì per forza, puoi dirmi di andarmene, però...»

«Ma ovvio» la interruppe Cara, prendendola per la spalla e facendola entrare dalla porta. «Vieni.» Si fermarono nell'ingresso, lo sguardo negli occhi di Cara aveva una serietà che Pip non vi aveva mai visto. «Cos'è successo?» domandò. «Ravi sta bene?»

Pip scosse la testa, tirando su con il naso. «Sì, no, Ravi sta bene. Lui non c'entra niente.»

«I tuoi?»

«No, è... loro stanno bene» disse Pip. «Solo, ho bisogno di chiederti di aiutarmi con una cosa, ma non potrai mai sapere il perché. Non potrai mai chiedermelo e io non potrò mai dirtelo.»

Il suono di sottofondo della televisione si spense e Pip sentì un rumore di passi che si avvicinavano. Oh cazzo, c'era Steph. Nonono. Non poteva saperlo nessun altro, solo quelle persone, quelle che l'avrebbero cercata quando fosse sparita.

Non era Steph. Nell'ingresso comparve Naomi, una mano sollevata in un piccolo gesto di saluto.

Pip non aveva immaginato di trovarla lì, non aveva messo in conto che Naomi sarebbe stata lì. Ma andava bene, ora che ci pensava: Naomi era una di loro, intrecciata a quello stesso cerchio completo. Se Cara era una sorella, allora lo era anche Naomi. E Pip non poteva non coinvolgerla, adesso: il piano si modificò e adattò per accogliere una persona in più.

Cara non aveva visto la sorella.

«Cosa cazzo stai dicendo, Pip?» chiese con ansia.

«Ho solo detto che non te lo posso dire. Che non te lo potrò mai dire.»

Furono interrotti, non da Naomi, ma da un'acuta suoneria a otto bit che proveniva dalla tasca anteriore di Pip.

Sbarrò gli occhi e Cara la imitò.

«Scusa, devo rispondere» disse Pip, prendendo il telefono prepagato per accettare la chiamata. Girò le spalle a Cara e si portò il piccolo cellulare all'orecchio.

«Ehi» disse.

«Ehi, sono io» rispose la voce di Connor all'altro capo della linea.

«Tutto ok?» gli domandò Pip, e sentì Naomi, dietro di lei, che chiedeva a Cara cosa stesse succedendo.

«Sì. Tutto bene» confermò Connor, con un lieve fiatone. «Jamie ci sta portando a Wycombe adesso. Il telefono è a posto, dietro il primo sasso. Non siamo entrati dal cancello, non abbiamo nemmeno guardato. Tutto bene.»

«Grazie» disse Pip, e il petto le si rilassò leggermente. «Grazie, Co...» Per poco non disse il suo nome, trattenendosi prima che fosse troppo tardi, con uno sguardo a Cara e Naomi. Non dovevano sapere chi altro era coinvolto, questo le teneva al sicuro. Teneva al sicuro tutti loro. «È l'ultima volta che ne parliamo. Non è mai successo, capito? Non parlatene mai: né al telefono né per messaggio, nemmeno tra di voi. Mai.»

«Lo so, ma...»

Pip gli parlò sopra.

«Ora metto giù. E voglio che tu distrugga quel cellulare. Spezzalo a metà, anche la SIM. Poi buttalo in un cassonetto pubblico.»

«Sì, sì, ok, va bene» disse Connor, e poi a suo fratello: «Jamie, ci sta dicendo di distruggere il telefono e buttarlo in un cassonetto».

Pip sentì la voce distante di Jamie al di sopra del rumore delle ruote che correvano. «Consideralo fatto.»

«Ora devo andare» annunciò Pip. «Ciao.» *Ciao.* Che parola normale per una conversazione così poco normale.

Chiuse la telefonata e abbassò il cellulare, voltandosi lentamente a guardare Cara e Naomi, strette l'una all'altra dietro di lei, lo stesso sguardo di confusione e paura negli occhi.

«Allora?» fece Cara. «Cosa succede? Con chi parlavi? Che telefono è quello?»

Pip sospirò. C'era stata un'epoca in cui avrebbe detto a Cara ogni cosa, ogni dettaglio irrilevante delle sue giornate, e ora non poteva dirle nulla. Nulla tranne la sua parte. Un cuneo, tra di loro, che non c'era mai stato: solido, odioso.

«Non ve lo posso dire» rispose.

«Pip, stai bene?» Naomi fece un passo avanti. «Ci stai spaventando.»

«Scusate, io...» La voce di Pip si ruppe e spense. Non ce la faceva. Avrebbe voluto spiegare, ma il piano non glielo permetteva. Doveva fare un'altra telefonata. Subito. «Ve lo spiego in un minuto, per quanto posso, ma prima devo chiamare un'altra persona. Posso usare il vostro fisso?»

Cara la guardò battendo le palpebre, Naomi aggrottò le sopracciglia fino a nascondere gli occhi.

«Sono confusa» disse Cara.

«Due minuti e poi vi spiego. Posso usare il telefono?»

Annuirono, lente e incerte.

Pip le superò di corsa ed entrò in cucina, sentendo i loro passi che la seguivano. Posò lo zaino su una delle sedie da pranzo e aprì la tasca anteriore, tirando fuori il biglietto da visita di Christopher Epps. Prese il telefono fisso degli Ward e digitò il suo numero, memorizzando tre cifre alla volta.

Cara e Naomi la guardarono alzare la cornetta, che le suonava nelle orecchie.

Un crepitio all'altro capo della linea, qualcuno che si schiariva la gola.

«Pronto?» rispose Epps, con un che di incerto nella voce, l'incertezza davanti a un numero sconosciuto di sera.

«Buonasera signor Epps» disse Pip, addolcendo la voce roca. «Sono io, Pip Fitz-Amobi.»

«Oh.» Suonava sorpreso. «Oh» ripeté, riprendendo il controllo, schiarendosi di nuovo la voce. «Certo.»

«Mi scusi» disse Pip. «So che è sabato sera, ed è un po' tardi. Ma quando mi ha dato il suo biglietto mi ha detto di chiamarla a qualsiasi ora.»

«Sì, l'ho detto, giusto?» ribatté Epps. «Allora, cosa posso fare per te, signorina Fitz-Amobi?»

«Be'.» Pip tossicchiò. «Ho fatto quello che mi ha consigliato dopo l'incontro di mediazione. Me ne sono andata e ci ho riflettuto per un paio di settimane, quando l'atmosfera non era più così carica *emotivamente*.»

«Davvero? E sei arrivata a qualche conclusione?»

«Sì» fece Pip, odiandosi per ciò che stava per dire, immaginandosi lo sguardo di trionfo sul viso arrogante di Epps. Ma lui non aveva idea di quale fosse il vero motivo di quella telefonata. «Allora, ci ho pensato, molto, e credo che abbia ragione che sia nell'interesse di tutti evitare un processo. Perciò penso che accetterò la sua offerta. Cinquemila sterline di danni.»

«È molto bello sentirlo, signorina Fitz-Amobi. Ma non erano solo cinquemila, ricordi?» disse Epps, scandendo le parole come se stesse parlando a una bambina piccola. «La parte principale dell'accordo erano le scuse pubbliche e una dichiarazione che ritrattava le affermazioni diffamatorie e spiegava che la voce registrata che avevi postato era truccata. Il mio cliente non accetterà alcun accordo senza queste cose.»

«Sì» rispose Pip, stringendo i denti. «Mi ricordo, grazie. Farò tutto quanto. I soldi, le scuse pubbliche, ritratterò le affermazioni e la voce registrata. Farò tutto. Ormai voglio solo che questa storia finisca.»

Sentì uno sbuffo soddisfatto all'altro capo della linea. «Be', devo dire che penso tu stia prendendo la decisione giusta. Così si sistema ogni cosa per il meglio per tutte le persone coinvolte. Grazie di questa tua dimostrazione di maturità.»

Pip strinse la presa sulla cornetta, che le tagliò la mano, un'ira rossa dietro gli occhi che ricacciò battendo le palpebre. «Si figuri, e grazie per avermi spinto a ragionare» disse, schifata dalla propria voce. «Perciò credo che ora possa dire a Max che accetto l'accordo.»

«Sì, certo» disse Epps. «Sarà molto felice di sentirlo. Lunedì chiamo il tuo avvocato e mettiamo tutto in moto. Va bene?»

«Va bene» rispose Pip. Sempre quella parola vuota e senza significato, *bene*.

«Ok, be', una buona serata allora, signorina Fitz-Amobi.»

«Anche a lei.»

Riagganciò. Si immaginò Epps, oltre i *bip* della linea chiusa, a chilometri di distanza, che scorreva i contatti del telefono per trovare un altro numero. Perché non era solo l'avvocato di famiglia; era anche un amico di famiglia. E stava per fare proprio quello che Pip voleva che facesse.

«Sei impazzita?» Cara la fissò, gli occhi spalancati all'inverosimile. Attorno a essi il viso era cresciuto, ma erano gli stessi occhi di quella nervosa bambina di sei anni di quando si erano conosciute. «Perché cazzo hai accettato quell'accordo? Che diavolo sta succedendo?»

«Lo so, lo so» rispose Pip, alzando le mani in segno di resa. «So che nulla di tutto questo ha senso. È successa una cosa, e sono nei guai, ma c'è un modo per uscirne. Posso solo dirvi quello che ho bisogno che facciate. Per la vostra stessa sicurezza.»

«Cos'è successo?» ripeté Cara, la voce rotta dalla disperazione.

«Non ce lo può dire» intervenne Naomi, rivolgendosi alla sorella, lo sguardo che s'illuminava di comprensione. «Non ce lo può dire perché vuole per noi la negazione plausibile.»

Cara tornò a girarsi verso Pip. «Q-qualcosa di brutto?» domandò.

Pip annuì. «Ma andrà tutto bene, posso far sì che vada bene, posso sistemare tutto. Ho solo bisogno del vostro aiuto per questa parte. Mi aiutate?»

Cara fece un suono gutturale. «Ovvio che ti aiuto» rispose sottovoce. «Sai che ucciderei per te. Ma...»

«Non è niente di brutto» la interruppe Pip, abbassando lo sguardo sul prepagato. «Guardate, sono le 21.43, vedete?» disse, mostrando loro l'ora. «Non guardare me, guarda l'ora, Cara. Vedi? Non dovrete mai mentire, mai. È successo solo che io sono arrivata qualche minuto fa, ho telefonato all'avvocato di Max dal vostro fisso perché ho perso il cellulare.»

«Hai perso il cellulare?» chiese Cara.

«Non è questa la cosa brutta» replicò Pip.

«Ma dai, non dirmelo» fece Cara con una risata nervosa.

«Cos'hai bisogno che facciamo?» domandò Naomi, le labbra tese con determinazione. «Se ha a che fare con Max Hastings, sai che io ci sto.»

Pip a questo non rispose, non voleva che sapessero più del necessario. Ma fu felice che Naomi fosse lì con loro, in un certo senso era giusto. Il cerchio che si chiude.

«Dovete solo venire con me. In macchina. Stare con me per un paio d'ore, così che io sia con voi e non da qualche altra parte.»

Capirono, all'incirca, Pip lo dedusse dal cambiamento d'espressione sui loro visi.

«Un alibi.» Cara disse ciò che non era stato detto.

Pip piegò la testa, un movimento impercettibile, non proprio un cenno d'assenso.

«Non dovrete mai mentire» spiegò. «Su nulla, su nessun dettaglio, mai. Tutto quello che vi serve dire, che vi serve sapere, è esattamente quello che faremo. Non state facendo niente di male, niente di illegale. State uscendo con la vostra amica, questo è quanto, ed è quanto sapete. Sono le 21.44 e dovete solo venire con me.»

Cara annuì, lo sguardo nei suoi occhi era diverso, ora, più triste. Somigliava comunque alla paura, ma non per se stessa. Per l'amica in piedi di fronte a lei, in pericolo. L'amica che conosceva da più di metà della sua vita. Amiche che sarebbero morte l'una per l'altra, avrebbero ucciso l'una per l'altra, e Pip sarebbe stata la prima ad affidarsi a quella consapevolezza.

«Dove andiamo?» chiese Naomi.

Pip fece un sospiro e un sorriso tirato. Richiuse lo zaino e se lo rimise in spalla.

«Andiamo da McDonald's» disse.

Trentanove

Non parlarono molto durante il tragitto. Non sapevano cosa dire, cosa era loro permesso dire, o nemmeno quanto muoversi. Cara sedeva al posto del passeggero, le mani tra le gambe, le spalle curve e rigide, per occupare il minor spazio possibile.

Naomi era dietro, seduta troppo diritta, la schiena che neppure toccava il sedile. Pip lanciò uno sguardo nello specchietto retrovisore e vide i fasci dei fari e dei lampioni rigarle il viso, ravvivandole gli occhi.

Pip invece era concentrata sulla guida, non sul silenzio. Aveva preso solo strade principali, cercando di incrociare più telecamere possibili. Questa volta voleva che la vedessero: era quello il punto. Ineccepibile, a prova di bomba. In caso la polizia avesse seguito il percorso di Pip e della sua auto tramite le registrazioni di tutte quelle telecamere, per ricostruire i suoi passi. La prova che era lì, non altrove a uccidere un uomo.

«Come sta Steph?» chiese Pip quando il silenzio nella macchina si fece un po' troppo pesante. Aveva spento la radio poco prima; era troppo inquietante, troppo normale, ma in modo aggressivo, per il tragitto in macchina meno normale che loro tre avrebbero mai intrapreso.

«Ehm.» Cara tossicchiò, guardando fuori dal finestrino. «Sì, sta bene.» Ecco tutto, di nuovo silenzio. Be', cosa si era aspettata Pip, coinvolgendole? Chiedeva troppo.

Alzò lo sguardo, vedendo davanti a sé l'insegna del McDonald's. I fari illuminarono la *M* dorata finché non scintillò. Si trovava in una stazione di servizio della superstrada, subito fuori Beaconsfield. E per questo che lei e Ravi l'avevano scelto. Telecamere ovunque.

Pip uscì dalla rotonda ed entrò nella stazione di servizio, nel grande parcheggio ancora pieno di macchine e persone nonostante fossero da poco passate le dieci.

Avanzò, puntando un posteggio sul davanti, proprio accanto all'enorme edificio grigio di vetro. Parcheggiò, spense il motore.

Il silenzio era ancora più forte ora che il rumore dell'auto non lo celava. Furono salvate da un gruppo di uomini, evidentemente ubriachi, che starnazzavano mentre passavano incespicando davanti alla macchina e varcavano le porte della stazione ben illuminata.

«Hanno iniziato presto» commentò Cara, accennando al gruppetto, infrangendo il silenzio.

Pip vi si aggrappò con entrambe le mani.

«Proprio il mio genere di serata» disse. «A letto per le undici.»

«Anche il mio genere» rispose Cara, voltandosi, con un sorrisetto sul viso. «Se finisce con le patatine.»

Pip allora rise, una risata vuota e gutturale, che si infranse in un colpo di tosse. Era talmente grata che fossero lì con lei, anche se si odiava per averglielo dovuto chiedere. «Mi dispiace, per questo» disse, fissando davanti a sé gli altri gruppi di persone. Persone che stavano facendo lunghi viaggi lontano, o lunghi viaggi verso casa, o viaggi non così lunghi in un senso o nell'altro. Persone in visita alla famiglia con bambini piccoli e assonnati, o serate fuori, o magari anche serate in casa, a scegliere il cibo da asporto. Persone normali che vivevano vite normali. E poi loro tre in quella macchina.

«Non devi.» Stavolta fu Naomi a parlare, posando una mano sulla spalla di Pip. «Tu per noi lo faresti.»

E aveva ragione: l'avrebbe fatto e lo aveva fatto. Aveva mantenuto il segreto sull'incidente nel quale era stata coinvolta Naomi. Pip aveva trovato un altro modo per ripulire il nome di Sal, perché Cara non perdesse padre e sorella nello stesso momento. Ma questo non la faceva sentire affatto meglio in merito a ciò che aveva appena chiesto loro. Il genere di favore che speri non ci sia mai bisogno di ricambiare.

Ma davvero non lo aveva ancora capito? Tutto veniva restituito, tutto ritornava: un cerchio perfetto che li rimetteva tutti in orbita attorno a sé.

«Esatto» rispose Cara, premendo piano il dito sul graffio malamente coperto sullo zigomo di Pip, come se toccarlo le avesse rivelato cos'era successo, la cosa che non avrebbe mai saputo con certezza. «Vogliamo che tu stia bene. Dicci solo cosa fare. Guidaci e dicci cosa fare.»

«È questo il punto» spiegò Pip. «Non dobbiamo fare niente, in effetti. Solo comportarci normalmente. Essere felici.» Tirò su con il naso. «Come se non fosse successo nulla di brutto.»

«Nostro padre ha ucciso il fratello del tuo ragazzo e ha tenuto rinchiusa una ragazza nel suo loft per cinque anni» disse rapida Cara con un'occhiata a Naomi. «Hai davanti a te due esperte nel comportarsi normalmente.»

«Al tuo servizio» aggiunse Naomi.

«Grazie» rispose Pip, sapendo nel profondo quanto fosse inadeguata quella parola. «Andiamo.»

Aprì la portiera e scese, prendendo lo zaino che Cara le passava. Se lo mise in spalla e si guardò attorno. C'era un alto lampione dietro di lei, che gettava sul parcheggio una luce gialla industriale. A metà altezza, sul palo, Pip vide due videocamere scure, una puntata verso di loro. Fece in modo di alzare lo sguardo e di studiare le stelle per un attimo, perché la telecamera la cogliesse in viso. Milioni e milioni di luci che perforavano l'oscurità del cielo.

«Ok» disse Naomi, scendendo a sua volta e stringendosi nel cardigan.

Pip chiuse la macchina e si allontanarono insieme, tutte e tre, oltre le porte automatiche e dentro la stazione di servizio.

Le accolse il ronzio, quella stessa energia di tutte le stazioni di servizio: un miscuglio di persone dallo sguardo troppo pesante e di persone su di giri, di chi era *quasi arrivato* e di chi era *appena partito*. Pip non faceva parte di nessuno dei due gruppi. Il traguardo non era ancora in vista – quella lunga notte sarebbe stata ancora più lunga –, ma era oltre la metà del piano, e nella sua mente aveva già spuntato molte caselle. Nascondendole per bene lì in fondo. Doveva solo procedere. Un piede davanti all'altro. Due ore prima di rivedere Ravi.

«Da questa parte» disse, guidando Cara e Naomi verso il McDonald's in fondo all'edificio cavernoso.

Gli ubriachi erano già lì, seduti a un tavolo centrale. Starnazzavano ancora, ma adesso tra un boccone di patatine e l'altro.

Pip scelse un posto vicino a loro, ma non troppo, facendo cadere lo zaino su una sedia. Lo aprì per estrarre il portafoglio, ma lo richiuse subito, prima che Naomi e Cara notassero qualcosa che non dovevano vedere.

«Sedetevi» disse loro, sorridendo alle telecamere che non vedeva ma che sapeva esserci. Cara e Naomi scivolarono sulla plastica lucida, che stridette contro i loro vestiti. «Io vado a ordinare. Cosa volete da mangiare?»

Le sorelle si guardarono.

«Be', abbiamo già mangiato a casa» disse cauta Cara.

Pip annuì. «Quindi per te un hamburger vegetale, Naomi. E le crocchette di pollo per Cara, ovviamente, non c'è nemmeno bisogno di chiedere. Coca-Cola?»

Annuirono.

«Ok, perfetto. Torno tra un secondo.»

Pip superò a grandi passi il tavolo degli ubriachi, col portafoglio in mano, fino al bancone. C'era la fila, tre persone prima di lei. Guardò davanti a sé, studiando le telecamere di sicurezza installate sul soffitto dietro le casse. Si spostò di lato di qualche centimetro, perché la inquadrassero meglio, lì in fila. Cercò di comportarsi normalmente, come se non sapesse che la stavano osservando. E non poté fare a meno di chiedersi se non fosse questa per lei la normalità adesso: una finzione. Una menzogna.

Quando fu il suo turno al banco balbettò, sorridendo al cassiere per nascondere la propria esitazione. Non voleva mangiare, proprio come Cara e Naomi, ma non aveva importanza ciò che voleva. Era tutto uno show, una performance per le telecamere, una storia credibile sulle tracce che stava seminando dietro di sé.

«Salve» sorrise, riprendendosi. «Un hamburger vegetale e... ehm, due crocchette, e tre patatine, per favore. E tre Coca-Cole.»

«Sì, certo» rispose il cassiere, inserendo qualcosa nello schermo davanti a sé. «Qualche salsa?»

«Ehm... solo ketchup, grazie.»

«Ok» disse lui, grattandosi la testa sotto il berretto. «È tutto?»

Pip annuì, cercando di non alzare lo sguardo sulla telecamera dietro la testa del ragazzo, che stava trasmettendo l'ordine a un collega. Perché avrebbe guardato dritto negli occhi il poliziotto che forse nelle settimane successive avrebbe visionato quel girato, per sfidarli a non crederle, questa volta. Probabilmente sarebbe stato Hawkins, no? Jason era di Little Kilton, perciò del suo assassinio si sarebbe occupata la polizia della Valle del Tamigi di stanza ad Amersham. Una nuova partita con nuovi giocatori: lei contro l'ispettore Hawkins, e la sua vittima sacrificale era Max Hastings.

«Ehilà?» Il cassiere la fissava a occhi stretti. «Ho detto che sono quattordici sterline e otto.»

«Scusi.» Pip aprì il portafoglio.

«Paga con carta?» chiese lui.

«Sì» rispose lei, quasi con troppa energia, uscendo per un secondo dalla parte. Doveva ovviamente pagare con carta: doveva lasciare un'inconfutabile traccia della sua permanenza lì in quell'orario. Tirò fuori la carta di debito e la posò contro il lettore contactless. Quello emise un *bip* e il cassiere le tese lo scontrino. Avrebbe dovuto tenere pure quello, pensò, ripiegandolo per bene e infilandolo nel portafoglio.

«Un minuto solo» disse il cassiere, facendole cenno di spostarsi di lato per poter prendere l'ordine dell'uomo dietro di lei.

Pip si mise sulla sinistra, appoggiandosi al menù retroilluminato, sempre sotto l'occhio delle telecamere. Studiò un'espressione per Hawkins, rilassata e assente, ma in realtà stava pensando al fatto che lui si sarebbe concentrato sulla posizione dei suoi piedi, come inarcava le spalle e lo sguardo nei suoi occhi. Cercò di non agitare troppo le mani mentre aspettava, in caso lui potesse pensare che pareva nervosa. Non era nervosa: era semplicemente lì per mangiare un po' di cibo spazzatura con le sue amiche. Lanciò uno sguardo a Cara e Naomi e fece loro un piccolo cenno di saluto. Visto, Hawkins? Una cena con le amiche, nient'altro da vedere.

Qualcuno tese a Pip il suo ordine e lei ringraziò, con un sorriso per le telecamere, per Hawkins. Prese i tre sacchetti di carta in una mano e posò il vassoio di cartone con le Coca-Cole in equilibrio sull'altra, tornando cauta verso il loro tavolo.

«Ecco qui.» Pip passò il vassoio con le bibite a Cara e fece scivolare sul tavolo i tre sacchetti con il cibo. «Questo è il tuo, Naomi» disse, allungandole quello davanti.

«Grazie» cominciò Naomi, esitando ad aprirlo. «Quindi...» Si interruppe, studiando Pip negli occhi in cerca di risposte. «Mangiamo e parliamo e basta?»

«Esatto.» Pip le sorrise di rimando, con una piccola risata, come se Naomi avesse detto una cosa buffa. «Mangiamo e parliamo e basta.» Aprì il sacchetto di carta e vi infilò una mano, estraendone la scatola con sei crocchette e le patatine, un paio delle quali giacevano abbandonate e mollicce sul fondo. «Oh, ho preso il ketchup» disse, passandone uno a Naomi e uno a Cara.

Quest'ultima afferrò la piccola porzione monodose, abbassando lo sguardo sul braccio teso di Pip, la cui manica era salita verso il gomito.

«Cosa hai fatto ai polsi?» chiese piano, incerta, gli occhi

fissi sulla pelle tagliata e screpolata che il nastro adesivo si era lasciato dietro. «E alla faccia?»

Pip si schiarì la voce, tirandosi le maniche fin sulle mani. «Di questo non parliamo» disse, evitando lo sguardo di Cara. «Parliamo di tutto tranne che di questo.»

«Ma se qualcuno ti ha fatto del male possiamo...» cominciò Cara, ma fu Naomi a interromperla questa volta.

«Cara, puoi andare a prendere delle cannucce?» domandò con un tono da sorella maggiore.

Cara passò con lo sguardo dall'una all'altra. Pip annuì.

«Ok» disse, alzandosi e dirigendosi verso un bancone a pochi tavoli di distanza che aveva distributori di cannucce e tovaglioli. Tornò con un po' di entrambi.

«Grazie» fece Pip, infilando la cannuccia nel coperchio della Coca-Cola e bevendone un sorso. Le bruciò in gola, nei solchi lasciati dalle urla.

Prese una crocchetta. Non voleva mangiarla, non poteva mangiare, ma se la mise in bocca e masticò lo stesso. Aveva una consistenza gommosa, la lingua le si ricoprì di saliva. Ingoiò a forza il boccone, notando che Cara non aveva cominciato a mangiare e la fissava troppo intensamente.

«È solo che» cominciò Cara, abbassando la voce in un sussurro, «se qualcuno ti facesse del male io lo ucc...»

Pip quasi si strozzò, e ricacciò in gola il cibo che le stava tornando su. «Allora, Cara» disse, quando si fu ripresa. «Tu e Steph avete deciso per il vostro viaggio? So che avevate intenzione di andare in Thailandia...»

Cara lanciò un'occhiata a Naomi prima di rispondere. «Ehm, sì.» Aprì finalmente la scatola di crocchette, affondandone una nel ketchup. «Già. Vogliamo andare in Thailandia, fare un po' di immersioni, mi sa. Steph vuole andare un sacco anche in Australia, magari girarla un po'.»

«È fantastico» disse Pip, rivolgendo la propria attenzione alle patatine, obbligandosi a mangiarne un paio. «Ricordati la crema solare, eh.»

Cara sbuffò. «Che cosa da Pip.»

«Be'» sorrise lei, «sono sempre io.» Sperava fosse vero.

«Ma non fai skydiving o bungee jumping, no?» domandò Naomi, prendendo un altro morso di hamburger vegetale e masticandolo a disagio. «Papà darebbe di matto se sapesse che ti butti da un ponte o da un aeroplano.»

«Già, non so.» Cara scosse la testa, fissandosi le mani. «Mi dispiace, è solo che è così strano, non...»

«Stai andando benissimo» disse Pip, bevendo un sorso di Coca-Cola perché l'aiutasse a mandar giù un altro morso. «Benissimo.»

«Voglio aiutarti però.»

«Mi aiuti *così*.» Pip incrociò lo sguardo di Cara, cercando di farglielo capire con il pensiero. In quel momento le stavano salvando la vita. Erano sedute nel McDonald's di una stazione di servizio, obbligandosi a mangiare patatine, portando avanti una penosa conversazione a spizzichi e bocconi, ma le stavano davvero salvando la vita.

Ci fu uno schianto dietro di lei. Voltò di scatto la testa, vide uno degli ubriachi che era inciampato in una sedia, facendola cadere a terra. Ma non era quello il rumore che era arrivato alle orecchie di Pip. E si sorprese, in un certo senso, che non fosse quello del cranio di Jason Bell che si frantumava. Era sempre uno sparo, che apriva un foro inguaribile nel petto di Stanley Forbes. Che tingeva il sudore sulle sue mani di un rosso violento molto, molto scuro.

«Pip?» la richiamò Cara. «Stai bene?»

«Sì.» Tirò su con il naso, asciugandosi le mani su un tovagliolo. «Bene. Sto bene. Sai cosa?» Si chinò in avanti, indicando il telefono di Cara, a faccia in giù sul tavolo. «Dovremmo fare delle foto. Anche dei video.»

«A cosa?»

«A noi» rispose Pip. «Che siamo uscite, che siamo normali. I metadati registreranno l'ora e la geolocalizzazione. Forza.»

Pip si alzò dalla sedia e si spostò sulla loro panca, scivolando accanto a Cara. Prese il suo cellulare e aprì la fotocamera. «Sorridete» disse, tenendo il telefono a distanza per scattare un selfie di tutte e tre. Naomi teneva il bicchiere di McDonald's sollevato fingendo allegria.

«Sì, brava, Naomi, così» commentò Pip, studiando la foto. Lei vedeva bene che i loro sorrisi non erano reali, nessuno lo era. Ma Hawkins non lo avrebbe notato.

A Pip venne un'altra idea, e anche la pelle d'oca sulle braccia nel rendersi conto della sua provenienza. Poteva anche mettere un piede davanti all'altro e basta, seguire il piano fino alla fine, ma i suoi passi non erano in linea retta. Curvavano su se stessi, fino ad arrivare al principio di tutto.

«Naomi» disse, tenendo di nuovo alto il telefono. «In questa puoi guardare il tuo cellulare, piegandolo in qua, in modo che si veda nella foto? Sulla schermata di blocco, così si vede l'ora.»

La fissarono entrambe per un attimo e non appena capirono il loro sguardo si accese. E forse lo sentirono anche loro, quel cerchio onnicomprensivo che le riprendeva con sé. Sapevano da dove veniva quell'idea. Era esattamente così che Pip aveva scoperto che gli amici di Sal Singh l'avevano privato del suo alibi. Una foto scattata da Sal aveva sullo sfondo una Naomi diciottenne che guardava la schermata di blocco del proprio cellulare, e l'ora svelava tutto. Provava che Sal era sempre stato lì, fino a ben dopo che i suoi amici se n'erano andati.

Dimostrava che non aveva mai avuto abbastanza tempo per uccidere Andie Bell.

«S-sì» disse scossa Naomi. «Buona idea.»

Pip vide se stessa e le due amiche riflesse nella fotocamera anteriore del telefono di Cara, che aspettavano che Naomi piegasse il suo nella giusta posizione, allineando la foto. Scattò. Cambiò sorriso e ne fece un'altra, con Cara che le si agitava accanto.

«Bene» disse, studiandola, lo sguardo sulle piccole cifre bianche sullo schermo di Naomi, che diceva che la foto era stata scattata alle 22.51 esatte. I numeri avevano già aiutato a risolvere un caso una volta, e ora la stavano aiutando a crearne uno. Una prova concreta. *Vedremo se non ci crederai, Hawkins.*

Fecero altre foto. Anche dei video. Naomi filmò Cara che tentava di vedere quante patatine in una volta ci stavano nella sua bocca, sputandole nel sacchetto mentre il tavolo di ubriachi faceva il tifo. Cara che zoomava sul viso di Pip mentre beveva la Coca-Cola, sempre più vicino, sempre più vicino, finché l'inquadratura non era interamente occupata dalla narice di Pip, che chiedeva innocente: «Mi stai facendo un video?». Una battuta che si erano preparate.

Era una performance. Vuota, orchestrata. Uno spettacolo per l'ispettore Hawkins, a giorni di distanza da quello. Settimane, perfino.

Pip si obbligò a mangiare un'altra crocchetta e il suo

stomaco protestò, schiumando e ribollendo. E poi lo sentì, quel sapore metallico in fondo alla lingua.

«Scusate» disse, alzandosi di scatto, e le altre sollevarono lo sguardo su di lei. «Pipì.»

Pip attraversò l'atrio di corsa, facendo stridere le scarpe sulle mattonelle appena pulite, verso i bagni.

Aprì la porta con una spinta, andando quasi a sbattere contro una persona che si stava asciugando le mani.

«Scusi» riuscì a dire, ma stava per arrivare, stava arrivando. Le risaliva in gola.

Si fiondò in un cubicolo, sbattendo la porta alle sue spalle senza avere il tempo di chiuderla.

Crollò in ginocchio e si chinò sulla tazza appena in tempo.

Vomitò. E poi una seconda volta, con uno spasmo che raggiunse le più profonde parti di lei. Il suo corpo fu scosso dalle convulsioni, cercava di liberarsi di tutta quell'oscurità. Ma non lo sapeva, che era tutta dentro la sua testa? Vomitò di nuovo, pezzi di cibo non digerito, e di nuovo, finché non fu solo acqua sbiadita. Finché non fu vuota e non sputò che saliva, ma l'oscurità rimase.

Si sedette sulla tazza, asciugandosi la bocca con il dorso della mano. Tirò l'acqua e restò seduta un momento, ansimando, riposando il collo contro le fresche mattonelle del muro del bagno. Il sudore le scorreva sulle tempie e sotto le ascelle. Qualcuno cercò di entrare nel suo cubicolo, ma Pip lo richiuse con un piede.

Non doveva rimanere in bagno troppo a lungo. Doveva resistere. Se crollava, allora crollava anche il piano, e non sarebbe sopravvissuta. Solo poche altre ore, poche altre caselle da spuntare nella mente, e poi sarebbe stata libera.

Salva. Alzati, si disse, e lo stesso fece il Ravi dentro la sua testa, perciò fu obbligata a dargli retta.

Si mise in piedi, tremante, e aprì la porta del cubicolo. Due donne all'incirca dell'età di sua madre la fissarono mentre si spostava al lavandino per lavarsi le mani. E anche la faccia, ma non troppo, per non eliminare il fondotinta che copriva i segni di nastro adesivo sottostanti. Si buttò un po' d'acqua in bocca e la risputò. Tentò di bere un sorso.

Gli sguardi delle due donne si fecero più insistenti, c'era del disgusto nel modo in cui tenevano le labbra.

«Troppe Jägerbomb» spiegò Pip, stringendosi nelle spalle. «Ha il rossetto sui denti» disse a una delle due prima di uscire dal bagno.

«Tutto a posto?» le chiese Naomi quando si rimise a sedere.

«Sì.» Pip annuì, ma gli occhi le lacrimavano ancora. «Per me basta.» Spinse via il cibo e prese il cellulare di Cara per controllare l'ora. Erano le 23.21. Nel giro dei successivi dieci minuti avrebbero dovuto andarsene. «Che ne dite di un McFlurry prima di uscire?» propose, pensando a quell'ultima transazione con la carta, un'altra briciola nella scia che stava lasciando per Hawkins.

«In realtà io non riesco a mangiare nient'altro.» Cara scosse la testa. «Potrei vomitare.»

«Due McFlurry in arrivo, allora.» Pip si alzò, prendendo il portafoglio. Aggiunse, sottovoce: «Da asporto. O da buttare appena vi riporto a casa».

Aspettò di nuovo in coda, avanzando di pochi passi alla volta. Ordinò i gelati, disse al cassiere che non le importava il gusto. Passò la carta per pagarli e quel *bip* la rassicurò. La macchina era dalla sua parte, diceva al mondo che era stata lì, che se n'era andata alle undici e mezza. Le macchine non mentono, solo le persone lo fanno.

«Ecco qui» disse Pip, passando loro i McFlurry troppo freddi, contenta di potersi allontanare dal loro odore. «Andiamo.»

Non parlarono molto sulla via del ritorno, seguendo le stesse statali al contrario. Pip non era più con loro, si era spostata avanti nel tempo, era tornata alla Green Scene Ltd e al fiume di sangue sul cemento. Rifletteva su tutto quello che lei e Ravi dovevano ancora fare. Memorizzava i vari passaggi, per non trascurare nulla. Non poteva trascurare nulla.

«Ciao» disse, quasi ridendo per quanto ridicola e piccola suonava quella parola, quando Cara e Naomi scesero dall'auto, stringendo ancora tra le mani i gelati intatti. «Grazie. Io... io non potrò mai ringraziarvi abbastanza per... ma non possiamo parlarne mai più. Mai. E ricordatevi, non dovrete mentire. Io sono venuta qui, ho fatto una telefonata, poi siamo andate in macchina al McDonald's e dopo vi ho riportate a casa alle...» Pip controllò l'ora sul cruscotto «23.51. Sapete solo questo. Direte solo questo se qualcuno vi farà mai delle domande.»

Annuirono. Adesso avevano capito.

«Tu starai bene?» domandò Cara, la mano che esitava sulla portiera del lato del passeggero.

«Credo di sì. Spero di sì.» La verità era che c'erano ancora tante cose che potevano andare storte, nel qual caso tutto sarebbe stato inutile e Pip non sarebbe stata bene mai più. Ma questo non poteva dirglielo.

Cara continuava a esitare, in attesa di una risposta più sicura, che Pip non le poteva dare. Ma lei dovette capirlo, perché allungò una mano all'interno dell'auto per stringere quella di Pip prima di chiudere la portiera e allontanarsi.

Le sorelle rimasero a guardarla fare retromarcia e uscire dal loro vialetto con un ultimo cenno di saluto.

Ok, annuì Pip tra sé e sé, scendendo dalla collina. Alibi: fatto.

Stava seguendo la luna e il piano che, in quel momento, erano la stessa cosa: la riportavano a casa e da Ravi.

Quaranta

I suoi erano già a letto quando Pip arrivò a casa, e la aspettavano. Be', metà di loro.

«Ti avevo detto di non fare troppo tardi» sussurrò la mamma, strizzando gli occhi alla debole luce gettata dalla lampada del comodino. «Domani alle otto ci alziamo per andare a Legoland.»

«Ma è appena passata mezzanotte.» Pip si strinse nelle spalle sulla soglia di camera loro. «A quanto pare, fare tardi all'università significa fare molto più tardi. Mi sto allenando.»

Suo papà fece un grugnito, mezzo addormentato, un libro aperto posato sul petto.

«Oh, e per la cronaca, ho perso il cellulare» sussurrò Pip.

«Cosa? Quando?» rispose la mamma, cercando senza riuscirci di tenere bassa la voce.

Un altro grugnito d'assenso da parte di suo padre, chissà assenso a che cosa.

«Mentre correvo, credo» disse Pip. «Mi dev'essere caduto dalla tasca e non me ne sono accorta. Lo ricompro la prossima settimana, non ti preoccupare.»

«Devi fare più attenzione alle tue cose» sospirò la mamma.

Be', quella notte Pip avrebbe perso o rotto molto di più di un semplice cellulare.

«Sì, lo so. Età adulta» disse. «Mi sto allenando anche per quella. Comunque ora vado a dormire. 'Notte.»

«'Notte, tesoro» disse la mamma, accompagnata da un altro grugnito da parte di papà.

Pip chiuse piano la porta, e allontanandosi sul pianerottolo sentì la mamma dire a papà di mettere via il libro se dormiva già, santo cielo.

Pip entrò in camera sua, chiudendosi la porta alle spalle. Forte – non abbastanza da svegliare un Josh già scontroso, ma abbastanza perché sua madre la sentisse prepararsi per la notte.

C'era ancora odore di candeggina, e Pip controllò nell'armadio, piegandosi per guardare nel secchio. Pezzi galleggianti di nastro adesivo e vestiti. Spinse giù le scarpe, più a fondo nel liquido. I segni blu sui lati avevano cominciato a diventare bianchi, a scomparire per effetto del contatto con il liquido. Così come le macchie di sangue sulle punte.

Bene. Tutto andava secondo il piano. O quasi. Era già in ritardo per l'appuntamento con Ravi. Sperava non fosse lì seduto, nel panico, anche se lo conosceva troppo bene. Pip doveva solo aspettare ancora qualche minuto. Che la mamma si addormentasse.

Controllò di nuovo lo zaino, rimettendoci dentro tutto nell'ordine in cui pensava le sarebbe servito. Avvolse un altro elastico sulla coda, chiudendola a chignon, e si mise il berretto in testa per tenere tutto fermo, infilandoci dentro i capelli sfuggiti all'elastico. Poi si mise lo zaino in spalla e rimase in attesa accanto alla porta della camera. Socchiudendola, aprendola un centimetro alla volta per non fare rumore, Pip fece capolino con la testa e osservò il pianerottolo. Guardò la flebile luce gialla che filtrava da sotto la porta dei suoi, gettata dalla lampada del comodino della mamma. Si sentiva già il dolce russare di papà, che usò per misurare il tempo che scivolava via.

La luce si spense, lasciando dietro di sé solo il buio, e Pip le concesse ancora qualche minuto. Poi si chiuse la porta della sua camera alle spalle e attraversò il corridoio, a passi cauti e silenziosi. Giù per le scale, ricordandosi stavolta di saltare il gradino che scricchiolava, il terzo dal basso.

Fuori casa, di nuovo nel freddo, richiuse pianissimo il portone, di modo che l'unico rumore fosse lo scatto del meccanismo della serratura. La mamma comunque aveva il sonno profondo, per forza, visti i grugniti e il russare dell'uomo accanto a cui dormiva.

Pip imboccò il vialetto, superando la macchina parcheggiata, e prese Martinsend Way, girando a destra. Anche se era tardi, e buio, e camminava da sola, non aveva paura. O, se l'aveva, era un tipo di paura spento, ordinario, quasi irrilevante se posto a confronto con il terrore che aveva provato poche ore prima e di cui ancora portava i segni su tutto il corpo.

Pip individuò prima la macchina: un'Audi nera, che l'aspettava all'angolo, all'incrocio tra la via di Pip e quella di Max.

Ravi doveva averla vista, perché i fari dell'auto di Max si accesero e si spensero, scavando due fasci bianchi nel nero della mezzanotte. Mezzanotte passata. Mezzanotte passata da un bel po'. Ravi era nel panico per via dell'ora, ne era sicura, ma adesso era arrivata.

Pip utilizzò la manica per aprire la portiera e crollò sul sedile del passeggero.

«Siamo in ritardo di diciotto minuti.» Ravi si girò verso di lei, gli occhi sbarrati dal terrore proprio come Pip aveva immaginato. «Ti stavo aspettando. Ho pensato che ti fosse successo qualcosa di brutto.»

«Scusa» rispose lei, utilizzando di nuovo la manica per chiudere la portiera. «Niente di brutto. Solo un po' di ritardo.»

«"Un po' di ritardo" sono tipo sei minuti» ribatté lui, lo sguardo che non mollava. «Che è il ritardo che ho fatto io, per attraversare il parco e arrivare a casa di Max mi ci è voluto più tempo di quanto pensassi. Diciotto minuti è *molto* ritardo.»

«A te come sono andate le cose?» domandò Pip, chinandosi in avanti per premere la fronte contro la sua, come faceva sempre lui con lei. Per prendere su di sé metà mal di testa o metà del nervoso, diceva. E ora Pip prese metà della sua paura, perché era una paura ordinaria e lei poteva gestirla.

Funzionò, e quando si staccò vide che il viso di Ravi si stava leggermente rilassando.

«Sì» rispose. «Sì, tutto bene, io. Sono andato al bancomat e a fare benzina. Ho pagato tutto con la carta. Sì, bene. Rahul ha commentato che sembravo distratto, ma ha solo pensato che avessi litigato con te o una cosa così. Tutto a posto. Mamma e papà pensano che dorma. E tu? Come sono andate le cose?»

Lei annuì. «Non so come, ma è andato tutto bene, in qualche modo. Ho preso tutto l'occorrente da casa di Max. Tu non hai avuto problemi a recuperare la macchina?»

«Evidentemente» rispose lui, accennando con gli occhi intorno a sé. «Era ovvio che avesse anche una bella macchina, cazzo. Sembrava ancora tutto silenzioso dentro casa. E buio. Ci ha messo molto a perdere i sensi?»

«Quindici, venti minuti» replicò lei. «Nat ha dovuto dargli un pugno per farmi guadagnare un po' più di tempo, ma penso che si adatti meglio alla storia.»

Ravi ci rifletté un momento. «Sì, e magari domattina Max penserà che è per quello che ha un mal di testa fenomenale. E il suo cellulare?»

«Connor e Jamie lo hanno portato là subito prima delle nove e quaranta circa. Subito dopo ho fatto la telefonata a Epps.»

«E il tuo alibi?» domandò lui.

«Sono coperta. Dalle 21.41 a subito dopo mezzanotte, un sacco di telecamere. Mia mamma mi ha sentito andare a letto.»

Ravi annuì tra sé e sé, fissando oltre il parabrezza l'aria che i fari fendevano. «Speriamo allora di essere riusciti a spingere avanti l'ora del decesso di almeno tre ore.»

«A proposito» disse Pip, frugando nello zaino, «dobbiamo tornare subito là e girarlo di nuovo. È rimasto a lungo com'è adesso.» Tirò fuori una manciata di guanti di lattice, passandone un paio a Ravi, insieme all'altro berretto.

«Grazie» rispose lui, infilandoselo, e Pip lo aiutò a nascondervi sotto tutti i capelli. Poi lui si tolse le muffole viola che aveva addosso e allungò le dita nei guanti puliti. «Sono i soli che sono riuscito a trovare a casa, sono di mia mamma.» Passò le muffole a Pip che le mise nello zaino. «Mi sa che so cosa prenderle per il compleanno.» Ravi avviò la macchina e il motore ronzò piano, vibrando contro la gamba di Pip. «Strade secondarie?» chiese lui.

«Strade secondarie» confermò lei. «Andiamo.»

Quarantuno

I cancelli della Green Scene Ltd li guardavano truci, aperti ma non invitanti, rigettando nei loro occhi la violenta luce dei fari.

Ravi parcheggiò subito fuori, spegnendo il motore, e quando quello si fermò sentirono il rumore di un altro motore che girava al minimo nella notte. La macchina di Jason Bell, più oltre, al di là dei cancelli, che teneva il loro cadavere al freddo.

Pip scese, chiudendosi la portiera alle spalle, e il rumore fu come un rombo di tuono nella notte. Ma se nessuno poteva sentire le sue grida, allora anche quello nessuno l'avrebbe sentito.

«Aspetta» disse a Ravi, che era sceso e si stava dirigendo verso il cancello aperto. «Il telefono» gli ricordò, camminando lungo i sassi che delimitavano il vialetto che univa il cancello alla strada. Si fermò accanto al grosso sasso più vicino al ciglio, e vi girò attorno, accucciandosi. Un sospiro di sollievo. Là, ad aspettarla, c'era il cellulare di Max nel sacchettino di plastica sigillato.

Pip disse un altro *grazie* nella mente, inviandolo a Jamie e Connor, allungò una mano e prese il telefono. Attraverso i guanti e la busta di plastica premette il pulsante laterale e la schermata di blocco si illuminò. Vi passò sopra lo sguardo, la luce bianca così forte che Pip notò un alone spettrale d'argento attorno al cellulare, che strisciava verso di lei come una nebbia. E forse era così: c'erano molti fantasmi lì, adesso, ora che quello di Jason si era aggiunto alle cinque donne che aveva ucciso, e il fantasma della stessa Pip, slegato dal tempo, che andava su e giù per la strada sullo schermo di un computer. Pip socchiuse gli occhi e guardò oltre la forte luce.

«Sì» sussurrò, girandosi verso Ravi e alzando un pollice inguantato.

«Cos'abbiamo?» chiese lui, raggiungendola.

«Una chiamata persa da parte di *Christopher Epps* alle 21.46. Una chiamata persa da parte di *Mami* alle 21.57 e un'altra alle 22.09. E infine una da parte di *Papà* alle 21.48.»

«Perfetto.» Ravi tese la bocca in un sorriso e i suoi denti scintillarono nella notte.

«Perfetto» concordò Pip, facendo scivolare il sacchetto con il telefono al sicuro nello zaino.

Pensavano di chiamare Max per dargli la buona notizia: che Pip avrebbe accettato l'accordo e ritrattato la propria dichiarazione. Ma non era questo che avevano fatto: erano caduti dritti nella trappola che Pip e Ravi avevano teso loro. Quelle chiamate al telefono di Max erano state deviate dal ripetitore locale fin là. Il che significava che avevano inchiodato Max, e il suo cellulare, proprio lì, alla scena del crimine, dove la polizia avrebbe trovato un uomo morto. Alla scena del crimine, e proprio nel bel mezzo della finestra temporale per l'ora del decesso che avevano manipolato.

Perché era stato Max Hastings a uccidere Jason Bell, non Pip. E i suoi genitori e il suo avvocato l'avevano appena aiutata a incastrarlo.

Pip si rialzò e Ravi le prese la mano, intrecciando le dita alle sue, insieme ai guanti di lattice. Gliela strinse.

«Ci siamo quasi, Sergente» disse, posandole le labbra sul sopracciglio, ancora dolorante nel punto in cui il nastro adesivo l'aveva strappato. «Un ultimo sforzo.»

Pip studiò il suo berretto, assicurandosi che i capelli lunghi e scuri non spuntassero.

Ravi le lasciò la mano per battere le sue. «Ok, facciamolo» disse.

Superarono il cancello, i passi che calpestavano la ghiaia a tempi alterni. Si diressero verso gli occhi rosso scuro che brillavano nella notte: i fanali posteriori della macchina di Jason e il basso ronzio del motore acceso.

Pip fissò di nuovo il proprio riflesso in uno dei finestrini posteriori – quella lunga notte le si era incisa su tutto il viso – e aprì la portiera.

All'interno era freddo, molto freddo, ed entrando le dita le formicolarono nei guanti. Si chinò in avanti e riuscì addirittura a vedere il proprio fiato, che le si condensava davanti.

Ravi aprì la portiera dal lato opposto.

«Cazzo, fa freddo» disse, piegandosi e preparando le braccia, prendendo le caviglie di Jason attraverso la cerata nera. Alzò lo sguardo, osservando Pip posare le mani sotto le spalle di Jason. «Pronta?» chiese. «Tre, due, uno, via.»

Lo sollevarono e poi Pip alzò un ginocchio per sostenere il corpo, con il piede sul sedile.

«Ok» disse, le braccia ora più deboli, che faticavano sotto quel peso, ma la promessa di poter sopravvivere dava loro forza. Piano, usando il ginocchio di lei come guida, ruotarono la cerata arrotolata, rivoltando il corpo e poi posandolo di nuovo sul sedile. A faccia in giù, esattamente nella posizione in cui era morto.

«Che aspetto ha?» domandò Ravi, mentre Pip srotolava

un lato della cerata, cercando di ignorare il disastro che era la nuca di Jason. Si sentiva distaccata rispetto alla persona che aveva compiuto quel gesto, in qualche modo separata, perché nelle ore trascorse da quel momento aveva vissuto cento vite. Pip gli pungolò il collo, tastandogli i muscoli sotto la pelle, abbassandogli le spalle sulla camicia macchiata di sangue.

«Il rigor è cominciato» disse. «Inizia nella mandibola e nel collo, ma non è andato molto oltre.»

Ravi la fissò, una domanda nello sguardo.

«Va bene così» spiegò Pip, rispondendo a quel quesito muto. «Significa che siamo riusciti a rimandare l'insorgere... di un bel po'. Non ha nemmeno raggiunto la parte bassa delle braccia. Il rigor mortis di solito è completo dopo sei-dodici ore. È morto ormai più di sei ore fa e il rigor è arrivato solo alla parte superiore del corpo. È un bene» disse, cercando di convincere se stessa tanto quanto Ravi.

«Ok» disse lui, e la parola gli sfuggì di bocca come uno sbuffo di vapore nell'aria fredda. «E l'altra cosa?»

«L'ipostasi» rispose Pip. Strinse i denti e aprì un po' di più la cerata. Si chinò in avanti e con cautela alzò il retro della camicia di Jason di un centimetro, sbirciando più da vicino la pelle sottostante.

Sembrava livida: una tinta screziata, rosso-viola per via del sangue che vi si era depositato dentro.

«Sì, è cominciata» disse Pip, infilando una gamba nell'auto per guardare meglio. Si allungò in avanti e premette il pollice inguantato sulla pelle della schiena di Jason. Quando lo tolse, rimase il segno del dito, un piccolo mezzo cerchio bianco, un'isola circondata da pelle decolorata. «Sì, non c'è ancora fissità.»

«Cioè...?»

«Cioè ora che l'abbiamo girato il sangue ricomincerà a muoversi, inizierà a depositarsi dall'altra parte. Sembrerà che non sia rimasto in questa posizione per quasi cinque ore. Ci fa guadagnare tempo.»

«Grazie, gravità» commentò Ravi con un cenno pensoso. «Il vero grande alleato.»

«Giusto, sì.» Pip abbassò la testa e uscì dalla portiera. «Adesso questi due processi stanno cominciando a mettersi in moto davvero, per cui è ora di...»

«Cuocerlo.»

«La vuoi smettere di dire *cuocerlo*?»

«È solo un intermezzo comico» disse Ravi serio, alzando le mani inguantate. «È questo il mio compito in squadra.»

«Ti sottovaluti» rispose Pip, poi indicò i sacchetti di ghiaccio sparpagliati per la macchina. «Riesci a prendere quelli?»

Ravi lo fece, raccogliendoli tra le braccia. «Ancora duri. Siamo riusciti a raffreddare la macchina per bene.»

«Sì, siamo stati bravi» concordò Pip, spostandosi sul davanti della macchina e aprendo la portiera del guidatore.

«Vado a riportarli dentro.» Ravi accennò ai sacchetti di ghiaccio.

«Ok, sciacquali bene, in caso puzzassero di... lo sai» gridò Pip. «Oh e, Ravi, vedi se riesci a trovare dei prodotti per la pulizia, lì. Spray disinfettanti, panni. Magari una scopa, così possiamo spazzare eventuali capelli.»

«Sì, ci guardo» rispose lui, correndo verso l'edificio degli uffici, sollevando la ghiaia attorno a sé.

Pip si abbassò sul sedile del guidatore, uno sguardo a Jason da dietro la spalla, per tenerlo d'occhio. Di nuovo soli. Soltanto loro due in quel piccolo spazio chiuso. E, anche se era morto, Pip non si fidava, poteva sempre afferrarla quando avesse girato la schiena. Non essere sciocca. Era morto, morto da sei ore, anche se pareva deceduto solo da due. Morto, e indifeso. Non che si meritasse alcuna difesa.

«Non provare a farmi sentire in colpa per te» disse Pip a bassa voce, girandosi per studiare i pulsanti e le manopole sul cruscotto. «Sadico pezzo di merda.»

Strinse la manopola dell'aria condizionata – al momento impostata sulla temperatura più bassa – e la ruotò completamente nell'altro senso, finché la tacca non puntò al triangolo rosso acceso. La ventola era già sul numero più alto, il 5, l'aria arrivava sibilando forte dai bocchettoni. Pip spostò la mano inguantata davanti a uno di essi e la tenne lì man mano che l'aria diventava da fredda a calda e poi caldissima. Come un phon vicino alle dita. Non era una scienza esatta: non sapeva quanto tutto ciò sarebbe riuscito ad alzare la temperatura corporea di Jason. Ma l'aria le pareva calda a sufficienza, e avevano tempo per scaldarlo, mentre si occupavano del resto della scena del crimine. Ma non troppo, perché il calore avrebbe accelerato il rigor e il livor mortis. Era un gioco di equilibri tra questi tre fattori.

«Buon riscaldamento» disse Pip, uscendo dall'auto e chiudendosi la portiera alle spalle. Chiuse anche le altre, risigillando Jason nella macchina che si andava scaldando, la sua tomba temporanea.

Un suono frusciante dietro di lei. Passi.

Pip si girò, pronta a trasalire. Ma era solo Ravi, di ritorno dagli uffici.

Lo rimproverò con gli occhi.

«Scusa» disse lui. «Guarda cos'ho trovato.» In una mano aveva una borsa del supermercato piena di spray disinfettanti, candeggina e panni per spolverare. In cima al mucchio c'era una prolunga arrotolata, nera e industriale. E nell'altro braccio, stretto nella piega del gomito e drappeggiato attorno al collo, un aspirapolvere, di quelli con la faccia disegnata. Rosso, gli occhi che guardavano timidi il cielo notturno. «Ho trovato un Henry Hoover» disse, muovendo l'elettrodomestico, come per fargli dire ciao.

«Sì, lo vedo» commentò Pip.

«E questa prolunga lunghissima, così possiamo passare sopra a tutti i punti in cui sei stata, in caso ci fossero dei capelli. Anche il bagagliaio.» Accennò con la testa alla macchina di Jason.

«D'accordo» disse Pip, innervosita dal sorriso innocente dell'aspirapolvere, un ghigno eterno, immutabilmente felice, anche di ripulire una scena del crimine. «Ho paura che ti abbia rubato il compito, però.»

«Quale, l'intermezzo comico?» domandò Ravi. «Va bene, è più adatto, e comunque io sono più tagliato per un ruolo di leadership. Co-amministratore delegato del Team Ravi & Pip.»

«Ravi!»

«Sì, giusto, scusa, farnetico perché sono nervoso. Non sono ancora abituato a vedere un cadavere così da vicino. Procediamo.»

Cominciarono dal magazzino dei prodotti chimici, facendo attenzione a scavalcare e non toccare la pozza di sangue. Quella non serviva che la pulissero, avrebbero lasciato lì il sangue, intatto; Max dopotutto doveva aver pur ucciso Jason da qualche parte. E serviva anche come segnale, perché annunciasse alle prime persone sopraggiunte che era successo qualcosa di brutto – molto brutto –, così avrebbero cercato un cadavere e avrebbero trovato Jason, rigido ma ancora caldo. Questo era fondamentale.

Ravi inserì la spina della prolunga in una presa del magazzino più grande – dove erano chiusi i macchinari – e cominciò a passare l'aspirapolvere. Passò più e più volte sui punti che Pip gli indicava. Ovunque fosse stata trascinata, tutti i posti in cui era passata o corsa in preda a un panico cieco. Ovunque fosse stato anche lui. Facendo attenzione a lasciare un certo margine attorno al punto in cui Jason era morto, e al fiume di sangue.

Pip si occupò delle mensole, uno spray disinfettante in una mano, un panno nell'altra. Andò su e giù sulla scaffalatura inclinata, sui pali metallici, spruzzando e pulendo qualsiasi cosa avesse toccato o sfiorato. Ogni lato, ogni angolo. Trovò la vite e il dado che aveva tolto dallo scaffale e pulì anche quelli. Le sue impronte erano già schedate: non poteva lasciarne neppure una parziale.

Salì di nuovo sulla scaffalatura crollata, come fosse una scala, pulendo scrupolosamente qualsiasi punto poteva aver toccato: il bordo delle mensole metalliche, le taniche di plastica di diserbante e fertilizzante. Fin su, sulla parete e attorno alla finestra infranta, lucidando perfino i frammenti di vetro rimasti nella cornice, in caso li avesse toccati.

Scese con cautela, evitando Ravi che passava l'aspirapolvere avanti e indietro, e si dedicò alla cassetta degli attrezzi sul tavolo da lavoro dalla parte opposta. Rimosse tutto quello che conteneva: poteva aver toccato tutto mentre ci frugava dentro con la mano. Pulì a uno a uno ogni singolo strumento, perfino le teste di ricambio del trapano e i vari accessori. Finì uno degli spray e dovette andare a prenderne un altro per continuare. Aveva toccato il post-it sugli strumenti della squadra blu: se lo ricordava. Lo staccò, lo accartocciò e lo infilò nella tasca davanti dello zaino, per portarlo a casa.

Il sangue sul martello, quando Pip lo prese da dove lo aveva abbandonato, si era ormai seccato, e aveva ciocche di capelli di Jason incastrate nel mezzo. Pip lasciò quell'estremità così com'era, ma pulì per bene l'impugnatura, più e più volte, per togliere ogni traccia di sé. Lo rimise accanto alla pozza di sangue, sistemandolo ad arte.

Maniglie, serrature, il grosso mazzo di chiavi della Green Scene di Jason, interruttori della luce, l'armadietto nell'edificio degli uffici che Ravi aveva toccato. Tutto quanto, pulito e ripulito. Ancora una volta le mensole, per sicurezza.

Quando finalmente alzò lo sguardo, per spuntare un'altra casella nella mente, controllò l'orario sul cellulare usa e getta. Erano appena passate le 2.30: stavano pulendo da quasi due ore, e Pip nella felpa era accaldata e sudata.

«Credo di aver finito» annunciò Ravi, riemergendo dal magazzino grande, una tanica vuota tra le mani.

«Già.» Pip annuì lievemente, senza fiato. «Ci resta solo la macchina. Per lo più il bagagliaio. E le chiavi dell'auto. Ma ormai sono passate quasi due ore» disse, lanciando un'occhiata oltre la porta aperta del magazzino, nella notte buia. «Mi sa che è il momento.»

«Per portarlo fuori?» chiese Ravi.

Pip capì che era stato lì lì per fare una battuta sul fatto che il forno aveva suonato, ma ci aveva ripensato. «Sì. Lo giriamo di nuovo, ma non voglio che il rigor sia troppo avanzato, deve essere ancora rigido quando lo trovano. Ormai mi sa che ci saranno più di quaranta gradi là dentro, magari anche di più. Speriamo che abbia rialzato la temperatura del corpo intorno ai trenta. Ricomincerà a raffreddarsi, una volta all'esterno, zero virgola otto gradi ogni ora finché non raggiungerà la temperatura dell'ambiente circostante.»

«Spiegamelo in termini di *Le regole del delitto perfetto*» disse Ravi, giocherellando con il tappo della tanica.

«Be', se viene trovato e i medici lo esaminano sul posto verso le sei del mattino – tra tre ore e mezza –, applicando al contrario la regola degli zero virgola otto gradi all'ora dovrebbe risultare che è morto più verso le nove, le dieci. Il tasso di rigor mortis e di ipostasi dovrebbe supportare questa teoria.»

«Ok» rispose Ravi. «Portiamolo fuori, allora.»

La seguì all'esterno, alla macchina di Jason, e sbirciò nel finestrino.

«Un attimo.» Pip si inginocchiò accanto allo zaino aperto. «Mi servono le cose che ho preso a casa di Max.»

Tirò fuori il sacchetto da freezer con dentro la felpa grigia di Max e quello con le sue scarpe da ginnastica bianche e il cappellino. Ravi allungò una mano verso quello con le scarpe.

«Cosa stai facendo?» chiese Pip, con più violenza di quanto volesse, facendolo sussultare e ritrarre la mano.

«Mi metto le scarpe di Max?» disse incerto. «Pensavo di lasciare le impronte nel fango, dove scarichiamo il corpo. Il disegno della suola.»

«Sì, esatto» confermò Pip, estraendo qualcos'altro dallo zaino. Le cinque paia di calzini appallottolati. «Ecco perché ho portato questi. *Io* mi metto le scarpe. *Io* lo trascino là.» Si slacciò le Converse e cominciò a infilarsi i calzini, un paio alla volta, tendendo i piedi.

«Posso aiutarti» disse Ravi, guardandola.

«No, non puoi.» Pip infilò il piede gonfiato di calze nella scarpa di Max, allacciandola stretta. «Ci può essere un solo paio di impronte. Soltanto quelle di Max. Tu non scarichi il corpo, non te lo lascio fare. Devo farlo io. L'ho ucciso io, ci ho messi io in questa situazione.» Si allacciò l'altra scarpa e si raddrizzò, testando la presa sulla ghiaia. I piedi le ballavano un pochino mentre camminava, ma riusciva a muoversi.

«No, non sei stata *tu* a metterci in questa situazione, è stato *lui*» disse Ravi, indicando con il pollice il cadavere di Jason. «Sei sicura di farcela?»

«Se Max può trascinare il cadavere di Jason tra gli alberi, allora posso farcela anche io.» Pip aprì il sacchetto con la felpa di Max e la indossò sopra alla sua. Ravi la aiutò, attento a non spostare il berretto che le copriva la testa, assicurandosi che non ci fossero capelli che spuntavano dall'orlo.

«Stai bene» commentò, facendo un passo indietro per guardarla. «Posso almeno aiutarti a toglierlo dalla macchina?»

Sì, almeno in quello poteva aiutarla. Pip annuì, avvicinandosi alla portiera posteriore, dal lato della testa di Jason. Ravi le girò attorno andando dall'altra parte.

Aprirono le portiere contemporaneamente.

«Cavolo» esclamò Ravi, scostandosi. «Fa caldo qua dentro.»

«Non ci provare!» disse Pip con fermezza, da oltre il sedile posteriore.

«Cosa?» Le lanciò un'occhiataccia, al di sopra della cerata. «Non stavo per fare nessuna battuta. Perfino io so quando non bisogna esagerare.»

«Certo.»

«Intendevo che fa davvero caldo qui» disse. «Ci saranno più di quaranta gradi. È caldo quasi come quando apri il forno e il calore ti investe la faccia.»

«Esatto.» Pip tirò su con il naso. «Tu lo spingi, io lo trascino fuori.»

Pip riuscì a tirarlo fuori dalla macchina, grazie a Ravi che lo spingeva dall'altra parte. I piedi di Jason, avvolti nella cerata, atterrarono sulla ghiaia con un tonfo.

«Ce l'hai?» domandò Ravi, girando attorno alla macchina.

«Sì.» Pip lo posò a terra con delicatezza. Tornò allo zaino, aprì la tasca davanti e tirò fuori il sacchettino con i capelli di Max chiusi dentro. «Servono questi» spiegò a Ravi, infilando la bustina nella tasca della felpa di Max.

«Lo lasci nella cerata?» Ravi la osservò ritornare al cadavere, prendere con fatica Jason da sotto le spalle. Le sue braccia erano ormai rigide e non si piegavano.

«Sì, può restarci» disse Pip, sbuffando per la fatica mentre cercava di trascinare i piedi di Jason sui sassi, felice che ci fosse la cerata, così il viso morto dell'uomo non la guardava. «Anche Max può aver cercato di coprirlo.»

Pip fece un passo indietro e ricominciò a trascinarlo.

Cercò di non pensare a cosa stava facendo. Eresse una barriera nella mente, uno steccato per non farlo entrare. Era soltanto un'altra casella da spuntare, questo si disse. Concentrati su questo. Solo un altro compito da spuntare dal piano, come in tutti i piani che aveva steso, anche quelli piccoli, anche quelli sciocchi. Non c'era differenza.

Soltanto che una differenza c'era, le ricordò quella voce

oscura, quella che si nascondeva sul fondo, accanto alla vergogna, smantellando la barriera pezzo dopo pezzo. Perché era tarda notte, quel momento di mezzo in cui il troppo tardi diventava troppo presto, e Pip Fitz-Amobi stava trascinando un cadavere.

Quarantadue

Il cadavere di Jason era pesante e Pip avanzava lenta, con la mente che cercava di distanziarsi da ciò che aveva tra le mani, dalle mani stesse.

Fu un po' più facile quando si spostò dalla ghiaia all'erba, guardandosi dietro le spalle ogni due passi per non inciampare.

Ravi rimase indietro, sulla ghiaia. «Comincio con il bagagliaio, allora» disse. «Passo l'aspirapolvere su ogni centimetro.»

«Pulisci bene anche la plastica ai lati» gridò Pip, col fiatone. «L'ho toccata.»

Lui alzò i pollici e si girò.

Pip posò per un momento Jason contro le proprie gambe, perché lo sostenessero, dando un po' di sollievo alle braccia. I muscoli delle spalle le facevano già malissimo, ma non poteva fermarsi. Era il suo compito, il suo fardello.

Lo trasportò fino al limitare degli alberi. Le scarpe di Max pestarono le prime foglie cadute. Pip lo posò per due minuti, allungò le braccia doloranti e piegò la testa da una parte e dall'altra per far scrocchiare il collo. Alzò lo sguardo alla luna come per chiederle cosa cazzo stesse facendo. Poi lo riprese.

Lo trascinò tra quegli alberi e dietro a uno in particolare. Le foglie si accumulavano attorno ai piedi di Jason, se le tirava dietro, raccogliendole per la sua ultima dimora.

Pip non andò troppo lontano. Non serviva. Erano circa quindici metri dentro al bosco, dove gli alberi cominciavano a infittirsi, sbarrandole la strada. Distante il ronzio di Ravi e dell'aspirapolvere. Pip controllò alle proprie spalle e vide il tronco di un albero più grande, vecchio e contorto. Perfetto.

Trascinò Jason dietro quell'albero e lo posò a terra. Con il cadavere steso sul terreno, a faccia in giù nella cerata, il fruscio di questa e le foglie secche sussurrarono a Pip oscure minacce.

Lei si chinò al suo fianco e spinse il corpo, girandolo. Ora che era a faccia in su, il sangue all'interno avrebbe ricominciato di nuovo a depositarsi dal lato della schiena.

La cerata si era leggermente spostata, nel voltarlo, e un angolo era sceso, rivelando un'ultima volta il volto senza vita. Incidendole per sempre quell'immagine nel retro delle palpebre, un nuovo orrore in agguato nel buio ogni volta che avesse battuto gli occhi. Jason Bell. Lo Strangolatore della palude. Il Mostro del nastro adesivo. La bestia che aveva scacciato Andie Bell, messo in moto quel circolo irregolare, quell'atroce carosello su cui erano tutti bloccati.

Ma almeno Pip era viva, poteva essere tormentata dal suo volto morto. Al contrario, come in teoria avrebbe dovuto essere, a Jason non sarebbe importato a sufficienza per farsi tormentare da quello di Pip. Aveva cercato di portarglielo via. Avrebbe goduto nel vederla così, col viso avvolto nel nastro adesivo, la pelle chiazzata e illividita, il corpo rigido come fosse fatto di cemento e non di carne. Una bambola fasciata, e un trofeo per ricordarsi per sempre come l'aveva fatto sentire vederla morta. Euforico. Eccitato. Potente.

Perciò sì, Pip si sarebbe ricordata del suo viso, e ne sarebbe stata felice. Perché voleva dire che non doveva più temerlo. Aveva vinto lei e lui era morto, e vederlo lì, la prova, era il suo trofeo, che lo volesse o meno.

Tirò quello stesso angolo di cerata, svelando metà del cadavere, dal viso alle gambe, ed estrasse il sacchetto di plastica dalla tasca di Max.

Lo dissigillò e vi infilò la mano inguantata, prendendo tra due dita qualche capello biondo scuro. Chinandosi, li fece cadere, spargendoli sulla camicia di Jason, e due si infilarono sotto il colletto. La sua mano, morta, era rigida e non si apriva, ma Pip vi fece scivolare dentro due capelli, attraverso lo spazio tra pollice e indice, che gli si posarono sul palmo. Ora nel sacchetto ne restavano pochissimi, come le mostrò la debole luce della luna. Ne estrasse giusto un altro, infilandolo sotto l'unghia del pollice destro di Jason.

Si raddrizzò, sigillando nuovamente il sacchetto per metterlo via. Studiò il cadavere, ricreando la scena in quell'angolo oscuro della mente, riportando in vita il piano dietro i propri occhi. C'era stata una colluttazione, avevano lottato. Avevano ribaltato una fila di mensole nel magazzino. Jason aveva colpito Max in viso, procurandogli un occhio nero, magari allo stesso tempo strappandogli pure qualche capello. Visto? Eccoli lì, sotto un'unghia, e nelle pieghe della pelle delle dita, sparsi sui vestiti. Max se n'era andato infuriato ed era tornato ancora più infuriato, assalendo Jason alle spalle, nel magazzino, un martello stretto nella mano. Aveva spappolato la testa di Jason. Una furia omicida. La foga del momento. Si era calmato e si era reso conto di cos'aveva fatto. Lo aveva avvolto nella cerata e trascinato tra gli alberi. Ti saresti dovuto coprire i capelli,

Max, mentre cercavi di nascondere una scena del crimine. Era riuscito a pulire le proprie impronte dall'arma del delitto, e la stanza in cui aveva ucciso Jason, ma si era dimenticato dei capelli, no? Troppo sottili, troppo minuti per vederli. Troppo preso dal panico, dopo aver ucciso un uomo.

Pip spostò la cerata con la scarpa per ricoprire Jason. La scarpa di Max. Max doveva pur aver tentato di coprire il corpo, per lo meno, di nasconderlo. Ma non troppo bene, e non troppo lontano, perché Pip voleva che la polizia lo trovasse subito, non appena si fossero messi a battere la proprietà.

Gli girò intorno, premendo nel fango la suola a zigzag delle scarpe di Max, facendo accumulare le foglie attorno alle impronte.

Non avresti neanche dovuto indossare un paio di scarpe dal motivo così unico, giusto, Max? E di certo non avresti dovuto lasciare acceso il telefono mentre eri qui a uccidere un uomo e poi a nascondere le tue tracce.

Pip si girò e si allontanò. Il cadavere di Jason non la richiamò mentre se ne andava, lasciando un'altra serie di impronte di Max, attraverso gli alberi e l'erba, fin sulla ghiaia.

Varcò la porta del magazzino dei prodotti chimici, facendo volare sul cemento il fango attaccato alle scarpe di Max.

«Ehi, ho appena passato l'aspirapolvere qui» disse Ravi con finta irritazione, un sorriso nascosto sul viso, in piedi sulla soglia al capo opposto della stanza. Stava cercando di tranquillizzarla, Pip lo sapeva, di farla sentire di nuovo normale dopo quello che aveva appena fatto. Ma lei era troppo concentrata per interrompere la propria linea di pensiero: stava ricapitolando le caselle spuntate nella sua mente. Non ne restavano molte ormai.

«Max l'ha calpestato per sbaglio, tornando qui dopo aver abbandonato il cadavere» disse piano, la voce come in trance, facendo un passo avanti. Sempre più vicino a quel fiume di sangue che si andava seccando. Piantò un tallone e posò a terra la punta di una scarpa, premendola nel sangue.

«Che cosa fai?» domandò Ravi.

«Max per sbaglio ha messo un piede nel sangue mentre tornava» rispose lei, accucciandosi e intingendo nel fiume di sangue anche una manica della felpa di Max, uno sbaffo rosso contro il grigio. «E un po' gli è finito sui vestiti. Cercherà di lavare via questa macchia, a casa, ma non farà un gran lavoro.»

Tirò di nuovo fuori il sacchettino e ne tolse i capelli rimanenti, facendoli cadere nella pozza di sangue appiccicoso e ormai rappreso.

Pip proseguì in direzione di Ravi, e la scarpa sinistra di Max si lasciò dietro, sul cemento, una serie di segni a zigzag, che sbiadirono dopo il terzo passo.

«Ok, ok» disse piano Ravi. «Posso riavere Pip ora? Basta Max Hastings.»

Pip lo scacciò dalla mente, spezzando il proprio sguardo distante, addolcendolo e spostandolo su Ravi. «Sì, fatto» disse.

«Bene. Ho finito il bagagliaio. Passato l'aspirapolvere tipo quattro volte. Anche sul tettuccio e su quella tendina estraibile. Ho pulito tutte le superfici di plastica con il disinfettante. Ho spento la macchina e ho pulito anche le chiavi. E ho rimesso tutti i prodotti e l'aspirapolvere dove li ho trovati. Gli stracci che abbiamo usato sono nel tuo zaino. Dovrei aver eliminato ogni traccia di te. Di noi.»

Pip annuì. «Al resto penserà il fuoco.»

«A proposito.» Finalmente Ravi le mostrò cosa aveva in mano: la tanica di benzina. L'agitò, per farle vedere che era mezza piena. «Sono riuscito ad aspirare la benzina dei tosaerba. Ho trovato un piccolo tubo sulle mensole. Basta che lo infili nel serbatoio, ci soffi dentro e la benzina comincia a uscire.»

«Dovremo liberarci anche di quello, allora» disse Pip, aggiungendo un'altra voce all'elenco nella sua mente.

«Sì, ho pensato che dovremmo fare come per i tuoi vestiti. Quanta ancora credi ce ne servirà?» domandò, agitando di nuovo la tanica.

Pip rifletté. «Altre tre.»

«È quello che pensavo. Forza, nei tosaerba ce n'è un sacco.»

Ravi la riportò nel magazzino grande, dove i macchinari ammiccavano sotto le ronzanti luci industriali. Si avvicinarono a un tosaerba e Pip lo aiutò a infilare il tubicino nel serbatoio, sigillandone l'apertura con la mano inguantata prima di soffiare nel tubo.

Si sentì un forte odore di benzina: il liquido bruno-giallastro scorreva nel tubo, gocciolando nella tanica che Pip teneva pronta. Quando fu piena, passarono a un'altra tanica e a un altro serbatoio.

Pip cominciò ad avere le vertigini, per i vapori della benzina, per la mancanza di sonno, o per il suo viaggio di andata e ritorno dalla morte, non ne era sicura. Erano i vapori che innescavano la reazione di avvio del motore, lo sapeva, e non il liquido, e se ora li aveva dentro di sé forse avrebbe preso fuoco anche lei.

«Ci siamo quasi» disse Ravi, se a lei o alla tanica Pip non lo capì.

Si alzò e batté le mani, la terza tanica era ormai quasi piena. «Ci serve anche qualcosa con cui accendere il fuoco, qualcosa che prenda.»

Pip si guardò attorno nella stanza cavernosa, studiando le mensole.

«Ecco» disse, spostandosi verso una scatola di cartone piena di piccoli vasi di plastica. Strappò diversi pezzi di cartone, infilandoli nella tasca della felpa di Max.

«Perfetto» approvò Ravi, prendendo due delle taniche, per farne trasportare a lei una sola. Sembrava più pesante di quanto non fosse: in qualche modo aveva ancora nei muscoli il peso del cadavere.

«Dovremmo far arrivare il fuoco anche qui» disse Pip, innaffiando di benzina una fila di tosaerba ancora pieni, e versandone una scia dietro di sé, man mano che tornavano verso il magazzino dei prodotti chimici. «Vogliamo che tutto *esploda*. Che mandi in frantumi le finestre per coprire quella che ho rotto io.»

«Un sacco di cose possono *esplodere*, qui» commentò Ravi, spegnendo le luci con il gomito e seguendola. Inclinò una delle taniche che portava, versando una spessa scia di benzina accanto a quella di Pip, man mano che avanzavano. Lei bagnò il tavolo di lavoro e Ravi si dedicò alla scaffalatura ribaltata, sollevando in alto la tanica per innaffiarla tutta di benzina, che schizzò contro quelle di plastica e gocciolò giù per le mensole di metallo.

Bagnarono la stanza, le pareti, il pavimento, un nuovo fiume sul cemento, accanto al diserbante nel canale di scolo. La tanica di Pip era quasi vuota, le ultime gocce schizzarono a terra quando lei evitò la pozza di sangue: quella non volevano che bruciasse. Il fuoco serviva a portare lì i poliziotti, il sangue a mandarli da Jason. Era così che quella notte sarebbe finalmente terminata, nel fuoco e nel sangue, e con una perlustrazione tra gli alberi per trovare ciò che Pip vi aveva lasciato.

Anche Ravi finì la sua tanica, se la buttò dietro le spalle, nella stanza.

Pip uscì all'esterno, lasciò che la brezza notturna le solleticasse il viso, respirandola a fondo finché non si sentì nuovamente stabile. Cosa che non avvenne, non fino a quando Ravi non le fu accanto, stringendole nella propria la mano inguantata, un piccolo gesto per tenerla ancorata. Nell'altra mano aveva l'ultima tanica.

Nel suo sguardo c'era una domanda e Pip annuì.

Ravi si voltò verso il SUV di Jason. Cominciò dal bagagliaio, impregnando il tappetino e le pareti di plastica. Poi la tendina scorrevole e il materiale morbido del tettuccio. Bagnò i sedili posteriori e il pianale, poi fece lo stesso con i due posti davanti. Lasciò la tanica sul sedile posteriore, dove avevano steso Jason, con ancora un po' di benzina che vi sciabordava dentro.

Boom, mimò con le mani.

Pip adesso si era messa il cappellino di Max sopra al berretto che già indossava, perché non potesse toccarla, non potesse lasciare tracce. E un'ultima cosa dal suo zaino, prima di inforcare le spalline: dentro il tubo di gomma che Ravi si era messo in bocca, fuori l'accendigas che la mamma usava per accendere ogni sera la loro candela Aroma d'Autunno.

Pip lo tenne pronto in mano, tirando fuori i pezzi di cartone.

Lo fece scattare, e sulla punta si sprigionò una piccola fiamma bluastra. La tenne contro un angolo del cartone, in attesa che attecchisse. Lasciò che la fiamma crescesse, sussurrandole, dandole il benvenuto nel mondo.

«Sta' indietro» disse a Ravi, piegandosi in avanti e gettandola nel bagagliaio dell'auto di Jason.

Con un sonoro ruggito divampò un mulinello di fiamme giallo brillante, che crescevano e si diffondevano, lambendole il viso.

Calde, incredibilmente calde, le seccavano gli occhi, cercavano di tagliarle la gola.

«Niente pulisce come il fuoco» disse Pip, passando l'accendigas e un'altra striscia di cartone a Ravi, che tornò verso il magazzino.

Lo scatto dell'accendigas, la fiamma che divorava il cartone, giovane e lenta. Finché Ravi non la lanciò sul loro nuovo fiume, e quella fiammella esplose in un inferno, alto e furente. Un grido di fantasmi, quando cominciò a sciogliere la plastica e a piegare il metallo.

«È un segreto, ma voglio dare fuoco a qualcosa da sempre» disse Ravi, tornando da lei, riprendendole la mano, le dita che si fondevano insieme mentre la ghiaia crepitava sotto i loro piedi e le fiamme sfrigolavano alle loro spalle.

«Be'» rispose Pip, la voce roca e scorticata, «l'incendio doloso è un altro crimine che stanotte possiamo spuntare dalla nostra lista.»

«Mi sa che ormai ne abbiamo una casa intera» rispose lui. «Evvai!»

Tornarono alla macchina di Max.

Fuori dai cancelli della Green Scene Ltd, quei pali metallici e appuntiti simili a fauci spalancate, che li stavano aspettando e li risputarono fuori mentre il loro corpo bruciava e avvizziva.

Pip batté le palpebre, uscendo, immaginando quei cancelli poche ore dopo, chiusi dal nastro blu e bianco da scena del crimine a sbarrare la strada, il mormorio delle voci e della radio della polizia tra le rovine fumanti. Un sacco per cadaveri e le ruote cigolanti di una barella.

Seguire il fuoco, seguire il sangue, seguire la sua storia. Non dovevano fare altro. Ora era tutto nelle loro mani.

Ravi e Pip si staccarono l'uno dall'altra quando lei si sedette dietro al volante e si chiuse dentro. Ravi aprì la portiera posteriore, salì e si stese sul pianale, per nascondersi. Non poteva farsi vedere. Avrebbero preso la statale per tornare a Little Kilton, passando sotto a più telecamere possibile. Perché non era Pip alla guida, questa volta, ma Max, che rientrava a casa dopo aver spaccato a metà la testa di un uomo e aver dato fuoco alla scena del crimine. Eccolo, con indosso la felpa e il cappellino, casomai una di quelle telecamere fosse riuscita a inquadrare dietro al finestrino. Che premeva le scarpe sui pedali, lasciandovi sopra tracce di sangue.

Max avviò il motore e fece la retro. Si allontanò proprio mentre dietro di loro cominciava a esplodere tutto. File e file di tosaerba che saltavano in aria, nella notte, come spari. Sei fori nel petto di Stanley.

Un bagliore giallo che accese il cielo, sempre più piccolo nello specchietto retrovisore. Qualcuno lo avrebbe sentito, si disse Pip mentre Max guidava e un'altra esplosione faceva vibrare la terra attorno a loro, molto più forte di mille grida. Una colonna di fumo sempre più alta offuscava la luna bassa.

Quarantatré

Max Hastings arrivò a casa alle 3.27 dopo aver ucciso Jason Bell.

Pip imboccò il vialetto fuori da casa Hastings, parcheggiando l'auto esattamente dove si trovava prima, all'inizio della nottata. Fermò il motore; i fari si spensero e l'oscurità scivolò dentro.

Ravi si tirò su dai sedili posteriori, allungando il collo. «Fortuna che si è accesa la spia della benzina, giusto per dare a questa notte un'ultima scossa di adrenalina. Serviva davvero quell'ultima botta.»

«Già» sospirò Pip, «è stato un piccolo colpo di scena divertente.»

Non si sarebbero potuti fermare al benzinaio, naturalmente: in teoria loro erano Max Hastings, e i benzinai erano pieni di telecamere di sicurezza. Ma erano riusciti ad arrivare a casa – Pip aveva spostato di continuo lo sguardo sulla spia luminosa – e ora non aveva più importanza.

«Dovrei entrare da sola» disse Pip, prendendo lo zaino e le chiavi della macchina. «Più rapida e silenziosa che posso. Non so quanto profondamente sia ancora svenuto. Tu puoi tornare a casa a piedi.»

«Ti aspetto» rispose lui, uscendo dalla macchina e chiudendo con cautela la portiera. «Voglio assicurarmi che tu stia bene.»

Pip scese, studiò nel buio il viso di lui, che aveva gli occhi lievemente arrossati, e premette il pulsante sulle chiavi per chiudere l'auto di Max.

«È svenuto» disse.

«È sempre uno stupratore» replicò Ravi. «Ti aspetto. Forza, finiamola.»

«Ok.»

Pip andò in silenzio al portone d'ingresso, con un'occhiata alle telecamere avvolte dal nastro adesivo su entrambi i lati. Infilò la chiave nella serratura ed entrò nella casa buia e addormentata.

Sentiva i respiri di Max dal divano, profondi e rantolanti, e si mosse seguendo inspirazione ed espirazione per celare sotto quel rumore i propri passi. Si pulì le chiavi della macchina sulla felpa di Max; né lei né Ravi le avevano toccate a mani nude, ma voleva essere sicura.

Prima al piano di sopra, a passi leggeri e cauti, ma sporcando del fango della scena del crimine la moquette. Accese la luce in camera di Max e posò a terra lo zaino, togliendosi il cappellino e sfilandosi la felpa da sopra quella che portava sotto, facendo attenzione che il berretto non venisse via. Poi controllò il tessuto per assicurarsi che non fosse rimasto nessun suo capello nero. Era pulito.

Studiò le maniche, trovò quella con la macchia di sangue. Si spostò in silenzio fino al bagno. Luce accesa. Rubinetto che scorre. Mise la manica insanguinata sotto l'acqua e la strofinò con le dita inguantate finché il sangue non sbiadì, diventando una tenue macchia marrone. La riportò in camera con sé, per rimetterla nel cesto della biancheria sporca dove l'aveva trovata. Spostò di lato la pila torreggiante di vestiti e vi buttò sotto la felpa, spingendola fino in fondo.

Si slacciò le scarpe di Max. I suoi piedi parevano fuori

misura e ridicoli con indosso quelle cinque paia di calzini extra. Le suole col motivo a zigzag erano ancora piene di fango, che si sbriciolò sul pavimento quando Pip sistemò le scarpe sul fondo dell'armadio, costruendoci attorno un'altra pila di scarpe, per nasconderle. A Max, non alle persone che contavano davvero, la squadra forense.

Quindi passò al cappellino, rimettendolo dove l'aveva trovato, in equilibrio sulle grucce, e poi chiuse l'armadio. Tornò allo zaino, indossò le sue scarpe e frugò in cerca del sacchettino di plastica che conteneva il cellulare di Max. Stringendolo in mano, scese le scale in silenzio.

Scivolò oltre l'ingresso, avvicinandosi a lui, sempre di più, anche se voleva solo ritrarsi, nascondersi, in caso quei due occhi accesi nel mezzo di quel viso spigoloso si fossero aperti di scatto. Il viso di un assassino: era questo che dovevano credere tutti.

Un altro passo e vide Max sul divano, nella stessa identica posizione in cui l'aveva lasciato più di sei ore prima. La guancia premuta contro il bracciolo e una busta di piselli scongelata, un rivolo di saliva a unirli. Un livido scuro attorno all'occhio. Respiri talmente profondi da fargli tremare tutto il corpo.

Era ancora svenuto. Pip controllò, dando un colpetto al divano, pronta ad acquattarsi se si fosse mosso. Non lo fece.

Un passo avanti e tirò fuori il telefono dal sacchetto, posandolo sul tavolino. Prese la borraccia blu, la portò nella cucina buia per lavarla più e più volte e riempirla, perché non ci fossero tracce, nessun rimasuglio del farmaco sul fondo.

La rimise sul tavolino, con il beccuccio aperto, spostando di scatto lo sguardo su Max nel momento in cui lui fece un respiro particolarmente pesante e agitato, che parve quasi un sospiro.

«Già» sussurrò Pip, guardandolo. Max Hastings. La sua pietra angolare. Lo schermo capovolto tramite il quale definiva se stessa, tutto ciò che era e tutto ciò che non era. «Che merda quando ti mettono qualcosa nel drink e ti rovinano la vita, eh?»

Si allontanò e uscì nella notte, nascondendo lo sguardo alle stelle troppo luminose.

«Stai bene?» le chiese Ravi.

Le sfuggì un suono, un respiro pesante che era quasi una risata. Sapeva cosa voleva dire Ravi, ma la domanda la colpì più in profondità, riverberandole nello stomaco, facendovi il nido. No, non stava bene. Non sarebbe più stata bene dopo quel giorno.

«Sono stanca» disse, e le tremò il labbro inferiore. Lo ignorò, riprese il controllo. Non poteva cedere. Non aveva finito, ma ormai c'era vicinissima. «Ok» disse. «Devo solo togliere lo scotch dalle telecamere.»

Ravi aspettò in fondo alla strada che avesse finito. Lei fece come prima, quando aveva sistemato il nastro adesivo: lo tolse scivolando contro le pareti anteriori della casa, poi fece tutto il giro sul retro, questa volta, per rimuovere l'altro. Ma non era lei a farlo, naturalmente, era Max Hastings. Quella, però, era l'ultima volta che doveva impersonarlo. Non le piaceva stare lì, nella mente di lui, o che Max fosse nella sua. Non era il benvenuto.

Pip scavalcò lo steccato e trovò Ravi sulla strada illuminata dalla luna. Nessuno dei due l'aveva ancora abbandonata, la luna continuava a indicarle la via.

Si tolsero finalmente i guanti di lattice, la pelle delle mani rugosa e umida. Lei intrecciò le dita a quelle di lui, in quello che era il loro posto, sperando che fosse ancora così. Ravi la accompagnò a casa, e non parlarono, si tennero solo per mano, come se avessero già dato tutto e non restassero più parole. Se non due, le sole due che contavano, quando Ravi la salutò sul vialetto di casa.

L'avvolse con le braccia, troppo forte, come se tenerla stretta fosse l'unico modo per evitare che sparisse. Perché quel giorno era già successo una volta: era scomparsa, e gli aveva detto addio. Pip gli affondò il viso tra il collo e la spalla, in quel punto caldo, anche quando non c'era motivo che lo fosse.

«Ti amo» disse.

«Ti amo» rispose lui.

Pip si tenne stretta quelle parole, obbligò il Ravi nella propria mente a farvi eco, mentre apriva piano la porta di casa e scivolava all'interno.

Su per le scale, scavalcando il gradino che scricchiolava, dentro camera sua, nell'odore di candeggina.

La prima cosa che fece fu piangere.

Crollò sul letto e si premette un cuscino contro il viso, cancellandolo proprio come aveva fatto il Mostro. Singhiozzi muti, dolenti, come conati di vomito, che le laceravano la gola, le squarciavano il petto, lasciando entrambi disfatti e nudi.

Pianse e si lasciò piangere, pochi minuti di lutto per la ragazza che non sarebbe più potuta essere.

E poi si tirò su, si riprese, perché non aveva ancora finito. Con una spossatezza che non aveva mai provato, incespicò sulla moquette come una morta che camminava.

Portò con cautela fuori dalla stanza il secchio con la candeggina disciolta, camminando lungo il pianerottolo a tempo con i sonori respiri di suo padre, celando dietro di essi i propri movimenti. Nel bagno aprì la doccia, versando lentamente il liquido nello scarico. I vestiti e il nastro adesivo nel secchio erano fradici, con macchie bianche di candeggina che cominciavano a colare anche sul resto del colore.

Pip riportò in camera il secchio e tutto ciò che conteneva, chiudendo la porta senza però farla scattare: sarebbe uscita e rientrata più volte durante le ore seguenti.

Dallo zaino prese uno dei sacchetti da freezer più grandi – ora vuoto – per proteggere la moquette e tolse dal secchio le cose bagnate, ormai scolorite. Oltre a queste aggiunse tutto il resto del contenuto dello zaino di cui doveva liberarsi. Distruggere ed eliminare, perché non potessero venire ricollegati a lei. Sapeva benissimo come fare.

Dal primo cassetto della scrivania prese un paio di grosse forbici, infilando le dita nei due anelli di plastica rossa dell'impugnatura. Si erse sopra la pila di cose e la studiò, creando nella mente nuove colonne di caselle da spuntare. Piccoli compiti facili, uno alla volta.

- ☐ Top sportivo
- ☐ Guanti della Green Scene x 2
- ☐ Mutande di riserva
- ☐ Leggings
- ☐ Guanti di lattice usati x 3
- ☐ Maglietta di riserva
- ☐ Felpa
- ☐ Muffole di Nisha Singh
- ☐ Nastro adesivo
- ☐ Scarpe da ginnastica
- ☐ Stracci per la polvere
- ☐ Telefono usa e getta
- ☐ Tubo di gomma
- ☐ Pillole di Roipnol
- ☐ Telefono usa e getta di Jason

Cominciò dal primo oggetto, prendendo il largo top sportivo chiazzato di bianco che aveva indossato durante il giorno. La macchia di sangue secco era invisibile a occhio nudo, ma ce n'erano di certo ancora delle tracce.

«Era il mio top preferito, bastardo» borbottò tra sé, puntandovi contro le forbici e riducendo il tessuto elastico in striscioline e poi in quadrati più piccoli. Fece lo stesso con i leggings, e con la felpa e con tutti i vestiti che erano venuti a contatto con Jason Bell o con il suo sangue. Anche con gli stracci. Tagliò e tagliuzzò e intanto immaginò una scena che si svolgeva a sedici chilometri di distanza: i vigili del fuoco che arrivavano a domare un incendio fuori controllo sulla proprietà di una media impresa di giardinaggio e pulizia, allertati da una telefonata di un vicino preoccupato, non abbastanza da sentire le urla, ma a sufficienza da udire il rumore delle esplosioni notturne, chiedendosi se non fossero fuochi d'artificio.

Una pila bagnata si alzava man mano davanti a lei, quadratini disomogenei di tessuto.

Poi i guanti: ridusse quelli di lattice in pezzetti di un paio di centimetri. Il tessuto dei guanti da lavoro della Green Scene era più spesso, più difficile da tagliare, ma Pip non si diede per vinta, assicurandosi di distruggere il logo. Anche le muffole della mamma di Ravi, che, pur non collegate alla scena del crimine, lui aveva addosso quando aveva preso la macchina di Max, e potevano esserci rimaste dentro delle fibre: dovevano essere distrutte pure quelle. Non c'era spazio per errori o sbagli, anche il più microscopico poteva voler dire mandare a monte il piano e la vita stessa di Pip.

Tagliò il nastro adesivo in pezzetti di due centimetri, e scoprì da dove veniva lo spazio vuoto sul suo sopracciglio sinistro: i peli erano attaccati allo scotch che le era stato avvolto attorno alla faccia. E infine fece a brandelli il tubo di gomma, lasciando da parte le scarpe e i due telefoni prepagati: di quelli si sarebbe dovuta liberare in un altro modo.

Ma, per il resto, quella pila davanti a lei sarebbe finita tutta nello stesso posto: giù per il water.

Mille grazie al sistema fognario, cazzo. Finché non intasavano le tubature di casa – e aveva tagliato tutto in pezzi piccoli per assicurarsi che non succedesse –, ogni cosa, lì, ognuna di quelle prove incriminanti sarebbe finita nel depuratore pubblico, senza che fosse più possibile farla risalire a lei, o a quella casa. Non che le avrebbero comunque mai trovate: la gente getta nel water ogni genere di cose. Sarebbe stato tutto filtrato, via dalle fogne, in una qualche discarica, o addirittura incenerito. La cosa più simile a una sparizione. Nessuna traccia. Ineccepibile, a prova di bomba. Niente di tutto quello era mai successo.

Pip prese prima la bustina di plastica trasparente con le ultime pillole di Roipnol; non le piaceva come la guardavano, e non si fidava di se stessa vicino a loro. Poi afferrò una piccola manciata di tessuto tagliuzzato e, camminando piano, tornò in bagno, chiuse la porta, abbassò le mani nel water e vi fece cadere tutto dentro.

Tirò l'acqua e lo guardò sparire, le pillole furono l'ultima cosa a venir risucchiata nel vortice. I suoi non si sarebbero svegliati: dormivano come sassi. E lo sciacquone non faceva rumore, specie con la porta del bagno chiusa.

La tazza si riempì normalmente. Bene. Non avrebbe tentato di forzarla, si sarebbe limitata a una piccola manciata ogni volta, facendo passare diversi minuti tra una e l'altra, in modo che non si accumulasse da nessuna parte nelle tubature.

Rifletté rapida tra sé e sé. Aveva quel water lì, nel bagno del primo piano, e quello al piano terra, vicino all'ingresso. Due water, piccole manciate, quella grossa pila di prove. Ci sarebbe voluto un po'. Ma doveva terminare prima che i suoi si svegliassero. D'altro canto non poteva permettere che la stanchezza le mettesse fretta, le facesse buttare via troppi pezzettini e intasare le tubature.

Pip tornò in camera a prendere una seconda manciata, tenendola nelle mani chiuse a coppa mentre scendeva le scale – evitando il terzo gradino –, e la gettò nel water di sotto, tirando l'acqua.

A viaggi alterni, uno al bagno di sopra, uno a quello di sotto, lasciando abbastanza tempo tra l'uno e l'altro perché il serbatoio tornasse a riempirsi. Dubitando di sé ogni volta che tirava l'acqua, quel breve secondo di panico durante il quale sembrava che il water non tornasse a riempirsi e, oh merda, doveva averlo intasato, era spacciata, era tutto finito, ma l'acqua tornava sempre.

Si chiese se i pompieri avessero chiamato la polizia non appena trovata la macchina bruciata e sentito odore di benzina. Era un evidente caso di incendio doloso. O forse avrebbero aspettato, finché non avessero avuto le fiamme sotto controllo, e non fossero riusciti a vedere il pavimento di cemento insanguinato nell'edificio in rovina?

Un'altra manciata. Un altro sciacquone. Pip calmò la propria mente con quei gesti ripetitivi, lasciando che le sue mani facessero il lavoro per lei, pensassero per lei. Su e giù, fino alla pila di prove e di nuovo fuori.

Alle sei del mattino la sua mente si ridestò dietro gli occhi secchi, chiedendosi se la polizia stesse arrivando proprio in quel momento sulla scena del delitto, fumante, facendo cenni d'assenso ai pompieri che indicavano loro le evidenti prove che era stato commesso un crimine. Era chiaro che qualcuno lì fosse stato ferito gravemente, magari perfino ucciso. Guardate quel martello, pensiamo che l'arma del delitto possa essere stata quella. Stavano cominciando a ispezionare i dintorni? Non ci avrebbero messo molto a trovare la cerata, e l'uomo morto che conteneva.

A quel punto avrebbero chiamato un ispettore? Magari Hawkins, strappato al riposo domenicale, che indossava la giacca verde scuro mentre telefonava ai tecnici forensi dicendo che li avrebbe raggiunti subito?

Giù per le scale. Sciacquone. Su per le scale. Manciata.

"Circoscrivete la scena del crimine" avrebbe berciato Hawkins, il freddo del mattino che gli mordeva viso e occhi. "Dov'è il medico legale? Nessun altro si avvicini al corpo finché non ho le foto e un calco di quelle impronte."

Sciacquone.

Ormai dovevano essere tra le sei e le sette. Il medico legale doveva trovarsi sulla scena, con indosso una tuta di plastica. Cos'avrebbe fatto per prima cosa? Misurato la temperatura del corpo? Tastato i muscoli per attestare lo stato del rigor mortis? Premuto i pollici sulla pelle della schiena di Jason per vedere se l'ipostasi non era ancora fissa? Caldo, rigido, non fisso; Pip lo ripeté nella mente come un mantra. Caldo. Rigido. Non fisso.

Adesso, in quel preciso secondo, stavano facendo quei test, stabilendo la possibile finestra temporale per il decesso di quell'uomo? Facendo le osservazioni preliminari, scattando le fotografie? Hawkins li guardava da lontano.

Stava accadendo proprio in quel momento? A sedici chilometri da lì, la persona sulla quale tutto ricadeva, quella che avrebbe deciso se Pip avrebbe dovuto vivere o meno.

Giù per le scale. Sciacquone.

Avevano già capito chi era il morto? L'ispettore Hawkins lo conosceva – forse erano addirittura amici –, avrebbe dovuto riconoscere il suo viso. Quando l'avrebbe detto a Dawn Bell? Quando avrebbe chiamato Becca?

Le dita di Pip grattarono contro il sacchetto di plastica trasparente sulla moquette. Ecco, mancavano solo gli ultimi quattro pezzettini. Uno che sembrava appartenuto un tempo ai suoi leggings, due pezzi di guanti di lattice e un quadratino della felpa.

Pip si raddrizzò e fece un respiro rituale prima di tirare lo sciacquone, guardando l'ultimissimo mulinello d'acqua portarsi via tutto, facendolo scomparire.

Era tutto finito.

Non era mai successo.

Pip si tolse i vestiti e si fece di nuovo la doccia. Non aveva niente sulla pelle, ma si sentiva ancora sporca, in un certo senso segnata. Mise la felpa nera e i leggings in cima al cesto della biancheria: su quelli in teoria non c'era niente di incriminante, ma li avrebbe comunque lavati ad alta temperatura, per sicurezza.

Si mise un pigiama e si infilò sotto le coperte, con un brivido.

Non riuscì a chiudere gli occhi. Era tutto ciò che voleva fare, ma sapeva di non potere, perché da un momento all'altro...

Pip udì suonare la sveglia nella camera da letto dei suoi genitori, quel canto gracidante di uccelli che doveva essere dolce, ma in realtà non lo era perché la mamma teneva il volume del cellulare troppo alto. Pip pensò che somigliava alla fine del mondo, uno stormo di piccioni senza testa che si gettava contro la finestra.

Erano le 7.45. Decisamente troppo presto per una domenica. Ma i genitori di Pip avevano promesso di portare Joshua a Legoland.

Pip non sarebbe andata a Legoland.

Non poteva, perché aveva passato la notte a vomitare e seduta sul water. Alternando una posizione all'altra, con i crampi e i brividi allo stomaco. Tirando cento volte lo sciacquone ma finendo sempre lì, china sulla tazza. Era per questo che il secchio era nella sua camera, per questo che puzzava di candeggina. Aveva cercato di cancellare con quella la puzza di vomito.

Pip sentì delle voci lungo il corridoio: la mamma che svegliava Josh, un gridolino eccitato da parte sua nel momento in cui si ricordava il motivo di quella levataccia. Voci che si rincorrevano, il rumore di papà che scendeva dal letto, il sonoro sospiro di quando si stiracchiava.

Un battere delicato di nocche alla porta di Pip.

«Entra» disse, la voce roca e devastata. Non doveva nemmeno far finta di suonare malata: sembrava distrutta. Era distrutta? Era convinta di esserlo già prima che iniziasse il giorno più lungo.

La mamma fece capolino con la testa, e aggrottò subito il viso.

«C'è puzza di candeggina qui» disse, confusa, posando lo sguardo sul secchio accanto al letto di Pip. «Oh, tesoro, non sei stata bene? Josh ha detto che ha sentito tirare l'acqua per tutta la notte.»

«Vomito dalle due.» Pip tirò su con il naso. «E non solo

quello. Mi dispiace, ho cercato di non svegliare nessuno. Mi sono portata il secchio qui ma puzzava di vomito, perciò l'ho pulito con la candeggina del bagno.»

«Oh, amore.» La mamma venne a sedersi sul letto, premendole il dorso della mano sulla fronte.

Pip per poco non scoppiò a piangere, a quel tocco. Alla normalità devastante di quella scena. A una madre che non sapeva quanto fosse andata vicina a perdere la propria figlia. E forse quel pericolo c'era ancora, se il piano andava male, se le cifre che il medico legale stava comunicando a Hawkins in quel preciso momento non erano quelle che servivano a lei. Se aveva trascurato qualcosa che l'autopsia poteva invece rivelare.

«In effetti sei calda. Pensi di esserti presa un virus?» chiese la mamma, la voce dolce come il suo tocco, e Pip fu grata di essere viva per poterli sentire ancora.

«Forse. O forse qualcosa che ho mangiato.»

«Cos'hai mangiato?»

«McDonald's» rispose Pip, con un sorriso a bocca stretta.

La mamma sbarrò gli occhi, come a dire *beccata!* Lanciò un'occhiata dietro di sé, verso la porta. «Ho detto a Josh che saremmo andati a Legoland oggi» disse incerta.

«Voi dovreste andare comunque» replicò Pip. Vi prego, andate.

«Ma tu non stai bene» disse la mamma. «Dovrei restare qui a prendermi cura di te.»

Pip scosse la testa. «In realtà non vomito più da un po'. Penso sia passato. Voglio solo dormire un pochino. Davvero. Voglio che voi andiate.» Osservò la mamma spostare lo sguardo di qua e di là mentre rifletteva. «E pensa quanto sarebbe insopportabile Josh se non ci andate.»

La mamma sorrise, dando a Pip un colpetto con il dito sotto il mento, e lei sperò che non avesse notato come aveva tremato. «A questo non posso controbattere. Sei sicura, però? Magari posso chiedere a Ravi di venire a vedere come stai.»

«Mamma, sul serio, sto bene. Voglio solo dormire. Di giorno. Faccio pratica per l'università.»

«D'accordo. Be', lascia almeno che ti porti un bicchier d'acqua.»

Anche suo padre dovette entrare, ovviamente, dopo che fu informato che stava male e non sarebbe andata.

«Oh no, il mio piccolo cetriolino» disse, sedendosi accanto a lei e facendo sprofondare tutto il letto, tanto che Pip quasi gli finì in grembo perché non aveva più forze. «Hai un aspetto tremendo. Soldato a terra?»

«Soldato a terra» rispose lei.

«Bevi tanta acqua» disse lui. «Solo cibi semplici, anche se dirlo mi uccide. Pane in cassetta, riso.»

«Sì, papà, lo so.»

«Ok. La mamma dice che hai perso il cellulare, e a quanto pare lo hai detto anche a me ieri sera, ma io non me lo ricordo. Tra un paio d'ore chiamo sul fisso per vedere se sei ancora viva.»

Stava per uscire dalla porta.

«Aspetta!» Pip si mise a sedere, scombinando tutto il lenzuolo. Lui si fermò sulla soglia. «Ti voglio bene, papà» disse lei piano, perché non si ricordava quando era stata l'ultima volta, e perché era ancora viva.

Il suo viso si aprì in un ampio sorriso.

«Cosa vuoi chiedermi?» rise. «Il mio portafoglio è di là.»

«No, niente» rispose Pip. «Volevo solo dirtelo.»

«Ah, be', te lo dico anche io, allora. Ti voglio bene, cetriolino.»

Pip aspettò che uscissero, aspettò di sentire il rumore della macchina che imboccava il vialetto, scostando le tende per guardarli allontanarsi. Poi, con le ultimissime forze rimaste, si tirò su e incespicò per la stanza, trascinando i piedi. Prese le scarpe zuppe che aveva nascosto di nuovo nello zaino, e i due telefoni usa e getta.

Tre caselle ancora da spuntare, poteva farcela, strisciare verso la linea del traguardo, il Ravi nella sua mente le diceva che poteva farcela. Staccò la cover posteriore del suo prepagato. Prese batteria e carta SIM. Questa la spezzò con i pollici, tagliando a metà il chip, proprio come aveva fatto con quella di Jason. Portò tutto di sotto.

In garage recuperò la cassetta degli attrezzi di suo padre. Sostituì il suo nastro adesivo con un altro, sussurrando: «Scotch del cazzo». Poi prese il trapano, premendo il grilletto e guardando per un attimo la testina girare, fendendo particelle d'aria. Lo fece passare attraverso il piccolo Nokia che viveva nel suo cassetto, attraverso lo schermo, mandandolo in pezzi, frammenti di plastica nera che si spargagliavano attorno al nuovo buco. E lo stesso fece con il cellulare che era appartenuto al Mostro del nastro adesivo.

Un sacco della spazzatura nero per le scarpe, legato stretto. Un altro per le SIM e le batterie. Un altro per i piccoli prepagati distrutti.

Pip prese il cappotto lungo appeso all'attaccapanni accanto alla porta e s'infilò le scarpe della mamma, anche se non le calzavano.

Era ancora presto, difficile che in giro ci fosse già qualcuno. Scese traballando lungo la strada con i sacchetti in una mano, stringendosi il cappotto con l'altra. Notò la signora Yardley davanti a sé, che portava a spasso il cane. Girò dall'altra parte.

La luna era sparita, perciò Pip doveva guidarsi da sola, ma c'era qualcosa che non andava nei suoi occhi, il mondo si muoveva in modo strano attorno a lei, tremolante, come se non si fosse caricato a dovere.

Era così stanca. Il suo corpo stava per cedere. Non riusciva bene a sollevare i piedi, solo a trascinarli, inciampando sulle irregolarità del marciapiede.

Su West Way scelse a caso un'abitazione: il numero 17. Ripensandoci, forse non era così a caso. Fino ai cassonetti in fondo al vialetto, quello nero, quello per l'indifferenziata. Pip lo aprì e controllò che ci fossero già dei sacchetti dentro. Poi tolse quello più in alto, con una zaffata di marcio, e vi posò sotto quello con le sue scarpe, seppellendolo in mezzo al resto della spazzatura.

Poi a Romer Close, la strada dove aveva abitato Howie Bowers. Camminò fino a casa sua, anche se non poteva più essere la sua, e aprì il cassonetto, buttandovi dentro il sacco con le SIM e le batterie.

L'ultimo, quello con il Nokia 8210 e gli altri modelli, perforati nel mezzo dai buchi del trapano, Pip lo buttò nel cassonetto fuori da quella bella casa su Wyvil Road, quella con l'albero rosso sul davanti che le piaceva.

Sorrise all'albero mentre spuntava l'ultima casella nella testa. Un'intera notte di caselle, finita, ormai a pezzi nella sua mente.

I cassonetti venivano svuotati di martedì. Pip lo sapeva perché ogni lunedì la mamma gridava per tutta la casa: «Oh, Victor, hai dimenticato di mettere fuori i bidoni!».

Tra due giorni i telefoni usa e getta e quelle scarpe si sarebbero ritrovati diretti verso una discarica, per scomparire insieme a tutto il resto.

Se ne era liberata, e aveva finito.

Tornò a casa, inciampando sul portone d'ingresso: le gambe non la reggevano più. Ormai tremava, tremava e aveva i brividi, e forse è questo che fanno i corpi, dopo una notte come quella, distrutti dall'adrenalina che li ha tenuti operativi quando più ne avevano bisogno.

Ma non c'era più niente da fare. Più nessun posto da raggiungere.

Pip cadde di traverso sul letto, troppo debole anche solo per spostare la testa sui cuscini. Lì andava bene, lì era comodo e sicuro e fermo.

Il piano era finito, per il momento. In pausa.

Non c'era altro che Pip potesse fare. In effetti non avrebbe dovuto fare proprio niente, solo vivere la sua vita come se fosse appena stata fuori con le amiche a mangiare cibo spazzatura e poi a letto, nient'altro. Chiamare Ravi dal telefono fisso, più tardi, per dirgli che aveva perso il cellulare, così che quella conversazione fosse registrata, perché naturalmente non l'aveva visto. Andare a prenderne uno nuovo lunedì.

Soltanto vivere.

E aspettare.

Non cercare il suo nome su Google. Non passare davanti a casa sua giusto per vedere. Non aggiornare impaziente i siti delle notizie. Questo è quello che farebbe un assassino, e Pip non poteva esserlo.

Le notizie sarebbero arrivate a tempo debito. Jason Bell trovato morto. Omicidio.

Fino ad allora doveva soltanto vivere, capire se si ricordava come fare.

Le si chiusero gli occhi, il respiro le si fece più pesante nel petto svuotato, e una nuova oscurità avanzò piano piano, facendola scomparire.

Finalmente Pip dormì.

Quarantaquattro

Pip attese.

La pelle scorticata sul viso e attorno ai polsi cominciò a guarire, e lei attese.

Non arrivò di lunedì: Pip era seduta sul divano davanti al telegiornale delle dieci, mentre la mamma gridava, per farsi sentire, a papà di ricordarsi di portar fuori i bidoni.

Non arrivò nemmeno di martedì. Pip tenne in sottofondo BBC News tutto il giorno mentre configurava il cellulare nuovo. Niente. Nessun cadavere ritrovato. La tenne accesa anche quando quella sera passò Ravi, con cui parlò con sguardi spettrali e brevi sfioramenti di mano, perché non potevano usare le parole. Non finché non furono dietro la porta chiusa di camera sua.

Non l'avevano trovato? Era impossibile: il fuoco, il sangue. Di certo gli impiegati della Green Scene lo sapevano, dovevano averli avvisati che qualcosa non andava, che non potevano tornare al lavoro: l'incendio, la scena del crimine. Bastava che Pip cercasse online...

No. Non poteva cercare niente online. Avrebbe lasciato una traccia, una pista.

Doveva soltanto aspettare, soffocare l'impulso a conoscere. Si sarebbe fatta beccare.

Dormire era difficile. Cosa si era aspettata? Non aveva più pillole da prendere, e forse ora le sarebbero servite anche di più, perché ogni volta che chiudeva gli occhi temeva che non si sarebbero più aperti, che fossero sigillati con il nastro adesivo, e così la sua bocca quando cercava di respirare. Battiti del cuore come pistolettate. Era solo la stanchezza che la faceva crollare.

«Ciao dormigliona» le disse la mamma mercoledì mattina, mentre lei scendeva incerta le scale, saltando ormai per abitudine il terzo gradino. «Mi hanno cancellato un paio di visite stamattina, perciò ho preparato caffè e colazione.»
Pancake.
Pip sedette all'isola della cucina e bevve un lungo sorso di caffè, troppo caldo per la sua gola ancora dolorante.

«Mi mancherai quando sarai all'università, sai?» disse la mamma, sedendole di fronte.

«Ci vedremo comunque di continuo» rispose Pip con la bocca piena, ma senza appetito, solo perché voleva far felice la mamma.

«Lo so, ma non è esattamente la stessa cosa, no? Sei così adulta ora, il tempo passa in un lampo.» Fece schioccare le dita, abbassando lo sguardo sul cellulare, posato sul ripiano della cucina, che aveva suonato. «Che strano» disse, prendendolo. «Siobhan, la mia collega, mi ha appena mandato un messaggio, dicendomi di accendere il telegiornale.»

A Pip si chiuse il petto attorno al cuore, riempiendole la mente del suono di costole che si incrinavano. Il collo troppo freddo, il viso troppo caldo. Eccoci, era il momento. Cos'altro poteva intendere Siobhan? Mantenne un'espressione neutra, affondando la forchetta nei pancake per avere qualcosa da fare con le mani. «Perché?» chiese con nonchalance, studiando il viso corrucciato della mamma.

«Dice solo di accenderlo, non lo so. Magari è successo

qualcosa a scuola.» La mamma scese dalla sedia e corse in salotto.

Pip aspettò un momento, poi un altro, cercando di ricacciare giù il panico che le stava crescendo dentro. Ecco, il momento in cui tutto diventava reale, e non reale: doveva fingere e farlo nel modo giusto, recitare per salvarsi la vita. Posò la forchetta e seguì la mamma.

Aveva già il telecomando in mano, il televisore si stava accendendo. Dritto su BBC News su cui Pip l'aveva spento la sera prima.

La presentatrice, tagliata a metà dal testo che scorreva sul fondo.

Ultime notizie.

La fronte corrucciata mentre si rivolgeva alla telecamera.

«... *nel Buckinghamshire, una città che ha già vissuto una dose più che sufficiente di tragedie. Sei anni fa due adolescenti – Andie Bell e Sal Singh – sono morti in quello che da allora è diventato uno dei casi più discussi del Paese. E qualche mese fa un uomo, che le autorità hanno confermato essere il Piccolo Brunswick e che viveva a Little Kilton sotto il nome di Stanley Forbes, è stato ucciso a colpi di pistola. Il sospetto, Charlie Green, è stato arrestato e imputato appena la scorsa settimana. Ed eccoci di nuovo qui, di nuovo la stessa piccola città al notiziario, perché la polizia locale oggi ha confermato che Jason Bell, padre di Andie Bell e residente a Little Kilton, è stato trovato morto.*»

La mamma trasalì, la bocca aperta per l'orrore. Pip imitò l'espressione sul suo viso, la condivise con lei.

«*La polizia la ritiene una morte sospetta e poco fa ha rilasciato una dichiarazione fuori dalla centrale di Amersham.*»

L'inquadratura cambiò, dallo studio televisivo a una luminosa scena in esterno, con un cielo grigio e un edificio ingrigito che Pip conosceva fin troppo bene. Quel brutto, bruttissimo posto.

Era stato approntato un podio nel parcheggio, con sopra un microfono che ondeggiava dolcemente al vento.

Lui era in piedi dietro di esso, camicia pulita, giacca di un completo, quella verde imbottita evidentemente giudicata inappropriata per la conferenza stampa.

L'ispettore Hawkins si schiarì la gola. «Oggi dobbiamo purtroppo confermare che Jason Bell, quarantotto anni, residente a Little Kilton, è stato trovato morto domenica mattina presto. Il suo cadavere è stato rinvenuto sul posto di lavoro, presso l'azienda di cui era proprietario, a Knotty Green. Abbiamo avviato un'indagine per omicidio, e non posso rilasciare ulteriori commenti in merito ai dettagli del caso, visto che siamo ancora alle primissime fasi delle indagini. Lanciamo un appello a qualsiasi testimone che si fosse trovato a Knotty Green nella tarda sera di sabato, in particolare presso Witheridge Lane, e che possa aver notato qualcosa di sospetto.»

Nessun testimone, pensò Pip, dicendoglielo con gli occhi attraverso lo schermo del televisore. Nessuno che la sentisse urlare. E quell'altra cosa: la tarda sera di sabato, aveva detto così, no? Ma che ora s'intendeva? Poteva voler dire qualsiasi cosa, sul serio, dalle sette, o magari anche prima, a seconda della persona cui lo si chiedeva. Il termine era troppo vago, troppo indefinito: non sapeva ancora se l'avevano scampata.

«Domande?» Hawkins fece una pausa, lo sguardo rivolto oltre la telecamera. «Sì.» Indicò qualcuno.

Una voce fuori campo: «Com'è stato ucciso?».

Hawkins allungò il viso. «Sa che non posso dirglielo, l'indagine è in corso.»

Martellata alla testa, rispose Pip nella mente. Colpito nove volte. Accanimento. Un omicidio furioso, furioso.

«È atroce» disse la mamma, le mani strette sul viso.

Pip annuì.

Una voce diversa dietro la telecamera: «Ha niente a che fare con la morte della figlia, Andie?».

Hawkins studiò l'uomo per un attimo. «Andie Bell è morta in maniera tragica più di sei anni fa, e il suo caso è stato risolto l'anno scorso. Sono stato personalmente responsabile delle indagini quando la ragazza sparì. Sono legato alla famiglia Bell, e prometto che scoprirò cos'è successo a Jason... chi lo ha ucciso. Grazie.»

Hawkins fece un passo indietro, scendendo dal podio con un breve cenno di saluto, e l'inquadratura tornò nello studio.

«Terribile, terribile» diceva sua madre, scuotendo la testa. «Non ci posso credere. Quella povera famiglia. Jason Bell morto. Assassinato.» Si voltò a guardare Pip, irrigidendo il viso. «No» disse ferma, alzando un dito.

Pip non sapeva cosa ci fosse che non andasse sul suo volto. Jason Bell meritava di morire, ma la mamma questo non lo poteva capire solo guardandola, no? «Cosa?» le chiese.

«So benissimo cos'è quella luce che hai negli occhi, Pip. Tu *non* ti farai ossessionare da questa storia. *Non* inizierai a indagare.»

Pip tornò a guardare la tivù e si strinse nelle spalle.

Se non che, era esattamente quello che aveva intenzione di fare.

Era ciò che avrebbe fatto, se quella fosse stata veramente la prima volta che ne sentiva parlare. È questo che faceva lei: indagava. Era attirata dai morti, dalle persone scomparse, inseguiva il perché e il come. Ce lo si aspettava, era normale. E Pip doveva comportarsi in modo normale, come la gente si aspettava che facesse.

La parte finale del piano stava partendo, rimaneggiata più e più volte la sera prima con Ravi in sussurri tesi. Interferire, ma non interferire troppo. Indirizzare, ma non guidare.

La polizia aveva il suo assassino. Dovevano solo capire dove cercarlo.

Pip poteva dar loro una spintarella nella giusta direzione, per trovare la persona dietro tutte le prove che aveva lasciato per loro. E aveva un modo perfetto e normale per farlo, quello che da lei ci si aspettava. Il suo podcast.

Come uccidono le brave ragazze, stagione 3 – Chi ha ucciso Jason Bell?

E sapeva benissimo chi intervistare per primo.

Quarantacinque

Pip aveva il viso quasi al buio, retroilluminato dal bagliore spettrale del portatile, ombre come lividi attorno agli occhi. Una voce nelle orecchie, Jackie del bar, e la sua, l'intervista registrata ieri, con Cara che borbottava in sottofondo. Era andata alla perfezione: Pip che aveva spinto quanto bastava, per farle dire quello che le serviva dicesse, frasi che danzavano l'una attorno all'altra e silenzi carichi di significato. Il modo in cui la voce di Jackie sibilava tra i denti nel pronunciare il nome di Max, i peli che si rizzavano sulla nuca di Pip.

La riascoltò, nel cuore della notte, un vecchio paio di auricolari bianchi collegati al portatile. Josh doveva aver rubato di nuovo le cuffie per giocare a *FIFA*, ma non era un problema: da lei poteva prendere tutto quello che voleva. Solo una settimana prima aveva creduto che non l'avrebbe più rivisto, che sarebbe diventata il fantasma a cui lui cercava di non pensare. Poteva prendere ciò che voleva, e Pip lo avrebbe ricambiato con un amore due volte più grande.

Studiò le linee blu che si impennavano sul programma audio, l'immagine erratica della propria voce, ferma quando occorreva, dolce quando doveva, su e giù, monti e valli. Isolò una clip e la copiò in un nuovo file.

Si immaginò Hawkins ascoltare quelle stesse parole di lì a un paio di giorni, se lo immaginò scattare sull'attenti, alzarsi dalla sedia mentre quella Pip fuori dal tempo tirava le fila. La stessa Pip che avrebbe trovato sorridente nei filmati di sicurezza del McDonald's, se mai avesse dovuto controllare. Pip non poteva inserire il nome di Max, Hawkins avrebbe dovuto trovarlo da solo, ma gli stava indicando esattamente dove cercare.

Segui la pista, Hawkins. Il sentiero che offriva meno resistenza era lì, doveva solo seguirlo, come una volta l'aveva seguito fino a Sal Singh. Pip gli stava facilitando le cose. Doveva solo seguirla, entrare nel mondo che stava creando per lui.

Nome file:

🎵 Teaser per CULBR STAGIONE 3 – Chi ha ucciso Jason Bell?.wav

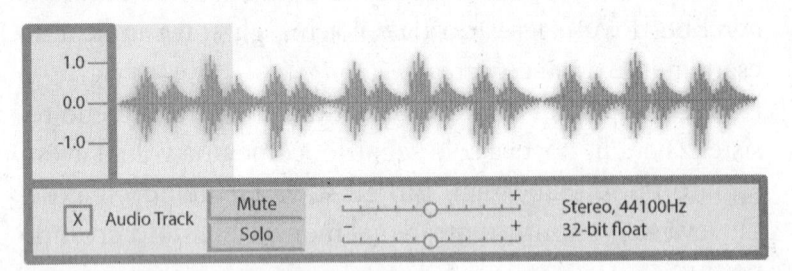

```
┌─────────────────────────────────────────────────┐
│ 1.0 ─                                           │
│ 0.0 ─ ~~~~~~~~~~~~~~~~~~~~~~~~~~~~~~~~~~~~~    │
│-1.0 ─                                           │
│  ┌──────────────┐ ┌──────┐  −   +  Stereo, 44100Hz│
│  │X  Audio Track│ │ Mute │ ──O──   32-bit float   │
│  │              │ │ Solo │  −   +                 │
│  └──────────────┘ └──────┘                       │
└─────────────────────────────────────────────────┘
```

[Sigla]

[Inserire clip]

Conduttrice: *Little Kilton [...] una città che ha già vissuto una dose più che sufficiente di tragedie [...] la polizia locale oggi ha confermato che Jason Bell, padre di Andie Bell e residente a Little Kilton, è stato trovato morto. [...] La polizia la ritiene una morte sospetta [...]*

[Fine clip]

[Inserire file audio di una sirena della polizia]

Pip: Ciao, mi chiamo Pip Fitz-Amobi, e vivo in una piccola città. Più di sei anni fa due ragazzi sono stati assassinati in questa piccola città. Qualche mese fa un uomo è stato ucciso a colpi di pistola in questa piccola città. Com'è che si dice? Non c'è due senza tre, nemmeno per gli omicidi. Una sola piccola città e questa settimana abbiamo scoperto che è morto qualcun altro.

Una brava ragazza è una ragazza morta

[Inserire clip]

Isp. Hawkins: *Jason Bell [...] residente a Little Kilton, è stato trovato morto domenica mattina presto.*

[Fine clip]

Pip: La settimana scorsa Jason Bell, il padre di Andie e Becca Bell, è stato trovato morto sul posto di lavoro in un paese qui vicino.

[Inserire clip]

Isp. Hawkins: *Abbiamo avviato un'indagine per omicidio [...]*

[Fine clip]

Pip: Non si è trattato di un incidente o di una morte naturale. Qualcuno l'ha ucciso, ma oltre a questo si sanno pochissimi dettagli sul caso. Pare che l'omicidio sia avvenuto la sera del 15 settembre, a giudicare dalle informazioni che la polizia ha rilasciato facendo appello a eventuali testimoni. Jason è stato trovato sul luogo di lavoro, un'azienda di giardinaggio e pulizie di cui era proprietario, la Green Scene e Clean Scene Ltd. Questo è quanto. Forse non sappiamo granché, ma una cosa è certa: c'è un killer in giro, e qualcuno deve catturarlo. Unitevi a noi per questa nuova stagione: cercheremo di mettere insieme le tessere del caso contemporaneamente alle indagini della polizia. Qualcuno l'ha ucciso, perciò qualcuno lo voleva morto, e da qualche parte deve esserci una pista. La gente parla, in una piccola città. E c'è stato un bel po' di cui parlare questa settimana: la città si sta praticamente frantumando, tra segreti sussurrati e sguardi furtivi. Per lo più sono voci da ignorare, ma altre non possono essere trascurate.

[Inserire clip]

Pip: *Ciao Jackie, allora, giusto per presentarti, sei la proprietaria di un bar a Little Kilton, sulla strada principale.*

Jackie: *Sì, esatto.*

[...]

Pip: *Puoi dirmi cos'è successo?*

Jackie: *Be', Jason Bell è stato qui un paio di settimane fa, era in piedi, in fila, per ordinare il caffè. Veniva qui spesso. E c'era qualcun altro in coda davanti a lui, era [—-BIIIP—-]*
[...] Jason gli ha dato una spinta, gli ha fatto rovesciare il caffè [...] gli ha detto di stargli alla larga.

Pip: *Un alterco fisico, quindi?*

Jackie: *Sì, è stato piuttosto violento, piuttosto rabbioso, direi. [...] Chiaro che non si piacevano.*

Pip: *E hai detto che è stato solo due settimane prima che Jason venisse ucciso?*

Una brava ragazza è una ragazza morta

Jackie: *Sì.*

Pip: *Stai suggerendo che potrebbe essere stato [——BIIIP——] a ucciderlo?*

Jackie: *No, io... no, ovviamente no. È solo che penso che tra i due ci fosse già dell'astio.*

Pip: *Risentimento?*

Jackie: *Già [...] per via di quello che [——BIIIP——] ha fatto alla figlia di Jason, Becca. Anche se non è stato condannato. Sono sicura che questo abbia dato a Jason parecchi motivi per odiarlo.*

[Fine clip]

Pip: Non so voi, ma c'è già un nome nella mia lista dei sospettati. Tutto questo e molto di più nell'episodio 1. Vi aspettiamo per la stagione 3 di *Come uccidono le brave ragazze – Chi ha ucciso Jason Bell?*

[Inserire clip]

Isp. Hawkins: *Prometto che scoprirò cos'è successo a Jason... chi lo ha ucciso.*

[Fine clip]

Pip: Anche io.

[Sigla]

Quarantasei

Cominciò con una telefonata.

«Ciao Pip, sono l'ispettore Hawkins. Mi chiedevo se avessi tempo di passare alla centrale oggi, per una chiacchieratina.»

«Certo» gli aveva risposto Pip. «Di cosa si tratta?»

«È per il trailer del podcast che hai pubblicato un paio di giorni fa, sul caso Jason Bell. Ho solo un paio di domande per te, nient'altro. Un interrogatorio volontario.»

Aveva finto di rifletterci. «Ok. Posso venire tra un'ora?»

L'ora era ormai passata e lei era lì, in piedi fuori da quel brutto, bruttissimo posto. L'edificio sempre più grigio della centrale di polizia di Amersham, con una pistola che le sparava nel cuore e le mani umide di sudore e del sangue di Stanley. Pip chiuse la macchina e se le asciugò sui jeans.

Mentre guidava aveva chiamato Ravi per dirgli dove stava andando. Lui non aveva detto granché, aveva solo ripetuto tutto *cazzo*, ma Pip gli aveva detto che era tutto a posto, di non farsi prendere dal panico. C'era da aspettarselo: lei era indirettamente coinvolta nel caso, o tramite l'intervista a Jackie o tramite la telefonata all'avvocato di Max che aveva fatto quella notte. Si trattava solo di questo, e Pip sapeva benissimo come interpretare la parte. Era ai margini di quell'omicidio, ecco tutto, una pedina periferica. Hawkins da lei voleva delle informazioni.

E lei da lui, in cambio, ne voleva altre. Poteva andare

così: la risposta alla domanda che non poteva mettere a tacere, il sottofondo in agguato a ogni pensiero mentre era sveglia. Il momento in cui Pip avrebbe scoperto se ci erano riusciti o meno, se il loro trucchetto con l'ora della morte aveva funzionato. Se sì, era libera. Era sopravvissuta. Non era mai stata là e non aveva ucciso Jason Bell. Se non aveva funzionato... be', non valeva ancora la pena di pensarci. Rinchiuse quel pensiero nell'angolo buio in fondo alla mente e varcò le porte scorrevoli automatiche.

«Ciao Pip.» Eliza, l'agente di custodia, le fece un sorriso affaticato da dietro il banco dell'accettazione. «Ho tantissime cose da fare, temo» disse, giocherellando con le dita con una risma di fogli.

«Mi ha chiamato l'ispettore Hawkins, mi ha chiesto di passare per parlare» rispose Pip, infilando le mani nelle tasche posteriori perché Eliza non vedesse quanto le tremavano. Calmati. Devi calmarti. Dentro poteva andare in pezzi, ma non poteva permettersi che all'esterno si notasse.

«Oh, certo.» Eliza fece un passo indietro. «Vado a dirgli che sei qui, allora.»

Pip rimase in attesa.

Vide un'agente che conosceva, Soraya, attraversare di corsa l'ingresso, fermandosi solo un attimo per scambiare un rapido saluto, *ciao, come stai*. Pip questa volta non era coperta di sangue, non del genere che si vedesse, per lo meno.

Quando Soraya varcò la porta chiusa a chiave in fondo alla stanza, in direzione contraria arrivò qualcun altro. L'ispettore Hawkins, i capelli flosci ravviati indietro, il viso più pallido del solito, più grigio, come se avesse passato troppo tempo dentro quell'edificio e il colore della centrale si stesse trasferendo anche a lui, appropriandosene.

Non doveva aver dormito molto da quando avevano trovato il cadavere di Jason.

«Ciao Pip.» Le fece cenno di seguirlo e lei obbedì.

Lungo quello stesso corridoio, dal brutto, bruttissimo posto al posto molto, molto più brutto. Seguiva nuovamente i propri passi fuori dal tempo. Ma questa, questa Pip, era lei ad avere il controllo, non la ragazza spaventata che si era appena trovata davanti alla morte per la prima volta. E magari ora poteva anche star seguendo Hawkins, fin nella Sala Interrogatori 3, ma in realtà era lui che stava seguendo lei.

«Prego, siediti.» Hawkins le indicò una sedia, e ne occupò una anche lui. C'era una scatola aperta sul pavimento accanto a lui, con dentro una pila di cartelline, e un registratore che li aspettava sul tavolo di metallo.

Pip sedette sul bordo della sedia e annuì, in attesa che cominciasse a parlare.

Lui però non lo fece, rimase a osservare lei e come spostava lo sguardo in giro per la stanza.

«Allora» disse Pip, schiarendosi la gola. «Cosa mi voleva chiedere?»

Hawkins si chinò in avanti sulla sedia, prendendo il registratore, facendo scrocchiare le ossa del collo. «Capisci che, anche se è volontario e vogliamo solo che aiuti con le indagini, devo comunque interrogarti rispettando i tuoi diritti e registrare la nostra conversazione?» La scrutò in viso.

Sì, questo lo capiva. Se pensavano seriamente che lei c'entrasse qualcosa, l'avrebbero arrestata. Era la pratica standard, ma c'era uno strano sguardo nei suoi occhi, come se volesse che lei avesse paura. Lei non l'aveva, era lei al comando. Annuì.

Hawkins premette un pulsante. «Sono l'ispettore Hawkins, interrogo Pippa Fitz-Amobi, sono le 11.31 di martedì 25 settembre. È un interrogatorio volontario relativo alle nostre indagini sulla morte di Jason Bell e tu, Pip, puoi andartene in qualsiasi momento, capito?»

«Sì» rispose lei, dirigendo la voce verso il registratore.

«Non devi dire niente. Ma potrebbe danneggiare la tua difesa se, qualora ti venisse chiesto, non menzioni qualcosa su cui più tardi ti baserai in tribunale. Ogni cosa che dici può essere usata come prova.» Hawkins si appoggiò allo schienale, facendo scricchiolare la sedia. «Allora» disse, «ho sentito il trailer della nuova stagione del tuo podcast, così come centinaia di migliaia di altre persone.»

Pip si strinse nelle spalle. «Ho pensato che potesse servirvi una mano per il caso. Visto che avete avuto bisogno di me per risolvere al vostro posto due dei precedenti. È per questo che mi ha chiesto di venire oggi? Le serve il mio aiuto? Vuole concedermi un'esclusiva per il podcast?»

«No, Pip.» Fece fischiare l'aria tra i denti. «Non mi serve il tuo aiuto. È un'indagine aperta, un caso di omicidio. Sai che non puoi interferire e postare online informazioni importanti. Non è così che funziona la giustizia. Gli standard giornalistici valgono anche per te. Potrebbe anche venir considerato disprezzo.»

«Non ho postato nessuna "informazione importante", era soltanto un trailer» ribatté lei. «Non so ancora nessun dettaglio sul caso, a parte quello che ha detto lei in conferenza stampa.»

«Hai pubblicato un'intervista con...» Hawkins lanciò uno sguardo agli appunti «Jackie Miller, che speculava su chi potesse aver ucciso Jason Bell» disse, spalancando gli occhi come se avesse segnato un punto a svantaggio per lei.

«Non l'intera intervista» disse Pip, «solo le parti più interessanti. E non ho nominato la persona di cui parlava. So che potrebbe pregiudicare un eventuale processo futuro. So quello che faccio.»

«Direi che dal contesto era abbastanza ovvio a chi vi steste riferendo» rispose Hawkins, abbassandosi a prendere la scatola con le cartelline accanto a sé. Si raddrizzò, una piccola pila di fogli in una mano. «Dopo che ho sentito il tuo trailer ho parlato io stesso con Jackie, come parte delle indagini.» Le agitò davanti le pagine, e Pip riconobbe la trascrizione di un interrogatorio. La posò sul tavolo di metallo, sfogliandola. «*Penso che ci fosse non poco risentimento tra Max Hastings e Jason Bell*» lesse a voce alta. «*Questo genere di cose si sentono in città, specie se hai un bar sulla strada principale... Jason doveva odiare Max per quello che aveva fatto a Becca, e per come questo era collegato alla morte di Andie... di certo pareva che anche a Max non piacesse Jason... Un sacco di rabbia. È stato piuttosto violento. Non mi era mai capitata una situazione del genere tra due clienti. E, come ha detto Pip, non è preoccupante che sia successo appena due settimane prima che Jason fosse ucciso?*» Hawkins finì di leggere, chiuse la trascrizione e alzò lo sguardo su Pip.

«Direi che è un primo passo abbastanza standard in un'indagine» commentò lei, senza abbassare gli occhi, non sarebbe stata lei la prima a distogliere lo sguardo. «Scoprire se, nella vita della vittima, di recente è successo qualcosa di insolito, identificare chi aveva dei problemi con lui, potenziali sospettati. Un incidente violento che porta al suo omicidio, intervistando una testimone. Mi dispiace di averla battuta sul tempo.»

«Max Hastings» disse Hawkins, e la sua lingua sibilò tre volte, inciampando su quel nome.

«Sembra che non sia molto popolare in città» disse Pip. «Ha un sacco di nemici. E a quanto pare Jason Bell era uno di loro.»

«Un sacco di nemici.» Hawkins ripeté le sue parole, con sguardo più duro. «Ti considereresti una dei suoi nemici?»

«Be'» Pip allungò il viso, «è uno stupratore seriale a piede libero, ha fatto del male ad alcune delle persone a cui voglio più bene. Sì, lo odio. Ma non so se ho l'onore di essere il *suo* peggior nemico.»

«Ti sta facendo causa, vero?» Hawkins prese una penna, usandola per darsi dei colpetti sui denti. «Per diffamazione, per una dichiarazione e un file audio che hai pubblicato sui social il giorno che al processo per molestie sessuali hanno letto il verdetto.»

«Sì, stava per farlo» replicò Pip. «Come ho detto, grande persona. Però in realtà la stiamo sistemando fuori dal tribunale.»

«Interessante» disse Hawkins.

«Ah sì?»

«Be'.» Fece scattare la penna che aveva in mano, su e giù, ma Pip sentì solo *nastro adesivo nastro adesivo nastro adesivo*. «Da quel che so del tuo carattere, Pip, dai nostri pochissimi incontri, direi che sono sorpreso che tu abbia deciso di accordarti, di pagare. Mi sembri il genere di persona che combatterebbe fino alla fine.»

«Di solito sì» concordò Pip. «Ma, vede, credo di aver perso la fiducia nei tribunali, nel sistema di giustizia, penale o civile. E sono stanca. Voglio mettermi tutto alle spalle, ricominciare da zero all'università.»

«Dunque, quando hai preso questa decisione, sull'accordo?»

«Di recente» rispose Pip. «Due weekend fa.»

Hawkins annuì tra sé e sé, prendendo un altro foglio da una cartellina in cima alla scatola. «Ho parlato con tal Christopher Epps, l'avvocato che rappresenta Max Hastings in questo caso di diffamazione, e mi ha raccontato che lo hai chiamato alle 21.41 di sabato 15 settembre. Dice che in quell'occasione gli hai detto che volevi accettare l'accordo che ti aveva proposto qualche settimana prima.»

Pip annuì.

«Uno strano orario per chiamarlo, non pensi? Così tardi, di sabato sera.»

«Non proprio» rispose lei. «Mi aveva detto di chiamarlo in qualsiasi momento. Ci stavo pensando da tutto il giorno e alla fine ho preso la decisione, non c'era motivo di ritardare ancora. Per quanto ne sapevo io, poteva anche far scattare la denuncia come prima cosa lunedì mattina.»

Hawkins annuì man mano che lei parlava, annotandosi qualcosa sul foglio, che sottosopra Pip non riuscì a leggere.

«Perché mi sta facendo delle domande su una conversazione che ho avuto io con l'avvocato di Max Hastings?» domandò, corrugando la fronte, confusa. «Significa che *voi* avete cominciato a indagare Max come sospettato?»

Hawkins non disse nulla, ma a Pip non occorreva. Lo sapeva. Hawkins non avrebbe scoperto della telefonata di Pip a Epps se prima non avesse saputo della telefonata di Epps a Max, pochissimi minuti dopo. E l'unico modo per poterlo scoprire era avendo già controllato i tabulati telefonici di Max. Probabilmente non aveva nemmeno avuto bisogno di un mandato; probabilmente Max aveva consegnato il cellulare volontariamente, su consiglio di Epps, pensando di non avere nulla da nascondere.

Hawkins poteva già collocare Max sulla scena del crimine nel momento in cui Epps lo aveva chiamato e grazie alle successive telefonate di sua madre e suo padre: di certo questo bastava per ottenere un mandato di perquisizione per casa di Max, per la sua auto. Per prendere campioni di DNA per confrontarli con quelli trovati sulla scena. A meno che l'orario in cui Max in teoria si trovava lì non combaciasse con quello della morte di Jason. Quest'ultimo restava sconosciuto.

Pip cercò di evitare che questo la tradisse: fissava Hawkins davanti a sé, con un guizzo di interesse negli occhi stretti, ma non troppo.

«Quanto bene conoscevi Jason Bell?» domandò Hawkins, incrociando le braccia sul petto.

«Non bene quanto lei» ribatté Pip. «Sapevo molto di lui, più che conoscere lui di persona, se questo può avere un senso. Non ci siamo mai parlati davvero, ma ovviamente, quando indagavo su quello che era accaduto a Andie, ho indagato molto anche sulla sua vita. Le nostre strade si sono incrociate, ma non ci siamo mai *conosciuti* davvero.»

«Eppure sembri determinata a scoprire chi l'ha ucciso, per il tuo podcast.»

«È quello che faccio» rispose Pip. «Non devo averlo conosciuto bene per credere che meriti giustizia. I casi a Kilton sembra che non si risolvano finché non intervengo io.»

Hawkins rise, un latrato dall'altra parte del tavolo, e si passò una mano sulla barbetta.

«Sai, Jason si è lamentato con me dopo che hai pubblicato la prima stagione del podcast. Diceva che veniva tormentato dalla stampa, online. Pensi sia giusto dire che non gli piacevi? Per questo motivo.»

«Non ne ho idea» replicò Pip «e non capisco questo cosa c'entri. E anche se non gli piacevo, merita comunque giustizia, e io darò una mano in ogni maniera possibile.»

«Dunque, hai avuto qualche contatto recente con Jason Bell?» chiese Hawkins.

«Recente?» Pip alzò lo sguardo sul soffitto, come a frugare nella mente. Be', non doveva andare molto indietro: erano passati solo dieci giorni da quando aveva trascinato il suo cadavere tra gli alberi. E prima ancora aveva bussato alla sua porta per chiedergli della Green Scene Ltd e del Mostro del nastro adesivo. Ma Hawkins non doveva sapere di quella conversazione. Pip era già collegata indirettamente al caso, due volte. Un contatto recente con Jason era troppo rischioso, poteva anche dar loro un motivo sufficiente per ottenere un mandato per prelevarle un campione di DNA, specie visto come Hawkins la stava guardando ora, come la stava studiando. «No. Non gli ho parlato, non l'ho visto in giro, be', saranno mesi» disse. «Credo che l'ultima volta che le nostre strade si sono incrociate sia stato alla commemorazione per i sei anni dalla morte di Andie e Sal, si ricorda? C'era anche lei. La notte che Jamie Reynolds è scomparso.»

«Perciò quella è stata l'ultima volta che ti ricordi di averlo incrociato?» domandò Hawkins. «Alla fine di aprile?»

«Esatto.»

Un altro appunto sul foglio di carta a righe davanti a lui, il grattare della penna, un suono che le risalì lungo la nuca. Che cosa scriveva? E in quel momento Pip non riuscì a scacciarsi di dosso l'incredibile sensazione che, seduto davanti a lei, a interrogarla, non ci fosse Hawkins, ma se stessa, la se stessa di un anno prima. La diciassettenne che pensava che la verità fosse la sola cosa che contava, a prescindere dal contesto, a prescindere da quella zona grigia soffocante. La verità era l'obiettivo e il cammino, proprio come lo era per l'ispettore Hawkins. Ecco chi le stava seduto di fronte: il suo vecchio io, pronto a lottare contro chiunque ora lei fosse diventata. Ma era quella nuova persona a dover vincere.

«Il numero di telefono che hai utilizzato per chiamare Christopher Epps» proseguì Hawkins, passando il dito su un foglio stampato, «non è il numero del tuo cellulare. Né quello di casa tua.»

«No» confermò Pip. «L'ho chiamato dal fisso di casa di un'amica.»

«Come mai?»

«Ero lì» disse Pip «e avevo perso il telefono, durante il pomeriggio. Il mio cellulare, intendo.»

Hawkins si chinò in avanti, le labbra serrate mentre rifletteva su ciò che lei aveva appena detto. «Hai perso il cellulare quel pomeriggio? Sabato 15?»

Pip annuì, e poi disse: «Sì», rivolgendosi al registratore, incalzata dallo sguardo di Hawkins. «Ero uscita a correre quel pomeriggio, e credo che mi sia caduto dalla tasca. Non sono riuscita a ritrovarlo. Ora ne ho uno nuovo.»

Un altro appunto sul foglio, un altro brivido lungo la schiena di Pip. Che cosa scriveva? In teoria era lei ad avere il controllo, avrebbe dovuto saperlo.

«Pip.» Hawkins fece una pausa, passandole lo sguardo sul viso. «Potresti dirmi dov'eri, tra le 21.30 e mezzanotte di sabato 15 settembre?»

Ecco. L'ultima tessera sconosciuta.

Qualcosa nel suo petto si distese, un po' più di spazio per respirare attorno al cuore che batteva come una raffica di spari. Una rilassatezza nelle spalle, la bocca stretta che si allentava. Il sangue sulle mani che era solo sudore.

Ce l'avevano fatta.

Era finita.

Mantenne un'espressione neutra, ma sentiva un pizzicore agli angoli della bocca, un sorriso invisibile e un sospiro muto.

Le stava chiedendo dove fosse tra le 21.30 e mezzanotte perché era quella l'ora stimata della morte. Ce l'avevano fatta. L'avevano ritardata di più di tre ore e lei era salva. Era sopravvissuta. E Ravi, e tutti quelli cui si era rivolta in cerca d'aiuto, sarebbero stati al sicuro anche loro. Perché Pip non poteva assolutamente aver ucciso Jason Bell: era da tutt'altra parte.

Non doveva essere troppo pronta nel dirglielo, né troppo finta.

«È quella la notte che Jason Bell è stato ucciso?» domandò, come a voler controllare.

«Sì, esatto.»

«Ehm, be', sono andata a casa della mia amica...»

«Quale amica?»

«Cara Ward, e Naomi» disse Pip, guardandolo prendere appunti. «Vivono a Hodge Hill. Ero lì quando ho telefonato a Christopher Epps alle... che ora ha detto che era?»

«21.41» fece Hawkins, la risposta pronta sulla punta della lingua.

«Giusto, alle 21.41 circa, ed ero arrivata a casa loro diversi minuti prima, quindi direi che per le 21.30 ero in macchina, stavo attraversando la città.»

«Ok» disse lui, «e quanto sei rimasta a casa delle Ward?»
«Non tanto» rispose Pip.
«No?» La studiò.
«No, siamo rimaste per un po' per poi decidere che avevamo tutte fame. Così siamo andate con la mia macchina a mangiare qualcosa.»

Hawkins scribacchiò dell'altro. «A mangiare qualcosa?» chiese. «Dove siete andate?»

«Da McDonald's» rispose Pip con un piccolo sorriso imbarazzato, chinando il capo. «Quello della stazione di servizio di Beaconsfield.»

«A Beaconsfield?» Mordicchiò la penna. «Era quello il posto più vicino per andare a mangiare qualcosa?»

«Be', era il McDonald's più vicino, e volevamo mangiare quello.»

«A che ora siete arrivate a questo McDonald's?»

«Ehm...» Pip ci pensò su. «Non stavo proprio controllando l'ora, soprattutto perché non avevo il cellulare, ma se siamo uscite di casa poco dopo la mia telefonata al signor Epps, allora saremo arrivate lì poco dopo le dieci.»

«E hai detto che siete andate con la tua macchina? Guidavi tu?» domandò lui.

«Sì.»

«Che macchina hai?»

Pip tirò su con il naso. «Una Volkswagen Beetle. Grigia.»

«E il numero di targa?»

Pip lo recitò a memoria, osservando Hawkins annotarselo e sottolinearlo.

«Perciò siete arrivate da McDonald's verso le dieci» disse lui. «Non è un po' tardi per cenare?»

Pip si strinse nelle spalle. «Sono pur sempre un'adolescente, che le posso dire?»

«Avevi bevuto?» chiese lui.

«No» rispose lei con voce ferma, «perché è un reato.»

«Lo è» disse lui, abbassando per un attimo lo sguardo sul foglio pieno di appunti. «Quanto siete rimaste in quel McDonald's?»

«Be', un bel po'» raccontò Pip. «Abbiamo preso da mangiare e siamo rimaste lì per tipo un'ora e mezza circa, mi sa. Poi sono andata a prendere un paio di gelati per il viaggio di ritorno. Posso controllare sulla app della banca che ora era, ho pagato io.»

Hawkins scosse leggermente la testa. Non aveva bisogno di vedere il suo cellulare: aveva i propri metodi per verificare il suo alibi. E allora l'avrebbe vista nelle riprese delle telecamere di sicurezza, chiara come il giorno, in piedi in coda, che evitava di guardarle. Due pagamenti diversi fatti con la carta. A prova di bomba, Hawkins.

«Bene, quindi pensi di essere uscita dal McDonald's verso le undici e mezza?»

«Direi di sì, esatto» rispose lei. «Non ho controllato che ora fosse.»

«E dove siete andate poi?»

«Be', a casa» disse lei, abbassando le sopracciglia perché la risposta era troppo ovvia. «Ho guidato fino a Kilton, ho riaccompagnato le sorelle Ward e poi sono tornata a casa mia.»

«A che ora sei tornata a casa?»

«Di nuovo, non stavo controllando che ora fosse, specie perché non avevo il cellulare» disse Pip. «Ma quando sono entrata mia mamma era ancora sveglia, a letto che mi aspettava, e sarà stata mezzanotte e qualcosa perché ha commentato il fatto che mezzanotte era già passata. Il giorno dopo dovevamo svegliarci presto, sa.»

«E poi?» Hawkins alzò lo sguardo.

«E poi sono andata a letto. A dormire.»

Coperta, per tutta la finestra temporale della morte. Pip vedeva quello stesso pensiero dispiegarsi in nuove rughe sulla fronte di Hawkins. Certo, poteva mentire, magari era proprio questo che lui stava pensando. Avrebbe dovuto controllare. Ma lei non stava mentendo, non su questo, e le prove erano lì ad aspettarlo.

Hawkins fece un sospiro, scorrendo di nuovo gli occhi sul foglio. C'era qualcosa che lo agitava, Pip glielo vedeva nello sguardo. «Pausa interrogatorio, 11.43.» Spinse stop sul registratore. «Vado solo a prendere un caffè» disse, alzandosi e raccogliendo le cartelline. «Ne vuoi uno?»

No, non ne aveva voglia. Aveva la nausea per via del calo adrenalinico, i nodi allo stomaco si stavano finalmente sciogliendo, ora che sapeva che era sopravvissuta, che aveva vinto, che era stato Max a uccidere Jason e non era possibile che fosse stata lei. Ma non si erano ancora sciolti del tutto: era quello sguardo negli occhi di Hawkins che non capiva. Ma lui stava aspettando una risposta.

«Sì, grazie» disse, anche se non le andava. «Latte, niente zucchero.» Una persona innocente avrebbe accettato il caffè, una persona che non avesse avuto niente da nascondere, niente di cui preoccuparsi.

«Due minuti.» Hawkins le sorrise, uscendo dalla porta. Se la chiuse alle spalle, e Pip rimase in ascolto dei suoi passi attutiti, che lo conducevano lungo il corridoio. Forse stava andando a prendere il caffè, ma probabilmente anche a consegnare quelle nuove informazioni a un altro poliziotto, ordinandogli di cominciare a verificare il suo alibi.

Fece un sospiro, si stravaccò sulla sedia. Non doveva fingere in quel momento, nessuno la stava osservando. Una parte di lei voleva prendersi il viso tra le mani e mettersi a piangere. Collassare. Urlare. Ridere. Perché era libera ed era tutto finito. Poteva mettere sottochiave quel terrore e non farlo uscire mai più. E forse un giorno, ad anni di distanza da ora, se ne sarebbe perfino dimenticata, o la vita ne avrebbe ammorbidito gli angoli, facendole dimenticare di essere quasi morta. Solo una buona vita poteva riuscirci, pensò. Una vita normale. E forse, forse era quella che avrebbe vissuto. Forse se l'era appena riguadagnata.

A Pip vibrò il cellulare nella tasca, contro la gamba. Lo tirò fuori e guardò lo schermo.

Un messaggio di Ravi.

Come sta andando la tua giornata?

Erano attenti a scrivere i messaggi: lasciavano una traccia permanente. La maggior parte dei loro ormai era in codice, si dicevano cose irrilevanti o semplicemente si mettevano d'accordo per vedersi e parlare. *Come sta andando la tua giornata?* in realtà voleva dire: *Cosa sta succedendo? Ha funzionato?* Non per occhi esterni, ma nel linguaggio segreto che avevano escogitato insieme, come il milione di piccoli modi che avevano di dirsi "ti amo".

Pip passò dalla tastiera alle emoji. Le scorse fino a trovare il pollice alzato, e glielo mandò, nient'altro. La sua giornata stava andando bene, grazie, ecco cosa poteva significare. Ma in realtà voleva dire: *Ce l'abbiamo fatta. Siamo salvi.* Ravi avrebbe capito. In quel momento probabilmente stava guardando lo schermo battendo gli occhi, facendo poi un lungo sospiro: il sollievo era come una sensazione fisica, che gli si srotolava dentro, modificando il modo in cui sedeva, la forma delle sue ossa, la sua pelle. Erano salvi, erano liberi, non erano mai stati lì.

Pip si rimise in tasca il telefono proprio mentre la porta della sala interrogatori si riapriva. Hawkins entrò di schiena, per spingerla, due tazze nelle mani.

«Ecco.» Gliene passò una, una tazza del Chelsea.

«Grazie» disse lei, stringendola tra le dita, obbligandosi a berne un sorso. Troppo amaro, troppo caldo, ma gli sorrise comunque per ringraziarlo.

Hawkins non bevve. Posò la tazza sul tavolo e la scostò. Allungò una mano e premette un pulsante sul registratore.

«Interrogatorio ricominciato alle...» alzò la manica per guardare l'orologio «11.48.»

Rimase per un secondo a fissare Pip, e Pip ricambiò lo sguardo. Cos'altro aveva da chiederle? Gli aveva spiegato la telefonata a Epps e gli aveva fornito il proprio alibi, cos'altro poteva aver bisogno di sapere, da lei? Pip non capiva. Si era persa qualcosa? No, tutto era andato secondo il piano, non poteva essersi persa niente. Non farti prendere dal panico, ascolta e reagisci. Ma prima doveva asciugarsi le mani, perché il sangue di Stanley era tornato.

«Allora» disse di colpo Hawkins, battendo una mano sul tavolo, «questo podcast, questa indagine, hai intenzione di portarla avanti?»

«Lo vedo un po' come un mio dovere» rispose Pip. «E, come ha detto lei, una volta che comincio una cosa mi piace finirla. Sono ostinata.»

«Sai che non puoi pubblicare niente che possa intralciare le nostre indagini?» chiese lui.

«Sì, certo che lo so. E non lo farò, non so niente. Al momento ho solo vaghe teorie e un contesto. Di recente ho imparato una certa lezione sulla diffamazione online, perciò non pubblicherò niente senza aggiungere "presumibilmente" o "secondo una fonte". E se trovo qualcosa di concreto, qualsiasi cosa, vengo subito da lei.»

«Oh» fece Hawkins. «Be', lo apprezzo. Quindi, per questo podcast, come le registri le interviste?»

Perché gli serviva saperlo? O era solo per chiacchierare mentre aspettava qualcosa? Ma cosa? Che un collega controllasse il suo alibi? Di certo ci sarebbero volute ore.

«Un semplice software audio» rispose Pip. «Oppure, se è una telefonata, ho una app apposta.»

«E usi dei microfoni, se stai registrando qualcuno di persona?»

«Sì.» Pip annuì. «Microfoni collegati al portatile tramite USB.»

«Oh, molto furbo» disse lui.

Pip annuì di nuovo. «Più compatti di questo qui» commentò, facendo un cenno con il capo verso il registratore.

«Sì» rise Hawkins. «Decisamente. E devi indossare delle cuffie mentre intervisti qualcuno? Ascolti tramite cuffie mentre registri?»

«Be'» rispose Pip, «sì, metto le cuffie all'inizio per controllare il livello del suono, per capire se la persona è troppo vicina al microfono o se c'è rumore di fondo. Ma di solito non le tengo per tutta l'intervista.»

«Oh, capisco» disse lui. «E devono essere cuffie professionali, per una cosa del genere? Vedi, mio nipote vuole cominciare un podcast, e tra poco è il suo compleanno.»

«Oh certo» sorrise Pip. «Ehm, no, le mie non sono professionali. Sono solo grosse cuffie anti-rumore che ti metti sulle orecchie.»

«E puoi usarle anche per cose di ogni giorno?» chiese Hawkins. «Ascoltare musica, o magari un podcast?»

«Sì, io lo faccio» rispose lei, cercando di decodificare lo sguardo di Hawkins. Perché parlavano di questo? «Le mie si connettono al Bluetooth del telefono, sono perfette per la musica se corri o cammini.»

«Ah, quindi ottime per qualsiasi uso?»

«Sì.» Pip annuì lentamente.

«Diresti che le usi ogni giorno? Non voglio regalargli qualcosa che non userebbe, specie se costano molto.»

«Sì, io le uso sempre.»

«Ah, perfetto» sorrise Hawkins. «Sai di che marca sono le tue? Ho dato un'occhiata su Amazon e alcune sono care in modo assurdo.»

«Le mie sono Sony» rispose lei.

Hawkins annuì, un cambiamento nello sguardo, quasi un lampo.

«Nere?» domandò.

«S-sì» rispose Pip, la voce che le si bloccava in gola mentre con la mente ripassava tutto, cercando di comprendere cosa stesse succedendo. Perché aveva nello stomaco la sensazione di affondare? Cos'aveva capito che lei ancora non aveva realizzato?

«*Come uccidono le brave ragazze*» disse Hawkins, passandosi una mano sulla manica, giocherellandoci. «È così che si chiama il tuo podcast, giusto?»

«Sì.»

«Bel nome» commentò lui.

«Ha brio» ribatté Pip.

«Sai, c'è solo un'altra cosa che volevo chiederti.» Hawkins si appoggiò allo schienale della sedia, spostando una mano verso la tasca della giacca. «Hai detto di non aver avuto alcun contatto con Jason Bell. Non dalla commemorazione di aprile, giusto?»

Pip esitò. «Giusto.»

Un fremito nella guancia di Hawkins: abbassò gli occhi, guardandosi le dita che affondavano nella tasca, stringendosi attorno a una cosa che finalmente Pip notò. «Spiegami allora perché le tue cuffie, quelle che usi tutti i giorni, sono state ritrovate nella casa di un uomo assassinato con cui non hai contatti da mesi.»

Tirò fuori qualcosa. Una busta trasparente con una striscia rossa in cima e la scritta *Prova*. E dentro la busta c'erano le cuffie di Pip. Senza alcun dubbio, l'adesivo CULBR che Ravi le aveva fatto appiccicato di lato.

Erano le sue.

Trovate a casa di Jason Bell.

E Hawkins gliel'aveva appena fatto ammettere mentre la registrava.

Quarantasette

Lo shock non durò molto, lasciò ben presto posto al panico. Che le strinse lo stomaco, le risalì la schiena, rapido come zampette d'insetto o dita di cadavere.

Pip fissò le proprie cuffie nella busta delle prove senza capire. No, non poteva essere. Le aveva viste la settimana prima, no? Mentre lavorava all'audio dell'intervista di Jackie. No, no, non era riuscita a trovarle: aveva pensato che le avesse prese di nuovo Josh.

No, l'ultima volta che le aveva avute con sé era stato... *quel* giorno. Se le era tolte, le aveva messe nello zaino prima di bussare alla porta di Nat. Ma poi Jason l'aveva presa.

«Sono le tue?» chiese Hawkins, il cui sguardo era come una sensazione fisica sul viso di Pip, un prurito che non poteva ignorare: la fissava in attesa che si tradisse. Lei non poteva permetterselo.

«Sono molto simili» rispose Pip, parlando lentamente, con sicurezza, sovrastando il panico e il cuore che le martellava in petto. «Posso vederle da vicino?»

Hawkins fece scivolare la busta sul tavolo, e Pip abbassò lo sguardo sulle cuffie, fingendo di studiarle mentre si prendeva del tempo per pensare.

Jason aveva messo lo zaino nella macchina. Pip aveva controllato prima che lei e Ravi andassero via dalla scena del crimine, ed era sicura di avere tutto quello che aveva infilato nello zaino quel pomeriggio. Era così, a parte per le cuffie. Non ci aveva pensato perché le aveva messe dentro dopo. Ma dove, quando...

No. Quel pervertito del cazzo.

Doveva averle tirate fuori Jason. Quando l'aveva lasciata lì, avvolta nel nastro adesivo, era tornato a casa. Aveva frugato nel suo zaino. Aveva trovato le cuffie e se le era prese. Perché erano il suo trofeo. Il simbolo della sua sesta vittima. L'oggetto che avrebbe stretto tra le mani per rivivere il brivido del suo assassinio. Le cuffie di Pip erano il suo trofeo. Per questo le aveva prese.

Quel pervertito del cazzo.

Hawkins si schiarì la gola.

Pip alzò lo sguardo su di lui. Come doveva giocarsela? Come poteva giocarsela? L'aveva colta in fallo, mentre mentiva, con un collegamento diretto alla vittima.

Cazzo.

Cazzo.

Cazzo.

«Sì» disse piano. «Sono mie, è evidente. L'adesivo.»

Hawkins annuì, e ora Pip capì quello sguardo nei suoi occhi e lo odiò. L'aveva messa in trappola. L'aveva presa. Aveva tessuto una rete che lei non era riuscita a vedere finché non ci si era ritrovata chiusa dentro, senz'aria. Non libera, non salva, non libera.

«E perché la squadra forense ha trovato le tue cuffie a casa di Jason Bell?»

«I-io» balbettò Pip. «Onestamente non glielo so dire. Non lo so. Dov'erano?»

«In camera sua» rispose Hawkins. «Nel primo cassetto del comodino.»

«Non capisco» disse Pip, e non era vero, sapeva benissimo perché erano lì, come ci erano arrivate. Ma non riuscì a trovare altre parole perché aveva la mente in affanno, il piano stava andando in un milione di pezzi, che le crollavano dietro gli occhi.

«Hai detto che usi le cuffie ogni giorno. *Sempre*» la citò. «Eppure non hai avuto contatti con Jason Bell da aprile. Allora come hanno fatto le tue cuffie a finire lì?»

«Non lo so» disse, agitandosi. No, non ti agitare, ti fa sembrare colpevole. Sta' seduta ferma, sostieni il suo sguardo. «Le uso sempre, ma ultimamente non le ho viste...»

«Definisci *ultimamente*.»

«Non saprei, forse una settimana o poco più» rispose. «Forse le ho lasciate da qualche parte... Davvero non mi ricordo.»

«No?» disse piano Hawkins.

«No.» Pip lo fissò, ma il suo sguardo era più debole di quello di lui. Sangue sulle mani, pistola nel cuore, bile in gola e una gabbia che le si stringeva attorno, strizzandole la pelle delle braccia. Mordendola, come aveva fatto il nastro adesivo. «Sono confusa quanto lei.»

«Non hai spiegazioni?» domandò Hawkins.

«No, nessuna» disse Pip. «Non mi ero resa conto di non averle più.»

«Perciò non possono essere sparite da molto?» chiese lui. «Magari nove o dieci giorni? Potresti averle perse lo stesso giorno che hai perso il cellulare?»

Pip in quel momento capì. Non le credeva. Non avrebbe seguito il sentiero che aveva tracciato per lui. Lei non era più estranea al caso, periferica, c'era una linea diretta tra lei e Jason. Hawkins l'aveva scoperta, la vera Pip, non quella che lei aveva pianificato di fargli trovare. Aveva vinto.

«Davvero non lo so» disse, e il terrore ritornò, quel precipizio nella mente, i respiri sempre più veloci, la gola che si chiudeva. «Posso chiedere ai miei, magari si ricordano quand'è stata l'ultima volta che mi hanno visto con le cuffie. Ma non riesco a capire come sia successo.»

«Certo» disse Hawkins.

Doveva uscire, doveva andarsene prima che il panico prendesse il controllo del suo viso e lei non riuscisse più a nasconderlo. Doveva andarsene... e poteva, era un interrogatorio volontario. Non l'avrebbero arrestata. Non ancora. Le cuffie erano soltanto circostanziali: serviva di più.

«In effetti forse è meglio che vada. Mia mamma mi porta a fare spese per l'università tra un po'. Parto questo weekend e non mi sono ancora organizzata. Mi sono ridotta all'ultimo minuto, come direbbe lei. Chiederò ai miei se si ricordano l'ultima volta che avevo le cuffie e le farò sapere.»

Si alzò.

«Interrogatorio terminato alle 11.57.» Hawkins fermò il registratore e si alzò a sua volta, prendendo la busta con la prova. «Ti accompagno» disse.

«No» rispose Pip sulla porta. «No, non si preoccupi. Sono già stata qui abbastanza volte, conosco la strada.»

Di nuovo in quel corridoio, in quel brutto, bruttissimo posto, sangue sulle mani, sangue sulle mani, sangue sulla faccia e dappertutto, che la marchiava di rosso mentre usciva incespicando.

Ribaltò il portatile. Con dita agitate per poco non lo fece cadere. Un cacciavite del kit di suo padre. Pip poteva togliere l'hard drive, sapeva benissimo come fare, metterlo nel microonde e guardarlo esplodere. Così, se ottenevano un mandato e le prendevano il computer, non avrebbero potuto scoprire che aveva cercato la Green Scene prima che Jason morisse, o il secondo account e-mail di Andie o una qualsiasi connessione con Jason o con il Mostro del nastro adesivo. L'ora del decesso andava dalle nove e mezza a mezzanotte e lei aveva un alibi, aveva un alibi, le cuffie erano solo circostanziali e lei aveva un alibi.

Tolse una vite prima di rendersi conto della verità, prima che questa la investisse in pieno, solida e irrefutabile, conficcata al centro del petto. Negava l'evidenza, ma la voce in fondo alla sua mente sapeva, la guidava alla luce, lentamente.

Era finita.

Pip fece cadere tutto e pianse tra le mani. Ma il suo alibi... il piano aveva funzionato, protestò una parte di sé. No, no. Non poteva più ragionare così, non poteva lottare, non vedeva più la fine. Avrebbe potuto, se si fosse trattato solo di lei, ma non era lei la sola a rischio. Ravi, e Cara e Naomi, e Jamie e Connor e Nat. L'avevano aiutata perché glielo aveva chiesto, perché le volevano bene e lei voleva bene a loro.

Appunto. Voleva loro bene, una verità semplice e potente. Pip li amava tutti e non poteva permettere che andassero a fondo insieme a lei.

Era questa la promessa.

E se era così, se questo era l'inizio della fine, c'era un solo modo che Pip conosceva per proteggerli tutti. Doveva assicurarsi che venissero cancellati dalla storia prima che questa venisse scoperta. Doveva crearne una nuova, una storia nuova, un nuovo piano.

Faceva male anche solo pensarci, sapere cosa voleva dire per lei e per la vita che non avrebbe mai vissuto.

Doveva confessare.

Quarantotto

«No, col cazzo» le disse Ravi, la voce rotta all'altro capo della linea, i respiri rapidi e terrorizzati.

Pip teneva il telefono troppo stretto contro l'orecchio. Uno dei prepagati: non si fidava a usare il suo per quella conversazione. Tutte quelle prove, quei collegamenti con Ravi.

«Devo» disse, figurandosi lo sguardo negli occhi di lui, fissandoli mentre il mondo attorno a loro andava in pezzi.

«Te l'ho chiesto un sacco di volte» disse lui, ora con un lampo di rabbia, la voce rotta. «Ti ho chiesto: "Hai controllato di avere tutto nello zaino?". Te l'ho chiesto, Pip! Ti ho chiesto se avevi controllato!»

«Lo so, mi dispiace, pensavo di avere tutto.» Batté gli occhi, le lacrime le si stavano accumulando sulla bocca, lo stomaco le si torceva a sentire Ravi così. «Me ne sono dimenticata. È colpa mia. È tutta colpa mia, per questo devo confessare, sono solo io...»

«Ma hai un alibi» disse lui, e ora stava cercando di non piangere, Pip lo capì. «Il medico legale pensa che Jason sia morto tra le nove e mezza e mezzanotte e tu sei coperta per tutto il tempo. Non è finita, Pip. Le cuffie sono circostanziali, possiamo pensare a qualcosa.»

«Sono un collegamento diretto tra me e Jason Bell» rimarcò lei.

«Possiamo pensare a qualcosa» ripeté Ravi a voce più

alta, parlandole sopra. «Escogitare un nuovo piano. È questo quello che fai, quello che facciamo.»

«Hawkins mi ha sorpreso a mentire, Ravi. Mi ha sorpreso a mentire e questo e le cuffie gli danno una motivazione plausibile. Significa che probabilmente possono ottenere un mandato per il mio DNA, se vogliono. E se per caso abbiamo lasciato dei capelli, una cosa qualsiasi sulla scena del crimine, allora è finita. Il piano funzionava solo se non c'era alcun collegamento diretto con me, ma solo indiretto, tramite la telefonata a Epps quella notte e il podcast. È finita.»

«Non è finita!» urlò lui, e aveva paura, Pip lo sentiva attraverso il telefono, una paura che la contagiava, le si insinuava sotto la pelle come una cosa viva. «Ti stai arrendendo.»

«Lo so» disse lei, chiudendo gli occhi. «Mi sto arrendendo. Perché non posso permettere che tu mi segua. O i Reynolds o le Ward o Nat. Era questo il patto. Se fosse andata male, sarei stata io la sola a prendersi la colpa. È andata male, Ravi, mi dispiace.»

«Non è andata male.» Lo udì agitarsi all'altro capo della linea, il rumore dei suoi pugni contro un cuscino. «Ha funzionato. Ha funzionato, cazzo, e tu hai un alibi. Come fai a confessare se eri da un'altra parte in quel momento?»

«Dirò cosa ho fatto con l'aria condizionata della macchina, lo stesso trucco, solo che non ha funzionato altrettanto bene. Il tuo alibi ti copre dalle 20.15 di quella sera, perciò magari gli dirò che l'ho ucciso verso le otto, così tu sei completamente pulito. L'ho messo in macchina e sono andata a fabbricarmi il mio alibi con Cara e Naomi. Loro non sapevano niente. Sono innocenti.» Pip si asciugò gli occhi. «Smetteranno di indagare se faccio così. Una confessione è la prova più pregiudiziale, lo sappiamo grazie a

Billy Karras. Non avranno bisogno di continuare a indagare. Dirò a Hawkins chi era Jason, cosa voleva farmi. Non penso che mi crederanno, a meno che non ci sia una prova che Jason era il Mostro, ma magari c'è, da qualche parte. Ci sono i trofei. L'autodifesa va a farsi benedire, specie con il nostro piano elaborato per coprire l'omicidio, ma forse un bravo avvocato riuscirà a ridurre l'accusa da omicidio a omicidio colposo e pos...»

«No!» gridò Ravi, disperato e arrabbiato. «Rimarrai in prigione per decenni, magari per tutta la vita. Non permetterò che succeda. Max ha ucciso Jason, non tu. Ci sono molte più prove che puntano a lui che a te. Possiamo farcela, Pip. Possiamo ancora farcela.»

Le faceva troppo male sentirlo così. Come avrebbe fatto a dirgli addio quando fossero stati davvero l'uno di fronte all'altra? Le costole le si serrarono sul cuore, stringendolo finché non cedette. Pensò che non avrebbe più potuto vederlo ogni giorno, mai più, solo una visita ogni due settimane a un freddo tavolo di metallo, con i secondini ad assicurarsi che non si toccassero. Non era vita, quella, non una che lei volesse per sé o per lui.

Pip non sapeva cosa dire, non poteva sistemare le cose.

«Non voglio che tu lo faccia» disse piano Ravi. «Non voglio che tu te ne vada.»

«Se è una scelta tra me e te, io scelgo te» sussurrò Pip.

«Ma anche io scelgo te» disse Ravi.

«Verrò a dirti addio prima di andare.» Tirò su con il naso. «Scendo per l'ultima cena normale con la mia famiglia. Dico addio anche a loro, anche se non lo sapranno. Solo un ultimo scampolo di normalità. E poi vengo a dire addio a te. E poi vado.»

Silenzio.

«Ok» rispose Ravi, la voce più densa ora, e qualcos'altro che Pip non riconobbe.

«Ti amo» gli disse.

La linea s'interruppe, il segnale le risuonò nelle orecchie.

Quarantanove

«Joshua, mangia i piselli.»

Pip sorrise guardando papà usare quel tono di finto avvertimento, sbarrando gli occhi in modo comico.

«È solo che oggi non mi vanno» si lamentò Josh, spostandoli nel piatto, calciando sotto il tavolo le ginocchia di Pip. Di solito gli avrebbe detto di smetterla, ma questa volta non le dava fastidio. Era l'ultima, in un'ora piena di ultime volte, e Pip non ne avrebbe data nessuna per scontata. Li studiò, se li incise nel cervello perché quei ricordi durassero decenni. Ne aveva bisogno.

«È perché li ho fatti *io*» commentò la mamma, «e non ci ho messo nemmeno un grammo di burro» con un'occhiataccia a papà.

«Sai» disse Pip a Josh, ignorando il proprio piatto, «in teoria i piselli ti fanno giocare meglio a calcio.»

«No, non è vero» rispose lui con la sua voce da "ho dieci anni, non sono stupido".

«Non saprei, Josh» disse pensoso papà. «Ricordati che tua sorella sa tutto. E sottolineo *tutto*.»

«Mmmmh.» Josh alzò lo sguardo al soffitto, riflettendoci. Lo spostò su Pip, studiandola a sua volta con altrettanta attenzione, per motivi diversissimi. «È vero che sa un sacco di cose, questo sì, papà.»

Be', lei pensava di saperle, a partire da fatti irrilevanti fino alle regole per il delitto perfetto. Ma si era sbagliata, e un solo, piccolo errore aveva mandato tutto in pezzi. Si chiese come avrebbe parlato di lei la sua famiglia negli anni a venire. Suo padre si sarebbe sempre vantato, dicendo a tutti che non c'era niente che il suo cetriolino non sapesse? O Pip sarebbe diventata un argomento da tacere, di cui non si parlava al di fuori di quelle quattro mura? Un segreto imbarazzante, tenuto nascosto come un fantasma legato alla casa. Josh si sarebbe inventato delle scuse, quando fossero andati a trovarla, per non dover dire agli amici dov'era sua sorella? Forse avrebbe addirittura finto di non averne una. Pip non l'avrebbe biasimato, se fosse stato questo che lui avrebbe scelto di fare.

«Ma comunque non significa che mi vanno» continuò Josh.

La mamma sorrise esasperata, scambiando uno sguardo con Pip attraverso il tavolo, che diceva con chiarezza: *Ah, maschi.*

Per tutta risposta, Pip batté gli occhi. *Non parlarmene.*

«A Pip comunque mancherà la mia cucina, vero?» chiese la mamma. «Quando sarà all'università.»

«Sì» annuì lei, combattendo con un groppo in gola. «Mi mancheranno tante cose.»

«Ma soprattutto ti mancherà il tuo favoloso papà, giusto?» disse suo padre, facendole l'occhiolino sopra il tavolo.

Pip sorrise, e sentì gli occhi pungerle, appannarsi. «È proprio favoloso» rispose, abbassando lo sguardo per nasconderli e prendendo la forchetta.

Una normale cena di famiglia, peccato che non lo fosse. Nessuno di loro sapeva che in realtà era un addio. Pip era stata fortunatissima. Perché non si era mai fermata a pensarci prima? Avrebbe dovuto pensarci ogni giorno. E ora doveva rinunciare a tutto. A tutti loro. Non voleva farlo. Non voleva questo. Voleva lottare, infuriarsi. Non era giusto. Ma era quello che si doveva fare. Pip non sapeva più niente di bene o male o giusto o sbagliato, erano solo parole vuote e prive di significato, ma sapeva che era questo ciò che doveva fare. Max Hastings sarebbe rimasto libero, ma anche tutti quelli a cui lei voleva bene. Un compromesso, uno scambio.

La mamma di Pip era tutta presa a elencare le cose che dovevano sistemare prima di domenica, tutte le cose che dovevano ancora comprare.

«Non hai ancora comprato delle belle lenzuola.»

«Posso portarne di vecchie, va bene lo stesso» disse Pip. Non le piaceva quella conversazione, la pianificazione di un futuro che non avrebbe mai vissuto.

«Mi sorprende che non hai ancora cominciato a fare le valigie, ecco tutto» rispose la mamma. «Di solito sei così organizzata.»

«Ho avuto da fare» rispose Pip, e ora era lei che spostava i piselli nel piatto.

«Con il nuovo podcast?» chiese papà. «Terribile, vero, quel che è successo a Jason?»

«Già, è terribile» disse piano Pip.

«Cosa gli è successo esattamente?» Josh rizzò le orecchie.

«*Niente*» intervenne decisa la mamma, e la conversazione finì lì; raccolse i piatti vuoti e semivuoti e li portò via. La lavastoviglie sospirò aprendosi.

Pip si alzò, ma non sapeva bene cosa fare. Voleva abbracciarli stretti e piangere, ma non poteva, perché altrimenti avrebbe dovuto raccontare tutto, dire loro la cosa atroce che aveva fatto. Ma come faceva ad andarsene, come faceva a dire addio senza stringerli? Magari solo uno di loro, magari solo Josh.

Lo afferrò mentre scendeva dalla sedia, avvolgendolo in un rapido abbraccio, mascherato da lotta: lo prese in braccio e lo buttò sul divano.

«Lasciami andare» ridacchiò lui, scalciando.

Pip prese la giacca, obbligandosi ad allontanarsi da loro, altrimenti forse non sarebbe mai stata in grado di uscire. Si diresse verso la porta. Era quella l'ultima volta che la varcava? La prossima sarebbe stata a quaranta, cinquant'anni? Le rughe sul viso tutte dovute a quell'unica notte, incisa per sempre in lei. Oppure non sarebbe tornata a casa mai più?

«Ciao» disse, e la voce le morì in gola, un buco nero nel petto che forse non se ne sarebbe mai andato.

«Dove vai?» La mamma fece capolino dalla cucina. «Una cosa per il podcast?»

«Già.» Pip si strinse nelle spalle, infilando i piedi nelle scarpe, senza guardare la mamma perché faceva troppo male.

Si trascinò fino alla porta. *Non voltarti, non voltarti*. La aprì.

«Vi voglio bene» urlò, forte, più forte di quanto volesse per coprire la voce rotta. Si chiuse la porta alle spalle, e quella sbattendo la tagliò fuori, separandola da loro. Appena in tempo, però, perché ora piangeva, singhiozzi pesanti che le rendevano difficile respirare. Aprì la macchina e salì.

Urlò tra le mani chiuse. Contò fino a tre. *Solo fino a tre*. Doveva andare. Da Ravi. Era già spezzata, ma il prossimo addio l'avrebbe mandata in mille pezzi.

Avviò la macchina e partì, pensando a tutte le persone a

cui non poteva dire addio: Cara, Nat, i fratelli Reynolds, Naomi. Ma avrebbero capito, avrebbero capito perché non aveva potuto.

Pip imboccò la strada principale, sterzando poi su Gravelly Way, verso Ravi. Verso l'addio che non avrebbe mai voluto dire. Parcheggiò fuori dalla casa dei Singh, ripensando a quella ragazza ingenua che aveva bussato a quella porta tanto tempo prima, presentandosi e dicendo a Ravi che non credeva che suo fratello fosse stato un assassino. Così diversa dalla persona che era in piedi lì in quel momento, eppure entrambe avrebbero per sempre condiviso una cosa: Ravi. Lui era ciò che di meglio avevano, lei e la ragazza di prima.

Ma qualcosa non andava, Pip lo capì subito. Non c'erano auto nel vialetto. Né quella di Ravi né quelle dei suoi. Bussò comunque. Spinse l'orecchio contro il vetro per sentire. Niente. Bussò ancora, e ancora, picchiando col pugno sul legno finché non si fece male, sangue invisibile che gocciolava dalle nocche.

Aprì la fessura per le lettere e chiamò il nome di Ravi. Cercandolo in ogni angolo e in ogni crepa. Non c'era. Gli aveva detto che sarebbe passata; perché non c'era?

Era stato tutto lì, al telefono? Nessun ultimo addio, di persona, guardandosi negli occhi? Senza infilare il viso in quel punto tra il suo collo e la spalla, il posto in cui si sentiva a casa. Senza tenerlo stretto, rifiutandosi di lasciarlo andare, di scomparire.

Pip ne aveva bisogno. Aveva bisogno di quel momento per andare avanti. Ma forse Ravi no. Era arrabbiato con lei. E l'ultima cosa di lui che avrebbe sentito prima che tutte le loro conversazioni avvenissero tramite telefonate prepagate in galera era quello strano "Ok", e l'ultimo *click* mentre la lasciava andare. Ravi era pronto, e perciò doveva esserlo anche lei.

Non c'era tempo da perdere. Doveva dirlo a Hawkins quella sera stessa, adesso, prima che indagassero troppo e scoprissero collegamenti con chi aveva aiutato Pip quella notte. Li avrebbe salvati da se stessa con una confessione, avrebbe salvato Ravi, anche se lui l'avrebbe odiata per questo.

«Ciao» disse Pip alla casa vuota, lasciandosela alle spalle, il petto scosso dai singhiozzi, e risalì in macchina. Allontanarsi fu come strapparsi via.

Imboccò la statale, lasciando che Little Kilton scomparisse nello specchietto retrovisore, anche se una parte di lei voleva tornare indietro e restare per sempre con i suoi, con quelle persone che poteva contare sulle dita, e un'altra voleva ridurre in cenere la città alle sue spalle. Guardarla morire tra le fiamme.

Ora si sentiva intorpidita dentro e ringraziò quel buco nero nel petto per aver assorbito in sé anche il dolore, consentendo al torpore di diffondersi mentre guidava verso Amersham, verso la centrale di polizia, quel brutto, bruttissimo posto. Pip non era che quel percorso, non pensò a cosa sarebbe venuto dopo, era soltanto quella macchina e quei due fari gialli che fendevano la notte.

Seguì la strada a scorrimento veloce nel tunnel, lungo la svolta, con alberi neri che le incombevano sopra da ogni lato. Nell'altra corsia i fari le venivano incontro, superandola con un piccolo spostamento d'aria. Un altro paio, sulla strada, ma qualcosa non quadrava. Lampeggiavano rapidi, sfarfallandole negli occhi e facendo scomparire il mondo tra un lampo e l'altro. La macchina si avvicinava sempre di più. Un clacson, una sequenza di tre suoni: *lungo-corto-lungo*.

Ravi.

Era la macchina di Ravi, realizzò Pip mentre la superava, leggendo le ultime tre lettere della targa nello specchietto.

Stava rallentando, dietro di lei, sbandando pericolosamente sulla strada per fare inversione.

Cosa stava facendo? Cosa ci faceva *lì*?

Pip mise la freccia e imboccò una stradina che intersecava la statale e che conduceva a un cancello che la separava da una vecchia stazione di benzina mezza demolita. Quando aprì la portiera e uscì, i fari illuminarono dei graffiti rossi e gocciolanti sull'edificio bianco in rovina.

La macchina di Ravi rallentò dietro di lei. Pip alzò la manica davanti al volto per schermarsi dalla luce dei fari, per asciugarsi gli occhi arrossati.

Lui balzò fuori dall'auto senza averla in pratica ancora fermata.

Erano solo loro due, non c'era nessun altro nelle vicinanze, a parte il rumore delle macchine che passavano, troppo rapide per fare caso a Pip e Ravi. Solo loro e i campi e gli alberi, e il rudere lì accanto. Uno di fronte all'altro, guardandosi negli occhi.

«Che cosa fai?» gridò Pip nel vento cupo.

«Che cosa fai tu?» urlò Ravi di rimando.

«Sto andando alla polizia» rispose lei, confusa, mentre Ravi cominciava a scuotere il capo, avvicinandosi.

«Invece no» disse con voce profonda, che sfidava il vento.

A Pip venne la pelle d'oca.

«Invece sì» ribatté lei, e lo stava implorando, ecco cosa sembrava. Ti prego, è già la cosa più difficile. Anche se almeno ora l'aveva rivisto.

«Invece no» ripeté Ravi, più forte, sempre scuotendo la testa. «Ci sono appena stato.»

Pip si gelò, cercando di leggergli il viso.

«Cosa vuol dire che ci sei appena stato?»

«Sono appena stato alla polizia, a parlare con Hawkins» disse lui, urlando per sovrastare il rumore di un'altra auto che passava.

«Cosa?!» Pip lo fissò e il buco nero nel suo petto rigurgitò tutto: il panico, il terrore, la paura cieca, il dolore, il brivido lungo la schiena. «Di cosa parli?»

«Andrà tutto bene» le gridò Ravi. «Non devi confessare. Non hai ucciso tu Jason.» Deglutì. «Ho sistemato tutto.»

«Tu cosa?!»

La pistola le fece fuoco sei volte nel petto.

«Ho sistemato tutto» ripeté Ravi. «Ho detto a Hawkins che è colpa mia... le cuffie.»

«No, no, no, no.» Pip fece un passo indietro. «No, Ravi! Cos'hai fatto?»

«Va tutto bene, andrà tutto bene.» Lui si avvicinò, allungando la mano.

Pip gliela scacciò. «Che cos'hai fatto?» ripeté, la gola che si stringeva sempre di più attorno a quelle parole, spezzandole a metà. «Cos'hai fatto esattamente?»

«Gli ho detto che io prendo in prestito le tue cuffie di continuo, a volte senza che tu lo sappia. Che devo averle avute con me quando sono passato dai Bell a trovare Jason una sera un paio di settimane fa. Il 12, ho detto. E che le ho lasciate lì per sbaglio.»

«Perché cazzo saresti dovuto andare a trovare Jason?» urlò Pip, e la sua mente si scostò da lui, spingendola indietro, quasi contro il cancello. No, no, no, cos'aveva fatto?

«Perché volevo parlargli di un'idea che mi era venuta, di fondare una borsa di studio in memoria di Andie e Sal, un progetto di beneficenza. Sono andato a discuterne con lui, gli ho mostrato delle stampate che avevo fatto e dev'essere stato in quel momento che mi sono cadute le cuffie dallo zaino. Eravamo in salotto, seduti sul divano.»

«No, no, no» sussurrò Pip.

«A Jason l'idea è piaciuta, ma ha detto che non aveva tempo da dedicarci... è così che ci siamo lasciati, ma io devo essere uscito dimenticandomi lì le cuffie. Mi sa che Jason poi le ha trovate e non si è reso conto che erano le mie. È questo che ho detto a Hawkins.»

Pip si tappò le orecchie con le mani, come se così, non sentendolo, potesse far andare via quello che le stava dicendo.

«No» disse piano, e la parola fu soltanto una vibrazione contro i denti.

Ravi finalmente la raggiunse. Le scostò le braccia dal viso, le tenne le mani tra le sue. Strette, come per ancorarla a sé. «Va tutto bene, ho sistemato tutto. Il piano è ancora in piedi. Non hai ucciso tu Jason. È stato Max. Non c'è più alcun collegamento diretto con te. Non hai avuto contatti con Jason dopo lo scorso aprile e Hawkins non ti ha sorpreso a mentire. Sono stato io: io ho lasciato lì le tue cuffie. Tu non ne sapevi niente. Oggi mi hai raccontato del tuo interrogatorio e in quel momento mi sono reso conto che ero stato io ad aver avuto un contatto con Jason, ad aver lasciato lì le cuffie. Così sono andato alla polizia per chiarire le cose. Ecco cos'è successo. Hawkins mi ha creduto, mi crederà. Mi ha chiesto dove fossi la sera del 15 e gliel'ho detto: ero ad Amersham con mio cugino, ho elencato tutti i posti in cui sono stato. Sono tornato a casa subito prima di mezzanotte. Ineccepibile, a prova di bomba, proprio come avevamo pianificato. E nessun collegamento con te. Andrà tutto bene.»

«Non volevo che facessi una cosa del genere, Ravi» pianse lei. «Non volevo nemmeno che gli parlassi, che non dovessi mai usare il tuo alibi.»

«Ma tu sei salva» rispose lui, e i suoi occhi ebbero un lampo nel buio. «Ora non devi andartene.»

«Ma *tu* non lo sei!» esclamò Pip. «Ti sei appena fatto coinvolgere. Prima potevamo tenerti separato, eri separato da tutto, ma ora... e se Dawn Bell era a casa il 12? E se gli dice che stai mentendo?»

«Non ti posso perdere» disse Ravi. «Non potevo permetterti di farlo. Mi sono seduto sul letto dopo che mi hai chiamato e ho fatto quello che faccio sempre quando sono nervoso o spaventato o incerto su qualcosa. Mi sono chiesto: cosa farebbe Pip? Cosa farebbe in questa situazione? Perciò ho fatto così. Mi sono inventato un piano. È stato imprudente? Probabilmente sì. Coraggio al limite della stupidità, come te. Ma ci ho riflettuto bene, senza rimuginarci troppo. Ho agito, come te. È quello che avresti fatto tu, Pip.» Sospirò, alzando e abbassando le spalle. «È quello che avresti fatto tu, e tu l'avresti fatto per me, lo sai. Siamo una squadra, ricordi? Tu e io. E nessuno ti porterà via da me, nemmeno tu.»

«Cazzo!» gridò Pip al vento, perché Ravi aveva ragione e aveva torto e lei era felice ed era devastata.

«Andrà tutto bene.» Ravi la avvolse in sé, dentro la giacca, caldo anche se non aveva alcun senso che lo fosse. «È stata una mia scelta e ho scelto te. Non vai da nessuna parte» disse, respirandole nei capelli, sulla pelle sottostante.

Pip gli si aggrappò, osservando la strada buia dietro la spalla di Ravi. Batté lentamente le palpebre mentre il buco nero nel suo petto cercava di rimettersi al passo. Non doveva andarsene. Non doveva più essere quella donna di cinquant'anni che tornava dopo decenni nella vecchia casa di famiglia, pensando che era, chissà come, un po' più piccola di come la ricordava, perché se l'era dimenticata o perché la casa aveva dimenticato lei. Non doveva più restare a guardare tutti quelli a cui voleva bene vivere una vita senza di lei, aggiornandola dall'altro capo di un tavolo di metallo ogni due settimane, le visite che diminuivano e si distanziavano man mano che le loro vite si mettevano in mezzo e il suo profilo sbiadiva e sbiadiva fino a scomparire del tutto.

Una vita, una vita vera, una vita normale: era ancora possibile. Ravi l'aveva salvata, davvero, e facendolo aveva dannato se stesso.

Ora non c'era più scelta, non si poteva tornare indietro.

Doveva mostrare i denti e arrivare alla fine.

Senza dubbi.

Senza pietà.

Sangue sulle mani e una pistola nel cuore e il piano.

Quattro angoli. Lei e Ravi in uno. Il Mostro del nastro adesivo in un altro. Max Hastings in quello opposto a loro e l'ispettore Hawkins in quello opposto a lui.

Un ultimo incontro, da qualche parte nel mezzo, e dovevano vincere loro. Dovevano, ora che anche Ravi era in pericolo.

Pip gli si premette contro, più vicina, più forte, l'orecchio sul petto per sentirgli il cuore, perché era ancora lì e ancora poteva farlo.

Chiuse gli occhi e gli fece una nuova promessa muta, perché lui l'aveva scelta e lei aveva scelto lui: l'avrebbero fatta franca.

Cinquanta

La città vibrava, ribolliva di chiacchiere. Chiacchiere sottovoce, ma il genere di sottovoce che si poteva benissimo sentire, particolarmente forte alle orecchie di Pip.

Non è terribile?
— Gail Yardley che portava a spasso il cane.

C'è qualcosa di profondamente sbagliato in questa città. Non vedo l'ora di andarmene.
— Adam Clark, vicino alla stazione.

Hanno già arrestato qualcuno? Tuo cugino ha dei contatti in polizia, no?
— La signora Morgan, fuori dalla biblioteca.

Dawn Bell è passata in negozio la settimana scorsa e non sembrava troppo turbata... Non credi che ci abbia qualcosa a che fare?
— Leslie del negozio all'angolo.

Pip stessa aveva sostenuto due conversazioni del genere, in privato, dove nessuno potesse sentirla. A porte chiuse, ma comunque bisbigliando.

La prima era stata con Nat, mercoledì, entrambe sedute sul letto di Pip.

«Mi hanno telefonato dalla polizia. L'ispettore Hawkins. A proposito delle loro indagini sulla morte di Jason Bell. Mi ha chiesto se avessi bussato alla porta di Max Hastings la sera del 15. Se gli avessi dato un pugno in faccia.»

«E?» domandò Pip.

«Gli ho risposto che non avevo idea di che cosa stesse parlando, e perché diamine stava insinuando che io potrei mai andare di mia volontà in casa di una persona che mi ha aggredita, mettendomi nella condizione di rimanere da sola con lui.»

«Brava, bene.»

«Gli ho detto che quella sera ero da mio fratello, dalle otto circa in poi. Dan era già ubriaco e in pratica dormiva sul divano, perciò verificherà anche questo.»

«Bene.» Era bene davvero. Voleva dire che Hawkins aveva già interrogato Max almeno una volta, probabilmente dopo aver analizzato i dati del suo cellulare, chiedendogli una volta di più di spiegargli dove si trovasse la sera che Jason era morto. Max doveva avergli detto di essere rimasto a casa tutta la sera, di essersi addormentato presto e che Nat Da Silva aveva bussato alla sua porta. Ma Hawkins aveva già i dati del suo cellulare, sapeva che Max non era a casa, vedeva le chiamate rimbalzate sui ripetitori che lo inchiodavano alla scena del crimine, e ora aveva sorpreso Max a mentire, diverse volte.

C'era un'altra cosa che restava non detta tra Pip e Nat. Ed era la morte di Jason Bell. Nat non avrebbe mai potuto chiederglielo, e Pip non avrebbe mai potuto dirglielo, ma Nat doveva averlo capito, a Pip lo rivelava lo sguardo nei suoi occhi. Eppure non lo scostò, no, sostenne quello di Pip come Pip sostenne il suo, e pur non potendolo dire fu inteso: era stato Max a uccidere Jason, non lei. Un altro segreto a legarle.

La seconda conversazione era stata con Cara, il giorno successivo, sedute al tavolo della cucina degli Ward dopo che Pip aveva ricevuto un messaggio: *Puoi passare?*

«L'ispettore ha chiesto a me e a Naomi dove eravamo la sera del 15, se eravamo con te. Perciò gli abbiamo detto di sì, e a che ora siamo uscite e tornate e dove siamo andate. Che era una serata qualunque, e avevamo fame, nient'altro. Gli ho anche mostrato le foto e i video sul cellulare. Mi ha chiesto di mandarglieli.»

«Grazie» disse Pip, una parola inadeguata e fragile. C'era quello stesso sguardo anche negli occhi di Cara. Doveva averlo capito quando era uscita la notizia di Jason. Cos'altro poteva essere? Lei e Naomi dovevano essersi guardate e averlo capito, pur non dicendoselo a voce alta. Ma c'era anche qualcosa di inscalfibile negli occhi di Cara, una fiducia che, nonostante tutto ciò l'avesse messa alla prova, non si era infranta. Cara Ward, più una sorella che un'amica, la sua certezza, la sua stampella, e quello sguardo familiare sul suo viso contribuì a sciogliere il nodo allo stomaco di Pip. Non sapeva se sarebbe riuscita a sopportarlo, se Cara l'avesse guardata in modo diverso.

E quella era un'altra cosa buona. Voleva dire che Hawkins stava indagando sul suo alibi, lo stava verificando. Aveva interrogato i testimoni, controllato il tragitto che la sua auto aveva percorso quella notte. Forse aveva già visto le registrazioni del McDonald's, gli addebiti sulla sua carta e gli orari dei pagamenti. Vedi, Hawkins, mentre Jason veniva ucciso, Pip era esattamente dove aveva detto, a chilometri e chilometri di distanza.

Un'altra conversazione – che fu probabilmente più una discussione che una conversazione – la ebbe con i suoi genitori.

«Cosa vuol dire che non parti domenica?» La mamma rimase a bocca aperta.

«Che non parto. La prima settimana di università posso saltarla, le lezioni non iniziano prima di quella dopo. Non posso ancora partire, devo finire qui. Sto seguendo una cosa importante.»

Suo padre, che urlava di rado, aveva urlato. Per ore. Questa, a quanto pareva, era la cosa più brutta che lei gli avesse mai fatto.

«Penso che abbiano bisogno di me, che trovi l'assassino per loro, e tu sostieni che una settimana di sbronze sia più importante?»

Un'occhiataccia per tutta risposta.

«Se perdo qualcosa lo recupero. Come sempre. Per favore, fidatevi di me. Ho bisogno che vi fidiate di me.»

Proprio come aveva fatto Ravi, e lei non poteva andarsene senza sapere che ce l'avevano fatta. Nessuna pietà, nessun tentennamento, era l'ultimo scontro. Pip aveva fornito alla polizia ogni cosa: aveva fatto in modo che Max si trovasse sulla scena del crimine all'ora della morte utilizzando il ripetitore, vi aveva lasciato i capelli di Max, le sue orme, le telecamere del traffico avevano ripreso la sua macchina che si allontanava dopo aver dato tutto alle fiamme, c'era sangue sulla manica della sua felpa e a casa sua, e nel fango rappreso sotto le scarpe. Forse non avevano ancora trovato tutto quanto, ma stava per fornire loro anche un'altra cosa: l'episodio 1. Tenere insieme la storia, il movente. Sullo sfondo la città, ciò che era successo a Andie e Becca.

Risentimento tra due uomini, un alterco validato da una testimone, un accenno all'orgoglio ferito, a una colluttazione che forse si era spinta troppo oltre. Le telecamere di sicurezza a casa di uno dei due, che di certo avrebbero dimostrato la sua innocenza se non aveva nulla da nascondere. L'intervista a Jackie aveva già fatto il suo corso, ma a Pip serviva nuovo impulso.

La cosa peggiore che potessero fare era dirle di cancellare tutto, dirle di smettere di interferire, ma il danno sarebbe ormai stato fatto, il seme piantato. Non poteva fare il nome del sospettato e non ce ne sarebbe stato bisogno: Hawkins avrebbe capito di chi stava parlando e il podcast era dedicato proprio a lui. L'ispettore era il solo ascoltatore che avesse importanza. Montare per lui il caso contro Max, in modo che non tentasse mai di montarne uno contro di lei.

⬆ 41.29 MB di 41.29 MB caricati

Come uccidono le brave ragazze – Chi ha ucciso Jason Bell?
STAGIONE 3 EPISODIO 1 caricato con successo su SoundCloud

Cinquantuno

Un'altra partita, un'altra corsa, tra il suo cuore e il pompare delle scarpe che battevano fuori tempo sull'asfalto. Pip si riempì di quel suono, soltanto un piede davanti all'altro, per scacciare se stessa dalla propria mente. Forse, se avesse corso abbastanza veloce quella notte sarebbe addirittura riuscita a dormire. In teoria quella notte sarebbe dovuta essere in un nuovo letto, in una nuova città, ma Little Kilton ancora non voleva lasciarla andare.

Non avrebbe dovuto fissarsi i piedi, avrebbe dovuto guardare dove andava. Non ci aveva pensato, non aveva avuto bisogno di pensarci; era semplicemente uno dei suoi percorsi abituali, il suo circuito. Una via dopo l'altra, con la mente che le seguiva.

Fu solo quando sentì i rumori di voci e di mezzi che alzò gli occhi e si rese conto di dove stava correndo. Tudor Lane, quasi a metà della via, verso casa Hastings.

L'edificio era proprio lì, ma c'era qualcosa di nuovo, di strano, che attirò il suo sguardo. Parcheggiati fuori dalla casa, che sporgevano sulla strada, c'erano tre macchine della polizia e due furgoncini, con scacchiere blu e gialle dipinte sulle fiancate.

Pip proseguì, lo sguardo sempre più attirato dalla scena, finché non vide un gruppo di persone entrare e uscire dal portone d'ingresso. Vestite di tute di plastica bianca che le coprivano da sotto le scarpe fino ai capelli. Maschere sui volti e guanti di lattice blu sulle mani. Un uomo stava portando una grossa busta di carta marrone nel furgone che attendeva fuori casa, e un altro lo seguiva.

Una squadra forense.

Una squadra forense che perquisiva la casa di Max.

Pip rallentò fino a fermarsi, il cuore aveva avuto la meglio sui piedi e, mentre lei guardava quel caos ordinato di persone avvolte nella plastica, le si scagliava contro le costole. Non era la sola. In piedi, nei loro vialetti, stavano i vicini, a occhi aperti, mormorando tra loro nascondendo le bocche con le mani. Un furgoncino bianco era posteggiato sull'altro lato della strada e c'erano persone tutt'attorno, una che faceva foto della scena, un altro uomo, con una grossa telecamera posata sulla spalla, la puntava dall'altra parte della via.

Ecco. Ecco. Non poteva sorridere, non poteva piangere, non poteva permettersi di lasciar trapelare alcuna reazione sul proprio viso, a parte una lieve curiosità, ma nient'altro. L'inizio della fine. Il suo cuore scacciava quel buco nero che aveva nel petto man mano che guardava.

Un agente in uniforme, con una giacca catarifrangente gialla, era in piedi accanto a una delle macchine della polizia, e parlava con due persone: un uomo e una donna. L'uomo stava sbraitando parole smozzicate e infervorate all'agente, ma la voce veniva portata via dal vento.

Erano i genitori di Max, tornati dall'Italia, stretti l'uno all'altra con le loro scure e costose abbronzature. Pip lo cercò con lo sguardo, ma Max non c'era. Nemmeno l'ispettore Hawkins.

«Ridicolo» berciò il padre di Max, prendendo il cellulare con movimenti bruschi e rabbiosi.

«Signor Hastings, le è stato già mostrato il mandato di perquisizione firmato. Non ci vorrà ancora molto. Se potesse solo calmarsi...»

Hastings girò sui tacchi, portandosi il telefono all'orecchio. «Epps!» vi latrò dentro.

Anche l'agente si girò, continuando a tenerlo d'occhio. Pip svoltò prima che lui la notasse per la strada, i capelli che le sferzavano le spalle, le scarpe da corsa che raspavano l'asfalto.

L'agente poteva riconoscerla e lei non doveva farsi vedere lì. Doveva tenersi ai margini.

Accelerò il passo e cominciò a correre, tornando da dove era venuta. Un'altra partita, un'altra corsa, e ora stava vincendo lei.

Non ci sarebbe voluto molto, non poteva volerci molto. Avevano emesso un mandato di perquisizione per casa sua. L'avrebbero passata al setaccio e nella camera di Max avrebbero trovato la felpa insanguinata e le scarpe con le suole dal disegno a zigzag; magari Pip le aveva addirittura viste mentre le portavano fuori, dentro due di quelle grosse buste marroni. Se avevano un mandato di perquisizione per la casa, era probabile ne avessero anche uno per ottenere campioni di DNA di Max, per vedere se combaciassero con i capelli biondi trovati tra le mani di Jason e nel fiume del suo sangue. Magari Max in quel momento era proprio lì a farsi prelevare un campione.

Girò l'angolo, lo sguardo non più puntato sui propri piedi ma al cielo grigio che annunciava pioggia. I risultati del test del DNA potevano metterci anche giorni ad arrivare dal laboratorio che doveva analizzare il sangue sui vestiti di Max e i capelli trovati sul cadavere di Jason. Ma, una volta fatto, Hawkins non avrebbe avuto altra scelta. Le prove erano schiaccianti. I pezzi si spostavano sulla scacchiera, i giocatori si fissavano ognuno dal proprio angolo.

Pip aumentò l'andatura, più veloce, più decisa, e la sentì, la fine, che la raggiungeva.

Da: mariakarras61@hotmail.it   **11.39**
A: CULBRpodcast@gmail.com

Oggetto: Qualche novità!

Ciao Pippa,
spero che tu stia bene! Dall'episodio che hai appena pubblicato ho visto che hai trovato il caso per la terza stagione, o meglio, che il caso ha trovato te. Che tragedia, e povero signor Bell! Spero tanto che scoprirai chi gli ha fatto una cosa simile.

Capisco assolutamente come mai questo caso ha avuto la priorità rispetto a Billy e al Mostro del nastro adesivo, ma ho ricevuto delle novità stamattina e ho pensato che ti sarebbe piaciuto sentirle. A quanto pare stanno riesaminando il caso di Billy! È venuta alla luce qualche nuova prova. Non so ancora tutti i dettagli, ma sembra che sia qualcosa di grosso... nuove prove del DNA o nuove impronte digitali. È per questo che tutti di colpo hanno cominciato a interessarsene. Mi chiedo se non abbiano finalmente identificato l'impronta digitale sconosciuta trovata su Melissa Denny, la seconda vittima.

Per queste cose ci vuole tempo, ne sono sicura, ma un avvocato del Progetto Innocenti ha contattato Billy per presentare una mozione alla Commissione di Riesame Casi Criminali per ribaltare la sentenza. Perciò sembra che la polizia pensi, forse, di aver trovato il vero Mostro del nastro adesivo, o per lo meno abbastanza prove per cui la condanna di Billy non sia più "sicura" (è questo il termine giusto, l'ho cercato).

Comunque, un sacco di cose eccitanti e ovviamente ti terrò aggiornata. Magari avrò addirittura il mio ragazzo di nuovo a casa per Natale, chi lo sa?

Grazie per aver creduto in Billy e in me.
Cari saluti,
Maria Karras

Cinquantadue

Pip sfiorò con le dita lo schermo del computer, soffermandosi sull'ultima riga dell'e-mail.

Grazie per aver creduto in Billy e in me.

Aveva creduto in loro perché in teoria Pip era la sesta vittima del Mostro del nastro adesivo e, in un certo senso, lo sarebbe rimasta per sempre. Dal momento in cui Jason l'aveva presa non c'era stato più alcun dubbio: in prigione c'era un uomo innocente. Ma *il piano* si era dimenticato di Billy. L'istinto di sopravvivenza aveva preso il sopravvento, la sopravvivenza e la vendetta, e proteggere Ravi e gli altri proprio dal piano. Ma Billy doveva essere salvato da Jason Bell tanto quanto lei, e Pip l'aveva trascurato, l'aveva reso di secondaria importanza. Avrebbe potuto fare qualcosa, no? Il piano funzionava solo se lei non sapeva che Jason Bell era il Mostro del nastro adesivo, se non aveva niente a che fare con lui, ma avrebbe potuto farsi venire in mente qualcosa.

Si rese conto di un altro fatto, gelido e duro come pietra nello stomaco: Pip pensava che non ci fosse alcuna prova significativa che Jason Bell fosse il Mostro del nastro adesivo. Il che voleva dire due cose: aveva sempre avuto intenzione di trascurare Billy Karras, di salvare se stessa e seppellire lui in fondo alla memoria. E la seconda: niente di tutto ciò che era successo era accaduto perché scritto sulla pietra. Pip avrebbe anche potuto continuare a camminare tra gli alberi, mentre la macchina di Jason era parcheggiata alla Green Scene dietro di lei. Avrebbe potuto proseguire, trovare una strada, trovare una casa, trovare una persona e un telefono. Forse Hawkins non le avrebbe comunque creduto, ma magari avrebbe indagato. Forse avrebbe trovato le stesse prove che avevano appena scoperto, a sostegno delle sue parole, forse avrebbe agito prima che Jason potesse riprovarci. Jason dietro le sbarre e Billy libero, grazie alla forza della testimonianza di prima mano di Pip.

Ma non era questo che era accaduto. Una biforcazione in un sentiero che non aveva imboccato.

Pip aveva compiuto una scelta diversa, in piedi nel buio di quegli alberi. Non era stato un incidente né l'istinto né legittima difesa. Aveva visto entrambe le strade e aveva fatto una scelta. Era tornata indietro.

E forse quell'altra Pip in quell'altra vita avrebbe detto che aveva fatto *lei* la scelta giusta. Si era fidata di coloro che non si erano mai fidati di lei e aveva funzionato. Aveva salvato se stessa per salvare se stessa; forse era già guarita, e il Team Ravi & Pip era andato avanti a vivere una vita normale. Ma anche questa Pip poteva dire che la sua era stata la scelta giusta. Da morto era l'unico modo in cui potesse essere sicura che il Mostro del nastro adesivo non avrebbe più fatto del male a nessuno. E su questa strada anche Max Hastings sarebbe affondato. Due piccioni con una fava. Due mostri e un cerchio di ragazze morte e dallo sguardo morto, opera loro. Uno morto, uno in prigione con una condanna che andava da trent'anni all'ergastolo. Via. Spariti, e nessuno che li cercasse. Forse così era meglio, chi poteva dirlo?

Comunque adesso c'era una cosa che Pip poteva fare

per correggere quello sbaglio, per far tornare alla luce Billy Karras. Sua madre probabilmente aveva ragione: quando avevano fatto l'autopsia sul cadavere di Jason e aggiunto le sue impronte digitali al sistema, avevano trovato una corrispondenza con l'ultimo mistero del caso del Mostro del nastro adesivo. Forse lo stesso era successo con le tracce di DNA sulle scene del crimine del Mostro che prima avevano dovuto lasciar perdere. E poi c'erano i trofei. Pip ne aveva già trovati tre per conto suo, altri due guardando una vecchia foto stampata della famiglia Bell, una che aveva aggiunto alla bacheca del caso di Andie un anno prima. Una catenina dorata con una moneta come pendente che era appartenuta a Phillipa Brockfield, al collo di Dawn Bell. Due punti di luce sulle orecchie di Becca: orecchini d'oro rosa con pallide pietre verdi. Gli stessi orecchini che indossava ancora adesso. Erano appartenuti a Julia Hunter. Pip desiderò poter far arrivare in qualche modo un messaggio a Becca; raccontarle tutto quello che era successo, dirle di quegli orecchini, perché, finché li indossava, il Mostro aveva ancora presa su di lei. Riviveva il momento in cui aveva ucciso quelle donne ogni volta che vedeva sua moglie e le due figlie.

La polizia aveva perquisito la casa di Jason: se avevano trovato e preso le cuffie di Pip, forse avevano trovato anche i trofei delle altre vittime. La spazzola viola di Andie, la catenina che indossava Dawn, l'orologio Casio di Bethany Ingham, il portachiavi di Tara Yates.

E, se non li avevano trovati, Pip vi poteva guidare Hawkins, doveva solo mostrargli quella foto.

Non solo quella, aveva anche l'indirizzo e-mail segreto di Andie e quella bozza mai spedita. Quell'e-mail – le parole di Andie che non erano state le sue ultime, ma era come se lo fossero – sarebbe stata il coperchio sulla bara di Jason Bell. Avrebbe portato anche la polizia a collegare Andie a CH. Pip avrebbe dovuto cambiare la password dell'account con qualcosa di meno plateale della temporanea *MostroNA6*. Lo fece subito, sostituendola con *TeamAndie&Becca*: pensò che a Andie quella sarebbe piaciuta di più.

La polizia poteva anche già avere un'impronta digitale, ma Pip avrebbe fornito loro tutto il resto, inchiodando Jason Bell contro ogni ragionevole dubbio. Così, quando la sentenza di Billy fosse stata ribaltata, non l'avrebbero riportato a processo con quelle prove assolutorie, ma avrebbero fatto cadere subito le accuse. Far tornare finalmente Billy a casa: almeno questo Pip glielo doveva.

E se tutti avessero saputo chi era in realtà Jason Bell, lei non avrebbe più dovuto ascoltare la gente dire che terribile tragedia fosse stata che qualcuno l'avesse ucciso.

Pip fece pratica allo specchio, la gola secca e non utilizzata da tutto il giorno. «Salve, ispettore Hawkins, mi scusi, so che deve essere terribilmente impegnato. È solo che... be', come sa, sto indagando nel passato di Jason Bell come parte delle mie ricerche su chi potrebbe averlo ucciso. Studio i suoi amici, le relazioni personali eccetera. E, non so...» Si interruppe, con un'espressione dispiaciuta sul viso, i denti stretti. «Ho trovato dei collegamenti inquietanti con un altro caso. Non volevo disturbarla, ma penso proprio che debba dare un'occhiata.»

Il nastro adesivo e la corda presi alla Green Scene Ltd e il collegamento della ditta con i luoghi di ritrovamento dei cadaveri. La registrazione della sua vecchia intervista a Jess

Walker a proposito di un antifurto scattato in azienda la stessa notte delle morti di Tara Yates e Andie. Lo username del secondo indirizzo e-mail segreto di Andie, e la password appena cambiata. Una foto del diario sulla scrivania di Andie, la spazzola viola lì accanto. E quella foto di famiglia, con la catenina e gli orecchini.

«Becca li porta ancora. Lo so perché la vado a trovare. Forse mi sbaglio, ma non sembrano uguali a quelli che il Mostro del nastro adesivo aveva preso come trofeo a Julia Hunter?»

La voce nella sua mente che somigliava a quella di Ravi le disse di no. Il Ravi reale sarebbe stato probabilmente d'accordo con quella voce: doveva cercare di non attirare ulteriore attenzione su di sé. Ma Pip doveva farlo, per Billy, per sua madre, e così quell'altra Pip in quell'altra vita – quella che aveva compiuto l'altra scelta – non avrebbe avuto ragione.

Prese tutto ciò che le serviva per liberare un uomo e uscì.

Di nuovo lo stesso percorso, fino alla stazione di polizia di Amersham, ma questa volta Pip lo completò. E non c'era più alcun buco nero nel suo petto, soltanto determinazione; solo ira e paura e determinazione. La sua ultima occasione di rimettere tutto a posto. Salvare Billy, affrontare Hawkins, sconfiggere Jason Bell e Max Hastings, salvare Ravi, salvare se stessa, vivere una vita normale. La fine era il principio ed entrambi stavano per trovare la loro conclusione.

Parcheggiò, si guardò nello specchietto retrovisore e aprì la portiera.

Si mise lo zaino in spalla, con dentro tutto quanto, e la sbatté. Il rumore risuonò in quel placido giovedì pomeriggio.

Ma non era placido, non più: Pip si diresse verso l'edificio di mattoni e quel brutto, bruttissimo posto. Un rombare di auto sul cemento alle sue spalle, tante, che si fermavano.

Si bloccò subito prima delle porte automatiche, si guardò dietro.

Tre macchine avevano appena posteggiato fuori dall'ingresso. Un'autopattuglia gialla e blu, seguita da un SUV anonimo e dietro un'altra autopattuglia.

Dal primo veicolo scesero due agenti in un'uniforme che Pip non conosceva, uno parlava alla radio agganciata alla spalla. Le portiere dell'altra autopattuglia si aprirono, e ne scesero gli agenti Daniel Da Silva e Soraya Bouzidi. Daniel strinse la bocca fino a formare una linea arcigna, incrociando lo sguardo di Pip.

Si aprì anche la portiera del passeggero dell'anonimo SUV nero e ne emerse l'ispettore Hawkins, la giacca verde imbottita chiusa fino al mento. Non notò Pip, in piedi lì ad appena sei metri da lui, ma si spostò, aprì la portiera posteriore della macchina e si sporse dentro.

Pip vide prima le gambe, poi i piedi che ondeggiarono fino a toccare il cemento, poi le mani, ammanettate davanti, mentre Hawkins lo faceva scendere.

Max Hastings.

Max Hastings, arrestato.

«Glielo ripeto, avete fatto un errore colossale» disse a Hawkins. Gli tremava la voce, e in quel momento Pip non capì se fosse per la rabbia o per la paura. Sperò fosse la seconda. «Non ho niente a che fare con tutto questo, non capisco...»

Max si interruppe, facendo scorrere lo sguardo verso la centrale, notando Pip lì in piedi, fermandosi su di lei. Il suo respiro si fece più pesante, sbarrò gli occhi, un'espressione più cupa sul viso.

Hawkins non ci badò. Fece cenno a Soraya e a un altro degli agenti di avvicinarsi.

Non si resero conto di ciò che stava per succedere. Pip non si rese conto di ciò che stava per succedere. Con un movimento rapido e scattante, Max liberò il braccio dalla presa di Hawkins, spingendolo a terra. Si mise a correre, attraverso il parcheggio, talmente veloce che Pip non ebbe nemmeno il tempo di battere le palpebre.

Poi le fu addosso, le mani ammanettate strette sul suo collo, spingendola all'indietro contro l'edificio di mattoni. Lei sbatté la testa con violenza.

Urla e agitazione alle loro spalle, ma Pip vedeva una cosa sola: il lampo negli occhi di Max a pochi centimetri dai suoi. Le teneva le mani strette attorno al collo, le punte delle dita le bruciavano la pelle.

Mostrò i denti e lei lo imitò.

«Sei stata tu!» le gridò in faccia, sputacchiando. «Non so come, ma sei stata tu!»

La spinse con più forza, facendole grattare la testa contro i mattoni.

Lei non si oppose: aveva le mani libere, ma non voleva spingerlo via. Gli restituì lo sguardo e sussurrò, a bassa voce, in modo che soltanto Max potesse sentirla: «Sei fortunato che non ho fatto fuori anche te».

Max le ruggì contro, l'urlo di un animale messo all'angolo, il viso chiazzato di rosso, orribili vene che gli risaltavano accanto agli occhi. «Puttana del cazzo...» gridò, facendole sbattere la testa proprio mentre Hawkins e Daniel li raggiungevano, trascinandolo via. Una colluttazione, Max a terra, che scalciava mentre anche gli altri agenti correvano verso di loro.

«È stata lei!» gridava Max. «Non sono stato io. Io non ho fatto niente. Sono innocente!»

Pip si tastò la nuca: niente sangue. Niente sangue sulle mani.

«Non sono stato io!»

Lo rimisero in piedi.

Max voltò la testa verso di lei, e per un brevissimo istante ebbe l'aspetto che avrebbe sempre dovuto avere: occhi stretti e violenti; bocca spalancata, orrenda, sbarrata; viso infiammato e deformato.

Eccolo: il pericolo, spogliato di ogni mascheramento, di ogni finzione.

«È stata lei! Non so come, ma è stata lei!» urlò. «È stata lei! È una pazza del cazzo!»

«Portatelo dentro!» gridò l'ispettore Hawkins al di sopra delle urla di Max, a Soraya e ad altri due agenti, che mezzo trascinarono, mezzo trasportarono di peso il ragazzo che si dibatteva oltre le porte automatiche, nella reception. Prima di seguirli, Hawkins indicò Pip. «Stai bene?» domandò, senza fiato.

«Sì.» Annuì.

«Ok.» Annuì anche lui, poi si affrettò a entrare nell'edificio, seguendo l'eco delle urla animali di Max.

Alle spalle di Pip qualcuno tirò su con il naso e lei si voltò di scatto. Era Daniel Da Silva, che si aggiustava l'uniforme, stropicciata e storta nei punti in cui Max l'aveva strattonata.

«Mi dispiace» disse con voce pesante. «Stai bene? Mi è sembrato che ti avesse colpita molto forte.»

«Sì, no, sto bene» rispose lei. «Solo una botta alla testa, niente di grave. Mio papà dice che comunque ho troppi neuroni, posso permettermi di perderne un paio.»

«Giusto.» Dan tirò di nuovo su con il naso con un sorrisetto triste.

«Max Hastings» disse piano Pip, una domanda nascosta dietro quel nome.

«Già» disse Dan.

«È accusato?» chiese lei, ed entrambi guardarono le porte d'ingresso, il suono attutito della voce di Max che arrivava dall'interno. «Di omicidio?»

Daniel annuì.

Qualcosa opprimeva Pip da giorni, un'ombra pesante sulle spalle, che le serrava il petto. Ma guardando la testa di Dan andare su e giù, quel qualcosa la lasciò andare, la liberò. Max era accusato dell'omicidio di Jason. Il cuore le batté rapidissimo contro le costole, ma non per il terrore, per qualcos'altro, una cosa più simile alla speranza.

Era finita, aveva vinto lei. Quattro contro quattro ed eccola lì, ancora in piedi.

«Pezzo di merda» sussurrò Daniel, riportando Pip al presente, lì in quel brutto, bruttissimo posto, davanti a quelle porte. «Non dire a nessuno che l'ho detto ma... Jason Bell era come un padre per me, e *lui*...» Daniel si interruppe, fissando le porte a vetri che avevano ingoiato Max. «Lui...» Si asciugò gli occhi, tossì nel pugno.

«Mi dispiace» disse Pip, e non era una bugia. Non le

dispiaceva che Jason fosse morto, nemmeno un po', e neppure di essere stata lei a ucciderlo, ma le dispiaceva per Daniel. Pip lo aveva creduto capace di compiere atti violenti, già tre volte ormai, convinta oltre ogni ragionevole dubbio che il Mostro del nastro adesivo fosse lui. Non era così, Dan era semplicemente un'altra di quelle anime che galleggiavano nella vasta zona grigia, nei posti sbagliati ai momenti sbagliati. E realizzò un'altra cosa, dura e gelida, come ultimamente pareva succedere sempre: Jason Bell aveva usato Daniel. Era stato lui il motivo per il quale Dan era diventato poliziotto: Jason lo aveva convinto, lo aveva sostenuto durante l'addestramento. L'anno prima Becca aveva raccontato a Pip tutto di quella storia e ora lei la vedeva per quello che era in realtà. Non era perché Jason considerava Daniel il figlio che non aveva mai avuto. No, era perché voleva un modo per ottenere informazioni sul caso del Mostro del nastro adesivo. Un aggancio con la polizia e le indagini. E tutte le domande sospette di Daniel sul Mostro in realtà erano quelle di Jason. Il suo interesse per il caso, tramite Daniel. Ecco cos'era, ecco cosa intendeva Andie dicendo che suo padre era "in pratica uno di loro". Lo aveva usato. Jason Bell non era stato un padre per Daniel proprio come non lo era stato per Andie e Becca.

Pip avrebbe potuto dirglielo. Avrebbe potuto metterlo in guardia a proposito delle informazioni che potevano emergere su Jason di lì a poco, i suoi collegamenti con il Mostro del nastro adesivo. Ma guardò il sorriso triste sul suo viso, la pelle arrossata attorno agli occhi, e non ci riuscì, non voleva essere lei quella che glielo avrebbe portato via. Aveva già portato via abbastanza.

«Già» disse Daniel sovrappensiero, guardando l'ingresso, dal quale stava uscendo qualcuno, facendo sibilare le porte sui binari.

Era l'ispettore Hawkins. «Daniel» disse, «potresti...?» Indicò la stazione con il pollice.

«Sissignore» rispose Dan, con un rapido cenno della testa, avviandosi e scomparendo all'interno oltre le porte automatiche.

Hawkins le si avvicinò.

«Stai bene?» chiese di nuovo. «Devo chiamare l'assistenza medica? La testa...?» La guardò strizzando gli occhi.

«No, tutto ok. Sto bene» insistette Pip.

«Mi dispiace.» Tossicchiò a disagio. «È stata colpa mia. Non aveva opposto resistenza fino a quel momento. Non mi aspettavo che... avrei dovuto fare più attenzione. Colpa mia.»

«Non c'è problema.» Pip gli fece un teso sorriso a bocca stretta. «Non si preoccupi.»

Il silenzio tra loro era denso e carico.

«Cosa ci fai qui?» le domandò Hawkins.

«Oh, sono venuta a parlarle di una cosa.»

«Ah sì?» La guardò.

«So che ha da fare, è evidente.» Lanciò un'occhiata alle porte della centrale. «Ma penso che dovremmo parlare dentro. Ho delle cose che devo farle vedere, che ho trovato mentre indagavo. È importante, credo.»

Hawkins incrociò il suo sguardo. Pip glielo restituì, non voleva essere lei a distoglierlo.

«Sì, certo, ok» disse, guardandosi rapidamente alle spalle. «Mi dai dieci minuti?»

«Sì, va bene» rispose lei. «Aspetto qui.»

Hawkins chinò la testa e fece per allontanarsi.

«Perciò è stato lui?» Pip rivolse quella domanda alla nuca di Hawkins. «Max ha ucciso Jason Bell?»

Lui si fermò, si girò, le scarpe nere e lucide strisciarono sull'asfalto.

Un piccolo movimento del capo, a malapena un cenno d'assenso. «Le prove sono schiaccianti» disse. Spostò lo sguardo sul suo viso, indagandolo, studiandolo in cerca di una qualche reazione. Lei non gliene diede neanche una, non cambiò espressione. Cosa si aspettava che facesse? Sorridere? Ricordargli che aveva avuto ragione fin dal principio, che l'aveva preceduto ancora una volta?

«Bene» disse. «Le prove, intendo. Nessun dubbio...»

«Ci sarà una conferenza stampa, più tardi» disse l'ispettore Hawkins.

«Ok.»

Lui tirò su con il naso. «Devo...» Fece un passo indietro verso le porte automatiche, facendo scattare i sensori.

«Certo, io la aspetto qui» disse lei.

Hawkins fece un altro passo, poi si fermò, scuotendo la testa con una risatina.

«Immagino che, se tu fossi coinvolta in una cosa del genere» disse, il sorriso seguito alla risata ancora dipinto in viso, «sapresti esattamente come fare per farla franca.»

La guardò, e qualcosa precipitò nello stomaco di Pip, proseguendo, sempre più giù, trascinandola con sé. Le si rizzarono i capelli sulla nuca.

Un'ombra di sorriso sul suo volto, per fare il paio con quello di lui. «Be'» disse, stringendosi nelle spalle. «Ho ascoltato un sacco di podcast di true crime.»

«Certo» rise Hawkins rapidamente, abbassando di nuovo lo sguardo sulle sue scarpe. «Certo.» Un cenno del capo. «Torno da te appena ho finito.»

Rientrò nella centrale e Pip rimase a guardarlo. Era il sibilo delle porte che si chiudevano o veniva da dentro la sua testa?

Cinquantatré

Pip sentiva soltanto la sua voce, per la seconda notte di seguito, mentre fissava le ombre scure sul soffitto, plasmandole con la mente mentre Hawkins parlava. Occhi sbarrati, perché fosse impossibile tapparli col nastro adesivo. La pistola che faceva fuoco nel suo cuore.

Immagino che, se tu fossi coinvolta in una cosa del genere, sapresti esattamente come fare per farla franca.

Nella mente Pip riprodusse gli alti e i bassi di quelle parole, proprio come aveva fatto lui, calcando sulle stesse sillabe nello stesso modo.

Hawkins non vi aveva fatto più cenno, mentre lui e Pip sedevano nella Sala Interrogatori 1 e lei gli mostrava ciò che aveva scoperto su Jason, gli passava le foto e i dettagli per accedere all'indirizzo e-mail di Andie. Lui le aveva detto, indirettamente, che avevano già trovato quei collegamenti con il Mostro del nastro adesivo e stavano indagando in quella direzione, ma che le informazioni che aveva portato lei erano utili, grazie. Le aveva stretto la mano prima di accompagnarla fuori. L'aveva tenuta stretta un filo troppo a lungo, però? Come se stesse cercando di sentire qualcosa?

Pip ripeté la frase, riempiendosi della voce di Hawkins, analizzandola da ogni parte, scrutandone ogni intervallo e ogni respiro.

A prima vista era una battuta, nient'altro. Ma lui non

l'aveva detta così, bensì più balbettante, più incerto, nascondendola in una risata per smussarla.

Sapeva.

No, non poteva saperlo. Avevano il loro assassino. Lui non aveva alcuna prova su di lei e lei aveva un alibi.

Ok, be', se non lo sapeva, c'era comunque una piccola parte di lui – infima, addirittura minuscola, la parte che forse lui richiudeva in fondo alla mente – che nutriva dei dubbi. Era ridicolo, non aveva senso: Pip aveva un alibi a prova di bomba e le argomentazioni contro Max erano forti. Forse troppo forti? *Appena un po' troppo facili e un po' troppo goffe?* le domandò la voce in fondo alla sua mente. Un sospetto persistente di cui lui non sapeva se fidarsi. È per questo che l'aveva studiata in viso, in cerca di tracce di quel dubbio.

Max era stato arrestato e accusato e la polizia aveva riaperto il caso del Mostro del nastro adesivo. Billy Karras sarebbe stato rilasciato. Pip era sopravvissuta. Era libera e al sicuro, e così tutti quelli a cui voleva bene. Ravi aveva riso e pianto e l'aveva stretta troppo quando lei glielo aveva detto. Ma... ma se stava vincendo, perché non le sembrava una vittoria? Perché continuava ad affondare?

Torno da te appena ho finito, le disse l'Hawkins nella sua mente. Sapeva cosa intendeva in quel momento, che sarebbe tornato a prenderla per parlare quando avesse finito di ufficializzare le accuse contro Max. Ma non era questo che intendeva ora la sua eco nella mente di Pip. Era una promessa. Una minaccia. *Torno da te appena ho finito.*

Lui sapeva o non sapeva, sospettava o non sospettava, pensava e ci ripensava e scacciava quell'idea e vi tornava sopra. Non aveva importanza: da qualche parte, in qualche modo, quell'idea era nella sua mente, per quanto piccola, per quanto ridicola e irrazionale. C'era. Hawkins l'aveva lasciata entrare per un attimo e lei gliel'aveva vista, piantata nella mente.

Lei e Hawkins, gli ultimi due ancora in gioco, che si fissavano da angoli opposti. Non si era accorto della verità, con Sal Singh e Andie Bell, o con la scomparsa di Jamie Reynolds. Ma Pip era cresciuta e cambiata, e forse pure Hawkins. E quest'unico pensiero, quest'unico dubbio celato in fondo alla mente dell'ispettore era la sua rovina.

Pip pianse e pianse finché non si sentì svuotata, perché sapeva. Non poteva riposare, non poteva riavere la propria vita normale, la sola cosa che desiderava più di tutto il resto. L'unica cosa per cui aveva fatto tutto ciò che aveva fatto. Questo era il prezzo che aveva dovuto pagare. Aveva trascorso ore a discuterne tra sé e sé, passando in rassegna scenari diversi, i vari *se* e *quando*, e aveva visto un'unica via d'uscita, un unico modo per tenere tutti al sicuro da lei. Un altro piano.

Sapeva cosa doveva fare. Ma farlo poteva anche ucciderla.

Cinquantaquattro

Il sole gli illuminò gli occhi quando lui le restituì lo sguardo, con chiazze di luce e ombra tra gli alberi sempre più alti. O forse era il contrario, si disse Pip, forse erano gli occhi di Ravi a illuminare il sole. Un sorriso storto gli si apriva sul viso.

«Sergente?» disse piano Ravi, calpestando le foglie secche di Lodge Wood, un rumore fresco e frizzante, che sapeva di casa, e di principii e di fini.

«Scusa.» Pip lo raggiunse, accordando il proprio passo al suo. «Cos'hai detto?»

«Ho detto» ripeté lui, dandole una spintarella nelle costole, «a che ora ti portano domani i tuoi?» Aspettò. «A Cambridge?» le ricordò. «Pronto? C'è nessuno?»

«Oh, ehm, presto, credo» rispose Pip, scuotendo la testa, tornando presente. «Probabilmente partiremo per le dieci.»

Non sapeva come fare, come dirlo, nemmeno come cominciare. Non c'erano parole adatte, un dolore che le vibrava in ogni cellula, infilzato nel petto, le costole a racchiuderlo come una caverna. Ossa che si incrinavano e mani bagnate di sangue, e un dolore che era peggio di tutto quanto.

«Bene» disse Ravi. «Passo prima allora, aiuto tuo papà a caricare la macchina.»

Le labbra di Pip per poco non cedettero, la gola le si

serrò, impedendole di parlare. Ravi non se ne accorse, ricominciò a camminare nel bosco, lontano dal sentiero. *A esplorare*, aveva detto, solo loro due. Team Ravi & Pip nella natura selvaggia.

«Quando posso venire a trovarti?» chiese, abbassandosi per evitare un ramo, tenendolo sollevato per lei senza voltarsi. «Il prossimo weekend? Potremmo uscire a cena o qualcosa del genere.»

Non poteva, non poteva farlo. E non poteva più seguirlo.

Gli occhi le si riempirono di lacrime, rapide e violente, un nodo al petto che non sarebbe più scomparso.

«Ravi» disse piano.

Lui glielo sentì nella voce. Si voltò di scatto, gli occhi sbarrati, le sopracciglia abbassate.

«Ehi, ehi.» Tornò indietro, passandole le mani sulle braccia. «Cosa c'è? Cosa succede?» La trasse a sé, avvolgendola con le braccia, una mano sulla sua nuca, stringendola contro il petto.

«No.» Pip si scostò, facendo un passo indietro, ed ebbe l'impressione che fosse il proprio corpo a staccarsi da lei, per tornare da lui, preferendolo a se stessa. «Ravi, è... Non puoi passare domattina ad aiutare a caricare la macchina. Non puoi venire a trovarmi a Cambridge. Non puoi, non possiamo...» Le si incrinò la voce, spezzata a metà dai singhiozzi.

«Pip, ma cosa...»

«Questa è l'ultima volta» disse lei. «Questa è l'ultima volta che ci vediamo.»

Il vento giocava tra gli alberi, soffiandole i capelli sul viso, incollandoglieli alle lacrime.

La luce era sparita dagli occhi di Ravi, ora cupi per la paura.

«Di che cosa stai parlando? Non è vero» disse a voce più alta, per sovrastare lo stormire degli alberi.

«È l'unico modo» spiegò Pip. «L'unico modo per tenerti al sicuro da me.»

«Non mi serve essere al sicuro da te» ribatté lui. «È finita. Ce l'abbiamo fatta. Hanno accusato Max. Siamo liberi.»

«Non è vero» pianse lei. «Hawkins lo sa, o lo sospetta. Quello che mi ha detto fuori dalla centrale... L'idea è lì, nella sua testa.»

«E allora?» esclamò Ravi, ora arrabbiato. «Non ha importanza. Hanno accusato Max; hanno tutte le prove. Non ce n'è nessuna contro di te. Hawkins può pensare quello che vuole, non ha importanza.»

«Invece sì.»

«Perché?» urlò lui con voce disperata e graffiante. «Perché ce l'ha?»

«Perché...» Anche Pip alzò la voce, gonfia di pianto. «Perché non è finita. Non abbiamo previsto ogni cosa fino alla fine. Ci dovrà essere un processo, prima, Ravi. Una giuria di dodici persone deve riconoscere Max colpevole oltre ogni ragionevole dubbio. E, se lo fanno, solo a quel punto sarà finita, del tutto finita, e noi saremo liberi. Hawkins non avrà più motivo di continuare a indagare. È quasi impossibile rovesciare un verdetto una volta emanato, basta guardare le statistiche, Billy Karras. Solo a quel punto saremo liberi.»

«Sì, e andrà così» rispose lui.

«Non possiamo saperlo.» Pip tirò su con il naso, asciugandosi il viso sulla manica. «L'ha già fatta franca una volta. E se la giuria non lo dichiara colpevole, cosa succede? Il caso torna alla polizia per essere riesaminato. Devono trovare un assassino. E chi pensi che sarà la prima persona sulla quale indagherà l'ispettore Hawkins, se dichiarano Max innocente? Sarò io, Ravi, verrà a cercarmi, me e tutti quelli che mi hanno aiutato. Perché quella è la verità e questo è il suo lavoro.»

«No» gridò Ravi.

«Sì.» A Pip si spezzò il respiro. «Se il processo non va nel modo giusto, io sono finita. E non ho intenzione di trascinare a fondo anche te, o uno degli altri.»

«Non spetta a te scegliere!» disse lui, la voce rotta, gli occhi lucidi.

«Sì, invece. Tu sei andato a parlare con Hawkins delle cuffie, e questo ti collega a tutto quanto. Ma so come fare a scagionarti.»

«No, Pip, non ti ascolto.» Abbassò gli occhi.

«Se il verdetto è di innocenza, se la polizia verrà mai a parlarne con te, devi dire che ti ho obbligato io.»

«No.»

«Sotto coercizione. Ti ho minacciato. Ti ho obbligato a prenderti la responsabilità delle cuffie per salvarmi. Tu sospettavi cosa avevo fatto a Jason. Temevi per la tua vita.»

«No, Pip. Smettila!»

«Lo hai fatto sotto coercizione, Ravi» lo implorò lei. «È questa la frase che devi usare. Sotto coercizione. Temevi per la tua vita se non avessi fatto quello che ti dicevo.»

«No! Non ci crederà nessuno!»

«Obbligali!» gridò lei a sua volta. «Devi obbligarli a crederci.»

«No.» Le lacrime gli inondarono gli occhi, scendendo e fermandosi sulla fessura delle labbra. «Non voglio. Non voglio farlo.»

«Devi dire che non abbiamo avuto più contatti da quando sono partita per Cambridge. Sarà la verità. Ti sei liberato di me. Non ci siamo parlati, non ci siamo visti, nessun contatto. Ma avevi comunque paura di cosa ti sarebbe successo se avessi detto la verità alla polizia. Di cosa ti avrei fatto io.»

«Sta' zitta, Pip. Smettila» pianse lui, coprendosi il viso con le mani.

«Non possiamo vederci. Non possiamo avere alcun contatto, altrimenti la scusa della coercizione non funzionerà... La polizia controllerà i nostri tabulati telefonici. Tu hai paura di me, è questo che deve sembrare. Perciò non possiamo più stare insieme» disse lei, e quella cosa che aveva infilzata nel petto si aprì in un migliaio di tagli.

«No.» Ravi singhiozzò tra le mani. «No, non può essere. Dev'esserci qualcosa che possiamo...» Abbassò di colpo le mani lungo i fianchi, un lampo di speranza nello sguardo. «Ci possiamo sposare.»

«Cosa?»

«Ci possiamo sposare» ripeté, tirando su con il naso, tremando e facendo un passo verso di lei. «Privilegio coniugale. Non ci possono far testimoniare l'uno contro l'altra se veniamo accusati insieme. Potremmo sposarci.»

«No.»

«Invece sì» ripeté lui, con sempre più speranza negli occhi. «Potremmo farlo.»

«No.»

«Perché no?!» disse Ravi, la disperazione di nuovo nella voce, la speranza sparita in un battito di ciglia.

«Perché tu non hai ucciso un uomo, Ravi, io sì!» Pip gli prese la mano, intrecciando le dita alle sue come aveva sempre fatto, stringendole forte. «Non ti salverebbe, ti legherebbe solo di più a me e a qualsiasi cosa potrebbe succedermi. Se si arrivasse a tanto, potrebbero non aver bisogno della tua testimonianza per incarcerarci entrambi. È inaccettabile. Pensi che Sal vorrebbe questo per te? Credi che vorrebbe che tutti pensassero che hai avuto un ruolo in un omicidio, proprio quello che pensavano di lui?»

«Smettila» disse, stringendole la mano troppo forte. «Smetti di cercare di convincer...»

«Non si tratta soltanto di te» lo interruppe lei, stringendogli la mano a sua volta. «Tutti quanti. Cara, Nat, Connor... devo rompere i legami con tutti quelli a cui voglio bene, tutti quelli che mi hanno dato una mano. Per proteggerli. Perfino con la mia famiglia: non posso permettere che la polizia pensi che mi hanno aiutata o coperta in alcun modo, non posso. Devo allontanarmi da tutti, da sola. Rompere i legami con tutti, fino al processo. E perfino dopo, se la giuria...»

«No» disse lui, ma non aveva più forza nella voce, ormai, e le lacrime scorrevano più rapide.

«Sono una bomba a orologeria, Ravi. Non posso permettere che le persone che amo mi siano vicine quando esploderò. Specialmente tu.»

«*Se* esploderai» sottolineò lui.

«*Se* esploderò» concordò lei, allungando una mano per fermare una delle lacrime di lui. «Fino al processo. E se va come vogliamo noi, se la giuria dichiara Max colpevole, allora potrò riavere tutto. La mia vita. La mia famiglia. Ci ritroveremo, te lo prometto. Se sarà ancora quello che vorrai.»

Ravi premette la guancia contro la sua mano.

«Potrebbero volerci mesi e mesi» disse lui. «Perfino anni. È un caso di omicidio, possono volerci anni per arrivare a processo.»

«E allora li aspetterò» pianse Pip. «E se dopo tutto quel tempo la giuria dichiarerà Max innocente, tu dirai a Hawkins che l'hai fatto sotto coercizione. Non eri sulla scena del crimine, non eri sicuro che avessi ucciso io Jason, ma io ti ho obbligato a dirgli delle cuffie. Ti ho obbligato io. Dillo, Ravi.»

«Sotto coercizione» ripeté lui a bassa voce, il viso che crollava. «Non voglio.» Singhiozzò, la mano tremò in quella di Pip. «Non voglio perderti. Non mi importa, non mi interessa cosa può succedere, non voglio non vederti più, non parlarti. Non voglio aspettare il processo. Io ti amo. Non posso... non posso. Sei la mia Pip e io sono il tuo Ravi. Siamo una squadra. Non voglio.»

Pip gli si rannicchiò contro, posandogli il viso in quel posto che un tempo era suo, alla base del collo. La sua casa, ma ormai non poteva esserlo, non più. Ravi le posò la testa sulla spalla, e lei la tenne lì, passandogli una mano tra i capelli, sulla nuca, facendoli scivolare tra le dita.

«Nemmeno io lo voglio» disse lei, e le fece talmente male che pensò di non riuscire più a respirare. Nulla avrebbe mai guarito quel dolore. Né il tempo né la distanza. Niente. «Ti amo tantissimo» sussurrò. «È per questo che devo farlo, è per questo che devo partire e non tornare. Tu per me lo faresti» aggiunse, «so che lo faresti.»

Un'eco delle parole di Ravi quando l'aveva salvata, proprio come l'aveva salvata in quel magazzino, senza saperlo. Ora Pip doveva ricambiare, salvarlo lei, era questa la sua scelta. E sapeva, senz'ombra di dubbio, che era quella giusta da fare. Forse le altre che aveva fatto non lo erano, forse ogni decisione fino a quel momento era stata cattiva o sbagliata, sentieri non presi e vite diverse. Questa scelta era la peggiore di tutte, quella che faceva più male, ma era giusta, era buona.

Ravi le singhiozzava sulla spalla e Pip gli accarezzò i capelli, lacrime mute le scendevano lungo le guance.

«Dovrei andare» disse dopo un po'.

«No! No!» Ravi la strinse più forte, non voleva lasciarla, le affondò il viso nel cappotto. «No, non andare» la implorò. «Ti prego, non lasciarmi. Ti prego, non andare.»

Ma uno dei due doveva essere il primo a separarsi. Il primo a lanciare l'ultimo sguardo. Il primo a dirlo per l'ultima volta.

Doveva essere lei.

Pip si sciolse dal suo abbraccio, lo lasciò andare. Si sollevò sulle punte, premette la fronte contro la sua, come faceva sempre lui con lei. Desiderò poter prendere metà del suo dolore su di sé. Metà di ogni cosa brutta, per lasciare spazio a quelle belle.

«Ti amo» disse, facendo un passo indietro.

«Ti amo.»

Lo guardò negli occhi e lui la guardò a sua volta.

Pip si voltò e si allontanò.

Ravi crollò dietro di lei, scoppiando a piangere senza freni tra gli alberi, e il vento le portò i suoi singhiozzi, cercando di trattenerla. Lei non si fermò. Dieci passi. Undici. Il piede esitò a quello successivo. Non poteva. Non ce la faceva. Non poteva essere quella, l'ultima volta. Si guardò indietro, oltre la spalla, tra gli alberi: Ravi era in ginocchio tra le foglie, il viso nascosto, e piangeva con il volto tra le mani. Faceva male più di qualsiasi altra cosa, vederlo così, e il petto le si aprì, cercando di raggiungerlo, di farla tornare indietro. Stringerlo, scacciare quel dolore e lasciargli prendere il suo.

Voleva tornare indietro. Voleva correre da lui, riunirsi a lui, Team Ravi & Pip e nient'altro. Dirgli che lo amava in tutti i loro modi segreti, sentire che la chiamava con tutti quei nomignoli che aveva per lei con la sua voce morbida come burro. Ma non poteva, non era giusto. In quel momento lui non poteva essere la persona per lei e lei non poteva essere quella per lui. Pip doveva essere quella forte, quella che si allontanava anche se nessuno dei due lo voleva. Quella che sceglieva.

Lo guardò un'ultima volta, poi si obbligò a distogliere lo sguardo, a fissare davanti a sé. Dove tutto era appannato, gli occhi pieni di lacrime, che le scorrevano sul viso. Forse l'avrebbe rivisto, forse no, ma non poteva guardarsi indietro di nuovo, non poteva, o non avrebbe avuto la forza per andarsene.

Si allontanò, un ululato nel vento che poteva essere sia Ravi sia lo stormire delle foglie, era troppo lontano per capirlo. Se ne andò, e non si guardò indietro.

Cinquantacinque

Giorno settantadue.
Pip li contava, ogni singolo giorno, spuntandoli nella mente.

Una giornata di metà dicembre, a Cambridge, e il sole stava già calando, tingendo il cielo del rosa del sangue slavato.

Si strinse nel cappotto e proseguì, percorrendo le vecchie stradine, strette e tortuose. Tra tre giorni sarebbe tornata lì e ne sarebbero passati ormai settantacinque, il centinaio già in vista.

Nessuna data fissata per il processo, non ancora. In effetti era da un po' che non sapeva più niente. Solo qualcosina il giorno prima: Maria Karras le aveva mandato una foto di un Billy sorridente che decorava un albero di Natale, con indosso uno sgargiante maglione rosso pieno di renne. Pip aveva sorriso di rimando allo schermo. Il trentunesimo giorno, era stato allora che avevano rilasciato Billy Karras, caduta ogni accusa.

Il trentatreesimo era stato il giorno in cui era uscita la notizia che Jason Bell era il Mostro del nastro adesivo.

«Ehi, non è il tizio del tuo paese?» le aveva chiesto qualcuno nella sala comune mentre la notizia passava in sottofondo alla tivù. La maggior parte degli studenti non parlava con Pip: lei stava per conto suo, ma in realtà si teneva alla larga da tutti gli altri.

«Già, è lui» aveva risposto, alzando il volume.

Jason Bell non era solo il Mostro del nastro adesivo, ma anche lo Stalker del Sudest, uno stupratore attivo nell'area sudorientale di Londra tra il 1990 e il 1994, come dimostravano le prove del DNA. Pip aveva fatto due più due: il 1994 era l'anno di nascita di Andie Bell. Jason aveva smesso quando era nata la prima figlia e si erano trasferiti a Little Kilton. Il Mostro del nastro adesivo aveva mietuto la prima vittima quando Andie aveva quindici anni, quando aveva cominciato ad avere l'aspetto della donna che sarebbe potuta diventare. Forse era per questo che suo padre aveva ricominciato. Aveva poi smesso quando lei era morta... be', quasi, ma nessun altro avrebbe mai scoperto della sua sesta vittima. L'intera vita di Andie era stata delimitata ai due estremi dal mostro che viveva in casa sua, dalla sua violenza. Non gli era sopravvissuta, ma Pip sì, e Andie poteva seguirla ovunque fosse andata.

Svoltò l'angolo, mentre le macchine le sfrecciavano accanto, risistemandosi sulle spalle lo zaino pieno di libri. Le vibrò il cellulare nella tasca del cappotto. Pip lo tirò fuori e abbassò lo sguardo sullo schermo.

La stava chiamando papà.

Sentì una stretta allo stomaco e una voragine nel cuore. Premette il pulsante laterale per ignorare la chiamata, lasciando che le suonasse in tasca. Domani gli avrebbe mandato un messaggio, scusandosi per aver perso la telefonata, era stata occupata, magari gli avrebbe detto che era in biblioteca. Aumentare l'intervallo tra ogni chiamata, finché non si fosse allungato tanto, tanto, di settimane, poi di mesi. Messaggi non letti a cui non rispondeva. Il semestre era già finito e Pip aveva pagato per tenere la stanza anche durante le vacanze, dicendo ai suoi che voleva studiare per gli esami. Avrebbe dovuto farsi venire in mente qualcosa per Natale, una qualche ragione per cui non poteva tornare a casa. Pip sapeva che avrebbe spezzato loro il cuore, spezzava anche il suo, ma era l'unico modo. Separazione. Era *lei* il pericolo, e doveva tenerli alla larga da se stessa, casomai quel pericolo li contagiasse.

Giorno settantadue. Pip era in esilio, in purgatorio, soltanto da due mesi e mezzo, e percorreva su e giù, in circolo, quelle vecchie stradine acciottolate. Le percorreva ogni giorno, e faceva promesse. Nient'altro. Prometteva che sarebbe stata diversa, sarebbe stata migliore, che si sarebbe meritata di riavere la propria vita e tutte le persone che ne facevano parte.

Non si sarebbe più lamentata di dover portare Josh a una partita di calcio, e avrebbe risposto a ogni sua curiosità, piccola o grande. Sarebbe stata la sorella maggiore, la sua insegnante, la persona che lui poteva ammirare fino al giorno in cui l'avrebbe superata in altezza, e allora sarebbe stata lei a guardarlo con ammirazione.

Sarebbe stata più gentile con la mamma, che per lei aveva sempre e solo voluto il meglio. Avrebbe dovuto darle retta di più, avrebbe dovuto capire. L'aveva data per scontata: la sua forza, il modo in cui alzava gli occhi al cielo e il motivo per cui preparava i pancake, e non l'avrebbe più fatto. Erano una squadra – lo erano state fin dal principio, fin dal suo primissimo respiro – e se Pip avesse potuto riavere la propria vita sarebbero tornate a esserlo, fino all'ultimo giorno della mamma. Mano nella mano, pelle vecchia contro pelle più vecchia.

Suo papà. Cosa non avrebbe dato per sentire di nuovo

quella sua risata facile, per sentirlo chiamarla "cetriolino". Lo avrebbe ringraziato ogni giorno, per aver scelto lei e sua madre, per tutto ciò che le aveva insegnato. Gli avrebbe raccontato di tutte le cose in cui era uguale a lui e che di questo era felicissima, di come lui avesse modellato la persona che lei era diventata. Doveva soltanto tornare a esserlo. E, se ci riusciva, magari un giorno sarebbe successo, si sarebbe trovata al braccio di suo padre mentre lui la accompagnava lungo una navata e si fermava a metà per dirle quanto fosse orgoglioso di lei.

I suoi amici. Avrebbe sempre chiesto loro come stessero prima che loro potessero chiederlo a lei. Non avrebbe permesso che nulla si mettesse tra loro, non avrebbe avuto bisogno della loro comprensione perché l'avrebbe avuta lei per loro. Le risate con Cara fino a stare male durante telefonate che duravano tre ore, le freddure e le braccia goffe di Connor, il sorriso gentile e il cuore grande di Jamie, la forza di Nat, che aveva sempre ammirato così tanto, Naomi, che era stata per lei una sorella maggiore nel momento in cui Pip ne aveva avuto più bisogno.

E Becca Bell, Pip fece una promessa anche a lei: avrebbe raccontato a Becca ogni cosa quando fossero tornate entrambe libere. Pip aveva dovuto tagliare fuori anche lei, mancare alle visite, alle telefonate. Ma la prigione per Becca non era una gabbia: suo padre era stato la sua gabbia. Ora non c'era più, ma Becca meritava di sapere tutto, di suo padre e di come era morto, di Max, e del ruolo che Pip vi aveva avuto. Ma soprattutto meritava di sapere di Andie. La sorella maggiore che aveva scoperto il mostro in casa loro e aveva fatto tutto il possibile per salvare Becca da lui. Meritava di leggere l'e-mail di Andie e di sapere quanto era stata amata, che quelle cose crudeli che Andie le aveva detto nei suoi ultimi istanti di vita erano in realtà un modo per proteggerla. Andie era terrorizzata che un giorno il padre le potesse uccidere entrambe, e forse aveva paura che quella sarebbe stata la cosa che lo avrebbe fatto scattare. Pip le avrebbe raccontato tutto. Becca meritava di sapere che, in un'altra vita, lei e Andie erano sfuggite al padre, insieme.

Promesse su promesse.

Pip le avrebbe onorate tutte se ne avesse avuto la possibilità.

Non era il processo a Max che aspettava, non proprio. Era il suo. Il suo giudizio finale. La giuria non avrebbe deciso solo del destino di Max, ma anche del suo, se poteva o meno riavere la propria vita e tutti quelli che ne facevano parte.

Specialmente *lui*.

Parlava ancora con Ravi ogni giorno. Non con quello vero, ma con quello che le viveva nella mente. Gli parlava quando aveva paura o era insicura, gli chiedeva cos'avrebbe fatto se fosse stato lì. Lui le sedeva accanto quando era sola, e lei era sempre da sola, a guardare vecchie foto sul telefono. Le dava la buonanotte e le teneva compagnia al buio mentre reimparava a dormire. Pip non era più sicura di riuscire ancora a immaginare il timbro della sua voce nella maniera corretta, il modo in cui calcava le parole, se il tono saliva o calava. Com'è che diceva "Sergente"? La voce si alzava o scendeva? Doveva ricordarselo, doveva aggrapparvisi, preservarlo. Pensava a Ravi ogni giorno, quasi ogni momento di ogni giorno, settantadue giorni pieni di momenti. A cosa pensava, cosa faceva, gli sarebbe piaciuto il panino che lei aveva appena mangiato – la risposta era sempre sì –, stava bene, gli mancava quanto lui mancava a lei? Quell'assenza si era trasformata in risentimento?

Sperava che, qualsiasi cosa stesse facendo, potesse imparare a essere di nuovo felice. Che questo significasse rimanere ad aspettare lei, aspettare il processo, o che volesse dire trovare un'altra persona, Pip avrebbe capito. Le spezzava il cuore pensare a Ravi che faceva a qualcun altro quel sorriso storto, che si inventava nuovi nomignoli, nuovi modi simpatici di dire "ti amo", ma era una sua scelta. Pip voleva solo saperlo felice, che c'era di nuovo del buono nella sua vita, ecco tutto. La propria libertà in cambio della sua, ed era una scelta che avrebbe compiuto ancora e ancora.

E se davvero l'aspettava, se davvero aspettava lei e il verdetto andava come speravano, Pip si sarebbe sforzata ogni giorno di essere il tipo di persona che Ravi Singh meritava.

"Vecchia tenerona" le disse all'orecchio, e Pip sorrise, un'ombra di risata.

Udì un altro rumore, nascosto sotto il suo respiro, un lamento flebile, acuto e mulinante, che si avvicinava sempre di più.

Una sirena.

Più di una.

Che ululavano una sopra l'altra.

Pip voltò di scatto la testa. C'erano tre macchine della polizia in fondo alla strada, che superavano il traffico, acceleravano verso di lei.

Più forte.

Più forte.

Luci blu che roteavano, spezzando il crepuscolo, lampeggiandole negli occhi e illuminando la via.

Pip si voltò e chiuse gli occhi, serrandoli stretti.

Ecco. L'avevano trovata. Hawkins aveva capito tutto. Era finita. Erano venuti a prenderla.

Rimase lì in piedi e trattenne il respiro.

Più forte.

La stavano raggiungendo.

Tre.

Due.

Uno.

Un ululato nelle orecchie. Un forte spostamento d'aria tra i capelli quando le macchine la superarono a tutta velocità, una dopo l'altra, le sirene che si attenuavano man mano che si allontanavano lungo la strada, lontano da lei, rimasta indietro, sul marciapiede.

Pip socchiuse gli occhi, cauta, lenta.

Erano sparite. Le loro sirene si erano di nuovo abbassate in un lamento, poi in un ronzio, poi più niente.

Non per lei.

Non oggi.

Un giorno, magari, ma non oggi, il settantaduesimo.

Pip annuì, riprese a camminare.

«Devo solo andare avanti» disse a Ravi, e a tutti quelli che vivevano nella sua mente. «Andare avanti.»

Il suo giorno del giudizio sarebbe arrivato, ma per il momento Pip camminava e faceva promesse. Niente di più. Un piede davanti all'altro, anche se doveva trascinarli, anche quando quel buco nel cuore pareva troppo grande per riuscire a stare in piedi. Camminava e faceva promesse e lui era con lei, le dita di Ravi intrecciate alle sue come un tempo, perfettamente al loro posto, le punte delle dita di lei negli avvallamenti tra le nocche di lui. Come forse sarebbero tornate a fare. Soltanto un piede davanti all'altro, ecco tutto. Pip non sapeva cosa la attendeva alla fine, non vedeva così lontano, e la luce stava scemando, la notte si avvicinava, ma forse, solo forse, era una cosa buona.

1 anno, 8 mesi e 16 giorni dopo

Giorno 697

**3 minuti dopo la lettura del verdetto
al processo "lo Stato vs. Max Hastings":**

Ehi, Sergente, ti ricordi di me?

● ● ●

Ringraziamenti

Come sempre, il mio primo grazie è per il mio agente, Sam Copeland. Grazie per essere il miglior banco di prova/curatore della posta del cuore/poliziotto cattivo/poliziotto buono. Tutto è cominciato quando a giugno del 2016 ti ho parlato a grandi linee dell'idea di *una ragazza che fa un progetto scolastico su un vecchio caso di omicidio*, e guarda dove siamo arrivati! Trilogia è il termine tecnico. Ma non ci sarebbe nemmeno un libro solo se tu all'epoca non avessi scommesso su di me e non mi avessi detto di sviluppare quell'idea, per cui grazie! (Anche se non è che possiamo dare a te TUTTO il merito – benché sono sicura che te lo prenderesti!)

Poi voglio ringraziare i librai, che fanno un lavoro fantastico per portare i libri tra le mani dei lettori e hanno continuato a farlo nonostante le incredibili sfide di quest'ultimo anno. Vi sono davvero riconoscente per il vostro entusiasmo duraturo e la dedizione nei confronti dei libri e della lettura, e per l'enorme parte che giocate tutti nel successo della serie di CULBR. Anche i blogger, che dedicano tanto del proprio tempo a postare recensioni e a parlare a gran voce dei libri che hanno amato. Non potrei mai ringraziarvi abbastanza per tutto l'amore che avete dimostrato per la serie di CULBR, e non vedo l'ora di conoscere le vostre reazioni a quest'ultimo capitolo.

Grazie a tutti quanti alla Electric Monkey, che lavorate

instancabilmente per contribuire a trasformare i miei documenti Word in un vero libro fisico. È un gioco di squadra. Grazie a Sarah Levison per aver tenuto la rotta con me attraverso questo libro di dimensioni colossali, e per aver colto alla perfezione cosa volevo fare. Grazie a Lindsey Heaven per tutto il duro lavoro di coordinamento della serie, fin dal principio. Grazie anche a Lucy Courtenay, Melissa Hyder e Susila Baybars per avermi aiutato a mettere a posto il manoscritto. Grazie a Laura Bird e a Janene Spencer: è sempre un momento magico quello in cui si vede l'impaginato per la prima volta, in cui la storia comincia effettivamente a somigliare a un libro vero. Grazie a Tom Sanderson per l'incredibile copertina: è cupa al punto giusto e perfetta per questo finale, e non avrei potuto desiderarne una migliore. Spero che nessuno guarderà più il nastro adesivo con gli stessi occhi. Grazie come sempre alla star, Jas Bansal, per tutto quello che fai e per essere un vero genio del marketing e dei social media. Una delle parti che preferisco della pubblicazione di ogni libro è osservare il fermento che riesci a creare prima dell'uscita. Grazie anche a Kate Jennings, Olivia Carson e Amy Dobson, per il vostro impegno nell'assicurarvi che le persone sappiano del romanzo. Grazie al Commerciale e ai Diritti per tutto ciò che fate per portare questi libri nel mondo, in particolare a Ingrid Gilmore, Lori Tait, Leah Woods e Brogan Furey. E di nuovo un grazie speciale a Priscilla Coleman, per i tuoi disegni fantastici e per aver dato vita con tale maestria, nell'identikit della polizia, al Mostro del nastro adesivo.

Dopo l'anno che abbiamo passato sembrerebbe un'omissione lampante da parte mia non esprimere la mia travolgente gratitudine e ammirazione per tutti coloro che lavorano per il servizio sanitario nazionale. Il vostro eroismo e il vostro coraggio quotidiani durante la pandemia di Covid-19 hanno fatto impallidire spesso il mio contributo alla società (scrivere storie inventate su persone inventate), ma voglio ringraziarvi per essere così motivanti e compassionevoli, e per esservi presi cura di noi nel corso di questo anno terrificante. Siete dei veri eroi e il sistema sanitario nazionale è un privilegio incredibile che dovremmo proteggere a ogni costo.

Grazie ai miei amici scrittori, come sempre, per avermi aiutato a solcare le insidiose acque dell'editoria, specie durante queste pubblicazioni in lockdown. E per le sessioni di gioco su Zoom, con cui ho potuto virtualmente fuggire dal mio appartamento e dalle mie scadenze (per un po'). Grazie alla mia Flower Huns per avermi mantenuta sana di mente (da remoto) durante la pandemia. Ripenso con calore a quei quiz settimanali. Non vedo l'ora di fare altri giochi di ruolo, dal vivo quest'anno... però basta quiz, ok?

Grazie a mia mamma e a mio papà, come sempre, per il loro incrollabile supporto e per aver creduto in me anche quando non lo faceva nessun altro. Penso che probabilmente abbiate sempre saputo che sarei diventata una scrittrice, fin da quando ero piccola, quindi grazie per aver nutrito il mio amore per le storie con un'infanzia piena di libri, e videogiochi, e tivù e film. Non ne ho sprecato nemmeno un secondo. E poi grazie, papà, per i tuoi commenti in quanto primo lettore, e per aver compreso perfettamente il libro. E grazie, mamma, per aver detto a papà che "stavi male" a leggerlo: è in quel momento che ho capito che stavo facendo proprio quello che avevo in mente!

Grazie alle mie sorelle Amy e Olivia, per il vostro sostegno costante e per avermi dimostrato quanto sono importanti le sorelle. Pip ha dovuto trovarsele da sola (Cara, Naomi, Nat e Becca), ma io sono stata abbastanza fortunata da averne avute due fin dal principio. Sono sicura che si sentirà il vostro contributo in ogni chiacchierata/battibecco tra fratelli e sorelle che scriverò, perciò grazie!

A mio nipote, George, che dice che sono la sua autrice preferita, anche se ha poco più di dieci anni ed è troppo piccolo per leggere i miei libri, cinque stelle a te! A mia nipote, Kaci, per avermi fornito tutta la tenerezza necessaria ad andare avanti in questo terribile anno di scadenze, e anche per essere una bambina da pandemia proprio tosta. E specialmente a mia nipote Danielle, che ormai è *quasi* abbastanza grande per leggere i miei libri. Diversi anni fa, quando aveva circa nove anni e stava studiando scrittura creativa a scuola, mi aveva detto che tutte le storie migliori finiscono con *puntini puntini puntini*... Be', Danielle, ho finito la mia primissima trilogia con *puntini puntini puntini*: spero tu sia orgogliosa (e spero tu abbia ragione!).

Grazie a Peter, Gaye e Katie Collins, come sempre, per essere stati i miei primi lettori e la migliore seconda famiglia che si possa desiderare.

A Ben, che è la *mia* pietra angolare, il mio complice per sempre. Senza di te niente di tutto questo sarebbe stato possibile e Pip non avrebbe mai visto la luce, figurarsi arrivare alla fine del terzo libro. Grazie.

Dopo aver scritto una trilogia che deve così tanto al true crime, sarebbe strano se terminassi senza un solo commento sul sistema di giustizia penale e sulle aree in cui è carente. Provo uno sconforto inerme quando leggo le statistiche degli stupri e delle aggressioni sessuali nel Regno Unito e il tasso tremendo di denunce e condanne. Qui c'è qualcosa che non va. Spero che i libri stessi parlino per me, a questo proposito, e credo sia chiaro che parti di queste storie nascono dalla rabbia, sia rabbia personale per le volte in cui sono stata molestata e non creduta, sia frustrazione per una giustizia che a volte non sembra granché giusta.

Ma infine, per terminare con una nota positiva, voglio ringraziare tutti voi, che mi avete seguito pagina dopo pagina fino alla conclusione del terzo libro. Grazie per aver avuto fiducia in me, e spero che abbiate trovato il finale che stavate cercando. Io sicuramente sì.

Indice

Come uccidono le brave ragazze   5

Brave ragazze, cattivo sangue   465

Una brava ragazza è una ragazza morta   891

Finito di stampare nel mese di ottobre 2023
presso Grafica Veneta S.p.A.
Via Malcanton 2, Trebaseleghe (PD)